Het schervengericht

Homo duplex

A. F. Th. van der Heijden

Het schervengericht

Een transatlantische tragedie

Amsterdam   Em. Querido's Uitgeverij BV   2007

Bekroond met de AKO Literatuurprijs 2007

21/8/13   DUT
FIC
VAN

Eerste, tweede, derde, vierde, vijfde, zesde, zevende en achtste druk, 2007

Copyright © 2007 by A. F. Th. van der Heijden
Voor overname kunt u zich wenden tot Em. Querido's Uitgeverij BV, Singel 262, 1016 AC Amsterdam.

Omslag en -foto Anneke Germers
Foto auteur T. van der Heijden

ISBN 978 90 214 5022 3 / NUR 301

www.afth.nl
www.querido.nl
www.hetschervengericht.nl

– Ce qui embellit le désert, dit le petit prince, c'est qu'il cache un puits quelque part...

Antoine de Saint-Exupéry, *Le Petit Prince*

Inhoud

Week 51
De kaliefgevangenis

Maandag 19 december 1977
Bimbo's

1

De baard brandde hem op het gezicht. Het was of hij elke stugge haar afzonderlijk in zijn vel kon voelen steken. Waarom zijn huid zo gloeide, van jeuk of schaamte, dat wist hij niet. Hij was nooit aan baardgroei gewend geweest. Als de bewakers even niet opletten, durfde hij zich er met twee vingers tegelijk in te krabben, de nagels diep gravend tussen de haarwortels. Maar telkens wanneer hij beet dacht te hebben, op kin of wang, bleek de kriebel zich razendsnel naar elders te hebben verplaatst, om vlakbij een oor op te duiken, onder zijn neus, of rond de adamsappel. Hij zou wel met allebei zijn handen voluit in de vacht willen graaien – als gêne en boeien het hem niet belet hadden.

2

Twee maanden terug had zijn advocaat, Douglas Dunning van Dunning & Hendrix, hem aangeraden alvast iets aan zijn uiterlijk te doen. 'Voor een grijze muis die het mijn en dijn door elkaar heeft gehaald, is Choreo al geen vakantieparadijs. Laat staan voor een beroemdheid als jij. En dan met zo'n aanklacht.'

Dunnings stem klonk nog holler en droger dan gewoonlijk.

Zijn lange handen, anders altijd aan het hakken om de eentonige woorden reliëf te geven, hingen geknakt tussen zijn dijen. Net zo veel slechte tekenen als er vingers aan zaten.

'Weet je, Doug, die zogenaamde bekendheid... het voelt helemaal niet zo. Acteurs, dat die op de Strip herkend worden, ja, logisch. Ik heb mijn vak altijd als een dienend beroep beschouwd. Opereren in de luwte... In de schaduw.'

'Zeg dat wel.'

'Na Choreo word ik helemaal onzichtbaar.'

'Ik weet het,' zei de advocaat vermoeid. 'De olympische waakvlam voor het Graf van de Onbekende... zeg het nog eens. Niet Soldaat.'

'Ik ben toe aan innerlijke ballingschap.'

'Voorlopig word jij verbannen naar Choreo. Uiterst zichtbaar. Om niet te zeggen... opzichtig. Jij, met je tragische achtergrond. Jouw leven is veel meer dan dat van je collega's ieders bezit. Daar hoort een smoel bij.'

'Houdt het dan nooit op? Mijn eigen ongeluk werd acht jaar geleden ook al tegen me gebruikt. En nu...'

'Toen, gisteren, nu.' Dunning stond op, en begon om zijn fauteuil heen te lopen. 'En straks, in Choreo, weer. Er zitten altijd types die op *hun* manier roem willen verwerven. De kortste weg, die ze zelden geboden wordt, is het koud maken van een beroemde buurman.' Het was eigenlijk eerder slingeren dan ijsberen wat hij met zijn lange lijf deed. 'Dus... doe iets aan je verschijning.'

'Plastichirurgie? Laat ik mezelf meteen twee decimeter verlengen.'

'Ik neem aan,' zei de advocaat, die achter de fauteuil bleef staan, 'dat je straks na alle ellende je eigen gezicht wel weer eens terug wilt.'

'Vertel me dan, Doug, hoe ik mijn Pinocchio-neus onherkenbaar kan maken... zonder erin te laten snijden.'

'Laat om te beginnen je baard staan.'

'Stoppels van twee, drie dagen, verder heb ik het nooit gebracht.'

Dunning leunde voorover, en bracht zijn gezicht vlakbij dat van zijn cliënt. 'Die scheerbeurt vanmorgen, hoe laat was dat?'

'Zo tussen negen en half tien.'

De advocaat trok een la van zijn wandmeubel open, nam er een ronde scheerspiegel uit, en zette die op de lage tafel. Er zat vergrotend glas in. 'Gebruik je die bij het puistjes uitdrukken?'

'Kijk 's goed... dan zie je een five-o'clock shadow van heb ik jou daar. Om drie uur 's middags.'

'In zo'n spiegel heeft een dertienjarige jongen nog een dichte baardgroei.'

'Ik voorspel een volle, donkere gezichtsbeharing binnen zes weken.'

'Dunning & Hendrix, ook voor al uw vermommingen en gelaatscorrecties. Wat gaat me dat nou aan extra honorarium kosten, Doug, zo'n pratende wijwaterkwast?'

'Van wat jij uitspaart op die onbetaalbare aftershave van je, mag je mij na Choreo een lunch aanbieden.'

'Als ik dan nog in leven ben, is het me de rekening wel waard.'

'Anders regel ik het met je erfgenamen.'

'Welke erfgenamen? Ik ben *hun* erfgenaam.'

'Neem me niet kwalijk. Het ontsnapte me.'

Bij het verlaten van het kantoor kon hij het niet laten even schertsend met de receptioniste te flirten, zodat hij opnieuw vergat in de wachtkamer naar de lichtgevende globe te gaan kijken. '...geen jonger zusje, Jenny? Ze hoeft niet per se even knap te zijn als jij.'

'O, wat intens gemeen van u. En dan Dunning & Hendrix zeker weer het puin laten ruimen?'

3

De ochtend na het gesprek had hij zich nog vergist. Ten prooi aan complotgedachten rond zijn val stond hij voor de spiegel met heftige draaibewegingen zijn kwaaie gezicht in te zepen. De fout drong pas tot hem door toen de hele linkerhelft al gladgeschoren was. Het witte schuim spatte samen met zijn gevloek tegen het glas. 'Niet alleen een baard,' zei hij bellenblazend tegen zijn spiegelbeeld, 'ook een haardos. *En* een bril.'

Meteen na het voltooien van de scheerbeurt gooide hij zeep, kwast en mesjes in de vuilnisbak. De dure flacon aftershave, van het Franse merk Mentor, hing al boven de open pedaalemmer, maar hij bedacht zich en zette hem terug in het medicijnkastje. Wendy had het een lekker geurtje gevonden, maar verklaarde later tegenover de politie dat ze 'zowat was gaan kokhalzen van de etherlucht'.

Hij belde zijn kapper om de afspraak voor die middag af te zeggen. Met de ogen dicht, de verbinding afwachtend, zag hij de chique zaak aan North Fairfax voor zich: alles rookglas, glimmend chroom, zwart lakleer. Op een vingerknip in de vloer opengaande stortkokers voor geruisloos bijeengeveegde lokken en krullen. De tent had tot Jay's keten behoord, die nu door de erven werd beheerd. Tweede kapper Chetley nam op.

'Kan ik een nieuwe datum voor u noteren?'

'Ik laat mijn haar groeien.'

'Ook lang haar verdient onderhoud,' zong Chetley.

'Ik meld me wel weer.'

'Zoals u wenst. Achter al dat chroom en leer hier zit nog altijd een dorpspomp verstopt. Zo horen we wel eens wat... Als u maar weet dat we hier met z'n allen, ook de meisjes, achter u staan. Het is zo smerig. Voor ons bent u het slachtoffer van een valstrik.'

'Dank je, Chetley. O, Chetley...'

'Sir?'

'Denken jullie nog wel eens aan Jay?'

'Jay...'

'De Man met de Gouden Schaar.'

'O, Jay. God ja, Jay. Natuurlijk. We zullen hem nooit vergeten, Jay. God nee.'

Al na een paar dagen bevestigde zijn stoppelbaard dat hij, met zijn jongensgezicht van onrijpe veertiger, een dichte haarinplant bezat. Het kwam misschien doordat hij zich sinds zijn puberteit dagelijks, later vaak twee keer per dag, geschoren had: drie weken later was er een nog korte maar volle baard. Hij streek voortdurend met de rug van zijn hand opwaarts langs keel en kin, de lippen ijdel getuit. 'Ik word hoorndol van die tic,' zei Paula, zijn secretaresse.

'Ten langen leste een man.'

'Is dat een dreigement?'

In de navolgende weken begon de baard, naarmate de begroeiing dichter en kroeziger werd, gemene zaak te maken met zijn lichaamslengte. Een onmiskenbare jongensachtigheid had het geringe postuur altijd gecompenseerd, niet in de laatste plaats door de bijbehorende motoriek. Ook boven zijn veertigste was het hem, voordat hij zijn baard liet staan, nog geregeld overkomen dat een werkman of winkelier hem vanuit de verte aanriep met: 'Hé, ventje... kom 's een handje helpen!'

Een eeuwige dertienjarige.

Nu, met die donkere wolk om zijn kaken, leek hij een ouwelijke dwerg. Vrienden garandeerden hem dat de aanblik, ook zonder dat hij zich anders ging bewegen, zelfs zijn motoriek aantastte. Wat een kwikzilverachtige indruk had gemaakt, werd nu koddig en lachwekkend. Daar ging een belegen druktemakertje.

'Ik zag je bij Civic Center uit de minibus stappen,' zei Dunning aan de telefoon. 'Je was met moeite te herkennen. Ik weet niet of dat ook voor de pers geldt. Blijf bij camera's uit de buurt. Anders weten ze straks alleen door die baard al wie je bent.'

'Een bebaarde dreumes. Ik loop voor gek, Doug. Hij gaat eraf. Bedenk maar een andere vermomming.'

'Durf nou 's het goede van zo'n baard te zien.' De advocaat baste zo diep in de hoorn dat het luidsprekertje ervan kraakte.

'Hij maakt de drager in z'n geheel tot een ander mens, en leidt de aandacht af van... nou ja, laten we er niet omheen draaien: van de bekende verschijning uit de bladen. Sowieso doen tijdschriftfoto's iemand groter lijken dan hij is... daar begint de verwarring al. Doe er je voordeel mee.'

'De mensen reageren vreemd.'

'Omdat ze je niet langer herkennen als... de foute man die de media van je gemaakt hebben. Zolang dat wel zo was, probeerden ze verkrampt normaal te doen. Nu behandelen die lui je gewoon als een baardige kobold. Als een patriarch uit sprookjesland. Net zo neerbuigend als ze bij elke afwijkende verschijning gewend zijn.'

'Doug, jij weet een mens op te monteren.'

'Niet trimmen, die baard. Hij kort je neus in.'

4

Op borgtocht vrij was hij in mei met DinoSaur Bros Prods naar Bora-Bora geweest om *Cyclone* voor te bereiden. Eind november had hij, na Dunnings smekende zelfvernedering in raadkamer, opnieuw toestemming van rechter Ritterbach gekregen om in gezelschap van de producenten naar Frans Polynesië te vliegen. Met zijn baard van zes weken was hij voor de leek al bijna onherkenbaar, maar dat kon bij plaatsing van foto's in de bladen wel eens veranderen. Hij stelde zich de onderschriften voor. 'Wie zich op Bora-Bora als een aangespoelde drenkeling gedraagt, gaat vanzelf op Robinson Crusoe lijken'.

Promotioneel deugde er natuurlijk niets van zijn verzoek om de pers thuis te laten. Zijn broodheren Dino en Sauro, als tweelingbroers altijd eensgezind, gaven hem uiteindelijk zijn zin. Later moesten ze erkennen dat de afwezigheid van media er een 'vruchtbaar' (Sauro) en 'ontspannen' (Dino) verblijf van had gemaakt.

Bij het vooruitzicht van drie maanden detentie, en dat in de donkerste tijd van het jaar, kreeg het verblindende Bora-Bora iets hallucinerends. De anderen, die overdag met blauwdrukken aan hun illusies verder bouwden, waren in een poenig jetsethotel ondergebracht. Hij zette voor zichzelf van wrakhout een strandhut in elkaar. 'Wat doe je daar toch urenlang' (Dino) 'op die wrakke veranda?' (Sauro)

'Ansichtkaarten verzamelen voor straks. Je hebt hier alle clichés in actie. Het krijtwitte zand, waar je 's morgens bijna sneeuwblind van wordt. En dan dat water... onvoorstelbaar dat het opgeschept in je handen niet net zo blauw is als in de lagune zelf. Bora-Bora, jongens, is de fabriek waar alle zonsondergangen ter wereld worden gemaakt en uitgetest. Eerst keuren, dan pas uitvoeren. Ik zie het aan, en sla het op, en neem het straks allemaal mee naar Choreo. Samen met die brandslangdunne palmbomen daar.'

'Mooie ansichten,' zei Sauro, 'maar...'

'Erg leeg,' zei Dino, 'zo zonder vrouwen.'

En dan sjokten ze over het poederstrand, wolkjes rond de enkels, weer terug naar hun hotel – een hoorn des overvloeds vol rum, kreeft, ananas, billen, borsten en harsresten. Zijn lagunemiddagen en zonsondergangen werden wel degelijk door vrouwen bevolkt. Wendy met zus en moeder: ze vormden, met hun rug naar hem toe over zee uitkijkend, de tralies tussen zijn hut en het uitzicht. Elke ochtend doken de dames Zillgitt weer op om zijn aangename sneeuwblindheid te verstoren. In de middaghitte stonden hun gestalten te trillen boven het hete zand, een driekoppige luchtspiegeling tussen de palmen. 's Nachts maakten ze zich soms kenbaar via een brulkikkerachtig geloei, waarin hij de klanken van de naam Choreo hoorde doorklinken.

5

Als zon en zout de baard deden jeuken, begon hij weer te twijfelen aan het nut van zijn metamorfose. Een paar keer was hij op weg gegaan naar het hotel om al dat haar eraf te laten knippen en scheren. Na tweehonderd meter strand maakte hij dan toch weer rechtsomkeert. Kreeg hij er spijt van, dan was zo'n natuurlijke vermomming niet opnieuw aan te kweken in de korte tijd die hem nog tot Choreo restte.

Op een dag voltooide hij de wandeling naar het Polynesian Grand – niet om er de kapper te bezoeken, maar voor een internationaal telefoongesprek. 'Doug? Ik ben het gezeur over die baard zat. Als ze in Choreo mijn naam horen, weten ze meteen wie ze voor zich hebben... en waarvan ik beschuldigd word. Vertel me wat me te wachten staat. Nu wil ik het weten ook.'

'Gedetineerden zijn over het algemeen zeer behoudende Amerikaanse burgers. Erger dan de mensen thuis. Ze denken onmiddellijk aan hun eigen dochters... die ze hebben, of hadden kunnen hebben, of ooit hopen te hebben. Identificeren ze de delinquent dan ook nog als iemand uit de gegoede wereld...'

'Hou het kort, Doug. Is er leven na Choreo?'

'...dan wordt afgunst algauw met sociale verontwaardiging verward. De volgende stap is dat de morele scrupules in krijgsraad bijeenkomen...'

'Ja, ja, en de nieuweling standrechtelijk veroordelen. Tot een aframmeling of...'

'Of erger.'

'Daar heb je 't. Nu de vraag. Is het mogelijk onder een andere naam in Choreo te verblijven? Liever nog onder een heel andere identiteit.'

'Ik weet niet of de directie met zoiets akkoord gaat. Antecedenten zullen op z'n minst bij de administratie bekend moeten zijn.'

'Zoek het voor me uit. Als het niet te regelen valt, haal ik die sik eraf. Dan maar open en bloot het gevang in, als degene die ik ben... rechtstreeks in de armen van mijn nieuwe rechters. Maken ze me af, dan maken ze me maar af. Misschien heeft een volgende generatie iets aan het offer.'

'Een martelaar... voor wat? Tegen wat?'

'Eigenrichting.'

'Ik ga bij de directie van Choreo je incognito aankaarten. Nog voorkeuren?'

'Zolang het mijn eigen naam niet is.'

'Kies van tevoren iets vertrouwds. Een lang niet gebruikte koosnaam. Zoiets. Het staat op z'n minst idioot, misschien wel verdacht, als ze je aanroepen en je geeft geen sjoege.'

Op dat moment verdonkerde de telefooncel. Hij draaide zich om, en daar stonden Dino en Sauro voor het glas, mimend, wijzend. Met de deur op een kier hoorde hij: '...is de boot met panelen aangekomen. Wij gaan lossen. Jij?'

Hij schudde zijn hoofd, en liet de deur weer in het slot klikken. 'Mijn ouders hebben me Raymond gedoopt. Op z'n Frans. De pummels op school, later, konden dat niet uitspreken. Te moeilijk voor ze. Het werd Remo. Afgrijselijk. Alsof ze het tegen een ander hadden, en daarbij strak mij aankeken. Ik kon protesteren wat ik wilde, het was Remo en het bleef Remo. Op mijn volgende school heb ik een zelfgekozen naam opgegeven. Een meer voor de hand liggende. Mijn moeder kon ik er niet langer toestemming om vragen. Mijn vader had grotere kopzorgen. De naam Remo heb ik nooit meer gehoord. Net zo min als Raymond. Thuis niet en niet op school.'

'Vanaf het moment dat de poort van Choreo achter je dichtvalt, heet jij, met opspringend kinderhart, weer Remo. Tot je vrij man bent.'

'Ik zou het op prijs stellen, Doug, om vanaf nu zo te worden genoemd. Dan kan ik eraan wennen.'

'En de uitspraak?'

'Op z'n Engels, lijkt me.' De advocaat en zijn cliënt oefenden een tijdje op de juiste klank.

'Uitstekend... Remo,' zei Dunning. 'Nu de rest. Als bewakers iets te schreeuwen hebben, gebruiken ze meestal de achternaam.'

'Ik had gedacht... Woodehouse. Met een extra dode e in het midden.'

'Niet te gewaagd?'

'Als ik de boel niet een *beetje* mag tarten...'

Een jonge vrouw in roze personeelsjurk, vijftien misschien pas, duwde een serveerkar voorbij. Pal voor de cel bleef ze staan om de losgeraakte banden van haar schort vast te maken. Lenige vingers, holle rug, de buik vooruit. Toen ze opzij keek, in het gezicht van de beller, bloosde ze door haar Polynesische teint heen. De neusvleugels trilden, gespannen, maar de lippen stulpten zacht en overvloedig naar buiten.

'Goed. Woodehouse, Remo,' vatte de advocaat de nieuwe identiteit van zijn cliënt samen. 'Met een stomme e tussen *Wood* en *house*. Genoteerd. Veroordeeld wegens?'

'Speelschulden.'

' "Extra beveiliging vereist." Ik schrijf het op. "Dient achter tralies onbereikbaar te zijn voor incassokleerkasten." Prima. Vak?'

'Nou, beroepsgokker dan maar.'

'Ze zullen je uitdagen. Er wordt daar gegokt en gekaart bij het leven.'

'Ik waag het erop. En nu, Doug, ga ik een of ander ijsgekoeld gif uit een holle ananas zuigen. Van jouw stem krijg ik altijd dorst... en van jouw argumenten zelfmoordneigingen.'

6

In het vliegtuig terug naar Los Angeles, midden december, wist Remo Woodehouse zich voldoende mentaal gehard om Choreo aan te kunnen. De fata morgana rond de drie dames Zillgitt had hij in de lagune van Bora-Bora achtergelaten. Het busje van DinoSaur Bros Prods maakte van LAX een omweg door Flower Street, in het centrum, om hem voor het kantoor van Dunning & Hendrix af te zetten.

'Het is dat Jenny je aankondigde,' riep Matthew Hendrix uit, 'anders had ik je niet herkend, met die bruine kop... al dat gebleekte haar. Wat jij, Doug?'

'Onherkenbaar,' beaamde Dunning. 'Op het postuur na dan.'

'Ook daar heb ik iets op gevonden,' zei Remo.

'Een illusionist met spiegeldozen,' raadde Hendrix.

'Wacht maar af. Veel ingenieuzer.'

Nadat Hendrix opgehoepeld was, vertelde Dunning over zijn vorderingen. 'Ik heb de openbare aanklager gevraagd de naam van de gevangenis uit de pers te houden. Hij heeft rechter Ritterbach net zo lang bepraat tot ook die beloofde er het zwijgen toe te doen. Helemaal van harte ging het niet, want hij wil 't liefst vierendeling in de pers... een lynchpartij met flitslicht.'

'Je tijd in Choreo zou op woensdag de eenentwintigste ingaan. Ik heb met de directeur overlegd. Ene Mr O'Melveny. Ik ken hem wel. Voorzorgsmaatregelen of niet, de pers kan altijd lucht krijgen van tijd, plaats, handeling, alles. O'Melveny raadde me aan je twee dagen eerder naar Choreo te sturen. Maandag de negentiende dus. Voor de totale bromtijd maakt het geen verschil.'

'Schuilnaam geaccepteerd?'

'O'Melveny staat persoonlijk in voor je incognito. Niet natuurlijk als medegevangenen je ondanks de haargroei herkennen. Je eigen naam, je antecedenten... dat is allemaal bij de directie gedeponeerd.'

'Choreo, waar ligt dat eigenlijk?'

'Oostelijk. Aan de voet van de San Bernardino Mountains.'

'Ik ben bang, Doug.'

'Daar was ik al bang voor... Remo.'

7

Aan het begin van mijn vierde week als bewaarder in Choreo ontdekte ik dat intussen iedereen, collega's en gevangenen, mij De Griek was gaan noemen.

Van zondag op maandag had ik nachtdienst. Normaal zat die er om zes uur 's ochtends op, waarna ik de bus nam naar mijn motel in San Bernardino – het Rim-of-the-World. Nadat ik tegen half drie mijn tweede ronde langs de cellen van de Extra Beveiligde Afdeling had gemaakt, kon ik nog niet vermoeden dat mijn uniform anderhalf etmaal niet uit zou gaan. Bij terugkeer in de glazen cipiersloge, waar de vadsige Scruggs met zijn hoofd op een vloeiblad zat te slapen, kreeg ik een telefoontje van de receptie. Het was Don Penberthy, die eerder dan ik doorhad dat zijn dienst zou uitlopen. 'Spiros, die Woodehouse, of hoe heet hij in het echt, die verwachten jullie woensdag toch pas op Extra Security?'

'Officieel wel. Maar er is een, nou ja, geheime afspraak tussen de advocaat en onze directeur dat Woodehouse twee dagen eerder aankomt. Vanmorgen dus.'

'En de reden? Ik weet van niets.'

'Beroemdheden laten zich niet graag voor de gevangenispoort fotograferen.'

'Ik was even gaan liggen... komt Kim me wakker maken. Mensen op het land tegenover de parkeerplaats. Ik hoor geklingklang van holle buizen. Tentstokken. Ik ga kijken. Een groot vuur... kamp in aanbouw.'

'Ik hoor het al. Protestbijeenkomst. Familie van de neefjes Janda en Jallo, uit La Canada.'

'Het zijn persmensen, Spiros. Ik heb met ze gepraat. Ze willen niets kwijt over hun slachtoffer, maar ik *denk*...'

'Ik ga O'Melveny uit zijn Ierse roes bellen.'

In een lege cel aan de westzijde van de gevangenis had ik mijn eigen uitkijkpost: door een klein gat in het gewapende matglas van het raam kon ik het toegangshek met de receptie en de parkeerplaats overzien, alles op nog geen tweehonderd meter afstand. Hoge vlammen wierpen hun flakkerlicht tegen tentdoek in verschillende kleuren. Langs de asfaltweg, vlakbij de slagboom, werden filmlampen opgesteld. Op de parkeerplaats stond een lichtgetinte autobus, die ik daar nooit eerder had gezien. Er stapten voortdurend vrouwen in en uit.

Een lek. Twee weken eerder, met gevangene Maddox, was de truc van de vervroegde aankomst wel geslaagd. Geen pers gezien. Over de gaanderij liep ik terug naar de loge, waar collega Scruggs zich de slaap uit de ogen zat te wrijven. Ik verzocht hem mij even met de telefoon alleen te laten, en draaide het privénummer van de directeur. Toen zijn vrouw hem eindelijk wakker had gekregen, was O'Melveny zo slaap- of anderszins dronken dat niet tot hem doordrong wie hij aan de lijn had. Woodehouse diende ingelicht, zoveel begreep hij wel. Er kwam een verward lalverhaal over een afscheidsdiner in Sherman Oaks, dat misschien nog bezig was, en waar ook Woodehouse' advocaat Dunning aanwezig moest zijn: die had O'Melveny, voor alle zekerheid, het telefoonnummer verstrekt. Ik noteerde het. 'Laat De Griek het maar opknappen,' zei de directeur, alvorens geeuwend op te hangen.

8

Die zondagavond hadden vrienden een afscheidsdiner aangericht. Zijn advocaten waren er (ook de zakelijke, Snodgrass), de dinosaurussen, een paar acteurs, en die ene loyaal gebleven collega. Sympathiek van Jack om toch te komen. Hij was in deze hele kwestie misschien de meest benadeelde, al hoefde hij niet naar Choreo. Niet dat Jack zijn vriend een moment liet vergeten *wat* er mis was gegaan. Veel grappen over bolhoeklenzen en sluitertijden natuurlijk. Zelfs Jacks nat achterover gekamde haar had iets bestraffends. 'Heerlijk gezwommen,' zei hij, met dat satanische smoel van 'm. 'En daarna in de bubbels. Maagdelijke luchtbellen die tegen je ballen op stoten... het paradijs.'

Voordat ze aan tafel gingen, aan de champagne nog, verzocht Dunning de aanwezigen de naam Remo op hun vriend uit te proberen. Iedereen kweet zich zo goed van zijn taak dat Remo er al halverwege de avond spijt kreeg geen andere schuilnaam te hebben gekozen. 'Hier, Remo,' zei Jack, de fles uit de koeler trekkend, 'neem nog wat van het bubbelspul. Het is wel geen Heidsieck, zoals toen, maar met Mumm valt de sluitertijd ook heel goed te verruimen. Grote bubbels, kleine bubbels... het was uiteindelijk allemaal een kwestie van lucht. Niet, Remo?'

'Rot op, Jack. *Gun* me deze laatste paar vrije uren.'

Met de champagneglazen nog halfvol luisterden ze naar de rumba van cocktailshakers in de keuken. Even later droeg het meisje van de catering een dienblad vol Manhattans binnen. Bij de kreeft was er Pouilly Fumé, en bij de zwezerik een stroeve Barolo, die door Dino en Sauro luid werd geprezen. In de pauzes namen Jack en Remo ieder een ijskoude wodka 'om de teer van die rode wijn tussen de tanden uit te drijven'.

Voordat het dessert kwam, stonden de tweelingbroers op om een toespraak te houden. Ze prezen om beurten, ook wel in koor, de samenwerking met Remo aan *Cyclone*. Als de ingenomen wijn hun lyriek te ver dreef, namen ze met verwurgde stem hun toevlucht tot het Italiaans. De aanwezigen kregen de indruk dat het project op een haar na af was. En uitgerekend nu, met de eindfase binnen handbereik, moest hun onmisbare vriend het gevang in. 'Het was... door deze vrouwen... een zorgvuldig uitgegraven en afgedekte valkuil,' zei Sauro, 'met puntige stokken op de bodem.'

'Wij, van het vak,' zei Dino, 'zijn een mensensoort die omhoogkijkt. De horizon, de wijde lucht... die leveren ons de grondstof voor ons werk. Te weten: de ruimte zelf.'

'En al die wolfskuilen,' zei Sauro, 'verplichten ons naar de grond te kijken. Wie kan op die manier creatief zijn?'

Dino herinnerde nog aan de gruwelijke wolfskuil die al ooit eerder voor Remo opgezet was, maar omdat hij het ergste niet wilde noemen, raakte hij, met toch al verstopte keel, in zijn Engels verstrikt, terwijl het Italiaans evenmin uitkomst meer bood. Hij ging gebroken zitten, gevolgd door zijn broer, die ook helemaal kapot was. Remo liep om de tafel heen, en omhelsde de dinosaurussen allebei tegelijk, van achteren. 'Tijd voor het echte nagerecht,' riep Remo's collega, die zijn huis voor het diner ter beschikking had gesteld. Hij klapte in zijn handen. 'Laat de bimbo's binnen.'

Het had Remo al bevreemd dat er geen vrouwen waren uitgenodigd. Ongemerkt waren er zo'n tien starlets, zonder twijfel uit de catalogus van DinoSaur Bros Prods, via de achterdeur gearriveerd. Hij was onder zijn lachende baard te gespannen, te angstig ook, om met zo'n meisje naar boven te gaan. Omdat de anderen wachtten tot ze zijn voorbeeld konden volgen, dienden de bimbo's de rest van de nacht als decoratie bij de nazit. De dames leken het best te vinden, maar begrijpen deden ze er niets van. Een huis vol schitterend kwalijke reputaties, en dan dit. 'Het lijkt wel, schatjes, of jullie met opgetrokken wenkbrauwen geboren zijn,' zei Matthew Hendrix.

De armagnac liet op onbewaakte momenten de uren verspringen. Zo was het opeens middernacht, en even plotseling kwart over een en half drie. 'Als je straks niet als lijk bij Choreo wilt worden afgeleverd,' zei Dunning tegen Remo, 'moet je nu een uur of wat gaan liggen.'

'Van slapen krijg je een kater,' wist Jack. 'Laten we onszelf nuchter drinken.'

9

Om half vier ging de telefoon. De mensen van de catering namen net afscheid, dralend in de hoop op een extra beloning. Het meisje van de Manhattans stond het dichtst bij het toestel, en de gastheer vroeg haar op te nemen.

'Mr Dunning? Een Mr Agio... en nog iets... voor u.'

De advocaat nam de hoorn van haar over. 'Dunning... Mr Agorafo... O, Agraphiotis. Wat kan ik voor u doen?'

Doug zag al grauw van de Barolo en de cognac en het late uur, dus veel bleker kon hij niet worden. Het feest viel stil. Zelfs de bimbo's voelden het onheil, en staakten hun gekwetter. Het enige dat nog bewoog, was de sigarenrook. 'U raadt ons aan om toch... ja. Goed. Dank u, Mr Agraphiotis.'

Hij hing op, en keek zijn compagnon Hendrix aan. 'Een bewaker van Choreo. Net zo'n accent als de Griek die jaren terug bij ons de globe in de fik heeft gestoken. Enfin' (hij richtte zijn bloeddoorlopen hondenblik op Remo) 'we zijn mooi verraden. Volgens bewaker Agraphiotis wemelt het bij de ingang van Choreo *nu* al van het persvolk. Hij schetste een beeld van, weet ik veel... lichtstralen die door de nacht spuiten... vuren om hun reet warm te houden... hoeren in tenten. Een compleet journalistenkamp.'

'Waar zit het lek, Doug?'

'Vertelde hij er niet bij.'

'Ik krijg een boenwaslucht in mijn neus. Het is de houten hamer van rechter Ritterbach. Hij wil me nog wat dieper de stront in timmeren.'

'Voor speculaties kopen we niks. Wat doen we?'

'Nog twee dagen door feesten, en dan woensdag gaan.'

Het voorstel werd met instemmend geknor begroet.

'Nou dacht ik dat je het mediatuig onderhand wel kende. Ze zullen zich daar ingraven, net zo lang tot ze je op de korrel hebben. Nee, beter meteen de moloch het hoofd bieden. Bereid je erop voor dat die baard de wereld over gaat.'

Remo liep naar de telefoon, en draaide het nummer van zijn secretaresse. 'Paula? Met mij... Nee, ik ga niet vragen wat je aanhebt. Ik wil wat eerder naar San Bernardino. Vertrek half vijf. Kan dat?'

'Kwart voor vijf. Ik stap nu onder de douche.'

'Dougs Cadillac, kun je die aan?'

'Niet beter daar in mijn gedeukte Kever voor te rijden?'

'In z'n huidige staat heeft mijn maag vering nodig.'

'We brengen je met z'n allen weg,' riep Jack, nadat Remo had opgehangen. 'In twee huurlimo's. Zoiets hebben ze sinds de opsluiting van Al Capone niet meer gezien.'

Het kostte Remo en zijn advocaat nog heel wat overredingskracht om Jack en de anderen van het voornemen af te brengen. Uiteindelijk lieten ze het afkopen met de belofte van nog een afzakkertje of twee na het uitzwaaien.

Remo werd door zijn vrienden in triomf naar de blauwe Volkswagen Kever gedragen, maar die bleek afgesloten. Paula zat verderop al achter het stuur van Dunnings zilvergrijze Cadillac, met de advocaat half slapend op de achterbank. Het was nog nacht.

'Bleef je nou?' vroeg Dunning met tastende tong, nadat Remo door vele armen de auto in was geschoven. Er volgde een brij van loze raadgevingen en hartverwarmende nietszeggendheden. Jack wierp snikkend het portier dicht.

'Zie je toch... me omkleden. Ik ga mijn dure pak niet aan de bajesmotten voeren.'

'Dat zogenaamde vrijetijdskloffie van je,' zei Paula onder het starten, 'bestaat net zo goed uit merkkleding. Verdwijnt straks spoorloos uit het magazijn.'

Om op de rechter rijstrook te komen moest ze de Cadillac eerst naar achteren sturen, op het groepje uitwuivers af, dat joelend het trottoir op struikelde. Remo boog zich naar voren, en deed vlak onder Paula's gezicht zijn zweterige hand open, waar beletterde stukjes stof in kleefden. 'De labeltjes... eruitgeknipt.'

De bimbo's, die zich toch al koel ontvangen voelden, waagden zich niet in de ochtendkilte. Remo's vrienden, in hemdsmouwen, zwaaiden met molenwiekende armen – behalve Jack, die zich had omgedraaid, en met zijn voorhoofd tegen een boom geleund stond te pissen. Paula stuurde de auto de hellende weg af naar de Ventura Boulevard.

'Paula, Doug... wees zo wellevend, en blijf me Remo noemen. Anders went het nooit.'

'Wat een alcoholdampen,' riep de secretaresse. 'Ik zet een raampje open.'

'Het is winter,' protesteerde Dunning vanuit zijn halfslaap, bijtend op een natte sigarenstomp.

'Goed, dan geldt vanaf nu een rookverbod.' O, ze deed zo haar best, de schat, om de stemming erin te houden. 'Ik wil het niet op mijn geweten hebben dat zo'n chique auto ontploft.'

'Zitten we in de Cadillac?' Remo veerde op, schudde zijn hoofd, keek rond. 'Een huurbak van vijftien dollar per dag was nog verdacht geweest.'

'Je wou de Cadillac.' Paula draaide naar rechts de Ventura op. 'Ik keer niet om.'

'Alleen blaséé lui,' mompelde Dunning, 'laten zich met een zilveren slee naar de lik brengen... of naar het kerkhof.'

'Ik zat eens,' zei Remo vermoeid, 'op een bankje tegenover een huis. Zo een met pilaren. Er gingen steeds dure dames in en uit. Nerts aan... krokodillentas... geparfumeerd keffertje aan de lijn. Moest wel een exclusieve schoonheidssalon zijn, zo zonder uithangbord. Het bleek een clandestiene engeltjesfabriek. Zo'n wijf voel ik me nou, Doug, in jouw poenige Cadillac.'

Ze naderden de afslag naar de Hollywood Freeway, bij Universal City. Remo voelde zijn ogen prikken, net als zijn baard. 'Vanavond vertelde iemand,' hoorde hij zichzelf, wegzakkend, nog mompelen, 'dat onder baarden... gevangenen... niet erg populair...'

'Onzin,' lispelde Dunning. 'In de Californische baarden stikt het van de...' Zijn hoofd landde zacht op Remo's schouder.

'Heren' (Paula gaf een korte stoot op de claxon) 'in leven blijven.'

11

Links de lichten van Alhambra, rechts het duister van Monterey Park. Ze reden over de San Bernardino Freeway – in oostelijke richting, waar nog niet meer dageraad gloorde dan wat de stadslichten tegen de hemel wierpen. De vuren en de filmlampen van de pers rond Choreo zouden het nog wel niet zijn: de afslag naar Long Beach lag maar net achter ze. Remo voelde hoe de roes van drank en vriendschap langzaam verschaalde, en plaatsmaakte voor een geniepige, darmdoorkervende angst. Eén moment van verblinde libido – en achter de horizon van oostelijk Los Angeles lag een wisse hel op hem te wachten. Uitstel. Hij gaf te kennen nog een keer goed te willen ontbijten, voordat ze hem in de bajes houtkrullen als cornflakes voorzetten. Ze kozen voor een 24-uurs-*diner* ter hoogte van El Monte. Remo bestelde, zonder trek, een Engels ontbijt 'speciaal', waar de anderen het bij koffie met een donut hielden. 'Remo,' vroeg Dunning, de onwennige naam overdreven uitsprekend, 'hoe laat is het?'

'Ik wantrouw die vraag. Toen een vriend van me 'm langgeleden aan iemand stelde, bleek het de duivel. Met alle gevolgen van dien.' Hij stroopte zijn mouw op.

'Net wat ik dacht. Een Rolex. Als ze je die niet meteen bij aankomst afpakken, zal hij op een dag stilstaan. Van dat gebaar, weet je wel, waarmee je de klap van de roofmoordenaar probeert af te weren...'

Remo keek naar de twee witte, in tomatensaus gedrenkte bonen die aan zijn vork geprikt zaten. 'Op de begraafplaats van El Monte, hier aan de overkant, is een graf... en in de kist ligt een klok die voor eeuwig stilstaat.'

'Hij is nog dronken,' zei Paula.

'Waarom' (Dunning keek hem lodderig aan) 'zouden ze iemand zoiets in zijn graf meegeven?'

'Hij was een klokkenmaker. Het uurwerk stond stil op het startpunt van een oorlog die... die nooit begonnen is.'

'In Hirosjima,' zei de advocaat, 'heb ik ook van die klokken gezien. Half gesmolten. Wijzers voorgoed stil op het moment dat er een oorlog eindigde, en die was wel degelijk ooit begonnen.'

Dunning wilde nog iets zeggen, maar de secretaresse schudde heel even met gesloten ogen haar hoofd.

'Die onbegonnen oorlog,' zei Remo, 'dat was mijn Hirosjima.' Hij wrikte met zijn duim de schakelband van de Rolex over de rug van zijn hand, en gaf Paula het horloge in bewaring.

'Sorry,' stamelde Dunning. Zijn geplooide hondengezicht leek centimeters te verzakken. Paula bood aan bij het pompstation naast de *diner* een goedkoop klokje te gaan halen, voor in Choreo. Ze keken haar na, hoe ze de verblekende nacht in huppelde, en even haar arm ophief tegen de felle koplampen van een truck, zodat het leek of ze naar de bestuurder zwaaide. Ze kwam terug met een Time Zone van zeven en een halve dollar. 'Met garantie,' hijgde ze.

12

Het werd dag. Paula schakelde de autoradio in. Nat King Cole. De strijkers van 'Mona Lisa'. Ander station.

Una paloma blanca
I'm just a bird in the sky

Een meezinger van de een of andere Hollandse popgroep, een paar jaar terug ook hier een hit. In hun slaperige roezigheid neurieden de twee mannen de melodie vanzelf mee.

'Afzetten?'

'Dat vroeg de chauffeur ook aan Gary Gilmore.' Dunning rekte zich met verstrengelde handen uit. 'Ze waren op weg naar het executiepeloton. "Una paloma blanca." De radio speelde het in de gevangenisbus. "Af, Mr Gilmore?" Het moest aanblijven.'

'Doug, hoe weet jij zulke dingen?' vroeg Paula.

'Van een collega uit Utah. Norman Mailer schrijft er een boek over.'

Paula wilde weten hoe het ook weer zat met die Gilmore.

'Hij eiste zijn executie. Geen uitstel, geen gratie, niks. Zijn rechtmatige dood.'

'Hoempapa met de pretenties van een ballad,' zei Remo, zich in de ogen wrijvend. 'Dat je van alle muziek op aarde juist deze vunzigheid mee de dood in wenst te nemen... Zet maar

30

iets anders op, ja. Mijn zenuwen zijn van minder roestvrij staal dan die van Gilmore.'

Terug naar de violen van 'Mona Lisa'. 'Mona Lisa, Mona Lisa, men have named you / You're so like the lady with the mystic smile...'

'Als ik met mijn beul naar dit nummer zou luisteren,' zei Remo, 'zou ik niet eens doorhebben dat ik naar mijn executie onderweg was.'

'Arme Nat King Cole,' zei Dunning. 'Kon hij zich van z'n "Mona Lisa" een stulpje tussen de rijke blanken veroorloven, probeerden ze hem weg te pesten.'

'De zwarte revolutie...' Remo zakte alweer soezerig weg. 'Te laat voor hem.'

13

San Bernardino Freeway. Ergens tussen Pomona en Ontario wilde Remo zijn vermomming wel eens uitproberen. Drie bekers sterke koffie bovenop een drinkgelag: zijn trillende vingers kregen de brillenkoker niet meteen open. Hij keek schuins naar zijn advocaat, die net weer leek in te dommelen, maar opeens krakend uitriep: 'Bang, Mr Remo, zouden we allemaal zijn. Je zult zien, het valt ontzettend mee. Choreo is geen kennel voor bloedhonden.'

Dunning liet een langgerekte boer, en in een waaier van geuren kwam de afscheidsmaaltijd nog een keer voorbij. 'Whoops,' deed hij met een hikgeluid, en zijn hoofd knakte weer voorover op de wijnbespatte stropdas. Remo's vingers, onverminderd trillend, streelden het ribbelige oppervlak van de koker, die met imitatiekrokodillenleer overtrokken was. Eindelijk kreeg zijn duimnagel vat op de klep. De hoornen bril lag opgepoetst te glanzen in een vers doekje van de opticien: SPILLANE's SPECS/6521 Burnet Ave., Van Nuys 91405.

'Schildpad verpakt in krokodil,' zei Dunning zonder zijn ogen te openen. Hij rekte zich geeuwend uit. Zijn verstrengelde vingers knakten ervan. 'Als daar de zegen van de directeur niet op rust...'

Remo vouwde de bril uit, en zette hem op. Ondanks de inspanningen van de opticien bleef de ene poot nog steeds boven zijn oorschelp zweven.

'Ik zou je zo op straat niet herkennen.' Paula praatte tegen de achteruitkijkspiegel. 'Het is de combinatie van baard en bril.'

'Wacht tot ik mijn stelten onder heb.'

'Maar goed' (Dunning plukte aan de wallen onder zijn ogen) 'dat ze in de bak meer verstand hebben van dure horloges dan van kostbare brillen.'

'Wat is er zo bijzonder aan?' Remo zette zijn bril weer af, en hield hem de advocaat voor.

'Let op die vlammigheid... die gaat diep, hoor. Bij namaak, gewoon bot, is dat toegevoegde kleurstof. Dit montuur is gemaakt uit de hoornen platen bovenop het rugschild... die verdikkingen, weet je wel.'

'Meneer is een kenner,' zei Paula.

'En een scherpzinnige,' vond Remo. 'Maar dat ene is hem *niet* opgevallen.'

'Dat er gewoon glas in zit?' Dunning snoof. 'Staat al in je gevangenisdossier, jongen.'

'De herkomst.'

'Zulke brillen verkopen ze in LA alleen bij de juwelier. O'Jaggery's aan Sunset. Sapwood aan South Fairfax. Aan de sterren. Aan de bonzen. "Stuurt u de rekening maar naar Paramount, Sir."'

'Allemaal kennis, Doug, die we *toen* goed hadden kunnen gebruiken. Sliep je? Van deze bril, met z'n kennelijk unieke gevlamdheid, hebben foto's in alle kranten gestaan. Ze zijn op alle televisienetten getoond.'

'Herkomst... wat bedoel je daar dan mee?'

'Het ding is acht jaar terug in mijn huis gevonden. De kop waar deze bril op hoorde... nooit achterhaald.'

'Hij past jou anders perfect.'

'Ik heb hem laten bijstellen. De vorige eigenaar had zijn oren op verschillende verdiepingen gehuisvest.'

'En zijn ogen?'

'Min zes, min twee.'

'Zo iemand kan niet zonder. Hij zal meteen een nieuwe hebben aangeschaft. Maar dan nog, zo'n kostbaar geval, dat mis je. Testudo elephantopes gigantea... die broedt op het strand van Frans Guyana haar slappe softbaleieren uit. Ze wordt zeldzaam... ook in de soep.'

'Had het toen aan de LAPD gemeld. Dan was de arrestatie van de Testicle elephantiasis gigantico een kwestie van dagen geweest. Alleen een probleem met de boeien misschien.'

Remo keek naar buiten. Een bord kondigde de afslag naar Chino aan: CALIFORNIA INSTITUTION FOR MEN. Hij rilde. De Cadillac reed de monding van de Euclid Avenue, waarover zoveel mannen naar de gevangenis van Chino waren gevoerd, in ruisende haast voorbij. Hij had nog enig uitstel.

'Een vraagje...' Dat was Paula. 'Als die bril toen tot een soort televisiebekendheid kon uitgroeien... tot zoiets als een nationale beroemdheid... hoe moet hij dan straks jou, in de gevangenis, nou ja...'

'Anonimiteit garanderen,' vulde Dunning aan. 'Vrouwen kennen wel degelijk logica.'

'Als de scherpzinnige advocaat Douglas Dunning, van Dunning & Hendrix, de bril niet uit de media herkend heeft, tja, wat heb ik dan nog te vrezen van een stel afgestompte bajesklanten?' Remo richtte zich half op, reikte over de lege zetel voor hem en klapte het zonnescherm met de kleine spiegel naar beneden. Hij zette de bril weer op, nu met de bedoeling hem tot aan zijn vrijlating alleen 's nachts nog af te doen. 'Trouwens, als ik het lot niet een beetje mag tarten, heb ik helemaal geen leven meer. Er huist nog ergens een oude Russische soldaat in mij die er, als het nodig is, heel fatalistisch bij gaat liggen. Zomaar, in de sneeuw.'

Onhandig over de rugleuning hangend draaide hij voor het spiegeltje zijn hoofd van links naar rechts. Na de eerste woeste groei was zijn baard een paar keer aan North Fairfax door Chetley bijgepunt. Om nog onherkenbaarder te worden was hij ook daarmee opgehouden. Hoog over zijn wangen, tot aan de oogzakken, liep nu de rafelrand die hij bij overtuigde baarddragers altijd zo verfoeid had. De onderkant van het brilmontuur zakte weg in harige uitlopers. Precies zoals hij het zich wenste: een aaneengesloten masker.

14

'Spiros, wat zit je toch aldoor te draaien,' zei mijn chef, die met de ellebogen op het stuurwiel naar zijn Onafhankelijkheidsei zat te turen.

'Het is dat rottige uniform, Mr Carhartt,' zei ik.

Het blikken ei, uitgevoerd in het motief en de kleuren van de Amerikaanse vlag, stond een eind voor de bumper in een ondiepe asbak op het asfalt, vlakbij de neergelaten slagboom.

'Nu voor de laatste keer, Spiros,' zei Carhartt. 'In Choreo noemen we elkaar bij de voornaam. Het is Ernie.' De man trok zijn hoofd tussen de schouders, en probeerde via het fijnmazige traliewerk van de voorruit naar de hemel te kijken.

'Eh... Ernie, misschien moet het ei nog een keer opgewonden.'

'Dacht je?'

'Ik hoor niets meer.'

Carhartt opende het portier. Ik luisterde met hem mee. Alleen zacht gelach en gepraat van slaperige persmensen aan de andere kant van de slagboom. In het kampement werd een houten tentharing de grond in geramd, met een hikkend antwoord van het gebergte op elke slag. Het ei zweeg.

'Wel, verdomme.' Bij het uitstappen nam hij zijn kleine fotocamera van het dashboard, want je wist maar nooit. Hij hing de riem om zijn hals, haalde een blikken sleutel tevoorschijn, en stak die onderin het ei. Al na een paar slagen bracht het ding een ijl, metalig geluid voort, dat met enige fantasie als de roep van een hees kuiken kon worden geduid. Carhartt, die zijn ei weer op de grond had gezet, speurde met neergetrokken mondhoeken de lucht af, vooral die boven de bergkam. Tussen onze stoelen stond nog de verpakking van zijn speeltje. Ik viste er de gebruiksaanwijzing uit, en las: '*Ter gelegenheid van 200 jaar Onafhankelijkheid ontwierp de eierkunstenaar Charles van Deusen, ook bekend als The Egg Man, het "Ei van Washington". Na opwinding brengt het de kreet van een adelaarsjong voort. Wie hier, bijvoorbeeld na plaatsing van het ei in de achtertuin, een volwassen moederarend mee naar zich toe weet te lokken en daarvan een fotografisch bewijs kan leveren, ontvangt een bedrag van $25000...*'

Carhartt klom terug de bus in. Het ei kermde nog.

'Met permissie, Mr Carhartt, hoe komt u aan dat souvenir?'

'Vorig jaar op vier juli van mijn vrouw gekregen. Het is Ernie.'

'In sommige culturen, hoog in de Himalaya, is het heel gewoon als een weduwe haar man aan de roofvogels voert.'

'Ik blijf het maar proberen. 'Je zou toch zeggen, zo'n garantiebewijs, als dat voor de echtheid van het geluid instaat... Stil 's.' Hij luisterde ingespannen naar de stem van het adelaarskuiken, en draaide zich daarbij in allerlei bochten om de duikvlucht van de moeder niet te missen. De camera bleef op scherp. 'Als jij zo met je billen zit te schuren, Spiros, hoor ik niets. Uniform te krap? Had meteen de goede maten opgegeven.'

'Niet te krap, niet te wijd. Het zit gewoon niet lekker. Stijf. De naden drukken in mijn vel.'

'Nieuwigheid,' wist mijn chef. 'Dat van mij draait al jaren in de was mee. Ik voel niet eens meer dat ik het aanheb. Soepeltjes als een pyjama.'

'Jij hebt daar een vrouw voor.'

'En jij, Spiros... gescheiden?'

'Nee. Twee kinderen, dat wel.'

'Weduwnaar.'

'Ook dat niet.'

'Ik geef het op.'

'Een man kan ook kinderen hebben, Ernie, zonder eerst getrouwd geweest te zijn.'

'Nou je 't zegt. Hoe oud zijn ze?'

'Vier en vier. Jongetjes.'

'Een tweeling.'

'Ja en nee.'

'Spiros, op mijn nuchtere maag. Doe me 'n lol.'

'Het ene woont in Amsterdam, het andere in Rotterdam.'

'Dan is de tweeling dus uit elkaar gehaald.'

'Ze groeien op bij verschillende ouderparen, als je dat bedoelt.'

'Precies,' zei Carhartt grimmig, 'en jij hebt geen ene moer meer over je eigen kinderen te vertellen.'

'Toch wel.'

Ik stopte de gebruiksaanwijzing terug in de doos. 'Ernie, ik wil niets afdoen aan het liefdevolle gebaar van je vrouw, maar... die ontwerper, Charles van Deusen of hoe spreken jullie de naam hier uit, die heb ik tien jaar geleden in San Francisco als een grote charlatan leren kennen.'

'Hij heeft rond het *bicentennial* miljoenen van die adelaarseieren verkocht. Een genie.'

'In San Francisco handelde hij in alles wat los en vast zat. Als het maar clandestiene waar was. Illegale plaatpersingen, stenen van Alcatraz, Hollandse snijbloemen ver over de datum... Geniaal, inderdaad.'

Carhartt keek woedend opzij. 'Spiros, ik heb die man in de talkshow van Jeffrey Jaffarian gezien. Welk jaar weet ik niet meer, maar het was in de paastijd. Hij had allerlei zelfdraaiende eieren bij zich... vol elektronica. Om dol van te worden. Mijn televisie ging ervan op de loop. Hij blies rook over een ei, en het tolde rond. Een ander ei, met een ingebouwde inbraakdetector, blafte als een waakhond. Een genie, die man. Hij verklaart de wereld uit de eivorm.'

Verleden zomer had ik hem voor 't laatst gezien, The Egg Man, op een Amsterdams caféterras, met een schreeuwende gans onder de arm – een ei in levende verpakking, zeg maar. 'Eeuw in eeuw uit,' riep hij naar de mensen, 'blijven de vogels maar hulde brengen aan de wereld... door de vorm van de aarde zelf uit hun achterste te persen. Hard van buiten... zacht van binnen. Wammes hier is een beetje van de leg, maar ik zal het jullie laten zien.'

Van Deusen vroeg de ober om een ei en een plat bord. Het gevraagde werd hem gebracht. Hij streelde in verrukking de schaal. 'Kijk, twee verschillende koepelmodellen, die naadloos in elkaar overgaan. Een dubbelmaquette, maar je kunt hem niet neerzetten. Alleen laten tollen.'

Hij liet het ei over het bord draaien en dansen, maar raakte uit z'n humeur bij de ontdekking dat het hardgekookt was. 'Ober, een rauw ei graag. Dat tolt beter. De dooier werkt dan als evenwichtskogel.'

'Geen struif op m'n terras.'

The Egg Man zag er verzorgd uit, met zijn gleufhoed, rijlaarzen en scherp bijgeknipt baardje. Toch dachten cafébezoekers wel dat hij zijn kunstje voor geld vertoonde. Het tollende ei liep nogal eens vast in de munten op het bord. Van Deusen gold als de enige Amsterdamse terrasartiest die begon te vloeken als hem geld werd toegeworpen.

15

De San Bernardino Mountains boden de aanblik van een in de war geraakte caleidoscoop: hun vlakken, in alle nuances tussen lichtblauw en donkerpaars, leken voortdurend in een langzaam soort kantelproces van plaats te wisselen – al viel niet uit te maken of dit kwam door de steeds veranderende positie van de auto dan wel door het rijzen van de nog onzichtbarezon, of allebei.

'Choreo in zicht!' riep Paula met een kraaienneststem. 'Ander schoeisel!'

Remo nam zijn weekendtas van de lege zetel voor hem, trok

de rits open, en haalde er een paar hoge schoenen uit, laarzen bijna, met extreem hoge hakken en zolen. Hij hield ze zijn advocaat voor, die de schachten bevoelde en in de neuzen kneep. Hij floot tussen zijn tanden. 'Ook achtergelaten op de plaats delict?'

'In bruikleen van Elton. Hij droeg ze als de Pinball Wizard, in *Tommy*.'

'Slangenleer.'

'Te vaag.'

'Waterboa.'

'Te vaag. Ik eis de Latijnse naam.'

'Eunectus... nog iets. Eunectus murinus.'

'Doug, als jij de wetsartikelen net zo goed kende als al die merknamen uit de natuur, was ik nu niet op weg naar een Californische gevangenis.'

De advocaat deed er gekwetst het zwijgen toe. Naast zijn hoekig massieve lijf wrong Remo zich in bochten om zijn gympen voor de plateauzolen van de Pinball Wizard te verruilen.

16

Tijdens een stop in de berm had Paula een kaart op de zitplaats naast haar uitgespreid, en daar wierp ze nu onder het rijden korte blikken op – soms net iets te lang, waarna ze met een ruk aan het stuur de auto weer recht kreeg. Hoe dichter ze Choreo naderden, des te hongeriger vrat Remo het uitzicht aan zijn kant van de Cadillac. Hij was een kijker van nature, beroepshalve ook, maar had zich nog nooit zo te barsten gekeken op een voorbijschietend landschap, waar eigenlijk weinig aan te zien viel (op die ene steenarend na, die zijn gouden mantel door het stof van een stug begroeid open veld sleepte, zigzaggend, als om zo beter te kunnen vinden wat hij zocht). Kilometerslange flarden zou hij ervan mee achter de tralies nemen... honderden in de ochtendzon glinsterende details... samen met de mentale ansichtkaarten van Bora-Bora. Hij hoefde de instrumenten van zijn vak niet via zijn endeldarm Choreo binnen te smokkelen. Ze konden gewoon in zijn oogkassen achter de tralies. Hij voelde zich opeens uitgeput door drank en slaaptekort. 'Moderne gevangenissen, Doug, die hebben toch gewone bedden, niet?'

'Choreo is van eind negentiende eeuw. Middeleeuws dus. Het is te hopen voor je dat ze hier van die ijzeren sectietafels als bedden hebben, met vergietgaten erin.' Alleen wanneer hij diep beledigd was, kon Dunning zijn in z'n voegen krakende bariton slijmerig lief laten klinken. 'Dat is beter voor je rug dan die doorgelegen springveren matrassen, want... nou ja, wie wil er in een ijzeren hangmat gaan liggen uitlekken? De matrassen zijn altijd flinterdun.'

17

Voor de zoveelste keer landde Carhartts knikkebollende hoofd op de claxon, die hem weer klaarwakker dreunde. 'Zo win je het vertrouwen van de adelaar nooit, Ernie.'

'Oh...!' In elk oog plantte hij de muis van een hand. 'Met zo'n volle week nachtploeg achter me kan ik vlak voor de dagdienst de slaap niet vatten... *wat* Mrs Carhartt ook verzint aan hand- en spandiensten voor Mr Sandman. Terug op de werkvloer kan ik mijn ogen niet openhouden. Wat een rotberoep.'

'Blijf nog even wakker. Gezien, die lichtgrijze Cadillac? Daar zou onze nieuweling wel eens in kunnen zitten.'

In plaats van naar de asfaltweg te kijken tuurde mijn chef op zijn horloge: een SplitSec van misschien tien, twaalf dollar, waar de armste Choreaan zich nog voor zou schamen. 'Hij is laat.'

'Er wacht hem in ieder geval een warm onthaal.'

Zeker twintig fotografen, voorafgegaan door een man met geschouderde camera, renden de Cadillac tegemoet, met kinderen uit het bivak joelend in hun kielzog.

'Als ik naar al die pers kijk,' zei Carhartt, 'moet het een hele beroemdheid zijn. Twee weken terug, weet je nog... met die kleine etterkop uit Vacaville... dat was precies het omgekeerde. Een escorte van heb ik jou daar... dat je denkt, nou, een hele bink. Niks hoor. Zelfs geen jongste verslaggever van de *San Bernardino Little Saint*.'

Bij nadering van de meute fotografen minderde de Cadillac vaart, net zo lang tot hij stapvoets reed, waardoor ze in de gelegenheid waren (wat wel niet de bedoeling zal zijn geweest) de auto te omzwermen, en hun camera's door de portierramen naar binnen te richten.

'Woodehouse.' Ernie schudde zijn slaperige hoofd. '*Mij* zegt die naam niets. Wat had hij ook weer misdaan?'

'Uit de hand gelopen gokverslaving. Een speelschuld als een doodvonnis. Gevaar voor zichzelf en anderen.'

'Hoe lang krijgen we 'm op de koffie? Jij hebt de gegevens.'

Alles zat heel precies in mijn hoofd, maar voor de vorm bladerde ik door de formulieren op het clipboard. 'Drie maanden psychiatrisch.'

'In de praktijk nooit langer dan een dag of vijftig. Zorgen wij anders wel voor, Spiros.'

18

'Daar zal je 't hebben,' had Dunning uitgeroepen bij het zien van de rennende fotografen. 'je wordt gelyncht met flitslicht.'

'Ik kan toch niet...' Paula nam gas terug. 'Die gekken lopen zo onder je wielen.'

Remo controleerde de omgeving op vluchtmogelijkheden. De smalle asfaltweg, waarop nauwelijks twee personenauto's elkaar konden passeren, leidde recht en zwart op een neergelaten slagboom af, waarachter een betraliede bus nog eens ten overvloede de doorgang versperde. Links daarvan was een wit geschilderd houten gebouwtje, een soort paviljoen, dat dwars door een veelgelaagde omheining met prikkeldraadrollen heen leek gebouwd. Daar weer naast, aan de vrije kant van de afrastering, stonden enkele shelters en bungalowtenten rond een rookkolom, die zacht wiegelend naar de bleekblauwe hemel steeg.

Een paar honderd meter achter de slagboom, in schijn aan de voet van de caleidoscopische bergketen, rees massief en donkerbruin het burchtachtige bouwwerk op dat Choreo moest zijn. Vlaggen wapperden sloom op z'n vier bakstenen en twee glazen torens. De San Bernardino Mountains moesten nog een heel eind weg zijn. Een uitsnede van de zon gloeide tussen twee toppen.

Links en rechts van de asfaltweg was, zover het oog reikte in de laaghangende nevel, een kaal terrein van grijze modder met plekken wild gras erop. Geen bomen, geen struiken, geen enkele beschermende oneffenheid. Gevangenishonden konden hier met een paar sprongen bij de ontsnapte gedetineerde zijn, hun geblaf angstaanjagend versterkt door de echo uit de bergen.

De fotografen konden de langzaam rijdende auto met gemak bijbenen. Een paar liepen er achterwaarts voor de motorkap uit, fotograferend, soms struikelend over de heen en weer springende kinderen. Er dromden zoveel hoofden met camera's rond de portierramen samen dat al het benodigde licht wegviel. Misschien was het daarom dat ze, allemaal zichtbaar geïrriteerd, met foto's maken ophielden, en uitzwermden over de weg. Alleen de man met de televisiecamera bleef, terwijl Paula het gaspedaal weer dieper durfde indrukken, via de achterruit Remo's hoofd filmen, maar ook hij kon de optrekkende auto niet lang bijhouden.

'Wacht maar,' zei Dunning, 'tot je uitgestapt bent.'

'Het is gewoon de vermomming,' wist Paula. 'Die werkt.'

19

We keken toe hoe de fotografen de Cadillac zo ongeveer tot stoppen dwongen, maar ook verwonderlijk snel weer lieten gaan. 'Als ze voor die zeer beroemde Woodehouse komen,' zei Carhartt, 'dan kan ik me voorstellen dat ze hier vannacht hun tenten al hebben opgeslagen. Maar moet je zien... plaatje geschoten, en er wordt nog steeds gebouwd. Op twee, nee, drie plekken tegelijk. Wat denken die lui de komende dagen nog te bereiken, met Woodehouse op Extra Security?'

De Cadillac reed nu met grote snelheid in onze richting. De fotografen en de cameraman kwamen sigaretten rokend aangeslenterd. Alleen de kinderen renden – terug naar het kamp. 'De slaapproblemen spelen je parten, Ernie. Kijk daar eens...'

Op de parkeerplaats stond een busje van LA5, met de achterklep open. In de laadruimte bevonden zich grote spoelen, waar twee mannen met LA5 op hun jack dikke kabels afrolden, die dwars over de asfaltweg werden geleid, in de richting van het bivak. Niet ver van het kampvuur werd juist een grote camera op een statief geplaatst. Er ging een hoog uitgeschoven filmlamp aan, die een ontluisterend toneellicht over het tentenkamp legde. 'Lijkt wel een dood stinkdier daar, aan die hengel,' zei Carhartt.

'Die vacht, dat is tegen de wind, het verkeer... dat soort ruis.'

'Ze gaan musiceren ook.'

Er werden geluidstests uitgevoerd op twee vrouwen. Terwijl de microfoon van de een naar de ander bungelde, moest de blonde praten en de donkerharige vioolspelen. Ze zagen er in hun goedzittende mantelpakjes niet uit als nomaden die langs de weg kamperen. 'Die komen recht bij de kapper vandaan, Ernie.'

'Ik zag ze net nog tentharingen de grond in rammen.'

'Dat hele tentenkamp *is* natuurlijk helemaal niet van de pers. Ze gaan niet hun eigen mensen filmen en interviewen. Hier is iets anders gaande.'

De Cadillac was vlak voor de televisiekabels gestopt, alsof de bestuurder (bestuurster, zag ik nu) bang was iets te beschadigen. Een van de medewerkers bij het LA5-busje liep naar de weg, en maakte het gebaar van een verkeersagent: doorrijden. De kinderen waren naar het kampvuur gerend, waar ze in een kring rond de filmploeg dansten. De violiste boog zich spelend over een klein jongetje. Het dode stinkdier daalde met haar mee. Ik zette de deur van de bus op een kier. Het was een Engels kinderwijsje, dat ijl en droef door de overbelichte ochtend klonk.

20

Paula stuurde de auto het parkeerterrein op, waar hij bonkend door kuilen in het asfalt z'n weg vond naar de enige vrije plek: tussen een zwarte gevangenisbus en een gele schoolbus. 'Een klas op excursie naar de bajes,' zei Dunning met nog steeds dikke tong. 'Bij zulke leraren is ons kroost in goede handen.'

'Nou snap ik het,' zei Paula. 'Die kleintjes kamperen daar, aan de overkant. Met hun juf. Leerzaam.'

Ze zette de Cadillac op de handrem, en schakelde het contact uit. Zo zaten ze een tijdje met z'n drieën tegen de hoge zijwanden van de bussen aan te kijken. 'Sinds wanneer,' sprak Dunning traag, 'hebben schoolbussen gordijntjes? Ze zijn nog dicht ook.'

'Gun dat grut z'n privacy,' zei Remo.

'Beetje laat voor jou, zo'n stelregel,' vond zijn advocaat.

'Wendy tot het grut rekenen, dat is een belediging voor haar.'

'Paula,' zei Dunning, 'jij blijft in de auto. Ik ga met... met deze Remo hier... naar de receptie. Formaliteiten. Het kan kort duren. Het kan lang duren.'

Remo omhelsde zijn secretaresse onhandig vanaf de achterbank. 'Lieve Paula, ik zal nooit vergeten dat je me helemaal tot aan de slagboom hebt gebracht.' Hij verbaasde zich geamuseerd over de snik in zijn stem. 'Als ik vrijkom, krijg je je overwerk als bewaarengel uitgekeerd.'

'Stuur me een verlanglijstje voor de kerst.'

Al bij het uitstappen besefte Remo dat die schoenen van Elton een misrekening waren. Ja, ze krikten hem ruim een deci-

43

meter op, dat wel, maar doordat ze hem maten te groot waren, zou straks alle aandacht naar zijn zwabberende enkels gaan, en zag iedereen een dwerg van een meter zevenenvijftig die toevallig tien centimeter boven de grond zweefde. Zijn baard begon weer hevig te steken. Dunning streek aan de andere kant van de schoolbus met zijn hand over een grote, grillige plek zwarte hoogglanslak, die misschien een roestplek in het dof geworden geel moest verhullen. 'Iemand 'm aan het overschilderen geweest, Doug?'

'Een schoolbus moet geel zijn.'

'En als hij ergens anders voor dient?'

'Dan *mag* hij niet eens geel zijn.'

21

'Wie van de twee denk je dat het is, Ernie?' vroeg ik toen ze achter de schoolbus tevoorschijn kwamen. Onze man had zich zo goed als onherkenbaar gemaakt, en niet alleen door van naam te veranderen.

'Ik gok op de lange sladood in de regenjas. Zijn stropdas kleurt mooi bij een pokertafelkleedje.'

Ik had die nacht zijn aangeschoten stem aan de telefoon gehoord, dus het verbaasde me niet hem nu met zwaaiende gang voorbij te zien komen. Maar het was nog niets vergeleken bij de kleine man vlak achter hem, die wijdbeens voortstrompelde op zwikkende plateauzolen. 'Volgens O'Melveny's beschrijving is het dat opdondertje in de leren bontjekker.'

'Hij is nog kleiner dan het lijkt. Moet je die stelthakken zien. Laatst ook al zo'n dreumes. Je gaat aan een uitbraakcomplot denken. Zulke ukkies verdwijnen door een scheur in de muur.'

De fotografen, die nu bijna het receptiegebouwtje hadden bereikt, maakten nog steeds geen haast om de schaamte en de publieke vernedering van de beroemde veroordeelde vast te leggen, al bleven er wel een paar staan om hem spottend op te

44

nemen. 'Ze maken geen rolletje aan hem vuil,' stelde Carhartt tevreden vast. 'Woodehouse... mij zei het ook al niets.'

'Stationcar in aantocht. Een Caprice... nee, een Impala. Misschien zit daar een fotogeniekere boef in.'

Enkele van de fotografen wezen elkaar op de auto in de verte, die voortreed in een zonbeschenen bel van stof. Aarzelend begonnen ze de asfaltweg weer af te lopen. 'Je wou zeggen, Spiros, dat de pers hier helemaal niet voor Woodehouse is...'

'Volgens mij is de vervroegde aankomst van Woodehouse *niet* uitgelekt. Over twee dagen staat de pers hem hier op te wachten, let maar eens op. Vandaag...'

'Dan heb je vannacht dus loos alarm geslagen... en daarmee het afscheidsfeestje van een veroordeelde verpest. Heel kwalijk. Je bent nog nieuw hier, maar in Choreo gaan we heel zorgvuldig met onze gasten om. Ik zal dit in mijn rapport moeten vermelden, Spiros.'

22

'In San Bernardino vieren ze Pasen met Kerstmis,' zei Dunning bij het passeren van de zwartwit gestreepte slagboom. Door de betraliede voorruit van de gevangenisbus erachter waren vaag de bleke gezichten en de uniformkragen van twee bewakers te zien. Een klaaglijk blikkerig geluid trok Remo's aandacht. Het kwam uit een soort paasei, beschilderd met de Amerikaanse vlag, en vlak voor de bumper van de bus overeind gehouden door een metalen asbak. Het ijle gekrijt leek op te gaan in het vioolspel dat uit het kamp opklonk. De advocaat liep het receptiegebouwtje voorbij, en bleef tussen de twee voorste tenten naar het tafereel bij het vuur staan kijken.

Tussen de slagboom en de ingang tot de receptie stond een houten gevaarte dat leek op de stootbok aan het einde van een dood spoor. Het droeg een zware bronzen plaquette met in reliëfletters de tekst:

In de o van CALIFORNIA had iemand een afgedankt stuk kauwgom geplakt, en daar had weer iemand anders, of dezelfde persoon, het laatste eindje van een filtersigaret in vastgedrukt. Het moest iets betekenen, maar Remo's aandacht werd afgeleid door de fotografen, van wie er steeds meer van de receptie wegliepen – in de richting van een station wagon, die tweehonderd meter verderop midden op de weg gestopt was. Toen hij zich bij Dunning aan de rand van het bivak voegde, werden ze opeens omstuwd door journalisten met blocnotes en radioverslaggevers met hun recorders aan een riem over de schouder. Doug kreeg een microfoon onder zijn rood aangelopen neus geduwd. 'Mr Hearn...'

'Mr Heard,' corrigeerde iemand.

'U bent toch Mr Hearn, de advocaat van...'

'Mr Heard,' herhaalde de ander.

'Mr Heard, kunt u ons ook zeggen waarom uw cliënt...'

'Ik ken Mr Heard,' zei Dunning. 'Hij heeft in San Quentin uitstekend werk gedaan voor de veteranen van *death row*. Dat is meer dan ik van mezelf kan zeggen. Dank u.'

'Spaar je band, jongens,' riep een radioman, zijn apparatuur uitschakelend. 'Het is 'm verdomme niet.'

'*Daar* zal je 'm hebben,' schreeuwde een journalist, die met overvloedig spuug een onbeschreven bladzij van zijn notitieblok omsloeg. De hele troep begon achter de fotografen aan te hollen naar de plek waar de Chevrolet Impala, veel te groot voor zo'n smalle weg, log aan het keren was. De verslaggever van 'Mr Hearn' had de klep van zijn recordertas opengelaten, en daar sprong nu een bijna volle spoel uit los die, tientallen meters band afrollend, over het asfalt op de slagboom toe stuiterde.

'Doug, wat is dit?' Wankelend op zijn plateauzolen in het stugge gras keek Remo met gespreide armen het dravende persvolk na.

'Gewoon, geluk hebben. Een welkom misverstand.'

Zo godsgruwelijk ijdel was een mens nou. In het zicht van zijn getraliede vernedering voelde hij zich beledigd omdat de pers zich van hem afkeerde. Hij lag eruit. Wie bekreunde zich om zijn insluiting? Vrienden hadden een afscheidsdiner aangericht, ja, maar waren het niet stuk voor stuk haantjes die alles, elke gelegenheid aangrepen om een feest op poten te zetten? Vrienden... Er hadden collega's aan tafel gezeten, acteurs, producenten, een scenarioschrijver, zijn beide advocaten. Een van de laatsten had hem, samen met zijn secretaresse, tot aan de poort van het dreigende onbekende begeleid. Dat leek mooi, maar... waren het niet allemaal mensen die professioneel bij hem betrokken waren, en geld van hem plukten? Ze waren in functie. Paula en Dunning droegen hem over aan lieden die weer op een andere manier hun brood met hem verdienden: door in zijn voer te roeren, zijn vuile ondergoed voor hem uit te koken, en hem achter de tralies te houden. Alleen de pers wenste vandaag niet van hem te profiteren. Dat mocht wel eens in de krant.

Het zag ernaar uit dat de persmensen lukraak de inzittenden van de voor- en achteruit hobbelende stationcar fotografeerden. Eentje wierp zich op de motorkap, en drukte zijn lens tegen de voorruit. De auto veerde hevig bij de laatste draai, die de fotograaf afwierp. Een radiojournalist, microfoon gereed, trok een portier open, maar moest de kruk weer loslaten toen de Impala plotseling optrok, en met wapperende deur richting Interstate stoof. 'Er is daar iemand nog veel erger van de pers geschrokken dan jij,' zei Dunning.

23

'Dat jij al die dingen weet, Spiros.'

'Ik ben niet altijd gevangenoppasser geweest.'

'Een beetje met zo'n camera heen en weer draaien, dat lijkt me wel wat.'

'Die vent van LA5 daar... hij schroeft een tweede lamp in elkaar. Dat was een tijd mijn functie. Man van het licht.'

'Bij de televisie...'

'Allerlei filmwerk. Theater ook.'

'Gaven ze me de kans, dan zou ik cameraman bij de porno worden. Lekker vet betaald door het sleutelgat loeren.'

'Doe je hier ook.'

24

De kinderen hadden hun belangstelling voor de filmploeg alweer verloren, en zaten elkaar tussen de tenten achterna, struikelend over strakke scheerlijnen, die een dof gegons afgaven. 'Bizar,' zei Dunning, 'kamperen vlakbij zo'n ijzeren gordijn met zware stroom erop. Zeker als er kinderen bij zijn.'

Er waren fel rode, oranje en blauwe shelters en bungalows bij, zoals je ze op vakantiecampings zag, maar ook door weer en wind uitgeloogde kaki legertenten. 'Familie van een gevangene misschien,' zei Remo. 'Om te protesteren tegen een te lange straf... een onschuldige veroordeling.'

'Zie jij borden... spandoeken?'

'Wel een televisieploeg. Ze gaan interviewen.'

'Mogelijk zijn het bewonderaars van jou, die hier uit solidariteit de nachtelijke kou trotseren.'

Een assistent van LA5 joeg achter de kinderen aan om ze tot stilte te manen. Achter de blonde vrouw onder de zacht schommelende microfoon stond de zwartharige geduldig met haar viool onder de kin geklemd, de strijkstok gereed op de snaren. Ze kon niet ouder dan midden dertig zijn, maar er liepen al banen zilver door haar kapsel. De kinderen waren gevangen, en stonden van een afstand toe te zien, hijgend en met rode konen. De interviewer (of regisseur) liet zijn gestrekte arm neerkomen, ten teken dat het vraaggesprek kon beginnen. De violiste zette een langzame melodie in. Met enige moeite herkende Remo het middendeel van Mozarts derde vioolconcert, dat zonder begeleiding wel erg krasserig en onbeholpen over het terrein klonk. De bergen waren te ver weg om het spel enige akoestiek te bieden.

'Mr Dunning en cliënt, neem ik aan,' klonk het plotseling achter ze. De advocaat draaide zich meteen om, maar Remo ving juist de vervoerde blik van de vioolspeelster. Er was iets afstotend vertrouwds aan haar, zonder dat hij het gezicht thuis kon brengen. De interviewer stelde zijn eerste vraag. Remo keerde zich naar de man die ze had aangesproken. Hij droeg het uniform van een bewaker. 'Don Penberthy. Receptie.'

Dunning kreeg een hand, maar die van Remo werd, uitgestoken en wel, genegeerd. 'U moet zich melden,' zei Penberthy tegen Dunning. 'U bent veel te laat. Twee bewakers wachten al uren om uw cliënt naar zijn afdeling te brengen.'

Het vioolspel dat door het onverstaanbare interview heen kraste, kreeg steeds meer iets geïmproviseerd zigeunerachtigs. Voordat hij achter Dunning en Penberthy aanliep, keek Remo nog een keer om. Haar gezicht was ook een beetje dat van een gitana. Hun blikken kruisten elkaar opnieuw. Het maakte dat hij, op deze reukloze vlakte, een geur van hooi en paarden opving en, onder een wolkeloze hemel, een fijne sproeiregen op zijn voorhoofd voelde. Zigeunervolk? Meer iets voor Europa. Roma's zouden er geen moeite mee hebben in de schaduw van een gevangenismuur kwartier te maken – maar dan met caravans, niet met tenten.

Boven de ingang van de receptie hing lusteloos een veel te kleine, misschien wel in de was gekrompen Amerikaanse vlag, vaal en rafelig. Toen Remo tussen de twee gewapende wachten door naar binnen wilde gaan, werd hij zijdelings gefotografeerd door een van de net teruggekeerde persmensen – zomaar, uit de losse pols, alsof de man alleen maar zijn camera uitprobeerde. Een sfeerkiekje, daar was Remo nog net goed genoeg voor. Toen hij achter zijn advocaat aan de drempel over wilde stappen, vergat hij even zijn verhoogde schoenen, zodat het niet veel scheelde of hij was languit ten val gekomen.

'Geen dank,' zei Dunning, die hem opving. 'Daar zijn advocaten voor.'

25

'Ze zijn binnen,' zei Carhartt, de motor startend. 'Ik ga maar 's keren.'

'Rij je ei niet tot struif,' waarschuwde ik hem.

Hij stapte uit, en haalde de asbak met het adelaarsei voor de bumper weg. Door het open portier was het snerpende viool-spel goed te horen, net als de opgewonden stem van de onder-vraagde vrouw, maar wat er gezegd werd, was niet te verstaan. Ernie legde zijn kuiken, dat nu zweeg, op een lege zitplaats, en reed de bus achteruit. 'Het gaat mijn verstand te boven dat die lui hier zomaar hun tenten mogen opslaan. Als ik O'Melveny was, zou ik voor de veiligheid van Choreo de hele lappenhan-del opdoeken. Nu. Meteen.'

De achterwielen schoten van het asfalt, en ruisten door het steenslag dat het gevangenisterrein bedekte. 'We leven in een vrij land,' zei ik maar.

'Zo zeker als wat.' Het klonk vertederd. 'Democratie is god-zijdank een Amerikaanse uitvinding.'

'Op een dag klonk bij ons in Athene het *heurèka!* en zie, het plebs was uit de problemen. Democratie. Amerika exporteert nu het spul dat bij ons is uitgevonden.'

'Die Papadopoulos toen, dat kolonelsgedoe, noem je dat de-mocratisch?'

'De democratie is er in Griekenland al eeuwen voor Chris-tus door gedrukt. Niet met mijn instemming, dat zeg ik er eer-lijk bij.'

'Als het er destijds bij jullie al zo democratisch aan toeging,' lachte Ernie, 'waarom hebben ze dan niet naar jou geluis-terd?'

Ik had er een schervengericht tegen in stelling kunnen bren-gen. Er waren vast wel zesduizend rechtse kankerpitten te vinden geweest om heel democratisch hun potscherf uit te brengen tegen de democratische kliek. Een groepsverbanning, naar de verste punt van Sicilië, dat zou mooi zijn geweest. Nooit eerder aan gedacht.

26

Het was er heet, al viel nergens een warmtebron te ontdekken. De kille ochtendzon, nog maar net boven de bergen uit, zou het wel niet zijn. Meteen begon Remo's baard weer te broeien en te prikken. Hij krabde zich bij de haarpluk die tot onder zijn oorlel groeide, maar de jeuk zat ergens anders – nee, ook niet in het uitspringende sikje net beneden zijn mond. Penberthy verdween naar een zijvertrek.

'Het is Woodehouse met een e in het midden,' zei Dunning tegen de geüniformeerde vrouw achter de balie, fluisterend bijna, want in de ontvangstruimte zat nog meer personeel te werken. Ze had een dik, stug korset aan, waardoor het was of ze een kogelvrij vest onder haar blouse droeg. Het alfabet lispelend bladerde ze door een kaartenbak. 'Woodehouse begint met een W,' zei de advocaat vals beleefd.

De vrouw trok een systeemkaart tevoorschijn. 'Woodehouse, Remo Christopher. Ware naam bij directie bekend.' Ze las het zo luid voor, met haar schelle stem, dat twee typistes hun hoofd haar kant op draaiden.

'Als u het van de daken gaat schreeuwen, heeft een schuilnaam geen zin meer.'

'O, sorry,' riep ze nog harder, 'ik wist niet dat Woodehouse zijn werkelijke naam was. Het gedoe voor de deur maakt me bloednerveus.'

'Wel vaker zoveel pers op de been hier?'

'Nooit eerder meegemaakt.'

'Hoog bezoek zeker?'

'Niet volgens *mijn* administratie.'

'En dan dat kampement...'

'Sir, u vraagt mij meer dan ik bevoegd ben te weten.'

Remo liep naar het tralievenster dat uitzag op de tenten. Het interview was nog gaande. De violiste speelde nu met haar rug naar de camera. Het persvolk stond en hurkte in de berm, en keek de weg af naar de horizon, die door de Interstate gevormd werd. Het was als arriveren aan de hemelpoort. Zijn hele professionele leven lang had de pers hem op de hielen gezeten. De media hadden hem gemaakt en gebroken, vooral dat laatste, en de fracturen hadden hun vernielzucht alleen maar aangewakkerd. En nu stonden ze, fotografen en journalisten en televisielui, aan de hemelpoort (of poort naar de hel) over hem heen te kijken naar wie daar in de verte aan kon komen. Hij had niet bestaan.

Aan de andere kant van het vertrek was ook een tralievenster, met uitzicht op het gevangenisterrein. Ter weerszijden van de weg die naar het hoofdgebouw voerde, stonden rijen houten loodsen of barakken, waaromheen geen enkel leven te bekennen was. Achter de balie zocht de vrouw formulieren bij elkaar, en Dunning kwam naast Remo staan. 'Ongevaarlijke gekken als jij, die hier voornamelijk onderzocht worden, brengen ze meestal in zo'n schuur onder.'

'Ze doen me aan de laatste dagen van mijn moeder denken.'

Langzaam gleed het oude bakstenen gebouw uit de schaduw van de bergketen. De zon bracht de sierlijke wendingen in de rollen prikkeldraad bovenop de muren aan het licht.

27

Ik vroeg Carhartt welke bewakers er in zijn cryptogrammenclubje zaten.

'Van de EBA: Burdette, Scruggs, Jorgensen, Tremellen, La-Brucherie, ikzelf. De twee dikke dumbo's lossen nooit iets op. Van buiten de EBA: Don Penberthy en... zeg, Spiros, wou je er ook bij?'

'Nee, maar ik heb er misschien eentje voor jullie. *Het ei baart net zoveel pauwenogen als het ontleedmes wil.*'

Mijn chef dacht even na. 'En dat moet een cryptogram voorstellen?'

'Geloof jij in cryptogrammen die spontaan bij iemand opkomen... die eerst betekenisloos lijken, pure woordklank, en dan toch nog hun geheim prijsgeven?'

'Ik hoor het al. Voor jou geen plaats in ons clubje.'

'*Er blijft nog slechts een blauwe minaret te schreien over.*'

'O, gaan we Whitman of een van die knakkers opdreunen? Luister, Spiros. Cryptogrammen hebben hun eigen mechaniek. Ik ga jouw slaande waanzin niet aan de jongens voorleggen.'

28

Douglas Dunning zag er bij het afscheid zeer vermoeid uit. Zijn zware aangezichtsplooien leken de onderste oogleden tot bloedvolle halvemaantjes neer te trekken, en tussen de rode schichten op zijn oogwit dreven snotachtige vuiltjes. Zijn drankadem rook verzuurd. 'Sterkte, Woodehouse. Ik zoek je deze week nog op.' Hij wilde nog iets zeggen, maar schudde alleen heftig het hoofd, zodat de lel onder zijn kin ervan trilde. Twee verliezers, die heel verschillende kanten op gingen.

Bij de achterdeur werd Remo door Don Penberthy aan de twee bewakers uit de bus overgedragen. 'Dit is Mr Carhartt, hoofd van de Extra Beveiligde Afdeling, waar u wordt ondergebracht. En dat is Mr Agraphiotis, die daar sinds kort bewaker is.'

Er werden bij de kennismaking geen handen geschud. 'Boeien?' vroeg de knappe man met de Griekse naam. Hij had vannacht naar Sherman Oaks gebeld.

'Polsen alleen,' zei Penberthy.

Nadat ze hem de handboeien om hadden gedaan, werd de baardjeuk ondraaglijk. Met een bewaker voor en een achter hem op weg naar de bus probeerde hij zo onopvallend mogelijk te krabben, waarbij de stalen schakels in zijn vlees sneden. De armen langs het lichaam af laten hangen, dat was het minst pijnlijk, maar daarmee werd het branderige steken van zijn gezichtshuid niet verdreven. Bij de slagboom stonden wat persmensen verveeld toe te kijken hoe hij door de twee mannen de bus in werd geholpen. Ze waren allemaal omhangen met camera's, maar niemand nam de moeite een foto te nemen van dit hoogst dramatische moment in het leven van een man. De kleine slet. Ze had zo mistig over haar donzige schouder naar hem omgekeken, Wendy, nadat ze haar ellebogen en knieën vederlicht in de matras van de slaapbank had geplant. Uitbannen, dat beeld. Denken aan een slak op een lage muur in zijn jeugd. Uit het gebarsten huisje lekte slijm. De bewoner leefde nog, en gleed langzaam om een diepe scheur in het gesteente heen. In de lucht de geur van vers afgebroken twijgen.

'Denk om het opstapje.' Door de tien centimeter dikke zool moest Remo zijn been onnatuurlijk hoog optillen om zijn voet op de treeplank te krijgen. Er leek iets te knappen in zijn lies. In die ongemakkelijke houding draaide hij zich om naar de parkeerplaats, waar Dunning juist naast Paula in de Cadillac stapte. De secretaresse drukte haar duim plat tegen het glas, en hij wist dat het gebaar voor hem bestemd was. Hij wilde zijn hand opsteken, maar zijn polsen zaten aan elkaar vast. De bewakers zetten hem op de stoel naast de bestuurdersplaats, waar Carhartt achter het wiel kroop. Op een lege zitplaats dieper de bus in lag, zwijgend nu, het paasei. De motor had al die tijd stationair gedraaid. Ze reden.

'Een goed ding, persvrijheid,' zei Agraphiotis. 'Maar ze moeten een ander niet zijn vrijheid ontnemen voordat hij goed en wel in bewaring is gesteld.'

'Ze kwamen niet voor mij. Ik ben maar een onbeduidend gokkertje met een kleine straf.'

De bus leek te groot en te log voor de pendeldienst tussen toegangshek en gevangenispoort. Het zwartgeverfde ijzeren gaas voor de ramen was fijnmazig. Als op een krantenfoto werd het landschap er korrelig van. De loodsen die de bus passeerde, werden concentratiekampbarakken op een Russische amateurfilm uit april '45. Weer vrij straks zou hij net zulke rasters laten ontwerpen voor de opnamen van – hij wist nog niet wat.

Carhartt stopte om een dubbele rij voort marcherende mannen in gevangenisoveralls te laten oversteken. Hun enkels waren losjes geketend, en ze droegen ieder een spade of een houweel over de schouder. Een bewaker met een karabijn, fluitje tussen de lippen, hield zijn arm omhoog tot de laatste landarbeider het asfalt verlaten had. 'Neem me niet kwalijk, Woodehouse' (Carhartt wapperde met zijn hand) 'maar heb jij soms ontbeten op koffie met een scheut cognac?'

'Sorry voor de overlast. De fles schoot uit. Het was trouwens armagnac.'

'Zo'n fijne neus heb ik niet. Wel een gevoelige.'

Anders dan Dunning voorspeld (of verzonnen) had, werd Remo niet bij een van de loodsen afgeleverd. Ze reden recht op de hoge poort van het massieve gebouw af. Een plotselinge druk op zijn maag bracht het zuur in zijn keel, en even was hij bang te moeten braken. Met snelle slikbewegingen wist hij zijn ingewand weer tot bedaren te brengen.

29

De Westpoort was, net als de overige poorten, verzonken in een bakstenen muur, waarop volgens een ondoorgrondelijk patroon veelkleurige tegels waren gemetseld. Ze leken op de tegels zoals ze al eeuwen rond de Middellandse Zee werden gebakken, in Zuid-Spanje of op het Italiaanse eiland Ischia. De zorg waarmee ze waren aangebracht om een esthetisch effect te sorteren (in dit geval dat van een eindeloos opgelapt clownskostuum) maakte me zoet-bedroefd, nou ja, namens de aanstaande gevangene dan. Woodehouse zelf leek het niet te deren, zoals hij daar wankelend op zijn hoge hakken tussen ons in voor de bus stond.

Links van de poort een wachttoren, waarin een raam openstond. Carhartt zette zijn handen aan de mond, en riep naar boven: 'Gevangene! Nieuw!'

In het raam verscheen het gezicht van collega Norfleet, die zijn vlezige armen in de vensterbank liet rusten, en er zijn gemak van nam. 'Mooi weer voor de vakantiekolonie,' riep hij naar beneden, en nam een trek van zijn sigaret.

'Kom op, Barry,' riep Carhartt terug. 'Zet het communicatiesysteem in werking. We hebben nog meer te doen.'

Norfleet greep achter zich. 'Komtie...!' Zwaaiend aan een dun henneptouw kwam een door weer en wind uitgeloogd tenen hengselmandje naar beneden. Het zakte met rukjes op ons toe. 'Kan het niet wat sneller?'

'Dan snijdt het touw door mijn vingers. Zeg eerlijk, Ernie, wat is een bewaker met verbrande fikken nog waard?'

'Sorry voor het primitieve systeem,' zei ik tegen Woodehouse. 'Dit is San Bernardino.'

'In de buurt waar ik opgroeide, ging de sleutel ook zo naar het bezoek.'

Ergens diep in zijn accent moest die buurt nog terug te vinden zijn. 'Dit is voor de papieren,' zei ik.

'Ik probeer uw accent thuis te brengen. Volgens vrienden ben ik daar een expert in. Bij u...'

'Grieks,' zei Carhartt, het mandje opvangend. 'Meneer is een godverlaten en godvergeten Griek.'

'Om je te dienen, Ernie.'

'Dat dacht ik ook bij het horen van de naam,' zei Woodehouse. 'Maar het accent klinkt eerder... Vlaams of zo.'

'Ik heb jaren in de Nederlanden gewoond.'

Het gesprek werd onderbroken door geschreeuw tussen mijn beide collega's. 'Papieren met bijlagen allemaal in de mand,' riep Norfleet naar Carhartt, die op het punt stond om een geel en een roze doordrukvel van het witte moederformulier te scheiden. 'Je krijgt de doorslag zo getekend retour.'

Carhartt wilde de complete papieren in het mandje werpen, maar ze raakten door zijn drift vast gespietst op een kam van losgeraakt vlechtwerk, zodat ze klapperend op de bergbries de hoogte in gingen. 'Ernie,' riep Norfleet toen hij het mandje binnenhaalde, 'je bent een grote klootzak. De formulieren zijn nu praktisch onleesbaar. Ik maak hier melding van.'

'Doe maar wat je niet laten kunt, vuile matennaaier.'

Norfleet verdween van het raam, kennelijk om de waardeloos geworden papieren toch maar te tekenen.

'Je moet niet denken,' zei ik tegen Woodehouse, 'dat zich in Choreo *alles* op het niveau van een stofdoekenmandje afspeelt.'

'U zou mij niet horen protesteren. Een kat slaapt nergens zo lekker in.'

In het venster verscheen nu het vierkante bovenlijf van een vrouwelijke bewaarder. Het was Kim LaBrucherie, onze French Dyke. Ze liet het mandje zakken. 'Hier komt de doorslag,' riep ze met haar mannenstem. 'Ik moet van Barry zeggen dat hij... geen enkele verantwoordelijkheid accepteert... voor de identiteit van deze gevangene. Begrepen?'

'Begrepen,' riep Carhartt terug. Woodehouse en ik keken elkaar eens aan. Met een enkel oogknipperen stelde ik hem gerust. Zijn geschonden identiteit zakte met rukjes naderbij.

'Deed het perstuig nog moeilijk?' wilde Kim weten.

'We hebben ze mooi om de tuin geleid,' riep Carhartt.

'Hoe is het op de camping?'

'Niks als vrouwen, French. Je moet toch eens gaan buurten.'

30

Van de poort stonden de hoge deuren naar binnen opengeklapt. Een hek schoof zoemend en schurend zijdelings de muur in. Het traliewerk was vermiljoen geverfd. Misschien stond het in de menie om opnieuw geschilderd te worden. Halverwege bleef het hek steken. Blijkbaar was er elektronisch voldoende ruimte geschapen om een drietal mensen door te laten. Het

spaarde maar stroom uit. 'Welkom in Choreo, Mr Woodehouse,' zei Agraphiotis.

'Op uw kamer vindt u bloemen en een fruitmand,' zei Carhartt. 'De directie wenst u een prettig verblijf. Mocht u klach-
ten hebben, draait u dan een 2. De receptioniste zal u graag te
woord staan.'

Remo had nooit aan pleinvrees geleden, maar nu hij de binnenplaats voor zich zag liggen, bijna zo groot als een Europees
voetbalveld, deinsde hij terug. Zo verzakt en gebarsten als het
asfalt van het parkeerterrein was geweest, zo smetteloos en gelijkmatig lag het hier uitgewalst. De vlakte werd aan drie zijden omsloten door een gebouw van drie verdiepingen. De muren maakten een blinde indruk, ondanks de volgens een streng
patroon aangebrachte boogramen met groenig matglas erin
en grijs geverfde tralies ervoor.

De vierde zijde van de binnenplaats bestond uit een hoge
muur, afgewerkt met rollen prikkeldraad, en daar weer boven
hing, tussen twee wachttorens, een loopbrug voor bewakers.
Op het asfalt stonden, binnen een gekalkte rechthoek, twee
palen met basketbalbord. Ernaast was, tegen de muur op gebouwd, een tribune, die plaats bood aan een paar honderd toeschouwers. In een hoek enkele ligbanken voor gewichtheffers
en een rek vol wisselgewichten. Verder was de omsloten ruimte
leeg. Geen begroeiing, zelfs niet in de vorm van een pluk onkruid hier en daar. De wachttorens gaven, achter hun zonbeschenen glaswanden, een vermoeden van leven, maar verder
was er op de hele binnenplaats geen mens te bekennen.

'Hola, hierheen, Woodehouse.'

Had hij bij de aanblik van het kale terrein onwillekeurig een
stap achterwaarts gedaan? Of was hij, terwijl zijn begeleiders
gewoon doorliepen, van schrik stil blijven staan? Met een snelle beweging keerden ze zich allebei tegelijk naar hem om, en
grepen ieder een arm van hem vast. 'Sorry, heren.' Hij deed
een stap voorwaarts, en stond weer tussen ze in. 'Ik kreeg het
even te kwaad.'

'Ja, het is me nogal een grafzerk,' vond ook Carhartt.

'Over drie kwartier begint het luchtuur,' zei de ander. 'Dan ziet het er hier een stuk levendiger uit.'

'Ja, er valt nooit meer dan één dooie per keer.'

'Kom, Ernie,' zei Agraphiotis, 'meer dan een bloedneus heb ik hier nog niet meegemaakt.'

'Terwijl je toch al zo'n drie weken meedraait.'

'Dan hadden we toch op z'n minst een dozijn lijken verder moeten zijn.'

'Wacht maar af, Spiros. Mijn ingegroeide teennagel zweert onraad. Die heeft zich nog nooit vergist.'

'Misschien gaat er vandaag of morgen iemand op je voet staan. Dan krijgt je nagel mooi gelijk.'

Ze begonnen aan de oversteek van de asfaltvlakte. Halverwege, ter hoogte van de tribune, lieten de bewaarders Remo's armen los. De binnenplaats lag nog bijna geheel in de schaduw, maar de bewaker die nu met een karabijn onder de arm de loopbrug op stapte, kreeg de volle mep zonlicht. Even, toen de man zijn hoofd in hun richting wendde, waren er korte lichtexplosies in de spiegelglazen van zijn zonnebril. Het bezorgde Remo enige mouches volantes, die zijn kater lieten opleven. 'Heren, ik heb de afgelopen nacht geen oog dichtgedaan.'

'Dat hadden we al geroken,' zei Carhartt.

'Denkt u dat er vandaag gelegenheid is wat slaap in te halen?'

'O, je krijgt in Choreo zoveel kans om te slapen,' zei Agraphiotis, 'dat je het slaaptekort en de slapeloosheid van de vrije wereld gaat idealiseren.'

31

Aan de overkant van de luchtplaats werd een deur door Agraphiotis met verschillende sleutels geopend. 'Na u,' zei hij tegen Remo. Ze kwamen in een ruimte waar meer sportattributen opgeslagen waren. Een turnpaard. Boksballen op een verende standaard. Een complete mast met basketbord, op z'n kant liggend. Een doorzichtige jutezak met leren ballen. Een brancard. 'Hierheen.' Ze stonden voor een gemenied hek. Carhartt, met afgewend bovenlijf, mompelde een code in zijn walkietalkie. Even later schoof het hek open. In de brede gang stonden groepjes gevangenen te praten, misschien in afwachting van het luchtuur. Remo had verwacht dat ze, net als in de film, lichtblauwe of oranje overalls zouden dragen, een moderne uitvoering van de gestreepte bajeskleding vroeger. In Choreo droegen ze nachtblauwe overalls. Donkerblauw met een zweem viooltjespaars. Toen hij tussen ze door geleid werd, hielden veel gevangenen op met praten. Er werd gefloten. 'Kijk nou 's, jongens,' zei er een. 'Het grietje gaat voor 't eerst hooggehakt naar het schoolbal.'

'Niet op reageren,' zei Agraphiotis. 'Gewoon doorlopen.'

'Alweer zo'n *little motherfucker*,' zei een ander. 'De Griek heeft er ergens een nest van gevonden.'

Vanaf dat moment ging het 'little motherfucker' van mond tot mond. Het maakte dat Remo zich hinderlijk bewust werd van zijn plateauzolen. Hij probeerde er zo natuurlijk mogelijk op te lopen, en juist daardoor ontwikkelde hij een verachtelijke waggelgang. Vervloekte Pinball Wizard. Voor honderden ponden aan slangenleer, en nu liep hij hier voor gek, nagefloten als de eerste de beste trut die onder een steiger vol bouwvakkers door liep. Zijn baard begon opnieuw te broeien.

'Zoals je weet, Woodehouse,' zei Agraphiotis, toen ze op het opengaan van het volgende traliehek stonden te wachten, 'klinkt in Europa nogal eens het verwijt dat de Amerikanen cultuurloos zijn.'

'Op z'n minst afgesneden,' zei Remo, en hij schaamde zich meteen voor zijn pedanterie, 'van de beschavingen waar ze van afstammen.'

'Precies. Maar ik moet ze nageven dat een van de mooiste mythen uit de Griekse oudheid de hele dag door, in alle staten van Amerika, op z'n kortst en z'n krachtigst wordt samengevat in hun geliefdste scheldwoord.'

'Wat sta je daar nou weer te beuzelen,' zei Carhartt, 'jij, ouwe Griekse *motherfucker*. Praat als een gewoon mens, man.'

Het hek schoof open. Volgende gang.

'Ik zie dat al het traliewerk hier in de grondverf staat,' zei Remo, om maar iets te zeggen. 'Er is zeker een grote schilderbeurt op komst.'

'Zo'n vraag,' zei Carhartt, 'wijst op ontsnappingsneigingen. Vorig jaar heeft al eens een gevangene met een huisschilder van overall geruild.'

'Ik vroeg het omdat ik allergisch ben voor verflucht.'

'Vermiljoen,' zei Agraphiotis, 'is de standaardkleur voor al het ijzerwerk in Choreo.'

'Meer dan een grondverfje,' zei Carhartt, 'zit er voor jullie, klootzakken, niet in. Het is onderdeel van de straf.'

'Als je straks in de gelegenheid bent,' zei Agraphiotis, 'om de zielen van de Choreanen tegen het licht te houden, zul je dezelfde kleur... of antikleur, zo je wilt... ontwaren. Menie.'

'Zielen onder een laag roestwerende dekverf,' riep Carhartt uit. 'Je moet wel een godvergeten Griekse knoflookvreter zijn om zoiets te bedenken.'

'Ik had eerlijk gezegd verwacht,' zei Remo, 'dat de *overalls* hier oranjerood zouden zijn.'

'Wat is er tegen het donkerblauw van de werkende klasse?' vroeg Carhartt.

'U had het over ontsnappingsneigingen. Zo'n nachtblauwe overall lijkt me uitstekende diensten te kunnen bewijzen bij een nachtelijke uitbraak.'

'Het is de *stof* waar je de hond op africht. Niet de kleur.'

'Die blauwe overalls,' zei Agraphiotis, 'geven licht in het donker. Je bent daarbuiten zichtbaar als een klaarover.'

'Zeg dat nou niet, Spiros. Ik had onze broekenman graag eens van de vlakte zien oplichten, met een van onze herdershonden als stropdas.'

'We brengen je eerst naar de directeur,' zei Carhartt. 'Ik weet niet waarom, maar Mr O'Melveny wilde je even zien voordat je ingesloten wordt. Heel ongebruikelijk.'

'Daarna,' zei Agraphiotis, 'gaan we naar het kledingmagazijn.'

'Vergeet het kieken niet,' zei zijn chef. 'En de klauwafdruk. En een plens bloed.'

'Bloedgroep staat al in het dossier.'

'Zal me een rotzorg zijn. Bloed aftappen. Regels zijn regels.'

Ze hielden halt voor een deur zoals Remo op de hele wandeling door het gangenstelsel nog niet gezien had: van opzichtig fineer. Een glanzend gepoetst koperen bord vermeldde:

Dr T.J. O'Melveny
DIRECTEUR

Carhartt hield zijn vuist bij de deur. Iets angstigs en verkrampts in zijn houding belette hem meteen aan te kloppen. Het was of hij luisterde naar wat er daarbinnen gaande was. Eindelijk liet hij zijn knokkels vlak onder het koper neerkomen. Hij wachtte gespannen, met fijn zweet tussen de rimpels op zijn voorhoofd, tot een stem 'binnen!' riep. Hij opende de deur. 'Gevangene Woodehouse voor u.'

'Ik zou het op prijs stellen, Carhartt,' snauwde de stem, 'als je Mr Woodehouse pas na zijn officiële insluiting zo aanduidt.'

'Zoals u wenst, Mr O'Melveny.'

'Laat Mr Woodehouse binnenkomen. Blijf zelf maar buiten.'

'Zoals u wenst, Mr O'Melveny.' Carhartt verliet achteruitlopend, met gebogen hoofd, de kamer. Hij siste Remo toe: 'Op twee meter afstand van zijn bureau blijven staan.'

Remo ging naar binnen. Toen hij de deur achter zich wilde sluiten, merkte hij dat Carhartt hem al dichttrok.

'Komt u verder, Mr Woodehouse.' De directeur trok zijn voeten van het bureau, en draaide zijn stoel recht. Achter hem was een glanzend zijden vlag met behulp van gouden gordijnkoorden om een kleurenfoto van president Carter gedrapeerd. Het portret hing er mogelijk nog maar kort, want er vlak onder stond een ingelijste foto in zwartwit van president Ford tegen de muur. In het glas zat een spinnenweb van barsten. De man stond op, en reikte over het brede bureau heen naar Remo's hand. 'Ik heb u altijd al eens willen ontmoeten, Mr... eh... Woodehouse, zal ik u verder maar blijven noemen in een gebouw waar de muren oren hebben. Gaat u zitten.' Hij gebaarde naar een fauteuil. 'Wat goed genoeg was voor de graaf van Chesterfield, is niet te goed voor mijn gasten.'

Remo ging zitten, en sloeg zonder erbij na te denken zijn benen over elkaar.

'You're dressed pretty wild,' zei O'Melveny, met een knikje naar Remo's schoeisel.

'Mr President,' zei Remo, blij dat hij de uitspraak van Nixon tegen Elvis herkende, 'you got your job, I got mine.'

De directeur lachte.

'Nixon is de enige president uit de jaren zeventig die ik mis in deze kamer.'

'Ja, ik moet de ouwe Gerald eens de deur uit doen. Ik ben uitgekeken op zijn barse kakement.'

'Hij heeft averij opgelopen, zie ik.'

'Geloof het of niet, Mr Woodehouse. Het was geen tochtvlaag of zo. Ook geen lichte aardbeving. Toen ik hier op 5 september 1975 rapporten zat door te nemen, viel achter me opeens met haak en al Gerald Ford van de muur.'

Hij keek Remo verwachtingsvol aan. Die verhief zich uit de fauteuil, en wierp nog een snelle blik op de kapotte portretlijst. Het centrum van het glasweb zat ergens bij Fords rechteroor. 'Vindt u het erg, Mr O'Melveny, om mijn geheugen op te frissen?'

'Die dag werd er een aanslag op de president gepleegd. Ik hoorde het een paar uur later van mijn adjunct. In Sacramento... Capitol Park. Weet u het weer? De Colt .45 *automatic* ging niet af, maar evengoed kwam dat portret naar beneden. Zelf zei dat meisje dat hij niet geladen was. Zo'n jong ding nog.'

'Het was de datum. Die stond me niet meer zo bij.'

'Stom van me erover te beginnen. Ik realiseerde me niet dat het oude wonden bij u kon openrijten.'

'Och...'

'Ik ben me er terdege van bewust wat u heeft moeten doormaken. Het valt me zwaar u hier onder mijn verantwoordelijkheid vast te moeten houden.'

'U doet uw plicht, meer niet.'

'Beroepsplicht kan met persoonlijke moraal in conflict komen.'

'U heeft mij niet veroordeeld. U veroordeelt mij ook niet door mij hier achter slot en grendel te houden.'

'Naar waarheid, Mr Woodehouse, als ik uw identiteit niet gekend had, zou ik u hier in de gangen niet herkend hebben, met die baard en die bril.'

'Dat was ook precies de bedoeling.'

'U helpt ons ermee. Trouwens, als ik die verhoogde hakken en zolen van uw lengte aftrek, bent u veel kleiner dan ik me had voorgesteld.'

'Dat hoor ik vaker.'

'Krantenfoto's, televisieoptredens... dat vertekent.'

'Was het maar alleen mijn postuur. Het vertekent blijkbaar ook mijn daden.'

'Dat is niet aan mij ter beoordeling. Wilt u mij een plezier doen? Ik heb iets goed te maken bij mijn dochter.' O'Melveny nam een pen uit de houder en schoof Remo een schrijfblok toe.

'Ik heb weken geoefend op de handtekening van Woodehouse. Hij is nu perfect.'

'Toch liever de andere.'

'Hoe oud is uw dochter?'

'Vijftien.'

'En u weet zeker dat zij de handtekening wil van iemand die... zoals ik...'

'Zij weet de persoon en de kunstenaar heel goed te scheiden.'

Bij het zetten van zijn echte handtekening realiseerde Remo zich dat de valse hem de laatste tijd heel wat minder stroef af was gegaan.

33

Terwijl de nieuwe bij de directeur op de koffie was, kreeg ik een proeve van Carhartts lakeienlogica te verduren. 'Wacht buiten,' had de directeur hem opgedragen. Zwetend vroeg mijn meerdere zich af of hij zich zonder toestemming naar zijn verplichtingen op de afdeling kon begeven.

'Er zal eerder wat voor je zwaaien, Ernie, als O'Melveny hoort van plichtsverzuim.'

'Denk je?'

'Ga nou maar, voordat iemand daar oproer kraait. Ik ontferm me wel over die Woodehouse.'

Toen de directeur, ongewoon hartelijk, zijn gast uitliet, stond alleen ik nog op de gang. Hij miste Carhartt niet eens. 'Onnodig te zeggen, Mr Woodehouse,' zei O'Melveny, de nieuweling een hand gevend, 'dat ik u, naar omstandigheden, een passend verblijf in ons geliefd Choreo toewens. En... eh... alvast veel dank namens mijn dochter.'

Die laatste opmerking vond ik een goeie. Mijn dag was gemaakt. Ik voerde Woodehouse door nog meer gangen, en voorbij nog een aantal schuifhekken, naar het magazijn. 'Het is heel bijzonder dat de directeur een nieuwkomer wil ontvangen. Zo te horen is hij u gunstig gezind. Dat is bij Mr O'Melveny nooit zomaar.'

'Wat wilt u horen, Mr Agraphiotis? Dat ik ooit met hem aan de speeltafel heb gezeten, en hem heb laten winnen?'

'Ach ja, speelschulden, niet?'

'Ik ben hier niet vanwege een openstaande rekening bij La-Bianca's Groceries.'

34

De magazijnmeester droeg net zo'n nachtblauwe overall als alle gevangenen die Remo tot nu toe was tegengekomen, maar toen de man zich omdraaide om een bruine envelop uit een la te nemen, zag Remo in witte kapitalen PRIVILEGED op zijn rug staan. 'Dit is onze magazijnchef Bruce Ragland,' zei Agraphiotis. 'Hij gaat je een piekfijne Choreo-tuxedo aanmeten. Bruce, dit is de nieuwe huurder, Mr Woodehouse.'

Zonder op te kijken noteerde Ragland de naam op de envelop.

'Met een e in het midden,' zei Remo.

'Zeg dat dan meteen.' Ragland voegde een e toe. 'Nummer?'

Agraphiotis las het van zijn papieren op: A99366Y.

'Zakken leeg.' Remo legde al zijn kleine eigendommen op de balie. Portemonnee, twee ringen (die hij net zo goed thuis had kunnen laten), vulpen, en nog zo wat kleine dingen. Ragland taxeerde alles met wantrouwige blik, als een pandjesbaas.

'Bruce, ik haal even koffie. Jij?'

'Ik drink pas weer koffie over twee jaar, als ik hier weg ben.'

'Horloge,' zei de magazijnchef, zijn hand ophoudend. Remo liet het supermarktbonnetje zien.

'Zeven dollar vijftig. Als dat klokje het einde van je straf maar haalt.' Plotseling keek hij Remo scherp aan. Hij probeerde Remo de bril van de neus te trekken, maar die belette het hem door een stap achteruit te doen.

'Zonder bril zie ik geen moer.'

'Je kunt een goedkope bestellen.'

'Deze was niet duur.'

'Schildpad. Alleen ivoor is duurder.'

'Het is namaakschildpad.'

'Bonnetje.'

'Heb ik niet. Luister, om een nieuwe bril te laten komen, dat kost misschien weken. Dan loop ik hier al die tijd tegen hekken en muren op.'

'Dat doe je toch wel.'

'Het is nep, geloof me.'

'Net als die schoenen zeker. Wie zich stelten van slangenleer kan veroorloven, die koopt er een bril van schildpad bij. Alles uit dezelfde stinkrijke dierentuin.'

'Alsjeblieft, ik ben halfblind. Laat me niet zonder bril hier de jungle in gaan. Ze vermoorden me zonder dat ik het zie.'

'Hier onder de tooonbank heb ik mijn duim op een knop. Als ik druk, komt een bewaker jou die bril van je kop rukken. Ik geef je een laatste kans om aan te tonen dat het montuur van echt schildpad is.'

'Ik beweerde juist dat het namaak is.'

'Tien dollar. Wie zich zo'n poenig ding kan permitteren, die hoeft niet op een paar centen te kijken.'

Remo nam zijn portemonnee van de balie, en haalde er tien dollar uit. Ragland bracht het bedrag in mindering op de som die hij al op de envelop genoteerd had. 'Hier tekenen.' En meteen daarna: 'Uitkleden.'

'Hier?' Remo keek de hal rond, die eigenlijk geen hal was, maar een T-kruising van gangen, afgesloten door oranjerode schuifhekken.

'Meneer zocht de pashokjes?'

Hij trok eerst de hoge schoenen uit, en legde ze op de balie. De magazijnmeester floot tussen zijn tanden, trok het schoeisel naar zich toe, betastte en kneedde het leer. 'Idiote flikkerstelten, maar wel van boavel. De schachten ook... een kapitaal.'

'Ik krijg ze toch wel terug?'

'Niet als het gestolen goed betreft.'

Remo trok zijn gevoerde leren jack uit, en daarna de jeans. Agraphiotis kwam terug van de koffieautomaat, blazend in zijn bekertje. 'Jullie sturen de laatste tijd alleen nog van die onderdeurtjes,' gromde Ragland. 'Ik ben door mijn kleinste maat stoeipakjes heen.' Hij wierp een donkerblauwe overall op de balie, en zei tegen Remo: 'Hier, minder groot heb ik ze niet. Rol de mouwen en de pijpen maar op.'

Toen hij de overall aan wilde schieten, snauwde de magazijnman: 'Ondergoed, T-shirt... uit. Hier is alleen merkkleding van Choreo toegestaan.'

'Sokken?'

'Uit, die dingen. Ze stinken naar de vrijheid. Anderen houden een snotlap met tri onder hun neus, ik de sokken van de nieuwkomers. Het is dezelfde roes.'

De geheel naakte Remo kreeg een stapeltje T-shirts, onderbroeken en sokken aangereikt. Tocht uit drie gangen dreef de spot met zijn blote lijf. De baard maakte zijn naaktheid alleen maar erger. Snel kleedde hij zich aan. 'De slippers zijn me te groot.'

'Ik heb nog een kleinere maat... alleen voor de rechtervoet. Als de Choreanen gaan pokeren om je linkerbeen, stuur dan iemand om die slipper.'

'Extra sokken,' zei Agraphiotis, 'dat vult.'

Na veel gebakkelei mocht hij zijn gympen houden. Hij kreeg ook nog een donkerblauwe jopper of zeilkiel mee, voor buiten. Ook te groot. 'Sorry, Spiros,' zei Ragland. 'De enige kindermaat heb ik vorige week aan die andere kontkrummel meegegeven... hoe heet hij ook weer?'

'Maddox? Maddox, ja.'

'Mijn magazijn is niet berekend op tuchthuisboefjes van twaalf.'

Zonder Remo nog aan te kijken legde Ragland een handdoek, een stukje zeep (hotelformaat), een verpakte tandenborstel, een tubetje pasta en een rol toiletpapier op de stapel kleren. Een opgevouwen karton kreeg hij onder de oksel geschoven. 'Het Choreaanse reglement. 'In drie talen. Die van jou is er, zo te horen, niet bij.'

'Die van mij ook niet, Bruce,' zei de bewaker. 'En toch weet ik precies wanneer jij buiten je boekje gaat. Alleen al de

68

afgelopen tien minuten zeker twee keer.'

'Je gaat je gang maar. *Ik* hoef geen rapporten te schrijven.'

35

Remo werd naar een dagverblijf gebracht, waar hij moest wachten op de fotograaf. Er zat een groepje gevangenen te kaarten. Het televisietoestel stond aan, maar het geluid was uitgeschakeld. In beeld verscheen het logo van een lokale zender: SB2. ACTUALITEITEN. De ravage van een kettingbotsing op de San Diego Freeway, gefilmd vanuit een helikopter. Het geluidloos pratende hoofd van de hoofdcommissaris van politie, afgewisseld door beelden van een lichaam op een brancard en portretfoto's van jonge vrouwen. De seriemoorden. En toen was daar opeens, in close-up, het bord dat hij aan de ingang had gezien: CALIFORNIA STATE PENITENTIARY CHOREO, gevolgd door een totaalshot van het tentenkamp. Pratend in beeld de vrouw die hij 's morgens voor de camera had zien staan. En ja, daar verscheen op de achtergrond ook de zwartharige met de viool, haar blik angstig op de snaren gericht. De strijkstok daalde in een langzame beweging neer.

Bewaker Agraphiotis zat op een stoel bij de deur. Remo durfde hem niet te vragen of het geluid aan mocht. Kijkend naar het druk pratende gezicht van de geïnterviewde liet hij tot zich doordringen hoe zijn insluiting hier verlopen zou zijn als de pers hem die ochtend herkend had. Baard of geen baard, commentaar of niet, onder de beelden van zijn aankomst zou zijn ware naam hebben gestaan. Choreo telde nog een heleboel meer dagverblijven, waar ongetwijfeld *wel* televisie werd gekeken. Later op de dag had Remo dan een verbale lynchpartij te wachten gestaan, die verderop in de week misschien lijfelijk herhaald was. Hij voelde zich opeens aangenaam beschermd door zijn baard en bril, met dank aan de vooruitziende blik van Doug Dunning.

36

PRIVILEGED. De bevoorrechte gevangene waar we nu achteraan liepen, ging over het fotograferen. De studio, in een ongebruikte cel, zag er eigenlijk net zo uit als het uitgeruimde berghok achter de sigarenwinkel waar je vroeger pasfoto's kon laten maken. Een wit scherm, een zwarte doek, twee uitschuifbare lampen met oogkleppen, een camera op een statief. En de onvermijdelijke kruk voor de te fotograferen nieuwkomer. De opstelling deed me denken aan mijn groezelige jaren als fotograaf van zaken die het daglicht niet konden verdragen. Een heet geworden spot die neergedaald stof verbrandde... de scherpe geur was me eindeloos vertrouwd.

De gevangenisfotograaf liet Remo op de kruk plaatsnemen, en hing hem het bordje met gegevens om de nek. Het touwtje raakte nog even verstrikt in zijn baard.

CALIF PRISON
A 99 366 Y
R WOODEHOUSE
12 19 77

Boven de tweede filmlamp ontvouwde de geprivilegieerde een zilveren reflectieparaplu. Zo had ik er een hele tuil van bezeten. Toen ze hun groezelige diensten bewezen hadden, waren ze door mij in het water van de Rotterdamse haven gegooid. Ze zeilden in westelijke richting op de ondergaande zon af, zilver dat roodkoper werd – een kluwen lichtschermen, samen een soort Chinese jonk.

'Eh... Woodehouse,' zei de fotograaf, 'kan die bril even af?'

'Dat wil ik wel doen, maar dat geeft een vertekend beeld. Ik heb hem altijd op. Alleen 's nachts niet.'

'Laat hem het ding maar ophouden,' zei ik, niet geheel belangeloos.

Het licht flitste, en zo werd Remo geportretteerd in de strop van zijn geleende identiteit. De listen van de fotografie hadden hem hier doen belanden, en nu was *hij* aan de beurt om gefotografeerd te worden.

'Waarom,' vroeg ik aan PRIVILEGED, 'kiek je het model eerst en face, en daarna pas en profil? Op alle gevangenisfoto's is dezelfde fout te zien. Iemand wordt recht in z'n gezicht geflitst, en vervolgens zie je van opzij hoe aangetast zijn blik is. Doe het andersom.'

37

Na alle formaliteiten voerde Agraphiotis hem terug de binnenplaats over. Het luchtuur was volgens de bewaker net voorbij, en op de een of andere manier voelde je dat. Ja, er werd door een groep gevangenen onder leiding van vier bewakers vuilnis op een hoop geveegd dat er eerst niet had gelegen – dat ook. Maar er hing ook iets lauws in de lucht, mogelijk de lichaamswarmte van honderden lopende en sportende gevangenen, die nu door het asfalt werd losgelaten. Op de loopbrug zagen twee roerloze wachten, karabijn tegen het enigszins opgetrokken dijbeen geplaatst, toe op het veegwerk. De schoonmakers droegen geen PRIVILEGED op de rug. 'Dit keer,' zei Agraphiotis, met zijn hand de richting aangevend, 'gaan we diagonaal. Dat deel van het gebouw daar, dat is de Extra Beveiligde Afdeling.'

Ze passeerden talloze schuifhekken, die allemaal elektronisch open- en dichtgingen. Er was die voortdurende horizontale beweging van verticale spijlen. Op den duur deed het rare dingen met zijn zicht. De omgeving gedroeg zich als op van die geribbelde plaatjes die je tussen duim en wijsvinger heen en weer moest bewegen, zodat de ene beeltenis over de andere heen sprong. Zijn katterige slaaptekort was niet bestand tegen dit onophoudelijk verspringende traliepatroon.

Hoe duidelijker de muren waarbinnen hij zou komen te verkeren zich in al hun hardheid aan hem opdrongen, des te minder helder stond hem de tijd voor ogen die hij hier had door te brengen. Maximaal negentig, minimaal vijftig dagen. Zijn voorstellingsvermogen kreeg er geen vat op. En hoeveel van die tijd ging netto op aan diagnostisch onderzoek? Buiten dat moesten de psychiaters de kans krijgen hun rapporten over hem op te stellen.

Hoe lullig hij erbij liep, met dat stapeltje goed tegen zijn borst gedrukt, merkte hij pas toen de bewaker hem door een druk cellenblok heen leidde. Tientallen gevangenen keken vanaf de balustrades op hem neer, fluitend in alle toonaarden. '...mocht voor zijn moeder de onderbroeken van zijn vader wegleggen.'

'...solliciteert hier als piccolo.'

Opeens was in heel z'n volheid die baard er weer. Het leek of de stugge haren allemaal tegelijk van buitenaf zijn gezicht binnendrongen.

38

CALIF PRISON. Precies die woorden van het identiteitsbordje waren door zijn hoofd blijven zingen, misschien ook omdat hij in het gangenstelsel verschillende zwarte gevangenen met witte tulbands op had zien lopen. *Kalief gevangenis.* 'We zijn er,' zei Agraphiotis.

Ze stonden voor het zoveelste meniehek. De bewaker neuriede iets in zijn walkietalkie, en het schoof piepend en schurend open. 'Woodehouse, de EBA. Kom erin.' Een gang kon je het niet noemen. De hoge ruimte was bijna even breed als lang. Ze had aan drie zijden cellen, verspreid over de begane grond en drie verdiepingen. De vierde zijde (een korte) bestond grotendeels uit gewapend matglas met traliewerk ervoor, en naar een vaag schaduwpatroon te oordelen ook aan de buitenkant. Langs alle verdiepingen liepen gaanderijen met ijzeren balustrades. Beneden aan de glazen wand, die niet helemaal tot op de begane grond reikte, stond met de rug naar Remo en Agraphiotis toe een kleine gestalte over een wasbak gebogen, waar water met hoorbare kracht in een emmer stroomde. Naar de onvolgroeidheid van het postuur te oordelen moest het een jongen van niet ouder dan dertien, veertien zijn, al droeg hij net als de gevangenen een blauwe overall.

'Heeft Choreo ook een afdeling voor jeugddelinquenten?'

Voordat Agraphiotis de vraag kon beantwoorden, verplaatste de jongen een lege emmer, waarbij het hengsel tegen de rand sloeg. Het gaf een hard nagalmend geluid, en verschrikte enkele vogels hoog onder het dak. Hun wiekslag klonk onwerkelijk dichtbij. Remo keek omhoog, maar zag alleen groen uitgeslagen matglas.

'Duiven. Er zit daar ergens een gat in de glazen koepel. Ze nestelen in de hoeken, op de steunbalken.'

Als sneeuwvlokken daalden schommelend een paar pluisveertjes langs de gaanderijen neer. Agraphiotis, in gedachten, keek toe hoe ze een voor een neerstreken op de granito vloer, rondom een messing afvoerputje.

'Ik vroeg u...'

'Het doet me aan iets uit mijn jeugd denken,' zei de bewaker dromerig. 'Twee botsende vogels... losse veren die de plek aangaven...' Hij schudde zijn hoofd. 'Dit is geen stof voor een bewaker en zijn gevangene. Ze hebben altijd beweerd dat er op die plaats gas uit de grond ontsnapte, maar dat is onzin. Zo zijn de mensen. Als een dichter iets onbegrijpelijks formuleert, heet het meteen dat hij zich gedrogeerd heeft. Sorry, wat was je vraag?'

'Of Choreo ook een jeugdafdeling heeft.'

Ze keken allebei in de richting van de jongen. 'Hij zet zijn dweilen in de week. Hij zal zo wel verdergaan met het veegwerk. Nee, er zijn uitsluitend volwassen Choreanen.'

De jongen richtte zich op van de wasbak. Eerst dacht Remo aan zo'n witte tulband waar hij een paar zwarte gevangenen mee gezien had. Maar toen het ventje zich omdraaide, zag hij dat het hele hoofd schuilging onder wat misschien een witte bivakmuts tegen de inademing van te veel stof was. De handen staken in dikke witte handschoenen. Zonder merkbaar acht te slaan op de twee mannen bij het afvoerputje nam hij een bezem en een veegblik met een lange steel ter hand, en zette zich in een hoek vlakbij de wasbak aan het vegen. Op die plaats leidde een ijzeren ladder recht omhoog naar een rond gat in de gaanderij van de eerste verdieping. Hij kwam tevoorschijn in een glazen hok, waar twee bureaus tegenover elkaar stonden, en werd zo door nog twee mangaten heengeleid. Op elke etage was een kantoortje van glas.

'De cipiersloges. Onze zenuwcentra. Daar bespieden we jullie, en verwerken we wat we zien in een rapport. Een verheffend beroep. We klimmen heel wat af om bij elkaar op de koffie te gaan.'

Aan een van de bureaus in de loge op de eerste verdieping zat Carhartt te telefoneren. Achter hem hing een kaart aan de muur, mogelijk een plattegrond van Choreo, waarop rode en groene lampjes brandden. Twee naast elkaar opgehangen blusapparaten deden Remo denken aan de gehuurde zuurstofflessen waarmee hij vlakbij Bora-Bora naar een koraalrif gedoken was. Een fantasiestad in rood, wit en blauw, bevolkt door vissen omhangen met goudgele tule. Hij had zijn ranke harpoen afgeschoten alleen om het spoor van zilveren belletjes. Zijn zwemvliezen hadden hem weer naar het zonbeschenen wateroppervlak gedragen. Hij oriënteerde zich op de met menie bestreken kiel van het vissersbootje dat hem terug zou brengen naar zijn strandhut. Hij moest zich, misschien door een onverwachte stroming, in de richting vergist hebben, want – hier was hij nu, tussen de gemeniede traliehekken van Choreo.

Beneden Carhartts voeten ging de jongen uiterst traag te werk. Het was of hij zich erop toelegde elke prop, snipper en haarbal afzonderlijk op het blik te vegen. Hoe kwam zo'n jong iemand hier terecht, middenin het gevaar? Carhartt legde de telefoonhoorn neer, en stond op. Ook de deur waardoor hij de gaanderij op stapte, was van glas. Hij boog zich over de reling tot hij de schoonmaker in het oog kreeg. 'Maddox, die hoek uit. Ik moet je kunnen zien. Begin daar maar bij de trappen, en dan deze kant op.'

Carhartt ging weer naar binnen. De aangesprokene sjokte met een zo groot mogelijke boog, het hoofd afgewend, om Remo en Agraphiotis heen naar de andere kant van de grote ruimte. Achter de opengewerkte gietijzeren trap die daar naar de eerste verdieping leidde, zette hij zijn veegwerk voort.

39

'Genoeg hotellobby voor nu,' zei de bewaker. 'Onze geëerde gast wil zich vast wel even in zijn kamer gaan opfrissen.'

'Bij aankomst in een hotel probeer ik altijd eerst het bed uit.'

'Ik kan u de Choreaanse matras van harte aanbevelen. Hij ligt met de winterzijde naar boven, en is voor u net zo rugvriendelijk als een cumulus voor een engel. Eerste verdieping. Na u.'

Remo liep voor Agraphiotis uit naar de trap. De schoonmaker was in de ruimte erachter net zo traag aan het bezemen als hij in zijn beschermde hoek had gedaan. Omdat hij door de treden heen zichtbaar bleef, probeerde hij Remo zijn rug toe te keren, maar leek daarin te worden gedwarsboomd door zijn eigen nieuwsgierigheid. De jongen droeg geen bivakmuts, zijn hoofd was tot in de hals omzwachteld met verbandgaas. Het zat ook voor zijn linkeroog. Met het vrije rechteroog, een donkere iris drijvend in bloeddoorlopen wit, keek hij Remo aan – of probeerde dat te doen, want het oog schoot dierlijk snel heen en weer. De mond was niet meer dan een vage spleet tussen twee windsels.

'Hier de trap op, ja,' zei Agraphiotis, die Remo zag aarzelen. 'Als er iets van je schoenen valt, veegt Maddox het wel op.'

Op het moment dat Remo zijn voet op de onderste tree zette, liet Maddox bezem en blik los, waarvan de stelen tegen de vloer stuiterden. Hij drukte zijn verbonden handen tegen de plaatsen waar zich zijn oren moesten bevinden. De trap beklimmend begreep Remo waarom. Het ding wiebelde, en zelfs in gympen klonk elke stap op zo'n ijzeren trede als een gebarsten gongslag. De duiven daarboven verdreven klapwiekend de spinnenwebben. De witte windsels, hier en daar op hun plaats gehouden door metalen krammen, waren smerig geworden – van het schoonmaakwerk, maar ook door bruinig wondvocht dat erdoorheen gedrongen was.

40

De cellen in Amerikaanse gevangenissen had Remo zich altijd als aan de gangzijde betralied voorgesteld. Hier, op de EBA, waren ze afgesloten met stalen deuren, die ook op afstand geopend en dichtgedaan konden worden. Veel van de deuren stonden open. 'Hier op de EBA,' zei Agraphiotis, 'zijn de cellen nogal wisselend bezet. Vorige week was de Ring bijna leeg. Nu druppelen de nieuwelingen weer binnen.'

Op Bora-Bora had hij zich wel duizend keer voorgesteld hoe in de gevangenis een bewaker zijn rinkelende sleutelbos tevoorschijn zou halen om voor hem de celdeur van het slot te doen. Nu het zover leek te zijn, zag hij bij Agraphiotis een langwerpig apparaatje in de hand liggen. Zijn duimnagel drukte een toets in, en de deur schoof zoemend open. 'Wat mankeert die jongen?' vroeg Remo.

'Jongen? Ik schat dat hij van jouw leeftijd is.'

'Door zijn lengte zou ik gezworen hebben...'

'Jij bent nauwelijks groter, Woodehouse. Ik weet niet hoe oud ik jou geschat zou hebben als je in plaats van die baard een verband om je kop had gehad. Nou, dit is dus het appartement.'

'Hij heeft die zwachtels vast niet om als bescherming tegen jullie wapenstokken.'

'Ook niet als gevolg ervan.'

Uiterlijk was hij er altijd kalm onder gebleven, maar inwendig hadden toespelingen op zijn kleinheid hem altijd woedend gemaakt. Tussen mensen van normale grootte voelde hij zich nooit te klein, ook al verrekte hij bijna zijn nek bij het aankijken van een beduidend langer iemand. Hij zag zijn eigen kleinheid pas weerspiegeld in de zeldzame mannen die niet groter waren dan hijzelf.

'Nou, Woodehouse, veel sterkte. Als er iets is, druk op de knop. Maak er geen misbruik van.'

De deur schoof dicht, nu met een minder luchtig zoemend geluid, dreunend eerder. Hij was alleen, en voor het eerst sinds het getto onvrijwillig opgesloten. In het getto kon je de opsluiting nog vergeten, omdat er ruimte was. Bij de keuze van de juiste straten hoefde je het prikkeldraad niet eens te zien. Hier was een vloeroppervlak van 2 bij 2 ½ omsloten door vier witgeverfde bakstenen muren. Het gewelfde plafond was waarschijnlijk alleen zo hoog om het de gevangene moeilijk te maken zich eraan op te hangen.

Op Bora-Bora, waar de rust zo weldadig was geweest, had hij zich voorbereid op de verpletterende stilte die zou intreden nadat de celdeur achter hem dichtging. Hij moest het al gehoord hebben toen Agraphiotis hem hier afleverde, maar dan zonder dat het tot hem doorgedrongen was: een brij van hardrockmuziek uit een hoog in de muur stevig verankerde speaker. Het moest een soort radiodistributie zijn, en nergens een knop om de herrie zachter te zetten of een ander station te kiezen. Het schetterde eerder dan het dreunde, want de bastonen ontbraken goeddeels. Daar zou je 't hebben: de hel. Hardrock als wapen om de mentale kracht van de gevangene te breken.

Op de smalle stalen brits lag een dunne matras van in katoen genaaid schuimrubber. Hoe moest een forse man zich op zo'n kinderbedje voelen? Een tafelblad, een zitbankje en een legplank waren onwrikbaar in de muur verankerd. De bakstenen leken eerder gestapeld dan gemetseld, waarschijnlijk om de gevangene niet tot het wegkrabben van mortel te verleiden.

Hij kreeg langzamerhand kramp in zijn armen door het ophouden van de stapel spullen. Hij gaf alles een voorlopige plaats, en vouwde toen het reglement open. Het was gesteld in het Engels, het Spaans en het Arabisch. Arabieren zaten hier momenteel niet, wist hij al van Agraphiotis. Mexicanen des te meer.

41

De toiletpot (zonder bril) en de wasbak waren van gepolijst staal. Stromend water kon door het indrukken van een knop worden verkregen. Boven de wasbak hing een grote metalen spiegel, waarvan de omvang misschien bedoeld was de cel groter te doen lijken. Ondanks alle zeep- en tandpastaspetters was zijn spiegelbeeld nadrukkelijker aanwezig dan hem lief was. Baard, bril – hij zou er wel nooit aan wennen. Opeens moest hij denken aan zijn schoonvader, die na de dood van zijn dochter ontslag genomen had. In zijn radeloosheid had de arme man zijn baard laten staan en zijn haar laten groeien om in de achterbuurten van Los Angeles tussen de dealers rond te hangen in de hoop iets meer aan de weet te komen. Op het moment dat Remo het gezicht van zijn schoonvader in de spiegel zag opdoemen, werd zijn maag omhooggeduwd. Hij zeeg op zijn knieën voor de toiletpot neer, en braakte al zijn walging uit over de smerige ontlastingssporen van zijn voorganger.

'In de maag van het slachtoffer,' zei hij zacht, 'werden resten van een copieuze maaltijd aangetroffen, waarschijnlijk genuttigd tussen tien uur 's avonds en twee uur 's nachts. Het voedsel bestond uit: kaviaar, kreeft, zwezerik, broccoli, maïsbrood en mascarpone. Voorts werden verscheidene alcoholhoudende dranken aangetroffen: witte en rode wijn, armagnac, plus kleine hoeveelheden scotch, droge martini en en nog zo wat, tezamen waarschijnlijk een cocktail vormend. Was getekend: Dr Kahanamoku, patholoog-anatoom van de Los Angeles County Morgue.'

Na het doorspoelen hing in de cel opeens de geur van een zwembad. Bij het reinigen van zijn mond met water uit de kraan begreep hij het: het was verzadigd van chloor. 'Waar moet dat heen?' zei hij tegen zijn spiegelbeeld. 'Ik begin nu al in mezelf te praten.' Ondertussen vrat de betonrock zich een weg naar het diepst van zijn hersenen. Hoe lang kon een mens dit uithouden?

Schuin boven het hoofdeinde van de brits was een raam, bestaande uit in staal gevatte ruitjes, waarvan alleen de bovenste rij niet uit matglas bestond. Als hij op de radiator onder de vensterbank klom, kon hij naar buiten kijken. Zijn cel lag aan de westelijke buitenkant van het gebouw, en zag uit over het terrein met de barakken. In de verte het witte receptiegebouwtje met ernaast het tentenkamp, waaruit nog steeds de rookkolom opsteeg. Op het parkeerterrein stonden nu meer gevangeniswagens en personenauto's. Van de oude schoolbus stond het voorste portier open. Als hij zijn bril afzette en zijn ogen samenkneep, kon hij twee vrouwen in lange jassen spullen uit de bus in een kruiwagen zien laden. De rollen prikkeldraad op de hoge afrastering hielden licht van een onzichtbare zon vast.

Toen hij duizelig werd, en van de verwarming wilde stappen, verloor hij bijna zijn evenwicht. Hij zocht steun aan een uitsteeksel in de schuin aflopende vensterbank. Het bleek het handvat van een klep, die open kon om via een klein rooster lucht uit de spouwmuur de cel binnen te laten. Het rook muf.

42

Bang door het smalle raampje in de celdeur te worden begluurd (en herkend), zette hij de bril weer op.

Jaren na de veroordeling van de verdachten was de leider van het onderzoeksteam, inspecteur Helgoe, onverwacht een pakketje bij Remo komen afleveren. 'Het ding deed het goed op de affiches, maar niemand heeft zich gemeld.'

'Misschien loopt er een medeplichtige nog vrij rond.'

'De daders en hun medestanders *mochten* van de leider niet eens een bril dragen. Of ze nou bijziend, verziend of slechtziend waren. De klootzak zou een blinde uit zijn gevolg nog de zwarte bril hebben afgepakt.'

Remo nam het pakje aan. 'Wat moet ik ermee?'

'Hij is in jouw huis gevonden.'

'Ik heb nooit een bril gedragen.'

'Hij was ook niet van een van de anderen. Van een eerdere bezoeker misschien. Een kennis van wie jij niet weet dat die af en toe een bril nodig heeft. Achter het stuur bijvoorbeeld. Het ding hoort hier bij jou. Er zou nog eens iemand naar kunnen vragen.'

Hij liet de bril in z'n verpakking. 'Ik zal hem bewaren. Als symbool voor alles wat onoplosbaar aan de zaak is gebleven.'

'Zo'n symbool klinkt niet erg als een compliment,' zei inspecteur Helgoe, die weer naar Parker Center vertrok. Jaren later, nadat Dunning hem had aangeraden (opgedragen) met het oog op de gevangenis iets aan zijn uiterlijk te doen, durfde hij het ding pas uit te pakken. Toen hij de bril opzette, merkte hij dat een van de poten ingenieus verbogen was, als om de drager tegemoet te komen in de ongelijke stand van zijn oren. Als hij zich zijn kennissen uit de tijd van de misdaden voor de geest probeerde te halen, hadden ze opeens allemaal een misvormd hoofd, waar geen enkel montuur vat op zou krijgen. Martelkamer van het brein.

Hij werd draaierig van de glazen, die later bij doormeting niet eens zo heel sterk zouden blijken te zijn. 'Links min zes, rechts min twee,' zei de opticien in Van Nuys. 'Heeft u last van een lui oog?'

'Ik wil de lenzen graag door neutraal glas laten vervangen.'

'Begrepen,' zei Mr Spillane van SPILLANE'S SPECS. 'U bent op een leeftijd dat in de vroege volwassenheid gedegenereerde ogen hun oude scherpte weer terug kunnen krijgen. Wij, in ons beroep, zien dat vaker bij middelbare mannen. Ze moeten aan de leesbril, maar hun kippigheid wordt minder, en verdwijnt soms.'

Achter de glazen toonbank hingen reclameaffiches voor monturen tegen de wand, nieuwe over oude heen geprikt. Aan een vergeelde punt, die al lang geleden zijn punaise uitgeworpen had, herkende hij het biljet dat najaar '69 naar alle opticiens in de Verenigde Staten en Canada was verstuurd. Het ging grotendeels schuil achter een zwartglanzend affiche van Ben Franklin, van wie zijn vrouw zo graag de geel getinte brillen had gedragen. De tekst was aan het zicht onttrokken, maar hij herinnerde zich bij de afbeelding vragen als: *Herinnert u zich dit montuur voor een klant te hebben bijgesteld?*

'Gewoon glas dus,' herhaalde de opticien, de bril uit zijn meetapparaat losschroevend. 'U bent gehecht aan het montuur voor uw uiterlijk...'

'Ik heb die rare hobby, waarvoor ik soms laswerk moet verrichten. Stenen slijpen doe ik ook.'

'Onbreekbaar glas voor u erin, Sir?'

'En die vervormde poot bijbuigen, graag.'

Mr Spillane zette Remo de bril op, en schudde zijn hoofd. 'Wat sommige collega's niet met dat dure spul durven uit te halen... Ik zal de arm door verhitting weer recht moeten zien te krijgen. Maandag 19 december klaar.' De opticien wierp zijn bonnenboek open.

'Te laat. Ik heb hem die dag 's morgens vroeg al nodig.'

'De kerstdrukte, ziet u,' zei Mr Spillane, in zijn agenda bladerend. 'De terugkeer van het licht... dat doet de mensen vanzelf aan de toestand van hun ogen denken. Zaterdag de zeventiende goed?'

De opticien strekte zijn handen al naar de bril uit, maar liet het beeld nog even intact. 'Als ik zo vrij mag zijn... met die volle baard en die hoornen bril erboven lijkt u sprekend op The Godfather.'

'Ik geloof niet dat ik het helemaal vat.'

'De regisseur ervan. Ik hoop niet dat u...'

'O, nee, ik kan u wel zoenen. Ik lijk niet graag op mezelf, ziet u.'

43

De leden van de gevangeniscommissie, bijeen in de directeurskamer, waren vriendelijk en welwillend. Hun slotconclusie was
negatief. 'De commissie heeft besloten,' zei de directeur, 'om
psychiatrisch gevangene Woodehouse, wiens naam bij de directie bekend is, tot aan het einde van zijn verblijf in Choreo
State Penitentiary in beveiligde hechtenis te houden.'

'Mag ik ook weten waarom het mij niet is toegestaan op de
binnenplaats een luchtje te scheppen?'

'U zult op gezette tijden worden gelucht, maar niet samen
met de anderen. Wij willen u niet aan fysiek geweld blootstel-
len.'

'U bedoelt dat de reden waarom ik hier zit...'

'Dat ook. Maar het is vooral uw beroemdheid die ons zorgen baart.'

'Nog niemand heeft me herkend.'

'Bij uw aankomst zag het aan de poort zwart van de pers.'

'Het tuig staat er nog,' zei een commissielid.

'Ik had de indruk,' zei Remo, 'dat ze op iemand anders stonden te wachten.'

'Dat strookt niet met onze informatie,' zei de voorzitter. 'U
werd gefotografeerd.'

'Ik figureerde op een sfeerkiekje.'

'Ja, sfeerkiekjes,' zei een ander commissielid, met zijn vingertop zijn neus aantikkend, 'daar weet u alles van.'

De directeur keek de man vernietigend aan, en zei: 'Wij zijn
de Grand Jury niet.'

'Er waren twee televisieploegen. Ze hebben me niet benaderd. Ik was blijkbaar onherkenbaar met mijn bril en baard.'

'Dat neemt niet weg,' zei een derde commissielid, 'dat de
pers op de hoogte was van uw komst naar Choreo.'

'Ik herhaal,' zei Remo, 'dat ik de indruk kreeg dat de verzamelde media heel iemand anders verwachtten.'

'Ik zou niet weten... wie,' zei de directeur aarzelend.

'Misschien,' opperde Remo, 'was er sprake van een verkeerde tip. Ik ken die wereld een beetje.'

'Ze hadden het op u voorzien,' zei de voorzitter.

'Nou,' zei de directeur, 'ik sluit wat Mr Woodehouse zegt niet helemaal uit. Blijft staan het probleem van uw bekendheid.'

'Mijn baard kan alleen maar voller worden.'

'Er hoeft er maar eentje te zijn die door al dat haar heen kijkt,' zei de directeur, 'en dan gaat het als een lopend vuurtje rond. De gevangenis lijkt sprekend op de wereld daarbuiten. Sommigen doen er, soms letterlijk, een moord voor om in de publiciteit te komen. De kortste weg naar de roem is zelf een beroemdheid te vermoorden.'

'Dus,' vroeg Remo, 'de commissie blijft bij haar besluit?'

'Het staat u vrij,' zei de voorzitter, 'daartegen in beroep te gaan. Nog vragen, Mr Woodehouse?'

'Wat voor dagelijks werk wordt er van mij verwacht?'

'Geen. U bent hier om psychiatrisch onderzocht te worden. Er rust geen andere taak op u dan beschikbaar te zijn voor de zielknijpers.'

'Ik zag een gevangene de afdeling schoonmaken.'

'Vrijwilligerswerk.'

'En dat is niet voor mij weggelegd?'

'Waarom, Mr Woodehouse, zou u de korsten uit de toiletpotten willen schrobben? U, met uw...'

'Ik wil de tijd doden en mij nuttig maken.'

'In die volgorde, neem ik aan.'

'Er is, wat mij betreft, geen volgorde.'

'De schoonmaker van de EBA kan, vermoed ik, wel een helper gebruiken,' zei O'Melveny. 'Zo niet, dan heeft hij zijn werk maar met Woodehouse te delen. Ernie Carhartt zal met Maddox overleggen aangaande de taakverdeling.'

44

Aan het eind van de middag kreeg Remo in zijn cel, samen met het avondeten, een getypt verslag van de bijeenkomst met de gevangeniscommissie bezorgd. 'Interne post,' zei Agraphiotis, die hem het document overhandigde.

'Gevangene Woodehouse, Remo (werkelijke naam bij directie bekend) toont zich bewust van het gevaar dat uitlekken van zijn ware identiteit met zich meebrengt. Hij zal derhalve tot aan het eind van zijn verblijf in California State Penitentiary Choreo in extra beveiligde hechtenis worden gehouden. Gebruik van luchtplaats, sportzaal en bibliotheek is hem alleen buiten de reguliere uren van openstelling toegestaan, onder begeleiding van ten minste twee bewakers. Gevangene Woodehouse zal echter niet volledig geïsoleerd worden gehouden. Per dinsdag 20 december 1977 mag hij 's avonds in de ontspanningsruimte van zijn afdeling verblijven, mits daar bewaking aanwezig is. Het is gevangene Woodehouse bekend dat hij tegen de besluiten van de gevangeniscommissie in beroep kan gaan.'

Nog dezelfde avond schreef Remo een brief aan de directeur, waarin hij verzocht samen met zijn medegedetineerden te mogen douchen, ontbijten en sporten, dat laatste ook op de binnenplaats. 'Als ik zo nadrukkelijk van alle gemeenschappelijke bezigheden word weggehouden, zal men zich zeker gaan afvragen waaraan ik die bijzondere status te wijten of te danken heb. Met andere woorden, mijn isolement zal gevaarlijker blijken dan een normaal contact met andere gevangenen.'

45

Om kwart voor elf die avond schalde er een versterkte kreet door de gangen. 'Lichten uit...!' Op hetzelfde moment ging in Remo's cel de plafondlamp uit, alsof in Choreo de elektriciteit op het geluid van de menselijke stem reageerde. Hij lag nog lang op zijn brits te luisteren naar spreekkoren die waarschijnlijk uit het tentenkamp opklonken. Omdat er, door een wispelturige wind, alleen flarden van werden aangevoerd, kon hij niet verstaan wat er gescandeerd werd. Als er al mannenstemmen onder waren, dan voerden die van de vrouwen duidelijk de boventoon.

Hij verliet zijn bed, en klom op de radiator, die al was afgekoeld. In het kampement waren bewegende lichten te zien, meer niet. Ook scheen ergens een lamp door tentdoek heen.

Pas nadat de nachtwaker voor de derde keer met een zaklamp in zijn cel had geschenen (Remo stak telkens reglementair zijn hand op), viel hij in slaap. Hij nam de stemmenkoren mee in zijn dromen, waar ze hem duidelijk verstaanbaar toezongen. In het Spaans, dat hij anders maar matig begreep. De vrouwen stonden op een soort podium en op een vliegveld. Ondanks het zuigen en bulderen van motoren bleef de tekst duidelijk. Hij verbaasde zich over de boodschap die ze in luid recitatief uitdroegen. Hoe konden ze dat allemaal weten?

Bij het opnieuw wakker worden van de lichtbundel die door het deurluikje scheen, kon hij zich geen woord herinneren van wat de spreekkoren hem duidelijk gemaakt hadden.

46

Toen ik op mijn ronde voor de laatste keer de staaflantaarn op zijn slapende lichaam richtte, was het half vier. Hij werd wakker, en hief kort zijn hand op. Het viel niet uit te maken of hij wuifde, dan wel een afwerend gebaar naar het felle licht maakte.

In de ongebruikte cel naast de zijne, waar ik een gat wist in een van de onderste matglazen ruitjes, hoefde ik niet op de radiator te klimmen om het tentenkamp te kunnen zien. Mijn ene oog dichtknijpen en met het andere loeren, dat was voldoende. Urenlang hadden ze met z'n allen in de richting van de gevangenis staan schreeuwen. Voor mij was het een oud liedje, maar ik vroeg me af of met die wind iemand in Choreo er iets verstaanbaars van opgevangen had. Nu leek het bivak in diepe rust. Niet helemaal: een gestalte in een lang wit gewaad liep gebukt naar een tent, en ging er binnen. Een windvlaag deed het smeulende kampvuur opgloeien. Voor een verlicht raam van de receptie liep een bewaker heen en weer. Ik kon op deze afstand zijn gezicht niet onderscheiden, maar aan zijn houding herkende ik hem: Don Penberthy. Een uitslover die zijn eigen hielen nog zou likken, als hij ze niet nodig had om mee naar beneden te trappen.

Bij het terugtrekken van mijn hoofd merkte ik dat mijn oog traande van de geniepige tocht. Het kon ook van vermoeidheid zijn: ik had twee nachten en de tussenliggende dag mijn uniform niet uit gehad.

Dinsdag 20 december 1977
'Loop door'

I

In de verwarring van de halfslaap waande Remo zich in een van zijn favoriete hotels. Hij kon er alleen niet achterkomen welk het was – het Waldhof in Gstaad of het Beverly Wilshire. Een vertrouwd gerinkel en gerammel had hem gewekt. Hoewel, vertrouwd... het klonk anders dan anders. Alsof het hotel verbouwd werd en alle stoffering uit de gang verdwenen was. Hinderlijk, zoals de ontbijtkar over de kale vloer hotste en knarste. Vijf sterren De Luxe... het was allemaal nep tegenwoordig. Straks zijn beklag doen bij de receptie. Goed geslapen had hij wel. Er had alleen een paar keer een nachtportier met een sterke lamp in zijn ogen geschenen. Ook dat zou hij melden.

Met een bijna dreunend gezoem schoof zijn kamerdeur open. 'Woodehouse... koffie of thee?' Hij schoot overeind, en greep naar zijn gezicht. De baard. In de deuropening stond een medegedetineerde met een vol dienblad. 'Aanpakken.' Hij sprong van zijn brits, en nam zijn ontbijt in ontvangst. Het rook als avondeten. Even voelde Remo zich misselijk worden. 'Koffie graag.'

Met de misselijkheid was de walging er weer: *hij*, hier achter tralies, schuldig voor de wereld, onschuldig voor zichzelf. Iedereen kende de weerzin van na het orgasme. Het was altijd van voorbijgaande aard. Zijn weerzin duurde nu al zo'n negen, tien maanden, en nam alleen maar toe. Als elk dier bedroefd was na de daad, behalve de haan, die kraaide, dan was Remo een trieste haan die nu al bijna het jaar rond zijn droefheid bleef uitkraaien, steeds vroeger in de ochtend, en almaar wanhopiger.

2

Douchen met zo'n volle maag vermeed hij altijd, maar hij had nu geen keus. De hele badruimte was, in afwachting van tientallen douchers, voor hem gereserveerd. Hij kreeg tien minuten. 'En geen seconde langer,' zei Agraphiotis. 'Als de klok beslaat, is hij nog altijd afleesbaar.'

Aan de tegelwand hing, heel hoog, een soort stationsklok. Het glas besloeg vrijwel onmiddellijk door het ongewoon hete stortbad, maar zelfs de rode secondewijzer bleef door de condens heen zichtbaar. Hij benutte de volle tien minuten. Omdat hij de bewaker achter zich wist, stond hij met zijn naakte voorkant naar de muur gekeerd. Toch keek hij voortdurend over zijn schouder om te zien of hij niet beslopen werd. De Griek had zich discreet achter een betegeld muurtje teruggetrokken, maar zijn geüniformeerde schouder bleef zichtbaar, plus een stukje heup met wapenstok.

Er waren geen afzonderlijke cellen of cabines. Zelfs rudimentaire tussenschotten ontbraken. De douches werden centraal bediend, wat betekende dat onder elke kop een krachtige kegel heet water het granito ranselde. Het was een filmscène waardig: man eenzaam douchend te midden van twintig luid klaterende stortbaden. Badhuis in het schimmenrijk. 'Woodehouse, nog een minuut. Afbouwen nu. De horden dringen.'

Hij stapte onder de straal uit, en begon zich droog te wrijven met een ruwe handdoek die het verbleekte logo van Choreo droeg: een grote C met een kleine h als een stoel in het centrum ervan. Agraphiotis voerde hem langs een hek waarachter schreeuwende gevangenen, handdoek over het hoofd of om de nek, op hun beurt stonden te wachten. 'Stop de peuter in een teiltje.'

'Mag De Griek zijn ruggetje doen.'

In plaats van naar zijn cel bracht de bewaker hem eerst naar een kast met schoonmaakspullen, tussen twee celdeuren in, op de begane grond van zijn afdeling. Bezems, zwabbers, trekkers. Emmers, dweilen, borstels. Plastic flessen met schoonmaakmiddel. 'Neem wat je nodig hebt. Ik zag je gisteren met een tandenborstel je cel uitschrobben. Dat schiet niet echt op.'

Met een emmer vol spullen liep hij achter Agraphiotis aan naar de ijzeren trap. Aan het andere eind van de ruimte stond de kleine man met het omzwachtelde hoofd op zijn bezem geleund. Er ontsnapte een hele reeks knetterende woorden uit de spleet in het verband – onverstaanbaar, maar het moesten vloeken en verwensingen zijn. Het was wel degelijk de stem van een volwassene, hees en doorleefd.

'Let niet op hem. Hij gaat over de kast met schoonmaakgerei.' Agraphiotis bracht Remo naar zijn cel. 'En o, Woodehouse, als je in zo'n knijpfles Pink Starfish de ideale gifbeker gevonden denkt te hebben, moet ik je teleurstellen. De concentratie dodelijke stoffen is uiterst gering. Je wordt er alleen maar geweldig misselijk van, met enorm decorumverlies.'

3

'Spiros,' zei Carhartt, opkijkend van zijn typemachine, 'breng jij die nieuwe naar de directiekeet. Hij moet voor de commissie.'

'Nu al ondeugend geweest?'

'De advocaat heeft voor meer bewegingsvrijheid gepleit. Geef je zo iemand extra beveiliging, is het ook weer niet goed.'

Ik ging de trap af naar de eerste verdieping, en wachtte daar tot Carhartt de celdeur elektronisch geopend had. 'Woodehouse, de zitting begint zo.' Opnieuw betrapte ik hem erop dat hij zijn onderarmen naar voren stak. 'Voor jou geen boeien. Als je je gedraagt, blijft dat zo.'

Op weg naar het eerste tussenhek, op de begane grond, kwamen we voorbij de bezemkast, waarvan de deur openstond. Precies op het moment dat we passeerden, stapte de schoonmaker uit het donker naar buiten, met de stelen van bezem en stofblik onder de arm geklemd. Ik merkte dat Woodehouse schrok van de onverwachte verschijning met het wit omzwachtelde hoofd. We waren alledrie stil blijven staan. De twee kleine mannen mompelden iets dat op een groet leek. Het moment was te mooi om niet te bederven.

'Zeg, Maddox,' zei ik, 'solliciteer jij naar een berisping of zo? Rammel eerst met een emmer, voordat je voorbijgangers de stuipen op het lijf jaagt.'

'Sorry, Mr Agraphiotis,' klonk het dof uit de verbandkluwen. 'Het was geen opzet.' De man sprak met een sterk accent uit het Midwesten. 'Met emmers werk ik vanmiddag pas, bij het dweilen.'

4

'Mr Agraphiotis,' had Woodehouse me gevraagd, 'mogen de gevangenen in Choreo kerstpakketjes ontvangen?'

'Vorige kerst was ik hier nog niet. Ik zal het de chef vragen.'

'Jazeker,' zei Carhartt. 'Hij moet er wel rekening mee houden dat de inhoud wordt gecontroleerd.'

Toen ik Woodehouse de boodschap had overgebracht, gaf hij mij in een open envelop, geadresseerd aan zijn secretaresse, een verlanglijstje mee. Het was niet mijn taak zijn post te censureren, maar ik kon me er niet van weerhouden, eenmaal alleen in de loge, te lezen wat zijn wensen waren.

'Lieve Paula,

zie maar wat je van het onderstaande kunt bemachtigen. Ik verwacht geen cadeaus, dus gebruik de creditcard die ik je gegeven heb. Hij is nog voldoende gedekt. Nu niet meteen misbruik maken en me, in plaats van de kerstinkopen, een kaartje sturen uit Acapulco. Koop in ieder geval ook iets moois voor jezelf – van mij. Niet te bescheiden zijn. Als je smaak mijn middelen te boven gaat, hoor je het wel van de caissière. Lieverd, ik wens je een Gelukkige Kerstmis. Tob niet over mijn welzijn. Ik stel hier orde op zaken in mijn ziel.

flacon antiroosshampoo (ook tegen baardschilfers)
Zwitserse chocola (min. 70% cacao)
flesje zwarte peperkorrels (ik laat ze op de werkplaats in een
   bankschroef vermorzelen)
blikje foie gras (de echte)
doosje vochtige brilpoetsdoekjes
doosje tandzijde merk Floss-on-the-Mill (grote spoel)
klein potje Sevruga kaviaar + ev. tonnetje zure room
verpakte toast
2 potloden B2 + puntenslijper (die ik bij een bewaker in
   bewaring geef)
1 à 3 doosjes panatella's 'Panama' (om aan bewakers uit te
   delen)
doosje plastic paperclips'

5

Ik wist als geen ander wat Woodehouse doormaakte nu hij, om niet achter tralies vermoord te worden, van zijn identiteit afgesneden was. Bij hem kwam er de noodgedwongen vermomming bij. Het enige dat hem nog kon verraden, nu hij de stelten van de Pinball Wizard had moeten inleveren, was zijn geringe lichaamslengte, die zich niet langer liet vermommen. Maar... niemand die hem daaraan herkende. Door een kronkel in het brein denken de tijdschriftlezers en televisiekijkers de afgebeelde of gefilmde beroemdheid een fysieke grootheid toe die bij zijn status past. Zelfs als een ster, afdalend tot het volk, een normale, gemiddelde lichaamslengte blijkt te hebben, valt hij tegen. Jozef Stalin bezocht een keer per trein een of andere afgelegen negorij in een sovjetrepubliek. Het ontvangstcomité op het stationnetje keerde zich beledigd af van de kleine, pokdalige man die door Moskou naar hun uithoek was afgevaardigd. Ze lieten zich veel wijsmaken, maar *niet* dat de grote Stalin voor ze stond.

6

Al maanden (vooral op het voorhistorisch stille Bora-Bora) had Remo zich bij zijn toekomstige gevangenis het grofste fysieke en verbale geweld voorgesteld. Zodra de poorten opengingen, zou het zich op hem storten, hoektanden in zijn nek, klauwen in zijn kruis. De werkelijkheid pakte anders uit. 'Altijd zo stil hier, Mr Agraphiotis? Het lijkt bijna uitgestorven.'

'Ik werk hier zelf nog maar kort. Collega Burdette is een oudgediende. – Al? Alan? Gevangene Woodehouse vindt Choreo een dooie boel.'

'Het is misschien wel de rustigste gevangenis van heel Californië,' zei Burdette.

'Geen gewelddadigheden?'

'Het gewelddadigste incident dat ik me van het afgelopen jaar kan herinneren,' zei Burdette, 'was een *cokedom*.'

'Als je Woodehouse nou even uitlegt wat een *cokedom* is, kan hij de graad van gewelddadigheid bepalen.'

'*Cokedom* is Choreaans voor condoom vol cocaïne in de maag van een Choreaan. Het oude liedje: snoepen tijdens het bezoekuur. Het was vast niet van het merk Never Rip, want het barstte open. Dood, meneer. Maar verder... Ja, nou je 't zegt, de laatste dagen meen ik hier op de vleugel een spanning te voelen die er anders nooit is. Help me herinneren, Spiros, dat we de boel eens goed onderzoeken. Verhoogde waakzaamheid.'

'Misschien,' zei Remo, 'kan ik me beter even verwijderen.'

'Welnee,' zei Burdette, 'dat is nou juist het unieke aan Choreo... dat we de Choreanen overal bij betrekken.'

'Was dat maar wederzijds,' zei Agraphiotis lachend. 'Ik

hoop, Al, dat de spanning niet door mij komt. Je weet nooit wat iemands aanwezigheid ongewild kan aanrichten.'

7

Na de avondmaaltijd, die al om half vijf in zijn cel werd geserveerd, mocht Remo voor 't eerst naar de ontmoetingsruimte. 'Vraag niemand de weg naar de ontmoetings- of ontspanningsruimte,' had Agraphiotis gezegd, 'want dan eindig je in de ziekenboeg. Zeg recreatie, zoals iedereen.'

Zijn deur stond opengeschoven, hij hoefde maar de helft van de Ring rond om er te komen. Hij zat lange tijd op zijn brits voornamelijk te aarzelen. Toen het achter het matglas schemerig werd, klom hij op de radiator. In het tentenkamp laaide een vuur. Brandende stormlampen aan scheerlijnen. In de kappen van de hoge lantaarns rond het gevangenisterrein gloeide roodachtig het natriumlicht op. Terwijl de warmte door de zolen van zijn gympen drong, maakte hij het moment mee dat de vleermuizen uitvlogen. Als ze onder een mast door fladderden, namen ze soms op hun vlerken een vlaag rood mee. Tegen dat het geheel donker was, en het lantaarnlicht van rood in helwit veranderde, waren ze verdwenen. Remo sprong van de verwarming, en liep de gaanderij op. Opnieuw de aarzeling.De recreatie zou wel niet door schemerlampen gedomineerd worden, door buislicht eerder, en dat maakte de kans op herkenning groter.

Het zaaltje lag op de eerste verdieping, aan een zijgang van de Ring, naast de toiletten. Omdat hij nog twijfelde, nam hij na het verlaten van zijn cel de langste weg over de gaanderij: naar links. Rechts had hij de bewakers in hun glazen loge zien opkijken, en hij voelde nu hun ogen in zijn rug. Uit een open cel aan de overkant klonken gebroken gitaarakkoorden, begeleid door geneurie, als van iemand die zijn instrument aan het stemmen is. Remo vertraagde zijn pas tot de ijzeren balustrade niet meer meetrilde, en bleef uiteindelijk vlakbij de opengeschoven deur stilstaan. Als hij zich een beetje vooroverboog, kon hij de kleine schoonmaker, Maddox, op de vloer van zijn cel over een veel te grote gitaar gekromd zien zitten. Boven hem hing een oude, kreukelige reproductie van de Mona Lisa aan de muur in zwartwit. De ingezwachtelde speler leverde een veel mooier schilderij op. Iets van De Chirico. Massief wit hoofd vol stiknaden boven gitaartaille. De man draaide met omwonden vingers, waarvan alleen de toppen onbedekt waren, aan de knoppen en liet de snaren gonzen. Hij nam een metalen buisje van de grond, en probeerde het om zijn pink te schuiven. Het blote gedeelte van de vinger bleek te kort om het cilindertje houvast te bieden, zodat hij het ding maar met zijn volle omzwachtelde hand tegen de frets van de gitaarhals drukte. De vingers van zijn andere hand wisten nauwelijks het plectrum vast te houden. Hij zette een eenvoudig bluesthema in, dat meteen al ontspoorde. De scherpe, metalige klanken die de bottleneck aan het instrument diende te ontlokken, werden de helft van de tijd gesmoord door de windsels.

Crossroads in the desert
Crosstalk in the meadows

Het rauwe gegrom van de zangstem had aan de bluesklank kunnen bijdragen, als niet ook dat tot machteloze dofheid gedempt werd door de dikke verbandmuts. Middenin het nummer hield de man op met spelen en zingen. 'Loop door.' Hij had zijn hoofd niet in de richting van de deur gedraaid. Het was een belachelijk kort armpje dat hij om de enorme klankkast geslagen hield.

'Ik luister,' zei Remo, in de deuropening tredend.

'Dan heb je me gehoord,' zei Maddox. 'Doorlopen.'

8

De recreatie van de EBA bleek een kale bedoening. De ruimte was groot genoeg, maar had alleen de hoogstnoodzakelijke aankleding. Omdat de cafétafels plaats boden aan niet meer dan vier personen, waren ze hier en daar tegen elkaar aangeschoven – al was dat, volgens een tegen de muur geplakt reglement, verboden wegens samenscholingsgevaar. De zonder uitzondering rechte stoelen hadden een frame van verschilferend chroomwerk. Door winkelhaken in zitting en rugsteun puilde bruinig schuimrubber, dat bij het zitten gaan in gewichtloze kruimels rondstoof. Verder stonden er een biljart en, tegen de muur, een piano. Gebiljart, begreep Remo, kon er niet meer worden sinds bewakers na een massale vechtpartij de keus achter slot en grendel hadden geborgen. Op de rand van de tafel zwierf nog het blokje krijt, waar soms iemand verstrooid zijn pink in doopte om dan de rest van de avond met een blauwe vingertop rond te lopen. De piano, waarvan de klep op slot zat, heette niet meer bespeelbaar te zijn. Hij klonk al jaren rottig, doordat de muizen het vilt onder de hamers uit gevreten hadden. Nadat een Choreaan bijna met een later onvindbaar eind ijzer- of koperdraad gewurgd was, waren uit voorzorg de pianosnaren weggenomen.

'Nieuw hier?' Voor hem stond een breedgeschouderde man met een kaalgeschoren hoofd dat die dag nog een beurt moest hebben gehad, want de schedelhuid zat vol verse scheerwondjes. Achter de oren kronkelden getatoeëerde slangen met vleermuisvleugels.

'Gisteren aangekomen.'

'Dan kun je wel wat bescherming gebruiken.'

'Doe geen moeite. Het gaat uitstekend.'

'Luister. Als je protectie wilt, moet wel eerst al dat haar eraf. In ieder geval die baard.'

'Ik ben eraan gehecht.'

'Denk er eens over na. Ik ben geen dure jongen.' Langzaam, met bijna luie tred, liep hij terug naar zijn tafel in de hoek, waar nog meer kaalgeschoren mannen zaten, sommige met stoppelige schedels. Een van de slangen zat geplet tussen twee vetrollen in zijn nek.

Woensdag 21 december 1977

Gedresseerde kakkerlakken

I

Met het ontbijt rond zes uur 's ochtends had Remo geen probleem. Hij was wakker lang voordat het karretje van Broeder Vroegkeuken aan kwam rammelen. Bijna met wellust onderwierp hij zich aan het gevangenisregime. Eigenlijk was dit de discipline die hij zich als filmmaker gewenst had. Vroeg op, sobere maaltijden, de klok rond werken. Geen zakenlunches, geen cocktailparty's, geen galapremières. Vruchtbaar dromen van vrouwen, in plaats van tijdrovend erachteraan te jagen.

2

'Agraphiotis?'
 'Present.'
 'Luister, Agraphiotis. Die nieuwe... die kleine...'
 'Gevangene Maddox.'
 'Die is ook klein, maar iets minder nieuw. Ik bedoel de laatst aangekomen dwerg.'
 'Gevangene Woodehouse.'
 'Die. Hij heeft zich vrijwillig als poetsvrouw gemeld. Ga jij met hem naar Maddox. Zorg ervoor dat die twee kobolds hun activiteiten behoorlijk op elkaar afstemmen. En dan heb ik het niet over ontsnappen via een muizenhol.'

De nieuweling had zijn cel vlakbij de cipiersloge. Ik drukte op een knop, en tegen dat ik bij zijn deur was, stond die opengeschoven. 'Woodehouse, naar buiten.'

Hij stapte onzeker de galerij op, keek eerst naar links (niets), toen naar rechts, waar ik stond. 'Ik heb begrepen dat je je als vrijwilliger voor schoonmaakwerk hebt opgegeven.'

Ik nam hem losjes bij de bovenarm, en leidde hem als een kind de balustrade langs naar de trapopgang. Voordat we de volgende trap bestegen, hield ik de gevangene een moment staande. Zijn arm verstijfde. De angst zat hem dicht onder de huid. Op de derde verdieping klonk het schuren van een bezem. Het luchtuur ging net in. De eerste stemmen van de dag op de binnenplaats. Eerst nog losse kreten. Een bal stuiterde. Gejoel.

Boven was niemand te zien. Op het zwarte graniet lag een bergje afval. Fruitschillen, repen stof, plastic bakjes. De veeggeluiden kwamen uit een open cel. 'Maddox?'

Met achterwaartse passen stapte iemand gebogen de gaanderij op. Met een bezem trok hij via de deuropening slierten toiletpapier naar zich toe. Het was de man met het ingezwachtelde hoofd. 'Peyotekakkers. Het zijn altijd dezelfden die er een strontbende van maken. Tequilazeikers.' Hoezeer ook gedempt door het dikke verband, de stem klonk doorleefd rauw en raspend. Het papier was duidelijk gebruikt. Op een hoop geveegd stonk het.

'Iets op Mexicanen tegen, Billy the Kid?'

'Net zo min als tegen Grieken. Ze zouden alleen eens moeten leren, dat stelletje mescalineschuivers, om hun guirlandes van Allerzielen door te spoelen.'

'Misschien hechten ze eraan. Ze komen hier verderop zonder papieren de grens over.'

Maddox ging, in nog steeds gebogen houding, een volgende cel binnen. 'Hier komt Juanito,' riep hij over zijn schouder. Met kleine haaltjes veegde hij nu kortere stukken toiletpapier de galerij op, allemaal besmeurd met de resten van uitwerpselen. De stank verergerde. Hij plantte de bezem voor zijn voe-

97

ten, en leunde op de steel. Zijn gezicht was zo dichtgepleisterd, met alleen het rechteroog onbedekt, dat onmogelijk viel uit te maken of hij de bewaker recht aankeek. Wel was duidelijk dat hij Remo negeerde. 'Mr Agraphiotis, in ernst. Je zou zo'n cactusneuker aan de hand van zijn veegsporen kunnen identificeren. Van achteren naar voren, of van voren naar achteren. De dijen gespreid, of tussen samengeknepen hammen door. Ik ben hier in een week tijd een expert geworden. Overdwars vegen, dan krijg je het varenmotief. Er zijn er die een prop maken, en die op de plek van de aars ronddraaien. Anderen leggen een strook in het kruis van hun onderbroek, dan krijg je een gave afdruk van het bronzen oog. Prima alternatief voor de vingerafdruk. Gegarandeerd uniek. Op te sturen naar alle politiebureaus van de Verenigde Staten. Succes verzekerd.'

'Help me op weg, Maddox, ik ben hier nieuw,' zei de bewaarder. 'Is dit uit protest of zo?'

'Kwestie van nationale loodgieterij. In Mexico hebben ze smallere afvoersystemen dan hier. De kinderen leren al van hun mammies dat ze de strontpapieren in een mand naast de pot moeten gooien. Anders raakt de boel verstopt.'

'Maar hier...'

'In onze gevangenissen zijn geen manden.'

'Behalve als administratief communicatiemiddel.'

'Een volk leer je kennen door z'n riolen. Je kunt een Mexicaan duizend keer zeggen dat hij z'n papieren door de plee moet spoelen, en dan belandt de vuiligheid nog op de grond. Van al die tequila word je blind. Die mescalwormen tasten het brein aan.'

'Fijn om te horen, inderdaad, dat je niets tegen Mexicanen hebt.'

Het stemmengedruis op de binnenplaats zwol aan tot de kakofonie van een zwembad in de zomer. De drie mannen stonden in de stank. 'Maddox, dit is je medegedetineerde Woodehouse. Hij komt je helpen.'

3

Langzaam, onwillig draaide de man zijn verbonden hoofd naar Remo, alsof hij die nu pas opmerkte. Het verband was smerig. Op de plekken waar pus of wondvocht door de windselen heen gedrongen was, had zich extra stof vastgezet. 'Moet ik nu dankbaar zijn?' Tussen de stroken die het rechteroog vrijlieten, blonk iets – geen oogwit.

'Dit is geen huis van dankbaarheid,' zei Agraphiotis. 'Ik wil alleen dat jullie elkaar niet in de weg lopen.'

'Hij is net zo'n onderkruipertje als ik. Daar zal het niet aan liggen.'

Als hij sprak, waren zijn lippen niet te zien. Waar zijn mond moest zitten, bewogen de zwachtels, die daar bruinig waren van de etensresten.

'Geef elkaar de hand dan.'

Remo stak zijn hand uit, en had iets groots en zachts en wattigs beet. 'Wat is je voornaam?' Dat praat makkelijker.'

'Ik ben geen prater. Zeg maar Scott.'

'Remo.' Hij sprak de naam op z'n Engels uit. 'Aangenaam.'

'Little Remo. Geen probleem.'

'Wijs Woodehouse waar hij kan beginnen.'

Maddox zette de harde veger tegen de muur, en nam een andere ter hand, die hij met de steel op de grond plantte. 'Dit is de zachte bezem.'

Hij streek met zijn vingertoppen liefkozend over de haren als van een kleerborstel. Het dwarshout was uitzonderlijk lang. 'Ik leg er lijntjes mee.' Hij draaide de bezem om, en veegde er uit verschillende richtingen rechte strepen fijn stof mee bijeen op de granito vloer, die onder de zachte haren begon te glanzen. 'Grijze lijntjes op een zwarte spiegel. Coke voor de alchimisten.' Hij duwde Remo de steel in handen. 'Veeg maar achter me aan.'

'Ik laat jullie aan het werk,' zei Agraphiotis. 'Onthou dat er op elke verdieping een loge is. Er ontgaat ons geen enkele beweging.'

'Woodehouse,' herhaalde Maddox. 'Dat klinkt Engelser dan je accent.'

'In een ver verleden heb ik mijn naam verengelst.'

'Naar welke taal moet ik Woodehouse dan terugvertalen?'

'Probeer het eens met Reto-Romaans.'

'Remo Retoromanic, dat is me nogal een mondvol. Nee, Woodehouse is beter.'

Maddox zwiepte met zijn grove veger de cellen van de Mexicanen leeg. Remo bezemde een paar meter achter hem geluidloos het stof bijeen. Al een paar keer had Maddox de nieuwe schoonmaker tot langzamer werken gemaand. 'Niet tegen mijn hakken aan stoten. Zorg dat de dag vol komt.'

Als hij wilde praten, draaide hij zijn rug naar de loge, en nam dan een overdreven werkhouding aan. 'Imposante bril. Uit mijn geboortejaar, schat ik.'

'En dat is?'

'Het jaar nul.'

'Goh, dan mocht je in het jaar één je eerste kaarsje uitblazen.'

'Jij snapt iets. Ik kan alleen je idiote accent niet thuisbrengen.'

'Iedereen verzekert me er altijd van dat ik vlekkeloos Engels spreek.'

'Voor het oordeel van vazallen kopen we niks. Vlekkeloos is nog niet accentloos. En Engels is nog geen Amerikaans.'

'Wat denk je van Agraphiotis' accent?'

'Ze noemen hem De Griek. Choreo is Babel. Ik heb die bril eerder gezien.'

'In het jaar nul.'

'In een advertentie of zo.'

'Het model is weer helemaal terug.'

'Zet hem eens af.'

'Ik zie mijn belager liever aankomen. Ik heb min zes en min twee.'

'Déjà vu. Ik *wist* dat je min twee en min zes zou zeggen.'

'Het déjà vu is voor bescheiden helderzienden.'

Maddox sprak met een eigenaardig soort zangerigheid, die profiteerde van de keelklanken en van een geneuriede dreun hoog in de neus – al kon dat laatste het gevolg zijn van de strakke windsels. Hij had zelfs bij de eenvoudigste mededeling naar het einde toe de neiging een beetje bozig en plechtig op te spelen, alsof hij een betoog afrondde. Er was voortdurend iets bezwerends, niet alleen in zijn manier van praten, ook in zijn gebaren, al kreeg die houding iets karikaturaals door alle zwachtels. 'Li'lle Remo, heb jij iets met Jezus Christus?'

'Toen ik geboren werd, was de twintigste eeuw een Christusleeftijd oud. Meer heb ik niet met Jezus.'

Maddox nam Remo de bezem uit handen, en legde het ding met het lange dwarshout over zijn schouder, zodat de steel over zijn kromme rug kwam te liggen. 'Ziehier het kruis dat Scott Maddox in Choreo draagt. Hij die op zich neemt het stof der wereld.' Als hij zo sprak, met een arm sidderend geheven, kreeg hij iets van een zwarte dominee tijdens de preek. Een kleine Martin Luther King. Remo had zich Maddox meteen als een blanke voorgesteld, maar hij kon net zo goed zwart zijn. Het ene kierende oog gaf geen uitsluitsel. De tint van de nagels, die tot de schoonheid van negers bijdroeg, deed hem altijd denken aan de voederbieten op het platteland waar hij de oorlogsjaren had doorgebracht. De overgang van lila naar wit... Hij speurde de handen van Maddox af. Hij had geen nagels. Zijn vingertoppen waren schilferig van het vervellen.

'Waarom krijg ik zo'n vertrouwd gevoel bij de naam Maddox?'

'Een heel gewone Amerikaanse naam.'

'Ik ben geen Amerikaan.'

'Het zal de klankovereenkomst zijn.'

'Met wat?'

'*Mad Dogs and Englishmen.*'

Remo zag meteen de platenhoes voor zich. Hij had dat album van Joe Cocker jaren geleden honderden keren gedraaid.

'De ware helderziende kan het zonder déjà vu af.'

'In mijn naam blaffen duizend en één hondsdolle honden. Vertel me alles over je accent.'

'Ik ben in Frankrijk geboren.'

'Scott is nooit verder gekomen dan de French Quarter van New Orleans. Ik wilde een, laten we zeggen, tweedehands Buick overdoen aan een vent die Frans sprak. We verstonden elkaar wel, maar we begrepen elkaar niet... of omgekeerd. De deal liep mis. Er zit een hoop schorem van over de grenzen in de Amerikaanse gevangenissen.'

'Het verkopen van gestolen auto's... is dat waarom je hier zit?'

'Die Buick, dat was een federaal misdrijf. Choreo is een Californische gevangenis.'

'Federaal, staatsgebonden... ik haal die zaken juridisch nog altijd door elkaar.'

'Ik heb een groot deel van mijn leven vergooid in federale kerkers. Als ik me tot de staat zelf beperkt had, was ik nog niet de helft van die tijd kwijt geweest.'

'Waarom dan federale misdrijven gepleegd?'

'Doordrijverij. De nor is mijn thuis. Scott blijft graag wat langer.'

'Nu weet ik nog niet waarom je in Choreo zit.'

'Om uit te stinken van de grote brand.'

5

's Middags moest de grote granito vloer van de brede gang beneden worden gedweild. Op aanwijzingen van De Griek begonnen ze vanuit twee diagonaal tegenover elkaar gelegen hoeken. Ze dienden dan via een soort doolhofpatroon, terug te vinden in de natte dweilsporen, met eindeloos omtrekkende bewegingen naar elkaar toe te werken, net zo lang tot de stelen van hun mops elkaar in het middelpunt van de ruimte kruisten.

'Ik wil geen gegil als op de luchtplaats,' had Agraphiotis gezegd. 'Praten op normale sterkte, binnen gehoorsafstand.'

Zolang er niet gedweild was, hing in de gangen van Choreo de lucht van gymnastiekzalen op school, een menggeur van stof en zweet. De schoonmaakmiddelen waren het gewone supermarktspul, in speciale maxiflacons voor kantoor en horeca. Ondanks de toegevoegde bloemengeuren leverden ze, eenmaal vermengd met het vuil van Choreo, een bestorven putlucht op.

De omzwachtelde intrigeerde Remo. Maddox was zo geheel anders dan hij zich een doorgewinterde gevangene had voorgesteld. Remo vond hem afstotend, onberekenbaar, maar hij kon nauwelijks wachten tot de gehoorsafstand was bereikt en het gesprek hervat kon worden. 'Douche jij 's morgens met de kudde, Little Remo?' De stem klonk agressief en luid door de kale ruimte. Remo wierp een blik op de onderste loge. Het glas spiegelde. Er kwam niemand naar buiten. 'Nee, alleen.'

'Als je zo zacht praat, versta ik je niet, met al dat poetskatoen in m'n oren.'

'In m'n eentje.' Remo verhief zijn stem. 'Onder begeleiding. De rest komt na mij.'

'En ontbijt?'

'Op bed. Had jij vanmorgen ook varkenskoteletten?' Om het geluid van zijn stem minder erg te doen lijken, liet Remo de knot van zijn dekzwabber luid klatsend op het granito neerkomen. Het sop maakte een ster.

'Ik eet geen vlees,' riep Maddox terug, 'en dat weten ze hier. Eieren, kaas, boter... dat eet ik ook allemaal niet.'

'Veganist dus.'

'Niet naar de letter. Ik gebruik honing.'

'Waarom honing wel?'

'Honing is een architectonische bouwstof. Er worden raten van gemaakt. Elke bijenkorf is een Alhambra, met een mozaïekvloer van puur goud. Ooit zal Scott Maddox in zo'n paleis wonen, ontworpen en ingericht door bijen. Ikzelf, mijn hofhouding... wij zullen allemaal als imkers gekleed gaan. Uit eerbied voor die kleine architecten. Ze zijn er altijd. Hun arbeid houdt nooit op. Het is de tijd van Cosy Horror.'

Ook wanneer hij zo oreerde, klonk zijn stem stroef, een beetje als bij iemand met een hazenlip. De genezende wonden, van wat voor aard ook, stonden hem kennelijk maar een beperkt gebruik van zijn gezichtsspieren toe. 'Cosy Horror...?'

'Later, later.' Ze waren nu weer aan een dweilbaan in de lengte van de ruimte toe, waarvoor ze zich ieder naar een andere korte zijde van de ruimte van elkaar verwijderden. 'Straks,' riep Maddox nog.

6

'Wat is Cosy Horror?' vroeg Remo. Op hun parallelle routes waren de twee schoonmakers weer op gelijke hoogte gekomen. Ze namen een pauze.

'Niet nu.'

'Vertel me tenminste waarom je hier zit.'

'Ik heb het de directeur gevraagd. "Zoek er niet te veel achter," zei die. "Gewoon, om zonder commotie van je wonden te kunnen genezen." Ik revalideer. Choreo is een herstellingsoord.'

'Waar zat je?'

'Vacaville. Nee, Folsom. In Folsom vatte ik vlam. Toen hebben ze me naar de California Medical Facility gestuurd, in Vacaville. Voor de zalf.'

'In Folsom brak brand uit.'

'In Folsom brak de pleuris uit. Om een stel kakkerlakken. Meer wil ik er niet over kwijt.'

'De link tussen kakkerlakken en brandzalf ontgaat me.'

'In Folsom pisten de kakkerlakken een brandbare stof over me uit. Op dat moment kwam Florence Nightingale met een open aansteker voorbij. Wil jij een gesprek voeren met Scott Maddox, Li'll Remo, dan om te beginnen niet alles letterlijk nemen.'

'Een overdrachtelijk verslag is ook goed.'

De twee gevangenen hielden allebei de steel van hun mop stevig omklemd, alsof ze anders zouden omvallen. Maddox wiegelde met zijn bovenlijf. 'Als in Folsom iemand isoleer krijgt, zetten ze hem op hongerdieet. Eens per dag water en brood, verder niks. Ziet zo iemand een kakkerlak, dan stopt hij hem in zijn brood. Snap je? Voor het eiwit. Scott niet. Scott legt het liever af tegen eiwittekort dan dat hij een dier opeet. Scott is strenger in de leer dan Johannes de Doper, die sprinkhanen at in de woestijn. *Ik* zou de sprinkhanen toespreken... ik zou ze dopen... In Folsom mag de gevangene geen dieren houden in zijn cel. Platluis? De beestjes worden per gifaanval gedood. Ik had twee kakkerlakken gevangen, en hield ze in een lucifer-doosje. Het waren mijn vriendjes. Ik richtte ze af, tot ze allerlei kunstjes voor me deden. Hun mooiste act, Little Remo, was de schorpioenendans. Ik had ze net zo lang met een tandenstoker gemanipuleerd tot ze dansten als meneer en mevrouw Schor-pioen. Tot en met de doodsteek... en het doodliggen. En het applaus. *Doek.* Toen beging ik een fout. Ik was zo trots op mijn kleine artiesten dat ik ze aan een bevriende bewaker liet zien. Hij bedelde om een kunstje. Met behulp van een draadje liet ik ze hun eigen luciferdoosje voorttrekken als een kar. De bewa-ker had de tranen in zijn ogen staan.'

Remo had het toch goed gezien. Het verband onder Mad-dox' rechteroog was een beetje nat geworden.

'Dezelfde dag... cel doorzocht. Ze namen het doosje met mijn kakkerlakken in beslag. Ik vraag bewakers nooit om een gunst, maar toen heb ik gesmeekt mijn vriendjes te mogen houden. "Gevangene Maddox moet het reglement nog maar eens lezen. Geen huisdieren op cel." Ik hield ze voor dat kak-kerlakken toch geen huisdieren waren. "Zodra je ze hebt afge-richt, Maddox, zijn het huisdieren, en dienen wij ze af te voe-ren." Ik heb de hele dag gehuild. Die nacht heb ik tussen twee controles in mijn bed in brand gestoken.'

Over de Ring stuiterde het handgeklap van De Griek. 'Kom, heren. Genoeg gekletst nu.' Een treffen van droge, lichtbeëelte handpalmen, profiterend van de akoestiek binnen kale muren. 'De dweilen worden hard. Ieder z'n kant op.'

De schoonmakers doopten hun dekzwabbers in de emmers met sop. 'Straks de rest,' zei Maddox, naar de grond kijkend. 'Zorg dat je met een kleinere boog naar me toe werkt.'

Al zwabberend verwijderden ze zich ruggelings van elkaar.

7

Juist toen Remo zich afvroeg hoe Maddox door dat dikke verband heen kon horen, draaide de man zijn hoofd een kwartslag. Ter hoogte van het oor puilde een van gaatjes voorziene uitstulping door de windselen heen, van plastic of van piepschuim. 'Hoor je net zo goed als vroeger?'

'De vlammen zijn mijn oren binnen gelekt. Oorsmeer werkt als olie op vuur. Scott vangt geluiden op met zijn staartbeen.'

'Ik zal mijn stem wat meer laten trillen.'

'Voordat ik de brandstapel aanstak, heb ik de directeur laten roepen. Hij kwam. Scott zei: "Als ik van u geen kakkerlakken mag houden in mijn cel, wees dan zo dapper ze voor mijn ogen dood te trappen." Dat zei Scott.'

'Twee brijachtige vlekken op de vloer, is dat niet erger dan afpakken?'

'Little Remo is geen natuurmens. Trap een kakkerlak kapot... haar eitjes overleven. Wie zijn huis kakkerlakvrij wil maken, moet met brandende kranten langs de muren, anders krijgt hij snel met de volgende generatie te maken. Scott wilde het nageslacht van zijn vriendjes africhten.'

'De directeur deed niks.'

'Toen is Scott in een kakkerlak veranderd... tussen brandende kranten.'

'Je bent op tijd gevonden.'

'Ze roken iets.'

'Hoe erg?'

'Gezicht. Handen. Hier en daar nog een schroeiplek... de

afdruk van een strijkbout, meer niet.'

'En nu zit je hier. Vast niet omdat Folsom bang was dat je een nieuw kakkerlakkencircus zou beginnen.'

'In het rapport stond: "Extreem suïcidaal." Door de gangen van Folsom spookt de pluizenbol van George Jackson. Te veel dooien met een verhaal is niet goed voor een gevangenis.'

'Nu weet ik hoe je van Folsom in Choreo kwam. Ik weet nog altijd niet wat je naar Folsom bracht.'

'Scott is in Choreo niet op z'n plaats. Scott was in Folsom niet op z'n plaats. Scott krijgt niet de behandeling die hij verdient. Hij is een politieke gevangene.'

'Leg me...'

'Ik ben een verdwaalde politieke gevangene. Het is niet in het belang van mijn zaak daar tegenover een gewone gedetineerde mededelingen over te doen. De vijfde colonne zit overal.'

Nadat Maddox over zijn autodafe had verteld, voelde Remo voor 't eerst sinds zijn aankomst de baard op zijn gezicht branden, en nu niet in de vorm van jeuk. Hij kon de stank van verbrand haar bijna ruiken. 'Als je toen zelf niet in je bed verbrand bent, wat hebben ze dan met je gedaan?'

'In de isoleer daar *wemelde* het van de kakkerlakken. Ze gooiden me in het hol om me een lesje keuze te leren: kakkerlakken dresseren... of opvreten.'

8

De Griek stond op de uitkijk. 'Hou het kort, Scott.'
'Getrouwd?'
'Geweest.'
'Scheiding.'
'Weduwnaar.'
'Kanker...'
'Kraambed.'
'Kind?'

'Dood.'
'Ongelukkige.'

9

'De baby heeft zijn moeder overleefd,' zei Remo.
'Een halve wees. Ik wou dat ik mijn moeder had overleefd. Dan zat ik hier niet.'
'Hij stierf later dan zijn moeder.'
'Hoeveel later?'
'Twintig minuten.'
'Wat is je punt? Dan zijn ze dus samen in het kraambed gestorven.'
'Die twintig minuten, daar gaat het juist om.'
'In jouw wereld van muggenzifters, ja.'
'Het gaat hier om het ziften van een menselijke ziel.'
'Waarom,' vroeg Maddox, 'is er geen keizersnede uitgevoerd, als dat het kind had kunnen redden?'
'Er was geen arts in de buurt.'
'Ook geen scalpel... of een scherp mes?'
'O, messen genoeg, en scherp ook. En handen om ze te bedienen.'
'Nou, dan. De vrouw was dood. Voor haar hoefde niemand meer voorzichtig te zijn. Waarom dan de baby er niet eenvoudig uit gehaald?'
'Weet jij het, Scott? Ik niet.'
'En jij, Little Remo?'
'Ik was er niet bij. Ik was ver weg.'
'Wat hebben ze gedaan?'
'Wie?'
'De lui die erbij waren.'
'Ze zijn weggegaan.'
'En de baby in de moeder aan zijn lot overgelaten...'
'Zo is het gegaan.'
'Het zullen je vrienden maar zijn.'

'Vrienden waren het niet.'

'Wat deden ze daar dan?'

'Ongenode gasten bij de bevalling.'

'Kortom,' zei Maddox, 'Cosy Horror... om de dood zijn tanden te ontnemen, en ze in het weke mondvlees van de boreling te planten. We zullen terugdeinzen voor de grommende zuigeling, die zijn hoektanden ontbloot. Niet langer schuwen we bescherming te zoeken aan de geruststellende borst van de dood. Omkering van alle angsten. Herwaardig van elke huiver.'

10

Eindelijk stonden ze in het centrum van een schematische doolhof, bestaande uit gedeeltelijk opgedroogde banen sop.

'Klaar,' zei Remo.

'Nu nog met trekker en dweil,' zei Maddox. 'En toch ken ik jou ergens van.'

'Verwar me niet met mijn bril.'

'Het is onze kleinheid, Li'll Remo. We kijken bij elkaar in de spiegel. Precies even groot.'

'Ik ben langer dan jij.'

'Mijn officiële lengte is een meter vijfenvijftig. Als ze me tegen de gevangenismeetlat zetten, en ik heb zin de boel te belazeren... met ietsje geheven hielen dus... dan kom ik aan een meter zesenvijftig. Meer zit er niet in. Ik schat dat jij net zo lang bent als ik wanneer ik smokkel.'

'Ik ben een meter zevenenvijftig.'

Maddox stak zijn arm de lucht in, en wenkte. 'Mr Agraphiotis...!'

De Griek, die net de cipiersloge op de eerste verdieping binnen wilde gaan, boog af in hun richting. Hij daalde aan de overkant de trap af, en liep op zijn hakken naar ze toe, zoals mensen doen als ze een natte vloer oversteken.

'Woodehouse en ik,' zei Maddox, 'hebben een klein meningsverschil over onze lengte.'

'Twee lilliputters die om een millimeter vechten,' zei de bewaarder. 'Ga maar met de ruggen tegen elkaar staan.'

Als gezeglijke kinderen deden ze wat hij ze opdroeg. Nu hun hoofden tegen elkaar rustten, ving Remo de geur van bederf op uit Maddox' verbandkluwen. Uitgewerkte zalf, zachte wondkorsten, etter misschien.

'Rechtop,' zei Agraphiotis, die iets verschikte aan de kromme houding van Maddox. 'Anders benadeel je jezelf. Eens kijken... Woodehouse lijkt inderdaad een paar centimeter langer. Maar wat zie ik daar? Hoe kom jij aan *gympen*, Woodehouse?'

'Die had ik bij me. Ze hadden op het magazijn geen slippers in mijn maat.'

'Dat scheelt minstens anderhalve centimeter. Maar zelfs als we die verrekenen, steekt gedetineerde Woodehouse nog ietsje boven gedetineerde Maddox uit. Maddox fraudeert door zich een weinig op de tenen te verheffen. Het helpt hem niets. Plaats rust.'

Maddox gaf Remo een kontje, en de schoonmakers draaiden zich allebei tegelijk om. 'Troost je,' zei De Griek. 'Kleinheid hoeft grootheid niet in de weg te staan. Alexander de Grote mat een meter zevenenveertig. Zo'n decimeter korter dan jullie gemiddelde. Het belette hem niet Alexander de Grote te zijn. Zonder plateauzolen.'

'Kort of lang,' zei Remo, 'het leven legt ons op hetzelfde procrustesbed. Zijn we er te lang voor, dan wordt het overhangende afgehakt. Wie onder de maat is, wordt uitgerekt tot hij past.'

'Als opdondertje,' vond Maddox, 'ben je beter af. Liever de spieren verrekt dan op stompen verder. Voor ik 's morgens van mijn veel te grote brits stap, rek ik me ook altijd even uit. Net genoeg om de dag te kunnen plukken.'

'Mr Agraphiotis,' zei Remo, 'u bent aanwezig geweest bij de oprichtingsvergadering van de Vereniging van Procrustesbedhouders Carpe Diem. Zonder winstoogmerk.'

'Een hele eer.'

Maddox leek ineens door een fanatieke woede bevangen.

Het dikke verband om zijn handen belette hem zijn vuisten behoorlijk te ballen.

'Mannen die van nature groot zijn, verkeren uiteindelijk in het nadeel. Ze groeien uit hun kleren, en verslijten de ene garderobe na de andere, en brengen hun moeder tot wanhoop. Als ze uitgegroeid zijn, maken ze zichzelf wijs dat voorspoed ze in de genen zit. Zo beginnen ze heel tevreden met zichzelf, en aartslui, aan hun volwassen leven... hun loopbaan. Nee, dan de ambitie van de kleine man...! Die staat van meet af aan op scherp. Uit pure overlevingsdrang.'

11

'Ik hoorde je gisteravond zingen en spelen,' zei Remo. 'Maar publiek stoort je, merkte ik.'

'Ik was dingen aan het uitproberen. Ik wil niet dat de mensen mijn halffabrikaten in hun hart meenemen.'

'Ik kon wat ik hoorde niet in een bepaalde stroming plaatsen.'

'Stromingen...' zei Maddox vol minachting.

'Wat je deed, riep bij mij alleen associaties op met enkele eenlingen.'

'Zoals?'

'Van Morrison.'

'Van Morrison zingt altijd alsof hij een haar op zijn tong heeft. Waarom dan niet meteen gezongen met een uilenbal in de keel?'

'Scott, vertel eens... hoe heb jij gitaar leren spelen?'

'Op de tralies van mijn cel. Het kost wat moeite om ze goed ingedrukt te krijgen, je nagels springen erop stuk, maar het gaat steeds beter... dankzij de akoestiek van de bajes...'

'Laat maar.'

'Popmuziek,' spoog Maddox met diepe verachting. 'Als ik terugkijk op de jaren zestig, zie ik jonge doodgravers die een spade voor onze voeten in de grond staken, en de spleet wijder maakten net zo lang tot er een generatiekloof gaapte. Ze predikten het God Noch Gebod met vloek-, scheld- en schuttingwoorden. Ze brachten ons aan de drugs, en maakten ons zo ongeschikt voor een normaal, werkzaam bestaan. Diezelfde popjongens gebruiken hun progressieve muziekvorm tegenwoordig om er Jezus en de Blijde Boodschap mee aan de man te brengen. Als ik de kans krijg, koop ik hun roadies om, en vraag ze hier en daar een gitaar verkeerd in te pluggen... dat is schoner dan de kogel...'

12

Om bij de recreatie te komen koos Remo opnieuw voor de omweg langs Maddox' cel. De man speelde en zong hetzelfde nummer van laatst ('Crosstalk in the meadows'), maar geroutineerder, met minder misslagen. Toen Remo voorzichtig de open deur naderde, hield Maddox op met spelen. Remo gluurde om de post heen. De gitarist drukte de knoppen in van een recorder die voor hem stond, en schoof een microfoon op een kleine driepoot dichter naar zich toe. Hij zette de blues opnieuw in, nu met draaiende spoelen.

Op zijn tenen liep Remo door. Uit sommige open cellen dreef een vage lucht van drank en zoete verrotting de gaanderij op. Als hij er voorbijkwam, moest hij steeds de bananenvliegjes van zich afslaan. Het was de geur van een vroege zomerochtend aan het eind van een feest... augustus, zijn verjaardag... als hij na het uitlaten van de laatste gasten in huis terugkeerde. De bijna lege punchbowl op het aanrecht, met een wolk fruitvliegjes erboven.

Zo had ook zijn verjaardag acht jaar terug moeten zijn. Er streken andere vliegen in zijn huis neer.

Donderdag 22 december 1977

Conopas I en II

I

'Is hier alcohol in de cel toegestaan?' vroeg Remo.

'Dat hangt van de definitie af,' zei Maddox. 'Bier, nee. Wijn, nee. Sterke drank, daar betaal je voor met isoleer.'

'Ik zou zweren dat ik af en toe uit een open cel een lichte dranklucht opsnuif.'

'Gistende fruitschillen. Het huisaperitief van Choreo.'

'Ik heb het nooit iemand zien drinken.'

'Ze sparen het op voor oudjaar.'

Hun dagelijkse conversatie bestond uit brokstukken van wat een compleet gesprek had kunnen zijn, als ze zich niet na elk treffen weer noodgedwongen van elkaar verwijderden. Soms vormden de flarden, verspreid over de schoonmaakdag, een soort vervolggesprek, maar vaker ontsnapte het onderwerp ze, zodat ze na een volgende rondgang over iets heel anders begonnen.

'Die bandrecorder, Scott, staan ze je die zomaar toe?'

'Van wie ben jij de spion, Li'll Remo?'

'Misschien wel van een platenmaatschappij. Ik bedoel, in zo'n ding zitten onderdelen waarmee een gevangene zich iets zou kunnen aandoen.'

'De band is te slap om je mee op te knopen.'

'In het inwendige zitten tandradertjes die, na wat slijpwerk, een aardige stippellijn over je polsen zouden kunnen trekken.'

113

'Het ding mag ik op aanvraag een uur in mijn cel hebben. De bewakers komen elke vijf minuten kijken of ik er nog geen elektrische guillotine van gebouwd heb. De stroom wordt afgetapt uit de cipiersloge... via een rubberen veiligheidssnoer. Tevreden?'

'Waarom,' vroeg Maddox, 'heb jij je voor dit hondenwerk aangemeld?'
'Om niet stil in mijn cel te hoeven blijven zitten.'
'En dan nu de ware reden.'
'Om mijn goede wil te tonen.'
'De *ware* reden, zei ik.'
'Jij stond daar aan het eind van de gang... eenzaam opgesloten in al dat verband. Je hield de schijn van vegen op. Ik wilde wel 's met je aan de praat raken.'
'Vandaag beginnen we maar eens beneden. Ik wed met je om een kartonnetje melk dat er herrie van komt.'
Ieder werkte vanuit z'n vaste hoek met de harde bezem, hoewel er geen zichtbaar vuil bij elkaar te vegen was. Na tien minuten voelde Remo een hand op zijn schouder. Het was bewaker Carhartt. 'Waar zit je verstand vandaag, Woodehouse? Altijd boven beginnen.'
Maddox kwam aanslenteren, de bezem achter zich aan trekkend. 'Iets niet goed, Mr Carhartt?'
'Altijd op driehoog beginnen.'
'Ik las laatst in een tijdschrift over het verven van de Eiffeltoren. Als de schilders klaar zijn, beginnen ze meteen van voren af aan. Wat maakt het dan uit? Van beneden naar boven, bedoel ik, of van boven naar beneden.'
'Choreo is *niet* de Eiffeltoren,' schreeuwde Carhartt. 'Er kan op driehoog viezigheid over de rand vallen. Als de begane grond dan al schoon is, is het werk voor niets geweest.'

2

Als de twee schoonmakers hun harde bezems stilhielden, konden ze het stemmengedruis van de binnenplaats, gezeefd door muren en vervormd door gangen, tot de Ring door horen dringen. Luchtuur. 'Wacht.' Maddox legde een omzwachtelde wijsvinger over de morsige verbandspleet voor zijn mond. 'Stront.'

Boven de luider wordende stemmenbrij uit klonken scherpe kreten. Voetgeroffel op het asfalt. Uit een megafoon snerpte iets onverstaanbaars. Plotseling was het stil. 'Het hele zooitje,' zei Maddox, 'ligt nu plat op de grond, met het gezicht naar Mekka. De Arische Broederschap kon het weer niet laten.'

'Hoe kom je daarbij?'

'Gevangenisintuïtie. Ik heb aan verschillende hogescholen gestudeerd.'

'Wat zie je?'

'Vers bloed in de winterzon.'

'En jij, Scott, waarom zit jij hier, in idyllisch Choreo?'

'Dat vraag ik me dagelijks af. Zoals ik je zei, ben ik eigenlijk een politieke gevangene. Preciezer, een religieus-politieke. Ik hoor hier niet.'

'Wat hield je veroordeling in?'

'De gevangenis, Little Remo, is mijn oudedagsvoorziening.'

'Ik vroeg: waarvoor ben je veroordeeld?'

'Politieke aanslagen.'

'Iets meer over de doelen graag... dan weet ik het misschien weer.'

'Later.'

'Zeg me dan tenminste, Scott, voor hoe lang ze je hebben opgeborgen.'

'Als de jury zegt schuldig, en de rechter zegt twintig jaar, weet de veroordeelde waar hij aan toe is. Scott weet niet wat de duur van zijn straf is. Ik ben nu drieënveertig. Ze kunnen me nog drieëndertig jaar vasthouden, of drieënveertig, of drie.

Het kan morgen voorbij zijn. Ik ben tot de gevangenis veroordeeld, en verder tot onzekerheid. Het is een aparte straf. Vier dragers zeulen me straks de vrijheid in.'

'De levensverwachting voor mannen... vierenzeventig, geloof ik.'

'Ik ben niet tot een gemiddelde veroordeeld, maar tot de duur van mijn eigen leven, en die ken ik niet. Ik behoor tot de types die honderd en één worden. Ik behoor ook tot de types die zichzelf elke dag in brand kunnen steken.'

'Zelfs als je tot levenslang veroordeeld bent, kun je na verloop van tijd voor een commissie verschijnen, en om voorwaardelijk vragen.'

'Voor Scott betekent levenslang ook echt levenslang.'

3

Maddox goot schoonmaakmiddel uit een plastic fles in de emmers, en Remo zette ze een voor een onder de warmwaterkraan. 'Wat was dat nou vanmorgen, Scott?' Onder druk van de straal rees het schuim als een puntmuts boven de emmer uit.

'AB'er doodgestoken door zwarte.'

'Hoe weet je dat?' Remo tilde de volle emmer uit de wasbak, en zette er een lege voor in de plaats.

'Van de kakkerlakken in mijn cel.'

'Dan weten ze ook wie het gedaan heeft.'

'Choreaanse kakkerlakken klikken niet.'

'En hun menselijke medegedetineerden...'

'Die regelen dat onderling. Let op het bloed dat binnenkort uit de toiletten stroomt.'

Maddox bezat niet de geestelijke discipline om de dingen op een geordende manier te vertellen. Hij bedreef een afwijkend soort logica, waarvan Remo de wetmatigheden nog op het spoor moest zien te komen. Zo had de man de neiging zinnen in zijn betoog van plaats te laten verwisselen. De bewering die je in een als verhaal vermomde sluitrede aan het slot zou verwachten, dook alvast ergens in het midden op. Een gegeven dat, tot goed begrip van een vertelling, logischerwijs in het begin had moeten worden aangereikt, werd de luisteraar als toegift nageworpen. Kortom, zijn conversatie was een chaos, maar er zat meestal wel structuur in, op z'n best een logica van rauwe poëzie.

'En toch... toch heb jij iets vertrouwds, Li'll Remo. Is het niet uit dit, dan uit een vorig leven.'

'Ik ben al eens eerder zo'n verpakte kop tegengekomen.'

'Altijd een baard gehad?'

'Toen ik hier binnenkwam, voelde ik deze baard op mijn gezicht branden. Net of elk moment iemand kon roepen: stel je niet aan, man, jij bent helemaal geen baarddrager.'

'Dat is geen antwoord.'

'Het is mijn antwoord.'

'Ik heb nooit een man van jouw lengte gekend... dat wil zeggen, van mijn lengte. Wel ooit een meisje. Ze heeft me verraden. Door haar zit ik hier.'

'Wat was er politiek aan haar verraad?'

'Er is nooit een ernstiger politiek verraad gepleegd dan door haar.'

'Politieke gevangenen hebben meestal met een publieke zaak te maken gehad. Ik ben jouw naam nooit in de kranten tegengekomen.'

'Ik de jouwe ook niet.'

'Ik ben geen politieke gevangene.'

'O?'

'Straks ga je me nog vertellen, Scott, dat we naast elkaar op een of andere gammele barricade hebben gestaan.'

'Het is gewoon onze kleinheid die vertrouwd maakt.'

'Onder keizer Augustus leefde de kleinste man uit de Romeinse geschiedenis: Conopas. Plinius schrijft dat hij twee voet en een palm lang was. Hij was nog net goed genoeg om als hofnar te dienen voor de kleindochter van de keizer.'

'Als jij en ik hieruit komen, en we raken niet meer aan de

bak, dan gaan we op het Witte Huis solliciteren als hofnar. Conopas Een en Conopas Twee.'

4

'Zelfs een halve analfabeet als ik, Little Remo, kan horen dat jij achter tralies een bibliotheek bij elkaar gelezen hebt. Vertel me het verhaal van jouw gevangenissen.'

'Choreo is mijn ontmaagding.'

'Dan was het een bibliotheek in de vrije wereld. Je bent op school geweest... je hebt een vak geleerd.'

'Mijn vader zag een goede mijnbouwkundig ingenieur in me. Ik heb er een tijdje voor gestudeerd.'

'En toen... ben je met de opgedane kennis tunnels gaan graven. Onder bankgebouwen. Daarom slaap je nu hier.'

'Ik heb me uiteindelijk in een heel ander soort gangenstelsels bekwaamd. In de diepte en de duisternis van... laten we zeggen, de menselijke ziel.'

'Little Remo is psycholoog... psychiater misschien.'

'Zoiets.'

'Hoe pak je dat aan? Je klimt bij de patiënt op schoot, en die mag jou dan wiegen...'

'Heb jij iets met film, Scott?'

'*De woestijn leeft* is mijn favoriete Disney. Ik zag hem in de huisbios op Terminal Island. Ik hou van slangen en schorpioenen. De woestijn leeft, de woestijn doodt.'

Remo bleef zich verbazen over Maddox' heftige praten. Hij stootte de woorden in al hun vochtigheid door het verbandgaas heen.

'Even pauzeren,' zei Maddox. Hij klemde de steel van de dweiltrekker tussen zijn benen, en bracht zijn handen naar het omzwachtelde hoofd. Vergeefs probeerde hij de stompe vingertoppen onder het verband rond zijn hals te wurmen. Met zijn vrije oog keek hij in de handpalmen, waar de windsels opdikten door de ondergeschoven watten. Hij kreunde.

'Ik vergeet steeds dat ik me niet kan krabben.'

'Anders zou je de korsten maar openhalen.'

'Mijn gezicht valt uiteen in jeuk en pijn. Van een doornen-kroon weet je tenminste nog wat je eraan hebt. Jeuk wint het van pijn.'

Hij schuierde met zijn verbonden handen over het goorwit-te masker. Een ijsbeer die zijn snuit poetst. Er kwam een langgerekt gebrom uit zijn keel.

'Niet om het een of ander, Scott, maar zou je iets meer kunnen zeggen over wat zich achter die bandages bevindt?'

'Etterende wonden.'

'Dat neem ik aan. Maar er hoort ook nog een gezicht bij.'

'Als je een veiligheidsspeld hebt, zal ik er een foto van mezelf voorhangen. Vraag het atelier hier maar om kopieën. Eentje van voren, de ander van opzij.'

'Scott, ben jij zwart?'

'Hoe zou mijn kop *niet* zwart zijn na zo'n uitslaande brand.'

5

'Enig idee, Scott,' vroeg Remo, 'wat die wildkampeerders hier buiten de poort doen?'

'Scott weet van geen wildkampeerders.'

'Bij mijn aankomst zag ik tenten naast de receptie.'

'Misschien, Little Remo, is er een wachtlijst voor Choreo. Deze gevangenis, heb ik gehoord, is immens populair.'

'Dan hadden ze hun kamp beter kunnen opslaan voor de poorten van Sybil Brand. Het waren meest vrouwen.'

'*Dan* moet het voor mij zijn,' zei Maddox met iets vettigs in zijn stem. Ze lachten. 'Nee, mij niets van bekend. Toen ik hier vorige week aankwam, heb ik geen tenten gezien.'

'Geen gezang gehoord 's avonds?'

'En zingen doen ze ook nog? Dan zijn het echte woudlo-pers.'

'Het zijn eerder spreekkoren.'

'Jij zit aan de kant van de receptie. Ik aan de binnenplaats. Er is daar niets te horen 's avonds. Ja, twee bewakers die naar elkaar roepen. Meer niet. Wat zingen die lui?'

'Onverstaanbaar. De wind gaat ermee op de loop.'

'Vrouwen zo dichtbij... Aantrekkelijke dingen?'

'Over belangstelling van de pers hadden ze in elk geval niet te klagen.'

'De pers... dan moet het iets politieks zijn. Vreemd.'

'Een van de vrouwen werd geïnterviewd door een televisie-ploeg. Ze hadden hun zaakjes mooi voor elkaar, want naast haar stond een ander dramatisch viool te spelen.'

Maddox hield abrupt op met vegen. 'Hoe zag die violiste er-uit? Donker haar?'

'Ravenzwart.'

'Heb je het op televisie teruggezien?'

'Het geluid stond af.'

'Little Remo, als je verstaat wat ze zingen of roepen... Scott houdt zich aanbevolen. Mijn rechterhand snakt naar details.'

'Om je de waarheid te zeggen, Scott,' zei Remo, 'had ik me zo'n gevangenis anders voorgesteld.'

'Hoe dan?'

'Constant geschreeuw in gangen. Gevangenen die slaag krijgen van bewaarders. Naakte lijven die over de koude grond naar de isoleercel gesleept worden. Bloedige corruptie.'

'Choreo is een kuuroord,' zei Maddox. 'In de grote Califor-nische instituten gaat het wel anders toe. Ik heb mijn portie ge-had. In dit rusthuis beleef ik de gelukkigste dagen van mijn le-ven.'

6

Na het dweilen, toen Remo in zijn cel op het avondeten zat te wachten, werd er door een bewaker een nog jonge man in een kreukelig confectiepak bij hem gebracht. Op een van zijn revers droeg hij een zilveren kruisje. Hij stelde zich voor als Mc-Causland, een van de twee gevangenispastores van Choreo.

'Doet u geen moeite, Eerwaarde. Ik ben niet katholiek.'

'Ik zou u desondanks kunnen bijstaan.'

'Voorzover ik weet, word ik niet terechtgesteld. Ik red me uitstekend.'

'Zoals u wilt.'

Binnen de ommuring van zijn cel leerde Remo weer genieten van dingen die hij sinds zijn jongensjaren over het hoofd had gezien. Een spin weefde onder de boekenplank, vlakbij de volumeknop van de radio, een web.

'Jij bent op fruitvliegjes uit. Maar je hebt de verkeerde cel uitgekozen. Ik heb nergens schillen staan gisten.'

Spinoza, werkend aan zijn *Ethica*, sloeg vliegen dood. Als er bezoek was, gooide hij er een handjevol van in een spinnenweb – om de spin uit zijn honk te lokken. Filmend in een besneeuwd Amsterdam, begin jaren zestig, had Remo zich afgevraagd of de architectuur van de grachten misschien was ingegeven door de aanblik van een spinnenweb.

Voor zijn cel dichtging, had hij een onzichtbare gevangene een oude deun horen fluiten. Hij kon dan uren, met getuite lippen tastend naar de melodie, gaan zitten gissen hoe de song heette, en wie hem gecomponeerd had. Een andere keer nam hij een flard van een ver verwijderde, door galm en echo onverstaanbare vrouwenstem mee naar binnen – akoestisch afval uit het gangenstelsel van Choreo. Hij fantaseerde erop door. Het werd de stem van zijn vrouw, aanwaaiend van over het graf. Remo liet de woordenvlaag net zo lang door zijn hoofd spelen tot hij verstond wat ze zei.

'Ik vind hem goed.'

Ze zei het blozend, met neergeslagen ogen, alsof het iets doms was. Hij had narrig een schrijver zitten afkammen zonder te weten dat die tot haar favorieten behoorde.

'*Ik* vind hem goed.'

In de badkamer had hij ooit een halfuur lang naar haar

muiltjes zitten kijken, onbeweeglijk, in verwondering. *Wat een kleine voetjes heeft ze eigenlijk. Dat ik dat nu pas zie.* Nee, ze leefde toen nog. Het was in Londen. Hij kon haar vlakbij in de keuken horen rondscharrelen, en toch lekten er tranen op de zijde van de slofjes. In een badkamer was het niet vreemd als dingen geraakt werden door rondvliegende druppels. Of tastte tranenzout Chinese zijde aan?

Hoe ze achterover leunde tegen de lucht, toen zij voor hem uit over het dek van de Queen Elizabeth II liep – hoogzwanger. Het hondje in haar armen. Allemaal met eigen ogen gezien, en vastgelegd zonder camera. Ze hadden hem moeten insluiten om ze hem terug te geven, al die snuisterijen van de herinnering.

7

Na overleg met mijn collega's had ik Woodehouse toestemming gegeven om, zolang hij de luchtplaats niet op mocht, zijn gymnastiekoefeningen op de Ring te doen. Zo klein als hij was – bepaald niet op zijn achterhoofd gevallen, die jongen. Hij voelde meteen aan dat hij, om niet de hoon van zijn afdelinggenoten over zich af te roepen, het gymmen moest organiseren. Rekken, strekken, opdrukken – er deden er steeds meer mee. Remo werd de sportschoolleider van de EBA. Alleen met de looppas, zes tot acht man de hele tweede verdieping van de Ring rond, hadden mijn collega's meer moeite. Al die voeten beukten zo hard op de granieten platen van de gaanderij dat het tot diep in het Choreaanse gangenstelsel doordreunde. In het begin kwamen bewakers van andere afdelingen kijken of de opstand al neergeslagen was. De directie eiste dat er een eind aan kwam. O'Melveny was tot een compromis bereid. De gymploeg kon 's middags tussen vier en vijf, als de pas gedweilde granito vloer droog was, op de begane grond terecht.

8

Op weg naar de recreatie naderde Remo de cel van Maddox, die zijn gitaar stemde. Hij bleef in de deuropening staan.

'Al dat gelul over Alexander de Grote,' zei Maddox, zonder op te kijken. 'Ik geloof in Leonardo de Grote.'

Hij wees naar de reproductie boven zijn hoofd, en begon een bluesversie te spelen van de ballad 'Mona Lisa'.

Mona Lisa
Mona Lisa
they have named you

Zijn stem klonk rauw en huilerig, als op de oudste platen van zwarte bluesmuzikanten. Omdat hij niet over zijn nagels kon beschikken, had hij voor de gitaar een plectrum nodig. Het spel was rottig, maar ach, een bluesje, dat lukte altijd nog wel. Het verbonden hoofd smoorde de stem.

the lady, o yeah,
with the mystic smile

Het plectrum sprong Maddox tussen de vingers uit, en hij brak het nummer af.

'Nat King Cole,' zei Remo. 'Ik dacht dat jij de pest had aan negers.'

'Er is altijd een hoop gedoe geweest over dat speciale lachje.'

'Het zou een zelfportret zijn van Da Vinci als jongeman. Vervrouwelijkt dan.'

'Het mysterie achter die gekrulde lippen, Little Remo... de oplossing daarvan heeft Scott Maddox in zijn zak.'

'Laat maar horen.'

'Zo'n reusachtig geheim aan een onbekende prijsgeven? Kleine mannen zijn verraders.'

'O, je wou er zaken mee doen? Vraag er patent op aan.'

'Scott hoeft dit niet te patenteren. De sterke zwijgspieren in mijn tong, die zijn mijn octrooibureau. Niemand anders dan Scott Maddox kan de ontraadseling van de glimlach aan.'

'Ik begrijp dat het bij de prikkeling van mijn nieuwsgierigheid blijft.'

'*Dat*, Little Remo, heb je alvast goed geraden.'

'Heb je de Mona Lisa in Parijs gezien?' vroeg Remo.

'Ik ben nooit de grote plas over geweest,' zei Maddox. 'Mijn wereld is hier.'

'Je hebt de sleutel tot het geheim dus van een reproductie moeten aflezen... Reproducties zijn onnauwkeurig. Er hoeft maar een beetje schaduw in te sluipen, en je hebt een totaal andere glimlach.'

'Het is *deze* glimlach, op deze reproductie, die mij de openbaring aan de hand heeft gedaan.'

In gedachten stak Remo in Parijs de Pont des Arts over naar het Louvre. Hij liep door de zalen, de bordjes 'Mona Lisa' volgend. Het was ineens een onverdraaglijk idee dat daar ergens, achter hinderlijk spiegelend glas, het origineel van de Mona Lisa hing. Wat voor monsterlijk schilderij was dat, dat het over de oceaan heen, door dikke gevangenismuren tot het verrotte brein van deze misdadiger door kon dringen, die nooit in Parijs was geweest? En dat via de veel later ontwikkelde kunst van de fotografie...

'Back in the sixties,' zei Maddox, 'toen hebben ze haar voor 't laatst in het Louvre van de ene zaal naar de andere overgebracht. Naar de Salle des États... waar ze nu hangt.'

Hij sloot zijn enige zichtbare oog, en nam Remo's vrije hand tussen zijn strak verbonden klauwen.

'Kijk met me mee... ik breng het beeld op je over. Zie je haar hangen? Het is nu nacht in Parijs. Het museum is gesloten. Ze is alleen, beschermd door elektronica... maar ze glimlacht nog steeds. Doe je ogen dicht, en laat die lach op je inwerken... Wat zie je?'

9

Zoals wel vaker klonken uit de ontspanningsruimte Remo ruziënde stemmen tegemoet. De aanwezige blanken wilden naar
LA5 kijken, maar de mannen van de bendes C en D hadden
hun zinnen gezet op een nieuwe, 'zwarte' zender: Malx.
De Extra Beveiligde Afdeling van de kaliefgevangenis telde
drie witte tulbanden. Ook hun dragers hadden bijnamen: Al-
manzor, Noereddin en Abdal Rhaman III. Zij vormden het
kalifaat van Choreo.
Omringd door medegevangenen keek Remo die avond
naar *The Sting*. Ze zaten allemaal aan dezelfde kant van het
scherm, maar van de beelden die de anderen kreten van bijval
ontlokten, zag hij alleen de achterkant. Het knoopwerk. Zijn
handen, die op zijn knieën lagen, sprongen voortdurend rusteloos op. Ze waren in een denkbeeldige montagekamer bezig.

10

Remo begon er al aan gewend te raken, gehecht misschien
wel: de spreekkoren die na het '*lights out!*' aangeheven werden
in het tentenkamp bij de receptie. Er werd niet alleen gescandeerd, ook gezongen. Onverstaanbare teksten, onbekende melodieën. Het spektakel duurde de ene keer niet langer dan een
kwartier, en ging dan weer tot diep in de nacht door.
Nog steeds kon niemand uit Choreo hem vertellen wat voor
gezelschap daar nou neergestreken was – het personeel niet, en
de clientèle al evenmin. Het moest om een solidariteitsbetui-
ging gaan. Iemand was onschuldig veroordeeld, of had een te
lange straf gekregen. Maar wie? Net als in elke gevangenis wemelde het in Choreo van de onschuldigen en te zwaar gestraften. Niemand eiste het steunbetoon voor zichzelf op.

Vrijdag 23 december 1977
Verschrik de vogels niet

I

'Zo, Conopas.' Aldus hoorde ik Woodehouse die ochtend Maddox begroeten. 'Heeft het de kleindochter van Augustus behaagd vannacht om je te lachen?'

'Ik stelde voor helemaal in haar weg te kruipen. Hoe groot was Conopas ook weer, volgens jou?'

'Twee voet en een palmbreedte lang.'

'Dat moest te doen zijn.'

'En?'

'Ze begon te gillen.'

'Er zijn slechtere aanmoedigingen denkbaar.'

'Ik ben helemaal kapot van nieuwsgierigheid, Little Remo, naar waarom jij hier zit.'

De harde bezems waarmee ze het grovere vuil uit de cellen op de tweede verdieping hadden verwijderd, waren aan de kant gezet. Met zachte bezems veegden ze nu het fijne stof van de gaanderij op hoopjes. Huisregel was dat elk van de twee maximaal toegestane schoonmakers een halve cirkel van de omgang voor zijn rekening nam, en dan op zo'n manier dat ze op tegenover elkaar gelegen punten van de galerij begonnen, allebei met de klok meedraaiden, en dan ook weer tegenover elkaar eindigden.

Ik had algauw door dat Maddox en Woodehouse hadden afgesproken om zich op zeker punt met de ruggen tegen elkaar af

126

te zetten, en elkaar, na de voltooiing van hun 180°, weer met de gezichten naar elkaar toe te treffen. Het gaf ze twee gelegenheden extra om te babbelen. Ernie Carhartt had nog niets in de gaten, dus ik liet het voorlopig maar zo. Gesprekken uitlokken, dat beschouwde ik hier zo'n beetje als mijn geheime taak.

Het was het stille uur van de ochtend. Het zachte haar van de bezems streek geluidloos over de granieten platen van de gaanderij. De stilte werd alleen af en toe onderbroken als een schoonmaker zijn veger met de zijkant uitklopte onder een wolk stof. Vooral het gehamer van Maddox verschrikte nogal eens de duiven op de richels onder het gewapend matglazen dak. Ze fladderden dan in paniek rond.

'Je weet, Maddox,' kon ik niet laten hem toe te roepen, 'wat er in het boek Samuel staat. "Verschrik de vogels niet." Ze laten hun drek los, en dan heb jij weer extra poetswerk.'

Als antwoord beukte hij lang en hard met zijn bezem op het graniet. Toen kwam het luchttuur op gang, en maakte het allemaal niet meer uit. Op de binnenplaats gebeurden de gruwelijkste dingen, maar het stemmengedruis bleef dat van schoolkinderen in een zwembad. Ik merkte dat Remo zijn veegtempo afstemde op dat van Maddox, die trager bezemde dan nodig was, misschien omdat hij er baat bij dacht te hebben het karwei te rekken. Ik ging terug de loge in, maar liet de deur open. Als het rumoer op de luchtplaats op z'n luidst was, durfde Maddox zijn kompaan van alles toe te roepen, en soms ontstond zo een schreeuwerig gesprek.

'Jij nog aan de tand gevoeld, Scott, over die moord op de AB'er?'

'Net zo min als jij. Wij waren binnen.'

'We zouden iets kunnen weten. Van de kakkerlakse verbindingstroepen bijvoorbeeld.'

'De bewakers weten dat niemand zijn scheur opentrekt. Ze vragen lukraak rond, alleen om niet met een blanco rapport bij de directeur aan te hoeven komen.'

'De Broederschap heeft zich nog steeds niet op het zwarte C-kamp gewroken.'

'Gebeurt ook niet.'

'Is er dan geen eergevoel meer in Choreo?'

'Ik *denk*, Little Remo, dat de lijfwacht van de vermoorde een probleem heeft.'

'Kakkerlakspeculaties.'

'Misschien.'

2

'Word jij gelucht?' vroeg Remo.

'Niks luchten,' zei Maddox. 'Scott zit hier voor zijn eigen veiligheid.'

'Net als ik. Maar een uurtje buiten van tijd tot tijd zou geen kwaad kunnen.'

'Geduld, Little Remo. Binnenkort heb je de arena voor jezelf. Met achtentachtig bewakers om je heen.'

Als hun trage dans ze met de ruggen naar elkaar toe dreef, praatten ze iets harder om verstaanbaar te blijven.

'Ontbijt op bed zeker?' vroeg Maddox.

'En wat voor een. Het lijkt wel voedsel voor de hele dag.'

'Houwen zo. Sterk blijven. Kakkerlakken vreten kan altijd nog.'

Nu alle loges leeg waren, en zelfs de vasthoudende Griek nergens te bekennen was, leunden ze op hun bezemsteel.

'Ook douchen moet ik in m'n eentje,' zei Remo.

'En je gunt de bewaker het uitzicht op je aars. Alles beter dan die rukkers om je heen.'

'Scott, jij zit al wat langer dan ik op deze Extra Beveiligde Afdeling. Als je niet wilt zeggen waarvoor je veroordeeld bent, vertel me dan tenminste in wat voor gezelschap we verkeren.'

'Alles wat binnen de gevangenis nog bescherming nodig heeft. Verklikkers. Schuldenaars. *Cop killers.*'

3

'Spiros,' zei Ernie, 'er is gebeld. In de bezoekersruimte komen ze iemand tekort om te fouilleren.'

'Moet dat nou?' Lichaamsholten, dat was mijn terrein niet.

'Je hoeft alleen de mannen. En o, Spiros, neem meteen Woodehouse mee. Hij krijgt zijn advocaat langs.'

Douglas Dunning, zag ik, was sinds het proces van '70-'71 de volle zeven jaar ouder geworden – net als iedereen trouwens, behalve de doden. De lijnen in zijn lange gezicht vertelden van triomfen en nederlagen. Ik had hem al die jaren nauwelijks gevolgd, maar sinds hij zijn cliënte in '71 naar de dodencel had zien verdwijnen, was hij een middelmatig strafpleiter gebleven, dat wist ik wel. Onbegrijpelijk dat Remo zich met zo'n notoire verliezer had ingelaten. Mij kwam het niet slecht uit.

Wat me wel slecht uitkwam, was Dunning te moeten visiteren. De kans dat hij mijn kameleontische gezicht zou herkennen, was klein maar reëel. Ik was op dat moment de enige bewaker om de mannelijke bezoekers op te vangen. Even overwoog ik de advocaat ongefouilleerd naar zijn cliënt te laten gaan, maar de uitslover stond al met hooggeheven armen en wijdgespreide benen voor me. Zonder hem aan te kijken hurkte ik neer om vluchtig zijn benen af te tasten tot in zijn kruis, dat ik verder ongemoeid liet. Er zou nog alle gelegenheid zijn om met zijn kloten te spelen.

'In Choreo heb ik u nooit eerder gezien,' klonk zijn knerpende stem boven me. 'Ik ken u ergens anders van.'

De woorden sprongen als steengruis van zijn lippen. Ik richtte me op, en keek hem van dichtbij aan.

'Ja, ik ben nieuw hier. Vroeger ben ik wel eens bij u op kantoor geweest. Dunning & Hendrix. Flower Street.'

Alleen omdat hij zijn armen nog steeds gespreid hield, beklopte ik zijn jasje onder de oksels.

'Uw gezicht,' zei hij, 'maakt zich al los van het uniform. Nu nog een naam.'

'Die zal geen bel doen rinkelen, Mr Dunning. Uw kantoorgenoot Mr Hendrix behandelde mij. Zelfs hij kon mijn naam niet onthouden. Hij sprak me aan met Mr Client.'

'Dan hebben wij nog een onbetaalde rekening voor u liggen.'

'Het was *no cure no pay*. Mr Hendrix heeft niets voor me kunnen doen. Ik ben het land uit gevlucht.'

'En u bent weer terug ook, zie ik.'

'Niet dankzij Dunning & Hendrix. U kunt de rekening dus gerust verscheuren.'

Voor de visitatieruimte stonden inmiddels meer mannelijke bezoekers op mijn handtastelijkheden te wachten. Ik wilde wel eens van deze zelfbenoemde schuldeiser af.

'Het gaat om een schadeclaim,' zei Dunning. 'U heeft bij ons kantoormeubilair vernield.'

'Ik ben er de persoon niet naar om met stoelen te gaan gooien.'

'U heeft kortsluiting veroorzaakt in een verlichte globe die bij ons in de wachtkamer als lamp dienstdeed. Het ding is daarbij in vlammen opgegaan. Schadepost $750 en nog wat. Daarbij is inbegrepen de sierdegen die bij het doorsteken van de bol onherstelbaar beschadigd is geraakt. U merkte...'

Nu stak de advocaat van Riot Gun zijn hoofd om de deur. 'Neemt u mij niet kwalijk, Mr Agraphiotis, maar mijn cliënt zit te wachten. Uit veiligheidsoverwegingen is hem maar een kwartier toegestaan.'

'Is dat alles, Mr Dunning?' Ik ging hem voor naar de deur die op de bezoekersruimte uitkwam. Remo Woodehouse zat aan een ronde tafel, en keek met boven zijn bril opgetrokken wenkbrauwen in onze richting.

'U merkt,' zei Dunning, 'wij brengen u geen juridische diensten in rekening.'

'Stuurt u de rekening op mijn naam naar het postbusnummer van Choreo.'

De advocaat hield nog een voet tussen de deur. 'Vertelt u mij eens, Mr Agraphiotis, waarom moest die globe zo nodig stuk?'

'De tijd die het vergt om het hele verhaal te vertellen, zou maar van uw bezoektijd afgaan. U houdt een verklaring te goed. Praat u er alstublieft niet met uw cliënt Woodehouse over. Het zou onze goede verstandhouding op de EBA kunnen schaden.'

'Beloofd.'

4

'Wat had je met De Griek te smoezen, Doug?'

'Wordt hij hier zo genoemd?'

'Op de EBA noemen we hem zo.'

'Daar ben ik nou juist zo van geschrokken... dat ze je op de Extra Beveiligde Afdeling hebben geplaatst.'

'Ik vind het een hele eer hier als een van de criminele vedetten te worden behandeld.'

'Had ik dat geweten...'

'Maak je niet druk, jongen. Ik voel me er veilig. In een andere vleugel hadden ze me allang aan stukken gesneden. Ook zonder te weten wie ik ben.'

5

Nu Remo ook overdag de recreatie mocht bezoeken, merkte hij dat de meeste gedetineerden van de EBA er zoveel mogelijk uren doorbrachten, ook al was er niets te beleven. Er werd gekaart, geschaakt, domino gespeeld, maar de meeste Choreanen leken er de voorkeur aan te geven zich te pletter te vervelen, liefst met het hoofd op tafel en hun kont op het randje van een zo ver mogelijk achteruitgeschoven stoel. Als er al televisie gekeken werd, dan zo ongeïnteresseerd mogelijk. Het droevigste beeld van eenzaamheid achter tralies: een gevangene die in z'n eentje, slaperig oogknipperend, naar een romantische komedie zit te kijken.

Wiekend met armen en benen voerde Remo zijn gymclubje aan. De winter was nog maar net begonnen. Als hij straks vrijkwam, zou de gewatteerde jetset in Gstaad hem met openlijke spot verwelkomen: daar heb je hem, met zijn stijve gewrichten van de gevangenis. Hij zou nog soepeler de berg af skiën dan vroeger.

'Woodehouse,' zei De Griek, 'er is vanmorgen een kerstpakket voor je gekomen.'

'We zijn bijna klaar. Kan ik het zo mee naar mijn cel nemen?'

'Helaas mag ik het je niet geven.'

'U zei zelf... dat Carhartt had gezegd...'

'Mr Carhartt heeft zich vergist. Gedetineerden die hier zitten voor psychiatrie hebben geen recht op kerstpakketten. Het spijt me. Regels.'

'Geeft u het maar aan mij,' zei Maddox. 'Ik zit hier niet voor psychiatrie.'

'Nee,' zei De Griek, 'gevangene Maddox is de psychiatrie voorbij.'

'Ik verwacht morgen nog meer kerstpost,' zei Remo.

'Brieven, kaarten... geen probleem,' zei Agraphiotis. 'Alleen pakjes worden retour gezonden. Orders van hogerhand.'

'Kunt u een gesprek met O'Melveny regelen?'

'Heeft geen zin. De directeur volgt de orders van de staat.'

6

'Waarom zien we je 's avonds zo weinig in de recreatie, Scott?'

'De avonden zijn voor de gitaar.'

'Meebrengen, dat ding. Heeft een ander er ook nog wat aan.'

'Ik ken dat. Twee nummers lang houden ze hun mond. Dan beginnen ze commentaar te leveren. Ik wil opnemen, en daarvoor heb ik weinig muziek en veel stilte nodig. De beste opnamestudio is een Amerikaanse gevangeniscel.'

Maddox speelde een nummer van Randy Newman voor hem.

Don't want no... short people

Hij vermaalde de song tot een mix van country en blues. Zijn stem gromde in de lage registers, verwekte kippenvel in de hoge, kon lachen en honen, maar klonk nooit aangenaam, net zo min als zijn gitaarspel.

Short people got no reason to live

In de toiletruimte stonden de potten in rijen dicht op elkaar. Je moest er niet alleen de geluiden en de geuren van je buren doorstaan, er werden ook snelle vetes uitgevochten. Zoals de douches, bevolkt door naakte lijven, de ideale plek waren voor een verkrachting, zo waren de toiletten favoriet bij moordenaars: voor de stoelgang moest de overall met mouwen en al naar beneden, zodat de geknevelde voeten alleen nog schuifelpasjes toelieten.

En weer, heel irritant, had Maddox het goed gezien. Er werd geen zwarte uit groep C vermoord. Wel kreeg de bodyguard van de doodgestoken AB'er op het toilet gezelschap van enkele medeleden. Ze hadden een schroevendraaier tot een ijspriem omgesmeed, en alweer werd het stuk gereedschap niet voor het juiste doel gebruikt. De man overleefde onbedoeld de aanslag. In het gevangenishospitaal weigerde hij iets los te laten over zijn belagers. Pas nadat twee Arische Broeders tot de ziekenboeg hadden weten door te dringen, en de geëxcommuniceerde ariër een versgeslepen potlood in het rechteroog ramden, nam het slachtoffer het gevangenispersoneel in vertrouwen.

De AB, de C, de D, het hele bewakingskorps – iedereen was verbijsterd over deze flirt van een Choreaan met het systeem van de bovenwereld. Zelfs een stervende deed zoiets niet.

'Hersenbeschadiging,' wist Riot Gun. 'De grijze massa was

geen onbeschreven blad meer.'

'Het was zo'n potlood,' zei Heinz 57, 'met de merknaam in giftige zilververf erop. Daar ga je van ijlen.'

7

In de recreatie, waar ik wacht moest houden, sprak gevangene Woodehouse me op het potloodincident aan.

'Ik begrijp er niets van, Mr Agraphiotis, dat de autoriteiten zo'n fascistische organisatie als de Arische Broederschap binnen de gevangenissen toestaan.'

'Oogluikend misschien. Ik weet niet eens of ze officieel verboden is. Ik ben hier nog maar net.'

'Zo'n club zou daarbuiten een samenscholingsverbod opgelegd krijgen. Hierbinnen kunnen ze, achter jullie rug, hun terreur uitoefenen.'

'Een bewaker, Woodehouse, moet het van achteren ook zonder ogen stellen.'

'Als de EBA een gevangenis binnen de gevangenis is, dan is de AB een staat binnen de staat.'

'Dankzij de gevangenis, ja.'

'U hoeft zich, door wat ik nu ga zeggen, niet aangesproken te voelen, maar... is het niet zo dat al die brave huisvaders onder de bewaarders het stiekem prima vinden, zo'n puntenslijpersmilitie die de negers eronder houdt?'

'Misschien maakt het hun dagen in het stalen doornstruikgewas weer een beetje tot een jongensboek. Ik voel me inderdaad niet aangesproken. Misschien ben ik braaf, maar beslist geen huisvader. Nooit geweest ook.'

'U bent een bewaker in Choreo. Dat wil zeggen, een schertssoldaat. De Arische Broederschap maakt de dienst uit.'

'O, er zijn nog veel gevaarlijker elementen in Choreo, die het niet alleen op de negers begrepen hebben.'

'U bluft. Heinz 57 zit daar, boven een leeg bord, op mij te wachten voor een partij schaak.'

Ik haakte de sleutelbos van mijn riem, en schudde er de kastsleutel uit. 'Iemand nog iets uit de kast?' riep ik de ontmoetingsruimte in.

Chow Hound stak loom zijn hand op. 'Het woordenboek. Voor mijn cryptogram.'

Ik ontsloot de schuifdeur, vond een Webster op de verkeerde plaats, en gaf Remo de doos met schaakstukken. 'De zwarte koningin is zoek. Gebruik voorlopig de vingerhoed maar.'

Door de hitsige spreekkoren hing aan het eind van elke dag rond Choreo de nacht voorafgaande aan 14 juli 1789. Het wachten was op de bestorming van de gevangenis, de uitslaande brand, het slechten van de muren. Die avond spraken in de recreatie twee zwarten mij erop aan. Necklace en Mean Mazulla. Woodehouse luisterde van een afstand toe. 'Mr Agraphiotis,' begon Necklace, 'wat is dat voor gegil in de nacht? Ik doe geen oog dicht.'

'Die kampeerders,' zei ik. 'Ze houden kampvuur. Het is de tijd van het jaar.'

'Rare plek om te kamperen,' vond Mean Mazulla. 'Is dat niet verboden?'

'Officieel wel. Maar ja, familie die zo protesteert tegen de opsluiting van een geliefde... wat doe je eraan? Wij gunnen iedereen z'n eigen vorm van smart.'

Beide mannen gingen terug naar hun tafel. Woodehouse kwam naderbij. 'Mogen wij dan misschien weten, Mr Agraphiotis, op wie in Choreo hun luidruchtige steun zich richt?'

'Naar onze stellige overtuiging,' zei ik, 'hebben ze bij de verkeerde gevangenis hun tenten opgeslagen.'

'Proberen jullie ze dat niet aan het verstand te brengen?' Hij hield zijn hoofd uitdagend achterover, waardoor het plafondlicht in zijn brillenglazen viel. Er zaten verticale krasjes op.

'Ze willen ons niet eens *zeggen* voor wie ze hier zijn. Je zou spandoeken verwachten. Protestborden met een naam erop...'

'Heeft de directie nog aan iemand in het bijzonder gedacht?'

'Aan gevangene Woodehouse.'

'Zeer vereerd. Ik heb een paar van die lui bij mijn aankomst gezien. Ik kan me niet voorstellen dat ze voor mij de koude nachten zouden trotseren. Al moet ik bekennen dat een van de gezichten me vaag bekend voorkwam. Als van heel lang geleden.'

'Een oude kennis, dus toch.'

'Iemand die ooit kort en hevig in het nieuws was.'

Zaterdag 24 december 1977
Engelenhaar uit prikkeldraad

I

'Het is in orde, Woodehouse,' kon ik hem op zaterdagmorgen melden. 'Straks komt de kerstman met je pakjes.'

'Ik mocht toch geen pakketjes ontvangen?'

'Misverstand. Een potje kaviaar riep bij de censuur nogal anticommunistische gevoelens op.'

'Ze moeten gedacht hebben dat het om kogellagers voor een miniatuur lanceerinstallatie ging.'

'Het bleek Sevruga te zijn. Iraanse kaviaar.'

'Nog erger.'

'Ze wisten niet goed, die querulanten, hoe er hun woede op te koelen. Toen hebben ze het maar weer teruggestopt. Heerlijk met verkruimeld eigeel op witbrood. Maar met zure room op toast, dat kan ook heel lekker zijn.'

'Ik wist niet dat de Grieken kaviaar aten.'

'Vroeg of laat raakt elke hogere beschaving door barbaren geïnfiltreerd.'

2

'Vegen, vegen, vegen,' zei Maddox. 'Vroeger had ik daar mijn personeel voor. Maar dat liep de kantjes er ook af.' Hij zette de bezem loodrecht op de grond, en ging er met beide voeten op

137

staan, zich vasthoudend aan de steel. 'Luie wijven.' De harige onderkant van de veger bood hem weinig houvast, zodat zijn kleine lijf met steel en al heen en weer wiegde, en elk moment uit evenwicht kon raken.

'Ik hoorde een meervoud. Veelwijverij?'

'We were married over the broomstick, Little Remo.'

'Ik dacht ook al.'

'Wat viel er ook te vegen, in die bouwval. Net als hier, in Choreo. Je zwiept stof op, en verderop valt het weer neer. De gokken van de gevangenen raken toch wel vol korsten, met of zonder ons.'

'Waar moeten ze anders met hun vingers blijven?'

Maddox liet met zijn ene hand de bezemsteel los, en duwde Remo het verband onder de neus. 'Hier. Gisteren nog vers aangelegd gekregen. Nu is het al net alsof ze me zonder schop kolen hebben laten scheppen.' De veger helde naar voren. Om niet te vallen, moest hij met zijn voet steun zoeken op de grond.

'Het vreemde is, ik kan in dit gebouw nergens echte stofnesten ontdekken.'

'In de gevangenis is het met stof als met de uren en dagen. Langzaam, heel gelijkmatig, dalen ze neer. Als van die hele fijne sneeuw in Kentucky. Onzichtbaar. Na jaren loop je door het stof naar de uitgang, waar de papieren zak met het stilstaande horloge op je wacht. En je kijkt om. En daar staan je voetstappen enkeldiep in de laag minuten, uren, dagen, maanden. Dat is het stof waaruit gij wederkeert.'

Tussen het vuil dat Maddox met de zijkant van zijn veger uit een nis in de muur wrikte, lag een muis. Hij zette de bezem tegen de balustrade, en legde het diertje in zijn handpalm. Het was op sterven na dood. Alleen aan een lichte stuiptrekking was te zien dat het nog leefde. 'Die is er geweest,' zei Remo. 'Geen muis overleeft de bezem van de huisvrouw.'

Maddox sprak het beestje, dat op een bedje van goor verband lag, onverstaanbaar mummelend toe. Hij blies in de grijze vacht. De muis zette zijn oortjes uit, en trok met een pootje.

Schichtig draaide Maddox zijn hoofd in de richting van de cipiersloge. Het vrije oog zag geen bewakers. 'Vooruit,' zei hij gejaagd, 'laat hem in de zak van mijn overall glijden.'

'Ik heb het niet zo op muizen.'

'Met mijn verbonden jat lukt het niet. Toe nou, hij pist hooguit in je handpalm.'

Remo zette zijn bezem naast die van de ander. Hij nam, zijn weerzin onderdrukkend, het zachte lijfje uit de opgehouden hand, en stopte het in de zijzak van Maddox' overall. 'Voorzichtig. Ik maak hem weer levend.'

3

De twee psychiaters (een door het OM aangewezen, de ander door Dunning & Hendrix) zouden steeds samen op bezoek komen, vandaag voor 't eerst. Ze onderzochten Remo in de ruimte die gebruikt werd voor ontvangst van advocaten en verhoor door rechercheurs. De psychiater van de openbare aanklager, een man van de oude school, heette Lawrence De Young; de door het advocatenbureau voorgedragene Abel Urquhart, een verlichte zielendokter. Het gesprek kon nauwelijks aftastend worden genoemd. 'U houdt van jonge meisjes,' zei Dr De Young bestraffend.

'Ze bevolken mijn fantasieën.'

'Voelt u zich daar wel eens schuldig over?' vroeg De Young.

'Door mijn dagdromen wordt de meisjes op straat geen haar gekrenkt.'

'Begin dit jaar heeft u besloten buiten de afrastering van uw dromerijen te treden.' (Urquhart.)

'Het was geen besluit. Er klom een meisje over de omheining mijn fantasiewereld binnen.'

Er was natuurlijk het probleem van de leeftijd. De meisjes van zijn dromen hadden een leeftijd waarbij je niet eens aan minderjarig dacht, zo jong. Als ze oud genoeg waren om ongestraft met ze samen te zijn, belette hun getaande aantrekkingskracht dat. De blondine met wie hij Onbewoond Eilandje had gespeeld in de Stille Zuidzee toen ze net vijftien was, was binnenkort alleen nog interessant voor hem als actrice. Nog geen zestien, op z'n schitterendst, en al bijna buiten zijn sexuele actieradius. Hij begon oomachtige gevoelens voor haar te ontwikkelen, en dat trok natuurlijk pas echt de aandacht.

4

Paula had het grootste deel van zijn wenslijstje ingewilligd, en de inkopen bij elkaar gedaan in een enorme doos, met voor een kapitaal aan porto. De rest van het verlangde had zij gedelegeerd aan zijn vrienden. Er waren pakjes van zijn advocaten Dunning en Snodgrass, van zijn coscenarist Gallaudet, van DinoSaur Bros Productions. Hij had meer gekregen dan gevraagd, minder dan verwacht. Elke ontbrekende afzender was een afwijzing. Was dit de manier waarop zijn oude vrienden, vrijwel eensgezind, zijn gedrag afkeurden – door hem zonder kerstgroet te laten? Ook het ontbreken van elk bericht van zijn schoonouders deed hem pijn.

Hij stalde de uitgepakte geschenken in een telkens weer andere, nog dwingender orde op de vloer uit. (Er was een soort vergrote tampon bij, aan een draadje. Door hem in heet water te laten wellen en oplossen, viel er een rudimentaire plumpudding van te maken, volgens het aangehechte recept. 'De ontdekkingsreiziger Scott had zo'n instant plumpudding in zijn rugzak bij zich, om er Kerstmis mee te vieren na het bereiken van de zuidpool.' Snodgrass had eronder geschreven: 'De rum moet je er maar bij denken, of aan de directeur vragen.') Maar hoe hij ook schoof met zijn cadeaus, ze bleven steeds het negatief vormen van alles wat hij *niet* ontvangen had.

Als kind had hij, na het verwijderen van het papier, de ontroerde sensatie ondergaan: voor *mij*... hoe kan iemand zo met mij begaan zijn? Zelfs een onbruikbaar cadeau betekende altijd nog de uitbreiding van kostbaar bezit. Hoe armer iemand in zijn jeugd geweest was, des te sneller werd hij blasé als later de geschenken begonnen binnen te stromen. Sinds zijn eerste verovering van Cannes hadden de mensen hem overstelpt met prijzen, cadeaus, dure delicatessen. De zoveelste kostbaarheid uitpakken, en de grijns van gespeelde dankbaarheid ('dit is nou echt wat ik nodig had') pijn voelen doen op je gezicht. Het enige verlangen dat uiteindelijk overbleef, was om na het wegritsen van het papier de oude blijdschap in handen te houden, en de stem van mama te horen: 'Kijk zijn ogen eens schitteren...!'

Steunend op een elleboog lag hij op zijn brits neer te kijken op de rijke uitstalling. Hij onderging de walging van het teveel, dat tegelijkertijd een tekort was. Wetend dat hij geen kruimel van alle lekkernijen door zijn keel zou kunnen krijgen, begon hij aan de brieven. Begraven de tijd dat een ongeopende envelop op de mat zijn hart deed opspringen. Nooit het geduld om de briefopener uit de la te nemen. Een wijsvinger was scherp genoeg. Langs regels schietende ogen... een voorlopig antwoord van ingehouden kreetjes... En dan nog eens lezen, langzamer, met afnemend ongeloof. Hardop passages voorlezen aan de overige naar nieuws hongerende aanwezigen... de macht over ze voelen...

Een brief was vanaf de ontvangst een kostbaar bezit. Hij werd bij oudere epistels in een oud chocolaatjesblik bewaard, en 's avonds voor het slapengaan tevoorschijn gehaald. Bij het overlezen verdiepten zich zinsdelen tot beloftes die nooit waren gemaakt.

Na zijn eerste Cannes was Remo een bedrijf geworden. Binnenkomende post ritste hij nog steeds vol ongeduld open – nu om te zien of het scenario geaccepteerd was en of de productiesom werd toegezegd. Uitgaande brieven, die dicteerde hij aan Paula. En waarom tijd verliezen aan een liefdesbrief als je de dame ook telefonisch naar je slaapkamer kon ontbieden?

Hier in Choreo hoefde hij geen enveloppen te openen, daar had de censuurafdeling al voor gezorgd. Hij vouwde velletje na velletje uit, maar de inhoud ketste op zijn verkilde brein af. Tenslotte probeerde hij alleen nog de onleesbaar gemaakte passages te ontcijferen, als waren dat de eigenlijke boodschappen uit de bewoonde wereld.

Hij veegde de brieven van zijn deken, en probeerde zich over te geven aan zijn herinneringen. Er kwamen hem alleen Kerstmissen voor de geest die hij niet met zijn vrouw had kunnen doorbrengen. Maar toen waren er tenminste zijn vrienden nog geweest om samen mee te treuren, zodat zij als een soort stralend negatief aanwezig kon zijn. Nu, in Choreo, had hij de gore smaak van verraad in de mond, als iemand die een onvergeeflijke rotsmoes heeft verzonnen om de kerstdagen niet met zijn gezin te hoeven doorbrengen. Er waren blijkbaar gradaties in gemis, concentrisch uitdijende rimpelingen van muren, wallen en slotgrachten tussen de gestorvene en de achtergeblevene.

De kleine Paul zou nu acht zijn geweest. Terwijl het buiten nog zo goed als nacht was, zou de jongen zijn geschenken onder de boom uit hebben getrokken. Glazen klokjes klingelend van zijn ongeduld. Hij zou, op zijn knieën, het kerstpapier van een doos hebben geritst, om na een trefzeker aftastende, snel verzadigde blik naar het volgende cadeau te grijpen, joelend. Zijn ouders hadden er misschien in ochtendjas bij gestaan, met een flûte ochtendchampagne in de hand tegen een lichte kater van het late diner. 'Wat zou je zeggen van wat kaviaar op toast?'

'Met verkruimeld eigeel... perfect.'

5

Kerstavond, maar in de cellen zouden de lichten op hetzelfde tijdstip uitgaan als anders. Geen nachtmis in Choreo. Na een kort bezoek aan de recreatieruimte, waar enkele gevangenen bezig waren plastic ballen met kersttaferelen te beschilderen, klom Remo in zijn cel op de radiator. Buiten was het mistig, zodat hij de receptie en het tentenkamp niet kon zien liggen.

Dichterbij hadden de lampen van de hoge lichtmasten zich ontfermd over de zilverschat bovenop de muren. Het leek of de windingen in de rollen beslagen prikkeldraad zich onder het schijnsel van de lantaarns vermenigvuldigden – als engelenhaar rond een kaarsvlam. Hij zag zijn moeder op een uitvouwbare trap naast de kerstboom staan. Ze trok een kluwen glaswol uit elkaar, met handschoenen aan om zich er niet aan te snijden. Dag, mama. Als de boom was opgetuigd, had ze toch nog overal ragfijne snijwondjes, op haar bovenarmen, in haar hals en gezicht.

Dit was de negende kerst die ze niet met z'n tweeën (drieën) konden vieren. Ach, liefste, wat waren die twee, van '67 en '68, schitterend. Had ik maar al die jaren in je armen kunnen blijven liggen, dan was al dat andere niet nodig geweest, en had ik hier nu niet gezeten in de kerstnacht. Nou ja, je weet wat ik bedoel. De vierentwintigste december 's avonds op een afkoelende radiator staan, met koude tocht via een broekspijp op weg naar je kruis, is nu eenmaal iets anders dan op kerstavond met je geliefde in verstrengeling voor de vonkende open haard zitten. '*Lights out!*' Onmiddellijk ging de lamp in zijn cel uit. Buiten bleven de lichten branden, om engelenhaar te spinnen uit prikkeldraad. Slaap zacht, mijn lief, daar in je omplankte bedje op Holy Cross.

Week 52

Blauwe tranen

Zondag 25 december 1977

Dertien

I

Terecht of ten onrechte, iemand moest Remo ergens van beschuldigd hebben, anders viel niet te verklaren dat hij op de avond van 11 maart 1977 in de lounge van het Beverly Wilshire een arrestatiebevel onder de neus geduwd kreeg.

Het nieuwe contract, voor een film met als werktitel *The Deadlock*, maakte hem als gewoonlijk roekeloos spilziek, en hij had meteen na de ondertekening zijn intrek genomen in een suite hoog bovenin zijn favoriete hotel. Daar had hij die hele maandag samen met Homer Gallaudet, zijn coscenarist, aan het rafelige script gewerkt, dat al door vele naamloze handen was gegaan en zo alleen maar meer dooie eindjes had opgelopen. De titel betoonde zich onverwacht omineus, want tegen het eind van de middag braken ze door de ontstane impasse heen. Als Remo niet op een filmpremière was verwacht, hadden ze nog uren door kunnen werken. Zich in zijn smoking hijsend dicteerde hij Gallaudet lukraak en gejaagd allerlei invallen.

'Alle aandacht van de toeschouwer naar dat ei. Denk aan Hitchcock, de ouwe fietsendief... die liet een fietslampje in een glas melk monteren.'

'Een kalkei, dat is bijna lichtgevend wit,' zei Gallaudet. 'Voor de vorm misschien wat kippenstront erop penselen. Een pluisveertje hier of daar, vanwege de moeilijke bevalling.'

'Noteer, Homy, dat ik op z'n minst een zuivelboer of een pluimveehouder op de aftiteling wil.'

Remo's vingers trilden zo van opwinding dat hij door zijn coscenarist geholpen moest worden bij het vasthaken van de manchetknopen. 'Als je toch bezig bent, Homy, doe dan ook even m'n vlindertje.'

'Strik je wel zelf je schoenveters?'

Voor de kastspiegel trok Remo het nieuwe nachtblauwe smokingjasje aan, en testte met draaiend bovenlijf de lichtval op het fluweel. Straks, onder de kroonluchters van de premièrezaal, zou dit viooltje pas echt de perverse diepte van z'n paarsheid prijsgeven. Groeien zou hij op zijn drieënveertigste niet meer, maar verder vond Remo zichzelf er voor die leeftijd erg goed uitzien. Getekend jongensachtig. Miss Zillgitt was de dag tevoren niet ongevoelig gebleken voor zijn doorleefde charmes, al had ze het spel van aantrekken en afstoten vanzelfsprekend tot het einde toe meegespeeld, compleet met een malle poging tot flauwvallen. O, zoete ontmaskering.

'Als we de slotsequentie,' mompelde Gallaudet, 'nu eens helemaal naar voren haalden, en er een soort vooruitziende epiloog van maakten...'

Ze zou nu eigenlijk naast hem binnen de omlijsting van de spiegel moeten treden, Wendy, in een haastig gehuurde avondjurk – op hoge hakken bijna een kop groter dan hij. Met opgestoken haren zou ze er ouder en ernstiger uitzien, stelde Remo zich voor, maar dan nog zou het premièrepubliek de hele avond naar haar ware leeftijd blijven gissen. 'Zestien? Zestien is beslist te oud voor hem.'

Gemiste kans. De inhalige moeder, de doorrookte stiefvader: hij had ze wat langer aan het lijntje moeten houden.

'Werk gerust nog wat door, Homy. De suite staat tot je beschikking. Bij trek: bel roomservice. Bij meer trek: bel Subterranean Escorts. Ik kom voor middernacht niet thuis.'

'En morgen?'

'Acht uur hier ontbijt. En dan... punten en komma's in actie.'

In welk stadium van een productie hij ook zat, hoe vroeg ook gedwongen op te staan, Remo had het altijd heerlijk gevonden in de halfslaap 's morgens vooruit te dromen op de dingen van de dag. Nee, gedraaid werd er nog lang niet. Technische voorbereidingen? Toezicht op decorbouw? Later, later. Gesprekken met een castingbureau, screentests – vandaag niet aan de orde. Vanuit het donker lichtte een ei op met een lampje erin, en Remo wist het weer. Hij zou straks met Homer Gallaudet verder werken aan het scenario voor *The Deadlock*. Het diepe welbehagen waarin hij wegzakte, vertelde hem dat het goed ging met de arbeid.

Elke ochtend kwam het moment dat van de halfslaap niet meer dan een kwartslaap over was, die de tralies en de muren onthulde tussen gedroomde en uitgevoerde filmmakerij. Vandaag, eerste kerstdag, bleef het niet bij de hernieuwde kennismaking met zijn cel. Waar hij even tevoren nog de geur van sparrengroen had proberen op te snuiven, werd zijn soezerigheid nu verjaagd door een scherpe walging. Met Kerstmis achter slot en grendel, en hij zou weten en voelen waarom. Zich omdraaien en pogen de gelukzalige sluimer te hervatten, had geen zin. Remo was wakker genoeg om te beseffen dat hij zich van een film verwijderde in plaats van er een te gaan maken.

Onvermijdelijk naderde nu het moment dat de lift met een schokje tot stilstand kwam, en de deuren zouden opengaan naar de lounge van het Beverly Wilshire. 'Sir...' Uitnodigend gebaar van wit geschoeide hand. Bij het uitstappen zag Remo zijn gezelschap al rond een lage tafel – de heren met licht opgetrokken broekspijpen in de chesterfields, de dames staand om op dit vroege uur hun avondjurk nog niet in het ongerede te brengen. Half verscholen achter een pilaar overzag hij het tableau vivant: een zuidpooloase van Penguin Classics tegen een decor van kristallen plooien. Ook dit was zijn wereld. De tedere sparteling van de vorige dag tintelde na in zijn ruggengraat. Voor 't eerst in al die jaren van openlijke en onderdrukte rouw leek zijn appetijt voor het leven volledig terug. Genietend van de aanblik die ze boden, liep Remo langzaam op zijn vrienden toe. Hij zou *alles* uit deze avond halen.

Stoorzenders ook nu natuurlijk. Vanachter de volgende pilaar stapte een lange man tevoorschijn, die hem net niet de weg versperde. Hij noemde Remo bij zijn echte naam, en vroeg met bijna smekende hondenblik: 'Mag ik u even apart nemen?'

De vlezige kerel droeg een oud maatkostuum, dat er inmiddels als een in de stomerij gekrompen confectiepak uitzag. Een bewonderaar, in Godsnaam, niet nu. De vrienden zagen Remo, en wuifden. Hij zwaaide terug.

'Sorry, ik ben in gezelschap. We hebben haast.'

De ander deed een greep in zijn binnenzak, en het volgende moment hield hij een geplastificeerde kaart in de hand. 'Los Angeles Police Department. Inspecteur Flanzbaum. Met iets dat lijkt op een arrestatiebevel. Even rustig bijpraten?'

Over de hoofden van zijn vrienden heen kon Remo op het podium in een verre hoek van de lounge de katheder zien. Er moest vandaag iemand een publiek hebben toegesproken, want boven de klapstoeltjes hingen nog ballonnen en serpentines. Toen hij daar zijn trieste persconferentie had gegeven, zeven, acht jaar terug, had het spreekgestoelte al op dezelfde plaats gestaan. Van feestversiering was geen sprake geweest.

'Natuurlijk, Mr Flanzbaum. Misverstanden zijn er om uit de weg geruimd te worden. Mag ik mijn gezelschap melden dat ik wat later kom?'

'Belooft u ze niet te veel. Ik wacht daar.'

Rond de aangewezen tafel zaten al drie mannen, van wie twee net zo rottig gekleed als Flanzbaum zelf. Rechercheurs ongetwijfeld, altijd chagrijnig en onderbetaald. Arrestatiebevel. Na al die jaren nog een spoor dat naar de echtgenoot leidde? Uitgesloten.

'Lastig, die fans,' zo begroette Sauro hem.

'Fans die je niet zomaar afschudt,' zei Remo tussen het omhelzen van twee vriendinnen door. 'Gaan jullie alvast vooruit.'

Tot aan Flanzbaums tafel achtervolgden Remo luide protesten. Hij moest, zonder het zelf te weten, de regels rond zijn verblijfsvergunning geschonden hebben, iets anders viel er niet te bedenken. Hoe rampzalig ook, de gedachte stelde hem op de een of andere manier gerust, al meende hij door het dikke tapijt en zijn handgesneden schoenen heen de scherpe punten van een rotsbodem in zijn voetzolen te voelen dringen.

Inspecteur Flanzbaum bleek in het gezelschap van twee rechercheurs en een onderofficier van justitie, de laatste goed in het pak.

'Mag ik ook weten, heren,' vroeg Remo opgewekt, 'waarvan ik word beschuldigd?'

'Jazeker.' Flanzbaum probeerde zijn stem net zo luchtig te laten klinken als die van Remo. 'Verkrachting van een minderjarige.'

Remo's scrotum trok samen, alsof zijn verraderlijke lichaam zo de beschuldiging wilde bevestigen. 'Wacht even... wacht even.' Zijn ogen zochten opnieuw de plek van het spreekgestoelte. Erachter hing een spandoek van de SOCIETY OF MAYFLOWER DESCENDANTS. Dus hier, op de plaats waar hij toen zo wanhopig de nagedachtenis van zijn echtgenote had verdedigd, kwamen ze hem nu arresteren. Later had hij de persconferentie op de televisie teruggezien. Daar stond een droevig en verongelijkt jongetje leugens te weerleggen, die met elke ontkenning dieper het collectieve bewustzijn in geramd werden.

'Nee, mijn vrouw *heeft* niet in pornofilms gespeeld. Zij *was* niet aan de drugs. Sinds ze wist van haar zwangerschap heeft ze zelfs geen glas wijn meer gedronken.' Hij ergerde zich aan zijn accent, dat door emotie en vermoeidheid sterker was dan normaal. 'Waarom publiceren jullie zulke verhalen? Mijn vrouw las boeken over geboorte en baby's. Ze was met stalen in de weer om de kinderkamer te stofferen...'

Zo had Remo voor het kreupelhout van microfoons staan vechten om zijn echtgenote haar door en door lieve karakter terug te geven – alsof dat in het rouwcentrum van de uitvaartonderneming verwisseld was geraakt met dat van een andere gestorvene. Hij wendde zich tot inspecteur Flanzbaum. 'Hier *moet* een misverstand in het spel zijn. U dwingt me mijn advocaat te bellen.'

'U bent nog niet gearresteerd,' zei een van de rechercheurs geërgerd. De ander voegde eraan toe, verveeld: 'We zullen u straks op uw rechten wijzen. Goed?'

'Gaat u ons voor naar uw kamer,' zei Flanzbaum, opstaand. 'Wij zijn ertoe gemachtigd die te doorzoeken.'

Toen Remo zelf opstond, zag hij juist zijn vrienden op de uitgang af slenteren, de vrouwen met hun bontmantel losjes over de schouder. Voordat ze de draaideur in gingen, keken er een paar onzeker naar hem om. Dino maakte een vragend gebaar op de Italiaanse wijze: handpalmen naar boven, kin strak de lucht in.

3

De kerst in Amsterdam, hoe zou ik die zijn doorgekomen? Met christelijke feestdagen had ik niets, maar de viering van de Terugkeer van het Licht was heidens genoeg voor mij. Olle Tornij, mijn hospes daar, leek me er de man niet naar een boom op te tuigen. Een enkele sparrentak achter een schilderij misschien, maar beslist niet in zijn boekwinkel. 'In 80-grams romandruk getrokken geuren beïnvloeden eenzijdig de lezing,' zei hij altijd, en zette dan de afzuigkap zo hoog dat alle smaak aan het voedsel onttrokken werd. 'Wie gelooft *Moby Dick* nog met een frituurlucht eromheen?'

's Middags zou ik bij zijn kleinzoon op de Hugo de Grootkade langs zijn gegaan, alleen al om het genot de vierjarige Tib onder de kerstboom te zien spelen. De katterigheid van het echtpaar Satink-Tornij, dat de nachtmis bij voorkeur rond de huisbar celebreerde, moest ik voor lief nemen. Ik hoefde mijn ogen maar dicht te doen om Tibbi onder het overhangende groen en de slingers te zien zitten. Net als vorig jaar. Al diende ik wel een correctie aan te brengen. Maanden terug, in de nazomer nog, had de kleine te kennen gegeven met Kerstmis geen rode en blauwe ballen meer in zijn boom te willen, alleen zilverwerk. 'Da'finnik zo *mooi*.'

Zijn spel was zo intens dat Tibbolt alles om zich heen vergat, ook zijn hut van sparrentakken. Zomaar ineens kon dan zijn ernstige gezichtje opklaren, waarbij hij boven zich greep om een klokje aan het kleppen te brengen – dit jaar eentje van zilver dus. En ik, die het wonder met eigen ogen had kunnen aanschouwen, zat aan de andere kant van de wereld moordenaars en verkrachters te bewaken.

Op eerste kerstdag stond ik niet ingeroosterd, maar de gevangenisdominee had me uitgenodigd de ochtenddienst in de huiskapel van Choreo bij te wonen. 'Er is ook muziek, Spiros. Kom je koude Grieks-orthodoxe ziel bij ons warmen.' Ik was allang blij een excuus te hebben om op mijn vrije dag onder Choreanen te kunnen zijn – en niet alleen omdat het eigenlijk geen doen is, met Kerstmis, zo'n motelkamer aan de rand van San Bernardino.

Half negen, en de kapel was nog leeg. Onder toezicht van een mij onbekende bewaker, en op aanwijzing van de dominee, was een geprivilegieerde gevangene (de Mexicaan die ook de vingerafdrukken deed) de kaarsen aan het ontsteken. Op de rondleiding bij mijn aanstelling hadden hier nog klapstoelen gestaan. Nu waren er twee rijen banken van gevernist vurenhout. Ik ging dominee Fagan een schouderklap geven. 'Streng geworden hier. Het oude meubilair gaf iets bruiloftachtigs aan de tent.'

'Ooit van De Taartschep gehoord, Spiros? Dan namen gevangenen elkaar hier in de tang met het ijzeren frame van zo'n klapstoel. Dat pakte soms lelijk uit.'

Om bij de hoger aangebrachte kaarsen te kunnen gebruikte de Mexicaan een lontstok met een lange steel, die ook een snuiter aan het eind had, te bedienen via een scharnierende hendel. In combinatie met de vochtige kou in de kapel maakte de geur van smeltende was mij bijna misselijk. Ik ging in het midden van een rij banken aan het middenpad zitten, en keek toe hoe de gedetineerden in groepjes binnen werden gebracht, sommigen geboeid. De ketenen hadden hier een helderder klank dan in de gangen. Weinig kerkgangers van mijn afdeling. Geen Maddox, maar toen ik omkeek, stond Remo Woodehouse tussen de dubbele deuren, niet geboeid, wel met Burdette twee koppen groter pal achter hem. Remo ontmoette mijn blik, glimlachte bijna onzichtbaar door zijn baard heen, en lichtte heel even groetend zijn bril op. De bewaker duwde hem de achterste bank in.

Schuin voor me hing de zwarte Sofa Spud met verdraaid bovenlijf over het gangpad, vals zingend: 'I'm dreaming of a white Christmas.'

Iedereen wendde nu zijn hoofd naar de deuropening, waar Scott Maddox stond met een vers aangelegd, sneeuwwit verband om zijn hoofd. Er klonk hard gelach. Zowel zijn polsen als zijn enkels waren geboeid. Achter hem verschenen Carhartt en The French Dyke. Omdat Maddox zijn handen niet uit elkaar kon doen, droeg hij zijn gitaarkoffer onhandig dwars voor zijn korte benen. Toen hij voor zijn bewakers uit door het middenpad op het altaar af begon te lopen, zijn passen kort gehouden door de kettingen, stootten zijn knieën tegen het foedraal, wat in de plotselinge stilte een reeks galmende geluiden gaf.

Maddox hield halt bij Sofa Spud, die niet meer zong. De gewisselde blikken waren ongetwijfeld dodelijk bedoeld, maar Maddox had alleen die ene opening om door te loeren. Spud bracht zijn zwarte gezicht nog dichter bij de witte verbandklomp, en zei: 'Schat, als het waar is wat ik denk: dat je naar mij kijkt, schat, knipoog dan even.'

Carhartt en LaBrucherie legden ieder een hand op Maddox' schouders, en duwden hem zachtjes verder. Tot schuifelpasjes gedwongen piepten hun schoenen op het linoleum. Het drietal schoof aan in de voorste bank, tot vlak voor de kansel. Zonde van die klapstoelen. Ik had Maddox wel eens in De Taartschep genomen willen zien.

Dominee Fagan liet de preek over aan een predikant in opleiding, zelf een tot levenslang veroordeelde, dus die nam er de tijd voor. Als je mocht afgaan op het bewonderend beamende 'yeah! yeah!' dat na elk van zijn loeiende volzinnen uit de kapel opklonk, sprak hij rechtstreeks tot de harten van de Choreanen. Maar naarmate de predikatie duurde en duurde, en het 'yeah! yeah! yeah!' steeds luider begon te klinken, begeleid door voetgestamp, beluisterde ik er meer spot in dan de kanselredenaar blijkbaar deed. De gevangenen, blij met elk verzet, maakten er een potje van. 'Dan nu jullie aandacht voor medegedetineerde Maddox.'

'O yeah...!'

Maddox werd van zijn ketenen ontdaan, en door Carhartt het podium op geleid. Hij beklom stijfjes een hoge kruk naast het spreekgestoelte. The French Dyke reikte hem zijn gitaar aan, die hem bijna uit de verbonden handen gleed.

'Medegedetineerde Maddox zal een zelf gecomponeerd kerstlied ten gehore brengen. "Under the Rose".'

'Yeah! yeah...!' Applaus. Maddox stemde kort, en begon aan de intro tot het nummer. Zijn gitaarspel klonk nergens naar. Het verband rond zijn vingers was korter dan voorheen, zodat hij de bovenste kootjes kon buigen, maar de akkoorden klonken nog net zo dof en futloos als in zijn cel.

So here's my Christmas carol
under the rose...

Het lied wilde maar niet galmen. Ondanks de betere akoestiek van de kapel leek Maddox' stem nog meer dan anders te worden geabsorbeerd door de dikke muts van zwachtels. Uit het midden van het publiek verhief zich, eerst fluisterend, allengs harder en zich verspreidend, het 'White Christmas' van Bing Crosby – tot heel Choreo mee brulde. Maddox was toen al, middenin een couplet, met spelen opgehouden. Dominee Fagan probeerde hem iets in het verborgen oor te schreeuwen.

Toen de gevangenen naar buiten werden geleid voor het

zondagse luchtuur bleven ze op volle sterkte zingen. 'I'm dreaming of a white Christmas...' Daarbij hadden de meesten hun vouwblad met psalmen als een wit dakje op het hoofd liggen.

4

Terug op cel meende Remo het koor van gevangenen nog steeds hun Bing Crosby te horen blèren. Hij moest zich vergissen. Bij het vegen van de Ring, 's morgens, konden hij en Maddox het gedruis op de binnenplaats goed genoeg horen om elk handgemeen terstond op te merken. Tot zijn cel, met de deur dicht, drong het niet door. Maar goed ook: vandaag zou hij al zijn aandacht nodig hebben om zijn vader een brief te schrijven – met de waarheid, eindelijk.

'...eamin'...ite... istma...'

Misschien toch geen verbeelding. Remo klom op de radiator. Naast de slagboom, ter hoogte van het parkeerterrein, stond een grote groep vrouwen en kinderen uit het tentenkamp tegen de wind in te zingen. Ze moesten het gezang van de binnenplaats hebben horen opstijgen, en dit was hun antwoord. De kinderen hielden van die staafjes omhoog waar, heel bleek in het ochtendlicht, vuurwerksterretjes vanaf spatten. Het verwonderde Remo opnieuw dat zoveel smeerlappen, wie het ook waren, op de steun van vrouw, moeder, zus en kind konden rekenen. Hier binnen, in Choreo, was de kerst warmer en overvloediger dan ginds in het solidariteitskamp. Liefde dwars tegen alle moraal in. Sterretjes tegen prikkeldraad.

Zijn advocaat kon op elke gewenste dag bij hem terecht. De overige bezoekers, voorzover geen naaste familie, waren goed genoeg om op een doordeweekse dag ontvangen te worden. Zaterdag en zondag waren voor de echte familieleden, maar die had hij niet in Californië – niet meer. Zijn voormalige schoonouders hier uitnodigen, nee, dat was geen goed idee.

Als ze uit zichzelf aanboden langs te komen, zelfs dan wist Remo niet of hij ze in de ogen zou durven kijken. Zijn schoonmoeder was juist uit haar jaren van ontkenning ontwaakt, en bereidde zich, met het oog op de *parole*-zittingen van het komend jaar, strijdlustig voor op haar kruistocht langs enkele Californische gevangenissen. San Quentin. San Luis Obispo. Institute for Women in Corona. Op dat lijstje hoorde Choreo niet thuis.

's Zaterdags kwamen de psychiaters, en werd er verder normaal gepoetst. Om dichter bij de paar naasten te zijn die hem aan de andere kant van de wereld nog restten, besloot Remo de zondagen in Choreo te besteden aan het schrijven van brieven – aan zijn vader, zijn stiefmoeder, zijn halfzuster.

Het van staatswege verstrekte briefpapier was grauw en houthoudend als dat van de schoolschriften in het Oostblok. Een geprivilegieerde voor wie ze geen ander werk hadden, zette er bij wijze van briefhoofd een stempel in groene inkt boven, meestal scheef, soms op z'n kop:

CALIFORNIA
STATE PENITENTIARY
CHOREO
P.O. BOX 1300
SAN BERNARDINO
CA 94035

De gratis verstrekking moest niet als een aanmoediging worden uitgelegd. Twee brieven per dag, uitgaand of binnenkomend, en de bewaking, Carhartt voorop, had weer wat te kankeren. Hoe meer post, des temeer censuurwerk.

De brieven die Remo in zijn moedertaal schreef, werden niet gecensureerd, omdat niemand van het personeel hem machtig was – een feit dat hem door de domme Carhartt nog laatdunkend werd meegedeeld ook. Zo wist Remo dat hij in zijn schrijfsels naar het ouderlijk huis geen blad voor de mond hoefde te nemen, ook niet over de toestand in Choreo, zolang

157

er maar geen herkenbare namen werden gebruikt.

Hij nam zo'n vel pleepapier voor zich. Inkt zou erin uitvloeien, met blauwe haarvaatjes de letters onleesbaar maken, maar de directie stond hem alleen grafiet toe. Vijf potloden mocht hij per keer door een bewaker laten aanscherpen, want een puntenslijper op cel, met van die uitneembare mesjes, was ook verboden. The French Dyke, met schooljufdromen of moordplannen, rekende het tot haar eer zijn Caran d'Ache-HB's zo vlijmscherp bij te punten dat hij er gemakkelijk seppoekoe mee had kunnen plegen: voor vandaag een serieuze optie.

'San Bernardino,
Kerstmis 1977

Lieve papa,'

Zo, dat stond er alvast. Zonder de troost van enige censuur de harde waarheid aan je oude vader te moeten overbrengen, dat viel nog niet mee. Zachtjes met een hoektand door de verflaag van een potlood heen bijten gaf nog dezelfde smaak als vroeger.

'Lieve papa,
    uit je laatste brief, die Paula me hier bracht, bleken zoveel verdriet en schaamte dat mijn hart brak. (De bewaker die haar fouilleerde, heeft voor de vorm een willekeurige zin doorgekrast, die overigens leesbaar bleef.) Hecht alsjeblieft niet te veel geloof, papa, aan het sensatieverhaal dat de kranten hun lezers proberen te verkopen. Op de bloedband die ons bindt zweer ik dat ik niet de demon ben die ze nu van me maken. Ja, ik zit vast, maar dat is voor een psychiatrisch onderzoek, dat binnen twee maanden afgerond kan zijn. Papa, je kent me. Je *weet* dat ik niet in staat ben alle dingen te doen die me worden aangewreven. Ik ben alleen erg naïef en onvoorzichtig geweest.'

Waar haalde hij het recht vandaan er tegenover zijn lieve ou-we, met wie hij de hel had gedeeld en die hem later altijd was blijven steunen, zo laf omheen te draaien? Als de man de of-ficiële, juridische waarheid al uit de krant kende, dan was het Remo's enige taak nog daar de menselijke nuances in aan te brengen, zodat de vader de aangeklaagde weer als zijn zoon zou herkennen. En daar school hem nou juist het probleem: de ware details versus het geconstrueerde compromis. Zo werd in de Verenigde Staten rechtgesproken: om vijf aanklachten, waaraan hij misschien ten dele schuldig was, te laten vervallen, diende iemand schuld te bekennen in het zesde geval, waar-aan hij mogelijk helemaal *niet* schuldig was. Koehandel zonder handjeklap maar met geheven vingers, en was die er eenmaal door, dan bleek niemand nog geïnteresseerd in wat er, van mo-ment tot moment, werkelijk gebeurd was.

Zo had Remo bij zijn arrestatie gevraagd of ze in twee groep-jes vanuit de lounge naar boven konden gaan, naar zijn suite – dit als gebaar richting directie om de commotie in het hotel zo gering mogelijk te houden. Later was dit verzoek, dat niet werd ingewilligd, als kille berekening uitgelegd: achter een ver-gulde façade wensten lieden als hij hun bestialiteiten te kunnen bedrijven. En zo was er meer. Het gezeur over de Quaaludes bijvoorbeeld.

Vier rijzige heren in werkkleding rond een kleine, beroemde man met een nachtblauwe tuxedo aan: dat trok inderdaad vol-op de aandacht. De chique wachtenden voor de lift maakten ruim baan, maar niet zonder zich zat te kijken aan het tafereel. Een rotsituatie, maar eenmaal in zijn suite had Remo moeite om niet te lachen bij het zien van Homy's verbaasde gezicht. De brave Gallaudet behoorde volgens de rechercheurs blijk-baar tot de inboedel van suite B714, want hij werd tot in het kruis gefouilleerd.

'Heren, heren, alstublieft,' riep Remo, wie het lachen ver-ging. 'Ik dacht dat uw huiszoekingsbevel de anorganische materie betrof. Mr Gallaudet is mijn coscenarist. Samen hebben wij hier vandaag aan een script zitten werken. Tijdens mijn afwezigheid zou hij nog wat verfijningen aanbrengen. Hij weet verder nergens van.'

'Verfijningen,' herhaalde inspecteur Flanzbaum vol minachting. 'Goed, Mr Gallaudet, verlaat u de hotelkamer zonder iets aan te raken. Nee, die papieren... liggen laten.'

Op weg naar de deur wees Homy op de telefoon, en mimede iets dat op 'out of service' leek. Of was het 'roomservice'?

'Verlaat u zwijgend de kamer, Mr Gallaudet,' snauwde Flanzbaum, 'of spreekt u zich hardop uit. Niet dit halve gedoe.'

'Gerookte zalm op toast,' zei Homy bleek. 'Plus een halfje chardonnay. 't Valt misschien nog af te blazen. Tot morgen.'

Onder het oog van de hulpofficier van justitie werd de suite door drie man sterk uitgekamd. Remo's fotocamera's, zijn lichtmeter, de dia's en de nog niet ontwikkelde rolletjes verdwenen in plastic zakken, die zorgvuldig werden verzegeld en gelabeld. Kijk, daar begon de verminking van de werkelijkheid al: de onderdelen van het stilleven werden uit elkaar gehaald, en gingen afzonderlijk in quarantaine.

Flanzbaum kwam uit de badkamer, rammelend met een plastic potje, dat hij omhooghield naar zijn collega's. 'Hebbes. Verboden snoep voor kleine meisjes.'

Remo zag dat het de Quaaludes waren. 'Die zijn op recept.'

'Morfine gaat ook op recept,' zei Flanzbaum. 'Net als rattengif.'

6

'Je bedroefde brief, papa, ligt hier voor me. "Ik snap niet," schrijf je, "dat je jezelf, na de klappen die eerder op je zijn neergedaald, zoveel zelfvernedering hebt aangedaan."

Het een houdt wel degelijk verband met het ander, maar niet zoals jij denkt. De krantenlezers van acht jaar terug hebben het nooit kunnen verkroppen dat ik niet schuldiger bleek dan ik was. Op z'n minst vergaven ze het me niet dat ik, kennelijk, de dans ontsprongen was. En nu *dit* gebeurd is, roepen ze: zie je wel! Altijd al gezegd! De kleine rat deugt niet! Onze kinderen zijn niet veilig voor hem!'

Zo'n kale celmuur was bij uitstek geschikt om de hele geschiedenis op te projecteren. Verlangzaamd. Per beeld stilgezet. Elk detail uitvergroot. In de eerste versie zag Remo zichzelf terug als hardwerkende vakman in een afgeleide rol. Toen hij opnieuw alles afdraaide, ontmoette hij een ijdele naïeveling, die niet in de smiezen had dat hij er door een stelletje star fuckers eerst in geluisd en daarna bij gelapt werd.

'Vrienden van me, papa, en niet de beste, hebben wel eens over me gezegd: "Remo Woodehouse weet niet dat hij Remo Woodehouse is." (Ik leg je zo wel uit waarom ik deze naam hier gebruik. Vul er de mijne maar voor in.) Ze bedoelen daarmee dat als ze in mijn schoenen zouden staan, ze heel wat effectiever gebruik zouden maken van de relaties, de dollars, de gelaatstrekken, de talenten en (vooral) de machtsmiddelen waarover ik blijkbaar kan beschikken. In die zin weet ik inderdaad niet "dat ik Remo Woodehouse ben". Ik sta niet stil bij zulke oneigenlijke verworvenheden van het vak. Roem, bekendheid, versierwaarde – het kan me allemaal gestolen worden. Ik ben er niet mee bezig. Wat voor mij telt, is de hoogste creativiteit bereiken. Je weet wel, wat ik jullie vorig jaar met de kerst vertelde over het Graf van de Onbekende Tragicus.'

'Gaat u zitten,' zei inspecteur Flanzbaum. Het gezelschap van rechercheurs, hulpofficier en arrestant in spe liet zich neer in de fauteuils rond een salontafel: het enige meubilair dat min of meer op z'n plaats was blijven staan. De inspecteur zelf trok er een rechte eetkamerstoel bij, en ging er schrijlings op zitten. 'Vindt u het erg als we roken?'
Remo keek de suite rond. Het beddengoed lag in een hoop

op de grond, uitgezonderd het kussen dat over de fruitmand op tafel was gelegd. Zijn colberts en pakken kronkelden over de vloer, het knaapje nog in de schouders. Van alle losbladige scenario's die nu door elkaar lagen, had Alain Resnais een avantgardistische film van achttien uur lang kunnen maken, en dan nog krap gemonteerd. Zelfs de matrassen van zo'n luxehotel leken, kaal tegen de muur gezet, met hun grillige doorligplekken rijp voor het grofvuil. Uit alle windstreken waren stellen hier voor een nacht of wat naartoe gekomen om hun jaarringen van de liefde over elkaar heen te leggen. In dezelfde ruimte werd Remo nu vernederd en ter verantwoording geroepen wegens dezelfde menselijke oerhandeling.

Van een kluwen koude spaghetti, over van de lunch en op de commode als verdachte bergplaats uit elkaar geplozen, keek Remo weer naar Flanzbaum. 'Vriendelijk dat u het vraagt.'

'Maar dan reken je buiten de anderen, papa. *Die* weten altijd heel precies wat iemands marktwaarde is, en hoe er een slatje uit te slaan. Zoals de moeder van dat meisje. Omdat Remo Woodehouse, volgens mijn vrienden, niet weet "dat hij Remo Woodehouse is", realiseerde ik me niet hoe belangrijk ik voor de carrière van het mens zou kunnen zijn, en dus evenmin dat ze een val voor me zette. En omdat ik er geen idee van heb wat het betekent "Remo Woodehouse te zijn", ben ik ook nooit bedacht op de publieke haat die bij de kleinste misstap over me uitgestort kan worden.'

7

Van de beelden op zijn celmuur was nog een derde lezing mogelijk, waaruit Remo zelf slechter en doortrapter naar voren kwam dan al die voorstadsparasieten bij elkaar. Maar die liet hij liever aan inspecteur Flanzbaum en zijn hulpofficier van justitie over.

Remo werd aan zijn rechten herinnerd.

'U hoeft geen verklaring af te leggen,' zei Flanzbaum, rook uitblazend, 'maar ik ga u toch iets vragen.'

'Mijn advocaat zal er ongetwijfeld anders over denken,' zei Remo, 'maar ik zie het nut van zwijgen niet in. Ik heb niets misdaan, en dat zal ik van de daken schreeuwen ook.'

De twee rechercheurs, ook rokend, keken Remo met geamuseerd sarcasme aan.

'Enig idee,' vroeg Flanzbaum, 'waarom zo'n beschuldiging tegen u is ingebracht?'

'Vertelt u me eerst eens door wie.'

'Mrs Zillgitt. De moeder van het model.'

Remo had niet eens de kracht zijn hoofd te schudden. Hij wiebelde er alleen even mee. 'Het is allemaal een gruwelijk misverstand. Wat er gisteren tussen Wendy en mij is voorgevallen, kan ik onmogelijk in verband brengen met... met... Ik krijg het woord niet eens mijn strot uit.'

'Wist u, ten tijde van het gepleegde feit, hoe oud Miss Zillgitt was?' vroeg de inspecteur.

'Wij wijzen u er nogmaals op,' zei de hulpofficier van justitie, 'dat u elke vraag onbeantwoord mag laten.'

'Ze zag eruit als zestien,' zei Remo. 'Ik schatte haar op vijftien. Zelf zei ze veertien.'

'Was het noemen van die leeftijd,' vroeg Flanzbaum, 'voor u niet voldoende reden om de grootst mogelijke terughoudendheid te betrachten?'

'Wat ze ook zei, ze bleef eruitzien als zestien. Zo gedroeg ze zich ook. Volwassener nog. Ze jokte om me uit te dagen. Wendy deed niets tegen haar zin. Ik durf zelfs te beweren dat zij, min of meer, het initiatief nam.'

'U wordt ervan beschuldigd...'

Op dat moment werd er geklopt. 'Roomservice.' Niemand antwoordde. De deur ging open, en een kortgeknipte jongeman met een knijpvlindertje onder zijn scherpe adamsappel duwde een serveerkar naar binnen. Uit de koelemmer stak de hals van een kleine fles wijn. De bediende probeerde onbewogen de ravage te bekijken.

'Zet daar maar neer, Frederick,' zei Remo, de jongen een tweedollarbiljet toestekend. 'De heren binnenhuisarchitecten hebben trek gekregen van het harde werken.'

'Onder de doek is warme toast voor bij de zalm, Sir,' stamelde de bediende, achterwaarts naar de deur schuifelend, en die snel sluitend.

'U wordt ervan beschuldigd,' herhaalde Flanzbaum, 'misbruik te hebben gemaakt van haar astma. Ze kreeg een aanval, en in die weerloze toestand zou u haar hebben gedrogeerd... en overweldigd.'

'Ze *was* niet eens astmatisch, is me later gebleken,' zei Remo. 'Wendy simuleerde een aanval van benauwdheid om door mij vertroeteld te worden. Ik dacht dat ze het echt te kwaad had, en gaf haar een Quaalude. Een halve. Eer die begon te werken, had ze me al verleid.'

'Nu wilt u zeker wel weten hoe oud ze werkelijk is?'

'Toch zestien? Nog altijd minderjarig, ik geef het toe. Maar...'

'Dertien.'

Maandag 26 december 1977

Kraamvrouwenkoorts

I

'Zoals je al begreep, zit ik hier incognito, en dat wil ik ook graag in brieven zo houden. Er is hier niemand die de taal kan lezen, maar juist daardoor raken ze door namen in het geschrevene gealarmeerd; in twijfelgevallen zijn ze in staat de hele brief tegen te houden. Richt je voluit tot Remo Woodehouse, en reduceer alle andere namen tot een initiaal (zonder punt). Als je wilt weten waarom ik Woodehouse tot tijdelijke achternaam heb gekozen, denk dan aan de glansrijke Londense première in 1968. Meer kan ik niet zeggen.

Voor Remo moet ik misschien je geheugen opfrissen. De mooie Franse voornaam die mama en jij me bij mijn geboorte gegeven hebben, werd later op school verbasterd tot: Remo. Misschien had ik er minder onder geleden als hij niet met zoveel hoon was uitgesproken. Ik weet niet meer of ik me er bij jullie over heb beklaagd destijds, zodat "Remo" je misschien niets zegt; ik heb me er tenslotte zelf uit gered door een afgesleten naam van de straat aan te nemen, zeer tot jullie ongenoegen. Toen mijn advocaat erop aandrong een schuilnaam te prikken, voor in de gevangenis, heb ik voor de oude verbastering Remo gekozen. En wat denk je, papa? Ik vind het prettig hier Remo genoemd te worden, en niet alleen omdat het mijn incognito bevestigt. Gewoon, omdat het me dichter bij mijn vroegste jaren met mama en jou brengt. Ook al gaat het om een misvorming, die hier ook nog eens verengelst wordt, in elk "Remo" klept het klokje van mama's stem. Ze *bestaat* dus nog ergens in de wereld.'

Erg roekeloos van gevangene Woodehouse om er zo vanzelf-sprekend vanuit te gaan dat niemand in Choreo zijn moerstaal beheerste, al was het in mijn geval dan alleen passief. Op twee-de kerstdag begon mijn dienst al vroeg, maar behalve de routi-necontroles was er weinig te doen, en ik vroeg Burdette (die als tijdelijke hoofdbewaker van de EBA de afwezige Carhartt ver-ving) om administratief werk. Hij had me, met het reglement erbij, aan het censureren van de uitgaande post gezet. De pas-sage met het verzoek om namen tot een onopvallende initiaal terug te brengen maakte ik met viltstift zwart. Eens zien wat Remo's oudeheer me de volgende keer kon onthullen.

'Op hoog bevel van mijn advocaat heb ik ook een baard laten staan. Ik vermoed dat zelfs jullie me niet zouden herkennen. En, schrik niet: ik draag een bril. Ja, papa, je leest het goed: je eniggeboren zoon, met zijn arendsogen, heeft een fok op zijn gok, en verdient eindelijk de erenaam brillenjood. Onder ons: het is het schildpadden geval dat na de verschrikkingen in mijn huis werd gevonden en nooit door iemand is opgeëist. Omdat het als stomme getuige alleen maar tot dwaalsporen leidde, en als bewijsstuk had afgedaan, wist de recherche niets beters te bedenken dan het te retourneren naar de vindplaats. Om mijn incognito te vervolmaken heb ik er door een opticien neutraal glas in laten zetten. Niemand heeft me hier tot nu toe her-kend. Zelfs de pers aan de ingang zag me bij aankomst over het hoofd, en dat wil wat zeggen.

Ach, hoe lang is het niet geleden dat ik jou zo geduldig, kna-gend op het achtereind van een potlood, een brief met de hand heb geschreven? Kort na de oorlog, denk ik, toen ik op het land bijkwam van die klap op mijn kop. Trouwens, een pot-lood is ook al geen onschuldig voorwerp meer sinds ik hier zit. Wat mijn brein kwijt wil, zoekt via het potlood z'n weg naar het papier. Hier zoekt het potlood even vaak z'n weg naar het brein. Meer zeg ik niet, anders maak je je maar extra zorgen.

Breng al mijn liefs over aan Kika. Druk haar op het hart dat ze, mijn aanvankelijke afwijzing ten spijt, een goede tweede moeder voor mij is geweest.

Papa, ik omhels je,

Remo (uit te spreken met mama's accent)'

Voor de adressering gebruikte hij de meisjesnaam van zijn stiefmoeder. Voor de vorm zwartte ik hier en daar een woord weg, zonder de begrijpelijkheid aan te tasten. Ik hechtte de envelop met een paperclip aan de brief, en wierp het geheel in het bakje UITG./GOEDGEK.

Omdat ik de deur van de loge altijd open liet staan, had ik de stemmen van de schoonmakers al gehoord. Ze stonden bij de bezemkast te wachten tot iemand van ons hem open kwam doen. Door de verraderlijke akoestiek van de EBA kon ik ze, in de loges van zowel de eerste als de tweede verdieping, vrij goed verstaan, ook al spraken ze op normale sterkte. Zelfs *sotto voce* wisten sommige mededelingen me te bereiken.

Ik was net opgestaan om ervoor te zorgen dat de twee kleine opdonders bij hun spullen konden toen ik Burdette al op ze af zag lopen.

2

Nou niet over zijn vernedering in de kapel beginnen.

'Hoe was jouw Kerstmis, Scott?'

Maddox liet de bezemsteel tegen zijn schouder rusten, en spreidde zijn armen. 'Li'll Remo, ik *had* een witte kerst. En moet je nu zien.'

Het verband, zaterdag nog verschoond, zag eruit alsof de drager zich dagenlang door het stof van zijn cel had gewenteld.

'Nog pakketjes ontvangen?'

'Dit is Scotts kerstgeschenk.' Maddox gaf een doffe klap op zijn ingezwachtelde hoofd – op de kruin, waar de minste pijn school.

'Wordt het geen tijd dan dat je het eens uitpakt?'

'Pas als de boom er zijn naalden over uitstort. Ik kan wachten.'

'Geen slechte eigenschap, Scott, voor een tot levenslang veroordeelde.'

Maddox zette zijn bezem weer in de veegstand, maar zonder hem in beweging te brengen. 'Mijn oom en tante hadden een pakketje voor me onder de boom gelegd. Van Santa Claus, zeiden ze, mocht ik het pas uitpakken als mijn moeder terugkwam.'

'En dat gebeurde kort na kerst.'

'Li'll Remo...' Het leek of iets slijmerigs in de keel Maddox' stem extra diep liet grommen. 'Het duurde nog twee volle maanden.'

Remo liet de houten zijkant van zijn veger op het basalt neerkomen, om er stof uit te slaan dat hij nog helemaal niet vergaard had. 'Waar moest ze helemaal vandaan komen dan, je moeder?'

'Uit de gevangenis. Het was niet ver. Ik bezocht haar elke zondag.'

'En toen ze vrijkwam?'

'Mijn cadeau lag nog op de plaats van de boom. Het kerstpapier was helemaal verschoten.'

'Wat een jeugd, Scott. Ze hebben mijn moeder ingesloten toen ik zeven was. Ik heb haar nooit teruggezien.'

'Levenslang... En nooit op bezoek geweest?'

'Ze kreeg de doodstraf.'

'Waarvoor?'

'De een heeft verkeerde vrienden. De ander verkeerde familie.'

'In welke staat?'

'Vegen, Scott. Burdette staat te loeren.'

Toen Remo al vegend bij zijn eigen deur was aangekomen, liet hij zijn blik even langs de glazen varkenskooien gaan. Niemand op de uitkijk. Hij stapte zijn cel binnen, en klom op de radiator. Het heldere weer deed de rode en blauwe tenten scherp uitkomen, waardoor het kamp dichterbij leek dan een dag eerder. Wel stond er een straffe wind, die de strengen wasgoed tussen de tentpalen hoog opwierp. Een shirt of vest raakte los van de lijn en werd tegen de omheining aan geblazen, waar het in het prikkeldraad bleef hangen.

'Hoe ziet de vrijheid er vandaag uit, Li'll Remo?' In de deuropening stond Maddox met een plastic emmer aan de hand. 'Laat mij eens kijken.'

'Mijn cel uit, jij. Dit uitzicht is van mij. Jij hebt de binnenplaats.'

'Er komt net een opdracht van Burdette binnen. Het traliewerk.'

3

Tweede kerstdag, en de Choreaanse routine werd alweer hervat. Ik was blij terug op het rooster te zijn, want al had ik niet direct de indruk dat er iets te gebeuren stond, ik wilde die twee onderdeurtjes liefst geen moment uit het oog verliezen.

Misschien omdat het toch een bijzondere dag was, een christelijk feest nog wel, werd in de douches een afvallig lid van de Arische Broederschap verkracht. Het gebeurde achter de rug van collega Mattoon, die altijd precies wist wanneer zich om te draaien. ('Het is zijn manier,' zei bewaker Tremellen, 'om aan te geven dat hij ook een beurt wil.') Geen van de douchers had natuurlijk weer iets gezien. Voorzover adjunct-directeur Harold Bell het incident kon reconstrueren, had een speciale krijgsraad van de AB besloten het beulswerk, bij wijze van bonus op de vernedering, door een willige zwarte te laten verrichten. De verkrachter ontving tien dollar voor het karwei, plus een huisgemaakt glijmiddel. Nooit zou de afvallige meer in de boezem van de Broederschap kunnen terugkeren, zelfs niet als de beschuldigingen op een misverstand bleken te berusten: hij had immers zijn Arische inborst geschonden door het met een neger aan te leggen.

'Spiros...!' Als ik mocht afgaan op zijn commandotoon, die met de dag luider klonk, had Burdette zichzelf alvast promotie toegekend. 'Spiros, ga jij gedetineerde Woodehouse zeggen dat de directie hem toestaat zich beperkt onder zijn medegevangenen te begeven.'

'Luchten?'

'Beperkt. Hij dient zich te onthouden van groepsgedrag.'

'Douchen?'

'Voorlopig nog alleen. Onder toezicht. Niet van Mattoon.'

'En de schrijfmachine?'

'Een uur per dag. Mannetje voor de deur. O'Melveny wil het ding eerst uit elkaar gehaald zien. Tot het laatste schroefje.'

Besluipen kon je het niet noemen, maar toegegeven, de van staatswege ontworpen rubber profielzolen garandeerden de bewaker, mits hij niet rende of slofte, een vrijwel geluidloze tred – en zo stond ik opeens vlak achter de twee, zonder dat ze me hadden opgemerkt. Ze waren bezig de verschuifbare traliehekken tussen de hal van de EBA en de gang naar de noordvleugel een beurt te geven.

'Van die meniekleur moet ik zo langzamerhand spugen,' zei Remo. 'Het geeft zoiets... *voorlopigs* aan al die gangen en vleugels. Dat is het. Als bij een gebouw dat nog in de steigers staat.'

'Volgens De Griek,' gromde Maddox, 'is het de eigenlijke kleur van Choreo.'

Uit een plastic flacon, met een kleine hendel aan de hals, spoot Remo een blauwe vloeistof in een lap, en haalde die langs een tralie. Hij opende de doek vlakbij Maddox' vrije oog, om hem te laten zien dat de verf rood afgaf. 'Het is menie, Scott. Al het hekwerk staat in de grondlak.'

'De loodmenie van de Choreaanse ziel, Li'll Remo. Zo ziet De Griek het.'

'Nooit geweten dat Agraphiotis bijkluste als gevangenis-aalmoezenier.' Remo ging door met krachtig de verf van de spijlen te boenen. 'Aw, mijn hand wordt er gloeiend van.'

'Weet je, Li'll Remo, die Griek,' (Maddox liet zijn stem tot een bijna gorgelend gegrom dalen) 'daar zit een luchtje aan.'

'In noordelijk Europa zeggen ze dat iedereen ten zuiden van Parijs onder z'n neus vandaan stinkt. Bedoeld is dan verschaalde knoflook.'

'De bajesveteraan in mij zegt, Li'll Remo, dat hij zijn werk heel behoorlijk doet. Ik bedoel, voor een beginneling. Maar hij hoort hier niet. Scott voelt het aan het steken van de brandwonden A2 en B3. Linkeroog en rechterkaak.'

'Hij is te ontwikkeld.' Remo liet de nu geheel rode lap op de grond vallen, bekeek zijn besmeurde handen, en nam een schone witte doek uit de emmer.

'Dat bedoel ik. De Griek, die weet te veel. Als een gestudeerd mens dit soort strontwerk gaat aanpakken, dan is er iets grondig...'

Zo was het wel genoeg geweest. 'Het doet me deugd,' zei ik, 'om jullie ook achter mijn rug met zoveel warmte over mij te horen praten. Zo moet het zijn als je aanschuift bij je eigen begrafenis.'

'Mr Agraphiotis,' riep Maddox met plotseling luid krakende stem, 'u staat achter *onze* rug.'

'Kijk,' zei Remo, mij de poetslap voorhoudend. 'Choreo bloedt.'

'Ik dacht, Woodehouse,' flapte ik eruit, 'dat jij vermiljoen onderhand wel van een echte bloedkleur wist te onderscheiden.'

Het was de stomst mogelijk verspreking, van het soort dat al lang voor Freud bestond, maar zij richtte voorlopig weinig schade aan. Via een kier in Maddox' zwachtels wisselden de twee mannen een niet-begrijpende blik. Hun verstandhouding had iets ondraaglijks.

'Woodehouse,' zei ik, 'als je bereid bent op de binnenplaats afstand te houden van allerlei groepen, mag je met ingang van morgen een uur luchten. Gewone tijd, tussen tien en elf.'

'En mijn compagnon hier?' vroeg Remo.

'Die werkt tijdens het luchtuur gewoon door.'

'Met plezier,' zei Maddox. 'Wie bereid is zich daarbuiten de strot te laten doorbijten, krijgt weinig frisse lucht binnen.'

4

'Wat heb *jij*, gevangene Woodehouse, wat Scott mist,' gromde Maddox zacht, terwijl ze De Griek nakeken.

'Het klinkt niet als een vraag,' zei Remo, 'dus zeg jij het maar.'

'Ik antwoord met een vraag. Een die ik al eerder gesteld heb. Little Remo, wat brengt jou naar Choreo?'

'Vroeg of laat krijg je het wel te horen.'

'Als het niet uitmaakt, vroeg of laat, waarom dan nu niet?'

'Later.'

'Langgestraft?'

'Drie maanden. Psychiatrie.'

'Gesnapt. Binnen twee maanden slaap jij weer naast moeders.'

'Mijn vrouw was dood, weet je nog?'

'In het kraambed.'

'Zoiets.'

'Ik snap het.'

'Nee, je snapt het niet. Later.'

'Was je erbij, Li'll Remo?'

'Waar... wanneer?'

'Toen je echtgenote aan de kraamvrouwenkoorts bezweek.'

'Het gebeurde onverwacht. Ik was weg. Voor zaken.'

'Je hebt het haar alleen laten opknappen.'

'Er viel voor haar niets op te knappen. Een ongelijke strijd. Geen eer aan te behalen.'

5

'Wij hebben ook een huiszoekingsbevel voor de Mulholland Drive,' had de hulpofficier van justitie gezegd. 'Bent u genegen om daarbij aanwezig te zijn?'

Ze stonden met z'n vijven, Remo nog in smoking, rond de salontafel van de overhoopgehaalde suite.

'Ik ben tot alles bereid,' zei Remo. 'Als het maar bijdraagt aan de oplossing van dit akelige misverstand.'

Inspecteur Flanzbaum, die voor hem uit liep naar de deur, tilde in het voorbijgaan heel even de zilveren stolp van de zalm op de serveerboy. De gerookte vis was al aan het verkleuren, maar Flanzbaum dekte hem met een spijtig bromgeluid weer af. Hij had wel zin gehad in zo'n fluwelen lik.

Remo ook trouwens, nu hij in zijn cel Homy's bestelling weer voor zich zag – en dan hadden de lappen zalm nog verder mogen verdonkeren en uitdrogen, tot ze op kromgetrokken schoenzolen leken.

Als Remo had gedacht die namiddag zijn cel leeg aan te treffen, vergiste hij zich. Wendy had hem voor zich uit een fuik in gedreven die bij de gevangenis uitkwam. Zich overgeven aan een straf, had Remo gemerkt, kon heel bevrijdend zijn. Het was daarom rechtvaardig geweest als de tralies hem van haar hadden verlost. Maar ranke typetjes als zij glipten overal binnen, tussen twee spijlen door... via het luchtrooster... een tochtkier...

Zolang Remo met Maddox de Ring aan het schoonmaken was, deed de vraag 'waar ging het mis?' zich niet voor. Het was eenvoudig fout gegaan, en daarom dweilde hij nu de Extra Beveiligde Afdeling van Choreo. De vraag besprong hem pas weer als hij op zijn brits lag – misschien vanuit het zorgvuldig intact gelaten spinnenweb waar hij urenlang in trance naar kon liggen kijken. Of er precies zeven fruitvliegjes rondom de spin in het web hingen, viel moeilijk uit te maken, maar het raadsel was zevenkoppig vandaag. (1) Inderdaad, waar ging het mis? (2) Had hij zich erin laten luizen? (3) Zo ja, door wie? Moeder, dochter, immigratiedienst? (4) En zijn eigen rol: was hij te kwader trouw geweest? (5) Zo nee, dan op z'n minst gebrekkig integer? (6) Kon je een meisje een suikerklontje toedienen als was het een paard? (7) Had de familie Jacuzzi met de uitvinding van het bubbelbad de mensheid een dienst bewezen?

Er waren tijd en paniek in overvloed om alle vragen aan bod te laten komen.

In twee auto's ging het naar de Mulholland Drive. Remo zat naast Flanzbaum op de achterbank van een Chevrolet Monte Carlo, bestuurd door de hulpofficier van justitie. De twee rechercheurs deden in een Ford Pinto hun best de grote broer bij te houden.

'Ik garandeer niet,' zei Remo, 'dat er behalve de huisbewaarster iemand is.'

'U hoeft ons niets te garanderen,' zei Flanzbaum. 'Wij komen toch wel binnen.'

Zelfs de huisbewaarster moest uit zijn, want ook na herhaald aanbellen bleef het elektronische hek dicht. Om te laten zien dat hij alle medewerking wilde verlenen, ontsloot Remo de poort handmatig, door tussen de spijlen door te reiken en een knop op een paaltje in te drukken. Het aluminium gevaarte ging zoemend en klapperend open.

'Mooi,' zei Flanzbaum, 'dan weten we meteen hoe u hier met Miss Zillgitt binnengekomen bent.'

'Ik ben zelf de twijfelachtig gelukkige bezitter van precies zo'n hek geweest. Niets bijzonders aan te zien, maar het is wereldberoemd geworden. De huidige bewoners overwegen hun huisnummer te veranderen. Om fotograferende toeristen van de poort te weren.'

'Dan hoop ik voor u,' zei Flanzbaum, 'dat dit niet uw tweede wereldberoemde hek wordt.'

'Hoe dan ook, erdoorheen,' zei de hulpofficier door het open portierraam. De inspecteur en zijn arrestant stapten in, en gevolgd door het Fordje reed de Chevy op de contouren van twee onverlichte huizen af.

'Ondervraagt u de huisbewaarster,' zei Remo. 'Zij heeft ons gisteren opengedaan.'

'Als ze bestaat,' zei Flanzbaum.

Wie in ieder geval bestond, al was het niet in het volle licht: Anjelica. De rechercheurs vonden haar op de bank in een donkere huiskamer, met alleen de gloeiende punt van haar sigaret zichtbaar. Er werden lampen aangedaan.

'U heeft niet gereageerd op ons aanbellen,' zei Flanzbaum tegen Anjelica.

'Ja, ziet u, de huiseigenaar en ik zijn sinds kort uit elkaar,' zei ze, Remo met een vuile blik aankijkend. 'Ik behoor hier helemaal niet te zijn.'

'U zat in het donker op iemand te wachten.'

'Ik kwam wat spullen van mezelf ophalen. Kleren.'

'En waar *is* de heer des huizes?'

'Aspen, Colorado. Skiën.'

'Ondanks uw verboden aanwezigheid hier,' zei Flanzbaum kalm, 'heeft u gisteren wel deze heer binnengelaten. Met een minderjarig meisje.'

Als ik Flanzbaum was, dacht Remo, zou ik zeker ook de haatdragende blikken van Anjelica naar mij in zijn proces-verbaal opnemen, want die vertellen meer dan haar woorden. 'Ik was niet thuis,' zei ze.

'Hoe kwamen ze dan binnen?'

'Via de huisbewaarster, neem ik aan.'

'U heeft niets van hun aanwezigheid gemerkt?'

Anjelica keek Remo aan. Het was vragend bedoeld, maar walging vernauwde haar ogen. Hij knikte. Ze zei: 'Toen ik thuiskwam, waren ze er.'

'Foto's aan het maken...'

'Ze gingen net weg. Het begon donker te worden.'

Flanzbaum wendde zich nu tot Remo. 'De plekken waar u het meisje gefotografeerd heeft... kunt u ons die laten zien?'

175

Liggend op zijn brits, de ogen nu stijf dicht, ging Remo zijn gangen met Wendy na – tot waar het verkeerd kon zijn gegaan. Hij zag zichzelf de dingen met haar doen die hij gedaan had, maar miste de foute stap. Remo verdiepte zich net zo lang in kleine details tot hij besefte dat ze alleen nog zijn eenzame genot dienden. Niemand kon hem beletten de film eindeloos in zijn hoofd af te spelen. Hij had er tenslotte met zijn eer en goede naam voor betaald, misschien wel met zijn carrière. Hier en daar veranderde hij wat aan de montage. Kleinigheden, om het geheel scherper te krijgen.

Terwijl de twee rechercheurs het huis doorzochten, wees Remo inspecteur Flanzbaum en de hulpofficier van justitie de plaatsen (bij elkaar een bedevaart) waar Wendy voor hem geposeerd had. Woonkamer, keuken (de doos met suikerklontjes stond er nog), zwembad, open bubbelbad.

'De jacuzzi als achtergrond?' vroeg Flanzbaum.

'Hij stond aan. Ik heb haar in het bad gefotografeerd.'

'De eigenaar skiet in Colorado, en hier staat zijn bubbelbad over te koken. Goed, bloot dus.'

'Vervormd naakt.'

De hulpofficier maakte notities.

'En die aanval van astma?' Flanzbaums stem werd er niet warmer op.

'In de jacuzzi. Ik dacht dat het van de stoom kwam.'

De vragen van de inspecteur leidden naar de televisiekamer. Remo deed er het licht aan. Op het tapijt lagen de badlakens, nog precies zoals ze van hun lijven gegleden waren. Naast de bedbank de flacon met lotion, die zulke goede diensten bewezen had.

'De bekleding spreekt boekdelen,' zei de hulpofficier.

'Procesdelen,' zei Flanzbaum.

De medeplichtige telefoon, nu zonder opgloeiende knopjes. Het grote televisiescherm, dat de hele romance weerkaatst had, kwam Remo nu voor als een verraderlijke zwarte spiegel.

'Hier ook foto's genomen?' wilde de inspecteur weten.

'Nee, hier niet.'

'Dan vraag ik Marty de vervolgserie te maken.'

Flanzbaum kwam terug met een van de rechercheurs, die schutterig met een groot fototoestel in de weer ging, herhaaldelijk kijkend of de lens wel onbedekt was.

'Het hele stilleven,' gebood de inspecteur. 'Totaalindruk. Close-ups. Vergeet de abstracte aquarel op de bankbekleding niet. Ik hou van moderne kunst.'

In een asbak werd nog het rafelige eindje van een hasjsigaret gevonden. Peuk, flacon, handdoeken: het ging allemaal in plastic verzegeld mee.

'Op een van de door mij genomen foto's,' zei Remo, 'zult u Miss Zillgitt aan een suikerklontje zien knabbelen. De doos staat op de keukentafel.'

'Dank voor uw behulpzaamheid,' zei de assistent-officier.

De doos suikerklontjes verdween in een plastic zak, samen met de gemorste korrels, die heel zorgvuldig met een identiteitspasje van de LAPD bij elkaar werden geveegd. Remo zag de champagnefles nergens meer, en om niet *te* uitsloverig te lijken begon hij er ook maar niet over. Wel vonden de rechercheurs in Anjelica's huishoudknip een paar envelopjes met wit poeder, waarvan niet zeker was dat het tegen migraine diende, zodat zij en Remo even later naar politiebureau West Los Angeles werden vervoerd – in aparte auto's gelukkig, want Remo had nu niet graag met de vrouw van zijn vriend in zo'n kleine ruimte verkeerd. Al zat ze voor je, Anjelica kon je ook met haar achterhoofd verzengende, nee, verkolende blikken toewerpen. Tweesnijdend temperament.

'Ik heb geen handboeien om,' zei Remo tegen rechercheur Marty, naast hem. Hij hief zijn vuisten uit zijn schoot. 'Altijd al willen weten hoe het voelde.'

Marty bleek handiger met armbandjes dan met sluitertijden, want er flitste iets door het verglijdende lantaarnlicht, en

Remo's polsen zaten vast. De boeien sneden in zijn vel.
'En?' vroeg de rechercheur.
'Koud,' zei Remo.

7

Het nam allemaal niet weg dat het straffe kwartiertje in de
televisiekamer goddelijk was geweest – alleen in zoverre van
zijn dromen onderscheiden dat het een waargemaakte droom
was. Die avond, na het uitgaan van de plafondlamp, beleefde hij op zijn brits opnieuw de paringsdans van fotograaf en
model, met de cameradriepoot als roerloze derde in een nevel
van stoom. Dan weer ondermijnde hij zijn visioen door tegelijkertijd zijn motieven te onderzoeken. Hier was hij te door-
tastend geweest... daar had hij iets over het hoofd gezien... Er
was een moment geweest dat hij zich overgegeven had – niet
alleen aan haar, aan Wendy, ook aan de gedachte: dit... dit is
het voor mij... dit wijnjaar. God, bewaar me. God, vergeef me.
God straffe me. Ik kan niet anders. Daar ga ik.

Dinsdag 27 december 1977
Moerstaal visserslatijn

I

Ik was er nog geen maand in dienst, maar begon Choreo aardig onder de knie te krijgen. Zelfs mijn uniform zat beter – al had ik het daarvoor wel tien keer achter elkaar gewassen in de automaat van het motel, en later nog eens vijf of zes keer zonder tussentijds drogen.

Binnen de muren verwierf ik nog moeilijk overzicht, maar op de binnenplaats waren nu ook voor mij vijf etnische groepen en hun diverse organisaties te onderscheiden. In volgorde van afnemende omvang: blanken, zwarten, latino's (voornamelijk chicano's), Aziaten en indianen.

Van de laatste twee categorieën had ik er tot nu toe maar een paar kunnen ontdekken. Twee van hen leerde ik persoonlijk kennen: de van oorsprong Japanse Keho, bijgenaamd Dr Change, een patholoog-anatoom die vastzat wegens moedwillige verwisseling van lijken in koelladen; en Fine Feather, een afstammeling van de Apachen, die in diepe dronkenschap een hele kudde longhorns had afgeslacht, hoewel een overtuigd vegetariër.

De blanken vielen uiteen in leden van de Arische Broederschap en niet-leden van de Arische Broederschap. De zwarten vormden twee elkaar beconcurrerende gemeenschappen, of bendes: de C's en de D's. Geen idee waar dat de afkortingen van waren. Misschien voerden ze hun letters alleen om zich te onderscheiden van de A en de B, die stonden voor alles wat blank en fascistisch was.

De Mexicanen golden als individualisten, dus als stiekemerds, en werden door zowel bewaking als AB, C en D extra in de gaten gehouden.

Al tijdens het sollicitatiegesprek bij de directeur had ik me, afgaande op O'Melveny's geruststellende woorden, erover verbaasd dat met zo'n onevenwichtig samengestelde etnische populatie, ook nog eens verdeeld in verschillende belangengroepen en politieke eenheden, de goede vrede binnen Choreo's muren te handhaven viel. Het duurde niet lang of mijn verwondering moest het ontgelden. Mijn eerste weken als bewaker verliepen tamelijk rustig, maar in week 51, zo rond de komst van gevangene Woodehouse, begonnen de spanningen tussen de verschillende groepen, maar ook tussen allerlei gevangenen onderling, bijna ongemerkt op te lopen. De baas begreep er niets van, of gaf voor er niets van te begrijpen, en belegde extra vergaderingen van de Disciplinaire Commissie.

'Ik wil rapporten van *alle* incidenten,' riep O'Melveny. 'Ook als ze onbeduidend lijken. Er is in Choreo een nieuw patroon ontstaan, en dat wil ik glashelder krijgen.'

2

De Griek kwam hem waarschuwen dat het luchtuur begon. Remo had er zelf om gevraagd, verzoekschriften laten indienen door zijn advocaat, en nu het eindelijk mocht, was hij liever met Maddox binnen de beslotenheid van de EBA gebleven, leunend op een wiebelige bezemsteel, zwart speeksel opgevend.

De binnenplaats liep al aardig vol. De meeste gevangenen droegen net zo'n pij-jekker als Remo uit het magazijn had meegekregen. Alleen de sporters hadden in de ochtendkilte genoeg aan hun T-shirt: het bovendeel van de overall was met de mouwen om hun middel geknoopt. In een hoek, beneden een van de wachttorens, lagen twee glanzend zwarte mannen naast elkaar ruggelings op houten banken. Brede borsten, smalle heupen. Ook hier het systeem, de hiërarchie. Ter weerszijden van de gewichtheffer stonden zijn helpers, die de stang van nieuwe gewichten moesten voorzien. De schijven hingen soort bij soort aan een rek. Een geoefend discuswerper had er de bewaker mee uit zijn toren kunnen gooien.

Maar Choreo's luchtplaats, dat was ook: de scherpe schroeistank van een hasjsigaret in de verder nog onbezoedeld koele ochtendlucht. De roker die zijn adem inhield om de kostbare damp in zijn longen niet te verspillen, en de rook uiteindelijk, aan het lachen gemaakt door zijn ongeduldige kompanen, toch nog vroegtijdig prijsgaf, hoestend.

'Ze sturen de laatste tijd alleen nog maar onderdeurtjes.'

Het was Remo verboden zich met de andere gevangenen op de binnenplaats te bemoeien. Hij keek niet om, maar bleef wel staan.

'Dat heeft te maken, Rammy, met de lengte van de bezems hier. Die stammen uit de middeleeuwen.'

Misschien hoopten ze hem tot een weerwoord te verleiden, zodat de bewakers hem op hun beurt van groepsvorming konden betichten. Dan was hij weer binnen.

'Mene, mene, tekel ufarsin.'

'Spreek je moerstaal, Cubehead, en geef die *reefdogger* door.'

'Onder de maat teruggooien,' zei Cubehead. Remo zag vanuit zijn ooghoeken hoe Rammy de hasjsigaret terugkreeg. 'Visserslatijn is mijn moerstaal.'

Zolang ze hem maar niet herkenden. Een bril met een baard eraan vast was nog altijd een klassieker in de feestartikelenwinkel, zelfs met Halloween. Remo naderde een volgend groepje smiespelaars.

'De nor, dat is toch niks voor zo'n kontkrummel.'

'Hij zal ervan gaan groeien.'

'Dwergwerpen schijnt een Europese sport te zijn. Misschien iets voor Choreo. Op de EBA zit er nog zo een.'

'Te hoog, die muur. Kabouters in het prikkeldraad... geen gezicht.'

Remo keek omhoog naar de muur tussen de wachttorens. De cocon van zijn jeugd had uit prikkeldraad bestaan, maar daarbij stelde hij zich strengen ijzerdraad dof als zink voor, met om de paar centimeter een cluster van scherpe punten, al dan niet roestig. Wat ze hier met het woord aanduidden, leek van glanzend gepoetst zilver vervaardigd. Onder de loopbrug door schitterde het in de zon met eindeloze draaiingen en windingen, doorspikkeld met blauwige scheermesjes: schaarse blaadjes in een verder kale haag. Daarachter rezen, in alle denkbare schakeringen paars, de San Bernardino Mountains op. Vanmorgen leken de lagere uitlopers in een dunne lila nevel gehuld.

In de spiegelbrillen van de bewakers daarboven werd het gewemel op de binnenplaats in miniatuur samengevat. De gewichtheffers. De basketballers. Het na wapperende net aan z'n ring. Choreo had Remo's creatieve blik niet aangetast. Het kon net zo goed zijn dat hij hier incognito rondhing om zich onopvallend te documenteren voor een filmscène.

3

Van bovenaf, uit de hoogste loge, zag het er nog idioter uit dan van dichtbij: Maddox droeg een donkerblauwe muts over zijn verbandkluwen. Hij stond met brede gebaren te oreren tegen Woodehouse, die net terug was van het luchtuur. Ik besloot eens te gaan horen hoe Remo de leeuwenkuil ervaren had.

'Mr Agraphiotis,' verwelkomde Maddox me, 'als ik zo vrij mag zijn, Mr Agraphiotis... ik en Li'll Remo hier zijn van mening...'

'Ik snap nu pas, Maddox, waarom ze die gebreide keppeltjes hier een eierwarmer noemen.'

'Wij zijn van mening...'

'Gaat het daar nu niet erg broeien, Maddox?'

'Het smeult daar nog. Scott houdt de veenbrand gaande. Ik en Li'll Remo vinden dat u een wel erg ontwikkelde indruk maakt voor een gewone cipier.'

'Ik weet niet of dat een compliment is in Choreo.'

'Niet als het van de C's en de D's en de E's komt.' Het Midwesttoontje van Maddox schuurde onaangenaam. 'Van onze kant wel. Ik en Li'll Remo wisselen nogal eens kennis uit. Met dat ene oog valt nauwelijks te lezen, maar gelooft u mij, Mr Agraphiotis... zonder boeken was Scott al die jaren gevangenis niet doorgekomen. Dan had Scott zichzelf gelyncht. Kennis, Sir, stilt de pijn.'

Hij onderstreepte zijn woorden ritmisch met een stijf soort stierenvechtersdansje.

'Als u gestudeerd heeft,' wilde Remo weten, 'aan welke universiteit was dat dan?'

'Mij interesseert de wetenschap van voor de universiteiten,' zei ik. 'Misschien ben ik onvoldoende met mijn tijd meegegaan.'

'Met permissie,' blafte Maddox bijna woedend. 'Hoe oud bent u?'

'Zo oud als het licht.' Ik schrok zelf van die woorden, en lachte ze snel weg. 'Kom, kom, we gaan hier als dames onder elkaar toch niet onze leeftijd verklappen?'

Woensdag 28 december 1977
Geen strafkanon

I

Bureau West Los Angeles van de LAPD. Hier waren langgeleden de eenheden 8L5 en 8L62 met een Code 2 opgeroepen om in Remo's huis het kraambed van zijn vrouw te inspecteren. De telefoonbalie hier had hij zich altijd voorgesteld als een schakelkast tussen leven en dood. Nu stond hij er, onder het minachtend toeziend oog van inspecteur Flanzbaum, een formulier in te vullen met zijn data en antecedenten – en daar was, in balpen op een stippellijn, ook zijn weduwnaarschap weer. De details ervan moesten beneden terug te vinden zijn, in kelderarchieven waar het oeroude woestijnzout met het vocht door de muren heen kruimelde.

'Het gouden schuim van Hollywood,' zei de diender achter de balie snuivend tegen Flanzbaum, terwijl hij het formulier onder het laatste haaltje van Remo's handtekening uit trok.

'Mag ik dan nu mijn advocaat bellen?' vroeg Remo.

'Eerst de nagels lakken,' zei Flanzbaum, die zijn arrestant persoonlijk een aantal drukke gangen door leidde. Ergens naast een deur zat op een vies bankje vol brandplekken en inkervingen Anjelica haar beurt af te wachten. Uit haar blik maakte Remo op dat hij beter door kon lopen, maar hij *moest* iets zeggen, en hield halt. Uit de eerbiedige afstand die Flanzbaum tot hem bewaarde, maakte Remo op dat de inspecteur op deze confrontatie had aangestuurd.

'Anjelica, het spijt me,' zei hij zacht.

Zij wendde haar hoofd af.

'Het berust allemaal op een misverstand,' zei hij.

Anjelica keek hem met koude ogen recht aan. 'Luister, kleine rat,' siste ze, onhoorbaar voor Flanzbaum. 'Als ik me hieruit kan draaien door jou erbij te lappen, zal ik het niet laten. Je hebt erom gevraagd.'

De inspecteur leidde Remo, na deze omweg, met een misselijk tevreden lachje terug naar de ruimte waar het formulier was ingevuld. Het nemen van vingerafdrukken mislukte keer op keer, en duurde zo lang dat de aangeboden koffie koud stond te worden. Na afloop greep Remo, zonder zijn vingers af te vegen, gretig naar het kopje, waardoor het aardewerk vol paarse vegen kwam te zitten.

'Hoe zou het toch voelen,' zei Flanzbaum, achter hem, tussen zijn tanden, 'als alles wat je aanraakt, bezoedeld wordt?'

'Als ik eerst mijn handen was, staat me hier dan een telefoon ter beschikking?'

Bij de toilettafels bleef de inspecteur pal achter Remo staan.

'Mr Flanzbaum,' zei Remo tegen de spiegel, 'ik zal in deze pislucht echt geen zelfmoord plegen.'

'Ik neem aan dat in uw milieu een strop eerst met de parfumspuit bewerkt wordt...'

Ook bij de publieke telefoon in de hal bleef Flanzbaum hinderlijk achter Remo rondscharrelen. Hij draaide het nummer van zijn advocaat.

'Snodgrass.'

'Tom...'

'Laat maar. Ik weet ervan. Waar zit je?'

'Purdue Avenue.'

'Hoeveel?'

'Vierduizend.'

'Eén ding.'

'Nou?'

'Ik ben geen strafpleiter.'

'Je kent er vast wel een.'
'Ik ben onderweg.'

2

Als het hier in Choreo zo gemakkelijk ging... Je vraagt Burdette of Agraphiotis om te mogen telefoneren, je advocaat heeft aan een half woord en drie, vier nullen genoeg, en komt met een zak geld langs. Vrij.
De gedachte was Remo opeens een gruwel. Hij zat hier niet voor niets. De rechterlijke macht had z'n eigen wettelijke redenen om hem hier vast te houden, maar voor hemzelf was dit de plek om, met een eerlijkheid even hard als de ommuring, zijn eigen motieven te onderzoeken. In Beverly Hills, in de tenten aan de Strip, zouden Remo en zijn vrienden elkaar met een grijns gelijk staan geven: dat het wicht niet deugde, en haar moeder, die belegen figurante, al helemaal niet, en dat het allemaal een galante valstrik was geweest.

Thomas Snodgrass, al jaren Remo's advocaat in civiele kwesties, voldeed de borgsom met een gezicht alsof het de aanbetaling op een nieuwe auto betrof. Remo zette zijn krabbel, kreeg een kwitantie, en kon gaan.
'Als je hiermee een enkeltje terug naar je oude, vertrouwde wereld denkt te hebben gekocht,' zei Snodgrass, 'dan moet ik je teleurstellen. De wereld is vanavond onherstelbaar veranderd.'
'Breng me liever naar mijn hotel, stuk chagrijn.'
In de auto stemde Snodgrass zijn radio af op een station met country & western. Het wenen van een pedal steel guitar maakte Remo misselijk. 'Vuile smeriskoffie.'
'Hoe nu verder?' vroeg de advocaat.
'Dat had ik zo graag van jou gehoord.'
'Ik zei je al: *ik* ben geen strafkanon.'
Ze reden over Wilshire Boulevard. De muziek werd onder-

broken voor het nieuws. Remo's kleine romance kwam, gruwelijk vermomd als verkrachting, als eerste item aan bod.

'...bood bij zijn arrestatie geen verzet. Naar verluidt is de regisseur nog ingesloten op het bureau West Los Angeles van de LAPD.'

'Oud nieuws,' zei Remo. 'Mijn leven is kapot. Dat is het nieuwe nieuws.'

Snodgrass stopte enkele tientallen meters bij de ingang van het hotel vandaan. Het was er, zeker voor zo'n laat uur, erg druk.

'Wou je me het laatste stuk laten lopen, Tom?'

'Valt je niets op?'

'Er is blijkbaar net een touringcar vol toeristen aangekomen.'

'Voor een regisseur heb je soms een verdomd troebele blik. Ik dacht dat je na al die jaren het veelkoppige monster wel op grote afstand herkende.'

'Alleen als er geflitst wordt.'

'Binnen zitten er ongetwijfeld nog meer hun lampje in te schroeven.'

'Weg hier.'

De advocaat reed met grote snelheid achteruit, tot waar hij, ook al onwettig, kon keren. 'Wat nu?'

Remo's kreunen was nog net geen huilen.

'Waarheen?' drong Snodgrass aan.

'Ander hotel. Kleiner.'

Donderdag 29 december 1977
Breinbroei

I

Als er genoeg personeel voorhanden was om bezoekers te fouilleren, kon Remo zijn advocaat of secretaresse in de gemeenschappelijke ruimte ontvangen. Vandaag had Choreo voor het visiteren te weinig geschoolde vingers paraat, dus zat Remo al een tijdje aan een dubbelloket van onbreekbaar glas op Doug Dunning te wachten. Hij loerde naar links en rechts over de afscheidingen, en ontmoette heftig bewegende monden die over een afstand van een halve meter met elkaar telefoneerden. Alles beter dan zijn eigen zwaar bebaarde spiegelbeeld in de ogen te moeten zien. In de brij van geschreeuw die over de loketten hing, leken de afzonderlijke lippenparen stom en wanhopig naar woorden te happen. Er fladderde een schaduw over het glas, en daar zeeg het grote lijf van Dunning op een kruk neer. Ze grepen allebei tegelijk naar de telefoonhoorn.

'Stop, Doug. Niets zeggen.'

'Eh...'

'Ik zag aan je lippen dat je hem ging uitspreken. De verboden naam.'

'Sorry. Hoe gaat het... Remo?'

'Oscar Wilde in Reading Gaol.'

'Het kon minder.'

'De insluiting, Doug, geloof het of niet, is als een bevrijding gekomen.'

'O?' In Remo's hoorn knetterde het een beetje. 'Al dat wachten al die maanden... Ik besef nu pas dat het me heeft doen verlangen naar een deur die achter me dichtviel.'

De advocaat keek donker. Het leek of zijn gezicht verder uitzakte. Het was zijn taak cliënten buiten die deur te houden.

'Bekijk het eens van mijn kant, Doug. Maanden aan de schandpaal. Bloot voor alle hoon en spot van de wereld. Toen het gevang in, voor nog steeds dezelfde misstap. En zie, ineens werd ik beloond met stilte, rust, anonimiteit. Zo sereen als nu heb ik me nog nooit gevoeld.'

'Ik wil je over twee weken wel eens horen.'

'Doug, ik begin er iets van te begrijpen. Dat voor verstokte misdadigers het gevang op den duur een thuis wordt, is niets nieuws. Ik *snap* het nu ook. Als ze daarbuiten met de thermische lans in de weer zijn, verlangen ze terug naar hun haven. Als zeelui op de grote vaart.'

'Als ik van een recidivist uit mijn praktijk hoor,' zei Dunning, 'dan verbijstert me nog altijd het risico dat zo iemand neemt om achter de tralies terug te keren.'

'Recidive,' zei Remo, 'is gewoon de gedaante die zijn heimwee aanneemt.'

'Beroepshalve,' zei de advocaat met een vermoeide glimlach, 'moet ik deze uitleg afwijzen.'

'De juristerij, Doug, en dan heb ik het ook over jouw gilde... de juristerij heeft hier een steekje laten vallen. Als het zo is dat de ergste criminelen hun invrijheidstelling alleen maar zien als een noodzakelijk interval tussen twee welkome insluitingen... ja, dan is er iets grondig mis met de straf die de overheid voor wederrechtelijkheden heeft bedacht.'

Dunning kon het niet langer aanhoren. Hij nam de hoorn van zijn oor, en keek ernaar alsof er een excrement in zijn hand lag. Toen legde hij het ding weer over zijn kaak, en zei kalm: 'O, de *maatschappij* geeft de misdadiger een haven en een thuis?'

'Precies. Een thuis, veel en veel solider dan de eigen haard, want *die* staat voortdurend op losse schroeven. Door zijn manier van leven. Door zijn ongewone kostwinning.'

'Ik zal mijn best doen, Remo, je hier een permanente plaats te bezorgen.'

'Ach, ik wilde niet ondankbaar overkomen.'

2

'Ik weet een strafkanon voor je,' had Tom Snodgrass gezegd. 'Douglas Dunning. Puur dynamiet.'

Met advocatenkantoor Dunning & Hendrix had Remo in '69 al eens te maken gehad, toen hij samen met een paar vrienden een beloning van $ 25 000 wilde uitloven 'voor tips die konden leiden tot opsporing van' et cetera. Matthew Hendrix stelde de voorwaarden op waaraan de informatie moest voldoen, wilde het tot uitkering van het bedrag komen.

Dunning & Hendrix hield, ook toen al, kantoor op de negentiende verdieping van een gebouw aan Flower Street. Door zijn debiliserende rouw van destijds heen herinnerde Remo zich een wachtkamer vol nepantiek, met in de hoek een grote, van binnenuit verlichte globe. De wereldbol kreeg hij nu niet te zien, want de receptioniste (ook nog dezelfde, met niet langer MISS FOLDAWAY op haar bordje, maar MRS HILDRETH) riep dat hij meteen door kon lopen. 'Mr Dunning heeft een afspraak voor u afgezegd.'

'Dank je, Jenny.'

De werkkamer van Douglas Dunning oogde als een rechtbank in het klein, met z'n overvloed aan lambrisering. Achter het rozenhouten bureau was plaats voor een compleet rechtscollege. Remo's blik zocht automatisch het plankje met de hamer, maar zover ging de overeenkomst toch niet – zoals onder de vlag achter Dunnings stoel ook geen kleurenportret van president Carter hing, maar een ingelijste zwartwitfoto van John F. Kennedy.

'U hoeft mij niets te vertellen wat u niet kwijt wilt,' zei de advocaat. 'Het is alleen beter dat ik alles weet. Alles. Zaken die u niet naar buiten gebracht wenst te hebben, blijven binnen de wanden van dit kantoor.'

Dunning had zo'n gortdroge stem dat Remo, behalve er dorstig van te worden, zich afvroeg hoe de man er ooit een bezield of zelfs maar gloedvol pleidooi mee zou kunnen houden. Zijn te wijde gezicht hing in sombere plooien neer tot in zijn hals, als bij bepaalde honden met bloeddoorlopen ogen. Wat zijn spreektrant aan soepele stembuigingen tekortkwam, maakten zijn handen als kolenschoppen, voortdurend golvend en hakkend in beweging, weer goed.

'Ik heb niets te verbergen,' zei Remo. 'U bent de verdediger. U moet maar uitmaken of het opportuun is een feit al dan niet te gebruiken.'

'Vertelt u me eerst zo gedetailleerd mogelijk wat er die dag, en dan vooral aan de Mulholland Drive, is voorgevallen.'

Remo vertelde in het kort over zijn kennismaking met de Zillgitts (en met Kipp Pritzlaff), wat uitvoeriger over de eerste fotosessie, en toen met steeds meer details over de tiende maart. Zelfs luisterend was Dunning met zijn handen in de weer. Hij vervlocht virtuoos zijn lange tengels op verschillende manieren, knakte met de kootjes, en liet zijn duim met muis en al golven alsof er geen bot in zat. Deed hij dat in de rechtszaal ook?

'En de arrestatie, hoe ging die in z'n werk?'

De advocaat was niet erg te spreken over Remo's loslippigheid tegenover inspecteur Flanzbaum en zijn rechercheurs. 'U had het recht uw mond te houden.'

'Er was me alles aan gelegen de indruk weg te nemen dat ik aan het ontvoeren en verkrachten was geslagen.'

'Feit blijft dat het meisje de leeftijd nog niet had. En ze was niet zomaar minderjarig. Gemeenschap met een zo jong iemand geldt op voorhand als verkrachting.'

'Ik ben er ingeluisd. De moeder, de stiefvader, ze wilden allebei hogerop via mij. Met hun dochter als onderpand. Louter investering.' Remo schoot overeind uit zijn fauteuil, en begon rondjes te lopen door de weinige vrije ruimte in de kamer.

'Zeven jaar terug was ik er niet op bedacht dat mijn gezinnetje in aanbouw me zou worden afgenomen. Nu ben ik er niet op voorbereid als een misdadiger te worden behandeld.' Telkens wanneer hij op zijn driftige, ellipsvormige gang de boekenkast bereikte, streek zijn schouder met een ribbelgeluid langs de ruggen van de wetboeken. 'Goed, ik houd van het jonge spul. Voorzichtigheid geboden, ik weet het. Maar dat een... een, hoe zal ik het noemen... een samenzijn dat ik als heel puur en po-etisch heb ervaren, binnen het etmaal tot een misdaad wordt omgesmeed, dat gaat mijn verstand te boven. Het is de wereld op z'n kop. Net als toen. De slachtoffers kregen postuum hun eigen dood in de schoenen geschoven.'

'Als er een rechtbank voor de berechting van lijken had be-staan, waren ze daar zeker veroordeeld. Misschien wel tot het leven.' Dunning, beseffend dat hij er iets ongelukkigs uit had geflapt, plooide zijn macabere grijns weg, en zei weer met die hondenblik: 'We hebben in de eerste plaats met de letter van de wet te maken. Aanklacht, Grand Jury, een eventueel proces... *dat* zijn de dingen die we het hoofd moeten bieden. Al het andere... ontlastende getuigenissen, verzachtende omstandig-heden... dat wordt vroeg of laat allemaal in de juridische maal-stroom meegenomen.'

'Voor nu, wat te doen?'

'Moest er niet een film af?'

3

'Doug, er is iets dat je moet weten.'

Dunning draaide de spreekkop van de hoorn naar zijn mond. 'Ik ben er nog.'

'Sinds dinsdag word ik samen met de rest gelucht.'

'Ja, daar heb ik mijn tong blauw voor moeten lullen bij het Choreaanse opperhoofd.'

'Ik mag me niet bij groepjes aansluiten. Maar gisteren stond er plotseling op de binnenplaats een vent voor me... een overbuurman van de EBA. Hij bood me een sigaret aan. Eerder ook al, in de recreatie, maar hij kan niet onthouden dat ik geen roker ben. Ik sloeg af, en kreeg een blokje chocola.'

'Hij is op handel uit.'

'Nee, Doug. In de ontspanningsruimte vroeg hij telkens terloops, alsof het hem eigenlijk niet aanging, waarom ik in Choreo zat. Gisteren drong hij voor 't eerst aan. Hij hield me nog een halve reep voor. Maar dan eerst het antwoord.'

'Op handel uit, dat zeg ik toch. De een of andere journalist met een vermoeden heeft hem ingehuurd. Mijd hem als de pest.'

'Dan kun je bij O'Melveny net zo goed je tong blauw gaan lullen of ik permanent de isoleer in mag.'

'Goed, eet zijn chocola, en hou je verder van den domme. Verzin een dossier voor jezelf... een dossier zo overtuigend dat de man binnen een week zijn opdrachtgever moet melden dat ze de verkeerde voor zich hebben.'

Een bewaakster tikte de rij bezoekers af, ten teken dat ze moesten vertrekken. Voordat ze Dunning bereikt had, drukte de advocaat een vel papier tegen het glas. Er stond een lijst namen op. 'Journalisten met een interviewwens,' verduidelijkte hij. 'Uitsluitend ter ondersteuning van je rehabilitatie, dat snap je.'

'Geen naam die me iets zegt.'

De hand die de bewaakster iets te lang op Dunnings bovenarm legde, schudde hij met een geërgerd schokschouderen af. Ze liep door.

'Het hele stel beweert je al eens eerder geïnterviewd te hebben.'

'Betekent meestal,' zei Remo, 'dat ze me ooit op een persconferentie van achter uit de zaal een overbodige vraag hebben toegeblaft. Ik wil ze hier niet zien.'

'En dan zijn er nog wat vrienden...' Na streng handgeklap van de bewaakster stond Dunning voor de vorm op; hij bleef in de hoorn praten. 'Geen volksstammen.'

'Vast niet de lui die zich vroeger bij tientallen mijn feestjes binnen wurmden...'

'Van iemand achter tralies, Remo, vallen geen opkontjes te verwachten. Ik moet gaan.'

'Jij, Paula, Jack, de Italiaanse tweeling. Verder niemand. O ja, laat Homer Gallaudet ook maar komen. Misschien wordt het nog wat met dat script. Snodgrass alleen met een goede zakelijke reden. De trutten van het agentschap handel ik telefonisch af.'

Ook Remo kreeg nu van achteren een hand opgelegd. IJzeren vingers schroefden zich rond zijn nek. Hij hield net genoeg bewegingsvrijheid over om in het lachend zwarte gezicht te kijken van bewaker Tremellen, die hem rechtstreeks naar de luchtplaats zou begeleiden.

4

Over het gebergte lag nu het harde licht van Californië in de winter, waardoor de toppen minder paars leken dan gisteren. Van de tribune, aan de rand van zijn blikveld, ging een plotselinge dreiging uit. Remo draaide een kwartslag op zijn hakken, om het gevaar vol in het gezicht te zien. De oplopende banken – allemaal bezet. Er werd gejoeld. Zijn ogen zochten de keizerlijke loge: nergens een neerwaarts gerichte duim. Als de woordloze hoon voor hem bedoeld was, zou die wel weer met zijn dwergschap te maken hebben. Zolang hij niet herkend werd, zou het hem een zorg zijn. De laatste flarden ijdelheid waren bij de magazijnmeester achtergebleven, in een gele envelop.

Toen Remo zijn wandeling wilde voortzetten, stond opeens de amanuensis van de Arische Broederschap voor hem. Verderop bleef een groep AB'ers grijnzend staan toezien. De bleekzuchtige slungel wapperde met een hand voor Remo's gezicht. Het duurde even eer Remo doorhad dat het zijn eigen schildpadden masker was, daar naast een witte basketballijn op het asfalt. De lakei had zich laten overhalen hem de bril van de neus te slaan.

'Moet dat nou?' Om zichzelf niet te verraden tastte Remo, als halfblind, met zijn voet naar het montuur.

'Soms,' sprak de huishoer van de Broederschap, 'moeten er luiken open... om andere dicht te kunnen timmeren.'

Remo bukte zich naar de bril, en de arische hulpvuist zwiepte rakelings over zijn rug. Geschreeuw. Toen Remo weer rechtop stond, zag hij nog net hoe de amanuensis door twee bewakers bij de elite van ware blanken werd afgeleverd. Hij hield de bril tegen het licht. Behalve wat krasjes op de glazen was er niets aan beschadigd. De Choreanen die, in de hoop op een kloppartij, stil waren blijven staan, verspreidden zich weer. Uit niets bleek dat ze een onbebrilde Remo herkend hadden als de man die hij voor zijn gang naar Canossa geweest was. Het incognito moest het vooral van de baard hebben. Zolang die hem niet werd afgenomen, was hij veilig.

5

Voor Remo werd het tentenkamp bij de receptie meer en meer een beeld van de wereld die hij miste – en dan ging het hem niet om een bedoeïenenrijk van de vrijheid of zo, maar om een ondoordringbaar domein van bloedverwantschap, van familiebanden dwars door alle pijpenkrullen van prikkeldraad heen. Aan de poort van Choreo bivakkeerde niemand van *zijn* naaste verwanten om hem 's avonds laat, na het centraal doven van de lichten, bemoedigend toe te yellen en zo de nacht door te helpen. Die gedachte maakte hem eenzamer dan de hele opsluiting zelf.

Sinds Carhartt gevangene Woodehouse de dag tevoren voor het tralievenster had zien staan, was het Remo verboden in zijn cel op de verwarming te klimmen. 'Op vernieling van staatseigendom, Woodehouse, staat in Choreo twee weken isoleer. Zo'n radiator is niet op menselijk gewicht berekend. Ook niet op het jouwe.'

Maar zijn dag was incompleet als hij zijn blik niet minstens twee keer over het kampement had laten gaan – liefst de ene keer bij zonlicht, de andere keer tegen middernacht, bij kampvuurschijnsel. Vanmiddag leek het er uitgestorven. Hielden ze kleine dieren in het bivak? Of lag er een baby onbeheerd in een kinderwagen? *Aquila non captat muscas*, zoveel wist Erasmus al. Als het geen gezichtsbedrog was, cirkelde er boven het kamp een adelaar.

'Woodehouse...!' De Griek aan de deur. 'Als de bliksem van die verwarming!'

Nu zou hij nooit weten wat de prooi van de adelaar was. Op de gaanderij had zich een woedende Carhartt bij Agraphiotis gevoegd. 'Wat valt daar te koekeloeren, Woodehouse?'

Remo vertelde wat hij gezien had. Carhartt vloekte.

'Ernie, je adelaarsei...!' riep De Griek. 'Nu de arend gekomen is, kan hij het niet vinden!'

Carhartt beende naar de loge van de eerste verdieping, waar ze hem even later achter het glas woest met laden zagen schuiven. Hij kwam weer naar buiten met in zijn ene hand een fototoestel, in de andere een soort paasei geverfd (of bedrukt) in het motief en de kleuren van de Amerikaanse vlag. Zo haastte hij zich de trap af.

'Doe geen moeite er iets van te begrijpen,' zei Agraphiotis bij het zien van Remo's gezicht. 'Aan ons, vreemdelingen uit de Oude Wereld, is dergelijke nieuwlichterij op offergebied niet besteed.'

6

Remo was, in Choreo tenminste, gezagsgetrouw genoeg om niet opnieuw de radiator op te klauteren, al had hij de hoofdbewaker graag zijn paasei zien verstoppen, of wat de man ook van plan was. De brits dan maar. Riemloze strafbank van het geweten. Zo had Remo in die gore maand maart, in afwachting van de officiële aanklacht, hele middagen dadenloos op zijn eenpersoons hotelbed gelegen, ten prooi aan een kwaal die hij 'breinbroei' was gaan noemen.

Het kleine hotel aan de Sunset Strip verliet hij alleen om verderop, bij Trasimeno's, een pizzapunt te gaan eten, nooit zonder zonnebril op. Als hij zijn nieuwe advocaat moest bellen, deed hij dat vanuit een publieke telefooncel, telkens een andere. Dunning bleek veel minder steil dan Remo eerst gemeend had, en stond er al bij hun tweede ontmoeting op met Doug aangesproken te worden. Het gesprek van dinsdag 15 maart werd gevoerd vanuit een cel zo nieuw dat er nog resten verpakkingsplastic om het snoer zaten.

'Waar bel je?'

'Hoek Sunset en Laurel Canyon.'

'Eind uit de buurt.'

'Voorzichtig blijven.'

'En het script?'

'Gallaudet is nog steeds verlamd van schrik na mijn arrestatie. Zoals ze hem fouilleerden, daar komt hij nooit overheen.'

'Luister. Aanstaande vrijdag is de officiële aanklacht. Hoek Broadway en Temple. Gerechtsgebouw, zaal 114.'

'Moet ik...'

'Ik regel twee stevige knapen. Die loodsen je wel door de pers en het plebs heen.'

'Attent van je, Doug. Het ging me om iets anders.'

'Weet ik.'

'Wat dan?'

'Om wie daar terechtgestaan hebben.'

De middagzon stoofde de verse laklucht uit het raamwerk van de telefooncel los. Omdat de synthetische damp op zijn keel sloeg, wrikte Remo met zijn voet de deur een decimeter open – waardoor de verkeersherrie het gesprek dreigde te overstemmen.

'Doug, al die maanden dat het proces duurde, heb ik daar geen voet gezet. En dan zou ik daar nu... in datzelfde beklaagdenbankje... nee. Ik blijf in mijn hotel.'

'Je *moet* verschijnen.'

Remo had even geen woorden meer. Hij keek door een van

de ruiten naar het verkeersknooppunt, en had opeens de gewaarwording dat de cel scheef op het trottoir stond. Er lagen losse tegels rondom, en hoopjes geel zand. Vlakbij rees een hoge kraan op.

'Doug, ik moet ophangen.' Voor elk gesprek met Dunning had hij, naar een complexe meetkundige reeks, een volgende telefooncel langs de Sunset Boulevard uitgekozen. De politie had zijn code gekraakt, en een splinternieuw, af te luisteren exemplaar op de uitgekiende plek neer laten zetten. 'Dit ding is besmet. Een glazen doodskist. Ik heb ze door. Er is niet eerst een fundament gestort. Geen woord meer...'

'Het is in een andere gerechtszaal dan jij denkt. Vrijdagmorgen half negen laat ik je door de kleerkasten...'

Remo hing op. Hij had zich al een keer in de val laten lokken. Ze zouden hem niet nog verder hun fuik in drijven. Twintig minuten later en vijfhonderd meter verderop zou hij tegenover een ambulancebroeder, die hem vroeg wat eraan scheelde, luid en duidelijk (maar zonder zijn ogen open te doen) verklaren: 'Breinbroei.'

Vrijdag 30 december 1977

The Black & White Minstrels

I

'In de lente, Li'll Remo, speel ik weer gitaar zonder plectrum.'

Maddox kwam van de ziekenboeg, waar hem schoon verband was aangemeten, zodat hij een halfuur later met vegen begon. Vlak voor Remo's gezicht strekte hij zijn vingers onder de zwachtels uit. De nagels groeiden weer, maar waren nog niet meer dan een maantje breed. Ze hadden in dit stadium te weinig kleur om iets te verraden van Maddox' ras, dat hijzelf zo hardnekkig in het midden liet. De huid van de vingers gaf een vermoeden van mat mokka, maar was te erg aan het vervellen om zekerheid te bieden.

'En je gezicht,' vroeg Remo, 'komt het daar weer goed mee?'

'Huidtransplantatie niet nodig, zegt Doc.' Maddox liep de kast in om zijn veeggerei te pakken. 'Mijn kont blijft heel.'

'Geen littekenweefsel?'

'Laat ik gewoon mijn baard weer staan,' klonk het uit de kast.

'Had je er dan een?'

Maddox zette twee vegers en het blik met de lange steel tegen de muur. 'Li'll Remo, bij mijn baard vergeleken was die van jou een siersikje. Waar ik eerst een machtige gezichtsbeharing had, hangen nu de vellen en de korsten. Zie de mens.'

'Weggeschroeid, helemaal?'

'Net als mijn hoofdhaar. Er stonden alleen nog wat plukken hier en daar. Half verkoold. De zuster heeft ze weggekrabd.'

'Een enkele haar in een kaarsvlam stinkt al als een oordeel.'

Maddox hief bezwerend de armen. 'Als de baard van de profeet tot brandstapel wordt, Li'll Remo, dan knijpt de terdoodveroordeelde zijn neus tot bloedens toe dicht.'

'Niet bang, Scott, dat er nergens haar meer wil groeien?'

'Wie zijn koninkrijk binnenin zich draagt, verdient niet meer dan een doornenkroon. Op de plekken waar de stekels in Jezus' hoofdhuid waren gedrongen, Li'll Remo, zou geen haartje meer gedijen. Hij werd alleen niet oud genoeg om er last van te hebben. De vrouwtjes gingen toch wel voor hem op de knieën. Wacht even...'

Maddox schoof het onbedekte deel van zijn hand onder de windsels rond zijn hals. Aan het bewegen van de knokkels in het gaas was te zien hoe gretig hij zich krabde.

'Sterkte met de infectie,' zei Remo.

'Ik dacht je er een plezier mee te doen.' Maddox bleef kreunend zijn jeuk verdrijven. 'Buurman Flapjaw kon er niet genoeg van krijgen. Het deed hem, zei hij, denken aan een masturberend meisje...'

'Help me op weg.'

'De hand in haar slipje. Achter tralies, Li'll Remo, verandert zelfs de meest fantasieloze boer uit Kansas nog in een visionair. Dat zegt Scott.' Hij trok zijn vingers tevoorschijn, en rook eraan met neusgaten die door een dunnere plek in het gaas heen schemerden. 'Zelfs vers gepapt stinkt die zalf als de hel. Naar de uitstrijkjes van een half dozijn doorgerotte toverkollen. Nou loop ik de hele dag aan mijn tengels te snuffelen.'

'Doe er visionair je voordeel mee.'

2

Halverwege het luchtuur stapte een rossig bebaarde man in een te wijde trui op Remo af.

'Mr Woodehouse? Chris O'Halloran. Hoe maakt u het?'
'Afgezien van een lichte vrijheidsberoving... prima.'
Het bleek de tweede pastor van Choreo. Een dominee dit keer. Even bleek als breedlachs. Met wintersproeten.
'Mr O'Halloran, ik heb al tegen uw collega-zielzorger McCausland gezegd dat ik heel goed zonder geestelijke begeleiding kan. Ik ben geen terdoodveroordeelde. Nog niet.'
'Neemt u mij niet kwalijk, Mr Woodehouse. Er was me verteld dat u als niet-katholiek een protestantse begeleider wenste.'
'Dat is dan een voorbarige, serviele, roomse conclusie van Father McCausland geweest.'
Er was iets gaande op de binnenplaats, al had Remo niet meteen kunnen zeggen wat. Een onverwachte windvlaag, die in een bakstenen hoek bleef rondwervelen.
'U bent niet... belijdend?' vroeg dominee O'Halloran.
'Als ik iets ben, ben ik joods. Niet belijdend.'
Hoe goed de vechtenden ook aan het zicht onttrokken werden door de gemaakt onverschillige ruggen van de omstanders, het opstootje ontging de bewakers op hun loopbrug niet. Er snerpten fluitjes, en uit een megafoon kraakte het: 'Op de grond...!' Meteen begonnen ook de sirenes te dreunen.
Reglement. Iedereen plat op z'n gezicht. Remo voelde de kou van het asfalt door zijn overall heentrekken. Uit zijn ooghoeken zag hij een rossige wolk: O'Halloran, die herderlijk tussen zijn schapen lag. Door de sirenes was het weer 1939. Bewoners van het flatgebouw die met roffelende voeten langs de kale trappen naar beneden snelden om zich in de kelders zo klein mogelijk te maken. Ze rolden zich helemaal op, kont omhoog, en dan nog werd er gevochten om een plaatsje. Het huilen van de sirenes, onder straatniveau nauwelijks meer hoorbaar, werd hier overgenomen door de vrouwen met hun hysterische gegil. De mannen baden hardop dat de lucht niet zou gaan dreunen. Het kwam de zesjarige Remo voor dat de volwassenen zich hier, uit blinde noodzaak, een geïmproviseerde benedenwereld schiepen, als mollen. De kelders waren onder-

grondse gaskamers, waar het onzichtbare gif vanzelf ontstond, door het opraken van de zuurstof (longen, kaarsen) en de aanmaak van menselijke en tegelijk mensvijandige afvaldampen.

'Elke beweging voor eigen risico...!' knetterde de megafoon. Van groepsvorming was nu nauwelijks sprake meer. Zwarten, AB'ers, Mexicanen – het lag allemaal roerloos door elkaar heen, de armen naar voren gestrekt. Als Remo zijn oogbollen verdraaide, kon hij tussen de lijven voor hem door een heel eind in de richting van de basketbalmast kijken. Daar lag, op een open plek in de menigte, het onschuldigst denkbare voorwerp.

Een lepel.

Fel zonlicht betrapte het ding erop dat het omgekeerd in de tomatensoep had gestaan. De steel was tot messcherpte bijgeslepen.

'Dat komt ervan,' klonk een zachte stem iets verderop. 'Van al dat kastje kijken word je traag.'

De spreker kon niemand anders dan Sofa Spud bedoelen, Choreals televisiejunk. Over een kalklijn van het basketbalveld rekte een plas bloed zich traag en stroperig in de richting van de lepel. Op het asfalt zelf was het bijna zwart op zwart.

Vanaf de kelderwand grijnsde de kleine Remo een portrettengalerij van bebrilde zeepaardjes toe. Op hun korte, stompe slurf zat een dekseltje. In hun lege, ronde ogen weerspiegelde zich het ten dode opgeschreven interieur. Zo had ieder huis, in de gedaante van een kapstok vol gasmaskers, de meervoudige beeltenis van de vijand aan de muur hangen, door de bewoners met de kont omhoog aanbeden.

3

Toen Remo na het door de steekpartij verlengde luchtuur op de EBA terugkeerde, stond Maddox daar te keffen tegen twee AB'ers met basketbalpostuur. Vier bewakers, onbekende gezichten, luisterden van een afstand grijnzend toe, de armen over elkaar. Maddox probeerde er een bergrede van te maken, maar werd tegengewerkt door zijn omzwachtelde hoofd, dat bepaald geen klankkast vormde. De verpleegster had vanmorgen ongetwijfeld weer met een wattenstokje het wondkruim uit zijn mondhoeken verwijderd, wat het spreken moeizamer maakte, en het blaffen nog meer.

'De fout van de Broederschap,' stootte Maddox uit, 'is dat ze de neger onderschat.'

'Pas op, Chuck,' zei de ene AB'er. 'Hij is van The Black & White Minstrels. Een wit masker over een zwarte kop.'

'Wees gerust, nikkertje,' zei de ander tegen Maddox. 'We pakken alleen de gevaarlijke zwarten. Ik heb liever geen rouwranden onder mijn nagels. Wat jij, Bud?'

'Ik hou ze schoon voor de echte luizen.'

'Zo kan het wel weer.' Een van de bewakers stapte tussen de twee AB'ers in, en greep ze ieder bij een bovenarm, waarvoor hij boven zijn macht moest reiken. 'Naar boven. Alle trappen op... tot arische hoogten.'

Remo zag nu pas, aan de kleine pasjes van die kolossale mannen, dat ook hun enkels geboeid waren. Er was net genoeg speelruimte voor hun voeten om de treden te nemen. De schakels ratelden als ankerkettingen langs het gietijzer.

'Overschatting is de slechtste verdediging,' riep Maddox ze na. 'Onderschatting de slechtste aanval.'

Hij draaide zich om naar Remo. In zijn kwaaie oog vonkte, tussen het bruin van de iris en het zwart van het binnengelopen bloed, voor 't eerst een streepje wit.

'Wat had jij nog, Li'll Remo?' gromde hij, uitgeput.

'Het ziet ernaar uit, Scott, dat ik op mijn eerste indruk van Choreo moet terugkomen.'

'Ach, Little Remo heeft zijn eerste bloed gezien.'

'Uit verschillende lijven tegelijk.'

'Johannes vroeg om een doopvont. Hij kreeg de Jordaan.'

'Er wordt hier juist opvallend veel gevochten. Messentrekkerij.' Terwijl Remo het zei, kreeg hij een assmaak in zijn mond. Hier te zijn, waar hij niet hoorde. Niet terug te kunnen, omdat zijn liefde iets verduisterd had. Elke dag deze doorgebrande et-terkop aan te moeten horen.

'Nog altijd niks,' zei Maddox, 'in vergelijking met Corcoran, Folsom, San Quentin. Choreo is overzichtelijk. De strijd tus-sen de zwarten en de Arische Broederschap, veel spannender wordt het hier niet.'

'Ik zag je staan smoezen met twee van hun kopstukken. Sol-licitatiegesprek?'

'Luister goed, Li'll Remo.' Maddox liet zijn bezemsteel los, die tegen het granito sloeg, een stuiterende echo naar de dui-ven zendend. Hij deed dreigend een stap op Remo toe. 'Scott hoort nergens bij. Scott vormt zijn eigen partij.'

'Je sympathiseert met ze.'

'Dat is geen lidmaatschap.'

'Hun volgende doelwit, dat zou jij wel eens kunnen zijn.'

Maddox plaatste zijn borst tegen die van Remo, en zo lie-pen de mannen aaneengeklonken door de ruimte, de een voor-waarts, de ander ruggelings. Het ingezwachtelde hoofd was nu zo dichtbij dat Remo het mengsel van brandzalf en wondvocht kon ruiken. Hij had nooit de putlucht opgesnoven van een do-zijn syfilitische kwartjeshoeren, of hoe zat het ook weer, maar het moest in de buurt komen.

'Ik waarschuw jou, Little Remo. Hou op met Scott als een zwarte af te schilderen.'

'Hun doel is het uitroeien van *alle* zwarten. Te beginnen in de Amerikaanse gevangenissen. Hou op met duwen... ik val.'

Maddox bleef stilstaan. 'Ik kan me bij ze aansluiten. Ik kan me door ze laten afmaken. In Scott huist een witte ziel, en in Scott huist een zwarte ziel.'

'Geen gele?'

'Ook. En een rode.'

'Dat maakt vier zielen.'

'Het hele godvergeten spectrum. Mijn witte ziel brengt alle kleuren voort... al het licht... Mijn zwarte ziel slorpt alle licht en kleur weer op. Scott is de zon en het zwarte gat.'

'Maar puur etnisch gesproken...'
'Dat, Li'll Remo, is een kwestie van pigment.'

4

's Middags onder het dweilen had Remo geen zin in een gesprek. Telkens wanneer de twee kleine mannen elkaar bij het volbrengen van hun ingewikkelde schuimpatroon dicht naderden, sleepte Remo zijn trekker snel voorbij Maddox, die het zwijgen steeds met een kort, grimmig geneurie beantwoordde.

De twee vooraanstaande AB'ers, die nu ieder in een cel op de bovenste verdieping zaten, hadden Remo doen denken aan de beide sportschoolkolossen die Doug Dunning op vrijdag 18 maart naar het kleine hotel aan de Strip had gestuurd om hem naar het gerechtsgebouw te escorteren. Hoek Temple en Broadway. Als de plek hem niet zo'n walging had ingeboezemd, zou het om te lachen zijn geweest: hoe de kleine, tengere man die hij was door twee kleerkasten, die hem af en toe moesten optillen, dwars door de meute van verslaggevers en rechtbankvoyeurs geloodst werd. En dat alles voor die paar minuten dat het de rechter zou kosten om de punten van de aanklacht voor te lezen.

Begrijpelijk dat Dunning hem voorgelogen had, maar het was wel degelijk de rechtszaal waar het proces van zeven jaar terug diende. Een van de bodyguards, Gordon, was hier toen parketwachter geweest. 'Het was deze ruimte. Zeker weten. Met mijn collega's heb ik het zootje crapuul geregeld naar de wachtcel moeten slepen, als ze het weer eens op hun heupen kregen. Ik was ook de man die de krant afpakte. En het potlood.'

De wetenschap in het door en door besmette beklaagdenbankje te zitten belette Remo de woorden van de aanklacht in zich op te nemen. Hier, aan deze zelfde tafel, waren in alle toonaarden de daden ontkend die voorgoed zijn leven vernietigd hadden. Op dit blad hadden de beklaagden, verveeld door de herhaling van steeds dezelfde gruwelijke details, hun droedels zitten tekenen. De potloodlijnen waren weggeboend, maar foto's van de verse tekeningen hadden in sommige kranten gestaan: kinderlijke uitingen van bloeddorstige onverschilligheid.

Doug Dunning moest na afloop van de zitting alle door de rechter genoemde punten voor zijn cliënt herhalen en toelichten. 'En dan nog iets, dat je ook wel ontgaan zal zijn,' zei de advocaat. 'De zaak is toegewezen aan de rechtbank van Santa Monica.'

'Voordeel? Nadeel?'

'Het is natuurlijk een kleine gemeenschap. Iedereen kent iedereen. Ze kijken elkaar allemaal naar de ogen.'

5

Middenin de grafische doolhof van dweilbanen, waar de twee schoonmakers gewend waren tijdens het opdrogen van de vloer een lang slotgesprek te hebben, stonden ze nog een hele tijd tegenover elkaar zonder een mond open te doen.

'Nou moet een van ons wel iets zeggen,' begon Maddox tenslotte. 'Anders worden we meteen naar de cel gestuurd.'

'Goed dan,' zei Remo. 'Als jij, zoals je zegt, een politieke gevangene bent... sta je dan nog achter de idealen waarvoor je vastzit?'

'Dacht jij, Li'll Remo, dat een Scott Maddox door muren en sloten van zijn leer af te brengen was? Tralies zijn voor mij een bundel pijlen rond een strijdbijl. Niet meer en niet minder.'

'O, je houdt er fascistische idealen op na?'

Irritant dat die vloer na al het soppen en dweilen pas echt naar verregende hond rook. Maddox werd nijdig.

'Nee, Little Rat, ik bedoel dat Scott ook achter tralies over leven en dood regeert. Mijn Rome is niet de hoofdstad van

Mussolini, maar van de oude Romeinen.'

'Opereerde je in je eentje? Of waren er medestrijders?'

'Alleen,' zei Maddox schor. 'Tenminste... voorzover ik boven mijn handlangers stond.'

'De eenzame hoogte.'

'Ik droeg de verantwoordelijkheid in m'n eentje, ja. Twijfels?'

'Ben je ook als enige achter de tralies beland, Scott?'

'Ze hebben de lagere echelons weten te vinden.'

'Niemand meer daarbuiten om de fakkel, of de fasces, verder te dragen?'

'Mijn tweede man wilde laten zien eerste man te kunnen zijn, en greep te hoog. Die heeft nu ook levenslang. Maar,' – Maddox stem schoot krakend uit – 'als idealen worden gesnoeid, Li'll Remo, schieten nieuwe loten ergens anders met kracht tevoorschijn. Scotts aanhang groeit in vrijheid.'

'Hou je contact met de achterban?'

'Ze lezen mijn geschriften.'

'Dat moet dan oud spul zijn. In de gevangenis gaat alles onder de röntgenblik van de censuur door.'

'De California Medical Facility... je weet wel, in Vacaville... de ziekenboeg daar, die is door Scott tot zijn eigen uitgeverij omgebouwd. De verpleegsters van de CMF hebben mijn pamfletten, mijn traktaten onder hun warme rokken de wereld in gebracht.'

'Hoe kreeg je ze zover?'

'De zustertjes vallen voor Scott. Ze hoeven zijn geschriften niet te lezen om te weten dat hij de waarheid schrijft. De gloed in zijn ogen zegt ze genoeg.'

'Vertel me dan eens in het kort, Scott, wat die leer van jou inhoudt.'

'Mijn leerstellingen geuren naar verpleegkundig ondergoed. Mild vrouwenzweet. Naar onreinheid, eens per maand.'

'De inhoud, Scott.'

'Er zijn waardiger manieren om zelfmoord te plegen.'

'Ik ga je ideeën echt niet uitventen.'

207

'Jij komt binnenkort vrij, Li'll Remo. Mijn taak is het ervoor te zorgen dat aan mijn levenslang niet voortijdig een eind komt.'

6

'Heren schoonmakers,' zei ik, 'jullie doen me denken aan twee drenkelingen die zich op een zandbank aan elkaar vastklampen... terwijl de zee om ze heen allang is drooggevallen. Vooruit, dweilen spoelen.'

De twee dwergen sleepten hun emmers en trekkers naar de wasbak. Ik liep achter ze aan.

'Mr Agraphiotis,' vroeg Remo, de kraan opendraaiend, 'wordt in Choreo iets aan oud en nieuw gedaan?'

'Half elf licht uit, net als anders. En dan zeven uur later zonder poespas wakker in een gloednieuw jaar. Het oude kan op de celmuur bijgeschreven worden.'

'Hier in Choreo,' zei Maddox, 'zit heel wat kwaad bij elkaar. Maar er zijn ook eenzame huisvaders bij. Ze van de jaarwisseling afsnijden, dat noem ik een onmenselijk regime.'

'Op oudejaarsavond,' zei ik, 'is het de gevangenen toegestaan bescheiden oud en nieuw te vieren. Op cel kwart over twaalf. Half een licht uit.'

'Vruchtencocktails?' vroeg Remo.

'Oogluikend,' zei ik maar, zonder eigenlijk te weten wat ik toezegde. 'Zeg, Maddox, laat jij het vuile werk aan je maat over?'

Hij stak verontschuldigend zijn verbonden handen naar voren. De zwachtels begonnen alweer groezelig te worden. 'Het andere werk, Mr Agraphiotis, is al smerig genoeg. Ik bedoel, voor iemand in mijn conditie.'

Remo begon een dweil uit te wringen. Het zwarte water liep zijn mouwen in. 'Op de EBA,' zei hij, 'zitten ook een paar politiemoordenaars. Waarom hier?'

'De kooi in een kooi,' zei ik op mijn deskundigste toon. 'Ze worden beschermd tegen de lynchdrift van het gepeupel. De lui in de andere vleugels.'

'Je zou toch denken,' zei Remo, 'dat ook het tuig buiten de EBA niet op een dooie agent meer of minder kijkt.'

'Goed zo, Woodehouse,' zei ik. 'Je spreekt al een aardig mondje Choreaans. Ik neem aan dat de suggestie ook voor gevangenbewaarders in staatsdienst geldt. En waarom zat jij ook weer hier? Niet vanwege de moord op een politieman...'

'Tenzij ik er een een hartverlamming bezorgd heb. Nee, speelschulden. Vandaar kooi in kooi. Tegen wraakacties van schuldeisers via de Choreaan die graag een centje bijverdient.'

'Speelschulden,' herhaalde ik. 'Vandaar dat je 's avonds nooit aanschuift bij het kaarten.'

'Ik kijk uit naar nieuwe liefhebberijen,' zei Remo, die de uitgewrongen dweil losjes in een emmer schoon water liet zakken. 'Minder begrotelijk. Een verzameling of zo.'

'Een student,' zei ik, 'verzamelde een miljoen postzegels, ging erop liggen, en schoot zichzelf een kogel door de kop.'

'Speelschulden, m'n neus,' gromde Maddox zacht, waarna hij zijn kiezen over elkaar liet knarsen. Die had hij dus nog.

7

Op cel, in de namiddag, wachtte hem weer de breinbroei. Hoe vergiftigder zijn geweten, des temeer prikkelde het zijn geheugen en verbeelding. Details die hij graag verdrongen had, waren niet veilig voor de kruipolie van zijn herinnering.

Het naderde. Toen Remo eind maart van een wandeling over de Strip in zijn hotel terugkwam, lag bij de receptie een dringend verzoek van Dunning hem te bellen. Haastig, bang ook, ging hij de straat weer op, net zo lang tot hij een telefooncel vond die nog niet eerder aan de beurt was geweest.

'Jenny? Doug graag.'

Remo had ontdekt hoe al bellend een kruising in alle richtingen te bespieden. Gewoon je onophoudelijk, voetschuifelend, om je as blijven draaien. Als de telefoondraad zich strak om je heen gewonden had, werd het tijd te keren, de blik gaande van ruit tot ruit. Niet dat hij ooit een achtervolger in het vizier kreeg.

'De officier van justitie in Santa Monica,' klonk de bromstem van Doug Dunning, 'heeft voor aanstaande vrijdag een Grand Jury op poten gezet. De man heet Longenecker, en dat is meteen alles wat ik van hem weet.'

'Grand Jury, dat is weer een van die Amerikaanse eigenaardigheden.' Zijn kaak trilde. 'Leg het me in Godsnaam uit, Doug.'

'Van jou hoeven we op het witte doek geen rechtbankdrama's te verwachten.'

'Na jouw uitleg misschien. Ik heb me destijds niet alleen verre gehouden van alle juridische ontwikkelingen, ik heb zelfs de bijbehorende termen diep weggestopt.'

'Altijd zoveel mogelijk kennis verwerven van wat jou onverhoeds kan bespringen en verpletteren. Dat is mijn devies.'

'Ik ga de achterstand nu inhalen.'

'De openbare aanklager, Longenecker dus, moet voor de Grand Jury zijn zakken binnenstebuiten keren. Laten zien dat hij genoeg bewijsmateriaal heeft opgepot om een proces tegen jou te beginnen. Getuigen worden ter plekke gehoord.'

'Wendy ook?' En weer trilde zijn kaak.

'Die snoes zullen ze zeker in het getuigenbankje zetten.'

'Dan nagelt de pers me dezelfde dag nog aan de schandpaal.'

'Voor journalisten is het taboe. Net als voor het gewone publiek. De details hoef je niet uit de krant te halen. Je krijgt ze van mij.'

'Doug, als de officier van justitie voldoende bewijs tegen mij denkt te hebben...'

'Ja?'

'...waarom staan er dan nu vier rechercheurs rond deze telefooncel?'

En toch, op die paar incidenten na, zoals de dodelijke eetlepel vanmorgen, vond Remo het gevangenisleven tot nu toe niet erg opwindend. Als hij gedacht had er, bij wijze van schadevergoeding, wel een film uit te kunnen slepen, moest dat worden herzien. Het verschil tussen strafinrichting Choreo bij San Bernardino en bejaardentehuis Oldies-b't-Goodies in Palos Verdes Estates was niet zo groot.

Ook vanavond gingen de gesprekken in de recreatie alweer niet over de zegeningen van de vrijheid, zoals goed eten of het onbelemmerd bedrijven van de liefde. Er werd op ouwewijverige manier gekwebbeld over het vertrouwde huishouden binnen de muren.

'Al gehoord? Tuskee is op rapport geslingerd.'

'Voor zijn handeltje? Volkomen terecht.'

'Dudenwhacker komt in februari vrij.'

'Volkomen ten onrechte.'

'Daar zit hij, Dudenwhacker. Moet je die grijns zien. Geen wonder.'

'Wat dacht je van John Nuccio? Overplaatsing naar Chino.'

'Praktisch om de hoek. Hadden ze 'm niet meteen naar Siberië kunnen transporteren? Stinkdieren staan daar in hoog aanzien. Vanwege hun vacht.'

'Beter schudden, die kaarten. Als je ze zo bij stapeltjes in elkaar schuift, komt er geheid mot van.'

Het had ook wel iets van school – waar de leerlingen over niets anders dan school konden praten. Nog op hun klassenfeestjes ging het over school. De kinderen die niet deugden. De leraren die, op die ene na, al helemaal niet deugden. De conciërge die op even dagen wel deugde, en op oneven niet. Totdat, vroeg of laat, het mooie meisje in wanhoop uitriep: 'Altijd maar over school! Het is feest! Laten we het over de liefde hebben of zo!'

Vanaf dat moment leidde iedere poging tot een ander onderwerp onvermijdelijk naar de valkuil van schoolaangelegenheden. Net zo lang tot de auto's met vader of moeder voorreden, en iedereen bedrukt en uitgeput naar huis ging.

In Choreo spraken gevangenen over de bewaarders als over hun leraren vroeger. 'Die Griek, jongens, is dat een inspecteur van hogerhand of zo? Hij kijkt me nooit recht aan. Altijd naar een punt boven mijn wenkbrauwen. Net of hij me elk moment op hoofdluis kan gaan controleren.'

Er werd ook gezwegen. Zoals door het groepje zwarte gevangenen dat aan twee tegen elkaar geschoven tafels domino zat te spelen. Ze gebruikten zwartgenopte witte stenen. Zo ver mogelijk bij ze vandaan ('die lucht alleen al') zaten enkele leden van de Arische Broederschap te rummyen, samen met aspirant-lid Dudenwhacker. De kaarten wierpen ze tussen hun voeten op de grond, want er was in die verre hoek geen tafel.

Bij Remo's binnenkomst had de televisie al aangestaan, zonder dat iemand zat te kijken. Op kanaal 4 was een dubbelinterview gaande met Edward Davis en Daryl Gates, respectievelijk de hoofdcommissaris en assistent-hoofdcommissaris van de LAPD. Remo viel middenin een vraag over de moord op Robert Kennedy. Na bijna tien jaar waren er feiten aan het licht gekomen, zoals een extra kogel in het plafond, die 'erop leken te wijzen' dat Sirhan Sirhan niet alleen had gehandeld. De koppen van Gates en Davis maakten plaats voor de overbekende beelden van een charmant lachende Bobby Kennedy, die het volgende moment ligt te sterven op de vloer van het Ambassador Hotel. Remo had 's avonds nog met hem gedineerd in Malibu – samen met zijn vrouw, die het honorarium voor haar laatste filmrol in de verkiezingskas van de senator had gestort. Kennedy was voortijdig van tafel opgestaan om de bijeenkomst in het Ambassador niet te missen. Een uur later konden ze op televisie zien hoe hij zijn kogel tegemoet was gelopen. Remo wist nog wat hij aldoor om het onbevattelijke heen gedacht had: *nu peutert de lijkschouwer hetzelfde voedsel uit zijn maag als wat ik nog, levend en wel, aan het verteren ben.*

Edward Davis wees, hooghartig en zelfverzekerd, zelfs elke

schijn van een nieuwe aanwijzing van de hand. 'Een gek als Sirhan doet zoiets in z'n eentje.'

'Moet je dat uitgestreken smoelwerk nou zien,' mompelde Remo. 'Die arrogante kop... Ja, jij mag wel een hoge borst zetten, Davis. Jij hebt nog nooit iets opgelost, jij. Het heeft je toen bijna een halfjaar gekost om, na een hoop blunders, de zaak rond te krijgen. De daders grossierden in sporen, maar jij, Davis... jij was net zo blind als die paardengek in de Simi Hills. Persconferenties geven, daar ben je goed in, jij. En dan schitteren met de resultaten van de onderbetaalden.'

Remo had niet door dat zijn gemompel was veranderd in een voor iedereen verstaanbaar tieren.

'Man, zorg ervoor dat je mensen hun werk goed kunnen doen. Objectief. In plaats van ze aan te moedigen het bewijs op de blanco achterkant van hun vooroordelen te leveren.'

Evenmin had hij in de gaten dat Dudenwhacker het kaartspel van de AB'ers de rug had toegekeerd, en naast hem was komen staan. De interviewer veranderde van onderwerp. 'We moeten ruim zeven jaar teruggaan in de tijd,' zei hij in de camera, 'dat Los Angeles zo in de greep van de angst was.'

'De Hillside Strangler,' klonk het rechts van Remo. Voor 't eerst zag hij Dudenwhacker van dichtbij. Door de vlassige plukken haar op zijn bleke linkerwang schemerden onder elkaar drie donkere stippen. Pigmentvlekken stonden nooit zo mooi in het gelid. Bovendien hadden ze iets blauwigs.

De gespreksleider somde de elf vrouwelijke slachtoffers op, allemaal verkracht, gewurgd en verminkt aan de kant van de weg gevonden, vaak tegen een heuvelhelling aan in de omgeving van Glendale, Eagle Rock en Highland Park. De jongste meisjes waren twaalf en veertien. Een meevaller achteraf, dacht Remo, dat ze mij daar niet ook van verdacht hebben. Het laatste slachtoffer werd in North Alvarado Street aangetroffen op 14 december: Remo was toen nog op vrije voeten.

De hoofdcommissaris en zijn adjunct verschilden van mening over de samenstelling van de Hillside Strangler. Volgens

Gates moest er, gezien het verslepen van de lijken over vaak grote afstanden, sprake zijn van *twee* moordenaars.

'Kom nou, Mr Gates,' riep de hoofdcommissaris uit. 'U heeft zelf de door en door verminkte lichamen gezien. Al die weerloze vrouwenjeugd... vernietigd. Er zijn op aarde geen twee gelijkgestemde monsters te vinden die bij zoiets gruwelijks zouden kunnen samenwerken.'

En weer kon Remo zijn gal niet binnenhouden. 'Ja, Davis, bal je vuisten maar alvast,' siste hij. 'Dan zijn ze zo meteen hard genoeg om je ermee op de borst te kloppen. Klootzak. Net als toen.'

'Vijfduizend,' zei Dudenwhacker zacht.

De hoofdcommissaris, aangevuld door Gates, zette de stand van het onderzoek uiteen. Het was een heel eind gevorderd, in de goede richting nog wel. Geen reden tot massahysterie in Greater Los Angeles.

'Nee, hè,' begon Remo weer. 'Geen vuiltje aan de lucht. Er zijn alleen wat onvoorzichtige dametjes koudgemaakt. De burger kan gerust gaan slapen. Zijn waakhond ook. De arrestatie van de moordenaar is een kwestie van dagen. Zo niet, Davis, dan geef je jezelf toch een mooie rol op de eerstvolgende persconferentie? Dan beticht je je eigen rechercheurs toch gewoon van laksheid? Vergeet je dasspeld niet.'

'Vijfduizend,' zei Dudenwhacker nog eens. Hij leek zich niet speciaal tot Remo te richten.

'Vijfduizend wat?' Remo klonk geërgerd.

'Dollar. Voor vijf flappen neem ik hem voor je te grazen.'

'Wie... de hoofdcommissaris?'

'Geen probleem. In februari kom ik voorwaardelijk vrij. Vijfduizend, en ik leg hem voor je af. De arrogante klootzak. In zijn hol op Parker Center desnoods.'

'Hoe kom je erbij dat ik de goede man uit de weg geruimd zou willen zien?'

'Komaan, Woodehouse,' zei Dudenwhacker, voor Remo neerhurkend en hem nu recht aankijkend. 'Ik weet niet wat die Davis jou ooit heeft geflikt. Ik hoef het ook niet te weten.

Maar in het rare luchtje van de haat heb ik me nog nooit vergist.'

Dudenwhacker had ook op zijn rechterwang stippen – twee stuks, recht onder elkaar. Als je rechts en links de blauwe vlekjes naar boven doortrok, kwam je bij de pupillen uit.

'Vijfduizend,' vroeg Remo, 'is dat het tarief?'

'Lager in rang worden ze goedkoper. Die ander, Gates, ronden we af op vierduizend.'

'Bedankt voor de offerte. Zwart? Of ontvang ik een factuur?'

'Het is niet aftrekbaar.'

'Zo'n hekel heb ik nou ook weer niet aan hem. Evengoed bedankt. Nu heb ik tenminste een prijsindicatie.'

Dudenwhacker kneep Remo in zijn schouder, en liep kalm terug naar zijn hoek, waar de Arische Broederschap het rummyen hervatte.

9

Omdat de spreekkoren hun boodschap nog steeds niet prijsgaven, kon Remo er moeiteloos de zes punten van zijn aanklacht in beluisteren – keer op keer, en weer van voren af aan. Nadat de recitatieven verstomd waren, hield breinbroei hem nog uren uit de slaap.

'Houden die vier rechercheurs hun legitimatie omhoog?' had Dunning aan het slot van hun laatste telefoongesprek nog net kunnen vragen.

'Nee.'

'Dan zijn het zakenlui die de beurs aan de lijn willen.'

'Voor mij geen cel meer, Doug. Zo'n glazen pissoir vermenigvuldigt je zichtbaarheid. Kom me vrijdag maar persoonlijk verslag doen van de zitting.'

En zo had Dunning die middag veel te groot en te hoekig in de kleine hotelkamer gestaan. 'Reken erop dat de avondkranten met indianenverhalen komen.'

'De Grand Jury, daar mocht toch geen pers bij, zei je?'

'Nee, maar er stampte wel een hele horde van door de gangen. Betekent meestal dat ze de halve woorden die ze hier en daar losgepeuterd krijgen, gaan combineren tot een wereldscoop.'

'En Wendy... is ze nog door Longenecker ondervraagd?'

'Hij trok fluwelen handschoentjes aan, en behandelde haar als een poppetje van Chinees porselein.' De oude parketvloer onder het tapijt kraakte onder Dunnings gewicht van plint tot plint. 'Ze heeft verklaard dat jij haar iets hebt laten slikken. De openbare aanklager gaf jouw flesje met Quaaludes aan de rechter. Die kreeg er maar geen genoeg van ermee te rammelen. Geen fijn geluid in zo'n stille rechtszaal.'

'Die pillen waren op recept.'

'Niet voor Miss Zillgitt.'

'Straks blijkt nog dat ik haar heb ontmaagd.'

'Na diplomatiek aandringen van Longenecker gaf ze zuinigjes toe twee keer eerder *iets* met een man te hebben gehad.'

'Al vanaf haar achtste, zei ze tegen mij. Met grote regelmaat. Doug, hou op met dat gekraak. Ga zitten.'

Dunning perste zijn achterste in een te krappe fauteuil. 'Die erotische ontboezemingen van haar, daar gaan we zeker nog iets mee doen.'

'Haar wonderbaarlijke genezing, kwam die nog ter sprake?'

'Ja, toen kwam er een huiltje. Ze bekende in tranen de aanval te hebben gesimuleerd. Om jou ertoe over te halen haar naar huis te brengen.'

'In plaats daarvan begon ik, harteloos monster, haar op te vrijen.'

'Zo werd het voor de Grand Jury wel gebracht, ja. Trouwens, die astma heeft de zaak aan het rollen gebracht.'

'O?' Remo wilde er nog iets aan toevoegen, maar zijn woorden werden overstemd door een groep dreunend en knallend passerende motors. Twintig op z'n minst. De ruitjes in de openstaande ramen rinkelden. 'Ik...'

'De Square Satans,' zei Dunning met een zijwaartse knik van het hoofd, toen de ergste herrie alweer voorbij was. 'Toen jij die zondag voor haar ouderlijk huis parkeerde, rende Wendy toch meteen naar binnen? Ze heeft toen tegen haar moeder gezegd: "Mam, als hij vraagt of ik astma heb, zeg dan ja." Mrs Zillgitt heeft tegenover de Grand Jury getuigd dat ze de boodschap inderdaad aan jou heeft overgebracht.'

'Ze zwakte het op z'n minst af. "Och, het is minder erg dan het lijkt." Zoiets zei ze.'

'Toch een bevestiging. Uit het paniekerige gedrag van haar dochter concludeerde Mrs Zillgitt dat er iets mis was. Terwijl jij in de woonkamer een diavoorstelling gaf, belde Wendy boven met haar vriendje.'

'De vedergewicht.'

'Zijn gewichtsklasse speelde tijdens de zitting geen rol. Wel wat ze hem opbiechtte over haar middag met jou. Zijn voeten droegen de krap vierenvijftig kilo hoorndrager met zweefsprongen naar Mrs Zillgitt.'

'Woorden via woorden via woorden,' zei Remo vermoeid. 'En wat doe je als liefhebbende moeder dan?'

'Ze belde haar accountant. De een of andere onderbetaalde boekhouder, die haar belastingformulieren invulde... de hypotheek regelde... Nu werd hij opgezadeld met een probleem waar hij tabellarisch niets mee kon. Misbruik onder zijn clientèle.'

'Interessant.' Remo lachte luid, maar zonder vrolijkheid. 'Vooral in het licht van mijn mededeling dat ik niets kon doen voor haar acteercarrière. Als dat telraam voldoende begaan was geweest met haar financiële positie, had hij haar een schikking met mij voorgesteld. Honderdduizend dollar op z'n minst.'

'Hij deugde niet voor zijn vak,' zei Dunning. 'Hij belde de politie.'

'Nou, daar kom ik dan mooi mee weg. Nu hoef ik alleen te boeten met mijn eigen carrière.' Remo stond op, deed de kastdeuren open, en nam een fles whisky en twee glazen tussen zijn schoenenparen uit. 'Daar drinken we op. Jij scotch, Doug?'

'Wil je niet eerst weten op welke punten je in staat van beschuldiging bent gesteld?'

'Laat je niet weerhouden, Doug.' Hij schonk whisky in de glazen, en mat met twee vingers na of het de juiste hoeveelheid was. 'Mijn immuunsysteem staat ingeschakeld. Het ketst allemaal op me af.'

'Nou, dan hoef ik niet te zeggen: hou je vast.' De advocaat zette zijn leesbril op, en vouwde een vel papier uit. 'Een: het verstrekken van een uitsluitend op doktersvoorschrift verkrijgbaar medicijn aan een minderjarige...'

'Met acute astmatische verschijnselen.'

'Twee,' las Dunning, 'het plegen van wellustige handelingen bij een minderjarige.'

'Kussen,' zei Remo. 'Strelen.'

'Fijn dat je het even naar de werkelijkheid vertaalt. Elke rechtbank zou zo'n zinnelijkheidstolk in dienst moeten hebben. Drie: het hebben van bij de wet verboden geslachtsgemeenschap.'

'Liefde op straffe van.'

'Vier,' las Dunning verder, 'het plegen van perverse handelingen bij een minderjarige.'

'O ja, ik heb haar ook nog heel teder met mijn tong gestreeld.'

'Vijf: het hebben van tegennatuurlijk geslachtsverkeer met een minderjarige.'

'Was het dan toch een jongen?'

'Zes,' zei Dunning uit zijn hoofd, het papier alweer dichtgevouwen, 'het plegen van verkrachting bij een minderjarige' (hij keek Remo over zijn leesbril aan) 'na toediening van drugs.'

'Ze gaan hun gang maar,' zei Remo, in zijn whisky bijtend. De te grote slok schrijnde blijkbaar door zijn keel, want met vertrokken gezicht, de ogen tranend, voegde hij eraan toe: 'Idioot dat ze hier geen ijsmachine hebben.'

Zaterdag 31 december 1977

Het ei baart

I

In het schemergebied tussen dromen en waken, dat Remo altijd zo dierbaar was geweest, trokken smerige krantenkoppen aan hem voorbij. Hij mocht dan nog in halfslaap verkeren, de woorden hadden wel degelijk, afgelopen voorjaar, in het echt zo gedrukt gestaan op de voorpagina's van de *Los Angeles Times*, de *Los Angeles Herald Examiner* en de *San Francisco Chronicle*: glimmend vetzwart, als de schilden van sommige insecten.

Toen hij met Dunning in het hotel aan de whisky zat, werd er op de deur geklopt: een kamermeisje kwam het avondblad brengen. 'Zet maar op de rekening,' zei Remo, en betaalde met een te ruime fooi voor het versgedrukte onheil. Hij gooide de krant op het bed.

'We weten nu in ieder geval,' zei de advocaat, zijn glas heffend, 'waartegen we ons moeten verdedigen.'

'Zonder getuigenverklaring van Anjelica kan de openbare aanklager weinig tegen me beginnen, lijkt me.'

'Dan heb ik slecht nieuws voor je. De ex van je vriend heeft zich bereid verklaard tegen jou te getuigen. In ruil voor ontslag van rechtsvervolging. Het witte poeder, weet je nog? Het bleek geen schuurmiddel.'

'Vorige keer,' zei Remo, opstaand, 'was ik het aangetrouwde slachtoffer. Nu ben ik de rechtstreeks beschuldigde. Verschil maakt het weinig. Het een of het ander, je vrienden vallen je af.'

Hij nam de krant van de sprei, sloeg hem uit, en hield Dunning de kop voor.

GROOTSTE VERKRACHTINGSSCHANDAAL HOLLYWOOD
SINDS ERROL FLYNN

Zo geheim als de zittingen van de Grand Jury waren, verboden voor pers en publiek – de krant wist er wel raad mee. Remo werd niet alleen van slachtoffer tot dader gepromoveerd, het artikel stond ook vol insinuaties als zou hij zich, door een meisje gedrogeerd aan zijn perverse wil te onderwerpen, de vernietiger van zijn eigen geluk ten voorbeeld gesteld hebben.

'Hoe kan een mens zich ooit tegen zo'n gore suggestie verweren, Doug?'

'Elke poging in die richting geeft het verhaal meer grond.'

Op de cultuurpagina werd de uitreiking, de avond tevoren in Wembley, van de Britse Academy Awards verslagen. Hij las Dunning een passage voor. Op zeker moment stond prinses Anne met zo'n Engelse Oscar voor Beste Acteur te zwaaien, maar wie er ook naar voren kwam – geen Jack. Hij zat in Aspen, Colorado, dit keer niet om er te skiën, maar om de kranten door te nemen en zich te beraden op zijn rol in het drama rond de jacuzzi aan Mulholland Drive.

'Doug, wat zei ik over vrienden die me afvallen? Ik heb mijn vrienden hierin meegesleept.'

2

Langgestraften, merkte Remo, ontwikkelden zich achter tralies vaak tot volleerde juristen. In gesprekken aan de eettafels en op de binnenplaats was er de voortdurende preoccupatie met hoger beroep, jurisprudentie, ontlastend bewijsmateriaal, heropening, vrijspraak, gratie. Ze wisten daarbij heel goed waar ze het over hadden. In de recreatie speelden de jongens met overgave rechtbankje.

In Choreo werd op nog andere manieren eigen rechter ge-speeld.

'Dudenwhacker al eens ontmoet, Scott?'

'Een charmante kruimeldief,' gromde Maddox. 'Zo zet hij zichzelf graag neer.'

'En die blauwe stippen op zijn wangen? Het zijn er vijf. Links eentje meer dan rechts. Van heel dichtbij lijken het net oosterse torenkoepeltjes. Kleine uien. Zoiets.'

'Op een dag was hij erbij.' Maddox liep met zijn bezem een Mexicaanse cel binnen om de slierten toiletpapier naar buiten te vegen. Hij verhief zijn stem om verstaanbaar te blijven. 'Een vederlichte straf. Niks bijzonders. Maar ze zetten hem op cel met een van die heterosexuele gelegenheidsflikkers... de gevan-genissen zijn er vol van... Een vervalste nicht dus, en zo onge-diplomeerd als hij was, probeerde hij Dudenwhackers rug op te klimmen. Met behulp van een glazen mes. Dudenwhacker heeft toen die *fruitcake* verkracht... met dat prachtig geslepen kristallen lemmet. Niet van achteren. Met open vizier. Recht-streeks in het ware liefdesorgaan. Het hart. Dus...'

Maddox zwiepte de bevlekte guirlandes de gaanderij op.

'Dus wat, Scott?'

'Zo kreeg Dudenwhacker zijn eerste traan getatoeëerd.'

'De charmante kruimeldief heeft er vijf.'

'Een jury gunde hem twintig jaar de tijd om er nog meer te vergaren.'

'Een hele huilbui inmiddels.'

'Het is zijn kostwinning. Oosterse klaagvrouwen vergieten ook tranen om den brode.'

'Hoe moet dat nou straks, buiten? Dudenwhacker komt in februari vrij. Voorwaardelijk.'

'Het verschil is, Li'll Remo, dat huurmoordenaars aan de andere kant van de muur hun successen niet door de nabe-staanden geturfd krijgen. Niet in de vorm van kerven in een houten kolf. Niet in de gedaante van blauwe tranen op het ge-zicht.'

'Gevangenen, begrijp ik, zijn de nabestaanden van elke dode in hun midden. Dus als jij... of ik...'

'Als Little Remo mij binnen Choreo koud maakt, is de kans groot dat hij van de overlevenden ook zo'n mooie tatoeage krijgt. Gratis. Zonder materiaalkosten. Het proberen waard.'

'Nee, dank je. Van al dat vegen en dweilen worden mijn handen al vuil genoeg. Als ik uit de toon val, laat ik het ankertje van Popeye wel op mijn biceps aanbrengen.'

'Zo gaat dat in jouw vrijblijvende wereld, ja,' riep Maddox, in plotselinge woede. 'Ze laten een hartje met een harpoen erdoor op hun reet tatoeëren. De naam van het grietje ernaast. Wat jij op het smoelwerk van Dudenwhacker hebt gezien, is een liefdesverklaring van gevangenen onder elkaar.'

'En jij, Scott,' vroeg Remo met een stem die hinderlijk trilde, 'hoeveel tranen draag jij onder al dat verband?'

'Als ik ze al had, zijn ze nu weggebrand.'

3

De twee psychiaters mochten hun sessies met Remo in de ontvangstruimte voor advocaten houden. In een hoek zat een bewaker zijn best te doen een neutraal gezicht te behouden. Een walkietalkie lag in zijn schoot.

'Heren,' begon Remo, 'hoe kunnen priesters het biechtgeheim bewaren als de koster meeluistert?'

'Wij kunnen ons werk zo ook niet naar behoren doen,' zei Dr De Young zacht. 'Laten we een gooi wagen. Als er geen gedegen rapport komt, kan dat desastreus uitpakken voor u.'

'Goed,' zei Remo, 'de koster denken we weg.'

'Verder waar we vorige keer gebleven waren,' zei Dr Urquhart, een ringband openslaand. 'Na het overlijden van uw vrouw, hoe lang duurde toen de rouwperiode?'

'Als ik een bepaalde periode van rouw in acht had genomen,' zei Remo, 'en daarna gelouterd uit mijn hol was gekropen... ik *denk* dat ik mezelf een onmens zou hebben gevonden. Ik diende meteen aan haar dood te gronde te gaan, of... of de hele gebeurtenis te verdringen, met haar beeltenis en al, bijvoorbeeld door beestachtig aan het werk te gaan.'

'Geen rouwperiode dus,' mompelde Dr De Young, die er aantekening van hield.

'Aan het verlies van zo'n schitterend mens,' zei Remo, 'valt niets te verwerken.'

'Vertelt u ons dan in kort bestek,' zei Dr Urquhart, 'hoe het u sindsdien emotioneel vergaan is.'

'Eerst was er een periode van... ik zou het inderdaad geen rouw willen noemen. Verlamming. Algauw stortte ik me in de jacht op...'

De bewaker zat met zijn walkietalkie te spelen. Een onverhoeds geruis en gekraak leidde Remo af.

'...op de clandestiene vroedvrouwen, zal ik maar zeggen. Met totale overgave. Toen ze uiteindelijk gepakt waren, niet door mij, verloor ik alle belangstelling voor hun berechting. Ik ging aan het werk. Eerst kwam er iets middelmatigs, toen een mislukking, en tenslotte... enfin, anderen mogen het een meesterwerk noemen. Ik hou het er zelf op dat het goed genoeg was om mijn afzijdigheid te rechtvaardigen. De afwezigheid van rouwbetoon. Dat laatste... eh... ding *was* de personificatie van mijn rouw. Tot in de kleinste details.'

'Hoe verklaart u,' vroeg Dr De Young, 'dat de hele gebeurtenis, inclusief het gezicht van uw vrouw, telkens zo lang beneden de drempel van uw bewustzijn kon blijven hangen?'

'Overlevingsdrang,' zei Remo. Hij dacht na. De portofoon ruiste, zweeg, kraakte. 'Er was een gevangenis voor nodig om me haar beeld terug te geven... Om de herinneringen in me los te maken.'

'Schuldgevoelens misschien toch?' suggereerde Dr Urquhart met weifelende stem. 'Uw affaire met Miss Zillgitt zou door u, onbewust of halfbewust, als overspel kunnen zijn ervaren...'

'En nu,' vulde Remo sarcastisch aan, 'roep ik in mijn cel de gestalte van mijn overleden vrouw op om bij haar te biecht te gaan.'

'In de menselijke psyche is niets uitgesloten,' zei Dr Urquhart. ' "De waarden in ons hart verankerd, raken op drift door de wensen van de geest," las ik laatst bij een bekende criminoloog.'

'Ik zal u vertellen,' zei Remo, 'hoe het in de eenzaamheid van mijn cel toegaat.' Hij liet zijn stem dalen tot een gefluister, onverstaanbaar voor de bewaker, die meteen zijn walkietalkie uitschakelde. 'Op mijn brits probeer ik wat er eerder dit jaar gebeurd is te reconstrueren. Zo minutieus mogelijk. De ene keer om mezelf op een fatale misrekening te betrappen. De andere keer om er mijn armzalige gedachten aan te warmen. Het eindigt er steeds vaker mee dat ik mijn vrouw in de armen houd. Soms is het de ranke engel die ik ooit leerde kennen. Dan weer de rijpe zwangerschap zelve. Laatst het lichaam dat ze me in het mortuarium lieten identificeren. Het voelde week en slap aan, en dat kwam... Het kind lag er niet meer in.'

'U komt eindelijk,' zei Dr De Young, 'aan uw verlies toe.'

'Haar dood begint nu pas, hier in Choreo, mijn dagen en nachten te vergiftigen. En dan die angst... Terwijl de illegale verloskundigen toch weggeborgen zijn in gevangenissen wreder dan deze.'

4

Vanuit de cipiersloge op twee had ik goed zicht op het natte, labyrintische patroon dat de dweilers gelijkvloers aanlegden. Pas na gedeeltelijk opdrogen werd hun slakkenspoor als grafische doolhof zichtbaar. Net als anders lieten ze om beurten steels de blik langs de drie loges gaan, maar ik had mijn bureaustoel zo neergezet dat ze mij, ook door de spiegeling van het glas, niet konden zien. Van Maddox, met zijn ene bloedverzadigde oog, had ik al helemaal niets te vrezen.

Mijn twee bonobo's waren vanmiddag nog niet tot de orde geroepen, en dat maakte ze roekelozer. Telkens, binnen gehoorsafstand van elkaar, hielden ze wat langer met werken op om zich aan hun verbale steekspel te wijden. Ik zag ze graag met elkaar praten, liever dan soppen, maar dat was een persoonlijke voorkeur, en ik had ook nog mijn verantwoordelijkheden als bewaker.

Ik wilde net de Ring opgaan om het dwergkoppel een geweldige uitschijter te geven, toen Malcolm Reppy zijn tobberige hoofd door het mangat van de noodladder stak. Hij hijgde van het klauteren. 'Spiros, met het nieuwe jaar voor de deur... probeer ik mijn kaartenbakken... oef, ik word te oud voor zo'n klim... in overeenstemming te brengen met... het boekenbestand. Op de plank, uitgeleend, in reparatie... alles.'

Reppy, voormalig Choreaans bewaker, was sinds zijn zestigste beheerder van de gevangenisbibliotheek. Hij had een groot boek bij zich, dat hij op de vloer naast het laddergat legde om zich met beide handen vrij een stukje verder de ijzeren sporten op te kunnen hijsen.

'Ik heb niets van je te leen, Colm.'

'Dat valt nog te bezien, Spiros.' Reppy legde het boek opengeslagen op mijn bureau. 'Hier, kijk zelf, pagina 164.'

Een oude uitgave, jaren twintig, over de Italiaanse renaissanceschilders, met reproducties in alle grijstinten tussen zwart en wit. Tussen de pagina's 162 en 165, in het hoofdstuk over Leonardo, ontbrak een plaat, die zorgvuldig langs de marge was afgesneden.

'Voorste schutblad,' zei Reppy, bijna uitgehijgd.

Ik bladerde naar voren. Volgens het kader met gestempelde data was het boek nog uitgeleend op 15 december 1977, en de voorlaatste keer op 3 oktober 1965, toen nog zwarte in plaats van rode inkt werd gebruikt. De schaarse uitleningen gingen terug tot begin jaren vijftig.

'Vernieling van gevangeniseigendom,' jammerde Reppy. 'Het boek was tot eergisteren hier, op de EBA.'

'Wacht even, Colm. Volgens het reglement dient zo'n publicatie na twintig jaar afgeschreven te zijn. Het boek had zichzelf al vernietigd.'

'Bruikbare dingen blijven in roulatie. Ik heb mijn eigen regels. Geef me die plaat terug.'

'Loop even mee.'

We lieten ons langs de ladder een verdieping lager zakken, waar ik de bibliothecaris voorging naar een cel halverwege de westelijke rij. De gepantserde deur stond opengeschoven. Reppy boog zich over de reling van de gaanderij. De schoonmakers waren opeens druk met hun dweiltrekkers in de weer.

'Een *kindergarten* op de EBA,' zei Reppy. 'Geen slecht idee. Hebben die peuters ook een naam?'

'Small Fry & Little Pinky.'

'Choreo is een gekkenhuis.'

We gingen de cel van Maddox binnen. Zijn gitaar, wijnrood aan de randen en goudgeel rond het galmgat, stond te glanzen in z'n standaard, en maakte de rest van de cel nog grauwer.

'Dat is 'm.' De bibliothecaris stak zijn hand al uit om de reproductie van de muur te grissen, maar ik hield hem tegen.

'Colm, de bewoner van deze cel is erg aan zijn Mona Lisa gehecht. Moet je kijken wat een vodje. Zie je die vetvlekken in de hoeken? Ze zijn van de fijngekauwde broodkruimels waarmee het papier tegen de stenen is geplakt. Laat toch. Beschouw het oude boek als afgeschreven, en bestel een nieuw.'

'Ik ben al over mijn budget voor het komend kwartaal heen.'

'Dan zal ik O'Melveny zeggen dat er op de EBA grote behoefte bestaat aan een nieuw platenboek over de Renaissance. Art Books heeft de oude Vasari weer eens opgelapt. Met kleurenrepro's. Ik regel het voor je.'

Ondanks de vetvlekken en de verschoten grijstinten konden we ons niet van de Mona Lisa losmaken. Door kreukels in het gladde papier waren haar lippen wat verfrommeld geraakt, maar de glimlach leek intact.

'Kun jij je voorstellen, Colm, dat de opdrachtgever tot zo'n portret... de man die zijn jonge vrouw nog voor verwelking geschilderd wil hebben... dat zo iemand radeloos wordt als het maar niet afkomt?'

'Hangt van de aanbetaling af.'

'Als de opdrachtgever wilde weten hoe de stand van zaken was, moest hij niet bij de onberekenbare schilder zijn. Hij koos voor een waarzegger. Die zei: "Het ei baart net zo veel pauwenogen als het mes wil."'

'Zo schiet je op,' zei Reppy.

'De tijdgenoten kwamen er niet uit. Later hebben ze mij met het raadsel opgezadeld. Ik gold toen als een expert in decodering van dat soort malle spreuken. Een graag geziene gast op cryptogramavondjes. Ach ja, 't is een gave.'

'Nou, Spiros, wat bedoelde de koffiedikkijker?'

'Koffie was er nog niet.'

'Urine toch al wel? Piskijker dan.'

'Da Vinci, Colm, was een luie schilder. Hij had meer op met wetenschappelijke experimenten. Die cryptische uitspraak, daar kwam ik eerst ook niet uit. Tot ik in de archieven stuitte op het verslag van enkele jonge schilders die een bezoek aan de meester hadden gebracht. In zijn Florentijnse kloosteratelier stond een schotel met hardgekookte eieren op tafel, al van de schil ontdaan. De bezoekers wilden dit blijk van gastvrijheid niet negeren, maar Leonardo trok het bord onder hun uitgestrekte handen uit. Hij liet ze zien hoe het bolletje geel uit een ei te verwijderen zonder de vorm van het wit geweld aan te doen. In de vrijgekomen holte stopte hij een van de mensenogen die in een schaal dreven... onder een doek... De oppasser van het plaatselijke mortuarium had ze hem bezorgd. Hij had er genoeg om elk ei mee te vullen. De eieren gingen terug de pot in, om de ogen mee te laten koken. Da Vinci's gasten hoopten inmiddels dat het niet als *late night snack* bedoeld was. Toen de eieren opnieuw afgekoeld waren, begon de maestro ze met een scherp mes in dunne plakjes te snijden. Probeer ze je voor te stellen, Colm, en denk daarbij aan de staartveren van een pauw...'

'Niet moeilijk. Maar waarom stelde Da Vinci zijn gasten zo op de proef?'

'Hij wilde ze laten zien hoe hij, in 't geheim, autopsie verrichtte op het menselijk oog. Alles voor de wetenschap.'

'Niet slecht geraden van zo'n piskijker,' zei de bibliothecaris. 'Ik ga maar eens terug naar mijn duiventil van boeken.'

'Beloof me, Colm,' zei ik, 'dat je onze bescheiden vandaal er niet bijlapt. Er is al zo weinig liefde voor de kunsten in Choreo.'

'Dan houd ik jou ook aan je woord, Spiros. Vasari, in kleur. Buiten het vaste budget.'

5

'Ik wil je niet op stang jagen, Scott, maar... ik zie *nu* De Griek jouw cel uit komen. Samen met die zeur van de Circ Lib. Niet omkijken.'

'Mijn schilderij,' zei Maddox.

'Misschien kammen ze alle cellen uit,' zei Remo. 'Onderzoek naar de steekpartij.'

Zolang Agraphiotis nog op de Ring met de bibliothecaris stond te praten, dweilden de twee schoonmakers maar wat om het middelpuntige afvoerputje heen.

'Zo'n onderzoek,' gromde Maddox, 'stelt nooit iets voor. In de wereld buiten zijn altijd loslippige buurvrouwen te vinden. Hierbinnen wonen alleen blinden. Geef me het rapport, Li'll Remo, en ik vul in wat ze zullen zeggen. Allemaal hetzelfde: "De anderen stonden rijen dik voor me." Heb je naar hun handen gekeken? Iedereen dezelfde handschoenen. Grijs of donkerblauw. Anderhalve dollar in de kantine.'

'Ik heb ze ook. In het bruin.'

'Zie dan maar vingerafdrukken van zo'n lepel te kwasten.'

'Bloedsporen op de handschoenen, misschien levert dat wat op.'

'Heb jij gezien, Li'll Remo, dat de bewakers handschoenen in beslag namen?'

'Ik heb de mijne nog.'

'Ze hebben er niet eens genoeg boterhamzakjes voor. Denk

eens aan alle etiketten die beschreven zouden moeten worden... De varkens zijn er te lui voor.'

'En de lepel die een mes werd, Scott?'

'Op het lab zullen ze gewichtig constateren dat het bloed van Sofa Spud is. De enige goeie neger is een dooie neger, en de zegen na.'

'Geen intern onderzoek?'

'O ja, dat kennen we. Het zal uitwijzen dat de lepel uit de bestekbak van Choreo's keuken stamde. En dat het ding in de werkplaats was bijgepunt. Op de elektrische slijpsteen. Donatie aan het labmuseum – zo noemden we in Folsom zulk wapenverlies.'

'Wie krijgt de blauwe traan voor Sofa Spud?'

'Zou ik je dat vertellen, Li'll Remo, dan had ik de eerste stap naar verlinking al gezet. Tel vandaag de tranen. Tel ze morgen. Meet het verschil.'

'Wat ik van het tranensysteem nog steeds niet snap, Scott, is... waarom zo openlijk?'

'Vergelding *en* ridderslag. Brandmerk *en* ereteken.'

'Voor het oog van de bewakers is het toch een vorm van verklikken.'

'Met die tranen turven gevangenen de keren dat ze hun eigen zaakjes hebben geregeld... buiten de autoriteiten om. Ze moeten voor iedereen zichtbaar zijn, *juist* omdat er niet over gepraat wordt.'

6

Remo's herdersuurtje ging ook vandaag op aan breinbroei.

'Natuurlijk houd ik van hem,' had Oscar Wilde na zijn veroordeling over Bosy gezegd. 'Hoe zou ik *niet* van hem houden? Hij heeft me geruïneerd.'

Liggend op zijn brits probeerde Remo net zo'n romantische houding uit tegenover Wendy, maar dat viel tegen. Het kleine loeder (nou ja, op naaldhakken twintig centimeter langer dan hij) was na die ene keer uit zijn leven verdwenen, en tot de on-zichtbare vijand toegetreden. Voorzover ze hem nog niet geru-ineerd had, zou dat spoedig z'n beslag krijgen, ook zonder dat de affaire de kans kreeg tot een grote, onmogelijke liefde uit te groeien.

En toch. En toch. En toch.

Had ze nou maar *iets*, hoe cryptisch ook, laten merken, Wendy. Het een of andere kinderlijke teken, als geheime be-vestiging dat er echt iets tussen hem en haar geweest was. Een rare verspreking. Een halve traan, en geen blauwe.

Niets. Half april moest Remo in Santa Monica voor rech-ter Ritterbach verschijnen. Dat de zaak nu in een provinci-aals gerechtsgebouw diende, betekende niet dat de pers Remo niet wist te vinden. Hier was de langverwachte boodschap van Miss Zillgitt: niet zij, *hij* was nu aan het zuigen van de camera onderworpen. Remo wist zich niet langer door menselijke we-zens omringd. Robots met een mechanische snuit waren het, die de blik van hun ene, glanzende oog in hem boorden, en hem dan, metaalachtig hikkend, doorstaken met een verblin-dende lichtstraal. Zo zagen Wendy's heirscharen eruit.

Remo werd door de zure rechter Ritterbach formeel in staat van beschuldiging gesteld, en weer kwamen ze voorbij, de zes banvloeken van de Grand Jury. Over een smal brilletje keek Ritterbach de aangeklaagde vol minachting aan. 'Acht u zich-zelf op de genoemde punten schuldig dan wel onschuldig?'

'Onschuldig, Edelachtbare,' zei Remo (maar met onvaste stem).

'Onschuldig,' herhaalde Ritterbach met slecht verborgen sarcasme. Er was tijdens de zitting niets te timmeren geweest, maar de man haalde met het afhameren zijn schade in. Hij veranderde zijn eigen rechtszaal in een scheepswerf, en bleef er maar op losbeuken. Hout op hout.

Dit keer was het Dunning die de borgsom voldeed. Remo kon terug naar zijn hotelletje aan de Strip.

7

Al toen Remo de gaanderij op stapte om naar de recreatie te gaan, was het hakkende gitaarspel van Maddox te horen. Er werden daar nieuwe akkoorden uitgeprobeerd, maar het klonk nergens naar. Tegen de tijd dat Remo de cel aan de overkant had bereikt, hield het gepluk op. Maddox draaide zijn verbonden handen om en om, en keek ernaar alsof hij ze voor 't eerst zag.

'Vroeger, Little Remo, spuwde ik in mijn handen als ik ging spelen. Nu vloek ik erin.'

'Die twee tamme kakkerlakken konden het ook niet helpen.'

'Scott zal nooit een schepsel Gods als een kakkerlak vervloeken.'

'Wie is dan de adressant?'

'Een overbelichte monnik van hare krisjna. Swami Sumatrapa... Swami Satrapuma, zoiets... *aka* Jan Johanson.'

'Wat heeft hij met jouw brandwonden van doen?'

'Later, Li'll Remo.'

'Ga mee naar de recreatie.'

'Als Scott maar genoeg tranen, die van hemzelf, over zijn verbrande handen uitgiet, worden ze misschien eerder beter.'

'Huilen, dat betekent zout in de wonden. Kom mee.'

'Oudjaar vieren is voor de ingesloten huisvaders. Ik houd niet van alcohol. Zelfs niet van de twee procent in een gegist fruitschilletje. *Iemand*, Li'll Remo, moet met zijn kop bij de wereld blijven.'

8

Om kwart voor twaalf begonnen bewakers in de recreatie met het uitdelen van papieren zakken aan de gevangenen, die ze lusteloos aanpakten, duf als ze allemaal waren van de licht alcoholische vruchtendrank. Kort voor middernacht werd er, boerend, begonnen met het opblazen van de builen. Remo volgde ieders voorbeeld. Ze bleven met geheven hand zitten tot de klok op het televisiescherm twaalf uur precies aangaf. Toen werd via een open tuimelraam, boven het unisono klappen van de zakken uit, het fluiten en knallen van echt vuurwerk hoorbaar. Het klonk te dichtbij om van San Bernardino te komen.

'Het kampeerterrein,' riep Remo's bovenbuurman Tiff. 'Vanuit mijn cel is het goed te zien.'

'Ja, Mr Burdette,' vroeg Pozzo met zijn smekendste stem, 'mogen we gaan kijken?'

De aangesprokene overlegde met collega Agraphiotis, die zei: 'Niet meer dan vier man.'

Tiff, Pozzo, Remo en Catbird kregen toestemming om naar tweehoog te gaan, onder begeleiding van Burdette en De Griek. 'Vijf minuten,' riep Carhartt het groepje na. 'Geen seconde langer.'

De bewakers bleven in de deuropening staan, en protesteerden dit keer niet toen de vier gevangenen een voor een op de verwarming klommen. Als derde was Remo aan de beurt. Tiffs cel had een beter uitzicht dan die van Remo, een verdieping lager. Naast het receptiegebouwtje flakkerde groen licht laag aan de grond. Een vuurpijl ging fluitend de lucht in, en spatte uiteen in een heleboel tinten paars: de ochtendkleuren van het omringende gebergte. Toen was het op. De bewoners van het kamp verzamelden zich bij het prikkeldraad voor een heftig spreekkoor. Alweer was wat er gescandeerd werd onverstaanbaar, mogelijk doordat de wind uit de verkeerde richting woei.

'Nu wil ik,' zei Catbird.

'Het is over,' zei Remo, op de grond springend. 'Een dollar voor wie mij kan zeggen wat die meiden zingen of roepen.'

'Gewoon,' zei De Griek vanaf de drempel, 'gelukkig nieuwjaar.'

Week 1

De methode-Charrière

'I know this has been the worst thing that ever happened to you,' he said, 'but from now on everything's going to be roses. Warners is within an inch of where we want them, and suddenly Universal is interested too. I'm going to get some more good reviews and then we're going to blow this town and be in the beautiful hills of Beverly, with the pool and the spice garden and the whole schmeer. And the kids too, Ro. Scout's honour. [...]' He kissed her hand. 'Got to run now and get famous.'

Ira Levin, *Rosemary's baby*

Zondag 1 januari 1978
Homme Mondial

I

Sinds zijn huwelijk, nee, sinds de aanvaarding van zijn toekomstige vaderschap had Remo niet meer zo'n sterke gewaarwording van een *nieuw* begin gehad als bij het ontwaken op
nieuwjaarsdag in Choreo. Later, op de binnenplaats, bereikte
hem uit de verte een niet thuis te brengen geur, zoals je aan
de vooravond van de lente kan overkomen, terwijl verder niemand nog iets merkt. Een ijzerlucht van vers bloed, vermengd
met de odeur van bitterzoete bloesems.

Remo hief zijn gezicht, dat zich aan het benatten was, op
naar de milde ochtendbries. Hij zou zijn straf, hoe hoog die
tenslotte ook zou uitpakken, nederig aanvaarden. Eerst zijn
best doen voor het psychiatrisch onderzoek. Zonder hoogmoed profiteren van de geboden reiniging.

Helaas was het een dag zonder bezems en dweilen, zodat
het chagrijn hem later die ochtend alsnog bij de kladden greep.
Na het luchten terug in zijn cel vond Remo opeens dat hij wel
genoeg papiertjes met kreten en poppetjes op zijn storyboard
geplakt had. Het werd tijd voor het script. Al na zes, zeven zinnen, allemaal doorgestreept, overviel hem een groot heimwee
naar Bernard, zijn coscenarist bij enkele vroege films. Bernard
schreef bij voorkeur in bed, rechtop in de kussens, op een ont-
bijttafeltje dat over zijn bovenbenen stond. Over het dek verspreid foto's, tijdschriften en al wat hem bij zijn beschrijvingen

kon helpen. Aan het voeteneind een televisietoestel met video-recorder, te bedienen via een lange stok met geplastificeerde haak, voor bruikbare documentaires.

Remo veegde zijn aantekeningen opzij, en zette zich aan een brief voor Bernard. Als ze nu eens samen per post aan het scenario gingen werken... Stom genoeg begon hij met zich te verontschuldigen dat er bij zijn laatste bezoek aan Parijs geen tijd voor Bernard was geweest. Voor hij het wist, was Remo aan het uitleggen waarom – en daarmee daalde, als een guillo-tinebijl, de slagschaduw van de Zaak op nieuwjaar neer.

Bij Dunning & Hendrix waren ze de verdediging aan het voor-bereiden, en Doug wilde weten wat Remo het Franse *Homme Mondial* precies in het vooruitzicht had gesteld.

'Ik heb redacteur Onagre voorgesteld meisjes van vijftien, zestien te fotograferen. Niet zoals hun ouders ze graag voor-stellen. Nee, zoals ze vandaag, jaren zeventig, ook echt zijn. Verlegen brutaal. Aarzelend zelfverzekerd. Angstig vroegrijp. Onagre was er enthousiast over. Hij gaf me de vrije hand.'

'Stuur me een kopie van het contract, wil je?'

'Die dingen gaan tussen *Mondial* en mij in goed vertrouwen. Nooit contractueel.'

'Goed, vraag dan voorlopig een schriftelijke bevestiging van de opdracht,' zei Dunning. 'Als het tot een proces komt, wil ik Mr Onagre 't liefst naar Santa Monica halen.'

Het was de derde week van april. Remo had al talloze ma-len naar de Parijse redactie van *Homme Mondial* gebeld, maar kreeg Bertrand Onagre niet aan de lijn. Als hij bij het moeder-blad, *Mondial,* naar de hoofdredacteur vroeg, werd hem toege-voegd: 'Monsieur Mayence is op reis.'

'U verwacht hem terug wanneer?'

'Voorlopig niet, Monsieur.'

Dunning bepraatte Ritterbach net zo lang tot de rechter er, met grote tegenzin, in toestemde Remo naar Parijs te laten vliegen. Na aankomst op Charles de Gaulle, 's morgens vroeg, liet Remo zich, slaperig en ongeschoren, per taxi naar de burelen van *Mondial, Femme Mondiale* en *Homme Mondial* brengen. Een hotel kwam later wel. Eerst profiteren van de overprikkeldheid die de jetlag schonk.

De redactielokalen aan de Boulevard Haussmann waren nog maar net open. Remo wachtte in de taxi tot de wijnrode Mercedes van Robert Mayence het verlaagde trottoir op draaide en in het oude koetshuis verdween. Hij bleef nog tien minuten zitten. Met zijn regenjas over de arm kwam fluitend ('April in Paris') Bertrand Onagre langs de metrotrap omhoog. Hij ging het gebouw binnen via een bijna naadloos in de hoofdpoort verzonken kleine deur. Tijd om met de taxichauffeur af te rekenen.

'Monsieur Onagre komt vandaag niet,' zei de secretaresse, Mistelle.

'Ik zag Bertrand drie minuten geleden uit de metro komen,' zei Remo. 'Ik zou zweren dat hij hier binnenging.'

De secretaresse ging hem voor naar de redacteurskamer. Geen Onagre. Alleen de geur, en misschien de rook, van een vers opgestoken sigaret.

'Doe verder geen moeite, Mistelle.' Remo kende de weg naar de staatsiekamer van de hoofdredacteur. Hij klopte, en wierp de deur meteen open. Het vertrek was protserig strak en kaal ingericht. Robert Mayence zat achter een plexiglazen bureau zijn nagels bij te vijlen. Hij moest de tijd zien te doden tot, met de komst van de eerste modellen van de ochtend, zijn *formule d'express* kon ingaan: twintig minuten inclusief douche.

'Hadden wij een afspraak, Monsieur?' Mayence hield stem en oogopslag traag.

'Jazeker,' zei Remo. 'Maar niet noodzakelijk deze ochtend om tien voor negen.'

'Het is hier niet de gewoonte, Monsieur, dat...' Mayence zag Remo kijken naar het laatste kerstnummer van *Mondial*, dat op een aluminium standaard in de glazen schuifkast achter het bureau te pronk stond. 'Enfin, wat kan ik voor u doen?'

'Monsieur Mayence, u leest kranten. Ik hoef u mijn situatie niet uit te leggen. Het is voor mijn zaak van het hoogste belang dat Monsieur Onagre, van *Homme Mondial*, in Santa Monica komt getuigen dat hij mij die opdracht verleend heeft.'

'Legt u mij het contract over, en ik zal zien wat ik voor u kan doen.'

'Daar, achter u, in de kast met trofeeën... daar staat mijn kerstnummer. Een collector's item inmiddels. U heeft mij toegestaan het naar eigen smaak en inzicht te vullen. Van kaft tot kaft. Maar er was nooit sprake van een contract. U heeft er goed mee geboerd. Ik heb mijn geld gekregen. Mondelinge afspraken zijn ook rechtsgeldig.'

De hoofdredacteur borg pincet en nagelvijl in hun etui, en ritste het dicht. 'U bezorgt mij een déjà vu, Monsieur... eh... Er was laatst een vent van Interpol hier, die ook al over die opdracht kwam zeuren. Als chef van deze papierhandel ken ik mijn verantwoordelijkheden. Daarbij ben ik, als Fransman van de oude gaullistische stempel, nogal gezagsgetrouw. Ik heb dus, geheel naar waarheid, tegen die Interpol-pion gezegd van een opdracht tot een fotoreportage niets af te weten. Monsieur, ik verdoe mijn tijd met u.'

Mayence, verziend, strekte zijn arm om van een afstand zijn horloge te raadplegen. Te vroeg nog voor het eerste model. Niet vergeten zijn secretaresse te vragen schone handdoeken klaar te leggen, en zijn badjas van de stomerij te halen.

'Ik snap het, Monsieur Mayence. Sinds ik in opspraak ben geraakt, kunt u zich mijn fotowerk niet permitteren op de achterkant van al die dure advertenties voor parfums... voor merkkleding... Pech voor u, die laatste herdruk van het kerstnummer. Ik wed dat u de hele oplage al heeft laten doordraaien. Geheel in overeenstemming met mijn huidige reputatie. Van mij, Monsieur Mayence, kunt u in de stront zakken. Met uw hele glossy jetset erbij.'

'Voor mij en mijn jetset, Monsieur, moge dat de toekomst zijn. Voor u, Monsieur, is het duidelijk de realiteit van vandaag. Mag ik u verzoeken, Monsieur, de deur minder krachtig te sluiten dan u hem opende?'

'Vergeet het bovenstaande voorstel, beste Bernard. Het is weer een van die onmogelijke hersenspinsels van mij. Sommige onderdelen van het scenario zouden nooit door de Choreaanse censuur komen. Een film waarin al geknipt wordt voordat er een meter celluloid is gedraaid – nee.'

2

'Doug? Met mij. Vanaf Charles de Gaulle. Ik stap zo op het vliegtuig.'

'Met Mr Onagre van *Femme Mondiale*, mag ik hopen.'

'Alleen. Het is *Homme Mondial*.'

'De zitting is volgende week donderdag. Een proces is nog niet zeker. Maar als het nodig is Onagre te laten getuigen, wil ik hem nu al persoonlijk drillen.'

'Vergeet Onagre. Hij speelde verstoppertje. De hoofdredacteur deed of hij mijn naam niet eens kende. Goed, dan weet je het nu. Ik heb de hele opdracht verzonnen om me aan kleine meisjes te kunnen vergrijpen.'

'Ik hoor net,' zei de advocaat, 'dat het Duitse meisje in Los Angeles is.'

'Stassja. Met haar moeder, ja. Ze krijgt acteerlessen aan het Strasberg.'

'Door jou betaald?'

'Haar Engelse spraakcursus ook.'

'Gul, maar ook goed fout, gegeven de omstandigheden. Hoe oud mag dat poppedeintje wel zijn?'

'Zestien... zeventien.'

'Vijftien dus. Moeder en dochter hadden geen ongelukkiger tijdstip kunnen kiezen. Zorg ervoor dat je nooit, geen drie tellen, met het meisje alleen in een kamer bent.'

'De politie, dus toch.'

'De pers doet een moord voor elk plaatje. Letterlijk. En de vermoorde, dat zal jij zijn.'

'Ik zweer je, Doug, ik ben niets anders dan haar bezorgde oudere broer.'

'Dat was wel eens anders.'

'De mensen gaan aan boord. Ik moet ophangen.'

Maandag 2 januari 1978
Een zwarte min

I

De rabbi kwam meteen na het ontbijt. Hij lichtte zijn zwarte hoed, en stelde zich voor als Abraham Visscher.

'U bent de derde pastor van Choreo,' raadde Remo. Hij maakte een uitnodigend gebaar naar zijn onopgemaakte brits. Met de plooien tussen zijn vingers haalde de man zijn broekspijpen op, waarna hij op het uiterste randje van het ijzeren bed ging zitten – eerder ertegen dan erop.

'Choreo heeft geen vaste rabbi,' zei Visscher. 'De directeur heeft me uit Inglewood laten komen. Ik ben al eerder hier besteld. Ik ken de weg.'

'Mr Visscher, ik heb de gevangenisautoriteiten bij herhaling laten weten geen geestelijke bijstand nodig te hebben. En evenmin op prijs te stellen.'

'Dan, Mr Woodehouse, ben ik verkeerd ingelicht. U *bent* toch joods?'

'Ik maakte maar een grapje tegen de dominee. Zonde van die hele reis.'

'Op het gebied van verplaatsing,' zei Visscher, opstaand, 'is ons volk wel wat gewend.'

'Kringetjes draaien in de woestijn,' zei Remo.

'Er zijn, Mr Woodehouse, lelijker woestijnen denkbaar dan die Los Angeles onder z'n plaveisel koestert.'

'Als u me nu excuseert, rabbi. Ik moet de keutels van de Mexicaanse woestijnvossen nog op een hoop vegen.'

2

'Bovenin beginnen, Scott?'

Maddox stond in de bezemkast over de schoonmaakspullen gebogen. Het begon Remo op te vallen dat zijn veegmaat lang niet altijd op zijn eigen naam reageerde. Eerst had Remo dat nog geweten aan het dikke verband, dat ondanks de geperforeerde oorbeschermers het gehoor verminderde. Later kreeg hij de indruk dat de man zijn naam bij tijden afwees – soms letterlijk afschudde, door op het noemen ervan te schokschouderen.

'Jij de oostkant van de Ring, Scott, ik het westen?' Geen reactie. Het deed Remo aan de eerste dagen in Choreo denken, toen hij uit de mond van bewaker of medegevangene zijn eigen schuilnaam soms niet herkende.

'Scott, geef mij de zachte bezem, als je wilt.'

Niets. Maddox floot een melodie die Remo niet kende en hem toch vertrouwd voorkwam. Eindelijk, uitgerommeld, draaide hij zich om. 'Li'll Remo, alleen? Ik hoorde je met iemand praten.'

'Ik had het tegen Scott Maddox. Al eens ontmoet?'

'Nee, maar ik kan haast niet wachten met hem kennis te maken.'

'Floot je daar?'

'O, een dingetje van The Beatles.'

'Doe nog eens.'

Maddox begon de wijs nog een keer te fluiten. Het kwam dof en doods de verbandkluwen uit. De luchtstroom bracht het gaas rond de lippen aan het wapperen.

'Ik ken alles van ze,' zei Remo. 'Dit niet.'

'Je hoort het zelden.'

'Het staat niet op *The Beatles' Rarities*.'

'Zo zeldzaam is het.'

'Ik heb The Beatles vroeger gekend. In Londen.'

Oppassen nu. Wie een incognito beneden zijn stand koos, kreeg vroeg of laat te maken met de ergste ontmaskeraar ervan: ijdelheid.

'Als krullenjongen bij de kapper zeker,' zei Maddox.

'We kwamen een tijd in dezelfde nachtclub.'

'Jij was lid van de Londense jetset...'

'Ja en nee.'

'Ik zag het meteen al aan je doorbakken gezicht. Het bruin begint er nu af te schilferen. Ik moet zo lachen om de mensen met geld. Ze kopen zonvakanties met hard goud, en het laagje verguldsel dat ze mee terugbrengen, slijt binnen twee weken weg. Zijn ze weer net zo roze als bij hun geboorte.'

'Mijn gezicht, Scott, schilfert nog niet zo erg als het jouwe. Een verschil in vuurhaard.'

Als Maddox zich eenmaal in een roes had gepraat, was er geen houden meer aan. De bergrede moest dan naar een profetische climax gevoerd. Zijn stem kon ook kort en snel hakken, als een slagersbijltje dat karbonades van het ribstuk scheidt – waarmee zich het tuchthuisboefje verried dat zijn moeder onder het bezoekuur in korte tijd zoveel mogelijk moest zien te vertellen.

'Wat een stofwolken,' riep Carhartt vanuit de deuropening van zijn loge. 'Minder hard zwiepen, jongens.'

'Ja, het wordt onze tijd,' zei Remo. 'Naar boven.'

Ze droegen in elke hand een bezem, ondersteboven, en lieten de stelen hard op de ijzeren treden neerkomen, wat een aaneenschakeling van oorverdovende galmstoten gaf – misschien niet voor de ingezwachtelde Maddox.

'Jij oost, ik west?' vroeg Remo op de derde verdieping.

'Mij om het even,' zei Maddox. 'Eerst dit. Waarom stoppen ze een jetsetter in Choreo?'

'Ook de jetset maakt speelschulden.'

'Jij bent geen gokker, Li'll Remo. Waarom zit jij hier?'

'Als jij dezelfde vraag in omgekeerde richting steeds afweert, waarom zou ik hem dan wel beantwoorden?'

'O, ik kom er wel uit, hoor. Eens kijken... Little Remo is ingesloten op de zwaarbeveiligde afdeling. Dat spreekt al boekdelen.'

'Net als bij jou dan. Of misschien ook weer niet. Ze dumpen iemand ook wel op de EBA om hem te beschermen.'

'Niet als regel,' zei Maddox.

Remo veegde voor de vorm wat om zich heen. Een kroonkurk, potentieel zelfmoordwerktuig, stuiterde de trap af. 'En jij, Scott, wat voert jou deze kant op?'

'Nu stel *jij* de vraag waarop ik bot heb gevangen.'

'Wat geeft me toch de indruk, Scott, dat jij minder moeite hebt dan ik met het waarom van een verblijf hier?'

'Wie zo sterk is, moet eerlijk zijn. Goed dan. Ze hebben Scott van Vacaville naar Choreo overgeplaatst uit... uit veiligheidsoverwegingen. De staat, Li'll Remo, zorgt goed voor me. De staat is mijn lijfwacht. Persoonsbeveiligers kies ik bij voorkeur uit de gelederen van de vijand.'

'Kijk eens aan, Scott. Allebei in hetzelfde kooitje om ons tegen de boze buitenwereld te beschermen.'

'Als we elkaar nu met deze bezems de hersens inslaan... gelijktijdig... dan hebben we op z'n minst aangetoond dat het systeem niet deugt.'

'Misschien is daar een taak voor ons weggelegd.'

'Het falen van het systeem, Li'll Remo, is door Scott en zijn mensen al eerder aan het licht gebracht.'

'Ondertussen houdt het systeem je wel achter z'n tralies.'

'Li'll Remo, ik probeer nog steeds je accent thuis te brengen. Ik heb in de bajes van San Luis Obispo een Russische huurmoordenaar gekend die een beetje op jouw manier Amerikaans praatte. Help me op weg.'

'Voor huurmoord zit ik hier in elk geval niet.'

Maddox begon fluitend te vegen. Remo herkende de melodie van het onbekende Beatlesnummer. 'Hoe heet die song?' vroeg hij.

'De titel ben ik kwijt,' zei Maddox.

'Zing me er wat van voor.'

'De tekst ben ik ook kwijt. Alleen de deun van het refrein kan ik niet kwijtraken.'

3

Voordat Remo naar de bezoekersruimte ging om Paula te ontvangen, liep hij even zijn cel binnen om in de spiegel te kijken. De vervelling moest 's nachts begonnen zijn. Op zijn voorhoofd was een roze plek door de groezelig bruine huid gebroken. De schilfers hingen overvloedig in zijn baard.

'Het masker brokkelt af,' zei hij zacht tegen zijn harige jongensgezicht.

Remo werd begeleid door Kimberly LaBrucherie, die als smet op haar beeldschone naam algemeen als The French Dyke werd aangeduid. Ondanks de beperkte diameter van de kokerrok die bij haar uniform hoorde, dreunden haar halfhoge schoenen door de Choreaanse gangen. Pilaren van kuiten. Gepantserde boezem. Uit de omstandigheid dat hij zou worden toevertrouwd aan een *vrouw* had Remo voorbarig geconcludeerd dat hij als ongevaarlijk werd beschouwd. Naast Remo, strategisch half achter hem, liep de ongenaakbaarste bewaker van heel Choreo. Een kampbeul met haar op de tieten.

Hij was vanmorgen liever het werk blijven doen dat op een ontlastende manier de geest doodde, maar zijn secretaresse verlangde instructies. Zonder lichaam ging zijn leven daarbuiten gewoon door, helaas.

Omdat er voldoende toezicht was, hoefde hij Paula niet aan het loket te woord te staan. De gemeenschappelijke ontvangstruimte deed hem met haar lage, ronde tafels en te krappe stoeltjes aan de klas van een fröbelschool denken. Paula was er nog niet. Remo ging op een vrije plaats zitten, en keek verveeld naar de binnenstromende families. Op het eerste gezicht heel normale mensen, maar bij nadere beschouwing aangevreten door een misdaad die ze niet begaan hadden, en die evenmin aan ze was begaan. Ook de kleinste kinderen werden gefouilleerd op drugs, wapens en de rest. Bewaker Al Burdette goochelde regelmatig een lolly uit de kleren van zo'n koter, en zei dan bestraffend: 'Smokkelwaar...!'

Burdette had daarmee allang de harten van de onbestorven weduwen gestolen, maar vandaag barstte het zoontje van een heroïnehandelaar bij het zien van de lelievormige lollypop in tranen uit. 'Ik heb het niet gedaan, meneer. Echt niet.'

Het was er warm. Remo trok zijn vest uit. Nou, Paula, waar blijf je. De krap volwassen zwarte jongen een tafel verderop kreeg bezoek van zijn dikke mama, die begon te janken nog voor er een woord gewisseld was. De liftersmoord. Adem gesmoord in woestijnzand. Tumbleweed met bloedsporen aan de rol. Onder zijn moeders tranen veranderde de jeugdige moordenaar in een onhandige schooljongen, die de bewaker om tissues ging vragen.

'Hallo, Remo, is het nog steeds Remo?'

Hij veerde overeind, maar voordat ze zich kon laten omhelzen, werd Paula door LaBrucherie van hem weggetrokken om te worden gefouilleerd. Remo legde zijn vest met de mouwen wijd op de tafel, ten teken dat die in z'n geheel bezet was, en ging koffie uit de automaat halen. Wachtend op het vallen van de eerste beker keek hij naar de overdreven grondige verrichtingen van The French Dyke. Paula onderging het voelen en kneden gelaten, de armen wijd gespreid, de benen wat zuiniger uiteen. Als ze geen binnengesmokkelde waar vond, maakte dat het acnegezicht van de bewaakster alleen maar wantrouwiger. Met tegenzin liet ze Paula gaan.

'Er zijn alleen maar tenten bijgekomen.' Paula ging zitten. 'Op de parkeerplaats staat een tweede schoolbus. Het is nog niet over.'

'In het holst van de nacht,' zei Remo, 'roepen en zingen ze van alles. Geen lor van te verstaan. Aanmoedigingskreten voor iemand binnen, denk ik.'

'Protesten tegen de directie.'

'Het vreemde is... Bij mijn aankomst hier heb ik die lui goed bekeken. Ik heb er nooit eentje van hier op bezoek gezien. De moeite nemen naar de verlatenheid van de San Bernardino Mountains te trekken... daar een steunkamp in te richten... en dan die laatste paar honderd meter naar de ingesloten dierbare laten liggen.'

'Misschien is de actie algemener,' zei Paula. 'Tegen de omstandigheden in Californische gevangenissen. Of zo.'

'Ik moet in Choreo de man nog tegenkomen die zo direct, van zo nabij, solidariteitsbetuigingen krijgt. Buiten de EBA spreek ik natuurlijk zelden iemand.'

'Gelukkig,' zei Paula, met een knikje naar Remo's blote armen. 'Nog geen tatoeages.'

'Wacht tot je mijn billen hebt gezien.'

'Wacht tot je de billen van Miss Zillgitt hebt gezien. En haar borsten.'

'Vertel.'

'Overrijp fruit langzamerhand.' Het bloed drong haar in de wangen. 'Rottend van ongeloofwaardigheid.'

'Maak je wat vaker kwaad, Paula. Je wordt er dichterlijk van.'

4

Remo vertelde zijn secretaresse over de eerste keer dat hij van Wendy's juridisch ongewenste rijpingsproces hoorde. 'Het was een woensdag eind april, daags voor de zitting. Ik mocht van Jenny direct doorlopen naar Doug z'n gestoffeerde sigarenkist. Zo kreeg ik alweer geen kans de lichtgevende globe in de wachtkamer van Dunning & Hendrix... laat maar. Ik leg het je nog wel een keer uit.'

'Hoe Miss Zillgitt aan een grotere cupmaat kwam,' zei Paula, 'daar zou het over gaan.'

'Nou, wat doen we?' had de advocaat meteen geroepen. De godsammese rechterlijke macht van Santa Monica over ons heen laten walsen... of handjeklap en een aangepast vonnis?'

'Je praat erover, Doug, alsof de pijpen van een broek uitgelegd of ingenomen moeten worden.'

Dunning, de gouden knipper in zijn hand vergeten, beet de punt van zijn sigaar, en spuugde hem in de prullenbak. Hij zei: 'Als ze bereid zijn een paar keutels in te trekken... de ergste... dan raad ik je aan schuld te bekennen en het vonnis te omhelzen.'

'En als ze allemaal blijven staan, de aanklachten?'

'Het proces erdoor jagen.' Tegen zijn gewoonte in, die een houtspaander voorschreef, stak Dunning zijn sigaar aan met een aansteker, ook al van goud. Remo werd nieuwsgierig naar mevrouw Dunning.

'Zo snel mogelijk dan.'

'Dat is wat de openbare aanklager wil.' De advocaat blies dikke, vette rook uit. 'Waarom zou *jij* haast maken?'

'Ik wil ervan af.'

Remo was zelf geen roker, maar kon de geur van een goede sigaar waarderen. Vol walging dacht hij terug aan de hoofdredacteur van *The Marijuana Brass* in zijn lijkwade van hasjdampen.

'De officier van justitie ook,' zei Dunning, en likte aan het mondstuk. 'En weet je waarom?'

'Het kost de staat geld.'

'Interesseert die hele Longenecker geen bal. Nee, ze zitten met een tikkende tijdbom.'

'Beeldspraak past jou niet, Doug.'

'Het tikken komt van een gewoon meisjeshart.'

'Of misschien toch wel. Ga door.'

'Hoe oud schatte jij Miss Zillgitt ook weer, bij eerste kennismaking?'

'Zestien... vijftien. Al bijna te oud voor mijn reportage.'

'Daar,' zei Dunning, met zijn sigaar op Remo wijzend, 'heeft Longenecker al een probleem. Ze ziet er te rijp uit om een eventuele jury in kinderverkrachting te doen geloven. En ze *staat* nog volop in bloei, Peter Pans Wendy. Ik zag haar bij de Grand Jury. Het dametje bot aan alle kanten uit. Gelijk op met het voorjaar... Nog meer beeldspraak? Ze leek bepaald niet door haar lijffotograaf in de knop gebroken. Elke dag dat het proces verder gerekt wordt, is in het nadeel van het Openbaar Ministerie. De schat wordt elke week drie maanden ouder.'

'Anders ik wel.'

'Dan heb ik een nieuwtje voor je waar je van zal opknappen. Laatst moest jouw gewezen schoonmoeder...'

'Tammy.'

'Mrs Zillgitt, die moest voor de openbare aanklager verschijnen. Ze had haar Wendy en die Pritzlaff, van *The Marijuana Brass*, op sleeptouw, maar die mochten niet mee de rechtszaal in. De deur naar het wachthok stond op een kier, en zo zag een onderknuppel van het OM hoe...'

'Ik wil het niet horen,' zei Remo, die begon te neuriën.

'... hoe de hasjboer en zijn stiefdochter elkaar omhelsden.'

'Misschien is hij toch een echte vader voor haar.'

'Als geliefden.' Dunning klemde de sigaar tussen zijn bruine tanden, en lachte gorgelend. 'Nee, echt, de hartstocht spatte ervan af.'

'Heb je niks anders?' Een golf jaloerse gal was zijn deel.

'Vacuüm gezogen monden... haar knietje in zijn kruis.'

'En ik word geacht hiervan op te knappen?'

'Ja, want de onvrijwillige getuige heeft onmiddellijk Ritterbach ingelicht.'

'Ritterbach,' hoonde Remo. '*Ik* ben zijn prooi. Niet de familie Zillgitt.'

'Het is vastgelegd. Als er een proces komt, naaien we ook die cannabisvergruizer er nog bij.'

'Het einde van *The Marijuana Brass*. Zo raakt de stuff nooit gelegaliseerd.'

'Einde bezoekuur, dames en heren!' The French Dyke ging handenklappend rond. 'Afscheid nemen! Snel!'

Paula stond op. 'Jouw beurt om gevisiteerd te worden, Mr Remo. Nog speciale wensen voor volgende keer?'

'Foto' s. Van haar alleen. Van ons samen. Zoveel als je dragen kunt.'

'Zijn er dan ook foto's waar jullie samen op staan?'

'Honderden.'

'Het lijkt me niet verstandig die hier aan de muur te hangen. Ze zouden op iets anders dan gokschulden kunnen wijzen. En trouwens, *zij* was toch het model?'

'Paula, schat, ik heb het niet over Wendy.'

'Neem me niet kwalijk. Waar kan ik ze vinden?'

'In het wandmeubel zijn drie laden onder elkaar. Vol met foto's. Breng me in ieder geval die met de op-art-broek. En die van haar en mij in Joshua Tree.'

'Je hebt jaren geen foto's van je vrouw kunnen zien.'

'Nu wel. Hier wel.'

5

Een gesprek aan het loket per intercom had iets afstandelijks, telefoneren met bewegend beeld erbij, maar er hoefde na afloop tenminste niet gevisiteerd te worden. Vandaag, na lijfelijk contact met zijn secretaresse, moest Remo zich in een zijhok uitkleden. Hij kon zich nog zo vaak voorhouden dat zo'n geuniformeerde huisvader ook maar de kost verdiende, uit de gretigheid van wroetende vingers viel op te maken dat de man *hoopte* drugs te vinden, of wapentuig, of ander verdacht spul. Niet de echo van zware voetstappen, niet de smartelijke kreten in de nacht, niet het schurend dichtgaan van een traliehek – het fluisterende geritsel van dun plastic rond de vinger die uit zijn anus werd getrokken, dat was voor Remo het Choreaanse geluid bij uitstek.

Als ze hem nog eens *Les Bonnes* van Genet voor toneel lieten regisseren, zou hij Solange aan het begin van het stuk plastic visitatiehandschoenen laten dragen in plaats van de gebruikelijke gummi keukenhandschoenen. (Hiervan straks op cel aantekening maken.)

'Krijg jij nooit bezoek, Scott?'

Maddox had tijdens Remo's afwezigheid alle cellen op de begane grond uitgeveegd, en stond nu op zijn bezemsteel geleund toe te kijken hoe zijn maat de hoopjes stof en papier voor elke deur in een plastic vuilniszak verzamelde. 'Alleen mijn advocaat weet dat ik hier zit,' zei hij. 'Hij was vorige week nog langs. De FBI had een verzoek bij hem ingediend... om mij te spreken. Het ligt nu bij O'Melveny.'

'De FBI,' herhaalde Remo. 'In verband met jouw... politieke activiteiten?'

'Een speciale federale brandweercommissie misschien. Voor onderzoek naar menselijke fakkels. Weet ik veel. Het zal wel weer geheim zijn.'

'En behalve de FBI, Scott – geen bezoek?'

'Li'll Remo, ik ga mijn exen niet op het idee brengen hier alimentatie te komen vangen.'

'Ik ben altijd een sociaal dier geweest,' zei Remo, 'maar bezoek hier laat me koud. Het eerste gesprek aan het loket... ik had er zo naar uitgekeken. Toen het zover was, zat ik naar het einde te verlangen.'

'Dat is de mentaliteit. Voor de ware gevangene is de bajes zijn thuis. Hij koopt niet aan de deur.'

'Die advocaat van jou, Scott, wie is dat eigenlijk?'

'Je zit zelf zonder...'

'Misschien ken ik hem.'

'Hearn. Hij is van Frisco. Joe Hearn III. Ik hou hem aan voor mijn contacten met de buitenwereld. En voor mijn eerste *parole hearing*, straks.'

'Maak je een kans?'

'Niet als ze Scott Maddox in boeien voor de commissie leiden.'

'Eerder vader geworden, Li'll Remo?'

'Het was mijn eerstgeborene. Mijn eerst*on*geborene.'

'En later?'

'Niet dat ik weet. Jij?'

'Ik hoorde in Folsom eens iemand zeggen dat hij negen kinderen bij vierendertig vrouwen had. Zo'n formule past ook op Scott. Alleen weet Scott niet hoeveel er van zijn vlees en bloed over de aardkorst rondkruipen.'

'Misschien hebben ze zich intussen opgericht,' zei Remo.'

'Ook op twee benen,' zei Maddox, 'zou ik mijn kroost niet herkennen.'

'Denk je wel eens aan ze?'

'Aan de eerste. Een zoon. Nooit gezien. Moet nu midden twintig zijn. Hij zal wel ergens in Oregon of North-Carolina onder de naam van zijn adoptievader leven. Ooit zal hij weten wie zijn biologische papa was. Eerst moeten mijn politieke ideeën erdoor. In een omgegooide wereld zal Scott Maddox zijn nageslacht voor zich opeisen. Wie zijn kinderen geen zwarte min kan garanderen... geen zwarte chauffeur, geen zwarte schoenpoetser... die is het vaderschap niet waard.'

'En de latere worpen?'

'Mijn laatste was ook een zoon. Mickey. Negen of tien nu. Van hem staat me alleen nog bij dat ik de navelstreng heb... nee, te pijnlijk detail voor je, Li'll Remo. Sorry.'

'Ben jij zo iemand, Scott, die ratten de kop af bijt?'

'Dieren zijn me heilig.'

'Jij hebt het altijd maar over je vrouw, Li'll Remo, hoe dood ze wel niet is. Je moeder, denk je daar nog wel eens aan?'

'Achter tralies zitten,' zei Remo, 'en dan *niet* aan je moedertje denken? Uitgesloten.'

'Ze leeft nog...'

'Toen ik zeven was, verdween ze. Ik heb haar niet levend teruggezien. Dood trouwens ook niet.'

'Vanmorgen, bij het wakker worden,' zei Maddox met het begin van een snik in zijn stem, 'hing opeens mijn moeders gezicht voor me.'

'Wanneer heb je haar voor 't laatst gezien?'

'Zo'n tien jaar terug. Tussen twee gevangenissen in. Ik wou dat ik haar niet had opgezocht. Ze was vroeg oud. Vanmorgen zag ik mijn moeder van dertig, veertig jaar geleden. Mooi. Jong. Voor dat knappe smoel liep ik elke keer weer van mijn tuchtscholen weg. Tralies hebben haar lelijk gemaakt. Haar tralies... mijn tralies.'

'Wees blij,' zei Remo, 'dat je haar zo jeugdig gekend hebt.'

'Ach, wat heb je aan een schoonheid van een moeder,' riep Maddox plotseling woedend uit, 'als ze de hoer uithangt voor drank?'

7

Na het eten kwam De Griek Remo de bestelde Adler brengen. Toen de koffer van de draagbare schrijfmachine plat op tafel werd gezet, klonk er gerammel uit het inwendige. Wat losse moertjes, schroefjes en palletjes.

'Ze hebben het ding in de postkamer helemaal uit elkaar genomen,' zei Agraphiotis verontschuldigend.

'Met alle vijltjes en zaagjes eruit,' zei Remo, 'moet erop te schrijven zijn.'

'Een uur, Woodehouse. Deur open. Ik heb opdracht in de buurt te blijven. Zolang je blijft tikken, hoef ik niet te komen kijken.'

De Griek verliet de cel. Remo ging achter de typemachine zitten, wapperde zijn vingers los boven de toetsen – en algauw sprong de snelle bruine vos over de luie hond.

'Ik heb deze Adler laten komen voor het script, maar op verzoek van Dr De Young en Dr Urquhart gebruik ik hem ook om de voorgeschiedenis van mijn verblijf hier op papier te zetten. Ik zal in eerste instantie niet chronologisch te werk gaan, maar de verschillende episodes van mijn arrestatie en berechting opschrijven in de volgorde zoals ze me voor de geest komen. Ordenen kan later nog. Ik denk aan die keer, begin mei, dat mijn advocaat, Doug Dunning van Dunning & Hendrix, in mijn schuilhotel aan de Sunset Strip langskwam. Nee, niet na de Grand Jury (dat was eerder, dat komt later) maar toen hij me het compromisvoorstel van het OM kwam overbrengen. Door zijn lange gestalte viel me weer eens op tot wat voor klein rotkamertje ik mezelf na het Beverly Wilshire veroordeeld had. Het was net of hij zich bukte voor het lage plafond, maar Doug heeft nou eenmaal die knik in zijn rug.

"Doug," zei ik nog, "zie het maar als een doorgangsportaal tussen hotelsuite en gevangeniscel." Doug had andere dingen aan het hoofd. Hij zei: "Vanmorgen voor de zoveelste keer overleg in de kamers van Ritterbach. Met Longenecker erbij en de advocaat van Miss Zillgitt." Ik zei dus: "Het klinkt nu al hopeloos." Doug dacht daar duidelijk anders over...'

'Partijen zijn nader tot elkaar gekomen,' wist de advocaat.

'Eensgezind het proces tegemoet,' zei Remo.

'Iedereen is voor het laten vervallen van de ernstigste aanklachten.'

'Zodat eindelijk het vonnis op mijn hoofd neer kan dalen. Lag de advocaat van het topmodel niet dwars?'

'Meteen al het eerste gesprekje met zijn cliënte moet hem duidelijk gemaakt hebben dat ze onder een kruisverhoor de stomste dingen zou gaan uitkramen. Zo'n wicht kun je vlechtjes inknopen, bobby sox aantrekken, een plaspop te knuffelen geven... in het getuigenbankje zal ze zich vergalopperen. Knappe jongen die jou dan nog veroordeelt.'

'Bekend wat de lady er zelf van vindt, van het hele gedoe?' vroeg Remo.

'Paps heeft haar in huis genomen,' zei Dunnig.

'Cursus hasj verkruimelen.'

'Haar natuurlijke vader.'

'Zou ik ook doen, met zo'n stief.'

'De arme man is de wanhoop nabij. Stelt alles in het werk om zijn dochter het gerecht te besparen.'

'Straks ontvoert hij haar nog. Naar een andere staat.'

'Dat zou mooi zijn,' zei Dunning. 'Als Miss Zillgitt niet voor de rechtbank verschijnt, heeft de aanklager geen been om op te staan.'

Opgroeiend meisje dat, met een vals beroep op haar half verzonnen schoonheid, door de volwassenen om haar heen vanuit tegenstrijdige belangen gebruikt wordt. Zijn schuld maakte hem een moment duizelig. 'Weet je, Doug, ze kan maar beter niet naar zo'n publieke hoorzitting komen.'

'Nog meer open deuren?'

'Ik heb het nu even niet over mezelf. Het zou Wendy verder beschadigen.'

'Zeker.'

'Genoeg gesnotterd,' zei Remo.

'Terug naar de juridische aspecten van de zaak.'

'Als de grootste stront tegen jou nietig wordt verklaard, ben je dan bereid voor de rest van de drek schuld te bekennen?'

'Doug, alles staat of valt met de vraag of ik zo het gevang zou ontlopen.'

'Een hoge mate van waarschijnlijkheid, meer heb ik niet voor je in huis.'

'En dat voor jouw honorarium.'

'Hier in Californië banjert iedereen voor vier vijfde bloot over het strand. Mag, van de wet. Wie toegeeft aan de verleiding, en 'm in een meisje van onder de achttien stopt, krijgt diezelfde wet tegen zich. Ik zeg het uit mijn hoofd, maar ik geloof dat een kwart van de plegers van zo'n vergrijp eraf komt met voorwaardelijk.'

'In welke categorie pas ik?'

'Er zijn zoveel factoren in het spel,' zei Dunning somber. 'Miss Zillgitt heeft intussen haar veertien kaarsjes uitgeblazen, maar...'

'*The quick brown fox jumps...* Zie je, het is de s waarvan telkens de hamer blijft hangen. Bedankt, heren stoethaspels van de postkamer. "Ja, Doug, ik weet het. Twee maanden terug was ze nog dertien. Dat kan me de kop kosten. Goed, laten we ervan uitgaan dat ik voor de resterende aanklachten schuld beken, en dan een tijdje moet zitten. Is er na mijn vrijlating dan nog een kans dat ik het land uit moet wegens – hoe noemde jij dat laatst?" Doug antwoordde: "Morele verdorvenheid." Maar dat leek hem onwaarschijnlijk. En toen kwam het hoge woord er bij mij uit: dat me er alles aan gelegen was om mijn werk hier, in de Verenigde Staten, voort te zetten.'

8

Remo betrapte zich er nu geregeld op dat hij de gezichten van zijn medegevangenen afspeurde naar getatoeëerde tranen. Omdat ze niet altijd even helder blauw waren, zag hij een traan ook wel eens voor een moedervlek aan, of omgekeerd een pigmentstip voor een traan. Het begon al aardig een obsessie te worden.

'Scott, die Dudenwhacker... is hij ook voor alle vijf veroordeeld?'

'Alleen voor de eerste, met het glazen mes. De rest... niet te bewijzen. Niemand verlinkt elkaar in de nor. Alleen zo'n traan, die laat zien dat de maats er meer van weten. Het is de kunst, Li'll Remo, om het kalf te brandmerken zonder het naar de slacht te voeren.'

Die avond liep Maddox bij hoge uitzondering mee naar de recreatie, waar hij algauw zo'n zeven, acht leden van de Arische Broederschap om zich heen had hangen, die wel eens wilden weten wie zich achter al dat verband schuilhield. Heinz 57 hoorde hem uit over zijn gevangenisverleden.

'San Quentin,' vroeg Manxman, de Brit uit het gezelschap, 'zit die gek daar nog?'

'Bobby,' zei Maddox.

'Nee,' zei Manxman, '*that old hippie fart.*'

'In Folsom,' zei Maddox. 'Hij komt zijn cel niet uit.' Nu de AB'ers wisten dat Maddox in beruchte gevangenissen over heel Amerika had gezeten, begonnen ze hem om strijd te ondervragen over beroemde veroordeelden.

'Gary Gilmore, heb je die gekend?' vroeg Dudenwhacker.

'Elke koning zijn eigen staat,' zei Maddox.

'Is het waar,' wilde Manxman weten, 'dat er in Folsom gasten met volledig bespikkelde gezichten rondlopen?'

'Ierse sproetenkoppen,' zei Maddox, 'heb je in elke bajes.'

'Ik bedoel getatoeëerd,' zei Manxman. '*Those bloody blue tears.*'

'Zelfs God,' zei Maddox, 'huilt niet zoveel tranen.'

In Folsom, Corcoran en San Quentin, daar zaten de grootste jongens: de Choreanen spraken er met ontzag over, alsof ze zelf wel eens promotie in die richting wilden maken.

'En jij, Verbanddoos,' vroeg Dudenwhacker, vanuit welk moordhol hebben ze jou naar Choreo overgebracht?'

'Ja,' viel Riot Gun hem bij, 'waar hebben ze jou zo'n mooie witte bivakmuts aangemeten?'

'Op de ziekenboeg van Choreo,' zei Maddox.

'Je had die ingepakte kop al bij aankomst,' wist Heinz 57. 'Je loopt niet zomaar uit een brandende Chevy hier binnen.'

'Ik kom van Vacaville,' bekende Maddox.

'Laat ik nou toch altijd gedacht hebben,' zei Dudenwhacker, 'dat ze in de CMF alleen gekken behandelden.'

'Ze hebben er ook een verbandschaar,' zei Maddox. 'Zo'n ding met een knietje.'

Dinsdag 3 januari 1978

Bajeslokaas

I

Toen Maddox de laatste Mexicaanse guirlande een zwieper wilde geven, viel met een klap zijn bezem van de steel. 'Afgedankte Choreaanse troep,' zei hij.

'Wacht,' zei Remo. Hij haalde een katoenstaal uit de zak van zijn overall, en ging het lapje aan de kraan bevochtigen. Maddox wond de stof rond het uiteinde van de steel, en klemde dat met een schroefbeweging in het bezemgat.

'Kan het zijn, Li'll Remo, dat wij elkaar vroeger al ontmoet hebben? In een eerder leven, bedoel ik.'

'In gezwam over reïncarnatie heb ik nu geen zin, Scott. Deze papieren' (Remo begon te vegen) 'beschrijven de wedergeboorte van een Choreaanse maaltijd. Een zielsverhuizing via speeksel, maagzuur en darmflora. Het is al meer dan ik aankan.'

'Ik bedoel, in een *vroeger* leven... toen we nog geen van beiden door de maatschappij waren buitengesloten.'

'Wanneer zou dat, in jouw geval, geweest moeten zijn?'

'Als jij in de buurt bent, Li'll Remo, krijg ik zo'n rottig vertrouwd gevoel.'

'Dat heb ik omgekeerd ook, Scott. Toch zijn we elkaar voor Choreo nooit tegengekomen. Ik verwed er mijn kop om.'

'Aan mijn kop valt niet veel meer te verwedden,' zei Maddox. Om het uiteinde vaster in het dwarshout van de veger te drijven, ramde hij een paar keer met de steel op het granito.

'Maddox! Woodehouse!' De snerpende stem van Burdette, die verstoord zijn loge uitkwam. 'Wanneer is jullie timmerwerk opgedragen?' Hij ging meteen weer naar binnen om zijn telefoongesprek voort te zetten.

'Dat wederzijdse gevoel van vertrouwdheid, Scott, heeft alles met postuur te maken. Wij hebben de dwerg in elkaar herkend. Eindelijk iemand om op ooghoogte mee te praten.'

'Dan spijt het me voor jou, Li'll Remo, dat ik je niet meer dan dat ene oog te bieden heb.'

'Het kijkt me aan voor twee, Scott. In het land der blinden ben jij nog altijd koning.'

'Ik heb meegemaakt dat een blinde tot koning werd gekroond over het land der zienden. En nog zou hij zijn koninkrijk voor een blind paard hebben geruild.'

2

'Spiros, het is weer zover,' zei Carhartt in de loge op drie. 'Sinds nieuwjaar voortdurend geschreeuw tussen die twee. Ik slinger ze op rapport. Als het zo doorgaat, haal ik ze van hun vrijwilligerswerk. Zeg ze dat maar.'

'Het is vooral die ene, die Maddox,' zei collega Burdette. 'Hij houdt steeds vaker schreeuwerige toespraken tegen zijn maat. Een bezoeking, in dat galmgat van de EBA.'

'Nog een geluk,' zei ik, dat die gewatteerde muts zijn stem dempt.'

'In de watten of niet,' zei Burdette, 'het blijft rauw Midwest. De toon vreet aan mijn zenuwen.'

'Ik roep ze tot de orde,' zei ik. 'Het zou zonde zijn twee nieuwe poetsers te moeten inwerken.'

Maddox en Woodehouse stonden te bekvechten op de begane grond, beneden aan de gietijzeren trappen. Ik liet me langs de cipiersladder naar eenhoog zakken, en liep daar de halve

Ring rond om zo dicht mogelijk bij ze te komen. Ze hadden me nog niet opgemerkt, dus bleef ik bovenaan de treden staan luisteren.

'Geen sprake van,' zei Woodehouse scherp.

'Dan vraag ik het je nu op de man af, Little Remo. De misstanden in Choreo, verricht jij daar onderzoek naar?'

'Voor wie of wat, in Godsnaam?'

'In opdracht van de staat,' snauwde Maddox. 'In opdracht van de federale overheid.'

'Je ettert er maar over door.'

'Li'll Remo, jij bent geen normale gevangene.'

'Bestaan er normale gevangenen?'

'Ik heb je in je cel bezig gezien. En maar schrijven. En maar tekenen. Er staat een groot bord, en daarop wordt de een of andere geheime score bijgehouden.'

'Waarom denk je dat hier geen bewakers korter dan een meter tachtig rondlopen? Jij kunt met je een meter vijfenvijftig om te beginnen al niet bij het kijkgat.'

'Reus Mattoon gaf me het juiste opkontje,' gromde Maddox. 'Hij koestert zijn eigen verdenkingen tegen je.'

'Zo, mij samen met een bewaker beloeren...'

'Je bouwt een soort kijkdozen, maar dan niet afgesloten. Maquettes misschien, van Choreaanse locaties. Er zijn hier verrot weinig gevangenen die de middelen hebben om zulke dingen te bouwen. In de werkplaats, ja. Niet op cel.'

'Die psychiatrische onderzoeken, Scott, worden steeds verfijnder. Ingewikkelder ook. Meer heb ik er niet over te zeggen.'

'Ik hou jou in de gaten, Li'll Remo.'

'Let liever op wat je de cellen uit veegt. Kijk, daar ligt een T-shirt tussen de proppen. Gisteren hing er een gebruikte onderbroek aan je bezem.'

'Vuile mol,' klonk het schor uit de zwachtels, 'jij bent hier aangesteld om elke onregelmatigheid te turven.'

'Ik turf de dagen. Net als jij. Net als elke gevangene.'

'Spreek voor jezelf, Li'll Remo.' Er spatten spuugdruppels

door de spleet in het verband. 'Voor Scotts dagen is geen celmuur groot genoeg.'

'Nee, Maddox,' zei ik, de trap aan het gonzen brengend, 'jij verandert alleen de maanden nog in pansfluiten. Zo is het wel weer genoeg geweest, heren. Ik heb boven een kwaaie chef. Als hij jullie de sleutel van de kast afneemt, is het overdag met praten gedaan. Maak ruzie zoveel je wilt, maar geen hysterisch gekrijs. Dempen, die stemmen. Een glimlach mag van dichtbij dodelijk zijn, als hij er op een afstand, voor Carhartt, maar broederlijk uitziet.'

'Ik stel voor, Spiros,' zei Carhartt, 'om de twee kemphanen uit elkaar te halen. De een kan dan 's morgens het veegwerk doen, de ander 's middags dweilen.'

'Geef ze nog een kans, Ernie. Er is beterschap beloofd. De sociale winst van hun dagelijkse gesprek dient zwaarder te wegen dan die enkele keer dat het in gekibbel ontaardt. Buiten de muren lukt het ook niet zonder steggelen.'

3

Elke keer dat Remo de luchtplaats op liep, was er een duizeling van angst: iemand *kon* inmiddels over de ware aard van zijn misstap hebben vernomen.

Na de arrestatie had hij twee maanden zonder agentschap gezeten. 'Mullin & Munroe vertegenwoordigen geen verschalkers van *San Quentin jail bait*,' schreef zijn agente, Dorothy Munroe, hem in boze hanenpoten. Pas toen Remo de term in een slangwoordenboek opzocht, begreep hij dat met 'bajeslokaas' een meisje beneden de leeftijd bedoeld werd.

Begin mei belde Victoria Mullin, bijna achteloos, met de mededeling dat het agentschap een contract van anderhalf miljoen voor hem had losgekregen bij DinoSaur Bros Productions. Als Remo akkoord ging, wilden Dino en Sauro hem graag de remake van de film *Cyclone* toevertrouwen.

'Ik wist niet,' zei Remo, 'dat Mullin & Munroe mij nog vertegenwoordigden. Dorothy heeft me midden maart de wacht aangezegd.'

'Je bent nooit van de cliëntenlijst geschrapt,' piepte Vicky.

'Ik snap het. Toen de broertjes DinoSaur met een vet aanbod belden, keerde mijn naam op wonderbaarlijke wijze in jullie kaartenbak terug. Dotty moet nodig over lokaas beginnen. Waarom komt ze zelf niet aan de telefoon?'

'Diepe schaamte. Mullin & Munroe konden in maart niet weten hoe verschrikkelijk ze je erin hebben laten lopen.'

'En als ik straks de cel in draai,' vroeg Remo, 'wordt jullie bestand dan weer gereorganiseerd?'

'Vertel me liever of je het bod van DinoSaur accepteert.'

'Nee zeggen is verleidelijk, alleen al omdat ik jullie hypocrisie die vijftien procent niet waard vind. Maar ik heb geen andere keus, Vicky. De kosten van de juridische bijstand drijven me de kant van het bankroet op.'

'Deze maand moeten er op Frans Polynesië locaties worden uitgezocht. Laat de rechter je met de gebroeders meevliegen, denk je?'

'Ritterbach heeft me laatst ook naar Parijs laten gaan. Ik zal mijn advocaat erop zetten.'

San Quentin jail bait, dat begrepen ze in Choreo ook, maar het was een aas dat nog niet met de kleine baardmans in verband werd gebracht. Sinds het brilincident van laatst lieten ze hem ongemoeid – al kon natuurlijk elke dag een tribunaal op hem toekomen, bestaande uit vaders van opgroeiende meisjes. Mannen die voorlopig geen andere manier vonden om het voor hun kind op te nemen.

Niet alleen in de gevangenis was de liefhebber van jonge vrouwen vogelvrij, buiten de muren net zo goed. Op Bora-Bora bereikten Remo verontrustende berichten over de man in wiens handen zijn lot nu was: Shurrell Ritterbach. Als hij na de zoveelste jacht op locaties met Dino en Sauro in het hotel terugkwam, lag er altijd wel een briefje in Remo's vak met het telefoonnummer van Dunning & Hendrix.

'Ritterbach wordt met de dag gevaarlijker,' zei Dunning over de wereldzeeën heen. 'De man heeft zijn werk altijd in de luwte gedaan. In de schaduw. Nu volop in de spotlights, en liggen de schaduwen aan zijn voeten. Hij slaat geen interview af, en heeft het hogere genot van de persconferentie ontdekt. Meneer is tegenwoordig elke avond te vinden in de Palisades Cliffside Golf & Yacht Club. Van een collega die daar lid is, hoor ik dat hij zijn oor laat hangen naar medeleden. Allemaal zeer behoudende lui, die jouw hoofd opeisen. Onze vriend Shurrell geeft avond aan avond een rondje van jouw bloed.'

4

Na het luchtuur besloot Remo met zijn voorstel te komen, maar hij had het beter voor zich kunnen houden, want Maddox was nog chagrijnig van het gesprek eerder die ochtend.

'Open kaart tegen elkaar,' zei Remo. 'En samen een bastion tegen de rest van de EBA. Jij vertelt mij heel precies waarom je hier zit. Ik stel er mijn verhaal tegenover.'

Maddox was de volle vuilniszakken aan het dichtbinden. 'Samenzwering,' gromde hij, 'dat zei ik toch al. Een complot tegen de staat. Hou het daar maar op.'

'Wees iets specifieker,' zei Remo. 'Anders geen ruil van strafblad.'

Maddox schopte een scheur in een van de zakken. Er droop fruitpulp naar buiten in een lucht van schimmel en alcohol. 'Omverwerping van het gezag... tenminste, de voorbereidingen daartoe. Scott is een politieke gevangene. Ik zeg het niet voor 't eerst. Scott hoort hier niet. Ik word behandeld als een ordinaire misdadiger. Ook door jou, Li'll Remo.'

'Nooit in beroep gegaan?'

'Ze staan het niet toe.'

'Stel, Scott, je wordt erkend als politieke gevangene. Dan

gooien ze je in een of ander militair strafkot. Stuur me een kaartje... als ze het je toestaan.'
'Weet je, Li'll Remo? Ik hoef al niet meer te weten wat jou hier brengt. Voor mij hoor je tot de doorsnee veroordeelden. Scott is alleen geïnteresseerd in politieke martelaren.'

5

Als Remo 's avonds de tuimelruitjes in zijn tralievenster dichthield, en ook de kleppen van de luchtroosters in de schuine vensterbank sloot, wist hij de spreekkoren aardig te weren. Nieuwsgierigheid dreef hem dan toch weer onder de deken uit om te proberen ze een stem te geven. Stel dat de onberekenbare valwinden uit het gebergte zich deze nacht koest hielden, en plaats hadden gemaakt voor een akoestiek zuiverende bries van tegengestelde richting...

Toen de kleine bovenlichten, in tuimelstand, het recitatief nog steeds niet verstaanbaar doorgaven, zette Remo ook de luchtkleppen weer open. De wind moest inderdaad gedraaid zijn, want het stemmengedruis kolkte nu, opgezogen door buitenroosters, in de spouwmuren van Choreo's westkant – alsof de spreekkoren opeens van heel dichtbij in vervormende putten scandeerden.

Nadat Remo elke open verbinding met de buitenlucht dicht had gestopt, bleven stemmenflarden gesmoord tussen de wanden rond honen. Ze kwamen allang niet meer van de mensen bij het kwijnende kampvuur. Remo's breinbroei was vannacht een soort decodeersleutel, die het recitatief naar believen in de klacht van een dode kon veranderen of in de beschuldiging door een magistraat.

Een mens telde de dagen en de jaren. Hij gedacht en herdacht. Omdat de sterfdag van zijn vrouw bezoedeld dreigde te raken door een volgende zitting in Santa Monica, was Remo al eerder bloemen op haar graf gaan leggen. In het gerechtsgebouw nam officier van justitie Longenecker hem apart. 'Klopt het dat u het gisteren op Holy Cross aan de stok heeft gekregen met een societyfotograaf?'

'Ik had geen afspraak met hem,' zei Remo.

'Hij kwam vanmorgen een klacht bij me deponeren,' zei Longenecker. 'U zou schade hebben toegebracht aan zijn apparatuur.'

'Verzwarende omstandigheden,' zei Remo, 'kan ik er ook nog wel bij gebruiken.'

'Hij kwam niet voor niets bij mij. Uw fotografische activiteiten moesten in een nog kwader daglicht gesteld worden.'

'Laat het allemaal maar over me heenkomen,' zei Remo. 'Hoe eerder de verplettering een feit is, hoe beter.'

'Ik heb hem doorverwezen naar de civiele rechtbank,' zei Longenecker.

Ondanks de nabijheid van de oceaan en het suizen van ventilatoren was het in de rechtszaal van Santa Monica net zo benauwd als het, daar boven in de heuvels, op de dag van het dodelijke kraambed geweest moest zijn. Zwetend van late rouw liet Remo niet tot zich doordringen wat de openbare aanklager, onder de afkeurende blik van rechter Ritterbach, te melden had. Remo staarde naar de zwarte grafsteen van zijn liefde. De snik die ergens tussen neus en keel vastzat, schoot los toen Douglas Dunning hem in zijn bovenarm kneep. Remo bracht zijn hoofd naar de schouder van de advocaat, ervoor zorgend dat die zijn natte gezicht niet te zien kreeg. 'Doug, wat zei Longenecker?'

Dunning fluisterde: 'Hij verwerpt er vijf van de zes.'

'Ik behoor te weten,' zei Remo even zacht, 'wat dat betekent.'

'Geen proces.'

Remo bette met een mouw zijn gezicht. 'Mijn tweede overwinning op de pers binnen een etmaal.'

Ritterbach had zijn hardhouten hamer, bijna zwart van donkerte, steeds al in de hand gehouden. Hij timmerde nu om stilte aan de kant van de verdediging. Zijn slagen hadden een kort, droog bijgeluidje, alsof de hamer na elke klop nog een millimeter of wat opveerde.

'Blijft overeind,' zei Longenecker, zijn stem verheffend, 'de beschuldiging van onwettige sexuele omgang.'

Ritterbach, die zijn mond graag met veel vochtig, rood vlees liet openflapperen, kon zijn lippen ook heel goed tot bleekheid opeenklemmen. Zijn furieuze gehamer overstemde ruimschoots het opgewonden fluisteren in de zaal.

'Verklaart de beklaagde zich bereid,' vroeg Ritterbach, over Remo heenkijkend, 'voor dit feit de verantwoordelijkheid op zich te nemen?'

Remo verhief zich half van zijn stoel. 'Is het mij toegestaan, Edelachtbare, om eerst met mijn advocaat te overleggen?'

'Het college keert over twintig minuten terug.' Ritterbach liet zijn hamer, tot drie keer toe, onnodig hard op het bijpassende plankje neerkomen.

6

Het aantal keren dat de bewaker van dienst al met een staaflantaarn over zijn slapeloze lichaam had geschenen, was door Remo niet meer bijgehouden. In de spouwmuren moest de wind, die van over de Interstate kwam aangerold, het nu zonder spreekkoren klaren, maar stemmen bracht hij toch wel voort. Het holle geluid van Dunning werd er alleen maar luguberder door.

'Schuld bekennen,' baste Doug in wat op een lege melkfles leek. 'Er zit niets anders op.'

'Riskeer ik daarmee niet te veel?' vroeg Remo. Ze zaten in de advocatenkamer. De snel draaiende ventilator kon de bedorven hittegolflucht van acht jaar terug niet verdrijven. Het was of ze Los Angeles sindsdien niet meer goed hadden laten doortochten.

'Minder,' zei Dunning, 'dan met stug volgehouden onschuld.'

'Mijn oude vader,' zei Remo. 'Ik moet steeds denken aan hoe dit alles op hem overkomt.'

'Hij leest straks ook over de vijf vervallen aanklachten.'

'Goed.' Remo stond op, en voelde de luchtstroom van boven sterker worden (niet koeler). 'Ik neem de zesde op me.'

Voor de rechtbank naast de lange advocaat staand kromp Remo nog meer. Onder zijn jasje plukte hij het natte overhemd van zijn rug.

'Edelachtbare,' zei Dunning droog, 'mijn cliënt bekent schuld aan het ten laste gelegde in punt drie van de aanklacht.'

Nog meer dan tevoren bleven de slagen waarmee Ritterbach de zitting nu afhamerde onheilspellend in Remo's hoofd nadreunen. Alsof hij niet zojuist van vijf ernstige aanklachten was ontheven. Ook de blik die de rechter, opnieuw, rakelings over Remo de zaal in wierp, beloofde weinig goeds.

Wat Ritterbachs blik op die hete augustusdag beloofd had, werd in Choreo van dag tot dag duidelijker. Voor vannacht: elk halfuur een vuistslag lantaarnlicht in zijn smoel; spookachtig gonzende spouwmuren; een rechtszitting die tot aan het ochtendgrauwen herhaald werd.

Woensdag 4 januari 1978

Hoog bezoek

I

Remo moest nog aan de snelheid van het ritueel wennen. Een sukkeldrafje van nachtblauwe gevangenisoveralls, in hortende ganzenpas op het buffet af – of wat ervan restte. Sinds het ingaan van het nieuwe jaar mocht (of moest) Remo, net als Maddox, aan het gemeenschappelijke EBA-ontbijt deelnemen. Op zondag was het voor iedereen gelijk geweest, met volop roerei, maar nu trof Remo al voor de derde achtereenvolgende morgen alleen nog kruimels en kliekjes. Met een onbelegde boterham krom van droogte en een kartonnetje melk (vier dagen over de datum) nam hij plaats tegenover Scott Maddox, die net als anders zover mogelijk bij zijn medegedetineerden vandaan was gaan zitten.

'Vergal mijn dag niet nu al, Li'll Remo,' gromde hij, maar zijn humeur klaarde op bij het zien van Remo's dienblad. 'Heimwee naar de pannenkoekjes van vorige week?'

'Ontbijten met mijn vrouw in Londen of Parijs, dat is meer heimwee waard.'

Maddox vroeg of hij zijn zakje met vijf dollar al ontvangen had.

'Ik weet van geen zakje, Scott.'

'De vijf dollar per maand voor het opvegen van Mexicaanse identiteitspapieren.'

'Ik ben pas twee weken bij deze baas.'

'De ratten hier in de keuken... hier achter het buffet... die vangen ook vijf dollar per maand. Ze verdienen bij door ons vreten achterover te drukken.'

'Geef ze ongelijk.'

'Wij zijn gedwongen hun gestolen waar af te nemen. Voor onze schoonmaakspullen, Li'll Remo, is nauwelijks een markt. zij laten ons hun rattenkeutels uit de pot beitelen, en zorgen ervoor dat onze vijf dollar in waarde kelderen.'

'Waarvoor kom jij geld te kort?'

'Gitaarsnaren. Opnamebandjes.'

2

'Woodehouse? Hoog bezoek.'

Hij zette bezem en blik tegen de muur, en volgde me naar beneden.

'Mag ik ook weten wie?'

'Twee rechercheurs van West Los Angeles. Ze willen dat je je bril opzet.'

'Heeft u me ooit zonder gezien?'

'Alleen 's nachts, in het licht van de lantaarn.'

Traliehekken schoven open en weer dicht. Ik leidde hem de gangen door naar de ontvangstruimte. De heren zaten aan de koffie. Die ene had een dikke haardos, de ander was kaal.

'Zal ik gevangene Woodehouse de boeien aandoen?'

'Niet nodig,' zei de kale rechercheur.

Remo ging aan het korte einde van de stalen tafel zitten, en greep daarbij de beugel voor de kettingen stevig vast. De angst zat wit in zijn knokkels.

'Wilt u dat ik buiten wacht?' vroeg ik.

'Blijft u hier,' zei de rechercheur met het haar. 'Het duurt maar even.'

Op weg hierheen had Remo misschien gedacht dat zijn ondervragers in de zaak-Wendy hem kwamen opzoeken. Nu werd duidelijk dat hij de mannen nooit eerder had gezien.

Over de tafel heen gaven ze Remo een hand.

'Detective Isbell, West Los Angeles,' zei de kale.

'Detective Sloman, West Los Angeles,' zei de ander.

'Eh... Mr Woodehouse,' begon Isbell, 'het is ongetwijfeld in uw belang als we u zo blijven noemen...'

'En in het belang van de Choreaanse vrede,' zei Remo.

'Zoals u wilt,' zei Isbell. 'Trouwens, fraai brilmontuur heeft u daar. Vast niet van gevlamd runderbot, zoals de betere haarkam.'

'Schildpad,' zei Remo. 'Ik heb er geen verstand van, maar kenners verzekeren me dat het uit het schild van de Testudo elephantopes gigantea is gemaakt. Het is maar een weetje.'

'Mogen wij de bril eens van nabij bekijken?' vroeg Sloman.

'Natuurlijk.' Remo boog zich zover mogelijk over de tafel, en bracht zijn gezicht vlakbij dat van Sloman, die geschrokken zijn hoofd terugtrok. De man moest zijn dichte haartooi bekopen met een enorme roosontwikkeling. Op de plaats waar zijn hoofd had gehangen, danste nu een wolk witte schilfers in het buislicht.

'Wilt u hem aanreiken?' vroeg Isbell.

'In de gevangenis je bril afzetten,' zei Remo. 'Er zijn gedetineerden die dat als een zelfmoordpoging beschouwen.'

'U bent hier goed beschermd,' zei Sloman. 'Uw bril graag.'

Isbell trok een opgerold stuk papier uit een kartonnen koker, en streek het glad. Het bleek een klein formaat affiche met de afbeelding van het type bril dat Remo droeg. De omliggende tekst kon hij van die afstand niet lezen. Hij zette zijn bril af, en gaf hem aan Sloman.

'Ja, ik zie het nu,' zei Isbell, Remo met een flauw glimlachje aankijkend.

'Ik ook,' zei Sloman. 'U bent het echt.'

'Precies wat ik bedoelde,' zei Remo. 'Levensgevaarlijk, hier je bril afzetten.'

De twee rechercheurs bestudeerden om beurten de bril, tussendoor het affiche raadplegend, dat door Isbell met zijn onderarm zo goed mogelijk uitgerold werd gehouden.

'De beschrijving klopt,' zei Sloman. 'Maar wat belangrijker is, het serienummer stemt overeen.'

'Nooit geweten dat brillen een serienummer konden hebben,' zei Remo.

'Alleen de hele kostbare, die in kleine reeksen geproduceerd worden,' zei Sloman. 'Wij zijn er blij mee.'

'Dat betekent,' zei Remo, 'dat de rijke brildragers onder de moordenaars in het nadeel zijn vergeleken bij bloeddorstige eigenaars van een dienstfiets of een ziekenfondsgeval.'

'Ons, Mr Woodehouse,' zei Isbell, 'doen ze geen groter plezier dan met het achterlaten van een moordwapen dat met diamant is ingelegd.'

'Mr Woodehouse, nu in ernst,' zei Sloman. 'Hoe komt u aan deze bril?'

'Gekregen van uw toenmalige inspecteur Helgoe.'

'LAPD Homicide,' zei Isbell in een kort terzijde tegen Sloman. 'Gepensioneerd.' En weer tot Remo: 'Ik heb inspecteur Helgoe niet gekend als iemand die bewijsmateriaal wegschonk alsof het om een cadeautje ging.'

'Bewijsmateriaal...' Remo proefde het woord.

'Deze bril,' zei Isbell, 'is door agenten van de LAPD aangetroffen op de plaats van het misdrijf. Hij behoorde aan niemand van de slachtoffers. Zo'n voorwerp noemen wij een stille getuige.'

'De moordenaars,' zei Remo, 'konden veroordeeld worden, tot de gaskamer zelfs, ook zonder dat de herkomst van de bril was vastgesteld. Het ding kwam pas voorjaar 1971 in mijn bezit, dus ruimschoots na het vonnis.'

'Dan nog had inspecteur Helgoe niet het recht u potentieel bewijsmateriaal uit die zaak af te staan,' zei Sloman. 'Nadat vonnis gewezen is, dient het in het archief te worden opgeslagen...'

'...of, als daar reden toe is, te worden vernietigd,' zei Isbell.

'Ik heb er zelf om lopen zeuren,' zei Remo. 'Helgoe wilde er eerst niet aan. Pas toen ik zei dat het alleen bruikleen was, ging hij akkoord. De bril zou altijd direct opvraagbaar blijven, hebben we afgesproken.'

'Daarvoor zijn we hier,' zei Sloman.

'Vernietiging van bewijsmateriaal,' zei Isbell, 'is aan de politie. Niet aan u.'

'Ik heb geen bewijsmateriaal vernietigd.'

'Wel zodanig beschadigd dat het als bewijsmateriaal onbruikbaar is geworden,' zei Sloman. 'Een opticien aan Sunset Boulevard heeft ons getipt dat u kort voor Kerstmis bij hem bent geweest. Met dit bewijsstuk.'

'Hij had het natuurlijk meteen herkend,' zei Remo. 'Knap, acht jaar na dato.'

'De opticien had ditzelfde affiche,' zei Isbell, 'nog steeds in zijn werkplaats hangen.'

'Gezagsgetrouw burger,' zei Remo. 'Zo hoort het.'

'U wilde nieuwe glazen in de bril,' zei Sloman. '*Niet* van de oorspronkelijke sterkte min zes en min twee...'

'Nee,' zei Remo, 'ik wilde rechts min nul en links min nul. Gewoon glas dus. Ik kan dus ten tijde van de moorden niet de drager van de bril zijn geweest. Met min twee en min zes zie ik geen steek. Onhandig bij het plegen van een moord.'

'De eigenaar van de bril,' zei Isbell, 'is nooit gevonden. Er *kan* dus nog een moordenaar of medeplichtige vrij rondlopen.'

'En nu heb ik de tenuitvoerlegging van de wet gedwarsboomd door de oorspronkelijke glazen uit het bewijsstuk te laten tikken...'

'De opticien, maakt u zich geen zorgen,' zei Sloman, 'had ze zorgvuldig bewaard. Het gaat ons om uw intentie.'

'Waarom, Mr Woodehouse,' zei Isbell, 'wilde u de bril zo graag in uw bezit hebben?'

'Na de moorden,' zei Remo, 'had ik veel contact met inspecteur Helgoe en rechercheur Bowersmith. Ze hebben me aan de leugendetector gelegd, en daarna bleven ze me op de hoogte houden van de vorderingen in het onderzoek. Of liever, van het gebrek aan resultaat. Ze hingen de oude theorie aan, u welbekend, dat de moordenaar in eerste instantie gezocht moest worden binnen de familie of de kennissenkring van het slachtoffer. Helgoe en Bowersmith lieten de alibi's van al onze vrienden natrekken. Omdat de meeste verrot slecht meewerkten, bood ik het rechercheteam mijn diensten aan.'

'De bril, Mr Woodehouse,' zei Sloman.

'Bij de hutkoffers die op de dag van de slachtpartij in ons huis werden afgeleverd, vonden ze later deze bril. Helgoe vroeg me na te gaan of hij van iemand in mijn kennissenkring kon zijn.'

'Ze hebben gewoon wat bezigheidstherapie voor u bedacht. Iedereen was natuurlijk allang gealarmeerd door de berichtgeving over de zaak.' Isbell leunde tevreden achterover.

'U misschien. Over de bril had toen nog niets in de krant gestaan. En die affiches waren nog lang niet in zicht.'

'We schieten op,' zei Sloman. 'U ging uw kringetje controleren op verborgen kippigheid.'

'En op nieuwe brillen,' zei Remo.

'Van een goede kennis,' zei Isbell, '*weet* je toch wat voor bril hij of zij draagt. Of gedragen heeft.'

'Soms denk je iemand heel goed te kennen,' zei Remo. 'En dan, op een dag, vraagt een ander of die persoon een roker is, of een bril draagt. En je blijft het antwoord schuldig. Er zijn mensen die op zo'n vanzelfsprekende manier een sigaret roken, of door een bril naar je kijken, dat het voorwerp niet herinnerbaar is. Het verdwijnt in de persoon. In mijn vak heb ik van dat fenomeen nogal eens gebruik gemaakt...'

'De bril, Mr Woodehouse,' zei Sloman.

'Ik maakte hier en daar een compliment over een nieuw montuur. "Heb ik al zo lang," was het enige dat ik te horen kreeg. Tot die keer dat een collega zich erover beklaagde dat hij zijn bril kwijt was. Ik kon me hem niet met een bril voorstellen, al moest ik toegeven dat zijn gezicht de laatste tijd iets kaals had. Ik sleepte hem mee naar de opticien. "Zoek iets moois uit. Ik betaal. Het is nog voor je verjaardag." Hij koos voor een of ander goedkoop gevalletje. "Weet je zeker dat je met dat hekwerk op je neus wilt lopen?" Hij: "Ik ga je niet op kosten jagen met een hoornen montuur. Schildpad is het mooiste wat er is." Ik telde een kapitaal neer voor een schildpadden bril, die sprekend leek op het ding dat in mijn huis gevonden was. Toen moest de sterkte van de lenzen gemeten worden. Het ging om min zes en min twee. Mijn cheque lag al in de kassa.'

'Ik begin er iets van te snappen,' zei Sloman. 'Door Helgoe die Testudo elephantopes gigantea af te troggelen dacht u zichzelf schadeloos te stellen.'

'Bij mensen als u,' zei Remo, 'moeten motieven altijd redelijk en ondubbelzinnig zijn. Voor mij kunnen voorwerpen ook een immateriële kant hebben. Een dingige ziel, die gevoed is door de omstandigheden waarin ze hebben verkeerd. U heeft, als rechercheur, de mond vol over stille getuigen. Voor mij is een stille getuige een soort camera, die beelden in zich opzuigt... beelden die niet langs de gewone weg te reproduceren zijn. Deze bril heeft gezien hoe mijn vrouw vermoord werd. Hij was, anders dan ik, op de plaats van de misdaad. Daarom wil ik hem liefst altijd bij me dragen, hoe pijnlijk de scène ook is die hij telkens weer voor me afspeelt.'

3

Als ik me niet verveelde, daar naast de deur van de ontvangstruimte, kwam het door de vindingrijke domheid van de twee rechercheurs. Ik had natuurlijk een stap naar voren kunnen doen om ze uit te leggen hoe het stuk schildpad op de plaats van de misdaad terecht was gekomen. Maar ach, het was zoals Remo had gezegd: de moordenaars waren ook zonder de oplossing van dat raadsel veroordeeld. De bril was tijdens het proces een dode getuige gebleken, en dat moest maar zo blijven. En trouwens, wie geloofde een onderbetaalde cipier?

'Mooi gesproken, Mr Woodehouse,' zei rechercheur Isbell. 'Volgens de opticien van brillenboutique Eye Opener aan Sunset Boulevard probeerde u door het dragen van deze bril, in combinatie met een baard, op Francis Ford Coppola te lijken.'

'Helaas had ik mijn postuur niet helemaal mee.'

'U heeft dat nadrukkelijk tegenover de opticien verklaard,' zei Sloman.

'Heren,' zei Remo, 'mijn bewondering voor uw speurwerk groeit met de seconde. Waren uw voorgangers in de zomer van 1969 maar zo alert geweest. Als u die brillenboer op de Strip weer spreekt, groet hem dan van The Godfather. Raad hem aan een winkeltje in feestbaarden en vermommingen te beginnen. Ik wil er wel in investeren. Echt, zoiets loont in Beverly Hills, waar elke avond wel ergens een gemaskerd bal wordt gegeven. En als u mij nu wilt excuseren, heren, ik moet de gang van mijn afdeling nog dweilen. Mag ik mijn beschermbril terug?'

'U begrijpt wel, Mr Woodehouse,' zei Isbell, 'dat wij het voorwerp als nagekomen bewijsmateriaal moeten confisqueren.'

Sloman sloeg een plastic zak open, en liet de bril er opgevouwen inglijden.

'Heren,' zei Remo, 'de directie van Choreo heeft, in samenspraak met mijn advocaat, bepaald dat ik hier incognito mijn tijd zou uitdienen. In combinatie met een schuilnaam hebben baard en bril mij tot nu toe veel ellende bespaard. – Niet, Mr Agraphiotis?'

'Voorzover ik bevoegd ben daar een mening over te hebben,' zei ik maar, 'kan ik dat bevestigen.'

'Dus, heren, weest u zo vriendelijk het voor die resterende paar weken niet te verpesten. Het is ook in het belang van Choreo. De directeur kan u er alles over vertellen.'

De rechercheurs keken elkaar aan. Isbell gaf zijn collega een knikje. Sloman knikte aarzelend terug. Plastic ritselde, en Remo kreeg zijn bril terug. Hij hield hem tegen het licht.

'Hadden er toen maar zulke duidelijke vingerafdrukken op gezeten.'

Isbell propte het affiche in de koker. De twee rechercheurs stonden op, en gingen zonder te groeten weg. Geen handdruk, niets. Ik tikte met mijn knuppel op de deur, waarna collega

Hotchkiss, aan de andere kant, hem van het slot deed.

'Mr Isbell, Mr Sloman... een prettige dag nog.'

'Mr Agraphiotis,' zei Remo op de terugweg, 'ik kan u niet vragen te vergeten wat u zojuist allemaal gehoord heeft.'

'Och, zo opwindend was het niet,' zei ik. '*Handboek Rechercheren voor beginners.* Hoofdstuk 13: "Hoe Het Niet Moet".'

'Ik verzoek u alleen mijn incognito te handhaven.'

'O, dat. Het blijft onder ons, hoor. Ook dat van die bril. Collega Carhartt heeft al stof voor kletspraatjes genoeg.'

'Dank u.'

'Geen dank voor eigenbelang. Hoe meer commotie in de tent, des te harder moeten wij aanpoten.'

4

'Jouw hoge bezoek,' snerpte Maddox, 'laat Scott het werk doen. Je was een uur weg.'

'Twee seniele rechercheurs,' zei Remo. 'Ik had ze niet besteld.'

'Gisteren vertelde Scott jou van zijn veroordeling voor politieke acties. Twee rechercheurs... Dit is *de* gelegenheid, Li'll Remo, om mij iets van jouw nobele daden te laten zien.'

'Ik ben wat ze noemen een zedendelinquent.' Hij gooide het er zomaar uit, recht in het masker van deze onbekende, en had meteen spijt.

'Ik heb niets tegen pooiers,' zei Maddox.

'Een pooier ben ik niet.'

'Ik bedoel... niets tegen *jouw* pooier.'

'Hij zal je dankbaar zijn.'

'Waar acht ik Li'll Remo toe in staat? Eens kijken... Hoererij in meisjesjurk op de stoep van de burgemeester. Er viel een pruik in het keldergat.'

'Hou het er maar op dat ik gezondigd heb tegen de sexuele moraal.'

'Als je me nu niet heel precies vertelt, Li'll Remo, waarom je hier zit, start ik mijn eigen onderzoek. Ik koop De Griek om.'

'Zonde van het geld, Scott. Hij weet niks.'

'Ik chanteer O'Melveny.'

'Hoorde ik jou niet een keer zeggen, Scott, dat je verzuimd had naar de leeftijd van je hoertjes te vragen?'

'Stom, ja. Voor een souteneur hield ik mijn administratie verrot slecht bij. Geld tellen, dat wel.'

'Als je het dan per se weten wilt: ik zit ook in verband met jonge vrouwen.' Het had geen zin zichzelf tot zwijgen te dwingen. Iets sterker dan zijn tong, maar wel in het bezit ervan, wilde de vuiligheid kwijt.

'Prostitutie?' vroeg Maddox poeslief.

'Een van de rechercheurs noemde het zo. Niet die van daarnet. Ik zou meisjes in natura betaald hebben. Met nog te verzilveren beloftes. Inkijkjes in een gouden toekomst.'

'Morele prostitutie. Interessant. Twee dwergen die, ieder op hun eigen manier, jonge vrouwen uitknijpen. Dat schept een band.' Maddox stak zijn verbonden klauw uit. Remo legde er zijn hand in, die nu opeens griezelig klein en naakt leek. Het gewatteerde gaas voelde doods aan. Een voor eeuwig geschoeide kunstarm. Remo maakte snel een einde aan de handdruk.

'De recreatie moet vandaag een beurt, Scott.'

'Je snapt wel, Li'll Remo, dat zo'n bekentenis je uiterst chantabel maakt.'

'Anders jou wel.'

Maddox liet een rauwe lach horen. 'We hebben elkaar in de tang.'

5

Ook die middag moest Maddox het meeste werk alleen doen, want Remo kreeg bezoek van zijn twee psychiaters, Dr De Young en Dr Urquhart.

'Afgelopen zomer,' begon Urquhart, 'heeft u ook al eens twee mensen uit ons vak toegewezen gekregen. Als u nu heel precies uw bevindingen meedeelt, dan bespaart dat ons mogelijk dubbel werk.'

De exacte datum kon Remo zich niet herinneren, maar zo'n zes weken na zijn overwinning van 5:1 in Santa Monica, ergens in de tweede helft van september, zou er vonnis gewezen worden. Rechter Ritterbach, uitzinnig dronken van eigen belangrijkheid, kon zo lang niet wachten. Opgehitst door het verontwaardigde gezwets in de Palisades Cliffside Golf & Yacht Club begon hij eind augustus alweer te zieken.

'Ik wijs geen vonnis,' riep ridder Shurrell in een van zijn persconferenties uit, 'eer ik een reclasseringsrapport over de beklaagde heb gezien.'

Omdat het slachtoffertje ten tijde van het vergrijp geen veertien was geweest, diende te worden vastgesteld of de dader een Geestelijk Gestoorde Sexueel Geperverteerde was – zo vond Ritterbach.

'Sinds wanneer, Doug,' vroeg Remo zijn advocaat, 'delen reclasseringsambtenaren zulke gewichtige titels uit?'

'Daar zijn psychiaters voor,' zei Dunning. 'De openbare aanklager heeft er al een op het oog, wij, van Dunning & Hendrix, mogen een tweede aanwijzen. Die van Longenecker is een fascistoïde voorstander van chemische castratie. Geen zorg. Onze eigen zielenmans kan hem aan.'

'Ik laat me geen ontmanning aannaaien.'

'Werk mee. Zie die gewichtig doende klerk van de reclassering een beetje naar de ogen. Hij laat het psychiatersgeneuzel meewegen in zijn onderonsje met Ritterbach. Dat wil zeggen, bij het bepalen van de strafmaat.'

'Ik ben er opnieuw in geluisd,' zei Remo.

'Ritterbach haalt uit zijn rol wat eruit te halen valt. In de Palisades Cliffside hoeft hij geen *scotch ginger* meer zelf te betalen.'

'In uw relaas,' zei Dr DeYoung, 'legt u geen vertrouwen jegens de psychiatrie aan de dag.'

'Het waren heel andere artsen dan u beiden,' zei Remo. 'God en mijn advocaat weten dat ik mijn best heb gedaan hun zielloze abacadabra niet te provoceren. Als de rorschachtest een vulva te zien gaf, zei ik keurig: "Pauwoogvlinder." En mijn dromen... naverteld aan de psychiaters werden ze kuis als die van een novice.'

Twee druppels inkt, uitgewreven tussen de helften van een vel papier: het leverde altijd iets symmetrisch vlerkachtigs op, maar nooit wiekte Wendy tevoorschijn. Buiten zijn blikveld veranderde ze van dag tot dag meer in de geslachtofferde onschuld, kwijnend, doorzichtig, wat in tegenspraak was met de berichten over de verschuiving van haar kledingmaten. Op een stekend hete septemberdag werd Remo bij zijn reclasseringsambtenaar ontboden.

'De bevindingen van de psychiaters zijn binnen,' zei de man nogal somber. 'Ook heb ik gesprekken gevoerd met Miss en Mrs Zillgitt... Enfin, ik zal in mijn rapport aan de rechter een voorwaardelijke veroordeling aanbevelen. Verder, het spijt me, kan ik er niet omheen u een forse herstelbetaling te laten opleggen. En... u zult zich met ijzeren regelmaat bij de reclassering moeten melden.'

Milde vooruitzichten in vergelijking met wat Shurrell 'Hamerslag' Ritterbach met Remo aan plannen had. Met de datum van het te wijzen vonnis nog niet in zicht riep de rechter advocaat Dunning en officier van justitie Longenecker bij zich in raadkamer. Ritterbach gaf gewichtig, de ogen half geloken, te kennen dat hij de verdachte voor een poos achter de tralies wilde. 'Over onze hoofden heen,' zou Dunning later tegen Remo zeggen, 'sprak hij zijn medeleden van de Palisades Cliffside Golf & Yacht Club toe. De moedige Shurrell liet zien hoe hij, met z'n blote handen, de zeden in de staat Californië repareerde.'

Na het verstolen applaus van de clubleden was het enige tijd doodstil in Ritterbachs boudoir, waar het sterk naar boenwas en teakolie rook. 'En het vonnis?' kreeg Longenecker er tenslotte uit.

'Uitstellen.' Ritterbach wierp het hoofd in de nek. 'Ik acht het gewenst beklaagde een voorlopige hechtenis op te leggen. In de gevangenis kan dan een volgend psychiatrisch onderzoek plaatsvinden.'

'Mijn cliënt, Edelachtbare,' zei Dunning in oprechte verbijstering, 'is net grondig door twee psychiaters doorgelicht. Hun rapport was uiterst gunstig voor hem.'

'Daarom juist.' Ritterbach keek de advocaat met harde blik aan. 'Ik vertrouw het zaakje niet. Uw cliënt, Mr Dunning, lijkt me bij uitstek iemand die zich thuis voelt in de rol van heilig boontje. Ik wil een contra-expertise. Een tweede rapport.'

'En nu,' zei Remo tegen Urquhart en De Young, 'ben ik hier in Choreo dus aan uw zorgen toevertrouwd. Rekent u op mijn volle medewerking.'

De psychiaters verzochten Remo uit rode en blauwe klei twee figuurtjes te boetseren. Het ene mannelijk, het andere vrouwelijk. Vooruit, je had een visueel beroep of niet. Remo kneedde, met veel gevoel voor anatomische details, een vrouwelijk poppetje uit rode en een mannelijk uit blauwe klei. Toegegeven, het geslacht van het heertje viel wat groot uit, en het dametje leek op een pre-Columbiaans vruchtbaarheidsbeeldje (een en al borst en kerf), maar Remo was er heel tevreden mee.

'Een uurtje de oven in kan geen kwaad,' zei hij. 'Anders laten de aangehechte delen los.'

Hij keek op, en ontmoette twee geërgerde gezichten. Fout: hij had het vrouwtje blauw en het mannetje rood moeten maken, en ze op z'n minst allebei kleren aan moeten geven. Alles en iedereen spande tegen hem samen. Nu zat ook al een ordinaire kleidoos uit de *kindergarten* in het complot.

'Straks,' zei Remo tegen zijn advocaat, 'bestaat mijn publiek alleen nog uit psychiaters. Hoe lang gaat *dit* nu weer duren?'

'De wettelijke termijn,' wist Dunning. 'Negentig dagen.'
'Drie maanden...'
'Reken op niet meer dan een dag of vijftig. Zo'n zielenkneder wil ook wel weer eens naar huis.'
'En daarna?' vroeg Remo.
'Edelachtbare heeft laten doorschemeren dat hij vervolgens het voorwaardelijk wil uitspreken. Alsnog conform het aanbevelingsrapport van de reclassering dus.'
'Laten doorschemeren,' herhaalde Remo. 'Mooi. Ik houd van zekerheden.'

6

Op woensdagen werd de Ring extra grondig uitgemest. Het betekende dat de twee schoonmakers 's middags niet met het karwei rondkwamen, en er na het avondeten mee verdergingen.

Vandaag vond Remo na het soppen en dweilen van de twee bovenste gaanderijen (inclusief de celvloeren) nog net een uur de tijd om aan het scenario van *Cyclone* te werken. Zijn typemachine was al door een bewaker klaargezet, de deur bleef volgens afspraak open, maar Remo ging, moedeloos opeens, zonder iets te doen voor het storyboard zitten. Als Wendy een muze was, dan zo een die, ter creatieve aanmoediging, obstakels rondstrooide. Roestige kraaienpoten om de kunst te prikkelen. Remo wist nog altijd niet of hij een film had. Het selecteren van locaties in Frans Polynesië, in de voorzomer, was perfect verlopen, maar nog geen drie maanden later moest Remo de producent het slechte nieuws melden.

'DinoSaur Brothers Productions.' Te opgewekt, die stem van de Romeinse telefoniste.

'Mr Dino daar? Mr Sauro is ook goed.'

'Momentito, signore.'

'Met Dinosaur.'

'Sauro? Over *Cyclone*. Laat Dino meeluisteren.'

'Ik wenk hem naar het duplotoestel.'

'Dino hier. Spreek vrijuit.'

'Sauro, Dino... Mijn wereld is tot de nok gevuld met ror-schachvlinders. Ik spreek vloeiend hun taal. En nog is het de heren magistraten niet genoeg. Meer zielendokters met vlindernet... nu achter tralies.'

'Voor hoe lang?' riepen de broers in koor.

'Drie maanden,' zei Remo.

Aan de andere kant werd op z'n Italiaans tussen tanden gefloten. 'De productie,' kreunde Dino, '*ging* al onder een slecht gesternte van start.'

'En niet Virgo,' knarsetandde Sauro eroverheen.

'Ik mag rekenen op hoogstens vijftig dagen.'

Het fluiten klonk al wat zachter. 'Nog altijd anderhalve maand,' zei Sauro.

'Ruim,' zei Dino.

'Bros,' zei Remo, 'om jullie voor te zijn... ik trek me terug uit *Cyclone*.'

'Wacht... nee, wacht.' Hun stemmen, vaak onbedoeld synchroon, klonken nu paniekerig door elkaar. 'Luister nou... wacht.' Sauro nam het woord: 'We zitten met de voorbereidingen. Zorg ervoor dat die *stronzo* van een rechter je die eerst laat afmaken. Lukt dat, dan stellen wij het draaien vijftig dagen uit. *Vero*, Dino?'

'Ja,' juichte Dino, 'tot je vrijkomt.'

'Ik zal Dunning & Hendrix erop zetten.'

7

Het 's woensdags doorwerken na etenstijd leverde de schoonmakers een extra privilege op. Als ze klaar waren, mochten ze de Film van de Dag (LA5) helemaal uitzitten in plaats van, net als de anderen, op tweederde van de speelduur naar de cel te worden gestuurd.

Ze draalden nog wat bij de kast waarin ze hun spullen hadden opgeborgen. Remo was na de lange werkdag zijn snauwerige veeg- en dweilmaat meer dan zat, maar probeerde hem toch over te halen mee naar de recreatie te gaan. Het was zijn nieuwsgierigheid zelf waar Remo een eind aan had willen maken, maar die bleef maar doorvreten, door alles heen, onverzadigbaar.

'Mijn rammeldoos raakt ontstemd,' zei Maddox, 'als ik 'm te lang laat wachten.'

'Waar heb jij gitaar leren spelen, Scott?'

'De Grote Oceaan was mijn metronoom.'

'San Quentin... gaven ze daar muziekles?'

'Bankrovers kunnen geld tellen met hun vingers. Soms doen ze er nog andere dingen mee. Een fret de flessenhals op de keel zetten...'

'Scott, jij kunt een ontwijkend antwoord nog als een ontboezeming laten klinken. Ik heb vanmorgen in tien minuten meer onthuld dan jij in die twee weken bij elkaar.'

'Li'll Remo, ik zit hier, omdat ik... van Vacaville naar Choreo ben overgeplaatst.'

'En Vacaville, waarom zat je daar?'

'Ze hadden me overgebracht vanuit Folsom.'

'Waarom Folsom?'

'In San Quentin wilden ze me niet langer hebben.'

'Goed, Scott, dan doen we het anders. Hoe heette je eerste gevangenis?'

'Boys Town.'

'Je bedoelt, net als in die film met Mickey Rooney...'

'Net zo'n onderdeurtje als ik, Mickey Rooney. Verder had mijn Boys Town niets met die film te maken.'

'Je zat daar niet voor niets.'

'Mijn *mom* verdroeg me niet meer. Ik remde haar carrière af.'

'Iets zul je toch wel misdaan hebben om in zo'n inrichting te belanden...'

'Welke muis vergrijpt zich niet aan de kruimels die naast de tafel zijn gevallen?'

'En de volwassen Scott, wat was zijn eerste veroordeling?'
'Vergeten zijn diploma's voor souteneurschap te halen.'
'En uiteindelijk San Quentin...'
'Voortzetting van het pooierschap met andere middelen.'
'Klinkt niet erg als een subversieve actie om de maatschappij om te spitten.'
'Li'll Remo wenst er weer niets van te begrijpen,' brieste Maddox. 'Wekelijks zijn er terroristische acties op de buis... gijzelingen, vliegtuigkapingen... Hoe voorzien die organisaties in hun onderhoud? Hoe financieren ze het opleidingskamp? Uit bankovervallen. Ontvoeringen. Rijkeluiskoters de oren afsnijden... Scott heeft zijn politieke idealen altijd op een origineler manier bekostigd. Denk daar maar eens over na, Li'll Remo.'

Uiteindelijk was Maddox, knorrig, toch achter Remo aan naar de ontspanningsruimte gesjokt. Op de drempel bleven ze staan. Er zaten vanavond alleen zwarte gevangenen, de meeste groot en gespierd. Zelfs de aanwezige bewakers, Mattoon en Tremellen, waren zwart.
'Dit overleven twee blanke kobolds niet,' gromde Maddox.
'Ze weten allang, Scott,' zei Remo, 'dat er geen blanke dwerg onder die verbandkluwen schuilt.'
Ze schoven allebei een rechte stoel in de richting van het televisietoestel, en gingen vlak achter Necklace en Chow Hound zitten. Maddox keek ongemakkelijk rond, en mompelde: 'De ruïnes van hurdy-gurdy.'
Omdat Remo dacht dat Maddox zijn blik op de kapotte piano liet rusten, zei hij: 'Die ingezakte honky-tonk? Lijkt me iets te zwaar als buikorgeltje.'
'Ik bedoelde Hurdy Gurdy,' zei Maddox. 'Met hoofdletters. Een oude verspreking. Laat maar.'
De film was al een tijd bezig. Ze vielen middenin een droomachtige surrealistische scène.
'Het is de duivel,' zei de dikke Chow Hound verveeld.
'Ja,' geeuwde Necklace, 'schandalig dat Sofa Spud dit niet meer kan zien.'

'Spud *wandelt* nu met de duivel,' zei Chow Hound.

'Wat denk je, Maddox,' vroeg Necklace, zich omdraaiend. 'Is het een droom... drugs in het spel? Ik volg het even niet.'

De scène was alweer voorbij.

'Ik kots van film,' bromde Maddox achter zijn windselen. 'Het is mijn werkelijkheid niet.'

'Er is in geknipt,' zei Remo. 'Er kwam een raar sprongetje.'

'Welnee, man,' zei Chow Hound, 'dat is voor het shockeffect.'

'Die duivel,' zei Maddox, 'heb ik gekend. Ik bedoel, de vent die hem speelt. In San Francisco.'

'Toch een gemeenschappelijke kennis,' zei Remo, verbaasd.

'Op zijn feestjes,' zei Maddox, 'zag hij er precies zo uit.'

'Ik ben nooit bij hem over de vloer geweest.'

'Ik wel,' zei Maddox. 'Hij had een schitterend huisaltaar.'

Net toen de film spannend begon te worden, stuurde Mattoon alle aanwezigen, op Maddox en Woodehouse na, naar hun brits.

'Small Fry & Little Pinky mogen 'm wel uitzien,' riep Donnybrook huilerig. 'zij hebben er zeker voor gedokt...'

'Small Fry & Little Pinky, die hebben net de afdrukken van jouw stronthoeven van de Ring gebikt,' zei Tremellen. 'Ga maar in je cel staan balken, als het je niet bevalt.'

Maddox liet bij herhaling een afkeurend gesnuif horen, maar zat de film uit. Onder de aftiteling, versneld afgedraaid, onleesbaar, zei hij: 'Wie dit gemaakt heeft, weet weinig van satanisme.'

'Jouw kennis uit San Francisco was de adviseur bij deze film,' zei Remo. 'Zijn naam staat op de credits.'

'Die gele ogen op 't eind,' zei Maddox, 'dat lag er wel erg dik bovenop.'

'Er waren geen gele ogen aan het slot.'

'Scott z'n ene oog is misschien niet geel, wel scherp. Ik weet wat ik zie.'

'Eerder in de film, tijdens die visioenachtige scène, *toen* heb je gele ogen gezien. Niet langer dan een deeltje van een seconde. Je hebt het beeld in je brein opgeslagen, en later op de slot-sequentie geprojecteerd.'

'Waarom,' blafte Maddox, 'zou ik dit soort kul van jou moeten slikken?'

'Filmische manipulatie,' mompelde Remo. 'Ik heb erover gelezen.'

'Heren.' De handklap van bewaker Tremellen klonk als hout op hout. 'Morgen weer een dag... om over film te discussiëren. Nog precies twee minuten om de cel te bereiken voor de lichten uitgaan.'

Donderdag 5 januari 1978
Jasknopen en bloemblaadjes

1

Het dossier van Maddox paste niet in mijn enige nog lege bureaula. Alle losse blaadjes op elkaar gelegd vormde het een stapel van zo'n dertig centimeter hoog. Om het in z'n geheel op te kunnen bergen, moest ik een extra lade uitruimen. Ik werkte vooruit om tijd over te houden voor het lezen van Maddox' gevangenisgeschiedenis – bij elkaar een spannend boek. De oliedomme Carhartt, toch van nature wantrouwig, zocht er niets achter, en dacht dat ik gegevens voor het een of andere nog te schrijven rapport uit een opgevraagd dossier bijeensprokkelde.

2

Remo keek schuins omhoog naar de hoek met de loges. Zijn blik schoof telkens een verdieping hoger. Nergens een bewaker achter het glas.

'Kleine pauze.' Hij klemde de zachte bezem tussen zijn voeten, en zette het blik met de steel tegen de muur. 'Een weldoener op de binnenplaats schonk me een stomp Panama Panache. Net genoeg voor samen een dubbele hijs.'

Remo haalde de helft van een sigaar tevoorschijn.

'Choreaans uit jouw verwende mond, dat klinkt nergens

naar.' Maddox liet de veger kantelen in zijn hand, en plaatste hem met de takkenbos omhoog op de grond. Uit zijn zak nam hij een aansteker en hield die Remo voor. 'Geen stinkstokken voor Scott Maddox.'

'Ze zijn plantaardig,' zei Remo, aan het rafelige mondstuk likkend. 'Geen lucifers? Aanstekerbenzine ruïneert de smaak.'

'Een verwende bek, net wat ik zeg.' Maddox borg de aansteker weer op, beklopte zijn zakken tot er iets rammelde, en diepte een doosje lucifers op. Er zaten alleen nog gebruikte in, de zwarte koppen los erbij.

'Bij ons thuis,' zei Remo, 'stond vroeger op die doosjes de aanbeveling dat de afgebrande lucifers heel bleven.'

'O, in welke taal?'

'In goed Engels luidde het in elk geval: VERKOOLDE KOP VALT NIET AF. En verdomd, ze braken niet af.'

'Dank je, Little Remo. Ik was het net even vergeten. Dat mijn verkoolde kop er nog opzit, en niet in een doosje naast mijn verbrande lijf ligt, is aan de heren Welpton en McCloy te danken. Helaas, moet ik misschien zeggen.'

'Artsen... verplegers?'

'Bewakers. Ze hebben de vlammen uitgeklopt.'

Remo liet zich vuur geven uit de aansteker. 'Ho even, Scott.' Hij blies uit. 'Ze kwamen op de rook af, zei je laatst. Hadden ze dan geen brandblusser bij zich?'

'Die zat vastgelast in z'n houder. Misbruik van lasapparatuur... van gevangenisgereedschap. Het was onderdeel van de aanslag.'

'O, nu hebben ze ineens een *aanslag* op je gepleegd, de kakkerlakken van Folsom.'

'De simulanten in Vacaville zijn lagere insecten dan de Folsomse kakkerlakken. Op de werkplaats hebben ze het vuile karweitje door een gek laten opknappen. Zelf staken ze geen poot uit.'

'Stop, Scott. Je biografie gaat me te snel. 's Nachts bid ik voor je herstel na die dramatische zelfverbranding. Ik richt gebeden recht omhoog voor de heroprichting van je kakkerlakkencircus ... En nu bevinden we ons opeens in de werkplaats van Vacaville, middenin de vuurhaard.'

Maddox plukte de achtergebleven papiertjes tussen de twijgen van zijn bezem uit, en wierp ze gedachteloos naar Remo's veegblik, zonder echt te mikken. Een zilverig groene toffeewikkel die voorbij fladderde, gaf Remo heel even een zoete steek in de onderbuik, misschien omdat die hem aan zijn moeders zijden blouse in die kleur deed denken, of aan zijn eerste zonneklep.

'Scott in een brandend bed, dat was twee jaar eerder, in San Quentin.' Maddox liet zijn stem tot een laag gegrom dalen, maar er was iets geladens in, alsof zijn woorden zich klaarmaakten voor de wurgende sprong. 'Ik was net genoeg verbrand om de varkens bij de koffieautomaten van San Quentin aan het denken en knorren te zetten. De een of andere welzijnswerker, een vent met seminarie en bijles rozenhoedje, drong bij de directeur op verpleging aan... lobotomie misschien... veganist Maddox veranderd in de plant van zijn keuze... zijn eigen ongekookte galgenmaal.'

Zijn stem werd nu nog zachter en toonlozer. Bijna onverstaanbaar geneurie uit een klomp verbandgaas. Remo liet zich niet van zijn Panama Panache afleiden. Met een half oor naar Maddox luisterend volgde hij hoe de rook, traag spiralend en voortrollend, het vale licht van de afdeling marmerde. Het deed hem denken aan die middag bij Wendy in San Fernando. Haar stiefvader Kipp Pritzlaff in zijn langzaam ronddraaiende wolk hasjdamp, het eigenlijke redactielokaal van de *Marijuana Brass*. Kruidige Wendy.

'Iemand die zichzelf in de hens steekt vanwege twee geconfisqueerde kakkerlakken,' zei Remo, 'die moest in hun ogen wel knettergek en levensgevaarlijk zijn.'

'Ik had ze precies waar ik ze hebben wilde. Drie maanden psychiatrische observatie in de California Medical Facility. Negentig dagen een luizenleventje... de raadselporno van de rorschachtest... Net als jij hier in Choreo. Nog een overeenkomst.'

'Op een dag blijken we een en dezelfde persoon te zijn.'

'Niet ongeduldig worden. Scott had een heerlijke vakantie aan het meer van Vacaville. Na drie maanden terug naar San Quentin. Voor niet meer dan een paar weken. De welzijnswerker zorgde voor verlenging van de observatie. Zo ging het twee jaar door. Negentig dagen CMF in het warme hol van de psychiater... paar weekjes San Quentin of Folsom om te zien hoe het leven *niet* moet... en weer terug naar de verrukkingen van Vacaville.'

'Scott had zijn buitenhuis gevonden,' zei Remo. De sigaar zette zijn borst in gloed. Het liefst had hij de rook uit de lucht gezogen om er nog eens van te profiteren. Hij steeg langzaam op naar de duiven.

'Totdat...' Doordat Maddox plotseling zijn stem verhief, brak er iets in zijn keel. 'Totdat, Little Remo, die Scandinavische psychopaat daar binnenwandelde... Jan Johanson uit San Diego. Erfelijk belast tot in zijn nieren. Zijn voorvaderen hadden hun portie krankzinnigheid al opgedaan in een land waar de zon nooit ondergaat. Een latere generatie kwam schaduw zoeken in zuidelijk Californië. Ze vonden weinig schaduw, en nog meer zon dan in Lapland. Het zal hun nakomelingen nog waanzinniger gemaakt hebben. Jan Johanson verdacht zijn vader, een gynaecoloog, van abortuspraktijken. Dat kon hij als radicale Jesus freak niet over zijn kant laten gaan. Johanson schreef met zijn eigen bloed BABY KILLER op de muur...'

'Als dat geen plagiaat is van een andere graffitokunstenaar.'

'...en blies met een jachtgeweer zijn vaders hoofd van de romp. Wie al erfelijk belast is met noorderlicht moet de LSD niet met handenvol tegelijk achteroverslaan.'

Terwijl hij de twijgen van zijn bezem langs zijn halve nagels liet ritselen, vertelde Maddox over zijn demon in Vacaville. Johanson had zich van Jesus freak tot volgeling van hare krisjna ontwikkeld, al waren er aanwijzingen dat hij al jaren terug uit de beweging was gegooid wegens het molesteren van een medemonnik. Het belette hem niet in de CMF de godganse dag te zingen, te bidden, te dansen en met zijn poppenhuisdekseltjes te rinkelen. Het werkte Maddox, die in Vacaville geen gehoor vond voor zijn eigen politieke en religieuze ideeën, danig op de zenuwen.

'Droeg hij ook zo'n zalmroze soepjurk?' vroeg Remo.

'Over zijn gevangenisoverall. En een lik verf op zijn neus, dat mocht ook. Het begon er ooit mee dat die humanistisch verzorger in San Quentin een stelletje yogi's uitnodigde om de gevangenen te leren op hun kop te staan. Het was de terreur van de tijdgeest, Li'll Remo. Ik kreeg ook twee van die halvezachten voor mijn hek. Moet je net Scott Maddox hebben. Ik heb ze door de tralies heen tot in hun merg vervloekt. *Mij* moesten ze volgen. *Ik* had het licht gezien. En wat zij niet wisten, Scott wel: dat het zwart was. En wat denk je?'

'Ze bleven glimlachen.'

'Om Scott Maddox nog dieper te vernederen nodigde de welzijnswerker de opperyogi uit. Mahatman Ramo Dah, als hij zo heette. Een en al baard en valse grijns. De maharisji mocht die arme klootzakken van death row vermaken. Hij zat mooi opgevouwen als een lotusbloempje op een blauwe kist in de hal. Bij de cellen verder weg stonden hoge passpiegels, draaibare gevaartes, om ook de sloebers daar een blik op de heilige te gunnen. Hij kreeg ze nog stil ook, de zemelaar. Ze waren *een* met al het Zijnde, dus wat deed de gaskamer er nog toe...! Ramo Dah gaf hun ziel vleugels. Van blauwzuur.'

'Het is voor het eerst dat ik hoor, Scott, dat jij in San Quentin op death row hebt gezeten.'

'Ik... ik was er niet bij. Ze hadden Scott voor een uurtje of wat naar een andere afdeling overgebracht. De leiding was bang dat ik de lezing zou verstoren.'

'En na het vertrek van de maharisji werd je teruggebracht naar je cel op death row, en hoorde je hoe het geweest was...'

'Ze leidden Scott langs zo'n passpiegel. Hij kwam zichzelf niet tegen. Al het glas was uit de lijst geslagen. Het dook de dagen erna in de vorm van honderd messen in het handelscircuit op. Hoe dan ook, Little Remo, zo begon het religieuze hobbyisme in San Quentin en Folsom. Later ook in Vacaville.'

'Vegen, Scott,' siste Remo. 'French Dyke op de loer.'

Zonder op te kijken begon Maddox de papiertjes bijeen te vegen die hij eerder had rondgestrooid. Bewaakster LaBrucherie verdween algauw in de loge op de eerste verdieping om te telefoneren, haar vlezige rug naar de hal gekeerd. De schoonmakers lieten hun bezems weer rusten. Maddox vertelde over de dagelijkse aanvaringen met de hare krisjna in de CMF. De man verkeerde in de waan dat hij de wereld een grote dienst had bewezen door in de persoon van zijn vader de lang gezochte Engel des Doods, Josef Mengele, te vermoorden. De ruzie escaleerde toen Maddox, om zijn tegenstander verder te prikkelen, zijn grote bewondering voor de kamparts uitsprak. Het maakte Maddox in de ogen van Johanson tot een gevaarlijke nazi, die op zijn beurt uit de weg geruimd moest worden. Wat de hare krisjna uiteindelijk tot zijn daad bracht, was een onoverkomelijke religieuze onenigheid met Maddox.

'De anderen hebben er misbruik van gemaakt. In de CMF waren ze net aan het rellen tegen misstanden in de gevangenis. Geen oproer. Een vreedzaam protest, noemen ze dat tegenwoordig. Scott doet er nooit aan mee, aan een gewapende opstand niet en ook niet aan stil gemor. In de gevangenis is Scott zijn leven nooit zeker. Bij een oproer heeft zijn rug meer te vrezen van de gevangene dan van de bewaker. Het zat de opstandelingen niet lekker dat ik in mijn cel bleef. Ze hebben de blusapparaten op de werkplaats in hun houders vastgelast, en toen de soepjurk tegen mij opgestookt. Dat kostte weinig moeite. Hij was al door het dolle heen.'

'Bij de religieuze overtuiging van zo'n krisjna, Scott, kan ik me nog iets voorstellen. Maar de jouwe?'

'Cosy Horror, Li'll Remo.'

'Nu is het blijkbaar ook al een godsdienst.'

'Het gaat allemaal over het verleggen van afgronden.'

'Dank je, Scott. Het is me volkomen duidelijk.'

'Eerst wil ik meer weten over Wendy en het neergestorte vliegtuig van de familie Jacuzzi.'

'Na Cosy Horror, Scott.'

'Later.'
'Dat zeg je steeds.'
'Later. Als onze verstandhouding op z'n slechtst is.'
'We moeten die met onze Dyke nog even goed zien te houden. Ze komt nu naar buiten.'
'Laat krassen, laat ruisen, die bezems.'
De halve sigaar was nu alleen nog een korte stomp. 'Een van je lucifers, Scott. Gauw.'
'Ze zijn net zo afgefikt als mijn tengels.'
'Geef er nou maar een.'
Remo stak het zwarte uiteinde van de lucifer in het natte mondstuk en klemde het andere tussen zijn tanden. Onder het vegen proefde hij alleen nog de bittere smaak van pure nicotine, als bij een pijp die je per ongeluk schoon zuigt in plaats van blaast. Hij voelde zich bleek worden, licht misselijk, slap in de benen, maar het was heerlijk.

3

Het vegen van de begane grond zat erop. Alledrie de loges waren nu bezet, maar geen bewaker lette op de schoonmakers. Ze leunden op hun bezem.
'Ik vond het al knap vreemd,' zei Maddox. 'Vreedzaam protest betekent meestal: geen arbeid. De opstand was nog in volle gang, maar die ochtend kwamen ze allemaal naar de werkplaats. Er hing een raar sfeertje. Scott heeft de neus van een coyote voor gevaar, maar hij zag niet waar het dreigde. We waren met onze legers bezig. Soldaatjes beschilderen voor de speelgoedindustrie. Ik zat met Johanson en nog twee anderen aan een grote tafel. Hij mengde verf en lengde die aan met verdunner uit een plastic fles. Ik keek tegen zijn kale kruin aan... de scalplok. Hij glom minder dan anders. "Je mag je kop wel eens scheren," zei ik tegen hem. "Zalig zijn alleen zij in wier schedel God zich kan spiegelen." Hij begon meteen terug te jennen. Of die legers miniatuursoldaatjes misschien

mijn heirscharen waren, en wanneer ik ze naar Cosy Horror ging leiden. Om mijn bloed nog giftiger te maken haalde hij zijn bekkentjes tevoorschijn. Hij begon te dansen en te klingelen en te zingen. Niet "hare krisjna, hare rama", maar "cosy horror, cosy horror". Ik merkte op de een of andere manier dat de gevangenen aan de draaibanken hun werk niet deden. Het drong niet meteen tot me door. Scott probeerde rustig een zwaarbewapende astronaut te verven, maar het penseel was te fijn. Zijn vingers trilden. Ik zei Johanson dat zijn sekte een nepbeweging was... dat ze door Swami Prabhupada als dansende colporteurs werden gebruikt... om reclame te maken voor de multinational Hare Krisjna, en geld bij elkaar te schooien voor het hoofdkantoor. Jan werd op afspraak woedend. Hij pakte de plastic fles, en daar klokte al een stroom verfverdunner over Scott z'n hoofd. Haren, baard... dat werkte allemaal als een spons. Johanson had een aansteker in zijn hand. Wel eens een oliekachel met te veel brandstof horen ploffen, Little Remo? Zo'n plof, zeiden de bewakers later, klonk er ook uit Scott Maddox. *Voem!* En er stond een vuurbal op mijn schouders.'

'Altijd gedacht,' zei Remo, 'dat oosterse monniken *zichzelf* in brand staken. Voor de wereldvrede en zo.'

'Het was ongetwijfeld voor de wereldvrede, en voor zijn eigen rust, dat hij Scott in de hens heeft gezet. Hij had me op z'n minst eerst kunnen knippen en scheren. Het tuig dromde om me heen. Ze wilden allemaal op de voorste rij... Scott zien reincarneren tot fakkel. Mijn baard was een volle wijwaterkwast. Ik had de fles proberen af te weren, en zo was er van dat spul op mijn handen gelekt. Toen ik de vlammen op mijn hoofd uit wilde slaan, werd alles alleen maar erger. Scotts vingers *zaten* al vol brandbare verf. Groot gejuich. De dekseltjes rinkelden.'

'En het bluswerk?'

'De twee bewakers, Welpton en McCloy, stonden allebei aan een ander blusapparaat te trekken. Die dingen zaten muurvast. Ze probeerden met een zeil bij me te komen, maar het gepeupel wilde lynchen... het ging niet opzij... Welpton en McCloy hebben zich naar me toe moeten knuppelen. Bij het uitkloppen van de vlammen hebben ze zelf hun handen verbrand.'

'En jij?'

'Baard weg, haar weg, vel weg. Handen, arm, schouder, gezicht, hoofdhuid... tweede- en derdegraads brandwonden. Twintig procent van zo'n klein lijfje is misschien niet veel, Li'll Remo. Maar het is altijd nog twintig procent van *mijn* lichaam dat is verbrand.'

'Doodstraf omgezet in levenslang' (Remo schudde het hoofd) 'en dan toch nog, na een godsdiensttwist, als ketter op de brandstapel belanden.'

'Het staat goed voor een overtuiging,' zei Maddox. 'Maar het is ook wel erg heet.'

'Ik hoop dat Cosy Horror het waard was.'

'Ze hebben Scott overvloedig gezalfd, genaaid en ingebonden. De CMF *is* al een soort gesloten hospitaal, voor de rorschachgevallen, maar daarbinnen is ook nog een ziekenboeg voor levende mummies. Ziedaar het hoofd dat de Amerikaanse burgerij voor zichzelf opgeëist had. Niet geroosterd in de gaskamer, maar onder een potje jijbakken in de knutselruimte van een gevangenis. Het is maar dat er een braadlucht in de keuken komt te hangen.'

'En zo verscheen Scott Maddox in de namiddagedities, zijn hoofd omzwachteld, waardoor hij op een non leek... of op de piloot van een zweefvliegtuigje, neergestort in een korenveld.'

'Dat is uit een boek.'

'Weidmann was de laatste misdadiger die in Frankrijk in 't openbaar op de guillotine terechtgesteld werd. De toeschouwers hadden de hele nacht gezopen. Ze doopten witte zakdoeken in het bloed van de moordenaar, zodat ze toch nog een rode roos voor moeder de vrouw mee naar huis konden nemen.'

'Wat, Little Remo, moeten de mensen met een zakdoek na het opengaan van de gaskamer?'

'Voor de mond binden.'

'Scott, als Vacaville voor jou na die ketterverbranding een zie-kenboeg binnen een gekkenhuis werd, lekker veilig, hoe kom je dan hier in Choreo terecht?'

Ze waren bezig bij de wasbak de spullen voor het soppen en dweilen 's middags klaar te zetten. Een grote spin liep op hoge poten rond de afvoer, tastend in de groenig omrande gaatjes.

'In de CMF hebben ze mijn pijnappelklier doorgelicht, en mijn likdoorns, en mijn heupjicht, en de bla en de bla en de bla. Alle ismen in Scotts brein zijn daar gescand. Ze hebben mijn wratten weggebrand, en mijn neuronen en neurieten en dendrieten, en ook nog wat haren rond mijn aars. En telkens wanneer ik terug was in Folsom of San Quentin vond de dok-ter weer een blinde fistel in mijn hersenen. En daar ging ik weer, naar Vacaville, met een zwaailicht op mijn buik.'

'Ze wilden je kwijt.'

'Voor de CMF was ik goud. Totdat... Kijk, Li'll Remo, zo zit het Amerikaanse gevangenissysteem in elkaar. Een godsdienst-waanzinnige overgiet mij met vloeibaar vuur. Niet hij, *Scott* krijgt de schuld. Ik had het uitgelokt. Er werd uitgerekend dat mijn negentig dagen observatie al bijna twee jaar duurden. Ik kon gaan. Terug de stront van San Quentin in.'

'Dan hebben je begeleiders een foute routebeschrijving mee-gekregen.'

De spin stond nu met al zijn poten precies om de afvoer heen. Remo draaide snel de koudwaterkraan open en weer dicht. De straal veranderde het insect in een doorweekt bolle-tje. Maddox gaf een schreeuw, en knielde bij de wasbak neer. Hij plukte de natte spin van het roostertje, legde hem in zijn verbonden handpalm, en begon hem zachtjes droog te ade-men.

'Ik vond het al vreemd,' zei hij tussen het blazen door, 'dat ze me door een achterdeur, via de keuken, afvoerden. Vijf po-litieauto's, met in totaal ik schat zo'n veertien zwaarbewapende varkens. Scott moest in de middelste wagen, tussen twee van die stinkbeesten op de achterbank. De karavaan bleef daar maar staan, tussen de vuilcontainers. Van het lekkere leventje in Vacaville had ik meidenenkels gekregen. Ik verdroeg geen boeien meer. Ze sneden ook nog eens door het verband heen in mijn polsen. "Wat is het probleem?" vroeg ik, want de zwijnen naast me stonken door hun uniform heen. Ik wilde rijden, liefst met de raampjes open.'

Maddox blies nog een keer, en de spin verhief zich nog wat onzeker op zijn geknakte poten. 'Loop even mee.' Remo volgde hem naar de wand met het hoge tralieraam, waarvan de vensterbank zo'n anderhalve meter boven de begane grond zat. Tussen tralies en matglas bevond zich een dikke voering van rag en webben, vol duivendons en halfvergane vliegen. Maddox liet er de spin in los, die zich onmiddellijk van draad naar draad de hoogte in slingerde.

'Gered,' zei Remo.

'Opgewekt,' zei Maddox in volstrekte ernst. 'Hij was al dood.'

'Het escorte blijft daar maar tussen het vullis staan.'

'Scotts dossier bleek foetsie. De mappen waren wel in het archief, maar... leeg. Geloop in en uit. Directeur erbij. Groot onbegrip. De vuile blikken waren voor mij. Alsof ikzelf grote schoonmaak in de ordners had gehouden. De karavaan is toen maar zonder Scotts gevangenisverleden vertrokken.'

'Hoe voelde dat?' Ze liepen terug naar de wasbak.

'Raar. Leeg. De herinneringen aan de verschillende instituten waren er nog wel, maar... vager. Niet meer ondersteund door de harde feiten in het dossier.'

'Hoe gevaarlijk ben jij, Scott, dat je een escorte van vijf politiewagens verdient?'

'Gevangene Maddox zat als een gespalkt musje op de achterbank. Het gevaar dreigde van buiten.'

'De politieke delinquent verdient een spectaculaire bevrijdingsactie.'

'Die is op touw gezet. Tussen Vacaville en San Francisco.

Een route waar de varkens die dag geen trek in hadden. Mijn mensen hebben uren in een hinderlaag liggen kleumen. De wegversperring is later met een shovel opgeruimd.'

'De karavaan ging zuidwaarts. Naar San Bernardino.'

'Bij aankomst in San Quentin zou Scott gefouilleerd worden, dat wist ik. In mijn schoen zat een vijltje, dun als een stopnaald. Ze zouden het vinden... de zaak opblazen in de hoop op promotie... en Scott zou verzekerd zijn van een veilig nestje in afzondering. Nu werd ik, met edelsmidsgereedschap en al, afgeleverd bij Choreo. Een nor uit de grijze middenklasse. Scott heeft de eer aan zichzelf gehouden... het vijltje meteen aangegeven...'

'Evengoed zit je nu hier op de EBA.'

'Voor mijn eigen veiligheid, zegt O'Melveny. Om verdere aanslagen te voorkomen.'

'Die bevrijdingsactie... doorgestoken kaart? Of moest je hoe dan ook naar Choreo?'

'Als het uitgelekt was, waarom zijn mijn kameraden in hun greppel dan niet gearresteerd? De God van Jan Johanson mag het weten.'

Vanuit zijn ooghoeken zag Remo bewaker Don Penberthy over de gaanderij van de eerste verdieping lopen. Hij was van de receptie, hoorde hier niet, maar Remo rammelde voor alle zekerheid met een stapel plastic emmers, die hij uit elkaar begon te nemen. Penberthy verdween in het gangetje naar de recreatie.

'Wat is er van de monnik geworden?' vroeg Remo.

'Hij danst door de gangen van Vacaville, en zingt, en rinkelt met zijn dekseltjes. In de ziekenboeg hoorde ik van een geprivilegieerde dat het God zelf was die Johanson opdracht had gegeven Scott Maddox dood te branden.'

'Misschien was God beducht voor Cosy Horror.'

'De ware religies, Li'll Remo, delven in het begin altijd het onderspit. Ze komen sterker terug. In Vacaville jodelt de hare krisjna zijn gebeden. In Choreo sloft Charlie door de gangen met bezem en blik. Alleen zijn eigen mensen weten dat hij hout en dwarshout van zijn kruis met zich meedraagt. Charlie moest branden.'

'Charlie...'

'Zei ik Charlie?'

'Ik verstond Charlie. Charlie moest branden.'

'Ik bedoelde Charlie... Scott als Charlie... de Vietcong in eigen land. Charlie, die altijd de pineut is. Die met een bloemetje in de hand nog napalm over zich heen krijgt.'

Remo's oog bleef hangen aan het merketiket dat gedeeltelijk van een hardroze emmer was weggekrabd. KICK-UP BUCKET, had er gestaan. Nu las het: KICK BUCK.

'O, die Charlie,' zei hij verstrooid. 'Brandbare Charlie.'

Naast de emmer zag hij de iets te lange broekspijpen van Agraphiotis' uniform op zorgvuldig zwart gepoetste schoenen rusten.

'Zo, heren,' zei De Griek. 'De competitie is hier voornamelijk een verbale, merk ik.'

5

In zijn cel probeerde Remo het uur van de waarheid niet zozeer uit te stellen als wel te bezweren. 'Ze houdt wel van me, ze houdt niet van me.' Zo'n tienerspelletje, daar had zijn incantatie wel iets van weg. De knopen van je jas aftellen, 'wel... niet', of de blaadjes van een margriet uitrukken: 'Ze wil me niet, ze wil me wel.'

Als Remo de Ring opging, om zich bij Maddox te voegen, leek hij zich van de waarheid te verwijderen. Zij bleef, nog altijd ongeopend, op hem wachten tot hij terug was tussen zijn vier muren. In de eenzaamheid van Remo's cel werd Scott Maddox een ander mens voor hem dan op de gaanderij. In zijn eigen stilte praatte Remo heel anders met die ingebakerde dwerg dan onder de galmkoepel van de EBA. Zo verging het een kantoorbediende die de indruk had door een collega te worden benadeeld. Thuis groeide de kantoorgenoot uit tot de baarlijke vijand, en de gefnuikte klerk waste hem in gedachten de oren, en niet zo zuinig ook. De volgende ochtend, op de werkvloer, bleek zijn achterbakse collega weer tot normale, deerniswekkende proporties geslonken. Ze wensten elkaar besmuikt goedemorgen, en overlegden met gedempte stem over de taakverdeling van die dag. 'Ik haal het bonnenboek wel voor je van boven.'

6

De verdachte werd op borgtocht heengezonden, tot nader order vrij om te gaan en te staan waar hij wilde – maar dan begon het pas. Alles in zijn directe omgeving raakte terstond met schuld besmet. Elk gesprek kreeg iets dubbelzinnigs, ieder telefoontje stond onder verdenking, en zijn voetafdrukken vulden zich zuigend met de zwarte inkt van de pers. Voor zijn 54 kilo wegende 1 meter 57 was een borgsom betaald, maar alles wat dat lichaam deed, bleef verdacht en zou tot aan de boorden van de wereld worden geschaduwd. Elk woord of gebaar, iedere glimlach of knipoog werd ontsierd door rouwranden aangebracht door een onzichtbare achtervolger. De beklaagde hoefde maar een straathoek om te slaan, en een hele stadswijk raakte doortrokken van zijn boetedoening, tot in de bemoste voegen tussen de trottoirtegels. Schuldbewuste duiven staakten hun gekoer. Een windhaan liep vast in roest, en kwam dwars op de bries te staan. Het panmeaculpisme regeerde.

'Als je die rechter toch aan het vermurwen bent,' had Sauro aan de telefoon nog gezegd, 'vraag hem dan of je in september of oktober nog een keer de plas over mag. We kampen met een acteurstekort.'

'Waarom ik?'

'Jij weet de Europese sterren van de Europese bimbo's te onderscheiden.' Dat was Dino op het duplotoestel. 'Neuk de bimbo's, boek de sterren.'

'Mijn situatie in aanmerking genomen, Bros... wie zegt jullie dat ik daar niet blijf?'

'Dat zeg ik,' zei Sauro.

'En ik zeg het,' zei Dino.

'Jij komt terug,' riepen ze synchroon. Ritterbachs zure toestemming om Remo in april naar Parijs te laten gaan, en in mei naar Frans Polynesië, had een precedent geschapen. De rechter kon zijn hoogstpersoonlijke beklaagde, levend onderpand voor gratis drinken op de Club, nu niet meer weigeren naar Rome en Berlijn te vliegen voor een rondje casting.

'Als je toch eenmaal op het continent bent,' had Dino (of Sauro) bij het afscheid op LAX gezegd, 'ga dan op DinoSaurkosten eens buurten bij die grote distributeur in München... CineDistri, zo heten ze. Probeer ze warm te maken voor de storm. Zeg ze maar dat we denken aan hun eigen Stassja voor de vrouwelijke hoofdrol. Zal ze leren, *porco dio*, die chauvinistische Pruisen.'

Na eindeloos over en weer gepraat met castingbureaus in Rome en Parijs, en een heleboel vergeefse lunches met conversatieloze acteurs en actrices, maakte Remo op weg naar Berlijn een tussenlanding in München.

'Hoe zeker is het,' vroeg de directeur van CineDistri, 'dat een Duitse diva de rol krijgt?'

'Ze zijn haar nog Engels aan het leren,' zei Remo.

In München, dat trof, waren juist de Oktoberfeste begonnen. Remo werd door CineDistri-personeel van de ene Bierhalle naar de andere gesleept. Hij kreeg de cafés alleen vanbinnen te zien bij het legen van zijn opschuimende blaas. Gedronken werd er aan lange tafels buiten onder de al bruine kastanjebomen. De Münchenaars legden hun bierviltje *op* het glas, misschien om de inhoud te beschermen tegen vallende kastanjes.

Het duurde niet lang of de eerste fotograaf diende zich aan. Remo stond van de bank op om naar binnen te vluchten, maar zijn gastheren verzekerden hem dat het voor een buurtkrantje was: *Der Mückenstich*. De fotograaf gebaarde twee jonge vrouwen in Beierse klederdracht, met hertengeweien in het haar, wat dichter op de beroemde gast toe te schuiven. Nou, vooruit, als het voor *Der Mückenstich* was, wilde Remo zijn armen wel om de Mädels heen slaan om ze dicht tegen zich aan te trekken. Als hij niet zoveel bier had gehesen, was hem zeker opgevallen dat zo'n buurtsufferdje een wel erg professioneel opererende fotograaf in dienst had.

Twee dagen later werd Remo 's morgens vroeg wakker van de telefoon. 'Herr Dunning für Sie.'

'Moet dat nu, Doug? In mijn hoofd schuimen twaalf halveliterpullen blond bier na.'

'Mooie foto van je in de *Santa Monica Herald*. Ofschoon, je haar heeft wel eens beter gezeten. Het onderschrift laat zich raden. Als voorbereiding op je gevangenisstraf ontspan jij je met de vijftienjarige Gretl... en met Nannerl van zestien... op de bierfeesten in München.'

'Om te beginnen, Doug, heetten ze anders.'

'Geen telefoongenieker gekreun,' zei Dunning, 'dan van een katerig persoon. Ik hoef hun namen niet.'

'Als medewerkster van CineDistri waren ze natuurlijk ouder.'

'Die schortjes, die vlechtjes... ze maken van elke brave Beierse huisvrouw een stout schoolmeisje in een softporno Tiroler Alpenhoornfilm.'

'Honend artikel erbij...'

'Niet over hoe ze op het moment suprême gaan jodelen. Nee, mensen als jij kunnen zich *alles* permitteren. Kinderverkrachting, ze komen ermee weg. Die berechting van jou, één grote schertsvertoning.'

'Bespaar me de reactie van Ritterbach.'

'O, nou, die heeft dus boven jouw krantenfoto ontbeten... op zijn eigen zachtgekookte woede. Drie minuten op een laag pitje. Schep zout erbij tegen het barsten. Na het ontbijt persconferentie op LA5. Ligt het aan hem, dan ben jij nog voor het eind van de maand op weg naar zekere gesloten inrichting.'

'Ik zie de vlokken schuim van zijn lippen op de micro's neerdalen.'

'LA5 heeft een hoge kijkdichtheid onder de leden van de Palisades Cliffside Golf & Yacht Club. Bijna huilend riep Ritterbach dat wij, van de verdediging, hem van alles op de mouw hadden gespeld. Over het aantal draaidagen onder meer.'

'Het filmen begint pas in het nieuwe jaar, Doug. Hij weet dat.'

'Hij heeft mij in raadkamer verzekerd dat jij, mocht het nodig zijn, nog eens drie maanden uitstel van executie zou kunnen krijgen. Alles voor de economie. Maar dat was voor Gretl en Nannerl.'

'Ritterbach is verslingerd aan een nieuwe hobby. Spelen met mijn kloten. Hier aan de overkant, bij Das Schmeichelkätzchen, wordt buiten aan de tafels nog bediend. Doug, ik ga mijn kater smoren in een grote Blonde.'

'Laat het in Godsnaam bier zijn.'

7

De ontspanningsruimte werd, net als de rest van Choreo (behalve de directeurskamer), verlicht door tl-buizen, verjagers van schaduwen. Toch voelde Remo, die naar het televisiejournaal zat te kijken, iets dat *leek* op een schaduw over zich heen vallen. Het was de aanwezigheid, schuin achter hem, van Goering Goiter, de buikige vice-president van de plaatselijke Arische Broederschap.

'Woodehouse,' siste hij in Remo's nek. 'Zeg, Woodehouse.'

Remo draaide zich om. Goering Goiter trok een stoel bij, en ging er omgekeerd op zitten, waartoe hij zijn enorme pens tegen de rugleuning moest persen. 'Woodehouse, luister eens even...' Hij hijgde, maar niet van inspanning – van een rauw soort behaagzucht. Achter hem stond van de tafel met AB'ers, waar ook de vice-president had gezeten, broeder Dudenwhacker op, die langzaam naar de televisiehoek toe kwam.

'Je bent geen jonkie meer, Woodehouse,' teemde Goering Goiter, 'maar je ziet er nog puik uit. Ik wou je voorstellen... Kijk, vandaag of morgen nemen ze je te grazen, en dat zou me spijten.' De vice-president voelde op zijn beurt iemand schuin achter zich staan. Het dikke hoofd op de zwellende hals draaide traag die kant op. 'Sodemieter op, Hank. Je ziet dat ik met Woodehouse zaken aan het doen ben.'

'Dat verontrust me nou juist, Kearn,' zei Dudenwhacker, over de onderste van zijn drie tranen links krabbend.

'Goed, Hank, help me dan. Zeg tegen Woodehouse hier dat hij er zonder baard veel beter uitziet. Jonger. Aantrekkelijker. Die bril moet ook af.'

'Kom mee naar de tafel, Kearn. Laat Woodehouse met rust. De varkens kijken onze kant op.'

'Woodehouse,' fluisterde Goering Goiter, met een zware hand op Remo's knie, 'ik bied je mijn persoonlijke bescherming aan. Het enige dat je... nou ja, zo nu en dan een boodschap. En natuurlijk, van tijd tot tijd... Luister, Woodehouse, ik ben erg netjes op mijn lichaam. Het is maar voor af en toe. De noodgevallen.'

'Kearn, weg hier.' Dudenwhacker trok zijn broeder bijna met stoel en al om. 'Ik heb andere plannen met Woodehouse. Als je het verkloot, verdomde Goering, heb je een probleem met mij.'

De vice-president liet zich door zijn mindere in rang meevoeren naar de Münchener Stammtisch, zoals de AB'ers hun vaste plek in de recreatie aanduidden. Halverwege keek de zware man nog een keer om, zijn gezicht vlekkerig van hitsigheid.

8

Op cel terug hervatte Remo zijn bezweringsgebed. 'Niet... wel... niet.' Jasknopen en bloemblaadjes voor Scott Maddox. 'Hij is het.' 'Hij is het niet.' En van voren af aan beginnen natuurlijk, dat hoorde er ook bij. Alles om de uitkomst op te schorten. 'Plus. Min. Plus.'

Paula had de foto's per post laten bezorgen, in een kartonnen envelop. Hij was opengescheurd en weer dichtgeplakt, maar uit het bijgevoegde lijstje kon Remo opmaken dat er geen enkele foto ontbrak. Nergens stond zelfs maar de voornaam van zijn vrouw vermeld, al bleef er een kans dat de censor haar portret herkend had.

Op het zachtboard van zijn scriptschema prikte hij twee foto's vast met de enige punaises die hem toegestaan waren: botte tandenstokers. De ene was van hun huwelijk. Met vrienden om zich heen stonden ze voor de ambtenaar van de Londense burgerlijke stand – zij in korter dan korte mini-jurk, hij in een achttiende-eeuws jonkerpak (het was de tijd van *Sgt. Pepper's*). De bruid was een en al welgevormd been, een schitterend hoogpotige vogel, maar hun verschil in lengte, zij zowat een kop groter dan hij, was geen optisch bedrog.

Op de andere foto, genomen in het park Joshua Tree, lag zijn arm losjes om haar schouders. Ze leken even groot hier. De afdruk eindigde net onder hun knieën. Niet te zien was dat Remo met zijn ene voet op een stuk rots balanceerde. God, wat was ze mooi. Alleen maar mooier door de ernst in haar ogen, die nu eens niet bespot werden door voelsprietige aanplakwimpers. Een dergelijke schoonheid kon niet zomaar vernietigd worden: die moest nog ergens, buiten alle foto's en filmbeelden en herinneringen om, onuitwisbaar in de wereld geëtst staan. Het kon niet anders of God had het zo verordonneerd.

Maar *waar* dan toch, in Gods naam...!

(Ze keken allebei vol gretig zelfvertrouwen in de lens. Rotsvast verliefd. Als er toch enig ongeduld in hun houding was, iets dat in de schouders wrong, kwam dat doordat werken en de wereld bedwingen ze nog gelukkiger maakte dan zo'n uitstapje naar een monumentaal natuurpark.)

Zijn advocaat had hem nog aangeraden, bevolen eigenlijk, onmiddellijk naar Los Angeles terug te keren. Remo voelde zich als een kleine jongen op de vingers getikt. Er bleef hem in zijn narrige machteloosheid niets anders over dan de rechterlijke macht van Californië tot het uiterste te tarten.

'Stass? Met mij. Goed luisteren. Je vliegt *nu* naar Londen. Zonder mama. DinoSaur wil je in de stormfilm. Morgen is er een screentest in de Redwood Studios.'

Remo wilde met Stassja in heel Londen gezien worden, verguld omlijst door het flitslicht van alle societyfotografen die de stad rijk was. Ritterbach zou er albums vol van kunnen aanleggen. Zij logeerde bij hem in zijn huis aan Eden Square. Soms, als ze met al dat loshangende blond de open deur van zijn werkkamer passeerde, vernauwden zich de vaten rond zijn hart. De met vlees en bloed ingevulde schim van zijn vrouw. In de hal hing al jaren, in een plastic hoes, haar zilvervos aan de kapstok. Toen Stassja op een kille avond begin oktober vroeg de jas naar het theater aan te mogen, werd Remo zo uitzinnig van woede dat het huilende meisje niet meer tot bedaren te brengen was, en daardoor pas echt ondraaglijk op zijn gestorven echtgenote ging lijken, zoals ze bij hun eerste keer samen al haar angst en verdriet eruit gejankt had. Stassja's aanwezigheid in het appartement was op den duur niet te harden. Gelukkig was er het verlossende telefoontje van Douglas Dunning.

'Ritterbach is ziedend.'

'Over die foto van *Der Mückenstich* nog steeds?'

'Waarom was jij, onder de gegeven omstandigheden, in het Derde Rijk aan de rol? Dat wil het prominente lid van de Palisades Cliffside Golf & Yacht Club van jou vernemen. Persoonlijk. In raadkamer.'

Naast hem stond Stassja, een badlaken strak om zich heen gewonden, de haren nat van het douchen. Waar andere meisjes een wenkbrauw zouden optrekken, verstond zij de kunst haar onderlip vragend te laten zwellen.

9

Het uur van de waarheid kwam voor Remo op donderdagavond, zo tussen kwart voor elf en half een. Er was geen exact tijdstip aan te wijzen voor het moment van volledige luciditeit. De wetenschap kwam met verontrustende golfjes, die ook weer half geruststellend wegebden – tot de hele waarheid hem overspoelde en er geen tijd meer bestond. En *nog* wilde hij er niet aan, zoals een drenkeling er niet aan wil.

De bedoeïenenkoren waren Remo in al hun onverstaanbaarheid inmiddels zo vertrouwd dat hij er elke gewenste (of ongewenste) tekst in kon beluisteren. Hij zou gezworen hebben dat ze vanavond alleen uit vrouwenstemmen bestonden. Er deden zelfs geen kinderen mee. De damesstemmen klonken allemaal als die van Wendy's moeder, hysterisch, en ze scandeerden de beschuldigingen die al eerder tegen Remo waren ingebracht.

'Ast! Ma...! Ast! Ma...!'

'Ja! Cu! Zi...! Ja! Cu! Zi...!'

Het deerde hem niet. Hij lag hier veilig ingekapseld in een cocon van ijzeren doornstrengen, waar nog een hoog voltage op stond ook. Waarom moest hij nu aan Kenneth denken? Ouwe, trouwe Ken: die had hem toentertijd uit zijn wezenloze rouw gehaald – met Shakespeare. Om een stuk van de Bard tot op de draad te leren kennen, had Remo geleerd, kon je er het best een filmscenario naar maken. Ontwarren, uithalen, en dan opnieuw knopen met de windingen die nog in het garen zaten. Om tot een puntgaaf script van *King Lear* te komen hadden ze samen, Kenneth en hij, alle tragedies van Shakespeare aan dezelfde behandeling onderworpen. Een onvergetelijke ervaring, vol troost. Structuur, poëzie, beeld – je raakte het allemaal nooit meer kwijt. Bekende en onbekende muziek, uit wat voor windrichting ook, schikte zich sindsdien als vanzelf naar ritme en melodie van Shakespeares blanke verzen.

Langzaam wegdrijvend naar het voorstadium van de slaap, waar alles met alles versmolt, hoorde Remo de wispelturige bergwinden overleggen hoe de boodschap van de heksensabbat, gehouden op een open plek in het San Bernardinowoud, naar Choreo te dragen.

Fair is foul, and foul is fair

Eindelijk verstond Remo flarden van de recitatieven. Ze kwamen van de heksenzangen uit *Macbeth.*

When the hurly-burly's done,
When the battle's lost, and won

Van een heks met lang uitgerekte borsten kreeg Remo een margrietachtige bloem met een kroon van blauwe blaadjes. Uit het hart rees met trillende poten een spin op, die zijn tong ontrolde om nectar op te zuigen. Remo begon de bloemblaadjes een voor een uit te rukken, in steeds hoger tempo. 'Ja... nee... ja... nee... ja.'

Hoe driftig hij ook plukte, ze wilden niet opraken, zodat hij niet tot een slotsom kon komen. 'Is het niet... is het wel... is het niet...'

Vrijdag 6 januari 1978
Bloedzwagers

I

's Morgens, na het eerste ontwaken, waren er nog wel dromen, maar ze misten de verduisterende mantel van de slaap. Het was of hij in een van zijn filmmaquettes keek, die Maddox 'kijkdozen zonder plafond' had genoemd. Te veel licht voor een droomdecor. De dag bouwde de nacht in piepschuim na. Remo bood zich aan voor een spelletje armworstelen, maar de benige hand tegenover hem, met pigmentvlekken op de rug, bleef verkrampt een denkbeeldig iets omklemd houden. Nu begreep hij waarom de rechtszaal van Santa Monica zo licht leek: de donkere lambrisering was vervangen door het rozenhout uit Dunnings kantoor. Nu was hij echt wakker. Het daglicht stond grauw in zijn cel. Over de gaanderij rammelde het karretje voor de eenzame ontbijters. Nee, die laatste keer Santa Monica was hij niet in de rechtszaal geweest. Wel in de kamer van rechter Ritterbach, waar hij zich had moeten verantwoorden voor Gretl en Nannerl in München. Over Stassja in Londen geen woord. De tabloidfoto's moesten zeker de oceaan nog over.

In raadkamer spreidde Ritterbach de vastberadenheid van een beul vlak voor de executie tentoon. Zijn gelige gezicht verried wanneer hij Remo te excuusrijk vond. Hij tastte dan naar zijn hamer, maar greep telkens mis, want het ding lag in de rechtszaal. Dunning vroeg de gebroeders Dino en Sauro te mogen binnenroepen, voor nadere uitleg. 'Edelachtbare,' zei Sauro even later, 'wij van DinoSaur Brothers Productions hebben uw beklaagde naar Duitsland gestuurd.' 'Hij moest contacten leggen voor de cycloon,' vulde Dino aan. 'Het blijven Duitsers,' zei Sauro. 'Ze hebben onze man mee naar hun bierfestijn genomen. Als relatiegeschenk. De Mädelmeisjes hoorden niet bij CineDistri. Het waren dienstertjes, Edelachtbare. Zesentwintig en achtentwintig jaar oud.' 'Onze man, Edelachtbare,' zei Dino, 'heeft zich prima van zijn taak gekweten. De film gaat in Duitsland naar zeker vierhonderd zalen.' 'Goed,' zei Ritterbach, naar zijn afwezige hamer grijpend, 'voor zulke economische motieven dient men open te staan. Uitstel van straf wordt niet ingetrokken. Maar, Mr Dunning, daarmee is de koek echt op. Ik kan me geen verdere opschorting van een levensnoodzakelijk psychiatrisch onderzoek permitteren. De staat is in gevaar.' Hij hamerde af met lege hand.

2

Zo'n werkplaats als waar Maddox in brand was gestoken, had Remo nog nooit van binnen gezien. De Griek bracht hem er, met toestemming van hogerhand, na het luchtuur heen. 'Kijk gerust rond. 'Ik moet wel in de buurt blijven. Je krijgt een kwartier van me.'

De werkplaats leek op de praktijkruimte van een ambachtsschool. Banken met boor-, frees- en slijpapparatuur keurig op een rij. De net van het luchten binnengekomen gevangenen zetten een stofbril op, en gingen verder met hun karwei. Een lasser liet knetterende vonkfonteinen opspuiten. Remo moest zijn ogen afwenden van het witblauwe licht. Hij was de enige die tussen de banken door liep. Als de bewakers, die in een hoek zaten te praten, wat opmerkzamer waren geweest, hadden ze op minstens twee plaatsen kunnen leren hoe je uit oneigenlijke materialen een mes maakt – hier uit een schuimspaan, daar uit een dikke glasscherf. De Penitentiaire Werkplaats voor Bezigheidstherapie was een potentiële wapenfabriek.

'Mijn dweilmaat Maddox,' zei Remo na de rondgang tegen Agraphiotis, 'beweert op zo'n zelfde plek, in een andere gevangenis, met verfverdunner te zijn overgoten.'

'Niks mis mee. Zolang niemand er een aansteker bij houdt...'

'Ik zie hier niemand met verf in de weer.'

'De verfbussen, de flessen thinner, dat gaat hier allemaal achter slot en grendel.'

'Is dat sinds de komst van Maddox?'

'Ik weet niet beter dan dat hij, in San Quentin of Vacaville of waar was het, zijn bed in brand heeft gestoken... en daarmee zichzelf. Was het niet vanwege een gedresseerde muis die hem afgepakt werd? Of hij daarbij verfverdunner heeft gebruikt, is mij niet bekend. Hier sluiten we al het spul weg sinds een bewaker ontdekte dat er gesnoven werd bij het leven. Een kwak hoogglans in een plastic zak, en inhaleren maar. Lijm ook. En die troep voor chemisch reinigen... tri... Die middelen komen alleen nog uit de kast als het echt niet anders kan. Er gaan dan drie bewaarders met hun neus bovenop staan.'

3

Maddox klemde de bezemsteel onder zijn oksel, en bracht zijn handen omhoog, blijkbaar om zich te krabben. Hij bedacht zich. De mouwen van zijn overall waren omhoog gekropen. Het verband reikte tot aan de ellebogen. 'Benieuwd,' zei hij, zijn armen om en om draaiend, 'wat er van mijn schorpioenen over is. Het mannetje zit links, overdwars. Het vrouwtje, in de lengte, rechts. Ik wilde wel verbranden, maar mijn handen sloegen de vlammen uit. Misschien zijn Tristan en Isolde erin omgekomen.'

'Als ze kleurvast waren, hebben ze het zeker gered. Ze kunnen wat verrimpeld zijn.'

Maddox streek met zijn vingertoppen over de ingezwachtelde kaken. 'Ik was gewend in mijn baard te graaien. Het helpt bij het denken en praten. Jou zie ik er altijd alleen maar in krabben. Jij hebt een dichte inplant, heel gelijkmatig. Als ik die van jou in brand steek, gaat hij misschien smeulen. Ik had een uitstaande baard... springerig. Nooit zal ik het fijne geknetter vergeten. Droge hei op een snikhete dag, als de jongens met het vergrootglas langs zijn geweest. Ik misgun jou je baard, Little Remo.'

'Ik gun jou je baard van harte, Scott.'

'Het is de omgekeerde wereld.' Zijn stem ging over naar kwaadaardiger registers. 'Daarbuiten duldde Scott nooit een baard in zijn omgeving. Van niemand. Alleen van zichzelf. Nu zijn er alleen nog lappen rond mijn kaken, en sta ik tegen een volle baard aan te praten.'

'Wat is er mis met andermans baard?'

'In de vrije wereld had ik het liefst vrouwen om me heen. De kans op een baard was dan kleiner. Behalve bij Katie, die was door een weeffout in de Schepping zo behaard als een aap.'

'Ik ga hem voor jou toch echt niet afscheren.'

'Een baard moet je verdienen. Als het tussen ons iets geworden was, had ik je op een dag misschien toestemming gegeven je baard te laten staan.'

4

'Maddox? Hoog bezoek.'

'Ah, mijn vrienden uit Quantico. Li'll Remo, ik geef je de grove bezem. Binnen een halfuur ben ik wel klaar met die lui.'

Ik had de uitdrukkelijke opdracht Maddox geboeid naar de ontvangstruimte te brengen. Met de enkelkettingen, en de exacte speling die ze de benen moesten laten, had ik nog steeds moeite. Ernie Carhartt hielp me, niet van harte. 'Hoe lang ben je nou al hier, Spiros? Een maand bijna. Dan moet je slapend kunnen boeien.'

'De FBI wacht wel,' gromde Maddox.

Remo veegde intussen met de harde bezem luid schurend een cel leeg. Bewaker Scruggs bracht hem een plastic trechter. 'Woodehouse, er zijn in de bezemkast te veel plastic flessen met bodempjes. Giet al die kleine beetjes bij elkaar, en doe het lege spul weg. Je houdt dan meer ruimte over voor opslag.'

De FBI-mannen stelden zich aan Maddox voor als Robert Riddell en James Doggett. Ze schrokken van zijn verschijning.

'Ik zou het op prijs stellen als jullie mij met Mr Maddox bleven aanspreken. Of met Scott. De keus is aan jullie.'

'Goed, Scott,' zei Doggett. 'Dit is Bob. Ik ben Jim.'

'Heren,' vroeg ik, 'wilt u dat ik de kettingen aan de tafel vastmaak?'

Maddox sprong behendig, met boeien en al, op een stoelzitting en liet zich op de rugleuning neer.

'Laat maar,' zei Riddell tegen mij, 'blijft u in de buurt.'

Doggett sloeg een stofmap open. Bovenop allerlei papieren lagen de afdrukken van twee gevangenisportretten – het ene en profil, het andere en face. Ik kon ze van die afstand niet goed onderscheiden, maar ze moesten van Maddox zijn.

'Hoe weten wij,' vroeg Doggett, 'dat jij degene bent die wij voor ons denken te hebben?'

'De directeur hier, Mr O'Melveny, is mijn woordvoerder. Hij kan jullie alle gewenste inlichtingen geven.'

Doggett maakte een aantekening.

'Als jullie je huiswerk hadden gedaan, was uit mijn positie hier, op deze stoel, voor jullie al duidelijk dat je de juiste voor je had.'

'Leg eens uit,' zei Riddell.

'Ik ben altijd gewend geweest mijn mensen vanaf een verhoging toe te spreken. Wie de lui aan zich wil onderwerpen, moet niet van onder af tegen ze op hoeven kijken.'

313

'Luister, Scott,' zei Doggett. 'Bob en ik zijn bezig in Quantico een nieuwe opleiding op te zetten. Wij willen onze agenten een directer inzicht verschaffen in de geest van de dader. Vooral waar het gaat om, nou ja, complexe misdaden. Een mentale vingerafdruk.'

'Jim, Bob... misschien is er toch een misverstand in het spel, en ben ik achter dit masker van verbandgaas niet de persoon die jullie voor je denken te hebben. Ik *heb* niemand vermoord.'

'Het brein van een onschuldig veroordeelde,' zei Riddell, 'is inderdaad minder geschikt voor ons lespakket.'

'*Als* ik al ergens schuldig aan ben, is het als politiek delinquent. Volgens een wet die ik niet erken.'

'Dan ging het dus om politieke moorden,' zei Doggett.

'Ik *heb* geen moorden gepleegd. Ook niet als politiek delinquent.'

'Waarom, Scott,' vroeg Riddell, 'zit jij als politiek gevangene in een gewone staatsinrichting?'

'Dat moet je de rechterlijke macht van Los Angeles vragen. Niet mij. Ik heb mijn best gedaan de openbare aanklager voor een dwaling te behoeden. Vergeefs.'

'Is het dan misschien zo, Scott,' vroeg Doggett, door zijn papieren bladerend, 'dat er politieke moorden in jouw opdracht zijn gepleegd?'

'Luister, heren. Ik wil jullie alles over mijn politieke opvattingen vertellen. Maar ik kan jullie en de bollebozen van Quantico niet wijzer maken over moorden die ik niet heb gepleegd.' Hij sprong met rinkelende kettingen van de stoel. 'Mr Agraphiotis? Ik kan mijn vriend Woodehouse niet al het werk alleen laten doen.'

5

'Zo snel, Scott, had ik je niet terugverwacht.'

'Schoolmeesters van de FBI, daar ben ik gauw klaar mee.'

'Wat wilden ze van je?'

'Een vingerafdruk van mijn brein, of zoiets.'

'Ze hadden niet de juiste inkt bij zich...'

'En dan nog. Een Charlie gaat niet met zijn hoofd door een stempelkussen van de FBI liggen wentelen.'

'Een Charlie?'

'Zei ik Charlie? Zo spraken die lui me aan. Ik heb ze gezegd dat ze de verkeerde voor zich hadden.'

6

Via De Griek had Remo een gesprek aangevraagd met de directeur.

'Wat kan ik voor je doen, Woodehouse?'

'U spreekt mij aan met Woodehouse. Ik sta toch onder die naam in uw administratie?'

'Zeker.'

Remo probeerde zo te kijken, met weggedraaide ogen, dat hij de Amerikaanse vlag niet hoefde te zien. Hij kon de driekleur ineens niet meer los denken van de bank in zijn vroegere huis, waar er een over de rugleuning had gehangen. 'En mijn eigenlijke naam, komt die ook in de administratie voor?'

'O, nee, Mr Woodehouse! Geheel volgens afspraak met uw advocaat staat uw ware identiteit alleen in mijn eigen papieren vermeld.'

'Ik ga u nu een vraag stellen die u waarschijnlijk niet wilt beantwoorden.'

'We zullen zien.'

'Is het in Choreo de *gewoonte* gevangenen onder een schuilnaam hun straf te laten uitzitten?'

'U stelt me teleur. Ik heb voor u, vanwege uw verdiensten voor de Amerikaanse cultuur, een kostbare uitzondering gemaakt.'

'Zoals u weet, verricht ik schoonmaakwerk samen met gevangene Scott Maddox. Ik heb het sterke vermoeden dat zijn werkelijke naam anders luidt.'

'Het staat elke gevangene vrij zich aan zijn medegedetineerden met een afwijkende naam voor te stellen.'

'Ook voor de bewakers is hij Scott Maddox.'

'Wat wilt u daarmee zeggen?'

'Dat ik niet de enige ben die in uw administratie onder pseudoniem voorkomt.'

'Dit klinkt allemaal nogal aanmatigend, Mr Woodehouse. Goed, ik zal de vraag waarvan u veronderstelde dat ik hem niet eens in overweging zou willen nemen, zo uitvoerig mogelijk beantwoorden. Omdat u het bent. Nee, het is niet onze *gewoonte* gevangenen hier onder een fictieve identiteit hun straf te laten uitzitten. En ja, *bij hoge uitzondering*, als het voor alle betrokkenen beter is, gaan wij akkoord met een schuilnaam. Het valt theoretisch niet uit te sluiten dat op zeker moment twee van zulke gevallen tegelijkertijd in Choreo voorkomen.'

'En dan ook nog, met permissie, op dezelfde afdeling... Ik heb reden om aan te nemen, Mr O'Melveny, dat medegedetineerde Maddox zo'n geval is. Net als ik.'

'Ik bevestig noch ontken. Het is uw zaak niet.'

Via zijn ooghoeken drong de vlag zich steeds meer op. Door zijn verwrongen blik zag hij het ding zelfs dubbel. 'Als Maddox degene is die ik denk dat hij is, heb ik reden mij bedreigd te voelen.'

'Hoewel een strenge huisregel mij verbiedt administratieve inlichtingen aan gevangenen te verstrekken, zal ik nogmaals voor u, Mr Woodehouse, een uitzondering maken. Gedetineerde Maddox, voornaam Scott, komt in onze administratie voor onder de naam waarmee hij ook bij het bevolkingsregister geboekstaafd is. Als u dus bang bent voor gevangene Maddox, bent u niet bevreesd voor iemand anders.

'Mr Agraphiotis, zeg dat het niet waar is.'

'Als iets niet waar is, wil ik dat graag bevestigen. Is iets wel waar, dan ga ik mijn boekje te buiten als ik het ontken.'

'Maddox...'

'Maddox, ja. Ga verder.'

'Het is niet waar.'

'Je zegt het.'

'Hoe halen ze het in hun hoofd... mij uitgerekend... in *deze* vleugel... Justitie kent de voorgeschiedenis.'

'Justitie, daar zitten wel meer cynische grappenmakers. Vertel me nou eerst eens wat er aan de hand is, Woodehouse.'

'Hier is het hoofd dat de Amerikaanse burgerij opgeëist had... keurig verpakt... niet geofferd in de groene kamer, maar in een godsdiensttwist.'

7

'Ik vraag het je voor de laatste keer, Scott. Hoe kom jij aan levenslang?'

'De misdaad waarvoor ik tot levenslang veroordeeld werd, was de afschaffing van de doodstraf in de staat Californië op 18 oktober 1972. Ik kan bewijzen dat Scott Maddox bij het plegen van dat delict niet aanwezig was. Hij is dus onschuldig veroordeeld tot het uitzitten van een levenslange gevangenisstraf.'

'Was je dan wel schuldig aan het feit waarvoor je eerder de doodstraf kreeg?'

'Als ik een delinquent ben, dan een politieke. Ze hebben me als een ordinaire misdadiger berecht. Ik beschouw het vonnis als ongeldig.'

'Levenslang, Little Remo. Niet vijftien of twintig jaar *tot* levenslang, maar levenslang. Met hoorzittingen over vervroegde vrijlating alleen voor de vorm, om de verveling te verdrijven. Weet je wel, wat dat betekent? Nou, *ik* niet. En jij al helemaal niet. Jij mag over een week of wat naar moeders.'

'Mijn vrouw was dood, weet je nog?'

'In het kraambed, dat is waar ook.'

'Laten we het daarop houden.'

'Als jij je vrouw in het kraambed vermoord hebt, waarom zit je hier dan alleen voor psychiatrie?'

'Je schijnt ervan uit te gaan dat ze bij het baren van haar kind *vermoord* is.'

'Niet dan?'

'Ik heb je dat niet eerder verteld.'

'Het is toch zo?'

'Ja.'

'Dan zit je hier dus voor moord... op je barende vrouw.'

'Hoe kom je erbij dat *ik* haar doodgemaakt zou hebben?'

'Als een ander het gedaan heeft, waarom spoel jij dan dweilen in Choreo?'

'Misschien om dit gesprek met jou te kunnen voeren.'

8

'Ik heb overplaatsing aangevraagd,' zei Maddox. 'Volgende week krijg ik bericht.'

'Dat is snel.'

'Ja, over een paar dagen al.'

'Dat je overgeplaatst wilt worden, bedoel ik.'

'Sneller dan ik dacht toen ik hier binnenkwam.'

Om de schijn van arbeid op te houden bewogen ze allebei hun trekker met de dweil op en neer in een emmer modderwater. 'Je zult er wel een reden voor hebben.'

'En een goeie ook.'

'En die is?'

'Little Remo Woodehouse.' Maddox plempte zijn dweil zo diep in de emmer dat er zwart water over de rand gulpte. Het lekte in vingerachtige uitlopers naar het al schone deel van de vloer.

'Dan ken je de reden voor je eigen vertrek niet.'

'Ik ken jou goed genoeg om voor je op de loop te gaan.'

'Als je mij zo goed denkt te kennen, vertel me dan eens, Scott... wie ben *jij* eigenlijk?'

318

'Om die vraag, die je vroeg of laat zou stellen, heb ik overplaatsing aangevraagd.'

'Wie *ben* jij?'

'Wacht maar tot het verband van mijn kop mag.'

'Dat maak ik dus niet meer mee. Goed, laat ik de vraag anders stellen. Hoe heet jij?'

'Ik *blijf* me niet voorstellen.'

'Je naam.'

'Scott Maddox.'

'Je naam. De echte.'

'Maddox, Scott. Vraag het Carhartt. Vraag het De Griek.'

'Die weten niet beter.'

'Vraag het O'Melveny.'

'Die houdt zijn kaken op elkaar.'

'Als jij het beter weet, zeg het dan.' Maddox liet de trekker los, waarvan de steel tegen de emmerrand aan kantelde. Hij spreidde zijn armen in een gebaar van weerloosheid. 'Het lot heeft mij gemaskerd. Maar ik heb niets te verbergen.'

'Scott, wie *ben* jij?'

'Ah, de oudere vraag weer.'

'Vertel me nou maar wie je bent. Ik heb er recht op.'

'Wil je me leren kennen?' krijste Maddox opeens. Hij rukte aan de kram waarmee een uiteinde van het verband in zijn hals vastzat. 'Wil je zien wie ik ben?' Doordat hij van zijn verbonden handen alleen de ontvelde vingertoppen kon gebruiken, drong het stukje metaal met z'n karteltjes steeds dieper in het gaas. Er blonk paniek in Maddox' vrije oog.

'Doe geen moeite, Scott. Ik weet wie je bent.'

'Ik weet wie *jij* bent.' Maddox staakte zijn pogingen. 'Daarom doe ik die moeite juist.'

'Jij was het.'

'Ik was wat?'

'Jij zat erachter.'

'Achter wat?'

'Mijn vrouw.'

'Ze is in het kraambed...'

319

'Met de baby nog in zich, ja.'

'Ik ben geen verloskundige.'

'Beunhazen sturen hun ongediplomeerde personeel.'

9

'Natuurlijk,' zei Maddox dof. De nagelloze top van zijn wijsvinger hing trillend voor Remo's gezicht. 'De regisseur.' 'De regisseur, Scott, dat was jij.' 'De beroemde filmmaker die met zijn tengels niet van kleine meisjes af kon blijven. Ik zie het nu.' 'Koning Eenoog is de schel van het oog gevallen.' 'De zuster heeft vanmorgen de etter uit mijn oogleden weggezogen... met een holle naald zo groot als een klisteerspuit. Achter die baard, die bril zie ik vandaag wat ik al veel eerder had moeten zien. De grote kleine regisseur.' 'Van ons tweeën, Scott, ben jij de enige, echte regisseur. Bij mij was het kunstlicht en namaakbloed.' 'Niet te bescheiden, Li'll Remo. We zijn allebei regisseurs.' 'Ja, zie ons. Dromen tot het uiterste geregisseerd, en nu aan een dekzwabber voor anker in Choreo.' 'Er is meer dat ons bindt.' 'O?' 'Je bent nu lang genoeg in Amerika om wat *slang* op je tong te hebben. Hoe heten twee mannen die met dezelfde vrouw...' 'Kutzwagers. Je wou zeggen dat wij... jij en ik...' 'Wij, jij en ik, zijn hartzwagers. Nee, bloedzwagers.' Het raspende lachje dat hij erbij voortbracht, streek bij Remo langs een open zenuw. 'Jij, vuile rat.' Remo liet de steel van zijn trekker los, en klauwde met tien vingers tegelijk in de verbandkluwen rond Maddox' hoofd. 'Jij... jij bent...' Met zulke hevig trillende handen was het niet gemakkelijk een begin te maken met het afwikkelen van de zwachtels. En dan waren er nog de krammen, waarvan er een op het achterhoofd zat. Remo haakte twee vingers achter een strook verband, en trok.

Maddox gaf een rauwe kreet. Grommend van de pijn duwde hij met zijn verbonden handen tegen Remo's borst, maar zonder veel kracht. 'Hou op,' klonk het gesmoord uit het verschoven verband. 'Ik geef toe, ik ben het.' 'Wie?' Remo bleef trekken. 'Zeg het. Nu.' De windsels kwamen in lussen los. Het leek of ze zich onder zijn graaiende handen vermenigvuldigden. Er hing al een hele wolk van tussen de twee kleine mannen in. 'Ik ben,' hijgde Maddox, 'die ik ben.' Hij hield zijn pijnkreten nu gedempt, misschien om de bewakers niet te alarmeren. 'Ik ben... die ben.' 'Het monster heeft een naam,' siste Remo. Hij was nu toe aan de onderste laag zwachtels, die vastgehecht zat in de brandwonden. Het verband was daar alweer groenig van pus en zalf, en bevlekt met bijna zwart geworden bloed. Hij gaf harde rukken aan twee verbandstroken tegelijk. Maddox draaide een paar keer trappelend van de pijn rond zijn as, zichzelf zo loswindend. 'Ik wil die naam.'

Al het verband was nu verwijderd, op de windsels na die losjes rond Maddox' nek hingen. Onder het gaas was geen gezicht tevoorschijn gekomen, maar een heel nieuw masker, uitgevoerd in het legerbeige van zachte wondkorsten en het Matisse-roze van ontkorste plekken. Als een soort levend stiksel liepen er stippellijnen van opkomend bloed tussendoor, dat algauw begon te lekken.

'Je ziet toch wie ik ben.' Hij praatte voorzichtig nu: ook de korsten rond zijn mondhoeken waren beschadigd. Voor het ene oog zat een dot watten, met pleisters op z'n plaats gehouden. Het andere keek Remo fel en bloedverzadigd aan.

'Nee, dat zie ik niet.'

Wat onder de zwachtels vandaan was gekomen, leek op z'n best een mager, haarloos hoofdje met tot op het bot ingevallen wangen – een doodskopje bedekt met ettersliertjes die aan maden deden denken. 'Maak je bekend, Scott.'

Remo speurde het verminkte gezicht af naar een ingebrande swastika. Tussen de verheffingen waar vroeger wenkbrauwen moesten hebben gegroeid, welfde zich nu een geelbruine roof, die niets prijsgaf behalve een kleine winkelhaak waar fijne bloeddruppeltjes uitkwamen. Maddox verzette zich niet tegen de leiband waarvan de uiteinden in Remo's handen lagen. Dit smoelwerk, waar de stank van afsloeg, kon toebehoren aan de man die Remo voor zich dacht te hebben. Het kon net zo goed van iemand anders zijn.

10

'Sla je me nog dood, Little Remo, of hoe zit dat?' Uit verwoeste korsten liep het bloed in door wondvocht verdunde straaltjes zijn hals in. Hij leek het, met zijn armen nog steeds wijd geheven, niet te merken.

'Al sloeg je *mij* dood, Scott, ik kan me niet herinneren dit gezicht ooit eerder gezien te hebben.' Remo liet de lange verbandslierten los. Een van de uiteinden kwam in een emmer terecht, waar het zich vol modderwater zoog.

'Niet in levenden lijve. Je was nooit op de zittingen. Mijn foto stond in alle kranten.'

'Mijn omgeving had de opdracht kranten en tijdschriften bij me weg te houden.'

'Ik was ook op televisie.'

'Tekenfilms, dat was het enige waar ik toen naar keek. Geen behoefte me met politieke delinquenten bezig te houden.'

'Toch moet je me wel eens voorbij hebben zien komen... op de onbewaakte momenten.'

'Ja, om *zijn* portret kon ik niet heen. Hij drong mijn afgesloten wereld toch wel binnen. *Zijn* gezicht staat in mijn ziel gebrand.'

'Mijn gezicht.'

'Het zijne stemt niet overeen met wat ik nu voor me heb. Op dat ene boze oog na misschien... dat zou van hem kunnen zijn.'

'Little Remo, ik geloof dit niet.' Bloed kleurde onder het pra-

322

ten zijn lippen, maar hij scheen het niet te proeven. 'Jij drijft me in het nauw. Ik kan niet anders dan mijn identiteit prijsgeven. En dan... herken je me niet.'

'Heb jij sinds die aanslag met verfverdunner wel eens in de spiegel gekeken? Zonder die verbandmuts op, bedoel ik.'

'Als die heks met de zalf hier komt, probeert ze me te dwingen in de spiegel te kijken. Om aan de veranderingen in mijn gezicht te wennen, zegt ze. Een Charlie laat zich niet dwingen. Nooit.'

'Of je nou Charlie tegen je spiegelbeeld zegt of niet, je zou jezelf niet herkennen, Scott, neem dat van me aan.'

Remo hield zichzelf voor dat het gewoon een onttakelde medegevangene, Scott Maddox genaamd, was die nu zijn vingertoppen over het gewonde gezicht liet trippelen. De lichtste aanraking deed hem al pijn, zo te zien. 'Voelen doet het nog altijd als *mijn* gezicht. Het is van mij. Van Charlie. Ik ben uniek.'

Er zat bloed aan zijn vingertoppen, zodat het net was of hij, de nagelloze, vers gelakte nagels had. Hij zag het niet. Wel probeerde hij zich van de windselen te bevrijden, maar die moesten nog ergens met een kram aan elkaar vastzitten, want hoe hij ook trok, ze bleven zich rond zijn hals samensnoeren. Remo, die er getuige van was hoe de woede in dat kleine lijf omhoog kroop, wierp een snelle blik op de loges, maar er waren nergens bewakers. 'Als de varkens je zo konden zien, Scott, met die strop om je nek, zou je je niet eens meer verbonden mogen worden. Een verpleegster die jou de middelen voor een schone zelfmoord verstrekt... je zou voortaan met een pleistertje genoegen moeten nemen.'

Het was niet helemaal duidelijk of Maddox, toen hij Remo aanvloog, over de zwachtels struikelde dan wel uitgleed op de nog van zeepsop gladde vloer. Ze kwamen allebei tussen de emmers ten val. Maddox richtte zich half op, en rukte de trechter uit de jerrycan Pink Starfish. Eer een schreeuw Remo's open mond kon verlaten, had de ander de plastic tuit al in zijn keel gedreven. Remo kokhalsde luid. Door zijn knieën op de bovenarmen van zijn slachtoffer te planten, belette Maddox Remo het ding weg te slaan. Terwijl Maddox de trechter op z'n plaats hield, goot hij er met zijn vrije hand uit de jerrycan roze schoonmaakmiddel in. Er kwam een soort bloemengeur rond de vechtende mannen te hangen. 'Ik zal je leren om mij je stront uit die strot in het gezicht te kotsen.'

Remo stootte de jerrycan van zich af, die op z'n kant viel en uit z'n opening een taaie plas begon te vormen. Maddox bracht zijn hoofd vlak boven dat van Remo. Er drupte bloed van het gewonde gezicht op Remo's witte T-shirt. 'Bloed,' murmelde Maddox. 'Ik bloed.' Zijn greep verslapte. Hij zeeg als bewusteloos op Remo neer, die snel de trechter uit zijn mond trok, en daarbij een gulp roze zeep uitbraakte. Remo probeerde zich onder Maddox uit te worstelen, maar zo klein en tenger als het lijf was, het drukte zwaar op hem.

'Halt! Loslaten...!'

'Uit elkaar...!'

De bewakers Scruggs en Jorgensen kwamen met gevelde knuppel aanrennen, op een sukkeldrafje gevolgd door De Griek. De eerste twee tilden de bezwijmde Maddox van Remo. Agraphiotis pakte Remo bij de kraag van zijn overall, en begon hem in de richting van de wasbak te slepen. Remo kon niet anders dan zich in half liggende houding, lopend op zijn hakken en zijn zitvlak slepend door het nog op te dweilen sop, met de bewaker mee verplaatsen. Vanuit deze positie kon hij net zien hoe Scruggs en Jorgensen bij Maddox neerknielden, en zijn bovenlichaam overeind hielden. De uitgebraakte zeep was op Maddox' hoofd terechtgekomen, en droop nu langzaam neerwaarts. Het was misschien aan het bijten van de chemische troep in de opengereten wonden te danken dat Maddox al snel uit zijn bewusteloosheid ontwaakte.

'Spoelen, jij,' riep De Griek, de kraan boven het bassin opendraaiend. 'Niet drinken... gorgelen.'

Hij deed wat hem opgedragen was. Aan de golven sop uit zijn mond, steeds schuimiger en luchtiger, kwam geen einde. Nog terwijl hij zo op zijn knieën in de nattigheid lag, werden hem door een van de bewakers de handboeien omgedaan.

'Voor de tuchtcommissie met dat tuig,' klonk de stem van Carhartt, die blijkbaar ook op het strijdtoneel was verschenen. 'Dat wordt op z'n minst de isoleer. Spiros, jij slingert ze op rapport.'

11

'Mr Agraphiotis, kunt u ervoor zorgen dat ik na de isoleer word overgeplaatst?'
Ik wilde net de cel verlaten. Collega's Scruggs en Jorgensen stonden schouder aan schouder in de deuropening. Het kwam er zo smekend en smartelijk uit dat mijn hart opsprong. Hier deed ik het toch allemaal voor. 'Dat zal niet zomaar gaan, Woodehouse. Jij zit op de EBA, en niet zonder reden.'
'Ik geloof niet dat het voor mijn eigen bestwil is dat ik extra beveiligd opgesloten zit naast... naast die Maddox.'
'Voorlopig,' zei Scruggs, 'lijk jij een groter gevaar voor Maddox dan hij voor jou.'
'Dat is het 'm juist,' zei Remo.

12

In de weken aan Choreo voorafgaand was Remo permanent bang geweest dat hij, eenmaal ingesloten, aan claustrofobie zou gaan lijden. De angst verduisterde soms de laaiende zonsondergangen van Bora-Bora, als hij voor zijn hut van wrakhout over de lagune zat uit te kijken. Later, in zijn cel op de EBA, liet de engtevrees het afweten. Nu hij in volledige afzondering werd gehouden, bleek dat de claustrofobie zich alleen maar koest had gehouden om pas tevoorschijn te komen in een ruimte die haar waardig was.
Qua inrichting leek het een min of meer normale cel, behalve dat de ijzeren brits zodanig was opengewerkt dat je er op vele manieren met boeien aan vastgeklonken kon worden. Aan

325

de roestvrij stalen combinatie van toilet en wasbak, per onzichtbare constructie in de muur verankerd, viel zelfs door de grootste krachtpatser niets te verwrikken. Verder was deze cel kleiner dan de normale. Het was maar voor tijdelijk, dus dat hoefde geen bezwaar te zijn. Het probleem was dat de wanden bleven krimpen, wat Remo de gewaarwording gaf dat de cel aldoor al, nog voor zijn insluiting, kleiner aan het worden was geweest. Het betekende ook dat de lucht langzaam opraakte. Er was wel een rooster in de muur, maar dat dekte natuurlijk het begin van een pijp af die nergens heen voerde, behalve naar een wisse verstikkingsdood. Een venster was er niet.

Een matras evenmin. De bewakers hadden een canvas slaapmat en een paardendeken op de brits achtergelaten. Hij maakte zich een leger, en ging liggen. Om het licht van een sterke gloeilamp aan het plafond te filteren, trok hij de deken over zijn hoofd. De wollen stof bleek te dun om hem het vereiste slaapdonker te bezorgen. Om zichzelf ten minste in een dagdroomroes te brengen, paste hij de methode-Charrière toe.

Het gevangenisboek *Papillon* van Henri Charrière had Remo meteen na verschijnen gelezen, in het Frans nog. Dat hij er meteen een film in zag, betekende misschien dat hij los begon te raken uit de verstarring van de eerste jaren na de moorden. Hij had de auteur in Caracas opgebeld, maar het verslag van een reeks spectaculaire ontsnappingen was uiteindelijk door iemand anders verfilmd, die van het boek niets begrepen had. Charrière beschreef hoe hij in Frans Guyana de eenzame opsluiting doorkwam – onder meer door een vochtig warme dekenslip over zijn gezicht te leggen, en zich zo in een broeierige roes van erotische en poëtische dagdromen te ademen. Zo herbeleefde hij het samenzijn, na een eerdere ontsnapping, met twee jonge indianenzusjes in een ongerepte nederzetting aan de Zuid-Amerikaanse kust talloze malen. Hij claimde dat de gedagdroomde personen vrijwel lichamelijk aanwezig waren.

De methode-Charrière, die voorschreef de dekenpunt met de eigen adem vochtig en warm te houden, gebruikte Remo die vrijdagavond om binnen te dringen in het huis waar hij, kort, zo gelukkig was geweest met zijn vrouw. De oprukkende muren van zijn cel persten, als een dubbele bankschroef, de visioenen uit hem. De verstikkingsangst voedde de roes, die goed gedijde bij een tekort aan zuurstof. Zo sterk werd de suggestie dat de geuren van zijn tuin de cel binnen dreven. Alleen... het lukte hem niet binnen de omheining te komen. Het was zaak telkens wat verder heuvelafwaarts te beginnen, en dan omhoog te lopen naar het doodlopende uiteinde van de Cielo Drive, waar zich een toegangshek dwars over de weg uitstrekte.

De poort liet zich elektronisch bedienen door op een paaltje, dat half in de struiken verborgen was, een knop in te drukken. Remo liet zijn adem tegen de vochtige wol bijna tot stilstand komen, de bloemen in de tuin geurden zich te barsten, maar het hek wilde niet open. Als hij zich eroverheen boog, kon hij de garage zien, waar iemand de avond (of nacht) tevoren het buitenlicht had laten branden. Er stonden auto's op het geasfalteerde parkeerterrein. Een zwarte Porsche, wat betekende dat De Man met de Gouden Schaar op bezoek was. En kijk, Gibby was al thuis van haar werk in de stad: haar Pontiac stond voor de garagedeur. De witte Rambler op de oprijlaan had hij nooit eerder gezien. Dat Sharons Lamborghini (eigenlijk de zijne) er niet stond, was logisch: de auto was gisteren door een jongen van GAVIGAN'S GARAGE opgehaald voor een doorsmeerbeurt.

Remo zag zichzelf telkens opnieuw zijn hand tussen de heesters steken om de knop te beroeren. Het hek bleef dicht. Hij rook dat de tuinman het gazon had geschoren, maar kon er niet bij. Zijn huis was aangenaam verwaarloosd, al baarde de afbladderende verf hem enige zorg. Voor je het wist, verrotte het houtwerk, en had schilderen geen zin meer. De schutting langs de oprijlaan droeg sporen van de auto's van roekeloze feestvierders. Tegen een houten omheining verderop hing een streng kerstverlichting. Zelfs in de al felle ochtendzon was meteen te zien dat de lampjes brandden. Hij had het huis sinds een halfjaar in onderhuur van Terry, die er om de een of andere reden niet meer wilde wonen. Het leek heel geschikt, ook voor de gezinsuitbreiding, maar er waren aarzelingen.

'Cary Grant heeft hier gewoond,' wist Terry.

'Voorzover dat een aanbeveling is,' zei Sharon.

'Ik heb begrepen,' zei Remo, 'dat geen van de huurders het hier sindsdien lang heeft uitgehouden.'

'Rusteloos filmvolk,' zei Terry. 'Wat wil je.'

'Ik ben blij, Terry, dat jij als platenbaas zo'n evenwichtig mens bent.'

'Het is de ligging,' zei Sharon. 'Het is zo afgelegen.'

'Daarom,' zei Terry, 'heb ik de horoscoop van het huis laten trekken. Ik weet niet of jullie een orgaan hebben voor dat soort gewichel...'

'Ik heb mijn films tegen me,' gaf Remo toe, 'maar ik ben een realist.'

'Het kan nooit kwaad,' vond Sharon, 'als ook de sterren hun goedkeuring hechten aan een nieuwe behuizing.'

'Volgens de astroloog zit het gevaar hem niet in de ligging van het huis, maar in de verraderlijke akoestiek van de omgeving. De heuvels, de canyons... en dan zijn er nog de nevelbanken die uit de oceaan optrekken, en die elk geluid opslorpen...'

13

Eindelijk stond de paardendeken van de methode-Charrière hem toe zijn eigen terrein te betreden. Hij klom wat verder heuvelopwaarts over de afrastering, en liep naar de garage, waar hij het buitenlicht uitdeed. Hij bleef even staan luisteren. Geen geklots in het zwembad achter het huis.

Vreemd dat Jay zo vroeg in de ochtend al op bezoek was. In de Rambler hing de bestuurder helemaal over de bijrijdersstoel, alsof hij iets gezocht had onder het dashboard en in die houding verstard was. Via het halfcirkelvormige tegelpad liep hij naar de voorkant van het huis, dat hem altijd weer ontroerde met z'n donkerrode gevel, aarzelend tussen de status van villa en schuur. Hier leverde de methode-Charrière hem een streek. Even dacht hij nog: wat doen al die grafstenen in onze tuin? Toen opende het kerkhof van Holy Cross zich voor hem. Het lag erbij zoals hij het afgelopen zomer, bij zijn laatste bezoek, had aangetroffen. Een onregelmatig met zerken geplaveid park, waarin het zonlicht altijd direct die ene gepolijste zwart marmeren plaat wist te vinden.

14

Hij kon zich eindeloos blijven martelen met de vraag of hij door stom toeval, door een bureaucratische speling van het lot, dan wel door een nog vuilere oorzaak bij Maddox op de Ring was beland – belangrijker was het besef dat zijn straf daardoor oneindig veel meer was geworden dan zomaar een boetedoening.
Een onderdompeling.
Hij was neergelaten in een onderwereld waar hij zijn vrouw en kind kon ontmoeten – via een man die de weg wist. Onder de broeierig wollen dekenslip sluimerde hij dagdromend in.
Sinds de begrafenis was Remo er nooit meer echt voor gaan zitten, of liggen, om gezicht en gestalte van zijn vrouw op te roepen. Ook de herinneringen aan hun leven samen had hij, door onafgebroken in beweging en aan het werk te blijven, al die jaren met succes op afstand weten te houden. Als hij in een onbewaakt moment wel eens haar gezicht zag oplichten, was het altijd zoals hij het voor 't laatst gezien had. In de dood glimlachte ze nog steeds, maar een gestolde glimlach was altijd een grijns.
Het meisje Wendy had hij van 't voorjaar pas leren kennen. Maar telkens wanneer Remo, in een volgende poging te begrijpen waar het mis was gegaan, haar trekken scherp probeerde te krijgen, veranderden ze in die van zijn dode geliefde. Het nu

zeer levende gezicht was door alle gevangenismuren heen gedrongen om hem gezelschap te houden. Als het honingblonde haar ergens aan de stalen doornstrengen was blijven hangen, bleek dat nergens uit: het was nog even vol en krachtig als altijd. Aan het begin van haar zwangerschap had het korte tijd een vettige glans gehad, maar het was nooit slap en futloos gaan hangen als bij zoveel vrouwen in verwachting.

Niet alleen drong haar aanwezigheid zich met pijnlijke scherpte aan hem op, ze verscheen ook in telkens wisselende decors. Deze nacht was dat een sneeuwlandschap in de Dolomieten. Om haar verschijning draaglijk te houden, probeerde hij haar te regisseren zoals hij dat meer dan tien jaar geleden had gedaan. 'Zo blijven staan. Kijk nu langzaam deze kant op.'

'Opnieuw. Als je opkomt moeten alle vampiers gaan watertanden.'

'Watertanden?'

'Je weet wel wat ik bedoel. Opgelet... *take four.*'

Als hij haar wilde omhelzen, verstarde het lieve gezicht weer tot het grijnslachende masker op de foto van de forensisch fotograaf. Het lukte hem dan ook niet meer terug te keren naar Wendy in de dampen van Jacks bubbelbad.

Zaterdag 7 januari 1978
De defecte tuinsproeier

I

Ergens in de loop van de vrijdagavond of -nacht had de methode-Charrière het laten afweten, en was hij in een droomloze slaap geraakt. Zijn horloge was hem door De Griek afgenomen, dus hij wist niet hoe laat het was bij het wakker worden. De deken lag niet langer over zijn gezicht. Misschien had de lamp, die de hele nacht was blijven branden, hem gewekt. Het moest erg vroeg zijn: het ontbijt was nog niet gebracht. Remo probeerde opnieuw zijn eigen tuin binnen te dringen. Hij legde de wollen punt over mond en neus, en zorgde ervoor zo zuinig mogelijk te ademen. Het lukte hem eerst niet de geluksvisioenen op te roepen waar hij zo'n behoefte aan had. Met de geuren die de paardendeken prijsgaf, was niets mis. In Los Angeles was, in de gedaante van bomen en planten en bloemen, de hele wereld vertegenwoordigd. Het gold ook voor de tuin die Sharon en hij bij het huis hadden aangetroffen, en die ze secuur lieten onderhouden door twee hoveniers. De bitterzoete lucht van het gemaaide gazon werd almaar sterker: er moest vlakbij een hoop bijeengeharkt gras liggen. Alleen als hij zich binnen de hagen en schuttingen waagde, schrikte de tuin hem af.

Niet ver van de voordeur lag zijn jeugdvriend Voytek op het grasveld. De dauw liet zien dat het die nacht, na een dagen durende hittegolf, sterk was afgekoeld. Teks gezicht ging schuil

331

achter een dik masker van gestold bloed, maar Remo zag toch wel dat hij het was. Hij lag op zijn zij, met het hoofd op zijn rechterbovenarm – een ontspannen pose, als de in het gras klauwende linkerhand niet een ander verhaal had verteld. Zijn kleren waren doordrenkt van bijna opgedroogd bloed.

Bij een volgende poging tot de tuin door te dringen, in de hoop er de oude idylle aan te treffen, was aan Voyteks roerloze toestand niets veranderd. Verderop lag, bij het rooster van een in het gras verzonken afvoerput, Voyteks geliefde Gibby ruggelings op het gazon, al even bewegingloos. Ze lag precies middenin een plas zonlicht tussen de schaduwen van de bomen. Ze had voor een vroege zonnebaadster kunnen doorgaan, als haar nachtpon niet uitbundig rood gebloemd was geweest.

Zichzelf het huis binnen denken wilde hij toen al niet meer. Hij vluchtte ervan weg, maar nam in zijn ooghoeken nog de letters mee die in bloed op de witte voordeur geschreven waren. Op dat moment werd er geklopt. 'Woodehouse... ontbijt.' In de deur werd een luikje neergeklapt, en daarop werd een in plastic verpakt ontbijt neergezet.

2

'Olle Tornij Esq.
Ballinckstraat 10
Amsterdam
The Netherlands

Betreft: Prins Tibbolt *aux petits pieds*

Sgt Spiros Agraphiotis
Rim-of-the-World Motel
333 Arrowhead Springs Rd.
San Bernardino
California 90909 USA

Geachte Tornij, beste Olle,
hier in Amerika noemt iedereen elkaar na eerste kennismaking bij de voornaam. Wij zouden de knoop ook eens moeten doorhakken, jij en ik: tutoyeren of niet. Het is raar voor de kleine Tibbolt ook, dat onderlinge gestuntel met 'je' en 'u' van de twee heren die zich in het weekend over hem ontfermen. De postcodes van de Straffenbuurt (ik had bijna Exilstraat als adres geschreven) ken ik nog steeds niet vanbuiten. Voor jou iets met 1000, 1071 misschien, maar dan houdt het op. De brief komt toch wel aan. Anders dan de Nederlandse overheid ons wil doen geloven, is het gebruik van de code nog lang niet verplicht. Toen ik voor mijn vertrek in het postkantoor aan de Galeilaan guldens tegen dollars ging wisselen, vertelde de dame aan het loket me dat 'het sorteren op postcode nog in een experimenteel stadium' verkeerde – mimend achter het glas, want ze durfde dit staatsgeheim niet hardop uit te spreken.

In mijn vorige brief, Olle, schreef ik je over mijn tijdelijke betrekking als gevangenbewaarder. Om mijn verblijf in Californië te bekostigen wilde ik het werk wel voor een week of wat doen, om dan nog binnen de proeftijd afscheid te nemen met, bijvoorbeeld, het excuus dat de job te zwaar voor me was. Ik voel me nu gedwongen om er een paar weken aan vast te knopen, en hoop daarmee nog altijd binnen de twee maanden inwerktijd te blijven, anders krijg ik een probleem met de gevangenisdirectie. Het ergst van alles is het gemis van onze kleine Tib. (Ik ga hem dit weekend nog bellen.) Zijn moeder vertelde me aan de telefoon dat hij volgend weekend alweer bij opa gaat logeren. Mag ik, als Tibbi's voogd, de grootvader op het hart drukken het jongetje geen moment uit het oog te verliezen? Ik zal niet in detail treden, maar ik maak in Choreo van nabij mee wat voor afgrondelijk leed het verlies van een kind kan aanrichten. Bij eerdere logeerpartijtjes van de Prins waren we allebei thuis. Twee paar volwassen ogen om hem in de gaten te houden, en zeg eerlijk, Olle, dat bleek geen overbodige luxe. Als ik mezelf een slapeloze nacht wil bezorgen, tel ik in plaats van schaapjes de messen uit jouw keuken. Het houtwerk onder jouw aanrecht is zo verruimd geraakt dat een half uitgetrokken la al schuin naar beneden hangt: de broodzaag glijdt zo in Tibbi's handje. Laat er een slot op zetten. In een hoger kastje opbergen heeft geen zin, want onze koene Prins, ook al is hij geen klimbok, stapelt desnoods twee stoelen...'

Ooit dicteerde ik brieven aan mijn eigen personeel. Sinds ik ze zelf moest schrijven, vochten uitstel, afstel en onderbreking om de voorrang. Olle Tornij als geadresseerde allang weer beu spitste ik gretig mijn oren naar wat me uit de epistolaire concentratie kon hebben gehaald. In het doodlopende gedeelte van de gang, waar meteen om de hoek van mijn kamerdeur de ijsautomaat stond, hing nog het gerommel van de kleine, door de machine uitgespuwde lawine. Eerder die ochtend al had ik opnieuw aan mijn brief moeten beginnen, nadat een motelgast met de inworp van twee dollarkwartjes een kartonnen beker ijsblokjes had afgetapt. De onbekende stoorde me dubbel, nu de leemte door het vriesmechanisme werd aangevuld. Amerikanen en hun manie om overal ijs in te mieteren... Straks aan de eigenaar van het Rim-of-the-World een andere kamer vragen, zover mogelijk bij de lawineautomaat vandaan.

Ik had toch al de pest in. Vrijdagavond was ik, als zoveel loonslaven, tegen etenstijd uit de bus gestapt om thuis te komen met het vooruitzicht van een verplicht vrij weekend. Sinds mijn aantreden in Choreo had ik het erop aangelegd zo min mogelijk vrijaf te hebben. De schoonmakers niet uit het oog verliezen, daar ging het om. Ik was altijd bereid in te vallen voor collega's met griep of snipperdag, en daar werd dankbaar gebruik van gemaakt. Met uitzendkrachten nam de directie het niet zo nauw: als die overspannen raakten van treiterende gevangenen, nou, dan kwamen ze er wel weer bovenop in een volgende werkkring.

De dag tevoren, nadat Maddox en Woodehouse in afzondering waren geplaatst, had Carhartt me op het matje geroepen.

De chef had het dienstrooster van de EBA voor zich liggen. 'Spiros, ik zie dat jij sinds begin december geen dag vrij bent geweest.'

'Goed kijken, Ernie. Met kerst.'

'Ja, en verder alle dagen in touw. Dag- en nachtdiensten door elkaar. Wat moet je met die mep geld bovenop je loon, als je geen tijd hebt het te laten rock-'n-rollen?'

Hoewel ik Burdette al beloofd had zijn zaterdagdienst over te nemen, verdoemde Carhartt mij tot een lang weekend motel Rim-of-the-World – net nu het er in Choreo om begon te spannen. Mijn schoonmakers zaten los van elkaar in isoleer, dat was waar, en konden elkaar zo twee, drie etmalen lang niet vergiftigen: met Pink Starfish niet en niet met pekzwarte woorden. Toch gaf het verlaten van het toneel mij een ongerust gevoel. Alleen maar dadeloos op wacht te staan, afwisselend bij de ene celdeur en de andere – ik had er de extra inkomsten van al mijn overuren voor willen neertellen. Een meevaller: het weekend zou niet tot maandagmorgen duren. Zondagavond laat mocht ik aantreden voor de Choreaanse nacht.

De ijsmachine op de gang zoemde nu alleen nog, maar omdat het ding tegen de achterkant van een kamermuur stond, trilde boven mijn bed het glas van een ingelijste prent mee. Wat had ik mijn Amsterdamse huisbaas verder nog willen schrijven? De Straffenbuurt van Zuid... het was een spel tussen ons. Het begon ooit met de straat waar BOEKHANDEL OLLE TORNIJ gevestigd was: de Ballinckstraat, genoemd naar een vergeten Nederlandse componist uit de zeventiende eeuw. 'Hij had zijn naam niet mee,' zei Olle toen ik de sleutel voor het appartement boven de winkel kwam halen. In onze gesprekken werd Ballinck Exil, en toen moest de hele wijk eraan geloven. De ene na de andere straat kreeg een strafnaam. Kielhaal. Vierendeel. Guillotine. De kleine Tibbolt, die nog lezen moest leren, wist al niet beter meer of zijn grootvader en suikeroom woonden in de 'Eskielhaalstraat'.

Ik deed mijn ogen dicht, en zag de kleine jongen met tastende stappen door de Exilstraat lopen, een tamelijk onbeduidende dwarssleuf in het Oud-Zuid van Amsterdam. Omdat Tibbi zo'n onzekere gang had, met scherp geknakte knietjes, werd er in de buurt gefluisterd dat hij rachitisbeentjes had. Met mij in hun midden was het de omwonenden geraden het vermoeden van Engelse ziekte niet hardop uit te spreken.

Behalve woonhuizen en kantoren telde de Exil een garage (GER's GAR), een winkel (die van Tornij) en een restaurant (BESSEN-APPEL, op de hoek met de Procrustesstraat). Dwars door alle drukke hoofdstraten heen bewaarde de Exil de hele week lang een oude, korrelige zondagsrust. 'Een kit voor vegetariërs,' had de boekhandelaar bij de opening van BESSEN-APPEL met een vies gezicht uitgeroepen. 'Het haalt de hele buurt naar beneden.'

'Van bewakers wordt de post niet gecensureerd, maar een paar dingen die me hier zijn overkomen, Olle, kan ik je niet zomaar schrijven. Als ik terug ben, op z'n laatst eind januari, neem ik je mee naar het restaurant op de hoek, en dan vertel ik je het hele verhaal. Nee, het *is* niet vegetarisch. In plaats van er met boos afgewend gezicht langs te lopen zou je eens omhoog moeten kijken, naar het uithangbord, dan zie je onder de naam '*non-alc*' staan. We drinken thuis twee glazen van jouw favoriete port, en gaan dan een paar deuren verder een waaier van pornografisch roze lelletjes entrecôte verorberen, met een frambozenmilkshake erbij. Op mijn afdeling in Choreo zit trouwens een wereldberoemde vegetariër – veganist eigenlijk, al snoept hij als een wasbeertje van de honing. Ook die geschiedenis hou je tegoed tot in BESSEN-APPEL.'

3

De twee poetsers. Ik was er zo aan gewend ze, heftig pratend, om elkaar heen te zien draaien dat het me moeite kostte om ze me van elkaar afgezonderd, in een isoleercel voor te stellen. Opeens besefte ik dat de twee nu dichter bij elkaar waren dan ooit in de afgelopen drie weken, symbiotisch verbonden door de wederzijdse herkenning – een wetenschap die ze met niemand deelden (behalve met mij) en die ze, uit zelfbehoud, ook met niemand *konden* delen (ik hield mijn mond). Ik zag ze allebei op hun brits zitten, ieder met z'n eigen masker in de hand – nee, het masker van de ander.

Van de weeromstuit nam ikzelf op de rand van mijn bed plaats. Ik trok de telefoon naar me toe, en draaide een 2 voor de receptie, waar het meisje me een buitenlijn gaf. 'Carroll? Agraphiotis. De EBA graag. Mr Burdette.'

'Foei, Spiros,' zei de telefoniste. 'In je vrije weekend. Ogenblik.'

'Alan? Sorry dat Carhartt me niet voor je wilde laten invallen. Hoe maken mijn schoonmakers het zonder stoffer en blik?'

'Geen peil op te trekken. Maddox is het gekooide dier. Hij gromt en piept, en draait steeds hetzelfde rondje. Net of hij verschrikkelijke pijnen lijdt. Woodehouse ligt al sinds gisteravond op zijn naakte brits, met de deken over zijn hoofd. Als dood. Je moet heel goed kijken, en heel lang, om hem te zien ademen. Heel verschillende reacties dus.'

'Doe me een plezier, Al, en ga wat vaker dan voorgeschreven bij onze vriend Woodehouse kijken. Ik vertrouw het niet helemaal. Bij Maddox is het verband losgetrokken, en dat zal wel zeer doen, ja. Woodehouse heeft een plens giftig zeepsop binnengekregen, genoeg voor de doe-het-zelfmiskramen van een half meisjesinternaat. Ik voel me verantwoordelijk. Misschien had zijn maag leeggepompt moeten worden... ik weet het niet.'

'Geen nood, Spiros,' zei Burdette. 'Ik zal zo eens zien of hij wakker te krijgen is.'

'Zeg hem de deken terug te slaan, zodat zijn gezicht vrijkomt.'

4

Nadat Remo alles tot het laatste korstje had opgegeten en weer op zijn brits was gaan liggen, werd de methode-Charrière vaardig over hem. Hij kon nu vrijelijk rondlopen door het huis, en alles was zoals het hoorde te zijn. De soberheid van wit gestucte muren en witte plafonds gestut door witte balken. Hij maakte er een spel van tijdens zijn rondgang geen meubelstuk over te slaan. De sofa met de vlag over de rugleuning. Hij rook in het voorbijgaan de bestorven lucht van de open haard, die lang niet aan was geweest. Voytek had een varkenskop in het vuur gezien.

De piano. Remo deed de klep open, en sloeg een paar akkoorden in. Het instrument moest nodig gestemd. Voytek had er te woest Poolse liederen op gespeeld. Op een keer was er vuur van zijn sigaret op een toets gevallen. De stank van smeulend ivoor was oneindig veel verschrikkelijker dan die van brandend haar. Hij zou de pianostemmer vragen de toets te vernieuwen.

Verder lopend bracht hij de schommelstoel aan het wiegelen. Ooit moest hij hebben gekraakt onder het gewicht van Sharons zwangerschap, als zij er zelfgenoegzaam glimlachend in zat te schommelen, in draadloos gesprek met haar baby. 'Durf ik al?' Haar stem, bij het zwembad. Remo liep via de slaapkamer en de openslaande deuren de tegelplaats op. Zij stond in bikini op de zwembadrand, klaar om te duiken. De lichtspiegeling van het water danste over haar bleke huid, want het voorjaar was nog jong en zij had nog niet de kans gekregen bij te bruinen. 'Je durft.' Zijn antwoord kwam te laat. Zij helde al voorover. Met een hoge lachkreet raakte zij te water – iets tussen duiken en vallen in.

'Waar is Paul?' vroeg hij, toen haar hoofd weer boven kwam.

'Niet lachen.' Zij kneep water uit haar neus. 'Hij is de tuinsproeier aan het repareren.'

Remo vond zijn zoon van acht in de tuin aan de voorkant,

waar hij met een doodernstig gezichtje over een kapot sproei-
werktuig gebogen zat, dat al jaren geleden afgedankt en vervangen was. Gereedschappen uit de garage lagen om hem
heen in het gras. Hij had de tuinslang van de nieuwe sproeier
losgekoppeld en op de oude aangesloten. 'Pap, draai de kraan
even open, wil je?'
Remo gaf een flinke zwengel aan de kraan die uit de buiten-
muur stak. 'Meer,' riep Paul. 'Harder.'
Door de plotselinge kracht van het water verhieven de kron-
kels in de slang zich hier en daar van de grasmat. Het perste
zich door alle gaatjes van de sproeier tegelijk – recht in Paul z'n
gezicht.
'Ik heb niets gezien,' zei Remo, en ging het huis weer binnen. Voordat hij de voordeur achter zich sloot, draaide hij zich
nog een keer om naar zijn zoon. Iets in de struiken had de aandacht van de jongen getrokken. Hij veegde met de mouw van
zijn trui het water uit zijn gezicht, en kroop op zijn knieën het
struweel in. Remo liet de deur in het slot vallen. In de studeer-
kamer zette hij zich aan de correctie van het scenario.
'Pap, kun je met een *nine shot* ook Russische roulette spelen?'
Omdat de deur van de studio open was blijven staan, had
hij zijn zoon niet horen binnenkomen. 'Ja, schat,' zei hij, zonder van zijn werk op te kijken. 'Alleen leert de kansrekening
ons dat we dan betere overlevingskansen hebben.'
'Met deze blijf je altijd leven, pap. Hij is kapot.'
Remo keek over zijn leesbril naar Paul, die op de drempel
stond. God, wat was hij mooi. Het honingblonde haar had hij
van zijn moeder. Het was nu al te zien dat hij veel groter zou
worden dan zijn vader, van wie hij toch maar mooi de neus ge-
erfd had. De jongen hield een revolver omhoog bij de extreem
lange loop. Het ding was roestig, en er klonterde aarde rond de
trekker, in de half afgebroken beugel. 'Paul, geef onmiddellijk
hier. Je moeder vermoordt me.'
Hij droeg het wapen voorzichtig naar het bureau van zijn
vader. Het magazijn hing open. 'Niet doen, pap,' zei de jon-

gen, toen Remo de revolver bij de kolf aan wilde pakken. 'Daar zitten de vingerafdrukken.'

'Onverbeterlijke wijsneus, jij.' Hij spreidde een zakdoek over zijn handpalm uit, en Paul legde er het wapen op.

'De kolf is ook stuk,' zei Paul. 'Kijk maar, het hout is er aan deze kant af.'

Met een punt van de zakdoek probeerde Remo het loshangende magazijn op z'n plaats te duwen, maar het lukte niet. Op die ene na, waar nog een patroon in stak, waren de kamers gevuld met aarde. Een worm kronkelde zich naar buiten. 'Hij lijkt ontwricht.'

'Uit het lood, zal je bedoelen. Er is er eentje mee op zijn kop geslagen. Kijk, pap, hier onder de kolf... dat *lijkt* misschien teer, maar volgens mij is het bloed. Er zitten ook haren, kijk maar.'

'Is het ding als slagwapen gebruikt, dan zaten er ook vingerafdrukken op de loop. Die heb je dan mooi verpest, wijsneus.'

'Stom.'

Remo bekeek de revolver van alle kanten. 'Zo'n krankzinnig lange loop heb ik nooit eerder gezien.'

'Op de film toch wel?'

'Bij westerns val ik in slaap.'

'Het is een Hi Standard *nine shot* Longhorn .22 Buntline Special, pap.' De jongen had de lange naam zonder haperen uitgesproken. Hij was er helemaal van buiten adem.

'Nog zo'n vondst, en je loopt blauw aan. Hoe kom jij aan die gevaarlijke kennis?'

'Achter je op de plank... al die boeken van *Gun Magazine*. Als er plaatjes bij staan, kan ik het beter onthouden. Wat nu, pap?'

Remo draaide aan het magazijn, dat na een centimeter alweer knarsend vastliep. De worm groef zich een andere kamer binnen. 'Geen Russische roulette, Paul, want dat wordt niks. Weet je wat?' Hij trok de telefoon naar zich toe. 'We bellen de politie in Van Nuys. Ze hebben daar een enorm wapendepot, en een archief van gezochte en gevonden vuurwapens. Als ik beet heb, geef ik de hoorn aan jou, en dan mag jij de merk-

naam van dit monster nog eens helemaal uitspreken.'
'Ik ben zo bang, pap, dat ze me gaan arresteren... door die vingerafdrukken.'
'Ik zal ervoor zorgen dat je op borgtocht vrijkomt.'

5

Tien maanden terug zat ik op een gure avond in maart na het eten koffie te drinken met mijn huisbaas. De televisie stond aan op het journaal van acht uur, maar terwijl ik de zwarte nectar uit Tornijs percolator heet indronk, waren mijn gedachten ver van de actualiteit. 'Op borgtocht vrij,' zei Olle plotseling smalend, speculaas knersend tussen zijn kiezen. 'Moeders, houd uw dochters binnen.'

Ik zat al op het randje van mijn fauteuil. Beelden van de regisseur na de borgstelling, bij aankomst voor zijn luxehotel, het bleke gezicht vaag zichtbaar achter het portierraam van een auto, die opeens hard achteruitreed, gierend keerde, en in de lichtdoorspikkelde nacht verdween. 'Zo is de pers je grootste vriend,' zei Olle, 'zo je ergste vijand.'

'Ik snap het niet... na alles wat die man heeft doorgemaakt. De media waren trouwens nooit op zijn hand.'

Archiefmateriaal van de jonge regisseur in triomf lachend op het filmfestival van Cannes (kortgeknipt), wanhopig kijkend over het spreekgestoelte bij een persconferentie (langharig, bakkebaarden) en arrogant grijnzend aan de zijde van een piepjonge actrice (de wangen al wat pafferiger). 'Gek van verdriet nog steeds, allicht,' zei Olle. 'Een excuus is het niet. Laat hij zijn leed sublimeren in een stuk of wat meesterwerken.'

De boekhandelaar zwoer bij Freud. Niet voor niets zat hij in een commissie die de vertaling van het verzameld werk coördineerde. Er was al een half dozijn vertalers van naam en faam te licht bevonden. 'De promotie van slachtoffer tot misdadiger, Olle, zie dat maar eens artistiek te verwerken.'

'De honden zijn stil. Tornij brak nog een stukje speculaas

tussen zijn tanden af. 'De tragedie trekt verder in de nacht.' Behalve aan gekruide koekjes was hij verslingerd aan varianten op het Arabische spreekwoord: 'De honden blaffen, de karavaan trekt verder.' Zoals: 'De schapen mekkeren...' of: 'De wolven in schaapskleren blaffen (c.q. blaten)...' En de mooiste om de tegenstander op maat te knippen: 'De lammeren in wolfskleren blaten, de karavaan...' *De tragedie trekt verder in de nacht.* De goede Olle had geen idee wat die uitspraak met mij deed. Ik werd er rusteloos van, dat om te beginnen.

Aan de rand van de Straffenbuurt lag, naast het Concertgebouw, café Keyzer, dat een welvoorziene leestafel had. Daar vlooide ik in 't vervolg de kranten uit op nieuws over de Californische zedenzaak. Nadere details fonkelden me uit de tijdschriften tegemoet. De hele juridische koehandel. Door de kern van het ten laste gelegde te bekennen zou de regisseur een proces kunnen afwenden, en mogelijk alleen een voorwaardelijke straf opgelegd krijgen. Hij gaf het belangrijkste punt van de aanklacht toe, de rest werd ongegrond verklaard – en toen dreigde alsnog een detentie van drie maanden, om achter tralies de hersenpers van de psychiatrie z'n werk te laten doen. Meer borgtocht op tafel.

Ik las het allemaal met droge keel, zo in beslag genomen dat ik vergat Gerrit-met-de-moeie-voeten te wenken voor een van zijn slappe koffies. Natuurlijk werd ook, pijnlijk voor mij (maar niemand die me erop aansprak), de zaak van zeven, acht jaar eerder weer opgerakeld in woord en beeld. Compleet met foto's van zijn vrouw en van de illegale verloskundigen. De toon was doorgaans bestraffend: hoe kon iemand met zo'n zwart verleden zelf zo'n misstap begaan? Een Nederlandse journalist met dichterlijke neigingen schreef letterlijk: 'Hoe kon hij zo de mist ingaan, anders dan om zijn echtgenote te zoeken?' Ik sloot niet uit dat hij zich inderdaad zo roekeloos in die stoomnevel had begeven, om er zijn verloren geliefde terug te vinden.

Een weekblad plaatste een foto van haar die, hoe mooi ze er

ook op stond, nooit door de promotieafdeling van haar agent-schap goedgekeurd kon zijn. Het achter de oren tot een paar-denstaart bijeen gekamde haar omlijstte een voller gezicht dan gewoonlijk. Opeens vond ik het woord: moederlijk. De foto moest genomen zijn in de latere maanden van haar zwan-gerschap. De wijde hals van de sweater verried een comfor-tabel slobbergeval onder de afsnede van de foto. Ooit was dat de aardse werkelijkheid geweest: een weerbarstige lok, extra blond in het tegenlicht, die naar de tere oorschelp terugsprong. De zekerheid van haar dood maakte er een obsceen portret van.

6

De hele lente, zomer en herfst van '77 bleef ik de ontwikkelin-gen rond de onfortuinlijke regisseur volgen. Niet alleen de ju-ridische. Hangende de rechterlijke uitspraak vloog hij de we-reld over om zijn films voor te bereiden. Hij keurde scripts, locaties, actrices. Door uitstel op uitstel van het psychiatrisch onderzoek leek de zaak zelf uit het nieuws te verdwijnen. Tot aan het begin, eind september, van de Münchense oktober-feesten.

Mens, god of ezel – het valt elk wezen zwaar een mislukking definitief toe te geven. We vergeten het debacle een poos, en hopen dat het zich, terwijl andere zaken onze aandacht opei-sen, alsnog ten goede keert. Tijdens slapeloze nachten, in het lantaarndonker van de Exilstraat op mijn rug liggend, liet ik alle aspecten van mijn ontspoorde transatlantische onderne-ming aan mijn oog voorbijtrekken, om eindelijk eens terdege te reconstrueren wat er destijds mis was gegaan. Ik bestudeer-de de gang en de stand van zaken van alle kanten: of er achter-af misschien nog iets aan te repareren viel. Voorlopig kwam ik niet verder dan het vroegochtendlijke telefoontje aan een Ber-lijnse collega uit de tijd dat ikzelf nog fotografeerde. Hij had het soppende moeras van de porno verlaten, en kluste nu als freelancer voor de internationale persbureaus: oorlogen, ket-tingbotsingen, adellijk overspel. Hij kwam net, zo vroeg al of zo laat nog, uit zijn Dunkelkammer.

'...in München, ja. Het is een *tip*, Detlev. Vraag niet waar ik het vandaan heb. Vanavond, of eind van de middag al, bij Das Schmeichelkätzchen. Later op het terras van Die Zwei Hosen-träger.'

'En dan zeggen dat het voor UPI is? Daar trapt hij niet in.'

'Toen jij nog natneuzige poezen kiekte, Lev, heb je toch wel eens gejokt over de aard van je motieven, niet?'

'Een fotoboek met de titel *Metaphysik der Fotze*, dat vond ik wel een goeie.'

'Die had ik bedacht. Dank je. Het was trouwens *Phänomenologie der Fotze*. Nou, Lev, dan kun je toch zeker voor United Press International wel een of ander Münchens buurtsufferdje in de plaats bedenken... Wat was dat voor klap?'

'Die mug uit de doka... hij is me gevolgd.'

'Goed, dan heet de wijkkrant *Der Mückenstich*.'

'Binnen het uur sta ik op Bahnhof Zoo.'

'Ik laat het verder aan jou.'

'Thanks for the Geheimtipp.'

Als rechter Ritterbach bij het zien van de foto in de *Santa Monica Herald* zijn hamer bij de hand had gehad, was het ding aan splinters gegaan. De knokkels van zijn vuist hadden het maag-delijke wit van aanstaande wraak. Om te beginnen ontbood hij de regisseur, die nog wat in Londen draalde, naar Los Ange-les. Er werden hem een reclasseringsambtenaar en twee psychi-aters toegewezen. Hij onderging een ongewoon zwaar onder-zoek, als ik de bladen mocht geloven. De rechter, die zich als een bloedhond in de cineast had vastgebeten, bevond de con-clusies te positief, en stuurde zijn al danig gehavende prooi naar de gevangenis voor meer psychiatrie en een sluitender rapport.

Mijn vriend Detlev, intussen, zag op zijn bankrekening in twintig verschillende valuta de honoraria binnenstromen voor zijn tripelportret van de filmmaker met Gretl en Nannerl: die namen had de fotograaf zelf bedacht, compleet met ver naar beneden bijgestelde leeftijden. Zelf werd ik er niet wijzer van, in mijn portemonnee niet en al helemaal niet in mijn geplaagde brein, dat toch al ernstig aan het twijfelen was gebracht over z'n eigen voorzeggende capaciteiten. Ik moest nog maar zien, straks, of ik me met de kleine Tibbolt niet had misrekend. Een onttroonde haruspex, zo zag ik mezelf in die dagen. Er was een menselijke fakkel voor nodig om me mijn zelfvertrouwen terug te geven.

7

In de loop van zaterdag verdween, ergens tussen lunch en avondeten, de claustrofobie. Het was of de muren tot stilstand kwamen uit ontzag voor de smartelijke visioenen die de methode-Charrière in de cel had gebracht. Ook nu hij vrijer ademde, lukte het Remo nog steeds om met een vochtig warme dekenslip over zijn gezicht gebeurtenissen uit een ver verleden op te roepen, tot in de kleinste details. Zoals die lange zaterdag in het najaar van 1968. Ze woonden toen nog niet aan de Cielo Drive, maar waren gelukkig als onderhuurders in het huis van een afwezige vriendin.

'Een godsgeschenk, Sharon. Midden november, en nog helemaal Indian summer. In het weekend eropuit.'

'Paardrijden in Chatsworth Park... in de Simi Hills. Altijd al gewild.'

'Liefdesherinneringen zeker.'

'Al die westerns zijn daar opgenomen.'

'Hoe komen we aan paarden?'

'Iemand heeft me ooit het adres gegeven van een spookstadje... een oude filmset.' Ze rommelde in een la van haar commode. 'Hier. Spahn's Movie Ranch. Santa Susana Pass Road. Eigenaar George Spahn. Vragen in Longhorn Saloon naar Ruby Pearl of Juan Flynn. Ze verhuren daar paarden.'

'En de auto?'

'Ook in spookstadjes kun je blijkbaar bewaakt parkeren.'

345

'Zaterdag, liefste, spelen wij in de Simi Hills Tom Mix na.' Als je timmerlui een stadje liet bouwen, bedoeld om op het witte doek de illusie van een solide eenheid te bieden, en dat hele decor raakte ook nog eens door de tijd in verval, ja, dan kreeg je zoiets als Spahn's Movie Ranch. Aan de enige straat stonden de gebouwen, waarvan het verveloze hout door weer en wind was uitgeloogd, erbij alsof ze alleen elkaar nog overeind hielden. Erachter klom een half begroeide rotsheuvel de hoogte in. Voordat het stadje verrees, moesten er al rotsblokken op het terrein rondgezworven hebben: ze waren voor de veranda's op een rij gelegd. Ze zouden de bebouwing eeuwen overleven, en tot in lengte van dagen de rooilijn van de verdwenen straat blijven vormen.

Remo parkeerde zijn Lamborghini voor een houten gebouw dat volgens een bord boven de veranda de LONGHORN SALOON was. In het donker achter de gesloten luiken zaten zeven of acht meisjes in een kring op de vloer van aangestampte grond. Twee hadden er een baby aan de borst. 'Juan heeft vandaag geen dienst,' zei er een onwillig. 'Ruby is vaak hiernaast.'

Sharon had daar een bord gezien met ROCK CITY CAFE.

'Nee,' zei een ander lijzig, 'aan de andere kant. Probeer anders George, in de caravan.'

Ze stonden weer buiten. In een grote, ovale corral, die zich tot aan de weg uitstrekte, sleepten enkele middelbare paarden vermoeid hun langgerekte schaduw met zich mee. Ze vonden Ruby Pearl ook niet in de UNDERTAKING PARLOR, dus vroegen ze twee meisjes in voddige jurken naar de caravan van de eigenaar.

'Bij het Rock City Café de hoek om. De caravan is een museumstuk uit 1943. Kan niet missen.' Een van de meisjes had haar baby in een soort meelzak voor haar buik hangen.

'Ik weet het weer,' zei Remo, terwijl ze op de caravan af liepen. 'Hier is een deel van *The Outlaw* opgenomen, door Howard Hughes.'

De caravan was van het type fritestent-langs-de-Franse-binnenweg. Er kwam juist een roodharig meisje in morsige jeans naar buiten. Vanachter het vliegengordijn klonk een oude, gebarsten stem. 'Als je sproeten in braille had, Lynette, dan kon ik ze tellen.' 'George, mensen voor je,' riep ze met een hoog, zangerig stemmetje in de richting van de gekleurde repen plastic. En tot Remo en Sharon: 'Ga maar naar binnen. Hij is eraan gewend dat iedereen in- en uitloopt.'

In de caravan troffen ze een oude man met net zo'n zwarte bril op als Ray Charles droeg, zo een die geen inkijk aan de zijkanten duldde. Hij zat op een visserskruk, met zijn handen gevouwen over de knop van een stok. Onder een duur grijs kostuum een kraakhelder wit overhemd, zonder das maar met een elegant gestrikt zwartzijden koord. 'Met wie heb ik de eer?' Hij tastte naast zich, tot hij op de bedbank een lichtgrijze stetson vond, en zette die op zijn gebeeldhouwde kop.

'Wij zijn op zoek naar Ruby Pearl,' zei Remo, 'voor twee paarden.'

'Dan treft u het niet. Ruby is een weggelopen paard zoeken, en jullie filmlui kunnen nooit zelf zadelen.'

'Ik wel,' zei Sharon. 'Ik had als kind mijn eigen paard.'

'Goed, dan wachten we op Lynette. Zij zal u twee prachtexemplaren wijzen.'

'Er lopen hier nogal wat jonge vrouwen rond,' zei Remo. 'Met baby's ook.'

'Die meisjes zijn een zegen voor de oude George. Ze zijn mijn ogen. Vooral Squeaky. Zo noem ik Lynette, omdat ze praat zoals een vogel zingt. Zij is meer dan het licht in mijn duisternis.'

'Houden ze dit al lang vol?' vroeg Sharon. 'Ik bedoel, met die baby's. De bewoonde wereld is niet direct naast de deur.'

'Van de zomer waren ze er opeens. In augustus. Ik hoorde een bus voorrijden. Er stapte een jongeman uit, en die vroeg of hij met wat vrienden hier een paar nachten mocht kamperen. Als tegenprestatie boden ze aan de stallen uit te mesten. Ik vond het goed. Later begreep ik dat er nog tien kerels in de

347

bus zaten, en zeker dertig meiden. Het ging slecht met ouwe George. Ik dacht dat mijn leven erop zat, en wilde mijn einde bespoedigen. En dan stopt opeens het paradijs op wielen voor mijn bouwval. De droom van Job. Ze zorgen goed voor me, die kinderen. Als ik me terneergeslagen voel, komt Gypsy met de viool.'

'Ze bezorgen u een tweede leven,' zei Sharon.

'Op nog een andere manier,' zei Spahn, zijn stem dempend, 'is hun aanwezigheid goed voor me. Mijn eigen kinderen komen weer op bezoek. Ik heb er zeker twaalf. Misschien wel vijftien.'

'Vast niet bij een en dezelfde vrouw,' zei Remo. 'Anders had ze u wel helpen tellen.'

'Het aantal vrouwen weet ik ook niet meer. Ik ben al over de tachtig. De namen van de kinderen kan ik zo opdreunen. Dat komt... ik ben een paardenman. Ik heb ze allemaal naar beroemde wedstrijdpaarden genoemd.'

'Als u ze opsomt, zal ik meetellen. Dan krijgt u zekerheid.'

'Chérie, dat is mijn oudste dochter. Toen kwam Proud Prole, mijn oudste zoon. Ik breng ze in volgorde van geboorte. Festoon. Sovereignty. Outshine. Lofty Boy... dat was naar een Engels renpaard met de lichtste jockey die ik ooit gezien heb. Greenback. Tempest... Ja, op het bevolkingsregister vulde ik christelijke namen in, maar thuis heetten ze naar mijn lievelingen. En dat werden natuurlijk ook weer koosnamen. Zoals mijn dochter Stolidity, dat werd Liddy. Dudgeon, dat was weer een jongen, Dudge. Sugar Candy, mijn jongste dochter. Hardy, mijn voorlaatste zoon. En dan nog Trivet, mijn jongste zoon. Trivial Trivet. Een invalide nakomertje, genoemd naar een mank paard dat twee seizoenen lang alle belangrijke wedstrijden won.'

'U weet zeker dat u geen van uw nazaten heeft overgeslagen?'

'Alleen de niet erkende. Alles wat ik bij het bevolkingsregister heb opgegeven, zit erbij. Het uitspreken van de namen is honing op mijn tong. Ik kan me niet vergissen.'

'Mijn gelukwensen. U heeft dertien kinderen.'

'Ik dacht wel zoiets. Vanmiddag komt Sovereignty, Riggy, langs met haar man.'

'U vertelde,' zei Sharon, 'dat de kinderen u weer bezoeken dankzij die bus vol meisjes...'

'Ja, dat zit zo.' Spahn dempte opnieuw zijn stem, die door het noemen van de paardennamen weer luid was geworden. 'Die leider van ze, of weet ik veel wat hij van ze is... die Charlie... die moet ik in de gaten houden. Hij zou een paar dagen blijven, maar is hier nu alweer maanden. En als mijn oren me niet bedriegen, wordt die troep om hem heen steeds groter. Het zijn vooral jonge vrouwen, vaak met kinderen. Veel meer meisjes dan de oude George aankan. Ik...' Omdat het vliegengordijn ritselde op een zuchtje wind, onderbrak hij zijn verhaal.

'Meneer, kunt u de deur even dichtdoen? Lynette kan elk moment terugkomen, en ik wil niet dat ze dit hoort.'

Remo trok de kleine deur in het slot.

'Ik heb sinds een paar weken het vermoeden,' ging Spahn bijna fluisterend verder, 'dat Squeaky mij hier komt... nou ja, in opdracht van Charlie.'

'Als bonus bovenop het uitmesten van de stallen...'

'Het gaat verder. Al in augustus begon ze me uit te horen over Spahn's Movie Ranch. Of het in z'n geheel mijn eigendom was... of de bank er nog tussen zat... wie het zou erven. Al die dingen. Veel te wijsneuzig voor een meisje van achttien. Pas later drong tot mijn oude brein door dat deze Lynette haar vragen heel slim afstemde op haar verwennerij. Ik hoef niet in detail te treden, maar... nou ja, ze bracht me in de stemming, ik bevredigde haar nieuwsgierigheid, zij bevredigde mijn verlangens. Ik zag er geen kwaad in. Maar een week of drie, vier geleden, toen ik al helemaal aan haar verslingerd was, begon ze opeens over mijn testament. Of zij het me waard was haar er een plaats in te geven. Ze was die middag heel romantisch bezig geweest, maar toen ik zei dat de erfenis onder mijn kinderen zou worden verdeeld, liet ze me onbevredigd achter. Sindsdien houd ik haar aan het lijntje. Ik zeg geen ja, en ik zeg geen nee. Zo hoef ik haar gezelschap niet te missen, en word ik niet in mijn bed vermoord. En sinds de kinderen er lucht van hebben gekregen dat papa een piepjong ding als maîtresse heeft, komen ze weer langs. Soms met de notaris.'

'Het klinkt allemaal minder vredelievend,' zei Sharon, 'dan ik me bij zo'n hippiekolonie had voorgesteld.'

'Zolang ik mijn testament niet verander,' zei Spahn, 'blijft alles liefde en vrede.'

Er ging een lichte beving door de caravan toen iemand het trapje op kwam. De deur werd opengetrokken, en daar was de roodharige weer. Zij ging op schoot zitten bij de oude man, voor wie het iele lijfje geen te grote belasting leek te vormen. Met een arm om zijn nek keek zij het bezoek pruilerig aan. 'Luister, Squeaky,' zei Spahn, 'deze mensen willen uit rijden. Ruby en Juan zijn er niet. Ga naar Shorty, en vraag of hij Rascal en Tumble voor ze uit de kraal haalt. Als hij geen tijd heeft voor het opzadelen, doen ze het zelf.'

'Ik wil niet.' Squeaky gaf Spahn een reeks vlinderlichte kusjes in zijn geplooide hals. 'Ik wil bij jou blijven.'

8

Begin november raakte ik op straat in discussie met een roedel monniken van hare krisjna. Ze bleven maar om me heen dansen, rinkelend met hun schelle bekkentjes. Eentje bracht zijn gezicht zo dicht bij het mijne dat ik de lik witte verf boven zijn neus kon zien bladderen. 'Geef het maar toe,' riep hij, buiten adem van het rondhopsen, en zonder een moment stil te staan. 'Ik zie het aan je versleten ogen. Jij hebt ook het licht gezocht... niet gevonden. Het licht, man, is in jezelf.'

'Vertel mij wat, man.' Ik had kleine Tib aan de hand, en die probeerde me, een beetje angstig, mee te trekken. De fascisten van Scientology, beademd door hun eigen stankbel aan de Nieuwezijds, sloeg ik altijd van me af, met hun intimiderende enquêtes. Ook voor de hossers van hare krisjna wilde ik nog wel eens een zijsteg van de Kalverstraat in vluchten. Maar deze jongen met zijn blauwig kaalgeschoren hoofd en meloenkleurige jurk had iets intrigerends, al was het maar door zijn blikkerende ogen – een zeldzaamheid tussen al die uitgebluste smoelen van de meelopers. We wisselden wat kreten uit, over het juiste licht en waar dat te vinden, en toen werd hij door de anderen meegevoerd. Een oranjewitte draaikolk in de grauwe stroom winkelpubliek. 'De Herengracht,' riep hij nog. 'Kom een keer langs.'

Iemand had me een wervende folder in de hand gedrukt, met daarop het adres van de Amsterdamse vestiging plus een overzicht van de bezoekuren. 'Die meneer heeft zeker zijn Portlux ingeslikt,' zei Tibbolt (Portlux was het merk van de zaklamp die ik hem gegeven had).

Hare Krisjna Amsterdam had een kapitaal grachtenpand in gebruik. Bij het beklimmen van de trap naar de voordeur keek ik in een hoge stijlkamer met veel marmer en goudverf. Een monnik zat met zijn rug naar het raam aan een groot bureau te schrijven. Licht uit een kroonluchter viel op zijn hoofd, dat kaal was, met alleen een staartje in de nek.

De donkergroen gelakte voordeur kaatste mijn beeld naar me terug. Een gedistingeerde man van onbestemde leeftijd, met een misschien iets te lichte regenjas aan, aarzelend ergens binnen te gaan. Als er aangebeld had moeten worden, was ik misschien weer vertrokken, maar de deur rustte tegen een leren stootkussen, zodat ik meteen door kon lopen naar de marmeren kamer.

De schrijver was de jongen van het licht. Hij fungeerde hier zo'n beetje als secretaris, ook wel als *écrivain public* voor de simpelen van geest onder de aanhang. Hij verontschuldigde zich dat hij niet in zijn normale doen was. Er moest een persbericht de deur uit in verband met een probleem binnen de afdeling San Francisco. 'Het is nog geheim,' zei hij, doorschrijvend in schuine, bijna plat liggende letters. Hij leek ontdaan.

351

'Als het vanavond in de krant staat, kun je net zo goed nu al je gemoed luchten.'

'Ik wist het meteen,' zei de monnik, opkijkend. 'Jij bent een echte lichtman. Ik zal je aan de Blinde Verblinder voorstellen.' Hij streepte een woord door. 'Nou, goed dan. Een voormalige monnik van Hare Krisjna Frisco zit in de gevangenis van Vacaville, en is daar in de isoleercel gegooid.'

'En zo'n wapenfeit is hier goed voor een persbericht?'

'De beweging heeft een naam te verliezen.'

'Wat had hij misdaan?'

'Hij dacht dat zijn vader Josef Mengele was, dus die moest dood... op hoog bevel van God. Met een jachtgeweer. Ze hebben hem toen als monnik geroyeerd.'

'Ik bedoel, wat was er in Vacaville gebeurd dat hij in afzondering moest?'

'Medegevangene in brand gestoken.' Hij ging door met schrijven. 'Benzine erover... lucifer erbij. Derdegraads.'

'Niet de stijl van hare krisjna.'

Hij liet zijn pen vallen, vouwde de handen in zijn nek. 'De man was geen monnik meer van ons. Hij had met het slachtoffer ruzie over religieuze kwesties.'

'Als jullie niets meer met hem te maken hebben, wat heeft de beweging dan te vrezen?'

'Hij geeft zich, als het hem zo uitkomt, nog wel voor hare krisjna uit. De lucifer streek hij af uit naam van Swami Prabhupada. De stichter.'

'Ik zie nog steeds geen benzinevlekken op jullie blazoen.'

'Wacht tot je straks de naam van het slachtoffer in de krant leest.'

Op dat moment kwam een oudere man binnenschuifelen, die er in zijn kaftan uitzag als een Romeinse senator. Tastend langs deurstijlen en muren zocht hij zijn weg naar het bureau. De secretaris stelde hem niet voor als de Blinde Verblinder, maar als Swami Kari Kurkuma. De Blinde Verblinder negeerde mijn uitgestoken hand met alles wat eraan vastzat, leunde zwaar op het bureau, en zei met een accent dat aan Indiase winkeliers in Londen deed denken: 'Geen persbericht.'

'Niet?' De jongen was uit eerbied achter zijn bureau overeind gekomen, en nam een soort militaire houding aan. 'Ik heb met de directie van Vacaville gebeld,' zei Kari Kurkuma. Hij had het gezicht van Neroe, met een nijdig neerhangende onderlip, waarvan rijkelijk druppels op het met ivoor ingelegde schrijfblad spatten. 'Ze brengen het niet naar buiten.'

'Dan wij zeker niet,' zei de jongen, bij wie iets van de Kalverstraatse blijmoedigheid op het gezicht terugkeerde. Hij nam het papier met de onaffe tekst op, en scheurde net zo lang tot de snippers niet kleiner konden. Zich verontschuldigend nam hij de Blinde Verblinder bij de arm, en leidde hem de gang op. Ik stond al bij het bureau. Mijn vingers schoven de stukjes papier uit elkaar. Ondertussen volgde ik op het gehoor de schuifelpassen over het marmer... de vergalmende stemmen... de kreunende scharnieren van een deur. Ondoenlijk de puzzel te herstellen. Ik las zoveel mogelijk afzonderlijke snippers, die in het beste geval een compleet woord bevatten. '...cal Facility.' '...blusapp...' 'Jan Joh...' 'baby kill...' 'Johanson...' '...Diego.' '...baardha...' '...urly.'

'Bespaar je de moeite, Spiros,' zei de hare krisjna, die zonder gerucht terug was komen lopen. 'Ik was nog niet aan de naam van het slachtoffer toe.'

'Toch wel,' probeerde ik. 'Jan Johanson. Moest ik bij die onthulling niet steil achterovervallen?'

'Het is Jen Johensun' (hij sprak de naam op z'n Engels uit) 'uit San Diego. Hij is de nepmonnik... de vadermoordenaar.'

'Nu kan ik vanavond niet in de krant lezen *wie* er vlam heeft gevat.'

'Je hebt het gehoord. Ik mag het nieuws niet verspreiden.' De jongen kwam op me toe lopen, en sloeg onverhoeds zijn arm om mijn hals. De omhelzing verraste me, en dat ik er niet meteen op inging, was maar goed ook, want het was niet als liefkozing bedoeld. 'Sorry, de muren hebben hier oren. Elektronische.' Toen drukte de monnik zijn lippen op mijn allerminst elektronische oor, om me heet en raspend de naam in te fluisteren. De vier lettergrepen (of eigenlijk maar drie, in zijn uitspraak) zo dik en vochtig de schelp en gehoorgang te voelen binnendringen, was meer dan ik verdragen kon. Ik duwde de jongen van me af, en ontdekte tot overmaat van ramp dat er een erectie in de maak was. 'Ik zwijg als het graf van zijn doden,' beloofde ik de hare krisjna nog bij het haastige afscheid. Door mijn knellende kruis verliet ik de stijlkamer met heel wat minder soepele tred dan waarmee ik binnen was gekomen. Voor 't eerst sinds lang: visioenen van bovenbeens verkeer naar Oudgrieks model in de Wilde-Bosy-variant.

In bordeel Yackety-Yak nam de jongen van mijn keuze mij mee naar de sauna. Aan zijn lijf lag het niet. De deuken in de zijkant van zijn billen betekenden allerminst dat hij kontloos was. Toen hij zich aan me gaf, staken zijn schouderbladen zo puntig omhoog, als zadelknoppen, dat ze me bijna voldoende houvast voor de rit boden. Dat ik niet van zijn nauwe opening gebruik wenste te maken, alleen van de engte hoog tussen zijn dijen, leek hij vreemd te vinden, maar er kwam geen protest. Het was er smerig. Overal de stille getuigen van woeste verstrengeling, waar geen oliespuit aan te pas was gekomen. Bloedsporen, strontvegen; droppen sperma verontreinigd door beide. Zo stelden wij ons vroeger in Athene de beestenbende bij de Spartanen voor.

Misschien lag het niet eens aan de orgastische aanblik die onze betegelde sponde bood dat ik het niet tot een zaadlozing bracht. Het leek wel alsof iets anders dan de onverwachte aanraking door de hare krisjna mijn lust had gewekt, die dan ook niet langs de natuurlijke (of tegennatuurlijke) weg te verzadigen was. 'Wil het niet?' vroeg de jongen, nadat ik me van hem had losgemaakt.

'Ach, weet je,' zei ik, de meegekregen handdoek over mijn onderlichaam draperend, 'ik vind in de kale daad zo weinig drama.'

'Nou, trut,' zei de jongen zangerig, 'ik vind het allemaal dramatisch genoeg.'

Ze was zo mooi zoals ze op Rascal voor hem uitreed, Sharon. In de franjes van haar zeemleren cowboyjack sidderde elke beweging van haar door. Ze keek lachend om. Niet ver van Spahn's kwamen ze voorbij een kreek. In het ondiepe water was een hele groep jonge vrouwen met kleine kinderen aan het pootjebaden. Remo herkende een paar gezichten van de ranch. Hoog te paard staken ze lachend hun hand op, maar ze oogstten alleen stuurse blikken. 'Wij zijn de vijand,' riep Sharon over haar schouder. 'Indianen en cowboys. Dit is filmland.' Het was echt de allerlaatste roodkoperen dag van de herfst. Ze hadden geen betere manier kunnen vinden om hem vast te houden dan door zich er helemaal, te paard en wel, in te storten. Ergens stonden ze stil in het fijne stuifsel van een smalle, van heel hoog komende waterval. De paarden schudden afkeurend briesend hun hoofd in de druppelnevel. Ze was zo vrolijk, Sharon. De rotsheuvels zorgden ervoor dat haar hoge lach terugkeerde om een kort duet te zingen met het neer ruisende water.

Op de rotsachtige bodem, vol losse stenen, vonden ze nergens een geschikte plek om zich aan de liefde over te geven. Bovendien wisten ze niet hoe de paarden zouden reageren. 'We wachten tot thuis,' zei ze. 'Dan hebben we nog iets om naar uit te kijken.'

De zon zakte al vroeg achter de heuvels, en daarmee trad een kilte in die definitief afrekende met de Indian summer van 1968. Ze reden terug naar Spahn's Movie Ranch. De kreek was verlaten. Op het terrein voor de hoofdgebouwen was nu naast Remo's Lamborghini een lange bus geparkeerd. Het was het type Amerikaanse schoolbus, maar dan niet geel – zwart. Tegen de omheining van de kraal aan stonden strandbuggy's en -zeilers op een rij. Op het hek zat een vrouw in een circusachtig cowgirlkostuum, dat z'n beste tijd gehad had. Terwijl Sharon en Remo afstegen, kwam zij naar ze toe om de paarden over te nemen. 'Hallo, ik ben Ruby. Ik heb op jullie gewacht.'

'Moet je dat pak van George Spahn dragen?' vroeg Remo.

'Ik heb rodeo's gedaan. Ik draag die kleren hier af. Zo weten de mensen me beter te vinden.'

'Moeten we Tumble en Rascal niet afzadelen?' vroeg Sharon.

'Daar ben ik voor. George heeft me gevraagd met jullie af te rekenen.'

Op het formulier dat Ruby Pearl aan Remo gaf, hoefde alleen nog maar het aantal rijuren te worden ingevuld. 'Ik zie,' zei Remo, 'dat jullie ook buggy's en strandzeilers verhuren. Zijn we hier niet wat ver van zee?'

'Ze zijn niet te huur. Die rare Charlie en z'n mensen razen ermee over de zoutvlakte van de woestijn. Het zijn geen paardrijders.'

10

De directie van de California Medical Facility in Vacaville had de ketterverbranding blijkbaar met succes uit de publiciteit weten te houden, want het nieuws was niet op het journaal geweest, en bij Keyzer las ik er niets over in de kranten. Alles wat ik ervan wist, had ik van Hare Krisjna Amsterdam. Het uitblijven van elk officieel bericht maakte me nog rustelozer. De gewonde lag waarschijnlijk op de ziekenboeg van de CMF, zonder dat de burger, die zo om hem gehuiverd had, van zijn toestand op de hoogte was. Een van de beroemdste tronies ter wereld zou misschien blijvend verminkt zijn, en ik was een van de weinigen die, bij benadering, zijn verwondingen kende. Het was of hij daar, in pijn, lag te wachten – op mij. Er stond misschien een extra mannetje voor de deur, maar het moest te doen zijn de patiënt daar weg te krijgen. Geen ontsnapping – een overplaatsing. Ik moest hem van A naar B zien te brengen. A was Vacaville, duidelijk genoeg. Het probleem vormde B: een nog onbekende bestemming.

Ik kon natuurlijk de regisseur van B naar A vervoeren, maar ook daarvoor moest B bekend zijn.

Geen geweld. Ik moest het van woorden hebben. Iets zei me dat een gewonde gevangene zich gemakkelijker bij de autoriteiten liet lospraten dan een in goede gezondheid.

Er waren momenten, in het begin van die novembermaand, dat ik mezelf hevig haatte. Mens, god of ezel: geen wezen stootte zich graag twee keer aan dezelfde steen, maar ik had koppig mijn zinnen gezet op de materie waar ik al een keer over gestruikeld was – om languit op m'n bek te gaan. De complexe onderneming die ik rond 1967 in Californië had opgezet, was op een volledige mislukking uitgelopen. Vier jaar na de eerstesteenlegging zag ik me gedwongen om eerloos het land uit te vluchten. Er waren een degen en een brandende wereldbol voor nodig om me de weg te wijzen naar de Randstad Holland. Sindsdien is dat mijn familiewapen: een globe in vlammen met een gevest op de plaats van Californië en de kling tevoorschijn stekend uit Nederland.

En nu zou ik me door het verbrande hoofd van de man die destijds, als de slechte verstaander bij uitstek, mijn bedrijf naar de knoppen had geholpen terug naar Amerika laten lokken? 'Niet doen! Afblijven...!' klonk hoog en schril de stem van de ratio in mijn hoofd. Meer naar beneden, tussen hart en onderbuik, dreunde een heel koor van basstemmen: 'Doen! Doen! Doen! Nu of nooit...!'

Ik moest de rede laten zegevieren. Ja, ik droeg de schande van een groot falen met me mee, maar ik diende mijn verlies te nemen. Ja, sinds de godsdiensttwist van Vacaville zag ik nieuwe mogelijkheden – niet om fouten ongedaan te maken (uitgesloten), maar tot voortzetting van de hele onderneming met andere middelen. Toch... afblijven! Als ik de draad in Californië weer oppakte waar hij toen zo wreed was afgesneden, zou dat de pijnlijke gebeurtenissen oprakelen en misschien nog meer beschamende details aan het licht brengen. Ombuiging van de geschiedenis naar een nieuw doel kon de dingen ook erger ma-

ken dan ze al waren. Nee, laten rusten. Linke boel.
Het Amerikaanse bankroet onder ogen zien. Ernaar verwijzen als naar *het* voorbeeld van een mislukt orakel. Ervan leren voor mijn volgende onderneming, in de stadstaat Randstad. Nog zoiets. Ik kon de kinderen die aan mijn voogdijschap waren toevertrouwd toch niet zomaar in de steek laten? Weken- of maandenlang zou ik het labiele gezin van de Mombargs, in Rotterdam, aan z'n lot moeten overlaten, zonder iets te kunnen bijdragen aan de vorming van de kleine Reinier, die toch al nooit buiten speelde. Hij was de voorvorige dag, de eerste november, vier geworden. (Ik had hem een zaklantaarn van het merk Portlux laten bezorgen, voor in de donkere hoeken waar Niertje zich graag ophield.) Tibbolt zou de volgende dag, de vierde, dezelfde leeftijd bereiken. Aan Tibbi begon ik me te veel te hechten. Het zou geen kwaad kunnen hem een tijd niet te zien. Maar om daarvoor nou aan de overkant van de oceaan een verloren zaak nieuw leven in te gaan blazen... zonder de zekerheid dat hij nu wel levensvatbaar zou blijken... nee.

Die ochtend bracht de post de novembernummers van *World-Wide* en *WereldWijd*. In zowel de Amerikaanse als de Nederlandse editie stond mijn horoscoop voor de Schorpioen: sterrenbeeld niet alleen van Tibbi en Niertje, maar ook van de verbrande man in Vacaville, die mij ooit dreigde te vermoorden voor het doodrijden van een schorpioen op de woestijnweg.

'...krijgt u het aan de stok met een collega, die zo mogelijk nog fanatieker is dan u. In de ruzie delft u het onderspit, zodat u nu met ziekteverlof bent. Het is in uw huidige toestand niet raadzaam op wraak te zinnen. U deed er beter aan een nieuwe werkkring te zoeken, waar...'

Zo, dat sloeg in ieder geval niet op Tibbolt Satink of Reinier Mombarg. Ik vergeleek altijd *WereldWijd* met *WorldWide* op verschillen. In beide uitgaven stond een reportage over de veroordeelde regisseur en de moeilijkheden bij het voorbereiden van de film *Cyclone* – maar met deels verschillende foto's, en met in het Nederlands meer tekst. In de Engelstalige editie antwoordde de cineast op de vraag waar hij zijn straf ging uitzitten: 'Mijn advocaat heeft met de rechter afgesproken dat de naam van de gevangenis geheim blijft. Het is in Californië, meer mag ik er niet over zeggen.'

WereldWijd had aan het vertaalde antwoord toegevoegd: '(Navraag leert dat bedoelde rechter, Shurrell Ritterbach van de rechtbank in Santa Monica, officieel niets loslaat over de straflocatie, zogenaamd uit veiligheidsoverwegingen, maar dat onder zijn medeleden van de Palisades Cliffside Golf & Yacht Club de naam van de inrichting een publiek geheim is: de California State Penitentiary Choreo, gelegen binnen de gemeentegrenzen van San Bernardino, ten oosten van Los Angeles, aan de voet van de San Bernardino Mountains.)'

Choreo. B had een naam.

Hoe de filmmaker zijn deconfiture onderging, kwam verder niet aan de orde. Er was sprake van 'een ruige stoppelbaard, zoals bij een monomaan werker verwacht mag worden', maar op de bijgeplaatste foto's, in mei genomen op Bora-Bora, was het vertrouwde gladgeschoren gezicht te zien.

Choreo. Ik had de naam liever niet gekend. Ik nam de tram naar de binnenstad, voor een bezoek aan Hare Krisjna Amsterdam. Ze moesten me op de Herengracht maar vertellen dat het allemaal geweldig meeviel met die brandwonden, en dat het slachtoffer alweer van de ziekenboeg naar zijn cel was overgebracht. De secretarismonnik was opgetogen dat het autodafe tot nu toe niet in het nieuws was geweest. 'Wij hebben uit Vacaville gehoord dat zelfs zijn volgelingen... ze kamperen voor de poort van de CMF... dat die niets van het incident weten. Het was trouwens verfverdunner. Net zo brandbaar.'

'Iets naders bekend over hoe hij eraan toe is?'

'Buiten levensgevaar, maar wel voor twintig procent verbrand. Tweede- en derdegraads. Nee, dat wordt een lang herstel. Hij zal wel gelittekend blijven ook.'

'Ik zal eens bij hem langsgaan, daar in Vacaville.'

Het was als grapje bedoeld, en de monnik grinnikte beleefd, maar eenmaal uitgesproken stichtten de woorden een belegen bloedsmaak in mijn mond. En daar was, zonder omhelzing, ook de halve erectie weer. Ik nam nog sneller afscheid dan de vorige keer. Voor het huis stond ik een hele tijd tegen een boom geleund te kijken naar de gele bladeren die, omkringeld door hun eigen olie, op het grachtwater dreven. Alsof ik uit hun kabbelende slingerbeweging richting brug een besluit zou kunnen aflezen. Een woerd die er dwars doorheen zwom, vernietigde het patroon, en toen wist ik dat de beslissing alleen in mezelf te vinden was. Ze was al genomen.

Uit een open raam op een van de bovenverdiepingen van het Krisjnahuis klonk het geklep van kleine bekkentjes. Ik begon langzaam in de richting van de Nieuwe Spiegelstraat te lopen. Over de gracht dreef eentonige samenzang, een recitatief eerder: *hare rama, hare krisjna... hare krisjna, hare rama...*

Een gracht verderop zag ik net Olle Tornij uit het grote hoekpand van Uitgeverijen Hoek Keizersgracht/Spiegelstraat bv komen. Hij had 'koffie met advies' gedronken bij een bevriende redacteur van De Spiegel, een imprint van Hoek bv.

'Meneer Tornij, wat een aangenaam toeval.'

'Nu is het weer meneer Tornij.'

'Olle, loop een eindje met me op.'

In de passage onder het Rijksmuseum wedijverden een saxofonist en een sitarspeler om de aandacht. Rond een op de grond liggende tamboerijn met munten paradeerden duiven, alsof ze wachtten op een hand die maïs in plaats van metaal zou uitstrooien. Aan de andere kant van de tunnel stoof ons een motregen tegemoet. 'Lijn 2 was me liever geweest,' zei de boekhandelaar.

'Te laat. 'Ga even mee. Ik moet je iets vertellen... Nee, de kant van het Amerikaanse consulaat op.'

We staken schuin, in feite kriskras, het Museumplein over – naar het houten noodgebouwtje van de KLM onder de bijna lichtgevend okeren boomkruinen. Hoog op de wielen stond daar, de bagagekleppen open, een hemelsblauwe pendelbus te ronken en te schudden. Reizigers stroomden van alle kanten toe, met paraplu's en koffers geholpen door de uitzwaaiers. De chauffeur, met al bijna doorweekte hemdsmouwen, stouwde de bagage in de ruimte onder de bus. 'Een zonvakantie voor ouwe Olle,' zei Tornij. 'Spiros, dat had je nou niet moeten doen.' 'Vraag niet verder. Ik ga hier een ticket voor Los Angeles reserveren. Aan de overkant ligt een visum voor me klaar.'

Sinds er militanten van de RAF in Nederland waren opgedoken, stonden er in een stervormig patroon hoge hekken rond de tuin van het Amerikaanse consulaat. Hier en daar hingen verwelkte bosjes bloemen met verregende briefjes uit de mazen: ongetwijfeld voor Midden-Amerikaanse doden, met dank aan de VS.

Aan de KLM-balie kon ik tot mijn verrassing nog een vlucht voor de volgende dag boeken. 'Onbegrijpelijk,' zei Tornij bij het horen van de datum. 'Tibbi's verjaardag.'

'Olle, ik schaam me dood. Bij terugkomst maak ik het goed.'

11

De methode-Charrière bracht ook de geur van oude boeken in zijn cel. Als jongen had Remo de romans van Jack London gelezen, voorzover ze in het Pools waren vertaald. Verhalen over sledehonden in de witte stilte van Alaska. Er was ook een heel ander boek bij, dat hem onbehaaglijk stemde. In het Engels heette het *John Barleycorn*, wat ze in het Pools letterlijk hadden vertaald als 'Jan Gerstekorrel', terwijl de hoofdpersoon gewoon Jack London zelf was. Het ging over zijn kennismaking met de dronkenschap, en hoe de drank langzaam en onomkeerbaar zijn leven binnengedrongen was. Remo moest daarbij denken aan de wodkadrinkers in de portieken van het vooroorlogse Krakau, op wie zijn moeder hem gewezen had. Het beeld klopte niet, want London zette zichzelf neer als een welgesteld schrijver met een kast van een huis op een eigen landgoed, met personeel, paarden, een zwembad. Hij was hartstochtelijk verknocht aan zijn tweede vrouw Charmian, en schreef elke ochtend tussen negen en elf zijn duizend woorden, waarna hij de rest van de dag aan zwemmen, de jacht en het socialisme besteedde. Hij was niet een man die zijn problemen in drank smoorde, maar die zich boven zijn geluk uit probeerde te drinken.

In de verder onaangename lectuur was een passage die Remo vreemd ontroerd had. De schrijver had met Charmian een lange rit te paard gemaakt door de bergen. Omdat het personeel vrijaf had, maakten ze bij thuiskomst zelf, in een sfeer van grote euforie, hun eten klaar. London wist zich op het hoogtepunt van zijn bestaan. 'Ik voelde me zo goed dat ergens diep binnenin de gulzige begeerte opkwam me nog beter te voelen. Ik was zo gelukkig dat ik mijn geluk verder wilde opdrijven. Ik wist hoe dat aan te pakken.'

Wachtend op het eten schonk hij zich de ene cocktail na de andere in. 'Mijn geluk stapelde zich torenhoog op. Zo vrijgevig als het leven al mocht zijn, ik maakte die vrijgevigheid nog groter. Het was een machtig uur. Later, veel later, moest ik ervoor boeten, zoals u zult zien. Zulke ervaringen zijn onvergetelijk en in je menselijke domheid besef je niet dat er geen onwrikbare wet bestaat die zegt dat dezelfde dingen altijd eendere resultaten hebben.'

Er lag voor de jongen die Remo toen nog was een zoet soort doem over die regels. Ze schoten hem, in het Pools, te binnen terwijl ze de Ventura Freeway verlieten om de San Diego een eind naar het zuiden te volgen. Later, toen ze door de Benedict Canyon reden, zei Sharon: 'Ik verheug me op mijn eerste Manhattan.'

'Als je maar niet denkt dat ik een hele fles champagne openmaak voor die paar bubbeltjes die er volgens Harry's boekje in horen.' Hij had meteen spijt van zijn zuinigheid.

'Het kan ook heel goed zonder champagne. Alleen scotch en vermout. Ik heb een potje van de olijven die jij zo lekker vindt.'

'Old Greece.'

'Dat zijn de zwarte. Olymp Olives. De groene.'

Thuis dronken ze zich met een heleboel Manhattans boven hun geluk uit. Bij de derde cocktail was Remo de waarschuwing van Jack London vergeten. De vierde bleef half leeggedronken staan, omdat ze zich op nog een andere manier boven hun geluk uit moesten worstelen.

Toen Sharon vlak voor Kerstmis zwanger bleek, wisten ze allebei zeker dat het die zaterdagavond was gebeurd, na het paardrijden in de Simi Hills.

12

Meer nog dan tien jaar tevoren kreeg ik te maken met de krankzinnige maatschappelijke complexiteit van het moderne Amerika.

Ik ontdekte dat er een heus 'Vakblad voor het Californische Gevangeniswezen' bestond, *The Guardian Angel*, vol artikelen over jubilerende directeuren, tevreden gedetineerden en hoe de veiligheid van bewakers te verbeteren. Van de vacatures streepte ik alleen die voor Choreo en Vacaville aan. Ik zou al blij zijn geweest met een baantje als voedselopschepper in Choreo, maar er was daar zelfs plaats voor meer dan één bewaarders 'van de laagste categorie'. Wie de advertentie goed las, concludeerde dat de voorwaarden en vooruitzichten niet ongunstiger konden: uitzendniveau. Mooi. Zo was er alle kans dat er niet gezeurd zou worden over mijn beperkte visum.

Op een mooie novemberdag ging ik per bus vanaf Civic Center over de San Bernardino Freeway op weg naar Choreo. Aflandige valwinden hadden de smog de zee in gedreven, zodat Los Angeles wit lag te blikkeren onder een blauw waar Yves Klein al zijn monochromen voor had willen ruilen. Bij het opdoemen van de San Bernardino Mountains, in alle denkbare schakeringen paars, besefte ik waarom zoveel Californische gevangenissen aan de voet van een gebergte liggen: paars is op het palet van de aardse gerechtigheid de kleur van de Boetvaardigheid.

Had ik gevreesd dat een of andere onderknuppel mij het sollicitatiegesprek zou afnemen? Ledigheid en ijdelheid waren op mijn hand. De directeur, die blijkbaar niets anders te doen had, wilde mij persoonlijk spreken. 'O'Melveny.' Hij ademde een alcohollucht uit. Het zou wel geen bocht van gegiste fruitschillen zijn. 'Agraphiotis.'

'Dank je, Don,' zei O'Melveny tegen de geüniformeerde receptionist die zich had voorgesteld als Penberthy en me naar de directeur had gebracht. 'Ik bel je wel als we hier klaar zijn.' De directeurskamer was langgerekt achthoekig, en leek daardoor enigszins ovaal, reden misschien om hem ook verder als de Oval Office in het Witte Huis aan te kleden. De ingelijste kleurenfoto van Jimmy Carter, waar de Amerikaanse vlag omheen was gedrapeerd, bedekte niet geheel de lichte plek die het grotere portret van de vorige president op het behang had achtergelaten. Gerald Ford stond nog, in zwartwit, tegen de muur – achter gebarsten glas. Sinds de heksensabbat van acht jaar tevoren controleerde ik altijd automatisch of de vlag niet met zijn sterren naar beneden hing. Het zou het slechtst denkbare teken geweest zijn.

Via de intercom op zijn bureau bestelde O'Melveny koffie voor twee. 'Voor mij, Liza, koffie plus.' Hij leunde achterover in zijn leren troon. 'Uw naam, Mr Agraphiotis, klinkt mij Grieks in de oren. Uw onmiskenbare... met permissie... accent veel minder.'

'Ach, Griekenland, dat ligt zover achter me. Ik heb overal gewoond.'

'En nu, zo te horen, alweer heel lang in Amerika. U bent voornemens de gelederen van Choreo te komen versterken.'

'De baan scheen me tijdelijk toe.'

'Dorst, dorst,' zei O'Melveny, en herhaalde de bestelling luid in de intercom. Liza gaf alleen geruis. 'U moet weten, Mr Agraphiotis, dat ons in korte tijd nogal wat goede krachten ontvallen zijn. Zo'n breed verlies laat zich langs officiële weg niet meteen aanzuiveren. De terreur van de vakbonden maakt

het allemaal nog erger. Als u maar weet dat u, bij gebleken competentie, kans maakt op een langduriger aanstelling. Met alle promotiemogelijkheden die daarbij horen...'
Precies, dat was het. De directeur sprak in de stroef exacte zinnen van iemand die aangeschoten aan het raken is en zich verzet tegen de tongstruikelend naderende wanorde van de totale dronkenschap. 'Goed om te weten, Mr O'Melveny. Ik vind die voorlopige onzekerheid geen bezwaar.'
'Dan mag u, wat mij betreft, door de molen heen. Medische keuring... alleen het hoogstnoodzakelijke, hoor. En u zult door een kleine commissie aan een mild verhoor worden onderworpen.'
Klop op de deur, en daar was Liza met de koffie en een schaaltje marshmellows. De directeur rook goedkeurend aan zijn kopje, en liet er twee van die roze moppen in glijden. Ik volgde zijn voorbeeld. 'Bedelft u mij gerust onder uw vragen, Mr Agraphiotis.'
'Hopelijk beledig ik u niet met te stellen dat de naam Choreo een minder bekende klank heeft dan San Quentin en Folsom... dan San Luis Obispo en Chino zelfs... Wat voor gevangenis is Choreo?' Bij mij waren de marshmellows gesmolten tot een rozige schuimkop, waar ik de hete drank onderuit zoog, maar op de verdunde koffie van de directeur dreven ze nog in heel hun molligheid rond.
'De door u genoemde instituten hebben een gewelddadige reputatie. Zoiets blijft bij de burger eerder hangen dan een instelling met een goede naam. Choreo is, als gevangenis, relatief onbekend... en dat willen we graag zo houden. Zolang die relatieve onbekendheid tenminste het gevolg is van rust, orde en discipline.'
O'Melveny goot de koffie gretig naar binnen. De warmte van het mengsel verhevigde de whiskygeur, die aangenaam boven het bureau bleef hangen. Karamel op een fornuis met een gaslek. 'Choreo wil niet beroemd worden, *juist* vanwege die voorbeeldigheid?'
'Het volk, Mr Agraphiotis... enfin, dat hoef ik u, als Griek

van origine, niet uit te leggen. De mensen eisen voor hun belastingcenten nou eenmaal geweeklaag en geknars van tanden. Wrede waar voor hun geld.'

De directeur keek in zijn kopje, dat alleen nog de resten marshmellow bevatte. Hij stond op, verontschuldigde zich met een eufemisme, maar bleef te kort weg om het eufemisme te kunnen hebben volbracht. Wel moest hij onderweg, aan de binnenkant van het medicijnkastje misschien, in een spiegel hebben gekeken, want hij probeerde de dunne roze snor van zijn bovenlip te boenen. Het opgedroogde schuim weerstond de rug van zijn hand. 'Het volk...' In zijn keel zat een verkeerd soort oprisping, die naar beneden wilde in plaats van omhoog. 'Het Amerikaanse volk ziet elke gevangenis liefst als een stelsel van *death rows*, waar de gedetineerden... nou ja, elkaars executie opknappen. In Choreo koesteren wij, onder bewakers, een traditie van geduld en... en vreedzaamheid.'

Hij formuleerde nog steeds dapper als iemand die bang is voor onbekwaam gehouden te worden. In de bewegingen van zijn tong was al iets van rigor mortis te bespeuren. Socrates bleef tot 't laatst welbespraakt de vanuit zijn voeten naar het hart opklimmende verdoving beschrijven. Bij O'Melveny begon het in de mondholte. Tegen dat het gif zijn voeten had bereikt, zou hij als een stamelend lijk ineenzakken. Ik vergiste me nooit in een Ier met een vetrouderlijk drankprobleem. 'Geen chantage,' ging hij verder. 'Geen sadisme. Geen nodeloos geweld. Gevangenen, zo leert het reglement... ik bedoel, de ervaring... onze gevangenen belonen een dergelijke houding van het personeel met inschikkelijkheid. Medewerking zelfs.'

O'Melveny excuseerde zich opnieuw voor een gang naar het EHBO-kastje. Meer jodium in de open wonde. In een geplastificeerd mandje op de hoek van zijn bureau lag een stapeltje onbeschreven postpapier met niet alleen het adres van Choreo in het briefhoofd, ook de naam van de directeur. Drie, vier velletjes zou hij zeker niet missen. Bijbehorende vensterenveloppen lagen ernaast op een stapeltje. In de tas ermee. 'Ik twijfel niet aan de goede sfeer hier, Sir,' zei ik bij zijn montere terugkomst. 'Maar met permissie... dit is een gevangenis. Er zal toch wel eens *iets* gebeuren.'

'Hoogst zelden,' zei hij, de restjes marshmellow uit zijn kopje lepelend. (Een mens moest toch eten.) 'Het laatste echte incident... nou, dat zal toch zeker een paar maanden geleden zijn. Iets met drugs. Een zeldzaamheid in Choreo. Een gevangene had onder het bezoekuur een wel erg delicaat worstje te smikkelen gekregen. Condoom vol cocaïne. Het worstvelletje barstte open in zijn maag. Dood in zijn cel gevonden... Het heeft ons geleerd, Mr Agraphiotis, nog alerter te zijn. Maar... op een onnadrukkelijke manier. Choreo is nu, mag ik wel met enige trots onthullen, vrij van verdovende middelen. Om die reden staan wij het maken van een slap alcoholische drank oogluikend toe. Om niet *te* streng over te komen, snapt u?'

'Klinkt geweldig.' Zelfs het woord 'slap' was nog sterk genoeg om de directeur aan zijn dorst te herinneren. In zijn afwezigheid vond ik, half onder het in leer gevatte vloeiblad uitstekend, de doorslag van een document met O'Melveny's handtekening eronder. Het zat al in mijn tas.

Net op tijd. De directeur kwam mopperend binnen. Hij wreef met een papieren zakdoekje over zijn revers: de natte vlekken zaten te hoog om van ongericht urineren te komen. 'Ik weet niet of u nog verplichtingen heeft jegens... tegenover... De stomerij is er weer goed mee.'

'Jegens mijn vorige werkkring, bedoelt u? Geen enkele.'

O'Melveny trok zijn broekspijpen dit keer wel erg hoog op bij het zitten gaan. 'Eens zien.' Hij raadpleegde met vernauwde ogen het rooster dat voor hem lag. 'Het is nu de achttiende. Vrijdag. U zou donderdag de eerste december kunnen beginnen. Het hangt ook van u af.'

13

Na de moorden had de politie in Remo's huis een videoband gevonden, die in eerste instantie als pornografisch bestem-

peld en geconfisqueerd werd. Een filmavondje op het hoofdbureau wees uit dat het om een intiem samenzijn van Remo
en zijn vrouw ging. De cassette werd discreet op z'n vindplaats teruggelegd, maar loslippigheid had het kwaad al gesticht. In de pers verschenen berichten over op de moordplek
gevonden pornofilms, die niet zozeer groepserotiek te zien
gaven als wel hele troepenbewegingen van op scherp gezette
lust. De vrouw des huizes zou zich uit gastvrijheid aan alle
deelnemers hebben gegeven, met name aan een bolpootvor-
mig groot geschapen neger, die zijn taken voor Hurly Burly
kennelijk nog even had opgeschort. Nog weer later kwamen
er verhalen in de wereld over films die van de moorden zelf
zouden zijn gemaakt: gewild verzamelobject voor perverse
miljonairs. Van de opbrengst zou The Circle verdere uitbreiding van de oorlog hebben willen bekostigen, op z'n minst
een bevrijdingsactie om de leider weer in z'n midden te krijgen.

De waarheid was dat een mens nou nooit eens van z'n speeltjes af kon blijven. Remo had de videoapparatuur van zijn
filmmaatschappij in bruikleen, voor thuiswerk. Aan het eind
van de Dag des Overvloeds, die gouden zaterdag in november
'68, had hij behoefte aan een derde oog in de slaapkamer, een
zwijgende, hooguit zacht brommende getuige van zijn geluk,
die in latere jaren op afroep het bewijs van hun overvloeien-
de liefde zou kunnen leveren. Remo stelde het apparaat in, en
richtte het op het bed. 'Ik weet niet welke rol ik moet spelen,'
zei zijn meisje zoet verlegen.

'Laten we net als anders doen.'

'Ik weet niet meer hoe net als anders is,' pruilde ze lief.

Eerst schroefden ze met een reeks Manhattans het geluk
verder op, en nu moest de onvermijdelijke omhelzing worden
vastgelegd en ingeblikt, alsof die daardoor meer waard werd
– voor henzelf, voor het nageslacht, voor het liefdespotentieel
van de wereld. Hoogmoed. Het werd *niet* net als anders. Omdat Sharon zich begluurd voelde, verzette ze zich halfslachtig,
als een onwillig toegeeflijke puber. 'Zadelpijn.' Als ze zo zacht

bleef fluisteren, haalde haar stem de band niet. 'Ik wil de door-rijplekken er niet op, hoor.'

Haar lijfje gloeide, van de scotch en van het paardrijden door de sterk afkoelende namiddag. Ze was een meisje dat koortsachtig gespeeld had, ook letterlijk tot aan de grens van de koorts, en nu thuis een behaaglijk holletje zocht, ondertussen alles om zich heen verwarmend met haar eigen kleine, hete lichaam. 'Vind je me nog wel een beetje lief?'

'Luider, schat, anders pikt de installatie het niet op.'

De ontroerende sensatie van een broekje dat, om een ongeduldige hand gehaakt, met elastische sprongen zijn weg naar de enkel vond, dralend in een knieholte – nooit ging het over. Zelfs nu ze zich door de camera geremd voelde, was ze gul met haar lichaam. Ze was altijd gul voor hem, in alles. Het enige dat ze terugvroeg, was om hem *elke dag* iets van haar overvloed te mogen geven. En dat... dat was nou juist vaak te veel van hem gevraagd.

Als ze die avond, zoals ze allebei zeker meenden te weten, hun kind hadden verwekt, dan stond die gebeurtenis op video. Nooit waren de geruchten ontzenuwd dat ook z'n ongeboren dood op film was vastgelegd.

14

Voor het sollicitatiegesprek in Vacaville, ten noorden van San Francisco, huurde ik bij EconoCar een Chrysler Cordoba. Twee dagen, en het kostte me nog geen veertig dollar. Ik wilde wel eens in zo'n bak de kustweg op, achter het spook van een zwarte schoolbus aan. De afspraak was op maandag de eenentwintigste november, maar ik wilde op zondag eerst naar Sacramento, meer naar het oosten. 'Als u niet aan automatische transmissie gewend bent,' zei de jongen die de sedan voor me uit de garage had gehaald, 'leert u dan om te beginnen af het orgel met twee voeten te bespelen.'

Ik nam zijn beeldspraak ter kennisgeving aan. Hij kreeg

pas betekenis toen ik bij de eerstvolgende kruising plotseling moest remmen voor een station wagon vol kinderhoofdjes met clownsgezichten, die geen voorrang gaf. Omdat ik geleerd had orgel te spelen met twee voeten drukte ik niet alleen de rem met z'n extra hydraulische bekrachtiging in – ook, in een overbodige poging te ontkoppelen, het gaspedaal. De Chrysler maakte een sprong op de plaats, en ik, zonder riemen, sloeg met mijn hoofd tegen de voorruit. Er zijn van die builen die je sneller voelt groeien dan een erectie, en zo *zie* je de bult ook, door een rode mist van woede en zelfhaat heen: als een zich rekkend gewei van hard aangestampt vlees. Geen koeltas met ijs bij de hand om de zwelling te stoppen. Zelfs geen Buckmes om het koele lemmet tegen de buil te leggen.

Alvorens de snelweg op te gaan ben ik eerst maar eens een tijdje in een rustige zijstraat met de automatische versnelling gaan oefenen. Ik begreep algauw wat de truc was. Verschraling van de orgeldienst. De balgentreder mist zijn linkerbeen, moet je bedenken. Zet het weg, Spiros. Helemaal naar links ermee. Laat het slapen. Rechtervoet paraat bij de twee pedalen. Het diende een automatisme te worden om bij gedwongen stoppen de rechtervoet van het gas te halen en op de rem te plaatsen. Pas toen ik in een eenbenige bedelaar was veranderd, durfde ik de Freeway op.

Laat die zondagmiddag, er hing al een begin van schemering, liep ik in Sacramento de wandeling na die Gerald Ford op 5 september 1975 had gemaakt van het Senator Hotel via Capitol Park naar het Statehouse voor een ontmoeting met de gouverneur. Zelfs slenterend legde je de afstand binnen twee minuten af. Maar een echte wandeling was het voor de president maar half geworden.

Met een foto uit de *Sacramento Bee* erbij zocht ik de boom op die Squeaky na haar overmeestering tot tijdelijk schavot gediend had. Via een welzijnswerker in San Quentin had zij haar meester laten weten een manier te hebben gevonden de reuzenpijnbomen van Californië te redden. Als martelares voor de *redwoods* droeg zij een opvallend rood gewaad, dat met z'n

370

zedige capuchon het midden hield tussen een nonnenhabijt en de regenmantel van een negentiende-eeuwse dienstmaagd. De jurk liet zelfs geen enkel bloot, maar langs haar been slingerde zich een elastische slang omhoog, halverwege door de holster met de automatische Colt .45 geregen, en dat serpent was haar gezonden door de Cherokee Sequoya, die zijn naam aan de reuzenpijnboom had gegeven. Na de mislukte aanslag kreeg zij van haar goeroe in San Quentin de erenaam Sequoya Squeaky. Arme Lynette – want zo heette ze voor de rechercheurs die haar van de geheime agenten overnamen. Op de foto stond ze omringd door politie, handen op de rug geboeid, met haar roodharige hoofd tegen een boom geleund – geen sequoia, maar een magnolia. Ze had het decor van haar gedroomde triomf slecht gekozen. Gerald Ford was toen allang door zijn veiligheidsmensen hardhandig naar het state house gevoerd. Voor het eerst in tijden had de president, om de sportbenen van de geheime agenten bij te houden, echt moeten rennen – voor zijn leven nog wel. Hij was zodanig buiten adem dat de natie, goedbeschouwd, minutenlang zonder president zat.

Die namiddag van de vijfde september 1975 was het, als kersverse gezinsvoogd, mijn taak om samen met de aanstaande pleegmoeder de bijna tweejarige Tibbolt van Rotterdam naar Amsterdam over te brengen. Alsof hij nu al zijn tijdelijke gastgezin miste, krijste hij op de achterbank de hele weg van de Crooswijkse abattoirbuurt tot aan zijn nieuwe huis op de Hugo de Grootkade. Ter hoogte van Leiden kwamen toen de eerste, nog verwarde berichten over een aanslag op Ford via de autoradio binnen. Op het moment dat de naam Squeaky viel, begon er iets in mij te tintelen. Het was voor het eerst sinds de afschaffing van de doodstraf in Californië, februari '72, dat er een lichtpuntje hoop in me opgloeide voor een vervolg van de ontspoorde tragedie. 'Schrik niet te erg,' zei ik tegen Ulrike Tornij, die op de achterbank de peuter probeerde te sussen. 'De Amerikaanse president vermoord door een bende extremisten.'

'Uitgerekend vandaag,' zei ze met verstikte stem. 'Nu ik eindelijk moeder word.'

Nog geen minuut later werd de radiomuziek onderbroken voor een bulletin met de strekking dat 'de president niets mankeerde', en dat de vrouwelijke dader gearresteerd was zonder een schot te hebben kunnen lossen. 'En dat noem jij een bende,' zei de jonge pleegmoeder.

'Achter een muurtje zitten er altijd nog meer,' zei ik, met al vervliegende belangstelling. Het zou opnieuw twee jaar duren, tot aan de Münchense oktoberfeesten van 1977, voor mijn belangstelling voor die oude geschiedenis weer gewekt werd, en dan nog flauwtjes. Als mijn oude Berlijnse collega Detlev niet zo'n sprekende foto voor *Der Mückenstich* had geschoten, was ik nu, twee maanden later, niet in een vierdeurs rammelkast over de Interstate 80 op weg geweest van Sacramento naar Vacaville. Dixon lag achter me.

15

Wie vanaf de receptie de brede oprijlaan naar de California Medical Facility voor zich zag liggen, met al die witte kubussen in de verte, moest eerder denken aan een laboratoriumcomplex dan aan een gevangenis met medische voorzieningen. Zelfs de achthoekige wachttoren kon net zo goed een noodzakelijke verheffing in het fabrieksterrein zijn voor de bedrijfsleiders, om allerlei ingewikkelde operaties te coördineren. Op het dak ervan stonden antennes en iets dat op een radarinstallatie leek, wat op een mediacomplex kon wijzen of een militair instituut – alles eerder dan een strafinrichting. Toch was dit Vacaville, en ergens daarbinnen op een ziekenzaaltje lag, aan niet meer vastgeketend dan een infuus, de man die, om zo te zeggen, mijn bestaan weer zin kon geven.

Tussen de pijnlijk nauwgezet bijgeknipte struiken op het terrein buiten de slagboom waren tenten opgezet – sommige in felle kleuren, andere van uitgeloogd kaki. Het viel me op dat het struweel zorgvuldig door touwen, haringen en tentdoek gespaard werd. Er was zelfs, bij wijze van latrine, een gat in de grond met aan drie zijden, tussen stokken, een jute afrastering. Aan de open zijde staken twee paaltjes uit de aarde: handvatten voor de stoelgang. Op de resten van een klein kampvuur moest iemand water hebben gegoten, want as en houtskool waren nat, en produceerden met zacht gesis meer stoom dan rook. In het kamp was geen mens te zien.

Het Choreo dat ik de vrijdag tevoren gezien had, was een negentiende-eeuwse kazerne, later omgebouwd tot gevangenis. Alles oogde en rook er oud. Zelfs de uniformen van de bewakers leken er, door overbewassing, valer dan hier in Vacaville, waar alles nieuw en schoon was – steriel zelfs, als in een echt ziekenhuis. Aan de receptiebalie, met zelfs geen koffiekring erop, herinnerde ik aan de telefonische afspraak voor een sollicitatiegesprek. Ik noemde mijn naam. 'Is het voor een vacante betrekking van bewaarder?' vroeg de receptionist met het kaneelbruine Thunderbirdsgezicht.

'Keukenpersoneel,' zei ik. 'Afdeling hogedrukpannen.'

Begrijpelijk, toch teleurstellend, dat ik niet als in Choreo bij de directeur ontboden werd. Maar de bedrijfsleider van het keukenpersoneel had ook briefpapier van de gevangenis in zijn kantoortje liggen, te midden van allerlei formulieren op een wandstellage. Het gesprek duurde kort. Als ik de baan accepteerde, zou mijn taak uit niet meer bestaan dan het controleren van de hogedrukmeters op de snelkookpannen groot als kernreactors. Toen de bedrijfsleider mij om adres en telefoonnummer van mijn hotel in Los Angeles vroeg, hing mijn hand al boven het stapeltje postpapier. 'Mag ik?'

Ik noteerde het gevraagde, en keek nog eens naar het postpapier. 'Zo'n uitvoerig briefhoofd zie je zelden. Alleen de naam van de directeur ontbreekt.'

'Hij is net nieuw. Rheinstrom.' Hij spelde de naam. Bij het afscheid had ik drie onbeschreven velletjes postpapier van CMF in mijn tas.

Haar zwangerschap, ook zoiets. Van meet af aan een zaak van vrienden en kletstantes. Ze droeg een spiraaltje, raakte toch in verwachting, *dus* was het kind ongewenst. Na haar dood beweerden allerlei duistere geïnterviewden om strijd dat hun 'vriendin' Sharon de zwangerschap voor haar man geheim had gehouden tot het te laat was om nog een abortus te laten plegen. De waarheid was dat ze samen na twee weken uitgebleven menstruatie naar het ziekenhuis gingen, waar de bevruchting werd vastgesteld. Meteen daarna gingen ze naar Dr DeRienzo, die het spiraaltje had ingebracht – zogenaamd om verhaal te halen, maar zichtbaar gloeiend van het onverwacht gelukkige nieuws. 'Hoe kon dit gebeuren, dokter?' Remo probeerde streng te kijken, maar had het gevoel of de vonken in zijn ogen hem verrieden.

De arts spreidde zijn armen, waarbij de panden van zijn witte jas uiteen fladderden. 'Mag ik openhartig zijn?' Sharon keek naar Dr DeRienzo of ze hem elk moment om de hals kon vallen, zo gulzig dankbaar was ze voor zijn miskleun. Haar gezicht was branderig rood.

'Dat eis ik van u,' zei Remo.

'Uw vrouw,' begon de arts, grauw van ernst, 'is blijkbaar een van die, nou ja, uitzonderlijke natuurschepselen waartegen... *elk* kunstmatig hulpmiddel het aflegt.'

'Dan hoop ik niet,' zei ze stralend, 'dat ik ernstig ziek word. Want dan zullen medicijnen niet helpen.'

'Dat is het 'm nou juist,' zei Dr DeRienzo, het verwijderde spiraaltje omhoogstekend. 'Wie zwanger raakt... als het ware om zo'n rotsvast anker heen... die zal ook nooit ziek worden.'

'O, wat vind ik dit erg,' riep Sharon, in haar handen klappend. 'Ik haat de medische wetenschap.' Zij vloog overeind, en daar had Dr DeRienzo alsnog zijn omhelzing te pakken. Pas toen keerde ze zich naar Remo, met een vlekkerig pruilmondje, waarvan de verf nu op dokters wangen zat. 'Je bent toch niet boos?'

Remo, in gedachten, vergat haar te kussen. Hij was al aan het rekenen: groter huis, betere contracten, minder vaak op reis. Verstrooid nam hij afscheid van Dr DeRienzo. Er zat ook lipstick op de kraag van de doktersjas, en met haar aanplakwimpers, ten overvloede bijgeverfd, had Sharon nog wat rimmel over de arts z'n neus gepenseeld. 'Het went wel, liefste,' zei ze op de gang, haar adem heet in zijn oor.

17

De cryptische boodschap als panacee, dat was ooit het voornaamste product van het bedrijf dat ik leidde. De voetballer werd trainer, en zo schreef ik nu horoscopen voor *WorldWide* en *WereldWijd*. Mijn liefde voor codering en cryptoanalyse was jong gebleven. Een misleidende codenaam, een gekmakend geformuleerde orakelspreuk – middenin de nacht mocht ik ervoor wakker gemaakt worden. Vaak had ik nog meteen de sleutel te pakken ook.

Een codenaam als Deep Throat had bijna de grootste democratie ter wereld om zeep geholpen. Op de gevel van een Amsterdamse bioscoop stond de film indertijd, wel erg vrij vertaald, als *Fok-Strot* aangekondigd: een voorschot, dacht ik, op de fonetische spelling. Er was nog een hoekplaats stalles vrij. Als ik naar rechts keek, naar al die aaneengesloten mannenschoten, was het net of ik mijn blik over een volle hoedenplank liet dwalen. In vroeger tijden gingen vrouwen met een afwijking, bijvoorbeeld twee hoofden of drie borsten, op de kermis staan; eind twintigste eeuw was er de camera. De spil van de documentaire, Linda Lovelace, had een gouden keeltje met een geheim: waar normale vrouwen een huig hadden, droeg zij haar clitoris. Zo werd het lid minder belangeloos verzwolgen, en bleek kokhalzen een uiting van genot.

Geen van die hoog ingeschaalde puzzelaars bij de FBI heeft ooit Watergate uit Deep Throat weten te herleiden. En waarom niet? Ze probeerden Deep Throat uit Watergate te herleiden. Eerst was er het schandaal, zo redeneerden ze, toen de informant – en die liet zich Deep Throat noemen, omdat een geheime informant nou eenmaal niet zijn eigen naam kon gebruiken. Maar *waarom* Deep Throat, mijne heren?

Nixon trad af, om plaats te maken voor Ford als doelwit van Sequoya Squeaky, en het belangrijkste exportartikel van Amerika, de democratie, was gered. Al jaren voor het verkeerd begrepen Deep Throat was zo'n zelfde fragmentatiecode op de Verenigde Staten losgelaten: Hurly Burly. De verbale splinterbom kwam in handen van de slechte verstaanders, en ontplofte tenslotte in de verkeerde gezichten. En weer was de democratie veiliggesteld, zonder dat *mijn* honger verzadigd raakte.

Het beste wat je ervan zeggen kon, was dat de Hurly Burly's en de Deep Throats, na het passeren van de mazen in Amerika's orde, diep en ontwrichtend in de samenleving konden doordringen. Als mij dat, ook zonder dat het gestelde doel bereikt werd, in zo'n omvang gelukt was, kon ik het frauderen op veel kleinere schaal zeker aan. En garde, Spiros!

Nadat ik van Vacavilles keukenmeester een paar details had losgekregen over de bijna dodelijke godsdienstruzie in de werkplaats van CMF, noemde ik mijn nieuwe onderneming: Cosy Horror.

Week 2
Hurly Burly

Young girls are coming to the canyon
And in the morning I can see them walking

The Mama's & The Papa's, 'Twelve-Thirty'

Zondag 8 januari 1978

Rim-of-the-World Motel

I

Veel troeven had ik niet in handen. Wat onbeschreven brief-papier, plus mijn vermogen aan de telefoon stemmen te imite-ren. (De Iers-Amerikaanse *blend* van O'Melveny was een mak-kie voor me.) Ik hoefde nergens bang voor te zijn. Bij gebleken miscommunicatie tussen de twee inrichtingen zou niet meteen aan mij gedacht worden. Van de brieven hield ik geen kopieën, maar een schets voor de opzet is bewaard gebleven:

(1) Brief dir. Rheinstrom (CMF) aan dir. O'Melveny (Choreo) met verzoek gevangene X tijdelijk op te nemen na voldoende herstel. Verblijf svp incognito + extra beveiligd. Anonimiteit X door Folsom, S. Quentin niet gegarandeerd. Risico: heb hand-tekening Rheinstrom niet om na te maken. Oefenen: accepta-bele krabbel. Slot: 'U schrijft, belt niet terug. Ik bel u zsm.'

(2) Bel, als dir. Rheinstrom, dir. O'Melveny om verzoek te be-vestigen. Wat vindt O'Melveny? Aandringen. Op gemoed spe-len. Risico: ken stem Rheinstrom niet (O'Melv. waarschijnlijk evenmin: Rheinstr. nieuw). Twee mogelijkheden: (a) Choreo zegt ja; (b) Choreo zegt nee.

(3) Indien (b), dus nee, O'Melveny terug laten bellen om be-sluit te herzien. Brief kan ook: alsnog ja.

(4) Rheinstrom bevestigt O'Melv.'s ja ev. schriftelijk. Dankbaar: O'Melv. kan niet meer terug. Rheinstr. stelt voor gevangene X in Choreo eigen incognito te laten kiezen.

(5) Misverstand blijkt vroeg/laat. Pakt uit hoe? Verdere stappen aanpassen. Hoe dan ook: Cosy Horror.

(Op de achterkant van het vel papier waren tientallen keren de handtekeningen van beide gevangenisdirecteuren uitgeprobeerd – die van O'Melveny duidelijk namaak, die van Rheinstrom een door mij bedachte krabbel, afgeleid van zijn naam.)

Het is allemaal zeer lang geleden. Of ik de stappen van mijn schema in de gegeven volgorde heb uitgevoerd, staat me niet goed meer bij. Ik herinner me de spanning, die ook intens plezier was, bij het imiteren van O'Melveny's grogstem tijdens een telefoongesprek met Rheinstrom. Ik voelde me Peter Sellers die een programma van de BBC in de war stuurde door aan de telefoon een van hun bekendste nieuwslezers na te doen.

'Ja, Mr Rheinstrom,' begon ik met O'Melveny's stem, 'hier met Timothy O'Melveny van Choreo nog even. Ik wil graag terugkomen op die overplaatsing. Bij nader inzien vond ik mezelf wat oncollegiaal door zo stellig te weigeren.'

Ik stelde me voor dat O'Melveny, afgezien van zijn 'koffie plus', drie keer de gang naar het medicijnkastje had gemaakt, en koos daar de juiste toon bij. Zijn tong bracht de eerste tekenen van falen voort. Rheinstrom, nieuw en onzeker, liet zich intimideren door zijn veel ervarener collega. 'Ja, met dat zogenaamde verzoek, Mr O'Melveny, is het wat vreemd gegaan. U had het al eerder over een brief van mij, die...'

'Het is al goed, Mr Rheinstrom,' zei ik. (Met mijn ogen dicht zag ik zijn handtekening in mijn hanenpoten voor me.) 'U kunt hem laten komen. Als het niet zo raar klonk, zou ik zeggen: hij is welkom. Plaats genoeg hier.'

'Maar dan wel op de EBA,' zei Rheinstrom ferm.

'De EBA staat voor hem... open,' zei ik, O'Melveny's omgekeerde oprisping wegdrukkend. 'Dat wil zeggen... u begrijpt wat ik bedoel.'

'Mr O'Melveny, ik ben u zeer dankbaar voor uw generositeit. Ik zal...'

'U handelt het verder met justitie af?'

'O, zeker. Ik bel u nog om een datum voor de overdracht te prikken.'

'Is de gewonde aanspreekbaar?'

'Ja, al zegt hij nog niet veel terug,' zei Rheinstrom.

'Vraagt u hem alvast over een schuilnaam na te denken.'

2

Als ik besloot de baan van bewaker niet te nemen, zou ik het O'Melveny of zijn secretaresse telefonisch laten weten. Anders moest ik me op de afgesproken dag bij de administratie van Choreo melden voor de formaliteiten. Een medische keuring, oppervlakkig voor tijdelijke krachten, volgde dan later.

Ik was zo pienter geweest meteen bij aankomst in Los Angeles een Eagle Pass te kopen, zodat ik opnieuw met een in Nederland ongekende korting de Trailwaysbus naar San Bernardino kon nemen. Hoog te paard keek ik uit over de voorbijschietende stadsflarden, later het wisselende landschap. Cucamonga voorbij, en nog steeds geen idee of ik gevangenbewaarder in Choreo zou worden. Ik had de bus genomen, in plaats van op te bellen, om mijn bedenktijd tot aan de laatste halte te kunnen rekken.

Ook bij het uitstappen had ik natuurlijk nog geen beslissing genomen, want die hing grotendeels af van de komst naar Choreo, straks, van *twee* speciale, extra te beveiligen gevangenen in plaats van alleen die ene. Als het misverstand inmiddels gebleken was, zou de overplaatsing, in feite door mij toegezegd, natuurlijk niet doorgaan. Alles wat ik ondernam, kwam vroeg of laat aan een spinnendraadje te hangen. Van de andere kant... was zulk weefsel niet sterk genoeg om, vers gesponnen, het gewicht van de bungee jumpende spin te dragen? Tot web aaneengeknoopt was het krachtig genoeg om een heel eskader slachtoffers te dragen, plus de hoogpotige kannibaal, die zijn vangnet sneller boette dan het stukgetrokken werd.

Timothy O'Melveny ontving mij dit keer verstrooid – in de war zelfs, hoewel zijn kegel ruikbaar geen verse ingrediënten bevatte en van de vorige avond moest zijn. (Zijn koosnaam, had ik gehoord, was 'Mothy', en dat vertederde me weer aan hem.) Voordat we aan de praat konden raken, werd er op de deur geklopt. Fineer geeft zo'n bijzondere klank, alsof er een stuk papier tussen de knokkel en het hout kleeft. Het was de onderdirecteur, die aan me werd voorgesteld als: 'Harold Bell, adjunct.' (Bijnaam Glass Bell, vanwege zijn gesmoorde stemgeluid, ook dat was me al bekend.)

'Harold,' riep O'Melveny uit, 'heb jij mij binnen de muren van Choreo ooit dronken gezien?'

Glass Bell schuifelde onnadrukkelijk wat achteruit, om een klap met de eikenhouten kegel van zijn meerdere te ontwijken. 'Buiten deze muren evenmin, Sir,' zei de onderdirecteur gedempt als een butler. 'Een gevangene met gegiste fruitschillen op cel krijgt meer alcohol binnen dan u.'

Ik stond op. 'Mr O'Melveny, zal ik op de gang wachten tot na uw bespreking?'

'Nee, blijft u zitten. We gaan het zo over een uniform hebben.' En zich weer tot zijn adjunct wendend: 'Hoe verklaar je dan, Harold, dat ik me niets herinner van een telefoongesprek met de directeur van de CMF? Niets. Geen woord. Mijn kortetermijngeheugen begint aangetast te raken... Wat was het gisteren voor weer?'

'Mr O'Melveny, op uw leeftijd!' Zelfs als het bestraffend moest klinken, leek er een stolp over zijn hoofd te staan. 'Met permissie, Sir, kan het niet zijn dat iemand anders namens u gebeld heeft? Liza?'

'Je hoeft me niet zo te sparen, Harold. Daarnet belde de directeur van Vacaville me... hoe heet hij ook weer... zie je wel... Hij is daar nieuw. Een jonkie.'

'Rheinstrom, Sir. Hij was tot voor kort hoofdbewaker in San Luis Obispo.'

'Tijd voor promotie, Harold. Je krijgt de functie van mijn kortetermijngeheugen erbij.'

'Wie zo hard werkt als u, Sir, kan wel eens een telefoontje vergeten.'

'Ik had Mr Whatshisname eerder deze week al aan de lijn. Hij zat in zijn maag met een gevangene die door een mede-gedetineerde in de hens was gestoken... ja, dat is de CMF, jongen. Uit angst voor nog zo'n aanslag wilde hij wel eens van zijn brandhout af. Of wij de gedoofde fakkel konden opnemen. Ik heb nee gezegd.'

'Lijkt me luid en duidelijk, Sir,' zei de adjunct zacht.

'Goed, daarnet belt Mr Whaddayoucallem... om een datum af te spreken voor het overbrengen van het halfverkoolde geval. Hij beweert bij hoog en bij laag dat ik hem gisteren gebeld heb... waar ik me niets van herinner. Ik zou hem gezegd hebben dat wij ons bedacht hadden, en dat hij z'n aangebrande last in Choreo kon deponeren. Het hele gesprek, Harold, ik zweer het je, is met beleefdheden en al uit mijn geheugen verdwenen. En ik had nauwelijks... ik had niets gedronken, want dat doe ik in functie nooit.'

'Mr O'Melveny, als u mij toestaat... de overplaatsing van gevangenen is toch aan de orde van de dag? Een routinekwestie? Ik vind het helemaal niet vreemd, Sir, dat u het niet meer weet.'

'Dagelijkse routine, ja. Wacht tot je de naam van het verbrande stuk ongeluk hebt gehoord. Ik kan je die nu niet... Mr Agraphiotis, zou u misschien een half minuutje...'

Ik stond op, en ging de deur uit. Op de gang was niemand, zodat ik op de mat bleef staan luisteren. De identiteit van gevangene X werd door de directeur onverstaanbaar aan zijn adjunct overgebracht, maar X was voor mij al sinds de Herengracht geen anonymus meer. Glass Bell deed zijn naam geen eer aan door, inderdaad luid en duidelijk, 'Wat?' te roepen, zonder beleefdheidsvorm. 'De brutaliteit, niet?' zei O'Melveny.

'In Vacaville denken ze zeker dat Choreo een berenkuil is voor onbehandelbare gevallen, die nog beroet zijn ook.'

'Sir, met permissie, ik heb er geen woorden voor.' De adjunct had zijn gewatteerde stem hervonden, maar omdat hij nu direct achter de deur stond, was het voor mij toch wel te verstaan. De klink werd neergedrukt, ik deed zoveel mogelijk stappen achterwaarts, en zag van een afstand Harold Bell ontdaan naar buiten komen. Hij liet de deur aanstaan. 'Mr Agraphiotis, alstublieft.' Meteen achter me kwam de man weer binnen. 'Mr O'Melveny, mag ik ook weten wat u Mr Rheinstrom zojuist heeft geantwoord?'

'Nou, dat het goed is, natuurlijk,' zei de directeur. 'Ik kon niet meer terug. Blijkbaar heb ik in een black-out naar de CMF gebeld om mijn fiat te geven. Het spijt me... ik weet niet wat me bezielde. Laat nou maar komen.'

'U weet, Sir,' zei Bell, 'dat bedoelde gevangene duivelse krachten worden toegedicht? In Folsom deed hij aan hekserij. Hij kan met zijn geest klokken stilzetten. Ik sluit niet uit dat *hij* u die black-out bezorgd heeft.'

'Kom, kom, Harold. Zijn arm zal toch niet helemaal van Noord- naar Zuid-Californië reiken om... om de directeur van Choreo buiten westen te slaan.'

'Vergis u niet, Sir. Een paar maanden geleden was hij te gast in de talkshow van Jeffrey Jaffarian. Die vroeg hem naar zijn duivelskunsten. Hij deed wat trucjes met botjes of stokjes voor de camera. En, vroeg Jaffarian, wat heb je nou voor vreselijke vloek over de wereld uitgesproken? Hij zei: Mr Jaffarian, met dank voor de zendtijd... ik heb draadloos een doodvonnis over u uitgesproken. U weet zelf, Mr O'Melveny, hoeveel talkshows Jeffrey Jaffarian sindsdien nog gemaakt heeft.'

'Nou je 't zegt.'

'Een dag of drie, vier na die ene aflevering gleed hij uit in het bad. Het was een ronde kuip... in een chic bordeel voor televisielui. Ook dat nog... rot voor zijn vrouw en kinderen, die schande. Hoe dan ook, hij ligt nu al precies twaalf weken in coma. Echt niet door de deegrol van mevrouw Jaffarian, Sir.'

'Harold, luister. Als de man mij over een afstand van 450 mijl een black-out weet te bezorgen... een coma voor de duur van een telefoongesprek... en dat allemaal om mij ertoe te brengen hem in Choreo op te nemen, nou, Harold, dan moeten we hem *zeker* hier een cel geven. Hij zal ons geen haar meer krenken.'

'Zoals u wilt, Sir.'

'Als jij nou zometeen met de CMF belt, om de details van de overdracht te regelen, dan bekommer ik me om onze nieuwe kracht Mr Agraphiotis.'

'Mag ik u eraan herinneren, Sir, dat er midden volgende maand nog een problematisch geval op de EBA komt?'

'Help me op weg, Harold.'

'Woodehouse. De gokker.'

3

'U hoort het,' zei de directeur na vertrek van zijn onthutste adjunct. 'Probleemgevallen in aantocht voor onze Extra Beveiligde Afdeling. Jammer dat u nog zo weinig ervaring heeft als bewaker, anders zou ik u daar plaatsen. Beter te beginnen op de afdeling Lichte Gevallen, zoals wij die hier noemen.'

'Mag ik u toch in overweging geven mij op de EBA tewerk te stellen? Ik wil van mijn tijd hier zoveel mogelijk opsteken. Bij lichte gevallen dut ik in. Ik garandeer u dat ik van aanpoten weet. Extra nachtwerk, geen probleem. Als ongetrouwd man ben ik altijd inzetbaar.'

O'Melveny boog zich over de intercom, en vroeg zijn secretaresse om twee koffie. 'En... eh, Liza... *geen* plus.' Toen hij zich weer achterover wierp in zijn leren zetel, ontsnapte er lucht uit de rugleuning, die de vlag rond Jimmy Carter zacht deed bewegen. Hij probeerde zijn vingertoppen tegen elkaar te zetten, als iemand die bedachtzaam wil overkomen, maar ze trilden van elkaar weg. 'Mr Agraphiotis, ik houd van ambitieuze mannen. Dit land is er groot door geworden. Maar weet wat u begint. Choreo mag dan over 't algemeen een rustige gevangenis zijn, op onze EBA zit, net als op alle EBA's, het schuim der natie. Het echte kampioentuig. Over een week of twee... Harold is het nu aan het regelen... het kunnen er ook drie zijn... dan wordt Choreo verblijd met de komst van een grote misdadiger. Zo een die hier eigenlijk niet thuishoort. Enfin, u heeft het gesprek tussen Mr Bell en mij gevolgd.'

'Mag ik dan nu ook weten om wie het gaat?' Op dat moment kwam Liza met haar dienblad binnen. Het viel me op dat O'Melveny met zijn antwoord niet wachtte tot de vrouw weer weg was. 'Scott Maddox,' zei hij, mij recht aankijkend.

'Scott Maddox,' herhaalde ik, de naam langzaam proevend. 'Nee, Mr O'Melveny, dat zegt me niets. Misschien zijn misdaad, dat die een bel doet...' Liza zette een schaaltje marshmellows tussen de koppen koffie in, en verliet geruisloos de ovale kamer.

'Mr Agraphiotis, ik heb mijn collega in Vacaville een halfuur geleden beloofd hier niets over het criminele verleden van zijn gevangene los te laten. Voor de man z'n eigen veiligheid... die van de anderen... *en* die van het personeel.'

'Als het nodig is, kan ik een extra oogje op Mr Maddox houden.'

Vandaag smolten de marshmellows wel meteen weg in O'Melveny's koffie, die hij naar zijn gezicht te oordelen te heet dronk. 'We zouden u de EBA een tijd op proef kunnen laten doen.'

'U zult er geen spijt van krijgen.'

'Het gaat erom dat *u* er geen spijt van krijgt.'

'En de gevangenen?'

'Het is uw taak ervoor te zorgen dat die er wel spijt van krijgen.'

'Mr O'Melveny, ik kan haast niet wachten.'

'In de vacature was sprake van medio december. Als u geen verplichtingen elders meer heeft, stel ik voor dat u de eerste begint.' Hij liet zijn stoel draaien, en raadpleegde een kalender naast de president. 'Dat is aanstaande donderdag. Hoe eerder hoe beter. December wordt voor de EBA een rare maand. Eerst die Maddox. En dan tegen Kerstmis Mr Woodehouse... een geval apart. Zware gokker met astronomische speelschulden. Hij krijgt de EBA als straf *en* bescherming.'

'Ik begrijp het. Schuldeisers en incassobureaus hebben ook hun stromannetjes in de bajes.'

'Zorgt u ervoor dat hij de rekening niet alsnog, aan een mes gespietst, gepresenteerd krijgt. Goed, dan stuur ik u nu naar Mr Bell voor de formaliteiten... als hij tenminste klaar is met Vacaville. Hij zal u doorverwijzen naar de kleermaker. Een mooie titel voor de beheerder van een magazijn vol aftandse padvindersuniformen. Op de EBA wordt u ingewerkt door Ernest Carhartt. Een ouwe rot in het vak. Probeert zelfs de adelaars uit het gebergte nog binnen de muren van Choreo te krijgen.' O'Melveny stond op, en liep om zijn bureau heen. 'Zo, Mr Agraphiotis, dan heb ik u hiermee voor 't laatst Mr Agraphiotis genoemd. Choreaanse bewakers worden met hun voornaam aangesproken. Dus, Spiros, ik zie je donderdag.'

Mothy had tussendoor geen enkele keer zijn medicijnkastje bezocht. Sinds het laatste telefoontje van Rheinstrom was hij een ander leven begonnen. Zijn gedachten stonden in zweet op zijn voorhoofd geschreven: als er via een black-out van de directeur een gevaarlijke gevangene Choreo kon binnendringen, dan was het ook mogelijk een gevaarlijke gevangene via een black-out van de directeur uit Choreo te laten ontsnappen. Geen Glenfiddich meer achter het deurtje met het rode kruis. Alleen nog capsules tarwekiemolie, om het geheugen te wetten.

4

Remo wist dat hij op vrijdag in de isoleer was gegooid, en dat hij er op maandagmorgen zou worden uitgelaten – maar dat was dan ook alles. Ze hadden hem zijn Time Zone van zeven en een halve dollar afgenomen, en zo raakte hij alle gevoel voor tijd kwijt. Hij maakte, zonder drank, een *lost weekend* door. Om de tijd te doden kon hij niet eens iets stukmaken. In de cel, berekend op woede en hysterie, viel niets te slopen. Het Nu was een verplaatsbare gevangenis. Het verleden bestond niet. Hij was in de nauwsluitende cel die het heden was door het verleden gereisd – door een onbestaanbaar landschap dus. Er was nooit iets anders geweest dan het Nu. Beangstigend was alleen dat delen van de reis uit zijn geheugen waren gewist, of vervormd waren geraakt, alsof er alleen nog door helder, rimpelend water naar gekeken kon worden. Toch wist hij zeker dat het altijd hetzelfde Nu was geweest, een onverslijtbaar omhulsel, even strak als de ziel die Aristoteles de mensen als hun vorm toedacht.

Als er nooit iets anders dan het Nu was geweest, en als dat Nu er nog steeds was, dan hoefde hij geen heimwee naar wat voor verleden dan ook te hebben, bestaand of niet-bestaand. Dan was alles, vanaf het begin van het leven, in dat Nu aanwezig, nog steeds, zelfs de doden. Het Nu zou pas op het moment van zijn dood uit elkaar spatten.

Met behulp van de methode-Charrière kon hij nu door het huis rondlopen zonder een kamer of een meubelstuk over te slaan. In het voorbijgaan bestudeerde hij ook de toevallig neergeworpen voorwerpen, die nog niet door Winny op hun plaats waren gelegd. Hij stond ontroerd stil bij takelwagen van de kleine Paul. Er hing een zilveren kerstklok aan.

Remo begon telkens van voren af aan. Op zijn zoveelste ronde was nergens meer speelgoed te zien. Hij stuitte op twee bloedbespatte hutkoffers, die bijna de doorgang naar de hal belemmerden. Hij had ze nooit eerder gezien, net zo min als de schildpadden bril die vlakbij op de vloer lag. Hij draaide zich om: de vlag was terug. Van de plafondbalk hing een wit nylonkoord naar beneden. Niet verder kijken. Hij wist dat aan de andere kant van de bank Sharon een bad nam in haar eigen bloed.

Zo voerde de methode-Charrière hem vandaag steeds terug

naar waar hij niet wilde zijn. Hij merkte dat de dekenpunt niet langer broeierig warm was, maar doordrenkt van afgekoeld kwijl. Zo had Papillon het niet bedoeld. Hij rukte de paardendeken van zijn gezicht, en staarde in de gloeilamp, waaromheen het spinrag bewoog op de afgescheiden hitte. Hij sprong van zijn brits – om zichzelf al ijsberend op andere beelden en gedachten te brengen. Tussen de muren, die zich opnieuw in beweging hadden gezet, werd de liggende acht die hij over de vloer van zijn cel trok steeds kleiner. De claustrofobie speelde landjepik met hem.

5

'Aan de heer Olle Tornij
Amsterdam

Betreft: Vertellingen van 1001 ongelukken

San Bernardino
Rim-of-the-World Motel
zondag 8 januari 1978

Waarde Olle,
    gisteren was ik ervoor gaan zitten je uit te leggen hoe ik er zo toe kwam voor een tijdje gevangenbewaarder te worden. Het gerommel van de ijsmachine op de gang haalde me uit mijn concentratie, zodat de brief onaf is blijven liggen (het fragment gaat hierbij). De moteleigenaar heeft me gisteravond een andere kamer gegeven, zonder ijsblokjesautomaat in de buurt. Ik probeer het opnieuw.
    De Hollandse volksaard is me de afgelopen jaren aardig vertrouwd geworden, maar waar ik moeite mee houd is de vreemde verhouding van de Nederlander tot het getal twaalf. Hij is een decimaal wezen, maar hecht aan het ouderwetse dozijn. Voor de alleenstaande is er het halve dozijn eieren. Als bij jouw dochter Ulrike de borrel verkeerd valt (sorry), zegt ze: 'Van zo

iemand als ik gaan er dertien in een dozijn.' Jouw schoonzoon Geb heeft nu een goede baan bij de supportersvereniging van Adam, maar over zijn verleden hoor je: 'Twaalf ambachten, dertien ongelukken.' Als hij ruzie heeft met zijn vrouw, denkt hij ineens in het groot: 'Van een meid als jij gaan er duizend in het dozijn.'

Als ik zeg: 'Ik had duizend ambachten en duizend en één ongelukken', kom ik in de buurt. Ik heb als tandarts...'

Ik miste nu de ijsautomaat om de schuld te geven van mijn falende pen. Hoe kon ik de brave Olle ook maar een *fractie* van de waarheid omtrent mijn leven onthullen zonder het risico te lopen dat hij zijn kleinzoon voor me in veiligheid ging brengen? Zonder Tibbolt had ik geen toekomst meer. Liever zag ik in de spiegel een heilige huichelaar dan de mensen die ik voor mijn onderneming nodig had van me te vervreemden.

Tandarts? Ik had op de marktpleinen van Europa nog heel andere kunstjes vertoond. Ik was onder meer, en niet precies in die volgorde, koetsier geweest, musicus, gigolo, speculant, lantaarnopsteker, beroepsverstekeling, praktiserend paragnost en computerprogrammeur (dat laatste aan het Massachusetts Institute of Technology, een klus voor de Club van Rome). Het had allemaal mijn eerste beroep niet kunnen doen vergeten. In Nederland had ik mijn besognes als gezinsvoogd tijdelijk opgeschort om in Californië gevangenbewaarder te worden. Het schrijven van horoscopen voor *WorldWide* bleef ik er gewoon bij doen.

Ik had zelf, onder andere namen, geregeld achter de tralies gezeten, valselijk beschuldigd of niet – maar tot het gevangenispersoneel had ik nog nooit behoord. Enigszins verwarrend was het wel. Tijdens mijn vorige verblijf in Los Angeles, eind jaren zestig, was het woord *pig* niet van de lucht. De politieagent was een varken, net als elke vertegenwoordiger van het blanke establishment. Wie als welgesteld zwijn in z'n huis vermoord werd, kon het in eigen bloed op de muur geschreven krijgen: PIG. Nu, in Choreo, golden alle bewakers als varkens. '*Pig...!*' Geen gevangene slingerde het je recht in het gezicht.

Het trof je altijd als een rochel in de nek.

Toen ik de eerste december voor 't eerst in uniform aantrad, voelde het als een zelfopsluiting. Mijn situatie was op z'n minst een heikele. Begin jaren zeventig was ik uit Californië weggevlucht wegens een verkeerd uitgepakte prognose. Om mijn gaven een nieuwe kans te geven, was ik in de stadstaat Randstad Holland aan de slag gegaan. Nu had ik mijn prille, in stilte bloeiende onderneming daar weer in de steek gelaten om me op het gevaarlijke fabrieksterrein met de vervuilde resten van mijn oude bedrijf te wagen. Pogen een mislukking ongedaan te maken kon de mislukking ook vergroten.

Ik vroeg Carhartt, mijn chef, naar de komst van de gewonde Maddox: of er al een datum vastgesteld was. Hij keek om zich heen, of er niemand meeluisterde.

'Het is geheim,' zei hij. 'Maar jou moet ik het wel vertellen, Spiros. Jij moet voorbereid zijn. Luister goed. In Vacaville hebben ze die brandstapelgeschiedenis mooi uit de publiciteit weten te houden. Tot nu toe dan. De brandstichter schijnt in z'n genre een beroemdheid te zijn. Hij heeft zijn vader doodgeknald... die was concentratiekamparts of zo. Het *kan* dus gebeuren dat de pers er toch nog lucht van krijgt. Daarom staat bij CMF in de boeken dat gevangene Maddox op zondag 18 december wordt overgeplaatst. Hij zit dan al sinds vrijdag 9 december hier op de EBA. De nieuwsbrief uit de directiekeet al gezien?' Hij nam een papier uit zijn borstzak, vouwde het open, en las voor: '*Het is de trots van Choreo om gevangene Maddox, die herstellende is van tweede- en derdegraads brandwonden aan gezicht en handen, in een harmonische omgeving het vooruitzicht van een spoedige beterschap te kunnen bieden.* Het is maar dat je weet, Spiros, in wat voor rusthuis je terecht bent gekomen.'

6

Op de negende december, een vrijdag, zat ik aan het eind van de middag met Carhartt en Burdette in de receptie te wachten tot de nieuweling afgeleverd zou worden. Onze bus stond voor de slagboom, neus richting gevangenis. Eerder die dag was er een telefoontje uit Vacaville binnengekomen: dat de overdracht vertraging zou oplopen, want bij de CMF bleek Maddox' dossier zoek. Om kwart over vijf kwam eindelijk het konvooi in zicht. We liepen naar het raam. 'Moet je zien,' riep Burdette uit, 'wat een escorte. En dat voor een aangebraden boef.'

'Scott Maddox,' zei Carhartt. 'Geen grote naam, als je 't mij vraagt.'

'En dan toch al die poeha. In Vacaville zijn ze niks gewend. Ze zouden een dooie nog onder strenge bewaking naar het kerkhof brengen.'

De vijf sedans draaiden niet de parkeerplaats op, maar stopten midden op de asfaltweg. Uit de voorste en achterste auto sprongen politiemannen met karabijnen. Ze stelden zich in twee rijen van acht op tussen het konvooi en de receptiedeur. Uit de middelste auto stapte een agent, die een klein wezen naar buiten hielp. Het had net zo goed een kind met een ingezwachteld hoofd kunnen zijn. Alleen de kromme rug in de CMF-overall gaf de verschijning iets ouwelijks. Zijn handen en voeten waren geboeid met kettingen, losjes om de verbonden polsen, strak om de enkels, die naakt uit mocassins staken. Met een agent voor zich en een achter zich liep de kleine man volkomen op z'n gemak tussen de rijen politiemannen door, alsof hij zijn leven lang niet anders gewend was geweest dan zich met rammelende kettingen langs geveld vuurwapens te bewegen. 'Wist jij, Spiros,' vroeg Carhartt, 'dat het zo'n miezerig bastaardje was?'

'Ik heb de maten er niet bijgeleverd gekregen.'

'Altijd handig voor onze timmerman,' zei Burdette, 'als er een kist gemaakt moet worden.'

Het mannetje werd door zijn twee lichtbewapende begeleiders naar de receptiebalie gebracht, terwijl de rest het kleine gebouw omsingelde. Wij stonden op om het gezelschap te verwelkomen. De gevangene werd aan ons voorgesteld als: Maddox, Scott, en dan zijn CMF-nummer. 'Een dossier kunnen we niet overleggen,' zei een van de agenten. 'De ordners bleken leeg.'

Uit de verbandkluwen ontsnapte een schor grinniklachje. 'De souvenirjagers zijn onder ons, Mr Gates.' De stem, met een accent uit de Midwest, was rauwer dan bij de onaanzienlijke gestalte paste. Lippen werden niet zichtbaar. De zwachtels spleten eenvoudig open. Het leek of hij onbedaarlijk uit zijn mond stonk, wat ons alledrie terug deed deinzen, maar het moesten de brandwonden zijn die we roken, een mengsel van pus en zalf. De agenten waren er blijkbaar al aan gewend.

'Welkom, Mr Maddox,' zei Ernest Carhartt, zonder zijn hand uit te steken. 'Welkom in Choreo.'

Het kereltje loerde met zijn enige vrijgebleven oog, waarvan het wit bijna zwart was van oud bloed, naar mijn chef. 'Wat is dit, Mr Gates?' snauwde hij. 'Een ontvangstcomité? Laten ze me liever een pisbak wijzen. Er is op vijfhonderd mijl maar twee keer gestopt.'

'Bijna, Scott,' zei politieman Gates, 'waren we voorgoed tot stoppen gedwongen.' En zich tot ons wendend: 'Een wegversperring op de 80, net voorbij de afslag Fairfield. We hadden eerst niets door. De stoet was de 12 al op, een verharde binnenweg naar het gat Lodi. Toen we daar de 99 opgegaan waren, kregen we de melding over de boordradio. We reden net voorbij Stockton. De hinderlaag, zeiden ze, was vermomd als wegversmalling bij werkzaamheden.'

'Was er maar in gereden,' gromde Maddox, 'dan had ik tenminste kunnen pissen.'

'De CMF had dunnetjes laten uitlekken,' zei Gates' collega, 'dat er een gevangene van Vacaville naar San Quentin overgebracht zou worden.'

'Een heel ander lek,' zei Carhartt, 'dan ons beloofd was.'

'Daar weten wij niets van,' zei Gates. 'Alleen dat het lek gewerkt heeft. De lui die de wegversperring op de Interstate richting San Francisco hadden opgeworpen, rekenden op een transport naar San Quentin. Zo zeker als wat. Het ging hun neus letterlijk voorbij. De wegversmalling was meteen na de afslag. Ik zag een stoomwals... mannen met helmen eromheen. Die stonden dus niet op de loonlijst van Openbare Werken. Het was net te ver weg om iets van hun verbazing op te vangen. Maar ik had die smoelen wel eens willen zien toen ze onze vijf auto's de 12 op zagen draaien.'

'Ik ken de achtergrond van Mr Maddox niet,' zei Carhartt. 'Maar als zijn reputatie goed is voor zo'n bevrijdingsactie, dan had ik dat als hoofd van de EBA graag vooruit geweten.'

'Mijn reputatie, Mr Carhartt,' grauwde Maddox, 'staat mij niet eens het legen van mijn blaas toe.'

Twee van de agenten met karabijnen werden binnengeroepen om de gevangene naar het toilet achter het kantoortje te brengen. Bij het passeren van het raam dat uitzicht bood op het massieve gevangenisgebouw in de verte, zei Maddox snerpend: 'Moet je zien in wat voor gribus ze me gaan stoppen. Ik ken de naam van dat ding niet eens. Ik weet zelfs niet waar ik ben.'

'Andermaal welkom, Mr Maddox,' riep Burdette hem na, 'in California State Penitentiary Choreo. De parel van San Bernardino.'

'Pakken jullie een vervoer altijd zo grondig aan?' vroeg Carhartt aan Gates. 'Ik zou zeggen: aanlijnen, dat keffertje, en af en toe de poot laten kruisen met een boom. Al dat wapentuig...'

'Nou,' zei Gates' collega, 'we hadden voor hetzelfde geld in die hinderlaag kunnen rijden. De stoomwals lag vol gestolen kalasjnikovs.'

'En de wegwerkers?' vroeg ik.

'Die ontdekten hun vergissing,' zei Gates, 'en waren meteen gevlogen. De helmen, de overalls... het lag allemaal nog op het wegdek.'

Maddox werd teruggebracht naar de wachtruimte bij de balie. Hij beklaagde zich er luid en schor over dat 'die zwijnen' zijn kettingen niet losgemaakt hadden, zodat er urine in de pijp van zijn overall gelopen was, zichtbaar als een stippellijn van natte vlekjes. 'Wij hadden de sleutel niet,' zei de ene agent. En de ander: '*The li'll bastard* piest sowieso als een vies jonge-

394

tje.' Ze namen hun positie buiten voor het raam weer in.

'Mr Gates,' zei Maddox, 'als er een bevrijdingsactie voor me op touw was gezet, had ik het toch moeten weten. Ik lag met een verbrande kop in de ziekenboeg van de CMF. Van niks wetend. De directeur is me daar komen opzoeken. Rheinstrom. Hij zei dat ik op 19 december naar San Quentin zou worden overgeplaatst. Gisteravond kreeg ik te horen dat ik vandaag, de negende, al zou worden teruggebracht naar... naar de hel, Mr Gates.'

'Als jij niet beter wist, Scott, dan dat San Quentin je eindbestemming was,' zei Gates' collega, 'dan is het wel heel frappant dat die stoomwalsers hun wegversperring voorbij onze afslag hadden ingericht. Het kon niet anders of ze wisten dat het transport naar San Francisco ging. Je bent nog geen verdachte in deze zaak, maar er komt zeker een onderzoek. We hoeven je in dit stadium niet op je rechten te wijzen, maar ik raad je nu al aan er verder je mond over te houden.'

'*Anderen* hebben dingen verzwegen,' brieste Maddox. 'Voor mij. Ik wil nu wel eens weten wat ik hier doe, in dit zuidelijke stinkgat. Hoorde ik daar San Bernardino? De stank van Mexico hangt hier over de velden.'

Carhartt las de slijmerige welkomstwoorden uit de nieuwsbrief van O'Melveny voor. Uit de verbandmuts stegen honende geluiden op. 'Goed, gooi me dan maar meteen in de isoleer. Dan heb ik rust. Net als jullie.'

'We hebben een cel voor je,' zei ik, 'op de Extra Beveiligde Afdeling.'

'Kijk maar eens in mijn linkermocassin.' Het bloeddoorlopen oog waarmee hij me aankeek, blikkerde als mica. 'Of daar voldoende reden voor een isoleercel in zit.'

Onder zijn hiel lag het soort buigzaam zaagje dat edelsmeden gebruiken. 'Het was voor San Quentin. Niet om uit te breken. Om bij het fouilleren gevonden te worden. De sleutel tot de isoleer. Nog een bewijs dat ik niet op een stoomwals rekende.'

Het lintzaagje werd door Burdette aan Don Penberthy, ach-

ter de balie, overhandigd om te worden geregistreerd.
'Genoeg mensengezichten voor vandaag. Nu wil ik hier wel
eens een isoleercel vanbinnen zien.'
'Je hebt het zaagje zelf aangegeven,' zei Carhartt. 'Dat
wordt in Choreo niet streng bestraft.'
'Stom. Ik had me moeten laten fouilleren.'
'O, dat gaat zeker nog gebeuren,' zei Burdette. 'Die trucjes
kennen we. Een scheermesje aangeven, en dan een goed verpakt lemmet in de endeldarm mee naar binnen.'
'Alstublieft...' Smekend praten ging Maddox minder goed
af. 'Ik heb aambeien. Een hele tros, rijp voor de pluk. Ze zijn
door die lange rit vast weer gaan bloeden...'

7

Het was nog geen wereldnieuws, zoals destijds de aanslag op
Ford, en van de grote zenders bracht alleen ABC het, maar de
lokale televisiestations gebruikten het als eerste item. Beelden van de wegversmalling die naar een hinderlaag voerde.
Een civiel ingenieur had het over een 'zeer professionele opzet'. Close-ups van de wapens verstopt in de stoomwalscabine.
Aan de rand van de naburige moerassen, die zich ten zuiden
van Suisun City (vlakbij Fairfield) uitstrekten tot aan Grizzly
Bay, waren onbeheerde propellerbootjes op hoge glijders aangetroffen, mogelijk bedoeld voor de vlucht. De naam Scott
Maddox, en dat stelde mijn collega's gerust, kwam in het hele
nieuwsbericht niet voor. De commentaarstem: 'Waarschijnlijk
hadden de overvallers een verkeerde tip uit de California Medical Facility ontvangen. Zij rekenden kennelijk op een gedetineerde die naar San Quentin zou worden overgeplaatst. Bij
navraag van onze redactie bleek dat er alleen een gewonde
gevangene van Vacaville naar Zuid-Californië moest worden
vervoerd. De man was zelfs te ziek, zo werd ons verzekerd, om
bij een eventuele hinderlaag zonder ondersteuning de auto uit
te komen.'

Zo'n stomme nieuwslezer. Als het konvooi rechtdoor was gereden, de fuik in, dan hadden de wegwerkers echt niet gewacht tot Maddox zorgzaam door oom agent uit de limousine werd geholpen. De agenten hadden er ook voor kunnen kiezen de 80 te volgen tot aan de Bay Bridge, om aan de overkant de kustweg naar Los Angeles te nemen. Maar nee, de karavaan was linksaf gegaan, en zo met al zijn kamelen door het oog van de naald gekropen. Er had maar *dit* hoeven gebeuren, en mijn opzet was bij voorbaat naar de knoppen geholpen.

8

Niet alleen door de directeur zelf, tijdens de sollicitatie, was Choreo me afgeschilderd als een rustige, gedisciplineerde gevangenis, ook de meeste bewakers, en veel gedetineerden zelfs, leken het daarover eens – al werd het naar mijn gevoel iets te vaak om strijd geroepen, met soms een dubbelzinnig lachje. Hun mening werd door mijn eerste indrukken bevestigd, maar die waren weer gekleurd door de geringe bezetting van de Extra Beveiligde Afdeling. In dat laatste kwam in mijn tweede week verandering, en niet alleen door de komst van Scott Maddox. Zeker twintig leegstaande cellen op de eerste en tweede verdieping raakten bevolkt door voornamelijk zwarten, chicano's en Mexicaanse vluchtelingen met een strafblad. Van Maddox, die wandelende verbandspoel, viel de etnische afkomst niet te achterhalen. Zelf liet hij er niets over los. De bewakers, die zijn dossier niet konden inzien, hielden het op grond van zijn stemgeluid, overigens zelden te horen, voorzichtig op zwart of negroïde. Nadat in de ziekenboeg van Choreo voor 't eerst zijn zwachtels ververst waren, vroegen ze de verpleegster wat ze onder de windselen had aangetroffen.

'Eén grote ettersoep. Wat doen raskenmerken ertoe, als iemand geen gezicht meer heeft?'

Of het nu aan mijn komst lag, aan die van Maddox, of aan de toevloed van overige nieuwelingen – in de tweede week van mijn werkzaamheden leek er een agressieve atmosfeer de EBA binnen te dringen. Als ik op de verhalen van collega's uit de andere vleugels van Choreo mocht afgaan, gold dat ook, in mindere mate, voor hun afdelingen. *Ineens* was de Arische Broederschap, vroegtijdig ontwaakt uit haar winterslaap, weer actief. Carhartt en Burdette wezen met een beschuldigende vinger naar de eerste van de rij nieuwkomers, Maddox, als vormde zijn verbandgaas een cocon waaruit zich een even schubvleugelig als machtig kwaad aan het ontvouwen was.

'Hoe kan iemand die, volgens jullie, zwart is,' vroeg ik, 'hoe kan die een ingeslapen AB nieuw leven inblazen?'

'Misschien,' zei de altijd wat dommige Carhartt, 'doet hij zich alleen maar negroïde voor. Als misleiding.'

'Hij schijnt in Folsom te hebben gezeten,' zei Alan Burdette, 'en in San Quentin. Frisco, Folsom... dat zijn de hoofdkwartieren van de AB.'

'Uitgesloten,' zei ik.' Zelfs binnen de EBA heeft hij met niemand contact. Hij ontbijt op cel, doucht in z'n eentje, en bij het vegen dat ze 'm nu laten doen, loopt hij in een grote boog om iedereen heen.'

'Die Spiros,' lachte Carhartt. 'Is net anderhalve week hier, en denkt dat wat hij niet ziet ook niet bestaat.'

'Griekse naïviteit,' zei Burdette. 'Vooruit, Spiros. Niet elke drop melk komt van de geit.'

9

'Choreo is voor mij geen vetpot, Olle. Ik ben de laagst ingeschaalde bewaker van de Extr. Bev. Afd. Motel Rim-of-the-World is degelijk in z'n soort en niet belachelijk duur, maar mijn appartement bij jou is er ook nog. Voor *WereldWijd* heb ik in november een hele reeks horoscopen vooruit geschreven, wel tot en met Maagd of zo. De redactie zou op haar beurt alles vooruitbetalen. Ik zie hier geen afschriften, maar als het goed is, staat het volledige bedrag op mijn girorekening. De huur zou met ingang van 1 december automatisch worden afgeschreven. Ik hoop dat het in orde is.

Olle, ik weet het. Als het om Tibbi gaat, krijg ik een soort huilerige jufferigheid over me. Als je hem mee de stad inneemt, ga dan met de tram. Zo'n lange wandeling, dat redden zijn voetjes niet. Als zijn schoentjes toch gaan knellen, trek ze hem dan bij thuiskomst meteen uit. Leg koude kompressen op zijn wreven. Liever nog met ijsblokjes gevulde theedoeken, al gaat hij dan mogelijk schreeuwen. (Neem met Tibbolt altijd lijn 16, dat doe ik ook. Lijn 2 is de hele dag gekraakt door schooljeugd met zwiepende rugtassen. De 16 heeft meestal zitplaatsen vrij, zodat ons jongetje niet in zijn eigen pijn hoeft te staan.)

Te bezorgd, ik? Mijn nachtdienst gaat vanavond om elf uur in. Het is nu pas half acht. Met de bus, die elke twintig minuten gaat, is het maar een klein kwartier naar Choreo. De halte is vlak naast de oprit naar het Rim-of-the-World. Ik heb geen zin de rest van de avond naar het slechte beeld van de kleurentelevisie te gaan zitten staren. In plaats van film krijg je hier een opeenvolging van zwabberende pointillistische schilderijen, gemaakt door een dronken Seurat. Ik *moet* weten hoe het met mijn twee kemphanen in hun isoleercel is. Als ik me vannacht tussen twee rondes in verveel, Olle, voeg ik hier nog een woordje aan toe. Bij jou is het nu diep in de nacht. Als je niet ligt te lezen in *Der Mann ohne Eigenschaften* hoop ik dat de slaap der rechtvaardigen zich over je ontfermd heeft. (Wat een titel trouwens. Als hij niet al vergeven was, had ik hem geclaimd voor mijn autobiografie.)'

10

Straks zou hij kunnen zeggen: 'Zondag de achtste januari van het jaar 1978 is voorbij, en voorgoed voorbij, en zal nooit meer terugkomen, nooit.'

Gezien de omstandigheden, een verblijf in de isoleercel, zou de gedachte meer dan de gewone weemoed kunnen oproepen, en meer dan de gebruikelijke spijt dat hij niet *meer* uit zijn dag had gehaald. De overweging 'ach, het was maar een dag' ging niet op als je het onherroepelijke voorbijgaan van zo'n etmaal op je eigen leven betrok: ook dat zou, via voortgaande cyclische wendingen, onterugvorderbaar opraken.

Duizelingwekkend werd het pas als je die ene particuliere dag zag als parallel lopend aan dezelfde dag van alle aardbewoners. Vier miljard particuliere dagen die, elkaar door tijdsverschil enigszins overlappend, tegelijk hadden plaatsgehad. Samen vormden ze de Werelddag. Vierentwintig uur uit het leven van de aardse geschiedenis.

Remo's persoonlijke dag was via allerlei geluiden, spinsels, geuren, feiten en minigebeurtenissen, zelfs hier in het spinnenhok van Choreo, verbonden met het wereldgebeuren. Hij gaf de mok van zijn bouillon terug aan bewaker Jorgensen, die hem terug naar de keuken bracht om afgewassen te worden. Daar werd hij door een gedetineerde met privileges achterovergedrukt, om op maandag in de werkplaats tot een scherp steekwapen te worden omgesmeed. Met de korte dolk zou dezelfde avond nog een gevangene worden omgebracht. Zijn over het hoofd geziene dag *was* de Werelddag. Zo maakten alle aardbewoners, zonder zich ervan bewust te zijn, onafgebroken deel uit van de wereldgeschiedenis.

'Ziedaar,' mompelde hij, 'hoe wij constant ten prooi zijn aan een grote vermoeidheid, die wij onverklaarbaar noemen. De uitputting laat zich verklaren uit het Atlasgevoel in elke mensennek. Wij dragen, letterlijk dagelijks, de hele wereld op onze schouders. Zonder loon, zonder fooi.'

Het hol nodigde uit tot hardop praten, wat hij in zijn gewone cel zelden bewust gedaan had. 'Hoe lang zit ik nu in Choreo? Een kleine drie weken. Op z'n slechtst nog tien weken te gaan. Dat red ik niet, met het kleine monster zo vlakbij. Tenzij... ik de gelegenheid te baat neem hem de waarheid af te troggelen.'

In meer dan zondagse eenzaamheid probeerde hij zichzelf

voor te houden dat hij een banaal misdadigertje tegenover zich had. Hij moest zich door zo'n lawaaiige kontkrummel niet van streek laten maken... Het verbaasde hem hoe rustig hij van zulke gedachten kon worden. Nee, dit was niet de geweldenaar die in de loop van de jaren tot een duivelse Gulliver in het Land der Lilliputters had kunnen uitgroeien, op uitbreken na in bedwang gehouden door fragiele draadjes aan houten splinters.

En dan was er, in de onbewaakte momenten, opeens weer de walging, die zijn maag omhoog drukte en zijn hersenen tegen de onderkant van zijn schedeldak plette. In zo'n goor lucide ogenblik, dat aan zijn controle ontsnapte, moest hij overgeven, keer op keer – tot er alleen nog zwartschuimige gal uit het diepst van zijn ingewanden kwam.

Hij was het echt.

Nu Remo hetzelfde cellenblok met hem deelde, besefte hij zich in alle voorbije jaren nooit te hebben kunnen voorstellen dat de man ergens in de dampkring de plaats van zijn eigen lichaam innam. Hij was ineens *te* echt... *te* werkelijk. Het was obsceen dat zijn lijf min of meer op dezelfde manier functioneerde als dat van Remo: dat het klopte en ademde, en zich ontlastte.

'Als ik hieruit kom, maak ik hem dood.'

Hij had het zinnetje in zijn afzondering wel honderd keer hardop uitgesproken – eerst sissend van haat, later zichzelf overschreeuwend van twijfel. Maddox had het hem zelf gezegd: er waren gevangenen die wanhopig werden bij de gedachte dat ze niet tot moord op een medegevangene in staat waren. Hun wanhoop was ze aan te zien, en dat maakte ze nou juist tot zo'n weerloze prooi voor de anderen. Remo begreep nu pas wat Maddox bedoeld had.

Op zondagavond werd hij heel rustig. Nu hij toegang had tot het monster zou het een schande zijn het meteen uit de weg te ruimen. Er waren verplichtingen tegenover Sharon, hun kind, hun vrienden. Maddox vermoorden kon altijd nog. Hij wilde het beest, dat stuitend genoeg kon praten als een mens, eerst een paar vraagjes voorleggen. Als hij er genoeg waarheid uitgemolken had, mocht ook het leven eruit vloeien.

Het probleem was: hoe kon hij door zijn walging heen breken, en ooit nog een woord met dat stuk vuil wisselen? Het *moest*. Voor Sharon en hun ongeboren baby. Als hij dan niet in een god geloofde, moest hij de bureaucratische misser die hem met de moordenaar in dezelfde vleugel had doen belanden maar als een vingerwijzing van zijn geliefde zelf opvatten. Hij zou misschien al over een paar weken vrijkomen. Zo'n kans kreeg hij nooit meer – de kans deze Charlie met zijn blote handen te wurgen, net zo min als de kans hem eerst naar zijn vuile beweegredenen achter de officieel goedgekeurde motieven te vragen.

II

Achterin de bus van acht uur zaten twee vrouwen uit het tentenkamp. Bij hun vestiging voor de poort van Choreo had ik ze vrijwel meteen herkend, al waren ze bijna tien jaar ouder dan op de foto's uit de krantenarchieven. Die ene, Sandy, verving natuurlijk Squeaky als plaatsvervangend hoofd van de beweging. Sandy had op de negentiende december het televisie-interview gegeven, met de vioolspelende Gypsy pal achter zich.

Nadat ik een keer te vaak had omgekeken, gingen ze een paar plaatsen voor me zitten. Nu was het hun beurt om over de schouder te loeren. Sandy droeg net zo'n gewaad, met lange puntige capuchon, als Squeaky bij de aanslag op Ford had gedragen. Alleen was dit niet rood maar blauw. 'Wij zijn nonnen van een nieuwe religie,' hadden ze jaren tevoren laten weten. Het werd nooit helemaal duidelijk wat de godsdienst inhield, ook niet uit de verwarde pamfletten die de zusters verspreidden (misschien ging het daar al om Cosy Horror).

Sandy gluurde om de rand van haar capuchon heen. Zelfs met haar voorhoofd in de schaduw bleef het ingebrande kruis tussen haar ogen zichtbaar. Bij Gypsy, die met iets opgejaagd dierlijks in haar donkere blik naar me keek, waren de wenkbrauwen naar elkaar doorgegroeid, zodat moeilijk viel uit te maken of ook zij tot de 'weggekruisten' behoorde. Net als Sandy moest zij in de dertig zijn – eigenlijk te jong voor de zilveren banen die door het zwarte haar liepen.

Nadat ik even naar buiten had gekeken, waar weinig meer te zien was dan buslicht opzuigende nevel, zaten de twee opeens aan de andere kant van het middenpad naast me. 'U doet iets in Choreo,' zei Sandy.

'Voorlopig alleen met de bus ernaartoe gaan.'

'Wij hebben u in uniform gezien,' zei Gypsy zacht.

'U bewaakt Charlie,' wist Sandy.

'Ik heb Johns, Harry's, Andy's op mijn afdeling. Een Winston, een Gordon, een Scott, en een keur aan Mexicaanse namen. Een Charlie is er niet bij.'

'Het ene na het andere verzoek om hem te spreken wordt botweg afgewezen,' zei Sandy. 'Het is onmenselijk. Ik wed dat hij ergens in een kelder ligt, en niet eens weet dat wij aan de poort staan.'

'Jullie zingen anders hard genoeg.'

Sandy deed haar blauwe habijt opzij, en speelde achteloos met het gevest van een dolkmes, dat in een leren foedraal aan haar riem hing. 'Zeg tegen Charlie dat Gypsy en Sandy en de anderen buiten op hem wachten.'

'Leuke kraaltjes op dat handvat. Maar altijd nog minder bedreigend dan een stoomwals vol kalasjnikovs.'

Sandy en ik deden het spelletje wie het eerst de ogen neer zou slaan. Zij hield het lang vol, al begon het kruis op haar voorhoofd door krampachtig gefrons vreemd te golven. De halte Choreo redde haar.

Ik keerde de vrouwen mijn weerloze rug toe, en stapte vlak voor ze uit. Ze volgden me op de voet over de asfaltweg richting receptie. In de mistige verte lag de gevangenis zilvergerand onder z'n lichtmasten. Achter de meeste celramen brandde de lamp nog. Het gebergte ging vanavond helemaal schuil achter kolkende nevels. Ik hoopte het tot aan de slagboom te redden zonder mes tussen mijn schouderbladen.

Vlakbij de receptie en hun kampement maakten mijn belaagsters een rennende beweging om me heen, tot ze voor me stonden. 'Luister goed, Mr Choreo,' zei Sandy, met een hand onder haar gewaad. 'Zorg ervoor dat we hem kunnen bezoeken. Anders komen we *jou* opzoeken. In het Rim-of-the-World.'

Tussen de tenten laaide hoog een vuur op. Rondom hadden zo laat nog kinderen gespeeld, die na het horen van stemmen aan de wegkant kwamen staan: misschien waren Gypsy en Sandy hun moeders. Achter een kogelvrij tralieraam van de receptie zat Don Penberthy op een schrijfmachine te beuken. Ik kon in een paar sprongen bij hem zijn.

'Nee, luister *jij* eens goed, dame. Ik laat me op weg naar mijn werk niet bedreigen door de eerste de beste lompenboerin. Als ik dit binnen vertel, is jullie kamp binnen drie kwartier weggevaagd.'

'Bedreiging, het zou wat,' zei Gypsy. Als ze grijnsde, met ver teruggetrokken lippen, was haar gezicht volledig dat van een dier. 'Er valt niets te bewijzen.'

'Om te beginnen gaat het personeel hier naar kraaltjes zoeken.'

'Heil Charlie!' riep Sandy, over de greppel op de kinderen af springend. 'Heil Cosy Horror!'

'Heil! Heil! Heil!' riepen de kleintjes in koor, lachend.

12

Na mijn eigen weekend in afzondering had ik behoefte aan wat aanspraak met collega's. De late dienst van Alan Burdette zat er bijna op, en hij wilde nog wel 'een laatste koffie op weg naar de definitieve slapeloosheid'.

'En Al, nog kreten uit de isoleer opgevangen?'

'Zorgwekkend gewoon, zo kalm als ze zijn. Hoewel, die Maddox... is die bang voor die andere dreumes of zo? De kleine rotzak heeft vandaag vier, vijf keer aan de knop gehangen. Of hij morgen, en liefst nog langer, in de isloeer mag blijven. Op 't laatst *eiste* hij het zo ongeveer, met z'n driftige rochel-stemmetje. Wat denk je, Spiros... uit elkaar halen, die poetswij-ven? Het gevecht van vrijdag was al eng genoeg.'

'Kom, Al. Een beetje bellenblazen met zeepsop. Laat toch groeien en bloeien, dat ploegje. De twee zijn nu net mooi op elkaar ingespeeld.'

'Zeg dat wel.'

'Het is geen dwangarbeid. Als ze niet met elkaar verder wil-len, houdt alles op. Zo ja...'

Ik had Burdette nog willen vertellen over het busincident, maar hield het verhaal bijtijds voor me. Als het kamp werd op-gedoekt, kon dat binnen Choreo een evenwicht verstoren dat toch al op z'n wankelst was. Ik wenste mijn collega een behou-den rit naar zijn huis in Riverside, en ging in de kleedruimte mijn uniform aantrekken.

13

Die nacht lag Remo lang wakker. Het televisiegezicht van de hoofdcommissaris vervaagde in het donker, maar Duden-whackers smoel met de vijf getatoeëerde tranen lichtte er steeds scherper uit op. Vijfduizend dollar... Was hij zijn vrouw en kind niet nog iets verschuldigd?

Juist toen hij aan het wegzakken was, maakte de lichtbundel van De Griek op zijn rondgang hem weer klaarwakker. Remo wuifde onvriendelijk, alsof hij een vlieg wegjoeg.

Maandag 9 januari 1978

De hoer en de kolonel

I

'Mr Agraphiotis, doe me dit niet aan.' Maddox' rauwe Midweststem was eigenlijk niet op smeken berekend. 'Haal me hier niet uit.'
'Wij doen niet aan verlenging van logies,' zei ik. 'Trek die overall aan.'
'Als jullie wel aan levensverlenging doen,' gromde hij, 'laat me hier dan zitten.'
'Woodehouse is geen harde jongen. Hij zal je echt niet vermoorden.'
'In *elke* gevangene, Mr Agraphiotis, sluimert een moordenaar. Stel dat nou juist ik die in Woodehouse wakker heb gekust...'
'De directeur mag beslissen. Aankleden nou. Voor schoon verband... de zuster is er om zeven uur.'

2

Gevangene Woodehouse sliep zo vast dat hij niet eens wakker werd van de knarsend openschuivende deur. Hij lag in een deken gewikkeld op de stalen brits, zonder matras. Er hing een zoetige stank in de cel. Onder de wasbak een bord onaangeroerd eten van de vorige dag. Irish stew met aardappelpuree. Barstjes in de gestolde saus. 'Half zeven. Goede-morgen.' Ik raakte zacht zijn schouder aan, zoals je dat bij een te wekken logé zou doen. 'Het is gevangene Woodehouse toegestaan de isoleer te verlaten.'

Hij ging kreunend verliggen. 'Wat voor dag is het?'

'Nu al de tel kwijt? Denk eens aan de jongens die drie weken achter elkaar in afzondering zitten. Gewoon, maandag.'

'Ik hoopte,' steunde hij, 'dat het inmiddels dinsdag zou zijn. Dan had ik nu net iets meer dan vierentwintig uur geslapen.' Hij bevond zijn elleboog te zwak, en liet het hoofd weer op de brits zakken. 'De eerste nachten geen oog dichtgedaan.'

'Ik hoorde het van Mr Burdette, ja. Het middel ziet er on-schuldig roze uit, maar op zo'n dosis Pink Starfish slaap je niet lekker.'

'De methode-Charrière hield me wakker. Was u dat dan niet, Mr Agraphiotis, met die lantaarn?'

'Afgelopen nacht wel. Daarvoor had ik twee etmalen ver-plicht vrij. De methode-Charrière?'

'Een uitbraakprocédé via een dekenslip. In die zin was ik er ook twee dagen tussenuit. Oude vrienden gesproken. Do-de ook. Huwelijksplicht vervuld... zonder tegenzin. Ach, laat u mij toch hier, met mijn Charrière.'

'Je bent vanmorgen de tweede al, Woodehouse, die de iso-leer niet uit wil. De Choreaan is asociaal aan het worden.'

'Maddox maakt het niet uit. De bajes is zijn thuis, en bin-nenshuis is hij gesteld op privacy.'

'Ik heb mijn instructies. Douchen, ontbijten, en dan naar de kamer van de dirk. Kom.'

'O'Melveny?' Hij trapte de deken van zich af, en ging op de rand van zijn brits zitten. 'Nog meer uitschijters.'

Ik verbeeldde me zijn gore verdriet te kunnen ruiken. 'Hij wil bekijken of jullie te handhaven zijn. Samen, bedoel ik. Als schoonmaakploeg.'

3

Toen ik met Woodehouse bij O'Melveny's kamer aankwam, ging net de deur open. Tussen twee bewakers in, een voor en een achter, stapte Maddox naar buiten. Al lette ik scherp op, het viel moeilijk uit te maken of de twee gevangenen elkaar aankeken. Er werd geen hoorbare groet gewisseld. Maddox' verband was ververst, en nog smetteloos.

Zoals Remo middenin de hoekig ovale ruimte stond, met tenger afhangende schouders, leek hij nog kleiner dan voorheen. Of liever, hij liet met zijn aanwezigheid het interieur groeien: het bureau, de man erachter, de goudomwonden driekleur, de hamsterwangetjes van president Carter, alles rees en dijde uit, zelfs het web van glasscherven in het portret van ex-president Ford. Ik bleef ter zijde staan.

'Zeg eens, Woodehouse,' begon O'Melveny, hoog en recht in zijn zetel, 'is er een onoplosbaar conflict tussen jou en medegevangene Maddox?'

'Het was een incident, Sir.'

'Voor herhaling vatbaar?'

'Wat mij betreft niet, Sir.'

'Waar ging de herrie over?'

'Religie, Sir. Ik zal het onderwerp niet meer aanroeren.'

'Een gewonde het verband van zijn hoofd trekken,' zei O'Melveny, die een witgouden sigarettenkoker liet openspringen. 'Pus... bloed. Het slachtoffer dat vervolgens de aanvaller probeert te vergiftigen. Kots, troep, verspilling van gevangenisvoorraden. Het is me nogal wat. Hoe nu verder, Woodehouse? Moord en doodslag opties?'

'Sir, ik laat het van medegevangene Maddox afhangen.'

'Gevangene Maddox,' zei O'Melveny, onnodig traag met een sigaret op de weer gesloten koker tikkend, 'laat het van medegevangene Woodehouse afhangen.'

'Sir,' zei Remo, zijn rug rechtend, 'ik wil de samenwerking graag voortzetten, Sir.'

De directeur zoog vuur uit een witgouden aansteker. 'Nog

zo'n handgemeen, en het is over. Laatste godverdomde kans. Agraphiotis, naar de duivel en naar de bezemkast met hem. Ik reken erop dat je er persoonlijk op toeziet dat de voorraad Pink Starfish voor een goeie sopbeurt wordt aangewend... en niet als mondwater.'

Toen ik met de deurklink in de hand nog even omkeek, was van Timothy O'Melveny alleen nog de wolk van zijn laatst uitgeblazen rook te zien – zo'n haast had Mothy om bij zijn eigen op oude sherryfusten gerijpte duivel te komen, in een kast met een rood kruis erop.

4

De heetwaterkraan liep. Omgeven door witte damp was Scott Maddox bezig in de lage wasbak de hard opgedroogde dweilen van vrijdag uit te spoelen. Om het schone verband te sparen had hij gummihandschoenen aangetrokken. Ze pasten niet over de zwachtels, en hingen er met lege vingers zo'n beetje bij. Uit de dweil die slap over zijn handen onder de kraan hing, gulpte een pikzwarte vloeistof, die ook werd opgezogen door de onbedekte windselen rond zijn polsen. Naast de wasbak lagen nog twee dweilen, stijf als grote stukken kroepoek.

Dit was een van de cruciale momenten waar ik, overwerkt en onderbetaald, naartoe geleefd had – en nu het zover was, wist ik me met de situatie niet goed raad. Woodehouse en ik keken elkaar eens aan. Hoewel hij zijn best deed nerveus en gegeneerd te kijken, brandde in zijn ogen een vastberadenheid die ik bij hem niet eerder opgemerkt had. Dan kon ik niet achterblijven. 'Heren, leg het bij, zodat we kunnen overgaan tot de orde van de dag.'

Maddox kwam traag uit zijn hurkzit omhoog, en draaide zich onberekenbaar langzaam om. Het kortgeleden nog kraakheldere hoofdverband was alweer rijkelijk bespat met modderdruppels. Zijn ene vrije oog vonkte blauwig. Met de linkerhand begon hij aan de gummivingers van de rechter te plukken, net zo lang tot de handschoen losschoot met het geluid van een katapult. De zwachtels waren grijs doorweekt. Hij stak de verbonden hand uit. Woodehouse legde de zijne er niet meteen in. Het werd me niet duidelijk of hij aarzelde vanwege de natte windsels, of omdat hij nu wist wat er in het verleden op een sein van die hand was aangericht.

'Sorry, maat, ik wilde je niet vergiftigen,' zei Maddox met een knik van ontroering in zijn stem.

'Wel een erg hardhandige manier,' zei Remo, 'om een collega aan het eind van de middag een aperitief aan te bieden.'

'Ik voelde me Christus op paasochtend, verlost van zijn bandages. Zoiets was wel een drankje waard, dacht ik.'

Het klonk waarschijnlijker stroever dan bedoeld. Zoals altijd wanneer zijn zwachtels verschoond waren, sprak hij moeilijk, bijna als iemand met een hazenlip. Ik had er een keer bij gestaan toen de verpleegster het aangekoekte wondkruim in zijn mondhoeken met een houten tongspatel verwijderde, net zo lang tot er een bruinig mengsel van wondvocht, etter en bloed over zijn kin liep, als vette jus na het kip kluiven. Alleen wanneer hij een van zijn bergredes inzette, trok hij zijn scheur onbekommerd ver open.

'Maddox, Woodehouse, aan de slag,' rondde ik mijn verzoeningspoging af. 'Met de heren in isolatie sneeuwde het stof hier gewoon door.'

Ze lieten de dweilen tot 's middags rusten, en klommen met harde en zachte bezems, plus twee langstelige veegblikken, de gietijzeren trappen op naar de bovenste verdieping. Ik klauterde langs de bewakersladder naar de hoogstgelegen loge, om vandaar uit, in rapporten verdiept, de ontwikkelingen te volgen. Als vanouds (vormden ze wel het radeloze tweetal dat ik voor me dacht te hebben?) begonnen ze ieder in een andere hoek van de Ring met vegen, om zo langzaam naar het uitgangspunt van de ander toe te werken. Pas bij het uitmesten van de geopende cellen zouden ze weer dichter bij elkaar zijn.

In een onderkoelde stemming had ik gezegd: het zou me benieuwen. Uiterlijk de onbewogen cipier voelde ik in me het oude verlangen branden naar een verblindend en onblusbaar conflict tussen rood en groen Bengaals vuur.

5

'Ze praten weer gewoon met elkaar, die twee,' zei Carhartt. 'Alsof er niets is voorgevallen.'
Ik wist wel beter. Het was niet in mijn belang hem uit de droom te helpen. Vanuit onze loge zag de pas de deux van de vegers er idyllisch uit. Op de omliggende muren, onzichtbaar voor lieden als Carhartt, wemelde het van de monsterlijke beelden, voortdurend van vorm veranderende foetussen in blauw en rood – als vroeger bij een lichtshow van Grateful Dead.

6

'Isoleer, Li'll Remo, hoor ik dat goed?' grauwde Maddox met hoorbaar strakgehouden lippen. 'Noem je dat isoleer?'
'De Griek noemt het zo.'
'Dan wil ik de petoet in Griekenland wel eens zien. Isoleer... Krap drie dagen in afzondering, met je warme vreten op de gewone tijden. In Folsom hebben ze me wel eens voor twee volle maanden het hol ingeschopt. Me nog proberen uit te hongeren ook. Eens per dag een mok water... Wel eens een groene marshmellow geproefd?'
'Ze zijn wit of roze.'
'In Folsom schraapten de varkens om beurten hun keel. Zo kwam Charlie aan een uitgelopen groene marshmellow op zijn enige portie drinken van de dag.' Hij verdween in een halfdonkere cel op de tweede verdieping, maar bleef doorpraten.

'Enige maaltijd: een homp brood, net zo rond en hard als een keisteen. Als de honger niet mijn grootste vijand was geweest, had ik hem bewaard, en er een bewaker de hersens mee ingeslagen. Ik at mijn eigen wapen op. De kakkerlakken...'

'Toch iets om af te richten.'

Maddox kwam achterwaarts vegend, stroken cellofaan meesleurend, de gaanderij weer op. 'Niks kakkerlakken africhten. Ik stopte ze tussen mijn brood. Voor het eiwit.'

'In de isoleercel nog zondigen tegen de geboden van het veganisme...'

'Nood breekt wet, Li'll Remo.' Als hij zijn mond onvoldoende kon gebruiken, stootte hij des temeer geluid uit zijn keel. 'Anders had Charlie het niet overleefd.'

'Wat had je misdaan... om eindelijk eens vlees te mogen eten?' Ondanks de grimmigheid van zijn voornemen had hij opgezien tegen de confrontatie met een door de isoleer gelouterde Maddox. Een Maddox die na hun wederzijdse herkenning al te merkbaar had nagedacht over het litteken dat hij door het leven van zijn medegevangene had getrokken: het was meer dan Remo aankon. Beter de goeroe in zijn babbelende waanzin te volgen, en dan onverhoeds *de* vraag stellen. Maar zie, het viel mee – en dat was weer een teleurstelling. 'Als de dominee van Folsom zijn ongelijk had toegegeven, dan... goed, dan had zijn neus nu niet scheef gestaan. We probeerden elkaar de loef af te steken. Wie van ons tweeën kon Jezus' leer in *een* woord vangen? De dominee: "Overgave." Charlie: "Onderwerping." Een wereld van verschil, Li'll Remo. Hij wilde niet naar Charlies argumenten luisteren. Een bloedneus betekent nog geen isoleer. Een gebroken neusbrug wel. In Folsom mocht je niet langer dan een maand in afzondering. Reglement. Ook daar hadden de varkens iets op gevonden. Ze zetten de uitgehongerde Charlie na negenentwintig dagen voor een etmaaltje in een gewone cel.'

Charlie? Maddox was nog steeds Maddox, en met dat verse verband anoniemer dan ooit. Om de eigenlijke zwachtels had de verpleegster beschermende bandages in gebroken wit aangebracht, die ook weer met metalen krammetjes in de onderlaag vastzaten. Het geheel gaf het gezicht nog minder reliëf dan tevoren. De nieuwe windsels lieten oog en mond nauwelijks ruimte. Het hoofd was een massief blok gaas en pleisters. Dit kon nooit de karbonkelogige gek zijn die in de lange isoleeruren voor Remo tot leven was gekomen. En toch, hij was het.

'In die gewone cel kreeg ik drie maaltijden. Alles ging erin. Ook het vlees. Ik overat me. De volgende dag... Charlie kotsend terug het hol in. Voor nog 's negenentwintig dagen.'

'De trek in kakkerlakken... over zeker?'

'Binnen twee weken een uitgestorven diersoort. Na nog eens veertien dagen... het beest Charlie *net* van de hongerdood gered.'

'De wereld herademde.'

7

'Vier dagen niet poetsen,' riep Carhartt in het voorbijgaan, 'en moet je zien wat voor bende.' Hij maaide zich met beide armen door een gordijn van dalend en rijzend stof heen.

'Mr Carhartt,' schreeuwde Maddox terug, 'vanmiddag jagen we Choreo op onkosten... met een sop zoals u nog nooit gezien heeft. Ze zullen hier weten ook wie ze in de isoleer stoppen. De duiven daar boven zullen stikken in het schuim van Pink Starfish.'

De hoofdbewaker stak half groetend zijn vrije hand op. Met de andere hield hij, deels bedekt door zijn uniformjack, het blikken adelaarsei tegen zijn shirt gedrukt. De camera hing aan een riem om zijn hals.

'Acht jaar terug,' mompelde Remo, als voor zichzelf, 'stond er vijfentwintigduizend dollar op jouw hoofd, Scott. Gauw verdiend. Tegenwoordig moet je voor dat bedrag een arend met een kinderwens vangen.'

Maddox graaide met zijn hand in de lucht, die vol hing

413

van blinkend stof, dat zich bij deze lichtval soms als ijzervijlsel voordeed. 'Het sneeuwt hier altijd maar door, Li'll Remo.' Het was niet duidelijk of hij zijn somberheid speelde. 'Gevangenen turven de dagen, de maanden, de jaren van hun straf op de celmuur. Allemaal nieuwe pansfluitjes over weer oude heen. Stompzinnig tijdverdrijf. Voor Charlie staan de uren in gevangenisstof getekend... in zilveren streepjes. Niet te tellen... ze blijven maar vallen. Het stoft hier levenslang.'

'In Folsom, in Vacaville, in Choreo... het stof turft net zo goed de uren, de maanden, de jaren, Scott, die jij al dood had kunnen zijn. Pansfluitjes van de reservetijd.'

'Zo hebben zelfs de nietigste stofjes twee kanten. Kijk naar ons.'

Om zijn blik enig houvast te bieden op het stompe masker nog geen twee meter bij hem vandaan zocht hij Maddox' ene oog. De twee banen verband die het moesten vrijlaten, schoven met hun rafelige zijkant bijna over elkaar heen. Bij een plotselinge wending van het hoofd ('Kijk naar ons') blikkerde daar, uit bloeddoorlopen diepten, voor 't eerst een driehoekje oogwit. Nu het eindelijk tevoorschijn kwam, was het niet langer het oogwit van een neger. Of toch? Hem niet van me afstoten, dacht Remo. Profiteren van zijn verpakte uiterlijk om mijn weerzin eronder te houden. Vertrouwelijkheid herstellen. 'Nou, hoe was jouw weekend, Scott?'

'Tamelijk geïsoleerd, dank u. Hij zette zijn Engelse butlertoontje op, daarbij geholpen door de stijfheid van zijn lippen. 'En het uwe, als ik zo vrij mag zijn?'

'Het isoleerde... mijn denken.'

'Dat is dan dubbel gestraft, Sir. Een aanval op de Rechten van de Mens.'

'Na anderhalve dag maalde alleen nog dat ene door mijn hoofd. Mijn beste voornemen voor het nieuwe jaar.'

'Charlie vermoorden,' gromde Maddox, weer met zijn gewone stem. 'Ik wist het.'

'Een eeuwige vlam ontsteken.'

'Om Charlie te roosteren. Voor eeuwig op de barbecue.'

Een eeuwige vlam, zoals op het graf van de Onbekende Soldaat.'

De twee mannen daalden met hun veeggerei af naar de begane grond, waar de vloer nog sporen droeg van het onafgemaakte karwei eind vorige week. 'Voor wie of wat, Li'll Remo, zo'n eeuwige vlam?'

'De Grote Onbekende.'

'Zo'n vlam is hier al.' Maddox wees op de wasbak aan de overkant. 'Als ik daar de heetwaterkraan opendraai, springt ergens in Choreo een geiser aan. Er brandt dus dag en nacht een vlammetje... ik weet alleen niet waar. En voor wie. De Onbekende Gevangene...'

Om verder te kunnen praten, en toch een bezige indruk te maken, liepen ze als op afspraak naar de bezemkast, om daar wat in te gaan rommelen. 'Ik heb mezelf gezworen, Scott, om zo'n vlam te onderhouden' (hij wierp een spons tegen de achterwand van de kast, en ving hem weer op) 'vanaf het moment dat ze me hier vrijlaten.'

'Hoe? Terug in je poenige varkenskot pak je hamer en spijker... je slaat een lek in de gasleiding... je houdt er een tijdelijk vlammetje bij... je houdt er een eeuwig vlammetje aan over... of een strik in je haar, zoals ik.'

Remo drukte de spons tegen zijn borst. 'De waakvlam hier brandende houden is voldoende.'

'Goed, dan wil ik *nu* weten wie in het graf eronder ligt... of niet ligt. Aan wie het graf, hoe noem je dat, is gewijd.'

'De Onbekende Tragicus.'

'Li'll Remo, ik weet wat soldaten zijn. Ik heb ze zelf aangevoerd. Ik weet wat een gevangene is. Ik ben er zelf een. Ik weet niet wat een *tragedian* is. Misschien ben ik er zelf wel een.'

Tragediedichter. Treurspelschrijver. Remo gaf wat Griekse synoniemen, en vertelde wat over de Griekse tragedie was. Oud nieuws, vond Maddox: de Bijbel stond vol van dat soort verhalen. De blinde Simson, die de pilaren op deugdelijkheid testte, was dat soms geen tragedie? 'Op z'n minst voor de architect,' zei Remo.

'Goed, The Unknown Tragic Magic. Wie, o, wie?'
'Iets minder onbekend, en ik zou weten wie hij was.'
'Wat maakt hem onbekend?'
'Ik wil al je vragen beantwoorden, Scott, maar niet voordat je me gezworen hebt straks antwoord te geven op een knellende vraag van mij. We blijven op bijbels terrein. De talenten uit Matteüs 25:14-18.'
'De onbekende Tragic Magic, wat maakt hem zo onbekend?'
'Griek op de uitkijk,' waarschuwde Remo. Hij trok lukraak een bezem naar zich toe. 'Hij is verbannen naar een onbekend land. En thuis, daar wordt zijn naam nooit meer genoemd.'
'Griek richting trap,' bromde Maddox, die de steel van een veegblik ter hand nam. 'Wat heeft de Tragic Magic misdaan om zijn eigen land uitgegooid te worden?'
'Goed zijn in z'n vak.'
'Het rijmen van tragedies,' snoof Maddox met minachting. 'Hoe kan dat nou een misdaad zijn?'
'Hij was *te* goed.'
'Griek boven trap. Hoe kan een mens *te* goed zijn... menselijkerwijs, bedoel ik?'
'Hij bedierf de competitie.'

8

'Rassenproblemen volop in Choreo, met die heropleving van de Broederschap.' De Griek had halt gehouden bij de twee schoonmakers. 'En uitgerekend jullie discussiëren over vreemdelingenhaat in het Oostblok.'
'Pardon?' Oostblok. Heel even wankelde Remo's incognito. 'Ik ving de term *Ost-Rassismus* op.'
'Misschien speelde mijn accent me parten.' Uitgerekend nu zijn uitheemse afkomst zo te benadrukken: hij had zich de tong af kunnen bijten. 'Ik had het tegen Maddox over ostracisme.'
'Ah,' riep Agraphiotis uit, 'hoor ik daar een echo van de taal

mijner voorvaderen? Ostrakismos! Schervengericht! Referendum in het oude Athene! Geen alledaags onderwerp, heren, in een gevangenis waar alleen lieden zitten die met de Amerikaanse rechtspraak te maken hebben gehad.'

'Helpt u me op weg,' zei Remo. 'Ik probeer mijn vriend Maddox iets aan het verstand te brengen over de wedijver bij uw voorouders.'

'Welkom, Mr Agraphiotis, in het rijk der dwergen,' teemde Maddox met van pijn verwrongen stem. 'Op uw knieën kunt u ons misschien verstaan.'

'Vriendelijk van je, Woodehouse,' zei de bewaker met een buiging, 'om te veronderstellen dat zij de directe voorvaderen zijn van de huidige Grieken, dat stelletje bastaards. De ouden hadden de schurft aan de barbaren. Nooit gedacht natuurlijk dat ze die zelf nog eens zouden voortbrengen. Athene, ooit zo'n trotse stad... na de interne barbarij eeuwenlang vergeten in de zon liggen bleken. Veil voor wie er maar langskwam, te land of ter zee.'

9

Omdat Maddox op enige afstand van ons bleef staan, aarzelde ik om hem bij het gesprek te betrekken. Hij schuifelde soms een halve pas naderbij, als om ook iets in het midden te brengen, maar op mijn uitnodigende blik deinsde hij weer achteruit.

'In deze verrotte eeuw, Woodehouse,' ging ik verder, 'wordt *alles* tot een spelletje teruggebracht.'

'Sportiviteit,' zei Remo. 'Het toverwoord.'

'Voor mijn verre voorouders was de competitie een zaak van uiterst vruchtbare haat. Reken maar dat die haat de vrije teugel kreeg. Die hele wedstrijdcultuur van ze... nauwelijks te onderscheiden van hun oorlogsvoering.'

'Nou, dan noem ik dat een afgang van de geschiedenis, dat de eerzucht op leven en dood in het slop is geraakt.'

Met enkele snelle schuifelpasjes was Maddox bij Woode-house, bij wie hij in het oor fluisterde: 'Ik heb mijn best ge-daan, Li'll Remo. En kijk eens, hier zit ik.'

'Dan valt er voor jou dus iets te herstellen, Woodehouse,' zei ik, de ander negerend, die zich weer snel achterwaarts verwij-derde.

'Om iets uit oude tijden te kunnen repareren, Mr Agraphio-tis, wil ik wel graag iets van de voorgeschiedenis weten. De competitie als halszaak, bestond die al vroeger... in de wereld van Homerus, zal ik maar zeggen?'

'O, ja, maar die homerische heksenketel was nog idyllisch vergeleken met wat eraan voorafging. Toen, daar, in de aarde-donkere voortijd, is de pure lust in de overwinning ontstaan. Niet zomaar in het winnen op punten, nee, de zege werd in op-perste wreedheid gevierd. Vitaliteit op z'n schrikbarendst. Het feestje moest *nu* z'n beslag krijgen, want de volgende keer kon de huidige overwinnaar met zijn gezicht omlaag in het stof lig-gen.'

'De woestijn, Mr Agraphiotis,' riep Maddox met een hand aan zijn mond, 'dat is de ideale worstelmat voor zo'n strijd. De schorpioenen spelen 'm aan de zijlijn na.'

De kleine schooier was vandaag erg onvoorzichtig in zijn uitlatingen. Ik negeerde hem. 'Alles moord en tegenmoord, Woodehouse. Uit die golfslag kwam het Griekse rechtssysteem voort. Vergelding... het hele leven was ervan doortrokken. Het bestaan was nou eenmaal strijd, en dan moest je de zegevie-rende de bloedroes van het moment gunnen.'

'Voor een bewaker,' zei Maddox, weer wat dichterbij, 'legt u wel erg veel begrip voor zo'n slachtpartij aan de dag.'

'De mensen van toen,' ging ik verder, 'verkeerden in de over-tuiging dat ze het allemaal nog verdienden ook... slaag, verne-dering, bloed, dood. Wie moet smeken om z'n leven, bekom-mert zich niet om het rechtvaardige van de snelheid waarmee het zwaard op hem neersuist. Wie leefde, was schuldig. Punt. De latere christenen, die hadden er wat van kunnen opsteken, met hun erfzonde.'

'Jammer dat de christenen niet beter afgekeken hebben,' zei Woodehouse, 'dan had de erfzonde ze misschien wel uitgeroeid. In ons voordeel.'

'Van Jezus afblijven, Li'll Remo,' riep Maddox met overslaande stem.

'In die oudste tijden,' zei ik, 'was het strijd om de strijd. De slachting als wellust... een doel in zichzelf. Later werd het oorlog voeren vruchtbaar gemaakt, als allesdoordringende competitie. Eenmalige overwinning, wisselkampioenschap... dat werd het middel om de stadstaat groot te maken. Hoe tem je een volk tot creativiteit? Mannen in de bloei en de kracht van hun leven... hun vechtersmentaliteit... *die* kanaliseren. De lust in de overwinning aanmoedigen.'

'Helaas, Mr Agraphiotis,' brulde Maddox, 'Choreo is zover nog niet. Hier is het moorden om het moorden.'

'Als er spullen door slijtage niet meer bruikbaar zijn,' zei De Griek, 'meld het dan tijdig bij de bewaking. Dan zorgen wij voor nieuwe.'

In de dweilen, die over lege emmers te drogen hingen, zaten forse gaten, groepsgewijs, zodat ze op de mazen van een visnet leken.

10

Nu Remo besefte niet alleen met Scott Maddox in gesprek te zijn, maar ook met Charlie, begon zijn gebrek aan kennis hem te hinderen. Na de arrestatie van Charlie en zijn volgelingen had hij zich van alle berichtgeving over de zaak zoveel mogelijk afgesloten. Hij gokte erop dat de gevangenisbibliotheek *Hurly Burly* op de plank had, het boek dat de openbare aanklager, Vincent Jacuzzi, over het proces geschreven had, en diende een schriftelijke aanvraag in. De bibliothecaris kwam het hem een halfuur later persoonlijk brengen. Sinds er her en der in het land, door idolate bewonderaars van Charlie, kopieën van zijn moorden waren begaan, compleet met teksten in bloed op het behang, werd *Hurly Burly* in Choreo niet meer zomaar aan iedereen uitgeleend. Remo werd door de bibliothecaris, die ook een keer interessant wilde doen, kort over zijn motieven om het boek te lezen uitgehoord ('toen ik als gokker nog in goeden doen was, had ik een van de slachtoffers als kapper'), en mocht het toen twee weken houden.

Voordat *Hurly Burly* achter het gesloten deurtje van de Choreaanse index verdween, had het heel wat potentiële copycatmoordenaars op ideeën kunnen brengen, want het zag er stukgelezen uit. Het viel vanzelf open bij het tweede fotokatern – en daar zat hij, onbeschermd in de recreatie, oog in oog met een paginagrote foto van de dode Sharon in haar executiebikini. Er stonden meer van die vakantiekiekjes uit het schimmenrijk in. Hij had ze eerder mogen bekijken, in de Los Angeles County Morgue, maar toen was hij erop bedacht. Nu niet.

11

'Zeg eens' – Maddox deed een stap achteruit, eerder een luchtsprongetje van schrik – 'ben jij hier gekomen om kwaad te stichten?'

'Ik ben in Choreo om een psychiatrisch onderzoek te ondergaan.'

Maddox stak een trillende wijsvinger onder het verband uit. 'Ze hebben jou hierheen gestuurd om wraak op Charlie te nemen. Via die ingehuurde krisjnamonnik in Vacaville is het niet helemaal gelukt. Te weinig verfverdunner... Nu is de wreker in hoogst eigen persoon verschenen.'

'Wraak, Scott, wat is wraak? Moordlust die de mazzel heeft zich te kunnen legitimeren met een voorafgaand incident.'

'Dan kom jij aan legitimatie niets tekort.' De angst in zijn stem leek echt, al wist je bij Maddox maar nooit. 'Luister, Li'll Remo, ik onderga hier al de wraak van de samenleving.'

'Vergelding. Geen wraak.'

'Er staat geschreven: "Mij komt de wraak toe *en* de vergelding." Allebei.'

'Vanuit het oogpunt van de maatschappij is wraak onvruchtbaar. Contraproductief, zoals ze tegenwoordig zeggen. Vergelding is betaling... terugvordering... dat past in de economie. De overheid als incassobureau. En dan neemt ze je, bij wijze van bonus of korting, ook nog eens tegen jezelf in bescherming... dat je niet in herhaling vervalt. Daar komt, heel pragmatisch, nog bij dat ze jouw straf gebruikt om criminelen in opleiding af te schrikken.'

'Als er van het feit dat ik in Choreo zit te stinken een afschrikwekkende werking uitgaat, is dat buiten mij om. Voor Charlie betekent de gevangenis: thuiskomen. Het is allang geen veilige haven meer, maar... ik zal nooit meer uitvaren. Ik ben thuis.'

12

'Als het goed is, Scott,' zei Remo, 'hebben we nu pas *echt* een gesprek, jij en ik.'

In een opwelling van grimmige frivoliteit liet Remo zijn poetsgerei vallen, om snelle, wenkende gebaren in Maddox' richting te maken. 'Kom maar op, goeroe... genie... generaal.'

'Nu je dit weet, Li'll Remo...' Maddox' stem klonk opeens mat, niet alleen maar gedempt door het verband. 'Nu het tot je doorgedrongen is, Li'll Remo, wie ik ben... hoe kun je nog met me werken? De jongens hier maken elkaar voor minder koud. Een pakje sigaretten.'

'Ik heb vorige week mijn best gedaan,' zei Remo kalm. 'Zo'n gladde hals als van jou... helemaal glibberig van zalf en etter... die laat zich moeilijk aanvatten.'

'De beste bescherming tegen verwurging, Li'll Remo... jezelf in brand laten steken.'

'Ik beheers mezelf, en heb er reden toe.'

Maddox, achterwaarts voor Remo uit bezemend, begon over zijn volgelinge Squeaky, ook wel Sequoya Squeaky, die hij 'mijn voormalig plaatsvervangster op aarde' noemde – voormalig, omdat ze sinds haar aanslag op president Ford zelf vastzat, en 'nu Sandy als opvolgster had'. Een paar weken na haar mislukte daad kreeg Squeaky in de vrouwengevangenis gezelschap van een minder jeugdige dame, die ook al een poging had gedaan de president neer te schieten.

'Die tweede aanslag,' zei Remo, 'daar zat jij toch ook weer achter? Als politiek activist vanuit de gevangenis...'

'Charlies lange arm, Li'll Remo, reikt niet over de menopauze heen.' Maddox bleef maar ruggelings voor Remo uit vegen, alsof hij bang was een weerlozer kant naar zijn gesprekspartner toe te keren. 'Een oud vel van vijfenveertig... een uitgedroogd lijk van socialistischen huize. Je zou verwachten dat die twee vrouwen elkaar in hun mislukking hadden gevonden. Niks. Vlogen elkaar bij elke gelegenheid in de haren. Letterlijk. Zo jaloers op elkaars... ja, op wat van elkaar? Op elkaars plannetje, denk ik. Al was het dan op niets uitgelopen. Terwijl jij en ik gewoon... nou ja, gewoon... met elkaar praten.'

'Scott, ik vind bij jou niets om jaloers op te zijn.'

'Li'll Remo, alles waarvan ik beschuldigd word...' Maddox bleef midden op de gaanderij stilstaan. 'Alles waarvoor ze me veroordeeld hebben... dat moet voor jou de waarheid zijn. Jij bent van *hun* wereld. Jij gelooft in de rechterlijke macht. Volgens *hun* logica heb ik al die misdaden bevolen. Het ging ook om jouw huis... Hoe kun je dan met me praten?'

'Ze noemen het wel bovenmenselijke krachtsinspanning,' zei Remo. 'Kijk.' Hij zette zijn bezem tegen de muur, en liet zijn vuurrode handpalmen zien. 'Mijn geloof in de rechterlijke macht van Californië, Scott, heeft het afgelopen jaar een aardige knauw gekregen. Ik heb meer dan vroeger de neiging mijn eigen vragen te stellen... mijn eigen conclusies te trekken. Nu ik jou hier tref, door god weet wat voor sadistische ambtenaarsgrap... nu wil ik de gelegenheid wel eens te baat nemen, Scott, om jou over een paar dingetjes uit te horen.'

Remo nam het risico van een afwijzing: hij had Maddox al

leren kennen als een gretig prater, en vermoedde dat de man ook nu zou toehappen – al wist Remo dat hij een heleboel misleidend en verschonend gebral op de koop toe zou moeten nemen. 'Li'll Remo, je zult me niet geloven,' zei Maddox.

'Ligt eraan, Scott. Feit is dat je hier zit. Met levenslang. Elke nuance is welkom.'

13

'I didn't tell Squeaky to take no shot at president Ford.'

14

'Ik denk,' zei Maddox, 'dat Charlie en Li'll Remo elkaar meteen al herkend hadden... ergens in de wriemelende diepte... en dat ze het zichzelf niet durfden toegeven.'

Het veegkarwei was gedaan. De twee schoonmakers stonden bij hun kast te wachten op het wagentje met de lunch, die ze meestal naast elkaar op de trap gezeten nuttigden. 'De diepte had er blijkbaar belang bij de herkenning vast te houden,' zei Remo.

'Geen twee zielen die slechter op elkaar aansluiten.'

'Of te goed juist,' zei Remo, die de walging alweer voelde opschuimen. 'Met een bajonetsluiting.'

Bedoelde diepte mocht bij Remo dan de herkenning hebben tegengewerkt, zij liet het woord bajonetsluiting moeiteloos als een moerasbel naar de oppervlakte los. Remo rilde al bij het uitspreken ervan.

'Goed, Li'll Remo,' kraakte Maddox' stem bijna opgewekt, 'twee kleine mannen doen hun eerste kennismaking over. Nog steeds vermomd, maar nu met de echte namen. Ha, daar is stewardess Scruggs met de lunch van Chorean Airlines.'

Achter bewaker Scruggs schoof het traliehek naar de zij-

423

gang dicht. Hij duwde zo'n gevangeniskarretje vol voedsel maar zonder vering voor zich uit, dat rammelde bij elke oneffenheid, iedere scheur in het granito.

'Wat heeft u ons te bieden, Mr Scruggs?' riep Maddox de dikke bewaker toe.

'Salami op brood.'

'Geen pindakaas voor gevangene Maddox?'

'Witbrood met honing, stond er op mijn lijstje,' hijgde Scruggs.

'Zolang er maar margarine onder zit,' zei Maddox.

'Roomboter, Maddox, komt Choreo alleen binnen via de sandwiches van Mr O'Melveny. Aanpakken.'

Met allebei een pakje brood en een kartonnetje melk in de hand keken de schoonmakers Scruggs na, die achter zijn karretje naar de dienstlift waggelde, waarin het naar de bovenste verdieping zou worden vervoerd, en vandaar telkens weer een verdieping lager. De mannen aten staande, alsof het naast elkaar zitten op een gietijzeren traptrede te intiem voor ze was geworden. Maddox likte eerst de honing rond de korst van zijn boterham weg, maar kon niet verhinderen dat het verband rond de lippen geel en kleverig werd. Remo lette scherp op de teint van Maddox' tong – en niet om te zien of hij ziek was.

'Dat gevangenisalias van je,' zei Remo, zonder trek een hap brood met salami verstouwend, 'dat had van meet af aan iets vertrouwds. Ik ken jouw dossier niet. Help me op weg.'

'Heel simpel. Maddox is de familienaam van mijn moeder. In '34, als weglopertje van vijftien, zestien, kreeg ze mij. Later heeft ze... lukraak, denk ik... een zekere kolonel Scott als mijn vader aangewezen.'

Remo stopte de half opgegeten boterham terug in het zakje. 'De zoon van een kolonel verantwoordelijk voor de dood van een kolonelsdochter?' Hij trok het bindtouwtje van de salami onder zijn tong uit, en kokhalsde.

'Mijn vader was de valse kolonel,' zei Maddox. 'Jouw schoonvader de echte. Al was hij een valse hippie.'

'Dat heb je van anderen,' zei Remo. 'Ergens gelezen misschien.'

'Ik heb je schoonvader op de Strip ontmoet. Hij hing daar de hippie uit. Met lang haar en een baard. Ongeveer zoals jij er nu bij loopt. Hij was alleen een stuk groter...'

'Dan jij.'

'...en hij droeg foute hippiekleren. Veel te veel franje en kralengedoe. De kolonel zwalkte er daas rond, alsof hij aldoor stoned was. Aan de manier waarop hij wazig keek, zag je dat hij niet stoned was, de kolonel.'

'Scott, hoe wist je... nee, kijk me aan met dat ene oog. Hoe kon jij weten dat hij het was?'

Als Maddox kauwde, was het malen van zijn kaken door de zwachtels heen nauwelijks te zien. Alleen het gaas rond zijn mond wapperde wat op de maat van een vlezig bewegende spleet. 'Li'll Remo, ik zat dat najaar van '69 met mijn mensen in Death Valley. Maar ik ben een paar keer in Los Angeles terug geweest. Voor zaken. Op de Strip ging ik dan bij mijn vrienden van de Square Satans langs. Voorzover het nog vrienden waren sinds de inval van de sheriff op Spahn, die zestiende augustus. Ze zaten daar de hele dag op hun motoren te kletsen en te zuipen. Bobby of Danny vertelde me dat de baardmans die al drie keer voorbij was gekomen een nephippie was. Hij hing rond op de Strip om iets over de moord op zijn dochter aan de weet te komen. Ik ben toen maar eens een praatje met de kolonel gaan maken.'

Remo voelde zich nog misselijker worden. 'Mijn schoonvader heeft dus... met de moordenaar van zijn dochter gesproken.'

'Als je me zo blijft noemen, Li'll Remo, hebben wij geen gesprek meer. Hou je aan de feiten.'

'Wat heb je de arme man gezegd?'

'Vergeten,' zei Maddox. 'Ik gaf hem de een of andere duistere tip. Zonder te laten merken dat ik wist wie hij was. De kolonel gaf me een blokje hasj. Als dank.'

'Om zich door jou de verkeerde kant op te laten sturen.'

'Och, Charlie is nooit te beroerd een officier van de Inlichtingen valse inlichtingen te verstrekken. Varkens moet je hoeden met straffe hand. Ze willen altijd een andere richting uit... naar de drek en de wortels en de paddestoelen.'

'Onze zoon,' zei Remo zacht, meer voor zichzelf, 'die hadden we naar hem willen vernoemen.'

'Mijn moeders kolonel had onrein bloed,' gromde Scott. 'Er lag ergens een neger in zijn voorgeslacht te stinken.'

'Dan ben jij... dan heb jij...'

'De klootzak is door de rechter veroordeeld tot wat onderhoudsgeld. Een paar dollar per maand, die hij niet betaald heeft. Kolonel Scott mijn verwekker? Nooit aangetoond.'

'Toch haat je hem.'

'Voor mij, Li'll Remo, was hij de kolonel... van de vijfde colonne.'

'Ach, die van het Kwaad,' zei Remo vermoeid. 'We raken aan de bron.'

'*Dan* had ik misschien nog iets van hem kunnen leren,' riep Maddox heftig uit. Omdat hij het voor zijn geroep niet van plooibare lippen moest hebben, maar van krachtige adempersingen, stootte hij Remo een waaier van fijngekauwd brood in het gezicht. 'Ik bedoel natuurlijk, klein huffertje, de vijfde colonne als... als de wereld van de mannen. De vijandige mannenwereld, die ons leven binnenmarcheerde... dat van ons saampjes. Van mijn moeder en mij. Kolonel Scott was de eerste in een lange rij.'

'Een logische verwekker,' zei Remo. Hij keek loensend langs zijn neus omlaag naar de glinsterende sliertjes broodpap in zijn baard, die leken te bewegen als – nee, nog een keer het beeld van de maden, dat werd hem te veel. Sharon, zie, ik ben met de beste bedoelingen in je onderwereld afgedaald, maar ik kom niet voorbij dit stromannetje van de duivel.

'De kolonel heeft Charlie niet verwekt, Li'll Remo, de kolonel heeft Charlie *mogelijk gemaakt*. Snap je? Als ze me vroeger in het gesticht naar mijn ouwelui vroegen, zei ik: "De kolonel en de hoer." Meer niet.'

'Ze knokten allebei voor hun soldij.'

'Jij bent van de film.' Maddox liet zijn stem tot een raspend gefluister dalen. 'Mickey Rooney in *Boys Town*, dat was ik. Alleen... mijn Boys Town was echt. Van baksteen. Het was alles waar mijn moeder niet was.'

15

Bij de post was een brief van de gebroeders DinoSaur, uit Florence. Op de avond van hun aankomst waren ze, als altijd, de Dom gaan bekijken – die niet alleen de gebruikelijke schijnwerpers op zich gericht had, maar aan de voorkant baadde in het extra koude licht dat ze zo goed kenden. De opname van een filmscène in en rond een telefooncel, die daar anders niet stond. Het was te koud om te blijven wachten tot de acteurs op de set zouden verschijnen. Toen de twee de volgende avond naar hun vaste restaurant aan de Piazza San Spirito liepen, bleek het plein voor een deel met touwen afgezet. Er stond heel wat volk omheen te blauwbekken. 'Mastroianni.' De naam ging van mond tot mond, maar binnen de afzetting waren alleen technici in de weer. Ergens verloren in de avond, met het touw in haar knieholten, stond een jonge, blonde scriptgirl haar papieren door te nemen.

'Mastroianni... Mastroianni.' De acteur werd uit de auto geholpen en naar de trappen van de San Spirito geleid – waar de blondine zich bij hem voegde, zonder paperassen. Verlegen stonden de man en het meisje naast elkaar te wachten tot de rijdende camera in stelling was gebracht. 'Een schoonheid van nog geen zestien,' schreef de tweeling. 'Je zou kapot van haar geweest zijn.'

Misschien om Remo wat op te monteren in zijn cel beschreven ze uitsloverig gedetailleerd de verrichtingen van de jonge actrice. Na het sein tot actie liepen de twee in een onverstaanbare woordenwisseling op de camera af, daarbij een lantaarnpaal passerend, waaronder in een pose van lamlendigheid enkele hippieachtige figuren hurkten. De blondine liet zich op een bank vallen. 'Het was op grootse wijze dat ze ging zitten. Haar lange jeansbenen gingen uit elkaar, en tegelijkertijd sloegen haar handen *in* elkaar, om met verstrengelde vingers tussen haar dijen te vallen. De perfecte wanhoop, met zulke geringe middelen. Gelukkig voor ons moest de scène twaalf keer over.'

Dino en Sauro bleken de regieassistent te kennen, uit Rome. Hij liet de broers de volgende dag, clandestien, wat van de rushes zien, en had daar geen moeite mee: 'De producent, de regisseur, ze geloven niet in hun eigen film.'

Mastroianni met een rode anjer achter zijn oor baltsend in de steriele entourage van een reclamespot. 'Misschien kun jij ons bij gelegenheid uitleggen wat jouw ontdekking Stassja, die zou debuteren in *Cyclone*, in die derderangs flutfilm tegenover Mastroianni deed.'

O, godverdomme, het was die ploert van een agent van haar. Bij elke productie had Remo altijd in het midden van een goed aangelegd web gezeteld. Zijn cel lag ver buiten dat middelpunt. Hij had de dingen niet meer onder controle.

16

'Zo'n geheime identiteit, Scott, die geven ze je niet zomaar.'

'Ze willen rust in de tent. In Folsom leidden de varkens, voor een rotfooi, moordtoeristen langs de tralies van mijn cel. Bezoekers van andere gevangenen, maar ze kwamen voor mij. Zie het beest in kooi 666. Verboden te voeden. De lui verrot schelden had geen zin... teleurstelling als ik het niet had gedaan. Hoe harder ik tekeerging, in des te groteren getale kwamen ze aanzetten. De geüniformeerde zwijnen hadden er een pikzwarte bijverdienste aan.'

'Je zou zeggen... ze hebben je gepakt en levenslang opgesloten. De burger herademt, gaat over tot de orde van de dag, en laat Charlie in vergetelheid wegrotten. Maar nee, ze houden hun haat levend... in de bajes en daarbuiten.'

'Wat de burgers betreft, Li'll Remo... die hebben me, via een jury, de hoogste straf opgelegd. Charlie heeft niet eens aan het gas mogen *ruiken*. Hij bleef op afstand wel de vrouwelijke klieren van hun dochters prikkelen. Het aanmeldingsbureau van The Circle moet de meeste meisjes terugsturen, omdat de organisatie anders te onoverzichtelijk wordt. Ze blijven komen... smeken lid te mogen worden... bieden zich aan voor de meest doldrieste acties, je reinste zelfmoord. Met die kinderen komt het thuis nooit meer goed.'

'Natuurlijk niets vergeleken met de haat van je gevangenismaats...'

'Die haat is tot de tanden gewapend. Ze willen zelf macht over jonge vrouwen. Alle pijn en moeite van de misdaden die ze hebben moeten plegen... en thuis zitten hun bebrilde echtgenotes zich te verbijten. Ze zetten hun bril af, sjorren hun tieten omhoog, en gaan vreemd als een stel loopse vullisbakteven. De jongens in Folsom hadden het allemaal zelf moeten opknappen... de thermische lans, de thermische dolk, de thermische kogel. Het hele handwerk. Alles. Charlie had daar zijn personeel voor. Dat steekt.'

17

'Het noemen van Charlies naam,' gromde Maddox, terwijl hij het bezoedelde gaas wat beter rond zijn mond schikte, 'is voldoende om het boek van zijn misdaden open te laten gaan. Alles staat erin. Van Hurly Burly tot Hurdy Gurdy. Met plaatjes en al. Maar van Little Remo's barmhartige werken, Li'll Remo, weet Charlie nog weinig af. Het dossier-Woodehouse... eerste pagina graag.'

'Van een vriend, een acteur, die *wel* regelmatig op de publieke tribune te vinden was, weet ik dat jij een tijdlang je eigen verdediging gevoerd hebt, Scott. Als het goed is, mag je dan met je neus in alle dossiers. Ga me nou niet vertellen dat je toen mijn armzalige biografietje niet tegengekomen bent.'

'Het is jaren geleden, Li'll Remo, dat ik mijn eigen advocaat was.' Met een gewatteerde hand aan zijn voorhoofd dacht Maddox na, of hij veinsde dat te doen. 'Geboren in het jaar... waarin het Duizendjarig Rijk begon.'

'Het zal mijn lot wel geweest zijn ermee vergroeid te raken. Als jongetje het getto... de onderduik. Nu zit ik opgesloten tussen de Arische Broeders, en schrob ik hun stront uit de pot samen met nog zo'n bewonderaar van Hitler. Nee, met mijn geboortejaar zit het wel goed.'

'Een Duizendjarig Rijk overleven,' zei Maddox, 'is meer dan de meesten kunnen zeggen. En jouw familie vluchtte de ellende nog wel tegemoet... van Parijs naar Polen... recht in de armen van...'

'Geen wonder, Scott, dat ze jou in 1970 je eigen verdediging afgenomen hebben. Met een beetje dossierkennis had je geweten dat mijn moeder... Nee. Laat ik haar nagedachtenis niet bezoedelen door haar aan jouw arische hoon bloot te stellen. Zulke hoon is altijd giftiger naarmate de hoonlacher minder zuiver arisch is.'

'Doe Russisch, Pools en joods bloed in de cocktailshaker,' zei Maddox met de stem van een televisiekok, 'en men krijgt Little Remo. Een cocktail van Russisch, Hongaars en joods zigeunerbloed, en men heeft een Gypsy. Ook van Parijs, mijn Gypsy. Uit net zo'n hoog cultureel milieu als jij. Niemand krast virtuozer op de viool dan zij. Waar is jouw viool, Li'll Remo? Ik mis Gypsy om mee te jammen.'

'Ze speelt hier elke avond aan de poort,' zei Remo. 'Geen antwoord van jouw gitaar.'

'Joods, Russisch, Pools,' herhaalde Maddox. 'Weinig Amerikanen zullen *geen* hekel aan je hebben.'

'Reken daarbij mijn leefwijze, die door jouw mensen destijds zo dapper aan de kaak is gesteld. De orgieën. De zwarte magie. De pillenfestijnen...'

'Reken daarbij, Li'll Remo, het spelen met dertienjarig grut.'

18

'Met namen uit de bladen heb ik niets,' brieste Maddox. 'Ik blijf jou Remo noemen. Li'll Remo Woodehouse. Voor jou ben ik Charlie. Zolang je het maar niet over de afdeling roept.'

'Laat mij maar Scott zeggen,' zei Remo, en hij dacht: het ventje hier voor me kan altijd nog een bewonderaar van Charlie zijn. Zo een die griezelig veel van zijn idool en voorbeeld weet, en bij wie de vereenzelviging te ver is doorgeslagen. Als Charlies copycat net zo veel antwoorden in pacht als de echte Charlie in bezit heeft, geef mij dan de copycat. Ik zal het langer met mijn vragen bij hem uithouden, en hij krijgt meer overlevingskansen. 'Zolang jij Scott voor me bent, Scott, red ik het wel. Dat gevecht vorige week... naakter kunnen we niet tegenover elkaar komen te staan. Laat die schuilnamen een laatste vijgenblaadje vormen.' En hij dacht: dat vijgenblaadje, Scott, zou wel eens je reddende pantser kunnen zijn – een toque niet alleen voor je ballen, ook voor je kloppende hart.

'Ik noem jou Remo. Jij noemt mij Scott. Charlie kan zichzelf alleen Charlie noemen.'

'Zo zul je je vroeg of laat tegenover het varkensdom verraden,' zei Remo. 'Net als afgelopen donderdag tegenover mij.'

'Charlie,' zei Maddox, 'had het Amerikaanse volk geen grotere dienst kunnen bewijzen dan Charlie te heten.'

Hij liet zijn blik aftastend van onder naar boven langs de loges gaan, zag geen varkenssnuiten, en sprong op blote voeten in de wasbak – blijkbaar om een podium te hebben, want hij spreidde Messiaans de armen, en zette zijn stormachtigste bergredenaarsstem op. 'Vijand in de zwartste jaren van Vietnam, dat was Charlie. Charlie... alles wat in de bosjes ritselde... wat net beneden de napalmdampen over de oerwoudgrond kroop, dat was Charlie. Charlie was het gevaar. Het lange mechanische gegrinnik, Li'll Remo, waarmee in Saigon een lijkenzak werd dichtgeritst... ook dat was Charlie. Charlie: de pooier van honderdduizend spleetoogkutjes. Een communistische druiper... allemaal Charlie.'

De gewonde mondhoeken zaten hem nog hoorbaar in de weg, maar zijn stem loeide op uit een woedende keel. 'Het ging steeds slechter daar in Vietnam. Al moest gezegd... de export van welgevulde lijkenzakken, die bloeide. En toen, Li'll Remo, kwam de redding. In eigen land. Toen stond, binnen de eigen muren, een andere Charlie op... en dat was ik. De Vietcong in z'n eentje. Een Vietcong voor gebruik thuis. De Charlie van Noord-Vietnam stuurde volle body bags naar Amerika. Met de groeten van Ho Chi Minh. De Vietcong-Charlie maakte jullie zonen weg. De Charlie van Haight-Ashbury roofde jullie dochters. Dat wil zeggen... hij raapte wat ondervoede weglopertjes bij elkaar. Een Charlie in eigen huis, beste Choreanen,' (Maddox strekte zijn grauwwitte berenklauwen uit naar de hogere verdiepingen van de Ring, maar zijn enige publiek bleef Remo) 'het Amerikaanse volk had niet dankbaarder kunnen zijn. De ouders van al die lijkenzakken, eindelijk konden ze hun eigen, kleine Charlie omsingelen en' (denkbeeldig gehanteerd zoutvaatje) 'met napalm besprenkelen. De Charlie uit de rimboe rond Spahn's Movie Ranch had van hun dochters Vietcongsoldaten gemaakt. Met Buckmessen. Met een Hi Standard *nine shot* Longhorn .22 Buntline. Met een machinepistool in Gypsy's vioolkist... Dus moest deze eenkoppige Charlie, Fifth Column Charlie, de gaskamer krijgen, voor de gelegenheid gevuld, Li'll Remo, met huisgemaakte napalm. Voor de napalm maakte het geen verschil... het kamertje was groen. *What's in a name?* vroeg Shakespeare zich in een stomme bui af. Alles, Shakespeare! Alles! Luister naar Charlie! Het draait allemaal om de naam! Als Charlie door *iets* ter dood veroordeeld werd, dan door zijn eigen voornaam, die' (hier knerste een snik in het diepst van de verbandkluwen) 'zijn moedertje van vijftien voor hem bedacht had. Amen.'

Maddox stapte uit de wasbak, veegde zijn natte voetzolen aan de overallpijpen af, en schoof zijn tenen in de Choreaanse slippers.

'Als ik hier onder mijn eigen naam binnen was gekomen, Li'll Remo,' zei Maddox driftig, 'dan, ik weet niet... een lik pus van mijn krisjnastigma's had dan op de wolven hier de uitwerking van een druppel bloed gehad. In Choreo scharrelen al genoeg tatoetranen-op-pootjes rond.'

'Voor je eigen veiligheid, ja, zo'n schuilnaam,' zei Remo, 'dat snap ik. Het geldt voor mij ook. Maar... waarom Scott Maddox?'

'Een zoon heet naar zijn ouders, niet?'

'Juist daarom. Waarom zo doorzichtig? Ik kwam de namen vanmorgen in het boek van Jacuzzi tegen. Scotty, zo noemde je moeder haar kolonel. Ik weet nu alles. Anderen hebben het ook gelezen.'

'Het was mijn manier, Li'll Remo,' zei Maddox hees, 'om met mijn moeders naam het lot te tarten. In dat lor van Jacuzzi heb ik zelfs nooit gespuugd, laat staan gelezen. Ja, Charlie weet ongeveer wat erin staat. Het gaat over Charlie... over zijn rechtszaak. Maar van mijn moeder had Jacuzzi af moeten blijven.'

'Opvallend,' zei Remo, 'dat je de achternaam van je vader als voornaam hebt gekozen... en je moeders achternaam als eigen achternaam.'

'*Mom*'s naam is het enig ware echtheidscertificaat.' En weer was er die korte keelklank van ontroering in zijn stem. 'Voordat je mijn identiteit aan de grote klok hangt, Li'll Remo, denk aan haar.'

'O ja, reken maar dat ik aan *haar* zal denken.'

'Mijn moeder, Li'll Remo, mijn moeder.' Alleen een natuurlijke rauwheid belette Maddox' stem smekend te klinken. 'Als je mij vanavond verraadt, ben ik morgen een lijk.'

'Sinds wanneer kijkt Charlie op een lijk meer of minder?'

'Een lijk meer of minder, daar kijkt de grote filmmaker ook niet op.'

'Scott, ik heb het patent op het echtst lijkende bloed uit de hele filmgeschiedenis. Ik wed dat het echter lijkt dan het bloed dat jij hebt laten vloeien. En dat is nou precies het probleem... en het verschil tussen jou en mij.'

'Consumptiegruwelen op celluloid,' gromde Maddox. 'Jij met je snoepwinkeltje.'

'Jij met je slagerij. Als *jij* in die amusementswereld aan de bak had kunnen komen, was je gehaktmolen schoon gebleven.'

20

Terug in de cel liet hij zich, terwijl de deur nog achter hem aan het dichtschuiven was, op zijn knieën vallen – niet alleen van uitputting. Ja, hij was ten dode toe vermoeid: van het interesse veinzen, van het zich tot het uiterste beheersen, van de urenlange dans met Maddox rond een open wond. Het was in de eerste plaats een knielen voor de portrettengalerij van Sharon, met houten tandenstokers op de zachtboardplaat vastgeprikt. Remo trok een paar van de houten pinnen los, en draaide haar mooiste foto om, zodat hij haar in het gezicht kon kijken. Hij vroeg haar vergiffenis: voor zijn omgang, een dag lang, met het monstermannetje dat haar ondergang gelast had. Zomaar stilzwijgend had hij aangenomen (een andere communicatie was er niet) dat zij net als hij de voorrang gaf aan waarheid boven wraakneming. Hij beschouwde het als zijn plicht *eerst* de openstaande vragen te vereffenen, en dan pas de openstaande rekeningen.

'Als ik het mis heb, liefste... als ik hem van jou in een eerste rode opwelling had moeten kelen, vergeef me dan mijn halfhartigheid.'

Hij trok aan tandenstokers, en draaide meer portretten om. Zijn geknielde houding maakte dat de overall strak over zijn rug spande, vooral wanneer hij ook nog het hoofd boog. Om het snijden van de stof tussen zijn schouderbladen minder te maken rechtte hij zijn bovenlichaam. Hij liet zijn ogen langs

434

de foto's gaan. Op de eerste was Sharon een halfjaar oud. Een staatsieportret van Miss Tiny Tot of Dallas 1943. Het cowboymeisje uit Texas, dat haar eigen schoonheid niet wilde kennen, was veroordeeld tot de spotlights. Haar vader, een beroepsmilitair, was nu eens hier gelegerd, dan weer daar. Het gezin volgde hem de Amerikaanse bases langs, en daarmee de domeinen van de schoonheidskoninginnen. Moeder voerde haar eigen strijd om het gezin status te geven. In Texas stuurde ze haar wolkig fotogenieke dochtertje, nog geen halfjaar oud, in voor de uitverkiezing van Mooiste Baby. En ze *werd* het: Miss Tiny Tot of Dallas.

(Moeder Doris bereidde een optreden voor bij de *parole hearings* van de moordenaars later dit jaar. Er moest tot elke prijs worden voorkomen dat de duivels en duivelinnen die haar dochter en kleinzoon hadden weggemaakt voorwaardelijk op vrije voeten zouden worden gesteld. Hij keek naar de foto waar Sharon, in Italië, met haar moeder op stond. 'Vergiffenis, Doris, dat ik hier in Choreo zit, omdat ik... nou ja, mijn waardigheid als weduwnaar niet kende. Ik had nu samen met jou moeten strijden tegen vervroegde vrijlating van het Kwaad Puur. Beschouw me, lieve Doris, als jouw persoonlijke Vijfde Colonne in Choreo. Ik kan er het mijne toe bijdragen het al danig verschroeide oppermonster verder in het nauw te drijven. Ik zal ervoor zorgen dat het niet levend z'n kooi verlaat. In der eeuwigheid niet. Beloofd, bij deze. Nee: gezworen.')

De spotlights zouden van nu af aan hooguit nog knipperen tussen twee Missverkiezingen door. Overal waar het gezin was neergestreken en vader promotie had gemaakt, liet Sharon een nieuw koninkrijk achter. Ze werd gekroond tot Miss Richmore in Washington DC, tot Miss Lauderdale (met laurierkrans) in Florida, en tot Miss Houston, in Texas weer – allemaal nog voor haar zeventiende. Haar gouden schoonheid won zilveren bekers, ze straalde gepast, maar snappen deed ze er niets van. Misschien beschouwde ze het als haar plicht van oudste dochter, met extra verantwoordelijkheid wegens een afwezige vader, om al die luidruchtige wedstrijden af te sjokken. De zijden sjerp glad en koel rond haar blote schouder – het werd een vertrouwd gevoel voor haar, al wende het nooit. De laurierkransen, groot als hoepels, deden haar met hun zwart bedrukte linten (MISS PICKEREL OF LAKE TAHOE) aan statige begrafenissen met hoge zijen denken. Het koper schalde. De cheerleader liet vierentwintig glittermoffen rond twaalf paar polsen rondtollen. Sharon bleef glimlachen. In het feestlicht na de spotlights leken haar ogen, al zo geroemd in het juryrapport, nog groter te worden. Over haar zilverig blauwe badpak dwarrelde de schaduw van vers afgeschoten confetti.

Remo had de glazen trofeeënkast gezien, bij haar ouders thuis. Op de bodem van zo'n wedstrijdbeker bleef soms een miniem plasje champagne achter. Niemand die eraan dacht het weg te poetsen. Onder een dekseltje droogde het restje wijn nooit helemaal op. Het werd schimmelig. Lichtgroen dons op een kelkbodem die al zwart begon te worden.

21

Niemand vroeg Remo ooit nog hoe hij haar had leren kennen. Het had in tal van interviews gestaan – met hem, met haar, met ze samen. Iedereen wist ervan. Het was filmgeschiedenis. Dat er zoveel varianten op het verhaal de ronde deden, vaak nog tegenstrijdig ook, daaraan werd voor 't gemak voorbijgegaan. Na Sharons dood, toen haar necrologie in overeenstemming gebracht moest worden met de geruchten, werden de verschillende versies van hun kennismaking nog doldriester, met de herenkapper in de rol van hoorndrager en toekomstig wreker. Als hij alle aangekoekte nonsens van de gebeurtenis bikte, hield hij weinig spectaculairs over. De blauwe plek op zijn heup. Een driearmige kandelaar met twee kaarsen. Het masker van graaf Dracula. Veel meer kon hij er niet van maken.

En toch, het was het gouden scharnier van zijn leven.

In zijn cel rees de gestalte van Andrew Romsomoff voor hem op, hoofd van Blush Movies Inc., waar televisieseries als *Petticoat Crossroad*, *The Beverly Beavers* en *Mr Bit*, *The Counting Horse* geproduceerd werden. Romsomoff was zo'n te snel rijk geworden filmbons die nog geen tijd had gevonden af te rekenen met zijn slordige gewoontes uit de tijd van het eeuwige sappelen. Vormeloze jasjes schikten zich al twintig jaar naar zijn uitdijende gestalte. Nooit een das. Het zitvlak van altijd dezelfde broek had zich in zijn directeurszetel tot een spiegel gewreven, en toonde dat trots via een diep uitgezakt kruis. De asbakken in zijn kamer, groot als dekschalen, waren zo vol sigarenas, half verkoolde spaanders en verkruimelde peuken dat zijn vier katten er hun gevoeg in deden.

Andrew Romsomoff produceerde ook speelfilms, en zo was hij in contact gekomen met Remo, die voor hem een hoogstaande parodie op het horrorgenre wilde maken, *The Vampire Destroyers*. Ze troffen elkaar in het Londense restaurant Alvaro. Later, in een interview, herinnerde Romsomoff zich de ontmoeting zo: 'Ik had nooit een foto van het bastaardje gezien. Zijn reputatie als *artyfarty* kunstfilmer was hem vooruitgesneld, dus ik zat aan mijn tafel uit te kijken naar een of andere filmhuisboer... een baardmans met een coltrui... Verschijnt daar een kleine, lawaaiige Beatle in een velours glitterpak van Oxford Street. Met wapperende bakkebaarden.'

Het gesprek kwam algauw op de ideale actrice voor de vrouwelijke hoofdrol. Remo dacht aan Rebekah Rutherford. 'Ze heeft zo'n volbloed hals. Het is vragen om de slagtanden van een vampier.'

'Bloedvol, zeggen wij in Amerika... of doorbloed.' De producent had nog iets heel moois achter de hand. Kauwend op zijn sigaar vertelde Romsomoff over de dag dat hij, om toch een keer zijn gezicht te laten zien, de set van *Mr Bit*, *The Counting Horse* op was gelopen. Ze had een bijrolletje als winkeljuf met een defecte kassa. Mr Bit, buiten de zaak aan de balustrade vastgebonden, moest met schrapende hoef het telwerk voor haar doen. Romsomoff wachtte haar acteerprestaties niet eens af, nam bij hoge uitzondering de sigaar uit zijn mond, en blafte om een contract. 'Haal mijn advocaat hierheen! Laat de vader van dat meisje komen! Haar moeder! Haar voogd!'

Zo kwam Sharon onder de hoede van oompje Romsomoff, die haar verbood nog langer zulke onnozele rolletjes op zich te nemen, en haar op zijn zak acteerlessen liet volgen aan het Strasberg Institute – tot de tijd rijp was voor De Lancering.

'Het moment is daar,' riep Romsomoff, en door de kracht van zijn stem woeien de kaarsen op tafel uit. 'Zij wordt het badverslaafde meisje in *The Vampire Destroyers*.'

Remo schudde zijn hoofd. Hij hield vast aan het doorbloede vampiersvoer van Rebekah Rutherford.

'Neem mijn oogappel op z'n minst een keer mee uit eten.' De producent liet zijn hoofd in de smekende hondenkopstand zakken, waardoor een grote kegel van zijn sigaar op het damast viel. Hij probeerde de as met een geplastificeerde dessertkaart op te scheppen, maar walste de vuiligheid alleen maar verder uit. 'Je zult geen hap door je keel kunnen krijgen.'

En zo zat Remo een paar avonden later in hetzelfde restaurant tegenover het honingblonde, beledigend mooie protégeetje van Andrew Romsomoff. Hij schatte haar op zestien. Ze zag eruit als vroegrijp veertien. (Later bleek ze zelfs de twintig voorbij, maar dat maakte toen al geen verschil meer.) Het waren de plakwimpers, dacht hij, die haar ouder deden lijken. Het jurkje, zelfs voor een mini te kort, verried dat ze nog in de groei was (helaas, want ze was nu al bijna een hoofd groter dan hij): die gladde benen, waarvan het honingdons zorgvuldig verwijderd was, hadden haar de laatste tijd weer verder de hoogte in geduwd.

Hij kreeg gedurende de hele maaltijd geen hap zijn keel door en geen woord zijn mond uit. Tot halverwege het hoofdgerecht nam het meisje dapper het gebabbel voor haar rekening. Zoals alle in Londen gevestigde Amerikaanse starlets probeerde ze zich een Britse spreekwijze aan te meten, maar in de ondertonen bleef een licht zangerig Texaans meeklinken. Remo's botte zwijgen, dat Sharon als inschattende afkeuring onderging, maakte haar op den duur zo onzeker dat ze zelf haar mond hield. Ze voelde zich net zo'n stuk vlees als de biefstuk onder haar vork – nee, van lager allooi nog, want de lap op haar bord had ooit het stempel van de keurmeester gekregen, en zij zat daar nog met gebogen hoofd op te wachten.

Steeds vaker legde ze haar bestek neer, om dan een lange nagel naar haar mond te brengen. Ze deed haar best er niet in te bijten. Hij vermoedde afgekloven nagels onder de valse, en besliste tijdens het dessert (aan beide kanten onaangeroerd) dat het binnen de kortste keren afgelopen moest zijn met dat neurotische geknaag en geknabbel. Dat er zo duidelijk, bijna voelbaar aan een vochtig warme uitwaseming, een *mens* in de bimbo school, daar had hij nog het meest de pest over in.

Haar appartement was bij hem om de hoek. Hij bracht haar zwijgend naar huis, en zonder een woord, met hooguit een getroebleerde blik, namen ze afscheid. In de wanhopige hoop ten minste *iets* tegen haar te kunnen zeggen, belde hij Romsomoff om een nieuwe eetafspraak met haar voor hem te regelen, weer bij Alvaro. Nu zat ook de spraak van het meisje al vanaf het aperitief op slot, en er werden gedurende de hele maaltijd, zelfs tot merkbaar ongemak van de obers, zegge en schrijve vier woorden gewisseld, of eigenlijk maar twee. 'Wijn goed?' 'Wijn goed.'

Er moest iets gebeuren. Zo kon het niet langer. Zwijgend naast haar voortlopend over Eden Square, waaraan zijn huis lag, sloeg hij zo onverhoeds zijn armen om haar heen dat ze allebei, zij bovenop hem, tegen het trottoir smakten. Hij kwam met zijn heup op een geribbeld putdeksel terecht, en kon zich van de pijn niet meer bewegen. Sharon wel: ze krabbelde overeind, gaf hem met haar tas een harde klap op het hoofd, en daar ging ze, de donkere zijstraat in. Verkeken kansen. Niet verhoorde gebeden. Hij probeerde zichzelf te troosten met de woorden van de heilige Teresa van Ávila: dat er meer tranen werden vergoten over wel verhoorde gebeden dan over niet verhoorde. Ondertussen bad Remo dat hij in staat was op te staan voordat de voortschrijdende stijfheid zijn been tot beneden de knie had aangetast. Dit gebed werd wel verhoord, maar leverde geen wonderbare genezing op: hij strompelde naar zijn voordeur, en wist nauwelijks de trap op te komen. Later hadden ze samen nog vaak gelachen om haar beeld van hem als keurmeester met het stempel in de aanslag. De enige die een stempel had gekregen, was hij: van het gemeentelijke riooldeksel, dat z'n reliëfletters diep in de huid van zijn dijbeen had geslagen. Sommige ervan bleven nog dagen in blauw spiegelschrift zichtbaar, totdat ze paars uitvloeiden en onleesbaar werden.

22

'*Lights out...!*' Het bleef iets primitiefs houden, dat geschreeuw over de gaanderijen, als een stadsomroeper met een ratel in tijden van moderne communicatiemiddelen. Als de kreet voor de celbewoners bestemd was: die raakten vanzelf wel van licht verstoken, zonder een knop te hoeven omdraaien.

In het donker probeerde hij zich Sharon weer voor de geest te halen, zoals ze bij Alvaro opgelaten boven haar biefstuk had zitten zwijgen. Hij kreeg het niet voor elkaar. Zoals ze hem nu verscheen, was ze een en al lachend en pratend gezicht, zonder dat hij iets van het gesprokene verstond. Niet de huid zelf, de jukbeenderen eronder leken het beweeglijkste aan haar gezicht. Later had ze er voor de camera's haar voordeel mee gedaan.

Ja, Romsomoff had nog een derde etentje voor de twee zwijgers georganiseerd, ditmaal in een minder poenige tent. 'Die Europese kunstenaars, schatje,' had hij Sharon gesust, 'hebben met alles een bedoeling. Zie het nog even aan, liefje.'

'Hij mag zijn bedoelingen houden,' had ze eerst nog uitgeroepen. 'Ik wil niet met die *little putz* werken. Ik hoef hem nooit meer te zien.'

De conversatie wilde nog steeds niet erg op gang komen, maar de gewisselde blikken waren al minder aftastend. Telkens wanneer ze, in plaats van haar vork, een vinger naar de mond bracht, schudde hij zijn hoofd, en dan zag ze van bijten af.

'Ik wil je mijn nieuwe huis laten zien,' zei hij na het dessert, dat ze dit keer wel weg hadden kunnen krijgen – nou ja, half.

'Ik ben verloofd,' zei ze met een klein stemmetje.

'Ik zal je aan *mijn* verloofde voorstellen.'

Ze ging mee. Het appartement, in een verbouwd koetshuis, had nog geen elektriciteit. Nadat ze de donkere trap op gestommeld waren, stak hij in de hal twee kaarsen aan. Hij ging haar voor naar de salon, vroeg haar op de grond te gaan zitten, en zette de driearmige kandelaber voor haar neer. 'Van drie kaarsen,' zei ze, wijzend op het druipvet rond de lege houder, 'brandt er altijd eentje binnen een kwartier op. Bij die andere duurt het uren. Is dat niet gek?' Ze was een beetje aangeschoten.

'Als ik terugkom met mijn verloofde, wil ik dat je het raadsel opgelost hebt.'

'Ze zet me vast het huis uit.'

Hij ging luidruchtig naar boven, nam op de tast het masker uit de hoedendoos, en sloop zonder een tree te laten kraken weer naar beneden. Hij liep, met het masker voor, de zitkamer door een andere deur weer binnen, en naderde zijn bezoekster van achteren. Onder zijn geringe gewicht hield zelfs oud parket zich muisstil.

Sharon zat over de kandelaber gebogen. Aan minieme bewegingen in haar nek en schouders was te zien dat ze poppetjes uit kaarsvet boetseerde, wat ze eerder in het restaurant ook al gedaan had. Er stond al een soort schaakpion of vleugelloos engeltje naast haar op de vloer. Zolang ze tegenover hem aan tafel zat, had haar kapsel gladgekamd geleken, gezond vettig. Nu droeg ze rond haar hoofd een beweeglijke halo van kaarslicht en losgesprongen haren. Door geruisloos tegen het papier-maché te ademen, dat een beetje nat werd, hoopte hij zich niet voortijdig te verraden. Hij had nog minutenlang, uren, zo naar haar kunnen blijven kijken. Maar er moesten ook dingen kapotgemaakt worden.

Even aarzelde hij, alsof hij ergens daar in het donker een grens overschreed. Toen, achter haar neerknielend, liet hij zijn waanzinnigengehuil op Sharon los. Met een verrassend elastische hurksprong vloog ze gillend over de kandelaar heen. Ze draaide zich in vluchthouding om – en keek sidderend in de doorgeprikte ogen van graaf Dracula. De hoektanden, wist hij, waren ook in dit bijna-duister lichtgevend.

Hij had meteen spijt. Het kostte hem een vol uur haar hysterische gehuil tot bedaren te brengen. Ze sloeg om zich heen als een kind dat tussen slapen en waken met een nachtmerrie worstelt. Zelf in tranen troostte hij haar onhandig en liefdevol, en langzaam maakte haar trillende boosheid plaats voor een zacht beven en snikken. Ze lag nat en slap in zijn armen, als een klein meisje dat zojuist de koortsstuipen heeft overleefd. Zijn strelende hand werd niet meer weggemept, en voor deze ene keer mocht zij, vanwege de schrik, op haar valse parelmoeren nagel kauwen. Zo bleef ze tot diep in de nacht over zijn schoot tegen hem aanliggen, terwijl zijn staartbeen een speldenkussen werd van het zitten op de houten vloer. Van tijd tot tijd, steeds minder vaak, schokte er nog een snik uit haar lijfje tegen hem op. Ze werd broeierig warm, en stoomde zo haar eigen lichaamsvocht uit haar kleren. De milde damp rook naar kinderwanten, in een dennenbos nat en plakkerig geworden van regen en hars, en op een Poolse tegelkachel gedroogd.

'Jay,' zei Remo eindelijk, tegen de ochtend, 'heet hij zo, je verloofde?'

'Oh,' deed ze verontwaardigd, een vuist tegen zijn kin schroevend, 'je hebt navraag gedaan. Je hebt boven opgebeld.'

'Toen je zo schrok, riep je Jay naar de graaf.'

'Er hangt hier geen knoflook. Ik moest toch iets.'

'Wat doet Jay voor z'n vak dat er van zijn naam zo'n afschrikwekkende werking uitgaat?'

'Niets. Hij is herenkapper.' Dat Jay bekendstond als de Man met de Gouden Schaar, en dat zijn kapperszaak in Hollywood een imperium op zichzelf was, met een hele keten aan rijk beklante bedrijven, met eigen merken shampoo en aftershave, en met luchtbruggen naar filmstudio's in Rome, Parijs, Londen – dat hoorde Remo allemaal later pas. Voorlopig vond hij dat een barbiertje geen partij voor hem vormde, en dat de hindernis eigenlijk al genomen was.

Voordat Sharon zich gewonnen gaf, moesten er van boosheid nog een paar nagels sneuvelen, niet alleen valse. Niet lang na de Draculanacht nam oompje Romsomoff haar apart. De regisseur had zijn bevindingen omtrent haar bij hem neergelegd. 'Volgens hem zou jij het heel aardig kunnen doen in *The Vampire Destroyers.*'

'O, zei hij dat? De kleine rotzak.'

'Je draagt de hele film door een rode pruik. En er is een scène dat je over de knie gaat. Die snijden we er later wel weer uit.'

In het donker van zijn cel, waar hem zelfs geen stompje kaars was toegestaan, probeerde Remo zich de gemeentelijke putdekselletters te herinneren die door zijn val spiegelbeeldig in zijn vlees waren gehamerd – alsof ze met terugwerkende kracht een boodschap of een oplossing konden bevatten. Hoe hij ook zijn best deed de tekens helder te krijgen, het enige dat er uit het duister oplichtte, was de vormeloze bloeduitstorting van anderhalve week na de val: vettig donkerpaars, met ranzig geel omgeven. Aldus getatoeëerd was hij door haar voor de eerste keer naakt gezien.

Het stemmenkoor van Maddox' achterban stak op in de nacht, maar had alweer de wind niet mee. De boodschap van het recitatief was net zo onverstaanbaar als die op zijn dijbeen onleesbaar was. Remo nam alle raadsels mee de slaap in. Op z'n best zou hij ze tot een oplossing dromen, en die bij ontwaken vergeten zijn.

Het voornaamste van de dag was dat hij, en nog wel zonder methode-Charrière, de geurig vochtige warmte van Sharons geschrokken lijfje had teruggevonden. Dat alleen al diende hem met zijn eigen wegrotten in Choreo te verzoenen.

443

Dinsdag 10 januari 1978
The Egg Man

I

Ook toen hij nog niet met zijn mechanische eieren in de talk-show van Jeffrey Jaffarian was geweest, noemde iedereen in San Francisco hem al The Egg Man, hoewel het me opviel dat hij in onze buurt op straat onveranderlijk werd toegeroepen met: 'Hai, Hippie-ie-ie...!'

Herfst 1966 – de bijnaam kon dus niet ontleend zijn aan 'I am the Walrus' van The Beatles ('*I am the egg man/I am the walrus/goo goo goo joob*'), want John Lennon schreef het nummer een jaar later pas. Als leverancier van de meest diverse levensbehoeften, niet alleen bloemen, was The Egg Man een bekende figuur voor de straatnomaden van Haight-Ashbury en de steraanbidders in de parken rondom. Er waren aanwijzingen dat George Harrison, die in de zomer van '67 Golden Gate Park aandeed om er wat te jammen met de hippies, het verhaal over de bizarre marskramer mee terug naar Londen nam, en het aan zijn bandgenoot overbracht. Lennon zelf was altijd vol blijven houden dat '*the egg man*' verwees naar de zanger van The Animals, die de gewoonte had om, ter verhoging van het genot, rauwe eieren op het naakte lijf van zijn bedgenotes stuk te slaan.

Tot begin jaren zeventig bleef zijn engagement met het ei een mystieke obsessie. Met een praktische uitvoering van zijn ideeën kwam hij pas naar buiten in de paasspecial van Jeffrey

Jaffarian in 1972. Aan het begin van de uitzending stonden ze nog roerloos, in persingen van wit kunststof, tussen de microfoons op tafel, maar The Egg Man bracht ze algauw via zijn technische snufjes aan het praten, zingen, dansen. Het ene ei bracht, ijl en blikkerig, het Amerikaanse volkslied; het andere tolde over het tafelblad nadat Jaffarian er, op verzoek van de uitvinder (of kunstenaar), sigarenrook overheen geblazen had. Na de uitzending meldde zich een fabrikant, die het in rooknevelen rondtollende ei wel in productie wilde nemen – als brandmelder.

The Egg Man ontwierp voor hetzelfde bedrijf nog eieren als alarm tegen auto-inbraak (een onopvallend souvenir op de hoedenplank), als elektrische cocktailshaker, en als vibrator voor vermoeide knieholten. Zijn paradepaardje, vier jaar later, was natuurlijk het Ei van Washington, dat met z'n sterren en strepen het ontbijt op de tweehonderdste Onafhankelijkheidsdag moest opluisteren. Tot ver na 4 juli 1976 was het een verkoopsucces, al werden de Amerikaanse vrouwtjesadelaars niet massaal door moederlijke gevoelens bevangen bij de verre roep van een ongeboren arendsjong, en bleef de beloning van $25000 voor het samenbrengen van ei en roofvogel onuitgekeerd – zoals ook de bedoeling was.

Hij heette Charles van Deusen, en was geboren in Amsterdam. Begin jaren zestig, op zijn eenentwintigste, had hij zich met zijn spaarcenten aan de Amerikaanse westkust gevestigd, als zakenman en kunstenaar. Toen al gold voor hem de schaal van een ganzenei als de volmaakste vorm die de kosmos te bieden had, maar Van Deusen had er nog geen kunst mee bedreven, laat staan zaken in gedaan. Voorlopig nam hij genoegen met een handeltje in doorgedraaide (maar niet vernietigde) snijbloemen uit Aalsmeer, die hij van Schiphol naar San Francisco International Airport liet overvliegen. De kratten haalde hij bij de vrachtterminal op met zijn Chevrolet cabrio 1951 – een door de Amsterdamse autorijschool Hippe afgedankte leswagen, die hij per schip uit Nederland had laten komen. Een beugel met de naam HIPPE spande nog over het dak, en

Van Deusen liet het maar zo. Om reclame te maken voor zijn niet geheel verse producten hing hij, naar Keukenhofgebruik, de voor- en achterklep en de portieren van zijn zescilinder vol bloemguirlandes. Zo reed hij met verwelkende handel door zijn buurt, de kunstenaarswijk rond het kruispunt Haight en Ashbury. Omdat de bewoners de naam Van Deusen niet konden onthouden, groetten ze hem door zijn open raampjes met een soort langgerekte cowboykreet: 'Hai, Hippie-ie-ie...!' Later bedacht The Egg Man dat het reclamemaken ook buiten de auto door moest gaan. Hij gaf zijn bloemen een schijn van nieuwe frisheid door de losse kelken strak aan elkaar te rijgen tot iets Hawaïaans, en dat rond zijn nek te hangen. Het was niet de eerste rage die hij creëerde. In Amsterdam had Van Deusen eind jaren vijftig het nozemtijdperk z'n roestbruine vlag gegeven door een vossenstaart op een stuk ijzerdraad aan het stuur van zijn Berini te bevestigen. Het leidde, met instemming van de kippenboeren, bijna tot uitroeiing van het vossenbestand in Nederland. De lagere echelons nozems namen noodgedwongen genoegen met een eekhoornstaart.

Steeds meer buurtgenoten kwamen zeuren om bloemenkransen, die hij ze ver onder de prijs verkocht of zelfs gratis meegaf, als ze maar bereid waren de naam van de bloemist rond te bazuinen: Hippe. Zo werd iedereen getooid met bloemen een *hippee*, en het duurde niet lang of het werd een groet onder gelijkgestemden: 'Hai, hippie-ie...!'

In latere jaren zijn er hele artikelen geschreven over de etymologie van het woord hippie. De auteurs zochten het te ver – helemaal tot in Ghana, vanwaar de slaven het als onderdeel van een subversieve geheimtaal mee naar Amerika zouden hebben gebracht. De geboorte van het woord: ik stond er met mijn neus, mijn ogen, mijn oren bovenop. Het stamde van een zescilinder met dubbele stuurinrichting, omgebouwd tot rijdende bloemenzaak.

De allesvernietigende Summer of Love moest nog aanbreken, maar een dichter had al de vreedzame strijdkreet Flower Power geijkt, die het begin van het einde aankondigde. Het was inmiddels voorjaar 1967, en ik wist dat de tijdgeestgevoelige sjacheraar uit Amsterdam de aangewezen man was om mijn orakel bij de juiste persoon afgeleverd te krijgen.

2

Als Scott Maddox het in Choreo over zijn federale gevangenissen had, het verhaal tot en met Terminal Island, werd zijn keel meestal dik van ontroering. Het ging over *thuis*. Een eigen haard, die hij later had moeten verruilen voor een gevaarlijk bestaan in vrijheid. De consequentie van zijn verblijf buiten de muren was dat hem het vrije leven ook weer werd afgenomen – zonder dat hij er zijn oude thuis voor terug had gekregen. De gevangenissen van de staat Californië waren niet minder gastvrij dan de federale strafinrichtingen, maar het was Maddox zelf die niet langer welkom was. Van autodief en souteneur was hij gepromoveerd tot meervoudig moordenaar, onder meer van een hoogzwangere vrouw, en dat merkte hij aan het comfort. Zijn medebewoners zouden er voortaan alles aan doen om hem het verblijf tegen te maken.

In de federale gevangenis op McNeil Island, in Puget Sound, Washington, had hij van een oude bankrover gitaar leren spelen. Hij oefende op de oude tophits die hij zich van voor zijn insluiting, in 1960, herinnerde, en zong met zijn schurende stem flarden van de tekst. Later ontwierp hij een systeem om zijn eigen muziek te noteren, en zocht er de woorden bij – maar daartoe had hij zichzelf, op zijn zevenentwintigste, eerst lezen en schrijven moeten leren. In uiterst langzaam tempo, de lippen bewegend als een schoolkind, las de leergierige Charlie boek na boek: van de Bijbel tot het *Handbook Hypnosis*; van Scientology tot de duivelse geschriften van Mr en Mrs De-Grimston; en van Nietzsche tot Hitlers *Mein Kampf*, waarvan de vertaling gewoon in de gevangenisbibliotheek stond.

Het peilloos diepe water rondom, de ijskoude mist die er de helft van de tijd boven hing, de gevangenisferryboten die ver

447

aan de overkant werden afgemeerd om vluchtgevaarlijke gedetineerden geen kans te gunnen... dat alles gaf Maddox nog meer het gevoel een intiem thuis te hebben, veilig afgesneden van de levensgevaarlijke mensenwereld. Om straks, daarbuiten, een vak te hebben gaf hij zich helemaal aan de gitaar en zijn songs, maar zijn maats van McNeil Island af en toe iets voorspelen, dat was hem eigenlijk voldoende: aan de overkant liepen zijn akkoorden alle kans vernederd te worden, net als hijzelf.

Het vochtige klimaat van de staat Washington was slecht voor zijn gitaar. Omdat hij had aangegeven in Californië een nieuwe toekomst te willen opbouwen, met zijn muziek, werd hij na vijf jaar overgeplaatst naar Terminal Island, ten zuiden van Los Angeles bij San Pedro. Hier, vlakbij de grootste door mensen aangelegde haven ter wereld, waar duizend schepen tegelijk het etensafval uit eigen kombuis met hun kielzog omschepten, klonken de meeuwen veel agressiever dan in Puget Sound. Al naargelang de stand van de wind kon hij in zijn cel de geur van ruwe olie ruiken, of de rotte vislucht van de drijvende tonijnfabrieken.

Op Terminal Island bekwaamde Maddox zich verder in het gitaarspel en het schrijven van songs. Wat zijn lectuur betrof, werd hij een wandelend conglomeraat van ideeën, alles vervormd door zeventien jaar bajesdieet, en doorkruid met eigen oprispingen. Op de radio in de recreatieruimte zocht hij met droge keel, bij voorbaat misnoegd, de zenders af naar nummers van The Beatles, waar hij nooit lang naar hoefde te zoeken, want ze hadden een nieuwe langspeelplaat uit: *Revolver*. Als hij er een gevonden had, luisterde hij in een nijdige koorts toe, de stemmen en gitaarakkoorden diep inzuigend, alsof ze aan de wereld onttrokken en tot onhoorbaarheid verteerd moesten worden. Hij werd er letterlijk ziek van, als een verslaafde van te zuiver spul, maar kon zich er niet van losmaken. 'And your bird can sing.' Nee, dat niveau haalde hij nooit. Jawel, op een dag zou hij met iets vergelijkbaars komen, iets veel beters nog, en zijn naam zou wereldwijd op ieders lippen zijn, en The Beatles zouden hem in zijn kleedkamer achter het grote podium van Carnegie Hall komen opzoeken om zijn voeten te kussen, en...

Als Maddox de geruchten op de luchtplaats van Terminal Island mocht geloven, had San Francisco sinds midden negentiende eeuw niet meer zo'n goudkoorts gekend, en het enige dat de jonge gouddelvers zochten, was de nectar in het hart van een bloem – zoals hij het later in een van zijn liedteksten verwoordde. 'Het Pentagon,' zei een diskjockey op de gevangenisradio, 'zal nooit voor elkaar krijgen wat die verdwaasde kinderen in de straten van Haight-Ashbury hebben weten te ontwerpen... een vrede geweven uit kralen, zang, bloemen, oosterse stoffen en breed gedeelde liefde. Zoals onze commando's wel oefenen in voor de sloop bestemde wijken, en de holle ogen van onbewoonbare huizen in en uit kruipen, zo oefenen de vredessoldaten van Frisco's liefdesleger in de gedoemde straten rond Haight en Ashbury.'

Deze Nieuwe Mensen hadden een Nieuwe Tijd in de steigers staan: die van Aquarius. Tegen Pasen '67 zou Scott vrijkomen, en hij wilde dan wel eens met eigen ogen zien tot welke verdieping het tijdperk in aanbouw al gevorderd was. Maar naarmate de datum naderde, begon hij hem te knijpen. Van zijn tweeëndertig levensjaren had hij er zo'n zeventien binnen de muren van allerlei inrichtingen en gevangenissen doorgebracht. Uit het gesticht in Plainsville, Indiana, was hij op z'n dertiende gevlucht na door oudere jongens, met medewerking van de dienstdoende bewaker, te zijn verkracht. Hij werd opgejaagd, gepakt, ingesloten, en opnieuw door zijn gestichtsgenoten als snotlap gebruikt. Later, na het overbrengen van hoertjes en gestolen auto's van de ene staat naar de andere, gingen de poorten van de federale gevangenissen voor hem open. Maddox wist niet meer waar en wanneer, op McNeil Island misschien, maar ergens moest tot hem doorgedrongen zijn dat de bajes zijn beste kosthuis was. De laatste maanden van zijn straf, op Terminal, waren de gelukkigste van zijn leven. Het regime was er soepel. Artiesten van de wal mochten er het repertoire voor een nieuwe tournee uitproberen op een aula vol gevangenen. Na afloop van zo'n optreden werden enkele muzikale Terminals, onder wie Scott, aangewezen om mee te jammen met Johnny Cash. De zanger gaf aan wel gecharmeerd te zijn van Maddox' grommerige, soms snauwende manier van zingen, maar raadde hem aan zijn gitaar 'wat meer te laten galmen, en niet zo afgebeten te spelen'.

Op de ochtend van 21 maart 1967 weigerde Maddox uit zijn cel te komen om voorwaardelijk te worden vrijgelaten. Twee bewakers in de deuropening probeerden hem de gang op te praten. 'Vandaag begint de lente, Charlie. Denk aan alle planten die uit elke hoek van de wereld naar Los Angeles zijn gebracht... het staat daarbuiten allemaal op barsten, speciaal voor jou.'

'Ik wil hier blijven.'

'Deze cel is al voor de komende nacht besproken.'

'Geef me een andere.'

'Charlie, we zijn wettelijk verplicht je vrij te laten. Een commissie heeft je *parole* bevolen. Kom nou.'

'Ik kan het buiten niet aan.'

'Zie Los Angeles maar als een iets grotere luchtplaats dan Terminal Island heeft...'

'...met je reclasseringsambtenaar als strenge bewaarder. Vooruit, Charlie, we hebben niet de hele ochtend.'

'Ik kom *toch* weer terug.'

'Niet hier. Als jij opnieuw in de fout gaat, wacht je een heel ander kolenhok.'

'Ik vertik het te vertrekken.'

'Goed, dan met geweld.'

En zo hadden ze Maddox met vier man sterk naar de gevangenisfotograaf gesleept, voor een laatste archiefkiek. Met acht geüniformeerde armen moesten ze hem op de kruk neergedrukt houden, zodat hij tenslotte uit de ontwikkelbak tevoorschijn zou komen als een veelarmige Indiase godheid. Zelfs in de gevangenisbus moesten ze hem nog met z'n vieren in bedwang houden, onder het oog van drie extra bewakers. 'Bus of veer, Charlie?' riep de chauffeur over zijn schouder. 'Pier J,' steunde hij onder de verpletterende kluwen uitwuivers. 'Pier J, dat is de haven van Long Beach, idioot. Daar leggen de grote passagiersschepen aan. Oceaanstomers. De veerboten zijn aan de andere kant...' 'Pier J,' huilde hij. 'Daar komt de Queen Mary.' 'Hoor, jongens, hij wil de woeste baren op... de wijde wereld in. Als zijn *parole officer* dat maar goedvindt.' 'Hoe ver kom je met dertig rotdollars? Gooi het onderkruipsel er maar bij pier J uit. Long Beach Harbor is nog altijd Californië. Verder gaat onze verantwoordelijkheid niet.'

3

Maddox had het tegenover Remo over de gevangenis als Universiteit voor Zelfstudie. De Bijbel, Nietzsche, Scientology, Hitler, The Beatles, Sartre; de satanische geschriften van Mr en Mrs DeGrimston, en wat daarvan beklijfde in de blaadjes waarmee leden van motorsekte The Square Satans colporteerden. En dat waren dan nog maar een paar van zijn belangrijkste inspirators. 'Dom ben jij niet, Scott...'

'Dat zeiden ze op al die tuchtscholen ook. Het hielp niet.'

'Die verwrongen intelligentie van jou is van een andere wereld... met een logica die wij, mathematische schoolkinderen, niet kunnen volgen. Die hele smeltkroes van invloeden... de ingrediënten daarvan... hoe dwingend gaan die in jouw hoofd een verbinding aan?'

'De grondslagen van je denken analyseren... en een bla hier, en een bla daar. Humbug uit jouw wereld, Li'll Remo. Charlie is Charlie. Zijn denken is puur, maar hongerig. Het vreet zich te barsten aan andermans braaksel, en werpt de afvalstoffen ook weer uit. Afval van afval.'

'Heel logisch eigenlijk, voor een leermeester die zijn volge-

lingen naar voedsel liet wroeten in de vuilcontainers van supermarkten.'

4

Maddox vertelde hoe hij zijn eerste bange ochtend in vrijheid
op pier J had doorgebracht, wachtend op de aankomst van de
Queen Mary, waarover hij op een lokaal radiostation gehoord
had. Het leek of alle meeuwen uit de omtrek zich hier opgewonden verzameld hadden om straks op het schip aan te vallen. Hun lelijke, extatische geroep joeg hem angst aan, net als
het grimmige zwenken van de drijvende kranen in de verte.
Hij had het stratenlabyrint dat zich rond de andere kant van
Terminal Island uitstrekte, niet meteen aangedurfd – maar dit
hier, deze waterwereld met z'n gekartelde havenfront, bleek in
z'n weidsheid nog vreeswekkender.
   Vanwaar hij stond, zag hij de Queen Mary schuins de Baai
van San Pedro over glijden. Ze gunde hem het volle zicht op
haar drie zwarte hellepijpen, die ingesponnen met hem in een
web van aaneengeregen vlaggen. Het schip werd omstuwd
door een vloot van zeil- en motorjachten. Zijn leven was verbonden met deze schoonheid: ze hadden de fles op haar stuk-
geslagen in zijn geboortejaar. De radio zei dat dit haar laatste
jaar in actieve dienst was. In december zou ze hier voor 't laatst
binnenlopen, om dan tot een zeevaartmuseum te worden omgebouwd. 'Ik zwoer tegen de wind en de golven in, Little Remo, dat ik met haar mijn oude leven op Terminal Island zou
achterlaten... en herboren aan een nieuw zou beginnen.'
   'Een hachelijke plaats voor zo'n eed. Pier J, daar legde ruim
twee jaar later een nog veel groter passagiersschip aan... net
nieuw... de Queen Elizabeth ii. Juli '69, en wie kwam daar de
loopplank af, hoogzwanger en met haar hondje Proxy op de
arm?'

5

Het kanaal tussen Terminal Island en de wallenkant van San Pedro had Maddox tot diep in de middag een veilige slotgracht toegeschenen, die hem dichtbij de gevangenis hield. Maar omdat de voorwaardelijk in vrijheid gestelde zich binnen vierentwintig uur bij zijn reclasseringsambtenaar diende te melden, had hij geen andere keus dan op de bus te stappen, en zich de Vincent Thomas Bridge over te laten voeren – naar de voetangelwereld van de echte mensen.

De hangbrug, een Golden Gate Bridge in het klein, herinnerde hem eraan dat hij in San Francisco nodig eens de stand van zaken rond Aquarius moest gaan opnemen. Scotts buurman in de bus wist te vertellen dat de hippies nu ook Venice ontdekt hadden, en vandaar uitzwermden over de Sunset Strip. 'Het plan is... de vredestichter moet de oorlogsmachine verslaan,' zei de man. 'Ach, Sir, allemaal oosterse tegeltjeswijsheden van Jezus.'

Na een paar keer overstappen verliet Maddox de bus op het kruispunt Sunset Boulevard en Benedict Canyon Drive. Op de Strip had de wierook de uitlaatgassen er nog niet onder gekregen, en het straatbeeld werd onveranderd gedomineerd door lichte maatpakken en jurken van de catwalk. Geen houten kralensnoeren, maar parelkettingen. Hoewel, er was wel iets veranderd sinds hij hier, tien jaar terug, twee hoertjes voor zich had laten tippelen. De motorbendes, bijvoorbeeld, die de brede trottoirs bezetten, waren er toen nog niet geweest. Van de SQUARE SATANS groepten er wel dertig, veertig bij elkaar, de meeste languit liggend op de zitting en de benzinetank van hun motor, bier hijsend. Misschien wachtten ze tot een maat met een strafblad naar buiten zou komen, want de hele club bivakkeerde pal voor het kantoor van Scotts reclasseringsambtenaar, Mr Lazaris.

'Ik kan in Frisco in een bar spelen.'

'Zeker weer zo'n tent op North Beach.'

'Een ex-bajesklant moet ergens beginnen.'

'Contract?'

'Mondeling. Geld schoon in de hand.'

'Ik mag je eigenlijk geen werkkring buiten Zuid-Californië toestaan, Charlie.'

'Mr Lazaris, een muzikant trekt rond.'

6

North Beach, daar moest hij dus zijn, volgens Mr Lazaris. Hij liftte langs de kust noordwaarts. Een vriendelijke automobilist, die hoorde dat Maddox daarheen wilde, waarschuwde hem voor de verloedering van de wijk. 'Eerst had je er de kladschilders. Nu is het een hippiekolonie.'

Een volgende, nog vriendelijker bestuurder zette hem af op de kruising van Broadway en Columbus Avenue, volgens de man het centrum van North Beach. Veel kleine theaters. Het was vroeg in de ochtend en nog donker. Sommige nachtclubs bleken nog open, andere dreven juist hun laatste klanten naar buiten. Onder de neonletters *Topless Bottomless* hing een affiche met de beeltenis van Carol Doda, een dame met een extreem opgepompte boezem. 'AT 10 P.M. BOTH OF THEM'. Voor de ingang was al een traliehek geschoven, maar de zijgevel had nog een deur, en daardoor stapte een spookachtig wit geschminkt meisje de steeg in. Ze huilde, en liep stampvoetend het trottoir van Columbus op, waar ze besluiteloos bij een batterij overvolle vuilnisbakken bleef staan.

'Problemen?'

'Och, die stinkpot. Neemt me gisteren aan om te strippen, en vandaag heet het ineens dat ik... zielige tietjes heb.'

'Ze hebben hun ontslag gekregen.'

'De zeug mocht niet aan me zitten.'

'Je centen gekregen?'

'De helft.'

'Ieder een halve kop koffie?'

Het enige mooie aan Susan was haar glanzend bruine haar,

dat onder de ballonlampen van de diner aan een shampoo-reclame deed denken. Als er een lachgrimas over haar gezicht trok, kregen haar ogen iets mongoloïdes. Haar boezem had inderdaad niet veel om het lijf, en de magerte van haar spil-lebenen werd benadrukt door knokige knieën, die nauwelijks nieuwsgierig maakten naar wat deze stripper verder nog te bieden had. Boven de koffie ontstond toch zoiets als een gesprek, want net als Scott had Susan, zo jong als ze was (negentien), in de gevangenis gezeten. Wapenbezit, afpersing, autodiefstal. Van huis weggelopen, onder de knoet van haar vader uit, was ze al op haar veertiende, nadat haar moeder het tegen de kanker had afgelegd.

'Begin opnieuw, net als ik,' zei Scott. 'Zoek het in de liefde. Ik ben hier in North Beach om te zien hoe de hippies het aanpakken.'

'Ze zijn alweer vertrokken. Naar de bouwvallen van de Haight.'

Samen namen ze de bus naar Haight Street, waar in de ochtendschemering een leven van belangeloze liefde morrend en kreunend op gang kwam. Met z'n voddige en langharige bewoners leek de wijk op een kruising tussen het oorlogsgetto van Warschau en een van figuranten krioelende set voor een bijbelverfilming. Later maakte de voorjaarszon kleur uit dit alles los, en werd Haight-Ashbury pas het paradijs dat hem door Susan was voorgespiegeld. Het was waar: iedereen droeg op z'n minst wel een bloem in het haar of achter het oor. Sommigen liepen te stikken in complete boa's constrictores van aan elkaar geregen kelken. Boeketten werden verkocht vanuit een met narcissen behangen bestelauto met de naam HIPPE op het dak, die bijna stapvoets langs de trottoirs reed.

Scott en Susan sliepen een paar uur in de schaduw van Golden Gate Park, met de gitaar tussen ze in. Na het wakker worden plaatste hij het hardboard foedraal als een scherm naast het meisje, zodat ze ten minste een beetje aan het oog onttrokken werd. 'Je bent te bitter over je oudeheer,' zei hij.

'Ontdoe je nou 's eens en voor al van hem. Oogjes dicht, en dan ben ik je vader.'

Ze liet zich meeslepen, en zo napoleontisch geschapen als hij was, ze raakte opgewonden genoeg om een paar keer met haar rollende hoofd tegen de gitaarkoffer te bonken, waar dan een galm uit opklonk die verderop in de bosjes met applaus begroet werd. 'Het was heerlijk,' bekende ze na afloop. 'Hij was het helemaal, de zak. Ik hoorde je op zeker moment kreunen... en het was net die ouwe, als hij zich weer eens de aambeien zat te persen op de wc.'

'Je moeder noemde je Susan. Zij is dood. Voor je vader heette je Susan. Je haat hem. Ik geef je een nieuwe naam. Sadie.'

'Ik ben me van geen sadisme bewust.'

'Naar *sad*. Je hebt dat hele trieste over je.'

7

'Toen ik in de Haight aankwam, Li'll Remo, was Chet Helms net begonnen met het organiseren van al die rockconcerten... helemaal gratis.'

Jefferson Airplane, Quicksilver Messenger Service, en Janis Joplin met Big Brother & The Holding Company – allemaal traden ze onbezoldigd op voor duizenden vredessoldaten zonder soldij, meestal in Helms' eigen Avalon Ballroom aan Sutter Street. 'Het eerste optreden dat ik bijwoonde, met Sadie, was van Grateful Dead. In de Fillmore. Ik was nog niet verder dan The Beatles op de radio, en nu... ik wist niet wat ik hoorde. En *zag*. Al die stroboscopische lampen... Charlies ballen knetterden ervan. De gitarist speelde een snelle solo, maar zijn armen stonden stil in het flikkerlicht. De drummer zat roerloos achter z'n kit, terwijl ik de ene na de andere roffel in mijn maag voelde. Als je er maar lang genoeg naar keek, schoven de muzikanten zonder verder te bewegen heen en weer over het podium. Na een uur was ik kapot. Ik ben tegen de vlakte gegaan.'

In de paastijd van 1967 was de hippiegemeenschap van Haight-Ashbury wereldfaam aan het verwerven – wat al neerkwam op zelfvernietiging. Ooit hadden die kinderen gehoor gegeven aan een vage rusteloosheid, die ze uit alle windstreken naar dezelfde plaats had gedreven om hun liefdesovervloed met elkaar te delen. Nu waren ze zover om hun imago, hun idealen te institutionaliseren door de organisatie van een Liefdeszomer. De gebloemde public relations draaiden op volle toeren. Kranten, tijdschriften zorgden ervoor dat de wijk overvol raakte, en niet alleen van hippies. Het probleem was dat de aapjeskijkers en de drugsdealers ook allemaal een kaftan aantrokken en een diadeem met kraaltjes om hun hoofd bonden. De plastic bloemen moesten nog komen, maar de eerste corsages van wasdoek waren al gesignaleerd.

Midden juni zag Scott de sterren van het moment over het podium voorbijtrekken in Monterey, op het eerste popfestival uit de wereldgeschiedenis. Na elk nummer door vijftigduizend mensen toegejuicht worden, net als Jimi Hendrix en The Mama's & The Papa's, dat is wat hij wilde en altijd gezocht had. In het kerkkoor vocht hij al om een plaats op de voorste rij, omdat de gelovigen anders niet konden zien uit welke engel die goddelijke stem opklonk. Nu *Sgt. Pepper's Lonely Hearts Club Band* verschenen was, obsedeerden The Beatles hem meer dan ooit. De teksten maakten hem gek. 'Picture yourself in a boat on a river...' Hij kreeg er geen vinger achter. Misschien, als hijzelf op die manier ging schrijven... dat dan...

Een politieschatting meldde dat zo'n honderdduizend jongeren, exclusief hippietoeristen, de zomer in Haight-Ashbury doorbrachten. Op Haight Street 1337 was een psychedelische winkel, waar een bord hing met honderden oproepen van ouders aan hun weggelopen kinderen. Scott wist dat hij er altijd wel een paar meisjes aan kon treffen die hun vrijheidsgevoel kwamen laven aan de bezorgdheid van paps en mams.

'Aan de manier waarop je je ogen samenknijpt bij het lezen, zie ik dat je je vader haat.'

'Klopt.'

'Ik kan je je vader laten vergeten...'

Steeds meer leden van de oude kolonie trokken de heuvels in om daar in sekteachtige communes de idealen hoog te houden. De droesem die in de oude straten achterbleef, bestond uit meelopers, drugshandelaren, wervende pooiers, predikers van zompige religies, en kinderen die gewoon geen zin hadden om naar school terug te gaan. Er werd verkrachting gepleegd onder het mom van vrije liefde. Een tuil bloemen kon een mes verbergen. Een omhelzing maskeerde een beroving. Om een paar dollar per dag te verdienen met zijn muziek zocht Scott steeds vaker zijn heil op de campus van Berkeley, waar hij met de veerboot naartoe ging. Via universiteitsbibliothecaresse Mary, bij wie hij later introk om haar d'r paps te doen vergeten, hoorde hij van de radicale politieke bewegingen die op Berkeley aan het ontstaan waren. In de Haight legde hij contact met de Diggers, een anoniem zooitje extreem antiautoritaire anarchisten. Hij leerde net zo snel over politieke constructies als dat hij van Ol' Creepy akkoorden had leren spelen.

8

Al een paar keer had ik een kleine man bij de in Ashbury Street geparkeerde auto van The Egg Man zien rondhangen, met op zijn rug een veel te grote gitaar, die met z'n hals omlaag hing, tot bijna op de grond. Zo op het oog mat hij weinig meer dan anderhalve meter. Aan zijn slordig uitgegroeide kapsel was te zien dat het nog maar een paar maanden geleden kortgeknipt en hoog opgeschoren was geweest. Tussen de hippiegewaden viel hij een beetje uit de toon in zijn vormeloze pak van verschoten ribfluweel. Soms boog hij zich naar het open portierraam, en praatte dan een minuut of wat heftig gebarend op de bloemist in.

Om in het Parijs van de negentiende eeuw aan hasj te komen, moest de burger bij een bloemenstal zijn. Dit deel van

San Francisco ademde nog helemaal de sfeer van een Europese stad uit die tijd, dus daar hoefde het niet aan te liggen. Ik zou zweren dat in de zescilinder van HIPPE scherpere geuren hingen dan van chrysanten.

9

Ik had Woodehouse de bril met het schildpadden montuur toegespeeld om in Choreo zijn ijdelheid achter te verbergen. Een klein, bitter genoegen. Bij ondertekening van het contract met de NASA was ikzelf te ijdel geweest om mijn leesbril op te zetten, anders had ik uit de allerkleinste lettertjes, die mij niet meer dan een rasterachtige verdonkering van het papier toeschenen, kunnen opmaken dat ik het gebruik van mijn naam voor exact een eeuw *exclusief* aan hun project afstond. Terwijl de inkt van mijn handtekening nog aan het opdrogen was, werd ik met mijn neus op een vergrootglas gedrukt, waaronder de lettertjes zeiden dat ik mijn naam niet eens meer in spiegelschrift mocht schrijven, en zelfs niet kon gebruiken voor een acrostichon.

Ik had al mijn aardse kleren nog aan, maar zo zonder naam voelde ik mij in het hardhouten kantoor naakter dan naakt – alsof mij, net als bij de opschepper Marsyas, de huid was afgestroopt. Ik hield mezelf voor dat ik nu als anonymus, niet gehinderd door mijn reputatie, *elke* poging zou kunnen doen de wereld naar mijn hand te zetten. Meer nog dan in de tijden van mijn marmeren consultatiebureau waande ik me in het volle bezit van mijn voorzeggende capaciteiten.

Het was midden jaren zestig. Met het geld van de naamsverkoop hoopte ik in de Verenigde Staten een maatschappelijke tegenbeweging te financieren, die uiteindelijk moest leiden tot een wereldwijde omwenteling. Zelfs nu me duidelijk werd dat de tragedie de hele aarde kon omspannen, zocht ik de aanzet ertoe bij enkele individuen, die ik op elkaar kon laten inwerken om mijn doel te bereiken. Mijn geheim was altijd geweest met een orakel iemands noodlot in het leven te roepen of, zeg maar, uit te lokken. In die Californische dagen keek ik uit naar een held, kwaad genoeg om de wereld aan te kunnen vliegen, tegelijkertijd nog voldoende kneedbaar om voor een heerszuchtige carrière te worden opgeleid.

10

Wandelend door de buurt zag ik op een late zomerochtend de Chevrolet bij een lantaarnpaal in Haight Street staan. The Egg Man, die zijn auto daar eerder die morgen in de schaduw geparkeerd moest hebben, zat met een van zweet lekkend gezicht voor het open raam. De bloemslingers op de motorkap waren al half verdord in het zonlicht. Ik stak aan de trottoirkant mijn hoofd naar binnen, en begon een praatje. De voormalige lesauto had nog steeds dubbele pedalen. Soms gaf een voorbijganger een klap op het dak, onder het uitroepen van: 'Hee-haw, Hippie-ie...!' Ik vroeg de bloemenverkoper naar de kleine gitarist die hem op het trottoir wel gezelschap hield.

'O, dat is Charlie. Een straatmuzikant... hij schrijft zijn eigen nummers. Opmerkelijke teksten. Ga 'm maar eens horen. Hij zit tussen mijn afnemers in het park... ook wel op de trappen van Berkeley.'

The Egg Man sprak Engels met een sterk overzees accent. Duits of Pools, dacht ik, maar het bleek Nederlands. 'Amsterdams,' zei hijzelf. Ik hoorde hem verder uit over Charlie.

'Hier in de Haight brengt hij de leer van Jezus in de praktijk. Nederigheid van twee kanten, of zoiets. Soms is hijzelf Christus... tenminste, dat denkt hij. Een verbeterde versie van Jezus. Als Charlie genoeg discipelen om zich heen verzameld heeft, trekt hij met ze de woestijn in. Precies snap ik het allemaal niet, maar er moet daar een nieuwe wereld gesticht worden. Op basis van Liefde en Cosy Horror, geloof ik.'

'Cosy Horror...'

De bloemist probeerde het uit te leggen. Het was niet dat

zijn Engels tekortschoot – hij werd te veel afgeleid. Geen oog van de bonte mensenstromen op beide trottoirs afhoudend beroerde hij geregeld zijn claxon, waarna er altijd wel een of andere bekraalde kaftan op de auto af kwam gesneld. Geld en luciferdoosje wisselden van eigenaar, en The Egg Man gaf er als bonus een dooie tulp bij. 'Een soort herwaardering dus,' vatte hij zijn verklaring samen, 'van de waarden Leven en Dood.'

Ik begreep er niet alles van, maar genoeg om nu pas echt geïnteresseerd te raken in de dwerg. Hier had je nou, gelouterd door de gevangenis en Gideons bijbel, een aankomende leider, uiterst kneedbaar nog. Een goeroe in opleiding, die nog leermeesters boven zich erkende.

'Ze kan bij familie in Kentucky zijn,' zei The Egg Man, 'of naar een nieuwe liefde in de staat Washington, maar voorlopig... is onze nieuwe Messias nog op zoek naar zijn moeder.'

'Zeker om haar aan zijn kruis te laten staan.'

Volgens The Egg Man was Charlie geobsedeerd door The Beatles. Niet alleen in hun teksten beluisterde hij allerlei geheime boodschappen, ook in elke maat van de muziek, iedere tempowisseling, alles. 'Charlie heeft een theorie dat The Beatles boodschappen in het brein van de luisteraar graveren... zoals dat met reclameslogans gebeurt. Het zit hem niet in wat er op het eerste gehoor te beluisteren valt, dat is gewoon een goede song... nee, het bevindt zich volgens Charlie *behind the beat*.'

II

Tot die tijd was popmuziek weinig meer geweest dan een boodschap van niks, verpakt in geestdodende vierkwartsmaat. Na midden jaren zestig leek de suprematie van de simpele love song voorbij. Er werd geëxperimenteerd met duisterder tekst, complexere muziek – al hielden de studio's vast aan nummers van gemiddeld drie minuten, die eventueel op een vijfenveertigtoerenplaatje pasten. Met het schimmiger worden van de teksten kwamen ook de misverstanden. John Lennon zong 'Lucy in the Sky with Diamonds', naar een tekening die zijn zoontje zo had gedoopt. De BBC hield het op een lofzang op LSD, en weigerde het nummer te draaien. Blijkbaar was ook in deze nieuwste popmuziek een minimum aan woorden voldoende (of zelfs vereist) om de kreet maximaal te laten overkomen. Een slogan met een dreun eronder, en de tiener had z'n boodschap.

Nu was de provocerende kant van Lennon al eerder aan het licht gekomen. Toen hij op een dag met een interviewster voorbij een christelijke kerk wandelde, riep hij met de *wit* die hem eigen was naar de hoge deur: 'Hé, jij, daar... kom 's naar buiten, als je durft! Wij zijn populairder dan jij!'

Dat kwam wereldwijd in de pers als: 'Wij zijn groter dan Jezus.' Het is geschiedenis. Nog dezelfde week stond ik me ergens in South Carolina op een vochtig kille avond te warmen boven een oliedrum, waarin platen van The Beatles verbrand werden. Ik vond hun muziek, toen al, ver boven alle pop en rock verheven, maar het vinyl waarin zij geperst was, stonk verbrand net zo gemeen als bij albums van The Rolling Stones het geval zou zijn geweest. De dampen van de borrelende droppannenkoeken sloegen neer op de christelijke keeltjes van al die hysterisch protesterende tienermeisjes, zodat er een paar ter plekke behandeld moesten worden, en er geen eind leek te komen aan hun vergiftiging door The Beatles. Vlakbij werden langspeelplaten tegen een paal gespijkerd, die vervolgens werd aangestoken. Toen het vuur, zich rondend om de schijven, hoger klom, bereikte het een dwarshout – en opeens stond ik tegen een brandend kruis op te kijken, waar puntige witte boetemutsen van de Ku Klux Klan omheen krioelden.

Ik wist nog niet dat Lennon mijn man was, maar het fascineerde me hoe het soortelijk gewicht van de eenvoudigste uitspraak tot in het absurde toenam naarmate de spreker beroemder was.

Toen de vrije liefde in Haight-Ashbury kwistig druipers begon uit te delen, wisten de hippies massaal de weg naar het verworpen establishment terug te vinden – voor een gratis portie penicilline. In de haastig ingerichte noodklinieken hielden de artsen zestien uur per dag hun gummihandschoenen aan. Op straat bestond de lunch uit speed. De bloemenkinderen werden er nog agressiever van dan de opgefokte types in de wereld waaraan ze ontvlucht dachten te zijn. Vingers die te pas en te onpas het V-teken maakten, bleken heel goed een stiletto vast te kunnen houden. 'Van al dat geweld moest jij natuurlijk niets hebben. Wel, Scott? Ik snap waarom je de buurt voor gezien hield. Vertrapte bloemen... een belediging voor verfijnde geesten als jij.'

Maddox, nog steeds van plan een nieuw leven van liefde en muziek te leiden, voerde zijn groeiende aanhang van meisjes uit de verloederende Haight weg. De vader van een veertienjarig bewonderaarstertje had, misschien als zoenoffer om zijn dochter te mogen behouden, aan Scott een piano cadeau gedaan. Als dank voor het genereuze gebaar (de man was dominee) ruilde hij de piano tegen een Volkswagenbus, ontvoerde daarin het meisje naar Mendocino, ontmaagdde haar op het strand, en bedacht haar met de bijnaam Ouisch.

'Als je een keer een mooi erotisch sprookje wil horen, Mr Remo, om in je cel op verder te borduren... dan wil ik je het verhaal wel een keer in z'n geheel vertellen. Plooi voor plooi. Alles gegarandeerd niet ouder dan veertien.'

De dominee haalde zijn dochter terug, maar Maddox had haar al geïnstrueerd om met de eerste de beste idioot te trouwen, en zo los van haar ouders te raken. Ze huwde een buschauffeur, en verliet hem meteen na de schamele voltrekking voor de bestuurder van een andere bus, die vol vrouwen van noord naar zuid en van zuid weer naar noord de Californische kustwegen afjakkerde.

In mijn honger naar tragedies was ik in de zeventiende eeuw op Shakespeare gestuit. Schitterend, maar... verzinsels! literatuur! Geschreven tragedies, in verzen, had je in mijn goede oudheid ook. Ze waren meestal gebaseerd op tragische gebeurtenissen die de oude, sadistische goden al eeuwen eerder in de toenmalige werkelijkheid hadden uitgelokt, en die later, van mond tot mond de generaties afdalend, tot mythen werden – die weer het ruwe materiaal vormden voor het Griekse toneel.

Ik had een geheime voorkeur behouden voor de tragedie in z'n ongebreidelde vorm, met een enkele raadselspreuk onder de mensen in hun harde wereld op gang gebracht en naar een onvermijdelijk zwart gat toe gevoerd. Misschien wilde Shakespeare mij, met zijn hypnotiserende taal, wel helpen een zwart drama over de planeet af te roepen.

Ik had altijd moeten horen dat Lennon & McCartney een songschrijversduo vormden als Rodgers & Hart, Leiber & Stoller, Gershwin & Gershwin, maar de laatste tijd, begreep ik, schreven ze hun nummers steeds vaker los van elkaar, hoewel die onder gemeenschappelijke naam gepubliceerd bleven worden. De wereldwijd doorklinkende scheiding der geesten was al te horen geweest op de single met het behoudend melodieuze 'Penny Lane' op de ene en het ontregelend mysterieuze 'Strawberry Fields Forever' op de andere kant. Later, op *Sgt. Pepper's Lonely Hearts Club Band*, was de muzikale tweespalt nog duidelijker. Ik ontdekte dat Lennons nummers dieper bij me binnendrongen dan die van McCartney.

In een interview bekende Lennon niets met Shakespeare te hebben. Het bracht me op een idee. Ik zag al die Engelse postzakken met fanmail voor me, en besefte dat een persoonlijke brief aan de zanger hem nooit onder ogen zou komen. Ik sprokkelde de heksenzangen uit *Macbeth* bijeen, zette ze onder elkaar, en stuurde ze naar Lennons voormalige roadmanager, die sinds The Beatles niet meer op tournee gingen ook wel als zijn secretaris optrad. Op de envelop: 'Mr Lee Aspinal/

persoonlijk.' In een begeleidend schrijven verzocht ik hem Mr Lennon de zangen ter hand te stellen, en er 'namens deze betrokken bewonderaar' bij te zeggen dat hij zich als tekstdichter tekortdeed door Shakespeare te negeren. Als afzender vermeldde ik een van mijn poëtischer aliassen, plus een postbusnummer. 'PS – Zelfs bij Bob Dylan *is Shakespeare in the alley*.'

14

'Mr Lennon is u zeer dankbaar voor de toegezonden teksten, die hij gedeeltelijk in een nieuw nummer heeft verwerkt "om te zien of popmuziek de oude bard een stem kan geven". Het heeft als werktitel "Laugh to scorn (the power of man)" en is gisteren opgenomen in Studio 2 aan Abbey Road. Mr Lennon vond het goed dat ik u, als bedankje, een proefpersing zou sturen, maar het mag niet van de platenmaatschappij. U zult het eindresultaat pas op de volgende langspeelplaat kunnen beluisteren. Tenminste, als het door de selectie komt, want The Beatles hebben de afgelopen weken honderden uren band opgenomen, met enkele tientallen nieuwe nummers.'

15

Ik belde met de juiste foute types in Londen. Ja, Darwins neef Plume werkte nog steeds in de studio's van EMI aan Abbey Road, en had zich daar van instrumentendokter tot geluidstechnicus opgewerkt. Plume had al eens een door iedereen vergeten, ongedateerde moederband met twaalf versies van een afgekeurd Beatlesnummer mee naar huis genomen, zodat Darwin er bootlegs van kon laten persen: een groot succes, weinig onkosten, en geen haan die ernaar kraaide. Een hele *lading* master tapes, dat was natuurlijk een andere klus.
'Dar, de banden zijn voor jou. Of je ze nou allemaal naar

buiten rolt of niet... als "Laugh to scorn" er maar bij is. Maak een mooie selectie voor een langspeler... Laat "Laugh to scorn" erbuiten, en pers daarvan een bootleg van vijfenveertig toeren. Oplage: een. Meer vraag ik niet voor mijn informatie.'

16

Telefoon uit Londen. 'Missie volbracht. Vierhonderd master tapes. Met dank aan Plume, die natuurlijk van niets weet.'

Maar Darwin had ook slecht nieuws. 'Jouw favoriet "Laugh to scorn" is er niet bij.'

Hij had een lijst aangelegd van alle tweeëndertig nieuw opgenomen songs, compleet met datum en opnamenummer. Ik vroeg hem de titels voor te lezen. Geen 'Laugh to scorn', wel een 'Hurly Burly'. 'Dat moet 'm zijn, Dar.'

Hij had de apparatuur bij de hand om zulke grote banden af te draaien. Uit de telefoonhoorn kwam, heel ijl, een slepende elektrische gitaar – veel te virtuoos voor Lennon of Harrison. De stem was wel degelijk van Lennon. 'When the hurlyburly's done... when the battle's lost, and won.'

'Volgens het etiket,' zei Darwin, 'speelt Clapton hier de lead. En wat lees ik hier... in het muzikale intermezzo gaat hij een duet aan met een draailier. Die wordt bespeeld door Jerry Raintight, straatmuzikant te Soho.'

'Dar, "Hurly Burly" is voor mij. Niet meer dan dat ene exemplaar. Als je me bedondert... in die bootlegrimboe weet iedereen alles van elkaar. Laat me in San Francisco ook een stapeltje van die lp's bezorgen.'

'Per post?'

'Ja, maar dan wel overplakken met labels van de London Philharmonic.'

17

'Hi, Hippie-ie-ie...!' Zelfs onderstreept met een klap op het autodak klonk het uit mijn keel nergens naar. 'Handel.'

Het vierkantige pakket, gewikkeld in de *San Francisco Chronicle*, ging maar net door het portierraam. 'Ah, de bootlegs,' zuchtte The Egg Man, die meteen het krantenpapier openscheurde.

THE BEATLES

THE HURLY BURLY SESSIONS

De platenhoezen had ik, door een drukkerij voor geboorte- en overlijdenskaarten, pas in San Francisco laten maken. 'Inkoopsprijs?' vroeg de bloemist.

'Vijf dollar.'

'Onzakelijk om het zo te zeggen, maar... voor elk exemplaar kan ik een klein fortuin vangen.'

'Het is je van harte gegund. Als je er maar een aan Charlie verkoopt. Hou het betaalbaar voor hem.'

Hij betaalde me vijftig dollar voor de tien lp's. Ik gaf hem vijf dollar terug. 'Mocht Charlie blut zijn, doe hem de plaat dan cadeau.'

'Zonde.'

'Ik sta erop.'

The Egg Man reikte naar de achterbank, en overhandigde me een klein bosje dieprode asters, die bitter roken en in mijn hand onmiddellijk, slap, alle kanten op zwabberden. 'Herfstbloemen uit Amsterdam. Vanmorgen vers aangekomen met de nachtvlucht.'

'Laat al dat vinyl niet te lang in die hete auto liggen.'

Hij startte de auto, die met schokjes weg sukkelde, als zat er echt een beginneling achter het stuur, die nog even zijn gang mocht gaan voordat de instructeur ingreep. De beugel op het dak zag oranje van de roestvlekken, maar de naam HIPPE bleef leesbaar, net als de waarschuwende L van Leswagen. Toen hij gas gaf, wapperden de zonverschroeide bloemguirlandes rond het koetswerk van de Chevy hoog op, en tere bruine blaadjes woeien mijn kant uit.

18

Eind september '67 was de Liefdeszomer niet alleen calendarisch en meteorologisch ten einde, ook ideologisch – *als* er ooit een ideologie was geweest, en niet veeleer een vaag ideaal van waardige lamlendigheid. Cynici onder de achterblijvers knipten hun lange manen af, hun baarden ook, en deponeerden al dat haar in een vurenhouten lijkkist, die verder gevuld werd met houten kralenkettingen en jute gewaden. De beugel met de naam HIPPE werd van het autodak van The Egg Man geschroefd en op het deksel van de kist gemonteerd, waar nog plaats overbleef voor enkele weelderige bloemboeketten uit Aalsmeer.

Ook Maddox en zijn vrouwen waren aanwezig bij de begrafenis van De Hippie. Na afloop nam The Egg Man Scott apart, en overhandigde hem een wit kartonnen hoesje. Het had geen opschrift, maar er zat een vijfenveertigtoerenplaatje in met een wit bootlegetiket, dat in onregelmatig gestempelde letters de tekst droeg: 'The Beatles/Hurly Burly/(Lennon/McCartney)'. 'Ik ben platzak,' zei Scott.

'Het is gratis. Een bonus bij je vorige aankoop. Dit is het enige geperste exemplaar. Ik weet, Charlie, dat je een kenner en een liefhebber bent.'

Maddox ging met de plaat naar een kennis in Lyon Street, die een stereo had. Hij verzocht iedereen de kamer te verlaten, en luisterde in z'n eentje naar het onbekende nummer, dat geen b-kant had. Vanaf de eerste maten voelde hij dat het nummer zich tot hem, en hem alleen, richtte. Ook van de tekst, waar hij op het eerste gehoor niets van begreep, wist hij bijna zeker dat die speciaal voor hem geschreven was. Net zo vaak draaien, die bootleg, tot hij z'n geheim prijsgaf.

Op de maat van het *midtempo* 'Hurly Burly' in zijn hoofd stuurde Maddox die middag alweer zijn Volkswagenbus over de bochtige kustweg 1 naar het zuiden. Door het meanderen tussen de rotspuisten keerden Lennons woorden met grote helderheid in hem terug, en van mijl tot mijl werden ze lichter, en begrijpelijker. Haight-Ashbury mochten de achterblijvers verder afbreken, als ze niet eerst zichzelf per overdosis te gronde richtten in het een of andere portiek, voordat dit van bouwvalligheid instortte. Die hele liefdespoeha, het was allemaal een zinsbegoocheling geweest, een poging ledigheid als creativiteit te verkopen. Op de zitbanken achter hem hingen, pratend en zingend, de meisjes tegen elkaar aan. Sadie, voorheen Susan, die hij als danseres achter de hand hield, voor als de nood aan de man kwam. Mary, drie maanden zwanger (van hem), die haar baan en haar woning in Berkeley had opgezegd om in zijn bus te wonen. Patricia, alias Katie, met haar zware cowboykaken en overvloedige lichaamsbeharing, die ze van hem niet mocht wegharsen. Ouisch, een getrouwde, alweer gescheiden vrouw van veertien, bijna vijftien, die ervoor zorgde dat de auto van haar vader, de dominee, in de achteruitkijkspiegel zichtbaar bleef. En dan was er, helemaal achterin, het dichteresje Lynette, dat met balpen vondsten op haar onderarm noteerde. *Dat* was nog eens een liefdesgezelschap, en Maddox had het zelf voor de kaken van de Haat uit de Haight weggesleept. Voor het eerst van zijn leven had hij, in vrijheid, zijn eigen cirkel van mensen – en die kon met elke kneedbare liftersziel worden uitgebreid.

19

'Niet de liefde, de dood is Charlies trip, beweerde een van jouw afvallige discipelen. Met de liefde, zei hij, weet Charlie geen raad.'
'Ik weet welke verraaier je bedoelt.'
'Als de liefde niet jouw trip is, Scott, en wel de dood... hoe

staat het dan met jouw doodsangst?'

'Charlie is niet bang voor de dood.'

'Als iemand jou een sigaret aanbiedt, geef je er een heleboel kleine kneepjes in... van het mondstuk tot aan het eind, en weer terug. Pas als je er geen explosief in voelt zitten, steek je 'm aan.'

'Als ik wel eens last heb van doodsangst, geef ik me een halfuurtje aan Cosy Horror over. Net zo lang tot ver weg terug in de tijd... in het jaar 1934, het nieuwe jaar nul... een afgrond opengaat. Hoe meer de tocht uit dat ravijn aan Charlie begint te trekken, des temeer doodsangst er uit hem wordt gezogen...'

'Als je me niet kunt uitleggen wat Cosy Horror inhoudt, bespaar me dan je gezever.'

'Cosy Horror is het *wordt vervolgd* van Hurly Burly.'

'De twee pilaren van Charlies leer.'

'Eerst van je hoogtevrees af... dan vertel ik je er alles over.'

20

Omdat de Volkswagenbus te klein werd voor zijn groeiende harem van weglopertjes, ruilde hij hem tegen een afgedankte schoolbus, waarin nog wat verzuurde kartonnetjes melk onder een bank stonden. Op een ochtend werden ze, even voordat de 1 bij Carmel in een vierbaanssnelweg veranderde, door twee auto's van de staatspolitie klemgereden. 'Een schoolbus mag alleen geel zijn als hij ook als schoolbus gebruikt wordt.'

Onder politiebegeleiding reden ze naar Monterey, waar op een braakliggend terrein de bus in de zwarte lak werd gezet. Op de plaats van de banken, die eruit gesloopt werden, kwamen matrassen, tapijten en sierkussens te liggen. Tule voor de ramen, tegen inkijk.

21

'Charlie en Little Remo hebben meer gemeen dan ze denken.'

'Sharon.'

'Jonge vrouwen. Meisjes.'

'Zoek de verschillen,' zei Remo. 'Voor mij alleen feeën en prinsessen. Maar als ik de foto's in *Hurly Burly* bekijk, en in al die andere boeken over jouw carrière, krijg ik een catalogus van jouw slechte smaak te zien. Geen wonder, Scott, dat ze telkens onverrichter zake van audities bij filmmaatschappijen naar jouw zwarte bus terugkwamen. Langs die weg konden ze jou ook niet rijk maken. Om te beginnen hebben ze geen borsten. Ik kom alleen dunne, rossige, sproetige typjes tegen. Is hier sprake van een voorkeur, of liepen die schriele, bleekzuchtige wichten eerder bij hun ouwelui weg? Muurbloempjes al in het ouderlijk huis. Roodharigheid wordt psychologisch altijd tot een snel ontvlambare drift herleid. Zijn die rooien van jou makkelijker te programmeren... eerder uit slachten te sturen?'

'Crisis! Die plaatjes zijn uit de tijd van de grootste chaos binnen The Circle. In Sybil Brand hebben ze de angst van die meiden gekiekt, niet hun jeugd. De rest is op het troittoir voor het gerechtsgebouw gefotografeerd. Ze hurkten daar neer in bange afwachting van het proces rond hun leider. Met niets anders te eten dan de bleke koekjes die de vrouw van de officier van justitie voor ze bakte. Met geschoren hoofd, en rillend van de wondkoorts, omdat ze een kruis tussen hun wenkbrauwen hadden gekerfd... in navolging van Charlie. Je had ze in de eerste bloeitijd van The Circle moeten leren kennen!'

'Ik heb ze beter leren kennen dan me lief is.'

'Jullie daarboven, in de heuvels van Hollywood, zijn altijd met uiterlijk bezig. In reclamezeep gewassen kindsterretjes... Shirley Templetjes... met allemaal hun eigen kindereunuch om het eerste menstruatiebloed tussen hun dijtjes weg te wassen. Voor Charlie telt het innerlijk. Ik spoorde bij mijn weglopertjes het inwendige letsel op. Ik las de getraumatiseerde ingewanden van hun jeugd. Als hun vader, zo bood ik mezelf aan. Kijk me aan, papa is aan het woord.'

'En het werkte.'

'O, ja.' Maddox liet zijn stem tot een raspend gefluister dalen. 'En dat is wat ik en jij gemeen hebben. De aantrekkingskracht van kleine, tengere mannen op ontwakende meisjes. Wij lokken tederheid uit in het jaar tussen pop en kind. Hun ongevormde moederlijkheid, dat is onze prooi. Tegelijkertijd, Little Remo, bezitten wij het milde overwicht van toegeeflijke vaders. De macht van kindmannetjes als wij is onverdacht... onschuldig... Het is machtshonger waarvoor het meisje haar ontluikende borst ontbloot. Hier, drink maar, papakind. Onze macht vertedert. Zo worden wij heer en meester over het rijk van de kleine, weerloze mensen.'

'Ik zie nog steeds alleen maar verschillen. Jij bent hun tiran. Ik zoek erotiek bij ze.'

'Erotiek, je zegt het. Een luxegoed, om de kuil van verveling mee te dichten. De liefde tussen Charlie en zijn meisjes is niet zo vrijblijvend. Ja, Squeaky is schriel, en sproetig, en roodharig. Haar stem is een vogeltje in de ochtend. Maar op haar dunne beentjes kan Charlie zijn kerk bouwen. En onder de gewelven van dat gebouw galmt haar getwiettwiet als een orgel. Als mijn plaatsvervangster op aarde voelde zij zich niet te goed om de oude blinde van Spahn Ranch in slaap te troetelen. Dat is liefde. Met een half woord, minder nog, begreep zij wat er van haar verlangd werd. De andere helft van het woord was haar liefdesverklaring. Ze mocht me niet bezoeken in San Quentin, maar ze vond toch wel een weg om tot me door te dringen. Ze liet weten dat ze een manier had gevonden om de sequoyawouden te redden. Een paar dagen later pleegde ze haar aanslag op de president. Kijk, *dat* is liefde. De echte. Het was haar protest tegen de wereld omdat ze me niet mocht zien. Sindsdien draagt ze de erenaam Sequoya Squeaky.'

22

'Zit daar ook een "Hurly Burly" bij?' Remo wees op de rij cassettebandjes in Maddox' cel. (Ze waren door de bewaking van hun scherpe hardplastic doosjes ontdaan, en hadden nu kartonnen hoesjes.) ' "Hurly Burly" was van vinyl. Een vijfenveertigtoerenplaatje. Het zit nu in de singletjescollectie van Jacuzzi. Bewijsstuk numero 17. Ze hadden het touwtje van het label door het gaatje in het midden gehaald. De openbare aanklager pakte telkens het afspeelgedeelte vast, zodat ik de groeven langzaam dicht zag slibben met zijn vingervet. Het enige exemplaar op de hele wereld...'

'Nooit een bandopname van gemaakt?'

'Het moest uniek blijven. Het was Lennons persoonlijke boodschap... nee, opdracht... aan Charlie. Met elke kopie was er meer kans dat de song de verkeerde oren zou bereiken... blinde oren.'

'Zing hem me dan voor.'

'Ook een vorm van kopiëren.'

'Vind je niet, Scott, dat ik er een *beetje* recht op heb te weten op grond van wat voor tekst en melodie mijn geluk vertrapt is?'

Maddox nam zijn gitaar van de standaard, en controleerde of hij goed gestemd was. Hij schraapte zijn keel, en zei: 'Ik heb geen Lennonstem.'

Als het om de muziek van een ander ging, speelde Maddox veel beter, waarschijnlijk omdat zijn eigen melodieën zo zwak waren. De gitaarintro leek op die van 'Working Class Hero', maar had een lager tempo. Dacht Remo Lennons aarzelend slepende stem voor Maddox' gruizige geluid in de plaats, dan riep de zang reminiscenties op aan 'Strawberry Fields Forever', waarvan hij een keer een nog onvolmaakte, akoestische opname had gehoord. Hij was er zich zo tot het uiterste gespannen van bewust dat de gezongen woorden zijn leven vernietigd hadden dat hij vergat hun betekenis in zich op te nemen. Alleen het slotrefrein drong tot hem door.

When the hurly-burly's done,
When the battle's lost, and won.

'Ik hoor de heksen uit *Macbeth*,' zei Remo. Ook de overige tekst had hem vertrouwd in de oren had geklonken.
'Het is een Lennon/McCartney-compositie.'
'Ik geloof je. Maar op z'n minst het refrein is Shakespeare.'
'Typisch Lennon. Er komt nog een soort praatstukje achteraan...' Maddox tokkelde nog wat na, en zong in recitatief:

Sir John, I am thy Pistol and thy friend,
And helter-skelter have I rode to thee,
And tidings do I bring, and lucky joys,
And golden times, and happy news of price.

'Ik kan het niet thuisbrengen, maar dit klinkt ook naar Shakespeare.'
'Lennon op z'n zuiverst.'
'Dat *Hurly Burly* uit het refrein... zo heet het boek van Jacuzzi, door wiens inspanningen jij hier de pleepotten mag uitschrobben. Gisteren van de bibliothecaris gekregen.'
'En... goed boek?'
'Ik heb er alleen nog in gebladerd. Van de plaatjes kreeg ik alvast tranen in mijn ogen.'

23

'Ik weet dat er veel over geschreven is,' zei Remo. 'Een hoop flauwekul ook. Maar welke boodschap trof *jij* nou precies in het nummer aan?'
'Niet wat die carrièrekont van een Jacuzzi er in zijn krankjoreme boek van bakt.'

'Het resultaat was hetzelfde.'

'De boodschap... de opdracht, moet ik zeggen... was in orde, maar werd slordig uitgevoerd.'

'Als de veldslag, volgens Shakespeare, gewonnen wordt *en* verloren... daar kun je alle kanten mee op.'

'Dat, Li'll Remo, was nou juist Lennons boodschap.'

24

'Het is een *late* Lennon/McCartney,' gromde Maddox, schokschouderend van ongeduld, 'en dan hoort het geoefende oor altijd onmiddellijk... niet alleen wie de zanger, ook wie de componist is. Muziek, tekst, gitaar, zang... "Hurly Burly" is helemaal Lennon.'

'Over zijn teksten na *Rubber Soul* zegt Lennon zelf dat ze in een soort schertscompetitie met Bob Dylan werden vervaardigd. Dylan nam volgens hem een bepaald beeld, en improviseerde daar met afgeleide beelden wat interessanterig omheen. Hij dacht: jou heb ik door, maestro, dat kan ik ook. Zo ontstond bijvoorbeeld "Cry, baby, cry". Lennon parodieerde dus eigenlijk Dylan, maar dan zo dat het niet in de gaten liep, want Dylan beweerde Lennons teksten te bewonderen. Als je dat zo hoort, Scott, denk je dan niet: de boodschap van "Hurly Burly" was nep... kinnesinne onder verveelde popmiljonairs?'

'Wat Mr Lennon verder nog met zo'n tekst wil, verandert niets aan de opdracht die Charlie erin beluistert. Jij hebt het almaar over Shakespeare, Little Remo. Straks zal nog blijken dat Johannes zijn Openbaringen niet zelf geschreven heeft. Moet ik dan voetstoots aannemen dat de Put des Afgronds niet bestaat?'

'Een hurly-burly is behalve een apocrief Beatlesnummer ook een Engelse kermisattractie.'

'Zo goed ken ik de cultuur van het frivole Albion niet.'

'Het is cakewalk en helter-skelter ineen. Had je dat geweten,

475

Scott, zou je die wereldomspannende rassenoorlog van je dan ook Hurly Burly hebben gedoopt?'

25

Een eenvoudig soepbord met, haaks als bestek neergelegd, een schoenlepel, een paletmes en een stemvork eromheen – ziedaar het mogelijke openingsbeeld van een film, dat hem niet losliet. Op het witte porselein zag hij onophoudelijk de schreefloze letters van de begintitels geprojecteerd, in zwart omlijnd rood.

Op cel, oog in oog met zijn storyboard vol tandenstokers, dacht Remo na over hoe het verder moest met zijn vak. Vier jaar geleden alweer dat hij zijn filmische equivalent van een Griekse tragedie had afgeleverd. Op die weg verdergaan, maar dan compromislozer – nee, hij moest de absolute compromisloosheid zien te bereiken. *Niet* door voorbereidende snoepreisjes naar verre Polynesische eilanden. Om te beginnen zou hij zich ontdoen van de komische dinosaurustweeling uit Cinecittà. Geen risicoloze doorsneefilms meer. Ze leidden maar tot oppervlakkige vriendschappen, en tot valse gevoelens van macht en invloed, die hem in gevaarlijke situaties konden brengen als die met Wendy Zillgitt. Eerst de omslachtige en tijdrovende verovering, dan de slepende en kostbare juridische kwestie, en tenslotte het onvruchtbare geknies achter tralies, met het gevaar dat alle nog onontgonnen talent in bloed verdronk. De publieke vernedering ervoer hij niet langer als een schande, eerder als een goede gelegenheid om zijn uitzonderingspositie te verduurzamen.

Woensdag 11 januari 1978

Het onderaards paradijs

I

Over mijn woonplaats van de afgelopen jaren hoorde ik mezelf wel eens praten als over de *stadstaat* Randstad Holland, terwijl het officieuze staatje meerdere steden omvatte, de belangrijkste daarvan Amsterdam en Rotterdam. In mijn goede oudheid zouden ze zich rot gelachen hebben om een stadstaat bestaande uit, zeg, Sparta en Athene. Maar dit was de twintigste eeuw. In dit geciviliseerde moeras konden elkaar beconcurrerende steden, als twee brandpunten van dezelfde ellips, blijkbaar heel goed tot dezelfde polis behoren. Met als goede derde, en competitieve bliksemafleider, de Haagse residentie. Toen tot me doordrong dat de Hollandse tripelstadstaat qua uitgestrektheid kon wedijveren met Greater Los Angeles, werd ik bijgelovig op het paranoïde af. Het onberekenbare LA had, door z'n ondoorgrondelijke voorsteden, z'n van canyons doorkerfde heuvellandschap, z'n verlaten droomfabrieken en verraderlijk bewoonde filmsets, z'n woestijnenclaves en grillige strafwetgeving, maar toch vooral door z'n uitgestrektheid, de opzet van mijn Hurly Burly vernietigd – en Charlies Hurly Burly alle kans gegeven.

Goed, Los Angeles was op een woestijn gegrondvest, en de Randstad Holland op een moeras. Als het gezegde van mijn vader waar was, dat een muggenbeet de goddelijkste tragedie om zeep kon helpen, dan was het Randstedelijke moerasge-

477

bied gevaarlijker voor mijn nieuwe onderneming dan de woestijnvlakte van Los Angeles dat was voor de oude.

Zelfs de Nederlandse uitgave van het boek *Hurly Burly*, door Uitgeverijen Hoek Keizersgracht/Spiegelstraat BV in Amsterdam, stemde me wantrouwig over het welslagen van mijn Randstadavontuur. Na het wereldwijde succes lag de vertaling in alle Nederlandse boekhandels. De promotieafdeling van Hoek BV had een bouwpakket laten ontwerpen naar de Engelse kermisattractie hurly-burly – een display waar twaalf exemplaren van de paperback in pasten. De kartonnen stellage zag er in de winkel fleurig uit: niemand die bij het zien van de titel nog aan de werkelijke gebeurtenissen dacht – waarmee het kermispakket precies de teloorgang van mijn transatlantische tragedie uitbeeldde. Zo'n Nederlandse uitgeverij wist al wat groots en meeslepend was naar de circustent te verbannen, naar het holst van het tabernakel voor doorgezaagde weesmeisjes.

2

Geen vergissing mogelijk: het woord PIG op de witte voordeur was in Sharons bloed geschreven, en wel met behulp van de handdoek die rond Jays hoofd gedrapeerd teruggevonden werd. *Pig* was een scheldwoord geworden voor alles wat met de zogenaamde gevestigde orde te maken had. Politieagenten, gevangenbewaarders, welgestelde burgers – allemaal *pigs*.

Was het PIG op de deur meer dan een dodelijk cynisch stopwoord? Moordenaars hielden er soms van tekens achter te laten, alleen op te lossen voor wie net zo intelligent was als zijzelf. Iets Latijns? *Piger ipse sibi obstat.* Die had hij van Seneca onthouden – over het luie varken dat zichzelf in de weg ligt. Het zou op Voytek en zijn uitvreterij kunnen slaan.

Een afkorting misschien? P.I.G. *Pax inter gladium...* Hoe ging het ook weer verder? ...*et jugulum.* 'Vrede tussen zwaard en keel.' Het tegenovergestelde van wat er op Cielo Drive 10050 was aangetroffen. *Peccata inter gladium et jugulum.* 'Zonden tussen zwaard en keel.' Dat kwam meer in de buurt. *Pauca inter gladium et jugulum.* 'Er is weinig tussen zwaard en keel.' Zeg dat wel. Na de arrestatie en voorgeleiding van de verdachten verloor Remo al snel alle belangstelling voor de zaak. Op slag verdwenen, de obsessie om de misdaden mee te helpen oplossen. Hij gaf inspecteur Helgoe van de LAPD het zaklaboratorium terug waarmee hij, gelukkig zonder succes, bloedsporen in de auto's van zijn vrienden had proberen op te sporen, en sloot zich verder zo veel mogelijk af van de ontwikkelingen in de aanloop naar het proces. Hij, die zich zo intensief had beziggehouden met de smerigste kanten van de zaak, leed nu aan een soort smetvrees als het over de ranzige details ging. De bloedcocktails, het totale aantal messteken, hoe de slachtoffers om hun leven hadden gesmeekt, de wellust waarmee de vrouwelijke moordenaars hadden toegestoken... hij wilde het allemaal niet weten. Het bevreemdde hemzelf: hoe vaak had hij niet gehoord en gelezen dat nabestaanden van moordslachtoffers volkomen geobsedeerd bleven door de manier waarop een geliefde uit hun leven verdwenen was. Net als de rechter-commissaris, de openbare aanklager en het advocatenteam legden zij wandmeubels vol ordners met dossiers aan, waarin geen snipper over de zaak ontbrak. Ze sloegen geen minuut in de rechtszaal over.

Remo liet de procesgang aan zijn vriend Jack over, die een film rook, en met een blocnote op zijn knie aantekeningen maakte. Hij meed niet alleen documentaires over Charlie en The Circle op televisie, maar ook zoveel mogelijk de televisiejournaals, want er kon nieuws over de rechtszaak zijn. Op den duur meende Remo aan de drukinkt van een krant te kunnen ruiken of er een artikel over de moorden instond, en zo ja, dan liet hij de betreffende editie ongelezen.

'Ga een keer mee,' drong Jack aan. 'Het is goed voor je dat grommende bastaardje eens van dichtbij mee te maken.'

'Nee, Jack, mij krijg je niet zover te gaan zitten kijken naar allerlei dierbare dingen van Sharon die in plastic verpakt voorbijkomen. De politiefoto's van haar kapotte lijf... Dr Kahanamoku heeft ze me laten zien, en ik hoef ze niet nog eens onder ogen te krijgen. En dan te moeten aanhoren hoe de verdediging zich in bochten wringt om verzachtende omstandigheden erdoor gedrukt te krijgen... voor de totale vernietiging van het meest weerloze op deze aarde. Een zwangere vrouw.'

Toch, bij het verder lezen in *Hurly Burly* viel het Remo op hoeveel feiten van destijds hun weg naar zijn brein hadden gevonden, langs god weet wat voor kanalen. Natuurlijk kwam hij ook zichzelf tegen. Jacuzzi schreef niet erg sympathiek over hem, teleurgesteld ongetwijfeld omdat de regisseur niet aan het boek had willen meewerken. Na het verslag van de juryuitspraak, die voor de hoofdverdachten de doodstraf betekende, werd Remo opgevoerd met de woorden: 'Geen commentaar.'

Al lezend voelde hij met zijn duim het gladde papier van het tweede fotokatern naderbij komen. Als hij niet oppaste, en het niet tijdig in z'n geheel oversloeg, zou Sharon opnieuw dood liggen onder zijn ogen, met die arm over haar gezicht als om zich te beschermen tegen een felle lamp.

3

'Vond jij van *Hurly Burly*, Scott? Het boek, bedoel ik.'
'Wat wou je horen?'
'Nou, dat de film beter was, bijvoorbeeld.'
'Naar dat prutsboek hebben ze een televisieserie gemaakt. Ik werd gespeeld door een acteur uit de varkensstal van ABC. Steven Railhead. Het zal hem nog lelijk opbreken. Wie eenmaal Charlie heeft gedaan, zal nooit meer een ander karakter aankunnen. De bedelstaf, dat is wat hem wacht. Of het krankzinnigengesticht.'
'Een gedoemde. Nu het boek.'
'Zakkenvullerij, Li'll Remo, ten koste van edele motieven. Waarom figureren topadvocaten aldoor in de media? Zo'n sterstatus, die wilde de openbare aanklager ook wel. Tijd voor

een boek. O ja, hij zag de rolprent al voor zich... met Remo Woodehouse in de rol van Charlie. Een ordinaire rechtszaak, daar hoefde hij bij een topuitgeverij niet mee aan te komen. Er moest iets spectaculairs in. Charlie verdenken van hekserij, dan kon Jacuzzi hem tot de brandstapel veroordelen... tot een bubbelbad van borrelend pek. En *dammit!* het werkte. Hij noemde zijn boek, door een geest geschreven, naar een of ander schimmig popnummer... niemand had het ooit gehoord. Ze legden het in de winkel met een zwarte band eromheen... zoals vroeger mensen in de rouw er een om hun bovenarm droegen. "Een veelgelezen monument ter nagedachtenis aan de slachtoffers" stond er in witte lettertjes op. Jacuzzi liep krom van verdriet naar het bankfiliaal.'

Vandaag liet Maddox de klankpoëet zich weer even horen.

'Als Jacuzzi in zijn *Hurly Burly* jouw motief niet heeft kunnen onthullen, Scott, wat hield dat motief dan in?'

'Motieven zijn veredelde smoezen. Waarom de zuiverheid van een actie vertroebelen met een beweegreden? De snoes is tot moes... met of zonder smoes.' Ingenomen met het rijmpje, dat hij bleef herhalen, maakte hij er een dansje bij. 'Snoes, moes, smoes. Hoor je wel? Charlie deed het voor het pure rijm. *Dat* was zijn motief.'

4

'Een uitpuilende wapenkamer... een vloot van snelle Volkswagenbuggy's,' somde Remo op. 'Een bus vol camouflagelompen uit de dump... een benzinevoorraad groot genoeg om het hele nationale park van Death Valley in de hens te zetten... een netwerk van veldtelefoons. Schietoefeningen, racen door de woestijn. Een complete paramilitaire organisatie.'

'Een hiërarchie van gewapend beton, met Charlie aan top,' zei Maddox. '*En* een ijzersterk uitgewerkte ideologie, copyright Charlie.'

'Zaakjes mooi voor elkaar.'

'Na een half Christusleven achter tralies kreeg Charlie zijn koninkrijk. En zie, het was wel degelijk van deze wereld, net als de bajes. En het was meer, veel meer dan waar hij achter muren en prikkeldraad van had durven dromen. Spahn Ranch het zomerverblijf, Barker Ranch het winterpaleis. Jonge vrouwen uit de hofhouding baarden Charlies kinderen. Slangen, vogels luisterden naar hem. Alleen de toegang tot het onderaardse paradijs moest nog gevonden worden. "En de vijfde engel heeft gebazuind en ik zag een ster, gevallen uit de hemel op aarde, en haar werd gegeven de sleutel van de put des afgronds. En zij heeft de put des afgronds geopend, en daar is rook opgegaan uit de put, als rook van een grote oven, en de zon en de lucht is verduisterd geworden van de rook des puts."'

'Ik snap het nog steeds niet helemaal, Scott. Moesten er nou woorden in bloed achterblijven om de negers de schuld te geven... of om de negers voor te doen hoe ze in opstand moesten komen?'

'Het belangrijkste was dat Hurly Burly eindelijk eens zou beginnen.'

'De oorlog van start laten gaan zonder dat de Put gelokaliseerd was? Jullie moesten toch ergens kunnen schuilen...'

'Kom, Little Remo, Hurly Burly woedt niet van de ene dag op de andere op volle sterkte. Eerst moesten er nog een paar zwarten, Panthers liefst, gearresteerd worden voor Cielo en Waverly. Daarna... oproer in Watts, en dat zou dan weer overslaan naar de andere negerparadijzen van Los Angeles. Tijd in overvloed om de ingang naar het ondergrondse stroomgebied te vinden. In de Panamint Mountains, bij Death Valley, wist ik de Berg der Zelfmoordenaars te liggen. De Put kon niet ver meer zijn.'

5

'Het leven in de woestijnput *is* geen hiernamaals,' riep Maddox, alsof Remo een beschuldiging had geuit. 'Als het een paradijs is, dan een aards paradijs... een onderaards. Voor Hurly Burly levend erin, na Hurly Burly levend er weer uit. Tegen die tijd hebben mijn volgelingen wel een verandering ondergaan. Cosy Horror, Li'll Remo. Ze zullen de dood voorbij zijn, maar niet het leven.'

'Geen paradijselijke moslimtuin?'

'De vrouwen die mee de diepte in gaan, zijn allang geen maagd meer.'

'Nee, daar zorgde jij wel voor.'

'Jacuzzi schrijft dat ik vrouwelijke kandidaten voor The Circle onder de ogen van iedereen hoogstpersoonlijk ontmaagdde. Het was alleen symbolisch, dat wil zeggen... via het achterlaantje. Zo kon ik ze toch als maagd mijn broeders binnen The Circle aanbieden.'

'Een kwestie van wellevendheid. Allicht.'

'Ontmaagde maagden brengen zelf ook weer maagden voort.'

6

'In de tijd van Spahn, uit hoeveel leden bestond The Circle toen?'

'Een harde kern van zo'n vijfendertig. Met meelopers soms meer dan honderd.'

'Vijfendertig. Zoveel mensen hebben jullie in totaal koud gemaakt. Een dooie de man. Mooi gemiddelde.'

7

'Mr Carhartt,' riep Maddox naar de haastig voorbijlopende hoofdbewaker, 'waarom ontvang ik hier geen post?'

Carhartt, op weg naar de koffie, hield met tegenzin halt.

'Vroeger kreeg ik elke dag handenvol brieven. Sinds ik hier in Choreo zit... zelfs geen ansichtkaart meer. Iets klopt er niet.'

'Ik ben op weg naar de directeur.' Hij wenkte naar bewaker Tremellen, die met zijn volle gewicht op de kreunende balustrade leunend over de Ring stond uit te kijken. 'Loop maar mee, Maddox. Vraag het O'Melveny zelf.' *Flats, flats* als de vinnen van een zeehond deden de platvoeten van de dikke Tremellen op de gietijzeren traptreden. Puffend, met openhangende mond, deed hij Scott de boeien aan, trouwhartig als een lobbes die, voor een extra koekje, zijn eigen baas nog zou aanlijnen. Remo zag zijn kleine maat tussen de twee grote bewakers een zijgang in verdwijnen. Het grote, grauwwitte ballonhoofd deinde merkwaardig licht van de ene geüniformeerde schouder naar de andere.

8

Die paragnosten, helderzienden met door bankbiljettengrijs vertroebelde blik – als vliegen op de stront kwamen ze af op zaken die ik nog voorzichtig met mijn belangstelling en betrokkenheid aan het omcirkelen was, om alles bij voorbaat te verpesten en kapot te maken. Als ikzelf in die dagen wat meer helderziende was geweest, en iets minder theatermaker, dan had ik het als een veeg teken kunnen beschouwen dat uitgerekend in die zomermaanden van '69 twee *Nederlandse* paragnosten, Paul Clocquet senior en Paul Clocquet junior, hun kunstjes in een theater aan de Sunset Boulevard vertoonden.

Dat ik met het GNOTHI SEAUTON boven de hoofdingang van mijn oude consultatiebureau de bezoeker tot zelfkennis aanmoedigde, betekende nog niet dat ik zelf geen kennis omtrent de klant vergaarde. Van elke held of brave borst die zich met een verzoek om opheldering aan het loket vervoegde, werden de antecedenten grondig nagetrokken, voordat hij in aanmerking kwam voor de ulevel in de papyruswikkel met het metrische antwoord.

Ik besefte tot mijn schande me in de consumptieve maalstroom van de twintigste eeuw na Christus te hebben laten meevoeren. Aangetast door de jachtigheid van mijn tijdgenoten was ik een ongeduldige initiatiefnemer en toeschouwer van mijn eigen tragische ondernemingen geworden. Het kon me allemaal niet snel genoeg gaan. Voortdurend sprong ik op, en dan klapte het pluche met een sterke springveer tegen de rugleuning, zodat ik bij het weer zitten gaan regelmatig mijn billen openhaalde aan de ijzeren scharnierstrips op de keerzijde van de zitting. Na een ademstokkende manoeuvre van de held nooit meer kunnen terugvallen op het marmer – ik zou er nooit aan wennen.

Alvorens, in de vorm van een clandestien grammofoonplaatje, de kleine goeroe zijn orakel te overhandigen had ik me veel meer in zijn voorgeschiedenis en geestelijke capaciteiten moeten verdiepen, in plaats van The Egg Man's gezwatel over Charlies profetische gaven voor zoete koek te slikken. Ron Hubbard, Jezus Christus, Ol' Creepy Karpis, Robert DeGrimston, *Revolver*, Adolf Hitler... Als ik de mix van invloeden die hij ondergaan had meteen goed had geanalyseerd, was de dwerg al veel eerder als een schmierende charlatan ontmaskerd. Aan de hele melange van heldere en duistere prikkels had hij zijn eigen filosofische en theologische oprispingen toegevoegd, een cursus hypnose, de donkerblauwe bloedsporen van zijn inktlap, een beroerd vertaalde bladzij Nietzsche, een van het ledikant op de grond gerolde oorbel van zijn moeder, en een groene flessenhals die precies om zijn middelvinger paste. Met wat minder gulzige haast had ik me eerder gerealiseerd dat dit vulgaire misdadigertje met zijn valse pretenties in 'Hurly Burly' de verkeerde boodschap zou beluisteren.

Be bloody, bold and resolute. Laugh to scorn/ The power of man. Nog zo'n regel uit *Macbeth* die ik Lennon had toegespeeld, en die hij in z'n 'Hurly Burly' had verwerkt. Om zijn slaafse volgelingen eropuit te sturen had Charlie alleen maar de eerste woorden hoeven zingen: '*Be bloody.*'

Remo keek naar Maddox' ingezwachtelde handen. 'Ik dacht dat je met een goedgevulde postzak terug zou komen, Scott.'
'Ik had het kunnen weten.'
'De CMF in Vacaville heeft de post niet doorgestuurd.'
'O, jawel. Maar die is door de zieke *wino* Mothy achtergehouden. Het was weer eens in mijn eigen voordeel. Bij het bezorgen van de post mocht geen bewaker mijn echte naam op de envelop zien staan.'
'Ze hadden de brieven in een gesloten verzamelenvelop aan gedetineerde Maddox, Scott kunnen richten.'
'Waarom zouden ze zich een pesterijtje laten ontnemen?'
'Dan kunnen ze net zo goed buiten tentharingen uit de grond gaan trekken. Wat de luchtpost betreft... volgens mij probeerden de kampeerders daarnet met rooksignalen jou iets duidelijk te maken.'
'Stomme wijven... weten nog steeds niet dat mijn cel aan de binnenplaats is. Wat zeiden ze?'
'Ik kon het niet lezen.'
'De voorbije jaren hebben bajesbonzen er alles aan gedaan om mijn mensen bij me weg te houden. Ze sleepten me van San Quentin naar Folsom, vandaar naar Vacaville, en weer terug naar San Quentin. Nu eens in een wasserijcontainer, dan weer onder de bank van een bus. We rijden door de slagboom... het tentenkamp voorbij... en die meiden merken niets. Na nog eens weken bivakkeren in de modder horen ze van een afvallige bewaker dat Charlie is overgeplaatst. Als ze dan met hun schoolbus vol kroost voor de poort van, zeg, Folsom arriveren, kan ik er alweer weg zijn.'
'Toen ik ze hier voor de poort hun lappenhandel zag opzetten, was jij pas een paar dagen in Choreo.'
'Geen lek, Li'll Remo. In dit geval ging het om een direct kennen. Mijn mensen *wisten* dat Charlie naar Choreo ging.'
'Dan waren die persmensen aan de poort zeker allemaal discipelen van jou. Ze wachtten op jou. Niet op mij.'

Tussen de gaasrafels blonk zijn ene oog op. 'Een week te laat, maar ze waren er. Charlies roem groeit nog steeds.'

'Als het om een intuïtief weten ging, waarom lagen jouw bevrijders dan aan de verkeerde kant van de splitsing in een hinderlaag? Ze rekenden duidelijk op een overplaatsing van Vacaville naar San Quentin. Het lijkt me eerder dat ze het escorte rond de ingezwachtelde dwerg gevolgd zijn naar San Bernardino. Naar Choreo.'

10

'Jouw aanhang daarbuiten, Scott, weet die onder welke naam jij hier zit?'

'Ik heb naar een postbus van The Circle geschreven, die op naam staat van Sandy, mijn plaatsvervangster. Of de brief door de censuur is gekomen... ik betwijfel het.'

'Ik kan je hun nachtelijke antwoord niet overbrengen. Onverstaanbaar.'

'De muziek van hun boodschap, Li'll Remo, bereikt mij toch wel... via het prikkeldraad dat boven de muren hangt. Zo klinken hun stemmen zacht en tjirpend als de snaren van een sitar. Ik versta ze niet, maar ze raken me recht in het hart.'

'The Circle bestaat niet meer.'

'The Circle is daar buiten, en houdt de wacht.'

11

'Je hebt je niet ontzien, Li'll Remo, om de een of andere oplichter van een paragnost mee het huis in te nemen.'

'Twee zelfs. Vader en zoon Clocquet. Nederlanders.'

Een paar dagen na de begrafenis was Remo opnieuw in zijn huis terug geweest, ditmaal in gezelschap van een verslaggever die beloofd had met een onbevooroordeeld artikel alle negatieve publiciteit van tafel te vegen. Een fotograaf was er ook bij.

Voor het gesloten hek aan het doodlopende einde van de Cielo Drive troffen ze een politieagent in heftige woordenwisseling met twee onbehouwen Engels sprekende mannen. Remo had de oudste mediterend aangetroffen in de woonkamer, toen hij met zijn schoonzusje een jurk voor Sharon ging uitzoeken. 'Het is in orde, agent. Ze zijn hier al eerder geweest.' Ook nadat het onweer in die onheilsnacht niet had doorgezet, was er geen regen meer over Beverly Hills gekomen. De bloedplakkaten, op het pekzwarte af donker geworden, bevuilden nog altijd de tuin en de veranda. Een berg gemaaid gras had in een kruiwagen tot hooi liggen verdrogen. Bij de voordeur, die inmiddels landelijke bekendheid had gekregen als de witte *dutch door* met de bloedletters, stond nog een agent, die een afwerend gebaar maakte naar de fotograaf. Remo vroeg de politieman naar de katten.

'Geen katten gezien, Sir.'

'Er liepen er hier minstens dertig rond. De vorige huurder had ze achtergelaten.'

Het zwembadwater was nu geheel bedekt met een drijvend tapijt van dorre boomblaadjes en droge dennennaalden. Sharons donkergrijze vrachtwagenbinnenband, behalve met rode plakrondjes nu ook genopt met witte vogelfluimen, was half leeggelopen, en dreef met een zachte bergbries mee. Rond de vuilnisbakken, vlakbij het gastenverblijf, vonden ze een tiental katten, schuw en mager. Er lag alleen oneetbaar afval over het zandpad verspreid. Het leek of de dieren zelf de deksels van de tonnen hadden gelicht, maar waarschijnlijker was dat de forensische dienst het vuilnis onderzocht had, om vervolgens de katten het plezier van een verdere inspectie te gunnen. Onder het afdakje voor haardhout, naast het tuinhuis, troffen ze een nest pas geworpen katjes aan. Toen de fotograaf er zijn lens te dichtbij bracht, begon de vermagerde moeder, tanden in nekvel, haar kroost een voor een weg te dragen – naar het lichtblauwe laken dat een week tevoren het lijk van Gibby had afgedekt, en dat door de politie bloedbevlekt op het gazon was achtergelaten. De beide paragnosten stonden van een afstand ernstig naar het tafereel te kijken, alsof er van alles over de toedracht van de slachtpartij uit af te lezen viel.

De woonkamer. Afgelopen woensdag had hij Sharon begraven, en hier lag haar schaduw nog over het beige tapijt: alweer wat dieper ingebrand, donkerder en korreliger dan bij zijn vorige bezoek. Omdat hij nu binnen moest fotograferen, maakte de fotograaf een paar polaroids van het zwarte bloedlandschap om het licht te testen. Clocquet junior, behalve paragnost in opleiding de agent van Clocquet senior, vroeg of hij de proefopnamen mocht hebben, dan kon zijn vader ze 's nachts onder het hoofdkussen leggen, net zo lang tot de dader hem geopenbaard werd.

'Ik heb dat nummer van *Being* gezien, Li'll Remo,' zei Maddox. 'Een zondagsrijder had het achtergelaten op Spahn. Rot voor je dat al zo snel bekend werd dat je vijfduizend dollar voor het artikel ving. Daarvoor moest je natuurlijk wel met een mes in de hand gekiekt worden... tegen die witte deur. Met al je woede en verdriet was je van de ellende al kitsch aan het maken.'

'Uit jouw kitsch was die ellende voortgekomen.'

'Het mes kwam me niet bekend voor. Geen Buck knife uit onze wapenkamer. Uit jouw eigen keukenla, schat ik.'

De polaroids werden dezelfde avond nog gebruikt voor allerlei hocuspocus in een show rond vader en zoon Clocquet, in The White Rabbit, een theater voor goochelaars en illusionisten aan de Sunset Boulevard. De volgende dag vonden de foto's voor tienduizenden dollars hun weg naar de gossipglossy *Beautiful People*. Ze werden zo afgedrukt dat het tapijt veel lichter leek, en het bloed nog bijna vers rood. Onderschrift: 'Wat er op het witte doek van de filmster overblijft'. En: 'Sharon geportretteerd door Jack the Dripper'.

Dat van die vijfduizend dollar was al een vuile roddel geweest, en daar kwam nog eens de lasterpraat bij dat Remo de polaroids voor een krankzinnig bedrag aan het hoogst biedende blad zou hebben doorverkocht. Op een avond, toen hij van een onaangeroerd diner naar de Paramountstudio's terugkeerde, lag er in de kleedkamer van Rebekah Rutherford een rekening van vijfduizend dollar op hem te wachten: de huur voor een tiendaags gebruik van de suite, direct te voldoen. Zo'n fraaie rouwbrief had hij nog niet eerder ontvangen. Ook uit Rome waren er condoleances: van de huiseigenaar, die telefonisch vernomen had dat Remo zijn familieomstandigheden te gelde aan het maken was, en nu de rekening presenteerde voor de vernielde meubels en tapijten, alsmede voor een ernstige waardedaling van het huis, veroorzaakt door wanbeheer.

12

Ondertussen pleegde Remo, in de wanhopige hoop een oplossing van de zaak op zijn verdriet in mindering te kunnen brengen, zijn eigen verraad – op vrienden en collega's, die allemaal verdachten waren sinds inspecteur Helgoe hem had verzekerd dat een moordenaar doorgaans in de directe sociale omgeving van het slachtoffer gezocht moest worden. Nadat Remo de LAPD zijn diensten had aangeboden, werd hij uitgerust met een klein zaklaboratorium. Hij maakte misbruik van de nu onbeperkte gastvrijheid van zijn kennissen door zich met een huilkramp onder hun troostende armen uit te worstelen, en zich zogenaamd in het toilet op te sluiten, maar in feite een bezoek te brengen aan de garage om met een in chemicaliën gedoopt wattenstaafje het interieur van de aanwezige auto's af te speuren op bloedresten. Vervolgens zette hij het stokje in een reageerbuisje met weer een andere chemische oplossing – hij herinnerde zich de namen niet eens meer van die toen zo levensnoodzakelijke stoffen. De wattenbolletjes kleurden nooit blauw. Zoveel zinloos vergoten bloed op de wereld, alleen in zijn eigen huis al – en niemand uit zijn vriendenkring die hem er een spikkeltje van gunde.

Toen jaren later inspecteur Flanzbaum hem kwam arresteren, had hij schertsend opgemerkt dat hij 'ooit het ijverigste hulpje van de LAPD was geweest', maar het stemde de politieman niet milder. 'U had er blijkbaar geen goede leerschool aan.'

Als Remo eenmaal met zijn gewatteerde voelsprietje het autointerieur van een vriend of vriendin aan het aftasten was, koesterde hij altijd een korte, hevige verdenking: misschien om zo zijn handelwijze te rechtvaardigen. Als onder het plafondlicht van de wc het staafje niet blauw werd, maakte de verdenking plaats voor grote ontroering. Hij spoedde zich naar de huiskamer terug, en wierp zich voor een orgie van tranen en troost in de armen die hij eerder afgewezen had.

13

Een komeet voor mijn karretje spannen, zo'n Halley bijvoorbeeld, dat was niks voor mij. Je dacht er een waanzinnige sekte mee de woestijn in te leiden om ze collectief zelfmoord te laten plegen (allemaal afdalen in een giftige mijnschacht), en dan eindigde de hele Circle in de provinciale gevangenis van Independence. Hoeveel mooier was het niet als de mensen daar beneden rechtstreeks op elkaar inwerkten, zonder verkeerd geduid teken aan de hemel. Theater van lange tenen, lange neuzen.

14

'Wanneer,' vroeg Maddox schor, 'heb je voor 't eerst van ons gehoord... The Circle, de arrestaties?'
'Ken je het International Pancake House, aan Sunset?'
'De ouwe blinde at er eens per week. Mijn meiden brachten hem. Gypsy of Squeaky voerde hem de pannenkoek. De rest wachtte in de auto.'
'Voordat ik Spahn op zijn ranch sprak, had ik hem daar al wel eens zien zitten. Maar dan met zijn cowgirl Ruby Pearl.

Lichtgrijze stetson keurig naast zijn bord. Ik kwam er regelmatig met Sharon. Zij wees me erop dat de vrouw die George hielp bij het eten, misbruik maakte van zijn blindheid. De helft van de Spahns pannenkoek verdween in Ruby's mond. Ik heb nooit gevraagd of inspecteur Helgoe er een speciale bedoeling mee had mij daar uit te nodigen op die vochtige novemberavond. Toevallig of niet, het was ook de avond van George Spahn. Tegenover hem zat het zigeunermeisje... de violiste. Helgoe volgde mijn blik, en zei: "Inderdaad, zoek het in die richting." En hij vertelde over de hippiesekte die anderhalf jaar op Spahn's Movie Ranch had gewoond, en waarvan het grootste deel na de zomer naar Death Valley was getrokken. Gypsy was achtergebleven om voor de blinde te zorgen. Leden van die sekte, The Circle, werden verdacht van de moorden. Een vrouwelijk lid, dat luisterde naar de bizarre naam Sadie Mae Glutz, had in Sybil Brand uit de school geklapt tegenover een medegevangene. Die was met de informatie naar de politie gestapt. En terwijl de inspecteur me zijn verhaal deed, kon ik geen oog afhouden van George Spahn. Gypsy prikte stukjes voorgesneden pannenkoek aan haar vork, en bracht die lillende reepjes naar de mond van de blinde... en die mond, die malende muil, was veel te groot voor zulke kleine porties. Hij protesteerde niet, en bleef gewillig zijn rekbare lippen opensperren. Door zijn donkere bril keek hij strak over het meisje heen... naar een opgezette paardenkop aan de muur, zo leek het wel, al kon hij hem natuurlijk niet zien. Al die tijd praatten ze niet met elkaar, de blinde en zijn voedster, dus ook niet over de arrestaties.'

15

'Nou, Scott, schilder George Spahn maar niet als de blinde ziener par excellence af. Ik heb hem gesproken. Volgens mij is het gewoon een melkboer uit Pennsylvania, die zijn paardenliefde niet op zijn zuivelknol alleen kwijt kon. Hij droomde van renpaarden met witte enkelsokjes... hun glorieuze namen... Procumbent Progress, Surefire, Dashing Petrel... van jockeys lichter dan een communicantje. Hij eindigde als verhuurder van sukkeldrafknollen met namen als Bill, Bobby en Bertha. Omdat de oude het nou eenmaal niet laten kon, verzon hij mooie bijnamen voor jouw raspaardjes. Squeaky, Yellerstone, Country Sue, Simi Valley Sherri... Echt iets voor een blinde om zulke mooie namen aan van die schamele lijfjes te hechten.'

16

Ondanks het wapenarsenaal, de buggyvloot, de benzinevoorraden, de veldtelefoons en Charlies charisma liet The Circle, die nog steeds de geheime schacht naar ondergrondse veiligheid niet had gevonden, zich door de mannen van de sheriff opjagen in de woestijn en bijeendrijven rond Barker Ranch. De beesten waren gekooid, en overgeleverd aan het gerecht – en Remo was weer terug bij de naakte dood van Sharon. Nu de vermoedelijke daders gepakt waren, deed het er ineens niet zoveel meer toe hoe ze aan haar eind was gekomen. Sharon was dood, *tout court*, en hij had een achterstallig karwei te klaren: rouw. Met een wattenstokje achter de moordenaars aan ijlen had geen verlichting geschonken, het was alleen opzouten van verdriet geweest, en uitstel van ontlading daarvan.

De media keerden zich juist van Sharon af. Ze hadden het nu zo druk met het portretteren van The Circle, het analyseren van de hypnotiserende sekteleider Charlie, de toedracht van de slachtpartijen, dat zelfs de kwaliteitsbladen geen rectificatie plaatsten bij de door hun topjournalisten bezoedelde nagedachtenis van Sharon. Niet zeuren over het mistasten van maanden geleden. Verslaggeverij was ook maar mensenwerk. Zo kon het gebeuren dat de arrestatie van The Circle het oude beeld van orgieën organiserende, zwarte magie bedrijvende en drugs verslindende Sharon niet verdreef, maar juist in een nieuw, onthullend licht plaatste.

17

'Ongelovigen, wie?' vroeg Remo.
'De varkens die niet in Hurly Burly geloven,' zei Maddox hees. 'Zij zullen nog raar hangen te kijken, als het zover is... met vleeshaken door hun voeten.'

18

'Na Hurly Burly,' zei Maddox, 'komt Cosy Horror. Charlie zal zijn volk door de woestijn voeren, en zijn mensen zullen de Achterwaarts Gaanden genoemd worden. Wij gaan ruggelings op ons doel af.'

19

De ochtendpost kreeg Remo als gewoonlijk 's middags overhandigd, dit keer door een kortademige Tremellen. Een Engelse agent, met wie hij al eerder te maken had gehad, stuurde hem in kopie het typoscript van een nieuw toneelstuk: *Constanze*, over de problemen tussen Mozart en zijn muze in de laatste jaren van zijn leven. Het was ongepubliceerd, met sommige scènes nog niet helemaal uitgewerkt, maar ze zochten nu al een regisseur – en een mannelijke hoofdrolspeler. De suggestie was dat Remo niet alleen de regie zou doen, maar ook de rol van Mozart op zich zou nemen: hij had er het postuur voor.

Remo las het stuk 's avonds op zijn brits. Onder de lectuur toverde hij zijn cel vol met een laat-achttiende-eeuwse garderobe, die hij nog zo goed kende uit *The Vampire Destroyers*. Als hij zijn ogen sloot, waren de kriebelende pruik, de halflange jas en de nauwsluitende broek weer voelbaar. Hij danste voor de camera's de een of andere quadrille, zwierde om zijn as – en daar stond hij opeens tegenover Sharon in haar ritselend zijden jurk. De rode pruik was vanwege het bal hoog opgestoken, op een lange staart na, die zich vanuit de hals via haar naakte schouder over haar decolleté slingerde. Tegen de binnenkant van zijn oogleden werd zij Constanze Weber. Als hij de rol accepteerde, zou elke beweging in Mozarts jas, elke draai van zijn hoofd onder het grove linnen van de pruik, elke streling van de ruim geplooide manchet langs zijn geheven pols Sharon op het toneel brengen, zoals ze er in de film als Sarah uit had gezien. Hij zou voortdurend zijn tekst kwijtraken.

Sharon was van nature kuis, met zelfs ontroerend preutse trekjes, maar bij oompje Romsomoff zeurde ze net zo lang om een naaktscène tot hij, radeloos, akkoord ging. Het was iets onder actrices – een ontmaagding door de cameralens, zoiets. Voor Remo vormde het geen probleem Sarah, verslaafd aan baden immers, geheel bloot in het script te krijgen. Haar mooie, volle venushaar, tinten donkerder dan haar normale hoofdhaar, onderging een kleurspoeling om het bij de rode pruik te laten passen. Een stamelende Remo mocht haar de spons aangeven, waarvan de zachtheid door allebei luid geroemd werd.

Het resultaat was dat de botte Romsomoff, die elke technische nieuwigheid van Remo afdeed als '*European artyfart*', al het niet door badschuim bedekte naakt uit de film sneed, zogenaamd omdat hij Sharon als actrice nog niet rijp genoeg vond voor zulke scènes. Hij had haar tenslotte gekocht. Ze was zijn eigendom, en daar moest hij zuinig op zijn.

Remo probeerde op de nog vrije ruimte van zijn storyboard een schema te maken voor de regie van *Constanze*, maar onafgebroken drong Sharon zich in haar baljurk uit 1789 tussen hem en de vastgeprikte papieren. De boodschap liet aan duidelijkheid niets te wensen over: zij was de enige die Mozarts vrouw kon spelen.

Donderdag 12 januari 1978
Zes stadia

I

Ik kon vanuit mijn loge niet *alles* volgen, maar genoeg om die twee aan de dood ontsnapte dwergen daar beneden voortdurend van rol te horen wisselen. Remo (het 'aangetrouwde slachtoffer', zoals hij zichzelf noemde) trad als openbare aanklager op namens de doden. De aangeklaagde voerde zijn eigen verdediging, wat hem tijdens de echte rechtszaak maar kort toegestaan was geweest, en kwam ook voor zijn paladijnen op. Mijn collega's wensten in het gebekvecht geen pleidooien en requisitoirs te onderscheiden.

'Dat is geen poetsen zo.'

'Ik ben ervoor ze uit elkaar te halen.'

'Is er reglementair iets vastgelegd over het gedrag van vrijwillige schoonmakers?' wilde ik weten. Nee. Ze dienden zich, op het vegen en dweilen na, net zo te gedragen als de andere gevangenen. Nou, stelde ik, dan was het ze toegestaan om bij elk legaal treffen met elkaar te babbelen, en ook om hun ruzies uit te praten – zolang ze maar niet met elkaar op de vuist gingen. De voorstelling was gered.

2

'Ik *ken* onze Griek ergens van,' bromde Maddox, na een blik op de loge van onderwerp veranderend.

'Uit een vorig leven, mag ik hopen,' zei Remo. 'Anders moeten we je huidige bestaan weer helemaal gaan omploegen. De stank werd net iets minder.'

'Die kop' (Agraphiotis en hij staken de hand naar elkaar op) 'komt me zo bekend voor. Hij kan me ook aan iemand anders doen denken. De oudere uitvoering van een gezicht van vroeger.'

'Ik val je niet graag bij, maar ik meen De Griek elke dag opnieuw uit het verleden te kennen. Van steeds weer andere gelegenheden. De ene keer lijkt hij op een inspecteur van Parker Center, die me daar in '69 nogal honds ondervroeg... ik zat onder de middelen. De andere keer vertoont hij trekjes van iemand, hoog of laag, uit de filmwereld. Irritant. Ik verwar hem ook wel met de man die tien jaar terug foto's van me gemaakt heeft in Londen. Op fotografen let je niet echt. Ze letten op jou.'

'Ik vermoed, Little Remo, dat De Griek een van die benijdenswaardig lege gezichten heeft die... hoe zeg je dat?'

'Waarop je makkelijk andere gezichten projecteert.'

'Zo iemand als jij zou elk mens altijd bij zich moeten hebben. Voor het juiste woord op de juiste plaats.'

'In *Hurly Burly* wordt dat ook van jou gezegd, Scott... dat je zo kameleontisch bent. Met elke volgende grimas een nieuwe persoonlijkheid. Het is niet aan mij daarover te oordelen. Ik heb alleen te maken met dat witte masker van je. Het varieert door de week heen van smetteloos tot goor. Meer uitdrukking heeft het me niet te bieden.'

Twee verbonden handen die een omzwachteld hoofd omklemden, dat was een heleboel groezelig verband bij elkaar. 'Achter deze windselen, Li'll Remo, gaan ze allemaal schuil. Alle Charlies. De hele Vietcong.'

'In het fotokatern van *Hurly Burly* staan, bladzijden lang, honderden fotoportretjes van jou afgedrukt. Van eind jaren vijftig tot begin jaren zeventig. De verandering zit hem niet in het ouder worden, maar in de wil, de opzet om er anders uit te zien. Je deed het erom. Niet alleen haardracht en baardlijn verschillen van foto tot foto, ook de blik, van mild tot angstaanjagend. Een popmuzikant van wie het imago per minuut, nee, per gezichtsuitdrukking verandert... zelfs David Bowie zou er moe van worden.'

3

Nog niet zo lang geleden had Remo via zijn agente het aanbod toegespeeld gekregen om in Parijs *Le Balcon* van Jean Genet te komen regisseren. Een zware grandguignol: hij durfde het niet aan. In februari '69, net na hun verhuizing naar de Cielo Drive, had hij samen met Sharon een Engelstalige opvoering van het stuk bijgewoond in een theater op de Sunset Strip. Drie maanden zwanger was ze, zo zonder rechtopstaande plakwimpers, mooier en liever dan ooit tevoren. Remo hoefde er niet aan te rug te denken om te beseffen hoe verliefd hij was. Hij voelde de gloed van die liefde op dat moment, daar, in de slonzige theaterlounge, waar bier rechtstreeks uit de fles werd gedronken. Het stuk, hoe schitterend gedaan ook, had hem triest gestemd: hier zat hij, met zijn vrouw in verwachting naast zich, klaar om het ideaalst denkbare gezinnetje te gaan vormen – en pal voor hem, op het toneel, lieten de spelers in hun dubbelrollen zien hoe bizar en angstaanjagend de drijfveren van een mensenziel konden zijn. Hij wilde haar op de een of andere manier tegen de voorstelling in bescherming nemen, maar kwam niet verder dan het te hard kneden van haar hand, zodat ze de volgende dag blauwe plekken op de muis had. Sharon, die in het donker glimlachend de bedwelmende taal van de dialogen over zich heen had laten komen, liet na afloop merken wel iets van de portee begrepen te hebben, toen ze opmerkte: 'Als het jou opwindt, dan ontslaan we Winny, en word jij mijn dienstmeid.'

'Het Balkon, Scott, is de naam van een bordeel voor fetisjisten. De metselaar, of de loodgieter, keert er zijn loonzakje binnenstebuiten om zich in de gewaden van een bisschop te laten hijsen. De kardinaal zelf laat zich er, met allerlei attributen, als huisknecht vernederen. Zo ongeveer. Iedere burger, militair of geestelijke brengt een geheimer ik mee, dat in het bordeel naar buiten gelokt en gekitteld wordt. Het blijkt uiteindelijk natuurlijk allemaal om een dorstig visioen van macht te gaan, de sexuele bevrediging voorbij. Buiten woedt een revolutie... opstandelingen tegen het leger. Alleen mitrailleursalvo's dringen tot de kleedkamers van Het Balkon door. Terwijl Sharon en ik naar dat zenuwslopende spel van maskerade en ontmaskering zaten te kijken, was jij de madam in je eigen hoerenkast op Spahn, Scott. The Circle... naweeën van sexuele wellust, blaséé groepsorgieën, maar waar het jou om ging, dat was de hierarchie. Alleen jij had daar de controle over. Een machtsbordeel waar er maar eentje echt aan zijn trekken kwam. De kleine veldheer Charlie. Hij tooide zich, alsof het medailles waren, met twintig, dertig onderdanige vrouwen. Hij verdween helemaal achter hun onreine lappen. En daarbuiten, richting Chatsworth, meende hij het eerste gedruis van een revolutie te horen... ongrijpbaar nog, onwerkelijk. Nee, het was het wapengekletter van de rassenstrijd nog niet. Charlie moest de oorlog eerst zelf verzinnen... en dan in gang zetten.'

'Als mijn oorlog toneelspel is, dan heeft de werkelijkheid een artiestenuitgang.'

4

Aanvankelijk waren er nog andere scenario's om tot moord en doodslag te komen, zonder dat The Circle er zelf de handen direct aan vuil hoefde te maken. In een tijd dat de Amsterdamse provo's plannen maakten om LSD door het leidingwater van hun stad te mengen, overwogen Charlie en zijn krijgers hetzelfde te doen met de watervoorziening van delen van Los

Angeles. In Amerika en Nederland luidde de scheikundige formule voor water hetzelfde: H_2O – maar de acid had er blijkbaar een verschillende samenstelling, want voor Los Angeles werd een golf van burgergeweld voorzien, terwijl de inwoners van Amsterdam geacht werden van een teug uit de kraan juist geweldloos te worden, een en al liefde, en verlost van alle hebzucht ten aanzien van auto's en televisietoestellen.

'De bevolking van een wereldstad als Los Angeles met een glaasje water massaal tot geweld aanzetten,' brieste Maddox, 'dat zou een onderneming als de onze een geweldige voorsprong hebben gegeven. Ik weet van nabij wat LSD kan aanrichten.'

'Jij hebt die vazallen van jou LSD toegediend in combinatie met andere vuiligheid. Ze in een toestand van angst brengen, en dan een tabletje op de tong leggen... ja, dan krijg je geweld. En nog meer angst, vooral bij de beoogde slachtoffers. Je had via de kraan acid in de stad moeten pompen *na* de bloedbaden, toen de schrik er bij iedereen goed in zat. Dan had je pas echt je armageddon gekregen. Wat hield je tegen?'

'Reken maar eens uit hoeveel hectoliter LSD er nodig is om een paar honderdduizend aangeslotenen op het waterleidingnet aan het brandstichten te krijgen. Aan het plunderen. Verkrachten. Moorden.'

5

'Wij kleine klootzakjes hebben een utopie nodig,' gromde Maddox. 'Wat is jouw utopie, Li'll Remo?'

'Een wereld van licht... om de onze te vervangen.'

'Het lijkt wel of ik het gepiep van een christenhond hoor.'

'De wereld in celluloid. De werkelijkheid vervangen door lichtsculpturen.'

'*I have a dream...*' Maddox liet zijn stem vibreren met het overdreven tremolo van een zwarte predikant. 'Ik heb een droom... dat op een dag de negers tegen de blanken zullen opstaan. Ik heb een droom... dat zo Hurly Burly tot uitbarsting komt. Ik heb een droom... dat de Put gevonden wordt, en The Circle erin afdaalt. Ik heb een droom... van ondergrondse rivieren van goud. Charlie heeft een droom... dat hij de nikkers aan zich onderwerpt. Li'll Remo, toen in april '68 de zwarte dominee werd afgeknald, wist ik dat een ander de eerste stap naar Hurly Burly voor mij gezet had. King had zijn pacifistische vrouwtje al te lang nagebauwd... dat het verzet tegen de rassendiscriminatie geweldloos moest, en de bla, en de bla, en de bla. Toen ik hem in Memphis, liet... toen hij daar werd omgelegd, profiteerde Hurly Burly er dubbel van: de grote negerleider kon geen zoete dromen en geweldloos verzet meer prediken... *en* de zwarten waren intussen zo furieus, die hadden helemaal geen trek meer in vreedzaamheid. Ze konden maar beter *wel* voor blanken opstaan in de bus, en dan uitstappen en de bus opblazen. Een Nobelprijs voor de Vrede, daar heeft Hurly Burly niets aan.'

'En als King nou toch vermoord blijkt door een liefdesrivaal...'

'Voor Charlies *droom* maakt dat geen verschil. De chaos en de verwarring moeten ergens beginnen.'

6

Volgens Scott Maddox hadden de eerste voortekenen van Hurly Burly zich in 1965 voorgedaan, in de zwarte wijk Watts, toen hij nog door mist omringd op McNeil Island in Puget Sound zat en de gelijknamige song nog gecomponeerd moest worden. Op het televisiescherm in de recreatie flakkerden de hele dag de vuurzeeën van Watts. Etalageruiten zegen neer, en halfgemaskerde zwarten renden met elektronische apparatuur door de straten vol neergeslagen zwarte rook. De camera schommelde voorbij een trits vernielde politieauto's. In diverse ziekenhuizen bezocht de hoofdcommissaris zijn gewonde mannen.

Maddox had, zolang het hem door de bewakers gegund was, geen oog van het toestel af kunnen houden. Het potentieel aan kracht en agressie van de zwarte man – fascinerend, huiveringwekkend. Dagenlang lieten de bendes van Watts en omstreken zich door geen politiemacht tegenhouden. De aanleiding was allang verdampt in de hitte van de strijd. Van tijd tot tijd moest een opstand z'n beslag krijgen: erfenis van de slavernij. Stel, hij zou samen met zijn bajesmaten zo'n horde negers weten te temmen en af te richten om met van de rijken gestolen speedboten McNeil te veroveren... Scott zag ze al met hun wapens in de aanslag achterover hellend in die half opgerichte, over het water stampende racebootjes staan. Natuurlijk zouden ze aan de overkant blijven wachten tot de mist op z'n dichtst was, de nacht op z'n zwartst. Onder hun machetes zouden de varkenskoppen alle kanten op rollen.

Het was zaak voor Maddox en zijn blanke uitbrekers om meteen na de bevrijdingsactie de leiding over de primitieve zwarten over te nemen, want ze konden wel hakken, rammen, vernietigen, maar van bijvoorbeeld verfijnde terugtrekkingsstrategieën begrepen ze niets. Zo zetten de rassenrellen van Watts, die hij later 'repetities voor Hurly Burly' zou noemen, hem op zijn zompige eiland aan het dagdromen. Jaren later, na het duizend keer beluisteren van het Beatlesnummer, was Maddox met zijn adjudanten Tex, Bruce en Clem per auto Watts binnengedrongen om langzaam rijdend, stoppend nabij kruispunten, de zwarte heirscharen te bestuderen.

'Ze zijn met verlof, maar ze weten het zelf niet,' zei Maddox, die als gewoonlijk op een kussen zat om boven het stuur van de Ford uit te kunnen kijken.

'Als we ze straks rekruteren,' zei Tex, 'zullen ze het ook niet meteen merken.'

'Stel je voor,' zei Bruce, 'een soldaat die thuiszit, en tegelijk over zijn heldendaden aan het front leest.'

Clem liet alleen zijn stompzinnige hinniklachje horen.

7

De architectuur en de strategie van de oorlog Hurly Burly was zo ondoorzichtig, en kende zoveel aanhangsels en varianten, dat Remo zich de opzet telkens opnieuw moest laten uitleggen. Als hij het allemaal goed begrepen had, kende Hurly Burly de volgende stadia: *Stadium 1.* Afwachten of de zwarten, in Watts of elders, massaal en totaal in opstand zouden komen tegen het blanke establishment. (Zo ja, dan verder als in de stadia 4, 5 en 6.) *Stadium 2.* Bleven de negers dadeloos, hun ballen krabbend, in hun hangmat liggen, dan zouden Charlie en The Circle verplicht zijn ze voor te doen hoe, in het noodzakelijke voordeel van de zwarte gemeenschap, Hurly Burly te ontketenen. The Circle diende deze *masterclasses* zo in te richten, met klauwafdrukken in bloed op de plaats van de misdaden (enzovoort), dat de verdenking direct op de Black Panthers zou komen te rusten. *Stadium 3.* Geconfronteerd met de wereldwijd uitgevente gruwelen, die hun signatuur droegen, zou er voor de militante zwarten niets anders op zitten dan de gruwelen verder te kopiëren: het begin van een burgeroorlog tussen blank en zwart. *Stadium 4.* Om de slachting zoals in stadium 3 in gang gezet te ontvluchten zouden Charlie en zijn Circle een goed heenkomen zoeken in een woestijnput op het diepste punt van Death Valley. Hoe lang de oorlog bovengronds ook mocht doorgaan, The Circle zou, zich vermenigvuldigend, in z'n onderaards paradijs blijven – een martelaarselite van profetische wereldverbeteraars, wie het daar beneden aan niets zou ontbreken. Langs gouden rivieren van melk en honing strekten zich hennepplantages en kersenboomgaarden uit, en tuinen waarin het goed toeven was met een van de maagden die door eigen gelederen werden voortgebracht. *Stadium 5.* Zodra in de bovenwereld alle witte varkens waren gekeeld, zouden Charlie en zijn enorm uitgedijde schare uitverkorenen (de maagden bleven geen maagd) naar de oppervlakte klimmen, en daar het verstilde slagveld in ogenschouw nemen. De negers hadden hun taak vervuld, een decadent ras was opgeruimd, en nu werd het tijd dat ze zich aan Charlies volk van superblanken zouden onderwerpen voor een nieuw tijdperk van slavernij. Zonder leidende hand konden ze de wereld niet aan, die zwarten. Om te beginnen moesten ze maar eens alle aangerichte schade herstellen.

Stadium 6. Nadat aldus de verhoudingen tot hun natuurlijke proporties waren teruggebracht, met de negers als gelukkige slaven, zou Charlie zijn volgelingen onderrichten in Cosy Horror – wat zoveel als een geestelijk paradijs was. Voor het nieuwe ras van superblanken zou de Dood niet langer een factor van betekenis zijn. *Wel* voor de zwarten, want die moesten hun oude plaats weten.

'Ik geloof niet, Li'll Remo, dat Clausewitz zich ooit door een leerling beter begrepen heeft gevoeld dan ik nu door jou.'

'Scott, ik had je liever horen zeggen: rivieren van bloed. Gouden stromen van melk en honing... Over Sharon werd altijd geschreven dat ze honingblond haar had. Honing, neem dat woord niet in die vuile bek van jou, Scott. Bloed is minder erg.'

8

'Ooit overwogen, Scott, om je eigen mensen als levende bommen eropuit te sturen?'

'Als kamikaze, bedoel je... met alle lichaamsholten vol explosieven?'

'Wel eens aan gedacht?'

'Niet alleen dat. Er zijn er een paar in opleiding. Ik zal je geen plaatsnaam geven, maar het is in de woestijn van Nevada. Die meiden zullen niet alleen een korset van semtex dragen... ook een speciaal gepantserde camera, om ze hun eigen actie te laten filmen. De Amerikaanse televisiekijker zal huiveren bij de beelden van de aanstaande slachtoffers. Ze kijken verbaasd glimlachend de kant van mijn heldin uit... gaan opzij om haar door te laten. En dan, na een steekvlam, het scherm op zwart. Gevolgd door professionele filmbeelden van de plaats van de aanslag. Lichaamsdelen. Hirosjimabomen, net pijpenragers. Het losse hoofd van het kamikazemeisje, met een hemelse glimlach rond haar mond. Zij heeft de waarheid van Cosy Horror ervaren, en haar ziel is al onderweg naar de Put in Death Valley.'

9

'Mijn Sadie een verraadster?' brieste Maddox.
'In de vrouwengevangenis heeft ze het hele verhaal van de bloedbaden uitgevent... aan een paar hoeren, die ermee naar de politie gingen. Later heeft ze het voor een hoop poen aan de pers verkocht. Met Kerstmis kon de hele wereld het boek lezen. Noem dat maar *geen* verraad.'
'Allemaal goede reclame voor onze zaak, Li'll Remo. Toen het erop aankwam, weigerde ze te getuigen. Ik hoefde haar in de rechtszaal alleen maar even aan te kijken, en ze stond weer aan onze kant. Kijk, dat is liefde – voor mij, voor Hurly Burly. Jacuzzi stond met lege handen.'
'Zonder haar loslippigheid had jij niet in de rechtszaal gezeten. Enig verwijt was wel op z'n plaats.'
'Volgens de logica van *jouw* wereld. Zo'n Sadie, die begreep iets... dat zwijgen de zaak zou schaden. Een ordinaire misdaad, ja, die hou je stil. Niet een actie van het hoogste politieke en religieuze belang. Ideologieën hebben hun martelaars nodig. Ik en Sadie en Lulu en Katie... wij zaten daar goed, tegenover de toonbank van de wetskruidenier. Sadie deed wat noodzakelijk was voor Hurly Burly. Net als de anderen. Op de bodem van de Put staat een zwarte troon zich te spiegelen in een gouden rivier... in afwachting van de komst van Sadie Mae Glutz en haar zoon Zezozose Zadfrack Glutz.'

'O, jouw mensen deden wat noodzakelijk was om oorlog te voeren... Als er alleen sprake was van krijgskunst, niet van moordlust, waarom bleef die Lulu met haar Buckmes dan maar doorhengsten in het al dode lijf van de arme Rosemary?'

'Om er zeker van te zijn dat ze dood was. Nooit een levende ziel reddeloos verloren op het slagveld achterlaten.'

'Volgens mijn lectuur, Scott, heeft Lulu toegegeven dat het om de kick was, dat keer op keer planten van het lemmet in een gestorven lichaam.'

'Een krijgsheer dient zijn soldaten met mate de zonden toe te staan die bij een oorlog horen.'

'Plundering, brandschatting, verkrachting, lijkenpikkerij... alles wat de gelederen tevreden kan houden. Schending van dode lichamen hoort daar kennelijk ook bij.'

'Alles voor het welslagen van Hurly Burly.'

'Zulke uitspattingen doen niets af aan het martelaarschap van The Circle voor een betere wereld...'

'Iedereen, Li'll Remo,' barstte Maddox uit, 'mag het martelaarschap opnieuw uitvinden... en definiëren.'

'Zoals een rechtbank ook de bevoegdheid heeft een lid van The Circle z'n martelaarschap in een gaskamer of een gevangeniscel te laten uitzitten. In plaats van in een paradijselijke Put des Afgronds.'

'Politieke gevangenen als wij horen niet tussen de broodmoordenaars.'

'Breek me de bek niet open, Scott.' Remo wierp zijn bezem met zo'n kracht tegen de ijzeren balustrade dat de hele Ring ervan leek na te gonzen. 'Als ik aan jou denk in je rol van heroïsch strijder voor een betere wereld, dan... dan zie ik je over de tafel van de verdediging heen springen... op rechter Younger af... met een vlijmscherp gepunt potlood in je knuistje. De foto stond in alle kranten... zelfs *mij*, de afzijdige, was hij niet ontgaan. Volgens mijn vriend Jack, die op elke zitting in jouw nek zat te ademen, was het meer een mislukte balletsprong. Je landde onzacht op je knie... de jury registreerde twaalfkoppig de pijn op je gezicht. Ziedaar Charlies grootste heldendaad sinds hij zijn deernen om een boodschap stuurde. Je maakte een knieval voor de rechter, en je bood hem nederig je potlood aan... om alvast zijn krabbel onder je doodvonnis te zetten.' 'Nooit eerder in de Californische rechtsgeschiedenis was een beklaagde... en dan bewapend met een scherp voorwerp... zo gevaarlijk dicht bij zijn rechters geweest.' 'Voordat je die zere knie weer omhoog had, zat de parketwacht al bovenop je. Heldhaftig resultaat: een gebroken potloodpunt. Als je weer aan Hurly Burly toe bent, Scott, krijg je van mij een puntenslijper. Ik wil graag mijn steentje aan die wereldomspannende revolutie bijdragen.'

10

'Scott, beschouw jij jezelf, naar analogie van Christus, als een verlosser?'
'Jezus *beweerde* dat hij een verlosser was. Hij zou wel eens even de zonden der wereld wegnemen. Het effect van zo'n onderneming, een hoop gedoe met woorden, dat is niet te meten. Charlie belooft niet alleen, hij doet ook. Charlie verlost met daden. Ik ben geen halfzachte preker, Li'll Remo, ik ben een pragmatisch politicus.'
Opeens, met blasfemische opluchting, drong het tot Remo door: zo, als Maddox, was de echte Jezus geweest – een banaal goeroetje, dat met fanatieke blik en loze welbespraaktheid een stel volgelingen wenste te imponeren. Een zalver die zich hebberig ontfermde over de zwakken en onzekeren, over jongeren in een crisis, die gevoelig waren voor utopieën zo messcherp helder aan de horizon gelegen als een luchtspiegeling maar kon zijn.
Als Charlie een verdienste had gehad voor de mensheid, was het deze: bijna twintig eeuwen na dato, dwars door alle goudbeplate voorstellingen heen, Christus een mottige spiegel voor te houden, waarin de zogenaamde mensenzoon verscheen zoals hij moest zijn geweest: een kleine, miezerige, autistische

orakeljurk, die zich optrok aan de verbaal minder bedeelden. Een Jezus die natuurlijk ook, met mooie praatjes, zijn levensonderhoud bij elkaar bietste. Hij stuurde zijn volgelingen om de boodschappen. Het verschil was dat Jezus Christus zijn discipelen en hun opvolgers minder uitdrukkelijk uit slachten had gestuurd. Zijn omfloerst vage leer bleek niettemin zo polyinterpretabel dat er in latere eeuwen moeiteloos de opdracht tot het vermoorden van ketters en ongelovigen in gelezen kon worden.

11

'Scott, hoe verklaar jij dat de zwarten niet hebben gereageerd op wat jij ze voordeed... of *liet* voordoen?'

'De negers, ik heb ze overschat,' zei Maddox somber. 'Ik zat nog geen twee maanden in San Quentin, of er brak een oproer onder de zwarte rattenpopulatie uit. Je herinnert je uit de kranten die jonge Black Panther... George Jackson. Hij had een afrokapsel van wel een halve meter doorsnee. Daar maakte hij een holte in, en zo kwam dat pistool van de bezoekersruimte naar de afdeling. Een bewaker zag iets glanzen in dat mooie kurkentrekkerhaar. Een kam of een broche, dacht hij misschien nog... maar daar sloeg *voem!* de vlam al in de pan. Oproer. Ik heb me er niet mee bemoeid, maar na afloop waren er wel drie varkens dood. Een paar andere zwaargewond. Twee verklikkers – ook dood. Blauwe tranen in de maak. En Jackson zelf neergelegd door een scherpschutter... kon hij met zijn zwarte katoenbaal zijn eigen bloed opdweilen... Ja, dat komt ervan als je beter dan Charlie een opstand van zwart tegen blank denkt te kunnen leiden. Adios, Soledad Brother.'

Na de van gloeiend tabakssap doortrokken jeugdinrichtingen had Scott Maddox altijd in gevangenissen gezeten waar de zwarten in de meerderheid waren. De Arische Broederschap, die de blanke almacht achter de tralies zou garanderen, moest nog aantreden. Voorlopig scherpte de jonge delinquent, eerder dan zijn mes, zijn verstand tegen de overmacht aan negers. De bajes was voor hem niet alleen een thuis, ook een laboratorium. Als een Clausewitz uit de Midwest bestudeerde hij in diverse federale instituten (van Petersburg, Virginia tot Chillicothe, Ohio) zijn toekomstige oorlog op verkleinde schaal.

'Ik leerde er, Li'll Remo, dat in elke zwarte ziel de oude slaafsheid nog huist. Geen zweep voorhanden? Ze krommen hun rug ook onder een striemende geest. De bootleg, het startsein voor Hurly Burly, dat moest allemaal nog komen, maar Charlie wist toen al dat hij ooit zijn voordeel zou doen met de opstandige slaafsheid van de neger. In aanwezigheid van de zwarten op McNeil Island liet ik mijn brein fluiten als een zweep. Ik las boeken over macht... over hypnose. Ik leerde mijn stem gebruiken.'

'Nog eens, Scott: toen je ze nodig had, lieten jouw oorlogsslaven zich niet zien.'

'Die achterlijke katoenplukkers,' brieste hij plotseling. 'Met hun logge verstand hebben ze de seinen, de tekenen niet begrepen. We zullen ze met simpeler boodschappen moeten lokken.'

'Een ordinaire racist, dat is wat je bent.'

'Een mens die met zijn ogen open leeft, kan niet om het uiterlijke verschil tussen de rassen heen.' Maddox danste rond Remo zijn hoekige dans, waarbij hij elke zinsnede met een arm- of heupgebaar onderstreepte. 'En wie met zijn verstand open leeft, kan niet blind zijn voor het *innerlijke* verschil tussen de rassen. Dat maakt Charlie nog niet tot een racist. Als ik zeg dat de neger met de overwinning in Hurly Burly gaat strijken, en dat hij daarna Charlie nodig heeft om vat te krijgen op de wereld, dan is dat geen racisme. Het is realisme.'

'O, zeker. Racisme is de realiteit van alledag.'

'Wij wilden de zwarten een eerlijke kans geven om zich van hun ketenen te bevrijden. Vergulde biggen als jij, Li'll Remo, zijn antiracist uit luxe. Het kost je niets. The Circle legde zich erop toe het wereldracisme actief te bestrijden. Zoiets gaat niet zonder geweld.'

'Als ze het vuile werk voor je opgeknapt hadden, mochten ze bij wijze van beloning weer slaaf worden.'
'Charlie wilde de neger terugvoeren naar zijn natuurlijke staat. Zonder de ketenen.'
'Maar met een schortje voor, wou je zeggen.'

12

'Ik een mulat, Li'll Remo? Beledig me niet.'
'In Jacuzzi's *Hurly Burly* staat een administratieformulier van een van jouw jeugdinrichtingen afgedrukt... de Indiana School for Boys, geloof ik, in Plainfield.'
'Painsville, noemde ik het. Het sap van pruimtabak als glijmiddel, dat geeft een stroeve verkrachting, hoor. Die nicotine brandt als de hel.'
'Al jouw gegevens staan erop ingevuld. Ook dat je, ik meen, voor zo'n achtste negerbloed hebt.'
'Mijn eigen moeder... ze heeft me erbij gelapt.' Zijn stem gromde zich naar grotere woede toe. 'Ik was minderjarig. Een jongen. Zij kon invullen wat ze wou... om maar van me af te zijn. De hoer. Zelf keek ze niet op kleur: voor de dollar maakte het geen verschil. Nou snap ik het, Li'll Remo... al die afranselingen met de riem van de bewaker, al dat tabakssap uit zijn stinkende muil, al die ontstekingen aan mijn endeldarm... dat had ik allemaal aan mijn zogenaamd gemengde bloed te danken. Uiteindelijk aan mijn moeder.'
'Vanwege dat formulier, of... omdat een kwart neger jou bij haar verwekt heeft?'

13

'Was die nepkolonel ook je verwekker, of mocht hij alleen dokken?'
'Zie ik eruit als een neger, Li'll Remo?'

510

'Aan de buitenkant van het verband niet.'

'De nagels, die verraden het.' Maddox rechtte zijn vingers, zodat de zwachtels rond zijn hand terugweken. De huid van de vingers bestond uit beige en groenige schilfers, die niets prijsgaven – net zo min trouwens als de weggesmolten nagels, waarvan nog maar net een halvemaantje onder de riemen tevoorschijn kierde. 'Bij een zwarte zijn ze paarsig, met wit erdoorheen. Als bij een mangelwortel.'

'Als jouw vader een neger was, Scott, dan loopt zijn zoon daar niet mee te koop.'

'Over twee maanden, zegt de dokter, heb ik weer volgroeide nagels.'

'Dan heb ik Choreo allang weer verlaten... in de onzekerheid van Charlies afkomst.'

14

'Had je nog een appeltje te schillen met je familie van vaderskant, Scott? In Jacuzzi's boek lees ik dat een maand of wat voor het begin van Hurly Burly jouw oom Philip Scott vermoord in zijn huis werd gevonden. Aan repen zo ongeveer. Met een bajonet zo lang als het zwaard van King Arthur was zijn lijf stevig in de houten vloer verankerd. Het bloed dat tussen de planken door liep, was net zo goed de reden voor de slachtpartij, lijkt me, als het gevolg ervan. Oom Philip was voor een vierde zwart.'

'Nog interessante bloedteksten op de muren?' Maddox zong het bijna van sarcasme. 'Nee? Nou, dan kan The Circle het niet geweest zijn.'

'Excuus voor de verdenking.'

'Jouw grote voorbeeld Hitler had waarschijnlijk een paar bijtende droppen joods bloed in zijn systeem. Hij stelde er alle joden bij elkaar voor verantwoordelijk. Voor straf werd met blauwzuur hun bloed van zuurstof ontdaan. Nadat er zes miljoen aan de beurt waren geweest, onder wie mijn moeder, zat hij heel diep daar beneden in zijn Put des Afgronds. Middenin de woestijn die de Russen van zijn hoofdstad hadden gemaakt. En kijk, hij was nog geen stap verder. Die paar druppels joods bloed loogden onverminderd zijn ziel uit... tot ze dat hart waar ze in- en uitgingen tenslotte vernietigden. Hem staken ze te laat in brand.'

'De boodschap is duidelijk, Li'll Remo. Charlie stort de zwarten in Hurly Burly om een sliertje negerbloed uit zijn aderen weg te filteren... Jacuzzi kreeg geen genoeg van dat theorietje, al werd het nooit als bewijs toegelaten. De jury...'

'Mijn vrouw en kind, mijn vrienden... ze zijn vermoord door jouw naar binnen geslagen rassenhaat. Zoals mijn moeder is vergast door Hitlers naar binnen geslagen...'

'Jij blijft maar dooremmeren over Hitler. Het hoofd buigen voor Stalin, zoals jij deed, heeft dat de wereld gered? Misschien lag er bij Stalin wel een Mongool in zijn voorgeslacht te stinken.'

'Ik vertel je een verhaal, Scott, dat je bekend zal voorkomen. De oude Romeinen probeerden Carthago niet alleen van de aardbodem te vegen – ook van de kaart, als je begrijpt wat ik bedoel. Alles van de Carthagers diende zo grondig mogelijk uit het bewustzijn van de geschiedenis gebrand te worden. Lobotomie van de historie. Het Carthaagse volk, z'n beschaving... het mocht allemaal nooit bestaan hebben. Iets dergelijks stond jou voor ogen. Het blanke ras uitvagen... op

Charlie en The Circle na dan.'

'Nee, tot de laatste man. The Circle vormt een ras apart. Een superras. De Achterwaarts Gaanden. Het bestaan van witte varkens uit de evolutie van de mensheid branden, ja, dat is waar Charlie naar streefde... en nog naar streeft. De blanken, er mag op den duur zelfs geen onbenullige herinnering aan resten. Geen foto, geen handgemaakt product mag ervan overblijven... geen krulstaart op sterk water. Blanke boeken, blanke schilderijen... alles in de fik. Huizen met de stank van bleekgezicht er nog in: tot aan de fundamenten afbranden.'

'Dat een volk, een ras niet alleen in den vleze niet meer bestaat, maar voor latere beschavingen ook nooit bestaan *heeft*... het is erger dan louter de uitroeiing. Ik ben joods genoeg om het me aan te trekken. Met z'n zes miljoenen onder de gifdouche... jouw leermeester Adolf heeft zijn best gedaan. Stel dat hij zijn karwei had mogen afmaken, en een Derde Rijk van de grond had gekregen, wereldwijd... dan waren uiteindelijk alle joden op aarde in rook opgegaan. Hitlers volgende memo aan Eichmann zou dan hebben geluid: zorg ervoor dat de joodse cultuur, met alles erop en eraan, uit het bewustzijn van de geschiedenis gesneden wordt. De Romeinen begingen een fout. Heel Carthago in vlammen, ook de best voorziene bibliotheek ter wereld – en toen won de Romeinse hebzucht het toch nog van de Romeinse afgunst. De inwoners van Rome stamden van boeren af, maar hun akkerbouw was knullig. Ze namen uit de bibliotheek een standaardwerk over experimentele landbouw mee. Zo leefden de Carthagers voort in de rijke oogst die de Romeinse markten overspoelde.'

'Mijn mensen zouden zo stom niet zijn.'

'Ook binnen The Circle won de hebzucht het soms van de dodelijke afgunst, Scott, geef toe. Uit mijn huis verdween een handvol dollars van Gibby. Niet te traceren natuurlijk, maar de volgende avond namen jullie de portefeuille van Mrs LaBianca mee. Compleet met betaalcheques op naam. Als je een heel ras, in dit geval het blanke, wilt uitroeien... zonder dat er een spoor van overblijft... dan moet je geen bezittingen van

de gedoemden voor eigen gebruik gaan meepikken. Ook niet
een pak chocolademelk uit de koelkast waarop eerst de letters
HURLY BURLY zijn gesmeerd.'

'HURDY GURDY.'

17

'Het was geen roofmoord,' blafte Maddox. 'Mijn mensen waren niet op portefeuilles uit.'
'Nee, jullie hadden plannen ze zelf te gaan fabriceren... van
de huid van allerlei levend te villen beroemdheden. Niet? Hoeveel schattige damesportemonneetjes zou het geprepareerde
vel van Frank Sinatra opleveren? Wie wou in die dagen nou
niet voor een zacht prijsje een piezeltje Liz Taylor in een hip-
piewinkeltje kopen? Een dubbelgestikt lapje van haar onder-
kin bijvoorbeeld, om kleingeld in te bewaren. Het scrotum van
Richard Burton, met kraaltjes erop geborduurd... om blokjes
hasj in op te bergen. In wie zo menselijk aan de kleine beurs
denkt, kan ik geen roofmoordenaar ontdekken. Eerder een
Robin Hood.'
'Na het kabaal in Beverly Hills hebben wij op een eerlij-
ker manier onze portemonnee gespekt.' Remo meende aan de
buitenkant van het verband te zien dat Maddox vuil grijnsde. 'Er was ineens die run op sloten, kettingen, honden, vuist-
vuurwapens... Nou, van al die dingen waren er zat op Spahn's.
De woekerprijzen boden de varkens zelf. Het lukte Charlie om
binnen een etmaal vier, vijf brave doggen af te richten tot valse
bloedhonden. Ze gingen voor tweeduizend dollar weg. IJzer-
warenwinkels werden exclusief als juweliers, met belachelijk
dure hang-, schuif-, ketting- en cilindersloten. Wij sloopten al
het hang- en sluitwerk van George Spahns gebouwen. Voor die
insluipers hoefden *wij* de deur niet op de knip te houden...'

Was de kruitdamp van het gewonnen en verloren Hurly Burly eenmaal opgetrokken, dan zou de tot 144 000 leden uitgedijde Circle uit de schacht naar het onderaards paradijs tevoorschijn komen – als eigenlijke overwinnaar in een oorlog waartoe ze alleen maar de aanzet gegeven had door alvast wat burgerslachtoffers te maken. Na het uitmoorden van het blanke ras, geen geringe klus, zouden de zwarten zo door en door bloeddronken zijn dat ze zich niet meteen voor de nieuwe overheerser op de knieën wilden werpen.

'Ik ken mijn zwartjes,' zei Maddox.

'Ja, via je eigen bloed.'

'Zij zullen blij zijn van Charlie en The Circle te leren hoe ze een wereld zonder witte varkens kunnen overleven. Het worden gelukkige slaven.'

'En na het domesticeren van de zwarte varkens, Scott... rest jullie alleen nog een lang en gelukkig leven.'

'Voor een lang en gelukkig leven moet eerst de dood uitgeschakeld worden.'

'Op Hurly Burly volgt Cosy Horror. Ik weet het. Snappen doe ik er geen lor van.'

'Kijk volgende keer nog eens goed naar het schilderij in mijn cel. De mensen zeuren al eeuwen over haar mysterieuze glimlach. Twintig generaties kunsthistorici hebben aan haar lippen gehangen. Niemand is zelfs maar in de buurt van een oplossing gekomen... behalve Charlie, de analfabeet, de autodi-dadoe. Ik heb haar fijne krullachje ontraadseld, en zo het probleem van de dood opgelost. Na Hurly Burly zullen mijn mensen ervan profiteren.'

'Van Hurly Burly naar Cosy Horror. Als ik het goed begrijp, Scott, zijn mijn vrouw en kind gestorven om jou het mysterie van de dood te laten ontraadselen. Helemaal in de geest van Da Vinci... die joeg ook achter doodsgeheimen aan door lijken open te snijden. Hoewel, hij vermoordde die lui niet eerst. Dat scheelt.'

'Hoeveel mensen zijn er in de loop van de geschiedenis niet gestorven om... nou, om het leven van latere generaties minder moeilijk te maken?'

'Als liefhebber van kunsten en wetenschappen, Scott, ben ik je zeer erkentelijk Sadie te hebben langs gestuurd om het bloed van mijn vrouw op te likken. Zonder dat experiment had de wereld er heel anders uitgezien.'

19

'Wie ook zo'n uitzonderlijke glimlach had, Scott... mijn vrouw. Er was alleen geen Leonardo in de buurt om hem vast te leggen. *Jij*, via Glutz en die Texaan, hebt geprobeerd die glimlach te vereeuwigen. Met een vernissage georganiseerd door de Dood zelf. Spijtig alleen dat de mond niet bleef lachen in de door jouw mensen gebruikte materialen. Ik heb de politiefoto's gezien. Toen ze gevonden werd, was er nog die bijna extatische glimlach van bevrijding... uit een poel van pijn. Ergens tussen de plek waar ze crepeerde en het mortuarium is haar gezicht verstard tot de doodsgrijns die niemand aan de muur zou willen.'

20

'In plaats van de duizenden negers die de schuld voor de bloedbaden in de schoenen geschoven hadden moeten krijgen, Scott, werd die ene Charlie ervoor aangeklaagd. Nederlaag? Een klopjacht was niet eens nodig. Hij zat klem in het gootsteenkastje. De held.'

'Als jouw theorie over mijn afkomst klopt, Li'll Remo, dan was het de neger in me die de aandacht op zich vestigde. Ik beschouw het als een compliment. Waar miljoenen volbloed negers niet toe in staat waren, daar bleek ik in m'n eentje toe in staat.'

'Het strijdtoneel, Scott, dat was jijzelf. Neger en blanke in een gevecht van man tot man binnen de ene persoon die jij bent.'

'In december '69... ik zat nog in de sheriff z'n kooi in Independence, of al in de LA County Jail... toen dacht ik even dat Hurly Burly toch nog losging. Ik zag een bewaker met een krant: "Vuurgevecht in centrum Los Angeles." Daar zal je de shit hebben, dacht ik. Het waren de Black Panthers.'

Maddox gaf Remo een levendig verslag van de gebeurtenissen, als was hij er zelf bij geweest. Nou ja, hij had ze tenslotte zelf voorspeld – of herleid, uit zijn bekraste bootleg. Aan South Central werd door de politie een huis ontdekt van waaruit de Panthers de buurt terroriseerden.

'Een compleet zandzakkenfort,' grinnikte Maddox, 'middenin het centrum. Ze hadden hun eigen Put gegraven... een tunnel als vluchtweg.'

Hij legde het als een gunstig teken uit dat bij de bestorming van het huis voor 't eerst een SWAT-team werd ingezet, en dat er bij de marine een granaatwerper was besteld om de Panthers uit te roken. 'De politie had steeds hardere middelen nodig om onze oorlog te stuiten.'

'Van het journaal herinner ik me een witte vlag,' zei Remo. 'Ze gaven zich allemaal over, zonder dat er met dat geheime wapen een mortier was afgevuurd.'

'Ze zetten nooit door, de nikkers. In Watts, toen hadden ze moeten doorstoten. Het bleef bij brandje stichten. Een beetje dollen met Sam en Dave... De Panthers, die waren ook liever lui dan moe. Zwarte trots, dat kost niks, daar kun je bij in je hangmat blijven liggen.'

Maddox hief zijn natte mop op en bediende hem als een wijwaterkwast, naar elk van de windrichtingen een wolk druppels uitslaand. 'Charlie brengt heilige regen in de woestijn... Charlie zegent de vier engelen met hun vurige borstplaten.'

21

'Choreo is vol blinde varkens,' zei Maddox, die de plastic emmers in elkaar schoof. 'O'Melveny is net zo slechtziend als de oude George Spahn. Mijn nieuwe traktaat is ongecensureerd onder de mensen.'

'Blufpoker.' Remo probeerde de half loshangende gummi strip van zijn trekker op z'n plaats te drukken.

'Er wordt al naar gehandeld.'

'Dan is het nu mijn plicht de directie in te lichten.'

'Je zou het geen etmaal overleven, Li'll Remo. Als de een of andere spleetoog van een patholoog-anatoom zijn scalpel in je zet, staat O'Melveny's koffie nog heet in je maag. Met een ranzig laagje marshmellow erop. Denk eens aan al die misdeelde Choreanen... Bij het horen van jouw ware naam zullen ze desnoods elkaar afslachten... om maar als eerste het mes langs jouw maagdelijke strot te kunnen halen. Wie maalt er om levenslang? Je naam is voorgoed verbonden met die van de grote, kleine, zeer dode regisseur.'

'Misschien, Scott, offer ik mijn leven wel op om jouw moordbrigades daarbuiten tegen te houden.'

'Die gesmoorde snik in je stem, dat is voor jou alweer genoeg heroïek voor vandaag. Jij hangt te veel aan het leven.'

'Minder misschien dan aan de waarheid.'

Nou ja, dat klonk inderdaad heroïscher dan Remo waar kon maken, maar Maddox werd nu pas echt nerveus. 'Als jij op de luchtplaats vertelt wie ik ben, Woodehouse, dan hoeft er maar een vent met thuis een zwangere vrouw te zijn, en ze kunnen Charlies ledematen gaan nummeren.'

'Voor ze je stembanden doorsnijden, heb jij *mijn* identiteit verklapt. Een andere vent heeft net van zijn vrouw gehoord hoe hun dochter dertien kaarsjes heeft uitgeblazen. Hij krijgt het te kwaad, en...'

'Zo trekken we elkaar de diepte in.'

'Ik kan het bloedvergieten met de helft bekorten... gewoon, door mijn en jouw loslippigheid te snel af te zijn, en de wereld vanmiddag nog van jou te verlossen.'

'Wie breng je daarvoor mee? Je hebt niet eens een wapen.'

'Alleen al het noemen van jouw slachtoffers, Scott, geeft mij de kracht het met mijn blote handen te doen. Die beulskap om je hoofd zal het karwei nog makkelijker maken.'

'Charlies stem draagt nog net zo ver als toen hij bij Spahn's op zijn rots stond, en zijn volgelingen toesprak. Je hoeft maar een vinger naar me uit te steken, Li'll Remo, en ze zullen tot in de isoleer horen wie jij bent. Mr Woodehouse mollen? Achter aansluiten.'

'We zijn aan elkaar overgeleverd.'

'We zijn tot elkaar veroordeeld.'

'Laten we eerst een paar dingen tot klaarheid brengen, Scott... dan kunnen we altijd nog gezamenlijk zelfmoord plegen door mekaars vermomming af te rukken.'

22

Het was voorbij. Toen zijn hand per ongeluk de vacht rond zijn kaken aanraakte, kwam die hem eerst vreemd voor – tot hij besefte dat het juist gewenning was die hem zijn eigen baard had doen vergeten. Het haar brandde hem niet langer op het gezicht, van jeuk niet en niet van schaamte.

23

'Zo zinloos allemaal.' Remo zette met een rammelende klap de stapel emmers in de kast.

'Zinloos is zinvol,' klonk het rauw vlak achter hem. 'En zinvol zinloos.'

'Ja, en *fair is foul, and foul is fair.*' Remo draaide zich met een ruk om. Maddox had geen steekwapen vast; hij hield tussen duim en wijsvinger van beide handen een vochtige dweil omhoog, klaar om hem over de bovenste emmer uit te spreiden.

'Zeg eens, Scott... beschouw jij jezelf als een succes?'
'Stel je een Jezus Christus voor van wie de doodstraf op het allerlaatste moment wordt omgezet in levenslang.'
'Het zou de grootste anticlimax uit de geschiedenis van de religie zijn.'
'Zo succesvol is Charlie.'

24

Voordat ze ieder naar hun cel gingen, wilde Remo nog weten wie na Maddox' overlijden de drie tikken met het reflexhamertje moest uitdelen, nu de beul van San Quentin daar niet meer voor in aanmerking kwam.

Als rond die tijd Squeaky nog vastzat voor het iets te nadrukkelijk wijzen naar president Ford, dan kwam de eer Sandy toe, Scotts tweede plaatsvervangster op aarde en in de woestijn. Hij maakte zich zorgen of hij de hamerslagen, die zijn heengaan moesten bevestigen, in een toestand van schijndood wel zou voelen, want het neurologische instrument had een rubber rand op de snede. Squeaky, of Sandy, zou hem na de drie zilveren tikken met luide stem vragen of hij, leider van The Circle, wel degelijk overleden was – zo niet, dan diende hij dit kenbaar te maken. Geen kik meer, goed, dan iedereen de sterfkamer uit, al bleef ook dan de deur nog op een kier om de gestorvene de gelegenheid te geven op zijn dood terug te komen.

De schoorsteen van Barker Ranch in Death Valley zou witte rook geven, en een alleen aan Squeaky en Sandy bekende rots in de woestijn daar zou het fundament vormen voor de kerk die The Circle te bouwen had. Eronder moest ergens de put zijn die naar het ondergrondse stroomgebied voerde, dat als een paradijs op ze lag te wachten, indirect verlicht door via natuurlijke wenteltrappen afdalende zonnestralen. De kerk zou er als baken voor de wereld zijn, om de mensheid de weg te wijzen naar de geestelijke erfenis van Hurly Burly. De paradijselijke Put des Afgronds bleef gereserveerd voor Maddox' discipelen en hun vermenigvuldiging.

'Mijn dood, Li'll Remo, is maar een gedachte. Net als ieders dood. Alles zal doorgaan, maar met andere middelen. Er komt een nieuwe wereld, en de nakomelingen van jouw zwarte huishoudster Winny zullen de raamkozijnen van onze huizen zemen.'

25

'Gedaan met het strijdrumoer, Li'll Remo. De slag is gewonnen. De slag is verloren.'

Vrijdag 13 januari 1978

Vrijdag de dertiende

I

'Morgen zie je me niet,' had Maddox op donderdagavond gezegd. 'Vrijdag de dertiende, dan blijft Charlie mooi op cel. Ik heb het met De Griek geregeld.'

'Als die dag ongeluk brengt,' zei Remo, 'moet het je ook in de cel kunnen overkomen. Een aardbeving... een hartstilstand.'

'In mijn cel bedenk ik rampen voor de niet-bijgelovigen. Zo blijf ik er zelf voor gevrijwaard.'

'Voor mij al iets op stapel?'

Op vrijdagmorgen werd Remo wakker met een zere voet. De grote teen, die een ingegroeide nagel had, voelde koortsig aan, en klopte. Hij kon om negen uur in de ziekenboeg terecht, en moest tot die tijd strompelend maar wat veegwerk zien te verrichten. Voor deze ene keer had hij er wat voor gegeven om Maddox over het zwarte graniet tussen twee stokken op hem toe te zien skiën, met ergens beneden bezem en blik het witte spiegelbeeld van zijn verbonden hoofd. Zoals aangekondigd, hij was er niet.

In zijn cel zat hij evenmin. Nadat Remo tussen twee bewakers naar de ziekenboeg was gehinkt, zodat hij nu twee pijnlijke voeten had, trof hij zijn maat met handboeien aan op een kruk in de verbandkamer. Een verpleegster was met een spatel zalf aan het uitsmeren over enkele steriele gaasjes. 'Jij hier, Scott?'

'U bent abuis,' zei hij met verdraaide stem. 'Onder deze tulband schuilt een andere kalief.'

'Oud nieuws.'

'Zuster,' riep hij opeens geërgerd, 'moeten er echt toeschouwers bij? Wat is dit... een medisch praktijkcollege of zo?'

'Ik heb de regels hier niet gemaakt,' zei de verpleegster opgewekt. Ze hield met pappen op, draaide zich naar Maddox om met een knieschaar in de hand, en begon vanuit de hals, waar angstig zijn adamsappel rondsprong, het vuile verband los te knippen. Vorige week, toen Remo bij meters tegelijk de zwachtels had weggetrokken, was de pijn met enkele forse rukken een feit; nu vloekte Scott bij elk stukje gaas dat per pincet uit de zachte korsten verwijderd werd. De bewaker achter hem knipoogde naar Burdette, die bij Remo was blijven staan.

'U neemt de hygiëne te weinig in acht, Mr Maddox,' zei de zuster. 'Nu moet u ervoor bloeden.'

'Geen bloed.' Hij kneep zijn vrije oog stijf dicht. 'Doe je werk, zieke kut.'

'Van zulke taal worden mijn handen niet zachter.'

Het gezicht dat onder snerpende pijnkreten geboren werd, leek nog steeds in niets op de krantenfoto's die Remo van de beroemde Charlie kende. Anders dan vorige week was er nu de gelegenheid het eens goed te bestuderen. Schedel, wenkbrauwen, kaken, bovenlip – alles onbehaard. De huid een walgelijke soep van etter, zalfresten en zachte bladderkorsten. Het linkeroog: een soppende zweer. Na zijn arrestatie waren vriend en vijand, slaaf en slachtoffer het erover eens geweest dat Charlie de man met de duizend gezichten was. Als hij op weg naar de rechtszaal of naar het cellenblok honderd keer gefotografeerd werd, stonden er de volgende dag vijftig verschillende Charlies in de kranten geportretteerd – dromerig, lijdend, berustend, opstandig, woedend, sarcastisch, duivels, waanzinnig. De ogen half geloken. De ogen ironisch vonkend. De ogen angstaanjagend ver opengesperd. Alles wat er maar aan karakter op een gelaat te hechten was.

En dan waren er nog alle afwijkend gekapte, getrimde en bekruiste Charlies. Het schouderlange haar met of zonder baard. De geschoren schedel in combinatie met een duivelssik. Het tussen de wenkbrauwen ingebrande kruis, dat later een spiegelbeeldige swastika werd. Bij elke volgende stap in de rechtsgang had het bastaardje weer een heel ander uiterlijk – behalve dan dat hij zo klein bleef als hij was, zonder plateauzolen om hem op te krikken.

Het vochtig vlekkerige reptielenkopje dat nu door de verpleegster met een dot watten werd droog gedept, was in al z'n onherkenbaarheid gewoon Gezicht no. 1001.

Er waren Choreanen die door een proces van demoralisering hun tanden niet eens meer poetsten, en de boel lieten verstenen. Zij stonken uit hun bek. Gevangene Maddox was in deze omgeving uniek: hij stonk uit zijn gezicht. Voorzichtig ontdeed de verpleegster de wimperloze leden van zijn rechteroog van een groenige pus. Toen Scott ermee knipperde, meende Remo een paar fijne druppeltjes op de rug van zijn hand te voelen. Hij deed snel een stap naar achteren, en botste daarbij tegen bewaker Burdette op. Het was of Maddox met gehalveerde blik een verdubbelde haat naar Remo wist uit te zenden. 'Zuster, stuur hem weg.'

'Zover gaat mijn bevoegdheid niet.'

'Laat hij zich dan van mijn naaktheid afkeren.'

'Ik vind het leerzaam,' zei Remo, en de bewakers lachten. Onder het wondvuil dat Maddox' voorhoofd bedekte, kwam onder de vegende watten een zwarte swastika tevoorschijn, die iets uit het midden tussen de haarloze wenkbrauwen in de huid gekerfd stond. Anders dan oude foto's suggereerden, stonden de haken van het kruis de goede kant op.

'Elke keer als ik nieuw verband kom aanleggen,' zei de verpleegster met een blik op Burdette, 'hoop ik dat die enge nazispin intussen uit zijn vel gezworen is.'

'Ben jij een jodin of zo?' grauwde Maddox. 'Ik heb het er zo diep ingebrand dat het straks nog in mijn kaalgevreten schedel zichtbaar zal zijn. Het zal me ruimschoots overleven.'

Vreemd bleef het wel. Op een ochtend was de zoveelste aflevering van Charlie voor de rechtbank verschenen, ditmaal geheel kaalgeschoren, en met die nog verse X net boven de neuswortel. Zijn vrouwelijke discipelen, die de rechtszaal niet meer in kwamen, deelden buiten op de hoek van Broadway en Temple Street stencils uit met Charlies verklaring: 'Ik heb me uit jullie wereld weg gekruist.'

Het had iets trots en ongenaakbaars. Maar hoe te verklaren dat hij niet veel later vier streepjes haaks op het kruis brandde, en er zo het symbool voor het meest versteende type van 'jullie wereld' van maakte?

2

Het Choreo omringende landschap was in het gevangenissysteem opgenomen. Remo keek door het filigraan van prikkeldraad omhoog naar de massieve Bernardino's – geen handlangers van een lonkende vrijheid, maar gewoon een muur extra.

'Mijn vrijlating komt eraan,' klonk het achter hem. 'Al besloten, of moet het geld nog geteld?'

Remo draaide zich om. Het was Dudenwhacker. Zijn tranen glommen in de ochtendzon, alsof ze vers aangebracht waren en nog moesten drogen. Als de EBA onderbezet was (bijna voortdurend), konden 'gewone' gevangenen van wie de invrijheidstelling in zicht kwam naar een cel daar dingen – uit zelfbehoud. In die laatste weken mocht er niets voorvallen dat hun straf kon verlengen. Altijd hetzelfde rotspelletje: dreigde er iemand vrij te komen, dan probeerden zijn afgunstige medegevangenen hem erin te luizen, door bijvoorbeeld een keutel hasj onder zijn matras te verstoppen, of een tot mes geknepen en geslepen etensblik. Zo konden ze hun maat bij zich houden. 'Uit liefde,' werd er dan bij gezegd. Dudenwhacker was zo iemand die, anderhalve maand geleden al, beschutting had gezocht op de EBA.

'Ik heb nergens om gevraagd,' zei Remo. 'Jij kwam met het voorstel de hoofdcommissaris voor me op te knappen.'

'Wat beginkapitaal voor een nieuw leven, dat zou geen kwaad kunnen. Het hoeft niet per se een beschermde diersoort te zijn.'

'Hoeveel kost een ongeschoolde leegloper?'

'De helft. Twee en een half. Lager ga ik niet.'

'Je wilt straks, in februari, vrouw en kind verrassen.'

'Ik had me nooit in dat speelhol moeten wagen.'

'Er staat nog een schuld open...'

'Afgelost. Mijn crediteuren waren zo schappelijk niet langer op contanten aan te dringen, en in plaats daarvan genoegen te nemen met het uitmoorden van mijn familie.'

'Dat scheelt in cadeautjes.'

'Een complicatie. Bij wijze van woekerrente eisen ze mijn hoofd. Ik ga er een andere smoel op laten zetten. Goering Goiter verbouwt gratis. Zo'n plastichirurg niet. Geraamde kosten: vijfentwintighonderd.'

'Nooit bang dat ze je hier, in Choreo, al weten te vinden?'

'Zie hoe mager ik ben. Achtenvijftig kilo. Met dat corrupte keukenpersoneel wordt mijn eten door een aparte kok toebereid.'

'Een diëtist, zo te zien.'

'Nee, grootmoeders keuken. Maar wie garandeert me dat hij niet net zo omkoopbaar is?'

'Zo word je als koning in de positie van voorproever des konings gedwongen.'

'Ik eet alleen nog verpakte dingen uit de kantine. Als een van de varkens een Mars voor me heeft gehaald, controleer ik de wikkel op injectiegaatjes. Ik fantaseer de hele dag over eten in vrijheid.'

'Dat kan dus alleen met een ander gezicht.'

'Best mogelijk dat ik voor de spiegel mijn eigen mond niet meer herken, maar de vette hamburger die ik erin stop, komt wel mooi in mijn oude pens terecht. Het zal me net zo goed smaken als vroeger.'

'Dudenwhacker, dan hoop ik voor je dat de chirurg je ogen niet groter maakt dan je maag.'

3

Bezoekuur. De producenten van *Cyclone*, net terug uit Italië. De tweeling had zich onder de naam DinoSaur Bros als enige bezoeker van gevangene Woodehouse ingeschreven. Opzet: toen het misverstand aan het licht kwam, mochten ze allebei naar binnen, gewoon in de gemeenschappelijke ruimte. Bij hun identiek massieve binnenkomst baarden de broers enig opzien, maar omdat ze zich nooit in de spotlights drongen, was er geen enkel teken van herkenning – zodat de mensen zich ook niet hoefden af te vragen waarom die kleine, bebaarde man zulke belangrijke filmbonzen ontving.

'De decors op Bora-Bora zijn af,' zei Sauro. 'Ik blijf er de rest van mijn dagen in wonen.'

'De crew is ook compleet,' zei Dino. 'Van koffiejuffrouw tot belichtingsman.'

'En de cast?'

'Rebekah Rutherford voor de vrouwelijke hoofdrol,' zei Dino, en zijn broer voegde er met verontschuldigend Italiaans schouderophalen aan toe: 'Ze is wat rijper nu.'

'Uitstekend.'

'Er is alleen... dat ene probleem,' vulden de broers elkaar aan. 'Wij voelen ons als God op de Eerste Dag, maar... wij zitten zonder regisseur.'

'Ik kom binnenkort vrij.'

'Dan nog... het vonnis. Onzeker,' zei Sauro. En Dino: 'We gaan de Zweed polsen.'

'Ingmar Bergman.'

'Die andere grote Zweed.'

'Jammer voor *Cyclone*.'

4

Elke vrijdagavond werd in de kapel een aantal als 'erotisch' aangeprezen films gedraaid, die voornamelijk een parade van schommelende billen en borsten te zien gaven, zonder een pluk schaamhaar en zonder een schijn van een verhaal. Niet dat het gejoel en voetgetrappel van de Choreanen er minder om was. Meestal ging het om uit kapot gedraaide films geredde fragmenten, die zonder enige ordening tot een rolprent van zo'n anderhalf uur aan elkaar gemonteerd waren, wat vaak tot komische sprongen in de handeling leidde.

Voor vanavond moest er, meer nog dan met de montage, iets misgegaan zijn met de selectie van de restanten. Remo was uit pure verveling naar de vertoning gegaan, vooral om te zien hoe dat toeging, zo'n hormonenoproer in de gevangenis. Het begon allemaal onschuldig genoeg, met dienstmeisjes die hun schortstrik op hun blote billen droegen.

'Zulke bewakers voor Choreo...!' riep iemand.

Na een minuut of wat stond er opeens, in zwartwit, een pornografische amateurfilm op het scherm te bibberen, duidelijk opgenomen in een doorsnee huiskamer vol angstige en verlegen mensen, die zich zo snel mogelijk van hun nummer leken te willen kwijten. Na enkele lelijke lassen keerde de kleur terug, maar uiterst korrelig en flets. Een groep jonge mannen en vrouwen gaf zich in de open lucht, bij een beek met een kleine waterval, door elkaar heen krioelend aan de liefde over. De locatie kwam Remo bekend voor. Toen de idylle zich verplaatste naar de veranda van een houten gebouw, en de camera inzoomde op een bord met LONGHORN SALOON, wist hij dat het om Spahn's Movie Ranch ging. De eindeloos bestudeerde foto's uit *Hurly Burly* zaten zo scherp in zijn hoofd dat hij in de close-ups moeiteloos een aantal leden van The Circle herkende: Little Patty, Clem, Lulu, Ouisch, Tex, Gypsy, Capistrano, Ezeltje Dan, Katie, Bruce, Squeaky, Mary, Sadie, Linda, Kitty en haar mooie Bobby, die ook wel Cherub Cupid werd genoemd. De regisseur van dit koprol- en slobberspektakel kwam even later in beeld, gezeten bovenop een rotsblok, zijn naakte lijf in lotuszit gevouwen rond het gezwollen hart van de bloem. Op het moment dat hij een van de vrouwen naar boven wenkte om hem te bedienen, en zijn gezicht voluit in beeld verscheen, begon het bijna stilgevallen publiek te fluiten, te gillen en met de voeten te stampen.

'Het is 'm! Het is 'm!'

'*Kill the son of a bitch!*'

'Castreren, dat beest...!'

Remo keek de donkere kapel rond. Het merendeel van de aanwezigen was overeind gekomen, en stond nu met geheven armen, vol haat, de kleine rotsheilige op het doek toe te schreeuwen, die zich door (als Remo het goed zag, want ze had haar kattenbril niet op) de kleine Barbara liet pijpen. Het was niet moeilijk om in het publiek het sneeuwwit omzwachtelde hoofd van Maddox te ontdekken, dat al het indirecte licht naar zich toe leek te halen. Hij had er beter aan gedaan ook de avond van vrijdag de dertiende op cel te blijven. Om niet uit de toon te vallen stond hij ook met de vuisten omhoog – kijk, nu klom hij zelfs op de stoelzitting, zodat hij over de hoofden van de Choreanen heen zijn luide verachting naar het projectiescherm kon slingeren. Vreemd, maar de bewakers deden niets om het tumult te smoren. De bende kwam pas tot bedaren na de volgende las, waar een ademstokkend mooie blondine met ontbloot bovenlijf op het strand een flacon vuilgele smeerolie leegde op de naakte rug van een man.

Iemand moest met de filmmontage gerotzooid hebben. De vrouw op het doek was Sharon – in haar rol van Solana uit *Skydivers*. Nog steeds... haar borsten kon je niet zien zonder het koele vilt ervan in je handpalmen te willen voelen. De ontroering wist maar heel even de verontwaardiging te verdringen. 'Met vlakke palm in de olie slaan,' had de regisseur gezegd. 'Zoals je een stevige hond op de flanken mept.' Remo herinnerde zich haar weerzin tegen de scène – en nu had iemand zomaar, schaamteloos... Geen van de toeschouwers scheen haar te herkennen als de beroemde actrice die ze meteen na haar dood korte tijd geweest was, en dat deed hem weer verdriet. De Choreanen juichten om een anonieme boezem.

Wie de rolprent voor vanavond had samengesteld, wist wat hij deed door de fragmenten in deze volgorde te plaatsen. Hoe kwam de smeerlap aan zijn materiaal? Met Sharon had hij destijds een keer de liefdesdaad op video opgenomen, een band die na haar dood door de LAPD was gevonden, bekeken en discreet weer teruggelegd. Na alles wat hij nu gezien had, konden er logischerwijs alleen nog scènes uit die opname volgen, en dan was het de vraag of de mannen om hem heen de wat jongere, bril- en baardloze uitvoering van hun medegevangene niet zouden herkennen. Remo zette zich schrap – maar van wat er kwam, snapte hij niets.

In tegenstelling tot de voorgaande was dit weer een onprofessionele opname, erger dan gewoon amateuristisch: als door dronkemanshand bediend zwaaide de camera over de grond. Doordat er iemand met een lamp achter hem liep, stuwde de cameraman zijn eigen silhouet, compleet met geschouderd apparaat, voor zich uit – over een natuurstenen tuinpad, dat met een flauwe bocht door het gras van een kort gehouden gazon voerde. Katten vluchtten voor het licht en de aanroffelende voeten uit, en bleven dan op een afstand zitten toekijken. Pas aan de witte deur, type *dutch door*, tussen twee koetslantaarns herkende Remo zijn huis aan de Cielo Drive.

'Verkeerde film,' riep iemand. Camera en lamp waren nu in de woonkamer. Schaduwen zetten hoge kamelenruggen tegen de muren, maar de gezichten van de heftig door elkaar bewegende aanwezigen bleven onderbelicht, al deden hun angst en ontreddering zich toch wel gelden. Remo zag details terug van het interieur. De spijlen van de schommelstoel werden tot een traliehek uitgerekt op de haardplaats geprojecteerd. De Choreanen zouden in de vrouw met, losjes, een touw rond haar hals zeker niet de blondine van daarnet, uit *Skydivers*, herkennen – Remo wel.

De film werd plotseling stopgezet, en meteen daarna gingen de bollampen in de kapel aan. Er klonk schril gefluit. Bewaker Tremellen beklom het spreekgestoelte. 'Heren, excuses. Er ging van alles fout vanavond. Volgende week een halfuur extra.'

5

Na alles wat Remo in zelfs de gerenommeerdste weekbladen had gelezen over voodoorituelen, groepsorgieën en het in besloten kring zweepstriemen van malafide drugshandelaars, waren het ironisch genoeg de moordenaars die getuigden van de huiselijke idylle die ze die avond op de Cielo Drive aantroffen. Voytek op de bank luisterend naar muziek. Gibby met een boek in bed. Jay, met een blikje Heineken, in vertrouwelijk gesprek met Sharon, die uitgeput van zwangerschap op de dekens lag uitgestrekt, spelend met haar zwerfkatje. Nog meer katten, tientallen, in de tuin rond het huis – in alle stadia van krolsheid en vechtlust, en uiteindelijk verenigd in hun angst voor de gemeenschappelijke vijand: de terriër Proxy.

6

Remo had zijn lugubere kompaan een keer gevraagd wat hij toch al die jaren, een kwarteeuw van zijn nog korte leven, achter de tralies gedaan had. Nadenken? Toekomstplannen maken? Na zijn wonderbare wederopstanding van *death row* in 1972 had Maddox, vanuit het cellenblok der levenden, natuurlijk zijn organisatie te leiden gehad. Overvallen op wapenwinkels, de ontsnapping van Circlers en Circlets uit detentie, de geplande kaping van een Boeing en het gijzelen van tweehonderd passagiers – dat vereiste allemaal instructies uit het absolute middelpunt van The Circle. (Of er elk halfuur of iedere drie kwartier iemand in het vliegtuig doodgeschoten moest worden om de eis van Charlies vrijlating kracht bij te zetten, dat kon vanzelfsprekend alleen Charlie zelf beslissen.) Maar in de jaren daarvoor, van zijn twaalfde op de Gibault School for Boys in Terre Haute, Indiana tot zijn tweeëndertigste op Terminal Island, San Pedro, Californië, had hij voornamelijk de muurscheuren in zijn cel bestudeerd, en dat niet eens om er zijn toekomst uit af te lezen. Ja, hij had de Bijbel uitgespeld, en

531

ook wel eens een ander boek ingekeken, maar het meest had hij toch geleerd van de muizen die door de spleten in de wand zijn cel binnendrongen: hun gewiekstheid, hun systematiek. 'De verbeteringsgestichten in dit land hebben me al vroeg geleerd mijn verstand stil te zetten... op z'n minst niet langer dan vijf seconden vooruit te denken.'

Op zijn brits gezeten volgde Remo het patroon van mortelloze naden in de bakstenen celmuur. Het was zo regelmatig, zonder zelfs maar een rafelige plug, dat het hem algauw verveelde. En muizen, die kwamen hier niet binnen om hem voor te doen hoe hij buiten kon komen: te goed onderhouden, die wanden. Het verstand stilzetten dan maar. *Minder* dan vijf seconden vooruitdenken.

Het bleek Remo algauw dat hij niet zo grondig getraind was in het passief doden van tijd als Maddox. Telkens wanneer zijn brein een soort nulstand leek te bereiken, vlamde de gedachte aan de Eeuwige Tragicus weer in hem op.

De familie Zillgitt niet te na gesproken: daar probeerde een moeder haar ambities te bevredigen via haar dochter. Voor 't overige leek het wel of moderne opvoeders voor niets zo beducht waren als voor buitensporige eerzucht bij hun kroost. Talent in uitputtingsslag met ander talent, alleen zo ontstonden volgens Remo grote dingen. Maar als je in deze tijd kunst en kunde opvatte als een zaak van leven en dood leed je algauw aan grootheidswaan.

'Toch was het winnen van de wedstrijd voor de Grieken uiteindelijk geen zelfzucht,' had Agraphiotis gezegd. 'Je deed het voor de stadstaat... tot nut van het algemeen.'

Daar had Remo geen boodschap aan. Hij wilde eenvoudigweg de grootste zijn, en op grond daarvan verketterd worden. Tot heil van welke maatschappij moest hij zijn kunst bedrijven? Wie in een communistische staat opgroeide, leerde alles in eerste instantie voor zichzelf te doen. Veelgehoorde uitdrukking in Polen: 'Je hebt een geit nodig om te melken.'

Ja, uiteindelijk deed je het allemaal voor de mensheid – dus ook voor jezelf.

Op mijn ronde over de Ring keek ik bij Woodehouse binnen. Hij zat op de brits naar zijn storyboard te turen, met een dubbelgepunt potlood in de hand, dat aan de ene kant rood was, aan de andere kant blauw. Zijn lippen bewogen zacht. Hij stond op, en zette enkele blauwe kruisen op het papier, die met rood werden omcirkeld.

Ik hield van mensen die het onmogelijke nastreefden, en zelfs op weg naar het onbereikbare nog een heel eind kwamen. Het maakte hun wanhoop mooier, net als hun falen. Het nakende doel liet hun mislukking fonkelen.

Nooit zou ik deze geniale Remo, met zijn gouden cameraoog, toestaan de afgunst van de goden over zichzelf af te roepen. De hoogmoed...! Het meneertje had zichzelf alvast, via een verzonnen schervengericht, een plaats op ijskoude, eenzame hoogte in de filmkunst toegedacht. Zolang er een Griekse logica bestond, ging hoogmoed nog altijd aan de val vooraf. Ik wilde me graag opwerpen als de nalever van die logica.

Zaterdag 14 januari 1978
Spestijl

I

Voordat ik er eind 1970 vandoor ging, naar Europa, had ik
in de rechtszaal nog Charlies grote getuigenis bijgewoond. Ik
wist dat de openbare aanklager, Jacuzzi, al een vol jaar bezig
was hem tot getuigen te bewegen. De lijst met vragen groeide, maar Charlie bleef de boot afhouden. In november gaf hij
plotseling aan een getuigenis te willen afleggen, maar dan alleen in de vorm van een aaneengesloten verklaring – niet aan
de hand van vragen door zijn advocaat, die hij immers niet erkende, 'net zo min als deze rechtbank en het juridische systeem
van Amerika'. De rechter stond het hem toe, en wees hem er
fijntjes op dat door te getuigen, in wat voor vorm ook, hij het
Californische rechtssysteem impliciet aanvaardde.

Ik heb nooit veel begrepen van wat die Amerikanen met
Aranda bedoelen – een of andere juridische uitzonderingsre-
gel. Vanwege Aranda werd de jury voor de duur van Charlies
getuigenis naar de koffiekamer gestuurd. Na zijn beëdiging liet
hij zich naar de getuigenbank leiden. Voor het eerst sinds het
begin van het proces hoefden de aanwezigen niet tegen zijn
kromgegroeide dwergenruggetje aan te kijken. Met toegekne-
pen ogen over de microfoon heen loerend speurde hij de publieke tribune af: hij was kippig, en al bijna anderhalf jaar niet
meer in het bezit van zijn schildpadden bril. Heel even ontmoeten zijn ogen die van mij, maar hij herkende me niet als

de fotograaf die hem ooit te woord had gestaan. Zijn blik bleef rusten op iemand schuin achter me. Ik keek om: het was de kolonel, die na zijn omzwervingen als nephippie over de Strip zijn baard was blijven dragen, alleen nu beter verzorgd.

'Ik zou uw verdriet met u willen delen, Sir, maar ik weet niet wat het is om als ouder een kind te verliezen. Ik ben zelf drie keer vader geworden van een zoon. De eerste twee heb ik nooit gezien. Ik zat in de gevangenis. De laatste, Mickey, is door alle vrouwen van The Circle opgevoed... niet door mij. Als hij ons ontviel, zou ik de laatste zijn die hem miste. En dat, Sir, is de pure waarheid.'

Hij sprak zacht en hees, en zover van de microfoon dat de toeschouwers hun hoofd hieven en verdraaiden om hem te kunnen verstaan. Zijn gezicht stond triest en berouwvol.

'Van huis uit weet ik ook niet hoe de verhouding van een vader tot zijn kind zou moeten zijn... hoe die liefde voelt. Mijn vermoedelijke verwekker noemde zich kolonel, net als u, maar daar houdt elke overeenkomst op. U bent een echte kolonel, hij was een valse. Ik heb hem nooit gekend. Na hem kwam er een hele stoet onechte ooms voorbij. Als er een wat langer bleef, stopte mijn moeder me als onhandelbaar in een opvoedingsgesticht. Zo zag verlies er bij ons uit. Van Mickey heb ik bij de geboorte de navelstreng doorgebeten, maar verder... met excuses aan uw vrouw... ik kan haar verlies niet aan eigen barenspijnen afmeten. Ik...'

Nog eens keek ik om, en ja, ik had het goed gehoord. Op zijn bijna geruisloze wijze was de kolonel opgestaan om de zaal te verlaten. Nooit zag een kaarsrechte rug er zo geslagen uit. 'En nu terzake,' zei de rechter.

Het droevig zachte praten was maar spel geweest. Meer dan een uur lang liet Charlie al zijn stemmen horen, en zette er de passende gezichten bij.

'Er is hier, in deze zelfde getuigenbank, gesuggereerd dat er mensen zijn gedood uit wraak. Omdat Charlie zich beledigd zou hebben gevoeld door een stel popmiljonairs en talentenjagers en platenproducers. Terry wilde mijn muziek niet met zijn nagels in het vinyl krassen... nou, dat was zijn goed recht. Als mijn kinderen in Terry's huis de dingen hebben gedaan die jullie ze in de schoenen schuiven, dan was het uit een politiek-religieuze overtuiging. Hadden ze er hun vaders of broers aangetroffen, ze zouden hetzelfde hebben gedaan. Omdat het *doel* heilig was.'

Ik kon vanaf mijn plaats Sadie, Katie en Lulu net een beetje van opzij zien. Ze keken met gloeierige wangen van dweepzucht naar hun welbespraakte leider op. De rechter moest hem geregeld manen het kort te houden, en niet eindeloos naar verre woestijnen af te dwalen. 'Waarom uitgerekend in Californië?' vroeg hij dan.

'Uw geüniformeerde knechten, Edelachtbare, hebben mij in mijn jeugd van staat naar staat gejaagd. Uiteindelijk hebben ze me hier opgeborgen, in het heetst van de oven. Toen ik vrijkwam, kon ik de staat niet uit. Ik zat met een onzichtbare ketting aan mijn reclasseringsambtenaar vast. Alles wat ik te doen had, moest in Californië gebeuren. Net zo lang tot de ovenklep weer achter me dichtsloeg. Toen, in Death Valley, hadden uw blikken sterren mij de kans moeten geven mezelf dood te vechten. Ik zou er zoveel mogelijk mee het zwarte niets in gesleurd hebben. Maar nee, de rechtvaardigheid van uw wereld wordt uitgedrukt in het gerinkel van handboeien...'

Hierna ontstond enig rumoer in een hoek van de publieke tribune waar de mannen van de sheriff van Inyo County zaten, die Charlie op de Barker Ranch gearresteerd hadden. Een verontwaardigd gegons, al snel overgaand in onderdrukte hilariteit, toen het besef weer daar was hoe ze de dwerg uit een gootsteenkastje geplukt hadden. Als ze hem er niet tijdig uit bevrijd hadden, was hij er misschien inderdaad gestorven – van de kramp in zijn ledematen, ook een vorm van je doodvechten.

'Alle psychiaters die u op ons afstuurt... verspilde moeite, weggegooid geld. Zij zullen er nooit iets van snappen. Zij zijn ook niet in staat u er iets van te laten begrijpen. En waarom niet? Deze kinderen *geloven* ergens in... het zijn hurlyburlisten.

U kunt ons het gas geven, maar onze kruistocht niet tegenhouden. Uw systeem van doodstraf speelt Hurly Burly in de kaart. Het groene kamertje, met nog wat gaslucht van de vorige keer erin, gaat pas na jaren voor ons open. Intussen is er alle tijd om *death row* tot zenuwcentrum van onze oorlog in te richten. Zo straft Amerika zichzelf voor z'n eigen grootste misdaad tegen de menselijkheid, Edelachtbare... iemand ter dood veroordelen, en dan twintig jaar in een cel laten zitten... een straf die niet is opgelegd. Hurly Burly zal ons overleven, en doorgang vinden, en het zal ons onsterfelijk maken... wij, de eerste martelaars in een heilige oorlog.'

'Is dat alles?' vroeg de rechter droogjes.

2

'Jouw bovenwereld, Li'll Remo, is oneindig veel primitiever dan mijn onderwereld. Gas, touw, elektriciteit... de zwijnen daarboven beheren de machines om hervormers zoals ik ter dood te brengen. Bewijst dat niet dat er bij jullie, in de aangeharkte varkensstal, geen beschaving is? Voor de ware civilisatie moet je bij ons zijn. The Circle werkt aan een betere wereld.'

'Jullie *moorden* voor een andere wereld. Zolang beesten als jij en Tex hun dodelijke hoef op mijn erf kunnen schrapen, is onze beschaving verplicht oog om oog, tand om tand toe te passen. Leven om leven.'

'Jullie, rechtvaardige burgers, houden de tegenstrijdigheid in stand.'

'Nee, *jullie*, rechtschapen moordenaars... door ons te verplichten primitieve middelen in stelling te brengen. Bij alle misdaden doen jullie ons ook nog eens de zelfvernedering van de onbeschaafdheid aan. Wij worden gedegradeerd tot timmerlui... die een schavot bouwen.'

Maddox bracht een gemeen, knetterend lachje voort. 'Geef vooral hoog op over de Amerikaanse samenleving, Woodehouse. De varkens kunnen jou ook elk moment uitkotsen. Je bent niet voor niets een poosje Choreaan.'

3

'Jij wilde je eigen advocaat zijn, Scott, maar...'
'Charlie heeft geen boodschap aan het Amerikaanse rechtssysteem.'
'Je eigen verdediging opeisen, dat betekent uiteindelijk ook omarming van het Amerikaanse rechtssysteem.'
'*Heb* ik mezelf verdedigd?'
'Het ging algauw mis.'
'Ja, maar ik heb mijn verdediging wel eerst weten af te dwingen. Voor mijn cel werd een kruiwagen met dossiers en wetboeken neergezet. Ik kreeg een telefoon. Ik mocht de meisjes zien zo vaak ik wou, voor overleg. In de rechtszaal voerde ik uitgebreid het woord, zodat de journalisten direct mijn denkbeelden konden noteren... zonder dat ze eerst door de zeef van de openbare aanklager werden gehaald. Het duurde niet lang... maar lang genoeg om de rechtsgang te ontregelen. Voortzetting van mijn anarchisme met andere middelen. Hurly Burly voorbereiden oog in oog met de rechterlijke macht. Nou, is het met dat proces ooit nog goed gekomen? Het werd het langste uit de geschiedenis van de Verenigde Staten. Het duurste ook. En Jacuzzi heeft ons niet aan het gas gekregen. Charlie heeft de rechtszaak net zo lang weten te traineren tot de afschaffing van de doodstraf in Californië in zicht kwam.'

4

'Toen ik niet langer mijn eigen verdediging mocht voeren,' zei Maddox, 'heb ik de toegewezen advocaat zijn gang laten gaan. Hij pleitte tegen de doodstraf... allicht. Het gewone, uitgekauwde argument. "Wij hebben niet het recht een leven te nemen. Elk mens heeft recht op leven, ook wie een ernstige misstap heeft begaan." En de bla, en de bla, en de bla. Ik viel in slaap. Toen ik weer wakker werd, liep de openbare aanklager voor de juryloge heen en weer. "Als er *iemand* recht op leven heeft," riep Jacuzzi in tranen, "dan is het de in onschuld levende. En zo iemands bestaan, laat ons zeggen dat van Sharon, wordt nou juist bedreigd door de schuldig erop los levende. Leden van de jury! Als wij het schuldige leven in bescherming nemen, gooien we het onschuldige voor de leeuwen." En de bla, en de bla, en de bla. Ik viel opnieuw in slaap.'

5

'Li'll Remo, ik geloof niet in de rechtspraak van een land dat aan jury's doet. Brave burgerlieden een beetje moreel chanteren... Er wordt een beroep gedaan op hun burgerzin, hun vaderlandsliefde, hun rechtvaardigheidsgevoel. Op grond van al die mooie waarden laten ze zich uit hun gezin wegrukken... uit hun werkkring. Ze worden gedwongen te oordelen over leven en dood. Er staat een krappe vergoeding tegenover. Bij terugkeer in het normale leven vinden ze hun plaats in bed bezet. Hun baas weigert het achterstallige salaris te betalen. Of hij heeft de lege plaats als een vacature beschouwd, zodat iemand nog net de hand van zijn opvolger kan drukken, alvorens definitief op straat te staan. Het is misbruik van burgerzin. Verder geloof ik niet in het objectieve oordelingsvermogen van lui die allemaal in de jurybank zitten met hun eigen wrok, hun eigen dromen... hun eigen geilheid. Ik zal je vertellen waarom Charlie en zijn meisjes ter dood veroordeeld zijn. De juryleden werden zelf bijna negen maanden lang in afzondering gehouden... in een derderangshotel. Erger dan detentie. Acht en een halve maand... een complete zwangerschap. O, wat waren ze zwanger van Charlies dood. Nee, bij de dood, daar begon het echte straffen pas. Het gas, dat was precies het verschil tussen een hotelkamer en de groene kamer. En sissen deed het niet eens. Wel het gif, niet de slang... Charlie zou in zijn laatste ogenblikken niet eens zijn geliefde woestijnbewoner mogen toespreken.'

6

Eerst had hij met het tedere oproepen van Sharons beeld telkens weten te wachten tot in zijn cel. Met het vorderen van de week waren zijn herinneringen aan haar dwanggedachten geworden *juist* in aanwezigheid van Scott Maddox.

Van gediplomeerde heks tot vuilnisvat voor drugs tot tweebenige spil in sexorgieën – in de dagen na haar dood kwam Remo zijn geliefde op papier in de schunnigste gedaanten tegen. Zelfs in de angst en chaos van midden augustus moesten er voor de pers mensen te vinden zijn die Sharon van dichtbij gekend hadden, maar geen artikel beschreef haar als de door en door goede vrouw die ze geweest was. In plaats van bessenjam wilden de mensen bij het ontbijt geronnen bloed, zolang het tenminste niet uit hun eigen systeem kwam.

Geen krant of tijdschrift meer openslaan hielp weinig: zelfs goede vrienden vatten de afgedrukte insinuaties net iets te gretig voor hem samen. Aangewakkerd door zijn barre verdriet, dat hem het helder denken belette, begon de vuilspuiterij het beeld dat hij van zijn vrouw omklemde aan te tasten. Om niet te stikken moest hij nodig met iemand praten die zich haar wenste te herinneren van voor haar wederopstanding als met lsd doordrenkte, onverzadigbare priesteres van de duivel. Gibby, ja, Gibby had haar zachtheid kunnen bezingen. De pech wilde dat Gibby ook dood was.

Na zijn haastige terugkeer uit Londen was Remo door de filmstudio tijdelijk ondergebracht in de ruime kleedkamer van Rebekah (eigenlijk Rebecca) Rutherford, die bevriend was met Sharon sinds ze elkaar als achttienjarigen via dezelfde talentenjager hadden leren kennen. Help me, Becky, geef me mijn zachte meisje terug, dat te lief en te goed was voor deze wereld, en juist daardoor zo aards warm. Hij nam een taxi van Paramount naar Pacific Palisades. Rebekah deed open met haar zes maanden oude dochtertje op de arm, Shelly, dat met haar tweede naam Sharon heette, haar peettante. 'Hallo, Becky. Kom ik ongelegen?'

Remo had haar rode ogen al opgemerkt. Bij de aanblik van de kapotte weduwnaar dreigde ze opnieuw te gaan huilen. Ze schudde het hoofd, en draaide haar ogen weg, zoals vrouwen doen die niet op tranen betrapt willen worden. Hij duwde haar voor zich uit de hal door, de zitkamer in, waar een kruidig zoete kinderlucht hing. 'Zo intens gemeen,' zei ze, 'zoals er over haar geschreven wordt.'

'Becky, ik heb na al die vergiftigde drukinkt wat mild tegengif nodig. Alsjeblieft, vertel me over haar... kan niet schelen wat. Zoals ze was. Zoals jij haar gekend hebt.'

Shelly Sharon, bij haar moeder op schoot, keek Remo met grote ogen aan, en bleef dat doen. Becky vertelde met vlakke stem, strak naar een hoek van het tapijt kijkend, over de tijd dat zij en Sharon kamergenoten waren geweest, in een woning aan Olive Street in het centrum.

'Hè, wat... spestijl?'

'Het was ingericht volgens de stijl In Spe. Zo heette dat toen. We waren allebei actrices in spe...'

'Kaal dus.'

'Het was niet vanwege het gebrek aan meubilair dat mijn vrienden me meewarig aankeken. "Als je 's morgens naast zo'n irritant mooi iemand wakker wordt," vroegen ze, "durf je dan nog naar een auditie?" Als dat onze vriendschap niet in de weg zat, lag het in de eerste plaats aan Sharon. Die was zo zonder kapsones... de mensen werden er gewoon verlegen van.'

'Oei, daar is Hollywood niet op gebouwd.'

'Het is moeilijk over Sharon te praten zonder haar als een heilige neer te zetten.'

'Blijkbaar niet. In de Amerikaanse pers is ze als een duivelin neergezet.'

Al die maanden dat Scott Maddox in San Quentin op *death row* zat, najaar '71 en winter '72, leek er bijna onophoudelijk mist uit de baai van San Francisco op te trekken.
'Hoe kon je dat zien vanuit je cel?'
'Met mijn oren. De misthoorns zongen van mijn naderende dood. De dichte nevel speelde voor verdampend gas. Ik heb duetten gecomponeerd voor gitaar en scheepsfluit... voor solostem en misthoornkoor.'
'Een gitaar op *death row*, kom nou.'
'In mijn hoofd. In mijn hart.'
'Je hebt de groene kamer nooit vanbinnen gezien...'
Toch wel. Maddox wilde alvast een blik werpen in wat zijn laatste verblijfplaats op aarde dreigde te worden, en kreeg er nog toestemming voor ook: een terdoodveroordeelde had blijkbaar het recht ruim op tijd met het wapen van zijn eigen vernietiging kennis te maken. Op het vastgestelde uur werd hij uit zijn dodencel gehaald, waarna ze hem de exacte route van de *dead man walking* lieten volgen. Zwaar geboeid de lift in, waaruit je beneden direct de wachtcel binnen stapte. Als het zover was, zou hij daar zijn laatste nacht moeten doorbrengen – waarvan hij met zijn bewakers nu speelde dat die al voorbij was. Laatste persoonlijke spullen inleveren. In een zak van zijn overall vonden ze een luciferdoosje (met twee levende kakkerlakken erin, maar dat werd niet gecontroleerd), en ze lieten hem zien wat daarmee in het uur U zou gebeuren. Het werd plechtig opgeborgen in een diepe kast, waar een neerdrukkende graflucht uit opsteeg. Planken vol dozen, met daarin de voorwerpen die de terdoodveroordeelden tot het allerlaatst bij zich hadden willen houden. Onnozele spullen, levenloos in de ogen van de beul, bezield en heilig voor de aanstaande dode. Kiekjes van geliefden natuurlijk. Heilige Cristoffels, voor een behouden oversteek. Ringen uit de verrassingsautomaat. Een knijpvogel uit de kerstboom, met afgebroken snavel. Het kunstgebit dat ze Dale Gibson Perryman (geëxecuteerd 22 no-

vember 1963) uit zijn hand moesten wringen – niet omdat hij niet tandeloos voor Gods troon wilde verschijnen (hij had zelf al zijn tanden en kiezen nog), maar omdat het had toebehoord aan zijn beste vriend, die na een mislukte bankoverval in zijn armen gestorven was. Zelfs een verkreukelde zakdoek met daarin, volgens het hangetiket, de laatste zaadproductie van Franklin Gregory Silliphant (executiedatum onleesbaar). Bij eerste aanraking door de bewaker stegen er twee heel kleine motten uit op, waarna het katoen in drie hoopjes uiteenviel.

Maddox kreeg te horen dat al die waardeloze troep verplicht bewaard bleef omdat, desnoods tientallen jaren later pas, de nabestaanden erom konden vragen.

'Als je het echt tot de groene kamer geschopt had, Scott, wat had je dan tot het laatst toe bij je willen houden?'

'Mijn zilveren reflexhamertje.'

'Om de beul, voordat hij de gaskraan openzette, jouw neurologische alertheid te laten testen...'

'Ik zou hem verzoeken om mij, wanneer het gas was uitgesist, drie keer met het hamertje op mijn hoofd te slaan... om de getuigen te laten zien dat ik echt dood was. De beul zou me dan pas mogen vragen of ik nog iets te zeggen had. Het vak van plaatsvervanger op aarde, dat schept verplichtingen.'

'Je bent ook in de groene kamer zelf geweest.'

'Die is rond, met een soort kinderspeelruimte in het midden. Een beetje een iglo, met raampjes erin. Zonder gordijnen, want de getuigen moeten kunnen zien hoe...' (Als er slijm van ontroering zijn keel in liep, begon zijn stem altijd te knetteren.) '... hoe iemand naar lucht hapt, en gif oogst. Ik ben voor een schoon milieu, Li'll Remo.'

'Erin gezeten?'

'Even. Niet vastgebonden.'

'Na de generale repetitie keek je uit naar de première...'

'Het stuk verdween bij voorbaat van het repertoire.'

8

Om de duivelse kant van Sharon te benadrukken plaatsten kranten en tijdschriften bij hun insinuaties over satanische rituelen en sadistische groepsorgieën vaak dezelfde publiciteitsfoto, gelicht uit haar film *I and the Devil* – een still waarop zij als de onbarmhartig mooie toverkol Oda staat afgebeeld: een kreng met platina pruik, asymmetrisch geschminkte ogen, een wrede, arrogante trek rond haar mond, en buitengewoon onhartelijk door haar zwarte coltrui priemende borstjes, waar bij wijze van talisman een blikkerend metalen oog tussen hing. De film speelde op een kasteel in de Périgord, waar door een sekte het leven van de markies werd geofferd voor een geslaagde wijnoogst. (Maanden later, na de arrestatie van de moordenaars, zouden de brutaalste periodieken deze foto afdrukken naast die van de sekteleider die haar dood gelast had. Fraai koppel, werden de lezers geacht te denken.)

9

Als ik beweer in de twintigste eeuw van de christelijke jaartelling verdwaald te zijn geraakt, bedoel ik daarmee niet dat ik in de moderne tijd zou zijn neergeworpen, of dat soort neo-Sartriaanse onzin. Ik heb de nieuwe jaartelling simpelweg nooit erkend – al hanteer ik haar uit opportunisme wel, om redenen van communicatie namelijk. De Tijd, de echte, die zich door de invoering van geen enkele kalender laat dwingen om opnieuw te beginnen, heeft mij eeuwenlang voortgedreven, en de mijlpalen waren omwentelingen in de geschiedenis, niet de jaar- en eeuwwisselingen. In het begin van de twintigste eeuw na Christus ontstond er, door Einstein, een andere kijk op Tijd en Ruimte, maar dat betekende niet dat Tijd en Ruimte zelf veranderden: die hadden zich altijd al, ook in mijn goede oudheid, sterk gekromd gedragen, geheel overeenkomstig hun aard. De *moderne* tijd, het zou mijn tijd wel duren.

Eind negentiende eeuw, in 1889, had een domineeszoon voorgesteld om de kalender opnieuw met het jaar nul te laten beginnen, dit om elke herinnering aan het christendom weg te vagen. De architect van de nieuwe jaartelling was Friedrich Nietzsche, die, op de drempel van de waanzin, niet helemaal serieus meer te nemen was. Het ging niet door.

Het duurde tot januari 1978 voordat ik, in Choreo, weer iemand hoorde morrelen aan de christelijke kalender. Om de twee schoonmakers geruisloos te kunnen naderen, wat me niet altijd lukte, droeg ik sinds kort schoenen met dikke spekzolen. Ik liep met zacht verende tred over de gaanderij van de eerste verdieping naar de plek waaronder ze, bij de poetsmiddelenkast, met elkaar stonden te praten.

'...en dan wordt het nieuwe paasfeest voortaan op 18 februari gevierd,' zei Maddox. 'Elk jaar vanaf nu.'

'Verklaar de datum,' klonk Remo's stem uit de kast, 'dan doe ik misschien mee.'

'De achttiende februari 1972, toen werd in de staat Californië de doodstraf afgeschaft. Charlie kreeg automatisch levenslang. Lijden, groene kamer, wederopstanding van deze mensenzoon... het kan allemaal in hetzelfde lange paasweekeinde gevierd worden.'

'Volgende maand voor de zesde keer Charlies Groene Vrijdag. Choreo doet z'n eigen passiespel. De steen wordt voor het executiehol weggerold... en daar, dames en heren, dampend van het blauwzuur, daar strompelt Charlie tevoorschijn. Een lelijk hoestje, maar... hij heeft het *alweer* overleefd. Applaus. We zijn in overleg met de NASA voor een spectaculaire, geheel computergestuurde Hemelvaart. Speciale talkshow van Jaffarian voor Emmaüsgangers met de mooiste getuigenis.'

'Ik zal er persoonlijk voor zorgen dat jou het lachen vergaat, Li'll Remo.'

'Die afschaffing van de doodstraf, hebben ze je daarmee niet een schitterend martelaarschap door de neus geboord?'

Het viel me weer eens op hoe luid Maddox, met een lijfje dat als klankkast niets voorstelde, zijn stem kon uitzetten.

'Vergis je niet in mijn status van levende, kleine rotaap. Hier staat een dooie voor je. Of dacht je dat ze, onder gekrijs van het hele volk, iemand ter dood konden veroordelen zonder... ja, zonder dat hij ter plekke duizend doden stierf? Het gas, de stoel, het peloton... het zijn maar rituelen om het lijk dat er al is een officiële status te geven. Op 19 april 1971, toen rechter Younger vonnis wees, is Charlie gestorven. Sindsdien... reservetijd. Zonder lichaam, want dat is onder het vonnis gesneuveld. Ik ben nu louter geest. De nor houdt mijn ziel bij elkaar...'

'Dan heeft de doodstraf, zelfs zonder tenuitvoerlegging, je macht alleen maar vergroot.'

10

'Aan Olive Street hebben we zo'n twee jaar samengewoond. Op 't laatst ging Sharon al met Jay. Ze vertrok naar Europa om films te maken, en... nou ja, daar kwam ze jou tegen.'

'Het is me niet ontgaan.'

'Ze was volstrekt zichzelf, maar... zonder het te weten. Net zo onzeker als ze mooi was.'

'Mijn weifelende godinnetje.'

De kleine Shelly, die aldoor grootogig naar Remo gekeken had, begon opeens hard te huilen – en hij besefte dat het een antwoord was op de huilkramp waar zijn eigen gezicht in schoot.

'Sharon,' zei Becky, 'had iets gevaarlijk benijdenswaardigs. Iets dat ik, in onze jaren samen, ook wel had willen bezitten... al wist ik dat het slecht voor me zou kunnen zijn. Fataal zelfs. Er was iets heel moois en teers over haar, waar ze vroeg of laat voor zou moeten boeten... iets dat uitnodigde tot knakken, pijn doen, onherstelbaar beschadigen. Het woord *kwetsbaar*, dat leek voor haar persoonlijk uitgevonden.'

'Ik wed dat ze op de laatste avond van haar leven nog van de indringers heeft gedacht... in 't begin dan... dat ze geen kwade bedoelingen hadden. Het moest een misverstand zijn. Verkeerde deur of zo.'

Sharon kon nog geen vlieg kwaad doen, letterlijk niet. Ze was allergisch voor bijengif, en als ze eens een keer gestoken werd, huilde ze niet van pijn of misselijkheid, maar uit schuldgevoel om het ontfutselen van de angel aan de bij, die nu zou sterven aan zijn eigen verdediging.

'Zo goed van vertrouwen.' Rebekah schudde zo heftig haar hoofd dat de tranen ervan uit hun baan raakten. 'Ze hield nooit haar deur voor iemand op de knip.'

'Helaas, Becky, helaas.'

11

Remo vroeg Maddox of hij zich het moment herinnerde waarop hij hoorde dat in Californië de doodstraf was opgeheven.

'Een varken kwam met de mededeling, knorrend van tegenzin. Hij moest het me wel vertellen, want ik zat op *death row*... en de *death row* van San Quentin bestond van dat ogenblik af niet meer.'

Nee, als Remo wilde horen dat Scott in zijn cel begon te dansen en te zingen, dan had hij het mis. Doodstraf omgezet in levenslang, besefte hij wel wat dat betekende? Het toegangskaartje voor de gaskamer wordt ingenomen, wat zonder verdere vorm van proces betekent: celstraf tot de dood erop volgt. De gevangenis mocht dan zijn haven zijn, Maddox was bij thuiskomst uiterst vijandig ontvangen. 'Ik vreesde de geduldige beul meer dan de beul met de deadline.'

12

'De laatste keer dat je haar zag, Becky... ik wil er alles over weten. 's Morgens zei ze aan de telefoon dat je bij haar zou komen lunchen.'

'We zaten aan die groenig uitgeslagen tuintafel van jullie. In de schaduw, vlakbij het zwembad. Winny had een heerlijke salade met koude kip klaargemaakt... iets dat je met die drukkende hitte nog net wegkreeg. Arme Sharon, zo overrijp... ze had er zo'n last van.'

'Hoe graag wilde ze het kind?'

'Dat weet je toch wel.'

'Ik wil het van jou horen. Meisjes onder elkaar praten daar anders over.'

'De baby was alles voor haar. Bij aanstaande moeders vind ik het altijd hemeltergend als ze alleen maar over hun wurm kunnen praten. Niet bij Sharon... het was een genot haar over de naaste toekomst te horen jubelen. Het ging niet uitsluitend over rompertjes en trappelzakken.'

'Had ze het ook over mij... over ons?'

'Ze was een groot verjaardagsfeest voor je aan het organiseren.'

'Je hoeft me niet te sparen, Becky.'

'Ze miste je.'

'Die ochtend, aan de telefoon, was ze klagerig, opstandig... boos zelfs.'

'De logés werden haar te veel.'

'Dat ook. Ze wilde dat ik terugkwam uit Londen, en niet met mijn verjaardag pas. Godverdomme, Becky, de verschrikkelijke dingen die ze nu over ons huwelijk schrijven... herken jij daar iets van?'

'Iedereen kon zien hoe verliefd jullie op elkaar waren.'

13

'Levenslang, Li'll Remo, is een straf die je buiten de tijd uitzit. Er zijn geen dagen om op de celmuur te turven. Zo'n kleine pansfluit wordt onmiddellijk een abstract teken. Je kunt wel gaan zitten tellen, maar... tot wanneer? Voor een einddatum zou je het uur van je dood moeten kennen. Ook is er altijd nog de kans dat een *parole*-commissie je vervroegd vrijlaat. Geen peil op te trekken. Ik heb niets aan mijn tien vingers. Levenslang... de tel op voorhand kwijt. De kalender, die is er voor de anderen. De doden en de jarigen.'

14

'Hier, in Choreo, geniet ik de status die bij mijn diepste wezen hoort. Bij Christus kun je je nog wat populistisch sterrendom voorstellen... *Jesus Christ Superstar*... maar de duivel moet zijn eigen plan trekken. Ik heb gedaan wat ik moest doen, het was hard labeur, en nu pingel ik hier een beetje op de gitaar... ik zing wat tunes in op de band. De hobby van een satan in ruste... een duivel met pensioen.'

15

Rebekah vertelde hoe ze aan de lunch fantaseerden over de toekomstige vriendschap van hun twee dochters, en ze waren, voor 't geval Sharon een zoon zou baren, al aan het uithuwelijken, toen Tek en Gibby luidruchtig de tuin in kwamen, en op de vrije stoelen aan de tuintafel neerploften. Voytek stak onmiddellijk zijn hand naar de roséfles uit. Alweer won Sharons gastvrijheid het van haar ergernis: met twee handen in haar rug geplant waggelde ze via de tuindeuren de uitbouw met haar slaapkamer binnen, waar ze naar de keuken belde om nog twee salades.

Het was duidelijk dat het paar die ochtend al wat pep achter de kiezen had. Gibby ratelde over de nieuwe fiets die ze die ochtend gekocht had, en die 's middags zou worden afgeleverd. Tek kon geen twee minuten achter elkaar blijven zitten, waarna hij weer om de tafel heen beende om de glazen bij te vullen, of langs de achterkant van het huis naar de keuken rende om een nieuwe fles wijn uit de koelkast te halen. Becky lachte hem uit om zijn nieuwe outfit: een lila hemd met een zwartleren vest op een wijdpijpige paarse bloemetjesbroek met bootees eronder. Remo herkende de beschrijving uit het politierapport, waaruit hij delen had mogen inzien: in die kleding, dieper paars gekleurd door eenenvijftig steekwonden, werd zijn vriend de volgende dag dood op het gazon aangetroffen. 'Toen ik wegging,' zei Becky, 'beloofde Sharon 's avonds bij mij te komen eten, hier in Pacific Palisades. Omdat het zo vlak aan zee koeler is, zou ze blijven slapen. Aan het eind van de middag belde ze af. Te moe, en te... Nee, gewoon te moe. Ze bleef thuis om haar haren te wassen.'

'Nog eens, spaar me niet, Becky.'

'Ja, ze was het beu. Alles. Het leek allemaal een eeuwigheid te duren. De hittegolf. De zwangerschap. De logeerpartij. Jouw gedoe in Londen... Alles. Alleen het kind hield haar nog op de been, en zelfs dat ternauwernood. Het klonk zo neerslachtig... ik heb haar *gesmeekt* naar me toe te komen. Maar nee, thuisblijven. Haar wassen.'

16

'Heerlijk, niet, Scott, om elke dag in je eigen bed wakker te worden... in je eigen huis?'

'Het beste van al het slechts dat een dier kan overkomen. Vergeet niet, ooit werd Charlie opgesloten in een vreemd pand. Het was niet zijn ouderlijk huis, en het was ook geen motel naar keuze. Ik was vrij om het te haten... mijn kop stuk te slaan op de muren. Charlie koos ervoor zijn onderkomen lief te hebben. Het appartement bevond zich telkens weer in een ander gebouw, maar het had altijd dezelfde afmetingen... hetzelfde meubilair. Rianter dan de hotelkamers van mijn moeder, waar honderd ooms haar kwamen opzoeken. Drie keer per dag een maaltijd van de belastingbetaler. Het varken met een hypotheek heeft niet minder levenslang dan Charlie. Ik word verzorgd door de lui wie ik hun dochter afhandig heb gemaakt.

Wat wil een uitgejaagd monster nog meer?'

'Als de gevangenis je thuis is, had je dan niet een minder sensationeel foefje kunnen bedenken om erin terug te keren? Voorwaardelijk vrij... Een overval op een benzinestation, met een lege colafles als slagwapen, dat was al voldoende geweest om naar huis te mogen. Meteen bekennen, en niet ook nog eens de hele rechtszaak. Waarom, Scott, het bloed van mijn vrouw, mijn vrienden, mijn kruidenier... alleen om jou aan een enkeltje moeders pappot te helpen?'

'Wat je ook van Charlie denkt... Charlie is niet vrijblijvend. Als eigenbelang het dreigt te winnen van een algemener belang, vraag ik me altijd af: ik of *het*? Ik was de vrijheid moe... ik wilde naar huis. Maar ik had nog een taak te vervullen. Er leiden vele wegen naar het gevang, en Charlie koos niet de weg van de minste weerstand. In plaats van een chocoladereep uit LaBianca's supermarkt te jatten, Li'll Remo, maakte ik een begin met Hurly Burly. Mijn achterban kon het karwei dan afmaken. Ik ging het proces niet uit de weg.'

'Je had meteen kunnen bekennen... en dan lekker naar huis.'

'*Nu* onderschat je mij.' Zijn nagelloze wijsvinger doorboorde trillend Remo's baard. 'Ik wilde het Openbaar Ministerie dwingen om verantwoording af te leggen. Aan Charlie. Aan The Circle. Jacuzzi, het varken, moest eerst maar eens bewijzen dat wij de architecten van Hurly Burly waren.'

'Nixon verloor zijn geduld, en verklaarde je alvast schuldig.'

'Heel goed. Nog meer vertraging. Charlie als werkgever van de wereldpers. Het was *een* grote propagandacampagne voor Hurly Burly. Missie geslaagd. Charlie kon op zijn eigen bed gaan uitrusten.'

17

'De volgende dag was ik op de set van *Jelly Babies*. Op zaterdag wordt er normaal niet gedraaid, maar er moesten een paar close-ups van mijn handen worden gemaakt, als tussenshots. Later, in mijn kleedkamer, ging de telefoon. Het was Michelle. Behalve haar naam kreeg ze er geen woord uit. Toen kwam John, en die vertelde het me. Ik hing op zonder iets te zeggen. Dat wil zeggen, ik bleef naar dat ene punt op de muur staren... de rode lippenafdruk van Mae West, achter plexiglas... terwijl mijn hand met de telefoonhoorn om zich heen bleef timmeren, op zoek naar de haak van het toestel.'

18

'Hitlers trotse hakenkruis,' zei Remo, 'heeft van nog een andere brandschade opgelopen dan die in de Reichstag. Toen jouw verpleegster het gisteren onder de etter uit poetste, zag het er flets en dichtgeslibd uit... onherkenbaar bijna. Ik denk, Scott, dat de nazi's zich zouden schamen om op zo'n armzalige manier hun gedachtegoed uitgedragen te zien.'
'Voor de brand... als ik toen op televisie moest, zoals bij de windbuil Jaffarian, maakte ik het ding altijd donkerder met een donkerblauw potlood. De camera was er blij mee. Net als de geest van Goebbels.'

19

Nadat ik me door de verlichte globe van Dunning & Hendrix naar Europa en Nederland had laten voeren, volgde ik het proces nog een tijd vanaf de verre overkant. Dat de aangeklaagden ter dood veroordeeld werden, verried al een heel ander verloop van de gebeurtenissen dan ooit door mij voorzien, maar had nog iets van Attische degelijkheid. Toen een klein jaar later, met de hele bende op *death row*, de doodstraf in Californië werd afgeschaft, beschouwde ik het project als definitief mislukt – of liever, ik dwong mezelf om alle belangstelling te verliezen.

Het was gedaan met mijn Californische avontuur, dat nu voorgoed de status van tragedie verloren had. Ik heb nog geprobeerd er door een verandering van hoek, zoals Nederlandse timmerlieden dat noemen, van te redden wat ervan te redden viel. Ik maakte het debacle alleen maar groter. De uitgezette valstrikken werden slap zodra iemand erin trapte. 'Sex is er altijd volop in de bajes,' had Charlie na zijn veroordeling uitgeroepen. 'Ik zal niets tekortkomen.'

Ik zat allang in Europa, maar had aan de overkant nog mijn contacten. Om Charlie na het mislopen van de gaskamer geen leven te gunnen, stuurde ik in San Quentin een getatoeëerde reus van de Arische Broederschap op hem af. Via een tussenpersoon kreeg ik het kleurenportret van de man toegestuurd: een bruut smoelwerk met twee keer vier slordig onder elkaar geplaatste tranen, die hij met uitdagende trots droeg. Mij werd verslag gedaan van hoe de AB'er Charlie aan zijn gezag onderworpen had, wat erop neerkwam dat hij de kleine nepgoeroe tot zijn persoonlijke sloofje en mietje maakte. Ontsnapt aan de doodstraf naar wat hij als zijn eigenlijke thuis beschouwde, werd de veilige haven zo voor Charlie tot een hel. Powder Monkey, zoals de Broeder in San Quentin genoemd werd, wilde niet voor een homo aangezien worden, wat maakte dat hij geen glijmiddel wenste te gebruiken, hooguit een klodder speeksel, en dan nog alleen wanneer zijn gehemelte niet te droog was.

De hellevaart die ik zo voor mijn held in gedachten had, strandde ook alweer voortijdig. Crazy Charlie, minder gek dan zijn koosnaam in San Quentin deed vermoeden, nam een neger als lijfwacht – een onverzettelijke menhir van twee meter zes hoog. De rassenhaat van de lokale Arische Broederschap zwol tot uitzinnige moordlust aan, maar Charlie wist zich veilig bij Ebony Glitz, tussen wiens benen hij bijna zonder bukken door kon lopen.

Ook deze verbintenis, die mij en mijn regie nog belachelijker maakte, duurde maar kort. Ebony Glitz was net zo simpel van geest als sterk van lichaam. Crazy Charlies politieke en religieuze theorieën gonsden de neger in de oren tot hij ervan in geestelijke nood raakte, en onder een extra grote maat spanlaken naar de California Medical Facility in Vacaville moest worden afgevoerd. En de kleine goeroe zelf? Die werd, tot grote opluchting van directie, personeel en vakbond, naar de gevangenis van Folsom overgebracht. Ik liet het er verder bij. Geen eer mee te behalen – in licht niet en niet in duisternis.

20

Toen Remo na Sharons begrafenis de extremistische dodenlijst onder ogen kreeg waarop, naast die van politici en showbizzmensen, haar naam figureerde, was zijn eerste gedachte: als ze dood moet, kan ze niet gestorven zijn; ze leeft.

Meer hoop wist hij er niet uit te peuren – behalve dat ze in goed gezelschap verkeerde (Johnson, Nixon, Reagan).

Week 3
Doris Day Eeuwig Maagd

A word from the Chairman of the Board of Buck Knives (1)

'If this is your first Buck Knife, "welcome aboard". You are now part of a very large family. Although we're talking about a few million people, we still like to think of each one of our users as a member of the Buck Knives Family and take a personal interest in the knife that was bought. With normal use, you should never have to buy another.'

(Al Buck/gebruiksaanwijzing Buck Knife)

Zondag 15 januari 1978

Een hurlyburleske

I

Inderdaad, er bleken net zo veel Charlies te bestaan als het Noord-Vietnamese leger soldaten had gekend – en toch waren ze allemaal Charlie. Mijn eerste Charlie, met nog een aandoenlijk Monkey-kapsel, zag ik in San Francisco. De Charlie die overdag op de universiteitstrappen van Berkeley gitaar speelde om aan geld, eten en vrouwen te komen, was toen al een andere Charlie dan die 's avonds in Haight-Ashbury weglopertjes opving, de liefde predikte en bijeengebedeld voedsel uitdeelde. Voordat hij in zijn bus uit de Haight vertrok, had ik hem al ontelbare malen van haardracht, baardvorm, kledingwijze zien veranderen, maar ook, vaak meermalen per dag, van luimen, ideeën, idealen. Later, na de Charlies van de kustweg tussen San Francisco en Los Angeles, waren er de Charlies van Canoga Park, Topanga Canyon, Spahn's Movie Ranch.

Op Spahn's waren ze allemaal verzameld: Squeaky's Charlie, Gypsy's Charlie, Sadies Charlie. Buggy-Charlie, Charlie-van-de-Honden, Charlie als Inspecteur van de Wapenkamer. Charlie de Prediker, op zijn eeuwige rots. Charlie de *nine shot*-minnaar, bij de waterval. Charlie als voorganger in familiale orgieën, achter de bouwvallen.

Charlie, die de meisjes sloeg, omdat ze er beter van werden. Charlie, die geen Pentagon nodig had om een oorlog te ontwerpen, maar zich voor de architectuur van Hurly Burly baseerde op het zeshoekige motief van honingraten.

Charlie de Opdrachtgever. Voor de rechtbank in Los Angeles stond elke dag een andere Charlie terecht. Lang haar, lange baard. Lang haar, korte baard. Lang haar, geen baard. Kaalgeschoren. Kruis in voorhoofd gebrand. Krijsend van woede. Gelaten als een monnik. Hysterisch eisend zichzelf te mogen verdedigen. Weemoedig glimlachend naar de pers. Met een scherp gepunt potlood in zijn hand de sprong wagend naar de rechter. Urenlange toespraken houdend, waarin hij zijn 'kinderen' verdedigde, zo niet heilig verklaarde.

In de rechtszaal had ik zijn dagelijkse metamorfoses maar een paar maanden vanaf de publieke tribune kunnen volgen. Na mijn vlucht voor de dagvaarding hield ik zijn optredens, net als de halve wereld, op televisie en in de kranten bij. Ik kwam niets tekort: de Lage Landen zijn al sinds hun bevrijding door de geallieerden een Amerikaanse kolonie, met een gewichtige schijn van zelfstandigheid en de helft van de journaals gewijd aan Amerikaanse zaken.

Charlie als krantenjongen, die de jury de *Los Angeles Times* met het laatste nieuws voorhoudt, met in zijn ogen de twinkeling 'hier heeft u toch wel een kwartje voor over'. In de vette kop werd hij alvast door een ongeduldige president Nixon schuldig verklaard. Het kostte de openbare aanklager bijna zijn proces.

Na de terdoodveroordeling van alle Charlies tegelijk leek Charlie, in al zijn gedaantes, pas echt tot leven te komen – via de ene televisiedocumentaire na de andere. Van het kruis op zijn voorhoofd had hij een swastika gemaakt, in de vroegste filmfragmenten nog met de haken de verkeerde kant op (een blasfemische loer die de spiegel hem had gedraaid), later in correcte stand. Zijn baard leek een sierhaag, die per documentaire een andere tuinman over zich heen kreeg, en er soms, door een tussengelast beeld, totaal verwilderd uitzag. Ook kwam Charlie voorbij onder een keur van wollen mutsen.

De Charlies van de televisie beheersten alle registers, die vaak in verwarrende afwisseling bespeeld werden. Van guitig dada tot ernstig filosofisch. Het liefst trad hij apocalyptisch orerend voor de camera, maar als hij er visionair niet meer uitkwam, zocht hij het in laffe woordspelingen, die dan weer uitmondden in een kakelend soort klankpoëzie: Charlie als Kurt Schwitters. Soms leek zijn somberheid meer zichzelf en het eigen leven te gelden, en was zijn diep kreunende stem vol fatalisme.

Giechelig van een joint vooraf verscheen hij voor de eerste keer in de talkshow van Jeffrey Jaffarian, die zich met zijn filmploeg daarvoor binnen de muren van San Quentin gewaagd had. Hij beantwoordde elke vraag van Jaffarian met een wedervraag, totdat het schertsgesprek vroegtijdig werd afgekapt en Charlie gierend van het huilen en het lachen naar zijn cel verdween.

Alle gezichten van Charlie, en misschien niet eens alle, kwamen aan bod. De duivelse blik, waarmee hij op het omslag van *WorldWide* had gestaan. De einsteiniaans uitgestoken tong. De half geloken ogen van de gekwelde rockpoëet. Het debieltje van de familie. Het onberekenbare smoelwerk, dat voor rottig camerawerk zorgde. Elke interviewer kreeg z'n eigen Charlie, zoals vroeger elk meisje binnen The Circle haar eigen, onvervangbare, onbestaanbare Charlie had gehad.

2

Mijn dienst zat er al om zes uur op, zonder dat het rooster van de EBA een open invalplaats bood. Ik nam de bus naar het Rim-of-the-World Motel, waar ik de rest van de avond gedwongen was om naar het beeldscherm van mijn gehuurde televisie te kijken: een goudviskom vol grofkorrelige gekleurde muisjes, in het gewemel waarvan misschien flarden van een bekende speelfilm te herkennen waren. Ik had heimwee naar het zwartwit-bakbeest met z'n heldere, hooguit soms wat bibberige beeld in de Amsterdamse huiskamer van Olle Tornij. Op een avond zocht de boekhandelaar, draaiend aan de keuzeknop ter grootte van een schoteltje, naar een Duitse zender die *Die Verwirrungen des Zöglings Törless* van Schlöndorff zou uitzenden. Hij was te eigenwijs voor een televisiegids, en de krant had hij al weggegooid, dus moest het op de tast. Onder de arm waarmee Tornij op het toestel leunde, versprong het beeld van kanaal naar kanaal. Opeens was daar, over de volle breedte van het scherm, in zwarte druipkapitalen de titel:

DE PUT DES AFGRONDS
EEN HURLYBURLESKE

'Laat even staan,' snauwde ik bijna van ongeduld. 'Dit *moet* ik zien.'
Olle was alweer twee stations verder, maar draaide de knop terug. 'Goed, dan geen Schlöndorff.' Bozig ging hij in zijn fauteuil zitten. Het moest een weekendavond zijn, vroeg nog, want hij had me, om het apparaat te kunnen afstellen, zijn kleinzoon Tibbolt op schoot gegeven.
Een panoramische opname van nachtelijk Los Angeles. De onder de beelden gemonteerde muziek was van Charlie zelf. Een rauwe stem, die nauwelijks zong maar voornamelijk, op verschillende sterkten, een onaangenaam recitatief verzorgde. Hij gromde, jengelde, huilde, jodelde. De zanger begeleidde zichzelf op de gitaar, en ook die klonk nergens strelend, maar dof, hakkelend, afgebeten, onmuzikaal. 'Mechanical Man.' (Charlie wist vast niet dat het nummer, opgenomen in de huisstudio van Brian Wilson, voor de documentaire was gebruikt, want ik had het hem later argeloos in Choreo horen zingen.)
De muziek werd langzaam weggedraaid. 'In de nacht van vrijdag 8 op zaterdag 9 augustus 1969,' begon een dreunende commentaarstem, 'drongen kort na twaalf uur onbekenden in Bel Air het huis binnen van...'
Altijd weer Bel Air. De eerste fout, in de krantenkoppen, was de hardnekkigste. Nu, na al die jaren, las en hoorde je

nog steeds Bel Air noemen als wijk van de misdaden. Het was Beverly Hills. Bibberige beelden, waarschijnlijk gemaakt door een politiecamera, van een brede voordeur. Op het witgeschilderde hout waren onduidelijke veegletters aangebracht. '...plus een toevallig aanwezige onbekende,' ging de commentaarstem verder, 'werden ter plaatse met schoten en messteken afgemaakt. Een etmaal later werden in een ander deel van Los Angeles, nabij Griffith Park, supermarkteigenaar Leno LaBianca en diens vrouw Rosemary doodgestoken...' In beeld huize LaBianca. Op de oprijlaan een Thunderbird met een grote speedboat erachter. Verfletste televisiebeelden van kort na de moord. Er werd door vier man tegelijk een zo te zien zware brancard het huis uit gedragen. Ze tilden hem met moeite op het rijdende onderstel. Het witte laken leek, dood of levend, geen menselijke vracht te bedekken, al werd hij omringd met de zorg een lijk of gewonde waardig. Het laken vormde, met een korte paal precies in het midden, een klein formaat circustent. Een van de mannen haakte met zijn voet de rem van de brancard, en daar ging het gevaarte het hellende tuinpad af, met twee ambulancemedewerkers erachter als tegenwicht. Als er dan per se iets menselijks aan hun last herkend diende te worden: in het laken viel de vorm te ontdekken van het soort stellage dat een zieke over een geopereerd lichaamsdeel heen gezet kreeg, om het voorspoedig te laten genezen.

'Er gingen maanden overheen,' bonkte de commentaarstem in het toestel, 'eer men de daders op het spoor kwam.'

Opnamen van een vervallen boerderij in Death Valley. Een manke muilezel voortstrompelend over de keien in een droge bedding van de Goler Wash. Huilend van een drenkplaats wegvluchtende coyotes. Camera inzoomend op een openstaand gootsteenkastje. 'In deze weinig comfortabele schuilplaats trof de politie van Inyo County ten langen leste de kleine, duivelse Charlie aan, goeroe van hippiesekte Circle. De ranch had hij gehuurd van de grootmoeder van een van zijn discipelen, via een eenmalige transactie in natura, namelijk de levering van een gouden Beach Boys-plaat.' Kort filmfragment van de musicerende Beach Boys, die 'God only knows' zingen. Close-up van drummer Dennis Wilson.

'Het mooiste popnummer dat ik ken,' kreunde Olle vanuit zijn diepe fauteuil, 'maar mag dan nu *Zögling Törless* op? De film is zeker al tien minuten bezig.'

'Heel even nog, meneer Tornij. Schlöndorff draait geregeld in de filmhuizen. Ik trakteer u op een kaartje.'

En daar was hij dan eindelijk zelf, Charlie – althans, een van de bekende of nog onbekende Charlies. Een opname uit de tijd van zijn berechting, toen hij met het kaalscheren van zijn hoofd de hele sekte opdroeg hetzelfde te doen. Er lag, zichtbaar gemaakt door de filmlampen, alweer een blauw stoppelwaas over de schedel. Het baardje was bijna net zo scherp bijgeknipt als dat van zijn docent satanisme Anton LaVey. Zijn kale kruin reikte tot aan de ster op de borst van zijn begeleider. Charlie, eerst en profil te zien, wendde met trage waardigheid zijn gezicht naar de camera, de ogen als in dichterlijk gepeins samenknijpend tegen het felle licht. Een klein hoofd met diep ingedeukte slapen. Hier was de innemende Charlie, die droef en vergevingsgezind glimlachte naar de wereld. Zelfs het kruis op zijn voorhoofd, nog niet tot swastika bijgepunt, leek aan een hartverscheurend martelaarschap bij te dragen. 'Wie *is* deze Charlie?' klonk de retorische dreun van de commentaarstem.

'Ik ben een straatmeid.' In beeld de Charlie van 1976, met vermoeid, doorgroefd gezicht, ongekamd haar, obsceen springerige baard vol zilvergrijze sidderaaltjes. 'Ik ben een weglopertje van vijftien... Maureen Maddox uit Kentucky. Ik laat me in de bars betasten voor drank... in de hotels beklimmen voor geld. Ik ben zwanger, en mijn lijfwacht kolonel Scott is ervandoor. Ik sleep me, druipend als een vergiet, naar het ziekenhuis in Cincinnati... en daar rolt dat ventje uit me. Charlie.'

Hier had je Charlie-de-Dichter, die zich omkapselde met zijn moeder. Hij had volkomen ernstig gesproken, uitgeput en neerslachtig. Ik kreeg de indruk dat hij een songtekst van zichzelf opzei, voor de gelegenheid tot proza omgewerkt. Het scherm werd nu gevuld door het hoofd vol plastic krulspelden van een, blijkens het onderschrift, 'Jeugdvriendin van Charlie in Mcmechen, West-Virginia'.

'Buurvrouw Maureen,' zei ze met haar vette Midwestaccent, dat op de een of andere manier harmonieerde met de glazige elastiekjes van haar papillotten, 'buurvrouw Maureen zag er net zo uit als alle andere moeders in de buurt.'

'Mijn moeder,' zei Charlie op verbeten ontroerde toon, 'draaide voor vijf jaar de bak in wegens een gewapende overval. Benzinestation. Het gewapende zat hem in een lege colafles, waarmee haar broer de bediende knock-out sloeg. Het glas was niet eens gebroken... Een oom en een tante in McMechen, godsdienstwaanzinnigen, namen me in hun huis op.'

'Toen ik hoorde dat ze prostituee was,' zei de jeugdvriendin, die haar vingers over de krulspelden liet trippelen, 'nou, ik kon het gewoon niet geloven, wilt u dat wel geloven.'

'Ik zocht haar op in de gevangenis,' zei Charlie, nog steeds aangedaan. 'Zo vaak mogelijk. Ze hoorde me uit over McMechen, de familie, alles. Het ging in telegramstijl. We hadden maar een halfuur. Zo heb ik voor de tweede keer leren praten van mijn moeder. In bajesstaccato.'

De camera gleed langs losstaande huizen met verveloze veranda's en groendoorwoekerde tuinen. 'Het was een oud, vervallen huis,' zei het papillottenhoofd, 'maar het was prachtig. Charlie had zo ongeveer alles wat zijn hartje begeerde.'

'Behalve een moeder dan,' baste de voice-over bijna triomfantelijk. 'En toen zij vrijkwam, en haar zoon weer bij zich nam, vatte zij haar oude beroep weer op. En dan spreken we niet over het knuppelen met colaflessen.'

Hier was een gedramatiseerde scène in slowmotion ingelast. Een ongeveer tienjarige jongen ziet door een deurkier hoe in de kuil van een diep doorbuigend bed een vrouw bovenop een man in matrozenuniform klimt. Een halfvolle whiskyfles rolt op de grond, en...

'Wat is dit voor krimikitsch...!' riep Olle Tornij uit. 'Geef mij een echte film.'

3

In alle documentaires kreeg Charlie de schuldvraag voorgelegd, maar omdat er zoveel Charlies waren, luidde het antwoord telkens anders, al was het altijd ontwijkend. 'Ik heb mijn mensen nooit iets opgedragen,' zei hij zo snerpend dat de luidspreker ervan kraakte. 'Ze handelden uit eigen overtuiging.' Bij het begin van de film had ik de kleine Tib nog paardje laten rijden op mijn knie, maar al na Charlies eerste verschijnen was mijn been verkrampt stil blijven staan. Het kind, dat de galop miste, keek sip naar me om, hevig ritmisch zuigend op z'n speen, alsof het mij zo kon aansporen de rit voort te zetten.

De interviewer bracht opnieuw de schuldkwestie aan de orde. Uit een grof soort ijdelheid werd Charlie nu openhartiger. 'Als ik op mijn berg sta, Sir, en ik roep: "Doe dit of dat," dan gebeurt het ook.' Het ongekamde haar piekte voor zijn ogen, maar tussen de wenkbrauwen was het ingebrande hakenkruis duidelijk zichtbaar. 'En zo niet, dan daal ik mijn berg af, en pak ik de klus beneden zelf aan. Nou, Sir, dat is wel het laatste wat je aan *mij* wilt overlaten. Hou je dan maar vast.'

Tibbi keek weer naar de griezel op het scherm waar hij zo graag te paard naartoe was gestormd. Het televisielicht voegde een zachtblauwe aura toe aan zijn roze profiel. Zo keek ik langs het onvolgroeide hoofdje van mijn Glorievolle Toekomst naar het doorgroefde gezicht van mijn Mislukte Verleden, dat voor de gelegenheid een woest uitstaande, donkere baard droeg, vol zilveren kurkentrekkers: de bajes maakte vroeg oud.

'Ik kan dit niet aanzien.' Zelfs als Tornij luid zijn weerzin uitte, klonk het nog licht bekakt. 'Dat zo'n man, die 't liefst de hele wereldbevolking over de kling zou jagen... dat zo iemand, die achter tralies niet eens bezoek mag ontvangen... dat een dergelijk sujet zo gemakkelijk toegang krijgt tot de media. Echt, meneer Agraphiotis, daar staat het verstand van een gewone boekverkoper bij stil. En *met* medeweten, *met* medewerking van de gevangenisautoriteiten. Ik hou op met nadenken. Nu.'

De brave Olle had gelijk. Als Charlies discipelen in San Quentin of Folsom welkom waren geweest, had hij ze via gaatjes in het glas van de bezoekersruimte zijn nieuwste ideeën kunnen influisteren, waarna de wereld zijn boodschap uit de tweede hand toegeworpen had gekregen. In kranteninterviews en televisiedocumentaires kon Crazy Charlie zijn ondergangsidealen *onversneden* opdienen. En met succes. Het was een publiek geheim dat de goeroe in die tijd postzakken vol aanhankelijkheidsbetuigingen ontving, en nog meer postzakken vol bedelbrieven om tot de sekte van Hurly Burly toe te mogen treden. 'Ja, Tornij, hoe zal ik het zeggen? Hier struikelt het Amerikaanse rechtssysteem over de rijgveters van z'n eigen losser gemaakte keurslijf.'

Ik zette Tibbolt op de grond, maar hij begon meteen te klagen over pijn aan zijn voetjes, en klauterde weer op het paard. 'Nou is het genoeg geweest,' brieste Olle. Hij schoot met zo'n ongebruikelijke drift uit zijn fauteuil op het toestel af dat Tibbi ervan begon te huilen. Opa draaide net zolang aan de knop tot de kostschoolpetjes van *Die Verwirrungen des Zöglings Törless* in beeld verschenen. 'Ik wil, als het even kan, wel baas in eigen huis blijven.'

'Stil maar, Tibbetje,' fleemde ik. 'De rest is toch ouwe koek voor oom Spiros.'

4

Het was altijd aangenaam een televisieavond met de deftig grommerige boekhandelaar door te brengen, als je tenminste zijn wens om een veel te zoete rode port met hem te delen voor lief nam. De dag nadat de arrestatie van de regisseur wereldwijd bekend geworden was, had Nederland 2 rond middernacht een ingelaste uitzending: *Charlie's Housewives*. Tornij had inmiddels kleurentelevisie.

Geen Charlie in deze documentaire. Wel een bonte stoet jonge vrouwen, sommige gefilmd achter tralies, de meeste in vrijheid. Juanita, Stephanie, Snake, Barbara, Little Patty, Simi Valley Sherri, Crystal, Yellerstone, Capistrano, Priscilla – allemaal kwamen ze aan het woord. Sommigen hadden zoveel aliassen dat de namen, in witte letters, het halve beeldscherm vulden. Catherine *aka* Gypsy verzorgde met haar viool de muzikale entr'actes: *Tzigane* van Ravel, zonder orkest.

De dichteres van The Circle, Lynette *aka* Squeaky *aka* Sequoya Squeaky, gefilmd in een federale vrouwengevangenis, vertelde over haar foute kushandje richting president Ford. Het felrode haar was dof geworden, de sproeten moesten het nu met ongezonde papwangetjes doen, maar haar stemmetje ging nog van twiettwiet. Het ergste van de bajes vond Squeaky dat ze er de luchtplaats moest delen met 'die ouwe taart', Sara Jane, die het gore lef had gehad Squeaky's heilige daad nog eens uit onedele motieven over te doen. 'Mijn mislukking spiegelt de hare te fraai.' (Twiet.)

De meeste aandacht ging naar de drie moordenaressen. Eerst was er het oude filmfragment van de vrouwen hand in hand zingend op weg naar de rechtszaal. De gekkin Sadie, de apin Katie, de heldin Lulu. Bij de eerste twee hing het lange haar weelderig neer, Lulu droeg het in lange vlechten. Alledrie hadden ze een mini-jurk aan – niet van Emilio Pucci. Het waren de lelijke benen die bleven leven. Die van Lulu konden ermee door, maar Sadies knokige onderstel had beter in een broek verborgen kunnen blijven. En Katie... Katie had nou eenmaal dat hormonale probleem, met stug haar over haar hele lichaam, dus ook op haar benen. Het was aangeboren. Zij verdiende het niet dat een rivale van haar had gezegd: 'Als ik zulke behaarde olifantspoten had, liet ik ze er door een trein af rijden.'

De mooiste benen had de bewaakster die voor ze uit liep,

maar daarbij moest ik een slag om de arm houden, want haar uniformrok eindigde halverwege de knieën. Hing het haar van Charlies vrouwen weelderig neer, dat van hun begeleidster was streng de hoogte in gekapt. Net als Sadie, toen ze als stripteaseuse in North Beach werkte, droeg de vrouw haar ster op de linkertepel – maar dan met een van staatswege verstrekt harnas ertussen.

Katie, die Gibby's 'Ga je gang maar, ik ben al dood' had opgevat als een aanmoediging om het slachtkarwei af te maken.

Lulu, die het zo verrukkelijk had gevonden om op het dode lichaam van Rosemary in te blijven steken.

Sadie, die het lemmet, nog beslagen van Sharons smeekbeden...

O, wat zongen ze mooi. Met hun hoge, welluidende stemmen lieten ze de wereld horen dat de composities van *hun* Charlie wel degelijk melodie bevatten.

Toen verschenen ze om beurten in beeld als de vrouwen van rond de dertig (maar ouder lijkend) die ze zeven jaar later achter tralies waren. Drie anachronistisch keurig geklede dames. De boekhandelaar zei: 'Zelfs voor mijn stoffige smaak zien ze er tuttig uit. Zo'n diadeem, dat is toch het jaar nul. Dameshockey in 't Gooi eind jaren dertig.'

'Volgend jaar hun eerste *parole hearing*,' zei ik achteloos, verder een en al gespannen zenuw. 'Een kans om voorwaardelijk vrij te komen. De dames willen picobello in beeld.'

Leslie *aka* Lulu (onder haar pratende beeltenis stond de achternaam foutief als VON HOUGHTON gespeld) was, ondanks iets hards in haar ogen, een aantrekkelijk meisje geweest. Ook haar had de gevangenis vroeg in verval gebracht. Een scherpe inkeping rond haar linker mondhoek aarzelde tussen bitterheid en berusting. 'O ja, er zou gemoord gaan worden, dat wist ik maar al te goed. Ik *wist* dat er mensen zouden sterven.'

Ze zei het langzaam knikkend. Toen vernauwden zich haar ogen en keek ze met stomheid, even langzaam hoofdschuddend, naar de taferelen in het verleden, zo vaak benoemd en beschreven dat ze stil leken te staan in de tijd en alleen via een opwindbaar mechaniek steeds hetzelfde kunstje konden opvoeren, met altijd eender dodelijk resultaat.

Ook Patricia *aka* Katie droeg niet meer de oude haarvracht, die in een dubbel gordijn haar brede gelaat had moeten maskeren maar het juist benadrukte. Ze was nu ouderwets burgerlijk gekapt, alsof ook de gevangeniskapster van het moderne leven buiten afgesneden was. En verdomd, het grove gezicht met de zware kaken leek zachter en vrouwelijker geworden. Van extra beharing op kin en bovenlip was door hars of make-up zelfs in de televisielampen niets te zien. Waar de wenkbrauwen een doorlopende lijn hadden gevormd, waren de overtollige haartjes geëpileerd. Het ingebrande kruis, door een meesterhand weggeschminkt, bleef alleen zichtbaar voor wie het zich herinnerde.

In haar antwoorden waagde ze zich niet aan het gewicht van haar eigen schuld, maar voordat het korte interview werd afgerond zei ze nog iets opmerkelijks, dat ze zeker niet had voorbereid. Ze zei niet, in gewoon Amerikaans: 'Wat we gedaan hebben, is onvergeeflijk.' Nee, ze zei, als iemand die al doordrenkt is geraakt met de archaïsche taal van de gevangenisbijbel: 'Onze daden kunnen ons *niet* vergeven worden.'

Ze zei het hoofdschuddend, met televisiegeniek opblinkende tranen, vol overtuiging, en misschien nu pas echt verbijsterd.

Alleen Susan *aka* Sadie *aka* Sadie Mae Glutz verpestte op voorhand de uitslag van haar komende *parole*-zitting door te verklaren: 'We moeten niet onze spijt betuigen tegenover de familie... ook niet tegenover de maatschappij... We moeten onze diepe spijt betuigen tegenover God en de kerk.'

God en de kerk, dat waren toch Charlie en The Circle? Ze keek er net zo olijk bij, Sadie, als toen ze destijds voor de Grand Jury bij het zien van Stevens foto had gezegd: 'Dat is het dode ding dat ik in de Rambler heb gezien, ja.'

Het was me al eerder opgevallen, maar nog onbenoemd: als ze zo'n gezicht trok, kroop er rond haar ogen iets samen dat leek op het syndroom van Down.

5

De documentaire toonde ook fragmenten uit door The Circle met gestolen apparatuur gemaakte massapornofilms. Van de decors herkende ik de overhangende rotspartij bij Spahn's Movie Ranch en de lichtkieren in de houten wanden van de Longhorn Saloon. De plekken waar geslachtsorganen samenkwamen, waren troebel gemaakt, zodat de taferelen net zo goed in een sportschool of op een balletvloer opgenomen konden zijn. De commentator waarschuwde voor 'schokkende beelden' in de volgende opnamen, gemaakt op de plek van de misdaad. 'Zoals u begrijpt, kunnen wij maar enkele fragmenten laten zien, en niet de intiemste.'

Ik zat nog te denken aan politieopnamen van de plaats delict, na zeven jaar vrijgegeven, maar opeens kwamen er woest dansende en zwenkende beelden van een tuin voorbij... wegvluchtende katten... een naar de camera blaffende hond. In een huis, waarvan het interieur me bekend voorkwam, werd vervolgens met licht erbij gefilmd, maar de lampen stonden zo slordig opgesteld dat er alleen worstelende schaduwen op de muur zichtbaar werden. De geluidsband gaf een snerpende kakofonie van krijsende stemmen. Een hoogpotige spot viel dwars door het beeld, en verlichtte, voordat hij luid aan gruzelementen ging...

'Uit, dat ding,' riep Olle, de knop op zijn afstandsbediening indrukkend. 'Puff, stuff, snuff... het is allemaal porno.'

Maandag 16 januari 1978

Democratie op het mes

I

Ook na een weekend van de grootste tweestrijd wordt het weer een keer maandag. Van de ontbijtzaal op weg naar de Extra Beveiligde Afdeling viel het besluit: gedaan met het plagerige vingerporren richting Maddox. De afgelopen week, dat was allemaal vooronderzoek geweest. Het aanleggen van een dossier. Vandaag ging Remo zijn bezempartner en dweilmaat in staat van beschuldiging stellen.

'Mijn mooie Sharon, Scott, is kapotgemaakt door jouw gebrek aan...'

Met het geritsel van het ingezwachtelde stuk ongedierte zo dichtbij kwam Remo zijn gouden meisje voortdurend tegen in de gangen van Choreo. Elke nis verborg haar schim. Hier droeg ze haar achttiende-eeuwse baljurk uit *The Vampire Destroyers*, daar het suède cowboyjack met de lange mouwfranje. Ze leek hem te wenken met die franje, waar niet meer dan een huivering doorheen ging, de lichte woestijnbries van Joshua Tree. Sharon trok zich van geen traliewerk iets aan. Weg was ze weer, een afgesloten gang in, een gevaarlijke hoek om – naar buiten, zwevend de plek voorbij waar de rechtmatige erfgenamen van haar moordenaars kampeerden. Terug, in haar jurkje van Emilio Pucci, naar Holy Cross, waar ze zich in de schaduw van de Mariagrot weer tegen hun zoon aan zou vlijen.

Maddox stond al bij de kast papiertjes en stofslierten uit de harde bezems te verwijderen. Remo wachtte met het groepje ontbijters en bewakers tot het meniehek naar de centrale hal van de EBA open zou gaan. Maddox zette de schoon gepulkte vegers tegen de muur. Nadat hij een paar keer de kast in en uit gelopen was, viel van die afstand door Remo's vettige bril niet meer uit te maken wat nou Maddox' voor- of achterkant was. Een blauwe overall met een witte bal erop, dunne armpjes neerhangend boven witte gewichten. Nee, die kippenborst... dat moest zijn kromme ruggetje zijn: Maddox stond van Remo afgekeerd.

Voor het overige waren de maskers van verbandgaas en baardhaar en brillenglas flinterdun en doorzichtig geworden voor hun dragers. Het was niet zozeer nieuwsgierigheid die Remo het gesprek met zijn demon liet voortzetten, het was de *keuze* voor nieuwsgierigheid. Op z'n minst nieuwsgierigheid blijven veinzen, hield hij zichzelf voor, anders houd ik dit niet vol. Met het aanvliegen en fijnknijpen van die half verkoolde rat daar zou ik ook de oplossingen van nog openstaande raadsels kunnen vernietigen. Ik moet het onderkruipsel, desnoods onder de ribbelzool van mijn gymp, in leven houden tot ik alles weet. Ik ben het verplicht aan de van uitzinnige angst wijd opengesperde ogen waarmee Sharon de dood heeft aangekeken.

Het hek schuurde weer dicht, en de bewakers brachten de gevangenen naar waar ze zijn moesten: cel, werkplaats, recreatie, luchtkooi. Tremellen liep met Remo mee tot aan de kast. 'Woodehouse, Maddox... geen gedonder vandaag. Begrepen? Mijn rapporten zijn uiterst kort en krachtig. Ze laten geen ruimte voor verzachtende omstandigheden.'

'Gesnapt, Boss,' gromde Maddox door het ochtendslijm in zijn keel heen. Hij groette Remo niet. Tremellen liep naar de ijzeren ladder in de hoek, en hees zich omhoog naar de cipiersloge op de eerste verdieping, waar Carhartt en De Griek al aan de koffie zaten.

Ik moet me gedragen, dacht Remo, als de weduwe van het

slachtoffer in de rechtszaal. O, mijn God, *daar* zit de moordenaar van mijn man... Zij vergiet haar tranen inwendig, en vliegt het beest niet aan. Weggaan doet ze evenmin. Zij verkiest het deel te nemen aan de perversie van de rechtszaal, die inhoudt dat vrouwen urenlang dezelfde lucht moeten inademen als de moordenaar van hun echtgenoot. Dader en nabestaande, ze zuigen de afgewerkte lucht uit elkaars keel... blazen hem ook weer terug in elkaars mond. Vanuit een even perverse hemel, waar alles wat op aarde gebeurt vertekend overkomt, kijkt het slachtoffer verbijsterd neer op deze mond-op-mondbeademing tussen zijn weduwe en de man die hem de hals afsneed.

Overspel onder het geblinddoekte oog van Vrouwe Justitia.

2

'*Waarom*, Little Remo,' riep Maddox na een stilte uit, 'hebben wij elkaar nooit eerder ontmoet?'

Hij verhief niet alleen zijn stem. Om ook zijn armen ten hemel te kunnen heffen, liet hij de stelen van veger en blik los. Na de echo van het stuiteren zei Remo: 'Ik had geen zin, Scott, om vanaf de publieke tribune tegen jouw kromme ruggetje aan te gaan zitten kijken. Je gespartel in de gaskamer, ja, dat had ik nog wel willen bijwonen.'

'Ik bedoel... in de jaren daarvoor.'

Remo klemde de bezemsteel tussen zijn knieën, en keek in zijn nu al rode handpalmen, die een te driftig vegen verrieden. 'Toen je een kijkje kwam nemen in onze tuin, was ik niet thuis. Jammer genoeg. Ik had je graag te woord gestaan.'

'Het was maart,' gorgelde het in Maddox' keel. 'Je knappe vrouwtje was er. Niet met haar kapper. Met haar fotograaf. Begin augustus was jij nog steeds niet aan haar zijde.'

'Als ik toen op de Cielo Drive was geweest, dan had ik *jou* daar weer niet getroffen. Idioot om elkaar steeds zo mis te lopen.'

'Volgens de openbare aanklager, dat varken Jacuzzi, was ik op z'n minst in de geest aanwezig.'

'Als ik die avond alleen maar jouw geest had ontmoet, Scott, was ik er net zo goed aan gegaan. De sterken van geest, die zijn de baas in deze wereld. Ze kunnen moorden zonder lichaam.'

'Ach, Little Remo,' gromde Maddox met een vals grinniklachje, 'dan hadden we elkaar weer niet in levenden lijve als Choreaan ontmoet.'

'Ja,' zei Remo zacht, en zijn handen schroefden zich alweer pijnlijk rond de bezemsteel, met net zulke witte knokkels als rechter Ritterbach bij het hameren vertoonde, 'ja, zo is het met onze kennismaking toch nog goed gekomen.'

3

'Ik ken die verdomde Griek ergens van,' had ik Maddox al een paar keer achter mijn rug tegen Woodehouse horen zeggen, en eenmaal voegde hij er, nog net verstaanbaar, aan toe: '...hier om mij erbij te lappen.'

Niet alleen de opmerkingsgave van zijn ene, bloedgeteerde oog verbaasde me, ook mijn eigen gebleken herkenbaarheid. Ik was gewend om een knappe man van onbestemde leeftijd gevonden te worden, maar beklijven in de herinnering van de mensen – nee. Zelfs de beste geheugens ruimden mijn gezicht binnen vijf jaar op. Het 'ergens' van Maddox speelde negen jaar voor Choreo.

'Uw curriculum vitae, meneer Agraphiotis, doet me denken aan zo'n huishoudelijke doos vol knopen, halfvolle garenklosjes en staaltjes bonte stof. En dan omgekeerd op een lappendeken.'

Dat zei mijn Amsterdamse huisbaas Olle Tornij, nadat ik hem een aantal van mijn betrekkingen door de jaren heen had opgesomd.

'Mijn baantjes hadden uiteindelijk allemaal met licht te maken.'

'Voogd van de kleine Tib... een kwestie van licht?' vroeg Tornij sarcastisch.

'Wacht maar af, meneer Tornij.'

In februari 1973 was ik als fotograaf verbonden aan een Nederlands pornoblad, en in die functie maakte ik in Rotterdam een reportage op de set van een erotische film. Zo bracht ik, al fotograferend, de tieners Zora en Tonnis tot elkaar. Vijf jaar later treurden ze nog steeds, soms samen met mij, om hun liefdesbaby.

Ook eind jaren zestig had ik, in Californië, een tijd als fotograaf gewerkt – voor de glossy *WorldWide*. In het vroege voorjaar van '69 werd bekend dat Sharon naar Rome zou gaan om er een rol te spelen in de film *Two Tables*. Hier lag mijn kans. Ik bood de chef van de fotoredactie aan haar vertrek uit Los Angeles tot een majestueuze reportage te maken. Hij schudde zijn hoofd.

'Ze is mooi als de hel, maar... een groot actrice zal het nooit worden.'

'Ik zweer je, Chuck,' zei ik, 'dat ze door mijn serie een onaantastbare ster zal worden.'

'Waarom niet na de opnames, als ze weer thuiskomt?' wilde de redacteur weten. 'Dan is de film ook in aantocht.'

'Ze is zwanger, Chuck. Ik heb het uit betrouwbare bron. Het is nu nog niet te zien, maar straks... einde voorjaar...'

'Goed,' riep Chuck. 'Schieten maar. Als het nergens toe leidt, lig je eruit. Ik zal Lotty vragen een afspraak voor je te regelen. Je krijgt van haar een routebeschrijving.'

'Niet nodig. Ik ben al eens in dat huis geweest. Het is in Beverly Hills. Een zijweg van de Benedict Canyon Drive.'

De actrice zelf had me aan de telefoon uitgelegd hoe het hek aan het doodlopende einde van de Cielo Drive via een verborgen knop te openen. 'En, o ja,' zei ze, 'ik hoop niet dat u het storend vindt, maar ik word ook geïnterviewd... door weer een ander blad.'

Haar stem klonk lief en betrokken, maar ook tastend en onzeker.

'Ik vind het hoe dan ook een eer,' zei ik, 'om door u te worden ontvangen.'

De afspraak was voor een zondag in maart. Sharon zou de volgende dag naar Rome vliegen. Ik had haar gevraagd met het pakken van haar koffers te wachten tot ik haar onder die bezigheid kon fotograferen. Dat van die verborgen knop wist ik al van een eerder bezoek, toen het huis nog door Terry en Candice bewoond werd. Sharon en haar regisseur huurden het pas sinds twee maanden, nadat de vorige bewoners het rond Kerstmis halsoverkop verlaten hadden om zich in de strandstulp van Terry's moeder op Malibu Beach te vestigen. Zelfs Candice kreeg van haar man niet te horen waarom Cielo Drive 10050 van de ene dag op de andere werd afgedankt en onderverhuurd, met hun circa dertig katten en al.

Voor wie aan het hek stond, was het woonhuis niet te zien; wel de garage, waarlangs een buitentrap naar een extra verdieping voerde. Ik wist dat de regisseur daar zijn kantoor gepland had.

Ik parkeerde mijn van Chuck geleende Le Mans naast een rode Lamborghini. Van het geasfalteerde terrein leidde een tuinpad met een boog over het gazon naar de voordeur. Een tiental katten, dat op de warme stenen had liggen zonnen, vluchtte voor mijn voeten weg, de struiken in. Ter weerszijden van de witte voordeur glansden koperen scheepslantaarns in de zon.

Als ik haar een halfgodin noem in plaats van een godin is het alleen omdat Sharon je nooit liet vergeten dat ze, spijtig voor haar aanbidders en bewonderaars, toch echt op aarde thuishoorde, en daar een katachtige vrede mee had. Ze droeg een korte jurk, miniër dan mini, van met blauwe en gele motieven bedrukte stof. Sinds de invoering van het benenverlengende kledingstuk voelde ik in de aanwezigheid van vrouwen die het droegen iets raar vertrouwds – tot ik besefte dat het

575

leek op de korte gewaden van de jongens in mijn tijd. Sharon had zich, zo te zien, niet speciaal voor een fotosessie opgedoft. Achter de star omhoog wijzende plakwimpers glinsterden resten van een mintgroene oogschaduw, dat wel, maar het uren geleden opgestoken haar had zich hier en daar van z'n schuifspelden bevrijd, en hing neer in een schijn van vettigheid. Ik hoopte dat ze niets aan haar uiterlijk zou veranderen, en net zo blootsvoets zou blijven als ze aan de deur verscheen. Achter haar in de hal lag een grote koffer open, leeg nog. Ik speurde haar gestalte af op tekenen van zwangerschap, maar vond niets, of het zou de gezichtshuid moeten zijn, die strakker leek dan op de foto's en filmbeelden die ik van haar kende. Als ze lachte, misten de konen rond de beroemde jukbeenderen hun gebruikelijke zachte molligheid, die met het vorderen van de zwangerschap natuurlijk weer zou terugkeren.

'Komt u binnen,' zei ze. 'Of moet ik buiten?'

'Het pakken van een koffer gebeurt meestal in huis,' zei ik. 'Ik zet deze tas alvast hier neer, en haal nog een kist met apparatuur uit de auto.'

Toen ik terugkwam, stond de voordeur open. Sharon was dieper het huis in bezig, nu gekleed in zwart vest en lange broek. De stof van de pantalon had een op-art-motief zo letterlijk duizelingwekkend dat ik me afvroeg of mijn donkere kamer het straks anders dan als een groezelige wemeling van vlakjes zou kunnen weergeven. Haar blondheid was nu weer strak opgebonden. De mini-jurk hing binnenstebuiten gekeerd over een fauteuil in de huiskamer. Het labeltje was van Emilio Pucci.

Ze nam me mee naar de kleedkamer aan de achterkant van het huis, waar voor de open garderobekast nog een lege koffer open op de grond lag, en begon er stapeltjes kleren in te rangschikken. Ik fotografeerde haar terwijl ze neerhurkte, weer opveerde, door de hangende jurken bladerde, waarbij knaapjes tegen de houten achterwand bonkten. De mooiste foto werd die waarop Sharon twee lange japonnen, een witte en een zwarte, keurend omhoog tegen het licht hield. Een wervelende spookdans van drie gratiën.

'Ik had gehoopt,' zei ik, een vers rolletje indraaiend, 'de grote filmmaker de hand te mogen drukken.'

'Hij is naar Rio. Voor een festival. Een prijs. Ik moet de andere kant op.'

Ik vroeg haar de Emilio Pucci weer aan te trekken.

'Als je nou met zo'n mini iets *niet* moet doen,' zei ze lachend, 'is het een koffer inpakken. Dan krijg je een portret van de achterkant van mijn slip.'

Toch ging ze zich verkleden, en even later had ik haar hoogbenig in mijn lens. Als de jurk recht naar beneden hing, bedekte hij juist haar broekje. Haar dijen drukten, als in wederzijdse liefkozing, zacht tegen elkaar. Ik wist het een en ander van fysica, en echt niet alleen via de oude natuurfilosofen, maar bij vrouwen had ik de neiging de lichaamstemperatuur van hun dijen, tegen alle fysische logica in, bij elkaar op te tellen tot de hitte van 75° Celsius die mannen normaler dan ik zo vurig zochten om zich aan te branden.

'Al die littekentjes,' zei ze pruilend, met haar handen aan de jurkzoom naar beneden kijkend, 'kunt u die in de donkere kamer niet wegmaken?'

Ze had de mooiste benen die ik ooit gezien had, strak aan de buiten- en zacht aan de binnenkant, maar het waren wel die van een wildebras. Opeens stond er een vrouw in de kleedkamer. 'O, hallo. Ik ben Florice. Van *Pozzo.*' Ze droeg een taperecorder aan een riem over haar schouder. In de deuropening verscheen nu ook, hijgend, een forse man van middelbare leeftijd. Hij droeg een morsig kostuum, waarvan het jasje en de broek weggedrukt werden door een enorme buik.

'Hai, Andy.' Sharon gaf hem een kusje op zijn oor. Hij werd aan me voorgesteld als Andrew Romsomoff, haar beschermheer en suikeroom. Romsomoff had de interviewster naar de Cielo Drive gebracht, en stond erop bij het vraaggesprek aanwezig te zijn. Sharon scheen niet verbaasd dat de twee zich zomaar toegang tot haar huis hadden verschaft. Terwijl ze, ernstig en aandachtig, de stomme vragen van *Pozzo*'s Florice be-

577

antwoordde, ging ze door met pakken, en ik bleef haar fotograferen.

'Mr Romsomoff,' begon Florice, 'u wilde Sharon per se in *Canyon of the Dolls*. Door critici werd de roman al, ik citeer, "een snoeptrommel van vulgariteit" genoemd, "met voor elk wat wils". In de film werd de vulgariteit nog verder uitgediept. Waarom...'

'Acteren kan ze niet,' baste Romsomoff. 'Ze hoeft alleen maar mooi te zijn.'

Hij blies overvloedig sigarenrook de kamer in, zonder zich te bekommeren om Sharons jurken en mijn foto's. Meneer had de gewoonte zijn uitlatingen kracht bij te zetten door de duimen achter zijn bretels te haken, en die tegen zijn vettieten te laten knallen.

'Als ik sexy op het witte doek verschijn,' zei Sharon, 'is alles wat sexy mensen zien... ik bedoel, dan zien mensen alles wat sexy is... nee, alles wat ze zien, is een sexy ding. Dat bedoel ik.'

Arme Sharon. Ze deed zo haar best meer te lijken dan een welgevormd, hersenloos stuk filmkoopwaar, maar door Romsomoffs aanwezigheid raakte ze verlamd van een angstig soort ontzag. 'Nooit is het genoeg,' ging ze verder. 'Een littekentje hier of daar, en het vlees wordt... hoe heet het... afgekeurd. Mijn zenuwen raken er zo van in de dubbele knoop... ik doe geen oog meer dicht. En hup, daar gaat mijn fantasie met me op de loop. De gruwelijkste dingen zullen de kleine Sharon overkomen. Al mijn vrienden laten me in de steek. En net als ik denk, nou, daar zit ik dan in m'n zielige eentje, dan komen er mensen op me af... vijanden...'

Ze beet op een nagel, beschadigd geraakt bij het inpakken.

'Speelt zich allemaal in hersenweefsel af,' zei de interviewster vals in haar apparaat, 'en niet in gewelde tarwe.'

'Dat bedoel ik,' zei Sharon. 'We hebben dat brein niet voor niets. Ik probeer mezelf zoveel mogelijk... geestelijke ontwikkeling, daar draait het om. Weet je, Florice, soms doe ik in de weekends niet eens make-up op.'

De koffer was vol, het vraaggesprek voorbij. We liepen met z'n vieren naar de voordeur, die aan was blijven staan. Romsomoff, links en rechts naar een kat schoppend, duwde Florice van *Pozzo* voor zich uit over het tuinpad. Sharon begon toiletartikelen naar de koffer in de hal te dragen. Om haar van wat groter afstand te kunnen fotograferen, zette ik de deur helemaal open. Ik deed een paar stappen achterwaarts, de plavuizen van de veranda over en het gazon op. Bang met mijn kostbare camera te struikelen keek ik om – en daar stond hij opeens, tussen de heesters aan de kant van het tuinhek: de kleine man die ik anderhalf jaar tevoren in San Francisco via The Egg Man de bootleg van 'Hurly Burly' had toegespeeld. Het bruine haar droeg hij nu schouderlang, de borstelige baard wijduitstaand, maar hij was het, elke centimeter van zijn 1 meter 55. We hadden nooit persoonlijk kennisgemaakt, maar ik had naar hem zitten kijken en luisteren zoals hij op de universiteitstrappen van Berkeley zat te spelen en te zingen. Hij keek me met woeste, achterdochtige blik aan, zonder teken van herkenning, en snauwde: 'Is Terry thuis?'

Sharon zat gehurkt voor de koffer, worstelend met de rits van een uitpuilende toilettas.

'Terry...' herhaalde ik.

'De platenproducent. Dit is zijn huis.' Zijn toon was barser en autoritairder dan destijds in de Haight, toen de liefde nog ongewapend gepredikt werd. De stem van iemand die gewend is op zijn wenken bediend te worden.

'De eigenaar is Mr Altobelli,' zei ik, 'en die woont in het gastenverblijf. Informeert u eens bij hem.'

'Als Mr Altobelli bij zichzelf te gast is,' gromde Charlie, 'mag een bezoeker dan ook weten waar misschien?'

Sharon had zich opgericht, en stond nu wit omlijst in haar geel-blauwe Emilio Pucci naar ons te kijken. Met haar ene blote voet krabde ze de wreef van de andere. Langs mij heen wierp de kleine man een blik vol haat op haar. In een hoes van zeildoek had hij een gitaar op zijn rug hangen, met de hals naar beneden.

579

'Enig idee wat dit is?' Charlie nam een opgevouwen biljet van honderd dollar uit het borstzakje van zijn spijkerjack. 'Een briefje van honderd, zou ik zeggen.' 'Een voorschot,' grauwde hij. 'Van Terry. Voor een platencontract. Ik kom hem aan zijn woord houden.'

Ik wees hem hoe hij bij het gastenverblijf kon komen: terug naar het parkeerterrein, en daar het zandpad nemen dat tussen twee houten hekken om de tuin heen liep. 'Als je daar bij die vuilnisbakken bent, zie je het liggen.' Hij keek me smerig aan, met vernauwde ogen. 'De achterbuurt, hunh?' herhaalde hij wat ik kennelijk gezegd had. 'Het achterpad... het vuilnisbakkenlaantje. Charlie weet genoeg.'

Na nog een hatelijke blik op Sharon, die van schrik een stap naar achteren deed, draaide hij zich om. De gitaar was veel te groot voor het korte lijf, en doordat Charlie een krom ruggetje had, leek hij het instrument ook nog eens als een zware last met zich mee te torsen. Even later zagen we hem met kwaaiig naar de grond gewend gezicht over het zandpad voorbij sjokken.

'Zei ik achterbuurt?' vroeg ik Sharon.

Zij knikte bleekjes. Ze wreef met haar handen over haar blote bovenarmen, alsof ze het plotseling koud had gekregen.

'Dat is geen falend Amerikaans,' zei ik, 'maar ronduit een verspreking.'

'Geen wonder, bij zo'n griezel. Ik zou per ongeluk tuchthuis gezegd hebben.' Over het zwembad klonk het geblaf van Altobelli's honden. 'Hoe komt die engerd op het terrein?'

'Net als iedereen. Staat u me toe op te merken dat de mensen hier wel erg gemakkelijk in en uit lopen.'

'Het viel me op, Mr Agraphiotis,' zei Sharon, 'dat u het mannetje zo goed de weg kon wijzen.'

'Vorig najaar heb ik de horoscoop van dit huis getrokken,' zei ik. 'Op verzoek van Terry. Hij heeft me eerst een rondleiding gegeven.'

'O, u doet ook aan astrologie?'

'Ik lever wel eens wat aan de vaste horoscooptrekker van *WorldWide*. Aardige bijverdienste.'

'Ja, Terry heeft het ons verteld, van dat wichelen. Aan de ligging mankeerde niets, geloof ik. Alleen met de geluiden was iets mis... in de omgeving...'

'Niets verontrustends,' zei ik, 'anders had het me nog bijgestaan. Ik zal thuis mijn schoenendozenarchief eens omkeren.'

'Er schiet me iets te binnen,' zei Sharon, nog bleker wordend. 'Als die horoscoop zo gunstig uitviel, waarom... waarom zijn Candice en Terry dan kort daarna verhuisd? Ik krijg het koud. Een vest... een vest.'

'Blijft u nog even zo staan... handen koesterend aan de bovenarmen. Zo, ja.' Voor het eerst zag ik dat ze echt zwanger was, eerder aan haar houding dan aan haar postuur. 'Een beetje wiegend, ja. Mooi.'

Ik drukte af.

'Belooft u mij het ding voor me op te zoeken?' vroeg ze met een koddig smeekstemmetje. 'Ik wil weten wat er in de sterren boven mijn Love House geschreven staat.'

Ik beloofde het, maar alleen als zij wilde beloven zich geen zorgen te maken, want er stond echt niets onrustbarends in de horoscoop. Sharon ging haar vest aantrekken. Met krassende nagels over de houten planken rende de terriër haar tegemoet. Ik begon de lenzen uit mijn camera's te schroeven, en knielde neer om de onderdelen in de blauwfluwelen vakjes van mijn kist te passen.

Op de avond van het wichelen, herinnerde ik me opeens, had ik in gezelschap van Candice op de heer des huizes zitten wachten, die 'wat later kwam'. Toen uiteindelijk de bel ging, vroeg Terry via de intercom of zijn vrouw even Dennis gedag kwam zeggen, want die moest weer door. Ik liep met haar mee naar het hek, waar een Rolls stationair draaide met Terry ernaast en de drummer van The Beach Boys achter het stuur. Candice kuste Dennis door het open portierraam. Er kwam snarengetokkel uit de auto. In het lantaarnlicht kon ik de half achter zijn gitaar verscholen gestalte op de achterbank niet goed zien, maar het half muzikale gepingel kende ik van Panhandle Park en de trappen van Berkeley. Later begreep ik dat hij met zijn hele hippiekolonie bij de drummer aan Sunset Boulevard ingetrokken was, en daar de boel uitvrat, in ruil voor de diensten die hij via zijn vrouwelijke volgelingen te bieden had.

Het kan zijn dat de kleine muzikant, die nu de honden van Altobelli tot uitzinnige heesheid bracht, toen al bezig was Terry te chanteren met het al dan niet beloofde platencontract. De opnamestudio in, of anders... Ik wist het zo net niet meer of Terry zich door mijn horoscoop naar het strandhuis van zijn moeder had laten verjagen, of door zo'n wollen hekserijpoppetje gemaakt door Charlies eigen naaikransje.

Voor het eerst vroeg ik me af of ik wel de juiste goeroe had uitgekozen om mijn orakel de wereld in te brengen. Het huis was in gevaar.

4

'Nu de waarheid.' Ze hadden een halfuur lang zonder een stom woord achter elkaar aan gebezemd, Remo voorop met de harde veger, Maddox met de zachte op twee meter afstand – totdat Remo zich plotseling omdraaide, en met de bezemsteel in slagboomstand Maddox de weg versperde. 'Als het voor het uitlokken van Hurly Burly, Scott, geen verschil maakte *welke* varkens er gekeeld en geslacht werden... waarom dan geen ander zwijnenkot in Beverly Hills uitgezocht? Er waren er genoeg. Van onder tot boven bekleed met achttien karaats gouden drek. Waarom uitgerekend de bewoners en de gasten van *mijn* huis, Scott?'

Maddox legde zijn bezem over de reling van de gaanderij, en liet hem propelleren, waardoor een werveling van fijn stof zich eerst verhief, en toen langzaam begon te dalen. 'Een oorlogsdaad, Li'll Remo, kan zich... ik bedoel, in extreme omstandigheden, als de noodzaak er is... tegen burgers richten. Het moeten dan wel willekeurige burgers zijn. Anoniem voor de aanvaller. Geen vooraf bekende individuen... dat zou immoreel zijn. Mijn mensen hebben een volstrekt willekeurig huis in de heuvels van de rijken uitgekozen. Ze hadden de opdracht nog meer varkenskotten binnen te gaan... net zo anoniem en willekeurig... maar ze vonden in dat ene genoeg om hun statement voor Hurly Burly te maken.'

'Het doet me goed te horen, Scott, dat mijn stulp aan alle verwachtingen voldeed,' zei Remo. Het beven van zijn stem was niet in overeenstemming met zijn cynisme. 'Maar zeg eens, vond je het niet *erg* toevallig te horen... de volgende dag op het nieuws misschien... dat de grote kladderadatsch had plaatsgehad op het adres van de man die jouw grammofoonplaatje zou produceren?'

'Charlie is goed in woorden,' zei Maddox. 'Charlie is slecht in namen.'

'Terry Melcher.'

Maddox bracht de voorkant van zijn verbandkluwen veel te dicht bij Remo's gezicht. Het ventje stonk uit z'n bek, z'n nek, z'n ziel, z'n alles. 'Die, Li'll Remo, woonde op dat moment al bijna een jaar in het strandhuis van zijn moeder. Van Doris Day. Op Malibu Beach.'

'De vraag is of jij dat begin augustus '69 wist.'

'Tremellen kijkt deze kant op,' siste Maddox. 'Veeg jij nog wat Mexicaanse slingers het pad op, dan krijg je zo antwoord.'

In de cel, waarvan de deur voor het schoonmaken open was gezet, trof Remo de bewoner op zijn brits aan. De man kreunde. 'Laat me met rust. Ik ben ziek. Ik ga dood.' Het was geen Mexicaan te midden van zijn identiteitspapieren, het ging om Dudenwhacker, bij wie de blauwe tranen angstaanjagend donker op het inbleke gezicht dreven.

'Als je hier ziek ligt,' vroeg Remo, 'waarom staat je deur dan wagenwijd open?'

'Ik denk,' steunde Dudenwhacker, 'om straks mijn lijk eerder te kunnen afvoeren.'

'Geldt je aanbod nog? Ik bedoel, het wordt eens tijd dat het evenwicht in je gezicht hersteld raakt.'

'Ik ben te zwak nu om een klus aan te nemen.' Dudenwhacker rilde, en trok de paardendeken op tot boven zijn neus, misschien om via de methode-Charrière zijn slachtoffers op te roepen en ze ieder hun traan van zijn wangen te laten plukken. 'Hier lig ik. Gedoemd om met maar vijf tranen te sterven. Geen zesde om de kraaien van te betalen.'

'Als je weer op krachten bent,' zei Remo, 'waarschuw me dan. Ik ken geen betere bestemming voor mijn geld dan het aspirinebuisje in jouw rusteloze aars.'

'Laat dat,' kreunde Dudenwhacker, nadat Remo een kartonnen doos met papierproppen op de vloer had omgekeerd. 'Het zijn mijn contracten.'

5

'Wat stond je daarbinnen tegen de spiegel te smoezen?' snauwde Maddox.

'Ik vroeg hem wie van ons tweeën de slechtste mens van het land was. Remo of Charlie.'

'Je hebt het hok niet uitgeveegd. Nou, wat zei de spiegel?'

'De spiegel zei: "Een laatste traan storten, dan zul je het weten."'

'*Don't give me that bull pucky, Li'll Remo,*' gromde Maddox. 'Je stelde me een vraag, weet je nog? Het antwoord is ja. Ja, Charlie wist dat Terry daar niet meer woonde. Pin me niet op een datum vast. Ergens in het voorjaar van '69 ben ik naar de Cielo Drive gegaan. Als Terry bij nader inzien mijn muziek niet wilde opnemen, was dat zijn zaak. Het was *mijn* goed recht hem aan zijn belofte te herinneren. Hij had me honderd dollar vooruitbetaald op het contract. Later heeft hij voor het gerecht verklaard dat hij ons het geld had gegeven om hooi voor de paarden te kopen. De laffe, meinedige hond. Op Spahn Ranch kregen de paarden eerder te eten dan de mensen.'

Van zijn vriend Jack, die zich een aantal zittingen lang in

de rechtszaal had zitten verbijten, had Remo gehoord dat de moordenaars misschien al eerder dan augustus '69 op de Cielo Drive waren geweest. Jack sprak van 'aanwijzingen', en Remo, die zo min mogelijk over het proces wilde weten, kwam er niet op terug. Nu vroeg Remo zich af of hij de aanwijzingen niet had verdrongen omdat ze het falen van zijn verantwoordelijkheid (*'the little putz blijft aan de zwier in swingin' London'*) alleen maar schrijnender maakten.

'Voorjaar '69,' herhaalde Remo. 'Jij... in mijn huis?'

'Ze gaven me de kans niet,' grauwde Maddox. 'Ik werd behandeld als een stuk vuil.'

'Niet door mij.'

'Jou heb ik er niet gezien. Het was die fotograaf.'

'*That's all just bull pucky, Little Charlie.*' Remo probeerde Maddox' Midwestaccent te imiteren. 'Ik weet van geen fotograaf.'

'Je fijne, blonde vrouwtje,' zei Maddox met ingehouden minachting, 'ze werd gefotografeerd. Erotisch, als je 't mij vraagt. Voorover in een gebloemd hemmetje... met haar billen omhoog. Zo met die hemelsblauwe slip leek haar kont net een spiegel van de Californische lucht. En die fotograaf maar loeren... en knipsen... en sluipen en loeren en knipsen. Charlie heeft zeker twintig minuten tussen de struiken, eh, tegen zijn misselijkheid staan vechten.'

'Sloof je maar niet zo uit,' zei Remo. 'De fotoreportage stond in *WorldWide*. Er was niets anders op te zien dan een mooie vrouw die haar twee koffers inpakt. De ene met een broek aan, de andere in een mini-jurk. Ja, toen ik het blad in Londen kocht, vond ik de foto's van het bukken en knielen ook erg erotisch. Al bladerend haalde ik haar van Rome naar Eden Square. Ik bekijk ze nooit meer. Het warme lichaam waar ze naar verwijzen, is er niet meer. Als ik dat nummer van *World-Wide* opensla, is het net of ik met een landkaart in mijn handen sta... van een gebied dat door een natuurramp is weggevaagd. Jij mag de nietjes hebben, Scott. Voor in je handgranaat.'

'De fotograaf, Li'll Remo, had me niet naar de vuilnisbakken moeten doorverwijzen.'

'O, hij zag je voor de vuilnisman aan? Dan had hij niet alleen een goed oog voor de juiste foto, maar ook een scherpe blik voor de toekomst. Veeg jij dat hoopje daar nog even op? In het karretje hangt een schone vuilniszak.'

'Die dienaar van rijke varkens,' bitste Maddox, 'wees me het paviljoen. Daar woonde de huiseigenaar. Binnendoor, langs het zwembad, was het korter. Maar Charlie moest terug naar het stinkende asfalt, en dan het modderpad nemen... helemaal over het randje van de afgrond...'

'Er zat nog een hek tussen jou en de zuigende diepte.'

'Precies, ja,' schreeuwde Maddox. Hij gaf een klap met zijn bezem tegen de ijzeren reling, zodat zijn woede kort rondzong over de Ring. 'En aan de andere kant was ook een hek... tussen mij en de zuigende minachting van jouw vrouw en haar flitslichtlakei.'

'Die fotograaf ken ik niet persoonlijk,' zei Remo. 'Maar mijn vrouw heb ik nooit neerbuigend meegemaakt. Tegen wie dan ook. Ze *kon* niet eens uit de hoogte doen.'

'Ze stond daar maar.' Maddox liet zijn tanden knersen bij de herinnering. 'Alsof ze het met alles eens was wat die lichtvreter zei. "Neem het kattenlaantje," zei de klootzak. "En dan voorbij de vuilnisbakken. Zo kom je bij de achterbuurt." Een Charlie verneder je niet straffeloos.'

6

'Wat me aan jou zo aanstaat, Scott, is je praktische instelling bij alle hogere bevlogenheid. Voor Hurly Burly was het om het even wie er koud gemaakt werden... als het bloedbad maar door Black Panthers aangericht leek. Maar je had nog iets te vereffenen met de bewoner van zeker adres... dat ging in één moeite door. Nooit bij je opgekomen dat je jezelf zo een motief verschafte? Wraak voor niet geleverde diensten.'

Maddox beschreef hoe hij, via het kattenlaantje en de rij vuilnisbakken, bij het tuinhuis aankwam, waar hij door Altobelli's bloedhonden weggeblaft dreigde te worden. Alleen door zijn overwicht op dieren, dat hem in de ogen school, had hij ze zich van het lijf kunnen houden. 'De huiseigenaar was erger dan zijn honden.' Altobelli had zijn onverwachte bezoeker net zo schofterig behandeld als de mensen bij het hoofdhuis hadden gedaan. Nee, Terry woonde daar niet meer. De platenman was met onbekende bestemming vertrokken, en had het landgoed onderverhuurd. Altobelli bond Maddox op het hart de nieuwe bewoners niet nog eens lastig te vallen.

'Wie de nieuwe onderhuurders waren,' zei Remo, 'weet je inmiddels. Het ziet ernaar uit dat ze het hele incassobureau, dat voor Terry bestemd was, over zich heen hebben gekregen.'

Maddox schudde zijn massieve grauwwitte hoofd. 'Het was toevallig dat huis.'

'Zoveel toevalligheid gun ik het toeval niet,' zei Remo. 'Als Terry er niet meer woonde om jouw dwangbevel in ontvangst te nemen, nou, dan moest het huis het maar ontgelden. Met de hele levende have.'

'Het adres was een willekeurige keuze,' hield Maddox vol. 'Hoe kwam jij daar met je vrouwtje terecht?'

'Als jij mij vertelt, Scott, waarom Terry en Candice eind '68 zo plotseling verhuisden, dan is die vraag ook alweer beantwoord.'

'De kale man in het tuinhuis zei dat Terry vertrokken was... met onbekende bestemming.'

'Een halfuur geleden wist je nog te melden dat hij in het strandhuis van Doris Day op Malibu Beach zat... steentjes over het water te keilen, of zo.'

'Het varken heeft zijn woord niet gehouden,' zei Maddox. 'Hij zou mijn songs opnemen. In een goede studio.'

'Geloof me, Scott,' zei Remo, 'Terry had in die dagen wel iets anders aan zijn hoofd... met Candice.'

'Nooit, Li'll Remo, *nooit* de muziek ondergeschikt maken aan relatieproblemen.'

'Ach wat, jij hebt zelf de muziek ondergeschikt gemaakt aan

een heleboel relatieproblemen. Je bent niet erg streng in de leer, Scott.'

7

'Mijn vrouw, Scott... ik verfoei mezelf dat ik het je vraag.' Remo proefde bij de smeekbede een zoete verrotting op zijn tong. 'Vertel me alsjeblieft... het is zwak van me, ik weet het. Zeg me hoe ze er die dag uitzag. Haar gezicht... hoe vond je haar?' Verrassend te merken hoe snel Maddox een machtspositie ontwaarde – en innam ook. 'Voor mij, Li'll Remo, was het een doorsnee filmpoes. Ik dacht: Terry heeft een nieuwe vriendin... of eentje tussendoor, of weet ik veel. Stroblond, niks bijzonders in Benedict Canyon. Wat wil je horen? Dat ze melkblauwe ogen had? O zeker, als vogeleieren! En dan die plakwimpers... je had er het pasgemaaide gras op jullie gazon mee bij elkaar kunnen vegen. Verder heeft ze geen indrukken bij me achtergelaten. O ja, ze was zwanger. Als familiehoofd zag Charlie dat direct.'

Over de gaanderij naderde met zwaar gebonk het dikke lijf van bewaker Tremellen. 'Woodehouse, Maddox,' hijgde hij. 'De toiletten. Nu. Het is er een bende.'

De betegelde ruimte was bespat met alle tinten die het menselijk ingewand wist te bedenken. Van de rij porseleinen potten, zonder bril, waren er twee overvloedig met bloed bespat. Het was niet vers meer: een afrekening had al bekend moeten zijn. Misschien had Dudenwhacker hier een bloedfontein uit zijn zieke lijf geworpen. Voor een maagbloeding was de substantie trouwens niet donker genoeg.

'Zo raak je nooit van de zwijnerijen van de varkens verlost, Scott.'

Het rammelend neerzetten van de emmers met poetsgerei klonk daadkrachtig, maar verder wisten ze niet waar te beginnen, zodat ze maar bleven staan praten: het leidde op z'n minst af van de in te ademen stank.

'Het is alweer zo lang geleden allemaal,' zei Remo. 'Wordt het niet eens tijd om toe te geven, Scott, dat... Luister, dat hele Hurly Burly was natuurlijk maar een mystiekerige aanleiding om... om wraak te nemen op iemand die de *guts* had jouw talent niet te erkennen.'

'Li'll Remo,' zei Maddox met die akelige klont van ontroering in zijn keel, 'ik zweer het je. Het was omgekeerd. Mijn leer, mijn gitaar, mijn talent... alles werd ondergeschikt gemaakt aan Hurly Burly. Het was mijn heilige oorlog.'

'Goed, dan sla ik Hurly Burly te laag aan,' zei Remo. 'Laat ik het dan zo stellen: Hurly Burly was jouw manier om de hele wereld te laten boeten voor de karige wijze waarop God jou met talent bedacht had.'

'Zou God, Li'll Remo,' schreeuwde Maddox plotseling, 'zou God beknibbelen op het talent van zijn enige zoon?'

'Erger, Scott. God heeft jou in 't geheel geen talent toebedeeld. Zelfs de kruimels zijn nog schijn. Jouw brein is in de loop van een half mensenleven door de bajeslucht aangetast geraakt...'

'Zeker,' gromde Maddox. 'In San Quentin kwam na elke executie wat gas vrij uit het groene kamertje. Het zweefde door de gangen. Als appetizer voor de ter dood veroordeelden.'

'...en heeft *geen* talent vertekend tot *groot* talent. Op enig moment, misschien wel door de woorden "neem het kattenlaantje", is de totale nietswaardigheid van jouw talent tot je doorgedrongen. Hard, hoor.'

'De fotograaf van jouw vrouw, Li'll Remo, had me nooit de vuilnisbakken moeten wijzen. Het was een warme dag. Ze stonken.'

'Wees hem dankbaar,' zei Remo. 'De man heeft je een lucide inzicht aan de hand gedaan. Onvoldoende talent om de wereld met je muziek aan je voeten te krijgen? Dan maar groots ingezet op je aanleg voor uiterst *on*muzikale hersenspoeling. Charlie had z'n vorm gevonden.'

'Neem het modderpad maar, kreeg ik te horen,' sputterde Maddox als een verongelijkt kind. 'Ik ben mijn leven lang al langs de achterafpaadjes gegaan. Langs vuilnisvaten vol hongerige *aristocats* en *aristorats* en *aristopets*. En toen kwam Charlie daar op de Cielo Drive, vervuld van zijn muziek, en werd hem' (er klonk een snik uit de verbandkluwen) 'het achterpad naar de roem gewezen. Het vullisbakkenlaantje.'

'Dus daar moesten de mensen in het huis voor boeten.'

'Wie Charlie naar een achterbuurt stuurt, is erg suïcidaal bezig.'

'O, je was alleen een discreet instrument voor hun zelfmoord?' hoonde Remo. 'Als een echte Christus heb je hun lijden op je genomen...'

'Als er *iemand* in aanmerking komt voor het etiket Jezus Christus,' grinnikte Maddox, 'is het Terry. Met zo'n moeder. Doris Day Eeuwig Maagd.'

'Er zijn daar vijf mensenlevens opgeofferd aan jouw haat tegen de impresario's en de platenbonzen.'

'De impresario,' schreeuwde Maddox, 'had in de woestijn een tarantula doodgereden. Een veel en veel onvergeeflijker zonde dan een contract niet nakomen.'

'Dode woestijndieren, schorpioenspinnen en zo, die kun jij toch weer levend maken... Jezusgelijk?'

'Niet als ze tot moes liggen onder de autoband van een impresario.'

Door de gang naderden plakkerige voetstappen. In de deuropening verscheen de AB'er Goering Goiter, met bewaker Scruggs achter zich. 'Maak voort,' zei Scruggs. 'Er wordt beneden op me gewacht.'

De twee schoonmakers keken zwijgend toe hoe de Arische Broeder zijn overall en onderbroek naar beneden stroopte, en zonder aarzelen op een besmeurde potrand ging zitten. Als

een kat op de bak keek Goering Goiter zijn beoogde beschermeling Remo met vernauwde ogen aan, verliefderig bijna, en
het neuriënde gekreun dat onder het persen zijn kolossale, getatoeëerde lichaam verliet, klonk als innig gespin.

9

Nadat bewaker Tremellen was komen controleren hoe het er
voorstond met 'de stallen', hadden ze toch maar een begin gemaakt met het gore karwei. Van alles wat Remo onderging bij
de aanblik van de met ontlasting, als met vingerverf, vol geklie-
derde tegelwanden, voerde woede de boventoon. Hij ging eerst
de manshoge metalen spiegels te lijf, waarop braaksel, speeksel
en sperma grillige verticale sporen hadden getrokken, nu opgedroogd. Er zaten ook fijne bloeddruppeltjes op, bij wolkjes
tegelijk – uit een opengewerkte pols misschien. Onder de weg-
geboende vuillaag doemde Maddox in de spiegel op. Hij was
bezig bleekwater op de plateaus van de toiletpotten te gieten
om alvast zoveel mogelijk van het vuil sissend te laten oplossen.
Hij vloekte dat het goedje op zijn bronchiën sloeg.
    'In lichterlaaie gestaan, Li'll Remo, en dan ook nog je keel
verschroeien.'
    'Zo komen de stedenverbranders te pas.'
    'Mijn mensen,' zei Maddox, 'hebben jullie steden nooit
in brand gestoken. Op het kleine cowboystadje van George
Spahn na dan.'
    'Nee, maar het stond wel op het programma,' zei Remo,
met een plastic paletmes moppen tandpasta van het spiegelglas bikkend. 'Hele wijken in de hens. Net als toen in '65, in
Watts. De politie zou meteen aan de zwarten denken.'
    'Leg me geen woorden in de mond, Li'll Remo.' Maddox
zwaaide dreigend de plastic fles met Corona Chlorine in Remo's richting. 'Je hebt het nu over een latere fase van Hurly
Burly.'
    'Sorry, Scott, dat ik zo onbezonnen op de dingen vooruit-

liep,' teemde Remo. 'Eerst moest er met bloed angst en verwarring onder de gegoede zwijnerij van Los Angeles gezaaid worden. Dat is waar ook. Alles voor de ontwrichting van de maatschappij... deed er niet toe wie ervoor afgeslacht werden.'

'Als het maar witte varkens waren.'

'Cielo Drive... de volgende dag Waverly Drive... dat waren dus daden van terrorisme.'

'Jij zegt het.'

Maddox had de potten in de week gezet, en begon nu aan het smerigste deel van het karwei: het verwijderen van de stront van de muren. Tegen de stank die zou loskomen, viste Remo een linnen mondkapje uit een van de emmers. Hij legde er een dot toiletpapier met wat vloeibare zeep in, en schoof het geheel voor zijn neus en mond. In de spiegel had hij opeens een lichte varkenssnuit boven zijn baard.

'Het maakt jou, Scott, tot de lafste terrorist op aarde.'

'Als lafheid helpt de terreurdaad tot een goed einde te brengen, is er niets mis mee. In een oorlog waar zoveel op het spel staat als bij Hurly Burly, zijn alle middelen geoorloofd. Ook de laaghartigste. Regel 8a van Charlies Handboek Soldaat.'

'Terrorisme, in wat voor vorm ook,' zei Remo, zich naar Maddox omdraaiend, 'vind ik ten diepste verachtelijk en verwerpelijk. Maar het minste dat je van een terrorist kunt zeggen, of het nou een Duitser, een Palestijn of een Carlos is... zo'n type gaat het in ieder geval *niet* om persoonlijke afrekeningen.'

Maddox gebruikte Remo's plastic paletmes, waar de korrels tandpasta nog aan kleefden, om de hardgeworden excrementen van de muurtegels te steken. Iemand had in dikke smurrieletters zijn naam (SOFA SPUD) boven het urinoir geschreven, en Maddox was juist bezig de F weg te krabben. Spud had twee weken terug met zijn laatste vuil de naam van de Dood op de binnenkant van een lijkenzak geschreven, dus zijn eigen Choreaanse naam mocht nu wel uitgewist.

'De terrorist,' ging Remo verder, 'probeert er het maximum

aan anonieme burgerslachtoffers uit te slepen. Alles voor de kijkcijfers. Als het eens een keer om een individu gaat... een bankdirecteur, een werkgeversvoorzitter... dan geldt zo iemand als symbool van, weet ik veel, een of ander verwerpelijk maatschappelijk segment.'

In het mondkapje klonk zijn stem net zo dof als die van Maddox achter het verband. Rondom zijn lippen werd de baard nat van zijn adem. Hij had er geen profijt van, want de strontstank drong toch wel tot zijn neus door, en de zeepgeur maakte alles alleen maar erger.

'Jij, Scott, jij bent in zoverre uniek dat je burgerslachtoffers maakt om de samenleving te ontwrichten, maar dat ze... niet willekeurig gekozen zijn.'

'Vertel me nou eens, Little Remo, wat voor *persoonlijke* motieven ik gehad zou kunnen hebben.'

'Nog eens: ze woonden in het Huis van Afwijzing.'

Maddox was klaar met SOFA SPUD. Hij liep de toiletpotten langs, en spoelde ze een voor een door. Met het water in aanraking gebracht verdween alle chloor hevig sissend in de afvoer. Remo had zijn mondkapje, maar Maddox kreeg een klap op zijn longen, en wankelde achteruit. 'Zo, Li'll Remo,' hoestte hij, 'schuimen de heksenketels van Hurly Burly.'

10

'Waarom denk je, Li'll Remo, dat Jacuzzi het woord terrorisme nooit in de mond heeft genomen?'

Ze waren bezig met in schuimend sop gedoopte pleeboenders de toiletpotten verder schoon te borstelen.

'Jacuzzi heeft ontdekt wat voor oorlogje jij aan het voeren was,' zei Remo. 'De waanzin van Hurly Burly. Het leek in niets op wat de terroristische organisaties van die dagen deden. Ik weet niet meer precies wat er toen allemaal speelde, maar als je de bendes neemt die nog steeds bestaan... de Brigate Rosse, de Rote Armee Fraktion... die willen er een lekkere utopie op marxistische grondslag door drukken. De Palestijnen willen hun eer en hun land terug. In Zuid-Afrika, Zuid-Amerika... weer andere groeperingen... allemaal hun eigen doelstellingen. Japan. Vergeet Japan niet.'

'Vergeet Californië niet, Little Remo.' Maddox wilde zijn woorden kracht bijzetten door met zijn borstel naar Remo te wijzen, maar kon niet voorkomen dat het ding zich als een wijwaterkwast gedroeg, en Remo met smerige groene druppels besprenkelde. 'O, sorry. Nou ja, het moest er ooit van komen. Hiermee doopt Charlie je uit naam van de Kolonel, de Mensenzoon en de Heilige Familie.'

Remo nam zijn bril af, en veegde met een flard toiletpapier de glazen schoon. 'Californië, ja. De oven waarin jouw lemen soldaten worden gebakken. Voor de Palestijn is de woestijn hooguit logistiek interessant. Hij heeft er z'n opleidingskampen. Wie heeft er ooit van een terrorist gehoord die zich, na de haatzaaiing, met zijn krijgers in de woestijn terugtrekt... in een onderaards paradijs... om daar de uitkomst van een bovengrondse rassenoorlog af te wachten? Ik zie jullie voetjes al bungelen in rivieren van goudkleurige melk...'

'Je geeft het zelf aan, Li'll Remo. Charlie is geen terrorist.'

'O, jawel.' Remo zette zijn bril weer op. 'Van een heel bijzondere soort. Een dictatortje dat vanuit de woestijn zijn afgerichte meisjes eropuit stuurt. Om voor hem met Buckmessen angst en haat te zaaien. Maar wat jou vooral tot een heel speciale terreurboer maakt, Scott, is de keuze van je slachtoffers... op grond van kleine, persoonlijke rancunes.'

Ze waren met schrobben gestopt, en stonden nu met geheven borstel tegenover elkaar.

'Afgelopen weekend,' zei Remo snuivend van spanning, 'kwam ik in *Hurly Burly* een opmerkelijke passage tegen. Toen die meiden al volmondig schuldig bevonden waren door de jury... toen alleen nog de strafmaat bepaald hoefde te worden... vrijwel zeker de gaskamer... toen hebben ze zich nog voor jou, Scott, in allerlei meinedige bochten gewrongen om je van elke betrokkenheid vrij te pleiten. Typisch gedrag van het lagere echelon terroristen. Ze offeren zich op voor de man achter de schermen. Hij dient gespaard om het ideaal verder uit te dragen. Bevelen, nietwaar, moeten weer aan een volgende generatie strijders kunnen worden doorgegeven.'

'Mijn naam is Charlie,' zei Maddox met een buiging, 'maar ik ben geen communistische sluipschutter.'

Spinaziegroen vocht droop langs de steel van de borstel in Remo's mouw. Toen hij het ding liet zakken, vatte Maddox dat op als toestoten, en bijna had Remo een klap met de harige knuppel tegen de zijkant van zijn hoofd te pakken.

'Jij noemt ons terroristen. Wat zou je zeggen van... politiek-religieuze tegenbeweging? Ja, nou sta je raar te kijken.' Maddox maakte een snelle beweging met de borstel richting Remo's gezicht, waardoor het mondkapje bespikkeld raakte. 'Wij hebben, op onze manier, de overheid bevochten... en die heeft ons in het cachot gegooid. Politieke gevangenen, dat is wat we zijn. De varkens behandelen ons als ordinaire misdadigers. Na al die jaren nog.'

'Misschien, Scott, had je het programma wat politieker moeten formuleren. Zoals het er nu ligt, is het een nogal occult document. Het heeft de rechterlijke macht van de tegenstander in verwarring gebracht.'

'Wij zijn slachtoffers van een bewind, Li'll Remo, dat geen kritiek duldt.'

'Jullie kritiek was ook wel *erg* plastisch.'

'Amerika begon arrogant te worden,' grauwde Maddox, de borstel met beide handen beetgrijpend en als een knots achterwaarts zwaaiend. 'Het kon niet meer stuk voor zichzelf. Ze waren net terug van de maan. Michelinmannetjes hadden daar een stijf vlaggetje geplant... om de Russen te laten zien wie de baas was. Vietnam werd in hoog tempo ontbladerd. Het moest een stuk maan worden... om de *commies* te tonen wie de baas was. Woodstock in voorbereiding. Alles wat zich als progressief beschouwde, als alternatief of relatief... dat maakte zich allemaal op, Li'll Remo, voor drie dagen elektriek moddervrijen. Alleen Bob Dylan verborg zich achter de gordijnen. En toen, middenin het grote halleluja van vrede en oorlog, van muziek en wetenschap... toen was daar opeens die bloedbruiloft... het begin van Hurly Burly.'

'Ja, zoiets maakt een natie nederig,' zei Remo. 'Het is jouw verdienste geweest, Scott, dat je de Verenigde Staten van de ergste hoogmoed hebt verlost. Mijn complimenten.' Remo gaf Maddox onverhoeds een zachte klap met de borstel tegen de zijkant van het hoofd, net hard genoeg voor een rasterachtige afdruk van strontspikkels op de zwachtels. 'In de naam van God, de heilige Joris en de heilige Michaël.'

11

'Er was meer aan de hand,' zei Remo. 'Amerika werd dat jaar steeds extremistischer. Op alle fronten. Aan de ene kant de gevestigde orde, zoals we dat toen noemden... die hield lijstjes met ongewenste en gevaarlijke personen bij. Daartegenover de alternatieve orde, die nog steeds volksverlakkerig de *underground* werd genoemd... met een valse bijklank van raadselpop en van drukpersjes die in souterrains verboden blaadjes stonden uit te spuwen. Nou, wat daar gedrukt werd, waren steeds vaker dodenlijsten. Nog na haar dood stond de naam van mijn vrouw in een pikzwart register van te liquideren personen.'

'Geen lijst van ons,' bromde Maddox. Ze stonden in de schoongeboende toiletruimte te wachten tot bewaker Tremellen hun werk kwam keuren.

'Dat neem ik aan,' zei Remo. 'Anders hadden jullie haar naam wel doorgestreept. Niet dat ze in slecht gezelschap was. Nixon... Lyndon B. De gouverneur van Californië, Reagan, had net laten weten bij rellen op studenten te laten schieten. Met scherp desnoods. Het was echt het jaar van *Easy Rider*. In elke rechtgeaarde Amerikaan stond plotseling een redneck op. Reagan stond dus ook op de rol. Samen met mensen uit onze wereld. Filmers... acteurs. Wij hadden die *underground* mogelijk gemaakt, en nu... nu figureerden we in het liquidatieregister van de beweging. We waren het ongedierte van onze eigen alternatieve moestuin geworden... klaar voor verdelging. Middenin die loopgravenoorlog tussen onder- en bovenwereld waren daar opeens jouw mensen, Scott, om Hurly Burly te stichten. Het klimaat had niet beter kunnen zijn.'

12

'Het maakt me ziedend, Li'll Remo, dat jij mijn volk wenst te zien als een stel messentrekkers vervuld van mensenhaat. Charlie had ze discipline bijgebracht. Systeemdenken. Na mijn veroordeling pleegde The Circle de ene roofoverval na de andere. In Glendale haalden ze een grote wapenwinkel leeg. Pistolen, karabijnen... bij tientallen. Vrachten munitie. Het hele assortiment.'

'Weer eens wat anders,' zei Remo, 'dan uit de supermarktcontainers van de erven LaBianca pakken vla opduikelen van ver over de datum.'

'Zo zien de varkens ons,' gromde Maddox. 'Als een stel bedelaars, dat de pannen van de rijken uitlikt. Snap dan, Li'll Remo, dat het onze stille tijd was. De vooravond van Hurly Burly. We deden krachten op voor de strijd. Twee jaar later... raak. Charlies elitekorps hield in Glendale een urenlang vuurgevecht met de LAPD. Mary, Gypsy... ze stonden hun mannetje. Gypsy verborg die dag iets anders in haar vioolkist dan een valse krekel.'

'Het geld, de wapens... allemaal bedoeld om jou te bevrijden.'

'Indirect,' zei Maddox. 'Ik had ze opgedragen een Boeing 747 te kapen. Elk halfuur een passagier dood. Net zolang tot Charlie en de meisjes vrijgelaten werden. Oorlog vraagt om oorlogshandelingen. Twijfel je er nu nog aan, Li'll Remo, dat The Circle een dissidente politieke organisatie is? Wij waren... wij zijn bereid tot het uiterste te gaan. Uit overtuiging. Uit idealisme.'

'Je doet net, Scott, of die kaping er ook echt geweest is. Al die schietgrage familieleden van jou stonden terecht voor de gewapende overval in Glendale. Niks Boeing vol ten dode opgeschreven ultimatums. Vliegtuigjes vouwen achter de tralies.'
'De ene ontsnapping na de andere,' brieste Maddox. 'In de dagen van het proces al. Wij speelden met de rechterlijke macht, Li'll Remo, als een luipaard met een muis.'
'Achterhoedegevechten.'
'Hurly Burly is niet te winnen en niet te verliezen.' Maddox' lippenschuim kookte nu door de spleet in het verband heen. 'Het is een oorlog die gewonnen wordt... *en* verloren.'

Dinsdag 17 januari 1978
Creatieve afgunst

I

Sinds hij versoepeld regime had, behoorde Woodehouse tot de ploeg die op dinsdag, donderdag en zaterdag mocht douchen, tien minuten per keer. Vandaag was het mijn beurt hem naar de *pitchforks* te brengen. Ik verafschuwde het in de dampigheid op wacht te staan, met geen ander uitzicht dan de witte en zwarte billen van de Choreanen. Als hun ouders rijk genoeg waren geweest voor een geiser of een boiler, hadden ze als puber onder de hete straal leren masturberen. Veel verder waren ze niet gekomen, want in de bajes ontdeden ze zich nog steeds onder de douche van hun zaad. Er waren geen cabines, wel sluiers stoom, dus het gebeurde vrijwel openlijk, met alle kreten en vloeken die erbij hoorden.

Deze dinsdag was het alleen Pillar Pillory, naast Remo, die zich vol overgave stond af te rukken. De overige douchers, roerloos en gespannen, lieten het warme water over hun lichaam stromen zonder zich te wassen. Er broeide iets.

'*Glory be!*' Pillar wierp het hoofd in de nek, en stootte bewonderenswaardig ver zijn zaad van zich af. '*This is it!*'

De anderen wisselden snelle blikken, bij elkaar een keten van boodschappen. Hier had ik geen zin in. Als jongvolwassene was ik vaak genoeg getuige geweest van liefde onder mannen, meestal een knaap die zijn leermeester een gunst bewees, maar het verkeer beperkte zich tot 'hoog tussenbeens', zoals wij dat vrij vertaald noemden: profiteren van de dijen als bankschroef, zonder verdere binnendringing. In Choreo werd een mannenlichaam tot bloedens toe opengebroken, als het even kon met het geluid van een beitel in een rijpe meloen.

Pillar Pillory stapte met loom slingerend geslacht onder de straal uit. 'Het is maar een hygiënische maatregel, *pal*,' zei hij grijnzend tegen Remo, de enige die met een stuk zeep in de weer was. 'Anders verhardt het zich in de leidingen. *My old lady* wil niet dat ik met een proppenschieter thuiskom.'

Officieel mocht er tien minuten gedoucht worden, maar de grote wandklok vertelde me dat het stromen van het water al na acht minuten ophield. Alsof het zo met de centrale 'natte' regelkamer afgesproken was. De douchers, op Remo na, gingen druipend om Pillar heen staan. Ik had collega Scruggs, die verderop bij het toegangshek had postgevat, kunnen waarschuwen, en meer bewakers kunnen oproepen per walkietalkie, maar van eerdere incidenten wist ik dat het weinig uithaalde. Samenscholen in de doucheruimte was reglementair toegestaan, althans niet ondubbelzinnig verboden, en wat zich binnen de mannenkluwen afspeelde, onttrok zich aan de directe waarneming, en dat nog eens met grote snelheid.

'Nee, jongens, nee.'

Ja, dat ze de onfortuinlijke Pill-Pill zijn neus dichtknepen, en een blok zeep tussen de tanden klemden, kreeg ik nog net te zien, helaas. Ik slenterde het betegelde gangetje in, boven het gedempte steunen uit neuriënd. Verkrachten als geheime straf kwam in de gevangenis zo vaak voor dat het ongetwijfeld in echte lustbevrediging voorzag. Ik hoefde daar niet zo nodig met mijn neus bovenop te staan.

Zonder iets over de afrekening te zeggen maakte ik een praatje met de plompe Scruggs – over onze chef Carhartt, die maar als een kind met zijn blikken roofvogelei aan de gang bleef.

'Je zult zien,' zei Scruggs, 'op een dag wint Ernie de jackpot van een kwart ton. De enige die ongelukkig achterblijft, is de moederarend. Zij broedt met dat blikken ei op z'n hoogst aambeien uit.'

'Er wordt nagedoucht, geloof ik.' Ik hoorde de spoel van de brandslang rollen, en kuierde op m'n gemak terug. De meesten waren zich aan het afdrogen. Pillar Pillory, met afgewend hoofd, had zijn handdoek tussen de benen doorgehaald, en hield voor en achter een punt ervan vast. Hij jammerde zacht. Woodehouse stond schutterig bij hem, in badjas.

'Zeg, Waycott, wat moet dat met die slang?' Als het nodig was, kon ik net zo nijdig blaffen als mijn collega's – alleen met minder effect.

Chow Hound trok aan de hendel, en richtte de straal op de paar droppen bloed bij het afvoerputje. Ik liet hem net lang genoeg zijn gang gaan om alle sporen uit te wissen.

'Waycott, hou daar onmiddellijk mee op. Nu. Ik heb ontzettende zin om het hele zootje hier op rapport te slingeren. Met bloedmonsters en al.'

Frisco Bomb gaf een zwengel aan de rode spoel, waardoor de slang Chow Hound uit handen schoot, en spuitend en wel werd opgerold. Hoongelach verried mijn gezichtsverlies. Ik was niet ontevreden met de afloop. Met de brandslang werd, buiten het zicht van de bewaker, ook wel eens een verkrachting uitgevoerd. De maatregel stond in Choreo bekend als The Towering Inferno. Er moesten dan na afloop heel andere ingewandsstoffen weggespoeld worden.

Ik wenkte Woodehouse, die zich met de van pijn krimpende Pillar geen raad wist. Hij had te kennen gegeven meer onder de mensen te willen zijn. Nou, dit was het sociale leven van Choreo. Niet zeuren.

'Heet, die douches,' zei hij, om iets anders niet te hoeven zeggen. 'Slecht voor je huid.'

'O, dit schijnt nog niets te zijn vergeleken bij de hitte van het douchewater vroeger in de Alcatraz,' zei ik. 'Mr Carhartt heeft daar in zijn jeugd gewerkt. Zelfs de grootste koukleum beklaagde zich erover.'

'En dan de temperatuur niet lager afstellen...' Meteen nadat

Remo zijn gezicht met de handdoek had afgeveegd, werd het weer vochtig.

'Zo wilden ze die jongens het koude water van de Baai tegenmaken. Het is altijd nog een uur zwemmen naar de stad. Zelfs in de zomer raak je verkleumd.'

'Onder een hete douche de dood door onderkoeling voorbereiden... Gaaf staaltje cynisme, Mr Agraphiotis. Ik buig het hoofd.'

'Je moet toch wat om ze binnen te houden.'

2

'Woodehouse,' zei ik op de terugweg naar de afdeling, 'de voorbije week hebben we het geregeld over de eerzucht bij mijn voorvaderen gehad. Hun creatieve afgunst... de altijd maar voortjakkerende competitie. Idioot dat ik nog steeds niet weet wat de inzet van jouw rivaliteit is. Het gokverhaal, dat geloven we nou wel.'

'Voordat ik uit Choreo weg mag, Mr Agraphiotis, zal ik het u vertellen.'

'Mijn spreken is als een wieg. Mijn zwijgen als een graf.'

'Beter het nog even voor me te houden,' zei Woodehouse.

Uit de tegenovergestelde richting naderde een rolstoel met gevangene Dudenwhacker erin en bewaker Tremellen erachter. Dudenwhacker leek te ziek om zijn hoofd rechtop te houden, maar ze hadden hem toch maar de kettingboeien aangedaan. De vijf blauwe stippen leken op het wasbleke gezicht eerder een gevaarlijke uitslag dan de tekenen van 's mans waardigheid. 'Ziekenboeg,' hijgde Tremellen in het schommelend voorbijgaan.

'Goed, Woodehouse,' zei ik, 'met welk vak je de competitie ook tot het uiterste gaat drijven, neem van deze gedegenereerde Griek iets aan. Pas bij alle creatieve naijver op voor de afgunst van de goden. Als het zo is, Woodehouse, dat mijn antieke oudooms jaloezie als een deugd beschouwden, nou, dan deden hun goden dat toch zeker. Voor de mensen toen was het iets vanzelfsprekends, maar jou... met je riskante neiging naar het hoogste van God weet wat te reiken... jou druk ik het nog eens op het hart: ga *nooit* in competitie met de goden zelf. Het loopt altijd fout af met de sterveling van de twee.'

We hadden het hek van de EBA bereikt. Ik vroeg via de walkietalkie om open en dicht. Door de tralies heen konden we Maddox op de rand van de wasbak zien zitten.

'Het moet uw verre voorouders vreemd te moede zijn geweest,' zei Woodehouse. 'Geen zee ging ze te hoog om hun buren qua naam, titels, rijkdom voorbij te streven. Maar tegenover die godenkliek moesten ze zich daarvoor weer schamen.'

'O, veel erger nog.' Het hek schoof open. 'Ze waren voortdurend bezig iets van hun fortuin aan de goden te offeren. Een soort belastingen... om ze een beetje gunstig te stemmen. Ja, ze moesten ook aan hun lot denken.'

We liepen de afdeling op. Ik bleef staan wachten, en Woodehouse met mij, tot het hek weer dichtging. Aan de andere kant van de ruimte was Maddox opgestaan. Hij schuifelde langs de muur naar de bezemkast.

'De mensen,' zei Woodehouse, 'lieten zich chanteren door de goddelijke afgunst...'

'Een verkapte vorm van competitie misschien.'

'Mr Agraphiotis, ik heb de afgelopen twee weken veel van u geleerd. Mijn Graf voor de Onbekende Banneling heeft nu z'n huisregels. Maar ik zweer u... voor mij heeft het allemaal geen zin als ik niet ook de goden naar de kroon kan steken.'

'Denk aan wat de ijdeltuit Marsyas is overkomen, Woodehouse. Hij ging een wedstrijd op de fluit aan met Apollo, en verloor. De winnaar hing de verliezer ondersteboven aan een boomtak, en stroopte hem de huid af. Weinig mensen weten wat er met dat vel gebeurd is. Ik zal het je vertellen. Luister, Woodehouse... ik weet niet wat het werktuig van jouw meesterschap is. Sterrenkijker, microscoop, schildergerei... het een of andere muziekinstrument. Elk verfijnd stuk gereedschap kent z'n eigen foedraal, mooi bekleed vanbinnen. Nogmaals, ik weet niet in wat voor doos of koker jouw werktuig of instrument thuishoort, maar voor de bekleding van Marsyas' fluitkoffer hebben de goden zijn eigen geprepareerde vel gebruikt. Je bent gewaarschuwd.'

Woodehouse keek schuins naar de kast met schoonmaakspullen, waar Maddox stond te wachten met zijn verbandklauwen voor de borst gekruist. 'Laatste vraag, Mr Agraphiotis. Kan een sterveling ook wedijveren met de goden... zonder het zelf te weten?'

'Hij zal het wel merken,' zei ik. 'Vergeet niet dat je om elf uur psychiatrie hebt. Burdette brengt je naar de ontvangst.'

3

Denk als een boekhouder aan openstaande posten, hield Remo zichzelf voor. Begin tegen de debiteur over het weer, het verkeer, de alledaagse dingen, en werp dan onverwacht het kasboek voor hem open.

'Het douchen, Scott, hoe is dat bij jou geregeld?'

'Charlie is de pasja,' zei Maddox. 'Twee keer per week het hele Turkse badhuis voor mezelf. Buiten de spits.'

'Hoe hou je die kop droog?'

'Plastic zak van Choreo. De zuster heeft er twee gaten in geknipt. Een voor de mond, een voor het oog.'

'Bivakmuts over bivakmuts,' zei Remo. 'Met de tekenen van *jouw* waardigheid zit het wel goed.'

'Alleen de hoogste paus, Li'll Remo, draagt een mijter over zijn tiara. Als ik mijn kin op de borst druk, regent het niet binnen.'

'De armen in kruisigingsstand,' zei Remo, 'dan blijven ook de verbandmoffen droog.'

'Hoe bevalt Little Remo het beperkte contact met het tuig?'

'Wat ik met jou heb, kan ik geen beperkt contact noemen. Helaas.'

'Het douchen... de binnenplaats. Het hele galabal.'

'Vanmorgen was ik gedwongen getuige van een strafexpeditie in de *pitchforks*.'

'Verkrachting,' zei Maddox. 'Niks bijzonders. Een zwarte, zeker?'

'Een zwarte, wat – als actieve of passieve partij?'

'Als verkrachter natuurlijk.'

'Er waren er meer. Verkrachters. Zwarten, ja.'

'Altijd dezelfden,' brieste Maddox. 'Ze kunnen als vergelding niks anders bedenken. Zo wordt Sodom nog door ze onteerd.'

'In opdracht van jou misschien,' zei Remo. 'Als *sideshow* van Hurly Burly.'

4

Dudenwhacker zat in zijn rolstoel tegen een zonbeschenen muur van de binnenplaats. Op de ziekenboeg hadden ze hem een spuitje gegeven, en hij was aardig opgeknapt. Hij vermoedde dat iemand hem gif toegediend had. 'Alweer niet genoeg voor een hele traan. Als we hem vinden, krijgt hij een halve. Zo halfdood was ik wel.'

De boeien waren hem weer afgedaan, zodat hijzelf zijn karretje de schaduw in kon wielen. Zijn gezicht had alweer wat meer kleur, waardoor de blauwe stippen door een diepere huidlaag leken te worden opgezogen.

'Al beslist, Woodehouse, over de vervroegde uittreding van de hoofdcommissaris? Ik kom binnenkort vrij.'

'Verder in prijs gedaald?'

'Voor vierduizend,' zei Dudenwhacker, 'doe ik het ook. Laatste bod.'

'Zo'n spuitje maakt jou roekeloos en vrijgevig,' zei Remo. 'Wat vraag jij voor een stuk onbenul dat zich alleen maar een soort hoofdcommissaris *waant*?'

'Zo eentje die in het gekkenhuis zijn knopen oppoetst,' zei Dudenwhacker met schattende blik. 'Het ligt aan de status.

Een Napoleon is duurder dan een portier of een brandweerman.'

Op dat moment trekkebeende Pillar Pillory voorbij. Hij liep wat stijfjes, niet echt wijdbeens, maar met hol gehouden dijen, waar een hoefijzer tussen zou passen. Iedereen ging hem uit de weg, maar het mijden was niet zonder ontzag.

'Dudenwhacker,' zei Remo, 'ik spreek je nog.'

5

Na het luchtuur trof Remo zijn veegpartner in sombere stemming. Hij stond op de begane grond bij de vensterbank van het vele meters hoge tralievenster van gewapend matglas, en roerde met zijn vingertoppen door nestjes spinrag, misschien om halfverteerde insecten uit de dood op te wekken. Hij bracht alleen spinnen in beweging.

'Li'll Remo,' zei Maddox bars, 'ik heb je mijn stigma's laten zien. Mijn ketenen. Je weet nu dat ik hier mijn doodstraf uitzit... Nu jij. Wie niet eerst over zijn eigen zonden en straffen vertelt, krijgt geen woord meer uit Charlie.'

'Afgelopen vrijdag herkende je me nog als de regisseur die, in jouw woorden, niet van jonge meisjes af kon blijven. Mij maak je niet wijs, Scott, dat je niets naders gehoord hebt over mijn zogenaamde misstap... over mijn arrestatie. Nou, hier ben ik.'

'Charlie leest geen kranten, geen tijdschriften,' barstte Maddox los. 'Een Charlie, Li'll Remo, is *zelf* het nieuws. Televisie, je kent me... ik kijk haast nooit. Ja, nu je 't zegt, herinner ik me iets heel smerigs voorbij te hebben zien komen op het journaal. Het was als een roestkleurige slak over het scherm, Li'll Remo, met een slijmspoor van... hoe zal ik het zeggen... clandestien sperma. Het lab vond er nog andere stoffen in. Liefde in handen van de wetenschap, dat maakt de minnaar tot misdadiger. Had je niet een of ander jong dotje een snoepje opgedrongen, en toen... Je kwam, gelukkig voor jou, niet in beeld als de vieze man die je nu bent. Het waren opnamen van een persconferentie midden augustus '69. O, je zag er veel jonger uit... jongensachtiger dan nu... babyface met bakkebaarden. Sindsdien is het leven zichtbaar over je heen gewalst. Nee, van die oude beelden zou ik je hier in Choreo nooit herkend hebben. Je was wel huilerig op die persconferentie... o ja, je vrouwtje was juist... Nou, wat heb je met dat kind uitgevreten?'

'Laat maar,' zei Remo. 'Je hebt bloed geproefd, en nu zul je doorbijten ook.'

'Ruilhandel, Li'll Remo. Jij gaat bij Charlie te biecht. Charlie lost voor jou de raadsels op die zelfs door Jacuzzi niet zijn opgeworpen... die geen jury ooit te horen heeft gekregen. Aan jou het woord, Li'll Remo.'

'Veel valt er niet over te vertellen,' zei Remo met grote tegenzin. 'Het meisje was jonger dan ik dacht, en jonger dan toegestaan. De vergissing is me aangerekend. Tevreden?'

'Je hebt haar een heel gemeen snoepje gegeven,' gnuifde Maddox, 'en toen was het verder een makkie.'

'Zo is het niet gegaan.'

Maddox begon aardig van zijn neerslachtigheid te herstellen. 'Zelf wel eens... verkracht, Li'll Remo?'

'Sinds vanmorgen moet ik misschien zeggen: nog niet.'

'Charlie heeft zijn deel gehad. Op zijn dertiende al. Probeer maar eens een vinger met wat nicotine eraan in je reet te steken. Voel hoe gemeen het brandt. In het gesticht gebruikte een bewaker met bruine tanden mijn jongensaars als kwispedoor. Hij drukte hem met twee duimen open, en spoog er een dunne straal sap van zijn pruimtabak in. Het was niet zomaar om mij te laten kronkelen van pijn. Nee, daarmee begon het pas. Mijn aarsgat moest lekker soepel en glijerig gemaakt worden voor de oudere jongens. De tabakskauwer zweepte ze op... was elk moment bereid, Li'll Remo, om nog wat donkerbruine pijn aan het feest toe te voegen.'

'Ik... zoiets? Nooit.'

'Nog op *death row* in San Quentin werd Charlie de bruid van een reus uit de gelederen van de AB. De deur van het groene kamertje stond al uitnodigend voor me open... Dagelijkse verkrachting, dat was voor mij de lange weg naar het gas.'

'En toen werd de doodstraf in Californië afgeschaft, en kwam er nog geen eind aan je lijden.'

'O, jawel. Die Arische Broeder, met zijn knoestige tamp... toen hij hoorde dat ik niet langer ter dood veroordeeld was, schopte hij me aan de kant. Geen belangstelling meer. Zijn geilheid dreef op doodsdrift. Geef toe, Li'll Remo, jij bent bij een verkrachting ook liever het actieve dan het passieve dier.'

'Scott, ik zit hier voor gemeenschap met een minderjarige. Zij...'

'Dat zeg ik.'

'Ook zo'n meisje heeft een vrije wil.'

'Totdat jij die bedwelmt met verdachte snoepjes.'

'Jij was liever de *geestelijke* bedwelmer en verkrachter van jonge meisjes, niet?'

'Och...' gromde Maddox, 'ze hadden tenminste de leeftijd. Vaak al met zelf een kind.'

'De domineesdochter was veertien, lees ik bij Jacuzzi.'

'Haar vader,' stoof Maddox op, 'scheepte me af met een valse piano. Een belediging van Charlies muzikale gehoor.'

'Had een stemmer in de arm genomen.'

'Het ding deugde niet,' riep hij driftig uit. 'Als instrument niet, en als geschenk al helemaal niet.'

'Dus ruilde je de honkytonk voor een Volkswagenbusje, en ontvoerde je daarin het meisje.'

'Veertien, ja,' zei Maddox peinzend. 'Jouw prooi was dertien. Zo'n lekker hapje noemden wij in het noorden een *San Quentin jail bait*. Ze kunnen je hun toestemming voor de paring op een briefje geven, Li'll Remo, minderjarig blijven ze.'

'Woodehouse...!' schalde de stem van Burdette over de afdeling. 'Waar zit je? Om elf uur Urquhart en De Young.'

6

In de ontvangstruimte voor advocaten, psychiaters en rechercheurs zat Remo al twintig minuten op Dr Urquhart en Dr De Young te wachten. Ze waren te laat, verhinderd, of stonden hun patiënt vanachter het venster met de Noorse Methode te begluren. De bewaker die hem bij dit voorgeborchte had afgeleverd, Burdette, was weggegaan met de geruststellende belofte dat gevangene Woodehouse na het onderzoek weer door iemand van de EBA zou worden opgehaald.

Om zich door zijn bespieders niet eenzijdig in de ogen te hoeven laten kijken, beperkte Remo zijn aandacht tot de koffiekringen die lekkende bekers op het lichtgrijze tafelblad hadden achtergelaten. Vlak voor hem hadden de kartonnen bodems drie en een halve bruine ring gestempeld, in een min of meer rechte lijn:

O   OO)

Met een vinger in een loos plasje koffie gedoopt completeerde hij de letters tot: HOLLYWOOD – en was daarmee terug in het zweetkamertje van Parker Center, waar hij maart vorig jaar ook zo het orakel van een serie opgedroogde koffiekringen had zitten duiden. De ene keer hadden ze de neiging zich te formeren tot het logo van de Olympische Spelen, ondersteund door z'n eigen grillige spiegelbeeld, om vervolgens, na enig oogknipperen bij Remo, een soort rattenkoning van aaneengeklonken handboeien te zien te geven.

Het was kort na zijn arrestatie. Hij zou zich vrijwillig, zonder advocaat, aan een verhoor onderwerpen ('ik heb niets te verbergen, alleen de waarheid te bieden'), en was door een agent van de LAPD naar de Noorse spiegelkamer gebracht.

'Er komen zo twee van onze mensen om u te ondervragen. Koffie?'

'Nee, dank u.' Jaren terug had Gibby, die erfgename was van een koffierijk, hem het een en ander over goede en slechte bonen verteld. Aroma en afval onder verschillende keurmerken op de markt. Sindsdien nam Remo niet zomaar meer een bekertje drab aan. De politieman verdween de gang op, deed de deur achter zich dicht, maar sloot hem niet af. Ook daar, op het hoofdbureau van de LAPD, had Remo zich eenzijdig bekeken geweten. Behalve het matglazen raam kende de kleine ruimte geen vensters. Hij probeerde een zo neutraal mogelijk gezicht te trekken, waardoor er een gemeen aanvoelend lachje in zijn mondhoek begon te trillen. Van de koffievlekken ging zijn blik omhoog. In het systeemplafond verzonken buislampen. Onder dit licht waren najaar '69 misschien wel getuigen van Hurly Burly verhoord. Donkey Dan, of een andere Square Satan.

Het duurde lang voor de rechercheurs achter hun schaduwplank op hem uitgekeken waren. De deurklink werd neergedrukt met het geluid voorbehouden aan ellebogen: twee keer mis stoten, derde keer raak. Naar binnen kwamen, lacherig, een man en een vrouw met allebei een map in de ene en een beker koffie in de andere hand. De man was inspecteur Richard Flanzbaum, die Remo gearresteerd had. Hij was, op de drempel, aan de clou van een grap toe.

'...Weinberg, Steinberg, Iceberg... kan *mij* het verdommen.'

De vrouw lachte als iemand die wil verbergen dat haar de pointe ontgaat. Bij het schokkend neerzetten van de beker morste zij gulpen koffie op het tafelblad, aldus een peloton spaakloze fietsen vernietigend dat zich met kapotte banden in haar richting spoedde. Ze veegde de natte hand aan haar trui af, en stak hem Remo toe. 'Shannyn Trutanic, recherche LAPD. Inspecteur Flanzbaum kent u al.'

'Het is me opnieuw een eer,' zei Remo, terwijl hij dacht: er zou een animatiefilm te maken zijn van uitsluitend hele en halve koffiekringen, te fotograferen op formica tafelbladen in openbare gebouwen. Straks noteren.

Rechercheur Trutanic was een gedrongen, bijna nekloze vrouw van midden dertig. Ze droeg een bril met dik montuur, dat weinig houvast kreeg op haar mopsneus, en daarom elke tien seconden met een middelvinger tegen haar voorhoofd geduwd moest worden, zodat het net was of zij voortdurend twijfelde aan het verstand van de ondervraagde. Inspecteur Flanzbaum rees lang en mager boven de lage kantoorstoel op. Of het aan Remo's dossier lag... Flanzbaums gezicht hing er vermoeid bij. De onderste oogleden lieten twee bloedrode halvemaantjes zien, die weinig goeds beloofden.

Trutanic wierp haar map open. Flanzbaum liet de zijne dicht.

De getypte transcriptie van het gesprek was Remo later ter ondertekening voorgelegd. Zijn naam was erin teruggebracht tot een initiaal, waarmee een begin leek gemaakt met het uitzichtloze gemorrel aan zijn identiteit.

'Om bij het begin te beginnen,' zei rechercheur Trutanic agressief opgewekt, 'wanneer hoorde u voor 't eerst van het meisje Wendy Zillgitt?'

Met Kerstmis was alles nog onder controle geweest. Het speciaalnummer van *Mondial*, van kaft tot kaft verzorgd door Remo, lag in de kiosken, of liever: de koper mocht blij zijn als het nog in de schappen te vinden was, want het bleek meteen een groot succes. Hij had al een vervolgopdracht in zijn zak ook – voor *Homme Mondial*, een van de zusterbladen. De kersttijd bracht hij in Polen door, waar hij ook zijn oude filmacademie bezocht. Hij werd er, ondanks de vakantie, in stijl ontvangen door docenten en studenten. De in zijn tijd al antieke apparatuur was er nog – nu als curiosa achter glas. Het deed hem goed. Geluk was nog ver weg, maar de rouw begon te wijken. Er bestonden culturen waarin na de dood van een dierbare zeven jaren gerouwd werd: misschien een tijdsspanne die ooit, in een vergeten oudheid, door de natuur aan de ziel was opgelegd. Remo had zijn zeven jaar nu achter de rug. Na nieuwjaar vloog hij terug naar Los Angeles, waar hem het voorbereidende werk voor een nieuwe film wachtte: *Deadlock*. Hij had er zin in. Net of hij na het bezoek aan de academie van zijn jeugd pas echt een nieuwe start kon maken.

'Wanneer,' probeerde Flanzbaum de vraag van zijn collega te herhalen, 'kwam Wendy Zillgitt voor de eerste keer in beeld?'

'Neemt u me niet kwalijk,' zei Remo, 'maar dat zijn twee verschillende vragen. Om met die van rechercheur Trutanic te beginnen... Vorige maand maakte ik op een avond mijn kennis Brian Eversole complimenten met het meisje dat hij bij zich had.'

'Wendy Zillgitt,' wist Trutanic.

'U vroeg me wanneer ik voor 't eerst van haar *hoorde*. Het ging om ene Jennifer. Ik vertelde Brian, hij is de broer van een vriend, over de opdracht voor het Franse *Homme Mondial*. Een portrettenreeks van volstrekt eigentijdse meisjes... van veertien, vijftien. "Dan is Jenny in elk geval te oud voor je," zei Brian. "Ze heeft wel een jonger zusje. Wendy. Precies wat je zoekt." We waren in een bar... The Parrot of The Paroquet aan de Sunset Strip... en daar bleek niet de jongere maar de oudere zus van Jennifer uit de damestoiletten te komen. Tammy. Er moest een leeftijdsverschil van zeker vijftien jaar tussen de twee zussen bestaan. Misschien wel twintig. Enfin, na een slappe lach van de dames kwam het hoge woord eruit. Tammy was de *moeder* van Jenny en Wendy. Ik haar dochter fotograferen? Best, als die het ook wilde. "Bel maar een keer voor een afspraak," zei ze. Het eindigde ermee dat moeder Tammy zich aan mij op begon te dringen.'

'Ze maakte avances,' stelde rechercheur Trutanic gretig vast.

'Niet in sexuele zin,' zei Remo. 'Laten we zeggen dat ze onze ontmoeting aan het toetsen was... op mogelijkheden voor haar aanstaande carrière als actrice.'

'Op haar leeftijd,' riep inspecteur Flanzbaum uit. 'Zo liederlijk naïef kan Mrs Zillgitt toch niet geweest zijn.'

'Ik heb sterk de indruk,' zei Trutanic scherp, 'dat u Mrs Zillgitt als slavenhandelaarster van haar eigen dochter verdacht probeert te maken.'

'Brian Eversole kan het bevestigen,' zei Remo. 'Hij geneerde zich. Jenny ging door de grond.'

'Ondanks het beschamende van de situatie,' probeerde Flanzbaum, 'bent u wel op haar uitnodiging om langs te komen ingegaan.'

'Met professionele bedoelingen. Eens zien of Tammy's jongste dochter geschikt was voor de fotoserie.'

'Van alle veertien-, vijftienjarige meisjes uit Greater Los Angeles,' snerpte Trutanic, 'had u uitgerekend uw zinnen op Wendy Zillgitt gezet.'

Rechercheur Trutanic droeg het donkere haar strak achterovergekamd tot een korte paardenstaart, die bij het elastiekje op de kruin begon. Ondanks de glanzende vetheid van het haar en de ontelbare schuifspeldjes bood het kapsel de aanblik van een toenemende springerigheid, zonder dat afzonderlijke lokken zich met het blote oog op losraken lieten betrappen.

'Natuurlijk,' zei Flanzbaum tevreden. 'Haar moeder *was* al om.'

'De nieuwe film,' zei Remo, 'nam me helemaal in beslag. Ik was blij met elke tip over het soort model dat ik zocht.'

'Los Angeles,' wist Trutanic, 'heeft op elke straathoek een modellenbureau.'

'Ik wil zo'n meisje eerst met eigen ogen zien. Het gaat me niet om een anonieme paspop voor het fotograferen van modekleding. Tussen het model en mij moet eerst iets persoonlijks...'

'Precies,' zei Flanzbaum, eindelijk zijn map openslaand. 'Nu zijn we waar we wezen moeten.'

'U belde Mrs Zillgitt voor een afspraak,' zei Trutanic.

'Een paar dagen later, ja. Op een zaterdag.'

'Ik schat,' zei Flanzbaum, 'dat de moeder al wat minder tegemoetkomend was.'

'Integendeel,' zei Remo. 'Haar gillerige enthousiasme irriteerde me. "O! ik had je uit mezelf al willen bellen! Maar o! ik wist niet hoe je te bereiken!" Ik moest *beslist* de volgende dag al langskomen.'

7

Een bewaker, de mond vol van het een of ander, kwam Remo kauwend en slurpend vertellen dat de psychiaters Dr De Young en Dr Urquhart vastzaten in een verkeersopstopping. Dr Urquhart was uit de file naar een telefooncel gesprint, en had daar Choreo gebeld. Hij kon zelfs bij benadering niet zeggen hoe laat ze in San Bernardino zouden zijn.

'Wilt u hier blijven wachten,' vroeg de bewaker smakkend, 'of terug naar de afdeling?'

'Als niemand de kamer opeist,' zei Remo, 'dan wacht ik nog een tijdje. Ik heb hun hulp hard nodig.'

Hij kreeg een beker koffie aangeboden, die hij dit keer wel aanvaardde: een Choreaan kon zich geen kieskeurigheid veroorloven. De bewaker, een deel van zijn lunch nog achter de wang, zette de dampende drank voor Remo neer, en liet hem weer alleen met zijn even ongewenste als opdringerige herinneringen. Ach, Abigail, lieve Gibby, ook deze koffie is bocht getrokken van brandersafval. Alleen geschikt om er betekenisvolle kringen mee te stempelen.

8

Van tijd tot tijd wierp Shannyn Trutanic, van de LAPD-recherche, zich verontwaardigd achterover in haar stoel, waarbij haar te korte trui, die strak over haar buik en boezem spande, verder omhoog kroop en een ceintuur met koperbeslag onthulde. Als ze het doorkreeg, sjorde ze de elastische boord naar beneden, maar het was te zien dat de stugge wol zich alweer opmaakte om te krimpen. 'Heeft u dat altijd gehad,' vroeg ze, 'die hang naar jonge meisjes?'

'Ik zou het geen hang willen noemen,' zei Remo. 'Een voorkeur. Na het stranden van mijn eerste huwelijk, ik geloof dat ik me er toen zo'n beetje van bewust werd.'

'Later,' zei Flanzbaum, 'trouwde u met een vrouw van in de twintig.'

'Veelbetekenend misschien,' zei Remo, 'dat ik bij eerste kennismaking aan een zestienjarige dacht.'

'Zestien,' herhaalde Trutanic met van hoon vertrokken mond, 'dat is toch net zo goed te oud voor u?'

'Zij was de uitzondering.'

Remo zag haar na de filmopnamen weer voor zijn hotelkamerdeur staan. Zij kwam haar beklag doen over zijn strenge en botte regie, die alleen uit het gebod 'over!' leek te bestaan, zonder enige karakteraanwijzing. Tweeënzeventig keer had zij die dag een scène in een badkuip over moeten doen. Na de eerste dertig keer had de jongen van de attributen opdracht gekregen een emmertje heet water aan het schuim toe te voegen, maar herhaling daarvan werd door de nukkige regisseur als te storend ervaren. Na take 72 begon hij te schreeuwen dat haar *goose pimples* er in de filmlampen als *pockmarks* uitzagen. De opnamen werden stopgezet. Bij het terugzien van de rushes werd hij nog veel kwaaier, want op de latere, betere takes miste hij de damp boven de tobbe. 'Je mag niet meer zo tegen me schreeuwen,' zei ze met een lieve frons in haar voorhoofd. 'Echt niet.'

Remo had haar beloofd zijn toon te matigen, en haar binnen genodigd. 'Ik wil het goedmaken,' zei hij, 'door heel teder tegen je te zijn.' 'Ja, dat mag wel.' Ze had het kinderlijk lief gezegd, en was als een kleine slaapwandelaarster de drempel van zijn kamer over gezweefd. Stel, koppel, paar – allemaal woorden onmachtig te benoemen wat ze sinds die avond met elkaar vormden. *Symbispan* was de term die Remo voor hun wonderbaarlijke twee eenzaamheid bedacht had.

'Tijdens een test met de leugendetector, in augustus '69,' zei inspecteur Flanzbaum, 'heeft u met zoveel woorden toegegeven' (hij raadpleegde een document in zijn stofmap) 'dat het gerommel met piepjonge starlets na uw huwelijk gewoon doorging.'

'Ik heb geen leeftijden genoemd,' zei Remo, met almaar

sterker de gewaarwording dat het gesprek de verkeerde kant op ging. 'Is het trouwens nodig die test erbij te halen? Het was kort na haar...'

'Goed dat u er zelf over begint,' zei Trutanic, die een exemplaar van de glossy *WorldWide* tevoorschijn haalde. 'Na de dood van uw vrouw had u het rijk alleen.' Ze bladerde door het tijdschrift. 'Hier staat dat u op weg naar haar begrafenis nog gauw even een kippetje verschalkte in een trendy restaurant.'

Het was een oud nummer. Zijn proces tegen het blad, wegens smaad, sleepte al jaren, tot groot genoegen van de advocaten aan beide kanten. Zelfs tegen de ergste leugens en aantijgingen in de bladen had Remo nooit een aanklacht ingediend, maar alleen al de woorden 'haar begrafenis' in de insinuaties van *WorldWide* hadden hem blind van woede gemaakt.

'Uw bron,' zei Remo, 'is een vuig lasterblad, dat zich hult in de lakkleding van een chique glossy. Als u zo doorgaat met het klakkeloos overnemen van dat soort insinuaties, dan... dan beantwoord ik zelfs geen *komma* van een vraag meer. En al helemaal niet zonder advocaat erbij. Ja, ik ken dat strontartikel. Voor de rechtbank is aangetoond dat ik nooit een voet in die kippetjestent gezet heb, en zeker niet op die droevigste van alle droeve dagen.'

Eerbiedig of niet, er viel een stilte. Inspecteur Flanzbaum droeg een kunstzijden stropdas met een te strakke knoop, waardoor het kledingstuk in de loop van het gesprek z'n achterkant naar buiten had gekeerd. Het was Remo ontgaan wanneer de das precies zijn draai had gemaakt, maar hij merkte dat hij al een tijdje in doffe fascinatie naar het ingenaaide merklabel zat te staren. TIMPANI/COSY TIES. Het logo bestond uit twee gekruiste paukenkwasten.

'Het heeft jaren geduurd,' zei Remo mat, 'voor ik weer belangstelling voor vrouwen kreeg.'

'Voor *jonge* vrouwen,' verbeterde Shannyn Trutanic.

'Wij hebben uw antecedenten nagetrokken,' zei inspecteur Flanzbaum, 'en meer dan dat.' Hij bracht een ander papier tevoorschijn, angstaanjagend roze en knisperend. 'In de loop van uw volwassen leven heeft u een vrijwel permanente belangstelling voor minderjarige meisjes aan de dag gelegd.' 'Ik ben filmmaker,' zei Remo. 'Ik moet opletten hoe de dingen groeien en bloeien.' 'Als cineast legt u in een handomdraai contact met die jonge dingen,' zei rechercheur Trutanic. 'Al vanaf hun elfde, twaalfde koesteren ze zo hun eigen Hollywooddromen.' De blik achter de afzakkende brillenglazen kreeg iets weemoedigs, om meteen daarna weer te verharden. 'Het komt ons voor dat u daar meer dan eens... al te lichtzinnig... misbruik van heeft gemaakt.' 'Nogal een beschuldiging,' zei Remo. 'Kunt u ook een veroordeling overleggen?'

'Een halfjaar na het overlijden van uw echtgenote,' vatte Flanzbaum de tekst op het roze formulier samen, 'verbleef u in Zwitserland...' 'Dat keurige woord *overlijden*,' vroeg Remo, 'is dat om de veroorzakers van haar dood niet te hard te vallen?' 'In Gstaad,' preciseerde de inspecteur. 'U huurde daar een chalet, waar u regelmatig minderjarige meisjes van de naburige internationale kostschool ontving.' 'Ik wist niet dat u van de Zwitserse politie was,' zei Remo. 'Ik hoor hoegenaamd geen accent.' 'We proberen een profiel van u compleet te krijgen,' zei Flanzbaum kil. 'De Zwitserse collega's kunnen ons daarbij helpen. U bent avond aan avond in een stationair draaiende auto buiten de hekken van het internaat gesignaleerd. De Mercedes, inclusief sneeuwkettingen, was gehuurd met uw creditcard. U reed pas weer weg als er een leerlinge over de omheining geklommen was. Niet altijd dezelfde.' 'Wat zijn dat voor behulpzame Zwitserse collega's,' riep Remo uit, 'dat ze verzuimden mij te arresteren?' 'U werd voorlopig alleen in de gaten gehouden,' wist Flanzbaum. 'Ergens op een politiebureau in Gstaad liggen nog steeds de sculpturen die aan uw verblijf daar herinneren. De gipsafgietsels van uw bandensporen in de sneeuw. Genoeg objecten om een complete expositie van moderne beeldhouwkunst mee te vullen. Wat jij, Shannyn?'

'Ik hou niet van abstract,' zei rechercheur Trutanic.

'Ik zal u vertellen,' zei Remo, 'waarom ze me niet in de kraag hebben gegrepen. Die leerlingen, die werden daar door de rijkdom van hun eigen ouders gevangen gehouden. Het goud van hun tralies zei ze niets. Ze wilden het onbetaalbare. De garantie dat ze ertoe deden. Ik heb in die sneeuwstille nachten nooit iets anders gedaan dan met ze praten... schaakspelen, als ze dat konden... en nog eens praten. In jullie ogen groezelige omgang met minderjarige meisjes. Voor die kinderen zelf... eindelijk eens een gesprek met een volwassene die ze begreep. Als ik me aan ze vergrepen had, was het echt wel aan het licht gebracht. Met Zwitserse precisie. Maar voor de open haard een plaid rond de schouders van zo'n meisje leggen, dat is nog iets anders dan haar het bed in slepen.'

'Uw preoccupatie met jonge tot zeer jonge vrouwen lijkt me evident,' zei Trutanic. Als ze een notitie maakte, klemde ze haar balpen tussen ring- en middelvinger.

Het gesprek pingpongde voort. Als Remo er een tijd lang het zwijgen toe deed, keek hij naar de beurtelings bewegende monden van Flanzbaum en Trutanic, zonder dat het gesprokene nog tot hem door wilde dringen. De toon was die van een jubelend gelijk aan de kant van de LAPD. Ze merkten niet eens dat Remo niets terugzei, want hier had je een recherchestel dat weinig vroeg maar veel luidop speculeerde, deduceerde, induceerde en moraliseerde. Op een al gestelde vraag gaven ze dikwijls zelf het antwoord. Remo fungeerde als assistent bij de invuloefening van hun gelijk.

Met een glimlach (maar dan aan de binnenkant van zijn gezicht) dacht Remo terug aan de twee rechercheurs die hem na de moorden hadden ondervraagd, even efficiënt als empathisch. Ze waren zo hoffelijk geweest te wachten tot hijzelf om de leugendetector vroeg. Later stonden ze hem toe zijn eigen onderzoek naar de dader, of daders, te starten. De rechercheurs voorzagen Remo van alle benodigde chemische speeltjes, leerden hem ermee omgaan, en behandelden hem verder als een vriend. Flanzbaum en Trutanic waren van alweer een jongere generatie speurders. Ze wierpen je geen vraagtekens toe, maar ijzeren haken.

Bewaker Alan Burdette kwam Remo uit de Ontvangst halen om hem terug naar de EBA te brengen. De psychiaters waren na het uiteenvallen van de file gaan lunchen in San Bernardino, en hadden vanuit het restaurant telefonisch een nieuwe afspraak gemaakt voor drie uur 's middags. 'Het oude liedje, Woodehouse,' zei Burdette. 'De inwendige mens wint het altijd van de innerlijke.'

9

Vanwege Remo's pech met de psychiatrie vond ik het goed dat hij en zijn poetsmaat hun lunch in de Recreatie gebruikten. Er was verder niemand. Als ze opnieuw schreeuwende ruzie kregen: beter hier dan onder het galmende gewelf van de EBA. De samenwerking redden, daar kwam het op aan.

Het viel mee. Ze hadden die ochtend al wat kruit verschoten. Woodehouse zat met opzichtige ennui te bladeren in een oud nummer van ons vakblad *The Guardian Angel*, en liet zijn pakje brood onaangeroerd. Maddox, die af en toe een broodkorst de verbandkluwen binnen propte, zat op zijn hurken te rommelen in de tijdschriftenbak onder de televisie. Hij trok een blad tevoorschijn, dat onmiddellijk uit elkaar viel, maar waarvan de katernen via het naaigaren zo'n beetje aan elkaar bleven hangen. Het was een exemplaar van *The Marijuana Brass*, nog veel ouder dan dat van *The Guardian Angel*.

'Verboden leesvoer, Maddox,' riep ik. 'Inleveren, ja?'

'Mr Agraphiotis,' gromde Maddox met het begin van een lach, 'het is helemaal kapot gelezen. De letters, de foto's... allemaal kruimels. Hier, kijkt u zelf maar...'

Hij kwam naar me toe. Het vet beduimelde craquelé, ontstaan door het eindeloze bladeren, had op de bladspiegel een nieuw soort drukletter doen ontstaan, van een onbekende taal: het Oud-IJzervijlsels of zo.

'De laatste keer dat zo'n *Brass* hier gevonden werd, Maddox, zat er een kruidentheezakje in geplakt. Abonneeservice. Het was alleen O'Melveny's *cup of tea* niet.'

Ik wikkelde het tijdschrift in een kleine vuilniszak, die ik afsloot met tape.

'Als de letters leesbaar waren geweest,' zei Woodehouse tegen Maddox, 'dan had je er nog minder in aangetroffen dan nu. Ik heb de hoofdredacteur gekend. Een volstrekt leeghoofd, die zich elke dag vol hasjdampen zoog, en alleen maar leger raakte.'

'*Brass*,' snauwde Maddox, 'dat moet de koperen chillum zijn.'

'*Brass*,' zei Remo, 'dat is het kopergeschal na inhalering.'

10

Van zo'n wijk waar de Zillgitts woonden, in San Fernando Valley, had Remo eens een luchtfoto gezien. Honderden losstaande huizen met allemaal ongeveer hetzelfde te krappe, hemelsblauwe zwembad, dat ook bij bestudering met een loep nergens een zwemmer bleek te bevatten.

'Vlakbij Northridge Park. Ten zuiden van Devonshire Street.'

Moeder Tammy, alles voor de filmcarrière, had hem de ligging van het huis nauwgezet uitgelegd. Toch reed Remo, nerveus schakelend, een paar keer fout, en op 't laatst zocht hij alleen nog in de achteruit, wat hem altijd misselijk maakte. Tammy had beter een beschrijving kunnen geven van het pand zelf, dat in heel z'n verveloosheid een baken van herkenning vormde. De verwrongen garagedeur stond halfopen. Op het bruinverbrande gazon een driepoots barbecue, die daar, ondanks de beschermende stolp, in de wintermaanden had staan wegroesten. Er hing een lucht van natte houtskool omheen. Dwars over het tegelpad naar de voordeur leunde een meisjesfiets op z'n standaard. Uit de handvatten aan het stuur hingen kleurige stroken plastic, zacht bewegend op een milde valwind uit de Santa Susana Mountains. Aan de fietsbel was de standaard vastgeklonken van een kapotte achteruitkijkspiegel. De barsten werden geaccentueerd door een in de spiegellijst gedropen rode vloeistof – grenadine misschien, maar het kon net zo goed nagellak zijn.

Tammy omhelsde hem alsof hij haar al toebehoorde. Niet als minnaar, dat kon altijd nog, maar als haar persoonlijke sleuteldrager, die deuren open kon laten gaan – met het dynamiet van zijn overtuigingskracht desnoods.

'Hm, zelfde aftershave als laatst. Menteur.'

'Op z'n Frans, ja, heel goed,' zei Remo. 'Maar het is Mentor. *Menteur* betekent leugenaar.'

'Mijn neus liegt nooit,' zei ze, bestudeerd koket.

'Op de hondenafdeling van de LAPD zouden ze jaloers zijn op zo'n reukorgaan.'

Haar opgetrokken wenkbrauw wilde zoveel zeggen als: dit heb ik niet gehoord. Tammy ging hem zwierig voor naar de woonkamer, die vol scherp riekende rook hing. 'Kipp, waar ben je,' riep ze lachend, met haar armen een opening hakkend in de dichte nevel.

Remo had hem al gezien, onderuitgezakt in zijn fauteuil: een zware man, die slaperig naar het televisiescherm lag te knipogen, met als enig wakkere aan hem de hand die een walmende flambouw van vloeipapier, karton en gekruide tabak omhooghield. Voor het raam stond een meisje de tuin in te kijken, met iets wrokkigs in haar houding. Er hing een sfeer van stilgevallen ruzie.

'Nou, dit is dus Wendy,' zei Tammy. 'Wen, je moet zijn aftershave eens ruiken. Menteur.'

De aangesprokene wachtte net een tel te lang met zich omdraaien, waarbij ze ervoor zorgde haar lange haren wijd te laten uitwaaieren. Tammy en Jennifer waren brunettes. Als Wendy geblondeerd was, had het resultaat niet natuurlijker kunnen zijn. Een teleurstelling alleen dat het haar te steil was afgeknipt, zoals gemakzuchtige kappers dat doen. Desnoods, dacht Remo, sleep ik haar mee naar een kapsalon om het tot opstandige rafeligheid te laten bijpunten. Met haar stroeve gezichtje probeerde het meisje naar Remo te glimlachen. Ze liep op hem toe, en snuffelde even aan zijn wang, zonder die aan te raken.

'Mentor,' zei ze, op z'n Engels. 'Mam, mag ik naar boven?'

'Welja,' zei Tammy, 'laat ons je zaakjes maar weer regelen. Mooi is dat.'

Wendy ging de kamer uit. Remo, die haar niet de houten galmtrap op had horen gaan, bleef het gevoel houden dat ze achter de deur stond te luisteren.

'En, o ja,' zei Tammy, kuchend met haar handen wapperend, 'dit is natuurlijk Kipp.'

'Mr Zillgitt...'

De man leek Remo's uitgestoken hand niet te zien, mogelijk door de dichtheid van het rookgordijn. 'De naam is Pritzlaff,' zei hij met onverwacht hoge stem. 'Kipp Pritzlaff.' Hij had geen oog van het scherm afgewend, en nam nu een zo diepe trek van de toorts dat minstens een centimeter vloei wegschroeide. Met afkeer en fascinatie keek Remo toe hoe Pritzlaff met ingehouden adem de rook door zijn longen liet spoelen, en de damp daar beneden krampachtig vasthield, alsof hij liever stikte dan hem prijs te geven zonder er al het geestverruimende stofgoud via zijn longblaasjes uit gezeefd te hebben.

'Kipp is niet de vader van mijn kinderen,' zei Tammy. 'Hij is mijn vriend. We wonen samen. Kipp zit in de redactie van *The Marijuana Brass*.'

'Ik ben de hoofdredacteur,' zei Pritzlaff. 'Ik wil je wel een keer interviewen over je gebruik.'

'Ik ben geen gebruiker,' zei Remo.

Nu draaide de man zijn hoofd wel naar de bezoeker toe.

'Nou,' zei hij met wantrouwig vernauwde ogen, 'daar heb ik, na die moordtoestand, heel andere dingen over gelezen.'

Tot augustus '69 was het de Tweede Wereldoorlog die maar geen afscheid kon nemen, en zich via een eindeloze reeks open doekjes liet toewenen en uitjouwen door de overlevenden. Sindsdien had, voor Remo, de Eerste Hurly Burly de plaats van de Tweede Wereldoorlog ingenomen.

'Ik dacht,' zei Remo vermoeid, 'dat de drugstheorie intussen wel zo'n beetje weerlegd was.'

'Dan stond hier zeker net de televisie af,' zei de hoofdredacteur van *The Marijuana Brass*.

Remo wilde hier nog iets op zeggen, maar op dat moment kwam Wendy binnen. Ze liep naar het raam, wierp een snelle, gerichte blik in de tuin (een dode kraai), en ging de kamer weer uit. Mooi was ze wel, Wendy, maar ze had te weinig van de magische verveeldheid die hij voor *Homme Mondial* had willen portretteren. Dit diplomatiek zien op te lossen. Niet meteen zeggen dat hij ervan afzag. Later in de week opbellen met de mededeling dat Wendy 'te mooi en te fijntjes' voor het doel was. Een mooie manier ook om van de ballenverzengend ambitieuze Mrs Zillgitt af te komen.

'Als je vanmiddag nog aan de slag wilt,' zei Tammy, 'moet je voortmaken. Het wordt vroeg donker aan deze kant van de bergen.'

'Ik kwam alleen even kennismaken.'

De deur zwaaide open, en daar was Wendy weer. Ze fluisterde iets in het oor van haar moeder, die haar schouders ophaalde, knikte. Even later hoorde Remo het meisje wel de gonzende trap van hout en staal opgaan, en weer afdalen ook – en dat alles vele malen, zonder dat ze opnieuw de kamer binnenkwam.

'Genoeg over Wendy,' zei Tammy. 'Film, daar wilde ik het over hebben. Het is *zo* moeilijk de juiste contacten te leggen. Jij weet vast wel een goede agent voor me.'

'Ik zal zien,' zei Remo, 'wat ik voor je kan doen.' Hij stond op, met een gevoel of hij zijn lijf rechtstandig door de dichte mistbank van rook boorde. 'Terug naar de stad maar weer, voor het te druk wordt op de San Diego.'

Remo deed de deur open ('Schrik niet,' zei Tammy nog) en hij rook het eerder dan dat hij het zag. Een bestorven menggeur van eau de toilette en wasmiddelen. De hal hing vol jurken, rokken, broeken, bloezen, sjaals – alles van sereen wit tot foeterend bont. Wendy kwam juist de trap af gebonkt met nog meer kleren aan hangers.

'Denk nu niet meteen,' zei Tammy, 'dat Wendy zo'n grote garderobe heeft. Er zijn ook spullen van Jenny en mij bij. We hebben alledrie ongeveer dezelfde maat.' En fluisterend voegde ze eraan toe: 'Maak Wendy een beetje gelukkig, en zoek wat dingen uit voor op de foto.'

Het meisje was in de bocht van de trap stil blijven staan. Ze keek met een onzekere glimlach op hem neer. Over haar onderarmen hingen sjaals en ceintuurs in allerlei kleuren.

'Deze witte jurk lijkt me wel wat,' zei Remo, het knaapje met het lange gewaad van een spijl hakend. 'En deze bloes met dat hesje daar, en zo'n spijkerbroek eronder.'

Wendy zei niets.

'Volgende week zondag dan maar?' zei Tammy. 'Kom dan wat vroeger, in verband met het licht.'

'Ik bel nog.' Remo stak zijn hand op naar Wendy, maar ze draaide zich juist om, en struikelde daarbij over een van de kledingstukken. Ze stootte hard met haar knie tegen een traptrede. 'Ow...!' Ze liet de kleren los, die voor een deel tussen de opengewerkte treden door op de vloer van de hal gleden. Met slepend been bereikte Wendy de overloop, waar ze zich met twee handen aan haar knie uit zicht liet rollen. De ceintuurs die met hun gespen langs de trap naar beneden ratelden, konden Wendy's zangerige huiltje niet helemaal overstemmen.

II

'Om van te kotsen,' stootte Maddox uit. 'Lui als jij, Li'll Remo, zijn altijd maar bezig hun zegeningen te tellen.'

Hij wierp vol verachting de resten van zijn lunch in de vuilnisbak. Ik werd geacht hem dat te verbieden. 'Nou,' zei Remo, 'dit keer dan toch als inleiding op het verhaal van mijn val.'

'Mr Agraphiotis,' riep Maddox me toe, 'ik en gevangene Woodehouse hier gaan met sop gooien. Alles voor een hygiënisch Choreo.'

'Begin maar vast,' zei ik. 'Straks eens zien hoever jullie zijn.'

'Doe uw voordeel, Mr Agraphiotis,' klonk Maddox' luide stem nog uit de gang, 'met *The Marijuana Brass*.' Hij stak zijn zwachtelkop om de deurpost. 'Er staan goede recepten voor joints in. Gele Libanon. Rode Pakistan. Hele shitcocktails. Als het niet werkt, Mr Agraphiotis... als u verhaal wilt halen... mijn maat, gevangene Woodehouse hier, is bevriend met de hoofdredacteur, Mr Pratt Kippinglah-di-dah.'

12

In de ontvangstruimte zaten de psychiaters al op Remo te wachten. Hun opgewekte gepraat en gelach was vast niet bedoeld als voorbereiding op het onderzoek. Er werden handen geschud in een on-Choreaanse geur van cognac en door kleren opgezogen sigarenrook. De lunch was wat uitgelopen.

Nu hun dag door het infarct op de San Bernardino Freeway onherstelbaar kapot was, gooiden De Young en Urquhart het verder maar op routine. Het drama van de jonge meisjes, en hoe die het leven van een volwassen man konden vernietigen, dat ging nooit vervelen. In hun rozigheid na twee flessen cabernet sauvignon wilden de heren wel eens iets horen om op weg te kunnen dromen. Het ging opnieuw over zijn motieven, waarvan de zuiverheid het psychiatrische rapport kon maken en breken.

'Dat Wendy de hal had herschapen in een kledingboetiek,' zei Remo, 'daar was nog overheen te komen geweest. Maar die bezeerde knie... de gêne in haar rug... ik raakte het niet kwijt.'

'Zo werd ze, om zo te zeggen, een wezen van vlees en bloed voor u,' stelde De Young tevreden vast, en Urquhart voegde eraan toe: 'U belde de moeder.'

'Ik maakte een afspraak voor de volgende zondag.'

'Maar u *had* al geconcludeerd,' zei Urquhart, deskundig de restaurantrekening van die middag raadplegend, 'dat Miss Zillgitt niet geschikt was voor uw... eh... artistieke doeleinden.'

'U zult me wel officieel gek verklaren,' zei Remo, 'maar door die struikelpartij op de trap... dat ingehouden gehuil... besloot ik haar een kans te geven. Nee, ik was vastbesloten uit Wendy te halen wat er in haar zat.'

En opeens was daar in zijn hoofd de half mannelijke stem van rechercheur Shannyn Trutanic, die hatelijk zei: 'We kunnen wel stellen dat u woord gehouden heeft.'

'Aan de telefoon gaf de moeder me te verstaan,' zei Remo, meer tot het Trutanicwijf dan tegen zijn psychiaters, 'dat het poseren alleen doorging als Wendy's oudere zus mee mocht.'

'Feit is,' zei Dr De Young, met het juiste papier erbij, 'dat Jenny, of hoe heet ze... dat Jennifer niet meeging.'

'Gewoon op het laatste moment geen zin om de chaperonne te spelen,' zei Remo.

'U *wist* het,' zei Urquhart. Zijn oprisping was geluidloos, niet geurloos. Slakken in knoflookboter. 'Zo'n achttienjarige, die zichzelf de ster waant, wil niet de oppas zijn van een onvolgroeid zusje in de schijnwerpers.'

'U kon ervan verzekerd zijn,' zei De Young, 'Wendy voor u alleen te hebben.'

'Nu dicht u mij een doortraptheid toe die... die...' Verdomme, hij zat voor deze van libido dampende veertigers zo'n beetje het herdersuurtje in te leiden.

'Die u niet bezit, wou u zeggen?' Dr Urquhart wrikte de knoop van zijn stropdas los. 'Kom, kom, Mr' (hij wierp een blik op de nagelpeuterende bewaker) 'Woodehouse, niet te bescheiden. We zijn nog pas aan het begin van het verhaal.'

De Eeuwige Drup, dat was niet die op je kruin, nee, het was de druppel die met koude regelmaat tussen je schouderbladen door bleef vallen. De Eeuwige Drup niet als straf, maar als geheime vooraankondiging van de straf.

'Wij luisteren,' zei Dr De Young. 'Met inachtneming van het beroepsgeheim.'

'En dat bandopnameapparaat,' vroeg Remo, 'heeft dat ook een professionele zwijgplicht?'

'Het is ingezworen en ingezegend,' zei Urquhart. Hij ging de bewaker vragen de kamer te verlaten. 'Misschien kunt u buiten de deur wachten. Wij weten de alarmknop te vinden.'

Dr De Young schakelde de recorder in. 'Wij luisteren,' zei hij nog eens.

Gelukkig had Wendy de hal niet opnieuw als winkeltje voor tweedehands kleren ingericht. Aan de kapstok hingen, keurig op knaapjes, de jurk en de bloes die Remo een week eerder had aangewezen, plus nog wat alternatieven uit de garderobe van de drie gelijkbemate gratiën.

'Waar wil je haar op de foto zetten?' vroeg Mrs Zillgitt na de omhelzing, die nog hebberiger was dan de eerste keer. 'De heuvels vind ik een beetje eng. Het is namelijk zo... Jenny kan niet mee.'

'Ik kan naar het huis van vrienden rijden,' zei Remo. 'Daar in de tuin wat plaatjes schieten, als je dat veiliger vindt.'

'Kan het niet hier? Onze tuin is best mooi. In die hoek is het gazon nog groen. De dooie kraai ruimen we op. Ja, toch? Dan kunnen we het ondertussen hebben over de stappen die ik moet nemen om... ik bedoel, het is toch een gekmakende doolhof voor me, die filmwereld.'

'Ik geef je het nummer van mijn vrienden,' zei Remo. 'Bel wanneer je wilt.'

Al in de hal had Remo een branderige hasjlucht geroken. Binnen lag Kipp Pritzlaff opnieuw (of nog steeds) met een papieren fakkel in zijn fauteuil. De rooknevel was dit keer plaatselijk, maar ook dichter en vol spiralend bewegende draaikolken.

'Neem me niet kwalijk, Kipp,' zei Remo lachend, hoestend, 'maar er mag hier wel eens een raam open.'

'Ben je belazerd,' knetterde het hoge stemmetje van Pritzlaff. 'En dan het beste laten ontsnappen? De ware hasjlurker rookt actief en passief tegelijk.'

Uit zijn wolk stak hij Remo de joint toe.

'Nee, dank je, Kipp. Ik was geen gebruiker, weet je wel.'

'O ja, sinds die moordtoestand niet meer. Daar wou ik je dus over interviewen. "De satanisering van de stuff." Een titel heb ik al. Nu nog een microfoon.'

Wendy kwam de huiskamer binnen. Ze leek Remo een kus te willen geven, maar haalde alleen even haar neus langs zijn wang. 'Mentor,' zei ze, nu met een zweem van een Franse uitspraak: correctie van mams. 'Wat zal ik voor nu aantrekken? Ik heb niets.'

Boven haar spijkerbroek droeg ze een bloes met woest motief, dat aan gebatikte stoffen had kunnen doen denken als het niet zo'n bibberige kleurendruk was geweest. Emilio Pucci, Sharons favoriet, *die* kon stoffen bedrukken, in kleuren, en dan zag de jurk of de bloes eruit alsof hij door vrouwen op het Bulgaarse platteland met de hand geborduurd was.

'Hou dit maar aan,' zei Remo. 'Straks zien we verder.'

Samen met Wendy droeg hij de kleren van de hal naar zijn huurauto: een Plymouth LeBaron, waar hij voor vijfentwintig dollar een volle dag in mocht rijden zonder op de kilometerteller te hoeven letten. Door het open portierraam gaf hij Tammy een agendablaadje met het telefoonnummer van een bevriende actrice.

'Waar staat de J voor?' vroeg ze wantrouwig. Hier stond tenslotte de naam van een toekomstige concurrente. In het groezelige licht van de latere gebeurtenissen hikte Remo de onvergeeflijkste verspreking van zijn leven op.

'Jack... nee, Jacky natuurlijk. Jacqueline.'

Een heldere voorjaarsmiddag, die door het gezever van de hasjboer alweer te ver gevorderd was. Remo zou moeten woekeren met het overgebleven licht. Och, naar Jacky, dat kon altijd nog. Mrs Zillgitt zou wel niet meteen aan de telefoon gaan hangen. Eerst de woestheid van de heuvels in: eens zien of zo'n decor Wendy's wilde puberdom naar buiten kon brengen. Haar moeder stond aan de stoeprand te zwaaien alsof ze minzaam haar aanstaande publiek toewuifde. Of het nu door het afvoerrooster onder haar voeten kwam... ze hield met haar vrije hand haar rok tussen de enigszins gespreide dijen strak, alsof die anders op een onderaardse luchtstroom bollend de hoogte in zou gaan, om haar in de ijskast gekoelde ondergoed te onthullen. Voordat het zover kon komen, was ze uit beeld, Tammy.

'Als je nou op die haarlok *blijft* kauwen, Wendy,' zei Remo, de spiegel boven het dashboard op achtervolgers bijstellend, 'dan moet ik je straks met nat haar fotograferen.'

'Sorry.' Ze hield de van spuug doordrenkte pluk vlak voor haar mond, en begon hem droog te blazen.

'Hoe oud ben je eigenlijk?'

'Dat kun je toch wel zien.'

'Zestien.'

'Te oud dus voor jouw serie.'

'Het was maar een vleierijtje,' zei Remo. 'Je bent vijftien.'

'Wie zegt dat?' Wendy hervatte het gesabbel op de haarlok.

'Een eerlijke schatting.'

'Nou, dan zie ik er ouder uit dan ik ben.'

'Het overkomt veertienjarigen wel vaker.'

'Ook dat ze er jonger uitzien juist. Mijn nichtje Gini is veertien. Ze lijkt twaalf. Elf. Nee, negen.'

'Hoe oud dacht u op dat moment, in de auto, dat ze werkelijk was?' vroeg Dr Urquhart.

'Ja, dat is het idiote,' zei Remo, zich wat meer naar het opnameapparaat toe buigend, alsof de band dit beslist niet mocht missen. 'Niemand heeft me in 't begin haar leeftijd genoemd. Jenny en Brian niet. De moeder niet. De hoofdredacteur van *The Marijuana Brass* niet. Ik dacht vijftien. Ze zei veertien. Ze bleek dertien.'

Met vier handen legden Remo en Maddox een uitgespoelde dweil op de granito vloer van de begane grond. Ze hadden een plek van enkele vierkante meters ontdekt waar het steen warmer was dan elders: door de onderliggende isoleercellen met hun vloerverwarming. Ze spreidden de lap zo strak mogelijk uit, en gingen een volgende uit de wasbak halen.

'Jouw kippetje,' zei Maddox, 'wordt met de dag jonger. Haar zestiende, vijftiende en veertiende verjaardag liggen achter ons. Het lijkt wel of de taartkaarsjes op de bon zijn...'

'Niet zo gek,' zei Remo, 'met Hurly Burly voor de deur. Het is hamsteren of rantsoeneren.'

'Nu is ze dertien,' vervolgde Maddox, 'en straks wordt ze twaalf, elf, tien. Als je zo doorgaat, Li'll Remo, zullen we haar nog in de legbatterij van Mrs Gittgozippitup zien verdwijnen.'

'Omdraaien, Scott, die lappen,' zei Remo. 'De twee vetzakken staan te loeren.'

Inderdaad: Scruggs en Tremellen schouder aan schouder in volle calorische breedte achter de glaswand van de tweede verdieping, met allebei een blikje cola in de hand. Toen de schoonmakers hun vier dweilen op het warme granito hadden omgekeerd, waren de bewakers alleen nog zichtbaar als twee boven een bureau hangende kruinen.

'Doe me het verhaal van dat grietje, Li'll Remo, en ik vertel jou alles over Hurly Burly, Cosy Horror en de kraamkliniek van Chatsworth. Alles wat je nog niet wist. Ook de dingen die je, bij nader inzien, helemaal niet weten *wilt*. Net zo lang tot je me smeekt, Li'll Remo, om mijn mond te houden. Tegen die tijd komt er alleen nog zwart bruisend gif uit... om jouw ziel, Li'll Remo, voorgoed te asfalteren met de gruwelijke bekentenissen die jij me afdwingt. Geef mij de kleine Miss Gittgozippitup, en jij... jij krijgt van mij Mrs Woodehouse en zoon. En, eh, Little Remo... Charlie is ook maar een geile bajesklant. De Choreaan denkt met zijn rechterhand. De linkshandigen denken links. Lever me de details, Li'll Remo, waar ik mijn zwarte bloed mee kan opwarmen.'

'Een technisch verslag van een fotosessie,' zei Remo, 'meer heb ik je niet te bieden, Scott.'

'Cijfer jezelf niet zo weg, Li'll Remo. Jij fotografeert bij wijze van voorspel. Charlie wil er alles over weten.'

14

Remo reed heuvelopwaarts tot waar de auto niet verder kon. Omhangen met kleren en camera's volgden ze een zandpad de hoogte in. Bij steile gedeelten glibberden ze soms een eind naar beneden, wat Wendy een angstig soort slappe lach bezorgde. Hogerop, dieper de begroeiing in, knetterden crossmotoren. Leunend tegen een rots kwamen ze op adem.

'Veertien,' hijgde Remo. 'Ik wed dat je al een vriendje hebt.'

'De vedergewicht...'

'Wie anders?'

Ze klommen verder tot ze, ongeveer op de hoogte waar gecrost werd, een geschikte open plek vonden, omringd door de juiste combinatie van bomen, struiken en rotsen. Je had er het licht sec willen fotograferen, zo ideaal was het.

'Hang die jurken maar over een boomtak,' zei Remo. 'Nee, niet zo'n bemoste, dat geeft af. Neem nu eerst wat poses aan zoals ze bij je opkomen. Let niet te veel op mij.'

In de hoop alsnog geestdriftig te raken nam hij wat aftastende foto's. Het knallen van de motoren, verhevigd door de echo's, leidde hem hinderlijk af.

'Wendy, bloes iets verder open.' Ze keek hem aan of hij niet goed wijs was, maar deed toch de bovenste twee knoopjes los. 'Kraag wat wijder maken... zo, ja.' Hij drukte af. 'Ik zie daar een blauwe plek in je hals.'

'Waar?'

'Net boven het rechter sleutelbeen.'

Ze tastte tot ze de beurse plek voelde. 'O, dat. De vedergewicht.'

'Hij gebruikt jou als sparringpartner.'

'Zoiets.'

'Schei uit, Wendy. Het is een onvervalste liefdesbeet.'

'Zuigzoen.'

'Leg er je linkerhand overheen. Zo onnadrukkelijk mogelijk. Nee, de linker.'

'Ik dacht,' zei Wendy, 'dat je meisjes wilde fotograferen, en dat ze zijn zoals ze zijn. In de tegenwoordige tijd. Zo'n zuigzoen, die hoort er toch echt bij, hoor.'

'Ik geef me gewonnen,' zei Remo. 'Weg die hand.'

Een van de crossmotors brak door het struikgewas heen, en schoot de open plek op, rakelings langs Wendy, die van schrik haar ene been optrok. Van het achterwiel, zonder spatbord, spoot een fontein rode aarde recht omhoog. De berijder zette zijn voeten aan de grond, en schoof de elastische stofbril naar zijn helm. 'Hai, Wendy.' Het was nog maar een jongen.

'Hallo, Milton.'

'Ga je eindelijk beroemd worden?'

'Het kan nog net... voor ik er te oud voor ben.'

'Een beetje met je kont wiegelen,' snoof Milton. 'Was het voor mij maar zo makkelijk. Ik moet trainen en trainen... en dan ook nog dat ding opvoeren. En tegen dat ik een beetje naam begin te maken, je zult zien... dan zijn mijn nieren aan de wandel.'

'Trek je riem wat vaster aan.'

'Trek jij je bloesje wat strakker aan. Succes, Wendy.'

'Bye, Milton.'

De motorrijder deed zijn stofbril omlaag, en stoof knetterend weg, terug de bosjes in. Op de open plek bleef een scherpe benzinelucht hangen.

'U dwong het meisje zich te verkleden waar u bij stond,' stelde rechercheur Trutanic vast, terwijl ze haar balpen tussen twee vingers liet wapperen.

'Ik dwong haar tot niets,' zei Remo. 'Ze draaide zich niet om, dus...'

'Dus zal het wel in orde zijn geweest,' zei inspecteur Flanzbaum. 'U heeft haar in die staat gefotografeerd. En niet alleen topless.'

'Kijk, wij zijn natuurlijk leken,' zei Shannyn Trutanic, 'maar neemt u me niet kwalijk... een model met haar rits halfopen en een duim achter de ceintuur, is dat niet een tikkeltje clichématig voor het niveau dat u ambieert?'

Remo probeerde zich de rechercheur voor te stellen met een flard vetrol puilend uit haar halfopen rits, de duim afgekneld door een te strakke broekriem. 'Het waren maar inleidende poses.'

'Alle door u genomen foto's die we hier van haar hebben,' zei Flanzbaum, die een bruine envelop op tafel legde, 'beantwoorden aan dezelfde gemeenplaats. Het ondeugende meisje met de dubbelzinnige oogopslag.'

'Het likken aan een vuurrood waterijsje,' zei Trutanic, 'dat ontbrak er nog aan.'

De envelop, met z'n gekartonneerde kant omhoog, droeg het stempel van de LAPD FOTODIENST.

'We hadden haar ook zielsgraag,' zei Flanzbaum, 'naar ons zien kijken over zonnebrilglazen in de vorm van hartjes.'

'Wat weer ruimschoots wordt gecompenseerd,' zei Trutanic, 'door het portret van een half vermalen suikerklontje. Hoe die korrels schitteren op een meisjestong... subliem.'

'We hebben allemaal ons eigen vak,' zei Remo. 'Houdt u het bij het uwe, dan houd ik het bij het mijne.'

'Als wij zouden rechercheren zoals u fotografeert,' zei Flanzbaum, 'had u hier niet gezeten.'

'En als u zou fotograferen zoals wij recherchewerk doen,' zei Trutanic, 'dan had u hier net zo min gezeten.'

Ze liet haar kin op de balpen in haar vuist rusten, net zo lang tot het mechaniek klikte, en ze bleef het klikken vele malen herhalen, terwijl ze Remo over haar afzakkende bril met toegeeflijke minachting bleef aankijken. Remo dacht terug aan die middag in de heuvels. Onder het fotograferen kwamen de motorrijders, ingelicht door Milton, met twee, drie man tege-

lijk uit de bosjes tevoorschijn om met omhooggeschoven stofbril van dichtbij Wendy's harde borstjes te bewonderen.
'Je kunt, geloof ik, beter je bloes weer aantrekken, Wendy.'
'Ik heb geen last van die boerenpummels.'
Remo maakte nog een paar opnames, maar het geknetter van de motoren en het geschreeuw van de jongens maakte de hele onderneming steeds belachelijker. 'Het licht begint hier zwakker te worden, Wendy. Kleed je maar aan, dan gaan we ergens anders heen.'

15

Remo en Maddox keerden de dweilen met z'n tweeën zorgvuldig om, en legden ze iets verderop, waar nog steeds de warmte van de isoleercellen door de vloer heen drong, weer neer.
'Als die crossers tegen jou getuigd hebben, Li'll Remo,' zei Maddox, 'dan verbaast het me al veel minder je hier in Choreo aan te treffen.'
'Bij jou waren het de getuigenissen van de Square Satans,' zei Remo, 'die je de kop hebben gekost. Het blijft oppassen met die motorduivels.'

16

Toen Pillar Pillory 's avonds de Recreatie binnenkwam, liep hij nog steeds als iemand met hevige spierpijn.
'Neem toch een stoel, Pill,' riep Chow Hound, die met de andere doucheverkrachters zat te kaarten. Ze lachten.
Steunend op het biljart bleef Pillar naar de televisie staan kijken. Het journaal gaf beelden van de Russische ambassade in Mexico en van de veroordeelde spion Christopher Boyce, die een jack van de Badgers droeg.
'Ja, Pill, ga zitten,' riep Frisco Bomb, zonder van zijn kaarten op te kijken. 'Van al dat staan krijg je maar spataderen.'

'Geef hem een stoel met een kussentje.' Dat was Chow Hound weer. 'Zeg, Pill , als je omhoogzit... ik heb wel een tampon voor je. Twee dollar.'

Ze lachten. Frisco Bomb schudde geamuseerd zijn hoofd, en zei op zachtere toon: '*Pill sure is a good fuck.* Jammer dat hij zelf zijn kruit al verschoten had. Het ging van zijn eigen genot af.'

Het journaal was voorbij. Pillar Pillory wendde zich van het toestel af, strompelde naar het tralievenster, en schroefde zijn handen rond de radiator. Zo bleef hij voorovergebogen staan. Alleen wie er oog voor had, zoals ik, kon lichte spasmen door zijn nek en schouders zien gaan.

'En *weer* was het niet op het nieuws,' zei Chow Hound, de kaarten bijeenvegend. 'Ja, dan zou er in mij ook iets breken.'

17

Nadat het 'lichten uit!' door de luidsprekers had gekraakt, bleef Remo op zijn rug liggen wachten tot de bewaker van de nacht met zijn lantaarn door het minipatrijspoortje kwam schijnen. De man was vroeg vanavond. Remo wuifde reglementair, en borg zijn hand weer onder de dekens om zich opnieuw toegang te verschaffen tot die rampzalig gelukzalige zondag met Wendy Zillgitt. Het lukte hem niet zijn gedachten te ordenen en naar een ontknoping te voeren. De prijs was te hoog geweest. Het visioen ontspoorde, raakte op onverlichte zijpaden, en loste tenslotte op in mist en gier.

Overbleven, tot diep in de slapeloze nacht, de haatdragende stemmen van het recherchekoppel Flanzbaum-Trutanic.

'Als ze er voor u uitzag als zestien,' zei inspecteur Flanzbaum, 'dan had u misschien uw bril te vroeg afgezet.'

'Wie zich uitkleedt,' zei Shannyn Trutanic op z'n gevatst, 'moet *ergens* beginnen.'

'Zoals u ziet,' zei Remo, 'draag ik geen bril.'

'Misschien is dat het probleem,' zei de vrouw, de brug van

635

haar montuur aandrukkend. 'Een oogarts zou u voor toekomstige misstappen kunnen behoeden.'

'Het probleem is misschien,' zei Flanzbaum, 'dat mannen van onze generatie in verwarring raken door de meisjes van nu. Ze lijken zoveel eerder rijp. Een mens verkijkt zich erop.' Trutanic keek haar collega bozig en verbaasd aan, alsof hij met zijn milde opmerking de strengheid van het gesprek ondermijnde. 'Juist daarom dient de man van nu op zijn hoede te zijn,' zei ze meer tot Flanzbaum dan tegen Remo.

'Na het volgende autoritje,' zei Remo, 'maakte ik me geen enkele illusie meer over haar onschuld.'

'O, en dat hoor ik nu pas?' Flanzbaum had iets goed te maken bij zijn collega. 'U heeft al in de auto...'

Remo onderbrak hem. 'Ik heb het over wat ze vertelde. De spelletjes, de avontuurtjes sinds haar negende, tiende.'

'De verklaring van het slachtoffer,' zei Trutanic, in haar papieren bladerend, 'luidt net even anders. U wilde weten of ze nog maagd was. Haar ervaringen met zelfbevrediging, daar moest ze ook over vertellen. De fijne kneepjes zogezegd.'

'Maar misschien,' zei Flanzbaum, 'had u met die vragen eveneens professionele bedoelingen.'

Remo wreef zich met beide handen de vermoeidheid uit het gezicht. 'Idioot,' zei hij, 'hoe de puurste woorden, uitgewisseld tussen een man en een meisje, kunnen schiften tot een dergelijke ranzigheid.'

18

Om bij het huis van Jacky te komen moesten ze na het verlaten van de San Diego Freeway nog een heel eind de Mulholland Drive in oostelijke richting volgen. Het maakte hem altijd, en nu meer dan ooit, bedrukt en nerveus, want de route kruiste de Benedict Canyon Drive, en die leidde weer naar zijn oude huis en de geliefde schimmen die er nu woonden.

In de auto hervatte Wendy het haarsabbelen, nu op een lok

van links en een van rechts tegelijk. Remo corrigeerde haar niet opnieuw, want ze had gelijk: wie pubermeisjes in dit tijdsgewricht wilde portretteren, moest hun zuigzoenen, liefdesbeten en kinderziektes niet wegretoucheren.

Mrs Zillgitt, voor hem Tammy, was die ochtend net zo beheerst hysterisch geweest als de vorige keer, maar te chic om op een speciaal voor haar aan te stellen agent terug te komen. (De talentscout was door deze aanstaande koningin in haar spoedstrategie al als een ordinaire pion van het bord gekegeld.) Tammy had Remo haar dochter meegegeven zonder bevestiging (kwitantie, zeg maar) van de geleverde tegenprestatie. Misschien beschouwde de First Lady van *The Marijuana Brass* Jacquelines telefoonnummer als een papieren sleutel die paste op de hoge poort van Tinsel Town.

Wendy trok de natte haarslierten uit haar mond, en vroeg: 'Gaan we heen?'

'Het huis van Jack.' Weer die ingeslikte i-grec. 'Van Jacky... zij heeft de goede tuin.'

'O, best.'

Anders dan tijdens het eerste autoritje legde het meisje af en toe een bestudeerde onverschilligheid aan de dag, waar ze de greep ook snel weer op dreigde te verliezen. Ze had er duidelijk op gestudeerd en geoefend, ongetwijfeld onder regie van haar onberekenbaar ambitieuze moeder, die het zo had geregeld dat de desinteresse ruimte liet voor een terloopse zakelijke vraag zo nu en dan.

'Zeg, die foto's, hoe zeker is het nou dat ze erin komen?'

'Het hangt ook van jou af,' zei Remo. 'Wees een stout model, en we veroveren samen de wereld.'

'*Golly gee... wow!*' Mijn woorden waren de pest voor haar onverschilligheid. Ze begon honderduit te kwekken. Over verboden lunches in de vorm van pillenstrips, verborgen in de schoolkastjes van haar klasgenoten. Ja, je moest wel meedoen, anders vond je een dooie kraai in je kluis (ze lieten gewoon de sleutel namaken), en daarmee begonnen de pesterijen pas echt.

'En de liefde,' vroeg Remo achteloos, 'stelt die nog wat voor in Northridge?'

Wendy haalde een foto uit haar tasje, en hield hem Remo voor, die plotseling in zijn zicht belemmerd werd. Hij gaf quasi geschrokken een ruk aan het stuur. 'Verdomme, Wendy, wou je ons een ongeluk aandoen? Ik schrik me te pletter van zoveel gevisualiseerde mannelijke kracht en schoonheid.'

Ze lachte kittig. 'De vedergewicht.'

'Hoe lang al?'

'Ik weet niet. Een paar weken.'

'O, aan het echte vrijen dus nog niet toe?'

'Meteen de eerste avond al.'

'Het betere zoenwerk.'

'Nee, *the right stuff.*'

'De eerste keer.'

'Nee, dat was vroeger. In mijn jeugd. Je hebt hem gezien. Een van de motorcrossers.'

'Milton de Wandelende Nier.'

'Ja, die ook. Later. De eerste was Randall. Hij droeg vandaag een leren overall... een gele riem van wel een halve meter breed. Een lieve bruut. Ik was tien of negen.'

Net voor het einde van de Canby Avenue ging Remo de snelweg op. Hij volgde de Ventura Freeway in oostelijke richting. Naar links strekte het recreatiegebied van de Sepulveda Dam zich uit, met z'n eindeloze golfbanen. Remo wees zijn bijrijdster op een wagentje met een tros caddies eraan, dat langs de snelweg verdwaald leek.

'Ik wil ook zo'n rode zonneklep,' zei Wendy.

Na de Sepulveda nam Remo de afslag voor de San Diego Freeway naar het zuiden. De Mulholland Drive, daar heerste op dit uur, in glorievolle majesteit, het mooiste licht van Greater Los Angeles.

In Jacky's tuin begon de zon al achter de bomen te verdwijnen. Fotogeniek langgerekte schaduwen, dat wel, maar restte er voldoende licht tussen? De actrice bood haar gasten een glas wijn aan.

'Straks, Jacky,' zei Remo. 'Het licht bij de vijver is nu nog mooi.'

Remo vroeg Wendy de cocktailjurk van haar moeder aan te trekken. Ze kleedde zich om in de garage. Het koelde snel af. Er stak een tepelverhardende bries op, die hij, zonnestand en windrichting gunstig combinerend, zo lang mogelijk te vriend probeerde te houden.

'Niet te koud, zo'n blote jurk?'

'Nog niet,' zei ze, het kippenvel van haar bovenarmen masserend. Even later zakte de zon, versneld leek het wel, achter de heuvels.

'Aan de andere kant van de Mulholland, bij Jack,' zei Remo, 'daar moet het licht nog goed zijn.'

'Dan wil ik met hem op de foto.'

'Als hij het goedvindt.'

Op dat moment kwam Jacky melden dat Wendy's moeder had gebeld. 'Toen ik zei dat wij, met een glaasje wijn erbij, naar jullie fotosessie in de tuin zaten te kijken, nou, toen schaamde ze zich bijna dat ze het nummer had gedraaid.'

'De taart,' zei Wendy. Ze liep stampvoetend naar de garage.

Remo bedankte Jacky met een omhelzing voor de gastvrijheid. 'Jammer alleen dat je aan de verkeerde kant van de weg woont.'

'Het zal niet meer voorkomen,' zei Jacky.

Woensdag 18 januari 1978

Vaseline op de lens

I

'U heeft na uw arrestatie verklaard,' zei rechercheur Trutanic, 'dat u rond half vier 's middags met het slachtoffer bij het huis van genoemde actrice aan de Mulholland Drive arriveerde.'

'Daar blijf ik bij,' zei Remo.

'Half vier,' herhaalde inspecteur Dick Flanzbaum. 'Rijkelijk laat voor een fotosessie. Ik ken die omgeving. Begin maart is het daar tegen vier uur gedaan met het zonlicht.'

'Ik besefte algauw dat ik aan de verkeerde kant van de weg zat.'

'In metaforische zin zeker,' sneerde Flanzbaum. 'Maar als we het even letterlijk nemen... u bent toch regisseur genoeg om een dag eerder ter plaatse het licht te gaan checken?'

'Ik was daar niet in mijn functie van regisseur.'

'Nee,' zei Trutanic schril, 'dat is wel gebleken.'

'U bent minder spraakzaam dan vanmorgen,' zei Flanzbaum. 'Daarom zal ik vertellen hoe het zat. U was alleen voor de vorm een halfuurtje bij uw vriendin Jacky. Zodat Mrs Zillgitt kon bellen. En dat heeft ze, zoals het een goede moeder betaamt, ook gedaan. Grote geruststelling. U was bij de vijver toegewijd met haar dochter bezig... de camera een gegarandeerde kuisheidsgordel tussen de fotograaf en zijn model.'

'En na moeders telefoontje,' zei Trutanic, 'als de bliksem naar de overkant. Naar vriend Jack.'

'O ja, mag ik dan met hem op de foto?' Flanzbaum probeerde kraaiend een meisjesstem te imiteren. 'Mijn vriendinnen komen niet meer bíj.'

'Ik zal zien, schat,' bootste Shannyn Trutanic Remo's stem na, 'wat ik voor je kan doen.'

Remo schudde het hoofd.

'Terwijl u verdomd goed wist,' zei Flanzbaum weer met zijn eigen stem, 'dat uw vriend Jack niet thuis was.'

'En niet thuis zou komen ook,' zei Trutanic, 'want hij was skiën. Waar anders dan in Aspen, Colorado?'

'Of alleen maar après-skiën,' suggereerde Flanzbaum. 'Met bijvoorbeeld Rebekah Rutherford. U heeft de pech dat zulke dingen zomaar via de kranten tot ons komen. Omgekeerd heeft uw vriend Jack ook het een en ander over een romance in zijn huis op de televisie moeten vernemen.'

Remo bleef zijn hoofd schudden. Hij had net zo goed stom kunnen gaan zitten knikken, want wat de rechercheurs op tafel smeten, was zowel waar als niet waar.

'Raar alibi was u daar trouwens aan het uitzetten,' zei Trutanic. 'Bij vriend Jack was u kind aan huis. U heeft er gelogeerd... gewoond zelfs. Waarom dan de huisbewaarster... kom, hoe heette ze nog weer...' Ze legde papieren om.

'Helena,' zei Remo.

'...waarom die er dan bij betrokken?'

'Ik zal het antwoord geven,' zei de inspecteur opnieuw voor zijn beurt. 'Als eventuele toekomstige getuige moest de vrouw met eigen ogen kunnen zien dat u daar alleen maar wat plaatjes kwam schieten. Niet? Uw appetijt maakte u onvoorzichtig.'

'Wat er na het fotograferen spontaan gebeurd is,' zei Remo dof, 'daar valt eindeloos over te bekvechten. Maar ik *was* die middag professioneel bezig. Ik werkte aan een opdracht.'

'Shannyn, de foto's,' zei Flanzbaum op de toon van een goochelaar tegen zijn assistente. Hij hield zijn hand op, maar collega Trutanic schudde ruw de envelop leeg, en spreidde de kleurenfoto's met haar worstvingers tot een waaier. Ineens was ze er weer, Wendy, in taartpuntvormige fragmenten.

'Dit zijn de foto's,' zei Flanzbaum, er een paar van naast elkaar leggend, 'die u afgelopen zondag van het slachtoffer heeft gemaakt... alvorens haar tot uw slachtoffer te maken. Wat valt u als professioneel fotograaf op?'

Remo nam twee Wendy's op, en hield ze zo vast dat ze het minst hinderlijk glansden onder het buislicht. De jurk met de steekzakken. 'Dat het onprofessionele afdrukken zijn,' zei hij tenslotte.

'O, nee,' gilde Trutanic bijna. Haar middelvinger gaf een driftige tik tegen de brug van het brilmontuur. 'Ze zijn op het lab door experts ontwikkeld.'

'De foto's zelf zijn slordig genomen,' zei Flanzbaum, Remo recht in de ogen kijkend. 'Met een andere dan de vereiste artistieke betrokkenheid. U was met uw gedachten al bij de... après-ski, nietwaar?'

Remo legde de foto's weer bij de rest, en concentreerde zich op de koffievlekken rondom. Een van de sets handboeien vond hij bij nader inzien meer op het lorgnet van Toulouse-Lautrec lijken.

'De vakantiekiekjes van een bejaard echtpaar in Florida, allebei lijdend aan Parkinson,' ging Flanzbaum verder, 'zijn hierbij vergeleken een wonder van scherpte en compositie.'

'Ik heb wel eens betere foto's gemaakt,' gaf Remo toe. 'Het licht, de locaties, het model zelf... er ging heel wat mis die middag.'

'Hoe zat het ook weer met die opdracht?' Rechercheur Trutanic, haar te krappe truitje alweer vergeten, leunde roekeloos ver achterover. 'Bij de Franse *WorldWide*... hoe heet dat ding, mijn Frans stelt niks voor... daar konden ze niet bevestigen dat u een reportage over jonge vrouwen voor ze zou maken.'

Boven Shannyns ceintuur was een baan witte bloes te zien, waarvan juist een knoopje opensprong. In de mollig diepe navel had zich, kunstig concentrisch, los stof van kleding gehecht, en Remo vroeg zich af of het holletje een kolibrie, niet groter dan een hommel immers, tot nest zou kunnen dienen.

'*Mondial*,' zei Remo met vermoeid geduld, 'kent twee zusterbladen. *Femme Mondiale* en *Homme Mondial*. Om me niet nog verdachter te maken zeg ik opzettelijk niet: dochterbladen. Ze hebben alledrie dezelfde hoofdredacteur, Robert Mayence, maar de redacties weten vaak niet van elkaar waar ze mee bezig zijn.'

Rechercheur Trutanic, balpen als een snor onder de neus geklemd, rekte zich nog verder uit, al werd haar hals er niet langer door. Er sprong een tweede knoopje los. Een hommel, concludeerde Remo, zou zelfs met uitgevouwen vleugels in de navel passen, maar van een kolibrie, daar nestelend, zou de gekromde snavel in de weg zitten. Hij wilde hier weg.

'Voor het wegwerken van onduidelijkheden,' zei Flanzbaum, 'gaan wij desnoods over ons budget heen. Vraagt u ons niet wat dat kost, zo'n direct lijntje Parijs. Zonde van het geld. Monsieur Mayence wist van geen opdracht. Zijn Engels is rottig.'

'In die kringen wordt veel met mondelinge overeenkomsten gewerkt.'

'Dan moeten ze wel eerst gemaakt zijn,' zei Trutanic, weer met haar ellebogen op tafel. Ze drukte haar brilmontuur zo ver omhoog dat haar wenkbrauwen kwaadaardig tegen de binnenkant van de brillenglazen drukten, en zo keek ze Remo aan.

'Mijn contactpersoon bij *Homme Mondial*,' zei Remo, 'was redacteur Gerald Onagre. Hij was erg opgetogen over het kerstnummer van *Mondial*, dat in z'n geheel door mij...'

'De foto's,' zei Flanzbaum, 'van alle actrices met wie u gewerkt heeft. Het hele verhaal erbij...'

'Ook van een minderjarige starlet,' wist Trutanic. 'Krap veertien, het kuiken. Volgens onze informatie heeft ze nooit in een film van u gespeeld. Toch staat ze, door u gekiekt, in dat kerstnummer. Nogal schaars gekleed voor de tijd van het jaar. Veertien lentes... Niet ook een minnaresje van u? Uit de bladen herinner ik me een romantische boomhut of zoiets.'

'Zij vormde de uitzondering in de reeks,' zei Remo. 'Ik kan

later pas met haar werken. Als ze haar onmiskenbare talent verder heeft ontwikkeld.'

'U bekostigt haar acteeropleiding,' vatte Flanzbaum de tekst op een volgend vel papier samen. 'Zang- en danslessen... een cursus Engels. Dure bedoening.'

'Het is pure investering. Niet wat u denkt,' zei Remo. 'Ze wordt onafgebroken vergezeld door haar moeder.'

'Ach,' hoonde Trutanic, 'nog zo'n overbezorgde mammie. Zou Frau Wöhrmann echt geen oogje toeknijpen voor zo'n gulle suikeroom?'

'Stassja,' zei Remo, 'doet in Los Angeles geen stap zonder haar.'

'De moeder van Wendy,' zei Flanzbaum, 'belde tijdens het poseren voortdurend op. Toch zag u kans haar dochter... met de telefoon binnen handbereik...'

'Mrs Zillgitt,' zei Remo plotseling fel, 'gaf haar dochter in onderpand voor een eigen filmcarrière.'

'Misschien bent *u* het wel,' schoot Trutanic nog feller uit, 'die meisjes koopt met beloftes aan hun moeder.'

'En na gebruik van de dochter, met dank,' zei Flanzbaum, 'blijken de vooruitzichten ongedekte cheques.'

Remo liet zijn hoofd hangen. Het leek te zwaar om het nog ontkennend te schudden. 'Onagre was vooral erg onder de indruk van mijn foto's van Stassja. Ik mocht van hem voor *Homme Mondial* een hele reportage maken over ontluikende meisjes... naar het voorbeeld van zo'n zelfde serie in het blad door David Hamilton. Alleen... Hamilton had er weer van die dromerige nimfijnen in witte omajurken van gemaakt. Onuitstaanbaar. Ik wilde het rijpingsproces wat realistischer in beeld... die meisjes fotograferen in heel hun kwetsbare brutaliteit van midden jaren zeventig. Hamilton is tijdloze kitsch. Altijd een lik vaseline op de lens om het nog waziger en sfeervoller te maken...'

'Concurrentieslag onder pedo's,' snoof Shannyn Trutanic. En inspecteur Flanzbaum zei: 'Had *u* het maar bij vaseline op de lens gelaten.'

2

'Nu je 't zegt, Li'll Remo,' gromde Maddox, 'ik herinner me jouw kerstgeschenk aan de wereld. Na nieuwjaar was het in de bajesbieb van Vacaville. Alle gekken en simulanten van de CMF hebben eroverheen gekwijld. Charlie was in april aan de beurt. Alle bladzijden aan elkaar gelijmd. Als ik ze lostrok, herkende ik nog wat van de etalagepoppen, Li'll Remo, die jij ooit tot leven hebt gewekt. Kay Foldaway... Catherine Du Nuevo... hoe ze ook mogen heten. Je hebt de jongens in Vacaville er een groot plezier mee gedaan.'

De bewakers van de EBA (of hun echtgenotes) hadden geklaagd over de rouwranden waar ze in Choreo voortdurend mee liepen. Na grondige handwassing met borstel en zandzeep kroop op hun rondes het taaie, zwartgroene vuil al binnen een uur weer diep onder de nagels. Het lag aan de balustrades en trapleuningen, die al in geen decennium meer waren afgeboend. De Griek had Maddox en Remo opdracht gegeven alle relingen die met handen in aanraking kwamen grondig te reinigen.

'De foto's van je beroemdste slachtoffer, Scott, heb je die in *Mondial* niet wat aandachtiger bekeken?'

'Ze zaten tegen elkaar aan geplakt met bajeslijm,' zei Maddox. 'Ik zag op sommige plaatjes wel dat blonde dotje van jou. Ramanassja, heette ze niet zo? Dat ding van veertien... met die dikke lippen. Niet mijn type. Charlie houdt niet van zoeloes. Ook niet als ze blond zijn, en Calabassja heten.'

Als Remo zijn onberekenbare poetsmaat te veel had verteld, dan kon hij nu niet meer terug, tenzij hij afzag van de ontbrekende puzzelstukken die Maddox nog in zijn mouw verborg. Ze hadden precies de vorm van zijn wonden vol koudvuur, die maar niet dicht wilden gaan.

'Er is niets mis mee, Li'll Remo, om af en toe de tegenstander te bewonderen... als hij het verdient. Jouw rechercheurs wonnen op punten. De kleine Talahassja had nog nooit in een film van jou gespeeld. Toch stond ze in de kerstglossy tussen *jouw* actrices. Kom maar, Nakatassja, er is nog een plekje vrij tussen de Hollywoodtantetjes. Goed voor je loopbaan. *Jouw* misdadige manier, Li'll Remo, om zo'n onbedorven kind in te palmen... voor je te winnen... aan je te binden. Met moeder en al.'

Aan zijn woordspelig gerijmel, aan de lichtvoetige rondedans die erbij hoorde, merkte Remo dat Maddox zich in een roes aan het praten was. Hij had de kleine duivel een druppel bloed willen laten proeven, om hem uit de tent te lokken, maar Maddox leek nu al beneveld van een overvloedige dronk. Remo moest de bloeddronken gek eraan blijven herinneren dat hun gezamenlijke biechtstoel uit twee compartimenten bestond.

'Haar verschijning in *Mondial*,' zei Remo, 'was het begin van alle ellende. In zoverre heb je gelijk, Scott.'

Het plastic tempermes was niet hard en scherp genoeg om het aangekoekte vuil van de gaanderijreling te steken. Remo wierp het in een emmer.

'Precies, Li'll Remo.' Maddox' ene oog vlamde op onder de buislampen. 'Het hele verschil tussen jouw soort en de mijne. Charlies ellende begint in een achterafsteeg... met een snel circusnummer tussen de vullisbakken. Die van Little Remo in een dure glossy. Een veertienjarig filmgodinnetje staat licht uit te stralen. Hunkerend naar nog meer licht. Jouw ellende heet Barabassja... Malahassja... Rackatassja. Een verzameling diamanten.'

'De ellende, Scott, leidt in beide gevallen tot het uitwringen van dweilen in California State Penitentiary Choreo.'

'Voor jouw soort,' zei Maddox, 'is dekzwabberen hier een luxe. Een verhaal voor op de club.' Onder het te driftig insteken op het vuil, dat ook nog eens met de roestlaag vermengd was geraakt, brak Maddox' paletmes. Hij gooide de stukken met een vloek over de balustrade. 'Mijn bewondering voor die Fransozen, Li'll Remo, groeit met het moment. De kleine klootzak, zullen ze tegen elkaar gezegd hebben, heeft daar in Los Angeles een levende vlinderverzameling... allemaal starlets op een vingerknip beschikbaar. Het kereltje is een liefhebber, dus hij brengt wel iets heel gevaarlijks mee naar Parijs. Calabassja's, Talahassja's, Ramanassja's... alles piekfijn met net uitgekomen pubishaar. Eindelijk iets terug voor het Vrijheidsbeeld.'

'Als het een Gallische valstrik was,' zei Remo, 'had ik niets in de gaten. De juiste modellen vinden, dat nam me in beslag.'

'O, hoe zoet, die wereld van jou, Li'll Remo. Met je korte beentjes door een bloemenveld... als een kind. Je hoeft de modellen maar aan te wijzen. De butler plukt ze voor je.'

Maddox hield een spuitflacon geconcentreerd schoonmaakmiddel omgekeerd boven de balustrade, kneep erin, en liep zo tientallen meters de gaanderij af, ervoor zorgend dat de druipstraal heel precies op de reling terechtkwam.

'Een tijdje in de week maar,' zei hij bij terugkomst. 'Zo, en dan wil Charlie zijn oude bajeskloten nu verder warmen aan Wendy.'

'Vergeet niet, Scott, dat onze biecht een ruilhandeltje is.'

'Ze viel je tegen,' zei Maddox. 'Als prooi... als paspop?'

'Was ze zo mooi en fotogeniek geweest als me was voorgespiegeld, dan... had ik haar met geen vinger aangeraakt. Ze had een lichte verdorvenheid over zich, die alleen... hoe zeg je dat... alleen de onschuld vermag te schenken.'

'*Dat* noem ik nog eens een professionele blik.'

'Een visie, Scott. Het ging me om een visie. Hoe doortrapt die tienermeiden konden zijn in hun ontwaken. Hoe...'

'In onschuld verdorven,' zei Maddox, 'dan zat je met die Wendy toch juist goed?'

'Dat is gebleken, ja.'

3

Het kwam ongetwijfeld door de gevangenismuren: nooit eerder in zijn leven had Remo zo direct ervaren dat de stemmen binnenin het hoofd aanweziger en krachtiger konden zijn dan die van de akoestiek in de werkelijkheid gebruik maakten – vooral wanneer ze een beschuldigende lading hadden. In die eerste Choreaanse weken had hij zich nog beziggehouden met wat er allemaal gezegd was door rechter Ritterbach en de openbare aanklagers Poindexter en Longenecker. Dunning & Hendrix hadden een goede tegenstem geboden. En Remo... Remo had het allemaal goeddeels zwijgend aangehoord, zowel in de rechtszaal als later, via de opdringerige herinnering, achter tralies. De Grand Jury, de inleidende zittingen, dat had allemaal met het Grote Compromis te maken. Als jullie dit, dan wij dat. Beschuldigingen op het tweede plan sneuvelden ten gunste van de hoofdaanklacht, die weer werd toegegeven ten koste van een proces.

De oudere stemmen van Flanzbaum en Trutanic waren *een en al* beschuldiging. Remo kon ze niet kwijtraken, en dan had zich, in de maar al te reële akoestiek van Choreo, nu ook de scherpend aanklagende stem van Scott Maddox bij de andere twee gevoegd. Om er een uurtje van verlost te zijn, had Remo De Griek gevraagd zijn lunch op cel te mogen gebruiken. Gelukkig: de door bloedsmaak gevoede hysterie van Maddox werd door de dichtschuivende deur buitengesloten. Tegenover de twee rechercheurs zat Remo zich binnen vijf minuten, zonder eetlust, alweer te verdedigen.

'Hoe jullie het ook wenden of keren, de boel wensen te verdraaien of niet,' zei Remo, 'overeind blijft dat ik Wendy een eerlijke kans heb gegeven.'

'Om bij een stoplicht de auto uit te springen,' snoof inspecteur Flanzbaum, 'en een huis met een telefoon binnen te vluchten.'

'Ik bedoel, om als fotomodel door te breken.'

'In de negentiende eeuw,' doceerde rechercheur Trutanic, haar bril afnemend, 'lieten verkrachters geld bij hun slachtoffer achter. Om het op prostitutie te laten lijken.'

De erudiete Shannyn keek Remo met weerloos onbedekte ogen aan, blind knipperend, en beademde op goed geluk haar brillenglazen aan beide kanten.

'Het *was* geen verkrachting,' riep Remo uit, nu echt wanhopig. 'Hoe vaak moet ik dat nog... Leg het meisje aan de leugen-detector. Dan zal niet alleen blijken dat ze het wilde... ook dat ze het fijn vond.'

Met de weinige speling die de boord van haar trui toestond, wist Trutanic op de tast haar bril schoon te poetsen. 'Dat is weer typisch *twintigste* eeuw,' zei ze. 'Sinds de feministes genot en klaarkomen en al die dingen voor de vrouwen hebben op-geëist, wil zelfs de verkrachter dat zijn slachtoffer het naar haar zin heeft gehad.'

Shannyns ogen, die zich in het overvloedige buislicht tot vle-zige spleten vernauwden, begonnen plakkerig te tranen. Ze hield de bril omhoog om de helderheid ervan te testen, maar zag pas weer iets toen ze hem opzette.

4

Na de lunch werden de twee schoonmakers geacht het schoon-krabben van leuningen, spijlen en relingen te hervatten.

'Het is net als met die zwaarden bij archeologische vond-sten,' zei Remo, die met een staalborstel over een stuk reling roste. 'Je weet niet waar het harde vuil ophoudt, en de roest-laag begint... en of die nog iets van het oorspronkelijke metaal bewaart.'

'Li'll Remo, Charlie geeft geen ruk om de archeologie van Choreo,' zei Maddox. 'Oudheidkundig, zus en zo, bodemon-derzoek, hoe heet het, naar alle lagen van Little Remo's mo-rele rottingsproces... dat is wat Charlie wil. De vertrapte bloe-men, de dode kraaien in jouw teelaarde. Ja, sorry, ik ben op-gegroeid in West-Virginia, niet in de woestijn. De afdruk, Li'll Remo, van jouw verkreukelde ziel in kalksteen. Als we zover zijn, dan krijg jij *elk* antwoord van Charlie.'

Aan de ijzeren stekels van de borstel bleven bolletjes viezig-heid van de bovenste vuillaag hangen, meer viel er aan de ba-lustrade niet te reinigen. 'Goed, Scott, ram je vragen maar in me. Ik kan niet meer terug.'

'Als je al wist,' vroeg Maddox, 'dat die Wendy een aanfluiting was voor je reportage... waarom het wicht dan nog verder op sleeptouw genomen?'

'De angst om moeder en dochter teleur te stellen,' zei Remo. 'Ik kan mensen niet zomaar afdanken.'

'Liever hou je ze aan het lijntje,' grauwde Maddox, 'tot het echt niet langer kan... tot je je vuile zin krijgt, of niet krijgt... en dan laat je ze des te harder vallen.'

'Ze hebben *mij* laten vallen.'

'Zal ik jou eens wat vertellen, Li'll Remo?' Maddox maakte een hoekig dansje rond Remo, en voerde daarbij een soort schijnkarate uit. 'Je had de kleine slet 's morgens vroeg al kunnen ophalen. Niet? Een fotograaf, is mij verteld, heeft licht nodig. Maar jij... jij had geen haast. Welnee. En weet je waarom niet? Jouw herdersuurtje valt pas zo tussen vier en vijf 's middags. Net als bij de meeste mannen. Net als bij Charlie...'

'Ja, ik merk dat je het voor vanmiddag aardig aan het voorbereiden bent,' zei Remo, 'door al die details over mijn herderinnetje uit me te zuigen. Het is pas half drie.'

'De moraal, Li'll Remo, daar ging het om. De jouwe tegenover die van mij. Ons lidmaatschap van het Kwaad.'

'Het meisje,' zei Remo, 'probeerde aan Jacky's vijver heel geraffineerd te poseren. Doortrapt zelfs... Het bleef allemaal houterig, tot in het opheffen van haar billen. Erosie van onschuld... ongereptheid met een mysterieus patroon van haarscheurtjes... *dat* had ik willen laten zien. Ik was er ver van verwijderd. O ja, voor Jacky en haar gasten, aan het tuinraam, zal het er gewichtig genoeg hebben uitgezien.'

'Hoe laf doorzichtig, dit alles,' gromde Maddox. 'De grote kleine man gaat zijn prinses fotograferen, en weet niets anders dan... het blad van een waterlelie. Om haar op te laten hurken. Allemaal zelfopgeilerij.'

'Dit gesprek, Scott, begint al aardig op het rechercheverhoor van toen te lijken. Op de woordkeus na dan.'

'Aan zo'n gesprek, Li'll Remo, kan Charlie niets anders

dan een beroepsdeformatie bijdragen. Ik ben zo vaak ondervraagd... zo uitputtend... ik kan niet anders meer praten en denken. Een goede ondervrager, zei Jacuzzi een keer tegen me, is een leugendetector zonder stekker.'

'Laat maar horen, Scott, de gedetecteerde jokkebrokkerij.'

'Ik erken graag mijn meerdere in doortraptheid,' snauwde Maddox. 'Er zijn zoveel jonge vrouwen door mijn handen gegaan... ik ken alle trucs om ouders te misleiden en af te schudden. Heel knap, die mensen aan het raam van hun vergulde zwijnenstal. Ach, kijk Li'll Remo toch eens toegewijd bezig zijn. En zo gedreven. Helemaal de vakman. Ah, de telefoon. Oh, de moeder van het meisje. Alles in orde, mevrouw. We hebben net haar vieze neus afgeveegd.'

5

Het huis van Jack zag uit op de Franklin Canyon. Het terrein, dat hij deelde met een bevriende acteur, was te betreden via een elektronisch te openen poort, die Remo altijd aan het schuldige hek waarop de Cielo Drive doodliep deed denken. De krijgers van Hurly Burly waren er die nacht omheen geklommen, maar eerder op de avond had het hun slachtoffers toegang verschaft tot het executieterrein.

Remo stapte uit de Chrysler, en drukte op de bel naast de poort. In afwachting van een reactie draaide hij zich om naar Wendy, die stralend naar hem leek te glimlachen (eindelijk had de fotograaf haar diepste wens geraden), maar dat lag waarschijnlijk aan de vertekening die de voorruit vol gespiegeld boomblad gaf.

'Hallo?' Door de intercom de stem van Helena, de tijdelijke huisbewaarster. Remo maakte zich bekend. Hij kende haar uit de tijd dat hij min of meer bij Jack woonde. 'Er is niemand thuis,' zei Helena met haar Griekse tongval. 'Grote mot. Jack is skiën, en Anjelica... geen idee of ze nog leeft.'

Zijdelings knipogend naar Wendy legde Remo uit dat hij

een model bij zich had, en in Jacks tuin wat foto's voor een tijd-schrift wilde maken.

'Ik kan voor je opendoen,' zei Helena. 'Ik kan je geen licht geven om te fotograferen. Nou, ik ga drukken. Hek goed ach-ter je in het slot duwen. Er loopt hier een of andere maniak rond... die heeft laatst nog geprobeerd de tuinman met een hark de hersens in te slaan.'

'Geen nood, Helena. Maniakken zijn mijn specialiteit.'

De huisbewaarster stond bij Jacks garage op ze te wachten. Ze had nog altijd het vlijmscherpe, donkere profiel dat haar zo ongenaakbaar maakte in *Two Minutes Waltz*, waar ze als lift-ster van Jack vanaf de achterbank het einde van de wereld, of liever de zelfmoord van de aarde, mocht aankondigen. Remo stelde de dames aan elkaar voor. Helena deed de deur tussen de garage en de keuken van het slot, waarmee het hele huis ontsloten werd, inclusief zwembad.

'Ik sterf van de dorst,' zei Wendy.

Remo deed of hij thuis was, trok de koelkast open, en vond een fles champagne tussen de kegelflessen Colt Beer. 'Een Heidsieck,' zei hij. 'Jack vindt het vast wel goed, Helena, dat we ons hieraan vergrijpen. Volgende keer stel ik hem schade-loos met een bejaarde Dom Pérignon.'

'Glazen,' zei Helena, 'staan in dat kastje daar.'

Zij dronk staand een half glas mee, en verontschuldigde zich toen dat ze nog werk had aan een filmscenario. (In Beverly Hills moest je nooit geloven dat een huisbewaarster zomaar genoegen nam met de bijrol van doemdenkster: haar volgen-de film schreef ze zelf.) Door het keukenraam zagen ze Hele-na naar het gastenverblijf lopen dat haar tot conciërgewoning diende. Remo probeerde zich de huisbewaarder van de Cielo Drive voor de geest te halen. Billy. De enige overlevende van het eerste rondje Hurly Burly. Remo had hem te kort gekend: er hoorde geen gezicht meer bij. Een legendarische conciërge, evengoed. Het bloedigste slagveld uit de geschiedenis van Los Angeles, en het enige dat hij er in zijn tuinhuis van gemerkt had, was een deurklink die aan de buitenkant werd neergedrukt en weer losgelaten. Voor een filmmaker een jaloersmakend suggestief beeld, dat het hele bloedbad had kunnen vervangen. Goh, Billy, wat is er toch van je geworden? Ook een kapot leven, voor de rest van je dagen? Hij was achttien toen, en net van school. Zesentwintig, zevenentwintig nu. Nee, een officiële conciërge zou hij wel niet geworden zijn. Een goede slotenmaker misschien.

'Kijk, een jacuzzi.' Wendy stond voor het andere raam, dat uitzicht bood op het zwembad. 'Mag ik erin?'

Remo ging naast haar staan, en legde onnadrukkelijk (hij moest toch ergens op leunen) een hand in haar nek. Uit het bubbelbad in z'n houten huisje aan de rand van het bassin wapperde een langgerekte stoomwolk.

'Eerst werken,' zei Remo. 'Het licht wordt hier ook al zwakker. Bloes maar eens uit.' Wendy deed wat haar verlangd werd.

'Nee, glas in de hand.'

Hij verwisselde van lens. 'Die beige jurk van je moeder. Met de steekzakken.'

Bij het omkleden trok Wendy met de spijkerbroek ook haar slipje naar beneden. Per ongeluk of expres, dat viel niet uit te maken. 'O, sorry.'

'Nee, uitlaten,' zei Remo toen ze het broekje weer op wilde trekken. 'Door de jurk heen wil ik een mooie vlek zien schemeren. Donker en mysterieus.' Bij die laatste woorden liet hij zijn stem dalen, als een sprookjesverteller die aan het diepst van het woud toe is.

'Best.' Wendy stroopte alles af, en liet de lange japon over haar naakte lijfje glijden. Met vlakke hand streek ze er op buik en billen de kreukels uit. 'Niet te ouwetutterig?'

'Handen op de keukentafel,' gebood Remo, 'en achteroverleunen.'

Zo werd de volgroeide driehoek van schaamhaar pas goed zichtbaar door het beige katoen. Hij drukte vier, vijf keer af, en wierp haar toen uit een open doos op het aanrecht een suikerklontje toe. 'Dit tussen je tanden.'

Wendy beet het doormidden. De ene helft hield ze tussen

haar hoektanden geklemd, terwijl het andere deel op haar tong tot een glinsterende pap smolt.

'Niet doorslikken. Mond verder open.' Remo nam haar gezicht in close-up. 'Tong iets meer rekken... zo, ja. Werk nu maar weg.' Wendy liep naar het aanrecht, en liet haar van suiker verzadigde speeksel in de gootsteen druipen. Ze spoelde rijkelijk met water na.

'Te zoet?'

'Ik ben geen circuspaard.'

'Een raspaardje, dat wel.'

'Nu heb ik de jacuzzi verdiend.'

Ze gingen naar buiten. Ook aan deze kant van de Mulholland Drive was de zon nu weg. Er hing zelfs al iets schemerigs in de lucht. 'Met een 1.4,' mompelde Remo, 'valt Apollo misschien nog te vermurwen.' Hij schroefde een andere lens in zijn camera.

'Weet mijn moeder dat ik hier ben?'

Remo liep naar de tuindeuren naast de keuken, en trok ze open. Hij schoof witte gordijnen opzij, tastend naar een lichtschakelaar. Het was Jacks boudoir, met een televisiescherm groot als een bioscoopdoek. Op de bedbank werden filmrollen tot in hun haarwortels uitgebroed. Remo wees Wendy de telefoon. Zij draaide het nummer van haar huis. 'Mam? Met Wen...'

Remo slenterde ongeduldig het betegelde terras rond het zwembad op. Hij stak zijn hand in het bubbelbad, waarvan het water de juiste temperatuur en turbulentie had, en vroeg zich af waarom de jacuzzi gebruiksklaar werd gehouden als Jack in Aspen aan het skiën was en Anjelica op de Strip haar minnenijd verwinkelde.

'...in het huis van jouw favoriete acteur. Ooit gedacht, mam? Ja, ik zal hem roepen.'

Remo liep uit zichzelf al naar de tuinkamer, en nam de hoorn van Wendy over. 'Tammy? Het loopt ietsje uit. Erg? Nog een paar plaatjes voor donker.'

'Hou er rekening mee,' zei Mrs Zillgitt, 'dat de San Diego en de Ventura aan het eind van de zondagmiddag akelig dicht kunnen slibben.'

'Tammy, ik draag je kostbare schat desnoods langs karrensporen naar huis.'

6

Wendy trok de jurk met de steekzakken over haar hoofd, en wierp hem over een leuning van de zwembadtrap. Met haar dunne benen, die bij hun plotselinge groei geen gram vet hadden vergaard, stapte ze in het bubbelende water. Remo fotografeerde haar naakte lichaam, eerder mager dan slank, door de stoom heen, en nadat ze zich langzaam in de ronde kuip had laten glijden nog eens, maar dan vervormd door de elkaar verdringende luchtbellen.

Het was geen onverklaarbaar déjà vu. Zo had hij meer dan tien jaar geleden Sharon in bad gefotografeerd op de set van *The Vampire Destroyers*. Alleen gekleed in voddige flarden schuim zat ze in een ouderwetse kuip van geblakerde duigen, waar de man van de speciale effecten telkens een keteltje heet water in moest gieten om voldoende verhullende damp op te wekken. De foto's waren in *WorldWide* afgedrukt, en hadden haar carrière, zoals dat zo mooi nautisch heette, in een stroomversnelling gebracht. De wastobbesessie had plaats de dag nadat Sharon zich aan zijn hotelkamerdeur was komen beklagen over zijn schandalige omgang met acteurs, en ze voor 't eerst met elkaar geslapen hadden (de nacht met het kaarsbeschenen Draculamasker niet meegerekend). Na haar een dag lang afwisselend door een filmcameraoog en het oog van een fototoestel begluurd te hebben, leek zijn bloed stroperig van vadsige lust. Voordat ze naar de kleedkamer verdween, vroeg hij haar alles zo te laten en, compleet met de rode pruik die bij haar rol hoorde, naar zijn kamer te komen. En weer zei ze heel lief, met een pruilerig tuitmondje als van een klein meisje, zijn accent imiterend: 'Ja, dat wil Shurrun wel.'

Remo zette de flûtes champagne op de rand van de jacuzzi, en kiekte Wendy er precies tussendoor. Toen het rolletje op was, en het te donker bleek om er nog een vol te schieten, reikte Remo Wendy haar glas aan. Ze klonken. 'Dat de fotoserie,' zei Remo, 'jouw schoonheid recht moge doen.'

Met een ernstig gezichtje bracht ze de flûte naar haar lippen – zo dicht beslagen dat hij van matglas leek. 'Kom erbij.' Ze bewoog zich traag zijwaarts, tegen het kolkende water in zwemmend, naar de badwand. Haar spinnenpoten golfden. Er hing een woelende egel tussen. 'Mij te heet. Ik zwem liever.'

Remo kleedde zich uit, liet de koude buitendouche even over zich heen stromen, en nam een scrotumschrompelende duik. Al na twee, drie baantjes werd hij door Wendy geroepen. Ze stond rechtop in het bubbelbad. Haar natte, gladde huid, op twee banen na nog mokkabruin van de vorige zomer, leek in z'n strakheid overal vandaan naar die ene plek toe getrokken te worden, alsof daar elk moment de knoop los kon springen: haar navel. Damp als een mantel rond haar schouders.

'Ik voel me niet goed.' Ze wiekte met haar armen, en wankelde. 'Mijn astma. Ik heb niets bij me.'

Die hoekige kinderheupen, daar had hij graag eens met zijn vingerknokkel op geklopt. 'Als de weerlicht uit die stoom dan.' Remo zwom naar het trapje, en hees zich de kant op, daarbij met zijn naakte lijf langs Tammy's steekzakkenjurk strijkend, die over de leuning zacht hing te bewegen op de wind. Zijn hart pompte heftig, terwijl hij nog maar zo kort gezwommen had.

Bij het jacuzzihuisje lag een stapel badlakens. Remo vouwde er een uit, en sloeg het om Wendy heen, die moeizaam uit het bubbelwater klauterde. Hij begon haar zo'n beetje droog te kloppen. Ze ademde snel in en uit door haar mond en neus tegelijk, als een barende vrouw die puffend de weeën opvangt. 'Heb je dat vaker?'

'Even liggen.' Ze liep slingerend, met naar binnen gekeerde

voeten, op de open tuindeuren af, alsof de natte handdoek nog een te groot gewicht voor haar vormde. 'Anders... anders raak ik buiten... buiten westen.'

'Wat doe ik in dat geval?'

Ze keek hem door een gordijn van nat haar gekweld aan.

'Probeer het 's met... mond op mond.'

Remo, zelf nog druipend, leidde haar voorzichtig de tuinkamer binnen. Hij rende terug naar de jacuzzi, waar hij zich haastig afdroogde. Met het badlaken rond zijn middel tussen de witte gordijnen door. Na het telefoneren had hij de lamp weer uitgedaan. In het weinige licht dat nog van buiten kwam, glom het enorme televisiescherm als een zwarte spiegel, en zelfs nu kwamen de verkeerde stemmen hem plagen. (Inspecteur Helgoe: 'Deed uw vrouw aan zwarte magie?')

Remo knielde bij het rillende meisje neer, en wreef haar met de grote handdoek verder droog. Hij merkte hoe ze onder zijn handen haar rug hol maakte, zodat de buik, zo plat als hij was, steeds verder naar voren kwam te steken. Door het kippenvel trok haar huid nog strakker. Ze bleef snel ademen, maar niet zo dat je per se aan een aanval van astma dacht.

'Gaat het?'

'Het gaat.'

Wendy zakte op haar knieën. Hun gezichten waren nu zo dicht bij elkaar dat hij de hitte van haar adem in korte stootjes op zijn koude oogleden kon voelen. Ze huiverde, misschien alleen maar om het badlaken van zich af te laten glijden. Zijn duimen masseerden het uitstekende bot van haar jongensheupen, waarbij zijn vingers door de kuiltjes in haar kleine billen streken, daar ontstaan uit de kracht waarmee ze haar dijen tegen elkaar perste.

Remo draaide zijn gezicht zo dat Wendy's hete pufjes over zijn lippen sprongen – en opeens kroop haar tongetje, merkwaardig koud, sidderend zijn mond binnen. Haar kus had de mierzoete smaak van snoep, en toen Remo hem beantwoordde, trof hij scherpe suikerkorrels tussen haar kiezen aan. Zijn handen kneedden de deuken uit haar billen, waarna haar vlees

657

zich overal ontspande en door eigen zwaarte, hoe gering die ook was, enkele centimeters langs haar gebeente naar beneden leek te glijden. Haar lichaam veranderde, misschien wel voorgoed, van vorm. Remo's vingers konden niet meer bewerkstelligen wat ze alleen nog hoefden te constateren: dat Wendy nat en glad en warm was waar ze nat en glad en warm diende te zijn.

'Verder?'

'Best.'

Remo merkte dat hij de handdoek te strak om zijn middel had gewonden, en maakte de knelling ongedaan. Zonder elkaar los te laten verplaatsten ze zich op hun knieën naar de bedbank. Als ze tegen ging stribbelen, kon hij het altijd nog bij wat kussen en strelingen laten. Onder het kantelen van haar lijf sliertten de verrukkelijke kikkerpoten uit elkaar. Remo klom er van het voeteneind af tussen, en ging in het verlengde van die manoeuvre als vanzelf tot haar in, zonder dat er een behulpzame hand aan te pas kwam.

'Fijn.'

'Ja, hoor.'

Hij bewoog zacht. Het meisje liet wat dunne piepgeluidjes horen. Meer aanmoediging had hij niet nodig. Waarom, in Godsnaam en in naam van Eros, kostte het een half mensenleven aan barre en boze visioenen voordat er eindelijk eens een van uitkwam (en hoe)? Misschien juichte zijn bloed te vroeg, want vlakbij het huis ruisten autobanden door het grind. Het dunne lijfje onder hem verstrakte, en begon bijna onmiddellijk weer te beven. De manier waarop Wendy hem dusdoende in zich vastsnoerde, was hem niet onaangenaam.

'Het is niets,' fluisterde hij. 'Jack is terug.'

'Zometeen komt hij binnen.'

'Hij ziet de auto. Ik slaap altijd in deze kamer. Hij zal ons niet storen.'

'Straks met hem op de foto,' murmelde Wendy. Ze ontspande zich, en verloste zo Remo van haar wurggreep. Hij liet zich uit haar glijden, en vroeg Wendy zich op haar buik te keren.

Met zijn vingertop wreef hij over het geribbelde plekje tussen haar billen. 'Mag het ook hier?'

'Niet zonder.'

Er sloeg een autoportier. Remo opende de deur naar de badkamer, en zocht de kastjes af tot hij de juiste flacon gevonden had. Even bleef hij staan luisteren naar de voetstappen in het grind. Jack zou nog wel even bezig zijn met het van de imperiaal schroeven van zijn skiuitrusting, en het opbergen ervan in de garage. Remo ging terug de televisiekamer in. Hij oliede Wendy, zalfde zichzelf, en maakte toen het visioen waar dat hij zelfs niet tot verwerkelijking *in staat* had geacht. Wendy kreunde lief klaaglijk, maar doorstond de beproeving. 'Alsof je een engel naait,' had iemand ooit van deze liefdesvariant gezegd. De engel moest dan wel eerst de aardse gedaante van Wendy aannemen, met vernauwde luchtwegen en al.

Remo voelde een van suiker doordrenkt orgasme uit zijn lendenen omhoog kruipen toen Wendy hem opnieuw in zich vastschroefde, genadelozer nog dan de eerste keer.

'Dat lampje,' fluisterde ze gejaagd.

Op het telefoontoestel, naast de bedbank, was een oranje lichtje aangegaan. Het betekende dat er elders in huis gebeld werd. Wendy's tot het uiterste verkrampte lichaam dwong Remo tot het langgerektste hoogtepunt dat hij ooit gekend had. Nog voor het goed en wel ten einde was, veranderde het televisiescherm in een eenrichtingsspiegel, waarachter een uitgelezen gezelschap van gerechtsdienaren, moraaltheologen en militante ouders grimmig toezag hoe hij de laatste hand legde aan het vermoorden van de onschuld.

'Ik moet naar huis,' zei Wendy. Ze ontdeed zich van hem als van een hardlijvige drol: tot andere beeldspraak was zijn walging niet bereid. Met een sprong verdween ze van de bank en uit de kamer. Tussen de nawapperende gordijnen door zag Remo haar bij de zwembadtrap Tammy's jurk aanschieten. Met een hand voor zijn geslacht deed hij de deur naar de gang open. 'Jack, ouwe slalomheld. Hoe was Becky op de latten?'

'Ik ben aan de telefoon.' De stem van Anjelica. 'Ik kom zo.'

659

Bij de jacuzzi, die onaangedaan borrelde, kleedde Remo zich aan. Geen spoor van Wendy. In de keuken, waar gemorste suiker onder zijn zolen kraakte, raapte hij haar spijkerbroek en slipje op. Hij vond haar uiteindelijk in de auto, die voor de garage geparkeerd stond, inmiddels in het gezelschap van Anjelica's Mustang, waarvan de achterbank tot aan het dak volgestapeld lag met modetassen en onduidelijke voorwerpen in paars vloeipapier. Remo legde de jeans in zijn kofferbak, en wierp door het open portierraam Wendy haar broekje in de schoot. 'Hier, aantrekken. Ik wilde je nog even aan de gastvrouw voorstellen.'

'En dan met haar op de foto zeker?' zei ze, van hem wegkijkend. 'Ik ga niet terug.'

'Goed, dan zeg ik haar nog even gedag.'

'Ja, de groeten.'

'Je hoeft niets uit te leggen,' zei Anjelica met de harde blik die ze kon zetten. 'Ik heb het al van Helena gehoord.'

'Nou, dan ga ik maar eens.'

'Waarom nu opeens zo'n haast?'

'Mijn model heeft een aanval van astma. Ze wil naar huis... naar haar medicijnen. Zeg tegen Jack dat ik binnenkort zijn champagnevoorraad kom aanvullen. Ik leg er een Dom Pérignon bovenop.'

'Jack en ik zijn uit elkaar. Ik bevind me op verboden terrein. Als jij...'

'Maak je geen zorgen, Anjelica. Reken op mij. Ook tegenover mijn beste vriend kan ik zwijgen als het graf.'

7

'U heeft het meisje op z'n minst misleid,' zei inspecteur Flanzbaum, 'door te verzwijgen dat uw vriend Jack in Aspen, Colorado was.'

'Miss Zillgitt heeft verklaard,' zei rechercheur Trutanic, 'dat u haar onophoudelijk bij bleef schenken uit de magnum champagne. Ze had later geen idee hoeveel u haar had laten drinken.'

'Het *was* geen magnum,' zei Remo, niet voor 't eerst. 'Uit een magnum gaan twaalf flûtes. Uit een gewone fles zes. Ik heb eerst drie glazen volgeschonken, inclusief dat van de huisbewaarster. Later zag ik Anjelica met een glas. In de fles zat nog een bodempje. Waarschijnlijk heb ik de flûtes van Miss Zillgitt en mij tussendoor bijgevuld, maar daarmee was de koek toch echt op.'

'Blijft staan,' zei Flanzbaum, 'dat u het meisje verdovende middelen heeft toegediend.'

'Een halve tranquillizer,' zei Remo. 'Tegen haar astma.'

'De bijwerkingen,' zei Trutanic, 'kwamen u goed van pas.'

'Er is ons gebleken,' zei de inspecteur, 'dat Miss Zillgitt helemaal niet aan astma leed. U heeft haar aanval verzonnen om...'

'*Zij* heeft de kwaal voorgewend,' riep Remo uit, 'niet ik.'

'O, *u* bent verleid,' krijste Trutanic.

'Als de genegenheid van twee kanten komt,' zei Remo, zacht nu, 'spreek je niet van verleiden. Ik ben misleid.'

'Door het meisje,' probeerde Flanzbaum.

'Ook,' zei Remo. 'In de eerste plaats door dat berekenende kreng van een moeder. Ze had mij niet gezegd dat haar dochter pas dertien was. En Miss Zillgitt zelf, die spiegelde mij een grote sexuele ervarenheid voor... die trouwens door haar gedrag in de televisiekamer niet weersproken werd.'

8

Vanuit de glazen cipiersloge op de tweede verdieping was ik er getuige van hoe daar beneden, op de kale toneelvloer, een tweepersoons rechtszaak z'n apotheose naderde. Ontdaan van alle rituelen, vlaggen, toga's, houten hamers en in plastic verzegelde Buckmessen speelde het proces alleen nog tussen de hoofddader en zijn enige in leven gebleven slachtoffer, dat op zijn beurt de doden vertegenwoordigde. Mijn collega's hadden er, meer nog dan anders, allerlei gezever over dat ik zo vaak het hok uit liep, en telkens iets op de Ring te doen had, al was zelden duidelijk wat precies.

'Laat die twee keffende bastaardjes toch, Spiros,' zei Burdette. 'Als ze mekaar een oor afbijten, zijn we gauw genoeg beneden.'

Gevangene Woodehouse mocht wel een beetje oppassen, met zijn innerlijke zelfverbanning. *Zelf* de kruik willen zijn die in zesduizend scherven uiteenvalt, met op elke scherf jouw naam: allemaal ijdele nieuwlichterij en gevaarlijke hoogmoed.

Goed, zijn eenzame hoogte was geen luchtspiegeling. Nooit eerder had een film de heilige tragedie zo dicht benaderd als de zijne uit 1974. Afwezigheid van wind werd hier afwezigheid van water, en er moest hoe dan ook een dochter geofferd worden, terwijl de sinaasappel verschrompelde aan z'n boom. De critici reageerden, zoals het hoorde, met trekkende neuzen, alsof ze net een haal snuif hadden genomen. De silhouetten in het bioscoopduister gaven zich gewonnen, en opeens leek zijn talent boven alle kritiek verheven. Gevaarlijker dan een plotseling te hoge bloeddruk steeg de roem hem naar het hoofd. Nog eens, Woodehouse, les 1 voor de ambitieuze sterveling: *nooit* de naijver van de goden over jezelf afroepen. Te zeggen dat zijn meesterwerk de heren daarboven tartte, was misschien te veel eer voor hem, maar dat hij met hun lichtgevende kloten speelde, stond buiten kijf.

Eenzame hoogte: ik heb een Griekse generaal gekend die alles en iedereen voorbij was gestreefd. Hij dacht zich *alles* te kunnen permitteren, zelfs het planten van zijn onwaardige mensenvoet op gewijde grond. Hij klom over de ommuring van een heiligdom, durfde opeens niet meer verder, de held, en klauterde weer terug. De beroemde strateeg kwam aan de andere kant lelijk terecht – en dat lag niet alleen aan de hoogte van de muur.

De generaal had zich met zijn roem naar het niveau van de

goden opgewerkt. Maar zo'n groepsportret past ze niet. Wie de goden aan zijn zijde denkt te hebben, vindt ze vierkant tegenover zich. En dan wil ik ook nog wel verklappen dat de hoogmoedige daad van onze topmilitair een knap staaltje verleidingskunst door de verlichte heren was. Hij liet zich inpalmen – en moest op de scherven zitten.

Geen bed van lauweren. De wedijver terstond hervatten, anders gebeuren er ongelukken. Een geniaal regisseur die zich een fotoklus aanmat, om zich tot slot te trakteren op een willig jacuzzinimfje, dat was zo'n prooi voor de afgunst van de goden. Binnen een etmaal hadden ze hem waar ze hem hebben wilden.

In Choreo was zijn neergang eigenlijk nog maar net begonnen. Als hij in z'n eentje schervengerichtje kon spelen, dan ik ook.

9

'Het christelijke mededogen in jouw wereld, Li'll Remo,' zei Maddox met iets gemeen lievigs, 'hoe staat het daarmee?'

Naar een reinigingsplan van hoofdbewaker Carhartt waren ze bezig de ijzeren relingen vol aangekoekt vuil met in sop gedrenkt toiletpapier te omwikkelen. De verwachting was dat de smerigheid zo zacht zou worden, en los zou weken, en dan alleen nog maar met een ijscostokje weggeschraapt hoefde te worden. ('Ernie wil hier alles pico bello hebben,' had De Griek in een terzijde de twee poetsers toegevoegd, 'voor als de grote moederadelaar komt neergedaald om onze gelederen te versterken.') Het was een hopeloos karwei, typisch Carhartt, want het doordrenkte papier brak niet alleen in stukken, de flarden losten op tot grijze snot in je handen. De verbandzwachtels rond Maddox' polsen hadden nu extra windselen van pleepapier.

'Hoe bedoel je?' Remo was Maddox' vragen spuugzat. Hij wilde antwoorden van hem.

'Nou, je rechters hadden kunnen zeggen: die man is nog steeds gek van verdriet... die weet niet wat hij doet. Hij kan het allemaal nog niet geloven... zit te wachten tot zijn vrouw komt binnen zweven, en dan... dan zet iemand hem een *San Quentin jail bait* voor. Treurenden proeven niets. Ze verstouwen. Het gaat buiten ze om.'

'Bij een paar vrienden, de overgeblevene,' zei Remo, 'zag ik die compassie op het gezicht. Maar zelfs zij durfden hun verontwaardiging niet de wereld in te schreeuwen. Bij de Grand Jury hoefde je met de grote tovertruc niet aan te komen...'

'Tovenarij... vertel.'

'Nou, de wonderbare verandering van verhardende omstandigheden in verzachtende omstandigheden, die ging niet op. Ik moest hangen. Alsnog. Voor de misdaden die ik acht jaar tevoren over mijn huis en erf had afgeroepen.'

Maddox tuurde met zijn ene oog langs de hoopjes en slierten papierpap op de balustrade. 'Als je 't mij vraagt, Li'll Remo, dan was het allemaal aandachttrekkerij, dat met die Wendy. Je moest iets kapotmaken... om de ogen jouw kant op te krijgen. Iets stuktrekken, om niet te hoeven uitroepen: "Kijk mij! Ik lijd, zien jullie wel? Alles van mij is kapot! En geen mens bekommert zich om mij!" Wat jij stukmaakte, Li'll Remo, had nooit een kind van dertien mogen zijn.'

'Ga tegenover de duvel z'n moer de moralist uithangen,' riep Remo uit, 'en laat mij met rust.'

Hij schraapte met zijn nagels de restjes grijs van zijn handen. Nat toiletpapier had van zichzelf een ingewandsgeur.

'Mijn weglopertjes,' zei Maddox, 'waren tenminste niet meer nat achter hun oren. Ze kwamen vrijwillig tot Charlie.'

'Hun vaderloze baby's iets minder vrijwillig.'

'Mr Remo praat mij van innerlijk exil,' schreeuwde Maddox plotseling. 'Een talent te groot om mee in competitie te gaan. En de bla, en de bla, en de bla. En zie, het zelfverbannen genie produceert derderangs kiekjes... en waarom? Om een kindmeisje te krijgen waar hij het hebben wilde. O, laten we voorzichtig gaan kijken, Li'll Remo, of het waakvlammetje bij de Unknown Tragic Magic nog brandt. Hou je adem in, dat het niet uitwaait. Het eeuwige mag niet voor het tijdelijke verwisseld worden.'

'Scott, ik gun jou je zielige hoon,' zei Remo, 'maar laat ik het nog een laatste keer rustig samenvatten. Ik ben erin geluisd door de ambities van Mrs Zillgitt. Geen woord over de ware leeftijd van haar dochter.'

Als Maddox zich opmaakte voor bergrede of donderpreek was dat eerder nog aan zijn houding dan aan zijn toon te merken. 'Een vrouw die haar dochter prostitueert,' probeerde hij bezwerend te galmen, maar zijn stem bleef hees, 'is in haar eentje de Heilige Drie-eenheid. Moeder, Hoer en Pooier in Een Persoon. Ze verhuurt de kut die door haar eigen kut is voortgebracht. Het bedrijf verjongt zich naar beneden toe, zegt Charlie altijd. Gebruikt Mrs Zillgitt haar bloedeigen kind ook nog als chantagemiddel, dan... Charlie kan er alleen maar respect voor hebben... dan is ze de ideale vrouwelijke souteneur. Vertel mij wat, Li'll Remo. Ik ben zelf de dochter van een hoer.'

Het was of bij de herinnering een glimlach door de verbandkap zichtbaar werd, maar meteen daarna bracht Maddox zijn omzwachtelde hoofd vlakbij dat van Remo. 'Maar jij,' schreeuwde hij, 'jij had nooit de klant van die moederpooier mogen worden. Hoge artistieke motieven aandragen om het dochtertje in de stemming te brengen. Wat had je nou eigenlijk te mekkeren over *mijn* talent?'

'Niets. Behalve dat als het bestaan had, er een heleboel mensen nog in leven zouden zijn geweest. Verder niets, hoor, Scott.'

'Als in Charlies moraal de worm zit,' snauwde Maddox, 'dan is Li'll Remo's moraal een kluwen wormen. Er is een groot verschil tussen ons. Ik heb jonge vrouwen gemanipuleerd. Zeggen ze. Ik ben ervoor ter dood veroordeeld. Jij hebt een minderjarig meisje gemanipuleerd, en moet daarvoor in Choreo de rorschachtest ondergaan. Allemaal een kwestie van milieu. Van de juiste heuvels.'

Met een krachtig veeggebaar van zijn hand over de reling

sloeg Remo een deel van de papierpap in Maddox' richting. De vuiligheid overdekte zijn verband en overall met spetters als van een grijze diarree. 'Godverdomme, stuk stront! Hadden ze niet meteen, in dat groene kamertje, de beul afdoende anesthesie op je kunnen laten toepassen? Ik sta hier tegenover de architect van Hurly Burly, en die komt mij 's even vertellen dat *ik* van ons tweeën de misdadiger ben.'

'Aan mij iets toegeven, Li'll Remo, is nog iets anders dan voor het openbaar ministerie iets bekennen. Van de rechter krijg je straf in ruil. Van Charlie... antwoord op alles.'

'Ik ga geen verkrachting bevestigen. Ook niet tegenover iemand die zelf een verkrachter is, en mij erom zou bewonderen. Ik ben misleid. Ik ben erin geluisd. Door de moeder, maar later ook door de koehandel van de rechtbank.'

Terwijl Remo het zei, wist hij het opeens niet zo zeker meer. Dezelfde woorden had hij ook steeds tegenover zijn advocaat gebruikt, maar dan met grote stelligheid, die nu verdwenen leek. Als deze Charlie hem, met zijn reputatie van hypnotisch overwicht op anderen, zover gekregen had, dan was dat reden het mannetje alsnog te wurgen – of zelfmoord te plegen.

'Licht gestraften als jij,' gromde Maddox, 'doen de argumenten van de rechtbank altijd af als... als juridische manipulaties. Rechter Ritterbach? O, die straft Li'll Remo alleen om zijn medeleden van de Palisades Cliffhanger Fish & Gulf & Deer Hunter Club een goede nachtrust te bezorgen. En ook de leden van de Dames & Daughters of the American Revolution & of the Guild of St. Margaret of Scotland... want daar is zijn vrouw penningmeester of secretaris van. Zo alles tot machinaties terug te brengen maakt *jouw* nacht weer goed, Li'll Remo. Wat ik zie, is de winterslaap van een geweten. Als jij 's een keer dat stomme schildpadden ding zou afzetten, en bij jezelf naar binnen zou kijken... nou, reken maar dat je de wormen zou zien krioelen. Jij bent net zo slecht als ik.'

'Als dat laatste waar is, Scott, zitten we hier allebei ten onrechte vast. Ik heb jou nooit anders dan je eigen schuld horen afschuiven.'

666

'O, nee, mijn krijgers waren vrijwilligers,' zei Maddox, rustig nu. 'Ik complimenteerde ze alleen met hun zelfstandige optreden.'

'Als opdrachtgever, Scott, was jij de hoofddader. Je bent ervoor veroordeeld.'

'Ik zeg het je voor de laatste keer, Li'll Remo. Het waren politieke acties... religieus-politiek... In historische noodsituaties is geweld gerechtvaardigd.'

'Waar heb ik die slogan eerder gehoord? Nietzsche, Sartre... Rote Armee, Brigate Rosse. Verzin eens een nieuwe reclamekreet voor je slagerij.'

'En jij,' zei Maddox, 'jij zit hier als misbruiker van kleine meisjes. Dat dient geen enkel politiek doel... geen enkel algemeen belang. Persoonlijke lustbevrediging, en dat ten koste van... van een kinderziel.'

'O, we gaan het over kinderzieltjes hebben,' zei Remo, 'en hoe jouw strijders daar politieke actie mee bedrijven. In historische noodsituaties, wel te verstaan.'

'Bedrijfsongevalletjes,' bromde Maddox, die met een verbandklauw de grijze moppen van zijn overall probeerde te vegen, en daarmee de troep alleen maar dikker uitsmeerde. 'Zulke dingen gebeuren, Li'll Remo, als het voortbestaan van de wereld in het geding is.'

'Ik vat het even samen,' zei Remo. 'Om de wereld te laten voortbestaan, moet... het voortbestaan van de mensheid worden tegengehouden.'

'Om de mensheid te laten voortbestaan, is voor jouw soort *alles* toegestaan. Gerotzooi met net geslachtsrijpe meisjes, dat beschouwen jullie nog als een prima vorm van voortplanting.'

'Zo'n beest ben ik niet.'

'De mens tegenover het dier, Li'll Remo, dat is jouw opvatting van beschaving. Hier de cultuur, daar de natuur. Charlie heeft in Death Valley als coyote onder de coyotes geleefd. Neem van mij aan... er is geen verschil tussen het dierlijke en menselijke in de mens. Eerst laten zien tot wat voor dierlijkheid hij in staat is. Dan praten over beschaving.'

Omdat beneden, met de blik omhoog, bewaker Scruggs voorbij waggelde, begonnen Remo en Maddox de pap van het ijzer te vegen: het werd er alleen maar roestiger van, niet schoner. Een tijdlang werkten ze zwijgend voort, tot al het papier vlokkig in de emmers was opgelost.

'Scott, als jij het Kwaad hebt gezocht,' vroeg Remo na een kwartier, 'waarom dan... ik zoek de woorden... waarom de manifestatie van dat Kwaad dan... gecamoufleerd? Met duistere theorieën? Met Hurly Burly?'

'Net als alcohol,' gromde Maddox, 'kan het Kwaad in z'n puurste vorm niet bestaan. Het moet aangelengd. Anders is het niet te harden zo... zo vluchtig, zo ongrijpbaar. Wat voor systemen, wat voor hiërarchieën had Hitler wel niet nodig om zijn Rijk van het Kwaad te stichten?'

'Gesnapt, Scott. Jouw Kwaad is des temeer het Kwaad naarmate het met de mantel van de ideologie wordt bedekt.'

'Nee, naarmate het besmettelijk is,' kraakte Maddox' stem venijnig. 'Charlie heeft een heleboel gaas voor zijn mond. Toch heeft hij Little Remo met het Kwaad geïnfecteerd.'

'Zeg maar gerust gebrandmerkt.'

'Het is een keurmerk.'

10

'Die eerste officier van justitie,' zei Remo, 'dat was me een zak. Jouw Vincent Jacuzzi was heel wat menselijker.'

'Menselijk genoeg,' mompelde Maddox in zijn verband, 'om mij op het gas aan te sluiten.'

Bij een later verhoor door Flanzbaum en Trutanic was, behalve Remo's advocaat, ook een officier van justitie van het district Los Angeles aanwezig. 'Deze Poindexter,' had Dunning gewaarschuwd, 'geniet de reputatie een hekel te hebben aan Italianen, Mexicanen, Portoricanen, Cubanen, communisten, Polen *en* joden. Waarschijnlijk omdat hijzelf een protestantse Ier is.'

'Zwarten geen probleem?'

'Uit hoofde van zijn functie wil hij zo onpartijdig en onbevooroordeeld mogelijk voor de dag komen. Dat leidt dan weer tot de gruwelijkste freudiaanse versprekingen. Aan de telefoon had hij het al over Mr Polecat.'

'Meneer Bunzing... en dat noem jij een verspreking, Doug?'

Tijdens het verhoor begon Poindexter heel sluw en omslachtig over de verschillende typen en merken bubbelbad, wat het gesprek iets huishoudelijks gaf, met een reiziger in modern sanitair aan de keukentafel. En toen ineens: 'Kunt u mij, Mr Pole, eh, Poleaxe... kunt u als ingewijde mij, de leek die ik ben, uitleggen hoe zo'n jacuzzi werkt?'

'Begrijp ik goed, Mr Poindexter,' sprong Dunning ertussen, 'dat u mijn cliënt tot getuige-deskundige probeert op te leiden?'

'Hij is niet verplicht mijn vraag te beantwoorden.'

'O, mijn medewerking heeft u,' zei Remo. 'Het is allemaal met een oude oom van de familie Jacuzzi begonnen. In de Eerste Wereldoorlog leverden de Jacuzzi's propellers aan de Amerikaanse luchtmacht. Ze geloofden in perfectie. Op een dag brak zo'n ding af... het toestel stortte neer... de familie staakte de productie. Overladen met schuldgevoelens trokken de Jacuzzi's zich terug op hun ranch. Wat nu? Omdat ze het uitvinden niet konden laten, bouwden ze op het erf een nieuw soort waterpomp. Alles mechanisch. Toen kwam oom Gianni in beeld, die krom van de reuma in een karretje hing. Voor hem...'

'Mr Poleaxe, mijn vraag was...' onderbrak de officier van justitie.

'Ik verzoek u,' zei Dunning, 'mijn cliënt te laten uitspreken.'

'De Jacuzzi's hadden nog een hele propeller uit de Eerste Wereldoorlog liggen. Die lieten ze ronddraaien in de vergaarbak van de nieuwe pomp. En zie, het water begon te kolken, en de jacuzzi zonder hoofdletter was een feit. Oom Gianni hebben ze toen in de kuip gezet en een massagebad gegeven. 't Verlichtte zijn pijn.'

'Hiermee, Mr Polecat,' zei Poindexter, 'heeft u nog niets over de moderne uitvoering van het bubbelbad verteld. De zinnenprikkelende turbulentie van het hete water... daar had ik u graag over gehoord.'

'Ik vraag u met klem,' zei de advocaat, 'om mijn cliënt bij zijn correcte naam aan te spreken.'

'Van deze hoogstaande familie,' ging Remo verder, 'is nog een hoogbejaard lid in leven. Tante Rosie. Als u haar laat weten, Mr Poindexter, dat de Amerikaanse moraal is gecrasht door het gebruik van een jacuzzi... nou, ik weet zeker dat zij de productie onmiddellijk laat stopzetten.'

'U weigert ons hete stoom te geven,' zei Poindexter. 'Laat maar.'

11

'Een collega van mij,' zei de officier van justitie, 'heeft drie jaar geleden een boek gepubliceerd. *Hurdy Gurdy*. U wordt daarin afgeschilderd als een ijskouwe, die niet eens commentaar wenst te geven op het doodvonnis dat...'

'Als u nu ook al boektitels gaat verhaspelen,' baste Dunning, 'dan raad ik mijn cliënt u niet langer te antwoorden.'

Inspecteur Flanzbaum krabbelde iets op een stuk papier, en schoof het Poindexter toe, die na een blik op de twee woorden hernam: 'Uit het boek *Hurly Burly* komt u naar voren als iemand die ten tijde van de dood van zijn vrouw... om zo te zeggen... wel iets anders aan z'n hoofd had. Uw echtgenote, zo liet u tijdens een test met de leugendetector weten, was trouw aan u. Zelf hield u er, zogezegd, een heel castingbureau van aankomende sterretjes op na. Is dat correct?'

'De leugendetector liegt niet,' zei Remo. Hij verlangde naar het einde van het onderhoud. Er waren te veel mensen bij elkaar in de kleine verhoorruimte. De toegenomen warmte was het ergste niet: de steeds kruidiger damp van lichaamsgeuren, die werd ondraaglijk.

670

'Kan het zijn dat uw vrouw, achterin de twintig inmiddels, gelet op uw voorkeur voor jonge meisjes, haar aantrekkingskracht voor u...'

'Sir,' riep Dunning, 'eerbied voor de doden graag.'

'...aan het verliezen was?'

'Geen antwoord geven,' zei de advocaat met zijn holste stem.

'De laatste maanden van haar zwangerschap misschien,' zei Remo, met een susgebaar naar Dunning, 'en dan nog alleen fysiek. Zoals meer mannen dat hebben. Mijn liefde voor haar werd in die Londense dagen alleen maar groter. Ik leefde naar het moment toe dat ze uit het kraambed zou herrijzen... als het meisje dat ze nog steeds was. Het is nooit aangebroken.'

12

Opnieuw slingerde zich een snelweg om de Sepulveda Dam heen, maar nu was het de San Diego Freeway, en ze reden in noordelijke richting terug naar de San Fernando Valley. Sinds ze van Jacks huis waren weggereden, hadden ze geen woord meer gewisseld. Wendy zat met haar hoofd van hem afgekeerd, en draaide met een wijsvinger steeds dezelfde krul in haar natte haar.

'Nog last van je astma?' vroeg Remo eindelijk. Een dalend vliegtuig gaf aan waar Van Nuys Airport lag.

'Gaat wel.'

'Benauwd?'

'Minder.' Ze hield een haarstreng zo strak om haar vinger gewonden dat er een waterdruppel uitgewrongen werd, die over de handrug in haar jurkmouw liep.

'Spijt?'

'Nee, hoor.'

'Beetje fijn?'

'Ja, hoor.'

'Zeg je thuis?'

'Gewoon, niets.'

Remo keek schuins naar haar. Ze bevrijdde voorzichtig haar vinger uit de opgerolde haarlok, en bestudeerde wat voor krul dat had opgeleverd. Door de manier waarop ze erbij loenste, voelde hij dat zijn walging geweken was, en dat hij haar na vandaag terug wilde zien. Toch duurde het nog tot na de afslag Devonshire Street eer hij durfde vragen: 'Nog zo'n sessie?'

'Nou, nee.'

Aan het einde van de lange, rechte Devonshire Street lag Chatsworth, en daar weer achter Chatsworth Park. Langs een wegkant daar was de plek waar ooit, in een gammel houten namaakstadje, westerns waren opgenomen – en nagespeeld. Bij zijn laatste bezoek had Remo er pas echt een spookstadje aangetroffen, uit niet meer bestaand dan de oude brandlucht van verkoold hout die, na een regenbui 's nachts, uit de vochtige grond opsteeg. Achter het terrein van onkruid en stug struikgewas rezen in al hun rotsachtige onaangedaanheid de Simi Hills op, waar hij jaren geleden met Sharon hoog te paard de laatste gouden dag van de herfst had botgevierd.

Remo wilde nog iets verzoenends tegen Wendy zeggen. Hij kreeg de woorden er niet uit.

13

Flanzbaum en Trutanic bleven hem strak aankijken. Zo lang achtereen hadden ze hun mond nog niet gehouden.

'Wat had ik dan moeten doen?' riep Remo uit. 'Steeds maar blijven omkijken naar mijn gestorven geliefde? Andere vrouwen uit de weg gaan, net zolang tot... tot ze me in stukken zouden scheuren? Nog moeten meemaken hoe mijn hoofd aanspoelt op, godbetert, Lesbos?'

'U bedoelt,' vroeg rechercheur Trutanic, 'dat u het eenmalige samenzijn met een dertienjarige als een liefdesgeschiedenis wenst te beschouwen?'

'Dat was het ook voor *haar*.'

'Zij heeft het na die ene keer... uitgemaakt, zullen we maar zeggen.'

'De mensen om haar heen hebben van haar woorden een verraad gebroddeld.'

Het was weer stil. Inspecteur Flanzbaum schoof papieren over elkaar. 'Volgens onze informatie,' zei hij tenslotte, 'bestudeerde u ten tijde van uw arrestatie, samen met uw advocaat, de mogelijkheid om u definitief in de Verenigde Staten te vestigen.'

'Ja, verdacht, niet?'

'Integendeel, een loffelijk streven. Alleen... wij begrijpen al die moeite niet. Door de hele papierwinkel heen, en dan een permanente verblijfsvergunning bij voorbaat verspelen door met minderjarige grietjes te gaan rotzooien.'

'U zult het pas snappen, Mr Flanzbaum, als u het idee van verleiding met voorbedachten rade loslaat.'

14

Nog voor Remo naar de handrem had kunnen grijpen, was het meisje de auto al uit gevlucht. De voordeur, die aanstond, liet ze achter zich wijdopen. In de hal trof hij Mrs Zillgitt, die onderaan de trap vragend naar boven stond te kijken, waar niemand meer te zien was.

'Sorry, Tammy, ik wist niet dat Wendy astma had.'

Haar gezicht keerde zich nu, in nog groter verwarring, naar Remo. 'Astma...'

'Een aanval, onder het poseren. Had het me verteld, dat had een hoop schrik gescheeld. Ze was haar inhalator kwijt.'

'Zo'n ding heeft ze niet... nog niet,' stamelde Mrs Zillgitt. 'Die... astma van haar, die stelde tot nu toe niet veel voor.'

'Nou, hou het in de gaten, zou ik zeggen. Ik ben me doodgeschrokken.'

Ze ging aarzelend de trap op. 'Kipp is in de huiskamer.'

Er hing dit keer geen rooknevel, wel de bestorven geur van

verbrande hasj. Pritzlaff had in zijn fauteuil de visioenen liggen verwerken, en wreef zich als een pas ontwaakt kind in de ogen. 'Je was bij de grote Jack, begreep ik. Verzoek overgebracht?'

Nee, de grote Jack wilde niet door *The Marijuana Brass* geïnterviewd worden. Te druk, veronderstelde Kipp. Nee, het zou hem in opspraak kunnen brengen; hij had al genoeg gedonder gehad. Nou, vond Kipp, als de acteur met zijn reputatie zou bijdragen aan een pleidooi voor vrij gebruik van cannabis, was het zo gedaan met het gedonder. Misschien, meende Remo, tastte de zekerheid van een vrij gebruik de smaak aan, en de roes. Nou, zei Kipp misprijzend, dat strookte dan niet met de ideologie van *The Brass*.

Mrs Zillgitt kwam binnen met een donker gezicht. 'Wendy zit boven ontzettend te huilen. Ze schaamt zich voor haar astma. Jennifer is bij haar.'

'Astma,' herhaalde Pritzlaff met minachting. Hij sloeg een sigarendoos met voorgerolde joints open.

'Ja, dat heeft ze wel eens, de laatste tijd.'

'Niemand vertelt mij ooit iets.' Hij bleef naar de stickies zitten staren alsof hij wachtte tot ze sigarenbandjes kregen. Remo stond op, en mompelde dat het nog een hele rit was naar Beverly Hills. Tammy vroeg of er niet eerst zaken gedaan moesten worden. Bijna had Remo gezegd dat er geen onkosten aan het uitstapje verbonden waren – tot hij begreep dat ze de agent bedoelde.

'Hij wil je niet vertegenwoordigen.'

Het bloed dat uit haar gezicht wegtrok, keerde tot vlekken vervlokt in haar hals terug. 'En de reden?'

'Tammy, vat dit alsjeblieft niet persoonlijk op.'

'Dat hangt ervan af.'

'Hij vond je te oud.'

'Ik ben vierendertig.'

'Zesendertig,' corrigeerde Pritzlaff slaperig. Tussen zijn lippen bungelde eindelijk een hasjsigaret, met de voorhuid in een mooi gedraaide punt.

'Op die foto vierendertig.' Het bloed werd terug haar gezicht in gestuwd.

'Leer mij die agenten kennen,' zei Remo. 'Ze tellen altijd een vast gemiddelde aan gesmokkelde jaren bij de opgegeven leeftijd op.'

'Ja, zeg, dan kan hij wel op veertig uitkomen.'

'Eh... dat is wat hij in gedachten had.'

'Ik loop met je mee naar de deur. Vergeet dat koffertje niet.'

Remo groette Pritzlaff, die net een diepe haal eeuwigheid genomen had, en ten afscheid met zijn joint een snelle, gloeiende Z door de kamerschemering trok.

'Zal ik Wendy nog even gedag zeggen?' vroeg hij in de hal, dralend onderaan de trap.

'Lijkt me geen goed idee,' zei Tammy, die de buitendeur voor hem openhield. 'En die fotosessies zijn een ramp voor haar astma. Liever niet meer dus.'

Mrs Zillgitt liep mee naar de auto, waar Remo haar de kleren aanreikte, die ze over haar arm legde – op die ene jurk na, die ze keurend omhoog hield tegen het licht van de dichtstbijzijnde straatlantaarn. Nog onder het wegrijden zag hij haar het kledingstuk om en om keren, kippig de stof afspeurend.

15

Mensen die bij de geringste steek migraine uitriepen dat het net was of hun kop uit elkaar barstte, had Remo altijd aanstellers gevonden. Nu, voor 't eerst, ervoer hij het zelf zo – letterlijk. Het gebaar waarmee hij naar zijn hoofd greep om het voor uiteenspatten te behoeden, was puur lijfsbehoud. Zijn handen, die zich tot een bankschroef vormden, herkenden de baard niet: ze omklemden het gezicht van een vreemde. De harde muizen drukten en drukten tegen de slapen... tot zijn schedel pas echt dreigde te barsten.

'O, mijn God, laat iemand me zeggen waarom ik uitgerekend *hier* terecht ben gekomen...!'

Maddox sprong met klepperende slippers om hem heen. Misschien was het een triomfdans, waarmee hij Remo het laatste zetje richting afgrond wilde geven.

'De lui uit jouw wereld, Li'll Remo, moesten me toch zonodig satanische krachten aanwrijven? Nou, dan kun je ze krijgen ook. Volgens jullie heeft Charlie die moorden op afstand geregisseerd. Goed, dan was het later een kleinigheid om vanuit Vacaville een potje kinderverkrachting in scène te zetten. Ik heb wel meer lui vanachter de tralies in het ongeluk gestort. Als iemand bereid is met open ogen in een valstrik te trappen, hoef je er alleen maar voor te zorgen dat de ogen open blijven... en de strop dichtgaat natuurlijk.'

Remo kon niets anders meer dan zo, onbeweeglijk, met de handen aan zijn hoofd blijven staan, en het hese geschreeuw van Maddox over zich heen laten komen, samen met het geflapper van zijn voeten.

'Als ik op mijn berg sta, en ik roep: "Kom hier, Li'll Remo, Charlie heeft iets met je te bespreken", dan *wordt* Li'll Remo hier vroeg of laat binnengebracht. Al moet Li'll Remo daarvoor de vreemdste wegen bewandelen... misdaden begaan in mijn opdracht. Nou, heb je gehoorzaamd of niet? Brave hond! Eerst behekst Charlie de moeder van het meisje. Ze gooit haar dochter op de markt... voor de beroemde regisseur. Het ging nog bijna mis. De kinderjager dreigde de dans te ontspringen. Toen heeft Charlie bij rechter Ritterbach de geest van het oude Amerika ingeblazen. Het lukte. Het werkte. Rechter Ritterbach stuurde de kleine rotzak naar Choreo. En... nou, daar ben je dan. Brave hond!'

16

Had dat stuk schorem nou echt zoveel overwicht op anderen? Terug in zijn cel begon Remo aan alles te twijfelen, het meest nog aan zijn eigen morele gezondheid. Te slap om op zijn benen te staan leunde hij tegen de wasbak, in de spiegel tussen de vettige vegen door zichzelf aankijkend – en twijfel werd walging. Remo voelde zich precies zo verrot als Maddox blijkbaar wilde. Maddox hield zelfs, door dikke muren en een stalen deur heen, Remo's geloof in een innerlijk exil wankelende. Het ergst was dat Remo geen verweer had tegen de rauwe stem die hem voorhield dat het Kwaad net zo goed in hem school als in Maddox. In gelijke mate zelfs. Een metalen spiegel was doffer dan een van glas: misschien kon hij daarom in zijn gezicht niet meteen het keurmerk van het Kwaad ontdekken dat hij met Maddox deelde. Hij zette zijn bril af. Rode ovale moeten aan weerskanten van zijn hoge neusbrug. Misschien zag Maddox iets in zijn ogen waar hijzelf alleen maar manifeste droefheid en een kwijnende vonk levenslust gewaarwerd. Als dat Remo's keurmerk (of brandmerk) van het Kwaad was, dan had Maddox zelf het in zijn blik gestempeld.

Om Maddox zijn rechtmatige copyright op het Kwaad terug te kunnen geven, bladerde Remo door de twee fotokaternen van Jacuzzi's *Hurly Burly*. Het eerste, op eenderde van het boek, toonde portretten van de moordenaars en overige leden van The Circle, plus foto's van hun wapens, buggy's, ranches. Remo had de afbeeldingen talloze malen in zich opgezogen, tot zijn keel begon te steken van droogte.

In het andere katern, op tweederde, stonden portretten en politiefoto's van de slachtoffers, waar hij onder het lezen en herlezen zo vaak angstvallig aan voorbij gebladerd was. Nu niet. Van de man die Remo vanmiddag tot zijn gelijke in het Kwaad had gepromoveerd, wilde hij de daden wel eens haarscherp gefotografeerd zien.

Eerst de luchtfoto's en plattegronden van zijn huis en tuin, met de ligging van de slachtoffers duidelijk aangegeven. Het middendeel van het katern leek op een familiealbum, met gelegenheidskiekjes van Sharon, Gibby, Tek, Jay, Steve, de LaBianca's (Leno die een contract tekent) en Sharons Yorkshireteefje Proxy. Na hun stralende portretten was het de beurt aan de stemmiger foto's genomen door de forensische dienst van de LAPD en het personeel van de Los Angeles County Morgue.

677

De laffe esthetiek van moord.

Jay droeg wit en zwart gestreepte jeans, die destijds in de kledingboetiek van Rosemary LaBianca als 'zebrabroek' verkocht werden. Aldus gekleed lag hij dood naast de zebrahuid die de woonkamer tot haardmat diende.

Gibby rustte in een doordrenkte nachtjapon op haar rug vlakbij een in het gazon verzonken afvoerrooster (van messing, opvallend glanzend gepoetst), alsof ze in haar laatste ogenblikken de geschiktste plaats had gezocht om haar bloed te laten wegvloeien.

Een foto uit het mortuarium toonde het naakte lichaam van Voytek. De donkere sporen die de vele messteken op zijn huid hadden achtergelaten, leken in hun vorm en regelmatige gespreidheid op de vachtvlekken van een luipaard. Hij lag ruggelings uitgestrekt op een geëmailleerde brits, waar door intensief gebruik schilfers emaille afgestoten waren. De bloot gekomen ovaal zwarte plekken leken op de een of andere manier het luipaardpatroon van Voyteks doorstoken lijf te weerspiegelen.

Dit keer was Remo erop bedacht: de volgende fotopagina bracht hem Sharon in haar negligé van bloed. Het was maar zwartwit. Een nogal overbelicht geheel van grijstinten. De grote kleurenafdrukken die patholoog-anatoom Dr Kahanamoku hem destijds had laten zien, daarvan had elk detail hem diep – nee, niet in de ziel gesneden, maar direct in de huid, als glas. Zijn lijf had gesidderd, eerder dan zijn ziel.

Bij het behoedzaam omslaan van de bladzij schoof Remo zijn hand over de foto, zodat hij tussen zijn gespreide vingers eerst de banale details kon bestuderen (schommelstoelspijlen), om ze vervolgens net zo lang te verleggen tot hij een deel van Sharon te zien kreeg. De foto in *Hurly Burly* was onscherp afgedrukt. De aardappelachtige klonten achter haar opgetrokken benen kon hij nog altijd niet thuisbrengen. (Misschien stond Carhartt hem toe een loep bij zijn secretaresse te bestellen. Ach nee, daar zat een lens in die, aan gruzelementen geslagen, dodelijke pijlpunten opleverde, en als geheel een werktuig vormde om, in clandestiene samenwerking met een straal zonlicht van buiten, California State Penitentiary Choreo in de as te leggen. Sharon onder een loep, waarvan het glas zou beslaan door de adem van een meeglurende bewaker Scruggs of Tremellen: nee.)

De vierkante voorwerpen rond haar hoofd herkende hij ook zonder vergrootglas als pakjes scheurlucifers. Op de foto was er minstens een dozijn van te zien, de meeste dicht, sommige opengeklapt. Sharon had de gewoonte uit elke bar, uit ieder restaurant van die kartonnen envelopjes met het huismerk lucifers mee te nemen, en ze thuis in een mandje bij de haard te bewaren.

Zijn hand weigerde haar verder te ontbloten. Remo sloeg het boek dicht. De lucifers bij haar dode lichaam hadden een geur van sandelolie in zijn neus en keel gebracht.

Donderdag 19 januari 1978
Een verscheurde held

I

Hoe kwamen de foto's van de LAPD en de Los Angeles County Morgue in *Hurly Burly* terecht? Het colofon leerde dat de ontheiliging pas met ingang van deze druk, uit 1976, had plaatsgevonden, misschien omdat de uitgever (Hayes & Hayward Inc.) dacht dat de gruwel er na zeven jaar wel zo'n beetje af gesleten was. In een 'author's note' werd de lezer verzekerd dat de foto's niet uit sensatiezucht waren opgenomen, maar als een stille getuigenis van waartoe het krijgsplan van Hurly Burly geleid had.

De stomme getuige gedroeg zich in Remo's geval als het uiteinde van een zweep, dat bij elk openvallen van het tweede fotokatern dwars over zijn ogen striemde. Toch kon hij, met eenmaal opengereten netvlies, niet ophouden elke vierkante millimeter van het glanzende papier te onderzoeken – al wist hij niet waarop. De voorstellingen, waarmee hij in de vrije uren overdag en 's avonds zijn brein al oververzadigd had, bleven de hele nacht uit het verplichte duister van zijn cel oplichten. Alleen als de dienstdoende bewaarder (Remo kon niet zien wie, maar het moest om Tremellen gaan) zijn staaflantaarn naar binnen richtte, werden de beelden voor even verjaagd. Hij sliep niet. Zulk materiaal liet je niet straffeloos tot de geest toe.

's Morgens gistte het gif nog na in zijn hoofd, en zo meldde hij zich bij de kast met poetsgerei.

2

Remo viste een gave kroonkurk uit het vuil, en liet hem tussen duim en wijsvinger als een ruiterspoor over zijn vrije pols rollen. Het prikte een beetje. Er bleef een witte stippellijn in de nog altijd bruine huid achter.
'In de lengte, Li'll Remo,' klonk opeens Maddox' stem achter hem. 'Nooit overdwars. Anders wordt het half werk. Snijden in de breedte, dat is voor amateurs. Die willen bijtijds ontdekt worden. Die zoeken geen verlossing maar redding. Nooit dwars tegen je eigen bloed ingaan, Li'll Remo... parallel eraan blijven.'
'Hoe staat het met jouw polsen, Scott?'
'Charlie is alleen suïcidaal bij grote vernederingen. Oudere jongens die hun zaad kwijt moesten... en een sadist van een bewaker levert kleine Charlie aan ze uit. Hij pruimde tabak, en had er plezier in Charlies nauwe reetje als kwispedoor te gebruiken. Het sap was een brandend glijmiddel... voor beide partijen. Het waren gillende ritten, als bij honden die elkaar afknijpen.'
'Als ik zo vrij mag zijn, Scott... je leeft nog.'
'Ze hadden het door. Ze wilden me nog een tijdje als spuwpot en riool gebruiken. Neem de achterbuurt... Je leest wel eens, Little Remo, in een boek uit de bibliotheek hier dat het een biografie is, maar dan...'
'Ongeautoriseerd.'
'Neem de achterbuurt... dat is Charlies ongeautoriseerde lot.'
'Van een cyaankalipil bij je arrestatie is me niets bekend. Je laten arresteren in dat aanrechtkastje... was dat misschien al zelfmoord genoeg?'
'Opnieuw hebben de varkens mijn zelfmoord ongedaan gemaakt. Met behulp van de wet nog wel. Het groene kamertje ging op slot.'

3

'Lynette, mijn eigen Sequoya Squeaky,' zei Maddox met een keel slijmerig van ontroering, 'was een begaafd dichteres. Heel jong al. Ik heb wat van het spul op muziek gezet. *You star in traumas / Yet how soon you forget these things / When some new something you are eyeing.* "Debut", over een zuigeling of zoiets... sorry, Li'll Remo, ik kom steeds bij hetzelfde onderwerp uit. Op haar negentiende liet ze de poëzie vallen... om de woestijn in te trekken. Net als Rimbaud.'

'Dan ben jij zeker haar Verlaine,' zei Remo. 'De minder getalenteerde.'

'Ik ging haar voor naar Death Valley,' grauwde Maddox. 'Verlaine bleef liever boven zijn suikerklontje met absint zitten suffen.'

'Squeaky, heb ik begrepen, is jouw plaatsvervangster op aarde. Of in vrijheid... hoe moet ik het zeggen?'

'Dat *was* ze. Tot twee jaar geleden. Als kind woonde ze in Westchester, met altijd wel een vliegtuig van LAX laag boven het dak. Op school zat ze in een dansgroep. De Westchester Lariats. Carré, volks... ze pakten alles aan. Ze dansten tegen de jeugdcriminaliteit. Lynette deed de tarantella net zo makkelijk als de Highland fling. Voor mij heeft ze later nog de tinikling gedanst... iets Filippijns, naar de passen van een langpotige bamboevogel of zo. Ze kreeg er zelf heel lange benen door. Een wonder. Poëzie in actie. Met twee andere meisjes had ze een apart dansnummer. "The Three Blind Mice." Dat hebben ze voor Eisenhower opgevoerd. In het Witte Huis. Bijna twintig jaar later trok ze opnieuw de baljurk voor een president aan. Een rode, tot op de grond. Ik zat in San Quentin. De kleur was een teken aan mij. Squeaky ging het sparen van de *redwoods* afdwingen. Tegen de binnenkant van haar been zat een holster met de automatische Colt .45. Het antieke ding, van voor de Eerste Wereldoorlog, zou binnen een paar uur wereldberoemd zijn. Het was 5 september 1975. Gerald Ford maakte zijn ochtendwandeling door Capitol Park in Sacramento. Sinds die morgen is Sequoya Squeaky niet langer mijn vrouwelijke Petrus.'

'En Ford danst nog,' zei Remo. 'En de gouverneur is doorgegaan met het omhakken van de reuzenpijnboom.'

'Er loopt alweer een nieuwe president het vizier van mijn mensen binnen.'

'Jezus,' zei Remo, 'stuurde zijn apostelen niet uit moorden.'

'Als het waar is dat ik mijn discipelen uit moorden stuur, dan geldt dat ook voor Jezus. Bij hem niet op de korte termijn, op de lange. Als de paus de plaatsvervanger van Christus op aarde is, geldt dat ook voor de moordzuchtigste paus. Zo heeft Christus indirect de Inquisitie gesticht... de heksenverbranding ingesteld... de moord op dertigduizend van zwarte pest verdachte katten bevolen.'

'Als je zo doorredeneert, Scott, dan heb jij de moordaanslag op president Ford gepleegd.'

'In Jezus' naam zijn ook staatshoofden vermoord. De kruisridders speelden polo met hun afgehouwen koppen.'

'Straks ga je me nog vertellen dat jij de opdracht tot Hurly Burly van Jezus Christus hebt ontvangen.'

'Van nog hoger. Hier in Amerika zijn platen van The Beatles in het vuur geworpen... weet je nog? Omdat ze zichzelf boven Christus stelden.'

4

Zolang Remo maar de indruk hield van een spel, met wisselende rollen, zoals de zielendokters ze voor hem bedachten, kon hij het wel aan. Maddox, als gezichtsloze pop, zoog alle slechtigheid van de wereld in zich op, en Remo perste met zijn vragen het hele kwaad er weer uit. Straks zouden ze elkaar een hand geven, en met blanco zielen ieder huns weegs gaan – tot aan de volgende sessie.

'Hij wil nogal eens uit het rijtje weggelaten worden,' zei Remo, 'maar er was al eerder een dode.'

'De wereldgeschiedenis, dat zijn alleen maar doden.'

'Niet allemaal vermoord. Ik heb het over Casa di Gary, Scott. In Topanga Canyon. De *political piggy*. Daar moest de ontwrichting beginnen. Niet?'

'O, die charlatan,' zei Maddox met een vuil lachje. 'Vleeseters horen, voor ze sterven, hun naam in eigen bloed op de muur te lezen. Gary stonk zo naar dood rund, Little Remo, dat ik zijn schotsgeruite doedelzak wel eens verwarde met een koeienuier. De moordenaar, dat was hij. Gary droeg bont. In zijn kast hing een complete lama... helemaal ingelegd met kamferparels...'

'Als ik het goed begrijp,' mompelde Remo, 'is mijn vrouw gedood door haar zilvervos.'

'Gary' (Maddox verhief zijn stem) 'liet elke dag door de beul op de hoek een lap uit weer een volgend lijk snijden... en at die half rauw op. Was het *long pig* geweest, dan had hij nog geleefd.'

'*Long pig...*'

'Zo noemden wij mensenvlees. Met elke dag gekookte tiet of gerookte bil achter de kiezen had Gary onze Herr Kapellmeister kunnen blijven.'

'Je hebt het hem aardig voorgedaan, Scott,' zei Remo, 'hoe een menselijk lichaam aan te snijden. Met het afhakken van Gary's oor was er althans een begin mee gemaakt.'

'Charlie is geen imitator van Jezus,' zei Maddox. 'Charlie is de omkering van Jezus.'

'Zeg dat wel. De dierenmoordenaar is in drie dagen doodgemarteld, en jij... Charlie mag hier voor de rest van zijn leven granen kauwen, bieten happen, scheten laten van rode bonen. Charlie, de dierenminnende vegetariër onderin zijn bunker.'

'Niet beledigend worden, Li'll Remo. Je weet dat ik veganist ben.'

'Jij doet honing in je kwark.'

'Bijen leggen voorraden nectar aan... in heel precieze gouden tegelvloertjes... speciaal voor de veganisten. Weigeren zou

684

de grootste zonde tegen de natuur zijn. Het enige voedsel, Li'll Remo, dat al van goud was voordat koning Midas er met zijn tengels aan zat. Het is Charlies voorspijs aan de rand van de Put. In Death Valley zijn de oude rivieren ondergronds gegaan, en van melk en honing geworden. Ze lichten uit het donker op... als vloeibaar goud.'

'Dan is het voor jou en je apostelen te hopen, Scott, dat de melk niet voortijdig zuur is. Ik vermoed dat de bloedrivieren van Hurly Burly, bovengronds, wel degelijk aan bederf onderhevig zullen zijn. Er was al eerder dan op Gary een moord, niet, Scott? De naam van Poopkie Poppycock komt op het lijstje *nooit* voor. Je bent voor die misdaad niet eens berecht.'

'Hoe vaak kan iemand ter dood veroordeeld worden... of tot levenslang? En Poopkie Poppycock, Li'll Remo, is later uit de dood herrezen. Ik kwam hem tegen in de gang van het gerechtsgebouw.'

'Daar had ik wel eens bij willen zijn.'

'Charlie liep veilig tussen twee gietijzeren parketwachten in.'

'Ben jij dan toch zoveel Jezus, Scott, dat je je eigen slachtoffers uit de dood kunt laten opstaan? Als dat waar is, denk ook eens aan mij.'

'Ze kwamen me vertellen dat Poopkie niet meer leefde. Hij *leek* alleen maar dood. De Buntline moet toen al van slag zijn geweest.'

'Het had de eerste Hurly Burly-moord met de Buntline moeten worden...'

'Met Hurly Burly had het omleggen van Poopkie Poppycock niets te maken. Gewoon een vent die het milieu verpestte, met zijn versneden dope. Trouwens, Poopkie was zwart. Hoe moest Charlie aannemelijk maken dat de Panthers een van hun eigen mensen hadden afgemaakt?'

5

Als anderen Maddox te na kwamen met suggesties omtrent Hurly Burly, zoals Vincent Jacuzzi dat in zijn boek gedaan had, verloochende de profeet zijn eigen schepping in alle toonaarden. De moorden aan Cielo en Waverly waren dan ineens weer bedoeld als copycat voor het bloedbad in Topanga Canyon. 'Het was een praktische kwestie,' zei hij dan. 'Bobby zat vast voor de laatste adem van Gary, en wij wilden Bobby terug in het gezin. Een paar moorden in de stijl van Casa di Gary moesten bewijzen, Li'll Remo, dat Bobby onschuldig in de Los Angeles County Jail zat.'

'Maar,' zei Remo, 'de dood van de doedelzakspeler *was* toch al een soort copycat van een Black Panther-moord? Met die bloederige handafdruk op de muur en zo... Dan zouden Cielo en Waverly dus copycats van een copycat zijn geweest.'

'Geniaal toch?'

'O ja, heel geniaal. Maar dan zit ik nog steeds met drie moordpartijen die, van begin tot eind, bedoeld waren om aan militante negers toegeschreven te worden. Niks onschuld Bobby. Niks vrijlating Bobby. De aanzet tot een rassenoorlog, en anders niks.'

'En als, Little Remo,' zei Maddox met raspend gefluister vlakbij Remo's oor, 'als Charlie en zijn mensen nu eens allebei de doelen nastreefden? De verwarring onder de zwijnen uit de heuvels zou er alleen maar groter door worden. Ik verheugde me op hun angstgereutel.'

Het verband liet vandaag een geur van schimmelig berkenhout door.

6

's Morgens in de nevel van opgeworpen stof, en 's middags in de hondenlucht van drogend sop ontaardde het gesprek tussen de schoonmakers steeds meer in een tweepersoons rechtszaak.

De beschuldigingen vlogen heftig over en weer, met speeksel-druppels en reinigingsschuim en al. Het kostte me steeds meer overtuigingskracht mijn collega's ervan te weerhouden de kemphanen voorgoed uit elkaar te halen.

'Nou is het genoeg geweest,' had de adelaarstemmer Car-hartt vandaag al een paar keer geroepen. 'Spiros, ze vallen on-der jouw verantwoordelijkheid. Trap ze terug hun cel in, die twee.'

Dat van die verantwoordelijkheid was nieuw voor me, maar ik nam haar, en zei: 'Ik ga ze een laatste kans geven.'

'Die is allang vergeven,' riep Ernie me nog na.

Maddox en Woodehouse stonden met de steel van hun dek-zwabber in de hand bij de open deur van de bezemkast. Ze hadden al aan het soppen moeten zijn. In de bescheiden dam-pende emmers was de roze schuimsoep al aan het afkoelen. Als ik op de gaanderij van de eerste cellenverdieping pal boven ze postvatte, kon ik ze niet zien, maar horen des te beter, zeker nu ze hun stemmen niet in bedwang hadden.

'Vrienden,' schamperde Maddox. 'Noem je dat vrienden?'

'Ik maak zelf wel uit,' bitste Woodehouse terug, 'wie ik als mijn vrienden beschouw.'

'Als ik Jacuzzi's requisitoir goed begrepen heb, Li'll Re-mo...'

'Rot op met je Little Remo.'

'...dan was er ook een of andere koffiekoelie bij. Miss Abi-gail. Erfgename van een wereldbranderij. Een vriendin? Mis-schien hoopte je een film door haar te laten financieren.'

'Ze was op z'n minst,' siste de regisseur, 'de geliefde van mijn jeugdvriend Voytek.'

'Nog zo'n intimus. Vrat behalve jou ook haar uit. De drugs waren niet gratis. Voor de Coffee Queen ook niet. Miss Abi-gail... gewoon het zoveelste stinkend rijke zwijn uit jouw we-reld, Li'll Remo. Vraag het Katie. Vraag het Tex. Ze bekom-meren zich in het uur van hun dood nog om geld.'

'Ik ben je Little Remo niet,' zei Woodehouse. 'En Gibby... met al haar rijkdom had ze best aan het zwembad kunnen blijven liggen. Ze deed nederig maatschappelijk werk. Haar erfenis stak ze in de campagne voor een zwarte burgemeester. Ze kwam voor de negers op. Niet door ze in een bloedige oorlog te storten, zoals jij dat wilde, maar door ze sociaal te verheffen.'

'Een tegenstandster van Hurly Burly,' gromde Maddox. 'Zonder het zelf te weten.'

'Een feilloze keuze om uitgerekend haar uit de weg te laten ruimen.'

'Ik wist niet eens dat ze daar was, in die zwijnenstal van jou. Later heb ik de koffietante pas leren kennen... uit de kranten. Uit de dossiers van Jacuzzi.'

'Gibby, voorvechtster van meer rechten voor de zwarten, stierf in haar van bloed soppende nachtpon op het grasveld voor mijn huis... zodat jij de schuld op de negers kon schuiven. Einddoel: blank en zwart met elkaar in oorlog brengen. De waanzin van de wereld is planmatiger dan jij en ik denken, Scott.'

'Wat deed ze daar op de Cielo Drive nog meer dan mijn mensen voor de voeten lopen?'

'Jij wilt jouw slachtoffers niet als mijn vrienden zien. Gibby was toevallig bevriend met mijn vrouw. Sharon had haar en Voytek gevraagd nog een paar dagen te blijven logeren... totdat ik terug zou zijn.'

'Getuigen voor de rechtbank, Li'll Remo,' krijste Maddox opeens, 'hadden daar andere dingen over te melden. De vrienden van je vrouw zaten de hele dag door onder de middelen. Tuig van de Strip over de vloer om handel mee te drijven. Feesten op rekening van het huis. En jij maar, voor de kost, dolfijnen aan de praat proberen te krijgen in Londen, Li'll Remo. Mijn mensen hebben in de week voor Hurly Burly met hun blote reet in *jouw* zwembad gelegen. Ik had ze als verkenners naar de Cielo Drive gestuurd. Maar in de bosjes liggen hoefde niet. Ze waren vanzelf welkom op de lunch... en die werd geserveerd door *jouw* zwarte huishoudster, Li'll Remo. Begrijpelijk dat je vrouw van haar zogenaamde vrienden af wilde. Te laat, te laat, tralala.'

Het ging me aan het hart hun gesprek af te moeten breken, maar ik kon de nijdige blikken van Carhartt in zijn glazen doos niet langer negeren. Ik boog me over de balustrade, en riep: 'Het is nog niet te laat, tralala, om met dat viswijvengedoe te stoppen, heren, en aan het werk te gaan.'

7

Na de zoveelste Laatste Waarschuwing van De Griek waren ze toch maar aan het soppen gegaan. Ze pakten het karwei niet zo systematisch aan als anders, want dan hadden ze in verschillende hoeken van de EBA moeten beginnen, en vanmiddag konden ze elkaar niet loslaten. Dus klatsten de twee als lichtmatrozen wild met hun dekzwabber om zich heen, veel vaker dan normaal kwistig de mop in de emmer dopend – tot de hele granito vloer blank stond van een te ruim sop. De stelen van hun zwabbers raakten elkaar niet alleen maar per ongeluk. Het was zaak zoveel mogelijk schuimige druppels op de ander af te vuren. Net zo lang tot hun wederzijdse woede er geen bekoeling meer in vond, en het weer in woorden zocht.

'En die Voytek,' begon Maddox op gruizig zachte toon, 'wat deed die nou anders dan profiteren van jouw succes? De godganse dag met een glas van jouw dure wijn aan het zwembad. Dromend van een carrière. Wachtend op de dood...'

Bijna had Remo hem met zijn mop in het gezicht geslagen. Door Maddox' verdraaide houding zag hij niet meteen aan welke kant van de verbandkluwen zich dat lichaamsdeel bevond. Bovendien, was het niet beter, tot Remo zich echt niet langer kon beheersen, om Maddox over zijn levenswerk aan de praat te houden en zo tot ontbrekende antwoorden te verleiden? Als het waar was, van die zwemmende verspieders op de Cielo Drive, dan was het huis als plaats voor een bloedorgie minder willekeurig gekozen dan altijd aangenomen werd.

'Voytek,' zei Remo kalm, 'heeft me geassisteerd bij mijn vroegste werk. Zijn vader stak geld in mijn eerste korte film.

Mammon. Zoiets vergeet je niet licht. Op een dag kwam Voytek berooid naar Amerika. Ik heb hem laten delen in mijn overvloed, ja, tot hij werk gevonden zou hebben. Hij wilde scenario's schrijven, maar had de slag nog niet te pakken.'

Maddox gooide het laatste restje sop uit de emmer op de vloer, en roerde er met zijn zwabber in. 'Het zal je deugd doen te horen, Li'll Remo, dat hij in de laatste minuten van zijn leven keihard gewerkt heeft. Alles om dat leven te behouden. Helemaal op 't eind, toen bleek pas wat voor krachten er in hem huisden. Beter laat dan nooit. Kogels, messteken, klappen met de kolf... dat beest was niet zomaar te vellen. Het had nog adem om te brullen.'

'Zolang ze jou niet te pakken hadden, Scott, verdacht ik Voytek ervan het onheil over mijn huis en erf te hebben afgeroepen. Hij ging met de verkeerde mensen om. Ik zat in Londen, en verloor mijn greep op hem. Een journalist vroeg later hoe lang Voytek in mijn huis had gelogeerd. "Te lang, vermoed ik," was mijn antwoord. Later, toen de eerste waanzinsflarden over Hurly Burly naar buiten kwamen, ben ik ervan teruggekomen. Voytek is mijn held. Hij was sterk genoeg om jouw killers af te schudden, en ervandoor te gaan. Tot het laatst toe wilde hij de vrouwen niet aan hun lot overlaten. Ik denk wel eens... was hij maar gevlucht. Dan waren jouw bloeddronken wolven misschien achter hem aan gerend... en de vrouwen gered geweest.'

'Hij huppelde de tuin in,' grinnikte Maddox, 'en bleef daar wat staan rondtollen. Te laf om te vluchten, te laf om te blijven. Een verscheurde held.'

'Verscheurd door de held uit één stuk die jij bent.'

8

'Tijd voor dweil en trekker, Li'll Remo,' knetterde Maddox' stem plotseling opgewekt. Normaal lieten ze tussen het centrum van de vloer en de bezemkast bij wijze van looppad een strook granito droog, maar dat was ze vandaag, met al dat sop, niet gelukt. De schoonmakers hadden dan wel voor dit werk korte rubberlaarzen uit het magazijn gekregen, maar daarvan waren over scheurtjes geplakte stukjes binnenband alweer losgeraakt, zodat het schoeisel opnieuw lek was. Remo was niet in de stemming om, net als Maddox, koddig op zijn hakken te gaan lopen. Hij liet het koude sop gewoon in zijn sokken optrekken.

'Onder het proces,' riep Maddox over zijn schouder, 'heb ik me geweldig vermaakt. Vooral met de blunders van de politie.' Hij nam twee dweilen uit de kast, die over lege emmers hadden liggen drogen. 'Mijn trotse Hi Standard Longhorn .22, bijgenaamd The Buntline... mijn rechterhand, die Tex heet, pompt acht van de negen kogels in drie varkens op de Cielo... hij slaat het ding kapot op de harde kop van Mr Voytek... de kolf valt in stukken op de huiskamervloer... de loop is ontwricht, zodat die laatste keutel er niet uit wil, en Mr Voytek het zonder genadeschot moet doen... en ga zo maar door. De meisjes gooien de Buntline ergens uit de auto. Een heuvelhelling af. Het ding wordt gevonden door een kleine jongen, die het met zijn vader naar het politiebureau in Van Nuys brengt. Keurige mensen. Ondertussen...'

Maddox liep de kast in om de twee trekkers te pakken die tegen de achterwand stonden, draaide zich om en gaf er een aan Remo. 'Ondertussen, Li'll Remo, wordt met het geld van de belastingbetaler een affiche gedrukt. Oplage, weet ik veel, vierduizend stuks. Ze worden naar alle politiebureaus van Noord-Amerika gestuurd. Tot in Canada toe. Al die tijd ligt mijn oorlogsmachine, de Hi Standard Longhorn .22, negenschots, bijgenaamd The Buntline, in het magazijn voor gevonden voorwerpen in Van Nuys... tussen de paraplu's. Heerlijk.'

'Ze hebben zelfs jou op den duur weten te vinden, Scott... tussen de cactusbomen van Death Valley.'

Ook het dweilen ging vandaag lukraak, en leek vooral te bestaan uit het terug in de emmers wringen van het overtollige sop, dat alleen maar modderzwart had liggen worden.

'Geef niet te hoog op over jouw vriend Voytek,' zei Maddox, toen hun trekkers in elkaar haakten en Remo's dweil losliet. Er ontstond vanzelf een kleine pauze. 'Hij heeft zich net zo goed door Charlie laten bespelen. Ik zond hem visioenen via het haardvuur.'

'Ja, dat is nogal makkelijk,' zei Remo, 'het copyright opeisen over visioenen die je achteraf uit het dossier van de openbare aanklager bij elkaar hebt kunnen plakken. Voytek die een varkenskop in de vlammen ziet, en die probeert te fotograferen... dat staat allemaal op een video, en die is weer voor de rechtbank afgedraaid. Conclusie: slechte dope...'

'...die Charlie hem had laten bezorgen. Via zijn contacten op de Strip. Geloof me, Little Remo, die varkenskop kwam van ons. De boodschap in gekookte vorm. Ik zal het je voorzingen.'

En hij zong voor het eerst de woorden bij de melodie van het onbekende Beatlesnummer, al eerder door Maddox gefloten en geneuried:

Pour in sow's blood
that has eaten her nine farrow.
Grease that's sweaten
from the murderer's gibbet,
throw it into the flame...

'Shakespeare,' zei Remo.
'Lennon,' zei Maddox.
'De song breekt de blanke verzen anders af... er is een enkel woordje veranderd. Voor de rest is het een van de heksenzangen uit *Macbeth*.'

'Li'll Remo, Charlie is misschien de enige persoon op aarde die het nummer "Hurly Burly" in z'n geheel kent. Zelfs The Egg Man, die me de bootleg verkocht... het enig bestaande exemplaar... zelfs The Egg Man heeft het niet beluisterd. Ik heb de plaat zo vaak gedraaid, nagespeeld, nagezongen... "Hurly Burly" zit diep in me. Geloof me, Li'll Remo, de muziek en de tekst zijn van John Lennon. De uitvoering is van The Beatles.'

'Ik snap nu in ieder geval beter,' zei Remo vermoeid, 'waarom jouw vrouwen mij 's nachts uit de slaap houden met heksenzangen uit *Macbeth*.'

'Niks *Macbeth*,' grauwde Maddox. 'Het refrein en de coupletten van "Hurly Burly".'

'Lennon, Shakespeare... wat maakt het uit. De varkenskop die Voytek wilde fotograferen, was dus van de zeug die haar worp van negen biggen verorberd had... met een beetje kraagvet van Charlies schandpaal erbij, sissend in de vlammen.'

'Pas op je woorden, Li'll Remo.' Zijn woede was helemaal terug. 'Jij vindt mij een amateur in beheksing. Wacht maar af. Vergeet niet dat je voor zekere speelfilm een adviseur voor satanistische aangelegenheden zocht... en dat Charlie je toen zijn vriend Anton LaVey op je dak stuurde. De godverlaten satanist bij uitstek. Geef toe, Li'll Remo, je was maar wat geïmponeerd door zijn verschijning. Zo, met een strak bijgeknipt baardje, zag de duivel er volgens jou uit. Je *contracteerde* hem voor de rol van Duivel. Een ideale acteur, die alles al wist... en nog hoffelijk voor zijn frêle tegenspeelster ook. "O, Ma'am, het is zo'n genoegen met u te werken." Het was precies onze opzet. De hele archetypische rimram... LaVey weet hoe mensen zich Satan voorstellen, en geeft ze waar voor hun goedgelovigheid. Intussen is hij niet alleen de behulpzame satanist... hij is het ook echt, de Satan. Hij mocht van jou een ondervoed actricetje uit de bourgeoisie beklimmen. Helemaal in stijl, met archetypische klauwen en hoeven. Stom van je om steeds meer van Satan uit de film te knippen. Het zinde LaVey niet, Li'll Remo, om Satans rol zo geminimaliseerd te zien. Uiteindelijk suggereerde de film dat de overweldiging door Satan net zo goed een droom kon zijn. Satan was beledigd, en kreeg zin om nog meer burgerlijk blonde actricetjes te bestijgen. Iets minder ondervoed was ook in orde.'

'Als iemand goed is in suggereren, ben jij het,' zei Remo. 'Je kletst de krankzinnigste dingen aan elkaar. Tot alles besmet is met jouw hoogstpersoonlijke betrekkingswaan. Ik geloof niets van een infiltratie in mijn film.'

'*Sweet dreams, Little Remo.* Alle plekken waar jij je cameradriepoten hebt neergezet, zijn besmet... behekst. Bramford Building? Met wie daar woont, zal het slecht aflopen. Er is al een mannetje in de opleiding.'

Die laatste woorden kregen van Maddox het vibrato van een zwarte domineesstem mee.

9

Als de twee de eenzaamheid van hun cel voldoende vreesden, en nog wat wilden doorkletsen, bleven ze altijd rondhangen bij de wasbak – net zo lang tot een bewaker ze wegstuurde. Vandaag was het pure haat die de mannen aaneen deed klitten. Als Maddox zich eenmaal naar een roes toe georeerd had, werd zijn donderpreek steeds barokker.

'Ik zal ze allemaal afgaan, Li'll Remo. Al je vrienden. Ik zal niets van ze heel laten. Behalve de Point Blank Polacco was er nog zo'n dapper manspersoon... een haarboer. The Hairbreadth Hair-Raiser, zo noemden mijn meisjes hem, nadat ze op de forensische kiekjes zijn kapsel hadden mogen bewonderen. Een kapper met capsones, die in acteurs deed. Typisch windhandel waar de zwijnen rijk van worden. Het ene varken dat het andere scheert, en daar een gouden krulstaart aan overhoudt. "O, Sir, last van *dandruff*? Miss Holmes, geef de spuitbus met Gonzelgunzelbutt Superjock eens aan. Sir, ik verander uw hoofdroos in bladgoud." De kapper, begreep ik van allerlei dames in het getuigenbankje, hanteerde niet alleen schaar en tondeuse... ook zweep en kettingslot. Spankin' Jay Flash, grootste leverancier van billenkoek langs de Sunset Strip. Laat in het weekend uw kont masseren door een van Jay's tafeltennisbats *out of hell*, en... en u mag de hele week op een kussentje van vochtblaren zitten. Een gigant onder jouw vrienden, net als de Pool.'

'De arme Jay was nauwelijks groter dan jij en ik,' zei Remo.
'Je vrouw hield blijkbaar van kleine mannen.'
'Niet wanneer ze zich als haar moordenaar aandienden.'
'Wat moest zij met zo'n flagellant?' gromde Maddox. 'Vond ze het lekker om met de karwats te krijgen?'
'Hebben jouw onbezoldigde huursoldaten je niet verteld hoe verrukt ze was om met touwen gebonden te worden? In het evangelie dat er over jouw Leer en Handelingen geschreven is, *Hurly Burly*... daarin staan foto's van Sharon met een dubbele striem op haar wang. Van de strop die met zoveel erotische zorg door jouw mensen strak werd getrokken. Heerlijk moet ze dat hebben gevonden. Zeg eens, Scott, was het vanwege die sadomasopraatjes over Jay dat jullie met touwen...'
'We hoorden pas de volgende dag van wat voor geniale barbier de wereld beroofd was,' gniffelde Maddox. 'In de krant lazen we dat hij een zwarte Porsche reed, omdat die hem... aan glanzend lakleer deed denken. Hij kroop voor elk ritje in de buik van zijn meesteres.'
'Sprookjes van de pers,' zei Remo, moe van weerzin. 'Hij had een speelgoedpakket vol politiespullen gekocht. Met de slappe plastic handboeitjes durfde Jay wel eens een dame aan een beddenspijl te ketenen... om dan de gevreesde Kat met Negen Staarten over haar billen te laten kriebelen. Als dat geselen is, is zoenen verkrachten.'
Uit Maddox' ene zichtbare oog blonk Remo een starheid tegemoet die met geen enkele uitleg meer te verzachten zou zijn. 'En dat noem je vrienden?' Maddox telde ze met goor omzwachtelde vingers af. 'Een polak die de boel uitvreet, en nog in gevaar brengt ook. Een joods rijkeluiswijf dat zich uit verveling voor de zwartjes inzet. En dan een coiffeur die de permanent legt met een zweep, en zo jouw echtgenote voor zichzelf terug probeert te winnen. Ziedaar, Li'll Remo, jouw diepbetreurde vriendenkring.'

Weg uit de stank van goor verband, vuile leugens en modderige dweilen: Remo wilde naar zijn hok, alleen zijn. Waar bewaker Carhartt, volgens De Griek, met zijn blikken ei een adelaar uit het gebergte probeerde te lokken, had Remo zijn Adler zomaar, na het invullen van een formulier, op cel gekregen. Die van Remo hamerde op afroep met zijn benagelde klauw op een papierbeklede rubberrol, en dat was precies wat hij nu nodig had: een beweeglijke machine om zijn gedachten te helpen ordenen. Eerst hier beneden iets rechtzetten. Er was op zijn erf ook, en wel als eerste in de moordnacht, een onbekende achttienjarige doodgeschoten.

'Steven In Parenthesis noemden mijn meisjes hem,' zei Maddox met een grinniklachje, alsof hij zich een goeie grap herinnerde. 'Omdat het zo'n hopeloze buitenstaander was. Een toevallige waakhond bij jouw huis, Li'll Remo.'

'Zijn naam, zijn dood... tot in eeuwigheid met die van Sharon en de anderen verbonden.'

'Er was iets vreemds aan de hand met de honden van Beverly Hills dat weekend,' gromde Maddox hoofdschuddend. 'Die van Altobelli, in het tuinhuis, blaften de hele dag. Maar *niet* toen Hurly Burly begon. Na het hoesten van de Buntline sloegen bij de buren de jachthonden aan... die dachten dat er aangeschoten wild opgehaald moest worden. Ze gaven hun blaf door aan weer andere kettinggangers in de buurt. Bel Air, Beverly Hills, West Hollywood... alle hondenrassen kwamen uit hun hok om zich rauw te blaffen. *Niet* de bloedhonden van Altobelli. Steven In Parenthesis nam voor ze waar. Hij blafte met zijn koplampen.'

Remo stak zijn vinger onder de waterstraal, en tekende in de vuile spiegel boven de wasbak de cijfers:

00:23

'Wat staat daar?' vroeg Remo.

'Een tijdstip,' zei Maddox. 'Drieëntwintig minuten na middernacht.'

'De jongen probeerde die avond onze huisbewaarder een klokradio te slijten. Zelfgebouwd. Het ding werd in het gastenverblijf gedemonstreerd. Billy had er het geld niet voor over. De stekker ging er om zeven voor half een uit, en de digitale klok bleef op 00:23 stilstaan. Steven ging meteen weg, nam de radio mee in zijn auto en... stuitte toen op jouw mensen.'

Maddox geeuwde, demonstratief, met zijn mond zo wijdopen dat de wonde hoeken ervan inscheurden. 'Aw...! Een mens kan niet eens meer gapen als een ander hem met oudbakken nieuws lastigvalt.' Bij zijn linker mondhoek drong een helderrode druppel bloed door het gaas. 'Tussen mijn arrestatie en veroordeling honderden keren gehoord... van mijn ondervragers, van de openbare aanklager, van klokkenmakers onder de getuige-deskundigen. Heb je niets anders?'

'Het tijdstip, Scott. In de kranten is altijd verwezen naar het muziekboek dat bij ons op de piano stond. "Twelve-Thirty" van The Mama's & The Papa's. Sharon speelde soms het piano-uittreksel, en zong er dan bij. Om half een 's nachts, o bitter toeval, begon de slachtpartij in het huis. Maar jouw heilige oorlog begon op het moment dat Steven bij Billy de stekker uit het stopcontact trok. Ga maar na. Toen hij met de klokradio onder zijn arm via het tuinpad naar zijn auto liep, waren jouw mensen bezig langs de heuvelhelling over het hek te klauteren. De jongen en die rechterhand van jou, Tex, kwamen ongeveer tegelijkertijd bij de parkeerplaats aan... uit tegengestelde richtingen. De klokradio stond toen al definitief stil op het moment dat Hurly Burly begon. Drieëntwintig na middernacht.'

'Grote gebeurtenissen uit de oude wereldgeschiedenis,' bromde Maddox, 'werden in steen gebeiteld. In onze tijd zijn het digitale cijfers, Li'll Remo. Als Tex zo gis was geweest de klok mee naar Spahn Ranch te nemen, hadden we nu een digitaal monument gehad. De tijd die stilstond bij de eerste stap op weg naar Hurly Burly.'

697

'Je zou er ook een zeer stille getuige mee in huis hebben gehaald,' zei Remo. 'Een zeer welsprekende ook.'

'Ik had het ding meteen in veiligheid laten brengen. Helemaal in Death Valley, als het nodig was geweest. Wanneer de Put eenmaal gevonden was, dan zou ik er' (Maddox maakte een golvend handgebaar langs de gevangenismuur) 'een kleine ruimte in laten uithakken... precies passend voor de klokradio met 00:23.'

Het moesten de wanhoop en de vermoeidheid zijn geweest: nu hij het oog van Maddox dweepziek zag opgloeien onder z'n rafelige gordijntje van verbandgaas, besefte Remo zijn fout. Hij had nooit over Het Tijdstip mogen beginnen.

'Het apparaat moet nog ergens zijn,' mompelde Maddox. 'Ik voel het. De politie geeft zoiets terug... de familie bewaart het.'

Hij mocht nooit weten waar de klok voor eeuwig buiten de tijd was geplaatst. Geen monument, geen bedevaartsoord, geen symbolische vernieuwingsbron voor zijn beweging.

11

'Toen ik met mijn vrouw op de ranch was om paarden te huren,' zei Remo, 'zag ik onder takken verstopt een busje van LA5. Overal filmlampen, camera's... Ik dacht eerst aan een televisiedocumentaire, maar het was een zooitje. Jouw mensen waren met de apparatuur bezig, en ze deden maar wat.'

'Alles eerlijk, met busje en al, veroverd op de varkens,' zei Maddox. 'Oorlogsbuit van Hurly Burly.'

'Zo konden jullie je eigen orgieën opnemen.'

'Ook. Het was een goede oefening. Ze hebben het spul al doende leren bedienen. Vooral het latere filmmateriaal was uitstekend bruikbaar.'

'Welk filmmateriaal?'

'Van... de plek.'

'Luister, Scott. Het is nou wel onderhand aangetoond dat

zulke films niet bestaan. Omdat er steeds werd gezegd: "Van Waverly bestaan *geen* opnamen," werd daar algauw van gemaakt: "Van Cielo wel." Onzin.'

'Charlie wilde alles vastgelegd hebben.'

'Wat is erop te zien?'

'Alles. Alles.'

'Om je eigen misdaden nog eens terug te zien.'

'Charlie heeft reden genoeg om er niet naar te kijken.' Nu niet toegeven aan de hete wurgneiging in je handen, Li'll Remo. Doorvragen. Vermorzelen kan altijd nog.

'Dat filmmateriaal... wat is ervan geworden?'

'Kundig aan elkaar geplakt... hoe noemen jullie van het vak dat? Gemonteerd. Alleen is er niets uit geknipt.'

'Bestaat hij nog, die film?'

'In de kluis van een vage miljonair ergens. Geldbelegging voor de varkens.'

'Ik geloof je niet, Scott. Waarom zou jij zo'n bewegende stille getuige in de wereld hebben willen brengen?'

'Charlie moest aan de oorlogskas van Hurly Burly denken.'

12

'Jij bent van die lui daarbuiten de leider, Scott,' zei Remo. 'Jij deelt de lakens uit. Maar als je het over je familie hebt, doe je net of je minder bent dan een primus inter pares. Iedereen is gelijk.'

De schoonmakers zaten onder mijn hoede een kwartiertje uit te blazen in de recreatieruimte. Er was verder niemand. Ze keken af en toe steels naar me, maar ik zette mijn onverschilligste gezicht, wat maakte dat ze minder zacht spraken dan veilig voor ze was.

'Alweer mis, Li'll Remo,' zei Maddox. Als hij van zijn stoel opstond, was het net of er een veer in hem lossprong, zo weinig moeite leek het hem te kosten. Hij deed zijn zijdelingse dansje, en liet zich toen voor Remo op de knieën vallen. 'Geef me je voet.'

Zogenaamd verdiept in het ordenen van de rond een bord achtergebleven damstenen lette ik scherp op. Gevangene Woodehouse, die zijn ene been over het andere geslagen hield, trok geschrokken zijn voet verder op in de richting van zijn lies. Het weerhield Maddox er niet van een kus op de gymschoen te drukken. Vederlicht kwam hij weer overeind om op zijn stoel te gaan zitten.

'Nu ben je er klaar voor, Li'll Remo, om ook *mijn* voet te kussen.'

'Nooit van mijn leven,' zei Remo.

'Ik wacht,' zei Maddox. Hij liet zijn rechtervoet voor Remo schommelen. 'Je kunt nu niet meer terug. Als je mij de kus onthoudt, raak ik blijvend vernederd. En jij... jij zult voortaan mijn overheerser zijn.'

'Dat is chantage,' zei Remo. 'Ik heb niet om die klapzoen op mijn veter gevraagd.'

'Nee, want dan zou mijn gebaar niet volstrekt belangeloos zijn geweest. Mijn kus, Li'll Remo.'

'Als je 'm van me eist, is hij net zo min belangeloos.'

'Ik verlang niets. Ik raad je op z'n best aan het evenwicht tussen ons te herstellen. Als je mijn overheerser blijft, kan ik niet meer tegen je praten. Dan zullen voortaan al je vragen op me afketsen.'

Ik schudde de doos met stenen leeg op het dambord, alleen om ze opnieuw te kunnen stapelen. Mijn ooghoeken vertelden me dat Woodehouse voor deze nieuwe chantage aan het zwichten was. Hij kwam aarzelend van zijn stoel overeind. Natuurlijk, als hij Maddox niet tot op de bodem van zijn zwartgeblakerde ziel kon uithoren, had het allemaal geen zin gehad. De permanent afgeknepen woede, de walging om 's mans fysieke nabijheid, de op de koop toe genomen bergrede en waanzinaria's – het was dan allemaal voor niets geweest. Mijn vingers ordenden automatisch de damstenen, wit en zwart door elkaar, terwijl ik geen oog kon afhouden van wat daar op enkele meters afstand gebeurde. Een man neerknielend bij de moordenaar van zijn vrouw, en een kus op diens gevangenisslipper drukkend.

'Nu, Little Remo, zijn we elkaars meerdere en elkaars mindere. Dat is waar Jezus voor stond. Ik kan zijn leer in één woord samenvatten...'

'Nou?' deed Remo, die zich bij het zitten gaan even had omgekeerd om heimelijk met een mouw zijn lippen af te vegen.

'*Submission*,' zei Maddox, met een splinter ontroering in zijn keel.

'In het Pools,' zei Remo, 'kan dat verschillende dingen betekenen. Nederigheid. Onderdanigheid. Onderwerping zelfs...' Hij sprak de woorden op z'n Pools uit, en gaf er de omschrijving bij. 'Misschien is mijn Engels niet goed genoeg om de juiste nuance van jouw submissie te vatten... met betrekking tot Jezus, bedoel ik.'

'Hou het op wederzijdse onderwerping. Een methode van liefde om de dominantie van de ene mens over de andere tegen te gaan. Charlie is niet meer of minder dan elk van zijn volgelingen.'

'Mijn vrouw...' Remo probeerde te fluisteren, maar bleef door de heftig uitgestoten woorden toch verstaanbaar voor me. 'Mijn vrouw is dus aan de submissie binnen jouw familietje gestorven. Een methode van liefde.'

Het was verleidelijk ze het gesprek te laten voortzetten, maar hun pauze duurde nu al bijna een halfuur. Ik zei dus, met tegenzin: 'Heren, ik weet niet waar dit allemaal over gaat, maar het klinkt als een discussie, en die kan ook onder het sopwerk gevoerd worden.'

En trouwens, ik had ze al min of meer waar ik ze hebben wilde. Allebei.

'Die submissie van jou, Scott, is de verachtelijkste huichelleer die ik ooit gehoord heb.'

Remo was op weg naar het avondeten stil blijven staan in de deuropening van Maddox' cel. De kleine muzikant trok juist een nieuwe snaar (de bovenste, de dikste) door een gaatje in de kam van zijn gitaar. 'Ga je beklag maar doen bij Jezus Christus, Li'll Remo. Ik geef alleen weer wat hij onderwezen heeft.'

'Het gaat me erom dat jij die leer op de goorst denkbare manier in je eigen voordeel hebt uitgelegd. Aan de wederzijdse onderwerping die jij predikt, is niets wederkerig. Af en toe op je knieën de ongewassen voet van een ander kussen... om de wereld eraan te herinneren dat je de rechtmatige opvolger van Jezus Christus bent. Jij de onderdaan van je volgelingen? Voor 't merendeel zijn ze van het vrouwelijk geslacht. In jouw ogen zijn vrouwen net goed genoeg om de man te voeden en te bevredigen... om het huishouden te doen en kinderen uit te poepen. Jij ging nog wat verder dan de gemiddelde despoot en eunuch. Om te kunnen koken, moet je eerst inkopen doen. Omdat Charlie Jezus was, altijd bereid de woekeraars de tempel uit te ranselen, had zijn heilige familie nooit geld. Jij liet je vrouwen elke dag een duik nemen in de afvalcontainers van supermarkten... tussen de rottende groenten. En als het eten dan op tafel stond, moesten ze in alle nederigheid wachten tot de honden hun bord leeg hadden. Je sloeg ze verrot, als het je zo uitkwam... en dan zei je dat het goed voor ze was... dat ze niets liever wilden. Ja, zo kan ik ook in wederzijdse onderdanigheid geloven.'

'Ik bood ze bescherming,' zei Maddox, die rustig doorging de nieuwe snaar om het spoeltje te winden. 'Ik leidde ze naar het onderaards paradijs.'

'Ze hadden geleerd er dankbaar bij te kijken, bij die klappen van jou... met een glimlach hun tranen te drogen. Vers van huis weggelopen nieuwkomertjes werden door jou voor het oog van de hele familie ingewijd... verkracht, zeg maar. Ja, ze moesten toch leren hoe in groepsverband te paren. De paradijselijke staat diende al zoveel mogelijk bovengronds gecreëerd... niet, Jezus de Tweede? Als jij een gewone bajesklant met wat charisma was geweest, had je misschien een liefje hier of daar zo gek gekregen jouw naam in haar vlees te laten tatoeeren. Maar Charlie was iets uitzonderlijks... een goeroe, een generaal Rommel van halfgoddelijke afmetingen. Niks tatoeage-inkt. Hij liet zijn vrouwen de kernkreten van zijn leer op muren en deuren schrijven... in het bloed van *zijn* slachtoffers. Kijk, zo werkt de wederzijdse submissie van Christus de Coyoteprediker. Jouw onderdanen door het slijk en het bloed... terwijl jouw onderwerping aan je volgelingen uit niets anders bestond dan... dan het bedenken van barokke slagvelden.'

Maddox stak zijn stemfluitje in de mondspleet van zijn verband, en begon de nieuwe snaar te stemmen.

Vrijdag 20 januari 1978

De naaktcel

I

Hun laatste werkdag samen begon ermee dat Maddox aan Remo twintig dollar te leen vroeg, en eindigde een paar uur later al met Remo's hernieuwde gang naar de isoleercel. 'Twintig dollar, dat is meer dan ik als inlegkruisje in mijn slip heb liggen.'

Op bijna menselijke toon beweerde Maddox door zijn reservesnaren heen te zijn, en nieuwe opnamebandjes nodig te hebben, omdat hij de oude niet wilde wissen. Het had iets benepen smekends, als van een bedelaar met schaamte.

'Vijf dollar van mijn schoonmaakgeld kun je krijgen. De helft van wat ikzelf nog heb.'

Maddox informeerde met ruisende stem naar de reden van Remo's solidaire gulheid. Uit de zachte eierschaal van verbandgaas leek waarachtig de geboorte van een mens aanstaande.

'Scott, jij was laatst zo vrijgevig het Kwaad met mij te delen. Ieder een gelijke portie. Onbetaalbaar, maar... laat me op deze manier symbolisch iets terugdoen.'

Uit de twee enige openingen in het verband, die van oog en mond, ontsnapte nu, deels verstikt door de zwachtels, een paroxisme van woede. 'Jij, geldschijtend zwijn...!' Of hij, Maddox, niet wist dat Remo's producenten het geld bij buidels tegelijk Choreo binnenbrachten. Zijn mensen hadden nog een onbetaalde ziekenhuisrekening voor de familie Woodehouse liggen. Van het Spahn's Family Memorial Hospital in Chatsworth. De verloskundige afdeling. Factuur van vijftienhonderd dollar voor een sectio caesarea. Direct te voldoen. De teller van het incassobureau tikte al.

'Dat was nou juist jouw grootste misdaad, Scott... dat je die keurslagers van je niet eerst hebt voorgedaan hoe ze een keizersnede moesten verrichten.'

Oorlog was oorlog, en zulke dingen vielen niet binnen de bevoegdheid van zijn soldaten.

'Scott, ik kom nu aan de kern van mijn aanklacht.'

O, was er ook nog een kern? Nou, vooruit dan maar.

'De eenzaamste twintig minuten uit de geschiedenis van de mensheid.'

En nu in goed Amerikaans, ja? Choreaans mocht ook. Maddox' oog fonkelde als antraciet.

'Het nemen van een leven op de drempel van een leven.'

Niets aan de hand. Als je eerst je voeten maar veegde.

'Nog niets gecorrumpeerd, Scott. Alle mogelijkheden nog daar, in een ongeschonden vlies.'

De aanklacht diende in verstaanbaar juridisch Chinees geformuleerd te worden – zoveel wist Charlie nog wel uit de tijd dat hij, voor de rechtbank van Los Angeles, zijn eigen verdediging voerde.

'Waarom, Scott...'

'Waarom, Li'll Remo, huilt de boreling, en de stervende niet?'

2

Het was of Maddox instortte – niet zozeer onder Remo's aanklacht, als wel onder zijn eigen antwoord. Het handenwringen leek, door het gewatteerde verband, nog nergens op, maar voor 't eerst in al die weken leek Maddox zoiets als *spijt* te tonen. Of was het niet meer dan de opmaat tot een volgende zelfverheffende bergrede? Hij smeekte Remo op zijn onverbrande knieën een troostgebed voor het ongeboren kind te aanvaarden. In doffe berusting hoorde Remo de aanzwellende stroom woorden aan, die eerst nog hakkelend uit een verstikte keel opklonk, maar allengs aanzwol tot het zelfgenoegzame geloei waaraan hij bij zijn poetsmaat gewend was geraakt.

Later die dag terugdenkend aan Maddox' Genesareth ontdekte Remo een zwart gat in zijn geheugen tussen de apotheose van de bergrede en zijn verschijnen voor de tuchtcommissie van Choreo. Uit mededelingen van de bewakers die zich op hem hadden gestort, en later van de commissieleden, had Remo al op kunnen maken dat hij in een opwelling van jankende razernij Maddox was aangevlogen. Op een golf zwarte hitte na was hij het kwijt. Oogknipperend tegen de Amerikaanse vlag achter de voorzitter hoorde hij een kort rapport aan over het waanzinnige gedrag van de een of andere doorgeslagen Choreaan.

'Zo, Mr Woodehouse, wij hopen dat u van lange weekends binnenshuis houdt. De commissie legt u drie etmalen naaktcel op, om af te koelen. Daarna willen wij u en Mr Maddox niet meer samen zien. Niet vegend, niet dweilend, niet pratend.'

Zo was met een bulderende troostlitanie en een gierende waanzinsaria een einde gemaakt aan een vijf weken durend, onmogelijk gesprek, dat toch had plaatsgehad. Sommige vragen waren beantwoord, andere bleven openstaan. Al ging Scott Maddox nu alsnog in rook, of gas, op – Remo wist genoeg voor nog eens negen levens van berouw, zelfhaat en de diepste neerslachtigheid. Een meevaller: uit geen enkele toespeling van bewakers of commissieleden kon worden opgemaakt dat Remo tijdens de verstandsverbijstering zijn identiteit, of die van Maddox, had prijsgegeven – ondanks eerdere dreigementen, die altijd wederzijds waren. Hier in Choreo hield zelfs de waanzin eerbiedig halt voor de kleedkamer van een oude persoonlijkheid.

3

Voor de tweede keer in veertien dagen moest ik gevangene Woodehouse naar de isoleer brengen. Dit keer was hij wel degelijk geboeid, aan handen en voeten. Zo werd hij, korte, dof rinkelende passen makend, door Carhartt en mij de vergaderruimte van de tuchtcommissie uit geleid. Op de gang stond, ter versterking van ons gezag, de dikke Tremellen. Woodehouse had iemand anders verwacht, want hij vroeg Carhartt: 'Maddox niet voor de commissie?'

'Waarom? De agressor, dat was jij.'

'De agressor van ons tweeën is Maddox. Jullie kunnen mij in de isoleer smijten, maar *hij* heeft een explosief. Reken maar dat hij het tegen de bewaking gebruikt, als het nodig is.'

Nee, Maddox bewaarde de ingrediënten voor zijn zelf te fabriceren handgranaat niet op cel. 'Nou, wijs maar aan dan,' zei Ernie. Woodehouse voerde ons op de EBA naar de vertrouwde bezemkast. Hij liet zien hoe Maddox (die zelf nergens te bekennen was) door twee ongebruikte plastic emmers in elkaar te schuiven een dubbele bodem gecreëerd had, waartussen zich allerlei kleine voorwerpen bevonden.

'Even de wapenkamer inventariseren,' zei Ernie. 'Ik zie hier repen roodkoperen nietjes... trossen paperclips... een ronde magneet zo vol ijzervijlsel, het lijkt wel een donut. Een plastic zakje met ongeveer een ons van een geel poeder. Link. En wat is dit? Een leeg flaconnetje van plastic. Levensgevaarlijk. Heel Choreo had wel de lucht in kunnen vliegen.'

Tremellens vetrollen trilden van het lachen. Ik hield mijn mond.

'Mr Carhartt,' zei Woodehouse, 'dat gele spul is van duizenden lucifers geschraapt. Er ligt nog ergens een zakje rood of bruin ook. Het gaat samen met al die fijne metaaldeeltjes in dat plastic ding, en dat wordt dichtgelast. Ik zeg het voor uw eigen veiligheid... die van het personeel. Maddox heeft een echte lont in de afvoer van zijn toilet hangen.'

'Boem...!' riep de oliedomme Carhartt, die wel in blikken

adelaarseieren geloofde, niet in plastic handgranaten. 'Alle begrip, Woodehouse, dat je het hol daar beneden nog even wilde uitstellen. Maar nu wordt het toch echt je tijd.'

Nietjes, paperclips, een ijzeren donut, lucifers van hun stam ontdaan: Carhartt kon geen voor Choreanen verboden waar ontdekken, en zette met het in elkaar schuiven van de twee emmers de potentiële bom weer op scherp.

4

Het uur van de waarheid kwam toch nog onverwacht voor me. Ik zag pal onder mijn ogen een scène ontstaan die ik weliswaar in gang gezet maar nooit voorzien had. Woodehouse liep met schuifelpasjes tussen Carhartt en mij in. Tremellen kwam puffend drie meter achter ons aan. Halverwege de lange gang moesten we wachten tot collega Zalkus, die een geketende Dudenwhacker met zich meevoerde, via de portofoon het hek had laten openen. Dudenwhacker, wist ik, had er een etmaal isoleer op zitten wegens het met volle hand in het kruis grijpen van bewaker Burdette – geen aanranding, gewoon een gebaar van minachting. Of het nou waar was van die vergiftiging of niet, Dudenwhacker zag nog altijd doodsbleek, waardoor de vijf blauwe tranen leken los te komen van zijn gezicht. Onder het wachten keken hij en Remo ieder een andere kant op, maar bij het passeren boorden hun blikken zich kortstondig in elkaar. Het ontging me niet dat Dudenwhacker zijn wenkbrauw boven het rijtje van drie tranen hoog optrok. Woodehouse antwoordde met een stuurs knikje en een kort, horizontaal gebaar met de duim ter hoogte van zijn navel.

Aan het eind van de gang leidden links en rechts trappen naar beneden, waar in het souterrain de isoleerkerkers waren. Ik vatte Woodehouse bij de arm, en wilde hem naar rechts voeren, net als twee weken terug. 'Nee, hij gaat naar het naakthol,' zei Carhartt, en trok hem naar links.

'Ernie, doe me een lol,' zei ik. 'Het is januari.'

'Instructies, Spiros. Trouwens, het heeft vloerverwarming. Het is er aangenamer dan hierboven in mei.'

Voor 't eerst kreeg ik een naaktcel van binnen te zien. Gevangeniscellen waren altijd kaal, maar dit stenen hol was het in de letterlijkste zin. Geen brits, geen toilet, geen wasbak, niets. Alleen, hoog tegen het gewelfde plafond, de eeuwige gloeipeer in zijn kooitje van spinrag en ijzerdraad. Het enige sanitair, een gat in de vloer, zag ik aanvankelijk over het hoofd. Wel was er, toen ik dieper de cel in ging, die vreemde sensatie in mijn benen, zoals vroeger in mijn marmeren consultatiebureau, waarvan de fundamenten verzakt waren. De granito vloer liep niet waterpas. Het stonk er.

Omdat Tremellen voor de deur op zijn post moest blijven, nam ik het stapeltje beddengoed van hem over dat hij uit de gangkast had gehaald. Toen ik de slaapmat en de paardendeken in een hoek wilde leggen, viel me op dat de vloer heel regelmatig van de muren afliep naar het exacte midden van de cel, waar op het diepste punt een gat van zo'n vijf centimeter doorsnee zat: daar steeg de stank uit op.

'Net zo'n Turks toilet,' zei ik, 'zoals je ze in sommige Parijse cafés nog ziet.'

'Grieken,' zei Carhartt, 'hebben altijd een pesthekel aan alles wat Turks is.'

'Hier is de hele cel het toilet,' vond Woodehouse. 'Vier muren rond een aarsgat.'

'Anus tegen anus,' zei de dikkerd in de deuropening, 'dat is je straf. Oog om oog, aars om aars. Het zal je leren medegevangenen te molesteren.'

'Er is niet schoongemaakt,' zei ik. Rond de opening in de vloer strekten zich, stergewijs, opgedroogde vuilsporen uit tot halverwege de muren. Dichtbij het gat waren ze nog vers en nat. Er dansten vliegen boven, als pingpongballetjes op de luchtpijp in een schiettent.

'Logisch,' zei Tremellen. 'Tot tien minuten geleden lag Dudenwhacker hier in zijn vuil te rollen.'

'Ik zie geen spoelsysteem,' klaagde Woodehouse. Ik was bezig hem van zijn boeien te ontdoen.

'Sterker nog,' zei mijn chef, 'er is hier in het geheel geen stromend water. Een karaf bij het eten kun je krijgen.'

De gevangene wilde weten of het licht hier, net als in de gewone isoleer, dag en nacht bleef branden. O ja, de volle vierentwintig uur. 'Woodehouse,' zei Carhartt, 'dit is de naaktcel. Huisregels bekend?'

'Ik weet nu wat een naakte cel is.'

'Uit de kleren, Woodehouse.'

Hij schudde de slippers van zijn voeten, en trok de overall uit. In T-shirt en onderbroek, op zijn sokken staand onder het door rag en draad verknipte licht, leek hij tussen ons grote mannen nog verder te krimpen.

'Ik zei: uitkleden.'

'Alles?'

'Op de slip na. Het oog van een bewaarder hoeft niet de hele dag door beledigd te worden.'

'Kijk eens in de kast,' zei ik tegen Tremellen, 'of er Gideons liggen.'

Even later overhandigde hij me een bijbel, die ik bovenop het beddengoed legde. 'In mijn vorige isoleercel,' zei Woodehouse, 'was geen Heilige Schrift.'

'Nee,' schamperde Carhartt, 'en ik zal je zeggen waarom niet. In een isoleercel met een kraan liet ooit een psychopaat net zo lang water in zijn Gideon lopen tot hij een loeizwaar slagwapen had. De eerste bewaker die binnenkwam, kreeg dat blok in zijn nek. Sinds die dag alleen nog bijbelstudie in de naaktcel.'

'U brengt me op een idee. Ik ga er net zo lang overheen pissen tot ik mijn eigen geheime wapen heb.'

Ik verwachtte dat Ernie het boek terug zou eisen, maar dat gebeurde niet. Het reglement van Choreo schreef voor dat een geïsoleerd op te sluiten gevangene tot aan het dichtgaan van de deur vol in het oog moest worden gehouden. We verwijderden ons ruggelings, met een medelijdende glimlach nagekeken door Woodehouse in zijn gevangenisonderbroek. Hij stak zijn hand op. 'Tot maandag.'

'Als je je gedraagt,' zei mijn chef. 'Ook de kalender kent z'n rente.'

De deur was dik en zwaar als die van een bankkluis.

5

Na het dichtvallen van de deur trad een dreunende stilte in. Net als in de vorige isoleercel: geen venster. Wel, onbereikbaar hoog in de muur, een luchtrooster, maar daarvan waren de mazen nagenoeg dichtgeslibd met spinrag en dode insecten. De vloerverwarming hield de gierlucht wee en zoetig.

Remo liet zich met zijn rug tegen de muur op de hurken zakken. Door het vele rondplassen, met alleen slippers aan, in al dat schoonmaaksop was het eelt van zijn voeten geweekt, zodat de zolen, zacht en roze als die van een baby, geen houvast vonden op de glad aflopende vloer. Ook zijn billen gleden erop weg, zodat hij in een ongemakkelijke lighouding tegen de wand kwam te hangen. Zo, de nekkramp nabij, zoog hij het enige uitzicht op dat zijn nieuwe verblijf te bieden had: het idyllische, zachtglooiende dal rond de Put des Afgronds. Oud lichaamsafval was op het granito goorwit en vuilgroen opgedroogd. Kalk en gal. In wat ooit slierten braaksel geweest moesten zijn, waren de afdrukken van geknapte schuimblaasjes nog zichtbaar.

Om niet boven het besmeurde gat te hoeven hurken, had Remo gehoopt op een lang weekend van hardlijvigheid, maar de bewakers waren nog niet vertrokken of zijn darmen begonnen op te spelen. Hoe ver hij zijn voeten ook uit elkaar plaatste, ze stonden altijd in het plakkerige vuil van zijn voorganger. Dudenwhacker. In de gang had zijn gezicht *de* vraag gesteld, maar had hij het antwoord van Remo's duim ook begrepen?

Met wat Remo in het reservoir onder het latrinegat neerliet, dreef hij eindeloos veel meer stank de cel in dan hij zelf voortbracht. 'Ik zie geen toiletpapier,' zei Remo, ook om te horen hoe zijn stem hier klonk. 'Gideons bijbel, is die om je gat mee af te vegen?'

6

Om de stank niet tot zich toe te laten probeerde Remo alleen nog door zijn mond te ademen, wat weer tot gevolg had dat keel en gehemelte uitgedroogd raakten. Meer dan de dorst zelf kwelde hem de afwezigheid van een kraan. Hij zocht de cel af naar een knop voor het waarschuwen van de bewaking. Er was er een, onopvallend verzonken in de deurpost. Zijn hand gleed er al naartoe – nee, niet nodeloos bellen. Ze zouden hem niet kleinkrijgen.

Afleiding. Uit *In Cold Blood* herinnerde Remo zich dat moordenaar Perry Smith, in zijn cel naast de keuken van de sheriff, een methode had ontwikkeld om de kale gloeipeer hoog boven hem los te draaien. Smith drukte de lamp, die aan een kort snoer hing, met een harde bezem tegen het plafond, en schuierde hem dan met korte rukjes los uit de fitting – tot het troostende duister daar was. Als de jongen scherven nodig had om zijn polsen door te snijden, hoefde hij maar door te gaan tot de peer voor zijn voeten stukviel.

Het verschil was dat Remo hier geen veger had, en dat de gloeilamp door ijzerdraad beschermd werd. Door, telkens weer, met de bijbel op een donkere schimmelplek tegen het plafond te mikken, oefende hij zich om vanavond, als hij wilde slapen, de peer aan diggelen te gooien. Het boek viel vaak al tijdens zijn opwaartse vlucht open, en kwam dan met luid klapperende bladzijden naar beneden – wat hem in deze stilte op de zenuwen werkte. Hij trok de wollen stikdraad uit een zoom van de deken, en bond er de Gideon mee dicht. De harde kaft van karmozijn kunstleer stempelde rode strepen en halvemaantjes tegen het witte gewelf.

'Al waren uw zonden rood als karmozijn...' mompelde Remo. 'Jesaja, als ik me niet vergis.'

Hij ving de Heilige Schrift op, trok het touwtje los, en begon te bladeren. Hier, *Jes. 1:18*, verdomd. Verder lezend zag hij af van het stukgooien van de lamp. Na vandaag nog twee etmalen te gaan – geen pretje die in het donker door te brengen. Zijn drinkbehoefte bestond inmiddels uit twee delen dorst en vijf delen paniek. Naakt liet zijn lichaam meer zweet verdampen dan gekleed. Rillend, transpirerend speurde Remo de muren af naar een parelend stroompje condens of vochtdoorslag, om zijn tong langs te halen. De cel was net zo droog als zijn mondholte. Hij drukte de knop in. Een paar minuten later stootte een behaarde hand het deurluikje open.

'Nou, wat moet je?'

Veertig centimeter dieper de deur in, aan de gangkant, zat nog zo'n klep, ook geopend, en daar hing het grove gezicht van bewaker Zalkus.

'Water.' Remo stootte het woord, eerder een botte klank, rechtstreeks uit zijn keel. De tong, stijf van droogte, deed niet meer mee. 'Aa-wuh.'

'Bij je vreten straks,' snauwde de man. 'Ik ben je butler niet.'

Even leek het of de bewaker Remo een klap in het gezicht wilde geven, maar Zalkus reikte alleen naar de ring van het binnenluikje, om het af te sluiten. In het spinraglicht trilde het beeld na van een horloge vol maantjes en sterretjes, dat aan een te wijde schakelarmband om de dierlijke pols hing.

7

Toen de lunch gebracht werd, begreep Remo de functie van de twee opeenvolgende deurluikjes. De bewaker maakte met een sleutel de klep aan de gangkant open, zette voedsel en water in de kubusvormige holte, en deed het binnenluikje van het slot door een haak opzij te kantelen. De geïsoleerde gevangene werd geacht de karaf en de etensbak meteen weg te nemen, zodat alles weer dicht kon.

De stank was zo allesdoordringend dat geen hap die hij naar zijn mond bracht naar warm eten rook. Zo veranderde na een minimale portie zijn honger in een misselijkmakende verzadiging, die hem de indruk gaf dat elk van zijn poriën een strontlucht uitstootte. Remo zocht op het zachtst glooiende deel van de vloer een plek om de nog volle voederbak neer te zetten – toen opeens het licht uitging. De gamel, in het donker te vroeg losgelaten, sleede schurend in de richting van het gat.

Een technisch mankement misschien, of een bewaker had bij vergissing de verkeerde schakelaar omgezet. In Choreo waren noodaggregaten: het licht zou zo wel weer aangaan. Remo bleef roerloos, zijn arm nog uitgestrekt naar het weggegleden etensblik, op zijn hurken zitten wachten tot, op z'n minst, zijn ogen aan het duister gewend waren. Dat moment kwam niet. Omdat er nergens een reet of een kier was waar, hoe zwak ook, licht uit lekte, verwierf het donker hier geen enkele nuance. Voor Remo was de beweginglloosheid niet louter vrijwillig: de onversneden duisternis leek hem als gestold pek te omhullen en vastgeklonken te houden.

Als de lamp kapot gesprongen was, had het *ping!* geklonken, en dat zou hij in deze volmaakte stilte gehoord hebben. Bleef nog de mogelijkheid dat afzondering en kippenvel niet de enige straffen van de naaktcel vormden, maar dat als extra strafpremie van tijd tot tijd de lichtschakelaar omging.

Het bleef donker. Als de netspanning was weggevallen, trof dat ook de alarmknop. Remo verplaatste zich zijdelings, met zijn rug angstvallig tegen de muur, voetje voor voetje naar de deur toe. Hij moest zijn nagels gebruiken om de knop, die zowat naadloos in de vlakke deurstijl verzonken was, terug te vinden. In dit volstrekte duister, dat z'n eigen wetten van tijd en ruimte leek te stellen, was bij benadering niet vast te stellen hoeveel minuten er verstreken voordat er door het open gebeukte luikje wat groezelig licht de cel binnen wolkte.

'Laat dat gebel, Woodehouse.' De stem van De Griek.

'Mr Agraphiotis, een gevangene in een onverlichte cel plaatsen, dat is tegen de wet. Het valt onder marteling.'

'Blij te horen, Woodehouse, dat je de wet zo goed kent. Als ik me wel herinner, hebben we je in een goed verlicht onderkomen achtergelaten.'

'Om vervolgens de lamp uit te doen.'

'Als een gloeipeer het begeeft, is dat geen opzet van onze kant.'

'Ik vraag van u alleen de opzet die nodig is om een nieuwe in te draaien.'

'Op de EBA had je een prima cel. Uitstekend verlicht. Jij wilde met alle geweld de naakte isoleer in. Hier geldt de instructie: zolang iemands straf duurt, geen lamp vervangen. De ladder, dat is het heikele punt.'

'Wat hoort er nou precies tot mijn straf... vierentwintig uur per dag fel licht, of het gekmakende donker dat hier nu hangt?'

'Och, zolang het maar werkt. Wees blij, Woodehouse. Als de peer het nog had gedaan, was het ding ook de drie komende nachten blijven branden. Nu kun je heerlijk slapen. Voor het geval je bang bent in het donker... er is geen bed waar een enge man onder kan liggen. En nu wil ik die bel niet meer horen.'

8

Maar een mens droeg ook lichtbronnen *in* zich. Wie zijn ogen sloot tegen de felle zon kon genieten van schitterend vuurwerk tegen de binnenkant van zijn oogleden. Een dronkaard met de gruwelijkste kater hoefde maar te knipperen om zilveren vonken als vlooien te zien rondspringen. Alcoholisten die aan delirium tremens leden, maakten wel melding van onzichtbare vlammenwerpers die lange vuurstralen hun blikveld in joegen. Allemaal gratis lichtshows voor na de borrel.

In isoleercel B3 hing een dik, giftig duister, dat de hoornvliezen aantastte. Remo merkte het pas nadat hij zijn ogen een hele tijd wijd opengesperd had gehouden, net zolang tot de bollen, in sterk gekrompen staat, droog en craquelé leken te worden. Het donker, dat zich door geen mensenblik liet perforeren, bleef massief tegen de weerloze substantie van oogwit en irissen aan leunen. Pas toen hij zijn ogen dichtdeed, scheen er licht in de duisternis: een vonkenregen die pijnlijk zijn netvlies zandstraalde.

Remo zat met zijn blote rug tegen de celmuur, die koeler was dan het granito waarop zijn voeten zich schrap zetten tegen wegglijden. Als hij zijn ogen maar lang genoeg gesloten hield, zou het nerveuze vuurwerk wel ophouden. Er kwamen minder beweeglijke kleurvlakken voor in de plaats, vrolijke en droevige, die zich deelden en samenvoegden, maar nergens een herkenbaar beeld opleverden. Hij probeerde de druk van de stilte op zijn trommelvliezen te verlichten door zijn vingertoppen in de gehoorgangen te steken, en er masserend in te roeren. Het geknars dat zo loskwam, vertaalde zich in een vertrouwd geluid: van sneeuw die wordt samengeperst onder ski's die zich bergopwaarts begeven.

Remo bevrijdde de vingers uit zijn oren: de stiltedreun kwam niet terug; het geknerp bleef, maar veranderde van scherpte. Een sleutel werd onophoudelijk in een onwillig slot omgedraaid – niet dat van zijn celdeur. Hij herkende het geluid aan het tasten van de versleten baard. Het was de lange sleutel die op de achterdeur van zijn huis aan de Cielo Drive paste. Het ding had z'n vaste plek op een steunbalk van de keukenveranda, zodat de werkster 's morgens naar binnen kon zonder de bewoners wakker te maken. Ze moest met de bus uit het centrum komen, en als de dienst meezat, arriveerde ze rond acht uur – vandaag wat later. De sleutel tolde rond in het slot, net zolang tot de baard het juiste lipje te pakken had. Om in de keuken te komen moest Winny eerst een halletje door, dat verder als bergplaats voor schoonmaakgerei dienstdeed. Er was ook een tussendeur naar de kinderkamer, die aan de voorkant van het huis lag. Ze deed hem open: een lege ruimte, helemaal in de grondverf, met hier en daar asteriskvormig weggepleisterde oneffenheden. Wieg en commode stonden zolang in de badkamer ernaast. De schilder zou om half negen komen.

Na in de keuken haar werkschort aangedaan te hebben, zou Winny via de eetkamer en de hal naar de woonkamer sloffen, om eerst daar de vuile vaat te verzamelen. In de geest probeerde Remo haar tot stoppen te dwingen, rechtsomkeert te laten maken, want ze was niet ver meer van haar gruwelijke ontdekking: de omgevallen hutkoffers, de openstaande voordeur, de bloeddoordrenkte molshopen op het gazon...

In de doorgang van de hal naar de huiskamer waren geen hutkoffers. Winny's aandacht werd daar door iets anders getrokken: een gekras uit de wandkast, waar op de stereo nog een langspeelplaat draaide, met de naald die heen en weer geslingerd werd tussen laatste nummer en etiket. De oren ertegen dichtdrukken had voor Remo geen zin, want dan hoorde hij pas echt wat er, via de luidsprekerboxen, in die slotgroeven van *Sgt. Pepper's* te beluisteren viel. Een soort Minnie Mouse-achtig gekwek, zonder betekenis, waar hordes lichtgelovige exegeten nu al jaren allerhande boodschappen in ontdekten. Winny schakelde de platenspeler uit, en ging de huiskamer binnen.

Het was wel duidelijk wie er, uren geleden waarschijnlijk, *Sgt. Pepper's* had opgezet. Op de bank voor de haard lag de eeuwige huisvriend Voytek te slapen, helemaal in de kleren nog. Hij werd wakker van het gerinkel waarmee de werkster de lege flessen verzamelde. 'Hoe laat is het?'

'Bedtijd, Mr Tek.'

9

Anders dan bij de methode-Charrière kreeg Remo in dit hallucinerende duister geen heldere beelden door, alleen verschuivende lichtvlekken in vage tinten – en geluiden van een ongewone scherpte. Hij hoorde de elektrische bel door het huis schallen, en Winny de intercom beantwoorden, maar de schilder die bij haar de keuken binnenstapte, kreeg geen gezicht.

Wel een naam: 'Bill Guglielmo, voor de kinderkamer', zoals hij zichzelf voorstelde. *En,* vreemd genoeg, een geur. Guglielmo opende blikken in het halletje, en de synthetische verflucht verdrong de weeë stank uit Remo's cel.

Als de bel de vrouw des huizes wakker had gemaakt, dan bleef ze zeker nog een halfuur in bed tegen haar kind liggen praten, dat zij, naar haar ouders, afwisselend Paul en Doris noemde. 'Oef, Paultje, zo vroeg nog... en alweer zo warm en benauwd. Er komt geen eind aan de hittegolf.'

Even na negenen klom Sharon uit bed, waarbij ze in kwetsbaar evenwicht op haar stuitje een zorgvuldige kwartslag draaide om haar benen op de grond te kunnen planten – een manoeuvre die Remo niet voor zich zag, maar zich voelde voltrekken, alsof hij er onderdeel van was.

'Wat denk je, Doris, meteen in bikini maar? Jij, als dame, mag het zeggen. Onfatsoenlijk, in mijn positie? Nood breekt etiquette.'

Remo ontdekte dat het lichtspel op zijn netvlies zich liet manipuleren door met zijn vingertoppen een wisselende druk op de gesloten oogleden uit te oefenen. Toen Sharon de slaapkamergordijnen openschoof, werd het lichter in zijn cel. Zij was als een onbeschrijflijke zachtheid om hem heen, en hij kon voelen hoe zij loom, in trage wankeling, haar gewicht van het ene been naar het andere verplaatste om haar bikinibroekje aan te trekken. Opeens klapperde er een schaduw over hem heen, die bijna al het licht wegvaagde: Sharon schoot in haar ochtendjas. Zo vroeg nog wilde zij de mensen niet haar overrijpe buik in het gezicht stoten.

Het kwam Remo voor dat zij zich moeizamer door de vertrekken bewoog dan de dagen eerder die week, toen de hittegolf zich ook al naar hoogten boven de 90° F had getild. Zij liep de hal tussen de slaapkamers door naar de woonkamer, waar Voytek blijkbaar weer in slaap was gevallen, want hij kreunde in verwondering, en vroeg opnieuw: 'Hoe laat is het?'

'Tijd om de vlag te strijken.'

Sinds de avond van de maanlanding, die ze samen met haar

ouders en vrienden (maar zonder Remo) op televisie gevolgd had, maande ze Tek dagelijks om de vlag van de zitbank te halen, en op te bergen. Haar vader, de beroepsmilitair, had zich die triomfale avond nog meer dan anders geërgerd aan het dundoek, dat met z'n sterren zo oneerbiedig neerwaarts over de rugleuning hing – Voyteks manier om de gastvrijheid van Amerika te beantwoorden.

'Als het om hun vlag gaat,' gromde hij, 'hebben die yanks ineens geen gevoel voor humor meer.'

Op dezelfde tijd, alleen negen uur later, had Remo in Londen naar de landing zitten kijken. Voordat de eerste stap daar was, had Sharon hem gebeld, en zo volgden ze samen het avontuur. Op de achtergrond hoorde hij hoe Jay en Gibby en Voytek met kreten van opwinding en instemming de lomp geschoeide voeten op het maanoppervlak zagen neerkomen. Na de oude Egyptenaren en de negentiende-eeuwse romantici hadden de hippies de maan opnieuw ontdekt, als liefde puur. Nu werden ze gedwongen met eigen ogen te zien dat er geen bloemen groeiden, en dat er genoeg leegte was voor een nieuwe ijstijd. De vraag deed zich nu, in cel B3, voor 't eerst voor: kon *iets* in die maanwandeling, in dat plompe geslof door mythisch stof, een handvol bloemenkinderen voldoende in de war gebracht hebben om ze, binnen enkele weken, van de liefde af te snijden?

'Eens zien, Tek, als je straks die nieuwe sprei op je bed vindt... een rooie lap met hamer en sikkel... wat er dan van jouw humor overblijft.'

10

Winny's binnensmondse gemopper vermengde zich met het gerommel van de vaat in de stalen gootsteenbak, die overvol was. Woensdag en donderdag waren haar vrije dagen geweest, en zij beklaagde zich over de afwas die zich sinds dinsdag had opgehoopt. 'Sorry, Ma'am, maar er zitten nog borden bij van de lunch die ik Mr Vottyk en zijn vrienden heb geserveerd... dinsdag, aan het zwembad... Geen goed volk, als u het mij vraagt. Alles aangekoekt. Beschimmeld, in die hitte. U ziet het... er is niet genoeg ruimte om alles in de week te zetten.'

'Ik weet het, Winny. De dingen lopen hier uit de hand. Het moet gauw over zijn, met die eeuwige logeerpartij. Ik ruik verf.'

'Die lucht, en dan de geur van Mr Vottyks bedorven kliekjes... in deze hitte, Ma'am, ik moet er bijna van braken.'

Sharon liep via het halletje naar de kinderkamer, waarvan de deur openstond. Doordat de schilder de horren had weggenomen, was het er onverwacht licht. 'Goedemorgen, Mr Guglielmo. Kan het in een keer, denkt u?' Ze kon het kind in haar lijf bijna naar deze zonnige ruimte voelen trekken.

'Twee lagen.' Hij doopte de schuimrubber roller in de bak met gele verf, en plantte hem tegen de muur. 'De muren zuigen sterk, weet u. Morgen, zaterdag... kan ik dan een tweede beurt komen geven?'

'Als het maandag maar droog is, want dan komt de decorateur.'

'De tweede laag, die heeft de godganse zondag om te drogen.'

'Het zal nog zo heet worden dat de verf nat blijft.'

'Beneden in de stad, daar kun je de verf van de kozijnen tappen, en opnieuw gebruiken.'

Het moest toen zijn geweest dat Sharon, zoals ze later aan de telefoon vertelde, Gibby en Voytek over het tuinpad voorbij zag komen, innig hand in hand. Kijk, dacht ze, net een gelukkig, pasgetrouwd stel... en straks mag ik weer urenlang hun gekibbel aanhoren. Ze liep naar het raam dat uitzag op het parkeerterrein. Gibby ging achter het stuur van haar rode Firebird zitten, en Tek stapte naast haar in.

Het was een hele tocht voor Sharon, terug al die vertrekken door naar de echtelijke slaapkamer. Ze had de handen op haar buik liggen, en helde zo vervaarlijk achterover dat de kleine

Paul het gevoel kreeg dat ze samen elk moment tegen de vloer konden slaan.

'Paul, ik wil je nou eindelijk wel eens zien,' hijgde ze. 'Ik hoop dat je gauw komt, Doris.'

Haar zien, door de ogen van Paul, dat is wat Remo in zijn stroperige duisternis hevig verlangde. Zoals ze nu was, had ze geen gezicht. Sharon, zoals ze door de stemmen om haar heen genoemd werd, behelsde een en al warme, omsluitende aanwezigheid, met een groot kloppend hart een eind boven zijn voeten. Het was prettig de slagen ervan, zoveel trager dan de zijne, in zijn voetzolen te voelen doortintelen.

Remo trommelde zacht met de vingertoppen op zijn oogleden – en het gezeefde slaapkamerlicht dat hem omgaf, marmerde zich met dansende golfjes: weerschijn van zwembadwater tegen het plafond. Sharon bukte zich moeizaam naar het televisietoestel dat tegenover het bed tussen twee antieke kasten op de grond stond, en schakelde het in. Op kanaal 4 liep het nieuws ten einde. Het weerbericht voorzag dat de hittegolf in Zuid-Californië nog wel een paar dagen zou aanhouden. Zij wilde het niet horen, en zette het apparaat af.

Kleine Paul voelde opeens de warmte van de al krachtige ochtendzon op zijn huid – niet rechtstreeks, maar zorgzaam gezeefd door het lichaam van zijn moeder, dat het licht in zijn holte rozerood kleurde. Sharon had de tuindeuren naar het zwembad opengegooid, en was het terras met de ligstoelen op gelopen. Ze vloekte zacht, omdat ze haar voetzolen brandde aan de zandstenen plavuizen. Ze gooide haar handdoek op de grond, ging erop staan, en liet zich toen langzaam, zijdelings, op een chaise longue neer, die eigenlijk ook al te heet was om naakte huid mee in aanraking te brengen. Sharon lag nu ruggelings in het barre zonlicht, dat in combinatie met het weerspiegelende zwembadwater Pauls schemering nog meer deed opklaren. Winny kwam vragen hoe mevrouw haar ontbijt wenste.

'Roerei op toast... sinaasappelsap.'

'Wacht, Ma'am, ik zal de parasol verplaatsen.'

Schurend gesleep met een betonnen standaard. Zich kreunend spannende baleinen. Het wapperend openklappende doek, en dan de klik van het schuifmechanisme. Anders lagen ze onder een rood met witte parasol, maar deze moest groen zijn, want het licht deed Paul opeens denken aan het bos waar zijn moeder kortgeleden met haar vriendinnen gepicknickt had.

'Dank je, Winny. Voor de baby is het ook beter zo, als ik met dat schetterende licht in de schaduw blijf.'

'Het wurm is nog zo blind als wat, Ma'am.'

'Ik ben in m'n negende maand. Het kind kan zien. We kennen onze literatuur.'

'Met permissie, Ma'am... wat valt er daarbinnen te zien?'

'Ik *voel* het gewoon, als de kleine reageert op een plotselinge verandering van licht. Dit hier, Winny' (Paul hoorde haar handen licht schurend over de bolle buik wrijven) 'is voorlopig zijn oogbal... haar oogbal. Doris, Paul, ze slorpen er het zonlicht mee op.'

(Ware woorden, mama, maar jouw kleine Paul merkt ook subtielere verschuivingen in de lichtval op.)

II

'Eens kijken, Paul, Doris... het is nu half elf. Voor Londen negen uur erbij.' Ze telde op haar vingers. 'Bij papa is het al avond. Halfacht. Hij heeft nog niet gebeld.'

Voordat ze het zwembad in ging, zette Sharon de tuindeuren wijdopen om de telefoon in de slaapkamer beter te kunnen horen. Op het dienblad naast de ligstoel stond nog het grootste deel van haar ontbijt, dat ze misselijk van hitte en dracht niet weg had kunnen krijgen. De zon had een donkergeel korstje op het roerei getoverd. Echt zwemmen was er al een hele tijd niet meer bij. Ze liet zich, met haar billen in het water, ronddobberen op de grote binnenband van een vrachtwagenwiel, die Tek voor haar bij een garage geregeld had. Paul schommelde tegen haar bewegingen in, en genoot van de dubbele deining.

Een paar weken terug had hij papa's stem voor 't laatst in alle volheid horen klinken, toen de man zijn hoogzwangere vrouw, voor wie het vliegtuig taboe was, in Southampton aan boord van de Queen Elizabeth ii bracht. Sindsdien was de stem alleen nog ijl en blikkerig te horen geweest, tijdens de overtocht en later thuis, in het luidsprekertje van de telefoon. Zijn ouders belden elkaar dagelijks. Een enkele keer drukte mama de hoorn tegen haar buik, en dan praatte papa tegen hem. Paul was blij dat hij een jongetje werd, want over een meisjesnaam konden ze het niet eens worden.

'Hallo, daar, Paul of Linda... ik kom gauw de grote plas over om bij jou en mama te zijn. Schop dat het een lieve lust is, kleine rugbyer, dat maakt Sharon minder eenzaam. Nou, dag, Nanda, Paul... papa moet terug naar het script. Het gaat over allemaal Flippers. Ze kunnen praten. Hoor maar.'

Hij had het luchtige gesnater van een dolfijn geïmiteerd, eindigend in een nat klinkende onderwaterzoen, en dat was het dan weer.

Sharon was helemaal naar het verste en smalste deel van het peervormige zwembad afgedreven, maar het harde, heldere gerinkel van de telefoon, dat over het water stuiterde, bereikte haar toch wel. Moeilijker was het om zich van de zwemband te bevrijden, en via de halfronde traptreden op de kant te komen. De verhoogde badrand, waarover ze zich naar het terras spoedde, slingerde zich met een dubbele boog tussen het water en de heesters door. Halverwege lag, voor de sier, een grote kei uit de heuvels. Toen ze er met een te wijde pas overheen wilde stappen, verloor ze haar evenwicht: ze viel languit in het stugge struikgewas. Londen bleef bellen, en nadat Sharon eindelijk, bekrast en buiten adem, de telefoon in de slaapkamer kon opnemen, was de verbinding er nog. Als Remo zijn gehoor tot het uiterste inspande, kon hij het gesprek misschien terughalen.

'Waar bleef je?'

'Het is te heet om samen op mijn twee benen te rennen.'

'Je bent geprikkeld.'

'Ik ga dood.'

'Een hittegolf is niet genoeg om jou zo prikkelbaar te maken.'

'Het gebekvecht van die twee... ik kan er niet meer tegen. Met alle troep die ze slikken. Ik wil niet dat ze erbij zijn als... als ik mijn kindje krijg. Dan liever alleen. Er is van de week een zwerfkatje komen aanlopen. Op witte sokjes. Ik geef het melk met een oogdruppelaar. Ze heet Streaky, omdat ze zo mooi licht- en donkergrijs gestreept is.'

Al pratend, en bijna onmerkbaar huilend, was Sharon op bed gaan liggen. Het zwerfkatje, dat zich achter een kussen verborgen had gehouden, klom met klauwende nageltjes op haar buik, en strekte zich op het hoogste punt spinnend uit. Voor kleine Paul, in de klankkast er vlak onder, klonk het als het geratel van een ankerketting.

'Een generale repetitie kan voor een actrice nooit kwaad. Voor een aanstaande moeder ook niet.'

'Mager als een vogelkarkasje... ontzettend schuw, maar het komt toch steeds weer terug. Voor mij is dat genoeg gezelschap.'

'Je huilt. Vanmorgen drong ineens tot me door dat het hele slot van dat rotscript kan worden geschrapt. Ik dacht, de rest doe ik thuis wel.'

'Je bent niet meteen op het vliegtuig gestapt.'

'Ik gokte op een vlucht morgen. Maar toen ik vanmiddag naar het Amerikaanse consulaat ging voor een visum, bleek dat ze op vrijdag altijd eerder dichtgaan. Nu moet ik tot maandag wachten...'

'Je had allang eerder een visum kunnen aanvragen.'

'Dinsdag ben ik thuis.'

'Dan is de baby er al.'

'Zeer zeker niet. Vaders hebben ook voorgevoelens.'

'Hopelijk ben je nog op tijd voor de begrafenis van Tek en Gib. Ze slaan elkaar vandaag of morgen de hersens in.'

'Meteen als ik terug ben, help ik ze een huis te vinden.'

'Maak er twee van. Ach, liefste, we hebben hier maar zo kort samengewoond. Een paar weken. Toen vlogen we opeens ieder een andere kant op. Nu ben ik hier alweer weken alleen, en jij... jij komt niet. Nu niet, en nooit. In Londen heb je me op de boot gezet. Zelf bleef je bij je kwekkende dolfijnen. En dan heb je daar ook nog het Franse staatsburgerschap aange-vraagd. Alles wijst erop dat...'

'Dinsdag ben ik bij je.'

'Echt... beloofd?'

'Als jij belooft uit de zon te blijven. Hou regelmatig je polsen onder de koudwaterkraan.'

12

Al een halfuur lang hoorde Remo in de nu eens suizende dan weer dreunende stilte van isolatiecel 3B alleen maar geluiden uit de directe omgeving van Cielo Drive 10050. Geschoffel in droge grond. Het zoevend knippen van een heggenschaar in de saprijke takjes van een sierhaag. De tuinman had zijn maat meegebracht. Voor zich zien deed hij de twee hoveniers niet, wel hoorde hij hun stemmen.

'...blaadjes in het zwembad, Mike. In de garage staat een schepnet.'

'Stel, Max, ik val voorover. Ik kan niet zwemmen.'

'Als ik een plons hoor, kom ik wel kijken.'

'En dan maar hopen dat het de vrouw des huizes is.'

Zo aanwezig als hun stemmen waren (Max droeg een kunst-gebit), zo afwezig was hun uiterlijke verschijning. Remo had Max en Mike vaak genoeg gezien: ze kwamen altijd op vrijdag. Vandaag, in het bloedgezeefde licht, waren ze niets dan stem en geluid. Nasale woorden, schrapend gereedschap.

Er ging een raam open. De spanjolet schuurde over de ven-sterbank.

'Max?' De stem van Sharon, heel dichtbij – om hem heen,

zo leek het wel. 'Denk je nog om de tuinsproeier?'

'Zeker, Ma'am. Wat is eraan kapot?'

'Het draaimechanisme, of hoe heet het.'

'De waterwerper, zeggen wij. Komt in orde, Ma'am.'

Sharon deed het raam weer toe, en onmiddellijk verdonkerde het rode licht achter Remo's oogleden. De geluiden uit de tuin, de stemmen van de hoveniers, het klonk nu allemaal veel gedempter.

13

Door het gekraak van zijn trommelvliezen, alsof hij zeep in zijn oren had, was de cel vol geluiden, die hij diep in zich opzoog. Als bij een blind geborene akoestische gewaarwordingen beeld aannamen, hoe zat dat dan bij de voldragen foetus? Paul zag bij het horen van stemmen en geluiden geen menselijke wezens voor zich, maar zoiets als hun vaag zichtbaar geworden handelingen. Registraties van lichaamswarmte, dat kon ook.

Hij kon de verschillende auto's uit het wagenpark van Cielo Drive 10050 steeds beter uit elkaar houden. Vroeger dan op andere dagen reed de Firebird het parkeerterrein op. Het was Gibby, die van haar werk in de stad kwam. Er klapte een portier dicht. Even later klonk haar stap op het tuinpad. Ze liep om het huis heen naar het zwembad. Sharons hondje Proxy rende haar blaffend tegemoet. Abigail knielde kort bij de terriër neer, en praatte op het teefje in alsof ze het tegen een baby had.

'Moe, Gibby?' vroeg Sharon.

'Ik heb de middag vrij genomen,' zei Abigail. Ze kuste de slapende Voytek. 'De week was al zwaar genoeg. Zo'n hittegolf maakt cliënten weerspannig.'

Gibby, nog maar net thuis, was nu alweer met Voytek aan het bekvechten. Paul wist niet goed wat hij aan Voytek had. Hij kon heel charmant tegen Sharon zijn, maar als hij gedronken had of aan de middelen was, werd zijn stem te luid en kon hij grof zijn, vooral tegen zijn vriendin. Op een avond, toen Voytek weer van alles gebruikt had, zag hij een varkenskop in het haardvuur. Omdat de anderen, Sharon en Gibby, alleen maar dansende vlammen zagen, wilde hij het beeld met zijn camera vastleggen. De chemicaliën waarmee de foto ontwikkeld werd, waren blijkbaar minder sterk dan de chemicaliën die de varkenskop opgeroepen hadden, want de vrouwen hielden een paar dagen later alleen een kiekje van het haardvuur in handen.

14

Paul had zijn ouders in Londen, en later aan de telefoon, hardop aan het rekenen gehoord. Mama's laatste periode was op 11 november 1968 ingegaan, en daarom was zij uitgerekend voor 18 augustus 1969. Omdat zij zeker wisten dat hun kind op zaterdag 18 november 1968 was verwekt, hadden zij voor zichzelf uitgerekend dat het in het weekend van 9 op 10 augustus 1969 de staat van voldragenheid van 266 dagen zou bereiken.

Het was moeilijk woelen in de achtendertigste week van haar zwangerschap, maar Paul merkte toch wel dat zijn moeder slecht sliep.

'Ik doe vannacht helemaal geen oog dicht.'

'Vanavond slaat het weer om,' zei Voytek. 'Ik voel het.'

'Hij kletst maar wat,' zei Gibby. 'Nu hij als scenarioschrijver is mislukt, probeert hij het als weerman.'

'Ik ga zo meteen een uurtje liggen,' zei Sharon. 'Ik moet er niet aan denken straks oververmoeid aan de bevalling te moeten beginnen.'

Ze liet zich door Gibby en Voytek uit de ligstoel optrekken, maar moest op de rand blijven zitten tot een serie duizelingen bedwongen was. Voordat ze op bed ging liggen, liep ze nog een keer de kinderkamer binnen. De commode en de linnenkast stonden voorlopig in de badkamer ernaast.

'Denk niet, Doris, dat je op de grond moet liggen. De wieg, Paul, staat in de slaapkamer van papa en mama bovenop de kast. Hij zou de schilders maar in de weg hebben gestaan. Morgen zet Voytek hem op z'n plaats. Mrs Chapman zorgt voor de hemel. Als je wakker wordt, en naar boven kijkt, zie je allemaal engeltjes met bazuinen.'

Vandaag had mama voor het eerst niets aan de voorbereidingen gedaan. Paul had aan haar inspanningen kunnen merken dat haar handen het van haar geest hadden overgenomen. Het was een drang, een instinct, als bij vogels. Nu was het nest klaar. Omdat ze het zelf niet kon geloven, liep ze met een lijstje in haar hand nog een keer alle kastplanken met benodigdheden voor moeder en kind na.

De dokter en de vroedvrouw moesten nog beslissen of ze niet beter in het ziekenhuis kon bevallen. Voor het geval het thuis zou gebeuren, wat haar liever was, had ze al het benodigde in huis. In de kast links lagen alle spullen voor de moeder. Onderleggers van celstof, dubbelgenaaide katoenen stuitlakens, een bedzeil, pakken kraamverband en gewoon maandverband, plastic zakken met zigzagwatten, de bedverhogers, ontsmettingszeep, toiletzeep, flesjes dettol, lysoform en alcohol, hydrofielgaas 10/10 en 16/16 steriel...

Sharon las het allemaal hardop van haar briefje, en Paul genoot van het lange gedicht dat zijn verschijning op aarde aankondigde.

'Twee lege marmeladepotten voor de thermometers en de pincetten... ja. Waskom vijfenveertig centimeter doorsnee... aanwezig. Litermaat... ook. Ondersteek... aan gedacht.'

In de commode, schuin tegen de badkuip, bevond zich alles voor de baby. Dekentjes, lakentjes, molton onderleggers, zeiltje, dozijnen luiers (tetra, gerstekorrel en flanel), truitjes, hemmetjes, luierbroekjes, navelbandjes, spuugdoekjes, babyolie, babyzeep, babyzalf, veiligheidsspelden, en ook hier steriel hydrofiel gaas 16/16. Bovenop de commode: aankleedkussen en kinderbadje. Het was er allemaal.

'Navelklem... ja. Pakje dextropurpoeder... niet aanwezig.'

Zij streepte het aan. 'Kruikenzakken... aanwezig. O, die doen me eraan denken dat ik de kruiken nog op lekkage moet laten controleren.'

15

Als Sharon zich bukte, knelde het elastiek van het bikinibroekje aan de onderkant haar buik af. Het leek Paul of hij daardoor ietsje omhooggedrukt werd. Hij merkte niets van enig omkleden. Het betekende dat Sharon in bikini bovenop het dek ging liggen, dat al uit niet meer dan een laken bestond. Hoe zwak ook, hij kon de arcering van licht zien die de latjes van de blinden over haar heen legden. Ze lag op haar rug. Hij voelde de zachte druk van haar gevouwen handen. De tocht die over haar heen trok en het zweet liet afkoelen, werd ook daarbinnen als een verademing ervaren. Het gekissebis van Gibby en Voytek bij het zwembad drong in half verstaanbare flarden tot de slaapkamer door.
'...pillen... nou eens mee ophouden.'
'Jij bent er ook niet vies van.'
'Ik doe het voor jou, Tek.'
'Die opofferingsgezindheid zit in jouw familie. Ze drinken koffie om het voor de consument minder erg te maken.'
'... verslaafd aan het raken.'
Wat Remo rook, was niet langer de aarsopening in de vloer, maar zijn eigen afval, dat liefdevol in de moederkoek werd opgenomen om zo te worden afgevoerd. Het was de geur van intimiteit met Sharon, waaraan Paul de afgelopen weken, sinds hij ook luchtjes kon opnemen, gehecht was geraakt.

16

Paul wist dat zijn moeder maar kort geslapen had. Hooguit een halfuur, en dan nog verkrampt schokkend van stekelige droompjes. Toen ze zich naar de rand van het bed geworsteld had, en rechtop ging zitten, liep het zweet tussen haar borsten door en vanuit haar knieholten naar beneden.

Omdat zwemmen niet meer ging, nam ze in haar bikini een lauwe douche. Toen ze druipend de tegelplaats bij het zwembad opstapte, sloeg het middaglicht zo fel op haar neer dat Paul vanzelf met zijn ogen begon te knipperen. Het was te ruiken dat er meer chloor aan het water was toegevoegd.

'Rechtop blijven lopen,' zei Gibby.

'Ik doe mijn best.' Met een hand hoog in haar rug waggelde Sharon, met draaiend bekken, naar de ligstoel. Met een korte kniebuiging graaide ze haar handdoek van het canvas.

'Wat sta je je nou moeilijk af te drogen,' zei Gibby. 'Laat toch lekker druppen.'

'Ik ben veel te bang dat de vliezen opeens breken, en dat ik dan het verschil niet merk. Lamsvocht is net zo kleurloos als water.'

'Als ze breken, ruik je het verschil wel. Vruchtwater is zoetig van geur.'

'Als ik denk dat ik moet plassen, en dat er dan lamsvocht komt...'

'Er is een kleurverschil.'

'Mijn urine is de laatste tijd vaak kleurloos. Ik heb snel een kou op de blaas... ook nu, met dat hete weer.'

'Vruchtwater kun je niet ophouden.'

'Bij een kou op mijn blaas valt er ook niet veel op te houden.'

'Je kent die glazen bollen wel, die je moet schudden om het te laten sneeuwen. In lamsvocht zitten ook van die witte vlokjes.'

'Dat is nieuw voor me.'

'Als jij te lang in bad hebt gezeten, rimpelt je huid. Wat doe je?'

'Ik wrijf hem met een of andere lotion in.'

'Zo'n babyhuidje wordt met een laagje witte smeer beschermd tegen het zwemwater in je buik. Wat ervan losraakt, vind je terug in het lamsvocht. Vergissing uitgesloten.'

Sharon zakte door haar knieën, en liet zich op de ligstoel rollen.

'De kleine heeft in jou al een goede fee gevonden, Gibby. Eentje met een sneeuwbol. Middenin de Californische hittegolf.'

Paul naderde de lengte van een halve meter en had al een gewicht van over de drie kilogram – gestrekt en schoon aan de haak. Hoe hij ook zijn best deed, het lukte hem niet de baarmoeder nog verder op te krikken. Zijn ontwikkeling was voltooid, maar hij had nog niet via het 'geheime hormoon', waar de dokter over sprak, aan de placenta laten weten dat hij bereid was geboren te worden. Elk moment kon hij zijn gecodeerde post versturen. Iets hield hem nog tegen, hij wist niet wat.

'Weet je, Gibby,' zei Sharon, 'ik denk dat het hoofdje al in mijn bekken is gezakt. Ik voel me, hoe zeg je dat, minder ingedrukt. Ik haal vrijer adem, en heb niet meer na twee happen een volle maag.'

'Ik help het je hopen. Vaak daalt het hoofdje pas in tijdens de bevalling.'

'Ja, bij vrouwen die al eens eerder geworpen hebben. Niet bij mij. God, Gibby, het voelt alsof ik een rugbybal tussen mijn dijen klem. Het is, schat ik, vijf centimeter ingedaald.'

'Dan is je bekken in ieder geval niet te nauw.'

'En kan het kind ook niet verkeerd liggen.'

'Alles perfect tot zover.'

'Nu nog een vader.'

'Niet zo somber, Sharon. Hij komt maandag. Op z'n laatst dinsdag.'

'Ik heb zo'n gevoel, Gibby, dat de baby er dan al is.'

'Het moet eerst volle maan worden.' De slaperige stem van Voytek, die net wakker werd op zijn stretcher.

'Ja, zo ben jij geboren,' zei Gibby. 'Op het Poolse platteland. Helaas.'

'In een volle maan geloof ik niet,' zei Sharon. 'Wel in de bliksem. Als Tek gelijk heeft, en er komt vanavond onweer, weet ik het zo net nog niet. In elke bolbliksem huist een vroedvrouw, heb ik wel eens gehoord.'

'Sharon, denk eens aan iets anders,' zei Gibby. 'Je blik is te veel naar binnen gericht. Kom, de wereld is groter dan een placenta.'

'De baby kan zich nog niet laten zien. Hij heeft recht op mijn dromen.'

'In Polen heb ik een vrouw gekend,' zei Voytek, 'met een heleboel kinderen. Bij elke bevalling wekte ze de weeën op met hele reeksen orgasmes.'

'Gek toch,' zei Gibby, 'dat de meeste bakerpraatjes van mannen afkomstig zijn.'

'Luister goed, Gibby.' Sharon fluisterde, misschien om Voytek buiten te sluiten. 'Als de weeën komen, en Mr Romance is er nog niet, wil ik in het ziekenhuis bevallen. Onder alledrie de telefoons... salon, keuken, slaapkamer... liggen briefjes met de nummers van de dokter, de vroedvrouw en het ziekenhuis. Dat van Londen ken je. Als ikzelf niet kan, doe jij het rondje bellen. Akkoord?'

'Ik stel voor dat we 's nachts onze slaapkamerdeuren naar elkaar open laten staan.'

'Dit huis ligt in een uithoek. Maar ik heb berekend dat ik binnen een halfuur in het ziekenhuis kan zijn. Ook als er eerst een ambulance moet komen.'

'Ik breng je, als het nodig is.'

'Eerst telefonisch overleg.'

'Gesnapt.'

'God geve, Gibby, dat ik niet op het hoogtepunt van de hittegolf...'

Aan Paul zou het niet liggen. Hij kon nog wel even wachten tot het kwik zakte, als Sharon dat van hem verlangde. Als hij zelf last had van de warmte, dan via haar. Aan vocht geen gebrek. Omdat er zoveel zweet verdampte van het grotere oppervlak dat ze nu vertegenwoordigde, dronk ze veel vruchtensap.

'Perssinaasappelen, om de weeën gunstig te stemmen.'

'De voordeur nog even?' Dat was Mrs Chapman.

'Alweer?' vroeg Sharon.

'O, die lelijke honden... ze zetten almaar hun poten tegen de deuren. Modder overal.'

'Geef dan ook de ramen een beurt, Winny. Ze zitten vol vingerafdrukken van de schilder.'

'Het is die akelige stopverf. Ik zal een extra gemeen sopje maken.'

In het duister, waarvan Remo nooit had vermoed dat het in zo'n onversneden vorm op aarde kon voorkomen, werd hij een repeterend geluid gewaar, dat hem de rillingen over het naakte lijf joeg. Het was Mrs Chapman, die de voordeur zeemde met stroeve, piepende haaltjes. Een voor een verdwenen de modderafdrukken die hondenpoten op het houtwerk van de onderste deurhelft hadden achtergelaten. Net zo lang tot de verflaag weer smetteloos wit was, klaar om nieuwe tekens te ontvangen – in modder of in bloed.

Mrs Chapman zong 'Yellow Basket', en begeleidde zichzelf op de zeem. Met ritmisch knersende haaltjes van de lap maakte ze de ruitjes van de openslaande deuren naar het zwembad schoon – zo grondig dat het leek of ze het ook op onzichtbare vingerafdrukken begrepen had.

Er werd op het binnenluikje geklopt. Remo klom er via de muur naartoe, want zo voelde dit gedesoriënteerde tasten: als klimmen. Hij rukte het open: geen ganglicht. Het buitenluikje was alweer afgesloten. De geur van brood wees op de aanwezigheid van een maaltijd. Remo trok de voederbak naar zich toe – en kreeg een beker hete bouillon over zich heen. Niemand hoorde zijn pijnkreet. Het etensblik kletterde op de grond. Eerste gedachte: de deken, afvegen. Hij vloog eerst naar de verkeerde hoek, en kreeg de deken pas te pakken toen de bouillon koud en vet van zijn naakte lijf droop en de brandende hitte al definitief in zijn huid was gedrongen.

De drie maaltijden hadden een uiterst vaag tijdsverloop van de dag gegeven, maar Remo had het gevoel dat hij het verstrijken van de uren, als op een lichtgevende klok, bijna van minuut tot minuut kon volgen. Hij had heel precies kunnen aangeven hoe laat Winny Chapman en de tuinlieden weggingen, en wanneer de hutkoffers gebracht werden. Naarmate de dag vorderde, begon de klok steeds nadrukkelijker te tikken: er was geen ontkomen aan.

'Sorry, Ma'am, de tuinsproeier is niet te repareren.'

De stem van Max, compleet met fluitend kunstgebit. 'Ik kan heel voordelig aan een nieuwe voor u komen, Ma'am. Vijf dollar en onverslijtbaar.'

'Loop even met me mee naar binnen, Max. Dan rekenen we af, en geef ik je die vijf dollar erbij.'

'O nee, Ma'am. Mijn schoenen zitten vol aarde. Mrs Chapman zou me vermoorden.'

'Wacht hier. Ik haal het geld.'

De plekken waar de bouillon op zijn lijf terecht was gekomen, gloeiden en schrijnden. Remo hoopte dat het geen open brandwonden zouden worden, zoals bij Scott Maddox. De bouillon moest tussen keuken en cel zijn gevaarlijkste warmte zijn kwijtgeraakt, dus Remo hield het erop dat het goedje op zijn naaktheid heter had aangevoeld dan de werkelijke temperatuur.

Ook Mrs Chapman kwam, schoonmaakjurk weer verruild voor mantelpak met kraagje, gedag zeggen aan het zwembad. Ze kon met Max en Mike meerijden tot aan de bushalte.

'Morgen zelfde tijd, Winny?'

'Acht uur, Ma'am. U hoeft niet uit bed te komen.'

'Als hij belt,' zei Voytek, 'zeg hem dan het script mee te brengen. Ik maak het wel voor hem af.'

'Na een pil en een rokertje en een glas wijn,' zei Gibby, 'word jij altijd overmoedig. Ik heb nog nooit iemand zo ijverig zien schrijven... met rook in de lucht.'

'Jullie, koffieplanters, profiteren nog altijd van wat de slavernij jullie heeft opgebracht. Jouw familie hoeft alleen van tijd tot tijd het saldo aan bloedgeld op de bank te controleren.'

'Als dat zo is, ben jij een gigolo met bloed aan zijn handen.'

Paul kon de wanhoop om dit gekissebis in zijn moeder voelen opstijgen. De bel redde haar.

'Ik ga wel.'

Na het moeizame opkrabbelen liep zij langzaam, zwalkend van duizeligheid, naar de intercom naast de voordeur.

'Hallo?'

'De bestelde hutkoffers,' zei een mannenstem. Het apparaat ruiste en kraakte.

'Rechts van het hek, in de struiken, is een knop.'

Sharon deed de voordeur open. Aan een lichte verstrakking van de buikhuid kon Paul voelen dat zij ruggelings tegen de stijl leunde. De bezorger kwam over het tuinpad aanlopen, de koffers met ratelende wieltjes achter zich aan trekkend.

'Zet maar in de salon. Hier meteen om de hoek.'

'Hier tekenen voor ontvangst, graag.'

'Ze zijn niet voor mij. Ik denk dat mijn huisgenoten...'

'Een krabbeltje, Ma'am, is altijd goed. Ben ik ervan af.'

De bezorger vouwde het papier op, en vertrok. Sharon ging de huiskamer binnen, mopperend dat de grote koffers de doorgang versperden.

'De koffers zijn gebracht,' zei ze, terug bij het zwembad. 'Ik heb voor de ontvangst getekend. Zet ze even in jullie slaapkamer, Tek, wil je? Ze staan in de weg.'

'Het is me nu te warm.'

'Lui varken,' zei Gibby. 'Ik doe het wel.'

Ze kwam meteen weer terug. 'De leverancier is zijn bril vergeten.'

'Hij had geen bril op,' zei Sharon.

'Misschien had hij hem in zijn hand, en heeft hij hem op een van de koffers neergelegd.'

'Ik zal straks wel naar het bedrijf bellen.'

'Waarom,' vroeg Voytek, 'heb je koffers laten komen, Sharon? Jullie blijven toch hier... in verband met de baby en zo?'

'Ik dacht dat *jullie* koffers hadden gehuurd,' zei Sharon. 'In verband met de verhuizing.'

'Verhuizing,' zei Voytek.

'Ja, jullie zouden toch... ik had jullie toch gevraagd...'

'Toen we je van de boot haalden, heb je ons gevraagd nog wat te blijven tot... tot de heer des huizes terugkwam. Of anders tot aan de komst van de baby.'

'Ja, maar daarna... Het was toch afgesproken dat jullie weer op jezelf gingen wonen?'

'Er begint iets tot me door te dringen. Jij hebt die koffers laten komen om een beetje vaart te zetten achter ons vertrek.'

'Ik heb geen koffers besteld, Tek,' zei Sharon. 'Niet om te huren. Niet om te kopen. Niet om uit te lenen.'

'De boodschap is overgekomen,' zei Voytek.

'Tek,' zei Gibby, 'we hebben beloofd te vertrekken zo gauw...'

'Dan ben ik zeker stoned geweest.'

'Zoals altijd,' zei Gibby. 'Het uitvreten heeft lang genoeg geduurd.'

'We vertrekken vandaag nog,' zei Voytek. 'Met onze eigen koffers.'

'Gaan jullie alsjeblieft niet weg,' zei Sharon. 'Niet nu.'

'Ik blijf geen minuut langer,' zei Voytek. 'Ik weet wanneer ik niet welkom ben.'

'Laten we in ieder geval het telefoontje uit Londen afwachten,' zei Sharon.

'Gastvrijheid die van een telefoontje afhangt,' zei Voytek, 'is geen gastvrijheid. Ik ben een Pool.'

'Hoepel dan op,' zei Gibby. 'Ik blijf bij Sharon zolang ze me nodig heeft.'

'Ondertussen,' zei Sharon, 'weten we nog steeds niet wie die blauwe hutkoffers heeft laten komen, en voor wie ze bestemd zijn.'

'Vast verkeerd bezorgd,' zei Gibby.

'Als ik straks bel vanwege die bril,' zei Sharon, 'zal ik vragen of ze in hun boeken kijken.'

'Je hebt toch wel een afschrift van de bon?' vroeg Gibby. 'Daar moet de naam van het bedrijf opstaan.'

'Niet aan gedacht,' zei Sharon. 'Het is de hitte.'

'Dan heb je ook geen telefoonnummer,' zei Voytek.

'De yellow pages,' zei Gibby. Ze ging het telefoonboek halen, en begon te bladeren. 'Kofferverhuur... kofferverkoop... tweedehands ook... Het zijn er tientallen, en nog eens tientallen. Ondoenlijk.'

Ze klapte het boek dicht.

'Weet je zeker, Sharon,' vroeg Voytek, 'dat het *lege* koffers zijn?'

'Wie stuurt hier onaangekondigd volle naartoe?'

'Kosiński zou toch uit New York overkomen?'

'Jerzy is voor een zeker uiterst geheim verjaardagsfeest uitgenodigd. Het lijkt me sterk dat hij tien dagen tevoren zijn bagage al zou opsturen. De tandpasta wordt hard in zijn tube.'

'Kosiński is erg bijgelovig.'

'Zo bijgelovig dat hij *lege* koffers vooruit zendt?'

'Ik heb met die man wel gekkere dingen meegemaakt.'

'Ja,' zei Gibby, 'dat hij ons in New York aan elkaar voorgesteld heeft, bijvoorbeeld. Wel het gekste dat hij ooit gedaan heeft. Ik denk er nog elke dag aan.'

'De gemalen joodse koffieboon en de malende Poolse klaploper,' zei Voytek. 'Misschien zat Jerzy om een romanidee verlegen.'

20

De brandplekken op zijn huid vormden een baan van zijn borsthaar via zijn buik en geslacht over zijn linkerbeen tot aan zijn enkel. De pijn werd met het uur erger. Die liet zich alleen bestrijden voorzover hij als brandstof voor Remo's visioenen werd gebruikt. Het resultaat was een reeks lucide hallucinaties, een akoestische idylle.

'Tek, nu het nog kan,' zei Sharon. 'Een foto van de rijpe vrucht, net voordat hij van de tak valt.'

'Huis op de achtergrond?'

'De heuvels. De zee.'

'Buik met uitzicht. Goed.'

Door het klikken van de camera voelde Paul zich voor 't eerst echt geportretteerd, in vermomming nog.

Het had iets obsceens zo één vlees te zijn met de zoon die hij nooit in zijn armen had mogen houden, zelfs dood niet.

Dichter dan zo, via hun kind, kon Remo niet bij Sharon in haar laatste uren komen. Op de momenten dat hij niet volledig samenviel met wat hij in het duister opriep, was hij De Griek immens dankbaar dat die hem in het hok gesmeten had. Het leek op ontwaken uit een van die zeldzame dromen die, in beelden te gek om los te lopen, *alles* over een mensenleven samenvatten. Bij het ontwaken voelde je de afdruk van een arm nog in de nek. De op de tong achtergebleven smaak was even bitter als zoet.

Dit was, zonder slaap, de werkelijkheid van een droom, waargenomen zonder zintuigen. Een teveel aan onverdund donker, en de werkelijkheid verschafte zich vanzelf wel toegang – al was het maar via de lichtexplosies die optraden wanneer de gevangene zijn ogen tegen de massieve duisternis sloot.

Remo sliep niet, maar om zich heen tastend voelde hij het grillig levende rubber van een baarmoederwand. Hij hing met zijn hoofd naar beneden, en ervoer dat als de best denkbare houding. Als hij zijn ogen opendeed, zag hij dat het licht zwakker was geworden. De zon moest al achter de heuvels zijn gezakt.

'De zon is weg,' zei Gibby, 'maar ik merk niets van ander weer.'

'Wacht maar af,' zei Voytek. 'Vanavond wordt het koeler.'

Zo bleven ze met z'n drieën aan het zwembad op verkoeling zitten wachten.

'Jay zou vanavond ook nog even langskomen,' zei Sharon.

Iemand noemde de tijd ('Bijna acht uur'), en niet veel later ging aan de andere kant van het zwembad de deur van het gastenverblijf open. Naar buiten kwam de jonge huisbewaarder, Billy, die door eigenaar Altobelli was aangesteld, ook om op zijn honden te passen. Ze staken blaffend hun kop naar buiten, maar Billy duwde ze terug, en deed de deur dicht, die hij niet afsloot. Hij wilde blijkbaar al om het huis heen lopen, toen Sharon hem riep.

'Billy...! Heb je even?'

Even later liep hij door een plas zwembadwater.

'Ma'am?'

'Verwachtte jij een zending lege hutkoffers?'

'Ik niet, Ma'am.'

'Altobelli misschien?'

'Niet dat ik weet, Ma'am.'

21

Sharon had al een paar keer gevraagd of er behoefte was aan een hapje eten, maar niemand had trek met die benauwde warmte. Van de oceaan verhief zich een bries, maar die moest nog zoveel hitte voor zich uit stuwen dat geen van de aanwezigen bij het zwembad er iets van merkte. Behalve Paul dan, die eerder dan zijzelf een licht afkoelen van zijn moeders lichaam voelde.

De Porsche van de kapper behoorde niet tot het wagenpark van Cielo Drive 10050, maar de auto reed zo vaak het parkeerterrein op dat Paul hem meteen herkende.

'Daar zul je Jay hebben,' zei Gibby.

Ze luisterden. De honden van Altobelli blaften.

'Ik hoor geen portier slaan,' zei Sharon.

'Let op de klik van het asbakje,' zei Voytek. 'Jay rookt altijd eerst zijn joint op in de auto.'

Ineens was hij er, opgedoken uit het donker van de tuin, want Voytek vroeg met spot in zijn stem: 'Zeg, Jay, heb jij dit adres gebruikt om hutkoffers te laten komen?'

'Ja,' zei Sharon, 'wou je er stilletjes vandoor, zonder de buren iets te laten merken?'

'Schuldeisers natuurlijk,' zei Voytek.

'Jullie brengen me op een idee,' zei Jay.

Gibby schonk een gin-tonic voor hem in, met veel ijs.

'Die blokjes smelten waar je bij staat,' zei ze, de tang terug in het emmertje werpend.

'Niet lang meer,' zei Voytek. Hij stak zijn hand in de lucht. 'Hier is het beloofde koeltje.'

Op Sharon na gingen ze allemaal staan om hun bezwete gezicht zo hoog mogelijk in de bries te houden.

'Het houdt niet over,' zei Jay, die als eerste weer ging zitten.

Diep daar beneden het brommen van een stad die nog van geen zeebries af wist, en zich in de drukkende hitte zo weinig mogelijk verroerde. Aan het zwembad klonken de stemmen, die een klankbord hadden gevonden in het rimpelende wateroppervlak, helderder en opgewekter dan voorheen.

'...groot feest voor zijn verjaardag. Hij weet nog van niets, dus hou je mond.'

'Mag ik zeker weer als uitsmijter optreden,' zei Voytek. 'Net als vorige keer.'

'Mijn eigen dappere Mr Romance stond zijn mannetje net zo goed,' zei Sharon.

'Dat is waar,' zei Voytek. 'We hebben samen mooi even drie Stripdealers naar buiten geveegd.'

'Zo flink ben ik niet,' zei Jay.

'Volgende keer,' zei Voytek, 'zullen wij ze voor je vasthouden, en dan mag jij hun haar verknippen.'

Het was nu duidelijk te horen dat drank en middelen elkaar vonden in de spieren van zijn tong.

22

Om hem heen heerste een maanloze nacht. Het was niet alleen nieuwe maan, ook de sterren ontbraken. Na de asuitbarsting van de Vesuvius in 79 n.Chr. had Plinius de Jongere over een dergelijk duister geschreven: '...hier was het nacht, nee, meer dan nacht.'

Als hij hier over een paar dagen uitkwam, wist Remo hoe de tragedie van Pompeji te verfilmen. Het zou voor het grootste deel een monochrome rolprent worden: in zwart.

Zijn polshorloge mochten ze hem dan weer afgenomen hebben, hij meende die hele vrijdagmiddag en -avond door te weten hoe laat het was: precies zo laat als in de parallelle wereld van die dag, die van Cielo Drive 10050. Naarmate de avond vorderde, werden de tijdstippen steeds exacter. De volstrekte stilte, het absolute duister – ze boden, op de maaltijden na, geen enkel houvast, maar Remo voelde het met de zekerheid van een uurwerk middernacht worden.

Zaterdag 21 januari 1978

De eenzaamste twintig minuten uit de geschiedenis van de mensheid

I

'Het klinkt raar,' zei Sharon, 'maar nu er eindelijk een koeltje staat, krijg ik het koud.'

'Het is je verbrande vel,' meende Gibby. 'Ik zal je badjas halen.'

'Ik ga liever even op bed liggen.'

'Tijd om op te stappen,' zei Jay.

'Blijf nog even. Ik heb behoefte aan praten, maar dan liggend. Mijn rug, weet je.'

'Ik ga ook naar bed,' zei Gibby. 'Lezen.'

'Dan slaap ik niet,' zei Voytek, die eruitzag of niets hem meer wakker kon houden. 'Ik ben geen boekenlegger.'

'Op de bank in de salon is nog plaats.' Gibby wenste iedereen goedenacht, en ging via de tuindeuren en Sharons slaapkamer naar haar eigen vertrek. Voytek liep boos mompelend om het huis heen richting achterdeur, die tussen de bar en de haard toegang gaf tot de salon.

De kleine Paul kon voelen hoe zijn moeder haar draai op het laken probeerde te vinden. Jay ging aan het voeteneind zitten. Het ledikant kraakte. 'Kussens middenin bed. Vreemd.'

'Zo heb ik 's nachts toch iets te knuffelen. Mr Romance in dons uitgevoerd. Jay, blijf niet zo stijfjes daar zitten. Hierheen, ja? Bij iemand in mijn positie is dat onverdacht.'

Opnieuw gekraak. Bij de deur naar de hal miauwde het zwerfkatje. 'Kom maar, Streaky.'

Jay reikte mama de poes aan. Het maakte Paul jaloers als zij zo dichtbij met het diertje speelde. Gepruttel van lieve woordjes. Toegeeflijke pijnkreetjes. 'Au, rotkreng... Weet je, Jay, ik had haar Doily willen noemen. Omdat ze zich zo lenig om mijn hand klemt. Het deed me denken aan de vingerdoekjes bij ons thuis vroeger, als we vis aten.'

'Waarom heet ze dan Streaky?'

'Het maakte me opeens zo treurig. Papa, mama, mijn zusje. De *doily's* naast de vingerkommetjes... Het leek allemaal zo ver weg.'

'Kijk een beetje uit met die scherpe nageltjes. Er zitten ook al schrammen op je buik. Ze dikken flink op. Straks krijg je nog een infectie. In jouw toestand.'

'Zolang het de baby niet is.'

'Hoorde ik daar gerommel?'

'Er komt vast onweer.'

'Weet je, Sharon, wat ik fijn vond om bij mezelf te ontdekken? Dat ik het jullie allemaal zonder reserve gun... de baby en zo.'

'Toch tob je.'

'Ach ja, de onderneming... de schulden... Carrière te maken met het knippen van andermans hoofdhaar, dat voelt niet altijd als een zinvol leven. En dan maken ze ons ook nog voor homo uit. Al dat hoog verzekerde haar dat maar blijft doorgroeien, en om een dure coupe vraagt...'

'Au! stouterd...'

'Sharon, ik kan het niet langer aanzien. Hier, je pols... de krassen liggen er dik als wormen bovenop. Zal ik Streaky's nageltjes knippen?'

'Het zou haar nog weerlozer maken.'

2

Hoe moest hij het noemen – akoestische luciditeit? Strak ingesloten door flexibele celmuren, die hem nauwelijks nog bewegingsvrijheid gunden, onderscheidde Remo de kleinste geluiden. Als hij een Rambler uit 1959 zag passeren, zou hij misschien zeggen: 'Kijk, een Rambler. Eind jaren vijftig, schat ik.'

Hij had nooit vermoed dat hij, op flinke afstand nog wel, de motor van een Rambler '59 kon herkennen, zonder de aanblik van de auto erbij geleverd te krijgen. 's Middags had hij gehoord hoe Sharons Lamborghini (die eigenlijk van hem was) door een garagemedewerker werd opgehaald, maar die auto behoorde tot zijn stal. Niemand uit zijn naaste omgeving reed in een Rambler, laat staan eentje uit 1959. Toch was het precies zo'n auto die 's avonds tegen middernacht het parkeerterrein op reed. De bestuurder moest zijn geïnstrueerd hoe het hek te openen.

Het was natuurlijk ook afhankelijk van de samenspraak tussen wind en canyon of je in Sharons slaapkamer het portier van een auto bij de garage kon horen slaan. De onbekende bezoeker liep over het pad van aangestampte grond om het huis en het zwembad heen naar het gastenhuis, waar de honden aansloegen.

Outside my window there was a steeple
With a clock that always said twelve-thirty

Naar het geluid van de motor te oordelen, klom er opnieuw een auto omhoog naar het doodlopende uiteinde van de Cielo Drive. Een Ford, een oud ding, maar zo op het gehoor had hij geen nadere kenmerken kunnen geven. Er klapten portieren.

In de deuropening van het gastenverblijf nam de huisbewaarder afscheid van zijn bezoek, dat nog geen halfuur gebleven was. Stemmen op de zeebries. 'Dus je weet zeker, Bill, dat je geen klokradio kunt gebruiken? Laatste kans.'

'Nee, dank je, Steve. Ik word zwaar onderbetaald door Alto-belli, die zelf aan de zwier is in Rome. Ik moet een beetje op de pegels letten.'

'Ga mee de stad in. Ik trakteer je op een biertje.'

'Hoe laat is het?'

'Kijk zelf. De juiste tijd, meneer. Ik heb de stekker er net pas uitgetrokken.'

'Zeven voor half een. Te laat. Ik wil vannacht brieven schrij-ven. Met een kop vol bier lukt me dat niet.'

'Goed, Billy, als je je bedenkt... je weet me te vinden.'

'Je gaat nu de kroeg in?'

'Eerst bij een vriend langs, voor wie ik een stereo aan het bouwen ben. Twee keer zestig watt.'

3

De telefoon, naast haar op het bed, ging over. 'O, nee, niet nu.' Ze strekte haar hand ernaar uit, maar liet hem vlak boven de hoorn in de lucht hangen. 'Als hij langer dan vijf keer belt, neem ik op.'

'Londen misschien,' zei Jay.

'Nooit op dit uur. Mr Romance slaapt, als hij niet nog door een of andere nachtclub dweilt.'

'Het is daar nu minder vroeg dan je denkt. Tegen half tien.'

Paul telde mee. Middenin de vijfde keer overgaan brak het bellen af, met zo'n extra tingeltje. *00:23* 'Iemand heeft zich be-dacht,' zei Sharon. 'Mooi. Waar waren we gebleven? O ja, het kippenkontje van Steve McQueen.'

Jay nam de hoorn van de haak, en luisterde. 'Net wat ik dacht. De lijn is dood.' Hij reikte haar de telefoon aan. Ze luis-terde. 'Gebeurt hier wel vaker. Er gaat dan iets mis met de verbinding. Ze zullen zo wel opnieuw bellen. Geen moment rust.'

00:26 Er werd niet opnieuw gebeld. Ze hadden geen draad-schaar door kabels horen knarsen, zoals Paul. Toen de lan-

745

ge draden neerranselden op de omheining, was het alsof er met lange zwepen op het hek geslagen werd. Hij was gespitst op het zoemen en rammelen van het elektronische hek. Het kwam niet. Wel hoorde hij het slurpende geneurie van iemand die met een mes tussen de tanden een krachtsinspanning verricht – over een afrastering klimmen bijvoorbeeld.

00.27 Een autoportier werd dichtgetrokken. De Rambler startte. 'Stop!'

'Alsjeblieft, niet doen!' Een smekende mannenstem in de nacht. 'Ik zal niets zeggen.' Op de parkeerplaats, misschien waar die zich versmalde tot een oprijlaan, klonken vier revolverschoten. Door de richting die de wind had gekozen, waren ze minder luid dan van de weerkaatsende heuvels verwacht mocht worden. Zo gedempt zelfs dat Jay en Sharon ze niet hadden gehoord, terwijl ze toch maar zacht praatten. '...dat was toen mijn vader in Italië gelegerd was. In Verona.'

00:29 Over de parkeerplaats naderden vier paar voeten. Twee paar schoenen gaven een lichte roffel, een derde klonk wat zwaarder. De blote voeten van een vierde persoon waren met moeite hoorbaar. Hoe vaak had Sharon daar niet bij avond gelopen, komend van de garage, met Paul in zich. Waar het parkeerterrein overging in het tuinpad, was een lamp met een spookachtig blauw licht, dat bij het passeren door haar heen scheen. Hij was altijd blij als ze er voorbij waren.

'...een oud huis met een stenen balkon. Ze zeggen, Jay, dat daar Juliette met Romeo heeft staan praten.'

00:30 De voetenparen roffelden nu zacht over het tuinpad, dat naar de voordeur leidde. Paul wilde zijn moeder waarschuwen, maar hij had niets anders dan zijn benen ter beschikking. 'Hij schopt. Voel maar.'

De kappershand van Jay op haar buik. 'Ja, hij gaat nogal tekeer.'

00:31 Niet ver van de voordeur werd een hor van het raam verwijderd. Er was niet meer dan gefluister, een zacht steunen, geritsel van kleding, maar Paul hoorde toch wel dat er iemand de eetkamer binnen klom. Even later ging de voordeur open.

Er werden twee paar schuifelvoeten binnengelaten. Een derde paar verwijderde zich, na een korte woordenwisseling, over het tuinpad – terug naar het blauwe licht. *00:32* 'Ik hou van die gek,' zei Sharon. 'Ik wou maar dat hij hier was.'

In de salon geeuwde Voytek, zoals alleen Voytek kon geeuwen: luid en grondig. Hij rekte zich uit. De sofa piepte en kraakte onder hem. 'Hoe laat is het?' vroeg hij slaperig, in de aanloop naar een nieuwe geeuw.

'Het is tijd,' zei een onbekende mannenstem. *00:33*

'Wat... wat is dat?'

'Dit is een Hi Standard Longhorn .22, bijgenaamd de Buntline. Hij heeft buiten zijn werk al gedaan. Hij is nog warm... voel maar.'

Mama en Jay hadden nog steeds niet door wat er aan de hand was. Ze praatten gewoon verder.

'Wie ben jij?' vroeg Voytek, nu met wakkere stem. 'Wat doe jij hier?'

'Ik ben de duivel,' zei de man. 'Ik ben hier om duivelswerk op te knappen. Als je me nou eerst eens zegt waar de poen is.'

'In de portefeuille op het bureau.'

'Ga 's kijken, Sadie.' De aangesprokene verschoof dingen op de schrijftafel, en zei: 'Niets, Tex.' Het was de stem van een jonge vrouw.

'Sadie,' zei Tex, 'kijk in de andere kamers of er nog meer mensen in huis zijn. Katie, jij blijft hier.'

'Er is verder niemand,' zei Voytek.

'Dat maken wij wel uit,' zei Tex.

Paul hoorde haar de hal door lopen, voorbij de grote linnenkast. Gibby had, zoals aan Sharon beloofd, haar slaapkamerdeur open laten staan. Ook Gibby had blijkbaar niets gehoord van wat er in de huiskamer gaande was, want zij groette de passerende onbekende vriendelijk. *00:34* 'Hallo.' 'Hai.' Gibby plukte aan een bladzijde, en sloeg hem om. Sadie moest nu in de deuropening van mama's slaapkamer staan, maar Sharon en Jay zagen haar niet. De indringster draaide zich om, en liep terug naar de salon.

'Tex, ik zie geen Terry. En die blonde in de slaapkamer, dat is niet Candice. Ik kijk wel eens een blad in bij de tandarts.'
'De Terry's wonen hier niet meer,' zei Tex. 'Het zijn onderhuurders. Filmsterren. Ze hebben Charlie net zo erg beledigd als Terry heeft gedaan.'
'We zijn dus niet in het verkeerde huis?' vroeg Katie.
'Afmaken, die zwijnen,' zei Tex. 'Dit is Hurly Burly. De boodschap bereikt de Terry's toch wel.'
'Er zijn er nog drie,' zei Sadie. 'Twee vrouwen en een man.'
'Eerst deze hier vastbinden. Daar ligt een handdoek.'

4

00:35 Gibby las snel, want ze sloeg weer knisperend een bladzij van haar boek om. Mama lachte zacht om iets dat Jay vertelde.
'Niet zo losjes, Sadie,' zei Tex. 'Kruislings winden. Je kunt er niks van. Laat maar. Haal die andere lui hierheen. Hier is je mes. Nee, andersom vasthouden.'
Sadie sloop op blote voeten de hal door, en ging de slaapkamer van Gibby binnen. 'Opstaan, en naar de huiskamer.'
'Wat...'
'Gewoon doen wat ik zeg.' In de hal kwam de andere vrouw ze tegemoet. 'Katie, draag jij zorg voor dit varken. Ik haal de rest.'
'Wie... wie ben jij?' Paul herkende de stem van zijn moeder bijna niet, zo grondeloos was de verbazing die erin doorklonk.
'Wat moet dat mes?' vroeg Jay.
'Ik weet niet wat het moet,' zei Sadie. 'Ik weet alleen dat het vlijmscherp is. En ik wil niet dat jullie, mooie mensen, je eraan bezeren. Snel opstaan dus, en meekomen naar de huiskamer.'
00:36 Mama was bezig de nageltjes van het katje los te haken uit het bovenstuk van haar bikini. Jay stond al naast het

bed. Uit de salon kwam het gesnik van Gibby. 'Nou, komt er nog wat van?' zei Sadie.

'Je ziet toch,' zei Jay, 'dat ze hoogzwanger is. Zij kan dat niet zo vlug.'

'Nou, help haar dan, galante ridder. Ik heb niet eeuwig de tijd.'

Jay hielp mama van het bed af. Misschien verbaasde het Paul een beetje dat twee volwassenen zich zo gedwee (met hem erbij) in gijzeling lieten nemen door een jonge vrouw met alleen een mes bij zich. Het op bed achtergebleven katje miauwde dunnetjes.

5

Iedereen was nu in de huiskamer. *00:37* 'Wat doen jullie hier?' De stem van Jay. 'Wat hebben jullie met ons voor?'

'Kop dicht, jij, kleine rotzak,' zei Tex. 'Wie een grote bek heeft, gaat op de grond. Ga maar voor de haard liggen.'

'Zie je niet dat zij hoogzwanger is?' zei Jay, die kennelijk bleef staan. 'Laat haar ten minste gaan zitten.'

'Goed,' zei Tex, 'als het varken niet uit zichzelf in de stront gaat liggen, zal de duivel ervoor zorgen dat het door de poten gaat.'

Er klonk een schot. Paul herkende het geluid van de revolver die buiten was gebruikt. Mama en Gibby gilden. In zijn val op de haardplaat nam Jay het scherm mee, dat omkletterde. 'Nu nog eens,' zei Tex. 'Is er geld in huis?'

'Ik heb wel wat,' zei Gibby. De woorden bibberden op haar lippen. 'In mijn kamer.'

'Sadie,' zei Tex, 'ga met die vrouw mee.'

Nadat de twee de hal door waren, klonk uit Gibby's slaapkamer de klik van een handtas, gevolgd door het geritsel van bankbiljetten. 'Tweeënzeventig dollar,' zei Sadie. 'Is dat alles?'

'Ik moest nog naar de bank,' zei Gibby huilend. 'Neem mijn creditcards.'

'Voor plastic geld kopen we niks.'

00:38 De twee vrouwen waren terug in de salon.

'Sadie,' zei Tex, 'dat boeiwerk van jou lijkt nergens naar. Opnieuw.'

Het hart van zijn moeder klopte luid en snel. Nog dichterbij gierde haar adem. Toch kon hij uit de minder duidelijke geluiden van buiten haar lichaam opmaken dat die Tex voor de open haard neerknielde (zijn knie bonkte op de plaat) en Jay een aantal krachtige messteken toediende. Bij elke stoot kreunden Tex en Jay gelijk met elkaar op. Sharon en Gibby gilden in ontzetting. 'Jij, zwarte. En jij, blonde,' riep Tex. 'Hier komen.'

Zich aan elkaar vastklampend, rillend, voldeden mama en Gibby met onzekere schuifelpasjes aan zijn bevel. 'Ga naast dat varken liggen. Allebei. Katie, lampen uit. Er komt genoeg licht van buiten.'

00:39 Katie, de zwijgzaamste van het stel, draaide op drie plaatsen een schakelaar om. In drie fases lieten de schaduwen zich in Pauls moeder neer. Hoe zichtbaar zijn schuilplaats ook was aan de buitenkant, niemand scheen zich nog om Paul te bekommeren, nu Jay het zwijgen was opgelegd. 'Een hond,' zei Sadie. 'Daar, voor het raam.'

Het moest Proxy zijn, die wel vaker in de vensterbank sprong. 'Ik zie geen hond,' zei Tex.

'Alweer weg. We krijgen hem straks wel.'

Na Gibby en Sharon dwongen ze ook Voytek op de grond te gaan liggen. Ze riepen en huilden nu allemaal door elkaar heen, behalve Jay. 'Alsjeblieft,' smeekte Gibby, 'doe ons niets. Alsjeblieft.'

'We bellen echt de politie niet,' zei Sharon. 'Heus.'

'Er valt hier niks te bellen,' zei Tex. 'Katie, het touw.' Hij kreeg het toegeworpen. 'Als ik het nu eerst om de strot van dat varken hier doe...' Paul kon van dichtbij de inspanning voelen waarmee de man het touw om de hals van Jay wond. 'En dan... die balk lijkt me stevig genoeg.' Het touw ratelde over hout.

6

'En nu...' Tex wond het andere eind om mama's hals. Paul hoorde de angstige gorgel in haar keel. 'Zo, het liefdespaar verbonden tot in de dood.'

Iemand gaf blijkbaar een harde ruk aan het touw, want sneller dan Paul in weken van zijn moeder gewend was geweest, kwam zij overeind. Boven hem bracht haar gouden stem alleen nog lelijke stikgeluiden voort.

'Wat doen jullie met ons?' Gibby hijgde van angst.

'Varkens zijn voor de slacht,' zei Tex. Op Jay na, die stervende (of al gestorven) was voor de open haard, begonnen ze allemaal te smeken om in leven gelaten te worden. Uit mama, bij wie ze het touw een beetje hadden laten vieren, kwam alleen woordloos gekerm. *00:40* 'Sadie,' zei Tex, 'jij die vent daar.'

Voytek sprong op, maar Sadie had zich al met haar mes op hem gestort. 'Steek hem waar je kan,' riep Tex. 'Pas op, hij is sterk.'

Een worsteling. Scheurende kleren.

'Ow, mijn haar! Klootzak! Dat zal je berouwen!' Een op de houten vloer neervallend lichaam, dat even snel weer overeind kwam. 'Tex! Katie! Help dan toch...!'

'Ieder z'n eigen varken, Sadie,' riep Tex. 'Volhouden.'

Voytek schreeuwde op de toppen van zijn stem. Gibby gilde. Sharon reutelde. 'Naar achteren steken, Sadie,' riep Tex. 'Zijn been, heel goed.'

'Pas op, Sadie.' Dat was Katie. 'Hij wil ervandoor. De deur...!' Paul hoorde hoe de voordeur, die halfopen was blijven staan, tegen de halmuur werd gesmeten. Op de tegels beukende schoenen. In zijn sprint naar de hal had Voytek blijkbaar de hutkoffers, die daar nog steeds in de doorgang stonden, aan het wankelen gebracht, want ze vielen nu bonkend over elkaar heen. Tex had kans gezien Voytek in het voorbijgaan met iets hards op het hoofd te slaan. De Longhorn misschien: er vielen losse stukjes op de grond. Hout op hout. 'Sadie, achter die vent aan.'

Het klatsen van haar blote voeten. Voytek vluchtte niet verder – te gewond misschien al. Hij stond daar ergens in de tuin te brullen in doodsnood. 'Help! Help me! Laat iemand me toch komen helpen!'

'Sadie, wacht...!' Ook Tex rende nu het huis uit. Even later hoorde Paul de metalige slagen van de Longhorn op Voyteks hoofd neerkomen. Voytek rende schreeuwend dieper de tuin in.

'Au, mijn haar!' Dat was, vlakbij, die andere vrouw, Katie, die nu met Gibby en Sharon in gevecht was. 'Linda, help! Linda, hierheen!' Van een Linda was nog niet eerder sprake geweest. Bij de voordeur was de stem van een vrouw te horen, een meisje misschien: 'O, mijn God, sorry, sorry... dit is...'

00:41 Het kon niet anders of zij zag hoe Voytek werd afgeslacht door de messen van Tex en Sadie. De kreten van Voytek waren nu alleen nog snerpende klank. Ze waren het dierlijkste en smartelijkste dat Paul ooit in zijn korte bestaan uit een mensenmond had opgevangen.

Terwijl Gibby met Katie vocht, bungelde mama tussen hurken en staan aan het touw, dat zij met haar handen losser probeerde te maken. Uit het lichaam van Jay kwam eentonig gekreun, dat al niet meer van een levende was. Ineens waren de stemmen van Tex en Sadie weer in de kamer. 'Katie,' zei Tex, 'afmaken, die zwarte.'

Paul moest zien zichzelf nog zwaarder te houden dan hij al was. Dan konden ze haar niet ophangen. Dan brak het touw.

7

Gibby rende weg. Katie loeiend achter haar aan. Paul was alleen met zijn moeder. Niet voor lang. 'Sadie, jij de blonde,' gebood Tex. Mama wrong zich in alle bochten die haar nog gegeven waren om zich van het touw te ontdoen. Sadie belette het haar niet. Misschien lette ze te veel op Tex en Katie, die met Gibby bezig waren.

'Ik geef het op,' zei Gibby. 'Maak me maar dood.' Er was meer hartgrondig fatalisme in die woorden dan Paul aankon. De steunende kreet waarmee Tex het mes in haar dreef, vermengde zich met Gibby's smartelijke zucht. Zij riep om God en haar moeder, niet noodzakelijk in die volgorde, en gleed op de grond. *00:42* 'Tex,' zei Sadie, 'die vent bij de haard beweegt nog.'

De aangeroepene was met een paar stappen ter plaatse. Als je voor elke kreun en vloek van Tex een genadesteek rekende, kreeg Jay een genadige behandeling.

'Katie,' riep Sadie, 'achter dat mens aan.' Gibby was blijkbaar weer overeind gekomen. Rennende voeten verplaatsten zich via de hal naar Sharons slaapkamer, waar de deuren naar het zwembadterras werden opengestoten. Het wateroppervlak deed iets schrils met Gibby's kreten. En daar was, gedempt, de smekende stem van die Linda weer, het bangerdje van de groep: 'Hou ermee op, Katie. Er komen mensen aan.'

'Te laat,' hijgde Katie. 'Ik moet het afmaken.'

'Ik wacht in de auto,' zei Linda.

De fladderende nachtpon van Gibby verplaatste zich om het huis heen naar het gazon aan de voorkant, waar Katie haar besprong. Het bleef een wonder hoe het steunen van degene die toestak leek op het kreunen van het slachtoffer. 'Sadie,' riep Tex, alweer op weg naar buiten, 'die zwangere zeug is voor jou.'

Mama had het touw gedeeltelijk weten los te maken. 'Alsjeblieft,' smeekte ze, nog steeds in ademnood, 'laat me zitten. Mijn kindje... Ik kan niet meer.'

'Goed, ga maar zitten, kreng.' Er was net voldoende speling in het touw voor Sadie om mama neer te drukken op de sofa. Paul raakte in heftige deining, maar de vering van het moederlichaam ving het op. 'Luister, rotvarken... nee, kijk me aan... wat ik je nu ga zeggen, is in de eerste plaats tot mezelf gericht, dus hou je maar vast.'

'Dat mes... doe weg, alsjeblieft.'

'Luister, rotwijf. Ik ken geen genade. Voor mezelf niet, dus ook niet voor jou.'

Dit was praten, geen steken. Zolang de anderen buiten bleven, kon alles nog goed komen. 'Alsjeblieft, maak me niet dood.' Mama had haar stem de laatste weken, als ze zich tot Paul richtte, vaak kinderlijk laten klinken. Hij vond het lief. Nu klonk haar kleinemeisjesachtige geteem hem afschuwelijk in de oren. 'Ik zal echt heus niets tegen de politie zeggen. Laat me alsjeblieft, alsjeblieft leven.'

Al weken kon mama vrijwel nergens anders over praten dan over haar kleine Paul. Het gold tot in de dood. 'Ik wil alleen maar mijn kindje krijgen.'

'Bek dicht. Ik wil het *niet* horen.'

'Laat me alsjeblieft mijn kindje krijgen.'

'Jij kunt geen enkel recht op leven doen gelden, jij. Jullie, varkens, hebben al privileges genoeg voor jezelf opgeëist. Kop houwen, dat is het enige recht dat ik je nog toesta.'

8

00:43 Mama probeerde van de bank weg te komen. Het enige resultaat was dat ze Sadie, die naast haar was gaan zitten, de rug toekeerde. Het touw sloeg tegen de plafondbalk. Het geluid herinnerde Paul aan de haven van Southampton, waar mama zich met hem had ingescheept voor de reis terug naar Amerika. Vlakbij de Queen Elizabeth ii lag een zeilschip, waarvan een touw met net zo'n geluid tegen de mast had geslagen. Sadie sloeg van achteren een arm om mama's nek. Paul stelde zich voor dat ze het mes bij mama's hals hield. 'Nog zo'n beweging, en het is voorbij.'

'Maak me niet dood.' Mama sprak met hoge huilgeluidjes. 'Ik wil mijn kindje krijgen.'

Paul had *alles* voor haar willen doen. Hij wilde zijn hoofd optillen om beter te kunnen luisteren (naar hoe het er in de tuin voorstond), maar hij wist ook wel dat zijn kin tegen de borst drukte om ervoor te zorgen dat straks, bij de bevalling, zijn grote hoofd soepeler de bocht van het geboortekanaal zou kunnen nemen. Volgens het boek van Dr DeRienzo, waaruit mama had voorgelezen, konden door de fontanellen de schedelbeenderen gaan kruien, en god weet met wat voor misvormd hoofd hij dan naar buiten zou komen. Hij had het er allemaal voor over, als hij mama haar kindje maar had kunnen laten krijgen. Zonder haar medewerking moest hij blijven zitten waar hij zat. *00:44*

'Hou op met tegen me te mekkeren,' zei Sadie. 'Ik wil het niet horen. Ik word er ziek van.'

'Is het nou nog niet gebeurd?' Tex was terug in de kamer.

'Ik word ziek van dat mens,' zei Sadie. 'Ze blijft maar smeken en slijmen.'

'Nou, maak er een eind aan dan,' zei Tex. 'Denk aan wat ze Charlie heeft aangedaan.'

Zulke onderworpen kreten had mama nooit eerder geslaakt. Het was onaangenaam haar zo hysterisch om haar leven te horen smeken.

9

'Dat was jij toch,' zei Sadie, 'die tegen Charlie zei: "Neem de achterbuurt"?'

'Ik ken geen Charlie,' huilde Sharon.

'Je hebt hem beledigd,' zei Tex, 'en daar zul je voor boeten.'

'Ik weet niet wie Charlie is.'

'Dit is Charlie,' zei Sadie. Ze stak Sharon met haar mes in de borst. 'En dit is Charlie.' Ze gaf nog een steek, vlak ernaast. 'En dit ook...'

De huivering, compleet met inwaartse luchtstoot tussen de tanden, die mama nu onderging, verschilde niet zo heel erg veel van haar reactie als ze met de voet te koud of te heet water verkende. Pauls geperfectioneerde zenuwstelsel had de afgelopen weken, volgens Dr DeRienzo, allerlei reflexen gecoördineerd. Zo merkte hij, nu Sadie op zijn moeder instak, dat zijn hand zich als vanzelf sloot – om een denkbeeldig heft. 'Niet... doen.' Het klonk uit mama's mond bijna genotvol. Zij had zich wel eens met een naald in de vinger geprikt, en Paul had zich verbeeld zelf een prik te hebben gevoeld. Hij had nooit gedacht dat hij een messteek in haar lichaam kon ondergaan als snijden in zijn eigen vlees.

'Dit is *mijn* manier om zelfmoord te plegen,' hijgde Sadie. 'Snap je het nou? Ik maak mezelf dood door jou dood te maken.'

00:45 Een paar keer hoorde Paul het verschrikkelijke geluid van een lemmet dat op bot stuitte. Sadie hield even op, misschien om haar tintelende hand rust te geven. 'Als ik dan dood moet,' zei Sharon bijna onverstaanbaar zacht, 'haal dan mijn kindje eruit.'

Sadie hervatte het steken. 'O, Tex, dit is geil. Dit is opwindend. Dit is beter dan klaarkomen.'

Er kwam geen enkele messteek in haar buik terecht, en toch voelde Paul de pijn van het snijden – en hij wist nu pas wat het betekende tot in elke vezel met iemand verbonden te zijn.

'Snap dan, achterlijke zeug, dat het van twee kanten moet komen. Om jou dood te maken, moet ik een deel van mezelf doodmaken. Ik doe het uit liefde voor jou.'

Uit de tuin kwam geen gegil meer. Na Tex keerde ook Katie terug in de salon. 'Haar nachtpon is niet doorzichtig meer,' zei ze. 'Zo ontwerp je al doende kleding.'

'Die vent, Katie,' zei Tex. 'Kijk nog even of we klaar zijn met hem. Nee, laat mij maar.'

Het geluid leek op de schop van een schoenpunt tegen een sappige meloen. *00:46* 'Er zit niet veel tegenstand meer in,' zei Tex even later.

10

'Jij bent... Texaan,' fluisterde Sharon. 'Ik ook.'

'Niets van te horen,' zei Tex.

'Mijn ouders... van Houston.' Paul kromp in elkaar onder het smekende gepiep waartoe de muziek van haar stem verworden was.

'In een Hollywoodzwijn,' zei Tex, 'vergis ik me nooit.'

'Met zes maanden... Miss Tiny Tot of Dallas.'

Tex lachte honend om mama's mooiste titel. Ze was toen maar een halfjaar ouder dan Paul nu. 'Sadie, zet jij Miss Tiny Tot of Dallas even mooi rechtop.'

Het akelige vrouwmens stak haar handen onder Sharons oksels, en sjorde haar terug de zitbank op. 'Vasthouden,' zei Tex.

'Nee, bij de schouders. Anders sta ik niet voor je vingers in.'

Paul hoorde, en voelde, een lang lemmet het grote hart boven hem binnendringen. Hogerop, in mama's keel, klonk zacht gereutel, met in de ondertonen verbazing en opluchting.

'Zo doe je dat,' zei Tex, 'het karwei afmaken.'

Sharons hart vocht heftig pompend met het mes – totdat Tex het eruit trok. Het lichaam sidderde na, en gleed toen zwaar en willoos van de kussens naar de grond. Paul voelde zich langzaam zijwaarts wegzakken, net als wanneer mama zich omdraaide in bed. Alleen wentelde zij zich dan altijd van de rug op haar rechterzij, om de kussens te omhelzen die daar, in het midden van de grote matras, papa vervingen. Nu lag zij op haar linkerzij. Haar armen zouden niet eens meer de kracht hebben gehad wat dan ook te omvademen.

'Moet je proeven. Sadie likte en slikte hoorbaar. 'Wow, wat een trip.' Mama's bloed te moeten delen met iemand die zo'n onaangename stem had, en zulke dingen zei...! *00:47*

'Ik blief dat goedje niet.'

'Een smaak, jongen, niets mee te vergelijken.' Sadie smakte met haar lippen. 'Je proeft een mix van leven en dood.'

'Geen tijd voor cocktails, Sadie. Als de bliksem weg hier.' Tex riep Katie.

'De geur is ook te gek,' zeurde Sadie verder. 'Ruik nou eens...
Echt om high van te worden.'
'Genoeg gesnoept, Sadie. Meekomen.'
'Waarom, Tex, heb je haar geen genadeschot gegeven?' De
manwijfachtige stem van Katie, hijgend. 'Al dat bloed...'
'De Buntline werkt niet meer. Ik heb hem krom geslagen op
de harde kop van die vent.'
Onbereikbaar voor Paul sputterde zijn moeders hart als een
lekke brandspuit. Een achterhoedegevecht. Haar lieve lijf had
zich al aan de dood overgegeven. Dat ze, een halfjaar oud,
tot Miss Hummeltje van de stad Dallas was uitverkozen – het
waren haar laatste woorden geweest. Een boodschap speciaal
voor hem, Paul. Zo probeerde ze zich in de ogenblikken die
haar van de dood scheidden net zo klein te maken als de baby
nog was. Om dichter bij hem te zijn.

11

'Sadie,' klonk de snijdende stem van Tex, 'nou geen getreuzel
meer. Weg hier.'
'Ik wil de baby,' zei ze pruilerig.
'Hoe wou je... Katie, ga Linda zoeken.'
De onvrouwelijke stap van Katie richting voordeur.
'Eruit snijden. Meenemen.' Eindelijk, dacht Paul, iemand
die zich om mij bekommert. In de tuin riep Katie met gedemp-
te stem de derde vrouw, die niet in huis was geweest. 'Linda...!
Oehoe, Linda!'
'En dan met een dood kind gaan zeulen.'
'Het leeft nog. Ik heb er niet in gestoken.'
'Wat moet je ermee?'
'Aan Charlie geven.'
'Heeft hij je daar instructies voor gegeven?'
'Nee. En ja.'
'Ja of nee?'
'Het zou in zijn geest zijn.'

Katie kwam terug in de salon. 'Geen Linda.'

'Wat heeft Charlie vanavond precies tegen jullie gezegd?'

'Donkere kleren aantrekken,' zei Katie. 'Reservekleding meenemen. Plus Buckmes.'

'En verder?'

'Een of ander teken in varkensbloed achterlaten,' zei Sadie. 'Iets dat de wereld op z'n kop zou zetten.'

'Mij bekend. Anders nog?'

'Alles doen wat jij ons beval,' zei Katie.

'Geen baby's dus. Afnokken.'

'Tex, laat me dat wurm uit haar snijden,' smeekte Sadie. 'Dan wikkel ik het in deze handdoek, als geschenk voor Charlie. Hij zal trots op ons zijn... dat we zover durfden gaan. Helemaal in de geest van Hurly Burly.'

'Wat moet Charlie met zo'n besmette big?'

'Morgenavond groot vuur op de ranch,' zei Sadie opgewonden. 'Charlie hoog op zijn rotsblok... en dan bieden we hem de eerste portie geroosterde baby aan.'

'Charlie eet vegetarisch,' zei Katie. 'Hij is zelfs veganist.'

'Dit is niet zomaar vlees. De kans herboren te worden door het eten van een ongeborene, die zal Charlie niet voorbij laten gaan. Mag het, Tex? Zeg ja, alsjeblieft.'

'Geen tijd. Je hebt dat zwijn toch horen reutelen op de toppen van zijn stem? "Help! Help me dan toch!" Er kan al volk in aantocht zijn. Ervandoor, meiden.'

Paul had nooit gedacht dat bloed zo idyllisch kon murmelen. Net het bergbeekje waaraan zijn moeder laatst nog met haar beste vriendin gepicknickt had. In de San Gabriel Canyon was dat, eind juli. Rebekah Rutherford had haar dochtertje van een halfjaar bij zich, waarvan Sharon peetmoeder was. 'O, Becky, ik verlang zo naar het einde. Een halfjaar leeftijdsverschil, dat zal ze toch niet beletten met elkaar te spelen?'

'Ze zijn het aan hun moeders verplicht,' zei Rebekah, en het water neuriede slaperig met haar woorden mee, en er was koele schaduw over de picknickdeken.

Het bloed stroomde geluidloos naar buiten, maar waar het

de lichaamsholten zocht die Paul onbezet had gelaten, bracht het een vredig gelispel voort. Verderop kabbelde er ook iets in het lijf van de kapper. Zo spraken Jay en Sharon nog een poos zacht met elkaar, zoals ze dat eerder die avond op de slaapkamer hadden gedaan – maar nu was het hardop praten in de dood.

12

Heel even hulde de isoleercel zich in stilzwijgen en zoete gierlucht. *00:49* 'Mijn jongetje,' stootte hij uit, 'waar ben je nu?'

De stemmen waren er nog. Ze verplaatsten zich ruziënd in de richting van de parkeerplaats, en keerden toen weer terug naar het huis. 'Ik heb blaren op mijn vingers,' klaagde Katie. 'Waarom moest ik nou weer dat rotmes? Hier, kijk, het heft hangt van eindjes plakband aan elkaar. Steeds als ik op bot stak, drong er een velletje van mijn hand in zo'n barst.'

'Het is hard aanpoten,' zei Tex. 'Zonder kleerscheuren krijg je Hurly Burly niet aan het rollen.'

'Alsof Charlie niets beters in zijn wapenkamer heeft. Hij scheept zijn voetvolk met afdankertjes op.'

Ik heb blaren op mijn vingers. Paul herkende die woorden van de woeste Beatlesplaat die Voytek vaak draaide. Aan het slot van het nummer 'Helter Skelter' maakte de drummer een eind aan het geweld met de echoënde wanhoopskreet: 'I got blisters on my fingers...!'

'Ik heb ze op mijn voeten, blaren,' zei Sadie. 'Binnen had ik er geen erg in. Nu loop ik krom.'

'Wie gaat er ook zonder schoenen op karwei,' gromde Tex.

'Juist daarom. De blaren had ik al eerder. Het zijn wondjes geworden. Ik verdraag geen schoenen meer. Die grote vent is er, toen hij achteruit stapte, ook nog eens met zijn volle gewicht op gaan staan. Alle roofjes staan recht overeind.'

'Ho, stop,' zei Tex. 'Dan zijn er dus ook bloedsporen van jou daarbinnen?'

De drie waren stil blijven staan. Het moest ergens aan het eind van het tuinpad zijn, waar de blauwe buitenlamp brandde.

'Er is daar zoveel bloed,' zei Sadie. 'Die paar veegjes van mij vallen echt niet op.'

'Als ik het tevoren geweten had, van die zweren,' zei Tex, 'dan was je afgekeurd. Hurly Burly wordt niet op blote voeten gewonnen.'

'Ik heb mijn werk toch gedaan...!' krijste Sadie.

'Niet helemaal.' De stem van Katie. 'Men neme het bloed van een zeug die haar worp van negen biggen heeft verorberd... "Hurly Burly", tweede couplet.'

'Stom,' zei Sadie. 'Terug.' Opnieuw naderden Tex' zware stap, de wat lichtere van Katie, en Sadies gehink de voordeur van het huis. Eindelijk. Ze kwamen Paul uit zijn benarde positie bevrijden. De twee vrouwen klaagden nu ook over een 'geniepige pijn' op de hoofdhuid, waar de varkens ze in doodsnood aan hun haren getrokken hadden. 'Het maakte me zo nijdig,' zei Katie, 'dat ik ze alleen nog maar wilde kelen.'

Ze stonden weer op de veranda, vlakbij de open voordeur.

'Wie schrijft?' vroeg Katie.

'Sadie,' zei Tex.

'Wat?' vroeg Sadie.

'Zie maar,' zei Tex. 'Iets dat de wereld niet licht zal vergeten. Doe het snel.'

'Net zoiets als bij die dooie doedelzakpijper? POLITICAL PIGGY...'

'Korter,' zei Tex. 'We moeten weg.'

'Ik haal binnen iets om te schrijven.'

Nu zou deze Sadie wel aan de laatste wens van Sharon tegemoetkomen, en hem uit zijn moeder bevrijden. Het werd tijd. Hij was helemaal af. Na alle geluiden die de wereld op hem losgelaten had, wilde Paul wel eens met eigen ogen zien wat er daarbuiten allemaal kroop en sloop, en groeide en bloeide, en vernielde en vernietigde.

Sadie gooide haar mes in een fauteuil dichtbij. Paul meende

het zelfs kort van de verende zitting te horen opspringen. Hoe nu? Mama had toch duidelijk genoeg haar testament opgemaakt: 'Als ik per se dood moet, haal mijn kindje dan uit me.'

Als zij, die Sadie, straks op de drempel van de gaskamer een galgenmaal bestelde (frietjes, aardbeien met slagroom), zou het worden opgediend met een bloem in een vaasje. De laatste wens van haar slachtoffer negeerde ze.

Paul luisterde roerloos. Strompelende blote voeten. Sadie raapte iets ritselends op. Het moest de handdoek zijn waarmee ze Voytek had proberen te boeien. Kwam zij, veel te laat, mama's bloed stelpen? Met de tot prop geknepen lap maakte haar hand deppende bewegingen tegen Sharons borst. Misschien veegde zij de huid schoon, om beter het mes te kunnen zetten voor een keizersnede... Sadie stond op, en liep weg. De voordeur piepte, maar viel niet in het slot.

'p.i.g.,' las Tex hardop. 'En nog correct gespeld ook. Waar heb jij, Sadie Mae Glutz, zo mooi leren schrijven?'

'Achter de kassa van Club Pier 69 in San Francisco.'

'O ja, jij deed daar topless de rekeningen,' zei Tex.

'Ze mocht met haar schrale kerkenzakjes niet aan tafel bedienen,' hoonde Katie.

'Hoor de harige aap,' zei Sadie. 'Misschien, Katie, kun je in de "69" je kokosnoten aan gaan bieden. Voor de wekelijkse tropische nacht.'

'Genoeg,' zei Tex. 'Terug naar de auto.'

Nog een laatste keer kwam Sadie terug in de kamer: Paul herkende het plakkerige geluid van haar gewonde voeten. Ze stootte met haar knie tegen een van de lege hutkoffers. Alweer maakte Sadie geen aanstalten een sectio uit te voeren. Zij bleef op de drempel. Er fladderde iets als een aangeschoten vogel de salon in. Het moest de handdoek zijn, gedrenkt in het bloed van Pauls moeder. Hij daalde, nat en zwaar, vlakbij neer – ongeveer waar Jay moest liggen.

'De bril, waar?' riep ze, gedempt, naar buiten.

'Gewoon, op de grond,' klonk de stem van Tex. 'Charlie is hier geweest.'

13

Ergens boven hem, verder weg nog dan zijn voeten, klonk zwak gegorgel rond de aorta – tot ook dat ophield. Het moederhart, al die maanden de tamboer die ritmisch zijn groei begeleid had, gaf er de brui aan. De harp van aderen staakte z'n geruis, en gonsde alleen nog wat na. De vrouwen die hem hadden kunnen redden, liepen achter hun commandant aan over het tuinpad – zingend van de vlammen die het vet verteren dat door de moordenaar is uitgezweet op het schavot. Ze klonken vrolijk, als bevrijd van een last. Er was nog hoop voor Paul.

'Oeps.' Na het betreden van het parkeerterrein hield Sadie haar kleverige passen in. 'Mes vergeten.'

'Niet nog eens terug,' blafte Tex. 'We moeten ons wassen.'

'Op de heenweg,' zei Katie, 'heb ik hier beneden ergens een tuinslang gezien, bij een huis. De auto schepte de lucht van natte aarde.'

'Ik drijf,' zei Tex. 'Nooit gedacht dat bloed van een ander zo vies kon aanvoelen. Het stinkt als zoete kots.'

Dit keer maakten de indringers, ondanks hun besmeurde handen, wel gebruik van de knop voor het hek. Paul meende opnieuw de donder te horen. Het kon net zo goed het gerammel van de poort zijn. De akoestiek van de canyons nam weer eens een loopje met het menselijk gehoor, ook met dat van de ongeborene.

14

00:50 In de acht en een halve maand van zijn bestaan tussen niet-zijn en zijn was het nog nooit zo stil om Paul heen geweest. Het gerommel van een onweer ver weg, als het al geen zinsbegoocheling was, kreeg geen vervolg. Stemmen, voetstappen – alles verstorven.

Lang duurde deze totale stilte niet. Op de veranda blafte een hond. Naar het altijd wat bangige geluid te oordelen was het Proxy, het teefje uit Londen. Het waren altijd de ongenode bezoekers die de deur achter zich open lieten staan. Uit de tocht die langs het nog warme lichaam van zijn moeder streek, een aftakking van de vers opgestoken zeebries, maakte Paul op dat de voordeur op een flinke kier stond. Proxy hoefde hem alleen maar wat verder open te duwen. Zij sprong met krassende nagels tegen het onderste paneel op, snuffelde, piepte, en klatste met haar tong – en Paul vermoedde dat zij langs de plek likte waar zijn moeders bloed woord geworden was.

Er begon iets te knarsen in de scharnieren, de tocht werd sterker, en Proxy huppelde de hal in. Zij zwenkte om de hutkoffers heen, daarbij de door Sadie neergeworpen bril een eind voor zich uit schoppend. Op het dikke tapijt voor de haard waren hondenpoten niet te horen, maar Paul kon het gehijg van het teefje volgen. Hoe vaak had Proxy de afgelopen zomer haar neus niet nat en koud tegen mama's blote buik geduwd? Sharon van Assisi, die de dieren heilig verklaard had eer dat met haarzelf kon gebeuren, gilde het altijd lachend uit. 'Proxy, rotkreng, af!' En tot Paul, daarbinnen: 'Niet schrikken, schat. Het is de neus van een gezonde hond maar.'

Aan een verhoogde druk op eigen bilhoogte merkte Paul dat Proxy haar snuit diep in Sharons navel boorde. Hij miste de siddering voorafgaand aan mama's hoge lachkreet, die ook al niet kwam. De hond piepte, en likte het gezicht van het vrouwtje. Geen reactie. Voor heel even was dat het middelpunt van de stilte: een Yorkshire-terriër die zichzelf met haar tong om de snuit sloeg om een onverwachte bloedsmaak kwijt te raken. Het teefje piepte nog eens diepbedroefd, zuchtte, en maakte rechtsomkeert. Op weg terug naar de tuin snuffelde Proxy heel kort aan het lichaam iets verderop. Krassende nagels op de houten vloer. Een poot tikte tegen de bril, die dit keer alleen maar een slag in de rondte maakte. De omgekantelde hutkoffer schoof verder onderuit.

Het voelde als liggen in een hangmat die aan het uitzakken was. Het strak verende koetswerk van zijn moeders buik begaf het langzaam. Zo lag hij een tijdje te luisteren naar Proxy, die

over het gazon van Voytek naar Gibby rende, en weer terug.
Ze snuffelde, likte. Gibby moest vlakbij het in het gras verzonken afvoerputje liggen, anders kon Paul het kortstondige gekras op de verder zacht ritselende route van de hond niet verklaren. Hij had mama Mrs Chapman horen beknorren omdat
die het messing rooster elke week glanzend poetste. 'Heel attent van je, Winny, maar er zijn belangrijker dingen in huis te
doen.'

'Niemand weet, Ma'am, welke put naar de afgrond van de
Heer voert. 't Kan elk riool zijn, Ma'am.'

'O, dus poets je voor alle zekerheid *elk* afvoerputje. Ik dacht
ook al, Winny, wat liggen de riooldeksels op Sunset Boulevard
er oogverblindend bij.'

'Dat was ik niet, Ma'am. Ik zal het niet meer doen,
Ma'am.'

'Lieve Winny, poets jij maar elk afvoerrooster dat je tegen-
komt. Ik wil niet dat de engel die erin moet er vieze vleugels
van krijgt.'

Zo wist Paul dat Gibby's bloed, dat hij onder de grasmat
hoorde gorgelen, via smetteloos messing de afvoer insijpelde.
Proxy blafte bozig. Sinds het luidruchtige bezoek vertrokken
was, viel er in geen van haar vroegere speelgenoten nog beweging te krijgen.

15

Uit het vloergat had geborrel geklonken, en nu vulde de cel
zich met een dikke stank.

'En de baby?'

Remo herinnerde zich woordelijk het gesprek met de patholoog-anatoom in de Los Angeles County Morgue, nadat hij
zijn vrouw had geïdentificeerd. Het was geen trillen: zijn benen sloegen onder hem heen en weer. Als hij zich niet op de
medische details had geconcentreerd, was hij tegen de vloer
gegaan. Dr Kahanamoku kwam niet op het idee hem een stoel

aan te bieden. De arts raadpleegde zijn papieren. 'Eens kijken... Volgroeide foetus van het mannelijk geslacht. Lengte zevenenveertig centimeter. Hmm, aan de kleine kant. Gewicht
normaal. Tweeëndertighonderd gram. Omtrek hoofd vierendertig centimeter. Ik zou zeggen, helemaal klaar voor de geboorte.'

Als hij geen redelijke vragen bleef stellen, zou hij wegzakken
in een nacht die zich nooit meer zou openen. 'Heeft het kind...
de moeder overleefd?'

Dr Kahanamoku keek Remo over zijn leesbril aan. 'Het lag
dood in haar. Het spijt me.'

'Ik bedoel, is de baby tegelijk met mijn vrouw gestorven?'

Mama had de afgelopen weken allerlei boeken over zwangerschap en bevalling gelezen. Soms had zij een passage hardop
voorgelezen aan Gibby. Er stond Paul een hele enge bij. 'Moet
je horen, Gibby: "Mrs Shumway, in haar zevende maand, wil
graag weten wat er met de baby gebeurt als een hoogzwangere
vrouw, wat God verhoede, plotseling komt te overlijden. Het
antwoord van Dr DeRienzo daarop luidt: "Nadat bij de moeder de dood is ingetreden, zal de voldragen foetus nog vijftien
à twintig minuten zelfstandig in leven blijven." Hoor je dat,
Gibby? "Wanneer tijdig een sectio caesarea wordt toegepast,
kan het kind levend en onbeschadigd ter wereld komen." O,
Dr DeRienzo wijst de eis van de bikinilijn af. "Omdat in dit geval cosmetische overwegingen niet langer terzake doen, en er
uitsluitend haast geboden is, kan met één verticale incisie worden volstaan." Een hele geruststelling, Gibby.'

'Er zijn geen messteken in de baarmoeder gedrongen,' zei
Dr Kahanamoku. 'De moordenaarshand lijkt bijna gericht te
hebben gestoken om de foetus niet te beschadigen. Het kind
kan nog zeker twintig minuten in het dode moederlichaam
hebben doorgeleefd.'

'U bedoelt,' zei Remo, 'dat als er snel een ambulance bij was
geweest, dan...'

'Uw vrouw werd ruim acht uur na het intreden van de dood
gevonden. Op zo'n tijdsduur zijn die twintig minuten futiel.'

766

'Futiel...' herhaalde hij. 'Het moeten wel de eenzaamste twintig minuten uit de geschiedenis van de mensheid zijn geweest.'

'Het valt buiten mijn vakgebied om zo'n zielkundig probleem te beoordelen. Als u mij nu wilt excuseren...'

00:51 In de naaktcel, die door de duisternis van z'n hoekigheid was ontdaan, bleef Remo weinig anders over dan die eenzaamste twintig minuten uit de geschiedenis van de mensheid over zichzelf af te roepen. Het beste wat hij ervan kon hopen, was er zelf aan te sterven.

16

Paul had het willen uitschreeuwen. Zuigen en slikken, dat ging al heel aardig de laatste tijd – een keel opzetten, nee. Hij kwam niet verder dan wat schijnademhaling, waarop hij wel vaker geoefend had, voor straks in de dampkring. *00:52* 'De longetjes,' had hij de dokter in het ziekenhuis tegen zijn moeder horen zeggen, 'zijn bekleed met een soort bubbelwerk, dat er straks voor gaat zorgen dat ze niet dichtklappen bij het uitademen.'

Mama wist van alles een feest te maken. 'Voor een nieuwe mens, Doc, lijkt het me nooit te vroeg om aan champagnebelletjes te wennen.'

Alle bubbels bij elkaar kregen die ene schreeuw er niet eens uit. En trouwens, wie zou zijn roep gehoord hebben vanuit deze gecapitonneerde cel? *00:53* Zijn kleine hart, dat aldoor twee keer zo snel met het hare had meegeklopt, moest het nu alleen zien te redden. Als hij nog twintig minuten te leven had, betekenden honderdvijftig slagen per minuut dat hij er in totaal nog drieduizend te goed had. Zijn hart was al aan het aftellen – in wekkertempo.

Al die maanden, vooral de afgelopen weken, had Sharon tegen haar zoon gepraat en voor hem gezongen – wat dezelfde muziek was in twee verschillende genres. Paul was zelfs ontroerd gehecht geraakt aan het gerommel van haar ingewand.

Nu had ook haar weglekkende bloed opgehouden te klokken. Nog zoog hij voedsel en zuurstof uit haar levenloze lichaam. Nog bood hij het zijn afvalstoffen ter verwerking aan. *00:54* Door de stilte was daarbuiten de nacht heel transparant geworden. Er reed een aftandse Ford vol ruziënde en nerveus giechelende mensen door de heuvels. Op drie plaatsen werd een Buckmes uit het portierraam een ravijn in gegooid. Met al hun steekwapens hadden die lui niet het lef kunnen opbrengen Paul los te snijden uit zijn moeder. Toen ze kwamen, droeg mama een tweedelig badpak. Voor een keizersnede had Sadie met haar mes maar de bikinilijn hoeven volgen, gesteld *dat* er nog redenen waren cosmetische maatstaven aan te leggen.

Misschien omdat Tex er moeilijk afstand van kon nemen, werd als laatste wapen de Longhorn de nacht in geslingerd, ook op de bodem van het diepste ravijn verraderlijk herkenbaar aan z'n verwrikte loop en versplinterde kolf. En verder jakkerde de Ford, een onweer tegemoet dat maar niet wilde doorbreken.

00:55 Op z'n best nog zo'n vijftien minuten te gaan, voordat een leven zou eindigen dat nooit begonnen was.

17

De sofisten uit mijn tijd hadden er wel raad mee geweten: met wat bedrieglijk pas- en meetwerk aantonen dat de wereld niet kon bestaan, alleen al door de ondeelbaarheid van het nu.

Het ietsepietsie werkelijkheid dat de wereld op z'n best toekwam, deed zich in het *heden* voor – niet in het verleden, niet in de toekomst. En aangezien dat heden, als zijnde ondeelbaar, waarschijnlijk niet bestond, had met dezelfde waarschijnlijkheid de hele wereld geen bestaansrecht. Het sofisme: ophaaldienst voor al uw ongewenste entiteiten.

Mij heeft het altijd meer geïnteresseerd hoe de mens zich uit die illusie van de werkelijkheid redt. Hij bevindt zich tussen twee tegenover elkaar opgestelde spiegels, verleden en toekomst, die elkaar spiegelen – en daaruit zou dan zijn beeld van de wereld moeten ontstaan. Maar tussen die twee kaarsrechte, blinde glasplaten bestaat niet meer ruimte dan het *nu* breed is, dus in het geheel geen ruimte.

Ik heb de mensen leren kennen als voor geen kleintje vervaard. Om zichzelf toch enig uitzicht te geven op een wereld die in feite niet bestaat, gaan ze smokkelen en sjoemelen met het *nu*. Ze maken het wijder. Ze steken hun handen erin, zoals kinderen doen bij een stuk verknoopt elastiek waarmee ze allerlei figuren kunnen vormen, van kop en schotel tot Eiffeltoren – en verwijden het. Heden blijkt een rekbaar begrip.

'*Nu* klaart het weer op.' '*Nu* ga ik boodschappen doen.' '*Nu* is mijn hoofdpijn over.'

Door net te doen alsof ze het nu kunnen aanwijzen en benoemen, vastgrijpen bijna, scheppen ze zich de illusie van een wereld waarin te leven valt, althans de schijn van een leven is op te houden. Maar juist in hun moedwillige of instinctieve ontsluiting en verruiming van het heden geven ze toe, de mensen, dat hun wereld *niet* aanraakbaar is: dat hij niet bestaat.

Als Tijd bestaat, moet het iets anders zijn dan wat van 'nu' tot 'nu' wordt doorgegeven. Iets anders dan een streng die hedens aan elkaar rijgt. Iets anders, kortom, dan wat zich van verleden via heden naar toekomst slingert.

De tijd zoals de mensen daar beneden die ervaren, is onderdeel van de illusie die ze zichzelf geschapen hebben. Hun tijd is een attribuut uit de trukendoos van het spiegelpaleis. Daar, in de oneindig nauwe ruimte tussen de spiegelvlakken van verleden en toekomst, balancerend op het scheermesscherpe koord van het nu, voert de mens zijn toneelstuk op: de illusie van een bestaan. Om het theaterpubliek, en dat zijn behalve zijn medemensen wij hierboven, de illusoire ervaring te bieden van opeenvolging, dost hij zich in telkens weer andere modes uit. Elke nieuwe kleur muts geeft een volgend heden aan.

De ware Tijd, mocht die bestaan, stroomt er met een wijde boog omheen – *als* hij zich van voor de hand liggende theatraliteiten als 'stromen' en 'buigen' en 'bochten' zou bedienen.

'De gevangene,' hoorde ik Maddox op een keer tegen Remo uitroepen, 'is niets anders dan een paarbeluste vlieg op een spiegel. "Zullen we?"'

De illusie, Charlie, is nog veel schrijnender. De mens is een vlieg in het heden, ingeklemd tussen de spiegels van verleden en toekomst. Het levert niet eens een spiegelbeeld meer op. Hooguit een diep in die plettende bankschroef verborgen aquarel van bloed en smurrie. Proberen het raadsel van de mens op te lossen, is voor mij nooit iets anders geweest dan me blindstaren op de rorschachtest die vrijkomt als je de spiegels uit elkaar wrikt.

18

Paul kon zelfs horen hoe het zwerfkatje, dat niets woog, naderbij sloop op pootjes die Sharon kousenvoetjes had genoemd. De laatste twee meter naar het vrouwtje legde poes sprongsgewijs af. *oo:56* Zij tikte tegen een van de pakjes scheurlucifers die in het tumult op de grond gevallen waren, en streek toen in heel haar uitgerekte sprietigheid langs mama's blote puilbuik. Door de elektrische geladenheid van de vacht klonk het daarbinnen als een oorverdovend geknetter: een onweer aan Pauls kleinere hemel.

Streaky klauterde het roerloze lichaam op, zich met scherpe nageltjes vasthakend in de huid. Gebeurde dat onverwachts, dan gilde mama het lachend uit, net als bij zo'n koude neusstoot van de hond. Nu gaf ze geen krimp. Streaky spinde – tegen beter weten in.

Sharon lag op haar linkerzij, met de rechterarm over het hoofd. Staande in vrouwtjes oksel begon Streaky te trampelen op de naakte zijkant van haar borst, die maar gedeeltelijk bedekt werd door de bikini – zoals jonge katjes doen rond de tepels van hun moeder, om melk naar de oppervlakte te drijven. Het maakte Paul boos en jaloers: een ander wezen kwam de nectar opeisen waar *hij* recht op had, ook al oogstten de kousenvoetjes voorlopig alleen maar bloed. Voor zijn afgunst en woede vond Paul geen andere vorm dan de reflexen die hem al eerder waren aangeleerd: die van het hand- en mondmatig zoeken naar melk, en die van het zuigen zelf. Hij oogstte lucht, en bepaald geen verse.

00:57 Streaky, die een strelende hand en nog meer elektrisch geknetter verwacht had, hield op met knorren, en liet zich van Sharons buik naar de grond glijden. Poes likte hoorbaar het bloed van haar sokjes, gaf een tik tegen het pakje scheurlucifers, daarna tegen een ander, hervatte haar gelik – en toen bleken er opeens wel twintig van die pakjes rondom Sharon op de grond te liggen. Paul wist dat zijn moeder de gewoonte had gratis lucifers uit hotels en restaurants in een mandje te verzamelen, en dat moest nu leeg zijn. Als zo'n pakje ongeopend was, klonk het onder een kattenpoot anders dan aangebroken. Met drie lucifers opgebruikt gaf het een ander geluid dan met vier er nog in.

Het kostte Paul hoofdbrekens hoe Streaky bij dit spel met haar nageltjes in een draad verstrikt kon raken. Om precies *00:58* had hij de oplossing. Eerder die week had Voytek, toen hij in de salon zijn joint wilde aansteken, zich erover beklaagd dat hij al voor de zoveelste keer een kartonnen naaigarnituurtje, zoals in sommige hotels gratis op het nachtkastje lagen, voor een pakje scheurlucifers aanzag. 'Jullie willen dat ik naai in plaats van blow.'

Streaky liep beledigd miauwend van het onverschillige vrouwtje weg, het kartonnetje aan een lus garen achter zich aan slepend.

19

00:59 Daar lag hij dan, opgerold in mama's baarmoeder, kin op de borst als een lijder aan de ziekte van Bechterew. Door de groei van de laatste tijd was zijn bewegingsvrijheid al beperkt, maar nu mama's lijf zo log en star aanvoelde, leek er nog min-

771

der ruimte voor hem. Ooit, in een ver verleden (weken terug), had hij in lichaamswarm vruchtwater vrijuit kopjegeduikeld. Nu moest hij dood zonder passende salto mortale. Schoppen, ja, schoppen zou vast nog wel lukken. Mama had 's middags nog geklaagd over pijn in haar onderste ribben, van zijn getrap. Paul hief zijn ene been, stootte toe, maar nee, het veerde niet lekker terug. Fietsbewegingen maken probeerde hij al niet eens meer.

01:00 Tien minuten nog om zich van zijn dode moeder te bevrijden, en tot de wereld in te gaan. Er was geen ontsluiting. Hij lag roerloos in afkoelend vruchtwater. De slijmprop die hem moest beschermen tegen binnendringende ziektekiemen zat nog stevig op z'n plaats, als een klont hars in de hals van een Griekse wijnkruik. Om te kunnen ontsnappen had hij toch echt de medewerking van mama zelf nodig gehad. Die hysterische truttenbollen met hun Buckmessen... waarom hadden ze hem niet een handje geholpen, als ze dan toch bezig waren iedereen in repen te snijden? Het had Sharon echt niet doder gemaakt dan ze al was.

01:01 'Piper! Virgil! Kop dicht...!' De stem van Billy, uit het gastenverblijf achter het zwembad. Het hondengeblaf verstierf in zacht gejank. De huisbewaarder moest door de indringers, verder zo grondig in alles, over het hoofd gezien zijn. Misschien was Billy hun handlanger, en had hij ze vanavond op de Strip het sein gegeven. ('De twee vrouwen vormen geen probleem. De kapper komt straks. Hij is klein van stuk. De Pool is al apestoned. Nu of nooit.')

01:02 Boven de heuvels het zuigende geluid van een vliegtuig bezig met de landing, die zo te horen op LA International ging plaatsvinden. Paul verbeeldde zich een toestel van British Airways te herkennen, uit Londen. Zijn vader deed juist, op verzoek van de stewardess, als laatste passagier zijn gordel vast. Met kauwbewegingen beschermde papa zijn oren tegen het drukverschil. In de handbagage boven zijn hoofd het onvoltooide script over de pratende dolfijnen, waar hij aan de telefoon over geklaagd had. Er zaten ook cadeaus voor zijn kind

in. Geslachtsloos speelgoed, omdat zijn vaderschap nog on-
duidelijk was: van een zoon of een dochter? Het geslacht deed
er niet meer toe. Of de vader daarboven nu in die Boeing zat
of niet, hij zou binnen acht minuten niet thuis kunnen zijn om
kleine Paul te redden. Papa, vaarwel.

01:03 Piper en Virgil waren stil, op het geluid na van de
monsterlijke tongen waarmee ze hun voederbak leeg lepel-
den. Billy zette een plaat op. 'Marrakesh Express' van Crosby,
Stills & Nash. Als Paul dit allemaal kon horen, hoe was het
dan mogelijk dat Billy van die hele Hurly Burly niets gemerkt
had? Hij moest in het complot zitten. Huisbewaarder opent
poort voor moordenaars, en trekt zich met honden en toneel-
kijker terug in loge.

01:04 De Boeing was na een ver gebrom niet meer te horen.
Uit de stad beneden werd de eentonige dreun van het verkeer
omhooggestuwd, bij vlagen onderbroken door een sterker wordende zeewind. Er was nog warmte in het grote lichaam om
hem heen, maar het temperatuurverschil werd nu hinderlijk
merkbaar. Langs de gebruikelijke kanalen stroomde er geen
voedsel meer naar hem toe, laat staan zuurstof. Paul had honger, maar dat was minder erg dan het langzame stikken dat nu
begon. Het bleek hem dat een foetus tot huilen in staat was.
Geluidloos, maar nat.

01:05 In de buurt van de hutkoffers, stille getuigen van reizen
en moorden, speelde het zwerfkatje met iets hards, dat over de
houten vloer schuurde. Eerst dacht Paul aan de bril, maar nee,
dit klonk scherper. Hout op hout. Het moest een deel zijn van
de kapotgeslagen revolverkolf.

01:06 Er was misschien nog hoop. Tegen het afkoelen had
zich onder zijn velletje de afgelopen tijd een laagje vet gevormd, waarmee hij zijn eigen lichaamstemperatuur kon regelen. Zo lag hij zich warm te houden voor het grote Niets, dat
minder dan vijf minuten van hem verwijderd moest zijn, als de
berekening van Dr DeRienzo klopte.

Het voordeel van deze volstrekte duisternis was dat de cel op den duur zijn muren verloor, en uitzicht bood op een maanloze nacht zonder sterren. Omdat het donker, dat voelbaar tegen zijn irissen stond, al het traanvocht leek op te slorpen, knipperde Remo met zijn ogen – en daar was, pijnlijk oplichtend in zijn hoofd, de wijdvertakte ader van de bliksem, tot op het haarvat precies. *01:07* Voytek was nog net getuige geweest van een zuinig zich uit zee verheffend koeltje. Het beeld van de apotheose van zijn voorspelling had hij niet zien uitkomen. Hier weerlichtte nu zijn testament. Het beeld van de bliksem drong, hevig naflakkerend, door de baarmoederwand heen. Even later rolde de donder aan over de heuvels. Hij morrelde aan de fundamenten van Cielo Drive 10050, en deed de houten vloer van de salon golven, zodat Paul heel even dacht dat er beweging in zijn moeder kwam. Niet meer dan het onweer de doden op het kerkhof toestond.

01:08 Ergens in de diepte, Benedict Canyon misschien, de sirene van een ambulance. Het geluid zwol aan, en werd toen plotseling heel zwak, alsof de wagen achter een bergwand verdween – de Hollywood Hills in, om iemand te redden die al ooit geboren was, of om een barende vrouw tijdig in het ziekenhuis te krijgen. Als het voor Paul was, en hij zou op het nippertje gered worden, had de wereld niets aan hem. Denkend riet met zuurstoftekort. Als het snel donkerder om hem heen werd, kwam dat niet door het contrast dat de bliksem had aangebracht.

01:09 Nu dat beweeglijke bouwwerk om hem heen, dat hem altijd wiegend gedragen had, koud en stijf begon te worden, hoefde het allemaal niet meer voor hem. Het leven, de wereld, een schommel – ze konden het van hem cadeau krijgen. Behalve hij was alles in de directe omgeving van zijn moeder al net zo dood als zijzelf. Ja, een bromvlieg zocht nijdig het hete binnenste van de enige nog brandende lamp, maar alleen om zich te pletter te vliegen. Het mocht van Paul ophouden nu.

Maar toen zijn zachte borstkas door benauwdheid ingedrukt leek te worden, begon hij weer te bidden dat de messentrekkers terug zouden komen, om de schil om hem heen te laten opensplijten. Dit was, letterlijk, wurgende eenzaamheid.

21

Een leven dat eindigde net voor het begin. Het bazaarklokje
was hem door De Griek afgepakt, en het grote uurwerk van
hart en bloed om hem heen stond stil, maar Remo wist zo ook
wel dat de twintig minuten bijna om waren. 'M'n jongetje,
waar ben je nu?' Hij moest zijn zoon nog zoveel laten zien. De
nieuwe dierentuin in Griffith Park. Nee, niet Disneyland, *nooit*
Disneyland: dat deed hem te veel aan huize LaBianca denken, waar Walt Disney had gewoond. Elke sprookjesfiguur verdween voor Remo onmiddellijk achter het beeld van de Hurdy Gurdy Man, opgediend met een wiegelende vleesvork in
de maag, en WAR in de buik gekerfd. Liever nam hij de kleine
mee naar de pier aan Huntington Beach. Bij laag water kwamen de klonten aangekoekte schelpen rond de palen bloot, en
hij zou de jongen vragen: 'Waar doen ze je aan denken?' en
Paul zou met zijn hoge, heldere stem tegen de zeewind in uitroepen: 'Het zijn net de pootjes van een poedel, pap...!' En hij
zou de trotse vader zijn van een zoon die, net als Remo, geheime beelden in de wereld ontdekte. 'Paul, hartsvriendje, ben je
daar nog?'

01:10 Hij was al aan het wegzakken, maar de donder haalde hem voor even terug. Op stikken na dood lag hij in koud
vruchtwater op het weerlichten te wachten. Laatste redmid-
del: dat de bliksem, aangetrokken door het zwembad, diep in
het huis zou slaan – precies op de plek waar mama lag, met een
buik vol geleidend lamsvocht. De keizersnede had dan geen
mensenhand meer nodig. Hij kwam rechtstreeks van God.

01:11 Vaarwel, mamalief. Zonde dat ik nooit je veelbezon-
gen gezicht zal mogen zien. Anders dan onze geachte moor-

denaars geloven wij niet in een hereniging, na de dood, in een riool gevuld met melk en honing, of wat voor derderangs paradijs ook. Het was al heerlijk genoeg je van binnenuit te leren kennen. Waar ze je ook begraven, ik lig in je. *01:12*

22

De eerste die ooit een Bijna Dood Ervaring op papier zette, was mijn oude beschermeling Plato, in *De staat*. Hij had het daar over de soldaat Er, die bijna het loodje legde op het slagveld, en toch weer tot de levenden terugkeerde – om verslag te doen van wat hij op de drempel van de dood had meegemaakt. Sindsdien spraken alle mondige uit de dood naar het leven geretourneerden over 'een lokkend licht', al dan niet aan het einde van een tunnel.

Dat wenkende licht, dat was *ik* natuurlijk. Als ik ze via wat voor tragedie ook in de val had gelokt, en om de een of andere reden vond dat het nog niet genoeg was geweest, liet ik ze, mild verblind als ze waren, weer los. Zo dicht konden ze tot hun Vernietiger naderen.

Plato was overigens mijn beschermeling tegen wil en dank, want in diezelfde monsterdialoog *De staat* hekelde hij mijn oogappels de dichters, en sloot ze uit van zijn utopie. Ik verdacht hem ervan zelf de enige te willen zijn. Hoe groter geest, hoe *kleiner* geest.

Remo's kind was in de baarmoeder gestorven. Ik had het in z'n laatste ogenblikken geen Bijna Dood Ervaring te bieden. BDE's waren alleen weggelegd voor wie ooit de ervaring van de geboorte deelachtig was geworden: de gang naar het licht aan het einde van de tunnel. Het begin van de tragedie – waar zij ook weer zou eindigen.

'Paul, m'n jongetje...!' Remo zocht met maaiende armen zijn cel af naar wat hem in het koude duister ontglipt was. Gefaald, alweer. Hij was er heel dichtbij geweest, maar net zo min als toen was hij nu samen met zijn zoon gestorven. 'Vriendje van me! Paul...! Kom hier! Neem me mee!'

Een man kon heel goed zonder tranen. Als de heren der schepping het op een grienen zetten, hadden ze publiek nodig. Een spiegel deed al wonderen. Geïsoleerd huilen in een donker waaruit de bedroefde zijn eigen tranen niet eens zag opblinken, moest wel de pure, vloeibare waarheid zijn. 'Ik had je de *punch-marks* in het Spoorwegmuseum nog willen laten zien. Paul, waar ben je nou? Vroeger knipten de conducteurs hier op de trams allemaal hun eigen figuurtje uit de kaartjes. Kruisjes, sterretjes, maantjes, pijltjes... combinaties daarvan... abstracte sprookjesgestalten. Meer dan duizend verschillende *punch-marks*. Iemand heeft ze allemaal bewaard. Een soort figuurvermicelli, maar dan van karton. Jij mag zeggen wat je erin ziet... jij mag het hele verhaal uit de duizend tekens spellen... Ja? Kom dan!'

Huilen was een sociale bezigheid, en daarom een zaak van afknijpen, inhouden, verbergen. Hij ontdekte dat bij onbespied wenen in het donker de tranen maar bleven komen. Onstuitbaar. Niet te stelpen. Schaamteloos.

Twaalf over een 's nachts in Los Angeles, twaalf over tien 's morgens in Londen. En ik, vroeg hij zich af – wat deed ik daar op dat moment, aan de andere kant van de wereld? De nachtclubs waren dicht, en als hij er tot sluitingstijd een bezocht had, lag hij om twaalf over tien zeker nog in bed, whisky en champagne uit te dampen. Toen aan de overkant van de oceaan, en nog een heel continent verderop, zijn ongeboren zoon de laatste seconden van zijn foetale bestaan uitvocht, had de vader, slapend of niet, toen iets gevoeld? Een koude lichtstraal die zijn hart trof, en daarin doofde?

De recherche van de LAPD had hem de zondag erna, meteen na zijn aankomst op LAX, aftastend ondervraagd. Het was duidelijk dat hij op het tijdstip van de moorden niet in Beverly Hills was, al moest er natuurlijk rekening worden gehouden met betrokkenheid op afstand. Hij kon zich niet herinneren of inspecteur Helgoe hem had uitgehoord over zijn Londense bezigheden tussen twaalf en een uur 's nachts Los Angeles-tijd. Evenmin stond hem bij of het onderwerp later tijdens de test met de leugendetector ter sprake was gebracht. Er bleek een verblijf in de naaktcel van Choreo voor nodig om hem terug te voeren naar de ochtend van zaterdag 9 augustus 1969, die hij had doorgebracht in zijn appartement aan Eden Square.

Na een avond van rondbellen langs de instanties voor een versneld visum, had hij om twee uur in de nacht nog met Sharon getelefoneerd om te zeggen dat hij pas na het weekend terug kon. De zwaarte van de hittegolf woog door tot in haar stem. Hij had een taxi genomen naar de Exultation Club, waar hij tot half vijf 's ochtends met vrienden in een gereserveerd compartiment had zitten praten en drinken. Iemand vertelde over de schilder Francis Bacon, die in Londen 's middags de cafés, 's avonds de restaurants en 's nachts de clubs bezocht, en dan vroeg in de morgen naar huis wankelde om daar onder een kale gloeipeer, getergd door een zich ontrollende kater, het gevecht met een schilderij aan te gaan. 'Waarom dan niet een keer,' zei Remo, van tafel opstaand, 'nog boerend van de champagne met het scenario aan de slag?'

Het lukte. Het hardgrijze Londense ochtendlicht dat over de vol getypte vellen scheen, deed hem snelle beslissingen nemen, waar hij anders eindeloos over had lopen piekeren. Met een enkele pennenstreek liet hij hele sequenties sneuvelen. Ergens tussen kwart over negen en half tien probeerde hij Sharon te bellen om haar te zeggen hoe goed het werk aan het script verliep, en dat niets zijn spoedige thuiskeer meer in de weg stond. In Beverly Hills ging de telefoon drie, vier, vijf keer over, en gaf toen opeens de ingesprektoon, alsof iemand die niet wilde antwoorden even de hoorn van de haak had gelicht om hem onmiddellijk weer neer te leggen. Vreemd: het was daar nog maar net na middernacht, en op welk uur van de nacht ook, Sharon zou altijd opnemen, al moest ze daarvoor haar arm losmaken van de batterij kussens die zijn plaats innam. Jammer: nu zou hij haar op z'n vroegst over een uur of zeven, acht kunnen bellen, om dan waarschijnlijk eerst de werkster aan de lijn te krijgen. Voornemen: zowel in Los Angeles als in Londen een automatische telefoonbeantwoorder laten installeren.

Half tien. Buiten, op het plein, kwam de Londense zaterdagochtend nu pas goed op gang. De knecht van de melkboer was te enthousiast aan het slepen, en een krat vol met flessen ging tegen de straatstenen. Alle cockneyverwensingen ter wereld konden de scherven niet lijmen. Een hond die van de gele vla likte, kreeg een trap, en vluchtte jankend de steeg in. Remo stak boven het gehavende script een kleine sigaar op. Door de draaikolk van rook keek hij naar Sharons portret op het bureau, en telde zijn zegeningen.

De vette contracten. Het huis in de heuvels. Een vers geschilderde kinderkamer.

Op de foto, van een paar jaar eerder, droeg zij haar op-artbroek, met een beweeglijk motief van zwarte en witte vlakjes. Het deed pijn aan de ogen, maar gaf haar danspose een schitterende dynamiek. Het was een publiciteitsfoto uit de geplastificeerde mappen van oompje Romsomoff. De fotograaf had Sharon ertoe verleid haar mond half open te doen, tong schemerig zichtbaar, maar alle beoogde zinnelijkheid kon het weerloze in haar zwartomrande ogen niet verhullen. Hij blies haar, teder, nog een pluim sigarenrook toe.

Zo bracht hij, van half tien tot kwart over tien, de tijd door die twee jonge vrouwen en een jongeman aan hun kant van de wereld nodig hadden om zijn geluk te vermorzelen. Een halfuur na hun komst lag zijn zoon te stikken in een dode moeder – en *hij*, Remo, zou niets gemerkt hebben? Het moest wel. Het kon niet anders. Maar hoe dan toch, in Godsnaam?

Op het moment dat de levensdraad van zijn kind werd doorgesneden, misschien viel toen de zorgvuldig opgebouwde askegel van de sigaar op zijn kostbare Japanse kamerjas. Iets ingrijpenders kon hij niet bedenken. (Mogelijk zat hij na de doorwaakte nacht in te dutten, en maakte een slaapschok de kegel los. De as brandde een gaatje in het zijden borduursel van een nachtegaal op een lentetak. De witte Japanse karakters er vlak onder, die volgens de kledingverkoper 'verenbloesem' betekenden, liepen een lelijke grijze vlek op maar bleven verder onbeschadigd.) Zijn liefde had onvoldoende op scherp gestaan. Als zijn hart maar sterk genoeg met zijn beminden verbonden was geweest, die ochtend, had hij alarmerende aandoeningen bij zichzelf op de juiste manier kunnen duiden, en dat zou dan weer tot een levensreddend telefoontje naar de politie van West Los Angeles hebben geleid. In plaats daarvan had hij zich laten afleiden door een stompzinnig scenario over pratende dolfijnen. Alles domme ijdelheid. Hij had gefaald.

Van de andere kant... als met vlijmscherpe Buckmessen bloedbanden doorgesneden konden worden zonder dat een echtgenoot en vader er iets van voelde, maakte dat niet alle liefde fictief?

24

Aan het slot gekomen van het oprechtste etmaal uit zijn leven moest hij voor zichzelf ook zo eerlijk durven zijn om toe te geven dat er die zaterdagochtend niet alleen het scenario was geweest. Hij had nog kans gezien uit die nachttent de een of andere bimbo mee naar huis te slepen. Het stelde allemaal niets voor, maar het was wel gebeurd. Nu hij zonder te smokkelen de tijdsverschillen mat, was het idee dat hij vreemdging op het moment dat de slachting werd afgerond niet langer een zelfkwellende dwanggedachte, maar een hard en naakt feit. Terwijl zijn liefste de drie stadia van een gedwongen inflatie van haar levenswil doorliep (1. Ik wil leven en mijn kind krijgen; 2. Neem me mee, en vermoord me na de geboorte; 3. Maak me dood, maar haal de baby uit me), beleefde hij net zo veel fases van een geroutineerd minnespel.

Hij had de bimbo, van wie hij zich de toet niet eens kon herinneren, alleen voor creatieve doeleinden aangewend, om gereinigd van nachtelijke troebelen aan het werk te kunnen. Een hygiënische maatregel, meer niet. Na gebruik had hij de groupie op een taxi gezet. Met de laatste ingrepen aan het script was hij al op weg naar Californië en het vaderschap.

25

Ongemerkt was na middernacht de vloerverwarming uitgegaan. De naaktcel werd kil en klam als een kelder. Huiverend, op de tast, zocht Remo zijn beddengoed bij elkaar. Hij vouwde de slaapmat uit in een van de glooiende hoeken, zover mogelijk bij het latrinegat vandaan. Niet dat de stank hem nog kon deren. De deken voelde nat, koud en vettig aan van de bouillon die hij ermee van zijn lijf had geveegd. Hij liet hem walgend van zich af glijden, en gaf er de voorkeur aan zich warm te rillen. Ergens vandaan, misschien uit het luchtrooster, kwam een rikketikkend geluid – tot hij ontdekte dat het zijn eigen geklappertand was, door de muren naar hem teruggevoerd.

Tussen het sterven van de baby en de vondst van de lijken lagen zeven, acht uren van een Californische nacht. Het waren de uren van zijn Londense dag. Terwijl zijn vrouw, zijn kind, zijn vrienden in en om het huis aan Cielo Drive 10050 onopgemerkt koud en stijf lagen te worden, had Remo een heet bad genomen. Vanuit de kuip had hij zicht op de Japanse kamerjas, die met de brandplek naar hem toe over een droogrek hing, en hij vervloekte zijn onhandigheid. 'Verenbloesem. Kleine snotapen moeten geen sigaren roken.'

Het was verder een gewone Londense dag, waar niets bijzonders aan te onthouden viel. Dat hem er zoveel details van bijstonden, kwam door het vernietigende telefoontje 's avonds, dat met terugwerkende kracht alles van die zaterdag, ook het onbeduidendste voorval, in een ijskoud licht had doen stollen. Zo zag hij zichzelf naakt, onder het afdrogen, in de lach schieten. 'I just took a h-h-h-hot bath.' De stotteraar die hij imiteerde, was de schrijver Somerset Maugham, in wiens huis hij ooit te gast was geweest.

'And,' vroeg Maughams minnaar, 'did you masturbate?'

'As it h-h-h-happens, no.'

Om niet zonder trek op zijn lunchafspraak te verschijnen liet hij een ontbijt achterwege. In een witte badjas van het Paris Hilton ging hij een uurtje, bovenop de dekens liggen uitdampen. Hij sliep kort in, en droomde verward over onderhandelingen met de erven Huxley in Californië over verfilming van *After Many a Summer Dies the Swan*. 'De Angelino's zullen het niet pikken,' zei iemand.

Na het aankleden overwoog hij Sharon te bellen. Nee, hij mocht haar nu niet wekken: God alleen wist hoe zwaar haar slaap op de klamheid van de hittegolf bevochten was. Hopelijk had Voytek niet een van zijn buien waarin hij tot de vroege ochtend platen draaide, harder naarmate zijn brein meer verdoofd raakte door de middelen. Het liefst stelde hij zich zijn Californische huis in diepe rust voor, het immense rode dak (dat bezoekers aan een graanschuur had doen denken) omspeeld door een aanlandige wind nog koel van versheid. In de echtelijke slaapkamer stonden de tuindeuren open naar het zwembad. De bries dreef het glasgordijn in de richting van het bed, waar het, in vorm gehouden door een loodveter, als een muskietennet rond de slapende Sharon kwam te staan. Zij lag daar in een oude bikini, met alleen een laken over zich heen. Aan de andere kant van de kussenwal, die zij met armen en benen omklemde, sliep de Yorkshire-terriër. Van tijd tot tijd liep er een rilling over de flanken van het teefje, dat dan een reeks hoge fluittonen uitstootte. Het zwerfkatje (naam vergeten) rustte op het hoofdkussen onder Sharons wijd uitwaaierende haren.

Kwart over twaalf in Londen. Hij hield op straat een taxi aan. 'Restaurant Landers, graag. Kensington.' Kwart over drie in Los Angeles. Als Voytek op de bank in slaap was gevallen, sloeg de platenspeler op den duur vanzelf af. Remo tastte in gedachten de vertrekken van het huis af, de tuin voor en achter, de garage, de parkeerplaats... en vond alles in diepe rust. Zo was het goed. De tuinman had 's middags met een fijnmazig schepnet de dode blaadjes uit het zwembad gehaald. De zeebries schudde nu nieuwe uit de bomen, die neerdaalden op het rimpelende water. Bij het trapje dobberde een plastic margriet, losgeraakt van Gibby's badmuts. Over een paar dagen zou hij het allemaal weer met eigen ogen zien.

Alles veilig en onder controle. Bij onraad zouden de honden van Altobelli aanslaan. De huisbewaarder ging dan kijken wat er mis kon zijn. Meestal was het een klein roofdier uit de heuvels, dat te dicht tot de rij vuilnisbakken was genaderd. Een fles wijn ontkurkt aan het zwembad, daar werden ze ook hels van, maar dat was nu niet aan de orde – tenzij Voytek zo laat nog de geest kreeg.

Onder de lunch viel het zijn vrienden op dat hij, tegen zijn gewoonte in, nogal afwezig en zwijgzaam was. 'Het komt door die vingerkommetjes met citroen. Ik ruik Sharon, zoals ze nu daarginds ligt te slapen. Ze doet altijd Citric Mosq op, tegen de muggen. Op een keer zei ik: "Stel je niet aan, Sharon. Los Angeles is op een woestijn gebouwd, niet op een moeras. Hier zijn geen muggen." Ze gooide de tube Citric Mosq in de pedaalemmer. De volgende morgen zat ze *onder* de muggenbeten. Haar ene oog was compleet dicht gestoken...'

'Is ze zo naïef?' vroeg Victor.

'Het is geen naïviteit. Ze wil je niet laten vallen. Daarom neemt ze een houding van onvoorwaardelijk vertrouwen aan. Ondertussen weet ze wel beter, maar die gedachte laat ze niet meer toe. Ze gelooft je... totdat het tegendeel bewezen is.'

'Van zoveel vreedzaam vertrouwen,' zei Gene, 'kun je alleen maar hopen dat niemand er misbruik van maakt.'

'Ik dus.'

'Als ze alleen maar in jouw valkuilen trapt om jou niet teleur te stellen,' zei Victor, 'is er voor jou ook geen lol aan.'

'Het is zelfs de vraag,' zei Gene, 'wie in zo'n geval het leedvermaak toekomt.'

'Ik zweer, jongens, dat ik haar minder ga plagen.'

Week 4

Kadaverdiscipline

A word from the Chairman of the Board of Buck Knives (2)

'Now that you are family, you might like to know a little more about our organization. The fantastic growth of Buck Knives, Inc. was no accident. From the beginning, management determined to make God the Senior Partner. In a crisis, the problem was turned over to Him, and He hasn't failed to help us with the answer. Each knife must reflect the integrity of management, including our Senior Partner. If sometimes we fail on our end, because we are human, we find it imperative to do our utmost to make it right. Of course, to us, besides being Senior Partner, He is our Heavenly Father also, and it's a great blessing to us to have this security in these troubled times. If any of you are troubled or perplexed and looking for answers, may we invite you to look to Him, for God loves you.'

(Al Buck/gebruiksaanwijzing Buck Knife)

Zondag 22 januari 1978
Lof der Inversie

I

Het avondeten werd gebracht. Voor de laatste keer gingen de twee deurluikjes open om een baan stofdoorspikkeld licht de cel in te stoten. Met een beschermende hand voor de ogen wankelde Remo tegen de hellende vloer op. De bewaker zette een vol etensblik tussen de twee kleppen neer. Het was Jorgensen: een altijd vriendelijke bewaker, die wel naar zijn klacht over de uitgevallen lamp zou willen luisteren.

'Mr Jorgensen, er is...' Op dat moment daverde er een explosie door het gebouw, waar zelfs hier, tussen de fundamenten, de muren van wiebelden. Achter de rug van de bewaker gutste kalk neer. De bak met voer was toen al naar binnen geblazen, en de inhoud lag te dampen in de buurt van het latrinegat. Van de luchtverplaatsing had Remo zelf een vuistslag in het gezicht gekregen.

'O, mijn God!' riep Jorgensen onder het wegrennen. 'De keuken! Het gas!'

Als dat tenminste zijn woorden waren, want er dreunde een misthoorn in Remo's hoofd. Met zijn fluitende oor bij de opengelaten luikjes ving hij flarden van door de gangen echoende paniek op. Kreten van bewakers; gegil van de gedetineerden, die al bezig waren met harde voorwerpen langs tralies te ratelen en op celdeuren te rammen. Totdat alles overstemd werd door de langgerekte boer van een alarmbel, waarvan de

787

klanken bijna tastbaar door het gangenstelsel rolden en stuiterden.

Nu zou de claustrofobie moeten opspelen, maar die had hij al ruimschoots besteed aan de eenzaamste twintig minuten uit de geschiedenis van de mensheid. Nee, Remo voelde zich merkwaardig veilig achter zijn bankkluisdeur, tussen dikke negentiende-eeuwse kerkermuren.

Er kwam geen tweede explosie. Het alarm hield op. Alleen het razende getimmer van de Choreanen ging door, en zwol nog aan. Net zo lang tot het kalkbepoederde hoofd van Jorgensen weer voor de opening in de deur verscheen.

'Mr Jorgensen, wat was dat voor knal?'

De bewaker trok zonder iets te zeggen vlak voor Remo's gezicht het binnenluikje in het slot, zodat de gevangene van een hele timmerwerf aan angst en protest werd afgesloten.

2

Het massieve duister had zich weer om hem heen gesloten als het donkere fluweel van een precies passend foedraal rond een instrument. Zijn stem was, onbeantwoord, opnieuw gesmoord, maar Remo kon nog altijd de ruimte om hem heen tot klinken brengen. Maar de stemmen van zijn dode geliefden, die hem het lange weekend doorgeholpen hadden, zwegen nu stil. De enige stem die zich meldde, rauw en direct, had de tongval van het Midwesten.

Voordat Remo hem op vrijdagmorgen aangevlogen was, had Maddox nog kans gezien een van zijn bergredes te beëindigen, die begon als een 'troostgebed' voor Remo's ongeboren zoon. In een soort verdoving, automatisch voortbezemend, had hij geprobeerd Maddox te volgen en, zoals hij de voorbije weken gewend was geraakt, met vragen tot grotere duidelijkheid te dwingen.

'Charlie ziet een kwaaie kop. Little Remo heeft gisteren te veel waarheid moeten slikken.'

'Perinde ac si cadaver.'

'Charlie verstaat geen Pools.'

'Ignatius van Loyola over de grondslagen van de Jezusge-meenschap. Zou jou moeten aanspreken.'

'Latijn verstaat Charlie ook niet.'

'Ik had het over de kadaverdiscipline van jouw volgelingen, Mr Jesus. Zelfs vanuit de gevangenis...'

'Als ik ze *iets* geleerd heb, is het de absolute gehoorzaamheid aan de vrije wil.'

'Aan de wil die jij zo vrij bent ze op te leggen. Ze storten zich voor jou met open ogen in de bajonetten van de tegenstander.'

'Omdat ik van ze houd. Omdat ze van mij houden.'

'Ze zien jouw eigenliefde in een lachspiegel. Ziedaar het misverstand.'

'Squeaky liet me weten dat ze de sequoyawouden ging redden. Een agent stak zijn vinger in haar pistool. Het was Lynettes eigen initiatief.'

'De opdracht was al veel eerder in haar gezaaid. Door jou.'

'Het was haar vrije wil. Als mijn eed, die door de rechtbank zo vaak belachelijk is gemaakt, nog iets waard is, zweer ik op het hoofd van mijn eerstgeboren zoon.'

'Gratuit gedoe. Je hebt hem net zo min gekend als ik de mijne. Hij is een vreemde voor je, die waarschijnlijk ergens in Detroit of op Hawaï leeft onder een andere naam.'

'Andere namen hebben we allemaal. Goed, dan zweer ik op het hoofd van mijn derde zoon Michael... Mickey... zoon van Charlie en Mary.'

'Ik kom nu aan de kern van mijn aanklacht.' En hij had Maddox de eenzaamste twintig minuten uit de geschiedenis van de mensheid voor de voeten geworpen.

'Eenzaam zijn we allemaal wel eens.'

'In de kranten van toen was steeds sprake van *vijf* lijken op Cielo Drive 10050. Het is blijkbaar een kwestie van binnen of buiten de baarmoeder. Als het om protesten tegen abortus gaat, kan het embryo nog zo klein en ongevormd zijn, het zal als "mens" in de strijd worden geworpen. Onze voldragen foetus werd niet bij de slachtoffers opgeteld.'

'En nu wil je dat ik toegeef dat er *zes* doden waren?'

'Ik klaag jou hier, van mens tot mens, aan vanwege die eenzaamste twintig...'

'Wat maakt ze eenzamer dan de laatste minuten van elke andere overrijpe garnaal in een dode moeder?'

'Het feit dat jouw discipelen maar een of twee messteken aan een totaal van tegen de tweehonderd hadden hoeven toe te voegen om het kind te redden. *Dat* maakt die twintig minuten uniek in hun eenzaamheid.'

3

'De avond van de LaBianca-moorden reden jullie eerst naar een ander huis. Jij ging poolshoogte nemen. Je kwam terug met de mededeling: "Hier niet. Ik zag een heleboel foto's van kinderen tegen de muur."'

'Kinderen hebben de toekomst.'

'Hoe moet ik die menselijke houding rijmen, Scott, met het laten sterven van mijn kind de avond tevoren?'

'Charlie,' zei Maddox, 'heeft een diep ontzag voor kinderen. Ook voor ongeboren leven. Ik ben Jezus genoeg om de kinderen tot me te laten komen. Ze zijn de toekomst. Charlie heeft overal kinderen. De meeste kent hij niet. Michael wel... Waar is hij nu, Mickey? Ergens daarbuiten, in een tent. Charlie heeft zelf zijn navelstreng doorgebeten.'

'Charlie had ook de navelstreng van *mijn* zoon door mogen bijten. Als de baby maar gered was. Charlie had niet eens de moed om mee te gaan.'

'Als je nog *een* keer zegt, Li'll Remo, dat Charlie zelf veilig thuisbleef, sla ik je met deze ijsberenklauw op je gezicht. Die avond van de Cielo Drive bleef ik op de ranch, en het werd een smerige troep. Ik ben de volgende avond meegegaan, om ze voor te doen hoe het schoner kon.'

'Je bent huize LaBianca binnengeslopen. Na het knevelen van die mensen ben je naar de auto teruggegaan. Je hebt je onbezoldigde huursoldaten opdracht gegeven de LaBianca's af te maken, en dat was dat. Zelf ben je er in de auto vandoor gegaan. De slachters moesten na hun karwei maar gaan liften.'

'Wil je het weten?'

'De enige reden, Scott, dat ik je nog niet de hersens heb ingeslagen, is *dat* ik het wil weten.'

'Wat jij wil weten, wil je niet weten.'

4

'Ik ben niet met het moederschap bezig, Little Remo. Charlie weet niet wat een vrouw al die maanden doormaakt. Ik kan de pijn van het baren niet navoelen...'

'Die werd in dit geval vervangen door een andere pijn.'

'Charlie ziet dood en leven anders dan jullie in je chique heuvels.'

'Ik weet het. Mensen leven niet graag.'

'Zo simpel ligt het niet.'

'Jij brengt ze liever op een ingewikkelde manier om. In commissie.'

'Soms zijn er offers nodig voor een hoger doel... een algemenere zaak.'

'Misschien is dit het moment om enig berouw te tonen.'

'Strategisch klopte mijn zet. Ik zou het zo weer doen. Nu of in de toekomst. Al ging het om mijn eigen moeder... mijn eigen kind. De wet van Hurly Burly is Charlie heilig. Als er een paar stinkend rijke varkens geslacht moeten worden om honderden leden van mijn Circle naar beneden te leiden... de Put in... om ze te dopen in de gouden rivieren van melk en honing, dan moet dat maar. De generaal toont geen berouw met zijn uniform aan. Na Hurly Burly komt Cosy Horror. Er is nog een lange weg te gaan, met veel slachtoffers in de middenberm.'

'Je ziet, Scott, waar Hurly Burly nu al toe geleid heeft. De leider voor de rest van zijn leven achter tralies.'

'Charlie erkent alleen de wetten van Charlie, en van Hurly Burly, en van Cosy Horror. Mijn levenslang is een dooie letter in *hun* administratie. Ik blijf achter *hun* tralies doen wat ik tussen 1967 en 1970 in vrijheid heb gedaan.'

'Jonge mensen ronselen voor je misdadige club voddenrapers.'

'Een Charlie hoeft niet te ronselen. Een Charlie hoeft in zijn cel, *hun* cel, alleen maar een eenmans ballotagecommissie te vormen. Ik zeg vaker nee dan ja, want The Circle moet een elitekorps blijven. En toch groeit het harder dan alle politiekorpsen en geheime diensten bij elkaar kunnen bijhouden. Laat Charlie maar kantoor houden in het afgegrendelde centrum van *hun* macht. Een onzichtbare leider, die door de vijand wordt vastgehouden, doet wonderen voor de saamhorigheid... voor de bereidwilligheid. De overheid is tot de tanden gewapend, maar draagt *mijn* explosief in haar ingewanden.'

'Ik heb ontdekt dat het hier in Choreo op scherp staat. Ik kan het onschadelijk maken.'

'Vermoord me, Li'll Remo, en Charlie wordt van levende tot dode martelaar. Het zou mijn laatste promotie in de hiërarchie van The Circle zijn.'

5

'Charlie leest tijdschriften. Kunstfanaten uit jouw wereld, Little Remo, wijden hun leven aan de glimlach van de Mona Lisa. Ze krijgen ervoor betaald. Charlie heeft zijn eigen Louvre op cel. Ik zeg: het is geen mysterieuze, het is een wetende glimlach. Nu, wat weet die glimlach? Charlie zegt: de glimlach is zelf de ontraadseling. Ik hoef er alleen maar... het juiste probleem bij te zoeken. De vraagstelling.'

'Ze was misschien Leonardo's minnaar in travestie.'

'Ik ken jouw troostgebeden, Scott. Het zijn vrijbrieven om

te moorden. Ik kan er niets anders in beluisteren dan een bagatellisering van de dood.'

'Ook de Openbaring spreekt al over Cosy Horror,' zei Maddox. ' "En in die dagen zullen de mensen de dood zoeken en zullen die niet vinden, en zij zullen begeren te sterven, en de dood zal van hen vlieden." Kan het duidelijker?'

'De glimlach spreekt tot Charlie, en zegt: het is eenvoudig, en toch niet voor de hand liggend. Het is duister en licht tegelijk, net als deze omschaduwde lippen. De glimlach zegt: ik zal, aan de mannen onder u, een handreiking doen. Ik ben een vrouw. Er zijn speculaties geweest. Ik zou de minnaar van Leonardo zijn... in travestie. Niemand, weet beter dan de glimlach: de geportretteerde is een vrouw.'

'De schilder was een man.'

'Het zijn de vrouwen, Charlie, die iets weten over het begin van het leven. Niet de mannen. Een man verwekt blindelings. Een vrouw baart bewust. Mijn schepper had een vrouwelijke kant. Zijn intuïtie was vrouwelijk. Leonardo was van beroep oplosser van problemen. Instinctief voelde hij het raadsel van de wereld aan. Om er uitdrukking aan te geven nam hij een vrouw als model. Zijn penseel gaf haar de geheimzinnig wetende glimlach. Ik, Mona Lisa, was zijn *hint* aan de mensheid. De oplossing van het onvruchtbare leed in de wereld... o, niet meer dan een aanzet. Met de kruisiging van Christus zat het mensdom al vijftienhonderd jaar op een dood spoor. Hij zou de zonden en het lijden van de wereld wegnemen. Nou, mooi niet. Leonardo had meer in de smiezen dan Christus. Zijn Annunciatie betekent iets heel anders dan: voorzegging van Christus' geboorte. Geef Charlie een halfuur, Li'll Remo, en hij formuleert het weten achter de wetende glimlach van La Gioconda. Het is een troostgebed, Li'll Remo, voor Li'll Paul.'

'De mensen zijn zo godvergeten bang voor de dood,' zei Maddox, 'dat ze zichzelf een riant bemeten levenstijd in de toekomst voorspiegelen. Vluchtend voor de dood... in feite op weg naar de dood... proberen ze zo diep mogelijk in een onbekende toekomst door te dringen, koste wat kost. Het lijkt op rijk worden... geld vergaren... Voor de *pigs* lijkt het allemaal op elkaar. Ze weten niet of het haalbaar is, en ook niet *hoe* haalbaar het is. Hoe lang nog? Maar kort of lang, dat de toekomst zich *laat* doordringen, is wel zeker.'

'Als we het niet actief doen, worden we wel vooruit gestuwd.'

'Maar... maar, Little Remo, wie van al die toekomstgraaiers bekommert zich erom dat we niet op dezelfde manier... in het verleden kunnen doordringen?'

'Een enkele romantische dichter misschien.'

'En Charlie. Kijk, eigenlijk is er geen verschil. Als we met onze rug naar de toekomst gaan staan, en proberen op te rukken naar de tijd die aan ons voorafging, levert dat net zo goed een plaatje op van dood en onmacht. Mee eens?'

'Vegen, Scott. De Griek staat te kijken. Met zijn duimen in zijn koppel, dus dan weet je 't wel.'

'Onbereikbaar het land dat zich voorbij onze dood uitstrekt. Even onbereikbaar als het land dat zich, in omgekeerde richting, voorbij onze geboorte bevindt. Voor die twee landen hebben wij alleen maar een visum van niet-zijn.'

'Ik voel wel eens een steek van heimwee,' zei Remo, 'naar het Wenen van Mozart, dat ik niet heb kunnen meemaken. Te laat geboren. Ik geef toe, Scott... dat is allemaal luxenostalgie van een populair-wetenschappelijk nieuwsgierige...'

'Het zal de mensen in het algemeen niet radeloos maken dat hun leven niet *die* kant op kan groeien. Terwijl ze wel in paniek raken bij de gedachte aan een toekomst waarin ze niet meer zullen bestaan... *waar* de grens van die toekomst ook ligt. Er niet meer te zijn...! En dat alles gewoon maar doorgaat zonder ze... zonder hun bemoeizucht! Onverdraaglijk!'

'Maar toen, in achttiende-eeuws Wenen... en nog verder terug, in de vijfde eeuw voor Christus... toen waren we toch net zo goed dood?'

'Zo'n Little Remo, die begrijpt iets. Hou bij alles wat ik je nu verder ga vertellen het schilderij aan de muur van mijn cel in gedachten.'

'In vijfhonderd voor Christus, Li'll Remo, waren jij en ik een stuk doder dan we nu zijn. En net zo dood als we straks, na ons sterven, zullen zijn.'

'Eeuwen voor Christus waren we dood zonder gestorven te zijn.'

'Misschien is doodsangst alleen maar de vrees om te sterven, terwijl de angst om er niet meer te zijn... van ondergeschikt belang is. Dat verschil – Charlie heeft het nog in onderzoek.'

'Beschouw jij jezelf als een mysticus, Scott?'

'Charlie hoeft zichzelf niet te beschouwen. De wereld heeft allang bewezen dat Charlie een mysticus is.'

7

'Vergelijk, Little Remo, het stervensproces nou eens met het geboorteproces. De tijdschriften zijn vergeven van plaatjes van gelukkige moeders. Hun kut ligt er nog uitgerekt en uitgescheurd bij... maar ze vertroetelen hun bloedkeutel al. Geeft dat hele ter wereld komen nou een zoveel rooskleuriger beeld van het leven dan het creperen?' Hij zwaaide mechanisch zijn veger over de vloer heen en weer. 'Nee, want wat door de jubelende ouders als een teken van hoop wordt gezien... een nieuw leven!... houdt tegelijkertijd iets gruwelijk fataals in. De baby is geboren op *dat* moment, in *dat* jaar. Geen seconde eerder of later. Door ter wereld te komen, en nog wel op *dat* eigenste moment, is deze nieuwe mens onherroepelijk... definitief en voorgoed... afgesneden van wat aan hem voorafging.'

'Ik hou jouw zwartwitte Mona Lisa scherp voor ogen. Ze blijft ondoorgrondelijk glimlachen.'

'Jij, ik... puur door geboren te worden, op dat ene moment, palen wij de tijd af dat wij ongeboren waren... dat wij nog niet bestonden...'

'Zoals we ooit, in een ongewisse toekomst, door te sterven de tijd zullen afbakenen die de wereld zonder ons verder zal moeten doen. We schieten op.'

'De mensen hebben het altijd maar over de tijd dat ze er niet meer zullen zijn. Zo triest... ook voor de nabestaanden.'

'En voor de clientèle. Rosemary LaBianca, die haar kleding-winkeltje niet kon voortzetten.'

'Zeg nou eerlijk, zie jij een verschil? Is het uitgestrekte tijds-gebied dat zich voor jouw geboorte, of verwekking, uitstrekt *minder* troosteloos, doods, onbegaanbaar dan het land dat aan de overkant van jouw dood ligt? Het ene terrein of het ande-re... nooit, Li'll Remo, zullen die gebieden de voetafdruk dra-gen van de persoon die leefde van dan tot dan... na te lezen op een grafzerk. Ze doen niet voor elkaar onder in zielloosheid. Ze missen de ziel van degene die te laat kwam, en die te vroeg wegging.'

Maddox veegde niet langer. Geleund op de steel van zijn bezem oreerde hij alsof hij een kleine menigte toesprak. Zijn stem werd rauwer. Het verband rond zijn mond raakte door-weekt met kwijl. Remo keek omhoog naar de cipiersloge. De Griek zat over zijn elektrische typemachine gebogen. De an-dere bewaker was weg.

'Ware het dus,' zei Remo, 'beter geweest dat we nooit gebo-ren waren, zoals de oude Grieken zeiden?'

'Als ik nooit geboren was, dan was ik ook nooit een eeu-wigheid dood geweest voor mijn geboorte. En dan was ik ook nooit voorbestemd geweest tot de dode eeuwigheid die straks, na mijn dood, aanbreekt. Voorwaar, Charlie zegt u... elke ter wereld gekomen mens draagt, als een perfect balancerend juk, deze twee doden op zijn schouders mee... deze twee bodemlo-ze manden vol eeuwige dood.'

'Het leven, wou je zeggen, is precies zo lang als het juk. Ik kan je helemaal volgen, Scott, maar feit blijft toch dat de mensen in het dagelijks leven vooral beducht zijn voor de eeuwigheid duisternis die nog komen moet... omdat we die, anders dan de eeuwigheid duisternis die aan onze verwekking voorafgaat, nog op de een of andere manier moeten binnengaan. Sterven is een *daad*, zeggen ze wel. Nou, de levende moet die daad nog plegen. En bovendien... hoe vaak moeten we onze geboortedatum niet noemen of invullen? We zijn er, vaak tot op de minuut precies, zeker van waar de eerste dode eeuwigheid eindigt. Waar de tweede dode eeuwigheid begint... het uur en de dag daarvan zullen wijzelf niet kennen.'

'Tenzij de dag van onze executie wordt vastgesteld, en er geen uitstel meer komt. Alleen dan weten we vooruit wat er op onze grafsteen komt.'

'Ik wil nog steeds graag horen,' zei Remo, 'waarom het beter voor mijn zoon was te stikken in het niemandsland van twintig minuten tussen de dood van zijn moeder en zijn eigen ongeboren dood. Ik blijf kalm, maak je geen zorgen.'

'Charlie spreekt u van Cosy Horror. Waarom, vraagt hij u, begint de mens op voorhand te rillen bij de gedachte aan een afgrond die... onzichtbaar, in nevelen gehuld... voor hem gaapt in de nacht? Waarom duizelt het hem? Waarom krijgt hij hoogtevrees van een ravijn waar hij nog niet eens in kan kijken, en van welks diepte en zuigkracht hij nauwelijks meer dan een bijgelovig *vermoeden* heeft?'

Maddox klampte zich opnieuw aan de bezemsteel. 'Terwijl,' hernam hij, 'de mensen bij de gedachte aan de afgrond die, net zo zwart gapend, *achter* ze ligt hooguit het soort toeristieke huiver ondergaan van... nou ja, van natuurliefhebbers rond hun gids aan de rand van de uitgebluste krater.'

'Toeristieke huiver... ik probeer met je mee te denken.'

'Je stelt je voor hoe de vlammen eruit slaan... de witgloeiende massa omhoogkomt. Dan pas voel je de gezellige rillingen. Het is een knusse huiver, zoals een kind ondergaat bij het horen van een spookverhaal. *Cosy horror* bij de open haard...'

'Knusse huiver tegenover doodsnood.'

'Het is het voor Charlie grote raadsel van de mensen. Waarom doodsangst en niet even erge geboorteangst?'

'Het lijkt erop alsof je zoiets wilt zeggen als: God, wat is alles toch ongelijk verdeeld in de wereld! Moeten we ons niet gelukkig prijzen dat de ware huiver aan de dood is voorbehouden... en dat we, met terugwerkende kracht, voor onze verwekking en geboorte alleen een soort vrijblijvende toeristieke huiver kunnen voelen?'

'Het is Charlies heilige taak,' riep Maddox met plotselinge fanatieke heesheid, 'om de angst voor de dood om te buigen tot een angst voor de verwekking... voor de geboorte. Alleen zo zal de mensheid te redden zijn.'

8

'Ik zal je troosten met Cosy Horror,' zei Maddox met brekende stem. Hij legde zijn omzwachtelde hand op Remo's schouder.

'*Jij* mij troosten?' Remo schudde de hand af.

'Het is geen gewone troost. Het is Cosy Horror.'

'Aan mij niet besteed.'

'Laat me dan, via jou, je kleine zoon troosten.'

Op hetzelfde moment ontstond er een film in Remo's hoofd. Mensen met hun rug naar de toekomst en hun eigen dood. Mensen met het gezicht naar hun voorland... een van nevelen overkokend ravijn... Niet uit doodsangst keren ze het ongewisse de rug toe, nee, zij treden met open vizier de afgrond tegemoet die voorbij hun geboorte gaapt. Niet wat nog komen moet boezemt ze angst in, maar wat definitief gebeurd en geweest is, voor hun tijd en voor alle tijden al. In de afgrond van de voorgeschiedenis zijn de dingen of gestold en versteend, of alleen nog als contour zichtbaar... geesten, spoken...

'Omkeren,' zei Maddox, 'dat is mijn systeem.'

'Lof der Inversie.'

'Charlie heeft vele volkeren bereisd...! Ze waren allemaal

min of meer bevreesd voor de dood... vooral voor de onzekerheid ervan... Ik hoorde ze nooit... behalve in eerbiedige zin, en
dan ging het om hun voorvaderen... *nooit* hoorde Charlie ze
spreken over het huiveringwekkende gebied van voor hun geboorte. Charlies uitverkoren volk laat het land dat zich voorbij het sterven uitstrekt koud. De leden van The Circle deinzen
juist terug voor het donkere verleden, waar alles gebeurd is...
waar de gebeurtenissen gestold zijn zonder dat ze er zelf deel
aan gehad hebben. Bij ons, in de Put des Afgronds, Li'll Remo,
wordt de geboorte in heel z'n onherroepelijkheid als een gruwelijker lot gezien dan de dood. Wat, vraagt Charlie zich af...
wat is er in de wereld gevaren dat al die volkeren... al die tongen en natiën... de dood als een zwart afgodsbeeld vereren?
Niet op een voetstuk, maar in een diepe, zwarte kuil... *Mijn*
mensen hebben voor de dood alleen de knusse huiver over van
kinderen in hun pyjama bij het knapperende haardvuur... *Mijn*
mensen offeren, in diep bevreesd ontzag, aan de afgod van de
geboorte. Charlie heeft gezegd.'

9

'Wie garandeert mij, Scott, dat die hele Knusse Huiver niet
vooral weer een retorisch rotfoefje is om jouw soldaten wat
eerder klaar te stomen voor een zelfmoordactie?'
    'Als ze door Cosy Horror eerder met open vizier de dood te-
gemoet lopen, is dat het bewijs voor het gelijk van Cosy Horror.'

Maandag 23 januari 1978
En een stank

I

Die ochtend heerste er op de EBA al heel vroeg een gedempte bedrijvigheid, vooral op de eerste verdieping van de Ring. Gevangenen waren er niet te zien: zij moesten vandaag in hun cel op het ontbijt wachten, dat via een drietal karretjes naar ze onderweg was. Wie goed luisterde, kon uit het binnenste van de cellenrijen een hommelachtig protestgebrom opvangen. De zware schoenen die de galerij deden trillen, behoorden aan een tiental bewakers en enkele leden van de tuchtcommissie. O'Melveny, met grauw doorgroefd gezicht, stond onderaan de trap op zijn adjunct in te gebaren. Hij wees omhoog naar de plek waar nog de schuimsporen van het blusapparaat zichtbaar waren.

'Woodehouse maar even laten zitten nog?' vroeg ik Carhartt.

'Zes uur eruit. Instructies.'

Woodehouse had bij het opengaan van de dikke, gewapende deur blijkbaar een ongeslagen indruk willen maken. Ik ving nog net een glimp van zijn vastberadenheid. Hij veerde met een superieure glimlach op uit zijn gehurkte houding. Vrijwel meteen brak hij. Het plotseling binnenvallende licht, het door de stenen kaalte versterkte stemmenrumoer... als Ernie en ik hem niet onder de oksels gegrepen hadden, was hij tegen het granito gegaan.

Hij hing rillend tussen ons in. Zijn bottige heup schokte tegen de mijne. Door een loopneus glinsterde er zilverig snot in zijn baard. Voor de ogen, tegen de oren... omdat hij niet wist waar het eerst zijn handen te laten, fladderden ze maar wat rond, als bij een dronkelap met de beverd.

'En een stank,' zei Carhartt.

'Die heb ik... zorgvuldig intact gelaten.' Zijn stem was te wankel voor zo'n opmerking. Ik hielp hem in zijn overall, en vergat daarbij het T-shirt. Mijn chef suggereerde dat Woodehouse eerst maar eens een tijdje moest bijkomen op cel.

'De cel, daar ga ik nu uit. Er moet ook nog gewerkt worden.'

Waar de gevangene bij stond, kreeg ik ruzie met mijn baas over de uitspraak van de tuchtcommissie. Volgens mij was het Woodehouse verboden nog langer schoon te maken samen met Maddox – niet om het in z'n eentje te doen. 'Dat probleem is dan gisteravond opgelost,' zei Ernie.

2

'Niet naar de ontbijtzaal?' vroeg Remo De Griek, die hem in de richting van de recreatie leidde.

'Vandaag een bordje voor de televisie.'

Remo werd langs zijn eigen (gesloten) cel gevoerd, en wierp automatisch een blik naar de overkant. Maddox zou daar wel niet aan het ontbijten zijn, want zijn deur stond open, en binnen de omlijsting dreigden twee bewakers vast te komen zitten, waarvan er een naar binnen, de ander naar buiten wilde. In de cel brandde feller licht dan anders, als van een filmlamp. Na bijna drie dagen in het aardedonker maakte de helwitte rechthoek binnen de deurpost Remo misselijk van duizeligheid, en hij wendde snel het hoofd af. 'Het ziet ernaar uit, Mr Agraphiotis, dat gevangene Maddox wordt gefotografeerd.'

'Misschien worden zijn lappen verschoond, en profiteren ze daarvan. Toen hij hier binnen werd gebracht, met die kop, viel hij niet te kieken. Ze hebben oude foto's moeten opvragen.'

Voordat hij met zijn bewaker in de zijgang verdween, keek Remo nog snel even opzij. Het licht uit Maddox' cel bescheen een grote roetvlek, bijna niet te onderscheiden van de donkergrijze steen. De borstwering van de gaanderij was aan die kant verwrongen en zwartgeblakerd. De brandlucht die hij na het verlaten van de isoleer al in de gang geroken had, werd hier scherper, en prikkelde zijn longen.

De Griek moest zijn bestelling ongemerkt per portofoon hebben gedaan, want in de recreatie stond voor twee personen een verpakt ontbijt klaar. Remo kreeg uit een kan cipierskoffie ingeschonken, die oneindig veel beter smaakte dan de Choreaanse cichorei.

'Woodehouse, je had gelijk.'

'Nou, dat had ik dan graag *voor* dit akelige weekend gehoord. Heerlijk, die koffie.'

'Ik bedoel, wat die granaat betreft. Maddox had inderdaad de beschikking over een explosief. Hij heeft het gebruikt ook. Gisteren, eind van de middag.'

'Ik dacht al, er wordt op mijn deur geklopt.' Remo zag heel scherp het beeld voor zich van de zieke Dudenwhacker op zijn brits, maar dan verbrand, niet vergiftigd. 'En... tegen wie, als ik vragen mag?'

'Ik kan er eigenlijk niets over loslaten. Vooruit, jij hebt ons gewaarschuwd... Twee gewonden. Collega's van me. Scruggs en Zalkus, je kent ze. Zalkus is er beroerd aan toe. Hij ligt in het Ridgway Memorial. Gisteravond geopereerd. Explosieven in Choreo... O'Melveny ziedend natuurlijk.'

'Uitbraakpoging?'

'De bewakers wilden hem uit zijn cel halen.'

Remo grinnikte. 'Ja, dan wordt Charlie nijdig.'

'Charlie?'

'Zei ik Charlie? Zo noemde ik hem ook wel. De door napalm getroffen Vietcongstraatveger. Een grapje tussen ons.'

'Maddox was gewond. Hij bloedde als de Vlakte van Marathon, en moest hoognodig even naar de ziekenboeg. Meneer wilde niet. Er was iets met zijn keel... ze verstonden hem slecht. Alleen dat hij liever dood wilde dan terug naar Vacaville. Nou, toen heeft hij zich achter zijn bommetje verschanst.'

De gek moet iets voorvoeld hebben, dacht Remo. Maddox was voorlopig niet van plan geweest de verzamelde ingrediënten tot een gebruiksklare granaat aaneen te smeden. Volgens De Griek, die het weer van Scruggs had, zag het ding er zo onschuldig uit dat de bewakers alle voorzichtigheid uit het oog verloren. Een verfrommeld stuk plastic afval, gevuld met iets zanderigs, in een hoek naast de deur. Of hij een lont gebruikt had, wilde Remo weten. Nee, volgens de lichtgewonde Scruggs leidde er van de brits, waaronder Maddox zich badend in eigen bloed verstopt had, een keurig spoortje geel poeder over de vloer naar de flacon. Hij zag het pas toen er al een knetterend vlammetje op zijn voeten toe wapperde. Scruggs' gezicht en handen zaten onder de minuscule vleeswondjes. Net als gisteravond zou hij deze morgen thuis weer een arts op bezoek krijgen om met tangen en pincetten het ijzervijlsel, de paperclipfragmenten en de nietjes numero 10 uit zijn cellulitis te pulken.

'Maddox die bloedde,' zei Remo, meer voor zichzelf.

'Ja, van die grote droppen op de vloer. Hij bedierf er nog bijna zijn eigen kruit mee.'

'Dan... is hij door het dolle heen geraakt van zijn eigen bloed.'

3

Cosy Horror. Nee, ook met Maddox' viswijverige troostgebed was er die vrijdag aan hun haatconversatie geen eind gekomen. Door Agraphiotis' verslag van de explosie wist Remo het weer. Het hele beschamende. Het heilige, misselijkmakende bloed. Nu Maddox, met dikke keel, zoveel luidruchtig berouw de ruimte van de EBA in had geslingerd, durfde Remo hem *de* vraag nog wel een keer te stellen. En daarna... hij wilde ervanaf, het gesprek moest stoppen. Hij kon niet meer. *Het* antwoord, en dan: overplaatsing. Als de commissie dwars ging liggen, zou hij dreigen zijn eigen identiteit en die van Maddox uit te venten. Gevaarlijk voor hemzelf? De huidige situatie was veel gevaarlijker, en dreigde een moordenaar van Remo te maken. Nee, weg daar, van die zogeheten Extra Beveiligde Afdeling, en gauw ook. Laatste vraag, Charlie.

Na de bergrede Knusse Huiver was Maddox door bewaker Zalkus naar de ziekenboeg gebracht, voor schoon verband. Elke keer weer als hij daarvan terugkeerde, trof Remo de belachelijke smetteloosheid van de nieuwe zwachtels. Vandaag werd al dat maagdelijke wit ook nog eens weerspiegeld door de nieuwe dweilen die het magazijn had laten afleveren. De geprivilegieerde knecht had ze over een stapel nieuwe emmers gedrapeerd, en daar hing Maddox nu met zijn sneeuwpoppenkop boven.

'Laatste vraag, Scott. Echt de allerlaatste.'

'Het was die hufter van de hamsterkuil zeker? Jensen, Jennings, Jennison... hoe hij heten mag.'

'Ik hoef alleen nog te weten waarom jij...'

'De oude heeft hij meegenomen.' Maddox schopte de dweilen uit hun hangende positie, zodat ze uitwaaierden over de vloer. 'Als ze zo nieuw zijn, nemen ze het sop niet op.'

'Ik wou het over ander huisvrouwenverdriet met je hebben. Uit jouw mond niet, van de gevangenisbibliotheek niet... ik heb nooit een goed antwoord gekregen op die ene vraag. Waarom, Scott, was jij zelf niet van de partij?'

'O, Charlie was er. Zo zeker als wat. Hij verdedigde zichzelf. Alleen als hij zijn stem verhief, met een te scherp geslepen potlood in zijn knuist, ja, dan liet rechtertje hem verwijderen. Dan was Charlie *niet* van de partij.'

'In mijn huis. Die nacht. Meer hoef ik tot in eeuwigheid niet te weten.'

Voor de laatste keer bracht Maddox zijn strak omwonden hoofd dichtbij Remo's gezicht. Het verband stonk nu eens niet. Het lichte parfum in de zalf was nog niet verdreven door de kadaverlucht van zachte wondkorsten. 'Je bent gewaarschuwd, Li'll Remo. De waarheid is... tot in eeuwigheid... dodelijk banaal.'

'Al zou ik er ter plekke in blijven.'

'Charlie was... voorwaardelijk vrij.'

'Sinds 1967, ja. Nu het antwoord.'

'Ik heb je geantwoord. Vrij *on parole*. Meer valt er niet over te zeggen.'

'Dan heb ik iets gemist.'

'Jij wilt de waarheid niet onder ogen zien, jij.' De spuugspetters vlogen Remo alweer uit de verbandspleet tegemoet. 'Jij verwacht van mij de opgesmukte waarheid, niet? Met veel Hurly Burly en Cosy Horror en... en nog meer onderaardse rivieren van melk en honing en bloed. De echte waarheid is dat ik voorwaardelijk vrij was, en mijn vrijheid niet in de waagschaal wilde stellen. Tevreden?'

'Ik volg je niet. Jij stuurt je discipelen eropuit om een bloedbad aan te richten, en... je houdt jezelf afzijdig om... om je *parole officer* niet te ontstemmen?'

'Ook de waarheid van Jezus en Charlie en Hitler is dodelijk banaal. Ik heb je gewaarschuwd.'

'Jouw waarheid is ondoorgrondelijk. Jij sluipt bij die supermarktmensen binnen om ze met leren veters vast te binden... je draagt je vazallen op het karwei af te maken... en jij, Scott, jij tuft terug naar de filmranch in de overtuiging dat je reclasseringsambtenaar in z'n nopjes over jou zal zijn. Voor jou misschien een ijselijk banale waarheid, voor mij begint het mysterie daar pas mee. We blijken weer eens, jij en ik, in totaal verschillende werelden te leven.'

Opeens was er overal, tot in alle hoeken en nissen, handgeklap. De echo's klommen razendsnel omhoog tot aan de groenig matglazen nok van de afdeling, waar de geschrokken duiven het applaus klapwiekend overnamen. Bewaker Zalkus had eelt op zijn handen dat bij de akoestiek van Choreo paste.

'Maddox! Woodehouse! Vrijwilligers genoeg...!'

Zalkus ging weer aan zijn bureau zitten, en de twee schoonmakers slenterden uit het zicht van de loges.

'Luister, Woodehouse.' Maddox legde een witte klauw op Remo's borst. 'Als Charlie droomt, is het over het oude, houten huis van zijn oom in McMechen, West-Virginia. Mijn moeder zat in de gevangenis, en ik woonde daar. In mijn dromen ben ik op zolder. Er klapt een valluik onder me weg, en op de plek waar mijn voeten neerkomen, slaat er nog een open. En daaronder opnieuw een. En zo verder, dwars door alle plafonds en verdiepingen en kelders heen. Zo is het ook met waarheden. Ze bieden geen houvast. Ze klappen beneden je weg. Onder elke vulgaire waarheid bevindt zich weer een volgende, die nog platter is. Net zo lang tot, na het zoveelste luik, de laatste waarheid bereikt is. Die ligt tussen afgedankt meubilair... kapot speelgoed. Er hangt zo'n vochtige kelderlucht omheen... van gewoonheid.'

De ingezwachtelde onderarm lag nog steeds dwars over Remo's borst, en hij vroeg zich af wat hij voelde kloppen: zwerende brandwonden of zijn eigen hart. 'Laatste valluik, Scott. Ik ben op alles voorbereid.'

'Charlie kan geen bloed zien.'

'Straks ga je me nog vertellen' (Remo lachte bitter) 'dat je *daarom* niet bij de slachtingen was. De kleine, teerhartige Charlie kan niet tegen bloed. Dat zou nog eens een sensationeel platte waarheid zijn.'

'Als kind ging Charlie onderuit bij het zien van vers bloed. Het is nooit overgegaan. Twee weken terug ben ik nog flauwgevallen... dat was toen ik mijn eigen bloed op jou zag druppen.'

'Je raakte buiten bewustzijn van de pijn.'

'Het was het bloed. Ik ging van mijn graat als een juffertje.'

'Met de legendarische Buntline Special heb je destijds, een week of wat voor het begin van Hurly Burly, die zwarte dealer een paar kogels in z'n donder gejaagd... Die gaten, kwam daar geen bloed uit?'

'Voordat de damp is opgetrokken... voordat het bloed begint te lekken, heeft Charlie zich al omgekeerd.'

'En die kleine cowboy dan, Shorty? Een afvallige... je hebt hem mee helpen onthoofden. Geen bloed kunnen zien, laat me niet lachen. Jullie hebben hem met z'n allen aan stukken gesneden.'

'Hij ligt begraven onder de houtskool van Spahn Ranch. Ik garandeer niet dat hij nu nog heel is, maar mijn mensen hebben hem wel heel onder de grond gestopt. Minus zijn ziel dan. Ik stond er met mijn rug naartoe. Dat in mootjes hakken was een mooi verhaal. We hebben het voor de rechtbank maar zo gelaten. Een organisatie als de onze moet van tijd tot tijd reclame maken. Elke gratis advertentie is welkom. Zakelijk blijven.'

Onder een brede grijnslach spleet het verbandgaas voor de mond wat verder open, om Remo zicht te geven op het onvolledige, bruine, langtandige gebit van een oude doodskop.

'Een Charlie die niet tegen bloed kan...' Remo deed een stap naar achteren, zodat Maddox' pols van zijn bovenlijf gleed.

'In de moraal van jouw wereld, Woodehouse, zal het wel een laffe reden zijn om ergens niet aan mee te doen. Voor Charlie is er geen verhevener motief.' Hij verhief zijn stem alweer naar de akoestiek van Genesareth, de armen de hoogte in gestrekt. 'Want het bloed, dat is het leven zelf. De kringloop die altijd maar doorgaat... die aan zichzelf genoeg heeft... en die blijft duren zolang de mensheid bestaat. De voortplanting, dat is overgieten van bloed. Trechterwerk. *Dat* heilige bloed, beminde volgelingen, uit z'n baan brengen, door kogels, messteken... met een zwaardhouw de bedding van het leven zelf verleggen... dat is de grootste doodzonde. Het verbodene zelf. Een godslastering die God zelf treft als een bliksem. Weglekkend bloed, dat is voor Charlie het obsceenste dat hij kent. Alleen al...'

Maddox rende naar de wasbak. Hij knielde neer, trok met beide handen de zwachtels van zijn lippen weg, en braakte. En nog eens. Hij kreunde, spuugde na, en stond hijgend weer op.

'Alleen de gedachte al.'

'En dan je apostelen met Buckmessen eropuit sturen om...'

(Remo zag heel scherp Sharon voor zich met een bloedend sneetje over haar vingerknokkel. 'Irritant.' Ze zoog erop, en stak haar bloedrood gekleurde tong naar hem uit, en lachte de lach die tot aan het eind van zijn dagen bij hem zou blijven) '...om die verboden obsceniteit af te dwingen bij een paar springlevende mensen?'

'Jij leeft in een wereld van psychologen en psychiaters, Woodehouse, maar de menselijke geest, die heb jij nog altijd niet in de smiezen. Ik zag een keer zo'n rotfilm van jou op televisie. Een of ander lekker blondje bezweert haar ergste angsten – door te gaan moorden. Er ligt al een lijk in de badkuip. De huisbaas wordt neergestoken voor de zitbank. Vrees is de grondmaterie van het leven. Vroeg of laat moet een mens z'n grootste angst bevredigen... door het ergst denkbare uit te lokken.'

'En wie daar, door een zwakke maag, zelf niet toe in staat is, die fluistert anderen de opdracht in.'

'Het was sterker dan Charlie.'

'Na alle valluiken, Scott, ben ik dan nu bij *mijn* waarheid aangekomen. Mijn vrouw, kind, vrienden... allemaal moesten ze sterven in een bloedorgie, omdat ene Charlie uit McMechen, West-Virginia... geen bloed kon zien.'

4

Maddox had wel meteen een heldendaad op zijn lafheid in mindering gebracht. Hij vertelde hoe hij in de vroege ochtend van de moordnacht, als een martelaar van zijn eigen oorlog, brakend en wel het bloed van anderen getrotseerd had – dit om de openingsscène van Hurly Burly nader vorm te geven. Nu, dagen later, vroeg Remo zich af of hij Maddox' smerige ontboezeming ooit aan iemand zou kunnen doorvertellen. Zelfs de meest eufemistische bewoordingen zouden hem nog het gevoel geven het gruweltafereel opnieuw te laten ontstaan. Het was misschien meer iets voor op zijn sterfbed. Beroemde laatste woorden die het in telegramstijl samenvatten.

Na het laatste antwoord van Maddox had Remo niet veel taal meer in huis. 'Kun jij geen bloed zien, Charlie? Ik zal godverdomme net zoveel bloed uit je lijf persen tot... tot je eraan kapotgaat... met je maag drijvend in een plas kots.'

Maddox was kennelijk bang dat zijn windselen opnieuw tot bloedens toe zouden worden losgetrokken, met bezwijmen als gevolg, want hij verzette zich niet. Als een ouwe juffer met een flauwte neerzijgen, en in die toestand te worden gewurgd – de schaamte zou Maddox hebben overleefd.

Onder Remo's wurggreep voelde het verband rond de hals akelig zacht aan, met die over elkaar gelegde stroken gaas. Zijn duimen vonden geen houvast: elk reliëf van een strottenhoofd was verdwenen. Uit de spleet in de windselen kwam een klokkend gesteun, meer verzet werd er niet geboden. Het kostte de toegesnelde bewakers de grootste moeite Remo's vingers, die in een moordende kramp verkeerden, een voor een los te wrikken: ze boorden zich als strakgespannen veren terug in Maddox' omwachtelde nek.

'Als zo'n bastaardje eenmaal beet heeft...' Uiteindelijk wisten Burdette en Tremellen de twee mannen van elkaar los te trekken. Ze wrongen Remo de armen op de rug, en Burdette klemde een arm rond zijn hals. Maddox, het slachtoffer tenslotte, werd door alleen De Griek in bedwang gehouden, met een wat lossere greep. Zo stonden de twee schoonmakers kwijlend tegenover elkaar.

Nu er licht was komen te schijnen in de black-out, herinnerde Remo zich een dierlijk gejank: het moest uit zijn eigen keel hebben geklonken. Toen het ophield, was er alleen nog het stokkende gehijg uit de verbandmuts van Maddox.

'Buiten adem allebei,' zei Tremellen, 'maar je voelt gewoon dat ze elkaar nog een boel stront naar de kop zouden willen slingeren.'

Hij vergiste zich. Alles was gezegd.

5

'Voor Woodehouse alles zoveel mogelijk bij het oude,' zei De Griek, die Remo na het weekendje isoleer verder aan La Brucherie overliet. Het betekende dat hij straks gewoon een hap lucht kon gaan nemen. Hij hoopte Dudenwhacker op de binnenplaats te treffen.

'Je staat er vandaag alleen voor,' zei The French Dyke, die de bezemkast van het slot deed. Ze maakte een paar passen achterwaarts, en keek omhoog naar de helverlichte deuropening van Maddox' cel. Het besluit van de tuchtcommissie, om beide poetsers niet meer samen te laten werken, was haar blijkbaar ontgaan.

'Duurt dat fotograferen de hele dag?'

'Wel als het voor een damesblad is. In je eentje niet te doen, dit werk?'

'In de isoleer kwamen een paar moppen bij me op. Ik had ze mijn maat graag verteld.'

'Lachen is slecht voor zijn zweren.'

6

De zon hakte vandaag roze en blauwe vlakken uit de bergen. Na dagen in volstrekte duisternis deed het Remo pijn aan de ogen. Liever dan zijn blik de lichtende hoogte in te laten klimmen, zoals hij anders graag deed, slenterde hij naar het asfalt kijkend langs de verschillende groepjes. Dudenwhacker leek hierbuiten al net zo afwezig als Maddox daarbinnen.

'Niemand,' hoorde hij bij het passeren van enkele Arische Broeders Goering Goiter uitroepen. Hij bleef stilstaan.

'Je zou toch zeggen,' opperde Schele Fritzsche, 'een brancard met garnituur, daar kijk je niet zomaar overheen.'

'Ziekenkot?'

'Nagevraagd. Nee.'

'Varkens?'

'Kijken fluitend de andere kant op.'

'Inzameling houden?'

'Ik wilde De Mex een kleinigheid toestoppen. Hij heeft ineens andere hobby's.'

'En de kleine baardaap?'

'Zwabbert nou in z'n uppie.'

'Hij zit in het hol,' kwam Riot Gun ertussen. 'Weekje de naakt.'

'Niks, daar staat hij,' zei Fritzsche met een knik. Ze keken, lachten, en Goiter zei: 'Maatje kwijt. Sneu.'

'De vreedzame coëxistentie tussen die twee,' wist Riot, 'liet de laatste tijd te wensen over.'

'Hou daar liever je kop over tegen de ondervragers.'

'Er komt geen onderzoek. Wedden?'

Remo liep door, verder speurend naar het blauw betraande gezicht van Dudenwhacker. Hij durfde zelfs links en rechts te informeren. De een wist te vertellen dat de man isoleer had, de ander dat hij met voedselvergiftiging in de ziekenboeg lag. Een derde had Dudenwhacker de week tevoren nog op de luchtplaats gezien, in een rolstoel – een spookverschijning. Hij zou toch rond deze tijd vrijkomen?

7

De Choreanen hadden vandaag meer te praten dan te sporten, waardoor het luchtuur minder zwembadachtig klonk dan anders. Voelde ik me verantwoordelijk voor het gebeurde? Als bewaker, ja – het was mijn afdeling. Ik liep nu al voor de zoveelste keer naar Maddox' cel, waarvan de deur nog steeds openstond, al spande er nu een geel lint dwars voor de opening, schommelend op de tocht. Roet- en bomdeeltjes knarsten onder mijn schoenzolen. Middenin de cel stond nog de filmlamp, gedoofd nu. Onder het plafondlicht zaten de directeur en zijn adjunct te roken op de brits van Maddox. Ze staarden naar de pioenrozen bloed op de vloer, die al aan het verleppen waren ter weerszijden van een kronkelige zwarte brandstreep. In een hoek stond keurig op z'n standaard de gitaar, bespannen met nog maar vijf snaren. De bovenste en dikste ontbrak.

De onderzoekers hadden de Mona Lisa aan haar lijm van fijngekauwd witbrood boven de brits laten hangen. Haar glimlach bleef onaangedaan onder Maddox' raadselachtige afwezigheid. Opnieuw deed zich de nutteloze vraag voor: waar in Amsterdam, bij wie, hing een kleurenreproductie van het schilderij? Op de plek waar ik het in mijn herinnering dacht te hebben aangetroffen, in Tornijs boekwinkel tussen twee kasten, hingen vrijwel zeker twee kleine, vroege etsen van de Nederlandse kunstenaar Anton Heyboer. Volgens de boekhandelaar waren ze nog gemaakt met zink uit de dakgoot van de Haarlemse schilder Boot. Van de opbrengst had de arme etser twee kreeften gekocht, die hij levend kookte en uit schuldgevoel met pantser en scharen en al verorberde, om daarna zijn maag te gaan legen op de stoep van een vriend. Zo ongeveer. Olle zat altijd vol van dat soort verhalen.

De directeur blies sigarettenrook naar de grond, misschien om het bloed te verdoezelen. Ja, Mothy, verbandkastjes werden ook nog voor andere noodsituaties gebruikt dan dorst alleen. Ik kon daar zo niet blijven staan.

'Mr O'Melveny, kan ik u straks even spreken?'

Hij keek me vuil aan. 'Jij weet hier meer van, Spiros, begrijp ik?'

'Het gaat over iets anders.'

'Binnen een halfuur ben ik op mijn kamer.'

Ik liep de Ring rond naar de loge, en stampte voor de ingang de laatste restjes roet van mijn schoenen. Die Amsterdamse Mona Lisa, in kleur, daar was iets eigenaardigs mee. Ergerlijk niet te weten waar, in welke woonkamer, ze boven het dressoir hing. Al het licht van de wereld stond me ter beschikking, en ik had mijn ogen niet behoorlijk de kost gegeven. Nep of oorspronkelijk: je leerde de mensen kennen door wat ze aan de muur hadden hangen. De plekken waar ze hun behang tegen de zon beschermden. Met de verhuiswagen al ingeladen voor de deur keerden man en vrouw in de lege kamers terug om al die maagdelijke rechthoeken te inspecteren, waarin hun huwelijk jong gebleven was. Zo'n wand was de mooiste afbeelding van de menselijke ziel die ik kende.

8

Toen Remo na het luchten op de Ring terugkeerde, bleek de deur van Maddox' cel gesloten en op twee plaatsen verzegeld. Hij had van De Griek opdracht gekregen de grote roetvlek van de gaanderij te boenen, maar ging eerst zijn eigen cel binnen. Het gezicht in de spiegel was, na drie dagen stinkende duisternis, weer net zo bleek als voor zijn reis naar Bora-Bora, met een blauwige doorschijn onder de ogen. Zijn baard zag er futloos uit. Hij zette de bril weer op, en klom met zachte bezem en veegblik naar de bovenste verdieping.

Het was niet zo dat het vegen van elke gaanderij hem nu, zonder Maddox' hulp, het dubbele aan tijd kostte. De gesprekken hadden het karwei elke dag eindeloos gerekt. Zonder aanspraak deed hij er ongeveer anderhalf keer zo lang over. Soms, bij het kijken recht in een lichtbron, wankelde hij nog. Hij moest dan als een skiër steun zoeken tussen zijn twee stelen. Onverminderd liep er dun snot uit zijn neus, maar of de naaktcel hem een zware verkoudheid had aangedaan, een longontsteking desnoods, kon hem niet schelen. Zijn lijf mocht nu verder wegrotten: de vereniging met zijn zoon had alle vuiligheid uit zijn ziel verdreven. Sereen als een engel was hij uit de donkerste dagen van zijn leven tevoorschijn gekomen.

De sereniteit verhinderde Remo niet om de sporen van Maddox' huisgemaakte handgranaat uit te wissen. Na het opvegen van de roetdeeltjes kreeg hij niet eens de kans de brandvlek met schuurmiddel te bestrooien, want daar kwam O'Melveny's adjunct Glass Bell met beukende stappen over de gaanderij aanrennen. 'Stop! Laat dat! Je vernietigt verdomme bewijsmateriaal!'

'Nu het mis begint te gaan,' beet O'Melveny me toe, 'verlaat De Griek het zinkende schip.'

Ik was in Choreo voor een periode van twee maanden op proef aangesteld, wat betekende dat ik maar een week opzegtermijn in acht hoefde te nemen. Mijn taak zat erop. Ik had min of meer gedaan wat ik me voorgenomen had te doen, al was en bleef de oorspronkelijke opzet van mijn onderneming een tragische mislukking. Langer aanblijven als bewaker had geen zin.

'Mr O'Melveny, met de hand op mijn hart: mijn vertrek heeft niets met de aanslag te maken. Ik zal deze laatste week al het mogelijke doen om het vuile zaakje op te lossen. Volgens mij...'

'Ik hoef het niet te weten. Vertel me liever... ik dacht, Spiros, dat jij bevrediging vond in het cipierswerk.'

O, zeker. De directeur, die na een bezoek aan het Rode Kruis purperen konen had gekregen, wond zich verder op. Als ik er zo'n plezier in had, waarom mochten ze dan niet langer van mijn gewaardeerde diensten gebruikmaken? Hij had al met Glass Bell overlegd om mij na de proefperiode een vaste aanstelling te bezorgen. Op de Extra Beveiligde Afdeling.

Het deed me natuurlijk deugd dat te horen, maar ik kon zijn aanbod niet accepteren. Ik had tijdens het sollicitatiegesprek duidelijker moeten zijn over mijn beweegredenen. Mr O'Melveny had een rusteloze zoeker tegenover zich. Ik probeerde hier eens wat, daar eens wat. Men zou mij, naar een oud Duits begrip, een Wanderbursche kunnen noemen. Zwerven van de ene betrekking naar de andere, zowel in de Oude als in de Nieuwe Wereld, dat was wat ik mijn leven lang gedaan had. Altijd in de leer, zogezegd. 'Een eeuwige gezel.'

Inderdaad had de directeur het op prijs gesteld als ik twee maanden eerder wat explicieter over mijn werkhouding was geweest.

'U had me dan niet aangenomen.'

'Dat is waar.'

'Mijn kennis is nu weer zoveel rijker.'

'Niet in ons voordeel.'

Als O'Melveny het goedvond, zou ik vandaag over een week mijn uniform plus toebehoren inleveren.

'Ik heb geen keus.'

Vrijdagmiddag om vier uur, bij de wisseling van de wacht, wilde ik mijn collega's van de EBA een rondje appeltaart bij de koffie aanbieden, ten afscheid.

'Alleen als hij door Mrs Agraphiotis zelf gebakken is.'

'Mr O'Melveny, ik heb geen vrouw en geen oven. Ik dacht de kluit te belazeren met het lekkerste spul uit de supermarkt.'

10

Woodehouse had me daar beneden kennelijk in de gaten staan houden, want toen ik heel even van mijn werk in de onderste loge opkeek, zwaaide hij op een vragende manier. Normaal zou ik het gebaar 'straks' hebben gemaakt, maar na het incident met de gloeilamp wilde ik zijn vertrouwen terugwinnen. Ik liet me langs de ijzeren ladder door het mangat zakken, en vroeg hem wat hij moest.

'Ik krijg dit werk niet in m'n eentje rond.'

'Een medeschoonmaker bij herhaling naar de keel vliegen, dat schiet ook niet echt op, Woodehouse.'

'Is er een kans dat Maddox...'

'Aan een uitspraak van de tuchtcommissie valt niet te tornen.'

Hij wilde weten hoe ernstig Maddox eraantoe was, en waar de man herstelde – in de ziekenboeg van Choreo, of was hij misschien toch teruggebracht naar Vacaville?

'Het valt niet binnen mijn bevoegdheid daar mededelingen over te doen.'

'*Leeft* hij eigenlijk nog?'

'Zo'n vraag is nooit met volle zekerheid bevestigend te beantwoorden.'

Met vegen liep Woodehouse niet al te veel achter, maar de hele afdeling dweilen, straks, dat lukte hem niet zonder hulp. Ik beloofde hem in mijn rapport te vermelden dat hij er alleen voor stond.

'Mr Agraphiotis, ik kan het menselijke systeem van Choreo niet genoeg prijzen.'

'Ja, goddelijk menselijk, niet?'

Toen ik al van hem wegliep, terug naar de ladder, beging hij nog snel even de fout naar Dudenwhacker te informeren: of die een van de afgelopen dagen was vrijgelaten. Hij mocht wel oppassen om zichzelf zo opzichtig met dat huurbeest in verband te brengen. 'Dudenwhacker vrij? Die gaat hier niet weg zolang hij met een oneven aantal tranen rondloopt. Hij heeft in Choreo nog debiteuren ook.'

11

Niets mooier dan een gerucht. Ongewisheid over de ware toedracht voedt de overtuigingskracht van de verspreider. Hij stapt over zijn epische onmacht heen, en verwerft van het ene moment op het andere de gave des woords. Hij wordt verrassend beeldend, en bedrijft alchimie met verzonnen details. Net zo lang tot hem een blik gegund is in de open mond van de toeschouwer.

'Een soort wurgpaal, schijnt het.'

'Welnee, zijn eigen gitaar.'

'...nooit eerder zulke mooie akkoorden in zijn cel.'

'Zo'n lijfje... makkelijk te begraven in de klankkast.'

'Niemand heeft hem zien wegdragen.'

'Punch toen, met dat lekke condoom in z'n pens, die hebben we tenminste nog fatsoenlijk kunnen uitzwaaien. Met alles wat maar herrie kon maken. Het geratel langs de tralies... man, de varkens lieten het lijk bijna de trap af lazeren, zo bloednerveus werden ze ervan.'

'Maddox is in het holst van de nacht afgevoerd.'

'Zo nemen ze ons, Choreanen, elke uiting van rouw ook nog af.'

'Rotvarkens.'

'Gaat er net een voorbij. De Griek.'

O'Melveny had zijn bewakers gevraagd een neutraal gezicht te behouden, maar droeg wel Burdette en mij op om onder het avondeten een paar extra rondes door de eetzaal te maken, en zo onze oren de kost te geven. Mijn houding van gekwelde verstrooidheid, die mij altijd buiten gehoorsafstand leek te plaatsen, kwam me ook nu weer goed van pas. Niet ver van de tafel waar Woodehouse zat, bestudeerde ik met wazige blik het keukenrooster voor geprivilegieerden, dat aan een betegelde pilaar hing.

'...gekruisigd aan zijn eigen gitaar,' zei Jallo, tegenover Remo. 'Ik hoor het net van Schele Fritzsche.'

'Voeten omhoog zeker,' zei Pin Cushion, die zijn bijnaam dankte aan de tientallen steekwonden die hij in zijn lange gevangenisbestaan had opgelopen.

'De gitaar,' wist Janda, naast Remo, 'stond keurig op de standaard. De kleine klootzak zat er met zijn rug tegenaan. Een van de snaren was rond zijn hals gewonden.' Janda's handen maakten, aan de rand van mijn blikveld, een fladdervlucht boven de boord van zijn overall. 'Hier, net onder zijn achterhoofd, was de koperdraad met een houtje aangedraaid. De snaar sneed *zo* diep' (hij gaf tussen duim en wijsvinger vijf centimeter aan) 'in zijn hals.'

'Slagaderlijke bloeding?' wilde het Speldenkussen weten.

'Hanenpoten van graffiti,' zei Jallo. 'Tot aan het plafond. Onleesbaar, maar in mooi helderrood. Hij...'

'De gek,' kwam Janda eroverheen, 'had nog geprobeerd het aanhalen van de strop tegen te houden. Zijn vingers hingen een beetje raar tegen zijn strot aan...' En Jallo vulde aan: 'Tot op de botjes doorgesneden. Dag met het handje.'

'Vertel ook van het damesverband, Jal,' zei Janda.

'Ja, nou komt het mooiste. Die gore lappen van 'm waren met korsten en al van zijn rotkop gerukt. Ze lagen naast hem.

Volgens Schele Fritzsche, en die zwoer het bij God, stond de gave afdruk van zijn verbrande smoel erop. Ze hebben van Jezus Christus toch ook zo'n vlag bewaard?'

'Een fan van 'm, de een of andere groupie,' zei Remo, 'die had met een doek zijn kapotte gezicht afgedept.'

'Zo'n aquarel dus,' ging Jallo verder, 'maar dan in repen. Zo is het me verteld door Fritzsche, en die kijkt scheel, dus hou me ten goede. Maddox' ene ooglid, begreep ik, hing er als een verschroeid appelschilletje bij. Daar puilde de oogbal onderuit, precies middenin een lillend kwakkie pus. Ik was er niet bij, maar jongens, wees eerlijk... zulke details verzin je niet.'

'Zeg, Jal,' klonk de trage stem van Pin Cushion, 'denk een beetje om de zwakke magen van de hotelgasten, ja? De mijne is vier keer geperforeerd.'

'Een varkenstrog,' zei Remo, 'zou je deze soep nog niet toewensen. Ik heb al dagen trek in een goede borsjtsj.'

'Nu hoeven we alleen nog uit te vinden,' zei Janda, 'wie van de gitaarsnaar een wildstrik heeft geknoopt.'

'Ik dacht aan Dudenwhacker,' zei Pin Cushion. 'Die schoft heeft bij mij twee keer een traan proberen te halen. Het ging mooi niet door.'

'Dudenwhacker,' zei Jallo, 'is hier al dagen niet meer.'

'Ik heb hem eergisteren nog gezien,' zei Pin Cushion.

'Dan is hij gistermorgen vrijgekomen.' Janda was er nogal stellig in. 'Het zal saai worden hier.'

'Niet dat het mij wat uitmaakt,' zei Remo, voor mij nog net verstaanbaar, 'maar De Griek luistert mee.'

Ik slenterde om de pilaar heen, met in mijn hoofd een grafisch mannenportret van Escher, dat geheel vervaardigd leek uit een regelmatig gesneden appelschil.

12

'Lieve papa,
het afgelopen weekeinde heb ik je eindelijk grootvader ge-

maakt. In een onverlichte isoleercel heb ik hem teruggevonden, mijn enig ongeboren zoon. Na al die jaren kan ik hem eindelijk onderdak bieden: de suite van mijn hoofd en mijn hart (de kamers niet noodzakelijk in die volgorde), waar ik hem zal opvoeden in de zachte geest van zijn moeder. Met zijn middelste naam heet hij voorgoed naar jou.'

13

De Choreaanse ziekenboeg lag aan de buitenzijde van het complex, schuin tegenover de receptie. Als het daar was, en niet in Vacaville, dat Scott Maddox van zijn eigen bloed lag te walgen, dan kreeg hij vanavond weinig steun van zijn eigen mensen. Al die weken waren de oorlogszuchtige spreekkoren hem ontgaan, en nu hij mogelijk binnen gehoorsafstand ervan was, zwegen ze in alle talen, ook het Hurlyburlisch. Aan de wind kon het niet liggen, want die kwam van de oceaan, en maakte zelfs de verkeersdreun van de Interstate in Remo's cel hoorbaar. Op zijn brits lag hij te luisteren naar een verre sirene van politie of ambulance. Het geluid moest zich van de snelweg hebben losgemaakt; het verplaatste zich nu in de richting van Choreo.

Remo sloeg de dekens van zich af. Zijn balletsprong door het duister, om bovenop de radiator te belanden, was in de loop van de weken precisiewerk geworden. Geen teennagel liep nog averij op. Een ziekenwagen. Misschien klopten de geruchten, en kwamen ze de gewonde leider inladen, om hem naar Vacaville of elders over te brengen. Niet dood dus – anders hadden ze wel een lijkauto gestuurd.

De ambulance, die zijn zwaailicht tegen het witte gebouwtje wierp, hobbelde net voor de receptie het braakliggende terrein op. Hij stopte tussen de voorste tenten. De sirene ging uit, maar een dubbele lichtarm bleef rondmaaien door de rook van een nadampend kampvuur. Van opgewonden stemmen bereikten Remo alleen de hoge, schrille klanken. Hij kon de kielen van de ziekenbroeders in het donker volgen. Bij het prikkeldraad kruisten de bundels van hun staaflantaarns elkaar in een nerveus zoeken. De bries bracht het huilen van een kind, met stokkende uithalen, opeens onbegrijpelijk dichtbij.

Remo bleef op zijn uitkijkpost staan tot zijn ogen begonnen te tranen van de nachtkou, die door een barstje in het glas op ventielkracht naar binnen spoot. Zijn vertroebelde zicht wist hem nog net te melden dat er een brancard naar de ziekenwagen werd geduwd, die algauw wegreed over de asfaltweg, voorafgegaan door een personenauto en nagekeken door enkele vrouwen uit het tentenkamp. Twee jongetjes renden erachteraan, maar werden teruggeroepen.

Pas bij nadering van de Interstate liet de ambulance zijn sirene weer horen.

14

Remo wreef de bril, die hem niet tegen de tocht had kunnen beschermen, droog en legde het ding opgevouwen in zijn linkergymschoen. (Altijd links. Op een bril rechts was de voet niet berekend, zodat hij met een verkeerde instap zijn masker kon vernielen.) Hij kroop weer in bed.

'De mug kan ik aan, Li'll Remo. Niet de vlek op de muur.'

Zo had Maddox nog eens zijn weerzin tegen bloed samengevat, om er na een stilte op te laten volgen: 'De schildpad is van mij.'

'Ja, dat beweerde Zeno ook. Daarom zorgde hij ervoor achter het dier te blijven. Dan kon hij het in de gaten houden...'

'...en opjagen.' Maddox bracht een nagelloze wijsvinger naar Remo's gezicht. 'De bril.' Hij plantte zijn vingertop op de brug van het montuur, en drukte het vast. 'Het is Charlies bril.'

'Hoe aandoenlijk. De grote goeroe, die onder zijn discipelen geen brildragers duldt, probeert zijn gezicht te redden... met een bril.'

'Charlie is bijziend.'

'Je wilt me laten denken dat jij *toch*, als regisseur, op de set aanwezig was. Het zou verklaren waarom het ding in mijn huis gevonden is. Toen zijn onderdanen eenmaal creatief bezig waren, zette Charlie de bril af, omdat hij... geen bloed kon zien.'

'Ik droeg hem nooit in aanwezigheid van mijn mensen.'

'Alleen bij het eenzaam lezen van de Bijbel.'

'Het is geen leesbril. Ik gebruikte hem voor schietoefeningen in de Simi Hills.'

'Natuurlijk, de .22 Buntline Special. Zo'n lange loop, de korrel zo ver van het oog... daar kun je wel een fok bij gebruiken.'

'Min twee, min zes.'

'Zo stond het op alle affiches, ja. Tot in Canada aan toe. Kom 's met iets nieuws, Scott.'

'Je hebt toch gemerkt,' schreeuwde Maddox opeens, 'dat ik beroerd zie.'

'Inderdaad heeft het lang geduurd eer je mij ontwaarde... achter nota bene je eigen bril.'

'Mijn ene oog is dichtgeplakt. Het andere ziet dubbel, en dus maar half. Ik kreeg je niet in de kijkerd.' Hij haalde met zijn vervellende vingers naar het montuur uit, maar Remo kantelde zijn hoofd naar achteren. 'Ik mis mijn bril. Ik wil hem terug.'

Remo hield hem voor dat, om Maddox' eigendom over de bril aan te tonen, de hele rechtszaak van 1970-'71 over zou moeten. Er diende opnieuw te worden bekeken of de bendeleider zelf bij de moorden aanwezig was. De openbare aanklager, Jacuzzi of een andere, zou zich op z'n minst afvragen hoe Maddox, met zijn hippievodden, aan zo'n kostbaar schildpadden montuur kwam.

'Charlie had een goedgevulde wapenkamer op Spahn Ranch. De Longhorn... het machinegeweer in een vioolkist... een zwaard vol edelstenen. Voor de deur een vloot aan buggy's. Kijk, als Charlies meisjes aan een zilveren hamer weten te komen om Charlie na zijn dood driemaal mee op het hoofd... dan... dan...'

'...dan moet het ook mogelijk zijn de opticien een schildpad lichter te maken.'

Opnieuw weerde Remo een uitval van Maddox naar de bril af. 'Je hebt er niets aan, Scott. Er zit gewoon glas in.'

'Ik laat er weer min twee, min zes van maken.'

Maddox trok een witplastic flesje uit de zak van zijn overall. Uit de dunne, gekromde tuit spoot hij Remo een straal kleurloze vloeistof in het gezicht. Het goedje, dat Remo dwars door zijn baard heen langs kin en hals voelde sijpelen, had een sterk chemische geur.

'Hier, die bril,' riep Maddox. In zijn vrije hand hield hij een aansteker. De lucht van vers schilderwerk drong in Remo's neus. Hoewel hij, in gesprek met dolfijnen, geen getuige was geweest van het opknapwerk, zag hij nu in een explosie van wit en geel de pasgeverfde kinderkamer van de kleine jongen voor zich.

'Mijn bril terug' (Maddox zwaaide met de aansteker, duim aan het lipje dat het ding tot ontbranding moest brengen) 'of je gaat in de hens.'

'Jij, vuile rat. Jij wilt mij alleen maar van mijn vermomming beroven. Jij denkt nog mee te maken dat het tuig hier mij verscheurt.'

'Als je mij de bril niet geeft, zal ik je niet alleen voor de rest van je dagen hier een masker bezorgen. Ook voor je verdere leven. Kijk naar mij, Li'll Remo... wil je nog meer mijn dubbelganger worden?'

Maddox' zwakte was dat hij, door het verband dat zijn vingers half bedekte, voortdurend alles uit zijn poten liet vallen. Op goed geluk gaf Remo een klap onder de vuist met de aansteker. Het weggooiding belandde met een boog op de vloer, en gleed nog meters door over het gladde granito. Remo greep Maddox bij de kraag van zijn overall. 'Hoe kwam die schildpad in mijn huis?'

'God weet het.'

'Dan moet jij, als Zijn Eniggeboren Zoon, het ook weten.'

'Mijn Vader heeft net zo goed geheimen voor mij.'

'Goed, Scott, dan zal ik voor God spelen, en het je vertellen. Jouw eenmansballotage weerde brildragers uit de groep. Een al aangenomen lid met een bril op betrapt? Royeren, die invalide. Het was net als met jouw achtste of zestiende negerbloed, niet? De fysieke smet van jouw min twee, min zes, die moest in anderen afgestraft worden. Toch?'

Maar wat bedachten de iets minder volgzame volgelingen, die zich geterroriseerd voelden door het verbod van hun goeroe op baarden en brillen? Ze ontvoerden Charlies schildpad naar de plaats delict, en kwakten hem daar op de grond. *Charlie was here.*

'Ze kenden de bril,' zei Maddox. 'Maar niet als de mijne. We gebruikten hem als vergrootglas... om het kampvuur mee aan te maken. Mijn mensen zullen van plan zijn geweest een vals spoor achter te laten. De Black Panthers droegen zulke dure brillen, bekostigd uit bankovervallen. Nooit zouden mijn strijders hun leider...'

'Niet zolang ze tegen hem op konden kijken. Zeg eens, Scott, hoe groot denk je dat het gezag is van een generaal die de brildragers van oorlogsvoering uitsluit... en zelf bebrild en wel gezien wordt bij het legen van zijn proppenschieter?'

'Ze hebben mij hun vergrootglas nooit zien dragen.'

'Van jouw meiden is bekend dat ze zelfs huiverend van aanbidding toekeken als jij je manen kamde. En dan zouden ze zich jouw tuchtiging van een leeg bierblikje laten ontgaan? Kom, kom, Scott. Ze zaten in de bosjes, en zagen jou als een kippige cowboy met de Longhorn in de weer. Ze voelden zich verraden. Toen je dan ook nog eens je handen schoon wenste te houden, en je krijgers zonder jouw leiding eropuit stuurde, ja, toen hebben ze zichzelf een kleine wraak gegund. "Laat iets duivels achter," heb je gezegd. Ze hebben op z'n minst *jouw* fok achtergelaten.'

'Na de arrestaties hebben al mijn vrouwen over die bril hun mond gehouden. Zegt dat niet alles over de saamhorigheid binnen...'

Remo trok de bril van zijn hoofd, en drukte hem tegen Maddox' verband, ongeveer op de plaats waar zich de neuspijpjes bevonden die hem in staat moesten stellen door alle lagen windsels heen te ademen. 'Hier, ruik de schildpad. Na al die jaren stinkt hij nog naar het verraad van jouw eigen elitetroepen.'

'Mijn neus ruikt alleen Charlies lijden. Verbrande huid, beboterd met pus. De geur van de pijn die hij voor zijn mensen heeft geleden. Zoiets vergeten ze niet. Nooit.'

Dinsdag 24 januari 1978

Herrieprotest

I

WatWoodehouse nog nooit had gedaan: opeens stond hij met zijn veeggerei in de deuropening van de loge. Ik zat het staartje te lezen van het dossier-Maddox/Charlie, dat op zo'n mysterieuze wijze uit de archieven van Vacaville verdwenen was. De laatste pagina behelsde een fotokopie van het krantenbericht over Maddox' autodafe in de CMF. Ik dekte de tekst snel met een stofmap af.

'Mr Agraphiotis, het gerucht gaat dat er een aanslag op Maddox is gepleegd.'

'Hij heeft een aanslag op *ons* gepleegd. Gewoon op volle kracht de helft van het werk blijven doen, Woodehouse. Meer verwachten we niet van je.'

Ik wilde de twintig centimeter hoge stapel geperforeerd papier als één geheel de lege la in tillen, maar hij gleed me uit handen, zodat de helft in waaiers op de vloer terechtkwam.

'Wat sta je daar nou nog?'

'Gisteravond laat was er een ambulance bij het kamp.' Ik volgde zijn blik naar een vel papier met de plattegrond van zijn oude huis. Het viel niet uit te maken of hij het herkende. 'U mag zeker niet zeggen wat er...'

'Over zaken buiten Choreo hoef ik mijn mond niet te houden.'

'Er lag iemand op een brancard.'

'O, dat. Een van die vrouwen heeft zich van ellende op de afrastering gestort.'

'Weet u ook wat voor ellende?'

'De ellende was dat het prikkeldraad zwaar onder stroom stond. Ze ligt met brandwonden in het Ridgway Memorial. Net als collega Zalkus, die nog altijd op het randje balanceert.'

2

Voor een meerderheid op de binnenplaats stond nu vast dat Scott Maddox in zijn cel was vermoord.

'Als dat waar is,' vroeg Remo aan Schele Fritzsche, 'wat kan dan de reden zijn geweest?'

De AB'er, niet meer dan een meeloper van de Broederschap, keek Remo indringend aan door zijn afgedreven oog op een scheurtje in de gevangenismuur te vestigen. 'Huurlingen zijn in soldij geïnteresseerd, niet in motieven.'

'Zeg, Fritzsche, die Maddox... wat was dat nou eigenlijk voor makker?'

'Ja, dat liep het varken Glass Bell ook al rond te vragen. Jij hebt met die gast honderd keer de Ring gedaan. Als jij het niet weet, wie dan wel?'

3

Hoewel niemand een lijk had zien wegdragen, lieten de Choreanen zich hun herrieprotest niet onthouden. Het moest op de binnenplaats van mond tot mond zo afgesproken zijn: beginnen vijf minuten na het luchtuur. Met alles wat maar geluid kon maken, van tandenborstel tot aluminium drinkbeker, timmerden de mannen op de balustrades van de Ring, of ze ratelden ermee langs de tralies van de schuifhekken. En dan hadden ze natuurlijk nog hun gilstem. Allemaal uit protest tegen de dood van een medegevangene die niemand, behalve misschien Woodehouse, nader had leren kennen – en over wiens verscheiden geen enkele zekerheid bestond.

Ik werd gebeld door collega's van andere afdelingen: dat ook daar de drumbands aan het improviseren waren geslagen. Ik had het kabaal al door de zijgangen van de EBA horen aanstormen. Onder de percussionisten zag ik ook Woodehouse, die met zijn veegblik tekeerging langs de gietijzeren trapspijlen. Er was in de huidige situatie geen enkele reden om de rituele kakofonie een kans te geven, maar O'Melveny gaf opdracht het alarm pas tien minuten na het begin in werking te stellen.

'Laat het ongenoegen maar even verdampen,' zei hij tegen me door de telefoon. De meute per alarm terugdrijven naar de cel bleek niet nodig: na precies acht minuten hield de herrie plotseling op, alsof de een of andere oproerleider een teken had gegeven.

4

Ondanks de nog steeds gunstige wind vielen er ook vanavond geen spreekkoren te beluisteren. Remo stelde zich voor dat de kampbewoners aangeslagen waren door het ongeluk van gisternacht. Het kon ook zijn dat ze eindelijk zekerheid hadden over het lot van hun roerganger.

Nooit eerder was de Choreaanse nacht zo stil – al werd na verloop van tijd in zijn cel een zacht, ritmisch ruisen hoorbaar, als van grit in een sambabal. Remo liet zich van zijn brits glijden, en ging op zoek naar de bron van het geluid. Onder de boekenplank vond hij, meteen naast de knop van de radiodistributie, een luciferdoosje. Het zat met fijngekauwd inktvloeipapier tegen het hout geplakt, precies zoals hij vroeger met verboden dingen op school had gedaan.

Remo trok het kleine, spanen doosje, waar het geruis uitkwam, van z'n ongewone lijm los. Op de schuifwikkel de afbeelding van een sneeuwpop met ogen van eierkolen. Erboven, in het Pools, de tekst VEILIGHEIDSLUCIFERS, met in kleinere kapitalen eronder: VERKOOLDE KOP BROKKELT NIET AF. Ook roerloos tussen Remo's vingers geklemd bleef het voorwerp een korrelig gerammel voortbrengen. Hij drukte het met zijn duim open. Het doosje zat halfvol afgebrande en kromgetrokken lucifers – kleine skeletjes, ontdaan van hun zwartgeblakerde hoofdjes, die als hagelkorrels over de papieren bekleding rolden.

Woensdag 25 januari 1978
Indianen dragen geen baarden

I

Voordat Remo halverwege het luchtuur door twee onbekende bewaarders van de binnenplaats werd gehaald, had hij een
kort gesprek met de neven uit La Canada. 'Jallo, had iemand
in Choreo er baat bij Maddox uit de weg te laten ruimen?'
'Niet dat ik weet.'
'Het *schijnt*,' zei Janda, 'dat hij mot had met de AB.'
'En wat dan nog,' zei Jallo. 'De Broeders vinden het dood-
knijpen van een luis belangrijker dan zo'n Maddox te grazen
nemen.'
Er werd alleen hier en daar individueel gesport. Voorzover
de gevangenen niet op de tribune zaten te roken, stonden ze
in groepjes bij elkaar, maar dat leidde niet tot meer gepraat.
Sinds de geruchten over een onderzoek leek Choreo wel een
graf – en vrijwel iedereen zweeg als dat graf. De neven waren
loslippiger.
'Nou, jongens, ik zou aanstaande zondag vrijkomen. Dat
kan ik nu wel vergeten.'
'Ik ken Choreo,' zei Janda. '*Als* er al een onderzoek komt,
is het van begin tot eind een schijnvertoning. De directie moet
de mensen natuurlijk verhoren. Altijd lachen. De vragen zijn
nog slapper dan de antwoorden. Zo gaat dat. Niemand was
bij de aanslag betrokken. Nog iemand iets gezien of gehoord?
Niemand. Godzijdank. Stel, de kwestie werd opgelost. Lelijke

tegenvaller voor de heren varkens. Werk aan de winkel. Intern onderzoek. Erbij lappen van verantwoordelijke ambtenaren. Disciplinaire maatregelen... Nee, man, ik voorspel dat jij hier zondag fluitend de poort uit wandelt.'

'Niemand,' viel zijn neef hem bij, 'zal er ooit het fijne van weten.'

'Behalve de huurling zelf,' zei Janda. '*En* de opdrachtgever. Ik ga nog een rondje rennen.'

2

De helft van zijn luchtuur te moeten missen, daar had hij niet zo'n moeite mee: de Californische januarizon gaf deze ochtend geen enkele warmte af – al had hij pas gehuiverd bij de mededeling van de twee bewakers, die nu met wijd uitbollende jacks over hun poloshirts naast hem door een vreemde gang liepen. Een verhoor, dus toch. Ze naderden de deur van O'Melveny's kantoor, waar Remo op z'n minst geconfronteerd zou worden met een van hoofd tot voeten geboeide Dudenwhacker, en misschien ook met een nog net levende mummie op een brancard.

Op de directeur na was er niemand in de hoekig ovale ruimte. Hij bood Remo de fauteuil tegenover zijn bureau aan, en stuurde de bewaarders de gang op. De verminkte Ford, die sinds de presidentsverkiezingen pal onder zijn opvolger tegen de muur had gestaan, was weggenomen – al lagen er op die plek nog enkele kromzwaardachtige glasscherven ter herinnering aan Sequoya Squeaky's mislukte aanslag. De olijke hamstergrijns van Jimmy Carter strookte nog altijd niet met de geplooide dramatiek van de stars and stripes rond zijn portret. Op de witte banen zaten groenige vlekjes.

'Past u op voor vocht, Mr O'Melveny. Uw vlag heeft schimmelsproeten.'

'Even bij de les blijven, Mr Woodehouse.' De directeur probeerde een bandrecorder op zijn bureau in te schakelen, maar het lukte zijn trillende vingers niet meteen twee toetsen tegelijk in te drukken. 'De gevangenisnaam maar even aanhouden, goed? Zelfs de lambrizering heeft hier oren.'

'Uitstekend.' Zijn stem klonk vast genoeg: het beven zat er direct onder. Zometeen kwam er natuurlijk nog een ondervrager, voor een kruisverhoor waar dat van Flanzbaum en Trutanic bij in het niet viel. Geld zouden ze niet op hem vinden (nou ja, op die paar schoonmaakdollars in zijn onderbroek na dan), want grote bedragen had hij in Choreo nooit bij zich gedragen – en dat was weer een probleem op zichzelf: ze konden niet uit zijn handen in die van een ander overgaan.

De techniek had zich door O'Melveny's Ierse tremor laten vermurwen. De spoelen draaiden. Hij hield het microfoontje bij zijn mond. 'Woensdag 25 januari 1978. Kwart voor elf voormiddag. Timothy O'Melveny in gesprek met gevangene Woodehouse, Remo.'

Remo schoof zijn fauteuil dichter naar het bureau toe, waar de microfoon nu in een standaard op het vloeiblad stond. De directeur wilde eerst een paar dingen bevestigd krijgen: of gevangene Woodehouse, Remo sinds 19 december 1977 samen met gevangene Maddox, Scott de EBA had schoongehouden, en of ze daarbij, zoals de rapporten het wilden, in een onafgebroken gesprek gewikkeld waren geweest.

'Och, je passeert elkaar onder het vegen, en je maakt eens een praatje.'

Nee, hij bedoelde de door zijn bewakers geconstateerde intensieve conversatie, die geregeld in een woordenstrijd ontaardde. De schoonmakers, vrijwillig bij de gratie van Choreo, waren allebei verscheidene keren wegens geschreeuw en geruzie, soms gepaard gaande met handgemeen, op het matje geroepen – ook hier in de directiekamer. Wegens het wederzijdse fysieke geweld waren ze in afzondering geplaatst, Woodehouse zelfs twee keer in korte tijd. Had deze een verklaring voor de uitzonderlijke ontvlambaarheid van het contact?

'Het lukte me niet altijd zijn provocaties te negeren.'

'Is het niet zo dat u hem tot die provocaties provoceerde?'

'Niet opzettelijk.'

'Tijdens een vorig onderhoud hier, Mr Woodehouse, sprak u als uw vermoeden uit dat zich achter de naam Scott Maddox iemand van een andere identiteit schuilhield. Intussen ontmaskerd?'

'Scott Maddox is... Scott Maddox.'

'U heeft het verband van zijn hoofd getrokken. Twee, drie weken terug. U herkende hem niet als een ander?'

'Onder het masker zat ook weer een masker. Wondkorsten. Ik herkende de man niet als Scott Maddox. Ook niet als iemand anders.'

Kwam zijn manier van spreken Remo dan niet meteen, bij eerste kennismaking hier, vertrouwd voor?

'Als we ons tot de hysterici beperken, Mr O'Melveny, heeft hij een tamelijk inwisselbare stem. Om zijn talent voor bezwerend loeien noem ik hem De Bergredenaar.'

Op elk van beide spoelen zat evenveel band. Ze draaiden op de laagste snelheid, alsof ze alle geduld van de wereld hadden, en daarbij de toekomstige ruis voor lief namen. Goed, dan wilde O'Melveny de zaak omkeren. Scott Maddox was Scott Maddox, maar Remo Woodehouse was niet Remo Woodehouse. 'U verblijft in Choreo onder uw *nom de plumeau*, als ik mij een taalgrapje mag veroorloven. Heeft uw veeg- en dweilmaat u herkend als de persoon die u... volgens de administratie van zekere filmstudio bent?'

'Nee.'

'Hij wist dus niet dat u...'

'Jawel.'

'Hoe is...'

'Omdat ik hem dat onthuld heb.'

'Maddox wist dus wie u was, maar u niet wie Maddox was.'

'Als Maddox geen Maddox was, wil ik dat graag van u weten.'

'Ik had het graag van *u* gehoord, Mr Woodehouse.'

O'Melveny wilde alles weten over de vetes tussen Maddox en zijn medegevangenen. Och, Remo had hem wel eens een grote bek horen opzetten tegen lui van de Arische Broederschap. Ideologische nuanceverschillen. Beide partijen vonden elkaar in hun negerhaat. *Had* Maddox dan uitgesproken vijanden onder de zwarte populatie van Choreo?

'Zijn weerzin hield hem op veilige afstand.'

'En toch... die aanslag.'

'In zijn vorige gevangenis is hij met wasbenzine of zo overgoten, en in brand gestoken. Ik weet het.'

'Ik bedoel *hier*, in Choreo.'

'Geen wonder dat hij niet meer op zijn werk verschijnt.'

'U maakt ons niet wijs, Mr Woodehouse, dat u niet op de hoogte was.'

'Uw bewakers hebben er niets over losgelaten.'

'Gevangenen weten doorgaans meer dan hun bewakers.'

'Ik bemoei me weinig met de rest. Met permissie, wat was dat voor aanslag?'

'In het kader van het onderzoek...'

'...kunt u mij daar geen mededelingen over doen. Ik snap het. Dood?'

'Een moordaanslag heeft niet automatisch de dood tot gevolg.'

'U verdenkt mij.'

'Op het moment dat Maddox te grazen werd genomen, zat u onder een kale gloeipeer uw zonden te overdenken.'

'Behalve dat ik in het pikkedonker *andermans* zonden zat te overdenken, is uw informatie juist.'

'U bent geen verdachte. Wij wilden alleen weten of u iets gemerkt had.'

'Ik ben niet bekend met de geheime codes binnen een gevangenis.'

De directeur boog zich verder over zijn bureau, opende zijn mond vlakbij de microfoon, maar er kwam niets meer. Remo keek weer naar de vlag. Het dundoek laten verschimmelen, was dat niet net zo oneerbiedig als het op z'n kop hangen, zoals Voytek had gedaan? Met de forensische foto's van zijn huiskamer voor ogen besefte hij dat de vlag daar van meet af aan had gelegen zoals Amerikaanse militairen hem over de kist van een gesneuvelde zouden draperen: altijd wel ergens met de sterren naar de grond.

'Dat was het, Mr Woodehouse.' O'Melveny keek op de wandklok, noemde het tijdstip in de microfoon, en schakelde het apparaat uit. 'Alleen, *off the record*, dit nog. Enig idee waarom Maddox een neurologisch instrument in zijn cel verborg? Een zilveren reflexhamertje. Het hing aan een vislijn in zijn toiletpot.'

'Ik weet niet hoe lang Paulus VI zijn pontificaat nog zal uitoefenen. Het gaat, naar verluidt, niet best met Zijne Heiligheid. Als hij komt te overlijden, zal er weer allerlei hocus-pocus uit het Vaticaan in het nieuws zijn. Ook dat gedoe met een zilveren hamer ziet u vanzelf op het journaal terug.'

'Nu het verband met de vislijn van Maddox.'

'Als er aanwijzingen zijn dat de paus is overleden, wordt hij door een camerlengo met een zilveren hamer zachtjes op het hoofd getikt... tot drie keer toe. Zijne Heiligheid krijgt daarbij de vraag gesteld of hij, als hij zich nog niet helemaal dood voelt, dat op de een of andere manier kenbaar wil maken.'

'Interessant.' O'Melveny glimlachte met vals geduld. 'Nu het medische werktuig van Maddox.'

'Niemand wil me vertellen of hij nog leeft, dus ik weet niet hoe urgent de kwestie is. Het was de bedoeling dat Charlie, ik bedoel Scott, meteen na zijn overlijden door een medestander drie tikken met het reflexhamertje toegediend zou krijgen. Gewoon een ritueel in verband met zijn opvolging... *Als* hij dood is, en u het lijk in de koeling heeft, kunt u gewoon iemand van het mortuarium de drie klapjes laten uitdelen.'

De directeur stond op, en liep met zulke driftige passen om zijn bureau heen dat het miniatuurvlaggetje naast de telefoon ervan wapperde. Hij rukte de deur open. 'Heren, gevangene Woodehouse kan terug naar zijn afdeling.'

'Mr O'Melveny, ik zou komende zondag op vrije voeten worden gesteld. Bepaalt de stand van het onderzoek nu... anders?'

3

De televisiefilm kreeg z'n cliffhanger in een reclameblok twintig minuten voor het einde. Als enige van de misnoegd grommende kijkers stond Remo op om naar de wc te gaan. Voorbij de recreatieruimte had de hoofdgang een zijsteeg, die rechtdoor naar de pisbakken leidde, met een aftakking naar links voor de ruimte met de toiletpotten. Toen hij hier de hoek omging, meende Remo achter zich gefluister en voetgeschuifel te horen.

'Angsten van anderen tegen elkaar uitspelen,' had Maddox hem geleerd. 'De eigen vrees nooit tonen, alleen op teren om zelf scherp te blijven.'

Al kostte het hem moeite: hij keek zelfs niet om. In het betegelde vertrek, 's middags nog door hem gesopt en gedweild, was verder niemand. Remo luisterde scherp. Stilte – op het eeuwige gegons van stemmen na. Hij bevrijdde zijn bovenlichaam uit de overall, en liet die samen met de Choreaanse schaamlap die hier voor onderbroek doorging, op zijn gympen zakken. Na het stinkende hurkgat in de naaktcel was dit neerzijgen op een schone pot, ook zonder wc-bril, een grote luxe. Hiervandaan had hij een goed uitzicht op de deurloze ingang, naast de muur met spiegels en wasbakken. De akoestiek van het negentiende-eeuwse gangenstelsel moest hem opnieuw in de maling hebben genomen, want er was niemand achter hem aan gekomen. Genietend van de brommende stilte legde hij het hoofd in de handen, en wachtte het moment af waarop zijn lichaam zich wenste te ontlasten.

'Kijk, jongens, Woodehouse heeft zijn voeten zelf al geboeid.'

Hij keek op. Voor hem stonden drie grote mannen. Met in leer geschoeide handen verschikten ze nog wat aan hun bivakmutsen, die net genoeg gezichtshuid vrijlieten om te tonen dat het hier om blanken ging. Verder was er niets herkenbaars aan ze – ook de stemmen niet.

'Little Remo, je weet waarvoor we gekomen zijn.'

Hij voelde zich ijskoud worden: van angst, maar ook van rust en zekerheid. En van nog iets... een trots hard als marmer. In de doorgang stond een vierde persoon, zonder bivakmuts, met zijn rug naar Remo toe. Ze kwamen hem vermoorden. Goed, dat moest dan maar. Hij had acht en een half jaar sinds zijn te laat komen aan de Cielo Drive in onverdiende blessuretijd geleefd – en er alleen maar een grotere puinzooi van gemaakt. Hij had zijn prooi besprongen, en was toen zelf opgejaagd, geketend en vastgezet. Kwestie van andere tijd, andere plaats, zelfde handeling: in zijn kooi werd hij nu alsnog geslacht.

'Niet echt. Ik neem aan dat het mijn beurt is.'

'Fijn dat we het je niet hoeven uit te leggen.'

'Het is net zo'n dreumes als die Scott, jongens.'

'Verdomd, precies zo'n hummeltje. Geen partij eigenlijk.'

'Onder de maat terug, zei mijn ouwe vroeger bij het vissen.'

'Sommige vissen geef je eerst een merkteken, voordat je ze terug het water ingooit. Alles voor de wetenschap.'

Twee mannen gingen ter weerszijden van Remo op een toiletpot zitten, en grepen ieder een arm van hem vast. De derde vouwde een lap open, waar kleine voorwerpen in lagen. Een naalddunne priem met een houten greep. Een buisje met een donkerblauwe vloeistof. Even de naald indopen, en dan recht het hart in. Heel efficiënt eigenlijk. De man trok een kleine kurk van de priempunt, en boog zich over Remo's hoofd, dat door de anderen aan het haar achterover werd getrokken. Aan een kant lubberde de wollen stof van zijn bivakmuts, waardoor de rechterwang gedeeltelijk bloot kwam.

'Een moedervlekje, pal onder je oog,' zei Remo met nog ijselijker kalmte. 'Als het vuile werk hier geklaard is, kun je daar straks mooi de traan omheen laten tatoeëren. Dan raakt je gezicht niet te erg uit balans.'

'Ik geloof dat de dwerg het toch niet helemaal vat.'

Ze stootten hem de bril van de neus.

'Lilliputters hebben een andere cultuur. Flexibel blijven, Brian.'

Brian was wel zo flexibel om een breed stuk isolatieband over Remo's mond te plakken. Zijn armen zaten zo klemvast in de bankschroef van leren handen dat verzet er niet anders uit zou hebben gezien dan overgave. Hij hield zich dus maar zo roerloos mogelijk. De enige delen van zijn lijf die hij nog bewegen kon, waren zijn oogleden (die hij sloot) en zijn sluitspier (die hij opende).

'Zo'n klein stinkdier...!'

'Snel, ik wil weg hier.'

'...geen poot vrij om mijn gok dicht te knijpen.'

Remo kreeg ook een reep plakband over zijn ogen. Er werd aan zijn baard getrokken. Hij voelde een minieme, prikkende pijn, telkens opnieuw. Als ze hem niet kwamen vermoorden, werd hij misschien wel gescalpeerd, en volstonden ze met de onderste helft van zijn gezicht. Scalpeerden indianen vroeger bij de kaalkoppen (of eerder gescalpeerden) onder hun vijanden ook wel de begroeide huid van kin en kaken? En hoe deden ze dat bij onderlinge vijandigheden? Indianen droegen geen baarden.

Het geprik hield op. 'Sorry, Woodehouse. Huisregels.' Ze lieten hem los. Het geklepper van gevangenisslippers verwijderde zich. Verstomd, geblinddoekt bleef Remo nog een tijd in de stank van zijn ontlasting zitten. Nee, ze kwamen niet terug. Bij het wegtrekken van de isolatietape kwamen hele plukken gezichtshaar los. De pijn duurde maar even. Wat bleef, was het branden van zijn linkerwang.

Hij wankelde overeind, en spoelde de zichtbare tekenen van zijn angst door. De spiegel bood uitkomst. Eerst leek hij alleen een rode koon te hebben opgelopen, als na een flinke pets, maar tussen de hoge uitlopers van zijn baard werd nog iets anders zichtbaar. Remo raapte gauw zijn bril op om het aan het oog te onttrekken – wat maar ten dele lukte.

Donderdag 26 januari 1978

Absurdistisch kamertoneel

I

Gisteravond, in de televisieschemering van de recreatie, was niemand iets bijzonders aan hem opgevallen, maar Remo had zich evengoed een melaatse gevoeld. In het felle ochtendlicht van de binnenplaats zou de beurse vingerafdruk van zijn overvallers zeker opvallen. Zijn geld was op. Uiteindelijk wist hij, nog net voor het luchtuur, van Pin Cushion een kinderpleister los te krijgen, in ruil voor een hazelnootreep. De plakstroken hechtten niet goed over de bovenste baardrafels, maar voorlopig had hij zijn onschuldig ogende wondje – in plaats van een gebrandmerkte vogelvrijverklaring.

Op de binnenplaats probeerde hij iets over de stand van het onderzoek aan de weet te komen. Van tijd tot tijd kreeg een ondervraagde gevangene de nauwgezet uitgetypte versie van het verhoor ter ondertekening voorgelegd. Transcripties van nietszeggende gesprekken, experimentele toneelconversatie, virtuoos ontwijkend zowel in vraag als in antwoord. Amusante lectuur, waar geen Choreaan zijn krabbel onder weigerde.

V. Was er sprake van een samenzwering?

A. De joint ging in een kringetje rond.

Het dominospel in de recreatie bestond uit zwarte stenen, maar een dubbele vijf moest ooit zoekgeraakt zijn, want die was vervangen door een witte, van ivoor, met zwarte noppen. De vreemde steen maakte het hele spel absurd, en Remo vervloekte het moment dat hij toegezegd had mee te dominoën met het groepje zwarte gevangenen – onder de vuil sarcastische blikken van een paar Arische Broeders, ook dat nog. The French Dyke, onthaald op gefluit en braakgeluiden, kwam hem redden. 'Woodehouse? Telefoon.'

Hij kon gewoon achter haar aan door de gang lopen, waaruit maar weer eens bleek hoezeer ze hem vertrouwden, en dat onder de gegeven omstandigheden. Het schommelvet op de heupen van LaBrucherie maakte haar stap lui en zwaar, en hij verlangde hevig naar de ranke vrouwen uit zijn oude leven. Ze bracht hem niet naar een van de betaaltelefoons in de gang beneden, maar naar die in de cipiersloge op de eerste verdieping. De hoorn lag in een halfvol postmandje.

'En,' zei Dunning, '*win* je ook wel eens met domino?'

'Hoe wist jij...'

'Roulette lag minder voor de hand.'

'Je belt niet zomaar.' Hij durfde niet op de bureaustoel voor bewakers te gaan zitten. De plompe Kimberly was voor de open deur blijven staan.

'Weet je nog, kort na nieuwjaar, wat die geprivilegieerde toen tegen je zei?'

'De sadist. Ik zou zogenaamd de negenentwintigste vrijkomen.'

'Geef hem bij het afscheid een pakje sigaretten. De negenentwintigste haal ik je op. Aanstaande zondag.'

'...'

'Mijn trommelvlies scheurt zowat van jouw uitzinnige vreugde, Mr Remo.'

'Achterhaald nieuws, Doug. Er is intussen het een en ander gebeurd. Ze zullen me zo gauw niet laten gaan.'

'Ik heb de indruk dat je niet vrijuit kunt praten.'

'Let op de eufemismen.' The French Dyke stond dromerig naar een punt aan de overkant van de Ring te kijken, maar het kon net zo goed betekenen dat ze scherp toeluisterde. Remo draaide zich van haar af, en legde een hand rond zijn mond. 'De persoon met wie ik schoonmaakte, die... maakt niet langer met mij schoon.'

'Afrekening?'

'Het onderzoek is in volle gang.'

'Ik ken dat. Jij al verhoord?'

'Absurdistisch kamertoneel.'

'Ik hoor het al. Zondag vrij. We halen je 's morgens op.'

'We?'

'Paula. Jack. Ik.'

'Herinner Paula aan de scheerspullen.'

'Aftershave?'

'De Mentor. Terug naar de beschaving.'

'Zonde van die baard.'

'Het was je geslaagdste advies als advocaat. Maar eentje hier heeft me herkend. En die is nu weg.'

'Woodehouse, afronden,' riep LaBrucherie, met een turkoois gelakte nagel op haar horlogeglas tikkend. 'Ik geef je nog twintig seconden.'

'Vertel me zondag alles over de persoon die door baarden heen kan kijken,' zei Dunning. 'We staan op de parkeerplaats bij de receptie.'

'Ik hoop dat jullie niet voor niets hoeven te wachten. Een paar dagen terug lag ik nog naakt in een stikdonkere isoleercel, en dan zou ik nu ineens... Met dat onderzoek hebben ze alle reden mij de volle drie maanden hier te houden.'

'Dat is het hem nou juist. Ze hebben de pest aan dat soort onderzoeken. Gevangenen zijn beesten... die maken mekaar af. Echte mensen dienen daar hun handen niet aan vuil te maken. Jij bent een mogelijke getuige, *dus* laten ze je gaan.'

Vrijdag 27 januari 1978
Een sympathiek varken

I

Vandaag bereikte Remo als eerste van zijn afdeling de luchtplaats. Hoog op de verder lege tribune zat bewaker Carhartt met zijn camera op een knie naar het Onafhankelijkheidsei te koekeloeren, dat hij als extra aanmoediging voor de adelaars uit Mount San Jacinto binnen de middencirkel van het basketbalveld had geplaatst. Zelfs met een laatste zwak en smekend gekerm, voordat het opwindmechanisme weer stillag, wist het ongeboren kuiken bij de bergarenden geen moederlijke gevoelens te wekken. Carhartt had zelfs de wachten op de loopbrug zover gekregen dat ze de binnenplaats hun rug toegekeerd hadden om met verrekijkers de kammen van de San Bernardino's af te speuren naar machtig wiekende vleugels. Stel, er zou zo'n reuzenvogel tussen de gevangenen op het basketbalasfalt neerstrijken om Carhartts blikken ei uit te broeden – waren ze dan niet verplicht om het dier af te maken?

Er gebeurde niets. De stars and stripes wilden maar geen gouden ei van $25 000 worden. Toen Carhartt gedetineerde Woodehouse in het oog kreeg, haastte de bewaker zich naar beneden om het ding, dat nu zweeg, in z'n doos te doen. Er verschenen meer gevangenen buiten. In het begin leken ze altijd wat onwillig. Alsof er besmettelijke pleinvrees heerste, bleven ze eerst een tijd dichtbij de muur, chagrijnig oogknipperend tegen het daglicht. Raakte het asfalt voller, dan loste de

841

dreiging van de lege ruimte algauw op, en konden de verschillende kongsies hun positie innemen.

Het luchtuur begon pas. Op de banken van de gewichtheffers in de schaduwhoek bogen bij het trekken en stoten de stangen nog niet door onder een teveel aan kilo's, want die hingen schijfsgewijs, per gewicht geordend, aan hun balk. Een grote neger, die net twee schijven aan het instrument van zijn maat had geschoven, kwam met loom verende tred op Remo toe. Die had de man wel eerder in de trek- en stoothoek zien rondscharrelen, maar kende hem niet van naam. Hij stelde zich voor als Howard. 'Ze kennen me hier beter als Stumps. Vanwege mijn basketbalbenen. Nee, niets zeggen... Jij bent Li'll Nemo.'

'Remo. Om je te dienen.'

'Zeg, Li'll Remo, die maat van jou, die poetser... heeft die een swastika tussen zijn ogen gebrand staan?'

'Ik kan niet door al dat verband heen kijken, Howard.'

'Het *schijnt* dat jij een keer zijn zwachtels ververst hebt. Zo'n hakenkruis valt je op.'

'Ik ben geen ziekenbroeder. Vraag het hem zelf.'

'De vogel is gevlogen.'

'Adelaar met swastika. Nostalgisch beeld.'

'Weet je, Li'll Nemo-Remo, jij bent net zo'n raar mannetje als die makker van je. Alleen minder krankzinnig. Zeven jaar terug heb ik kort bij hem in de cel gezeten. Samen met nog zo'n grote zwarte. Stumper, zo noemden ze 'm, omdat hij als schoenpoetser begonnen was.'

'Mijn maat zat toen niet in de gevangenis.'

'Cel, zei ik. In het gerechtsgebouw hoek Temple en Broadway. Achtste verdieping. Deur 12. Daar zaten Stumps en Stumper dan, met die gekke dreumes tussen zich in. Niet kwaad trouwens, zo'n kontkrummel om mee te dollen. Charlie had praatjes voor tien. Het was net in de tijd dat de openbare aanklager, een paar verdiepingen lager, met Charlies motief in de weer was...'

'Jacuzzi.'

'Nee, iets met Hurdy Gurdy... We lazen erover in de krant, en dan kwam Charlie terug uit de rechtszaal, en die gaf ons zijn eigen versie. Slaande waanzin, maar we amuseerden ons prima, Stumper en ik. Iets met een oorlog tussen blank en zwart, en wij wonnen. Fijn om te horen. Alle witte varkens gingen eraan. Ze werden met haken door hun voeten opgehangen... zijn spek gerookt boven de smeulende puinhopen van LA... zoiets. Alleen Charlie en z'n bleke hippiemeiden, die zouden het overleven door in een rioolput of zo te kruipen... en daar te gaan zitten afwachten tot Stumps en Stumper en hun makkers uit Watts met moorden klaar waren. En, nou komt het mooiste... Charlie en z'n wijven zouden zich in het riool als gekken gaan voortplanten... precies ratten. Net zo lang tot ze met honderdduizend waren. En dan, Charlie voorop, putdeksel op z'n kop, zouden ze tevoorschijn komen. Niet om zich door ons te laten afslachten, nee, dan ken je Charlie slecht. Om ons eronder te krijgen en te koeioneren. Een ring door de neus... katoen plukken voor de hippiejurken van Charlies harem. Het paradijs, man.'

'Als ik het goed begrijp, wilde de Charlie uit jullie cel de zwarten oorlog laten voeren voor herstel van de slavernij.'

Stumps lachte luid, waarbij er een hele massa roze tong naar buiten stulpte. 'O, we hadden zo'n schik in kleine Charlie, Stumper en ik. Maar we voelden ons ook wel een beetje in onze zwarte trots gekwetst. Zegt Stumper: "Als jullie het riool uit klauteren, Charlie, zou het wel heel toevallig zijn om je oude celgenoten Stumps en Stumper boven de grond te treffen." En ik eroverheen: "Ja, Charlie, hoe weten de negers dat jullie het uitverkoren volk zijn?" En Stumper weer: "Ik stel voor, Charlie, dat jij en je vrouwen een of ander merkteken dragen. Dan zien de zwarten dat jullie gespaard moeten blijven. Eens kijken... iets wasbestendigs." Charlie mocht kiezen. Een flinke beurt in zijn rioolbuis... eerst door Stumper, dan door Stumps... of met een glasscherf een kruis in zijn voorhoofd kerven. Charlie heeft een rare smaak. Hij koos voor het laatste. Wij waren niet tevreden met het resultaat, en hebben hem gedwongen de X met een gloeiende luciferkop diep in te branden. Zegt Stumper: "Anders is het korstje op 't eind van Hurdy Gurdy er alweer af." Ja, het was lekker dollen met kleine Charlie.'

'Als ik me goed herinner, verspreidden de volgelingen van jullie Charlie de volgende dag een of ander gestencild persbericht...'

'De lafaard,' riep Stumps, zich voor het hoofd slaand. 'Hij zou zich hebben *weggekruist* uit de wereld, want de jury en de rechtbank en de publieke opinie hadden hem al bij voorbaat, blablabla, ter dood veroordeeld. En meer van dat soort hoogdravende shit. Ik zie hem nog bibberend voor de spiegel staan... Stumper die van achteren een beetje jennerig tegen hem op staat te rijen. Stumper die nog een lucifer afstrijkt. Stumper die zegt: "Snel, Charlie, dat hij niet afkoelt." De volgende dag kon heel Amerika in de krant lezen dat Charlie... ja, wat stond er ook weer?'

'Dat hij met een heroïsche daad van zelfverminking zichzelf uit de maatschappij had weggestreept... dat hij het falen van het Amerikaanse rechtssysteem in zijn eigen vlees had gekerfd. Zoiets, schat ik.'

Stumps gromde instemmend. 'En die meiden van hem, die 'm in alles nadeden, brandden natuurlijk ook zo'n kruis in hun kop. Zonder hulp van ons. Niet alleen de moordwijven in het beklaagdenbankje. Ook de trutten die op het trottoir voor het gerechtsgebouw kampeerden, omdat ze van de publieke tribune gegooid waren. Allemaal weggekruist vrouwenvlees. Doodzonde.'

'Opzet zeker, van jullie?'

'Eerder al hadden we, Stumper en ik, Charlies baard afgeknipt en zijn kop kaalgeschoren. Pure verveling, weet je wel. Voor die messentreksters van hem was het een teken om ook naar de schaar te grijpen. Toen volgden de trottoirratten vanzelf. Allemaal zo glad als een meerpaal. We wisten dus dat het met die kruisen ook wel goed kwam. Petrus haalt ze er straks zo uit.'

'Had jij het niet over een swastika, Howard?'

'Ja, Charlie heeft later, met glas en lucifers, haakse pootjes aan zijn kruis gezet. Misschien dacht hij ons zo, als een soort AB'er, schrik aan te jagen. Jammer voor hem geven ook gevangenisspiegels een spiegelbeeld. De swastikapootjes wezen de verkeerde kant op. Een karikatuur van een hakenkruis... de Arische Broederschap moest niets van hem hebben.'

'Nog niet zo lang geleden heb ik een foto van hem in een tijdschrift zien staan. De haken wezen de goede kant op.'

'Jaren later, toen het litteken begon te vervagen, schijnt hij er de goede swastika van gemaakt te hebben. Maar tussen Charlie en de AB is het nooit iets geworden.'

'Waarom niet, denk je? Zijn negerhaat is legendarisch.'

'Charlie heeft zwart bloed. Vraag me niet hoeveel, maar ik vergis me nooit in een verbleekte mulat.'

'Stumps...!' Hij keek over zijn schouder. Het was de gewichtheffer, die aan grotere uitdagingen toe was. Stumps plantte zacht zijn vuist in Remo's borst. 'Denk nog eens goed na of onze Charlies niet een en dezelfde persoon zijn.'

2

De twee appeltaarten had ik thuis al uit hun supermarktverpakking gehaald. Ik liet ze door de keukenhulp van het Rim-of-the-World Motel in helften snijden, die ik met aluminiumfolie omwikkeld mee naar Choreo nam, zodat het net was of ze vers uit de oven kwamen.

Ik had de landerig rondhangende gevangenen opgedragen tegen vier uur de recreatie te verlaten. Woodehouse hield vandaag eerder met dweilen op, om voor mijn collega's koffie te schenken en er een taartpunt bij te serveren. Van de bewakers die op de EBA dagdienst hadden, was bijna iedereen er (Mattoon en Tremellen zouden elkaar ieder kwartier afwisselen op de Ring). De avondploeg kwam verspreid binnen, en dan waren er ook nog enkele goede collega's van andere afdelingen.

Het viel me te laat op dat Woodehouse de taart aansneed met rouwranden onder zijn nagels, wat niemand belette het gebak luid te roemen.

'Spiros,' begon Carhartt zijn toespraak, 'je hebt het in Choreo nog geen twee maanden uitgehouden. Bepaald geen compliment voor je collega's, en je kunt dan ook niet verwachten dat ze de personeelspot omkeren voor een afscheidscadeau. Van de andere kant... je was, hoe kort we ook van je hebben kunnen genieten, een zeer gewaardeerde kracht. Iedereen mocht je.'

Er werd gefloten.

'Om je toch een aandenken mee te geven, hebben wij enige huisvlijt verricht. Zoals je is opgevallen, bergt de EBA nogal wat muzikanten. Wij zijn met een recorder hun cellen af gegaan, en hebben het een en ander opgenomen. Helaas was gedetineerde Maddox, zang en gitaar, toen al uit ons midden verdwenen. De directie heeft ons welwillend een in zijn cel achtergebleven bandje ter beschikking gesteld, zodat ook hij met twee nummers aan ons geschenk kan bijdragen. Spiros, oude Griek, namens ons allen bedankt voor je collegialiteit. Veel geluk in je nieuwe werkkring.'

Het duurde even voor iedereen zijn koffiebekertje had neergezet, en er geklapt kon worden. Ernie Carhartt drukte me een klein pakje in de hand. Uit het kerstpapier kwam een cassettebandje tevoorschijn. Ik draaide het om en om: er stonden geen namen of titels op. Om mijn waardering te laten blijken, stak ik het hoog de lucht in. Gefluit, applaus.

'Woodehouse, doe nog maar een rondje.'

Het werd alleen koffie, want met de appeltaart was het gedaan, op een punt na die ik voor O'Melveny opzij had laten zetten. Ik werd omstuwd door collega's, die allemaal wilden weten wat ik nu ging aanpakken.

'In Holland mijn oude beroep opvatten. Gezinsvoogdij.'

3

Als Remo zijn cel op de eerste verdieping van de Ring uit stapte, was de kortste weg om bij de recreatie te komen: rechtsaf de gaanderij op, bij de glazen loge naar links, en dan rechtdoor de zij-ingang in tot aan de openslaande deuren. Hij had altijd voor de omweg naar links gekozen, om zo op z'n minst een blik in Maddox' cel te kunnen werpen – een route die hij ook vanavond gewoontegetrouw weer nam. Voor de nog altijd met bedrukt plakband en papieren rozetten verzegelde deur bleef hij stokstijf staan. Erachter klonk spel van een akoestische gitaar.

Het duurde even voor hij de intro (of het intermezzo) van 'Stairway to heaven' herkende. De bewakers hadden na hun forensische hocus-pocus verzuimd de knop van de draadomroep om te draaien. Nu het akoestische deel van het nummer voorbij was, dreunden als vanouds de hardrockgitaren uit de luidspreker.

Remo bereikte de ontspanningsruimte met een hardnekkige rest kippenvel tussen de schouderbladen. The French Dyke en een andere vrouwelijke cipier waren bezig de plastic resten van het Griekse afscheid op te ruimen. Na Remo kwamen kort na elkaar enkele AB'ers binnen, die aan zijn tafel kwamen zitten.

'...afscheidsfeestje van De Griek.'

'Hij was hier korter dan ik.'

'Met een onderzoek in volle gang... verdacht.'

'Zonde van zo'n sympathiek varken.'

'Varkens zijn varkens.'

'Er kon voor ons weer geen handje vanaf.'

'Hij is hier nog tot maandag.'

'Volgens mij weet hij er meer van...'

'...en wil hij zijn kennis niet delen. Stil, het nieuws.'

Op het televisiejournaal werd het overlijden, na een maandenlang coma, van de beroemde talkshowhost Jeffrey Jaffarian bekendgemaakt. Hij was nog maar achtenvijftig. De nieuwslezer beloofde een extra uitzending met hoogtepunten uit het praatprogramma *Stay Tuned*, in te lassen na het journaal. Ruim acht jaar geleden, nog voor de arrestaties, had Remo een keer bij Jaffarian aan tafel gezeten. Hij herinnerde zich vooral zijn spijt om op de uitnodiging te zijn ingegaan, zo gênant bleken de vragen. De orgieën, de zwarte missen, het zweepstriemen van foute drugsdealers... het kwam allemaal weer aan bod.

'Mr Jaffarian, ik zit hier niet om oudbakken achterklap te weerleggen. Ik wil dat de moordenaar van mijn vrouw gevonden wordt.'

Gelukkig zat zijn optreden niet in de compilatie. Wel dat van Truman Capote, wodkatranen schreiend na de executie van de hoofdpersonen uit *In Cold Blood*. Gore Vidal vertelde voor de zoveelste keer over het feestje waar hij op een poef ging zitten. 'Het bleek Truman Capote.' En daar was Capote zelf weer, nog dronkener, met de voorspelling dat de moordenaar van Sharon en haar vrienden in z'n eentje had gehandeld. 'Ze moeten hem in dat huis furieus hebben gemaakt. Hij is teruggekomen om iedereen af te slachten.'

Uit een van de laatst uitgezonden shows was een fragment gekozen met Norman Mailer, pleitend voor de vrijlating van zijn correspondentievriend Jack Abbott. 'Een van Amerika's beste schrijvers zit al twee derde van zijn leven achter de tralies.'

'Indien nodig,' zei een diepe commentaarstem, 'verliet Mr Jaffarian de studio om zijn vragen op locatie te stellen.'

'*Mad Charlie*,' riep een van de ab'ers, en de rest begon te joelen. In beeld was Scott Maddox, zonder zwachtels en met baard, gezeten aan een tafel in de ontvangstruimte van de cmf in Vacaville. Hij had boeien om.

'Er worden u satanische krachten toegedicht,' zei Jaffarian. 'Geeft u eens een voorbeeld.'

'Als u mij toestaat,' gromde Maddox niet onvriendelijk, 'zal ik voor de camera enkele rituelen opvoeren.'

'Gaat uw gang.'

'De kettingen wat losser dan. Anders lukt het niet.'

'Ik dacht even,' zei Jallo, die met Janda zat te schaken, 'dat onze vriend Scott terug was. Maar het is de televisie.'

Een bewaker, geïntimideerd door de filmploeg, morrelde onhandig aan Maddox' boeien. Met zijn handen vrij verrichtte hij wat onduidelijke handelingen met een gehaakt poppetje en enkele beschilderde stukjes hout, daarbij onverstaanbaar mompelend.

'Zijn er nu ook kijkers,' vroeg Jaffarian, 'die deze rituelen begrijpen?'

'Mijn volgelingen.'

'En... wat heeft u ze overgebracht?'

'Dat ze u naar het schemeruur moeten voeren.'

Zaterdag 28 januari 1978
Haar laatste jurk

I

Laatste dag. *Als* het de laatste dag was, want iedereen scheen het daar wel over eens te zijn, maar niemand kon Remo zekerheid verschaffen. Gisteren, na de afscheidskoffie, had De Griek hem gezegd dat het schoonmaken er voor hem op zat: met ingang van zaterdag zouden er twee nieuwe vrijwilligers worden ingewerkt. Ook dat bood nog geen garantie dat ze hem op zondag zouden laten gaan.

Als hij zijn hoofd van het kussen ophief, kon hij de echo's van vallende bezemstelen over de Ring horen stuiteren. De nieuwelingen hadden schelle stemmen. Het was te hopen voor ze dat ze, na veel geveeg en gepraat, niet op de een of andere manier familie van elkaar zouden blijken te zijn, bloedzwagers of zo, want dan zouden ze het uur vervloeken dat ze zich als vrijwillige schoonmaker gemeld hadden.

De kleine koffer lag met opengeslagen deksel op de vloer, nog niet halfgevuld met het weinige dat zich hier aan bezittingen had verzameld. Voorzover de kerstlekkernijen niet aan noodzakelijke ruilhandel waren besteed, gingen ze onaangeroerd mee terug: ze hadden hem niet gesmaakt. Hij had het grote vel papier van het zachtboard losgetrokken en opgerold. Om in de koffer te passen moest de rol worden omgeknakt. Van Sharons foto's, die de bodem bedekten, betreurde hij het nu ze met tandenstokers te hebben geperforeerd. Al moest hij er het verzegelde archief van een failliet fotolaboratorium in Anaheim of Brentwood voor openbreken – hij zou hun negatieven weten op te sporen, om ze in ongeschonden staat te laten afdrukken. Iconen in puur licht gevangen, die ging je niet met houten pinnen te lijf.

Alles wat hij vanavond en morgenvroeg nog nodig had (kam, oogdruppeltjes, tandenpoetsgerei) lag op de schap onder de spiegel. Zijn karwei zat er hier op. Al bezemend had hij onvermoede antwoorden uit zijn veegmaat gezwiept. Er waren ook vragen open blijven staan. Maddox was verdwenen, dood of levend, en Remo zou nooit de kans meer krijgen de resterende antwoorden uit hem te kloppen. Het was genoeg zo. Samen hadden ze hier, in deze stoffige Choreaanse onderwereld, met hun twistgesprekken Sharon tot leven gewekt en, alsof dat niet al obsceen genoeg was, ook weer naar de dood gevoerd. Nu ze Sharon zoveel meer kennis over het weefwerk van haar lot hadden bezorgd, kreeg zij misschien rust op haar heuveltop aan de rand van Holy Cross. Het werd tijd om zijn ogen dicht te doen, zijn oren te sluiten voor het poetskabaal op de Ring, en Sharon opnieuw te begraven.

2

HOLY CROSS MEMORIAL CEMETERY. Telkens wanneer Remo de naam boven de ingang van de begraafplaats in Culver City zag staan, echode het in zijn hoofd: Noel Cross. Zo heette de door en door verrotte aartsvader in zijn film *Chicane Town*. Noel Cross dreef zijn eigen dochter de dood in, een en al engelachtige blondheid rond een draaikolk van bloed. De scenarioschrijver had erop gestaan de naam te handhaven, zodat er voor Remo een heel kerkhof in was blijven mee galmen.

Het was 8 augustus 1977. Hij kwam hier elk jaar op 9 augustus om bloemen te leggen op het graf van zijn vrouw en kind, maar dit keer had hij de negende vrij moeten houden voor een hoorzitting van de rechtbank in Santa Monica. Het zou erom spannen. Als hij niet op de een of andere manier vooraf schuld bekende, kwam er zeker een proces. Hij liep langzaam van de poort naar de kapel, niet meteen in de richting van het graf daarboven, alsof hij aarzelde om zijn geliefden met gepostdateerde bloemen af te schepen.

De begrafenis had zich onder net zo'n diepblauwe hemel afgespeeld als er nu over de Baldwin Hills spande. Hij hoefde maar te denken aan de explosies zonlicht de zilver gespoten kist, en het was er allemaal weer: het pad naar de kapel, afgezoomd met bloemboeketten in blikkerend cellofaan, dat knisperde in de ochtendhitte; het premièrepubliek in het zwart, dat eerbiedig voor de ingang leek te wachten, maar door de drukte niet naar binnen kon; de twee-, driehonderd persfotografen, die door een even groot aantal politieagenten, schouder aan schouder opgesteld, van de rouwenden werden weggehouden, maar tussen de petten door met hun telelenzen het leed toch wel naar zich toe wisten te zuigen.

Vandaag was er op heel Holy Cross geen levende ziel te bekennen. Geen begrafenis gaande, zelfs geen tuinman of grafdelver aan het werk. Stilte – op het eeuwige gonzen na van de stad aan de andere kant van de heuvel. Op weg naar de kapeldeur vertraagde Remo automatisch zijn pas, tot hij het tempo had van de dragers toen. Hij had, met zijn schoonmoeder naast zich, vlak achter de kist gelopen, aan haar arm eerder steun zoekend dan biedend. Tussen de witte en gele theerozen (de kleuren van de kinderkamer) vond de zon op het deksel nog plekken zilver om te ontsteken. Maar het was niet tegen de bliksemende kist dat Remo een donkere bril op had gezet, en ook niet tegen het rood gewreven verdriet. Zijn ogen, naakt, zouden verraden hebben hoezeer hij zich chemisch tegen de werkelijkheid van Holy Cross gewapend had.

Bij de ingang passeerde een grote groep mensen, die dicht opeengepakt schuddend stond te snikken. Allemaal bekende gezichten. Remo had ze nooit anders dan lachend gezien, op feestjes, of een enkele keer woedend, in ruziesituaties, maar nooit zo, huilend. Ze hadden zich de afgelopen dagen met in allerijl aangeschafte wapens achter kordons nieuwe waakhonden verschanst, of waren in hotels ondergedoken, maar hier stonden ze, weerloos op een van alle kanten open vlakte, zonder zelfs maar een stalen bobbel in hun zwarte jasje – risicovol te rouwen. De kist gleed als een zilveren Rolls Royce door de menigte heen de schaduw van de kapel in. Remo keek om. Meteen achter hem kwam zijn schoonvader, met aan elke arm een van zijn overgebleven dochters: de twaalfjarige Patti, en Debbie van zestien. Net als hun moeder droegen ze een mantilla, waarvan alleen het huiveren van de zwarte kant iets van hun ontroostbaarheid verried. De kist werd door de dragers op een katafalk getild. Hij was dicht, en bleef dicht. Remo wilde Sharon, ondanks het bovenmenselijke werk dat de meestergrimeurs van Dunnahoo & O'Donnell hadden geleverd, niet zoals ze nu was in een open kist tentoonstellen. Alleen de vader had zijn dochter nog even mogen zien, en zelfs op zijn gezicht brak algauw het militaire pantser. Remo nam, voordat het deksel definitief dichtging, als laatste het satijnomlijste beeld in zich op.

3

De dag voor de begrafenis was Remo met zijn schoonzusje Debbie, onder politiebegeleiding, naar zijn huis aan de Cielo Drive gereden – om een jurk voor Sharon op te halen. Voor 't eerst sinds het voorjaar kwam hij weer hier, waar hij niet meer dan een paar weken gewoond had. De organisatie van een house-warming party, de vuile vaat erna, en het pakken van koffers voor Europese filmprojecten: meer had het gezamenlijke huishouden in Sharons House of Love niet voorgesteld.

Het parkeerterrein, waar toen de bolides van zijn gasten hadden gestaan, was nu vol politieauto's. Een agent bij de poort raadde Remo aan om met het meisje langs de achterkant van het huis naar de uitbouw te lopen: alleen zo zouden ze 'de sporen' kunnen ontwijken.

Voor de open tuindeuren van Sharons kleedkamer stond ook een agent op wacht, die tegen zijn pet tikte, en Remo om legitimatie vroeg. Ze mochten naar binnen. Remo sloot de deuren, en schoof er zorgvuldig de vitrage voor. In het resterende licht glinsterde Debbies natte gezicht.

'Ik vind het zo naar dat jij je paspoort moet laten zien... gewoon, om bij de kleren van Sharon te kunnen.'

Hij sloeg zijn arm om haar heen, en zo stonden ze samen voor de brede kast met de eindeloze rij jurken, geordend naar lengte, van heel kort tot heel lang: allemaal tijdelijke gestalten van Sharon. In elke naad was wel een zweem van haar lijfparfum blijven hangen. Al die vleugen bij elkaar leverden een geur op zwaar en neerdrukkend als die van verschaalde wierook.

'Wees lief, Debbie, en zoek een mooie laatste jurk voor je zusje uit. Ik loop even het huis in.'

Huilend stak ze haar handen tussen de jurken, en schoof ze aan hun knaapjes uit elkaar. Remo liep via het halletje de echtelijke slaapkamer in. Het opengeslagen bed. De wal van kussens precies in het midden. Een bierblikje op het nachtkastje, naast de telefoon. Toen hij zijn hand naar de hoorn uitstrekte om te luisteren of de lijn nog dood was, verscheen er een agent in de deuropening naar de centrale hal. 'Niet aanraken.'

In de huiskamer zat een man van middelbare leeftijd in een ouderwets wijd pak op zijn hurken naast een drietal grote bloedplakkaten, klonterig opgedroogd in het lichte tapijt. Met de handen voor zijn ogen drukte hij een grote concentratie uit. Een andere man in burger kwam uit de schaduw naast de open haard tevoorschijn. Met moeite, maar dat lag aan de tranquillizers, herkende Remo inspecteur Helgoe, die hem afgelopen zondag naar het mortuarium begeleid had. Helgoe nam hem bij de arm, en leidde hem terug naar de hal waar de slaapkamerdeuren op uitkwamen. 'Ik geloof niet in die flauwekul, maar u begrijpt... wij mogen niets bij voorbaat uitsluiten.

Mr Clocquet is een Nederlandse paragnost. Hij helpt ons de schim van de moordenaar te arresteren.'

Toen ze in de kamer terugkeerden, zat Clocquet op zijn knieën met gesloten ogen een pakje scheurlucifers te bevoelen, prevelend. Hij hield er plotseling mee op, trok zich aan een fauteuil omhoog, en zei in rottig Engels: 'U bent de hoofdbewoner.'

'De enige nog levende bewoner.'

'Ik ben er heel dichtbij.' De helderziende wees op de min of meer ronde bloedkoeken. 'Uw eerste associatie graag.'

Een agent kwam Remo waarschuwen. 'Het meisje durft niet alleen te blijven.'

'Foute koeienvlaaien in een beige weiland,' zei Remo met al het sarcasme dat hij in zijn gedrogeerde staat kon opbrengen. De agent leidde hem terug door zijn eigen slaapkamer, waar hem nu ook bloedsporen opvielen: in het tapijt, op de tuindeur naar het zwembad. Debbie zat op een krukje voor de garderobekast. Over haar knieën, met de kleerhanger er nog in, lag de blauw met gele jurk die Remo herkende als de mini die Sharon op de foto's in *WorldWide* had gedragen.

'Ik had meer iets langs in gedachten.'

'Kom nou, de minirok was haar leven. Toen ze mij in mijn eerste mini zag, zei ze: "O, Debbie, als er op highschool in Italië al minimode was geweest, dan zou ik het kortste van het kortste hebben gedragen, ik zweer het." Deze Emilio Pucci was haar absolute favoriet. Toe nou.'

'Trek hem eens aan. Jij hebt al helemaal haar postuur.'

Hij liet haar alleen. In de slaapkamer stootte hij de deuren naar het zwembad open. Op het water dreef de opgelapte vrachtwagenbinnenband waarop hoogzwangere schat zich de voorbije weken had laten rondschommelen toen zelfs de schoolslag te vermoeiend voor haar werd. In de deuropening stond zijn schoonzusje met de Emilio Pucci aan. Zelfs met Debbies donkerbruine haar erboven, in plaats van het blonde van Sharon, was de aanblik ondraaglijk.

'Doe uit, doe uit. In Godsnaam, deze maar.'

De politieauto loodste ze naar een vestiging van Dunnahoo & O'Donnell, begrafenisondernemers, waar ze de jurk afgaven. Mr O'Donnell nam Remo apart, en vroeg wat hij als lijkwade in gedachten had. De man was vergeten dat hij een centimeterlint rond de nek had hangen, zodat hij eruitzag als een kleermaker.

'Ik heb net een jurk gebracht.'

'Excuses. Ik bedoel... voor het kind.'

De tranquillizers vereenvoudigden zijn denken. Hij vroeg om het telefoonboek. P... Publers... Pucci. Er was een vestiging aan Wilshire Boulevard, waarvan hij het nummer belde. Hij werd doorverbonden met een dame van het atelier, aan wie hij de jurk beschreef.

'Op de achterkant van het label,' zei ze, 'staat een getal van zes.'

Hij wenkte, wees, en Debbie bracht hem de jurk. Hij gaf de cijfers door. Even later deelde de modiste mee dat de stof nog leverbaar was: precies zo, in geel en blauw. Remo noemde de gewenste maten.

'Meneer, dat is zelfs voor het mini-jurkje van een achtjarige te weinig.'

'Genoeg om een dode baby in te wikkelen.'

Zo'n simpel ontwerp was er nog nooit bij ze besteld. De modiste beloofde de lap stof af te zomen tegen het rafelen, en dan per koerier naar Dunnahoo & O'Donnell te sturen, vanmiddag nog. Remo belde zijn schoonvader: 'Laatste blik, Paul.'

De koerier van Pucci was er eerder. Van de familie was alleen Remo er getuige van hoe Sharon, met de mini-jurk aan, voorzichtig van een brancard in de zilveren kist werd getild. Zo door en door gehavend als ze was, haar schitterende benen, die ze zo graag liet zien, staken ongeschonden onder de zoom uit. Ze konden elk moment stoeierig gaan spartelen. De kist was gevuld met zoveel geplooid, zilverwit satijn dat het net was of Dunnahoo & O'Donnell haar in een vlokkerig schuimbad neerlieten. Daarna werd het kleine wezen, gekleed in Emilio Pucci's eenmalige ontwerp, naast de moeder afgezonken.

De kapel was niet afgesloten. Niemand binnen, behalve een kleine vogel die met bloedende snavel tegen de ramen opvloog, totdat hij gebruikmaakte van de door Remo opengehouden deur om verblind het augustuslicht in te fladderen. De bestorven lucht van gedoofde kaarsen sloeg hem op de keel, en het was alsof hij kon proeven dat ze van *toen* waren – alsof ze in de tussenliggende acht jaar nooit ververst zouden zijn. Hij vond de plaats terug waar hij naast zijn schoonmoeder had gezeten, en ging er ook nu zitten, met het bloemboeket over zijn knieën. De baar waarop de zilveren kist had gestaan, bleek een kaal geraamte, zo zonder zwartfluwelen mantel. Dwars eroverheen lagen twee bezems, een dekzwabber, een trekker en een ragebol uitgestald. Emmers stonden eronder.

Father O'Bryon, de familiepastoor, leidde de herdenkingsdienst. Zijn gebaren werden gelachspiegeld door de rondingen van de zilveren kist. In gedachten zag Remo het filmvolk, dat anders alleen bij de oscaruitreiking in het zwart ging, steeds vaster om het witte gebouwtje samendrommen, waarvan de wanden het elk moment konden begeven. Tweehonderdvijftig fotografen met hun lenzen erbovenop om de ramp al tijdens de voltrekking vast te leggen. Er waren momenten dat hij meende te zullen stikken binnen die omarming van agressieve rouw. Door het premièrekarakter van de bijeenkomst had hij op andere ogenblikken de gewaarwording een rol te spelen, ook wanneer hij huilend Doris aanhaalde, en de ruwe kant van haar mantilla langs zijn wang voelde schuren – een scène die in tientallen takes moest worden overgedaan.

Zelfs Father O'Bryon oogde als een echte filmpriester: Montgomery Clift in *True Confessions*, met dat gezicht dat na zijn auto-ongeluk zo voorbeeldig was opgelapt, een wonder van plastichirurgie, maar dat, letterlijk uitgestreken, nauwelijks emotie meer kon uitdrukken. Remo luisterde naar zijn toespraak met het oor van de regisseur. Het moest korter. Aan de montagetafel zou hij er kwistig in snijden – tot alleen de essentie overbleef.

Die kist daar diende niet alleen als lachspiegelpaleis voor de pastoor, hoe tragikomisch zijn armen zich ook kurkentrekkerachtig rekten tot in de theerozen. Remo probeerde zijn gedachten op de inhoud te richten. Met al haar natuurlijke elegantie was Sharon een notoire brekebeen. In de vele buurten waar zij als kind gewoond had, was *zij* de durfal, met prikkeldraadschrammen diep genoeg om als litteken te overleven. Later, als tiener in Italië, liep *zij* bij riskante autoritten de snijwonden op, of ze nou achterin zat, op de dodenstoel of aan het stuur. Wie haar als puber gekend had, vond haar aandoenlijk als een opgroeiende puppy, die plotseling niet meer weet wat ze zo hoog op de poten moet, en dan maar tegen de mensenbenen om haar heen aan valt, met een behaagzucht die de onhandigheid moet camoufleren.

Remo verdacht haar ervan instinctief krassen op haar schoonheid te zoeken, om die hardhandig te vermenselijken. In bed plaagde hij haar soms door op haar naakte lijf het hele landschap van witte, roze en bruine littekentjes in kaart te brengen. De wijs- en middelvinger van zijn rechterhand dansten als passerbenen van een verrassend precies winkelhaakje naar een rimpelig kuiltje dat slecht was dichtgegroeid, en vandaar weer naar een dichtgenaaide wond die op de verse afdruk van een ritssluiting leek. Op haar voorhoofd, meestal verborgen achter een lok, zat net onder de haargrens een kartellijntje in reliëf: het resultaat van hun gezamenlijke verkeersongeluk, waarbij hijzelf als bestuurder geen schrammetje had opgelopen. De inspectietocht van zijn vingers eindigde altijd bij haar linker oorlel, waar ooit een gaatje ontstoken was geraakt en een knobbeltje wild vlees had opgeworpen. Hij kneedde het tussen zijn vingertoppen, en noemde het haar 'rosebud', net zo lang tot ze zijn hand wegsloeg.

Nu, in de kapel, probeerde hij de kaart nog eens in z'n geheel te lezen, maar stuitte telkens op de nieuw ontgonnen gebieden, die nooit meer de kans zouden krijgen tot litteken te helen. In plaats van krassen op haar uiterlijk te maken hadden de verse wonden haar schoonheid tot puur licht verheven. Oneindig veel groter dan het leven zelf straalde ze sinds het weekend vanaf honderden bioscoopgevels op de mensen neer. Zelfs de films waarin zij onbeduidende bijrollen had gespeeld, voegden nu een vlammend *Starring* aan haar naam toe. Regisseurs kregen heimelijke verzoeken om bij de montage gesneuvelde fragmenten met acteerprestaties van haar alsnog in de film te monteren, om haar aandeel te vergroten. Wie het ook was die haar uit het leven weggevaagd had, hij (of zij) had Sharon binnen een paar etmalen gegeven wat zij bij leven nog lang niet had, en waarschijnlijk ook nooit gekregen zou hebben: de in Tinsel Town zo diep verlangde status van Godin van het Witte Doek.

'Sharon,' besloot Father O'Bryon, 'mogen de martelaren je tot gids dienen, en de engelen je verwelkomen.'

Vanuit zijn troebele ooghoeken zag Remo een blonde vrouw in een lange, zwarte jurk door het middenpad de kapel uit vluchten. Het was alsof de krachtige slingersnik zelf haar van de bank had doen opveren. De priester wachtte tot het vinnige geklak van haar hakjes verklonken was, en verzocht de aanwezigen toen te gaan staan. Weer werd Remo eerder door zijn schoonmoeder achter de dragers aan geleid dan andersom. Het onomkeerbare punt was bereikt: de stoet ging op weg naar het graf. Nu het nog kon, wilde hij zich zo dicht mogelijk bij zijn geliefde weten. Hij vond haar niet terug. De kist, die buiten opnieuw beschimpt werd met een driehonderdvoudige hikaanval van de camera's, was leeg.

Even verderop, daar lag ze, Sharon, in kolkend zonlicht op het glooiende gazon. Roerloos, met haar ogen op de vonkend blauwe lucht gericht. Het honingblonde haar lag uitgewaaierd om haar hoofd, als vastgepind op de kort gesneden grashalmen. Anders dan de dag tevoren, toen mini de mode was, droeg ze nu een zwarte avondjapon.

Toen ze de stoet, die op tien meter afstand voorbijschoof, in het oog kreeg, kwam ze snel en lenig overeind. Het was Sharons vriendin Michelle, de zangeres, die het in de kapel niet langer had uitgehouden. Ze haakte de uitgeschopte pumps aan haar

voeten, en voegde zich met kleine struikelstapjes in de mensen-
rij die over het pad achter de verblindende kist aan trok.

Al was de kapel leeg, hij had hier liever niet gevloekt. Nu hij
zich herinnerde dat de bloemist het vloeipapier om de rozen
nat had gemaakt 'tegen het verwelken in die hitte', was het te
laat: rond zijn bovenbenen was de stof van zijn lichte broek zo
goed als doorweekt geraakt. De brandende zon in dan maar,
heuvelopwaarts naar het graf, waar de bloemen hoe dan ook
binnen een kwartier hun kopjes zouden laten hangen. Tegen
die tijd zou zijn broek wel droog zijn.

5

Van Scott Maddox zelf wist Remo inmiddels hoe het bloed
van de slachtoffers, op muren en vloeren en gazons en veranda's, zodanig vermengd kon zijn geraakt dat het de forensische specialisten van de LAPD in totale verwarring had gebracht – en, erger nog, ertoe verleid had te sjoemelen met de
resultaten van het onderzoek. Ieder afzonderlijk wist maar al
te goed dat van vier van de vijf doden (de jongen in de Rambler was een verhaal apart) de bloedgroepen op een aantal
plaatsen, binnenshuis en in de tuin, door elkaar geraakt waren. Het verenigde de vrienden over de dood heen. Ook het
mortuarium had ze nog heel dichtbij elkaar bewaard. Maar
binnen een paar dagen werden ze meedogenloos van elkaar
gescheiden, en naar verschillende begrafenisondernemers gebracht, die ieder weer een andere bestemming voor hun lijk
hadden. Dat van de vijf op dezelfde woensdag de dertiende
afscheid werd genomen, maakte de afstand in de ruimte alleen maar vreemder.

Gibby had voor de dag na de moordnacht een afspraak met
haar moeder in San Francisco, om te gaan winkelen in The
Cannery bij Fisherman's Wharf. Haar vlucht ging om half elf
's morgens. Winny had beloofd haar met een stevig ontbijt de
deur uit te helpen. Een paar ochtenden later werd Gibby als-

nog naar San Francisco gevlogen, waar zij zich niet van het vliegveld naar de Wharfs liet rijden, maar naar een kerk in Portola, die haar op een requiemmis onthaalde. Op een dodenakker vlakbij wachtte haar een vers graf, waar zij gescheiden van haar minnaar zou komen te rusten.

Voyteks zwaargehavende lichaam werd diezelfde ochtend, ver weg van haar, in een crematorium in West Hollywood verbrand. Zijn as zou dezelfde maand nog naar het Poolse Lodz worden gevlogen, om te worden bijgezet op het Zydovski-kerkhof, tussen de familiegraven van de plaatselijke textieladel. Remo had er later een keer, toen hij gastcolleges gaf op de filmhogeschool, de schrijn met Teks urn bezocht. Geen goed idee. Op de stille begraafplaats stond hij de vochtige as van zijn vriend de hevigste verwijten te maken: van de dood van Sharons terriër via zijn falende beheer als huisoppasser tot aan zijn onverwoestbare levensdrift, die op 't laatst alleen maar tot meer messteken en kolfslagen had geleid, en verder nergens toe. 'Man, was gaan rennen, op de huizen af, dan waren ze achter je aan gekomen, dan...'

6

Marmeren grafplaten, grijs en wit en zwart, vormden een onregelmatig mozaïek tegen de groene heuvelhelling. Ertussen slingerden zich natuurstenen paden omhoog naar een kunstmatig ontworpen grot, waarin het veel meer dan levensgrote beeld van de Heilige Maagd, in wit en lichtblauw, Remo al van verre tegemoet blikkerde. Boven de namaakrotspartij verhief zich een majesteitelijk geheel van wijduitstaande boomkruinen, maar Maria stond nog volop in de hete ochtendzon. Remo voelde zijn broekspijpen bijna per stap droger worden. Rechts van de grot, in een uithoek van de dodenakker, daar moest hij zijn.

De kist waar hij met zijn schoonouders en schoonzusjes achteraan strompelde, was alleen nog een onwerkelijk grote spiegeldoos die zonlicht verplaatste. Op zeker moment, de stoet was al aan de klim begonnen, staakten alle camera's tegelijk hun geklik. Het had op Remo de uitwerking van een zomerdag buiten, wanneer duizenden krekels op hetzelfde moment met tjirpen ophouden. Stilte. De gewatteerde dreun van de San Diego Freeway. Het zachte snikken van de meisjes achter hem. De grot waar ze met z'n allen op af sjouwden, had twee grote, donkere openingen, en leek daarmee op een half in de aarde verzonken doodskop. Als hij zich daar maar op bleef concentreren, dan kwamen ze er wel, bij die uiterste richel van de wereld. Zijn voeten schuifelden over dezelfde onregelmatige natuurstenen als waar de voorveranda van zijn huis mee was belegd, en waar plassen bloed van Sharon en Jay waren aangetroffen, zonder dat de politie verdere sporen had kunnen vinden van hun verblijf buiten. Hij liep over het verlengde van het pad dat de moordenaar had gebruikt.

Remo kwam met zijn rozen vlak langs de grot. Een trap, met bovenaan een knielbank, leidde in de richting van de Heilige Maagd. Er stond ook een barbecuebak met een spijkerbedconstructie, waar tegen betaling kaarsen op vastgestoken konden worden. Het kostte hem enig getuur voor hij hun ijle vlammetjes in het felle zonlicht kon onderscheiden. Uit de schedelholte links klonk enig gerucht, eindigend in een afgeknepen lach. Een hovenier misschien. Hij wandelde verder naar de rechter uitloper van de rotspartij. Tussen het pad en een sierhaag was hier, aan de rand van het kerkhof, nog een klein grasveld met een dozijn stoffige zerken – op die ene van gepolijst zwart marmer na dan, die door Doris en haar dochters regelmatig glanzend gewreven werd.

<h2 style="text-align:center">1943 † 1969</h2>

Haar achtste sterfdag, en elk jaar werd ze een jaar jonger. Hier, boven het bruinverschroeide gras, had toen de zilveren kist gestaan. Wat Father O'Bryon verder nog aan handelingen verrichtte en aan spreuken ten beste gaf, het ontging Remo volledig. Over de haag van sierboompjes heen kon hij een deel van de stad zien, nevelig onder peilloos diepblauwe luchten – net als nu, al was de smog daar beneden de voorbije jaren alleen maar dichter geworden, geliger ook. In de verte, helder en on-aangedaan, de heuvels van Hollywood.

Voor de grafplaat stond, half in de bodem verzonken, een metalen vaas met een verdroogd bloemboeket erin. Het ding leek op een van de trofeeën die Sharon aan haar Missverkie-zingen had overgehouden, maar Remo had nooit geknield naar een inscriptie op zoek durven gaan. Op de asfaltweg die hier het kerkhof afzoomde, stond onder een blauwe pijnboom een open pick-up, waarbij dorre takken en tuinmansgereed-schap uit de laadbak staken. Daar ging hij de bruin geworden bloemen in gooien.

Acht grote witte rozen voor Sharon. Na het uitpakken van de acht gele theeroosjes voor kleine Paul rook hij aan zijn vin-gers, daarna aan de kelkjes. Als er bezoek was, zette zij altijd een glas met kort afgeknipte theerozen op het dienblad met de theepot en de kopjes. Ze dacht dat bloemen die zo werden ge-noemd daarvoor dienden. Dat hij dat zelf nooit eerder had be-seft: ze *geurden* naar thee, daarom heetten ze zo.

'Sorry, m'n liefste, ik ben hier niet gekomen om je te corrige-ren.'

Natuurlijk, morgen, de negende (de echte sterfdag, zijn ei-gen juridische oordeelsdag) zou Sharons familie hier ook verse bloemen komen brengen. Remo besloot de vaas leeg te laten, en de rozen op de grafsteen te leggen. Toen hij zich eroverheen boog, weerkaatste de zwarte spiegel het zonlicht in zijn ogen. In zijn verblinding was er opeens een zacht mechanisch ge-luid, heel vertrouwd, maar volkomen onverwacht in deze om-geving. Het herhaalde zich in snelle opeenvolging. Hij keek op: dwars door zijn mouches volantes heen zag hij op een paar meter afstand een man met een camera aan zijn oog neerknie-len; zijn knie stuitte op een grafplaat. Tussen de sierboompjes achter de fotograaf doken er meer op, sommige – de laffere, die niet te dichtbij durfden komen – met telelenzen op hun toe-

863

stel. Remo veerde overeind, en keek in de richting van de grot, waar zeker nog tien mannen met fotoapparatuur naar buiten kwamen, hun ogen beschermend tegen het felle licht. De brutaalsten dansten en sprongen, als sparringpartners bij het boksen, in een halve cirkel om hem heen, met hun rug naar de zon. Elk indrukken van een camera knalde als een zweepslag over de stille dodenakker. Vooral de eerste fotograaf, klein en lenig, bleef maar als een rubberballetje voor hem heen en weer stuiteren, zonder zich om de zerken te bekommeren. Nee, niet vechten – aan het graf van vrouw en kind zijn waardigheid behouden. Remo begon de asfaltweg, die rechtstreeks naar beneden en naar de uitgang leidde, af te lopen. Zonder graf was hij blijkbaar niet fotogeniek meer, want het massale geklik stokte, en viel algauw helemaal stil. Alleen de tengere paparazzo bleef hem, camera in de aanslag, volgen tot aan de poort, waar hij Remo nog gauw even kiekte onder de naam van de begraafplaats.

De fotograaf bereikte in looppas zijn poenige, bronskleurige Jaguar, gekocht van gestolen privacy. Hij slingerde de camera aan z'n riem op de bijrijdersstoel, en kroop achter het stuur. Voordat de man kon starten, was Remo al bij de auto. Hij rukte het rechterportier open, en deed een greep naar het toestel.

'Nooit ongevraagd iemands ziel opslorpen.'

Terwijl Remo, onder gevloek van de fotograaf, het rolletje eruit peuterde, zag hij op de lege zitting een paar exemplaren van de gossipglossy *Teardrop* liggen.

'Geef terug, klootzak. Het is mijn beroep. Als jij je op mijn vakgebied waagt, is het alleen om kindmeisjes plat te krijgen. Gore verkrachter. Het zal je zaak geen goed doen, als ik dit bij de officier van justitie deponeer.'

Remo smeet de camera terug op de tijdschriften. De fotograaf trok het portier dicht, en reed weg. Inderdaad meldde de man zich dezelfde dag nog bij de openbare aanklager in Santa Monica, maar Longenecker, die weigerde zijn klacht in behandeling te nemen, raadde hem een civiele procedure aan. Ook zonder dat was de wraak van de paparazzo, die de beruchte societyvoyeur Kevin Fenaughty bleek te zijn, al zoet genoeg. De volgende dag, voor de hoorzitting, drukte Dunning zijn cliënt een exemplaar van de boulevardkrant *Beautiful People* in de hand. Op pagina 3 zag Remo zichzelf bloemen leggen op het graf van zijn vrouw. Onderschrift: 'De beroemde regisseur rust even uit op Holy Cross van de jacht op kleine Lolita's'. Copyright: Kevin Fenaughty.

Als inzet was een kiekje gebruikt van Remo met zijn arm om de vijftienjarige Stassja.

De foto van Holy Cross moest een jaar tevoren genomen zijn. Hij droeg toen andere kleren. De bloemen waren geen rozen, maar dahlia's en viooltjes – van elke soort zeven stuks.

7

Sharon en Jay waren gestorven, verbonden door een dik touw om de hals. Nadat ze in die symbiotische toestand, die voor nog heel wat vuige achterklap zou zorgen, door een forensische fotograaf waren vastgelegd, had een politieman het touw doorgesneden, zodat de lichamen afzonderlijk vervoerd konden worden. Vandaag werden ze voorgoed naar verschillende windstreken gedragen.

Nadat Sharon op Holy Cross begraven was, hielden vrienden een herdenkingsbijeenkomst voor Jay in het Forest Lawn Memorial Park, Glendale. Remo kon er niet bij zijn, maar het was niet moeilijk zich de verzamelde beroemdheden voor te stellen, allemaal geknipt in de onvervangbare stijl van de Man met de Gouden Schaar. Van John en Michelle, die in de auto samen een fles whisky leeg hadden gedronken om nog een herdenking aan te kunnen, kreeg Remo later te horen hoe de dienst was verlopen. Anders dan Sharon lag Jay wel in een open kist, hoewel zijn gezicht veel erger gehavend was dan het hare.

In de aula van het Forest Lawn leek meer spanning en nervositeit te hangen dan verdriet, misschien omdat er zoveel mensen waren, meer dan 's morgens, die reden dachten te hebben zich bedreigd te voelen. Toen een of andere schertsfiguur in een franjegewaad het spreekgestoelte naast de kist beklom, grepen nogal wat rechterhanden in linkerbinnenzakken. Met zijn baard, schouderlange haar en bizarre hoofddeksel leek de man een karikatuur van een Grieks-orthodoxe priester, al helemaal nadat hij met gespreide armen een soort gregoriaans fantasiegezang inzette. Hij wist nog een paar keer prevelend om de kist heen te lopen, voordat een aulamedewerker hem wegvoerde. Hij bood geen weerstand, en alle handen fladderden weer onder de jasjes uit.

'Toen hij naast die parkwacht liep,' zei Michelle, 'zag ik pas hoe... nou ja, kleiner dan jij nog. Sorry. Een kabouterpriester.'

De kist met het lichaam van Jay zou later op de dag naar Michigan worden gevlogen, om te worden begraven in Southfield, waar hij vandaan kwam.

In de wijk El Monte was die middag ook een teraardebestelling: van de jongen die was doodgeschoten in zijn vaders Rambler. Vanwege zijn hartstocht voor zelf te bouwen elektronische apparatuur gaven ze hem in de kist zijn eigen klokradio mee, die op tweevoudige wijze tot zijn dood had geleid: het toestel was de reden van zijn aanwezigheid op het verkeerde erf, *en* het stond stil een of twee minuten voor zijn dood – op 00:23, waarvan toen niemand nog kon weten dat op dat tijdstip Hurly Burly van start ging.

8

Nadat zo de hele dag die stoet begrafenissen door hem heen getrokken was, konden de spreekkoren 's avonds alleen nog als een wrang requiemgezang klinken. Zelfs dat niet. Het bleef stil in het kamp. Toen Remo, ver na middernacht, zijn uitkijkpost beklom, voelde de radiator ijskoud aan onder zijn blote voeten. Er was geen vuur, maar het bivak, waarvan sommige tenten verdwenen waren, leek in meer licht te baden dan anders,

alsof ze op de receptie extra spots in de masten hadden ontstoken. Een rode tent lag, opgevouwen, als een lange loper op de
grond bij het prikkeldraad, en een vrouw knielde neer om het
doek op te rollen. Terug onder de dekens vond hij de gedachte
om de volgende dag te worden opgehaald absurd.

Week 5
De Exilstraat

Zondag 29 januari 1978

De blauwe traan

I

Remo was op 19 december in Choreo vastgezet. Precies zes weken later, op 29 januari, lieten ze hem alweer gaan. Tweeenveertig dagen. Minder dan de helft van de negentig die wettelijk voor een psychiatrisch onderzoek achter tralies werden gerekend. Goed, die drie maanden werden zelden volgemaakt (alsof de psychiatrie een wetenschap was die moeiteloos voorliep, en haar neus ophaalde voor van rechtswege ingeschatte werktijd), maar tweeënveertig dagen, dat had zelfs Douglas Dunning nog nooit meegemaakt in zijn strafpraktijk.

Geen enkele keer hadden ze Remo het gevoel gegund dat een test of een ondervraging iets voorstelde. Gevangenisstraf, met je kop tegen de celmuur beuken, dodelijke vernedering door medegedetineerden – dat was allemaal betonnen werkelijkheid, waar niet aan te tornen viel. De psychiatrie die op misdadigers werd losgelaten, de zielomwoelende gesprekken, het abracadabra van infantiele experimentjes: een zwarte brij van ruwe olie, waarin elk houvast zoek was. Geprevel van een medicijnman, die de teennagels van zijn patiënt in een schelp verbrandde. Zo bevredigde een samenleving haar heimwee naar de eigen primitiefste onderlagen. Met een ziektebeeld, bij deze of gene tasjesdief, had het niets van doen.

Als zijn advocaat erop stond, zou hij het psychiatrisch rapport – het verslag van zijn gefröbel, zijn hele en halve leugens

– voor de vorm inkijken. Misschien zouden de passages over jonge meisjes, ingebed in medische klerkentaal, een vage geilheid bij hem wekken. Nou, dan was het tenminste nog ergens goed voor. Hij zou Dunning de geplastificeerde map teruggeven met een 'niets aan toe te voegen', dat wist hij nu al. Zijn ziel had zich in Choreo blootgewoeld op een manier waar geen psychiater van durfde dromen.

2

Voor de laatste keer zijn gezicht in de metalen spiegel boven de wasbak. Rond de pleister was zijn linkerwang nog wat rood, verder niets opvallends aan hem. Hij klom op de radiator om te zien of de afhalers er al waren. In de lichte mist die over het parkeerterrein hing, stond de gele schoolbus, geflankeerd door twee donkerblauwe gevangeniswagens. Onder de gestalde personenauto's geen zilvergrijze Cadillac. Het kamp, met bruine vierkanten verstikt gras op de plaats van de afgebroken tenten, was nog in rust, op twee met een hond spelende kinderen na. Er zoemde en klikte iets in de celdeur, die langzaam openschoof. Hij stapte van de verwarming, en nam zijn koffer op.

'Woodehouse,' klonk de stem van Carhartt, 'de Ring op.'

Hij ging naar buiten. Uit de richting van de cipiersloge kwamen Carhartt en De Griek over de gaanderij aanlopen. Zondag: er was niemand aan het vegen.

'Wij brengen je naar het magazijn,' zei Agraphiotis, 'en schoppen je de poort uit.'

'Alles precies als zes weken terug,' zei Carhartt, 'maar dan in omgekeerde richting.'

De ijzeren trap ging onder hun schoenen tekeer als een gebarsten kerkklok. Voor de laatste keer (hoopte hij) snoof Remo de menggeur op van stof, schoonmaakmiddel en bedorven lucht. Misschien opgeschrikt door het galmen van de treden vloog hoog in de ruimte, onder bemost matglas, een duif van de ene richel naar de andere. Zijn klappende wiekslag was alweer tot rust gekomen toen een witte fluim op de granito vloer uiteenspatte.

3

Mijn geheim was het georganiseerde toeval, dat de mensen met 'synchroniciteit' aanduidden. Mijn probleem was dat de dichtheid van synchroniciteit toenam in een steeds complexer wordende moderne wereld – in de steden vooral. De twee adelaars die in de leegte boven wat eens Delphi zou worden frontaal tegen elkaar aan vlogen, ja, dat was een mooi staaltje van georganiseerd toeval. Exact boven de Navel van de Wereld! Maar twee vliegtuigen die op elkaar kletterden in het moderne luchtruim, waar roofvogels door de gehaktmolen van de straalmotoren gehaald werden voordat ze de kans kregen te botsen, hoe toevallig was dat? Volgens een verouderde kansberekening, ja: heel toevallig. De Rekenkamer van het Moderne Toeval bood heel andere uitkomsten.

'*Ook* toevallig...!' klonk het opgetogen bij onverwachte ontmoetingen in de moderne metropool. Twee versufte stadsduiven die op een plein met twintig maïsverkopers tegen elkaar aan vlogen, dat kon je met de beste wil van de wereld geen synchroniciteit meer noemen. (De witte duif die, na een toespraak van El Líder Máximo, op de schouder van Fidel neerstreek, was natuurlijk communistische agitprop, en had niks, niemendal met synchroniciteit te maken.)

Hoeveel toeval viel er nog te creëren te midden van al het toeval dat er al was? De moderne wereld zelf leek het, geholpen door een aangepaste kansrekening, van ons orakelbakkers te hebben overgenomen. Maar... de wereld bediende zich van het onzuivere toeval, waar ik weinig mee kon. Om degenen die ik op een waardige manier in het verderf wilde storten een handje te helpen, bediende ik me van *gericht* toeval.

Wat had ik me nou eigenlijk ingebeeld? Dat een bureaucratische fout, door mij of door een gevangenisdirecteur in gang gezet, de wereldgeschiedenis *alsnog* een andere wending kon geven? Er waren, onder druk van de omstandigheden, wat liggende vragen beantwoord, maar er bleken ook weer raadsels aan toe te zijn gevoegd. Per somma had het administratieve akkefietje me weinig opgeleverd.

Het was me ontsnapt. Ik was de greep erop kwijtgeraakt. Geen zwarte revolutie, alleen een getatoeëerde blauwe traan. Een echte, dat wel. Geen plakplaatje. Voor het leven.

Terug naar mijn *tale of two cities*. Ik hield mijn hart vast. Ik moest de teugels daar zo strak mogelijk houden. In de dubbelstadstaat aan de Noordzee kon ik het me niet permitteren naar een ontwikkeling te kijken alsof die door een ander, een collega of zo, in gang was gezet.

4

'Die overall,' snauwde de magazijnmeester, 'had je al in de cel uit moeten doen. Ik ben er vies van kleren op lichaamstemperatuur van iemand aan te pakken.'

Remo keek om naar de twee bewakers, die verontschuldigende gebaren maakten.

'Ik wil hem wel als souvenir meenemen, die overall. Probleem opgelost.'

'Uit, dat ding. Eigendom van de staat.'

Hij moest ook T-shirt en boxershort aan Californië teruggeven. De tocht uit de gangen sloeg onaangenaam om zijn blote lijf. Zo, naakt, voelde hij zich nog meer een zwaarbehaarde kleuter. Hij trok snel onderbroek en sporthemd van 19 december aan, en daaroverheen de jeans en het leren jack. Met een gezicht vol verachting wierp de magazijnmeester Remo's gevangenisplunje in een aluminium wasmand, die onmiddellijk door een zwarte gedetineerde werd geleegd in een vergaarbak met de omvang van een container. Er hing de geur van in stilstaande trommels verstikte vuile was.

'Hier, vergeet je stelten niet.' De man liet de schoenen met plateauzolen hard op de balie neerkomen. 'Een kontkrummel als jij zal ze nodig hebben in de grote wereld.'

De rest van zijn bezittingen werd hem in een grauw papieren zak overhandigd. 'Hier tekenen.'

Hij controleerde de inhoud van de buil. Creditcards, sleutels, de twee trouwringen. Hij tekende met 'Woodehouse'. De magazijnmeester weigerde zijn uitgestoken hand. 'Niks afscheid. We zien elkaar toch gauw weer.'

'Dat zegt hij tegen iedereen,' zei Carhartt even later. 'Hij ziet zijn klanten niet graag vertrekken.'

5

De Griek droeg Remo's koffertje naar de bus, die met zijn neus richting slagboom voor de poort van de oostvleugel stond te wachten.

'Wij zeggen hier gedag,' zei Carhartt, Remo de hand drukkend. 'Zo meteen vergadert de onderzoekscommissie. Ik hoop je nog eens terug te zien, maar niet in Choreo. Veel geluk in de vrije wereld.'

'Dank u voor alle goede zorgen.'

'Het heeft zo moeten zijn, Woodehouse,' zei Agraphiotis, op zijn beurt Remo's hand grijpend, 'dat wij deze gevangenis vrijwel gelijktijdig verlaten. Als ze je terug naar Choreo sturen, dan zul je het verder zonder mij moeten doen.'

'Wat uw nieuwe baan ook mag zijn, ik wens u er veel succes in.'

Remo stak zijn hand op, en bleef naar de bus lopend zijn arm hoog houden, zonder nog om te kijken. Zijn koffertje stond op de bijrijdersstoel. De bewaker aan het stuur wees met een duim over zijn schouder. 'Er wacht iemand op u.'

Dieper de bus in zat de directeur, met zijn benen in het gangpad. 'Ik sta erop u tot aan de slagboom uitgeleide te doen.'

Remo ging tegenover hem zitten. Buiten klonken stemmen. Met de bus was kennelijk net een nieuwe gevangene afgeleverd, want twee bewakers wachtten met een geboeide man tussen zich aan de voet van de toren tot het rieten mandje aan z'n touw ze bereikt had. Er werden papieren in gedeponeerd, en na een kreet werd het weer opgehaald.

'Daar zwaait een identiteit door de lucht,' zei O'Melveny. 'Wat is een mens? Een paar krabbels op een doordrukformulier.'

'De persoon die dit communicatiesysteem bedacht heeft, verdient een onderscheiding.'

'Ik was het zelf. Het patent is nog in behandeling.'

'Sorry.'

De directeur gaf de bestuurder een teken, dat werd opgevangen in de spiegel. De bus startte, en reed langzaam over het ongelijke asfalt tussen de barakken door. '*Ik* ben hier degene die excuses moet maken.'

'U heeft me niet veroordeeld. Het was uw taak mij achter slot en grendel te houden.'

'Het was een betreurenswaardig misverstand. Ik begrijp nog steeds niet hoe... enfin, niet goed te praten. Hopelijk zult u niet voor de rest van uw leven uitsluitend met bitterheid aan Choreo terugdenken.'

'Och, in elk hotel klopt wel eens iets niet. Ze geven de tweede sleutel van je kamer aan een late gast, en die stapt om drie uur 's nachts met kouwe voeten bij je in bed. Laten we de kwestie begraven. U moet verder. Ik moet verder.'

'Als ik het allemaal van tevoren geweten had, was u nooit in de isoleer geplaatst.'

De bus stopte voor de slagboom, die schokkerig omhoogging.

'Die twee lange weekends in het hol, samen met de ontmoeting zelf, behoren tot het beste dat mijn leven nog had kunnen opleveren. Wat uw aandeel hierin ook is geweest, ik ben u dankbaar dat deze catharsis zich binnen de muren van Choreo heeft kunnen voltrekken. Sorry dat ik zo in termen van de filmacademie praat.'

De bus reed nog een vijftigtal meters door, tot voor het par-

876

keerterrein. De twee mannen bleven tegenover elkaar zitten, maar er viel eigenlijk niets meer te zeggen. 'Ze zijn de tenten aan het afbreken,' probeerde de directeur nog.

Remo keek door het tralieraam. Hier en daar werd nog tentdoek door een deel van het frame overeind gehouden. 'Het zal hier 's nachts stil worden.'

'O, er komen weer anderen. Er valt altijd wel iets te protesteren.'

Remo had de zilvergrijze Cadillac al zien staan. O'Melveny liet hem voorgaan. De chauffeur reikte de koffer aan. Buiten rees de directeur hoog boven Remo op. De man zag er wat kouwelijk uit in zijn grijze maatkostuum, zonder jas.

'Mr Woodehouse, ik mis u nu al. Maar ik wil uw naam nooit meer op onze gastenlijst tegenkomen. Alleen nog op de aftiteling van uw films.'

'Ik weet niet hoe rechter Ritterbach erover denkt.'

6

Achter het dichte traliewerk van de bus, die keerde, was vaag en korrelig O'Melveny's hand zichtbaar. Remo zwaaide terug, en liep het parkeerterrein op in de richting van de Cadillac, die al een paar keer geclaxonneerd had. De zon scheen laag op de voorruit, waardoor modderspatten en regensporen een grijze koek leken te vormen, die het zicht op de inzittenden benam.

Na de hoosbuien van afgelopen nacht waren grote plassen op het verzakte asfalt blijven staan. Vlakbij de schoolbus, die al voor een deel was ingeladen, dreef een houten ledenpop op zijn rug – een Pinocchio, de kegelvormige neus recht omhoog. Schilfers rode en groene lak kabbelden met de rimpelingen in het vuile water mee. Remo hurkte naast zijn koffer neer, en viste de pop uit de regenplas. Uit de Cadillac klonk ongeduldig getoeter. Met de druipende Pinocchio in zijn hand gebaarde hij dat ze nog even geduld moesten hebben.

'Charlie...!' klonk een overslaande vrouwenstem achter hem. 'Mijn God, Charlie...!'

'Het is Charlie,' riep een jongensstem.

'*Hier* blijven.' (De stem van een man.) 'Dat kan 'm niet zijn.'

Remo hoorde rennende voetstappen achter zich. Hij draaide zich om. Twee vrouwen en wel zes, zeven kinderen stormden schreeuwend langs het receptiegebouwtje.

'Charlie! Charlie...!' gilden de kinderen.

'Het is Charlie niet.' De twee vrouwen, de slagboom voorbij, bleven stilstaan bij het bord CALIFORNIA STATE PENITENTIARY CHOREO. Ze hijgden. 'Mijn God, ik dacht dat het Charlie was.'

De kinderen renden door, op Remo af. 'Charlie-ie...!' Ze dromden om hem samen, trokken aan zijn kleren. Meisjes en jongens tussen de vier en de tien.

'Ik ben Charlie niet.'

'Kinderen, het *is* Charlie niet.' De vrouwen sjokten naderbij. 'We hebben ons vergist.'

De twee kwamen Remo bekend voor, van de foto's uit *Hurly Burly*. Hij liet de portretten in zijn hoofd acht jaar ouder worden. De blonde moest Sandy zijn, de donkerharige Ouisch. Ze hadden allebei een X-vormig litteken tussen de wenkbrauwen.

'Sorry,' zei Ouisch. 'Die baard, dat haar... van achteren gezien leek je sprekend onze Charlie.'

'Je hebt hetzelfde postuur,' zei Sandy.

'Ik vind het rot dat ik jullie niet meer Charlie te bieden heb dan ik ben.'

'Charlie droeg niet zo'n bril als jij,' zei Ouisch. 'Alleen af en toe een leesbril. Om zijn *parole*-formulieren te kunnen invullen.'

'Kom je van binnen?' vroeg Sandy.

'Recht uit het hart van de duisternis.'

'De Extra Beveiligde Afdeling?'

'Dat zeg ik.'

'Heb je Charlie gesproken?'

'Welke Charlie? Bewaker of gevangene? Er zijn daar net zoveel Charlies als vroeger in de rimboe van Vietnam.'

'*De* Charlie,' zei Ouisch.

'Onze Charlie,' zei Sandy.

'Charlie uit de woestijn,' zei een kleine jongen met felle ogen.

'Heeft hij het over ons gehad?' vroeg Sandy.

'Wat ik kon verstaan van jullie nachtelijke kerkzang, heb ik hem overgebracht. Zijn cel was aan de binnenplaats.'

'O, vandaar,' zei Ouisch. Ze sloeg haar ogen neer. Denkrimpels lieten het kruis golven. 'We konden geen contact met hem leggen. Bezoek was verboden. Zo bang zijn de varkens dat hij zijn ideeën naar buiten brengt.'

'Heeft hij jou geen boodschap voor ons meegegeven?' vroeg Sandy.

'Als je ervan uitgaat dat hij nog binnen is, waarom breken jullie hier dan op?'

'Het stikt van de tegenstrijdige berichten,' zei Sandy. 'Net als bij zijn vorige overplaatsing. We hebben gehoord dat hij hier in brand is gestoken, en dat ze hem zwaargewond naar Vacaville hebben overgebracht.'

'Dat in brand steken was nou juist de reden van zijn vorige overplaatsing. Van Folsom via Vacaville naar Choreo. Wat hier nou weer is voorgevallen, weet ik niet. Toen ik een week terug uit de isoleer kwam, was jullie Charlie verdwenen. Ik heb geen afscheid van hem kunnen nemen. Waar gaan jullie nu kamperen?'

'De *bedoeling* was Vacaville,' zei Ouisch, 'maar als jij zegt dat hij niet in brand is gestoken... of al eerder... niet hier... dan wordt het misschien Folsom of San Quentin.'

'Hij heeft hoe dan ook, waar ook, onze steun nodig,' zei Sandy. 'Als hij maar weet dat wij er voor hem zijn, vlak buiten de muren, dan is het goed.'

Opnieuw, ditmaal langer, klonk de claxon over het parkeerterrein.

'Iemand een Pinocchio kwijt?' Remo hield de pop boven

de hoofden van de kinderen. Er vielen druppels af. 'De regen heeft zijn kleren weggespoeld.'

'Hij is van Zadfrack,' zei het jongetje met de felle blik. 'Hij is al te groot voor Pinocchio's.'

'Voluit toevallig Zezozose Zadfrack Glutz?'

Het kereltje keek stuurs naar Sandy op.

'De zoon van Sadie Mae Glutz,' zei ze. 'Hij is al weg. Zijn moeder opzoeken in Frontere... het CIW.'

'En hoe heet jij?' vroeg Remo de jongen. Het ventje moest ouder zijn dan de zes jaar die hij het gegeven had.

'Mickey.' Zijn ogen straalden de ernst uit van een veertienjarige die pubert op leven en dood.

'Hij is de zoon van Mary,' zei Ouisch. 'Van Charlie en Mary.'

'En jij, Mickey, ben jij niet al te oud voor Pinocchio's?'

'Ik ben tien. Zadfrack is negen.'

'Goed, dan geef ik hem jou in bewaring.' Hij drukte Mickey de houten pop in handen.

'Hij is voor in het kampvuur,' zei de jongen.

De vrouwen lachten.

'Ook goed.'

'Je hebt hier een beestje.' Mickey wees een plek aan op zijn eigen wang, onder het linkeroog, dat daarbij extra fel leek op te lichten.

'Dat hoor ik wel vaker. Er is daar een vuurvliegje in een porie gevlogen. Het schildje is blijven plakken. Het geeft licht in het donker.'

Hij wenste de dames sterkte bij de zoektocht naar Charlies verblijfplaats, en draaide zich om.

'Ja, bedankt,' klonken nog gedempt Sandy's woorden, misschien al niet meer voor zijn oren bestemd. 'Groeten aan de zwijnen daarginds.'

Alweer voelde hij de huid van zijn nek en rug verstrakken tot kippenvel. Langzaam, met besmeurd gemoed, liep hij in de richting van Dunnings auto. Achter hem klonk het gekletter van holle tentstokken.

7

Toen Remo nog maar twintig meter bij de wachtende Cadillac vandaan was, spoten er opeens twee zeepsopfonteintjes langs de voorruit omhoog, waarna de wissers zich in beweging zetten. Binnen de twee heldere segmenten die zo op het glas ontstonden, werden de gezichten van Doug en Paula zichtbaar. De portieren klikten open, en ze stapten uit – samen met de man die achterin had gezeten.

'Hello, little bastard genius,' zei Jack. Die sardonische grijns was wereldberoemd. 'Mijn jacuzzi gemist?'

Ze omhelsden elkaar. Remo kuste Paula, en gaf zijn advocaat een dubbele hand.

'Goed je weer bij ons te hebben,' zei Paula. Haar stem haalde het eind van de zin niet.

'Tweeënveertig dagen,' zei Dunning. 'Het record is fors naar beneden bijgesteld.'

'Trouwens,' zei Jack, 'ik krijg nog een magnum Heidsieck van je.'

'O, je bent hier als debiteur?'

'Waarvoor anders? Om je geniale Poolse bastaardhandje vast te houden zeker?'

'Het was een gewone fles van 70 cl.'

'In de krant stond magnum, little bastard. Met 70 cl krijg je geen bubbelbad vol.'

'Hoe vind je het,' vroeg Paula, 'om door Jack steeds met *little bastard* aangesproken te worden?'

'Het is me een eer om door Jack naar de Porsche van James Dean vernoemd te zijn.'

'Die Little Bastard is over de kop geslagen, en heeft Jimmy Dean vermoord,' riep Jack. 'Wat voor eer valt daar nog uit te peuren?'

'Ach, weet je, Paula... Jack is nog altijd pissig op me omdat hij niet door de screentest kwam voor de rol van Guy.'

'Mijn gezicht zou te onheilspellend zijn geweest. De rol ging naar de uitgestreken John.'

'Compliment voor jou,' zei Remo. 'Hij moest de ideale schoonzoon zijn, met een doorsnee knap gezicht. Om de toeschouwer zo lang mogelijk op het verkeerde been te houden.'

Jack schroefde zijn vuist in Remo's baard. 'Waag het niet, dirty little Polacco bastard genius, mijn gezicht ooit nog sinister te noemen.'

'Laten we elkaar in de auto vermoorden,' zei Dunning. 'Het is koud op de open vlakte.'

Hij opende de bagageruimte, en legde er de koffer in. Voordat hij instapte, liet Remo zijn blik nog eens rondgaan – langs het nu bijna neergehaalde tentenkamp, de hekken bekroond met cocons zilverdraad, het massieve Choreo, de bergen daarachter, deze ochtend eerder bruin dan paars. 'Geen horde fotografen vandaag. Geen televisieploegen.'

'Het stelt je duidelijk teleur,' zei Jack, die alweer op de achterbank zat, met het portier nog open. 'En je hebt er nog wel zo'n fotogenieke sik voor laten staan. Ach, roem is zo vluchtig, jongen. Kijk naar mij.'

Hij schoof een plaats op, zodat Remo niet om de auto heen hoefde te lopen. Dunning ging achter het stuur zitten, met Paula naast zich.

'Aan het scheergerei gedacht?'

'Zo'n baardtrimmer heb ik niet kunnen vinden.' Uit het dashboardkastje nam Paula een kappersschaar in een plastic hoesje, en hield hem omhoog. 'Ook goed? Baard tot op de huid wegknippen, zei de verkoper. Het restant inzepen en afscheren. In die zak daar zitten de spullen.'

'Vinden jullie het erg om mij vandaag nog bij mijn gevangenisnaam te noemen?'

De Cadillac reed van het parkeerterrein de asfaltweg op. Het groepje kinderen, dat bij de schoolbus was blijven hangen, begon achter de auto aan te hollen. Remo draaide zich zover mogelijk om. Hij wist zeker dat hij hier nooit terug zou keren, en wilde het laatste beeld van Choreo vasthouden. Een roodharig meisje struikelde over haar rafelige broekspijpen.

Ze kwam languit ten val. Dunning reed al wat sneller, maar omdat hij al zijn aandacht nodig had om de buitenspiegel bij te stellen, was de auto voor een hardloper nog bij te houden. Een voor een haakten de kinderen af. De onvolgroeide jongen, Mickey, hield het met zijn korte benen het langst vol. Onder het rennen bleef hij Remo recht aankijken met zijn stekende ogen, die leken te blikkeren van minachting, ook nog toen de afstand met de Cadillac groter werd en hem alleen de paar passen restten om tot stilstand te komen. Met de handen op zijn knieën, heftig pompende borstkas, volgde hij de auto nog met een blik vol haat.

8

'Dat was Choreo,' zei Dunning. 'En nu, waarheen?'
'Ik wilde op mijn eerste vrije dag niet de smaak van een bajesontbijt in mijn mond hebben. Vanmorgen alleen een lik yoghurt genomen. Een warme lunch in het centrum, met drank erbij, dat lijkt me wel wat. Ik doneer een nier voor een halve liter borsjtsj. Er ging in Choreo geen dag voorbij dat ik er niet van droomde.'
'En ze hadden me nog zo verzekerd,' zei de advocaat, 'dat je niet gefolterd zou worden.'
'Karafje wodka ernaast, ijskoud... en Choreo zal nooit bestaan hebben.'
'Ik weet een Russische delicatessenzaak. Sekretoetka, aan South Fairfax.'
'Mooi,' zei Jack, 'dan schenk ik de magnum uit die ik nog van Mr Remo hier te goed heb.'
'Het was geen magnum. Jij hebt nooit magnums in je koelkast.'
'Wel als ik weet dat jij langskomt met een van je modellen. Ik zet dan ook altijd de jacuzzi aan. Voor mijn vrienden is het beste nog niet goed genoeg.'
Er viel een stilte, misschien vanwege een vergeten gedupeer-

de – Anjelica. Of omdat iedereen opeens besefte dat de zaak nog niet was afgehandeld.

'Tussen de opnames van de kampvuurscène,' begon Jack na een tijd, 'vertelde Dennis me over zijn eerste Hollywoodorgie. Na *Rebel* wilden hij en Natalie en Jimmy wel eens weten wat dat was, en hoe dat eraan toeging, een Hollywoodorgie. Ze hadden wel eens iets gehoord over badkuipen vol champagne, en dat soort mythologie, dus gingen ze naar de drankwinkel om een paar kisten Moët & Chandon te kopen. Toen ze alle flessen in het bad hadden leeggegoten, stond er nog maar een klein laagje champagne in. Terug naar de slijterij dus, en nog meer kisten ingeslagen. Het vier-, vijfvoudige van de eerste bestelling. Er kwam nog steeds niet meer dan een handdiepte champagne in de kuip te staan. Stop niet lek? Nee, stop prima. Waterdicht rubber. Het sjouwen beu grepen ze naar de telefoon om nog honderdtwintig flessen te laten komen. Een Hollywoodorgie, die kreeg je niet voor niks. Zo ging het door tot de badkuip vol was... nou ja, halfvol... en de orgie kon beginnen. Natalie mocht eerst. Ze kleedde zich uit, stapte in het bad, en liet zich langzaam en plechtig in de champagne neer. Gillend sprong ze er weer uit... de Moët & Chandon spatte in golven over de badrand heen... En zo eindigde hun eerste Hollywoodorgie.'

'Ik vat het niet,' zei Dunning.

'Ik wel,' zei Paula.

'Moraal?' zei Jack. 'Brand nooit je kut aan Hollywood.'

9

Volgens Douglas Dunning was Sekretoetka een neologisme, gevormd uit een samentrekking van de Russische woorden voor 'secretaresse' en 'prostituee', zonder dat de Amerikaanse zakenlui die hier met hun secretaresses lunchten daar weet van hadden.

'Ik weet niet of ik hier wel gezien wil worden,' zei Paula.

884

'Het is vandaag zondag,' zei Dunning.

Inderdaad was het er stil. Het gezelschap, op Remo na, wilde meteen doorlopen naar de wit en geel gedekte tafels achterin. 'Ik had me er nou juist zo op verheugd,' zei hij met zijn klaaglijkste stemmetje, 'om hier eerst aan de bar te zitten.'

Ze klommen op hoge, gietijzeren krukken. De toog was van wit marmer. Remo wenkte de bedrijfsleider, die nieuw glaswerk aan het uitpakken was. Op 's mans gemelijke Slavische gezicht ontstond een brede glimlach. Hij veegde zijn handen, die toch echt niet nat waren, af aan zijn voorschoot.

'Wat is er van uw dienst, Mr Coppola?'

Hij keek met een ongelukkig gezicht zijn advocaat aan. 'In Choreo is me dit nooit overkomen.'

'Misschien moet je om te beginnen die nepfok eens afzetten,' zei Paula. Ze verhief zich half van haar kruk, en trok de bril van zijn neus.

'Dimitri,' vroeg Remo, 'hoe is de lichtval hier op dit uur? Als ik een kersenwodka bestel, komt er dan naast mijn glas het beeld van een geplette kers op het marmer te liggen... een beetje schommelend?'

De man keek met een vertwijfeld gezicht Jack aan, die zei: 'De little bastard is filmregisseur. Die lui kunnen alleen in lichtbeelden denken. Ook als ze moeten eten en drinken en schijten.'

'Mag ik u dan een wodka uit rode pepers aanbevelen? Pittiger, en nog dieper van kleur.'

Ze kregen allevier een klein wijnglas halfvol peperwodka, en zaten een tijdje te kijken naar de vervloeiende rode lichtvlekken op het marmeren blad.

'Het doet me denken aan de lightshows van Grateful Dead,' zei Jack. 'Tien jaar geleden. Bewegende dia's van eeuwig lillende foetussen op de achtergrond. Dat waren nog eens tijden.'

'Ik zie er nog steeds een ontpitte kers in,' zei Doug. 'Geen rode peper.'

'Op het Poolse genie.' Jack hief hoog zijn glas op. 'En op de jacuzzi zonder welke we hier nu niet bij elkaar zouden zijn.'

Ze stootten aan, en dronken. Paula, hoestend, zette als eerste haar wodka neer. 'Voor mij toch maar liever een kersen,' zei ze, al was niet helemaal duidelijk of de tranen die over haar wangen liepen het gevolg waren van de peperkriebel in haar keel.

'Aan tafel dan maar?' vroeg Dunning.

'Ik wil mijn borsjtsj aan de bar. Het doet me hier aan Goldberg denken, in Parijs. Rue des Rosiers... Ik heb daar met Sharon geluncht.'

Hij kreeg zijn koolsoep in een kom zo groot als een terrine, met een karafje ijskoude Stolichnaya ernaast.

10

Voordat hij aan tafel ging voor het hoofdgerecht (biefstuk Stroganoff), nam Remo zijn advocaat apart. De anderen zaten al. Jack bestudeerde de wijnkaart. Paula kneedde bolletjes van half gestold kaarsvet.

'Doug, is er al iets bekend geworden over die aanslag in Choreo?'

'Moorden binnen de gevangenis komen zelden of nooit naar buiten.'

'En als het om een beroemde gevangene gaat?'

'Als jou iets was overkomen, had de wereld het echt wel te horen gekregen.'

'Het gaat om een beroemdheid, en ik weet niet of hij dood is.'

'Ik zal in het gerechtsgebouw mijn oor eens tegen de koffieautomaat leggen. Dat ding krijgt alles te horen.'

'Kom.' Remo duwde Dunning voor zich uit naar hun tafel, waar een magnum roze champagne klaarstond in een te kleine koelemmer.

'Ik heb Dimitri gevraagd nog wat te wachten met de Stroganoff,' zei Jack. 'Eerst champagne.'

'Eerst scheren.'

Russische dingen riepen altijd de verkeerde associaties op – misschien door James Bond. Hij had zich het herentoilet armoedig en groezelig voorgesteld, met een breiende baboesjka, die bij elk dicht dreunen van de deur met een stroom Georgische verwensingen naar haar hoofd greep, zonder ooit de eigenaar te durven vragen de dranger wat minder krachtig af te stellen of een leren stootkussen tegen de deurpost te bevestigen.

Er *was* niet eens een retiradejuffrouw, en dat kwam hem goed uit. Net als in het restaurant zelf was hier een droevige chic gecreëerd – wat een Russische arbeider zich misschien bij de luxe ten huize van een partijbonze voorstelde. Mokkakleurig sanitair. Groene muurtegels met een reliëf van tsaristisch versierwerk. Door de ruwe structuur van de lampenglazen lag over alles een schaduwpatroon van lukraak door elkaar gesmeten mikadostokjes. Het licht, van een groezelige geelheid, was hoe dan ook te gedempt om je bij te kunnen scheren.

Maar hij wilde van die baard af. Nu.

Zijn gezicht hing voor hemzelf bijna onherkenbaar in het getinte glas van de spiegel boven de wastafel. Met de kappersschaar begon hij zijn baard af te knippen. De eerste plukken zagen er op het porselein uit als weerbarstig schaamhaar. Misleid meisje zich voorbereidend op vruchtafdrijving. Charlie was tegen abortus. De vrouwen van The Circle moesten kinderen baren... van hem, voor hem... Permanente gezinsuitbreiding van zijn woestijnleger. Groeiend volk om de Put mee in te gaan. Remo millimeterde zijn baard tot de bladen van de schaar geen houvast meer vonden aan de stoppels. Er kwam een man de toiletruimte binnen. Na gebruik van het pissoir in de hoek waste hij naast Remo zijn handen. Stapel miniatuurhanddoekjes op het namaakmarmer. Met houtwol gevuld mandje, waarin zeepjes en verpakte eau-de-colognedoekjes. Hij keek misprijzend en met een afkeurend keelgeluid naar de berg haar in de wasbak.

'Sorry,' zei Remo, 'er zat een haar in mijn soep.'

De man veegde snel zijn handen af, en verdween. Remo harkte met zijn vingers de donkere vlokken bijeen, en gooide ze in de pedaalemmer. Met wellust zeepte hij, voor 't eerst in maanden, zijn gezicht in. Het scheren, met een duplexmesje, ging hem minder goed af. Behalve op oudejaarsavond (gegiste fruitschillen) had hij in zes weken geen drup alcohol gedronken. De rode peperwodka en de kwartliter Stolichnaya eisten hun tol. Zijn vingers voelden slap. De muzak, Mozart voor speeldoos bewerkt, maakte hem nerveus. De achtergebleven baardstoppels waren harder dan hij bij de dagelijkse scheerbeurt van vroeger gewend was.

Opnieuw ging de deur open. Het was Jack. 'Zou je je benen een andere keer willen doen? De champagne wordt te koud in z'n emmer.'

Remo spoelde de zeepresten weg, en droogde zijn gezicht af. Paula had een nieuwe Mentor voor hem gekocht, waaronder zijn gezichtshuid met een aangename schrijning onmiddellijk straktrok. Hij stiet zijn hoofd door het gordijn van kriskraslijntjes licht heen tot vlak voor de spiegel. Puntgaaf en helder prijkte daar de blauwe traan op zijn wang, recht onder de iris van zijn linkeroog – mooier dan de meeste tranen die hij in Choreo voorbij had zien komen. Die waren vaak slordig getatoeëerd, zodat er zelden meer dan de vorm van een muizenkeutel in te ontdekken viel, en dan nog bij benadering. Deze liep van boven uit in een sierlijke punt, als bij een Venetiaans venster. Vakwerk.

12

'Zo kennen we onze gueule d'amour weer,' riep Jack, toen Remo bovenaan de trap naar de toiletten verscheen. Ze applaudisseerden. Afwerende gebaren makend kwam hij de treden af. Hij ging zitten, en het gezelschap viel stil.

'Hebben ze je in Choreo een blauw oog geslagen?' vroeg

Paula. 'Hier' (ze krabde met haar pinknagel over zijn wang) 'zit nog een restje bloeduitstorting.'

De lange, spits bijgevijlde nagel met de parelmoeren lak, waar de blauwe traan zich in spiegelde, maakte de dingen alleen maar erger. Dunning tilde de fles champagne uit het ijs, en begon de flûtes vol te schenken. 'Ja, het kan hard toegaan in de lik,' zei hij, iedereen een glas aanreikend. 'Laten we drinken op de behouden terugkeer van een groot regisseur.'

De heildronk pakte minder hartelijk uit dan eerder aan de bar. Het gesprek wilde niet meer op gang komen. De blauwe traan bleef over de tafel ricocheren. 'Nou, vertel,' probeerde Jack, 'hoe was het?'

Remo schudde zijn hoofd. Paula bleef naar zijn linkerwang staren. (Toen ze van zijn veroordeling hoorde, had ze gezegd: 'Vreselijk, dan kom je tussen al die getatoeëerde types te zitten.')

'Niemand zou me geloven. Later misschien. Het was *te* erg.'

'Kom, kom,' zei Jack. 'We zijn wel wat gewend. Voor de dag ermee.'

'Het is zoiets als... Stel, ik zou hier het verhaal ophangen dat ik in de gevangenis een cel had gedeeld met de moordenaar van mijn vrouw. Wie zou me geloven?'

'Ja, God,' zei Jack, 'daar noem je ook iets.'

'Meer iets voor een film,' vond Paula. 'Nog aan het script kunnen werken?'

'Ik heb geen film geschreven. Ik heb er een geleefd.'

De schaal met het hoofdgerecht, voor iedereen hetzelfde, werd gebracht. Dimitri schonk de glazen nog eens vol. Het roze van de champagne stak opeens bleek af bij de bloedrode Stroganoffsaus. Ze aten in stilte, zich hinderlijk bewust van eigen en andermans kauwgeluiden. Er werd niet meer gesproken tot aan de omelette sibérienne, die ze als dessert hadden besteld, misschien inmiddels tot hun spijt. Hij werd aan tafel door Dimitri zelf geflambeerd. Er was te veel drank over uitgegoten, zodat de vlammen hoog opschoten. Ze wierpen zich allevier tegelijk achterover tegen hun stoelleuning. Het grillige licht van het vuur stroomde opwaarts over Remo's gezicht.

'God, Woodehouse,' riep Dunning in gemaakte vrolijkheid uit, 'wat kost in Choreo vandaag de dag nou zo'n tatoeage?'

'Vierduizend.'

De vlammen doofden. De ober zette het mes in de bruingebrande laag opgeklopt eiwit.

'Vierduizend,' herhaalde de advocaat. Hij floot. 'Dan heb je 'm waarachtig niet te duur.'

13

In het appartement dat Paula voor hem gehuurd had, bleek het verre van stil. Het stadsverkeer dreunde er binnen, maar het dreigende gegons van Choreo was hij kwijt. Hij kreeg pijn aan zijn trommelvliezen van het ingespannen luisteren. Met stijf dichtgeknepen ogen probeerde hij de routes van verschillende politiesirenes te volgen. Bewogen ze zich van zijn woning af, of juist ernaartoe? Loeiden ze alleen maar voorbij, of bleven ze dreinen voor de ingang van het gebouw?

Trouwens, hun komst hoefde niet per se via een sirene aangekondigd te worden. Rechercheurs in burger konden zomaar opeens in de hal staan, met geen andere sirene dan de deurbel, als ze tenminste niet meteen het slot kapotschoten.

Zo ontdekte Remo dat in dit deel van de stad het gesnerp van politie- en ambulancewagens geen moment uit de lucht was. De straat op gaan, met iemand afspreken in een espressobar... het had hem kunnen afleiden, maar hij bleef binnen, alsof hij onverwacht bezoek niet wilde teleurstellen.

Die middag, bij het afscheid, had zijn advocaat hem een poststuk overhandigd. Het was Dunning aan het eind van de week door de directie van Choreo toegestuurd. 'Hier, het rapport van de hoofdbewaarder. Aangename lectuur. Bijna een hagiografie.'

Thuis haalde Remo het uit z'n envelop, en begon erin te lezen.

'Gevangene Woodehouse (werkelijke naam bij directie bekend) heeft zich voorbeeldig aangepast aan het leven in een penitentiaire inrichting. Meteen na zijn aankomst heeft gevangene Woodehouse zich als vrijwilliger aangemeld voor het schoonhouden van gang, gaanderijen en toiletten, een karwei waarvan hij zich gedurende de zes weken van zijn psychiatrische detentie uitstekend gekweten heeft. De eerste vijf weken samen met gevangene Maddox (werkelijke naam bij directie bekend), de laatste, nog lopende, week alleen.

Als hij niet aan het schoonmaken is, zit gevangene Woodehouse meestal in zijn cel te lezen, te tekenen of te schrijven. Hij plakt papiertjes op een groot houten bord dat hem ter beschikking is gesteld. Voor zijn conditie doet hij rek- en strekoefeningen op de gaanderij. Hij heeft verscheidene gevangenen zover gekregen met hem mee te doen. Om ze te helpen telt hij hardop bij het opdrukken. Ook verder toont hij veel belangstelling voor zijn medegevangenen. Zo voerde hij intensieve gesprekken (soms misschien te intensief) met de van brandwonden herstellende Maddox.

In de recreatie speelt gevangene Woodehouse met zijn medegevangenen schaak, domino of een kaartspel genaamd gin rummy. Als er geen partners zijn, kijkt hij televisie, bij voorkeur documentaires. De bewakers hebben hem slechts eenmaal op agressief gedrag en onwelvoeglijke taal kunnen betrappen: toen de hoofdcommissaris van de LAPD op het scherm verscheen om geïnterviewd te worden over de huidige serie verkrachtingen en moorden op jonge vrouwen in LA en omgeving.'

Dat was alles. Geen woord over enig handgemeen met Maddox (werkelijke naam bij directie bekend) of de twee lange weekends in isolatie, laat staan over het onderzoek naar de vermeende aanslag op voornoemde Maddox.

14

Remo had beloofd meteen na zijn vrijlating de producenten van *Cyclone* te bellen. Met tegenzin draaide hij het nummer van DinoSaur Bros Productions. Dino was op zondagmiddag gewoon aan het werk – zonder Sauro.

'Terug uit de werkelijkheid!' riep Dino met zijn prachtige Italiaanse accent. 'Terug in de dromenfabriek! Benvenuto! Ik kan je meteen al zeggen dat...'

'Dino, alsjeblieft. Laten we geen dingen aan de telefoon afhandelen.'

'Jij belt mij.'

'Om ergens af te spreken.'

'Alles veilig bij jou? Wordt er, ook al ligt de hoorn op de haak, niet meegeluisterd?'

'Niet dat ik weet.'

'Dan stap ik *nu* in een taxi.'

'Ik heb nog geen boodschappen kunnen doen.'

'Onder mijn regenjas is nog zat ruimte voor een fles van het een of ander.'

'Dino, onder je regenjas! De Drooglegging is vijftig jaar geleden opgeheven.'

'Nu je zo snel weer terug bent, durf ik je *Cyclone* wel toe te vertrouwen,' zei Dino, een sliertje whisky onder de ijsblokjes uitzuigend.

'En mijn vervanger, laat je die door een huurmoordenaar ontslaan?'

'Hij begrijpt de situatie.'

'Vertel me bij gelegenheid maar voor hoeveel zijn begrip op Onkosten is geboekt.'

'Jouw probleem niet.'

'Mijn probleem is... mijn advocaat spreekt morgen de rechter, en...'

'O ja, die Ritterbach. Ik zie hem wel eens op de Club. Geen vriend van je. Geen filmliefhebber.'

'Na dat gesprek weet ik pas waar ik aan toe ben.'

'Goed,' zei de producent, met al iets van afnemend enthousiasme in zijn stem, 'dan krijg ik morgen het definitieve antwoord.'

'Het voorlopig definitieve.'

'Ja, zo kunnen we bezig blijven.' Dino zette zijn half leeggedronken whiskyglas met een klap op de glasplaat van de salontafel, en stond resoluter op dan zijn slechte rug hem permitteerde.

Maandag 30 januari 1978
Grafton Aviation

I

Op het vroege uur dat de poenmagiërs in het centrum van Los Angeles hun ontbijtvergaderingen hielden, had Remo's advocaat in Santa Monica zijn gesprek met Ritterbach, maar dan zonder ontbijt. De rechter verborg onder zijn imitatie-empirebureau een paar balletschoentjes maat 46, waarmee hij voor de zoveelste keer op de spitzen ging om een draai van 180° te maken. 'Mr Dunning, ik zal er alles aan doen om uw cliënt weer achter de tralies te krijgen.'

De advocaat, nog maar net gezeten, dacht even dat zijn lege maag opspeelde, zo bleek en slap voelde hij zich plotseling worden. Maar nee, de fluwelige smaak van roerei met hamsnippers, liefdevol bereid door Mrs Dunning, hing nog tegen zijn gehemelte. 'Edelachtbare' (hij slikte) 'mag ik u herinneren aan ons gesprek van midden september in raadkamer?' Dunning ging rechtop zitten, en deed zijn uiterste best niet van zijn graat te gaan. 'De tijd die in Choreo heen zou gaan met het psychiatrisch onderzoek van mijn cliënt, zei u toen, zouden we als zijn straf mogen beschouwen.'

'Uw cliënt heeft maar tweeënveertig van de voor zo'n onderzoek wettelijk vereiste negentig dagen in detentie doorgebracht.'

Om niet flauw te vallen, liet Dunning zijn pen op de grond rollen. Hij mompelde een excuus, boog zich voorover, en tastte net zo lang rond tot hij het bloed terug voelde stromen naar zijn hoofd – met een ongezonde druk, dat wel. Hij richtte zich weer op, keek door wapperende rouwfloersen de rechter aan, en zei: 'U weet toch net zo goed als ik, Edelachtbare, dat een psychiatrisch onderzoek in de gevangenis gemiddeld op zo'n zesenveertig, zevenenveertig dagen uitkomt. In het onderhavige geval was de diagnose na krap zes weken gesteld. Mijn cliënt was klaar.'

Ritterbach stond op uit zijn leren fauteuil met draaipoot (niks empire, ook geen namaak), en begon in de ruimte achter het bureau heen en weer te lopen. Hij had de balletschoentjes weer verwisseld voor handgemaakte brogues van Sarnelli, want de draai was gemaakt, onherroepelijk. 'Dat rapport, Mr Dunning, is een complete aanfluiting. In z'n soort is mij nog nooit iets zo staatsgevaarlijks onder ogen gekomen.'

De rechter droeg een driedelig kostuum, maar zijn handen gedroegen zich alsof hij een toga aanhad. Ze grepen naar zijn bovenbenen als om het gewaad tegen struikelen op te houden. Dan weer hief hij ze met een draaibeweging ten hemel, als wilden ze de wijde mouwen tot op elleboghoogte naar beneden schudden. 'Als ik uw cliënt was, Mr Dunning, zou ik het met wat lieve plaatjes erbij onmiddellijk in druk geven. Als heiligenleven.'

De suggestie van een toga was zo sterk dat er bij een volgende haarspeldbocht in het geijsbeer iets begon te wapperen – tot Dunning ontdekte dat het de vlag was die, bijeengehouden door een goudkleurig gordijnkoord, achter de bureaustoel hing.

'Nee,' zei Ritterbach, plotseling met opgestoken vinger stilstaand, 'u zou er octrooi op kunnen aanvragen. Merknaam: De Zieltjesreiniger. Maar *ik*, Mr Dunning, moet de burger tegen kinderverkrachters beschermen. Terug het gevang in met die misdadiger.'

'U bedoelt dat mijn cliënt de resterende achtenveertig dagen van de wettelijke negentig...?'

'Over de uitgezeten tijd, en dat het er maar tweeënveertig

waren, daar wil ik verder niet moeilijk over doen. Ik wil die onberekenbare, staatsgevaarlijke pedofiel gewoon voor onbepaalde tijd terug achter de tralies hebben. Hij heeft zijn status als regisseur, en zijn werkvergunning voor de Verenigde Staten, buitengewoon schandelijk misbruikt.'

'Voor... onbepaalde tijd,' herhaalde de advocaat. Hij voelde het bloed opnieuw uit zijn gezicht wegtrekken, maar kon zijn pen niet nog eens laten vallen.

'Luister, Mr Dunning.' De rechter ging weer zitten. 'Ik heb een drukke baan, die mij weinig tijd laat me onder de mensen te begeven. Maar van tijd tot tijd leg ik mijn oor te luisteren op de Club, en zo hoort een mens nog eens wat. Er is in deze verkrachtingszaak veel kritiek op de rechterlijke macht. Op mij in het bijzonder. Het is mijn heilige taak ouders te beschermen tegen ontering van hun minderjarige dochters.'

Vreemd, dacht Dunning, dat hij in de eerste plaats aan bescherming van de ouders denkt – maar sprak het niet uit. 'Edelachtbare, laat u bij het opleggen van een nieuwe straf de tragische achtergrond van mijn cliënt ook meewegen?'

'Breekt u mij de bek niet open, Mr Dunning. *Juist* omdat uw cliënt op zo'n tragische wijze met die sekte te maken heeft gekregen, had hij tegenover een jongedame als Miss Wendy zijn plaats moeten weten. Mr Goeroe verzamelde een bende tienermeisjes om zich heen, hersenspoelde ze, en stuurde ze uit moorden. Uw cliënt had door de tragische dood van zijn vrouw en kind kunnen beseffen hoe beïnvloedbaar jonge vrouwen van die leeftijd zijn. *Juist* hij. Uw cliënt beroept zich erop dat de gemeenschap met instemming van de dertienjarige plaatsvond. Had hij zijn verstand maar gebruikt, in plaats van zijn wil zo vanzelfsprekend aan een onervaren kind op te leggen. In het rapport van de psychiater wordt de moord op de echtgenote als verzachtende omstandigheid opgevoerd. Daarom vind ik het zo'n vod van een document. Voor mij is het een *verhardende* omstandigheid.'

'Het volgende, Edelachtbare, vertel ik u met de grootst mogelijke reserve. Ik vind wel dat u het moet weten.'

Ritterbach hield zijn linkerarm op grote afstand van zijn verziende ogen, en las met het hoofd in de nek de tijd van zijn horloge. 'Ik luister.'

'Mijn cliënt heeft de tweeënveertig dagen van zijn gevangenisstraf uitgezeten op een afdeling waar ook de moordenaar van zijn vrouw en kind was ingesloten.'

Als het Ritterbach verbaasde, wist hij dat goed te verbergen. 'En nu suggereert u, Mr Dunning, dat uw cliënt daarmee al voldoende extra gestraft is?'

'Stelt u zich voor...'

'Ik hoef het me niet voor te stellen. Uw cliënt had er zich, voordat hij tot zijn strafbare daad overging, een voorstelling van moeten maken wat het betekent in de gevangenis te belanden. Hij had zich dienen te realiseren dat men daar tussen de zwaarste criminelen vertoeft.'

'En dag in dag uit in de nabijheid te moeten verkeren van de man die jouw vrouw en vrienden vermoord heeft, behoort tot het risico, bedoelt u?'

'Van dichtbij te ervaren hoe de vernietiger van je geluk zijn straf uitdient, is misschien wel heel bevredigend, Mr Dunning.'

'Mijn cliënt denkt daar anders over, Edelachtbare.'

'Waarom komt u nu pas met dit verhaal?'

'Ik hoorde zelf gisteren pas over deze gang van zaken. Van mijn cliënt.'

'Als de situatie voor uw cliënt ondraaglijk was, waarom is hij er dan niet eerder mee naar buiten gekomen?'

'De moordenaar verbleef onherkenbaar in Choreo, net als mijn cliënt. Ze herkenden elkaar pas na weken.'

'Na weken... en waarom heeft uw cliënt toen niet meteen de directie ingelicht?'

'Hij heeft van de gelegenheid gebruikgemaakt zijn medegevangene om opheldering te vragen over zaken die tijdens het moordproces niet aan de orde zijn gekomen.'

'Welnu, Mr Dunning, dan heeft uw cliënt de confrontatie vast niet als een verzwaring van zijn straf ondergaan. Eerder als een verlichting, als u mij de woordspeling vergeeft.'

Ritterbach drukte een knop op zijn bureau in, en snauwde zijn secretaresse toe dat ze de officier van justitie kon laten komen. Ze vroeg hoe laat het hem schikte. 'Nu meteen.'

Na twee minuten, die Dunning en Ritterbach gevuld hadden met zwijgen, kwam Keith Longenecker haastig het kantoor van de rechter binnen. 'Excuses.' Hij hijgde. 'Ik werd opgehouden door een onbekende hond, die de lift niet uit wilde. Ik begrijp, Mr Dunning, dat uw cliënt gisteren is vrijgekomen.'

'Na tweeënveertig dagen,' hoonde Ritterbach. 'Ik wil hem terug achter de tralies.'

'Ik stel voor,' zei de officier van justitie, 'om hem de ontbrekende achtenveertig dagen te laten uitzitten, en het daarbij te laten.'

'Het psychiatrisch rapport,' zei de rechter, 'geeft als aanbeveling: voorwaardelijk. Ik heb nog nooit zo'n lor gezien. Met alle respect voor het door u aangedragen compromis, Mr Longenecker, ik zou de kinderverkrachter liever tot opsluiting voor onbepaalde tijd veroordeeld willen zien.'

'En als u, nadat de negentig dagen zijn volgemaakt, een verzoek tot invrijheidstelling bereikt?' vroeg Dunning.

'Het is mijn rechterlijke plicht zulks in overweging te nemen. En voor nu, heren... als u mij wilt excuseren...'

2

Toen Doug Dunning, na een dodenrit over de Santa Monica Freeway, het kantoor van Dunning & Hendrix binnen rende, was de ochtend nog steeds jong. Remo, door Choreo gewend aan vroeg opstaan, zat al een halfuur op hem te wachten, misselijk van verlangen naar nieuws. Hij wist dat hij de Eeuwige Vlam voor het Graf van de Onbekende Tragicus alleen brandende zou kunnen houden door zelf zo snel mogelijk aan een meesterwerk te beginnen – en dan niet zo'n flutprent als *Cyclone*.

'Had even gebeld vanuit die gerechtskeet daar,' zei Matthew Hendrix, die achter zijn rozenhouten bureau Remo had afgeleid met roddels en grappen uit de juridische speeltuin van downtown Los Angeles.

'Kijk en luister zelf.' Dunning liep naar het wandmeubel, ook van rozenhout, tegenover zijn compagnon, sloeg de deurtjes voor een televisietoestel opzij, en schakelde het in. 'Op LA5 geeft die valse ijdeltuit nu al een persconferentie.'

Toen het apparaat warm werd, verscheen bibberend een katheder met een slordig boeket microfoons in beeld. In witte letters: VERWACHT: PERSCONFERENTIE RECHTER RITTERBACH/ARRONDISSEMENTSRECHTBANK SANTA MONICA. Het scherm vertoonde, zoals gebruikelijk in de Amerikaanse binnensteden, uitsluitend kleuren in ontbinding. Een streng vonkend prikkeldraad trok van onderaf door het beeld, verdween aan de bovenkant, en kwam beneden weer tevoorschijn. Het stoorde Remo altijd weer, zelfs nu. Land van de grote getallen. Vierduizend televisiezenders op de kabel, en nog eens duizend lokale stations, maar als de ontvanger tussen de hoogbouw woonde, speelde elke comedy achter bewegend prikkeldraad, en anders was er wel een overbelast elektriciteitsnet. Het was hem, kleine slaaf van kleur en belichting, een gruwel dat zijn speelfilms aldus verminkt op de buis kwamen. Als hij hier nog eens een televisiefilm mocht maken over het getto van Krakau, kon hij de omheining weglaten.

'Daar heb je 'm,' riep Dunning. 'Knight Bachelor.'

Ritterbach beklom de verhoging achter het spreekgestoelte, en keek met opgetrokken wenkbrauwen de zaal rond, op zoek naar de eerste vragensteller. Er hengelde niemand met een microfoon rond, zodat de woorden van de journalisten bijna niet te verstaan waren. 'Ik begin met u.' De rechter wees naar iemand buiten beeld.

'Your Ho... gezeten... vrije voeten?'

'Hij heeft niet eens de helft van de opgelegde drie maanden uitgezeten,' antwoordde de rechter met geheven hoofd en half geloken ogen. 'Ik heb hem nu tot een aansluitende gevangenisstraf veroordeeld.'

Uit de klanken die de volgende vragensteller uitstootte, kon worden opgemaakt dat hij vroeg of het hier om 'de resterende helft' ging.

'Nee, ik houd hem voor onbepaalde tijd achter de tralies.'

'Ik zie aan die kop,' zei Hendrix, 'dat hij zich over de hoofden van het journaille heen richt tot de leden van de Palisades Cliffside Golf & Yacht Club, de Palo Alto Hills Country Club, de Hollywood Turf, de LA World Affairs Council en de Gold Diggers for Crippled Children's Society. En van al die andere gezelligheidsverenigingen waar hij als prominent lid het vaandel van de Ware Moraal hooghoudt.'

Er moest opnieuw iemand een vraag hebben gesteld, want Ritterbach antwoordde langzaam en plechtig: 'Ik ben bereid hem na het uitzitten van de resterende achtenveertig dagen vrij te laten. Op voorwaarde dat...'

Geschreeuw in de zaal. De spasmen in Ritterbachs rechterarm verrieden dat hij achter de haag van microfoons zijn hamer miste. 'Op voorwaarde dat de veroordeelde ermee instemt het land te worden uit gezet.'

Remo en Dunning keken elkaar vluchtig aan, en daarna wisselden de twee advocaten een blik, maar niemand zei iets. In de ruimte van de persconferentie was groot tumult uitgebroken. Ritterbach hief zijn hand op, en het werd stil. Hij wees. 'U daar... de dame in het zwart.'

De journaliste stapte naar voren, en zei duidelijk verstaanbaar in de richting van de kluwen microfoons: 'Your Honour, neemt u mij niet kwalijk, maar... is het in *uw* handen om iemand het land uit te zetten?'

Even wankelde de standvastige rechter. Hij had zijn gezicht algauw weer in de plooi, en zei: 'Mevrouw, wacht u maar rustig af.' Vanuit de zaal werden hem nog meer vragen toe geslingerd, maar Ritterbach draaide zich om, verstapte zich net niet, en verdween achter een gordijn.

3

De advocaten en hun cliënt waren zeker tien minuten niet tot enige conversatie in staat. '*Is* Ritterbach gemachtigd mij te verbannen?' vroeg Remo uiteindelijk.

'Allicht niet,' meende Dunning.

'Hij chanteert je,' zei Hendrix. 'Op deze manier hoopt hij jou zover te krijgen dat je zelf met een verzoek tot uitzetting komt.'

'Leg eens uit... waarom zou ik om mijn eigen verbanning gaan smeken?'

'Uit wanhoop,' wist Dunning. 'Om een einde te maken aan de onzekere duur van je gevangenisstraf. Daarom.'

'Door jou, zoals hij nu doet, voor onbepaalde tijd te veroordelen,' zei Hendrix, 'kan dit vooraanstaand lid van de Gold Diggers for Crippled Children's Society jouw vrijlating eindeloos traineren.'

'En zo probeert hij,' vulde Dunning aan, 'jou ertoe te brengen *nu al* een smeekbede om ballingschap tot de rechterlijke macht te richten.'

'Dan is hij van je af,' zei Hendrix.

'En houdt hijzelf zijn handen schoon,' zei Dunning.

'Zijn medeleden van het San Diego Opera Guild,' zei Hendrix, 'zullen hem op de Club minstens een volle week vrijhouden.'

'Daarmee,' zei Dunning, 'heeft rechter Ritterbach alles wat hij tot zijn beschikking heeft in stelling gebracht om jou het wonen en werken in de Verenigde Staten onmogelijk te maken.'

'Wat heeft het dan nog voor zin,' riep Remo uit, 'om hier in Californië te blijven?' Hij stond op. 'Ik ga naar New York.'

'Ze zullen je meteen bij aankomst op het vliegveld terugsturen,' zei Hendrix. 'Met een mannetje erbij om je te chaperonneren. Dan ben je nog verder van huis.'

'Of liever,' verbeterde Dunning, 'nog dichter bij huis. Veel te dicht.'

'Als je er zonder overleg vandoor gaat,' zei Hendrix, 'heb je in feite tweeënveertig dagen voor nop vastgezeten.'

'Zie het maar,' zei Dunning, 'als veldwerk voor een toekomstige film.'

'Dat vind ik nou het fijne aan jou, Doug... dat je uit alles, kan niet verdommen hoe smerig, iets positiefs weet te peuren. Vergeet niet dit onbetaalbare advies op de rekening te zetten.' Remo liep naar de deur.

'Wat ga je doen?' vroeg Dunning angstig, als vreesde hij voor zelfmoord. Dunning & Hendrix zaten op de negentiende. Remo draaide zich om. 'Wij, Poolse joden, kennen een spreekwoord, en dat zegt: "Als er stront dreigt, steek dan een lange naald door je globe, en reis af naar het verst van de pogrom verwijderde punt op aarde." Dat is precies wat ik ga doen bij die wereldbol van jullie.'

'Wereldbol...' herhaalde Dunning.

'Dat lichtgevende ding in de wachtkamer.'

'Wanneer,' vroeg Hendrix, 'was jij voor 't laatst in onze antichambre?'

'God, daar vraag je... Ik loop altijd meteen door. Toen ik hier de eerste keer moest zijn, vermoed ik.'

'Precies,' zei Hendrix, 'in de nazomer van '69. Acht en een half jaar geleden.'

'Wat deed ik hier toen?'

'Dunning & Hendrix zou een zekere, door jou en je vrienden uitgeloofde beloning van $ 25 000 dollar beheren, bestemd voor de gouden tipgever.'

'Vergeef me dat ik het even verdrongen had.'

'Er stond toen inderdaad,' zei Dunning, 'een verlichte globe in de wachtkamer.'

'Niet meer? Wat moet een briljant stel kosmopolitische topadvocaten als jullie zonder naast de paraplubak opgloeiende wereldbol?

'Hij is begin 1970 door brand verloren gegaan,' zei Hendrix.

'Dat hebben wij, opgejaagde joden, nou altijd. Wil je een goed heenkomen zoeken aan het andere eind van de aarde, blijkt de wereldbol in vlammen opgegaan. Ik wist trouwens niet dat hier brand was geweest.'

'Kortsluiting in de globe zelf,' legde Hendrix uit. 'Een ontevreden klant had er een van onze degens doorheen gestoken, en zo de lichtbron geraakt. Meer stank dan vuur.'

'Het ding was van plastic,' zei Dunning somber.

'Geen idee,' zei Hendrix, 'wat de man bezielde.'

'Ik weet het intussen,' verklaarde Dunning. 'Ik ben vergeten het je te vertellen, Matt. Ik trof hem in Choreo. Meneer is tegenwoordig gevangenbewaarder.'

'Dat verbaast me,' zei Hendrix. 'En ook weer niet.'

'Hoe heet hij?' wilde Remo weten.

'Dan moet je bij Matt zijn,' zei Dunning. 'Toen hij hier client was, kon ik zijn naam ook al niet onthouden.'

'Dat was nou juist het probleem. Hij had geen naam.'

'Hij zal zijn cheques toch wel met iets anders dan een kruisje getekend hebben...' veronderstelde Remo.

'Geen idee,' zei Hendrix. 'Er staat nog een forse rekening open.'

'Ik heb hem er in Choreo op aangesproken,' zei Dunning.

'Hoe vertegenwoordig je als advocaat een naamloos iemand?' vroeg Remo.

'Hij was gedagvaard onder twee verschillende aliassen,' zei Hendrix. 'Vraag me niet welke. Ik zou Jenny twintig verdiepingen naar beneden moeten sturen om ze op te zoeken in het archief. Allebei de dagvaardingen hadden met het Hurly Burly-proces te maken. In het ene deurwaardersexploot werd Mr Client onder de naam Mr X opgeroepen om als getuige à charge voor de rechtbank van Los Angeles te verschijnen. In het andere werd hij als Mr Y, van beroep paragnost, gedagvaard om zich te verantwoorden voor zijn rol als oorlogshitser in Hurly Burly. Aanleiding in beide gevallen dezelfde. Mr Client, X en Y, zou de hoofddader in de moordzaak een bootleg met de popsong "Hurly Burly" hebben toegespeeld.'

'Als ik me goed herinner,' zei Dunning, 'beweerde onze Mr Client dat hij de componist van het nummer het basismateriaal voor de tekst had geleverd.'

'Ach, schei uit,' zei Hendrix. 'Het bleek gewoon om wat citaten uit *Macbeth* te gaan. De man was de grootste megalomaan die ik ooit in mijn praktijk gehad heb. Neem die naam van hem... Ik heb het dan niet over een van zijn aliassen, maar over zijn oorspronkelijke naam, die hij niet wilde noemen.'

'Hij *mocht* hem niet noemen,' wist Dunning.

'Omdat hij hem verkocht had,' zei Hendrix. 'Het was hem contractueel verboden de naam zelf nog te gebruiken. Beweerde hij.'

'Ho, Matt, het was meer dan zomaar een bewering. Hij heeft ons zijn contract met de NASA voorgelegd.'

'Een vervalsing.'

'We hebben het op echtheid laten onderzoeken,' herinnerde Dunning zich. 'Het werd authentiek bevonden.'

'Het *moet* een vervalsing zijn geweest.'

'Zelfs bij de NASA, Matt, hebben ze de rechtsgeldigheid van het contract bevestigd. Ze waren woedend op onze cliënt, omdat het al getekend was in het bijzijn van wederzijdse advocaten. Maar de echtheid, nee, daar werd niet aan getornd.'

'Wie verkoopt er nou zijn naam aan de NASA...!' riep Remo uit.

'Ach, de man was een megalomaan en een oplichter,' zei Hendrix. 'Daar komen ze bij de NASA ook nog wel achter.'

'Het zit jou blijkbaar nog steeds dwars, Matt, dat Mr Client het land uit is gevlucht eer hij voor de rechtbank kon verschijnen.'

'Hoe hou je zo iemand tegen?'

'Jij hebt hem kopschuw gemaakt... door voor het gerecht zijn ware naam te willen onthullen. Contractbreuk... de man kon dat niet aan.'

'Als ik hem zijn alias had laten gebruiken, was ik de vertegenwoordiger geweest van een onbenullig piskijkertje. Had ik zijn werkelijke naam mogen noemen, dan was Dunning & Hendrix de geschiedenis in gegaan als het advocatenduo dat de zaak-Hurly Burly op z'n kop gezet had.'

'Je hebt niet eens overleg met mij gepleegd. Ik zou de man veel diplomatieker benaderd hebben. Hem de mogelijkheid hebben voorgehouden zijn naam, met onze hulp, terug te kopen. Je hebt de zaak voor Dunning & Hendrix verkloot, Matt.'

'Heren,' kwam Remo ertussen, 'voordat jullie elkaar de hersens inslaan... vertel me nou 's waarom Mr Client jullie lichtgevende globe vernield heeft.'

'Hij wilde hetzelfde als jij,' zei Dunning. 'Een veilig heenkomen aan het andere eind van de wereld. Alleen ging er iets mis. De bol was te groot voor zelfs de langste naald. Daarom gebruikte hij een van de degens die in de wachtkamer aan de muur hingen. Een replica van het slapste tin. De punt ging er bij Los Angeles soepel in, maar stuitte in het binnenwerk op de gloeilamp. Kortsluiting. De degen boog helemaal om, en de punt kwam in Europa tevoorschijn. Ergens in het noorden... Kopenhagen, Nederland... daar ergens. De man vertelde me in Choreo dat hij daar inderdaad naartoe gevlucht was.'

'Zoiets doet alleen een jood,' stelde Remo.

'Hij was Griek van origine,' zei Hendrix.

'Spiros Agraphiotis. De enige Griek in Choreo.'

'Alweer een andere naam,' zei Hendrix, 'maar hij moet het zijn. Doe je best, Doug, en in die openstaande rekening. Toon de deurwaarder dat het *onze* Griek is.'

'Weinig kans,' zei Remo. 'Hij heeft ontslag genomen. Gisteren was zijn laatste werkdag.'

'Blijft de vraag,' zei Dunning, 'wat onze Griek in Choreo deed.'

'Boeven bewaken,' lachte Remo.

'Ja,' zei Hendrix, 'en de rest.'

4

Op weg naar de hal en de lift keek hij even in de wachtkamer. Aan de muren hingen nog altijd de replica's van antieke wapens, maar ze werden niet meer zoals vroeger in een spookachtig blauwe gloed gezet door de oceanen op de globe. Het frame waarin de bol draaibaar opgehangen was geweest, bood nu plaats aan enkele gehavende paraplu's. Op minder geblakerde plekken waren de cijfers van lengte- en breedtegraden nog goed leesbaar. Hij schoot er niets mee op. Een intacte wereldbol en een scherpe pook, dat was wat hij nodig had. In de gang naar de hal de bezorgde stemmen van de advocaten en hun assistente.

'Ik heb hem niet voorbij zien komen.' (Jenny Foldaway)

'Hij is niet in de hal.' (Matthew Hendrix LLM) 'Geen pijlen verlicht... hij is niet met de lift.'

'De trap...' (Douglas Dunning LLM)

Gebeuk van merkschoenen op het linoleum in de hal. Hun geroffel over de traptreden. Tussen de kapotte paraplu's stond er een die ongeschonden was met een bruinig ivoren greep. In Zuid-Californië regende het misschien achtentwintig keer per jaar, en waar hij nu heen ging niet vaker. Zwarte paraplu's waren ongeschikt als parasol. Toch kon hij deze niet laten staan.

Jenny zat niet op haar plaats aan de receptiebalie. Remo liet de lift komen, stapte in, en liet zich naar de begane grond voeren. Niemand in de kooi, maar Remo was automatisch helemaal achterin met zijn rug tegen de wand gaan staan. Hoe walgelijk veramerikaniseerd was hij geraakt – enfin, dat leerde hij in een nieuw leven wel weer af.

Beneden geen Dunning & Hendrix. Misschien hadden ze de trap naar het dak genomen, in de veronderstelling dat hun cliënt met een duikvlucht rechter Ritterbach tegemoet wilde komen. Geen slecht idee, maar dan niet in Flower Street. In de woestijn was meer ruimte.

5

In de Volkswagen Kever van zijn secretaresse reed hij terug naar het appartement in Beverly Hills, dat nooit een thuis zou worden. Hij legde zijn kleine koffer open op het bed, en maakte een zo streng mogelijke keuze uit de spullen die hij niet kon missen. Op een paar dingen van Sharon na bleek hij aan niets echt gehecht. Over bijna alle voorwerpen die hij de afgelopen jaren om zich heen verzameld had, lag het patina van een leven dat hij nodig achter zich moest laten. Geen ouwe troep in een nieuw bestaan. De koffer was hem nog te groot, te hoekig. Hij bracht alles over naar een weekendtas van de slappe soort, zo'n ding dat zich overal in liet proppen.

Bankpapieren. Contracten. Visum. Frans paspoort. Vliegbrevet.

Voor de laatste keer trok hij de deur van de onpersoonlijke woning achter zich dicht – en daar was op weg naar een onbekende vrijheid de eerste hindernis al: geen contanten. Eerst maar eens bij DinoSaur langs. Het probleem was: hoe praatte je een voorschot los bij een producent aan wie je tegelijkertijd moest melden dat je je als regisseur terugtrok?

6

Sauro kwam met uitgestoken armen op hem af. Ze werden alleen nog gescheiden door twee kantoorvertrekken, waarvan de dubbele tussendeuren openstonden.

'Vriend,' riep Sauro, boven het lawaai van typemachines en telefoons uit. 'Kom verder.'

'Ik heb mijn besluit genomen.' Remo zwenkte om een tafel met maquettes van filmdecors heen.

'Ik wist het. Sauro spreidde zijn armen nog verder. 'Ik wist het wel.'

Pas op omhelsafstand, buiten het gehoor van het personeel, zei Remo: 'Ik ga het land uit.'

Het leek of Sauro's aangezichtsvlees slapper werd, en van zijn schedel droop. 'Questo Ritterbach... che stronzo!'

'Er wordt een vuil spelletje met me gespeeld. Ik heb geen keus.'

'Ik begrijp het. Hoe zit je met geld?'

'Geen kwartje contant.'

Sauro beklopte zijn zakken. 'Eerst God vervloeken.'

'Pardon?'

'No curse, no cash. Ken je die scène uit *Don Juan* van Molière niet? Don Juan wil Francisco een goudstuk geven, maar dan moet hij eerst God vervloeken.'

'En?'

'Francisco weigert. Ik sterf liever van de honger, zegt hij.'

'Sauro, ik heb God de afgelopen weken zo godsgruwelijk stijf gevloekt dat ik me afvraag of Hij ooit nog een vin verroert. Mijn goudstuk is welverdiend.'

'Ik heb alleen plastic geld. Wacht.' Sauro schoot een medewerker aan, die in looppas de ruimte verliet. 'Ik heb Jerrold naar de bank gestuurd.' 'Hij is binnen vijf minuten terug. Tweeduizend, red je het daar voorlopig mee?'

'Het moet maar.'

'Waarheen, mijn vriend?'

'Ergens waar weinig grensposten zijn.'

'Mexico.'

'Je zegt het.'

In hun omhelzing werd een filmproject definitief fijngemalen.

7

Voor 't eerst in al die jaren miste Remo zijn Lamborghini, die hij in walgende rouw had weggegeven aan zijn schoonvader – alsof die met *zijn* verdriet op zo'n duur stuk blik zat te wachten. De middag kwam nog maar net op gang, maar hij had grote haast. Paula's Kever leek te suf voor het centrum van Los Angeles. Op weg naar de afslag voor de Harbor Freeway moest hij tergend lang wachten voor een schoolbus, waaruit blinde kinderen stapten, voet en spriet tastend naar de onderste treeplank. Ze werden door twee schommelende nonnen de straat over geholpen. Zich aan elkaar vastklampend bewogen de scholieren zich stijfjes, waardoor hun schooltassen vreemde, schokkerige rugschilden werden. Zolang het maar geen engelen met 'vurige borstplaten' waren om Maddox' woestijnput te bewaken.

In zijn Lamborghini zou hij hier net zo goed achter een gele bus staan wachten, alleen had de motor dan ongeduldiger geklonken dan die van de gezapige Volkswagen. Een merkwaardig gebaar, achteraf. Meteen na Sharons dood had haar vader zijn baard laten staan om, gekleed als hippie of wat ervoor door moest gaan, tussen de dealers en de motorrijders op de Sunset Strip rond te hangen, en zo de moordenaars op het spoor te komen. Een vlammend rode Lamborghini was niet bepaald geschikt om de vermomming te vervolmaken.

Aan de overkant moest het blinde grut nog, via een stenen trap, een gebouw in Spaanse koloniale stijl binnen gevoerd worden, kennelijk hun school of instituut. Het duurde nog een tijd voor de nonnen met stijf wapperende rokken terug bij de bus waren en de gele knipperlichten doofden. Hoe graag was hij nu, met een achteloze teentik op het gaspedaal, langs de bus geschoten, de Lamborghini een kortstondig rood spiegelbeeld in de gele lak. De Kever geraakte er niet eens voorbij. Arme Paul. Al het aanpappen en hasjroken met de zelfkanters van de Strip had de radeloze kolonel niets opgeleverd, behalve baardschurft, een gebroken neus en een lelijk hoestje. Bij de motorbende van de Square Satans had hij moeten zijn, maar daar was hij, na die klap in zijn gezicht, nou juist keer op keer met een boog omheen gelopen.

Harbor Freeway.

Bij het bord voor de afslag naar Woodbury College wist hij dat de Santa Monica Freeway eraan kwam. Hij moest telkens gas terugnemen, omdat hij boven het maximum van negentig kilometer zat, soms zelfs boven de honderd, zo krachtig was Paula's boodschappenwagentje nog wel. Als hij met anderen meereed, had hij de bestuurder vaak op stang gejaagd door de verdekt opgestelde *unmarked patrol cars* aan te wijzen. Hij werd nooit geloofd, behalve wanneer er echt te hard gereden werd – dan doemde het bewijs vanzelf in de achteruitkijkspiegel op. Zelfs voor de goed verborgen radarapparatuur van de verkeerspolitie had hij een orgaan, dat z'n eventuele falen gewoon per postcheque ingewreven kreeg. Vandaag niets van die alertheid. Het ging hem niet om die vijftig of honderd dollar boete, op de parkeerstrook te voldoen (hij had nog een DinoSaurduizendje of twee stuk te slaan), maar stel dat ze hem arresteerden, of gewoon voor een praatje mee naar het bureau namen. Ook zolang het hem lukte beneden de maximumsnelheid te blijven, beging hij de ene overtreding na de andere. 'Als ik straks net zo beroerd de knuppel bedien als nu het stuur,' mompelde hij met de stank van verbrand rubber in zijn neus, 'dan haal ik de grens niet eens.'

8

Het vliegveld van Santa Monica: hij was op vertrouwd terrein. Uit gaten en scheuren in het geasfalteerde parkeerterrein schoot zoveel onkruid op dat sommige vakken wel bedden van moestuinen leken. De sluikbegroeiing was in de vier jaar sinds hij hier zijn brevet haalde alleen maar weelderiger geworden. Bij het parkeren knarsten de stengels van een of ander naamen saploos gewas langs de carrosserie. Als de woestijn hier al zo agressief door de korst van beschaving heen drong, hoe moest het dan zijn aan de andere kant van het met plukken mensenhaar behangen prikkeldraad?

Remo nam zijn tas van de achterbank, en sloot de Volkswagen af. Straks, op het laatste moment, zou hij Paula bellen om te zeggen waar ze haar auto kon vinden. De sleutels lagen dan bij de balie van Grafton Aviation. Als ze de Kever door een ingehuurde kracht wilde laten ophalen, ook goed. De kosten zou hij later vergoeden.

Hij begon te lopen in de richting van de lage gebouwen, waar de hangars voor de sportvliegtuigjes waren en de kleine maatschappijen met hun scholen kantoor hielden. Januari, en de kleren plakten hem aan het lijf. Voortdurend keek hij over zijn schouder, om te zien of er niemand uit een geparkeerde auto was gestapt die hem volgde. Zo kon het gebeuren dat hij tussen de droge graspollen een hagedis doodtrapte. Daardoor merkte hij pas hoe kwetsbaar zijn gemoed vandaag was. Angst, woede, verdriet, strijdlust, machteloosheid – en dat alles gistend tot een verlammend gif. Met tranen in de ogen, de dood plakkerig onder zijn schoenzool, stak hij de betonnen vlakte over naar de witte keet van Grafton Aviation.

In de zomer van 1973, met de onmogelijke Robert werkend aan het nog onmogelijker script van *Chicane Town*, had hij hier zijn eerste vlieglessen genomen. Mr Bob was de schrijver van het geniale scenario, dat in al z'n genialiteit onverfilmbaar bleek. Als beoogde regisseur had Remo geëist dat het zou worden ingekort. Rampzalig, die samenwerking. De ijdele Robert verzette zich tegen elke coupure. Als Remo er, na veel gescheld over en weer, toch een wist door te drukken, ging de gekwetste scenarist urenlang depressief met zijn hond de heuvels in. Om tot elke prijs te voorkomen dat hijzelf over kronkelpaden achter een nieuw aangeschafte Duitse herder aan zou moeten sjokken, was Remo aan zijn vliegbrevet gaan werken. Een instructeur stonk ook minder naar vaatdoek dan zo'n schapendoes.

Achter de verhuurbalie stond een jongen over een kaartenbak gebogen. Op de rug van zijn groene overall in witte kapitalen GRAFTON AVIATION.

'Een Cessna 150 vrij?' Remo legde vliegbrevet en creditcard naast een viskom vol pepermuntkussentjes. Zich omdraaiend veranderde de jongen in een bijna heup- en borstloos meisje, waarvan het opgestoken haar, op een enkele tere pluim na, onder een groene pet schuilging. Ze herkende hem, en begon meteen te flirten: handen in de kontzakken, schouders naar achteren, maar nog steeds geen spoor van een boezem. Toen ze vragend zijn naam noemde, had hij er opeens spijt van zijn baard te hebben afgeschoren. Zo stationeerde hij getuigen op alle kruispunten van zijn aftocht.

'Voor hoe lang?'

'Heeft Grafton connecties met Marijuana Brass?'

Ze lachte onzeker. 'Wij doen niet in drugs.'

Oppassen met dit meisje. Zij leidde zijn tong in de verkeerde groef. 'Sorry, ik versprak me. Ik bedoel het vliegveld van Tijuana.'

'U wilt naar Tijuana vliegen...'

'Ja, en daar de Cessna achterlaten.'

'Zodat iemand van Tijuana de kist hier weer aan de grond kan zetten?'

'Ik blijf in Mexico.'

'Dan wordt het wel fiks duurder.'

'Hier is mijn American Express.'

'Ik vraag even na. Neem zoveel pepermuntjes als u wilt.'

Het meisje verdween in het kantoortje achter de balie. Even later zag hij door het grote raam hoe zij over de grijze vlakte van betonplaten, olieplassen vermijdend, op een groepje mannen in GRAFTON-overalls toe rende, dat bij twee Cessna's aan het werk was. Hier stond hij. Man op de vlucht. Het kleine loeder was blijkbaar niet door haar moeder gewaarschuwd voor de beroemde kinderverkrachter. Maar die monteurs daar, met hun rond de nek geklemde oorbeschermers, lazen zeker de krant, en zouden bij het horen van zijn naam en zijn bestemming (enkele reis) wel eens de politie kunnen bellen, zomaar, voor alle zekerheid.

Hartkloppingen hamerden de visioenen uit hem: van Mexicaanse stadjes aan de horizon, en wenkende cactussen in de diepte. Uit eerbied voor de stilte boven de woestijn staakte de Cessnamotor zijn gebrom. Net als waarschijnlijk dat meisje daar stelde hij zich cactussen nog altijd in de stripvariant voor: groene vogelverschrikkers met kippenvel en de oren van Mickey Mouse. Ze staken hun lange armen uit om hem met vliegtuigje en al op te vangen. In glijvlucht dook hij op de grens van prikkeldraad af. De overkant, die zat er niet in. Aan de Amerikaanse zijde stond een trits langgerekte sleeën van de grenspolitie hem op te wachten. De heren leunden er op hun cynische gemak tegenaan, spiegelbrillen naar de hemel gericht. Van alle kanten rolden struiken tumbleweed toe, vederlichte voertuigen voor de ontwortelde zielen van Mexicaanse gelukszoekers. Ze wilden niets van de arrestatie missen.

Het meisje stond druk te gebaren tegen een van de monteurs (of piloten), die voortdurend zijn hoofd schudde. Remo stak zijn hand in de viskom, en nam er een kussentje uit. Zoete kiespijn inzuigend stond hij een tijdje naar de gestolen paraplu te kijken, waarvan de ivoren greep uit de tas aan zijn voeten stak. Als hij op weg was naar het droge Mexico, waarom dan dat ding meegesleept?

Zijn gympen maakten piepgeluidjes op het noppenvinyl toen hij zich, tas aan de hand, abrupt omdraaide en het gebouwtje uit liep. Mexico. Jack London was er aan de morfine geraakt. Anderen waren er nooit uit teruggekeerd. Met Dennis Hopper en zijn filmploeg was het er ook fout afgelopen. John Huston had het heen en terug gered in een gehuurd vliegtuigje, waaruit hij vele duizenden pingpongballetjes boven Mexico gelost had. Waarom, dat kon hij niet zeggen. Misschien die bijgelovige Mexicanen een wonder aandoen. Duidelijk was wel dat het land de inventieve Huston tot niet meer dan een wolk pingpongballetjes had weten te inspireren.

Aan de rand van het parkeerterrein bleef het ivoren handvat achter een paaltje haken, waardoor de paraplu uit de tas getrokken werd. Onder het terug stoppen van het ding wist hij ineens dat hij op weg was naar nattere streken.

In de tank van de Volkswagen moest nog voldoende benzine zijn. Bij het starten proefde hij pas het vergruizelde kussentje op zijn tong. Remo hield niet eens van pepermunt. Hij had, zonder erbij na te denken, dezelfde smaak in zijn mond willen stichten als het GRAFTON-meisje de hele dag door in de hare moest hebben. Wie zo handelde, dacht hij, was onverbeterlijk, en kon inderdaad maar beter het land uit geknikkerd worden.

9

Met de rechtstreekse lijnvluchten van de KLM naar Los Angeles was de moderne tijd voor Nederland definitief aangebroken, maar op LAX wisten ze er nog niet goed raad mee. November 1977 arriveerde ik na de landing in Terminal 5, zoals een kind weet de vaste aankomsthal van Western Airlines. De uit haar krachten groeiende KLM werd tijdelijk daar opgevangen. Ik was er niet meer dan een immigrant, een mediterraan type, dus waar bemoeide ik me mee – maar het kwam me voor dat elke volgende gooi van Holland naar internationaal prestige altijd eerst moest worden gekleineerd. Ooit was dat wel anders, maar toen had je nog geen moderne tijd.

Door het getreuzel van Woodehouse in Choreo, het herhaalde uitstel van executie, was ik weken langer dan gepland in Californië gebleven. Mijn retourticket, twee maanden geldig, was allang verlopen. Als ik het bracht als domme pech zat er misschien een korting aan voor de enkele reis terug naar Amsterdam. Ik dacht in Terminal 2 te moeten zijn, waar de internationale maatschappijen hun balie hadden. Welnee, voor *vertrek* met een toestel van de KLM diende ik me in Terminal 4 te vervoegen, het eigenlijke domein van American Airlines. Zo bleef je bezig.

'Balie numero 31 en verder. U kunt gratis van de Airport Tram Stop gebruikmaken.'

Een vriendelijke jongeman van het grondpersoneel, een soort blauwe piccolo, bracht me naar het busje van de pendeldienst, dat klaarstond op World Way, de weg rond de uitgestrekte parkeerterreinen, waar al dat glas en al die lak lagen te blikkeren in de late Californische winterzon. Aan incheckbalie 33 van Terminal 4 werd me door een blonde halfgodin in goed Nederlands te verstaan gegeven dat mijn ticket toch echt ongeldig was. 'Als u denkt voor een speciale behandeling in aanmerking te komen, verwijs ik u naar ons kantoor aan Airport Boulevard. De pendeldienst zal graag de kleine omweg voor u maken.'

Neuriënd van ongeduld terug het busje in. In mijn jeugd was ik, om zo te zeggen, kind aan huis in hogere luchtlagen. Het was mijn vader die uit verschillende windstreken twee roofvogels op elkaar losliet, om ze door een bloedige aanvaring de plek te laten bepalen waar mijn consultatiebureau zou verrijzen. En nu, op een van de drukste vliegvelden ter wereld, werd ik in een sukkelig wagentje van de ene balie naar de andere gereden, waar ze me lieten smeken om, alsjeblieft, alsjeblieft, het zwerk in te mogen.

Ik verdacht de Koninklijke Luchtvaart Maatschappij ervan ergens een geheim landhuis te hebben, waar door hofleveranciers uitsluitend helogige blondines gekweekt werden. Achter een bureau aan Airport Boulevard zat er ook weer zo een. Heel aards, maar niet van deze wereld.

'Het spijt me, mijnheer. Er gaat vandaag geen rechtstreekse vlucht naar Schiphol. Overmorgen weer.' Ze raadpleegde een rooster. 'Vanavond is er een binnenlandse naar Chicago, waar u kunt overstappen op de lijndienst naar Amsterdam.'

'Ik heb grote haast. Er is een ziek kind in het spel.' Terwijl ik het zei, zag ik mijn kleine Tib met zijn billen op het scherpe grind van een tuinpad zitten. Naast hem stond een van zijn hoge schoenen, de sok erin. Met een eerder kwaad dan van pijn vertrokken gezicht kneedde hij, allebei zijn handen gebruikend, de blauwige wreef van zijn naakte voet. Ik had hem te lang aan het onbegrip van zijn ouders overgelaten.

'Als u voortmaakt...' Zij keek vluchtig op een grote wandklok achter zich. 'Over veertig minuten is er een vlucht van British Airways naar Londen. Probeert u het aan hun desk. Vanuit Londen vertrekt er regelmatig een toestel naar Schiphol.'

'En waar...'

'Terminal 2. Sterkte met uw kind.'

Het pendelbusje stopte voor de ingang van AEROMEXICO, maar wat gaf het, die van British Airways was er vlak naast. Ik was nog op zoek naar een tweedollarbiljet als fooi voor de chauffeur toen er naast ons een donkerblauwe Volkswagen Kever halt hield. Eruit stapte, met tas en paraplu, CALIF PRISON A99366Y R WOODEHOUSE 12 19 77.

'Daar gaat die filmer, hoe heet hij ook alweer,' zei de bestuurder. '*The most notorious man in Tinsel Town,* las ik vanmorgen in de krant.'

Woodehouse had zijn baard afgeschoren, zijn lange haar laten knippen, en een donkere bril opgezet, maar ook ik herkende hem meteen, niet uitsluitend door zijn lengte. De pleister op zijn wang bedekte of de blauwe traan, of het wondje dat de verwijdering van de tatoeage had achtergelaten. Hij keek herhaaldelijk om zich heen, aarzelde voor de draaideur van AEROMEXICO, en stapte toen die van British Airways binnen – alsof ze niet allemaal op dezelfde onafzienbare hal uitkwamen. Dat hij de auto dubbelgeparkeerd achterliet, op een ook verder verboden plek, kon niets anders betekenen dan dat hij snel weer terug dacht te zijn.

De chauffeur aanvaardde mijn fooi onder protest. Hij hielp me bij het uitstappen alsof ik een oude man was, en reikte me mijn bagage aan. 'Goede reis, Sir.'

Ik sloeg de diensten van een man met een steekkarretje af, en trok mijn koffer achter me aan de draaideur van AEROMEXICO in. Binnen stond Remo gespannen het bord met de vertrektijden te beturen. Ondanks de stromen reizigers leek hij in deze weidse ruimte net zo verloren als in de hal van de EBA, wanneer hij aan het vegen was. Toen hadden zijn behaardheid en zijn wijde overall hem nog enig volume gegeven, nu liep daar een tengere jongen terug richting draaideur, op witte gympen die te groot en te wit voor hem leken. Smalle jeans. Het bruinleren jack soepel over een T-shirt van de UCLA. Zijn tas sleepte stof en papiertjes vergarend over de grond, omdat de hengsels eigenlijk te lang voor hem waren. Ik had opeens met hem te doen.

Vlak voor de draaideur bleef hij staan – nee, niet om te kijken hoe mooi het late zonlicht, tot mathematische vlakken teruggebracht was klemgezet in de glazen compartimenten.

Achter de Volkswagen zat op zijn motor een politieagent in zijn boekje te schrijven. Hij bukte zich juist om het nummerbord beter te kunnen lezen, raadpleegde zijn horloge, en noteerde tijd en kenteken. Woodehouse liet het maar zo. Omdat hij nu mijn kant op kwam, draaide ik me om naar een tijdschriftenkiosk. Ik gaf een zwengel aan de krantenmolen. De avondedities, met op sommige voorpagina's het deportatiedreigement van rechter Ritterbach, waren vers aangeleverd. Omdat ik verwachtte dat hij niet gratis in het toestel zou liggen voor de geletterden met vliegangst kocht ik een exemplaar van de *San Bernardino Herald Examiner*, die op pagina 1 een kadertje had met het nieuws over de confrontatie in Choreo, voornamelijk bestaand uit een verwijzing naar pagina 5 voor het hele verhaal.

Mijn benen waren langer dan de zijne, dus dreigde ik hem op weg naar de stand van British Airways algauw in te halen. Bij alle haast die geboden was, had ik nu geen zin in een confrontatie. Na die administratieve speling van het lot in Choreo mocht ik mezelf een geslaagd stichter van georganiseerd toeval noemen, maar deze ontmoeting op LAX, als het ware buiten de arena, daar had mijn organisatorische talent part noch deel aan.

10

In zijn eigen stad, waar hij een gezin gesticht en triomfen gevierd had, rende Remo nu als een muis van plint naar plint, wanhopig op zoek naar een scheurtje om door te ontsnappen. *The most notorious man in Tinsel Town.* Uit angst voor nog meer lynchzwarte krantenkoppen liep hij met afgewend hoofd langs de kiosken. Er passeerde hem met grote passen, koffer achter zich aanslepend, een vent in een witte regenjas. Er was iets vertrouwds aan de man, mogelijk iemand van Paramount, maar Remo kon zijn gezicht niet zien. Zo ging het al sinds zijn arrestatie in maart. De lui die vroeger voor hem door het stof gingen, keken nu over hem heen naar een opgezette vogel in een vensterbank, of hadden opeens een tranerig vuiltje in hun oog.

De wieltjes van de koffer blokkeerden, zodat het gevaarte over het linoleum stuiterde en dreigde om te slaan. De man liet zich er niet door weerhouden, en beende recht op de reisbalie van British Airways af, die geheel was uitgevoerd in het patroon van de Union Jack. Het toestel vertrok binnen een halfuur. Zou je net zien dat die vent in zijn gebleekte jas met het laatste ticket aan de haal ging.

Er was niemand achter de desk. De man drukte op een knop. Remo bleef op enige passen afstand van hem staan wachten. Zijn houding (zoals hij daar tegen de balie geleund stond, met zijn ene been naar achteren gekromd, steunend op een wiebelende schoenpunt) deed ook al vertrouwd aan. Peter Gaugenmaier van Paramount, Remo wist het bijna zeker. Hij had geen zin als eerste te groeten, maar zette wel zijn zonnebril af. Een meisje in het uniform van de luchtvaartmaatschappij duwde met haar buik twee klapdeurtjes in de achterwand open. Ze groette, en wierp een vluchtige blik in het paspoort dat de man in de witte jas opengeslagen voor zich had liggen.

'Ik weet ervan,' zei ze. 'De KLM heeft gebeld. Dat noem ik geluk hebben.' Ze begon een ticket in te vullen. 'Er zijn net twee annuleringen doorgekomen. Mensen in de dierentuin aangevallen, of zoiets. Geen idee door wat voor beesten. Dat wordt rennen, meneer. Uw toestel vertrekt binnen twintig minuten.'

Na betaling deed de man een stap naar achteren, waarbij hij Remo vol op de voet trapte. 'Neemt u mij niet kwalijk.' Hij draaide zich om. Het was De Griek. 'Mr Woodehouse, wat een verrassing.'

'Voor mij niet minder, Mr Agraphiotis.'

'Op reis?'

'Ik... ben hier voor iets anders.'

'Wat u ook gaat doen, veel geluk. Trek u niet te veel aan van wat de kranten schrijven.'

'Ik wens u een goede vlucht.'

De Griek haastte zich naar de incheckbalie.

'En u wenst?'

O, hoogzoete Engelse tongval. Hij waande zich al in Londen. Zulke meisjes haalde hij uit The Turnabout aan Bruton Place. Ja, wat wenste hij? De gedachte in hetzelfde vliegtuig te zitten als Agraphiotis beviel hem helemaal niet.

'Als u de plaats van de andere weggevallen passagier wilt, moet u het nu zeggen. L589 vertrekt over een kwartier. Ik mag u eigenlijk al geen ticket meer verkopen.'

'Ik neem hem.'

Remo gaf haar zijn ongedekte creditcard. Hij gokte erop dat ze, door de tijdnood, niet telefonisch de geldigheid zou gaan checken, en dat deed ze dan ook niet. Wel keek ze, voor het teruggeven van de kaart, nog eens naar de naam. Ze wreef met haar vingertop over de reliëfletters. 'Bent u het nou,' zei ze, 'of bent u het niet?'

'Iemand moet het toch zijn.'

'Heb ik er dan wel goed aan gedaan... ik bedoel... een ticket voor u uit te schrijven? Het staat overal in de kranten. Op de televisie was het ook.'

Remo nam ticket en American Express van de balie en zei: 'Vroeger opstaan, stomme Engelse koe. Mijn creditcard heb je ook al niet...'

'Met een creditcard vertrouw ik u eerder dan met een valentijnskaart.'

'Over twee weken stuur ik je er een.' Hij las de naam van het plaatje op haar revers. 'Aan Sarah. Per adres deze balie. Eentje met een doodskop.'

In de verte zag hij de witte regenjas van De Griek voor het douaneloket. Los Angeles International Airport: dertig, veertig miljoen passagiers per jaar, en dan uitgerekend op zo'n zelfmoordmaandagmiddag in Terminal 2 je favoriete gevangenbewaarder tegen het lijf lopen.

Bij het inchecken was er niemand voor hem geweest, en bovendien had hij alleen handbagage, zodat hij nu achter de witte vlag van Agraphiotis aan door de gangen van LAX ijlde. Hij passeerde verscheidene kiosken, die rekken met verse avondkranten buiten hadden staan. Zelfs de kippigste reiziger had geen bril nodig om in het voorbijgaan de koppen te kunnen lezen, zo vet en zwart werd Remo aangepakt. Tweeënveertig gevangenisdagen lang had hij, behalve op den duur voor Charlie, zijn identiteit geheim weten te houden. Nu waren zijn naam en portret overal. Ook al probeerde hij ervan weg te kijken, zijn ooghoeken registreerden de *Santa Monica Evening News* met twee foto's van hem op de voorpagina: een met en een zonder baard. Herkenning verzekerd. Hij zette zijn Ray Ban maar weer op.

Aan de rij passagiers bij Gate E42 te zien, met De Griek als laatste, was het inschepen voor L589 nog maar net begonnen. De jongeman die de boardingkaarten aannam, werd op de vingers gekeken door twee heren in burger, die met hun gezicht naar de wachtenden stonden, en alleen al daardoor geen gewone reizigers konden zijn. In de wachtruimte was een wandtelefoon met plexiglazen kap. Remo wierp er wat munten in, en draaide het privénummer van zijn secretaresse. Het duurde lang voor ze opnam. 'Paula, ik hou het kort.'

'Wat hijg je.'

'Ja, maar ik ga niet vragen wat je aanhebt.'

'Een handdoek. Je belde me onder de douche vandaan. Het is mijn vrije dag.'

'Je auto staat voor Terminal 2 van LAX. Ter hoogte van AEROMEXICO. Als ze 'm niet wegslepen, zit er in ieder geval een bon onder de ruitenwisser. Ik vergoed alles. Later. Ook de blikschade.'

'AEROMEXICO... Je doet toch geen stomme dingen?'

'Heb ik al gedaan.'

'Vanmiddag was die persconferentie op LA5. Ik weet wat je boven het hoofd hangt.'

'Dan weet je ook dat ik nu moet ophangen.'

'Maar...'

'Vraag niet verder, Paula. Vaarwel.'

Van de rij passagiers restte alleen nog het staartje, met De Griek. De twee nieuwsgierige heren waren verdwenen. Remo keek naar twee kanten de lange gang af, maar zag ze nergens. Misschien zaten ze hem in het toestel op te wachten, waar zijn binnenkomst als bewijs voor vluchtgedrag kon worden gezien. Een vliegtuig later nemen? Dan moest hij terug naar Sarah en haar bezwaar. Hij gokte erop dat de mannen, rechercheurs ongetwijfeld, hem terwijl hij stond te telefoneren over het hoofd hadden gezien en onverrichter zake terug naar Parker Center waren gegaan.

'U moet nu toch echt aan boord, Sir,' zei de jongeman van British Airways.

Toen Remo eindelijk zijn kaart afgaf, was Agraphiotis al geruime tijd in de slurf verdwenen. Een stewardess, haar hand al aan het sluitwiel van de cabinedeur, fronste bij nadering van de passagier op wie niet meer was gerekend, maar herstelde snel haar professionele lach. 'Tegen dat we Londen bereiken, kunt u die zonnebril wel opbergen. De wolken dweilen er weer eens door de straten.'

11

Als een van de laatsten ging ik het vliegtuig binnen. Mijn plaats was helemaal achterin, en ik had moeite hem te bereiken, want overal stonden nog mensen in het gangpad om hun souvenirs weg te bergen. De middelste van drie stoelen. Aan het raam zat een bejaard dametje met witte baardharen op haar kin. Ik stopte mijn regenjas opgevouwen in het vak, samen met de schoudertas, ging zitten en legde de krant over mijn knieën. De plaats rechts van me, aan het gangpad, bleef leeg. Aan de overkant zaten een man en een vrouw met, het dichtst bij mij, hun ongeveer veertienjarige dochter in punkuitdossing.

'Ik ben zo moe, mam,' klaagde het meisje.

'Probeer wat te slapen,' zei de vader.

'Te licht hier.'

'Leg dit over je hoofd.' De moeder reikte haar een donker-grijs vest aan, dat ze met een vies gezicht aanpakte.

Ik wilde het verhaal over Choreo lezen, maar mijn aandacht werd getrokken door een kadertje met een verwijzing naar de cultuurpagina. Ik sloeg de vouw uit de krant.

San Bernardino   Maandag
Herald Examiner   30 januari 1978

Herkomst Hurly Burly bekend
Nieuw album The Beatles

Muziekconcern EMI is voornemens een langspeelplaat te produceren met nooit eerder officieel uitgebrachte opnamen van The Beatles. De banden, die eind jaren zestig verdwenen bleken uit het archief van de beroemde studio's aan Abbey Road, zijn afgelopen vrijdag in Amsterdam teruggevonden bij de aanhouding van drie mannen en een vrouw. Ze waren blijkbaar van plan er illegale plaatpersingen, zogenaamde bootlegs, van te verhandelen.

Het zou gaan om in totaal vierhonderdzestig master tapes, die door personeel van de Abbey Road Studios (toen nog gewoon EMI Studios) waren geëtiketteerd als de 'Hurly Burly Sessions'. Via cryptische mini-advertenties, waarvan de codes bekend zijn bij bootlegverzamelaars, werden in Engelse kranten de lp's clandestien aangeboden voor bedragen van tientallen tot honderden ponden. De Britse autoriteiten...

Afgeleid door het dichtgaan van de deur keek ik op van mijn lectuur. Voorin het toestel stond Woodehouse te praten met de stewardess die het sluitwiel bediende. Ik had meteen de pest in. De lege stoel naast me, van een ongelukkige dierentuinbezoeker, was natuurlijk voor hem. Nu zou ik hem al die uren knie aan knie moeten dulden. In het ergste geval een gesprek gaan-

922

de proberen te houden. En dat terwijl ik wel klaar was met deze Remo, of hoe hij ook weer in het echt heette. Hij misschien nog niet met mij. De kleine ruziezoeker. Me in mijn krant begraven hielp misschien.

Volgens de Engelse krant *The Times* van afgelopen zaterdag wil EMI met de vier ex-Beatles John Lennon, Paul McCartney, George Harrison, Richard Starkey en hun zaakgelastigden onderhandelen over de teruggevonden moederbanden. Naar verluidt zou met name McCartney graag zien dat het album alsnog wordt uitgebracht, bij voorkeur onder de oorspronkelijke werktitel *Hurly Burly*.
Zomer 1967 sloot de groep zich een maand lang op in Studio 2 aan Abbey Road om opnamen te maken voor een dubbelalbum. Studio 1 was er van meet af aan voor klassieke opnamen en filmmuziek. Ook Studio 2 gold, met z'n uitgestrekte parketvloer en kale verwarmingsbuizen, eigenlijk als te groot en te galmend voor het opnemen van rock-'n-roll. The Beatles hebben er hun voordeel mee gedaan. Alles wat de vier muzikanten tijdens de sessies...

'Mr Agraphiotis?'
Daar zou je 'm hebben. Voor de vorm ritselde ik geschrokken met mijn krant. 'Welkom aan boord, Mr Woodehouse,' zong ik half. 'U heeft tegen me gejokt.'
'Hopelijk vindt u het niet erg, maar... mijn plaats is naast u.'
Remo propte zijn tas in het bagagevak, wierp een bevreemde blik op het punkmeisje dat onder haar moeders vest lag te dutten, en ging zitten. Het toestel stond nog stil.
'Ja, dankzij het vakkundige hakwerk van een papegaai in Griffith Park,' zei ik, 'zijn we op deze stoelen negen uur lang tot elkaar veroordeeld.'
'Zo raken we zelfs in vrijheid niet van elkaar verlost.'
'Het is maar wat je vrijheid noemt.' Her en der klonk het geklik van gordels, maar het vliegtuig zette zich niet in beweging.

Voorin de cabine nerveus beraad van twee stewardessen en hun purser, allemaal op de rand van een slappe lach. 'Waarom taxiet dit ding niet?'

'Mr Agraphiotis... een vraag.'

'Staat u me toe eerst mijn artikeltje uit te lezen. Het werd net spannend.'

'U bent nog altijd de bewaker, niet?'

'Misschien gaat dit stuk wel over gevangenbewaarders en hun cliënten. Een mens heeft zijn hielen nog niet gelicht, of... wat er in de krant niet allemaal over zijn oude werkkring staat, hij gelooft zijn ogen niet.'

Alles wat de vier muzikanten tijdens de sessies ondernamen, is vastgelegd. Ook het overleg, al dan niet ruziënd, en John Lennon die het studiopersoneel in het Liverpudlian om een 'sandwich kip en plakjes Granny Smith' vraagt. Op de teruggevonden banden staan tientallen songs, van net nieuw gecomponeerde tot oude in een nieuwe versie. Een aantal ervan, zoals 'Back in the USSR' en 'Helter Skelter', kwam later terecht op het titelloze dubbelalbum dat officieus *The White Album* is gaan heten. Maar de repetities hadden nog een langspeelplaat moeten opleveren, een soort auditief werkdagboek, wat dus door de diefstal van de master tapes niet is doorgegaan.

De politie was op het spoor van de helers gezet door leidinggevende personen bij EMI, nadat de platenmaatschappij, volgens de Britse krant *The Daily Telegraph*, was benaderd door onbekenden die voor de moederbanden een losgeld eisten van tweehonderdduizend pond sterling. Van alle popgroepen...

12

'Dames en heren, hier spreekt uw gezagvoerder,' klonk het uit de speaker boven me. 'Deze vlucht, die om 17 uur 57 zou ingaan, heeft een kleine vertraging opgelopen. Het is nu 18 uur 2. Wij verontschuldigen ons voor mogelijke verdere vertraging in verband met een kleine controle. Er mag gerookt worden.'

De vliegtuigdeur stond weer open, en naar binnen stapten de twee mannen die mij, voordat ik de sluis naar het toestel in ging, kort hadden ondervraagd, overigens zonder zich te legitimeren. Wat ik in Londen ging doen. Nou, overstappen voor Amsterdam, meer niet. Dank u. Ze droegen tegenwoordig geen hoeden meer om even op te lichten.

Misschien hadden ze me nog een vraag te stellen. Achter elkaar aan lopend door het middenpad, de voorste links de rijen afspeurend en de achterste rechts, namen ze scherp de gezichten van de passagiers op, die nieuwsgierig en geamuseerd terugkeken. Buurmans knie beefde tegen die van mij. Ik bracht mijn mond bij zijn oor. De pleister op zijn wang verspreidde een lichte jodiumlucht. 'Zet die zonnebril af.'

'Over mijn lijk,' fluisterde hij terug.

'Precies, ja. Zo pikken ze u er als eerste uit. Af, dat ding.'

Ik rukte de Ray Ban van zijn neus, en vouwde het montuur op onder mijn krant. 'Zo onverschillig mogelijk kijken. Lichte minachting, ook goed.'

Het getril in zijn been werd erger, maar met zijn gelaatstrekken gebeurde een wonder. De acteur in hem, twee jaar terug nog goed voor een zelfmoordenaar in travestie, wist in een oogwenk zijn gezicht naar dat van Scott Maddox te modelleren: zoals het nogal eens in tijdschriften werd afgebeeld met onderschriften als 'Charlie's still giving the creepy look'. De twee mannen waren ons nu dicht genaderd. De achterste keek over de schouder van zijn collega Remo een moment met samengeknepen ogen aan, maar ze werden allebei afgeleid door het meisje aan de overkant van het gangpad. Mama's vest bedekte niet alleen haar hoofd, ook haar bovenlichaam, en de met kleine winkelhaken doorzeefde spijkerbroek, opgerold boven dienstkistjes, bracht ze op een idee. Het kind werd op de schouder getikt. 'Jongeman, even uw gezicht graag.'

'Onze dochter probeert een tukje te doen,' zei de vader.

De voorste man lichtte een punt van het vest op, en onthulde een oorlel doorboord met een dekenspeld, waar gewone veiligheidsspelden aan hingen met de kleinst denkbare poppenveiligheidsspeldjes eraan vastgeklonken. Het meisje sloeg zijn hand weg, en trok de wollen stof weer op z'n plaats. Hij mompelde een verontschuldiging. Na een verstrooid aftastende blik op de overige reizigers achterin het toestel draaide hij zich om. De ander werd met een knik te verstaan gegeven dat het zo genoeg geweest was.

Even later ging de vliegtuigdeur voor de tweede keer dicht, nu achter de hielen van beide heren. Na het wegzwaaien van de passagiersslurf begon het toestel eindelijk te taxiën. Via mijn knie voelde ik de spanning uit het been van Woodehouse wegtrekken.

Van alle popgroepen zijn van The Beatles de meeste piratenedities in omloop. De keuze van Paul McCartney voor de titel *Hurly Burly* is opmerkelijk. In 1970 toonde de openbare aanklager in de zaak van de Cielo Drive-moorden aan dat de hoofdverdachte zich tot zijn daden had laten inspireren door tekst en muziek van het apocriefe Beatlesnummer 'Hurly Burly', dat geschreven zou zijn door John Lennon. Niemand anders dan de seriemoordenaar, en mogelijk deze of gene onder zijn bendeleden, heeft het nummer ooit kunnen beluisteren. Zelfs Vincent Jacuzzi, de officier van justitie in kwestie, moest zijn bewijs gedeeltelijk baseren op een transcriptie van de mondeling overgeleverde liedtekst. Een literatuurwetenschapper, destijds door de rechtbank van Los Angeles als getuige-deskundige opgeroepen, wist aannemelijk te maken dat de *lyrics* van 'Hurly Burly' een bewerkte compilatie vormden van de heksenzangen uit Shakespeares tragedie *Macbeth*.

Het is altijd een raadsel gebleven hoe de voormalige autodief en souteneur en latere seriemoordenaar al in het najaar van 1967 in San Francisco over een opname van 'Hurly Burly' kon beschikken. Als er toen al een bootleg van bestond, blijft het een mysterie waarom er in al die jaren zelfs geen tweede exemplaar van is opgedoken.

Van de boodschap die het brein achter de moorden uit de song 'Hurly Burly' meende te kunnen distilleren, hebben The Beatles zich altijd in felle bewoordingen gedistantieerd. (UPI)

Hoe had ik toch ooit kunnen denken dat ik zo'n kromgegroeide kabouter, zo'n gluiperig pooiertje, zo'n vulgair tuchthuisboefje iets groots kon laten creëren: een totaalrevolutie, een wereldwijde mentale omwenteling, een herweging van alle menselijke waarden, iets ontzagwekkends? Had ik het kruispunt Haight en Ashbury te veel als een op de toekomst gericht vizier beschouwd? Misschien was ikzelf te zeer bedwelmd geweest door de schoonheid van het nummer 'Hurly Burly' – waar mijn groezelige profeetje er alleen maar foute boodschappen in beluisterde.

Ik had het kunnen weten. In plaats van me door zijn goedkopige charisma te laten verblinden, had ik eerst zijn ziel tegen het juiste licht moeten houden. Vrijwel zeker had de kleine goeroe zich dan laten kennen als wat hij sinds de federale kerker op McNeil Island al was: een karikatuur van Orfeus. Naar Orfeus' lierspel kwamen tenminste nog de edele wilde dieren luisteren. Maddox bracht in Death Valley met zijn gitaar alleen de coyotes aan het janken. Ja, ze leidden allebei een sekte, maar daar was dan ook alles mee gezegd. Maddox zou eerder nog een gifslang naar de woestijn volgen dan de vrouw die aan de beet ervan stierf achterna te gaan, de onderwereld in. Maddox' orfische Mysteriën gingen terug op een simpel popnummer, en waren niet meer dan ongeduldige rituelen als inleiding op het leegdrinken van de beker bloed. Verlossingsmystiek? Twee kreten. Hurly Burly. Cosy Horror.

'Knap, zoals u hem imiteerde,' zei ik vanachter mijn krant. 'Veel heeft u al die tijd niet van hem te zien gekregen.'

De ex-bewaker was niet erg benieuwd naar wat zijn voormalige gevangene hem te vragen had, want na lezing van het artikel met de kop 'Nieuw album The Beatles' bladerde Agraphiotis door naar een volgende pagina. Het vliegtuig hobbelde sloom, met wiebelende vleugels, naar de vertrekbaan. Als Remo zich vooroverboog, kon hij om de krant van zijn buurman heen naar buiten kijken.

Een monteur in gele overall keek omhoog naar het toestel. Hij stak zijn geschoeide hand op, naar niemand in het bijzonder. Vervolgens trok hij met een snelle beweging zijn handschoen uit, niet alleen om ermee te wuiven. Hij wrong een naakte vinger onder de dop van zijn oorbeschermer, en krabde zich intens, als een hond. Rond zijn voeten marmerden olievlekken het kleurengamma. Weg was hij alweer. In de voorbijglijdende betonplaten glinsterden glaskorrels, zoals ze vanmiddag op het vliegveld van Santa Monica geglinsterd hadden, en zoals ze ook morgenvroeg weer zouden glinsteren, op de luchthaven Heathrow.

Wel opmerkelijk, die nieuwe plaat van The Beatles. Acht jaar terug werd de groep opgeheven. Over Paul McCartney had John Lennon later gezongen: 'Your music's muzak to my ears/You must have learned something in all those years.'

Zelf maakte Lennon al jaren geen muziek meer. Na de duistere geneugten van zijn *lost weekend*, en het bezingen van de *cold turkey*, was hij zich, met een permanente verblijfsvergunning voor de Verenigde Staten in huis, aan de opvoeding van zijn zoon gaan wijden. Zijn muze van eertijds belegde zijn miljoenen in Amerikaanse koeien. Begin idylle, einde idolatrie. Toch zou Remo's lot voorgoed verbonden blijven met dat van The Beatles. Toen hij ze midden jaren zestig (nog voor *Sgt. Pepper's*, de 'Hurly Burly Sessions' en het witte dubbelalbum) wel eens sprak in de Playboy Club (verlegen jongens eigenlijk, goede drinkers) kon niemand vermoeden dat een Lennon/McCartney-compositie een paar jaar later de sleutel zou vormen tot de eenzame hel van zijn promiscue weduwnaarschap. Ach, nou ja, dat was ook wel weer erg mooi in eigen voordeel geformuleerd. De tranen prikten op zijn hoornvlies.

Dat alles ging hij nu achter zich laten. Voorgoed waarschijnlijk – en juist die gedachte bezorgde hem de kinderlijke opwinding van een eerste vliegreis. Het geruststellende geneuzel uit de cockpit werd overstemd door het geroezemoes in de cabine. Anders ergerde hem dat, nu voedde het een plotseling welbehagen.

Het toestel draaide log een krappe tussenbaan op, en liet de uiteinden van zijn vleugels boven bermgras dansen. Sinds begin jaren zestig had hij zo vaak gevlogen dat hij bij het opstijgen al niet eens meer uit zijn lectuur opkeek. Vandaag, in de zekerheid nooit meer op Amerikaanse bodem te landen, wilde hij het moment dat het vliegtuig zich van de aarde losmaakte heel bewust ondergaan. (Alleen een noodlanding tussen hier en de Oostkust kon met die zekerheid nog de spot drijven.)

Het vliegtuig taxiede steeds langzamer. Remo had niet kunnen zeggen op welk moment het precies stilstond, maar daarna kwam het versnellen onverwacht vlug, en hij kon zich niet herinneren ooit zo'n trap onder zijn maag te hebben gekregen. Hij voelde zich al minder comfortabel naar een nieuw leven gelanceerd.

De Boeing duwde de stad onder zich weg. Bij zijn vorige vertrek hier was het volop dag geweest. Remo had, vanuit het schuin hangende toestel, z'n vleugelloze schaduw grillig als een ratelslang tussen de distels door over de woestijnbodem zien schuiven – tot het te veel hoogte won. Nu steeg het vliegtuig schaduwloos naar een roodpaars tweeduister, dat z'n zwavelgele zoom op de horizon liet rusten.

Aan de kant van het punkmeisje was geen uitzicht, zodat Remo er nog steeds gedwongen was om Agraphiotis' krant heen de diepte in te kijken. Door de smog en het donker heen bleef het mathematische rasterwerk van verlichte straten nog korte tijd zichtbaar. Zelfs toen de Boeing hoger klom, wilde die volgebouwde vlakte tussen bergen en oceaan geen compacte stad worden. Los Angeles had zich over de grenzen van z'n eigen definitie heen uitgebreid.

Algauw was er beneden, achter ons, alleen nog de smog, en die tartte *elke* definitie – tenzij je stelde dat het de engelenpopulatie was die zo zichtbaar werd. Vaarwel, City of Angels. Ik was in je droomfabrieken graag mijn nachtmerries vorm blijven geven. Ik heb je onteerd, en zo mijn kansen verspeeld. Vaarwel, Hollywood en Beverly Hills, waar de heuvels in termietenhopen van zwartgeklede sluipmoordenaars konden veranderen. Van deze hoogte zag hij zijn films als buiten hun oevers getreden. Zijn gewelddadige verbeeldingskracht had de werkelijkheid overspoeld, en het ware leven ging zich gedragen alsof het, vrijblijvend, een bestaan van licht op het witte doek was.

Ach, aan de overkant van de vijver waren ook studio's, waar hij elke gewenste Romeinse steeg of Parijse binnenplaats kon laten nabouwen. Het was goed zo. De plaatsen waar hij met Sharon geweest was, de dingen die ze samen gezien hadden, moest hij voor eeuwig achterlaten. (In de Huntington Art Gallery, San Marino, hadden ze samen lange tijd voor Gainsboroughs *The Blue Boy* gestaan. Sharon was een paar maanden zwanger. Buiten, in het felle zonlicht dat tranende ogen rechtvaardigde, bekenden ze elkaar zich te pletter te hebben gekeken op hun eigen zoon. 'Dan is hiermee uitgemaakt,' vond Remo, 'dat het een jongen wordt.' 'Jouw verstand, mijn uiterlijk,' zei Sharon. Ze schrok er zelf van, want ze liet zich nooit op haar schoonheid voorstaan. Misschien was de aanstaande moeder alleen nog blij met een mooi gezicht om het op haar kind te kunnen overdragen.) Maar zonder haar ogen die alles zagen, haar stem die alles benoemde, en haar aanwezigheid die het allemaal bezielde, bleven de mooiste plekken, de sierlijkste voorwerpen vaal en voos. Het zonlicht van Californië zocht al acht en een half jaar wanhopig naar het honingblonde haar waar het ooit zo wellustig en overvloedig in gewoeld had, zoals die dag in San Marino. Nu, het kon lang zoeken. Remo hoefde daar niet zo nodig bij te zijn.

14

Het vliegtuig kon op een woonwijk storten. De trein kon van de brug af schieten, en in everglades vol krokodillen terechtkomen. De wolkenkrabber kon zichzelf als brandende toorts in hoogte overtreffen. Voor elke ramp had de maatschappij reddende scenario's gereedliggen. Alleen tegen de tragiek zelf trad de overheid niet op. Het was of Tragiek, als authentiek voor de menselijke conditie, op een soort monumentenlijst stond. *Hier niet aankomen. In oorspronkelijke staat laten. Cultuurgoed. Erfgoed.*

Tragiek is de onberekenbare factor. De maatschappij kan alleen maar *rekenen* ten gunste van haar burgers. 'Verzorgd van de wieg tot het graf' was een leugen. Anders dan tegen het Noodlot viel tegen de Tragiek geen verzekering af te sluiten. Ik profiteerde van die monumentenlijst. Ik opereerde in het niemandsland van machteloze eerbied voor onbevattelijk cultuurgoed.

Ook British Airways had begrepen dat tegenover dit erfgoed de passagiers zo gauw mogelijk na vertrek op hun gemak gesteld moesten worden met een bordje warm eten. Verplicht spitten, kauwen, slikken – dat bracht ze terug op aarde. Een kubus gegratineerde aardappelschijfjes. Een kleine Wiener schnitzel die zich niet gewonnen wilde geven aan het plastic bestek. Het miniflesje Bordeaux. De stewardess met het maaltijdkarretje was tot halverwege het middenpad gevorderd. Ik vouwde de *San Bernardino Herald Examiner* op, en stak hem in het net bij de kotszakken. 'U wilde mij een vraag stellen, eh, Mr...'

'De gevangenisnaam graag,' klonk het onvriendelijk naast me. 'Die ben ik nu eenmaal gewend uit uw mond.'

'Mr Woodehouse, ik luister.'

'Ik weet niet of ik u die vraag nog wel *wil* stellen.'

'Ook goed.' Ik trok de krant weer tevoorschijn.

'Vanmiddag bij de kraam van British Airways... ik neem aan dat u mij daar voor 't eerst zonder baard zag. Sinds Choreo, bedoel ik.'

'*En* zonder de hoornen bril waar uw medegevangenen zo de pest aan hadden.'

'Toch sprak u mij spontaan met Woodehouse aan,' zei Remo.

'Het ontsnapte me,' zei ik. 'Natuurlijk herkende ik u zonder vermomming ook als de regisseur die u bent.'

'Mr Agraphiotis, u wist in Choreo aldoor al wie ik was.'

Aan de overkant van het gangpad stootte de vader van het punkmeisje zijn echtgenote aan. Hij wees haar fluisterend op mijn buurman.

'U bent daar nogal stellig in.'

'Ik weet waar ik het over heb. U had de opdracht mij te schaduwen... tot in de gevangenis. Nu nog.'

De vrouw aan de overkant boog zich op haar beurt naar het oor van haar dochter, die blijkbaar de opdracht kreeg 'niet meteen te kijken', zodat het meisje een vlugge, zijdelingse blik op de regisseur wierp. Door de snelheid van haar hoofdbeweging rinkelden de spelden aan haar oor.

'Mr Woodehouse, u verwart mij met iemand anders.'

'Met uw tweelingbroer misschien.'

Het wagentje met de maaltijden was nu vlakbij. De punker kreeg door haar vader een boekje en een pen overhandigd. Toen ze opstond, hield de stewardess haar een dienblad voor, wat haar dwong weer te gaan zitten. Ze keek schuins, blozend, naar Woodehouse, die vandaag blijkbaar geen belangstelling had voor haar leeftijdscategorie.

'Ik heb een tweelingzus,' zei ik. 'Mogelijk verwart u me met haar.'

'De vraag die ik u al voor opstijgen wilde stellen, luidt: bent u een agent van de FBI?'

'Ja, zeg, moet ik hier nu echt op ingaan?' Ik wilde de krant weer uitslaan, maar kreeg nu zelf een maaltijd aangereikt, zodat ik gedwongen was mijn plateau neer te klappen. Ook mijn buurman kreeg een dienblad met eten, waar hij een hele tijd zwijgend naar bleef zitten kijken, zonder het aan te roeren.

'Afgelopen vrijdag,' zei ik tenslotte, 'heeft u in Choreo nog koffie geschonken bij mijn afscheid als gevangenbewaker. Drie dagen later ben ik opeens FBI-agent. In uw visie wissel ik sneller van baantje dan van onderbroek.'

'Ik ook, als het aan jullie ligt. Met dit verschil dat ik door jullie drijfjacht mijn baantje kwijt ga raken. En mijn onderbroek ook.'

'Jullie? O, mijn tweelingzus en ik. De FBI.'

'Mr Agraphiotis, of hoe u in werkelijkheid heet... u heeft in Choreo, en ook eerder al, belastende feiten tegen mij verzameld. Om mij het land uit te kunnen werken. Net als John Lennon is overkomen.'

'Ik heb geen FBI-dossiers tot mijn beschikking. Maar ik weet zo ook wel dat Mr Lennon in New York woont. *Met* verblijfsvergunning. U kunt het gemakkelijk natrekken, want zijn appartement is in het gebouw waar u tien jaar geleden een film heeft opgenomen. Het... Bramford Building, zeg ik uit mijn hoofd.'

'Jullie hebben hem, samen met de CIA, jarenlang het leven zuur gemaakt. Hij kon zijn werk niet meer doen.'

'Anderhalf jaar van malt, meiden en middelen in Californië. Hij heeft zichzelf het zuur bezorgd.'

Het punkmeisje had zich met haar knieën, die halfnaakt door winkelhaken in de spijkerbroek staken, onder de resten van haar maaltijd uit gewurmd, en stond nu wat verkrampt in het gangpad te wachten, pen in de ene, boekje in de andere hand. Remo had geen oog voor haar. 'U bent wel *erg* goed op de hoogte, Mr Agraphiotis,' zei hij scherp.

'Dat plaatst me nog niet op de loonlijst van de FBI.'

'Een mens hoort trots te zijn op zijn vak. Een brandweerman zal nooit ontkennen dat hij brandweerman is.'

'O, de pyromaan zal nog zeggen dat hij brandweerman is. In Choreo gaf u zich uit voor beroepsgokker, wegens speelschulden achter de tralies beland. Als ik een FBI-agent *was*, dan zou het ontkennen van mijn functie onderdeel van het vak uitmaken.'

'U geeft dus toe dat u van de FBI bent.'

'Van m'n leven niet.'

'Van de CIA dan. De reis gaat naar Londen. Er zullen daar, op het vliegveld, wel vertegenwoordigers van uw organisatie klaarstaan.'

'Om wat te doen?'

'Mij terug naar Los Angeles begeleiden.'

Van gêne ging de rechterschouder van de punker steeds meer de hoogte in. Ze had al een paar keer omgekeken naar haar ouders, die haar bemoedigend toeknikten. Het leek of Woodehouse zich, naarmate zijn argwaan groeide, verder naar mij toekeerde (open vizier) en de tiener zijn rug bood. Ik schatte haar veertien, vijftien. Boven oren en nek droeg ze het haar hoog opgeschoren, maar op de schedel groeide het overvloedig alle kanten uit.

'Dus ik zit hier naast u om u straks... op Heathrow... met een judaskus aan mijn collega's uit te leveren?'

'Die laatste twee tickets van British Airways, dat was doorgestoken kaart.'

'Zo had ik het nog niet bekeken.'

'U verstaat uw vak, Mr Agraphiotis.'

'Stel er een passende salarisverhoging tegenover, en ik aanvaard de promotie tot geheim agent. Een waarschuwing: sla mijn voorkennis niet te hoog aan. Zo verwondert het me nogal om u, de omstandigheden in acht genomen, op een vlucht naar Engeland aan te treffen.'

'U lokt me in de val, en dan gaat uw verwondering opspelen. Dat noem ik nog eens een filosofische houding.'

'Sir...' deed het meisje, maar Remo bleef mij aankijken. De pleister op zijn wang kwam het sarcasme in zijn blik niet ten goede. Ik zei: 'Vanmorgen in mijn hotel, bij het pakken van mijn koffer, had ik LA5 aanstaan. De persconferentie van Ritterbach. Hij wilde u nog veertig of vijftig dagen de nor in hebben, en dan vrijlaten... op voorwaarde dat u een continent verderop emplooi zou zoeken.'

'En wat houdt nu precies uw filosofische verwondering in?'

'Dat u, door dezelfde dag nog op het vliegtuig te stappen,

de rechter op voorhand al zijn zin lijkt te hebben gegeven. Stel, Mr Woodehouse, *dat* ik een agent van de federale overheid was... stel... dan zou ik u zeker niet tegenhouden in wat de rechterlijke macht, nou ja, alleen maar welgevallig kan zijn.'

De punker verdraaide in wanhoop haar ogen. Bij het spreiden van haar armen, in het gebaar 'wat is dit', viel haar vettig zeemleren jack open – om een T-shirt te onthullen met de beeltenis van mijn voormalige gevangene Scott Maddox. Het portret had in 1970 op het omslag van *Life* gestaan, en later op de hoes van zijn langspeelplaat *Lie* (ondertitel 'The Love and Terror Cult'). Maddox' opengesperde karbonkelogen vielen samen met de punten van haar kleine borsten, zodat het was of de scherpe tepels, alleen door het T-shirt bedekt, zijn pupillen in reliëf lieten uitkomen.

'Mr Agraphiotis, nu valt u me toch tegen. Ritterbach wil mij niet alleen de resterende tijd laten uitbrommen. Nee, hij wil net zo lang met mijn kloten spelen tot ik... tot ik *smeek* het land uit te mogen. Waarom hem de lol van die extra detentie gegund, als het toch al een uitgemaakte zaak is dat ik mijn werk in de Verenigde Staten niet mag voortzetten?'

Onder Maddox' portret stond in gotische letters gedrukt: CHARLIE FOR PRESIDENT. Het jack sloot zich weer.

'Als bewonderaar van uw werk zeg ik: u doet uzelf tekort. U ontneemt uzelf elke mogelijkheid om te vechten voor uw positie in de Amerikaanse filmwereld.'

'Bespaar me uw geslijm. Eerst proberen mij met complimenten en redelijke argumenten naar mijn beulen terug te praten... en dan. De harde hand, dat kan altijd nog, nietwaar. In Londen of elders.'

'*Juist* omdat ik een liefhebber ben van uw films doet uw wantrouwen mij pijn.'

'Ik zie het projectiezaaltje in Quantico voor me.' Hij lachte honend. 'Vijf, zes FBI-mannen in hemdsmouwen, onder wie undercovercipier Spiros Agraphiotis. Gewoon Ross voor zijn collega's. Allemaal een blocnote op de knie. Klaar om mijn films te ontrafelen. Tot op de draad, meneer. Tot in het merg van de draad. Speuren naar geheime boodschappen... Dat blonde kindmeisje in *Chicane Town*, is dat niet Wendy Zillgitt al, uit San Fernando Valley?'

Het punkmeisje, dat het warm kreeg van het stille smeken, trok de zilverbeslagen hondenriem rond haar hals los, en stelde hem een gaatje losser af.

'*Chicane Town*,' zei ik, 'draaide in een Rotterdamse bioscoop. Zo'n zwarte cluster van plots krijgt, dunkt me, in Hollywood niet snel een kans. Als kenner, nou ja, als schrokker van de Attische tragedie zeg ik: u heeft er op z'n minst iets van gesnapt. Nooit eerder vertoond, zo'n panoramische apotheose. Zelfs in het donker merkte ik het aan de mensen om me heen... Behalve voor de grote lenteschoonmaak is de twintigste-eeuwse ziel nog ontvankelijk voor de ware catharsis.'

'Om u te dienen,' mompelde de regisseur. Hij keek van me weg, en merkte toen pas het meisje op. Zonder iets te zeggen gaf ze hem de pen en het boekje. Hij nam de dingen verstrooid aan, maar deed er niets mee.

'Van zo'n cinematografisch psycholoog,' zei ik, 'mag misschien een ietsje meer mensenkennis in de dagelijkse omgang verwacht worden. Volkomen ten onrechte, die onverzoenlijke argwaan van u.'

Voorin de cabine duwde een stewardess het karretje met de koffiesamovar en de batterij digestief door het gordijn. De punker keek naar de pen, waarmee Remo's hand schrijfbewegingen maakte – in de lucht. 'Acht jaar geleden, Mr Agraphiotis, werden wij... dat wil zeggen u en ik... door hetzelfde advocatenkantoor vertegenwoordigd.'

'Helpt u me op weg.'

'Dunning & Hendrix.'

Ik schudde mijn hoofd, maar niet ter ontkenning.

'Ja, houd u zich maar van den domme. *Ik* weet dat u in Choreo mijn advocaat gesproken heeft. Douglas Dunning. Uw belangen werden rond 1970 behartigd door zijn compagnon. Matthew Hendrix. *Ik* weet dat er op Flower Street nog een rekening voor u openstaat.'

'Goed, Dunning & Hendrix,' zei ik. 'Het heeft allemaal nergens toe geleid.'

Het vliegtuig bonkte door een veld turbulentie heen. In het wagentje van de stewardess rinkelden de flessen.

'U bespioneerde mij toen ook al...'.

'Soms gaat achterdocht in paranoia over. Bij u was de overgang zo naadloos... het spijt me, ik heb 'm gemist. Luister, Mr Woodehouse. Iedereen neemt wel eens een advocaat in de arm. Er dreigden mij hand- en spandiensten voor de baarlijke duivel te worden aangewreven.'

'Dat kan de beste overkomen,' zei hij verveeld. Het leek of hij op dat moment pas de voorwerpen in zijn handen opmerkte. Vragend keek hij omhoog naar het meisje, dat alleen maar knikte. Hij bladerde in het boekje. Het was een zakagenda.

'Vincent Jacuzzi,' zei ik, 'wilde mij als getuige-deskundige, en daar voelde ik niets voor. Ik moest mijn licht laten schijnen over Hurly Burly.'

'De rassenoorlog van die naam...'

'De gelijknamige popsong.'

Remo hief de agenda naar het meisje op. 'Is het de bedoeling dat ik zelf een datum kies?'

'Uw handtekening. Hier, graag.' Bij het vooroverbuigen viel het jack weer open, en de regisseur keek recht in het angstaanjagende smoelwerk van CHARLIE FOR PRESIDENT. 'Mijn handtekening, is die je een dubbeltje waard?'

'Ik heb op LAX mijn laatste *dime* versnoept,' zei ze in een soort middelbare school-cockney. Ze bloosde.

'Een *sixpence* dan,' zei Remo. 'Dat is wat die enge meneer daar krijgt voor zijn portret. Elk verkocht T-shirt met zijn gezicht levert hem een *sixpence* op. Ik vind dat mij dat geld toekomt.'

'Ik geloof niet, Sir, dat ik u begrijp.'

'Die Charlie daar, die jij steunt als presidentskandidaat, heeft mijn vrouw vermoord. Hij is er beroemd door geworden... en nu wordt hij in de gevangenis slapende rijk met de verkoop van zijn eigen gruwelkop. In oplagen van honderdduizenden.'

'Ik wist het niet, Sir,' zei ze. 'Echt niet. Ik ben fan van The Reptilians... een punkband uit het East-End. Ze spelen nummers van deze Charlie, en daarom... daarom ben ik ook fan van hem. Vroeger namen The Beach Boys wel muziek van hem op. Voor punk is het geschikter.'

'Noem eens een paar nummers van de toekomstige president. Gespeeld door The Reptilians, bedoel ik.'

'O, nou, 's kijken. "Sick City" natuurlijk. "Mechanical Man", die vind ik het goorst. Heerlijk. En dan "Cease to Exist", dat toen verkracht is door The Beach Boys. The Reptilians brengen het zoals het hoort.'

'Bij "Sick City" gaan ze spugen. Net vijf lama's op een rij.'

'Hoe weet u dat...?' riep het meisje opgewonden.

'Ik heb ze zien optreden. In de Flotsam Club. Van top tot teen in vies roze rubber, vol gaten.'

'Spugen?' Ik was alweer niet met mijn tijd meegegaan.

'The Reptilians, ja,' zei de punker. 'Naar elkaar. Naar het publiek.'

'Als de mensen terug gaan spuwen naar het podium,' zei Woodehouse, meer tot het wicht dan tegen mij, 'weet je niet wat je overkomt. Die constante zilverige vlokkenregen. Je gaat het op den duur ruiken ook... Vind je dat niet vies?'

'*Ik* vind het sexy,' zei ze, nog meer kleurend. 'Het is toch hetzelfde spuug als... eh... bij tongen. In 't groot.'

'*Ik* ervaar het als een lugubere stank. De componist van "Sick City" zit aan het andere eind van de wereld vast, en manifesteert zich in de Londense Flotsam Club als... als duizendvoudige speekselvloed.'

De flessenkar had ons bereikt. Het meisje kroop voor even terug op haar plaats. Ik nam koffie, Woodehouse cognac, misschien om de smaak van Charlies spog kwijt te raken. De punker boog zich naar haar moeder, en zei zacht: 'Het kost *sixpence*.' De vader diepte het muntstuk op uit zijn portemonnee. 'Geen geld voor zo'n vermaarde krabbel.'

Het wagentje was nog niet op de terugweg of het punkmeisje stond alweer naast ons. Remo gaf haar in overweging: afko-

938

ping per *sixpence*, of een morele daad stellen door ter plekke het T-shirt af te danken. 'Wat is een morele daad, Sir?'

Remo gaf geduldig uitleg.

'Dat is nou juist een mentaliteit, Sir, die The Reptilians, *you know*, proberen op te blazen. Ik zou het wel willen uittrekken, Sir, maar... *you know*... er zit principieel geen bh onder.'

Ze trok met een verlegen gebaar het T-shirt strak, zodat Maddox' gezicht vervaarlijk uitgerekt raakte. Ik had niet zoveel verstand van dat soort dingen, maar ik meende te zien dat haar principiële tepeltjes zich verhard hadden – al dan niet onder invloed van het spuugverhaal. Ze keek toe hoe Remo zijn handtekening zette in het lege vakje van maandag 30 januari 1978. Het toestel maakte een onverhoedse slingerbeweging. Het meisje wist alleen het evenwicht te bewaren door haar benen ver uit elkaar te plaatsen. Zo bleef ze staan.

'Sorry, een beetje bibberig.' Hij gaf haar de agenda terug. 'Je Britse schoonheid maakt me nerveus.'

'Als u maar weet, Sir,' zei ze ernstig, 'dat het daar niet meer om gaat. Nooit meer. Mooi zijn, lief zijn, oud zijn... dat is voor de fans van The Reptilians allemaal verleden tijd. In de toekomst ruikt de wereld niet meer naar bloemen. Naar spuug.'

'*Sixpence*.' Hij hield zijn hand op. Het meisje legde de munt erin, draaide zich om, en mikte de agenda in haar moeders schoot. Met haar knieën weer onder het plateau trok ze opnieuw het vest over haar hoofd.

'Als ik echt van de FBI was,' vroeg ik hem, 'zou je dan ook zo openlijk met een minderjarige flirten?'

15

'Heeft u zich nooit afgevraagd,' vroeg De Griek, 'waar de man van het T-shirt zijn Hol had?'

'Pardon?'

'Zijn Put des Afgronds... waar hij zich met zijn discipelen schuil hoopte te houden tot aan het einde van Hurly Burly.'

'In Death Valley. *Dacht* hij,' zei Remo. 'De Verlosser kon de ingang van het paradijs niet vinden.'

'Hij was er anders wel heel dichtbij. Warm, zogezegd.'

'U heeft, zo te horen, in Quantico niet alleen *mijn* dossier in beheer. Geen wonder dat het zijne in de CMF foetsie bleek.'

'Me oriënteren vanuit een vliegtuig is nooit mijn sterkste punt geweest. Maar als mijn intuïtie me niet bedriegt, hangen we nu ongeveer boven het diepste punt van de Verenigde Staten. Zo'n honderd meter beneden de zeespiegel...'

'Badwater. Vergeet u niet dat ik de hele staat heb omgeploegd naar filmlocaties.'

'Niemand filmt in Badwater,' zei Agraphiotis. 'Het is de hel.'

'En nu suggereert u dat zich daar Charlies Hol bevindt. Het tunnelgedeelte van de trechter. Niet gek bedacht. Dat verklaart meteen waarom hij zo moeilijk zoeken had. Badwater is ook het heetste punt van het land. Geen broeikas – een smeltoven. Zelfs de cactusbomen in de omgeving gaan er eerder dood van de hitte. Die Joshua Trees knakken gewoon om... als een kameel die door z'n poten gaat.'

'Zelfs uw beeldspraak voert naar de woestijn,' zei De Griek. 'Charlie maakte uit het gedrag van zijn vrienden de coyotes op dat hij beter uit Badwater weg kon blijven. "De woestijn leeft, de woestijn doodt", dat is wat ze blaften.'

'U verveelt me. Ik weet nog steeds de plaats niet *waar* die gek dichtbij zijn Hol was.'

'De Goler Wash is een woestenij van droge beddingen...'

'Ja, ik ken die lulpraat. De rivieren zouden er ondergronds zijn gegaan. Zoals alles wat onder de aarde leeft, weinig pigment heeft, zo waren ook de stromen bleek geworden. Een mengsel van melk en honing. Charlie had er zijn veganisme al voor aangepast.'

'Afgezien van melk en honing,' zei Agraphiotis, 'klopte zijn visioen beter met de werkelijkheid van de Goler Wash dan... nou ja, dan hijzelf misschien had durven hopen.'

'De Goler Wash... Ik ben er met een producent geweest.

Zelfs met een safari-jeep was het al bijna ondoenlijk door die droge rivierbeddingen heen te komen. Ik kan me niet herinneren in dat maanlandschap ergens een interessante opening te hebben gezien. Laat staan naar het paradijs.'

'De hele familie zat in de Barker Ranch. Huur: een gouden plaat van The Beach Boys, gestolen van de drummer. De Barker Ranch *was* de ingang tot de Put des Afgronds.'

'Alleen,' zei Remo sceptisch, 'Charlie wist het niet.'

'Hij zocht te hard. Alleen een herdersjongen die zijn verdwaalde geit zoekt, vindt de grot met de papyrusrollen.'

'Hoe kunt u nou weten... wat Charlie zelf nooit geweten heeft?'

'Heeft u het met hem over zijn arrestatie gehad?'

'Welke?'

'De laatste. De definitieve. Op de Barker.'

'Hij had zich in het gootsteenkastje verstopt. Voor een slangenmens nog te krap. Hij was blij dat de politieman hem vond. Die had hem, met een stompje kaars in de hand, nog bijna over het hoofd gezien.'

'Gelukkig voor Charlie, en voor de gerechtigheid, zag de agent een lange haarpluk over het deurtje hangen.'

'Zo staat het misschien in uw dossier. Ik weet van de arrestant zelf dat de agent het kaarsvlammetje te dicht bij de lok bracht. Uit het geknetter en de stank werd Charlies aanwezigheid afgeleid.'

'Dan was het hem bijna gelukt zich als zijn eigen toorts bij te lichten,' zei De Griek. 'Ik bedoel, in de donkere schacht naar beneden... naar zijn onderaardse paradijs. Vastgeklemd in dat gootsteenkastje zat hij met bottige billetjes bovenop de ingang. Een kwestie van een lap linoleum wegnemen... een paar plankjes... het putdeksel. Je kon de ondergrondse rivier al ruiken. Melk en honing, maar dan bedorven. Een man van normaal postuur had zich niet in de schacht kunnen laten zakken. Charlie wel.'

'De zak,' zei Remo. 'Zit met zijn krent op het deksel van het paradijs... laat zich dan arresteren. Is nog blij ook dat hij zijn benen weer kan strekken. Even later zat hij met zijn vodden-meiden in de arrestantenbus. Als Charlie zijn kop eerder kaal had geschoren, was hij nu daar beneden *nog* bezig geweest al die willige maagden af te werken.'

'Het dossier dat ik heb ingezien, gaf een iets andere beschrijving van Charlies Put des Afgronds. Hij heeft die zelf nooit onder ogen gekregen.'

'Hoe is de toegang ontdekt?'

'Na de arrestaties zijn mensen van de sheriff teruggegaan naar de Barker. Ze hebben de hele ranch binnenstebuiten gekeerd op wapens. Onderin het gootsteenkastje dachten ze een geheime bergplaats te hebben gevonden. Later is een vedergewicht acrobaat in de schacht neergelaten.'

'Nou, dan wil ik nu wel eens horen hoe het onderaardse paradijs is ingericht, waarvoor... Sharon dood moest. Charlie had er een handje van anderen tot martelaar te maken... om zelf de hemel te verdienen. Ik luister.'

16

Het vliegtuig schokte door de nacht heen. In de cabine veel bleke gezichten van passagiers die, tegen beter weten in, turbulentie voor de inleiding op het neerstorten aan bleven zien. Voor Woodehouse en mij waren de woelige luchtbaren in zoverre hinderlijk als ze gelijke tred leken te houden met de telkens oplaaiende en weer inzakkende heftigheid van ons gesprek. Je ging erop letten.

'*Dat* stelt mij nou teleur aan u, Mr Greek,' riep Remo onder een hevige schommeling uit. 'Zogenaamd geweldig begaan met mijn lot... maar aan een goede afloop van de rechtszaak toen, in '70, heeft u zich weinig gelegen laten liggen. Wel? U raadpleegde de globe van Dunning & Hendrix, en weg was u. Langs dezelfde route die ik nu gekozen heb. Alleen werd u niet gechaperonneerd door een publiek geheim agent.'

'Als ik destijds, om aan dagvaarding te ontkomen, het land

uit ben gevlucht...' Het toestel vloog weer stabiel. 'Ach, schei uit. Een FBI-man kan zich dat helemaal niet permitteren.'

'We hebben het over acht jaar geleden,' zei hij, kalm nu. 'U bood toen in Los Angeles uw diensten aan als paragnost.'

'U spreekt het woord met duidelijk dédain uit. Toch meen ik zeker te weten dat uzelf in augustus '69, na de bloednacht...'

'Paul Clocquet, ja. Hij drong zich op. Opeens zat hij middenin de woonkamer, tussen de plakkaten van opgedroogd bloed. Hij zou de zaak wel eens even paranormaal oplossen. Maar wat moet een helderziende in een stad als Los Angeles? Het zicht wordt altijd vertroebeld door smog.'

'Een beunhaas en een charlatan. Een Hollander, zijn leven lang gedwongen beneden zeeniveau te wonen... en dan klanten paaien met de leus "er is meer tussen hemel en aarde dan waar uw economie van droomt"...'

'In.'

'Pardon?'

'Iedereen zegt altijd "tussen". Bij Shakespeare staat "in". *There are more things in heaven and earth, Horatio, than are dreamt of in your philosophy*. Maar... pech voor jullie, koffiediklezers... dan klopt het niet meer met jullie wichelpraktijken. De piskijker moet het van nevelige nepgebieden "tussen" hemel en aarde hebben.'

Het vliegtuig was weer in turbulentie geraakt. Het leek nu of er zwerfkeien of brokken ijs tegen de onderkant van het toestel op beukten. Passagiers keken onwillekeurig naar het middenpad: of er al blutsen in ontstonden.

'Onderschat u me liever niet, Mr Woodehouse.'

'O jee, een dreigement.'

'Ik verzoek u op te staan...' (hij keek me ontsteld aan, alsof ik hem, na alle misleiding, toch nog ging arresteren) '...zodat ik er langs kan.'

Hij herstelde zich snel. 'U durft me zomaar alleen te laten.'

'Ik zag geen parachute bij uw bagage.'

'Een wapen neemt minder plaats in. Ik zou de passagiers kunnen gijzelen. Boeings doen het bij kapingen altijd goed op de televisie.'

17

De Griek liep wat zwaaiend door het gangpad naar het toilet. Remo maakte van zijn afwezigheid gebruik om een plaats op te schuiven, zodat hij een blik in de diepte kon werpen. Het oude dametje aan het raam, dat op haar zakdoekje de turbulentie zat te verbijten, werd van zijn plotselinge beweging nog banger. 'Niet schrikken, lieve mevrouw. Alleen even kijken of we nog boven land vliegen... of al boven zee.'

'Boven land,' zei ze bibberig, 'maar er zijn nergens lichten.'

Agraphiotis moest een koudbloedig fysiek hebben: zijn zetel gaf nauwelijks of geen warmte af. Mediterrane mannen vurig, warmbloedig, heethoofdig? Een imago dat ze zelf in stand hielden – als aanbeveling tegenover de dames, en als excuus tegenover de rechter. De Griek was in elk geval koud als marmer. Overigens had Remo's Poolse heterotherme aard hem ook niet uit de gevangenis weten te houden.

Uit een enkel eenzaam knipogend licht, van boei of schip, viel op te maken dat ze boven zee vlogen. De Atlantische Oceaan: het gouden continent lag in de ruimte nu ook *achter* hem, en voorgoed. Zijn hart balde zich tot een vuist. Een nieuw leven in de Oude Wereld. De schande afgeworpen. Ja, een cynisch lot had zijn letterlijke verbanning geëist, maar hij nam ook die andere ballingschap mee naar Europa: het innerlijke exil. Het kwaliteitscontract dat hij met zichzelf gesloten had.

Meteen na landing in Londen een persconferentie, om voor oog en oor van de wereld te getuigen van zijn misdadige behandeling door de rechterlijke macht van Californië. De geldschieters, te benaderen voor een film naar *Cyn of the Windmills*, hoefde hij dan al niets meer uit te leggen.

In de oorlog was hij op het Poolse platteland ondergebracht bij een boerenfamilie. Hij zwierf er nogal eens rond, en op een namiddag verdwaalde hij in het bos. Welke richting hij ook koos, het woud werd alleen maar dichter, stiller, donkerder. Op een open plek liet hij de knapzak van zijn rug glijden. Toen: gekraak van dode takken, en geritsel van zeer levend struweel.

De mof die kwaad wilde, was eindelijk op zijn pad gekomen. Zou de vent, als hij Remo aanpakte, het dode hout tot voorbeeld nemen, of de levende struiken?

Hij stond oog in oog met een hertenbok. De jongen dacht eerst dat het dier zo diep z'n kop liep hangen door de zwaarte van het immense gewei. Maar nee, het snuffelde aan de knapzak, waar mogelijk nog de geur van roggebrood omheen hing. Toen hief het majesteitelijk de wijdvertakte hoornenkroon. Enkele seconden, al leek het langer, stond het hert zo roerloos langs Remo heen te kijken. Het herinnerde zich dat het geacht werd bang te zijn, draaide zich met een licht steigeren op de achterpoten om, en verdween met huppelsprongen, zigzaggend om eventuele pijlen te ontwijken, tussen de bomen. Verdwaald te zijn gaf opeens een heerlijk gevoel.

Als hij aan *Cyn of the Windmills* als film dacht, zag hij Sharon in zo'n scène. Als ze, verdwaald, eindelijk een schamele legerstede op de bosgrond had gemaakt, zouden de voetstappen van haar belager door het woud weerklinken. Het bleek de hertenbok uit zijn jongensjaren te zijn, die hij zachtmoedig troostend aan haar liet snuffelen.

De Griek kwam terug, en eiste zijn plaats naast het zakdoekjes etende vrouwtje weer op.

'Het geheim, Mr Agraphiotis? Onverwachte details, die af en toe de aandacht van het al te functionele afleiden. Daar gaat het om. Juist om dat wat functioneert te benadrukken.'

Remo liet onnadrukkelijk zijn knie tegen het dijbeen van zijn buurman rusten. Er drong inderdaad nauwelijks lichaamswarmte van De Griek door de twee broekspijpen heen.

'Ik val middenin uw filmische poëtica, merk ik. Zo heb ik weer iets met licht. Legt u me nou eens uit... In uw meesterwerk *Chicane Town* fotografeert de hoofdrol een oudere man die een jong meisje omhelst. Je ziet de omhelzing weerspiegeld in het glas van de cameralens. Nu zegt mijn eigen ervaring met licht, lenzen, spiegels dat het stelletje op z'n kop te zien behoort te zijn. Opgehangen aan hun voeten... vergeeft u mij het beeld. Niet, zoals in *Chicane Town*, rechtop als een danspaar.

Hoe verklaart u dat wonder van afwijkende lichtbreking?'

'Geen natuurkundige onkunde,' zei Remo. 'De producent wilde een knieval voor het kleine verstand, dat niet fysisch redeneert.'

'Onvergeeflijk. Het zet de hele tragedie op z'n kop.'

'Aan de overkant bepaal *ik* voortaan wat wel en niet kan.'

'Theo, wir fahr'n nach Lodz,' zong Agraphiotis zacht.

'Eigenlijk is het: Rosa, wir fahr'n nach Lodz. Dat was rond 1930. Lodz stelde toen nog iets voor. Rosa kon vijf kilometer lang winkelen in de Piotrkowskastraat. De Theo is van Vicky Leandros. Een meezinger van een paar jaar terug. Vicky weet niet waar ze het over heeft. Theo zal niet blij zijn geweest met zijn uitstapje naar die communistische uitdragerij. Toen ik aan Holly-Lodz studeerde, wilde ik er alleen maar weg.'

'Vreemd,' zei De Griek. 'Nu de melodie in mijn hoofd zit, zie ik Duitse soldaten op Lodz af marcheren. Ze zingen "Rosa, wir fahr'n..." Het zijn uniformen uit de Eerste Wereldoorlog.'

'Ik ken die Duitse schmalzfilm. *Twee werelden*. Lodz lag toen in Rusland, en moest dus veroverd worden. De componist van "Rosa" was een jood. Dat hij zo'n strijdlustig lied schreef voor krijgshaftige Duitse soldaten redde hem vijftien jaar later niet van de dodelijke douches. Dat Vicky zo'n beladen lied in 1974 nog eens op de plaat zet, geeft te denken.'

'Leandros,' sneerde Agraphiotis. 'Wat weet zo'n verduitst Grieks juffie nou van joodse tragiek?'

'Lodz is joods tot in z'n fundamenten. Ga maar eens kijken op Zydovski. De familietombes van de joodse textielbaronnen... bijna net zo groot als hun fabrieken. Tussen al dat monumentaals kon ik de urn van mijn vriend nauwelijks terugvinden. Rond de eeuwwisseling was Lodz *het* textielparadijs onder de tsaar. Verder... ach, wat een droevige stad. Nu eens woonde je in Lodz, dan weer in Litzmannstadt. Zonder van je plaats te zijn gekomen.'

'U bent er later teruggeweest...'.

'Ja, zo komt uw dossier wel vol. Sinds ik beroemd ben, noemen ze mijn oude filmhogeschool Holly-Lodz. Ik geef er wel eens een lezing. Ze trommelen dan mijn oude leraren op. Voorzover nog in leven dan.'

'In de Piotrkowskastraat... tussen de huisnummers 99 en 149, zeg ik uit het hoofd... staan de namen van meer dan tienduizend inwoners in de straatstenen gebeiteld. Allemaal lui die iets voor de stad betekend hebben. Toen ik er was, twee jaar terug, stond uw naam er nog niet bij.'

'Het stadsbestuur heeft me ooit een foto van de straat toegezonden,' zei Remo. 'Een close-up van de steen, voor nummer 151, die ze voor mij vrij zouden houden. Compleet met certificaat.'

'Dan kan uw leven niet mislukt worden genoemd.'

'Na mijn arrestatie kreeg ik bericht uit Lodz. Dat ze, op zedelijke gronden, mijn naam van de straatstenenlijst hadden afgevoerd. Communistische moraal in een stad vol daze nakomelingen van verkrachtende Russische soldaten. Aan de universiteit van Warschau waren ze tenminste nog zo fatsoenlijk het toegezegde eredoctoraat pas *na* mijn veroordeling af te blazen.'

'Russische soldaten,' herhaalde Agraphiotis. 'Niet ver van uw Holly-Lodz is een gedenkteken, nietwaar... ter herinnering aan een of andere massa-executie.'

'Het Katynmonument... voor Poolse officieren. De sovjets hebben ze daar bij tientallen afgeslacht.'

'Op weg naar de filmhogeschool kwam u er misschien dagelijks voorbij. Is het verkeerd te veronderstellen dat de eeuwige vlam daar u al vroeg op het idee bracht van... het Graf van de Onbekende...'

'Mijn dossier maakt in uw handen van mijn leven een glazen huis. Ik protesteer.'

'Blijf aan die vlam denken, Woodehouse. Hij staat, als ik u goed begrepen heb, voor zelfgekozen uitzondering. Voor een positie aan gene zijde van aards eerbetoon. Beschouw die lege straatklinker als de hoogste lauwering. Hou hem naamloos.'

Remo legde zijn hand op Agraphiotis' arm, en gaf er een vriendschappelijk kneepje in, dat ook al op koudbloedigheid stuitte. 'Goed dat u me eraan herinnert. Nog wel met zoveel Griekse fijnzinnigheid. Onwillig vlees heeft een glijmiddel nodig. U slijmt me recht de armen van Scotland Yard in.'

'Ah, nu gaat het al om Scotland Yard.'

'Inderdaad heb ik mezelf al langgeleden verbannen. In Lodz al, ja. Naar een wereld waar de wetten van het licht regeren. Een ballingsoord dat overal z'n enclaves heeft. In Rome. In Los Angeles. In Parijs. Waar het leven me ook voert, ik zal altijd die oorden van kunstmatige schaduwen opzoeken. Ontzeg me gerust de toegang tot de marmergroeven. Ik ben een lichtbeeldhouwer. Wijs me een stopcontact, en ik kan aan de slag.'

18

Scott Maddox en zijn Cosy Horror, die de ene eeuwigheid voor de andere verruilde: de hele schertsbergrede was nog geen twee weken terug, en zelfs dat leek al een eeuwigheid. In de naaktcel was Remo de afgrond die aan een leven voorafging op z'n dichtst genaderd. Dwars door de weeïge warmte en het van stank verzadigde duister was hem de kou van de verschrikking tegemoet geslagen. Huiver, inderdaad, en geen knusse. Nooit eerder in zijn leven had hij zo gehuiverd voor het niets na de dood als hij toen in Choreo deed voor de gapende, zuigende leegte van de eeuwigheid die tot aan de verwekking van zijn kind had geheerst. En tot aan zijn eigen conceptie. En die van elk menselijk wezen.

Voordat Maddox een koperen strop rond zijn nek gelegd kreeg, en met een geweldige knal van het Choreaanse toneel verdween, had hij door de onthulling van Cosy Horror eigenlijk een heel vuile grap met Remo uitgehaald. Want ja, wat stelde de oude, verlammende doodsangst nu nog voor in vergelijking met het dodelijke besef van verwekking net over het randje van een pikzwarte eeuwigheid?

Nu pas, hoog boven de oceaan, werd de Knusse Huiver over

Remo vaardig. Hij voelde dat hij zich niet langer in blinde paniek teweer zou stellen tegen de dood, maar zich voortaan wel, ademloos, zo ver mogelijk bij het voorgeboortige niets vandaan moest vechten. Met zijn ogen dicht, en het schoppen van de turbulentie in zijn rug, zag hij zichzelf voor die zuigende leegte uit vluchten, het oude gevaar in de armen, dat geen gevaar meer was, alleen nog een mogelijkheid.

Dinsdag 31 januari 1978
Tweelingvossen

I

De gezagvoerder vroeg de aandacht van ons passagiers. 'Dames en heren, het vliegtuig nadert de Engelse kust. Wij zetten nu de landing in. Boven Londen is het zwaarbewolkt. Aan de grond hangt mist, soms overgaand in *drizzly stuff*. Niets om u zorgen over te maken. Het zal de landing niet belemmeren. Na de vertraging van gisteren zijn wij op het vluchtschema ingelopen. Aankomst op Heathrow waarschijnlijk 11:35.'

Gezagsgetrouw volk. Allemaal tegelijk de gesp vast.

'Het klinkt me altijd in de oren,' zei Remo, 'als een legereenheid die massaal de wapens doorlaadt.'

'U gaat nu, als ik zo vrij mag zijn,' vroeg ik, 'naar uw Londense huis?'

'U gaat ervan uit dat ik een huis in Londen heb.'

'Aan Eden Square toch?' Om mijn opmerking nog achtelozer te doen lijken, keek ik van mijn buurman weg, de diepte in. De zee als spiegel van de fondantgrijze ochtend. Als ze me, zonder een reisbestemming te noemen, tot hier geblinddoekt hadden gehouden, zou ik de morgen onmiddellijk als een Europese herkend hebben – door het licht.

'Als *iets* nooit zal wennen, Mr Agraphiotis, is het dat iedereen altijd maar alles van je weet. Van een nieuwe film wil je dat alle mensen er kennis van nemen. Iemand er nog niet van gehoord? Om nijdig van te worden. De keerzijde is dat de hele wereld ook alles van je intiemste leven denkt te mogen weten.'

'Een vorm van ruilhandel.'

'Maar dat ik een huis aan Eden Square heb, weten maar heel weinig mensen.'

'Op 67bis, niet?'

'Voor een bewonderaar weet u wel *erg* veel. Ik hou het op dossierkennis.'

'En... wat denkt u nu in Londen te gaan doen?'

'Een nogal cynische vraag voor iemand die minutieus mijn arrestatie op Heathrow heeft voorbereid.'

'Goed, stel dat het allemaal niet doorgaat. Met mijn gezag, moet u bedenken, kan ik die jongens van Scotland Yard bepraten.'

'Mensen bellen die mij kunnen helpen een persconferentie te organiseren. Geef me een kluwen microfoons, en het publiek zal er nooit meer van herstellen. Het complot, de valstrik, de karaktermoord... ik heb de mechanismen nu tot in hun kleinste radertjes doorgrond.'

'Doe het niet,' zei ik. 'Ze staan op scherp. Ze zullen u villen met hun vragen. U verliest de controle over uw eigen bijeenkomst. Wees blij als ze u op Heathrow met rust laten. Een officiële persconferentie zou alleen maar extra aandacht op u vestigen... op uw vlucht... uw aanwezigheid in de stad. Stel u de laatste vraag voor, door een journalist met een penning in de hand. "Wilt u rustig meekomen? Alles wat u nu nog zegt, kan tegen u worden gebruikt."'

2

De landing was met zuigende motoren ingezet. Een regelmatig verblijf op de Berg, het klimmen en afdalen dat erbij hoorde – het had mijn oren niet kunnen genezen van hun gevoeligheid voor luchtdrukverschillen. Kauwbewegingen makend zocht ik mijn zakken af naar iets om op te sabbelen. De regisseur schudde met een gekweld gezicht, waarop de pleister half was losgeraakt, uit een doosje een rood zuurtje in mijn handpalm. Zelf had hij er al een in zijn mond, dat hij met overdreven zuig- en slikmimiek van de ene wang naar de andere slingerde. De bloot gekomen traan danste op het ritme mee. Het ding was op z'n mooist als de wang hol gezogen werd.

In de *San Bernardino Herald Examiner* had directeur O'Melveny gerept van 'een betreurenswaardige samenloop van omstandigheden die tot de dramatische confrontatie van twee kwetsbare gevangenen in Choreo had geleid'. Prachtig diplomatiek geformuleerd: geen spijker tussen te krijgen. Nu aan mijn buurman bekennen wie de bureaucratische blunder had geënsceneerd? Ik repeteerde de woorden. 'Ik zag geen andere mogelijkheid om jullie tweeën eindelijk eens met elkaar aan de praat te krijgen. Ik hoopte dat u iets van Charlies diepere bedoelingen zou openleggen... en dat hij het vastzittende verdriet bij u zou loswoelen.'

Ja, zolang ik nieuwsgierig bleef, was het, naam of geen naam, nog niet afgelopen met me. Ik wendde me naar Woodehouse, mijn mond van ijdele bekentenisdrang al halfopen. Ik kon, ondanks het zuurtje, niet horen of er woorden uit kwamen, of alleen maar hortende ademstoten. Hij keek me wezenloos aan, en maakte niet de indruk er ook maar iets van opgevangen te hebben.

Voor 't eerst in mijn leven als luchtreiziger vond ik het beangstigend de mededelingen uit de intercom niet te kunnen verstaan. Het vliegtuig bleef maar met een langgerekte zucht door de wolken zakken, en bood geen enkel uitzicht meer, wat me in combinatie met mijn geblokkeerde gehoor een bang opgesloten gevoel gaf. Ik keek naast me. Woodehouse hing voorover in zijn gordel, handen tegen de oren gedrukt. Toen hij zijn rug weer rechtte, bleek de pleister van zijn wang verdwenen. Er stonden tranen in zijn ogen. Ik wees op mijn wang, maar hij knikte alleen. Ja, pijn daar, dat heb ik ook, Agraphiotis.

De Boeing daalde direct de sluiers van de Engelse mist in, die tot op de grond hingen. Tot aan de landing, om 11:40 precies, spraken Remo en zijn buurman geen woord meer met elkaar. Op Heathrow heerste de schemering van een winterdag te krap in z'n tijd om nog op te klaren. De nevel was er verzadigd van een oranjeachtig licht, wat de luchthaven het aanschijn gaf van een bijna verlaten industrieterrein. Vlakbij gleed dromerig, de huid mat van de fijne druppeltjes, een jumbojet voorbij.

Toen het toestel was uitgetaxied, tegen twaalven pas, kreeg het vanuit de terminal een passagiersslurf toegeschoven. Remo nam tas en paraplu uit het bagagevak. Een geluk dat hij niet aan zo'n stompzinnig ronddraaiende band op een koffer hoefde te wachten. De Griek had er wel een bij zich. Er zaten waarschijnlijk alleen oude kranten in. Zonder koffer op reis, dat zou verdacht zijn geweest – al denkt niemand bij een bagageloze reiziger meteen aan een geheim agent.

Hij liet zich in het middenpad door de stroom schuifelende passagiers meevoeren.

'Mr Woodehouse, wacht even,' riep De Griek een paar meter achter hem. 'Ik moet u nog iets zeggen.'

Ja, dat haalt je de koekoek. Me op mijn rechten wijzen, dacht Remo, dat zal hij bedoelen. De mensen lieten Agraphiotis nog voorgaan ook. Even later stootte de man met zijn tas in Remo's knieholten, alsof hij zeggen wilde: doe geen moeite. Ik zit je letterlijk op de hielen.

Bij alle irritants aan hem was De Griek ook nog eens van onbestemde leeftijd – ouder waarschijnlijk dan Remo. Als het een geheim agent was, zou hij getraind zijn op achtervolging te voet. Met zijn vierenveertig jaar was Remo, die vrijwel dagelijks hardliep, nog altijd watervlug, maar de marathonbenen van Agraphiotis zouden zijn korte pootjes moeiteloos kloppen. De agent zou zijn schoudertas, voor de vorm gevuld met proppen krantenpapier, onmiddellijk laten vallen. Alles wat Remo nog aan kostbaars had, bevond zich in zijn weekendtas: met die baal zou hij zijn leven weggooien. Iets anders bedenken. Achtervolger op dwaalspoor.

Bij de openstaande deur naar de slurf stond een stewardess, met voor ieder een hoofdknikje, de passagiers uitgeleide te doen. Hij kende haar – van een vorige vlucht misschien. De afgelopen uren moest ze achter de schermen bezig zijn geweest, want hij had haar niet in de cabine gezien. De glimlach die ze elke reiziger schonk, was stroef en vermoeid. Het cupidoboogje van haar lipstick zag er geknakt uit. Bij Remo's nadering lichtte haar verdofte blik op, met moeite. Ze noemde hem, discreet gedempt, bij de naam, en vroeg of hij een aangename overtocht had gehad. Hij deed een stap opzij, zodat hij naast haar kwam te staan, en De Griek gedwongen werd eerder dan hij de slurf in te gaan.

'En u, Miss Ferguson? Uitputtend, niet?'

'Negen uur vliegen. Plus negen uur tijdsverschil. Het *voelt* in je botten ook als achttien uur. Er viel een collega uit. Een uiltje onderweg was geen optie.'

'En toch waren we in goede handen.' Vanuit zijn ooghoeken zag hij Agraphiotis, voortgestuwd door zijn medereizigers, de knik in de slurf omslaan. De man keek nog even over zijn schouder, en struikelde – bijna.

'Mag ik u een mooi verblijf in Londen toewensen,' zei Miss Ferguson. 'Tenzij u verder moet...'

Ze wilde van hem af. Even rekken nog. Valse charmes.

'In mooi Londen aankomen, en dan meteen weer ervandoor? Op de drempel vertegenwoordigt u in uw eentje al de lieflijkheid van de stad.'

Ooghoeken: De Griek was uit zicht.

'U vleit mij niet alleen met Technicolor,' zei de stewardess, die doorging met passagiers glimlachend toeknikken. 'Ik kijk uit naar uw nieuwe film. De laatste, die Parijse, vond ik ronduit eng. U heeft balpen op uw wang.'

Remo greep naar zijn gezicht. Naakt. 'O, ramp.' Waar was de pleister losgeraakt? Als Agraphiotis de traan had gezien,

hoefde hij als ex-bewaker de betekenis niet in een symbolen-
boek op te zoeken.

'Als u even wacht, krijg ik het wel weg met een watje alcohol.'

Er was licht aan deze kant van de tunnel. Het ontbrak er
nog aan dat ze de blauwe inktveeg moederlijk, met een beetje
spuug, ging wegpoetsen. Hij hield de slurf in het oog, die zich
nu geheel met passagiers gevuld had. Hier en daar waren op-
stoppingen rond mensen die er door de plotselinge tocht aan
herinnerd werden dat ze beter hun jas aan konden doen. Er
roeiden nog geen gabardines van Scotland Yard tegen de menigte op. Hij wachtte aan de zijde van Miss Ferguson tot de
laatste reiziger (het punkmeisje, dat was teruggegaan om haar
met veiligheidsspelden doorstoken teddybeer op te halen) het
toestel verlaten had. De stewardess nam hem mee achter het
gordijn, waar het verbandkastje was. Ze druppelde uit een flesje een doorzichtige vloeistof op een dot watten, en boende ermee over zijn wang.

'Op Bruton Place zie ik je nooit meer,' zei ze opeens heel
wat minder vormelijk. 'Bang mij in The Turnabout tegen te
komen?'

Ze poetste met harde hand, maar niet zo ruw als nodig was
om een tatoeage te verwijderen. Natuurlijk, The Turnabout.
Lesley, zo heette ze. Hij had met haar gedanst, zoveel was zeker, maar hij verloor de zwaartekrachtwetten van een disco-
theeknacht wel eens uit het oog. De vier stadia: rechtop (dans
verticaal), gezeten (drank), knielend (beurtelings) en liggend
(dans horizontaal). Hij wist niet meer hoe ver hij met haar in
deze hinkstapsprong van de afdaling gekomen was.

'De troep gaat er niet af,' zei ze. 'Het zal in bad moeten weg-
slijten. In die mooie zwarte kuip van je... Wat was het geheim
ook weer? Naakt, met toch de suggestie van zwart ondergoed.
Een zwarte tulp die opengaat... Je hebt je zaakjes mooi voor elkaar.'

'Behalve die inktspat dan.' Zijn wang brandde van de ingewreven alcohol. 'Lesley, zou je er een pleister op willen plak-

955

ken? Ik kan zo niet de straat op.'

Als zijn vlucht niet ernstig genoeg was om hem naar Californië terug te doen sleuren, was de verdenking van zijn betrokkenheid bij de aanslag op Maddox het misschien wel. Een blauwe traan als de punt van een bekennend uitroepteken, daar moest hij niet mee te koop lopen. Miss Ferguson knipte een strook wondpleister af, en hechtte die over het donkere vlekje, nu de kern van een rode plek. 'Het is trouwens Cathy. Black Cathy, weet je nog?'

'Cathy, dank voor je goede zorgen. Tot de volgende reis maar weer.' Al terwijl hij het zei, joeg het kippenvel over zijn rug, helemaal via zijn nek tot bovenop zijn kruin. Hij zou de tocht nooit meer ondernemen. Naar de overkant niet, en niet in omgekeerde richting. De slurf lag leeg voor hem.

4

Als De Griek geen agent van de federale recherche of van een andere inlichtingendienst was, had hij allang op weg moeten zijn naar de bagageband, om vervolgens in te checken voor zijn vlucht naar Amsterdam. Hij had zijn veel te witte regenjas aangetrokken, en stond buiten de slurf, tas tussen de voeten, in schijnbaar geduld te wachten. Alleen, maar dat zei niets. Remo keek naar twee kanten de langgerekte hal af. Geen rondhangende types. Uitsluitend mensen die zich van de plek af begaven. 'Als u niet voortmaakt, stelen ze uw koffer.'

'Ja, lastig, die bagage.'

'Zeker als u nog een arrestant mee terug te nemen hebt.'

'Blijkbaar, Mr Woodehouse' (Agraphiotis schudde bedroefd het hoofd: *Griechentum und Pessimismus*) 'bent u niet van het idee af te brengen.'

'Laten we zeggen dat ik aan het idee begin te wennen.'

'Het lijkt me niet goed in Europa een nieuw leven aan te vangen met een paroxisme van paranoia.'

'Uw woorden rinkelen als handboeien. Alstublieft, reken me

in. Ontvoer me... schiet me neer... hoe uw opdracht ook mag luiden. Maar als het *niet* uw taak is mij te schaduwen of te kidnappen, laat u mij dan in Godsnaam met rust.'

'Door de rol die u mij toedicht, moet ik steeds denken aan een gedicht dat in mijn standplaats Nederland erg populair is...'

'Ja, dit is wel het moment om poëzie voor te gaan dragen.'

'Een tuinman ziet 's morgens de Dood tussen de rozen staan. Wit van schrik gaat de hovenier er als een haas vandoor... naar Isfahan. Het laatste woord is aan de Dood. Hij zegt zich erover te hebben verbaasd dat er 's morgens nog iemand in de rozentuin aan het snoeien was...'

'...die hij 's avonds moest halen in Isfahan. Een oud verhaal. Jean Cocteau heb ik nog gekend in Parijs. Hij had het verhaal uit de joodse moppentrommel. De tuinman vluchtte naar Jeruzalem. Waar wilt u heen?'

'Nee, waar vlucht *u* heen?'

'Naar Londen, zoals u ziet.'

'U bent nog niet verder dan uw eigen rozentuintje.'

'En Pietje de Dood, dat bent u?'

'Maar dan wel hier om u te waarschuwen.'

'En me zo terug te praten naar Californië en Choreo. U gaat uw gang maar.'

'Mr Woodehouse, als de bliksem weg hier. Vlieg vanmiddag nog naar het vasteland.'

'O, u bent helemaal met me meegereisd om me hiervandaan wat verder de ballingschap in te drijven.'

'Bedaar even,' zei De Griek met een hoofdknik naar de slurf, waardoor lachende stemmen naderden. Tevoorschijn kwam een deel van de bemanning, tassen losjes over schouders, babbelend. Cathy Ferguson, die de rij sloot, knikte Remo in het voorbijgaan nu even professioneel toe als ze het eerder bij de andere passagiers had gedaan. Een zwarte badkuip zou haar niet misstaan, maar een die 'opening als een zwarte tulp' om haar lichaam vrij te geven – had hij dat echt gezegd? Het groepje was alweer buiten gehoorsafstand.

'Ze hebben u verrot slecht voorgelicht, die beroepszeveraars van Dunning & Hendrix. Toen de rechter begon te zieken over al dan niet vrijwillig het land uit, hadden ze u er meteen voor moeten waarschuwen. De Verenigde Staten hebben met Groot-Brittannië een veel nauwer uitleveringsverdrag dan de meeste mensen denken. Een kwestie van uren nog misschien, dan is uw vlucht wereldnieuws.'

'Van minuten,' zei Remo, die zich bleek voelde worden. Zo zonder overjas, met alleen het korte leren jack over zijn T-shirt, stond hij te rillen in de koude luchtstroom uit de slurf. Hij klappertandde. 'Van seconden.'

Een drietal schoonmaaksters in blauwe stofjas kwam naderbij. De zwarte vrouw in het midden, die een karretje met poetsmiddelen voor zich uit duwde, deed Remo aan zijn werkster Winny denken (een moment *was* ze het), die het bloedbad in de tuin ontdekt had. Alles wat hij nu nog op zijn weg ontmoette, zou hem, via associaties en herinneringen, verder naar beneden trekken, de zwartheid van het gemoed in. De balling reisde onder een andere hemel dan de man met de parasol. De poetsvrouwen gingen de tunnel in, gilletjes slakend tegen de kou.

'Iemand van uw vlucht naar Londen op de hoogte gebracht?' wilde De Griek weten.

'Alleen mijn secretaresse. Ach nee, zij denkt dat ik naar Mexico ben.'

'Justitie weet natuurlijk van uw Londense huis. Ze hoeven de passagierslijsten van British Airways maar na te lopen. Als het al gedaan was, hadden ze u hier een warmer onthaal bereid.'

'Ik had het kunnen weten,' zei Remo. 'Ik had het *moeten* weten.' (O, Wendy, waar ben ik veilig voor je? Met je ranke balletbenen heb je me voor de rest van mijn dagen in de boeien geslagen.)

'Vlieg met mij mee. Amsterdam is een halte verder dan Isfahan.'

'Uitleveringsverdrag?'

'Jawel, maar dan moet er op z'n minst gemoord zijn.'

Remo voelde de plek onder de hechtpleister weer gloeien, als een eenwangige blos. Nee, Amsterdam leek hem geen goed idee. 'Laat me even hardop denken... Als ik vandaag uit Engeland wegga, kom ik er dus nooit meer in. Dan moet ik nu naar mijn huis. Een aantal zaken veiligstellen. Documenten vooral. Contracten. Eigendomspapieren.'

Er kwam nu een hele stoet keukenpersoneel van British Airways aan, alles in geruite koksbroek en met het logo van de maatschappij op de kiel. Ze duwden aluminium wagentjes met verse warme maaltijden de slurf in, voor de volgende vlucht. Achter ze bleef een lucht van gestoomde groenten hangen.

'Als u er nu eindelijk van doordrongen bent,' zei Agraphiotis, 'dat ik niet hier ben om u terug naar Los Angeles te slepen, wil ik u graag helpen bij het ophalen van die spullen.'

'Hoe?'

'Gewoon, per taxi. Mij zoeken ze in geen geval. Ik zou eerst kunnen gaan kijken... of u niet hinderlijk wordt opgewacht.'

Remo was er niet helemaal gerust op. De charmante Griek kon hem net zo goed op Eden Square in de armen van Scotland Yard drijven, zonder zelf een vlekje op zijn smetteloze regenjas op te lopen. 'Mr Agraphiotis, excuses voor mijn hondse achterdocht.' Hij gaf De Griek een hand. 'Ik ben u dankbaar voor uw hulp. Aanvaard u, in ruil, mijn volste vertrouwen.'

'Dan stel ik voor om eerst bij de KLM tickets voor Schiphol te kopen. Het scheelt straks, als er misschien haast bij is.'

'Laten we ons nog niet vastleggen op een vlucht. Het is maar afwachten hoe het in de stad loopt.'

5

Toen Remo nog een kleine jongen was, hadden nevels hem al vermaakt. Zelfs bij dichte mist was het net of hij op enige afstand van je halt hield, als een mensenschuw beest, en ook tijdens het voortbewegen bleef er ruimte om je heen. Voor zichzelf noemde hij dat: de mistbel. Zo verplaatste hun taxi zich dat middaguur in een meereizend gat door de Londense nevel. Remo voelde zich erdoor beschermd. De bel sloot niet te nauw, en zorgde ervoor dat de stad afwezig was, met Scotland Yard en al.

'Amsterdam, ik weet het niet,' zei hij tegen De Griek, die op het klapbankje zat. 'Ik bevind me graag in een brandpunt van het wereldnieuws. Beroepshalve, zal ik maar zeggen.'

'U heeft minstens twee keer gebrand in de focus van het wereldgebeuren. Een derde keer is nu in voorbereiding. Wordt het niet eens tijd...'

'Uit Nederland hoor je nooit eens wat.'

'Ik doe mijn best.'

'Nee, serieus, is daar maatschappelijk nog iets loos, of...'

'Het heeft voor zijn doen een heet jaar achter de rug. Terrorisme van Zuid-Molukkers... Knechten en krijgers die hun meesters uit de koloniën naar Nederland zijn gevolgd, en van wie de kinderen wel weer eens naar huis willen. Een treinkaping... schoolkinderen gegijzeld... Eindelijk mocht de Hollandse zandhaas met scherp schieten.'

'Op een school?'

'Op de trein. Voor 't overige moesten we het doen met importterrorisme. In Utrecht werd een politieman als een hond afgeschoten door een wereldverbeteraar van de RAF.'

'Er was toch ook iets met een Duitse krimi-acteur... die Wackernagel? Hij heeft nog eens een screentest bij me gedaan...'

'Hij dook op in een Amsterdamse telefooncel. Met een levensgroot doorgeladen pistool. Het was geen filmopname. De politie had de spots geplaatst. Neorealisme van de Rote Armee Fraktion. Op de Oktoberfeste heeft u er vast over gehoord...'

'In het zuiden van Duitsland zijn ze zorgelozer. De RAF, dat is meer iets voor het sombere noorden, waar Wagner in de bomen ruist.'

Er kwam een dubbeldeks stadsbus langszij, met dezelfde bijna geruisloze logheid als eerder de jumbo op het vliegveld. Zijn rood had de matheid van een bedauwde tomaat. Ook de ramen waren zo beslagen dat ze geblindeerd leken, als bij een autobus gevorderd voor vervoer van commando's. Als Remo het vandaag redde, zou de gedachte aan arrestatie uit onverwachte hoek hem de rest van zijn leven blijven kwellen.

'En verder?' vroeg hij, om maar niet aan zijn belagers te hoeven denken. 'Er zal in die moerassteppen bij jullie de afgelopen tien jaar toch wel *iets* gebeurd zijn? Al leven er dan alleen kwakende krokodillen. Een politieke kwestie of zo...'

'Het voorlaatste grote wapenfeit was het oliedrama van '73.'

'Zo kan elk dwergstaatje zich wel een internationaal schandaal toeëigenen.'

'Bij ons maakten ze er een autoloze zondag van. Als het maar even kan, wordt in Nederland de politiek tot folklore teruggebracht. Paardenvijgen plat schaatsen op een snelweg vol picknickers.'

'En de moerasbewoner pikt dat zomaar?'

'De enige twee auto's die de weg op durfden,' zei Agraphiotis, 'zijn prompt op elkaar gebotst.'

'Ook al niks bijzonders in zo'n klein land.'

'Ik hoor het al, een ballingschap in Amsterdam zit er niet in.'

'Zo'n botsing interesseert me.'

'Het ene vehikel was een Citroënbus die de hele heilige lappenhandel van een bisschop vervoerde. Hij had ontheffing van het rijverbod... om ergens, in een woonwagenkamp, de mis te gaan lezen. De tegenligger, zonder ontheffing, was een Volkswagen Kever. Hij werd bestuurd door een hoogzwangere vrouw. Met weeën en lekkende vliezen op weg naar het ziekenhuis. Radeloos.'

'Het is verdomd waar wat de Chinezen zeggen. Het merendeel van de mensen kan geen kreupele ontmoeten zonder over voeten te beginnen.'

'Sorry,' zei De Griek. 'Oude fout.'

'Laat me raden. De vrouw stierf, maar de baby kon nog op tijd uit de moeder worden gehaald. Keizersnede.'

'Het omgekeerde. De foetus... doorboord. Dood. De vrouw heeft het gehaald. Zij is nu de pleegmoeder van mijn oogappel der oogappels. Dat jongetje *heeft* trouwens slechte voetjes.'

6

De taxi reed het met mist gevulde Eden Square op, en stopte voor het opgegeven adres: een verbouwd koetshuis. De chauffeur zette onze bagage voor de deur, en ik betaalde hem de ritprijs. Woodehouse, die naar een plek een paar huizen verderop gelopen was, wenkte me. Hij stond onder een brandende straatlantaarn, die nu, bij zwaarbewolkt daglicht, de mist alleen maar massiever deed lijken. 'Hier,' zei hij, op een putdeksel in het trottoir wijzend, 'eindigde onze eerste omhelzing.'

Ik gaf voor niet te weten waar hij het over had. Hij vertelde mij het verhaal van hun tweede eetafspraak, die net als de eerste in pijnlijk zwijgen verliep. Na afloop, 'ze woonde hier om de hoek', had hij Sharon naar huis gebracht, nog steeds zonder iets te zeggen. Op deze plek, pal boven het riool, had hij haar plotseling omhelsd – zo onverhoeds dat ze allebei hun evenwicht verloren, en samen hard tegen de stoeptegels sloegen, hij bovenop haar. Onder het opkrabbelen had ze hem, onthutst, tot volslagen idioot verklaard, en bij het weglopen, ziedend, tot ongewenst persoon in haar leven.

'Het lieve wezen... ze had het niet begrepen.' Zijn gezicht raakte in een huilkramp. Hij liet zich, beschermd door de nevel, op zijn knieën voor het riooldeksel neervallen. 'Ze was zo mooi... zo lief... Met een lieflijkheid die haar schoonheid, ja, zeg maar gerust... optilde. Pas echt de moeite waard maakte.' Hij legde zijn hoofd zijdelings op de geribbelde ijzerplaat, die roestig glom van het condenswater. 'Die eerste eetavond hield ik mijn mond omdat ik... me beledigd voelde... op mijn ziel getrapt door haar vernederende schoonheid. Probeer ik dat bij een volgend diner uit te leggen, krijg ik door datzelfde mooie smoel geen woord uit m'n strot. Ik had alleen nog maar mijn stomme mond om iets mee te doen.'

Hij legde zijn gezicht nu plat op het deksel. Zijn rug schokte telkens even over zijn nek heen. Ik had de herdenkingsplaquette van Sharon gevonden. Een grote, ronde munt geslagen in de codes en merktekens van Gemeentewerken.

'Ze was te lief.' Als in gebed richtte hij zijn hoofd weer op tussen zijn armen. 'Te lief om te snappen... te *willen* snappen... dat ik letterlijk sprakeloos was. Dat ik niets, maar dan ook niets, tegenover de pracht van haar verschijning te stellen had. Niets. En dat ik, om op 't laatste nippertje haar aandacht te trekken... dat ik daarvoor alleen nog de clown kon uithangen. Het was paljasserij uit wanhoop. We stortten ter aarde. Ze begreep het niet. O, mijn meisje, waar ben je?'

Ik keek om naar onze bagage. Er ontfermde zich juist, met hooggeheven poot, een onzuiver soort Schotse collie over mijn koffer. Ik deed met Woodehouse wat ik met Sharon niet meer kon doen: hem helpen opstaan van het putdeksel. Zijn tranen trokken sporen door de roestvegen op zijn wangen. De wondpleister over de enige stilstaande traan was doorweekt van bruin water. Hij had Sharon daarnet, nam ik aan, het indigo van zijn wraak aangeboden.

7

Op de trap naar de eerste verdieping rook het voornaam muf, maar in het appartement zelf hingen, door een vochtig soort ongeluchte kilte, de geur en de sfeer van een graftombe. Ik bleef wat dralen in de hal, waar aan de staande kapstok, in een doorzichtige hoes, een bontjas van zilvervos hing. Zelfs nu het plafondlicht een valse glinstering over het verkreukelde plastic wierp, was goed te zien hoe mooi van kleur en structuur de pels was. Wie met de juiste traagheid om de kapstok heen liep, zag de haartoppen van wit in zilverwit en van zilverwit in zilvergrijs veranderen, terwijl in diepere vachtlagen een schaduw van antraciet werd voortgejaagd – tot die op de warme bruin-koolteint van de mouwen stuitte.

Venus *als* bontjas.

De pels zag eruit of de vos voortleefde in z'n eigen vacht: of het dier twee weken terug nog in z'n hol woonde, en zijn tot mantel versneden huid pas eergisteren van de kleermaker was gekomen. Maar een aan de haak van het knaapje gespietste factuur, gedateerd 15 oktober 1969, vermeldde de naam van het Londense opslagbedrijf waar de jas maandenlang in een kluis had gehangen: FUR & FURTHER LTD.

Woodehouse was in de deuropening verschenen, zag me het bont bewonderen, en zei: 'Ja, Sharon was...' Hij zweeg abrupt, geschrokken van de witte ademstoot die hij in zijn eigen huis voortbracht. In plaats van zijn zin af te maken stelde hij voor iets te drinken. 'Er is alleen Wyborowa.'

Omdat de koelkast uitstond, dronken we onze wodka zon-der ijs – op kamertemperatuur zogezegd, maar die was hier al Siberisch genoeg. Met de jas aan hieven we staande het glas op een nieuwe vriendschap. De drank ging over de volle borst-breedte heet naar beneden. 'Soms,' zei ik, om de ervaren drin-ker uit te hangen, 'is het een mens te moede of hij een heel *orgel* aan slokdarmen in zich draagt.'

Hij knikte. 'En alle pijpen juichen.'

We gingen met onze glazen voor het raam staan. Het was stil op het plein van voormalige stallen en verbouwde koets-huizen. In het plantsoen stond, tegen de achterkant van een houten bank geleund, een man langs de gevels omhoog te kij-ken – niet speciaal naar die van Woodehouse. Een hoed droeg hij niet, wel een lange regenjas, en ja, de kraag stond omhoog, tot boven zijn oren. 'Te veel Sherlock Holmes om waar te zijn.' Ik probeerde een geruststellend toontje aan te slaan. 'Met moordvriendelijke mist en al. Toch even in de gaten houden, die snuiter daar.'

Opeens was er, zomaar uit nevelen geboren, een tweede man, die achter de rug van de eerste op de bank ging zitten. Ook hij droeg een regenjas, maar dan met een shawl binnen de neergeslagen kraag. 'Assistentie,' zei Remo, die met snelle, nerveuze slokjes van zijn wodka dronk.

'Heeft het huis een achteruitgang?'

'Naar een luchtkoker. Het is geen vluchtweg.'

'Beter hier niet voor het raam te blijven staan.' We deden allebei tegelijk een stap naar achteren, waarbij ik tegen een bijzettafeltje stootte, dat begon te wankelen en met een kort belgeluid z'n last afwierp. 'Hola.' Op het parket lag de zware bakelieten telefoon. De hoorn, waaruit een dreunende zoemtoon ontsnapte, lag naast het toestel.

'Mr Agraphiotis u kunt de schuldige telefoon niet genoeg straffen.'

8

De schuldige telefoon. Remo vertelde De Griek over de zomeravond dat het bericht binnenkwam. Zijn lunch met vrienden was uitgelopen tot ver in de namiddag, waarna hij naar Eden Square was gelopen. Zijn coscenarist, Homer Gallaudet, zat al op het wandelaarsbankje voor de deur (waar nu een rechercheur van Scotland Yard zat te blauwbekken). De ivoorwitte rozen in het plantsoen hingen er armetierig bij boven hun afgeschudde blaadjes, die met dat bruine randje aan snippers perkament deden denken. Hij verlangde naar de goed onderhouden tuin in Beverly Hills. (Maandag, nee, dinsdag.)

'De verscheurde brief van Cyrano,' zei hij tegen Gallaudet, die het verband niet meteen legde. 'Kom, Homy, Flipper wacht op ons. Als je goed luistert, kun je hem horen snateren.'

'Dat is het probleem nou juist,' zei Gallaudet somber. 'Ik versta nog steeds geen Dolfijns.'

'Vanavond laatste poging. Anders knippen we die pratende dolfijnen er gewoon uit. Ik kan ze missen.'

'Anders ik wel.'

In Remo's appartement bogen ze zich over het probleem hoe een bataljon door de geheime dienst afgerichte dolfijnen de terroristische aanslag op een vliegdekschip te laten verijdelen *zonder* dat hun snatertaaltje gedecodeerd hoefde te worden. Van de gebroeders DinoSaur, die de film zouden produceren, was alleen Sauro in Londen. Rond negen uur die avond belde Remo hem voor overleg. De producent was er twintig minuten later. Met Italiaanse zwier verwierp Sauro de coupures. Hij had zich juist verheugd op pratende dolfijnen. 'We lossen het op met ondertiteling. Nee, beter nog nasynchronisatie. Menselijke stemmen vervormd.'

'Niet hier,' zei Remo. 'Als ik die Flippers er weer in moet schrijven, neem ik het script mee naar de overkant. Ik heb thuis beloofd uiterlijk dinsdag op het vliegtuig te stappen.'

'Ik blijf in Londen,' zei Gallaudet. 'Ik heb hier meer klussen uitstaan.'

'Een week nog,' smeekte Sauro. 'Een week om de dolfijnen te vertalen.'

'Jullie Italiaanse mannen snappen iets van het vaderschap...'

'Niets. In Italië bestaat alleen moederschap.'

'Goed, Sharon kan elke dag moeder worden. En ik, schijnt het, vader. Ik moet naar huis, Sauro. IJsberen in de hal voor de kraamkamer. Na de worp het zweet van haar voorhoofd kussen. Donker bier inschenken voor haar zog, en het dan zelf opdrinken... dat bier, bedoel ik. Kortom, alles wat een jonge vader te doen heeft.'

Gedrieën ontwierpen ze een plan voor samenwerking over de wereldzeeën heen. Sauro stelde voor de twee scenarioschrijvers dagelijks op een vast uur telefonisch te laten vergaderen. 'Correcties, aanvullingen... dat kan allemaal via de telex.'

'Ik heb er geen,' zei Remo. 'Mijn kantoor komt boven de garage, maar het moet nog ingericht.'

'Dino zal uitzoeken waar bij jou in de buurt telex is. Elke dag ga jij daar met de kinderwagen langs. Of nee, baby's schrikken van de ratel...'

'Ongeveer op dat moment, Mr Agraphiotis,' zei Remo, 'ging deze telefoon over.'

Hij bukte zich, legde de hoorn op de haak, en zette het toestel terug op het tafeltje. Zijn vingertoppen beroerden de openingen in de kiesschijf, die ruim genoeg waren voor de worstvingers van een veeboer. 'We zaten hiernaast, aan de eettafel, met de getypte blaadjes voor ons op het kleed. "Neem jij aan," zei ik tegen Sauro. "Ik voel dat het Dino is." Hij kwam terug, en zei dat mijn agent aan de lijn was. Vreemd... die zou pas de volgende dag bellen. Zondag was de afspraak. "Hij klonk een beetje angstig," zei Sauro. "Vast een deal voor je verprutst." Ik liep dus hierheen. Die tussendeur liet ik open...'

Het was Tanquary inderdaad. Niet alleen zijn agent, ook een goede vriend inmiddels. Zijn vrouw was een van de beste vriendinnen van Sharon, al lang voordat hun mannen een zakelijke verbintenis met elkaar aangingen. 'Hai, Bill, je belt voor je beurt,' riep hij vrolijk in de hoorn. 'Hoe is het daar?'

'Rottig.'

Daar zou je 't hebben. Paramount had z'n handen van *Hard sell* afgetrokken. De rechten op *The Housemistress* waren niet vrij. Het Pentagon wilde geen vliegdekschip ter beschikking stellen voor de dolfijnenfilm. (Te frivool om als propaganda voor Defensie te kunnen dienen.) 'Spaar me niet.'

'Ik wou dat ik je...' Of het aan de verbinding lag, was niet duidelijk, maar Tanquary's stem was nauwelijks te verstaan, en viel telkens weg. 'Kom, Bill, haal die zakdoek van de spreekkop. Ik weet toch wel dat jij het bent. Wat is er?'

Ruisende stilte boven de oceaan. Remo dacht aan de niet tot stand gekomen verbinding met Los Angeles eerder die dag. Er hoefde maar een draadje los te trillen of... Het werd hoog tijd zijn contacten daar persoonlijk te gaan voortzetten. Aan de andere kant was een zacht zuchten en steunen hoorbaar. 'Een ramp,' klonk van heel ver weg Tanquary's verstikte stem. 'Er is een ramp gebeurd.'

Natuurlijk, dat was het. Een aardbeving, die telegraafpalen en telefooncentrales had ontworteld. 'Vertel. Waar?'

'Bij jou.'

'Hier alles bij het oude,' zei Remo, en dacht: er kunnen drie vliegtuigen tegelijk op Londen neerstorten, en dan hoef je er nog niets van te merken.

'In Terry's huis.'

'Dat is Malibu Beach.'

'*Jouw* huis van Terry,' kwam het er opeens hoog en huilend uit. 'In jouw huis...'

'O, nee, niet weer de hond. Bill, zeg dat Tek niet ook Proxy nog doodgereden heeft.'

'Proxy leeft.'

'Goddank. Het lijkt wel of je grient.'

'De anderen... zijn dood.' Tanquary snikte nu onbeheerst.

'Wat, de andere honden? Wees eens duidelijk, Bill. Ben je op de club aan het hijsen geslagen? Ik hoor dronkemansgesnotter.'

'Niet de honden. Tek zelf.'

'Wou je zeggen dat Tek... Dood?'

'Gibby ook. Allebei op het gras.'

'Dood? Gibby?'

'En Jay.'

'Jay... Zaten ze in de auto? Was het een ongeluk? O, God, Sharon. In haar toestand... Hoe is Sharon eronder? Heeft ze...'

'Het was moord,' schreeuwde Tanquary bijna. Hij huilde als een hulpeloos kind. Hulpelozer. 'Ze zijn vermoord.'

'Allemaal?'

'Allemaal.'

'Heb je Sharon gesproken? Ze moet er kapot van zijn. Haar vrienden... onze vrienden. Waarom belt ze zelf niet?' Toen daagde hem iets. 'De waarheid, Bill. Heeft ze door het nieuws... O, God, de baby. Zeg het, Bill.'

'Alsjeblieft, alsjeblieft,' jankte de agent zachtjes. 'Wees toch sterk. Alsjeblieft.'

'De baby is dood.'

'Sterk... zijn.'

968

Hij had later niet kunnen zeggen waar het dierlijke gegier vandaan kwam: uit de telefoonhoorn of uit zijn eigen ingewanden. 'Zeg dat het niet waar is, Bill.'

'Het is waar.'

'Zeg dan... zeg dan dat Sharon in goede handen is. Ik *weet* dat ze er bedroefd onder is, Bill. Ik *weet* dat ze nu zwakjes is, en pijn lijdt. Maar laat me alsjeblieft horen, Bill, dat ze er niet aan kapotgaat. Geef een vriend die zekerheid, Bill.'

'Sharon,' zei Tanquary bijna onverstaanbaar zacht, 'heeft het niet overleefd.'

In de telefonerende Remo bevond zich een tweede Remo, die in de eerste grond onder de voeten verloor, pijlsnel in hem wegzakte, en verdronk. De laatste gedachte waar de drenkeling zich aan vastklampte: ik heb het niet goed gehoord. 'Even dacht ik dat je bedoelde,' stamelde hij, 'dat ze... in het kraambed...'

'Ja, nee, ook,' hakkelde de agent. Een snelle opeenvolging van huilschokjes kon net zo goed als cynisch gegrinnik opgevat worden. 'Begrijp het dan... ze is vermoord. Samen met de rest.'

9

'Mr Agraphiotis,' zei Woodehouse, die ons boven de schuldige telefoon nog een Wyborowa inschonk, 'als ik toen niet direct een menselijk wezen in de ogen had kunnen kijken... deed er niet toe wie... dan was ik zelf ter plekke gestorven. Gelukkig waren daar, in de deuropening, de verbaasde gezichten van Homy en Sauro. Ze waren op mijn geloei van ontkenning afgekomen. Eerst had ik nog op hoge toon van Bill geëist dat hij Sharon aan de telefoon moest roepen. "Ik weet dat ze daar is." Mijn hand had de waarheid eerder door dan mijn hoofd, en liet de hoorn op de grond vallen. Daarna was het alleen nog: "Nee! nee! nee!" Mijn vrienden waren gewend aan mijn practical jokes, maar ook aan mijn driftaanvallen. Ze wisten niet in welke categorie ze dit optreden moesten plaatsen, en stonden daarom eerst maar wat te grijnzen. Bootste ik een of andere malle filmscène na? Of had ik, woedend, een of ander slecht aanbod afgewimpeld, en kon ik nu niet meer ophouden met "nee!" krijsen? Bij het duizendste hysterische "nee!" begonnen ze zich toch wat zorgen te maken. Ik heb er geen herinnering aan.'

'Onze oerkreet is ontkenning,' zei ik. 'Geen uitbundige *Lebensbejahung* van nature – een hysterisch *nein*.'

10

In verband met onze vrienden op het plein had ik Woodehouse afgeraden aan de straatkant van het appartement de lampen aan te doen. Het werd er in de loop van de middag steeds donkerder, maar het licht lieten we uit. Om er helemaal zeker van te zijn dat ik ongezien naar buiten kon kijken, ging ik tussen twee ramen in staan. Ik gluurde om het opengeschoven gordijn heen. De twee mannen in regenjas waren er nog, en zaten nu naast elkaar op de houten bank, waarvan ik de fijndruppelige natheid als het ware door mijn eigen broek heen voelde trekken. Ze hadden het koetshuis niet helemaal de rug toegekeerd. Hun zithouding was zijdelings, het ene been opgetrokken, een arm over de rugleuning geslagen. Zo konden ze, nu nog pratend met het gezicht naar elkaar, gemakkelijk over hun schouder kijken om de woning in de gaten te houden.

Achter mij beëindigde Woodehouse vloekend een telefoongesprek. 'Als ze al opnemen, hebben ze iets anders te doen. Vrienden.'

'Londen,' zei ik, 'herinnert zich nog te goed de pest van de achttiende eeuw. De katten kregen de schuld. Ze hebben er dertigduizend van doodgeknuppeld. De mensen keren zich gewoon van je af. Uit lijfsbehoud.'

'O, dan ben ik de kat die de builenpest brengt.'

'De schuldigen waren de ratten.'

'Ik ben geboren in Parijs. Ze kunnen daar heel goed een kat van een rat onderscheiden.'

'Vergis ik me, of klinkt er in uw woorden een reisbestemming door?'

Hij lachte met gedempte hoon. 'Dan zou de keuze van mijn ballingsoord door uw krakkemikkige beeldspraak bepaald worden.'

'Op een ongemarkeerde driesprong laat de verdwaalde reiziger zich graag door het toeval leiden... de goede of de verkeerde kant op. Kruis of munt. Een overvliegende vogel...'

De heren buiten hadden een sigaret opgestoken. Het uitblazen van de rook, die dezelfde tint had als de mist, was alleen zichtbaar aan een kolkende beweging in de verder roerloze nevel. Afgezien van iets schichtigs in hun houding leken ze geen haast te hebben om de bank te verlaten. 'Stel dat uw vrienden meewerkten,' zei ik. 'Locatie, microfoons, katheder... alles geregeld. Pers opgetrommeld, alles. Hoe omzeilt u, op weg naar de persconferentie, dan die twee stillen voor de deur?'

'Het spektakel hier organiseren.'

'Waarom bellen die lui niet gewoon aan?'

'Dat is waar ook... de bel staat nog af.'

De twee mannen hadden gezelschap gekregen van een derde, die ook een sigaret opstak. 'Het zijn er nu drie,' meldde ik mijn gastheer.'

Het gezelschap bestond algauw uit vier mannen. De twee van het eerste uur stonden op, en lieten de bank aan de beide andere. Het afscheid was amicaal, met een kneep in de bovenarm. Wisseling van de wacht.

11

Zonder opklaringen werd het drie uur. Woodehouse had alle papieren bij elkaar gezocht, en liep nu rusteloos door het appartement, hier en daar een lege la opentrekkend. Nadat hij een tijd boven was geweest, misschien om afscheid te nemen van de zwarte badkuip, dribbelden zijn voeten opeens langs de trap naar beneden. 'Daar staat de fles. Bedien uzelf. Ik ga mijn advocaat bellen.'

'Het is daar nacht,' zei ik. 'De mensen slapen nog.'

'Zes uur 's ochtends is het daar. Dunning *heeft* vannacht niet eens geslapen. Daar heb ik wel voor gezorgd.'

'Het gaat me niet aan wat u allemaal tegen uw advocaat gaat zeggen, maar ik sluit niet uit dat uw telefoon afgeluisterd wordt.'

'Als u lang genoeg de mist in tuurt, Mr Agraphiotis, ziet u vanzelf een rode cel opdoemen.' (Inderdaad viel hij me nu pas op. Meer dan een deel van de deurruitjes was er niet van te zien: een vage wafel bepoederd met nevel.) 'Als u me kunt garanderen dat de weg ernaartoe vrij is, dan ga ik buiten bellen.'

Op het plein, voorzover te overzien, stonden en zaten nu zeker acht mannen met elkaar te praten, steeds twee aan twee. Woodehouse, die niet meteen antwoord van me kreeg, had de hoorn van zijn eigen bakelieten gevaarte al van de haak genomen. *Ping.* De kiesschijf snorde een lang nummer bij elkaar.

Terwijl hij op verbinding wachtte, vroeg ik hem in gebarentaal of ik de kamer uit moest. Nee, schudde hij, en zijn hand gebood me te blijven. 'Zeg niet dat ik bij je ben,' mimede en gebaarde ik. (Anders stuurt hij Scotland Yard ook op mij af. Vanwege het in brand steken van de wereld.)

12

'Dunning.'

'Belde ik je wakker, Doug?'

'Ik haal net de *Los Angeles Times* uit de bus. Jouw grand tour naar Europa is voorpaginanieuws. Waar...'

'Londen. Eden Square.' Als Dunning aan de telefoon begon te jammeren, klonk het alsof er een kapotte aluminium kam langs de spreekkop werd gehaald. 'Ik weet het, Doug. Nederlaag voor Dunning & Hendrix. Leg mijn vertrek niet uit als een verwijt aan jullie. Ik had geen keus.'

'Als de bliksem weg daar. In Groot-Brittannië ben je nu minder veilig dan hier. Hun uitleveringsverdrag met ons is net zo hecht... nou ja, als een huwelijkscontract. Scotland Yard wil graag een wit voetje halen bij de grote, sterke bruidegom.'

'Ik vlieg vandaag nog naar Parijs.' Remo keek De Griek aan, die zijn wenkbrauw optrok en zich met het glas aan de lippen afwendde.

'Dat haal je niet. Vrijwillig terug naar LA, dat is het enige wat er voor je opzit. Tenzij je met arrestatie een lang verhaal kort wilt maken.'

'Er staan hier twee kerels voor de deur te posten.'

De Griek zette zijn glas neer, en stak van elke hand vier vingers op. Dunning vond twee al bewijs genoeg, want hij zei: 'Thuiswedstrijd voor Scotland Yard. Mooi. Luister goed, Mr Ex-Remo. Zo meteen reserveer jij op Heathrow een ticket voor LAX. Als het tijd wordt, loop je kalmpjes naar de taxi. Spreken die stillen je aan, dan ben je op weg naar Californië. Het vliegveld kan bevestigen dat er een enkele reis Los Angeles voor je klaarligt.'

'Doug, als ze me *niet* tegenhouden, ben ik vanavond nog in Parijs.'

'Als je dat doet, ben je nog niet van me af. Ik bel straks Ritterbach. Na alles wat er gebeurd is, kan hij je nog wel een dag of wat respijt verlenen.'

'Om wat te doen, of niet te doen?'

'Vrijwillig terugkeren.'

'Doe geen moeite, Doug. Ik ga alleen onvrijwillig terug.'

'Goed, dan kom ik je halen.'

'Als ik het tot in Parijs red, laat ik me niet meer ompraten.'

'Rue Washington, net als anders?'

'Ja, ik ga me daar mijn schuilplaats verraden.'

'Juist,' zei Dunning. 'Rue Washington 58bis. Telefoonnummer heb ik.'

'Ik neem niet op. Ik doe niet open.'

'Megafoon op batterijen gaat mee in de tas. Desnoods huur ik een geluidswagen om je naar buiten te praten. Zoiets trekt de aandacht, hoor, in zo'n poenige buurt.'

'Geef me nog even bedenktijd, Doug.'

'Als ik om 11:00, voor jou 20:00, nog niets van je gehoord heb, stap ik op het vliegtuig naar Parijs.'

13

Omdat ze, toen de schemering echt begon te vallen, niet in het donker van de vertrekken aan de voorkant wilden blijven zitten, zochten Remo en zijn gast hun toevlucht tot de keuken aan de achterkant. Om half acht ging De Griek nog even een keurende blik op het plein werpen. 'Is het u wel eens opgevallen,' vroeg hij vanuit het donker, 'dat dit plein een ontmoetingsplaats voor heren is?'

De plek wemelde nu van de groepjes mannen, die rond de banken en onder de lantaarnpalen bij elkaar stonden. 'Alleen bij zware mist misschien,' zei Remo. 'Als dit Scotland Yard is, kan het niet anders dan een reünie van gepensioneerde rechercheurs zijn.'

'Huisvaders van rond de vijftig. Gelijkgeslachtelijken van late roeping.'

Omdat er geen binnenkomend telefoontje verwacht werd, klonk het gerinkel door het donker met het geweld van een ratelende ankerketting. 'Ik neem niet op,' zei Remo.

'Doe maar liever wel. Anders rammen ze straks de deur in.'

Zijn hand, te klein voor de enorme bakelieten hoorn, hing witjes boven het toestel, ook nu weer bevend van angst voor slecht nieuws. 'Hallo?'

'Ik krijg net,' zei Dunning, 'een persverklaring van de openbare aanklager. Ik citeer: "Onze bloedhonden zijn hem op het spoor. Ze zullen hem weten te vinden in *elk* land waarmee de Verenigde Staten een uitleveringsverdrag hebben." '

'Klare taal, Doggie.'

'Conclusie: deze kant op, jij. *Subito.*'

'Al moet ik ervoor naar een obscuur nachtrestaurant, mijn eerstvolgende diner is in Parijs. Ik stuur je wel een kaartje. Van de Quai des Orfèvres of zo.'

'Ik ben morgen rond het middaguur bij je. Continentale tijd.'

'Zonde van het ticket.'

14

'Allerlaatste,' zei Woodehouse, 'voordat ze 'm afsluiten.'

Ik volgde zijn vinger, die opnieuw een nummer in Los Angeles draaide. Wachtend op de verbinding keek hij me met van spanning geknepen ogen aan, zonder me te zien. 'Laat ze thuis zijn,' zei hij zacht. Toen, op luidere toon: 'Kunt u me doorverbinden met Mrs Wöhrmann, kamer 367?... Nee, dat is haar dochter. Wat zegt u?... Ja, Sir, in deze verwarrende tijden dragen moeders soms hun meisjesnaam, en hun meisje de naam van de vader. Mrs Wöhrmann graag.'

Bij het nemen van een slok wodka trilde zijn hand zo erg dat er een guts over de spreekkop ging. 'Helga? Ik ben het. Vanuit Londen.'

'...'

'Rustig. Ik ga nu niet voorkauwen wat bij jullie straks de avondkranten brengen. Luister goed, Helga. Ik wil dat je met Stassja het eerstvolgende vliegtuig naar Parijs neemt. Er wordt een kamer voor jullie gereserveerd in hotel De Suez. Boulevard Saint-Michel. Net als vorige keer.'

'...'

'Lig nou niet dwars, en doe wat ik zeg. De tickets schiet je voor van Stassja's lesgeld. Bel naar het Strasberg, en zeg dat je dochter voor een screentest in Parijs moet zijn. Ik vlieg vannacht nog die kant op.'

'...'

'Nee, Helga. Nee, en nog 's nee. De film wordt in Europa gemaakt. Ze zijn hier minder... nou ja, dan in Amerika. Jij mag overal bij zijn. Trouwens, tegen dat het draaien begint, is Stassja zestien. Is ze daar?'

'...'

'Stassja, lieverd. Ik zie je woensdagavond in Parijs. Eten we bij Le Bœuf Sur Le Toit. Je weet wel, waar ze met die reuzen-cognacglazen vol chocolademousse rondgaan. Mama heeft alle instructies.' Onder het luisteren, mij helemaal vergeten, werd zijn gezicht zacht en jongensachtig, met de pleister als een steeds vreemder ding op zijn verlegen trillende wang. 'O, gestolen minuutjes komen er nog genoeg. In Saint-Germain staat niet achter elke boom een man in een regenjas om me bij iedere handkus te bespringen... Wat zeg je? Moeilijk ver-staanbaar? Ik heb daarnet wodka in de telefoonhoorn gego-ten... Waarom? Het is mijn manier om met je te klinken. En niet strafbaar.'

Gedempt door de mist klonken buiten de afgesproken drie claxonstoten. 'Stass, ik moet ophangen. Anders mis ik mijn vliegtuig. Drie keer een opwaartse duim in het kuiltje van je nek.'

'...'

'Nou, vijf, zes keer dan. Tot aan het kippenvel.'

Woodehouse legde de druipende telefoonhoorn op de haak. Hij deed de lamp in de zitkamer uit, en samen liepen we naar het raam. Links, voor de ingang van de zijstraat, was in een doffe zuil lantaarnlicht vaag de taxi zichtbaar. De chauffeur toeterde nog eens drie keer, en liet daarbij eenzelfde aantal malen zijn koplampen opgloeien. 'Als u nu alvast naar bene-den ging, Mr Agraphiotis, dan sluit ik hier af.'

15

De zware koffer bonkte achter het geschuifel van De Griek aan de traptreden af. Remo controleerde nog een keer kasten en laden op onmisbare papieren (niets van belang meer), draaide lichten uit, en deed alle deuren naar de hal achter zich dicht. Hij nam zijn tas op, maar met de hand al aan de schakelaar naast de voordeur keerde hij zich plotseling om.

Sharons zilvervos aan de kapstok.

Bij haar bijna hoogzwangere vertrek in juli '69, met de Queen Elizabeth II, was de bontjas in een Londense kluis gebleven: in Californië had zij er toch niets aan. Toen hij na de moorden voor 't eerst weer in Londen kwam, was er een aanmaning geweest van die kennel voor dooie dieren. De kluis was tot 1 oktober vooruitbetaald, en de termijn zou binnenkort verstrijken. Wekenlang had hij het ophalen van de vos weten uit te stellen, en nadat hij zich er eindelijk toe had kunnen zetten (zwetend met al dat golvende bont in zijn armen op de achterbank van een taxi), was de jas met beschermhoes en al in de hal blijven hangen – nu alweer ruim acht jaar. Hoe vaak was hij er sindsdien niet voorbijgelopen, met zijn schouder langs het plastic strijkend? Aanblik en aanraking hadden hem elke keer pijn gedaan, maar opbergen, uit het zicht hangen, dat zou heiligschennis geweest zijn.

Hij zette zijn tas, waar de greep van Dunning & Hendrix' paraplu uit stak, op de mat, en deed de twee stappen naar de kapstok. Meenemen naar Parijs? Nee, niet met de lege omhulsels van het verleden blijven zeulen. Aan Stassja geven? Zelfs verworpen was de gedachte nog verraad.

Beneden trok Agraphiotis de deur in het slot. De wieltjes van zijn koffer ratelden over de trottoirtegels. Remo stak zijn hand van onderen in de beschermhoes om een laatste keer de vacht te strelen, en zich daarin Sharons warme lijfje voor te stellen. Hij schrok van de wolk kleine motten die uit de dikke bontzoom kwam gezwermd, het plafondlicht tegemoet. Zijn vingers omklemden grijze plukken vossenhaar, compleet met flarden stof en bijna vergane huid. Schreeuwend probeerde hij, met wapperende hand, het aangetaste weefsel van zich af te slaan. Er trilden zoveel motten tegen de melkglazen lampenkap dat de hal er schemerig van werd.

Opnieuw drie keer de claxon, nu alleen voor hem. Hij veegde zijn hand aan de kokosmat af, nam zijn tas op, en schakelde het licht uit. In het donker nam hij feilloos met twee, drie treden tegelijk de trap. Zelfs toen de mist hem omsloot, had hij nog het gevoel dat het de zilvervos in ontbinding was.

Wat Remo zich in ieder geval van zijn moeder herinnerde, voordat de moffen haar meenamen, was haar stola van vossenbont. Het ding werd 's zomers vast niet in een bankkluis weggeborgen, want soms verdrong een kamferlucht van mottenballen mama's zoete parfum. Het spitse snuitje rustte op haar boezem, en als jongetje dacht hij dat de kraaloogjes van roodbruin glas hem oplettend volgden wanneer hij voor zijn ouders uit door de stad huppelde.

Kort nadat Sharon aan Eden Square bij hem ingetrokken was, kocht Remo de zilvervos voor haar. De mantel maakte haar schoonheid nog koninklijker, al merkte hij dat ze aarzelde tussen ontroering om zijn gebaar en weerzin tegen het dragen van bont, want ze was de beschermvrouwe van alle schepselen op aarde. Het leek of haar blos zich in de zilverwitte pels weerspiegelde zoals de rode zon dat bij een poolvlakte zou doen. Meer protest bracht ze niet op.

'Mijn eigen Twentieth Century Fox.' Maar er moesten ook nog dingen kapotgemaakt worden. Op een avond niet veel later, toen ze na een Londense filmpremière met vrienden naar hun huis liepen, passeerde aan de overkant van de straat een blondine met net zo'n vos aan. Alle koplampen en straatlantaarns spanden samen om zoveel mogelijk nuances wit en zilver en grijs in de vacht te belichten. 'Als ze niet voor me liep,' zei Remo tegen Victor, 'zou ik zweren dat daar Sharon ging.'

Zij bleef stilstaan, en draaide zich om. Twee vrouwen in een kamer met dezelfde exclusieve avondjurk aan, dat betekende... enfin, maar hier op straat was het al niet veel beter. Bij het zien van haar evenbeeld, dat nu voor een rood voetgangerslicht stond te wachten, stampte Sharon zo hard op de grond dat er een spijker uit haar hak door het rubber heen drong en vonken uit een trottoirtegel sloeg. 'Jij, *little rat*,' siste ze. 'Durf je wel.'

'Kom, laten we haar grijpen,' riep Remo, 'en van de twee Sharons weer *een* maken. Dubbelgangers brengen ongeluk.'

'Waag het 's, jij, *little putz.*' Ze probeerde hem met vernauwde ogen vernietigend aan te kijken, wat een farce werd met die aanplakwimpers. Hij zwenkte tussen langzaam rijdende auto's door de straat over, en sprak midden op het zebrapad de vrouw in de zilvervos aan. Zij hield haar pas in, en keek in de richting die zijn uitgestoken arm aangaf. Haar gezicht deed inderdaad aan dat van Sharon denken, maar dan in het lelijke. De net opgekomen lach werd een grimas, en de dame liep snel door, met een afwerende schouder om Remo heen lopend. Hij rende terug naar zijn gezelschap. 'O, Sharon, wat *is* er nou?'

Haar mooiste sieraden droeg zij onder de huid. Het waren haar jukbeenderen. Als zij furieus was, begon het strakgespannen vel daar te gloeien, en dan wist je dat er tranen opgewarmd werden. Vervolgens werd haar hele gezicht bleek, en stroomde de woede heet en overvloedig langs haar neus, precies wat er nu gebeurde. Schrapend met de kapotte hak beende ze voor het groepje uit. Voordat ze op Eden Square waren, hadden de vrienden, allemaal uitgerust met een goede barometer voor huwelijksstormen, de een na de ander afgehaakt. De rest van de afstand naar huis mocht Remo haar geen hand geven. Toen hij haar arm wilde omklemmen, trok ze die uit de mouw, zodat de trotse zilvervos achter haar aan over het plaveisel kwam te slepen.

Boven smeet zij de jas als een vod op de grond, met de zijden voering van de mouwen naar buiten. En wat ze nooit deed: middenin de kamer staand trok ze de valse wimpers van haar oogleden, en probeerde ze Remo voor de voeten te gooien – wat nog niet zo makkelijk bleek met die plakrandjes. 'Sharon, je hebt bij oompje Romsomoff te veel politiefilms gezien. Stoere dienders in gewetensnood, die de tekenen van hun waardigheid op het bureau van de chef smijten.'

Even later, met haar kwaaie voetstappen op de trap naar boven, stond hij toch wat schuldig te kijken naar het tweetal wimpers, dat uiteindelijk op de bontjas was neergedwarreld.

Geloken oogjes in de zilverige vacht.

Ze lag in bad. Zelfs met een van schuim en water nat gezicht wist Sharon niet te verhullen dat ze geluidloos huilde. De zwarte kuip, geheel in de vloer verzonken, was een probleem bij verzoeningen. Zo klein als hij was, rees hij veel te hoog boven al dat verdriet op. 'Ik draag die vos nooit meer. Hij trekt dubbelgangers aan. En ongeluk. Ga jij maar op vossenjacht in de stad. Mij vang je niet.'

'Ik plaagde je maar wat...'

'En *sta* daar niet zo.'

Hij knielde neer bij de badrand, en voelde de nattigheid door de pijpen van zijn smokingbroek dringen. 'Liefste, ik probeer je alleen wat stekeliger te maken. Je bent te aardig voor deze wereld. Te kwetsbaar. Ik maak me zorgen. Niet iedereen is zo bovenmenselijk hartelijk als jij. Ik wil niet dat ze je pijn doen.'

'Ik dacht dat je haar er echt bij wilde vragen...' Ze durfde nu pas voluit te huilen. 'Dat je mij misschien wel wilde inruilen voor haar.'

'Nee, o, nee.'

'Wil je zoiets *nooit* meer doen.'

Om bij haar mond te kunnen boog hij zich verder voorover, maar zij liet zich onderuit glijden. Haar lieve gezicht verdween huilend onder water, waar haar snikken grote bubbels werden, die tussen het badschuim uiteenspatten.

Het voorval met de tweelingvossen circuleerde na verloop van tijd als een standaardanekdote in hun vriendenkring, en later ook daarbuiten. Meteen na de slachtpartij werd het verhaal in sommige persorganen aangevoerd als bewijs voor de hypothese dat op de plaats van de misdaad sprake was van een uit de hand gelopen groepsorgie. 'Goede kennissen bevestigen dat het echtpaar regelmatig vreemden van de straat oppikte om zich thuis met hen te verenigen.'

Meer taxi's, meer Boeings. Hun ziel, te paard nagekomen, was het spoor allang bijster in de Londense mist. Remo, naast De Griek op de achterbank, probeerde handenwringend zijn vingers van de laatste zilvervoshaartjes te bevrijden. Hij moest zich geweld aandoen om er niet aan te ruiken. Agraphiotis wilde weten hoe het etmaal verder was gelopen. 'Nadat de schuldige telefoon zo'n hoge rug had gezet, zeg maar. Excuus voor het lichtzinnige beeld.'

Remo had weinig anders te bieden dan een verslag van rouw en wroeging en waanzin. Er werden meer kennissen gebeld, die zich kwamen vergapen aan zijn metamorfose: van beweeglijke grappenmaker tot verkrampte zombie, die zich, kreten van pijn en verdriet slakend, tussen de mensen in het steeds voller wordende appartement door slingerde. Op zijn beste vrienden na, die met al hun zorgzaamheid onbereikbaar voor hem leken, herkende hij niemand – zelfs niet zijn eigen Londense arts, die hem een kalmerend spuitje kwam geven.

Het was vervreemdend onophoudelijk iemand, telkens een ander, aan de telefoon te horen bidden, smeken, roepen, zonder dat iets van het vlakbij gesprokene tot hem doordrong. Op zeker moment werd er naar de Amerikaanse ambassadeur gevraagd, daarvan was hij zich weer wel bewust. 'Het is in orde,' zei een mannenstem, misschien die van Sauro. 'Er komt een noodvisum.'

Een noodvisum, was dat niet zoiets als het toegangsbewijs tot een wereld waarin Sharon, na het angstaanjagende misverstand rond haar dood, gewoon verder leefde, en mogelijk al bevallen was?

Na nog een spuitje 's ochtends had Remo in het vliegtuig het grootste deel van de vlucht zitten slapen. Als hij wakker werd, kroop hij bij een van zijn vrienden op schoot, en jankte dan als een kind. Op LA International stonden ze namens hem de bloeddorstige pers te woord, terwijl hij in het vliegtuig wachtte tot een ambtenaar van de immigratiedienst zijn paspoort af was komen stempelen. Het was de bedoeling dat Remo via een sluipweg het toestel en de luchthaven uit gesmokkeld werd, maar een paar van de kudde afgedwaalde journalisten kregen hem in de gaten, en slingerden hem de vreselijkste vragen toe.

'Waarom was u niet thuis?' '...huwelijksproblemen?' 'Had ze een relatie met de kapper?' 'Voelt u zich schuldig?' 'Hoe had u zich het vaderschap voorgesteld?'

Later kon hij zich niet herinneren wie de instructies gegeven had, maar hij werd naar de Paramount Studios gebracht, en geïnstalleerd in een suite die als kleedkamer fungeerde voor de actrice Rebekah Rutherford. Zij speelde de rol van Dippy in de komedie *Jelly Babies*. De opnames lagen tijdelijk stil. Haar jurken waren er nog, in een geur van bestorven parfum. Middenin de ruimte hing, met een kleerhanger aan de lamp vastgehaakt, een nachtblauwe avondjapon, waar de witte borstvergroters uit puilden, als feesthoedjes. Vele kousenparen, van roze- tot theekleurig, dropen van een openstaande kastdeur.

Door de zware tranquillizers waande hij zich bij vlagen in het binnenste van Sharons garderobe, zij werd er door elk broekje, elk hemmetje opgeroepen. Hij legde tere kledingstukken om zich heen op het bed, en daarmee *was* ze eigenlijk al tot leven gewekt. Als ze hem straks naar het mortuarium brachten, zou hij te horen krijgen dat het niet meer nodig was: dat het allemaal op een misverstand berustte. Sharon was naar het ziekenhuis gebracht om hun kind ter wereld te brengen. (Hij wist het! Hij wist het!) Hij zou een taxi nemen naar het Lytton Memorial Hospital, en daar de al gewassen baby teder aan zijn hart drukken.

Vrienden kwamen hem wekken. Buiten, op het studioterrein, wachtte een politieauto om hem naar de Los Angeles County Morgue te brengen. Door Victor en een inspecteur van de LAPD, die Helgoe heette, liet hij zich op de achterbank helpen. Hoe had hij in Godsnaam de kracht kunnen vinden dit double-breasted kostuum aan te trekken? Zijn das te strikken? Hij had het de vorige dag al aangedaan, toen hij uit lunchen ging. Achter deze dubbele rij knopen bevond zich nog een andere man gisteren. De echtgenoot en aanstaande vader had zich niet hoeven te verkleden om in een weduwnaar te veranderen.

Remo zou nooit meer een film met Marilyn Monroe kunnen zien zonder dat de politiefoto's van haar dode lichaam voor het bewegende beeld schoven. Ontluisterend, maar pas nu, in de politieauto, vervloekte hij de dag dat hij ze op Parker Center had mogen bekijken. Er waren forensische foto's van Monroe, nog maar net dood, op haar bed in Brentwood, en latere van haar lijk in het mortuarium. Er was nog niets aan haar in ontbinding, behalve haar schoonheid. Het was eeuwig zonde dat haar lelijkheid haar niet volledig onherkenbaar maakte, dan had de illusie misschien standgehouden. Op de foto's genomen in haar slaapkamer, waar de dood z'n vervormende werk nog niet had kunnen doen, lag een verlept dametje van in de vijftig. Geen spoor van haar wereldberoemde, lichtgevende kapsel. Haar haren hingen in dunne, matte banen van haar schedel af. Remo besefte dat hij al die jaren in het donker van de bioscoop naar een beschilderd masker had zitten kijken. Onder de make-up was een vlekkerige huid tevoorschijn gekomen, met elke porie afzonderlijk zichtbaar. Gesprongen adertjes op haar neus als bij een dronkaard, en dat *was* ze natuurlijk ook.

De foto's van haar naakte lichaam in het mortuarium maakten duidelijk dat de wereld een gewapende bustehouder had aanbeden in plaats van haar boezem, die uiteenviel in twee nogal zwabberige borstjes. Close-ups van talloze operatielittekens, ook in de bobbelige buik. Spataderen. Cellulitis. Gele teennagels. 'Als ik eens met een aardige man in bed lig,' had ze in haar laatste jaren vaak geklaagd, 'dan dringt vroeg of laat tot hem door dat hij op het punt staat met Marilyn Monroe de liefde te gaan bedrijven. Ze kunnen dan ineens niets meer.'

Bij het bestuderen van de foto's vroeg Remo zich af of zij wel de juiste oorzaak voor het falen van haar latere minnaars had genoemd. Nu beklijfde alleen nog de angst: dat hij Sharon zo meteen ook onherkenbaar vervallen onder ijskoud licht aan zou treffen, en dat zij zo in zijn herinnering zou moeten blijven wonen.

Terwijl hij onder de jurken van Rebekah Rutherford sluimerde, had de persmeute zich van LAX naar de Los Angeles County Morgue verplaatst. Zonder zonnebril was hij van al dat bliksemende licht tegen de vlakte gegaan. De inspecteur van de LAPD pakte hem stevig onder de arm, en voerde hem het mortuarium binnen. Ook tot de gangen daar waren paparazzi doorgedrongen. Remo wankelde van het flitsen, maar de politieman, twee koppen groter dan hij en twee keer zo breed, hield hem overeind.

'Hier is het.' Ze stonden voor een deur van gezandstraald glas. 'Ze zijn nog met haar bezig, dus u moet erop voorbereid zijn dat... Uw vrouw is nog niet opgebaard.'

Marilyn Monroe. 'Ik kan dit niet.' Hij rukte zich los uit de greep van inspecteur Helgoe, en rende de gang door. Hij wierp deuren open in de hoop dat zich er een toilet achter bevond. De dreunende voetstappen van zijn begeleider, op twintig, dertig meter afstand. Uiteindelijk gaf hij over in een bezemkast, in een emmer op de bodem waarvan, als een worst, een uitgewrongen dweil lag.

De inspecteur hielp hem uit zijn geknielde houding overeind. Een fotograaf die kans had gezien hem met het gezicht boven zijn dampende verdriet te kieken, stiefelde de hoek van de gang om, met het onderschrift al in zijn hoofd. ('Na een Londense feestnacht ontregelde de identificatie zijn maag'.) Remo werd naar een ruimte gebracht die het gewelfde plafond van een kapel had, maar verder kaal was, op een lege katafalk na. Hier kreeg hij een bekertje water te drinken. De geur van de koffie die de politieman dronk, maakte hem nog misselijker. 'Ik kan daar niet naar binnen,' bleef hij maar herhalen. 'Ik kan het niet.'

Toen het ergste gesidder uit zijn lijf was, liet hij zich met zachte hand naar de gezandstraalde deur leiden. DR KAHANA-MOKU, stond er in sobere zwarte letters op.

'De lijkschouwer, wie was dat, Li'll Remo?' had Maddox hem onheuglijk lang geleden toegeblaft.

'Noguchi.'

'En de lijksnijder?'

'Kahanamoku.'

'Katakana... Katsuyama... De lijkengluurders en lijkenwroeters van Los Angeles zijn altijd spleetogen. De Jappen beweren dat wij blanken naar gestremde melk ruiken. En, zo levend als we zijn, naar lijkenvocht. Het is ze nooit genoeg, die geeltjes. Aan onze dode ingewanden snuffelen, dat is wat ze willen. Met gummi handschoentjes graaien in het Pearl Harbor van ons middenrif...'

17

'Mr Agraphiotis, het was de gruwelijkste ervaring uit mijn leven. Tot op de dag van vandaag. En ik geloof niet dat er tussen nu en mijn dood nog iets gebeurt dat eraan kan tippen. Ik dacht de bioscoopbezoeker dode lichamen te hebben laten zien. In de Los Angeles County Morgue merkte ik dat ik ze maar wat had voorgelogen. Sharon, *die* was pas dood. In het getto van Krakau had ik lijken gezien... op afstand. Mijn moeder was niet teruggekomen uit het vernietigingskamp, maar ik had haar nooit dood gezien. Sharon was mijn eerste echte, levensgrote dode.'

Hij vertelde De Griek over de ongebruikelijke stap van de patholoog-anatoom. Op het aankloppen van de inspecteur kwam Dr Kahanamoku naar buiten met een grote bruine envelop. Tussen het open- en dichtgaan van de matglazen deur ving Remo een glimp van een met grijze gordijnstof afgedekt lichaam.

'Loopt u even mee,' zei de arts, die duidelijk gewend was zich op hoge snelheid door de gangen van zijn mortuarium te bewegen. Remo, ondersteund door Helgoe, ijlde achter de flapperende panden van een witte jas aan. Aan het eind van de lange gang hield Kahanamoku de deur naar een kantoortje open. 'Gaat u binnen.'

De ruimte was niet veel groter dan het bureau waar ze omheen gingen zitten. Tussen stapels stofmappen was nog plaats voor de gekartonneerde envelop. 'Ik doe dit nooit,' zei de patholoog-anatoom. 'Hierin zitten politiefoto's van uw vrouw, genomen op de plaats van de misdaad. Zij is al door meerdere personen uit haar naaste omgeving geïdentificeerd. Ik wil graag dat u eerst deze foto's ziet. Ze staat er met een serene glimlach op, en die is tijdens het vervoer hierheen verdwenen.' Hij schudde de envelop leeg.

'Ach, Jezus... Sharon.' Er schoof een gordijn van gelatine tussen hem en de wereld, maar de foto's waren scherp genoeg om er in al hun bloedige hardheid doorheen te dringen.

'Schrikt u niet van de touwen,' zei Dr Kahanamoku.

De bovenste foto liet haar op afstand zien, voor de bank liggend in een poel van haar eigen bloed, gekleed in niet meer dan een bikini en een touw, dat rond haar hals gewonden was, en vandaar naar een lichaam verderop leidde. Hij herkende de kapper aan zijn lichte streepjesbroek, die hij een zomer eerder ook gedragen had. Zijn gezicht ging schuil onder een gele lap, die Remo als een handdoek uit hun eigen badkamer herkende. Vreemd dat de politie wel Jays hoofd bedekt had, en niet dat van Sharon – misschien omdat zij haar gelaat zelf al half aan de waarneming onttrokken had door er haar rechterarm overheen te leggen. De kamer droeg sporen van een worsteling (omgestoten dingen, neergedwarrelde kleren), maar had toch veel van de vertrouwde orde behouden, en dat maakte de foto nou juist zo walgingwekkend. Zijn maag, zojuist binnenstebuiten gekeerd, kwam leeg omhoog.

Om niet naar haar lichaam te hoeven kijken tuurde hij naar de vlag die over de rugleuning van de bank hing – met de sterren naar beneden. ('Dat rotgeintje van mijn vriend Tek zou me nog heel wat gezichtsverlies bezorgen, Mr Agraphiotis. Een huis vol Polen, waar de Amerikaanse vlag ondersteboven hing, daar broeide het Kwaad. Onze behandeling van de stars and stripes was voor de goegemeente al een duivelsritueel op zichzelf.')

Elke volgende politiefoto haalde Sharon dichter naar hem toe. Het bloed droop niet alleen uit haar wonden, het leek door mensenhanden over haar hele, bijna naakte lichaam uitgesmeerd. (Of had de terriër het, radeloos likkend, over haar lijf verspreid? Proxy, waar was Proxy? Niemand had hem verteld wat er van het teefje geworden was.)

Close-up van haar bovenlichaam, het gezicht nu bevrijd van de arm. De lichte grijns rond haar halfopen mond met de gave tanden had iets gelukzaligs, en leek op de zelfgenoegzame glimlach die ze in de latere maanden van haar zwangerschap, in Londen, steeds vaker op haar gezicht droeg. Alsof het geluk om haar kind de dood had overleefd. ('Alleen bij zo iemand als Sharon, Mr Agraphiotis, kon zelfgenoegzaamheid vertederen en ontroeren.') Omdat ze niet helemaal gesloten waren, maar tot een soort pretspleetjes vernauwd, deden ook haar ogen aan die lach mee.

Onder haar linkerborst een wijde steekwond, waarboven de cup van het bikinitopje helemaal met bloed doordrenkt was geraakt. En dan dat touw, wel drie keer om haar hals gewonden... wat leek het dik en stug zo van dichtbij. Bloed klonterde van haar mondhoek over haar wang.

De baby, was die ook doorstoken? Remo bladerde terug naar de foto van Sharons lichaam voor de bank. Hij ontdekte beneden haar rechterborst nog een forse steekwond, maar die zat ruimschoots boven haar zwangere buik, die zwaar, zijdelings in de bloedplas hing. 'Ja,' zei hij, Dr Kahanamoku de foto's kalm en met vaste hand teruggevend, 'ja, dat zijn mijn vrouw en kind. Positief.'

Uit de envelop stak de punt van nog een foto. Voordat de patholoog-anatoom het kon verhinderen, trok Remo de foto, van kleiner formaat dan de forensische afdrukken, naar zich toe. Opeens leefde ze weer, Sharon. Ze droeg het blonde haar op dezelfde manier opgestoken als op de politiefoto's, en ze had dezelfde bikini aan, maar ze stond rechtop, en ze leefde. Iemand had haar van opzij gefotografeerd voor het tuinhek. Met beide handen hield ze een wijdvallend hemmetje omhoog, zodat haar puntige buik, waaronder het bikinibroekje tot een smalle reep stof was weggekropen, goed uitkwam. Het plaatje was duidelijk bedoeld als visueel bewijs van haar zwangerschap, om later aan hun kind te laten zien: 'Zo was mama vlak voordat jij uit haar buik kwam.'

'Eind goed, al goed?' vroeg Remo, de foto teruggevend.

'Excuses,' zei de arts, van wie het voorhoofd vettig begon te glanzen. 'De foto werd aangetroffen op een rolletje in de camera van een van de overige slachtoffers. De forensische dienst heeft er een afdruk van gemaakt. Voor identificatiedoeleinden. Hij moet genomen zijn op de laatste dag van haar leven.'

Remo stond op. 'Ik wil haar zien. Nu.'

'Ik weet niet, Mr Agraphiotis, of u wel eens in het mortuarium van Los Angeles bent geweest. Hoe het er tegenwoordig is, geen idee, maar toen was het er een armoeiige troep. De doden lagen er op een metalen afdruiprek, waarvan het emaille behoorlijk aan het wegschilferen was. Ik probeerde me op de roestvlekken te concentreren... er geruststellende vormen in te ontdekken... maar hoe onwillig mijn ogen ook waren, de aanblik van Sharon drong toch wel bij me binnen.'

Inspecteur Helgoe ging ook nu mee naar binnen om als getuige van de identificatie te dienen. Ook onder het ontmaskerende plafondlicht van de sectiekamer bleef het haar van Dr Kahanamoku tot in z'n wortels ravenzwart. Hij boog zich over het afgedekte lichaam, en sloeg het grijze laken tot boven de borsten terug. Sharon had nu een totaal ander gezicht dan op de politiefoto's, en dat kwam niet alleen doordat ze het bloed weggewassen hadden. Net of een regisseur haar opgedragen had voor deze sequentie een heel verschillende emotie uit te drukken. Haar trekken waren nu tot een onverschillige pijn verstard, waar ook de bloot gekomen ondertanden en de lege oogspleetjes aan bijdroegen. Tijdens het vervoer van de Cielo

Drive naar het mortuarium was ze een echt lijk geworden, onherstelbaar overleden.

Het laken scheen minder buik te omspannen dan bij een hoogzwangere verwacht mocht worden. 'Ik wil meer van haar zien,' zei Remo.

'U bent niet zeker van uw zaak?' vroeg Helgoe.

'Ik heb *twee* geliefden te identificeren.'

'Mag ik het u afraden?' zei de arts. 'Wij hebben de foetus voor onderzoek moeten verwijderen.'

'Dan wil ik dat zien.'

Het laken werd tot beneden Sharons knieën weggeslagen. Haar lichaam, zelfs van z'n natuurlijke schaamte beroofd, hoefde niet langer op de geheime plekken bedekt te blijven. De bikini hadden ze haar uitgetrokken. Het touw was verdwenen. Tussen haar van zwangerschap vervulde borsten lag een korte meetlat met de stompzinnige naam *R. Taylor* in viltstift erop geschreven. Hij keek naar de grote, in de voorbije weken nog verder uitgedijde tepels, die er mede de oorzaak van waren geweest dat in Londen zijn mannelijkheid voor haar rijper en rijper wordende lijf was gaan terugdeinzen. Had hij maar een andere manier gezocht om haar schoonheid tot in de negende maand eer te bewijzen, in plaats van haar op de boot te zetten en alleen terug te laten gaan naar haar lege Liefdes-Nest'.

Steekwonden in haar linkerborst, en vlak daaronder. 'Hoe vaak is ze wel niet gestoken?' vroeg hij de arts.

Kahanamoku raadpleegde een klembord. 'Zestien keer, waarvan twee op zichzelf al dodelijk.'

Haar buik, zo glanzend strakgespannen op de bij het hek genomen foto, lag er nu tot vormeloosheid uitgewalst bij. 'Ik blijf erbij, ze is het. En dan wil ik nu mijn kind zien.'

Ze brachten hem naar een andere ruimte, waar een voldragen baby van het mannelijke geslacht in een geëmailleerde schaal lag. Het jongetje had de teerste oogleden die hij ooit aanschouwd had: bijna doorzichtige vliesjes. 'Staat de kleur van zijn ogen ook op uw bord?'

'Groen.'

Het was hem bij pasgeboren jongetjes vaker opgevallen: het onevenredig grote scrotum. Hoe absurd ook, bij de aanblik vlaagde trots door hem heen. Mijn zoon, dacht hij, mijn zoon.

18

'Wilt u wel geloven dat er af en toe bewondering in me opschuimde... maar dan wel als de bitterste gal... voor de man die met zijn overwicht een stel jonge vrouwen tot zulk grondig slachten wist te brengen?'

'Volgens mij,' zei De Griek, 'was het overwicht gespeeld. Aan beide kanten.'

'Het leverde dan wel een dodelijk spel op. Soms zie je onder de afbeelding van een historische gebeurtenis een datum staan. Een ets van de bestormde Bastille, met *14 juli 1789*. Zo'n datum komt mij altijd absurd voor. De gebeurtenis is veel te groot voor zo'n eenmalige kalenderdag. Voor mij is 9 augustus 1969 zo'n te krappe datum.'

(Precies zo, inclusief de datum 14 juli 1789, had Remo het in Choreo zijn veegmaat voorgehouden. 'Droom rustig verder, Li'll Remo,' blafte Maddox terug. 'Voor de grootste gebeurtenissen zijn *seconden* nog te ruim.'

'Jij zult het wel weten, Scott. Ik ben niet meer dan het aangetrouwde slachtoffer.'

'Zo nietswaardig is jouw rol.'

'Waarom Sharon?' jankte hij opeens. 'Waarom *zij*? Ik mis haar. Elke dag. Hier in Choreo nog meer dan eerst. Sinds ik jou ken, weet ik het zeker... ze is er niet meer. Jij houdt haar niet verborgen in je woestijnput. Met al je griezelige toverkracht kun je haar niet tot leven wekken. Ze is kapot, en weg. Waarom, Scott?'

'Je lijkt wel een jengelend kind, met je waarom, waarom, waarom.'

'Zij bestaat niet meer. Mijn bestaan is naar de knoppen. Jij en je vrouwen zitten levenslang achter de tralies. Allemaal het offer waard?'

'Als het offer voor Hurly Burly was: ja.')

'Een groepje Spaanse kolonisten,' zei De Griek, 'ontdekte de woestijnvlakte tussen zee en bergen in 1769. De dagboekschrijver had het begin augustus over een toekomstige nederzetting. Ze kampeerden aan een riviertje, en dat noemden ze El Rio de Nuestra Senora La Reina de Los Angeles de Porciuncula. Het bloedfeest van Charlie begin augustus 1969 was wel de goorste manier om tweehonderd jaar Los Angeles te vieren.'

19

Terug in de suite van Rebekah Rutherford werd Remo ondervraagd door rechercheurs van de LAPD. Hij maakte nader kennis met inspecteur Helgoe. 'Heeft u vijanden in Los Angeles?'

'Elke filmmaker heeft vijanden in Los Angeles.'

'Werd u bedreigd?'

'Niet met de dood.'

'Uw vrouw?'

'Zo'n door en door goed en lief mens kan geen vijanden hebben.'

'Deden u en uw vrouw aan zwarte magie?'

'Zij heeft een keer haar haren gekamd voor het zwarte marmer van een winkelpui, als u dat bedoelt.'

Duivelsrituelen. Verdovende middelen. Sadomasochistische instuiven. Het ging maar door. Hij beantwoordde de hitsig opgeworpen fantasieën van de rechercheurs met een steeds verstikkender krop van verdriet tussen zijn keel en borst. Pas toen hij letterlijk instortte, werd de ondervraging opgeschort. Vrienden die de mannen van de LAPD aflosten, riepen er een arts bij, die hem een mokerslag aan tranquillizers toediende. Soms ijlde hij. 'Jongens, als Sharon straks komt, met de baby, moeten jullie wel wegwezen, hoor.'

Op schaarse momenten waren zijn vrienden meer dan alleen maar een bewegende mond, en brachten ze geluid voort. Er drong dan vaag iets tot hem door over de collectieve angst daarbuiten, in Hollywood en Beverly Hills, waar de mensen massaal handwapens en waakhonden aanschaften, tot elke prijs. Over de verontreiniging van het rioleringsstelsel na het stadwijd doorspoelen van verboden middelen. Verhalen over ooit door de toiletpot getrokken babykrokodilletjes deden weer opgeld. Na de reptielenrage van een paar jaar terug waren de Crocodylidae en de Alligatoridae volwassen geworden om nu, gedrogeerd door hun afdankers, uit rioolbuizen en putdeksels tevoorschijn te komen en met vlijmscherpe tanden en botverbrijzelende staarten de harteloze mensheid een lesje te leren. Voordat ze je de strot doorbeten of je hoofd als een eitje intikten, kon je uit hun bek de slechte adem ruiken van een levenslang verblijf in het rioolsysteem van Los Angeles, waar ze als aanvulling op een dieet van albino ratten menselijke excrementen hadden moeten eten om niet van honger om te komen.

Woensdag 1 februari 1978
Lap Ritterbach erbij

I

In de kleedkamer van Rebekah Rutherford stond een groot televisietoestel. Een medewerker had het ongevraagd voor hem aangezet, en Remo, die onder de middelen gehouden werd, vond niet de kracht het uit te schakelen. Als hij niet sliep, hing zijn blik vanzelf aan het scherm. In het halfdonker liet hij de verspringende beelden over zich heen dwarrelen zonder ze echt te zien. Alleen van de journaals en actualiteitenprogramma's, met hun eindeloze herhaling van steeds hetzelfde, begon op den duur iets tot zijn gedrogeerde brein door te dringen. Elke nieuwsrubriek begon met helikopteropnamen van zijn huis en erf, de lichtblauwe molshopen op het gazon duidelijk zichtbaar. Dan de foto van Sharon die hij zo goed kende (uit de publiciteitswinkel rond *Canyon of the Dolls*), onmiddellijk gevolgd door beelden van Walt Disneys voormalige villa aan de Waverly Drive, waar de moorden van een etmaal later waren gepleegd. Hoewel de politie nadrukkelijk elk verband tussen de twee zaken ontkende, ook in de uitzendingen zelf, bleven de journaals even nadrukkelijk beelden van de beide moordplekken aan elkaar monteren.

Een van de opnames kreeg, door de frequentie waarmee hij uitgezonden werd, iets hallucinerends. Uit het huis aan de Waverly Drive werd over de hellende oprijlaan een brancard naar de lijkauto gereden. Erbovenop stond een luchtig op de bries

993

wapperend eenpersoons tentje, uitgevoerd in smetteloos ziekenhuiswit. Wat erin lag, moest enig gewicht hebben, te oordelen naar de zichtbare inspanning waarmee ziekenbroeders de brancard, met de helft van de wielen in het gras, om een Thunderbird met oplegger heen leidden, en naar de manier waarop hun vrachtje even later van het trottoir op het wegdek neerkwam: verend. De aanhangwagen droeg een grote speedboat.

De beelden werden eerst twintig, dertig keer in eerbiedige (of onwetende) stilte vertoond. Pas uit toegevoegd commentaar van enkele dagen later viel op te maken dat onder de nok van het sheltertje de vermoorde supermarkteigenaar Leno LaBianca lag. De suggestie van een kleine tent werd, volgens de nieuwslezer, gewekt door een lange vleesvork die, 'vermoedelijk door de moordenaar', rechtop in zijn maag geplant was.

'Wij gaan ervan uit,' zei een actualiteitendame later, 'dat met het oog op de autopsie niets aan de stand van de vork veranderd mocht worden. Inmiddels is bekendgemaakt dat in de buik van het slachtoffer het woord WAR of XXAR was gekerfd... vermoedelijk met het mes dat tijdens de sectie in zijn keel verzonken werd aangetroffen. Dit was LA5 Boulevard. Goedenavond.'

Victor, die aan Remo's bed zat, neuriede het refrein van een Beatlesnummer, 'Piggies', en zei: 'Zo gunnen ze je eigen dooie lijf al niet eens meer een menselijke vorm onder het dek van de brancard. Een tent in het laken... als bij een puber die met z'n handjes boven de dekens moet slapen. Vermoorden alleen is niet genoeg meer. Iemands waardigheid moet tot in alle eeuwigheid kapot.'

'Hoe,' mompelde Remo afwezig, met onvaste tong, 'zou Sint Sebastiaan er hebben uitgezien... onder een laken... met de pijlen nog in zijn lijf?'

'Als een verpakte kerstboom,' zei Victor, die verder neuriede aan 'Piggies'. 'Verdomme, nou krijg ik dat deuntje niet meer uit mijn kop.'

Niet alleen die eerste dagen en weken na de moorden en, maanden later, na de arrestatie van de moordenaars werd het filmfragment talloze malen op de Amerikaanse nieuwszenders vertoond (soms in extenso, vaker als los beeld), ook in de jaren daarna keerde het bij elke verwijzing naar de zaak kort of lang op het scherm terug. Net zo lang tot het wiebelende en wapperende eenpersoons tentje van Leno LaBianca een Amerikaanse icoon van Charlies mislukte oorlog was geworden.

Toen hij in Choreo door de fotokaternen van Jacuzzi's *Hurly Burly* heen had gebladerd, was hij ook de forensische foto's van LaBianca tegengekomen. Op de plaats van de misdaad toonden ze Leno zoals hij gevonden was: in pyjama, het jasje halfopen, een inderdaad zeer lange vleesvork met (volgens het politierapport) ivoren heft uit de maagstreek omhoog stekend. Hij lag, met een kussen over het hoofd, op zijn rug – tussen de bank, waarop hij gezeten had, en de salontafel, met daarop uitgespreid de zondagseditie van de *Los Angeles Herald Examiner*, die hij kort voor de moordpartij bij een kiosk gekocht had, samen met een wedstrijdformulier voor de paardenrennen. De krant lag opengeslagen bij de uitslagen van de races op zaterdag. Rond zijn hals, die dik was van het post mortem ingeslikte vleesmes, zat het snoer van een schemerlamp gewonden.

Op de foto's uit het mortuarium was LaBianca naakt te zien. Een corpulente man van midden veertig. De vleesvork was verwijderd, maar de in zijn gewelfde buik gekerfde letters waren duidelijk zichtbaar, zij het iets minder goed leesbaar. Er stond bij nader inzien wel degelijk WAR, al was de w samengesteld uit twee x'en die elkaar beentje kruisten:

Er was geen twijfel aan wie hier uit de wereld weggekruist werden: Leno en Rosemary LaBianca. De *naam* van bedoelde oorlog had met hun bloed op de koelkastdeur geschreven moeten worden, maar daar ging iets mis – niet wat de speciale inkt, maar wat de schrijfwijze betrof. In Choreo had Remo er, met uiterste zelfbeheersing, Maddox naar gevraagd.

'*White pig... The only pig... Lots'a'piggies.* Hoe zat dat met die

995

bloedwoorden, Scott? De muziekleraar kreeg zijn *Political pig* ondertekend met een bloederige klauwafdruk.'

'Behalve aan varkens, Li'll Remo, heeft Charlie ook een hekel aan koeien. Dat ik ze niet eet, is niet uit liefde voor die strontbeesten. Gary speelde doedelzak.'

'O, daarom moest hij uit z'n lijden verlost worden.'

'Het is net een snerpende uier. Ik haat het als iemand aan zo'n ding staat te lurken, Li'll Remo, alsof hij een melkkoe de blowjob geeft.'

'Waar haperde de regie?'

'Ik heb ze te vroeg van school gehaald, die meiden. Ze konden niet spellen. De politie heeft op de Spahn Ranch een deur uit z'n hengsels gelicht, en die naar de rechtbank gezeuld. Daar stond het ding met al z'n obscene opschriften te vloeken tegen de Amerikaanse vlag. HURLY BEARLY stond erop. In hanenpoten, zodat het ook op de achterste rijen goed te zien was. Charlie stond voor gek.'

'Een van jouw vrouwen... Katie, of was het Lulu... heeft zich in huize LaBianca verraden door een schrijffout, die ze later nog eens heeft gemaakt.'

'Dat beweert die gek van een Jacuzzi in zijn kassucces. Zelfs de naam van mijn onderneming heeft hij me afgenomen, terwijl dat niet in de strafmaat stond. Alle universiteiten ter wereld hebben jou en Jacuzzi niet kunnen bijbrengen dat een spelfout iets anders is dan een verschrijving. Zoals je ook versprekingen hebt.'

'Ik wist niet dat Freud ook een leermeester van je was.'

'Nee, maar wel Gilles de la Tourette. Katie stak een riek in de pens van LaBianca. Er kwamen vreemde geluidjes uit. Niks bijzonders. Het varken had gewoon te zwaar getafeld. Volgens mijn mensen klonk het als zo'n ouderwetse draailier... zo'n buikorgeltje, weet je wel, waar een straatmuzikant vroeger mee langs de deuren ging. "Hoor je?" zei Tex. "De Hurdy Gurdy Man." Dat was ooit een hit van Donovan.'

' "Der Leiermann." Ooit een hit van Schubert.'

'Leno's buikorgeltje, dat was zijn vette pens zelf. De meisjeshand die de mestvork z'n plaats gegeven had... die de muziek uit het zwijn getoverd had... datzelfde lieflijke klauwtje maakte de fout op de koelkast. HURDY GURDY, dat is wat er in varkensbloed kwam te staan. In plaats van HURLY BURLY. Weer werd Charlie voor de hele wereld te kakken gezet. Mr LaBianca, van de supermarkten, kwam niet meer bij. Hij ejaculeerde bloed uit zijn navel.'

'Rottig voor je, Scott. Suggereer je een woestijnoorlog met Stalinorgels... komen die rotmeiden met een draaiorgeltje aanzetten.'

'Ik vergeef het ze. Het was een verschrijving... in de bloedroes van het moment.'

'Enfin, Leno had z'n grafschrift.'

'LaBianca' (Maddox verhief zijn stem) 'was het witte varken bij uitstek. Met zijn pakhuizen vol vreten voerde hij de zwijnen in de Stad der Engelen. Zijn Mexicaanse big gaf in haar boutique de zeugen een hobbezak om. Voorwaar, een groot verlies voor de gemeenschap.'

Hij gromde en blafte zich alweer naar een bergrede toe.

'Om de wereld van ze te verlossen,' zei Remo, 'heb je ook de *methoden* van een slager gebruikt. Alleen krijgen de varkens in het slachthuis geen elektriciteitsdraad om hun nek. En met hun bloed worden geen literaire teksten op deuren en muren geschreven.'

'Dat,' klonk het knetterend uit de verbandkluwen, 'is het verschil tussen dierlijke en menselijke varkens. Bij de laatste soort zit de taal in het bloed.'

2

De taxi reed voor bij de vertrekhal. Een onzichtbaar raampje in de glazen scheidswand ging open, en de chauffeur vroeg: 'Welke maatschappij, *love?*'

'Air France,' zei ik maar. 'Nee, laat mij, Mr Woodehouse.'

Uit '73, toen ik in Londen een paar zilveren reflectieparaplu's had gekocht voor mijn fotografische besognes, had ik nog Sterling genoeg over voor de hoog opgelopen ritprijs.

'Kijk die mist eens,' zei mijn metgezel bij het uitstappen. 'Als er maar iets opstijgt.'

Ik wees hem op een knipperlicht dat zich schuin omhoog de dichte nevel in boorde. Hij was nauwelijks buiten of er had zich al een rag van fijn druppelwerk over zijn haar gelegd. 'Ik ken dat,' zei hij. 'Zit je net in het volgende toestel, wordt de vlucht afgeblazen.'

We waren de draaideur door, en stonden in de grote hal, waar de wakkere rust van een luchthaven bij nacht heerste. Door de condens leken Remo's wenkbrauwen op rijpe koren-aren. Hij had de roestvegen van Sharons putdeksel wegge-wassen, maar de pleister over de blauwe traan droeg nog de sporen van zijn koude omhelzing. 'Dus het wordt Parijs,' zei ik.

'Als het niet zo pathetisch klonk, Mr Agraphiotis, zou ik zeg-gen: ik ben daar in ballingschap geboren, als banneling keer ik er terug. Heel simpel.'

'Dan is Parijs niet zozeer uw bestemming als wel uw lot... als het niet zo pathetisch klonk.'

'Nogmaals duizend excuses,' zei hij, zijn hand uitstekend, 'dat ik zo wantrouwig was, en u van zoveel lelijks verdacht heb.'

'Niet te voorbarig met uw verontschuldigingen.' Ik negeer-de de hand. 'Als ik *nu* op mijn fluitje blaas, stroomt van alle kanten veiligheidspersoneel toe. De nachtploeg van Scotland Yard komt ietsje later.'

Als er al een schaduw van twijfel over zijn gezicht gleed, kwam het door de weerloosheid die de jetlag schonk. Het had net zo goed het aarzelende begin kunnen zijn van de begrij-pende grijns die nu over zijn gezicht trok, en waar zelfs de wondpleister geplooid aan meedeed. Ik gaf hem een hand.

'Genoeg over uw concrete verbanning, Mr Woodehouse. Ik wens u alle sterkte. Maar... eh... het *innerlijke* exil dat u zichzelf heeft aangedaan...'

'Wie de haat van de mensen vreest, moet die haat een richting geven.'

'Iets joods?'

'Ja, het zal wel weer,' zei hij vermoeid. 'Groet u winters Amsterdam van mij.'

'En u, namens mij, de Mona Lisa.'

Ik keek de kleine man na, hoe hij veerkrachtig naar de balie van Air France liep. Zijn tas raakte door de lange hengsels telkens even schurend de grond. *Bijna* wekte hij het verkeerde soort medelijden in me: om het leed dat ik hem bezorgd had, en de ellende die hij als gevolg daarvan nog te verduren zou krijgen. Voordat ik in de verleiding kwam hem achterna te rennen, schudde ik het weeë, christelijke gevoel van me af, en richtte me op de hogere compassie: de Griekse variant.

Niemand bij Air France. Woodhouse sloeg met vlakke hand op een ouderwets soort hotelbel, die hoog en zangerig, bijna als een versterkte stemvork, door de weidse hal klonk. Uit een onverlichte deuropening achter de balie kwam een meisje in het uniform van Air France tevoorschijn. Met onvaste vingers knoopte ze haar jasje dicht, slaperig oogknipperend – totdat er een bleke glimlach van herkenning over haar gezicht trok, en ze met twee handen tegelijk de wanorde van haar ingewikkelde speldjeskapsel nog wat vergrootte.

Uit de vertrektijden op het bord maakte ik op dat er voorlopig geen vliegtuig naar Parijs ging. Naar Amsterdam trouwens evenmin. Er was alle tijd om het gesprek met Woodehouse voort te zetten, maar omdat ik het als afgerond beschouwde, om niet te zeggen: als uitgeput, begon ik mijn koffer in de richting van een hemelsblauwe balie te slepen. Een helogige blondine uit de renstal van de KLM straalde me al van verre tegemoet. Lichtgevend haast.

3

De tunnel naar het vliegtuig was nog niet opengesteld. Dwars over de bankjes bij de gateway lagen passagiers te slapen onder hun jas. De wachthoudende stewardess van Air France voorzag hem van telefoonmunten. 'Bernard? Met mij. Jij kent in Parijs vast een goede dermatoloog.'

'Begrijp ik dat goed, kleine etter? Jij belt me middenin de nacht uit bed om me te vertellen dat je een druiper hebt?'

'Een ongewenste tatoeage.'

'Ankertje op je snikkel... dat kan toch wel even wachten.'

'O, gaan we op jiddisch over? Het is mijn *ponem*, Bernard. Amerikaanse bajesfolklore. Ik wil ervan af.'

'Ik kijk morgen voor je in de gele gids.'

'Nu.'

'Waar ben je?'

'Londen. Ik vlieg zo naar Parijs.'

'Is het in Engeland verboden tatoeages te verwijderen?'

'Bespaar me je spitsvondigheden. Ik ben op de vlucht. Net nog een vent van de FBI afgeschud. Ze kunnen me elk moment oppakken en terug naar Amerika sturen.'

'Alle schepen achter je verbrand...'

'Noem het ballingschap. De rest staat straks in de krant.'

'Banneling in eigen geboortestad.' Bernard floot tussen de tanden. 'Hoe verzin je 't?'

'Ik *wou* dat ik het zelf verzonnen had. Is bij jou de sofa nog vrij?'

'Ik zal haar op tijd wekken. We hebben ruzie gekregen. Ik moet vroeg de deur uit. De sleutel ligt in z'n holletje. En wat dat pijldoorboorde hartje op je snikkel betreft... bel dokter Zygoma. Met een Z. Zijn praktijk is hier om de hoek, in de rue d'Artois.'

'Ik hoop dat ik het red tot bij jou, Bernard.'

'Gedraag je naturel, dat kun jij zo goed. Over een uur of wat begint je nieuwe leven. In Frankrijk is nog nooit iemand wegens de liefde veroordeeld, laat staan uitgeleverd. Markies de Sade misschien. Als dat liefde was.'

'Ideaal ballingsoord. Ik kom eraan.'

4

Ergens tussen het vliegveld en de stad begon de taxichauffeur te jammeren, in het Arabisch. Remo, die op de achterbank in slaap begon te zakken, was meteen weer klaarwakker. Buiten hing nog het duister van de vroege wintermorgen. Zonder de verongelijkte stroom keelklanken te onderbreken stuurde de man zijn auto de vluchtstrook op, en stapte uit. Nu stond hij half jankend tegen het rechtervoorwiel te schoppen. Bij het verlaten van de taxi voelde Remo hoe verstijfd hij was van de vliegreizen. Een lek. 'Wees blij,' zei hij in het Frans, 'dat het geen klapband was.'

De bestuurder jammerde door. In de koude ochtendlucht voelde Remo de jetlag achter zijn slapen suizen en drukken. Hij was aan het eind van zijn krachten, maar dankbaar gestemd (Franse bodem) hielp hij de taxichauffeur met het verwisselen van het wiel. Terwijl Remo de kruissleutel bediende, bleef de man in zijn eigen taal staan vloeken of bidden. Vijf minuten later reden ze weer. Remo veegde zijn vuile handen tegen elkaar af, en verzon een ezelsbruggetje om het voorval van daarnet te onthouden. (*Charon: overtocht met hindernis.*) Het kon altijd in een script van pas komen.

Tussen twee fabrieksterreinen door kon hij de stad tegen de laaghangende bewolking zien oplichten. Aan de andere kant van de snelweg was het volledig donker. Door zijn hoofd speelde de enerverende dwarsfluit van Jean-Pierre Rampal in een oud nummer van Jacques Dutronc.

Il est cinq heures
Paris... s'éveille

Van Parijs viel nooit uit te vinden waar de stad begon, dus ook niet waar je 'm binnenreed. De chauffeur maakte effectief monosyllabisch een einde aan de onzekerheid. 'Où?'

'Het Louvre.'

'Ouvert non.' Hij pendelde met zijn wijsvinger voor de achteruitkijkspiegel.

'Zo vroeg niet, nee. Zet me maar af bij een café in de buurt.'

De taxi stopte in de rue de Rivoli bij de arcaden, voor een zaakje waarvan de rolluiken net open ratelden. Tijdens de verwisseling van het wiel was de meter door blijven lopen, en nu werd Remo geacht de volle mep te betalen. Hij voldeed het bedrag, maar gaf geen fooi. Met een vuil gezicht, zijn gebed binnensmonds hervattend, retourneerde de chauffeur Remo zijn wisselgeld, maar niet zijn groet. De oude Parijse hondsheid. Hij was weer thuis.

5

Hij was de eerste en voorlopig enige klant in het café. Een ober, met loshangend vest nog, veegde de peuken van de avond tevoren bij elkaar. Oppassen met die jetlag: bijna had Remo een tweede bezem, die tegen de muur stond, ter hand genomen om de Mexicaanse identiteitspapieren uit het toilet te gaan vegen. De ober schiep wat meer realiteit voor hem door een van de tafels vrij te maken van vier erop geplaatste stoelen. Remo kreeg een slabak koffie met melk voorgezet, en een mandje vol geverniste croissants.

Schuin aan de overkant de grijze kolos van het Louvre. Voorzover hij er de vensters van kon zien, brandde er licht achter. Natuurlijk, de bewaking ging 's nachts door, en de wisseling van de wacht zou nu wel in volle gang zijn, net als de voorbereiding van een nieuwe museumdag. Maar had er, nu er nog geen bezoekers waren, van al het personeel ook iemand oog voor *haar*? Of was de beroemdste vrouw ter wereld achter haar glazen venster nu onbemind en moederziel alleen?

Hij probeerde zich haar voor te stellen, zo klein en fier in die immense zaal. Er waren dus ook momenten, uren zelfs, dat het meest bekeken gezicht ter wereld geen toeschouwers had – hooguit een suppoost die er een aftastend professionele blik op wierp: of het er nog was. Remo zou nooit weten wat 's werelds afzijdigheid met haar glimlach deed, want zo gauw hij haar in de leegte van haar vleugel kon observeren, was ze niet alleen meer. 'Wat denkt u,' vroeg hij de ober, die bezig was de andere tafelbladen van stoelen te ontdoen, 'glimlacht de Mona Lisa aan de overkant 's nachts in haar eentje ook?'

'Bien sûr, Monsieur,' zei de man, alsof hij de hele dag niets anders deed dan dit soort vragen van toeristen beantwoorden. 'Ze houdt ook 's nachts haar wetende glimlach... in de wetenschap, Monsieur, dat straks om negen uur de bewonderaars weer toestromen. Van over de hele wereld, Monsieur.'

Kijk, dat was een antwoord waar je iets aan had. Er kwam een oude vrouw het café binnen met over haar onderarm een pak vochtige kranten, dat veel te zwaar leek voor het breekbare polsje dat eronderuit stak.

'*Paris Matin* graag.' Remo gaf haar de ruime fooi die hij de taxichauffeur onthouden had. Ze bleef met het geld in haar doorschijnende hand voor hem staan, net zo lang tot hij haar in goed Frans had uitgelegd dat het geen vergissing was. 'God zegene u, Monsieur.' Even later slofte ze onder de arcaden voorbij.

Zijn vlucht was voorpaginanieuws. 'Rechter Shurrell Ritterbach van het gerecht in Santa Monica, die de voortvluchtige eerder op de dag, bij monde van diens advocaat, nog veertien dagen had gegeven om vrijwillig terug te keren naar de Verenigde Staten, is nu op zijn beslissing teruggekomen. Bij het sluiten van deze editie had hij namens de rechtbank juist een bevel uit doen gaan tot onmiddellijke aanhouding, wat erop neerkwam dat het internationale politieapparaat aan de uitleveringsprocedure kon beginnen. (UPI)' Remo probeerde terug te keren naar het begin van het artikel, maar de verse inktletters dansten voor zijn ogen, insecten uit het gelid. Hij had het bijvoeglijk naamwoord 'dodelijk' voor 'vermoeid' altijd als een hyperbool beschouwd. Vandaag niet.

Het vliegtuig landde op Schiphol middenin de drukte van een Nederlandse dag die net op gang was gekomen. Na de warmte in de romp benam de winterkou die de slurf binnen tochtte me bijna de adem. 'Nachtvorstdampen uit de polder,' zei de purser, die zonder jas naast me liep.

In de pendelbus van de KLM overviel de jetlag me. Ik wist dat het geen zin had thuis in bed te kruipen. De slaap zou niet komen. Ik probeerde opkomend zelfbeklag om te buigen naar medelijden met de mensheid, en kwam bij het vergeefse leven van Remo's zoon uit. Erbarmen – dan moest het wel goed mis met me zijn. Ik zou alles op alles zetten om de kleine Tibbolt te behouden. Hij mocht me niet voortijdig uit handen glippen. Het was een slecht idee geweest om hem maandenlang aan zijn lot over te laten – nou ja, aan het echtpaar Satink, dat een net iets andere opvoeding voor hem in gedachten had dan ik.

De bus passeerde een grote klok aan een lantaarnpaal. Woodhouse lag nu in een Parijs bed te worstelen met zijn eigen jetlag, en met meer dan dat. Hij had nu definitief de status van banneling bereikt. Een terug was er niet – tenzij Douglas Dunning, die nu ongetwijfeld in het vliegtuig naar Parijs zat, zijn cliënt zou weten over te halen onmiddellijk mee terug te gaan naar Los Angeles en rechter Ritterbach.

We reden Amsterdam-Zuid binnen. Mij ging doorgaans geen afgrond te diep. Maar die eenzaamste twintig minuten uit de geschiedenis van de mensheid, zoals Remo zijn tragedie samenvatte, hadden me stevig aangegrepen. Ik kreeg de behoefte mijn botten een halfuurtje te warmen aan de nabijheid van kleine Tib.

Er was nog alle tijd, naar menselijke maatstaven. Ik zou de organisator van de Wereldstaking pas laten struikelen als hij oud en wijs genoeg was om de hele westerse cultuur in zijn val mee te nemen.

Een hele beschaving naar z'n mallemoer helpen. Hoe kwam ik zo blasé dat ik er geen genoegen meer mee nam om uitsluitend mijn uitverkoren held naar de afgrond te leiden? Was ik, anders dan mijn medebewoners van de Berg, te diep in de moderne tijd doorgedrongen, me vastklampend aan de christelijke jaartelling als aan een ladder op onbetrouwbaar ijs?

Ik wilde mensen zien uitglijden, en zo'n beschaving was au fond een menselijk bedrijf. Misschien was het wel mijn streven de hele mensheid het ravijn in te jagen.

Mijn eigen hachje? De Griekse beschaving was in z'n geheel opgegaan in de Romeinse, en die had zichzelf weer testamentair vermaakt aan de westerse. Ik was er nog. Een volgende liquidatie overleefde ik ook wel. Blasé maakt vindingrijk.

7

De pendelbus stopte bij het houten noodgebouwtje van de KLM op het Museumplein. Toen ik uitstapte, waren de chauffeur en een purser al bezig bagage uit het ruim te slepen. Ik kreeg mijn koffer, en liep er onder de bomen langzaam de kant van het Concertgebouw mee op. Bij mijn vertrek, in november, waren ze al bijna kaal geweest – nu helemaal, zodat er nauwelijks tijd verstreken leek. Choreo was een boze droom, al kon een god of een monster het zich altijd nog gruwelijker wensen.

Hoewel er hier geen mist hing, leek het Rijksmuseum met heel z'n verlopen roodheid in nevelen verzonken. Op het Kortste Stuk Snelweg van Nederland klonken de autobanden alsof ze over een nat dek gleden, met dat licht zwabberende geluid, maar de klinkers waren droog. Het moest iets in de atmosfeer zijn. Ook het Concertgebouw, vlakbij toch, had iets omfloersts.

Toen ik bij de oude brandweerkazerne de hoek omging, besprong de verkeersherrie van het drukke kruispunt me. De jetlag had een gordijn neergelaten tussen mij en de wereld, maar zorgde er tegelijkertijd voor dat elk geluid pijnlijk diep bij me binnendrong. Een wagen van lijn 16, die schurend optrok, had het op mijn ruggengraat voorzien.

Op het zebrapad blokkeerden de wieltjes van mijn koffer,

ditmaal volledig, zodat ik hem aan de hand verder moest zeulen. Ik kwam bijna niet meer vooruit, het voetgangerslicht sprong op rood, en ik werd bijna door een lesauto gegrepen. Nee, geen Hippe – een Jan Blom. De instructeur bracht hem half op de strepen tot stilstand. Ik bedankte hem met een opheffen van mijn vrije hand. Een lesauto zonder bloemslingers op de motorkap, wat een kale bedoening. Ik nam me voor een van de komende dagen rond het Leidseplein op zoek te gaan naar The Egg Man. Als ze hem niet aangehouden hadden, als kleinste schakeltje in de hele bootlegaffaire, hing hij waarschijnlijk nog in zijn oude uitgaansbuurt rond. Wie met een levende gans onder zijn arm de terrassen af liep, kon niet moeilijk te traceren zijn. Ik had hem een paar vragen te stellen.

Affiches tegen de voorgevel van het Concertgebouw kondigden de geboorte van alweer een wonderkind aan: een pianowelp die leeuwen als Claudio Arrau en Alfred Brendel moest doen vergeten. Geen zorgeloos lachebekje, want hij zou Mozarts twee pianoconcerten in mineur vertolken, 20 en 24, mijn favorieten. Ik prentte me de datum in. Vrijdag 3 februari. Tragiek die lichtvoetig over de distels ijlde. Olle Tornij meevragen.

Ik keek langs de gevel omhoog naar de lier op het dak. Die omslachtige ondernemingen van me. Had ik me maar van meet af aan tot de schone kunsten bepaald, dan was er nu niet dat bezoedelde gevoel geweest alsof ik van een terminaal jongensbordeel kwam.

Door de donkere wolken die onder het lichtgrijze dek voorbijdreven, leek het alsof de timpaan en de lier naar mij overhelden, zodat ik nog duizeliger werd. Wankelend, vlekken voor mijn ogen, vervolgde ik mijn weg. Tegen de zijgevel van café Keyzer, waar de leestafel me de weg gewezen had naar Choreo, stonden rieten terrasstoelen onder een oranje zeil te wachten op de eerste mooie dag van februari. Ze waren te hoog opgetast om op te gaan zitten, zodat ik maar voorzichtig verder liep, vechtend tegen het zwarte spinrag op mijn netvlies.

Ach, heel even de kleine Tibbolt vast te mogen houden. Mijn verkleumde ziel aan hem te warmen. Te voelen, te ruiken dat hij gedijde... ondanks de zwakke stengel waarop deze jonge bloem zich naar de zon keerde.

Aan de achterkant van de muziektempel rolden mannen van de brouwerij volle vaten het keldergat van café De Lier binnen. De eigenaar stond er slaperig en chagrijnig bij te kijken. In de hals van zijn leren jack was de boord van een gestreept pyjamasje zichtbaar. Hij exploiteerde de buurtkroeg, dus ik kende hem vrij goed, maar meer dan een ijskoud knikje zat er vanmorgen niet in. Er stond, bedacht ik opeens, nog een forse rekening van me open. Een paar honderd gulden liefst. Begin november had ik hier mijn aanstaande vertrek naar Californië gevierd met een 'tulpenbed'. Het personeel van De Lier wist wat dat betekende. Een rechthoekige cafétafel tot aan alle randen volgezet met hoge wijnglazen vol wodka sinaasappelsap, wodka tomatensap en wodka *menthe*. Gele, rode en groene tulpen in bonte afwisseling, door alle gasten vrijelijk te plukken.

8

BOEKHANDEL OLLE TORNIJ

Voor zijn winkeldeur in de Exilstraat draaide mijn huisbaas juist het bordje met GESLOTEN om naar OPEN, wat doorgaans nog niet hoefde te betekenen (Tornij zag zichzelf als boekenjuwelier) dat de knip er ook af ging. Vandaag wel: Olle wenkte me, gebaarde me niet de huisdeur te nemen, en stak de lange pin in het nachtslot. De winkelbel rinkelde. 'Hierlangs, Agraphiotis. Ik ga u meteen uithoren over de reis.'

De boekhandelaar, zo vroeg al kreukloos in driedelig, boog zich over zijn drempel om de koffer van me over te nemen. Meteen verstarde zijn gezicht in een pijngrimas. Hij greep naar zijn rug.

'Laat dat ding toch, Olle.' Ik duwde de koffer de winkel in. 'En we zouden tutten, weet je nog?' (De erudiete Tornij noemde tutoyeren tutten.)

'Ik zal het proberen... Spiros.' Tornij liep gekromd voor me uit, met een hand rechtsonder tegen zijn rug, alsof hij zichzelf voortduwde. Zo bereikte hij strompelend een van de twee fauteuils achter in de zaak, en liet zich erin vallen. 'Oef. Eerst heette het heupjicht, toen ischias. Nu blijkt het een verwaarloosde hernia, die uitstraalt naar de heup. Kom verder, Spiros. Ik sta bij de neurochirurg op de rol. Die koffer brengt Diny zo wel voor je naar boven.'

'Woensdag Dinydag.'

'Ja, straks naar de Keizersgracht. Op de koffie bij de Hoeksen. Als de rug het toestaat.'

Met mijn regenjas nog aan ging ik in de chesterfield tegenover hem zitten. Tornij had zijn boekenassortiment nog verder uitgedund. Op de twee hoge kasten na vol exemplaren van hetzelfde boek (*Mars in Scorpio*) waren van de overige hele planken leeg. Hier en daar stond een rijtje van nooit meer dan tien door hem hoogstpersoonlijk goedgekeurde boeken, overeind gehouden door marmeren steunen. De leemtes bij elkaar vormden zijn *Index librorum prohibitorum* van andermans slechte smaak. Op zijn wekelijkse koffierondes langs Amsterdamse uitgeverijen zweepstriemde hij de redactionele gewetens met de doemmuziek van overproductie. Vooral de 'Hoeksen', van Uitgeverijen Hoek Keizersgracht/Spiegelstraat bv, moesten het bij hem ontgelden, met hun kerstboom aan imprints.

'Zeg eens, Spiros,' begon Olle, 'hoe was de vlucht?'

'Curieus gezelschap. Ik zat naast de vervolgde regisseur...'

'Ik las het net in *De Telegraaf*, ja. Hij is ervandoor, niet? Je verantwoordelijkheid niet nemen... laf vind ik dat. En, wat had hij?'

'In 't begin was hij niet te harden zo chagrijnig en wantrouwig. Later trok het bij, en hadden we zoiets als een gesprek. Ik ben nog in zijn Londense huis geweest.'

'Om wat te doen, als ik vragen mag?'

'Spullen ophalen. Hij ging door naar Parijs.'

'Dan is mijn onderhuurder dus medeplichtig aan zijn vlucht voor de Amerikaanse justitie...'

'Fatsoensrakkerij, Olle.'

'Nee, juristerij.' Tornij stak zijn wijsvinger op. 'Je hebt hem tijdens zijn aftocht in feite geholpen zijn koffertje te pakken.'

'Goed, jij je gelijk. Het is me ontgaan. Mijn jetlag was de medeplichtige.'

'Je zult zo wel goed kunnen slapen.'

'Ik doe geen oog dicht. Het lange oponthoud in Londen heeft me genekt.'

'Glas port misschien?' Hij kwam half overeind, greep weer naar zijn hernia. 'Rood portje, dat ontspant.'

'Lig ik ontspannen in bed... zonder de slaap te kunnen vatten.' Ik liet mijn blik langs de ingelijste afbeeldingen aan de muren gaan. 'Nee, dank je wel.'

Opzij van de toonbank stond een paraplubak met, het handvat neerwaarts, twee badmintonrackets erin. Door het nylon rasterwerk waren groene linten gevlochten. Als zijn orthopeedjes begonnen te knellen, vond Tibbi het heerlijk om de rackets als sneeuwschoenen onder zijn kousenvoeten te binden, en ermee over het linoleum van de boekhandel te schaatsen. Tussen twee boekenkasten hing een affiche:

FRICTION: A FRACTION
BETWEEN FICTION AND FACTION

DIVERSE SPREKERS

VRIJDAG 3 FEBRUARI 1978
20.00 UUR

ENTREE 5 GULDEN

KOMT ALLEN!

BOEKHANDEL OLLE TORNIJ
BALLINCKSTRAAT 10 AMSTERDAM

'Je komt vrijdag toch ook?' vroeg de boekhandelaar, die me zag lezen.

Friction. Daar gingen mijn twee mineurconcerten. 'Zeg, Olle, nu ik de term faction zie staan... een jaar of vijf geleden verscheen in Amerika het boek *Hurly Burly*...'

'Van die Jacuzzi, ja. Samen met een of andere ghostwriter. Het is later in het Nederlands uitgebracht onder de volstrekt foute titel *Holder de Bolder*. Geen faction, Spiros. Dan zou het een mengvorm zijn van facts en fiction. *Hurly Burly* is reportage. Een verslag van de werkelijke gebeurtenissen.'

'Maar dan wel erg schatplichtig,' zei ik, 'aan wat jullie, boekengoeroes, de romanvorm noemen.'

'Om dat te kunnen beoordelen, zou ik het moeten herlezen. Ander keertje. De vertaling heeft jarenlang bij De Slegte liggen verkleuren. Als ik me niet vergis... Ach, Spiros, wees zo vriendelijk, en reik me die envelop daar even aan.'

Er zaten uitgeverscatalogi in. Ook een prospectus met de voorjaarsaanbieding van Uitgeverijen Hoek Keizersgracht/ Spiegelstraat BV. De boekhandelaar bladerde het met afkeurend gemompel door. Hij beschouwde elke nieuwe aanbieding als een volgende stap op weg naar de totale branchevervuiling. 'Ja, zie je wel. In Amerika is een herziene en uitgebreide versie verschenen, en die laten de Hoeksen nu helemaal opnieuw in het Nederlands vertalen. De titel, hou je vast, luidt nu *Gooien smijtwerk*. Jahaa-ah! dat snappen de mensen! Op de knieën voor de laagst opgeleiden!'

Tornij gaf mij het opengeslagen prospectus. 'In deze nieuwe versie heeft Vincent Jacuzzi alle sinds de eerste druk opgedoken nieuwe feiten verwerkt, zoals de gang van zaken rond de moordaanslag op president Ford door Sequoya Squeaky en de plannen om een Boeing te kapen teneinde de vrijlating van de leider af te dwingen. Lees ook alles over gebeurtenissen tijdens de moordnachten die nooit het dossier haalden, laat staan de drukpers. Plus: een extra katern met niet eerder gepubliceerde politiefoto's (uit handen van kinderen houden). Een uitscheurbon geeft recht op korting bij de aankoop van de 45-toerenplaat "Hurly Burly" in de uitvoering van The Electric Light Orchestra, die zeer getrouw is aan het origineel. (Om auteursrechtelijke redenen waren The Beatles niet bereid hun eigen versie voor deze actie af te staan.)'

Op het paginagroot gereproduceerde omslag was de houten hoofdstraat van een westernstadje te zien (niet Spahn Movie Ranch) met, op de rug gezien, een man die naar de klapdeurtjes van een saloon toe liep – misschien om het gooi- en smijtwerk uit de titel te verrichten. '*Gooi- en smijtwerk*,' herhaalde de boekhandelaar vol minachting. 'Dat vod komt er bij mij niet in.'

'Is dit een drukfout, Olle, of een verwijzing naar jouw affiche?'

Bovenaan de pagina met wervende tekst stond, kennelijk als genreaanduiding: FRICTIE. 'Ik noem het hypefascisme. Ik zal de Hoeksen straks mijn kritiek niet sparen.'

Omdat het woensdag was, en Dinydag, kwam even later buurtgenote Diny Dorland zich melden om de winkel te bewaken, en het dagelijkse gemiddelde van vier klanten op te vangen. Zo was Tornij vrijgesteld om bij een van de grote uitgeverijen in de binnenstad zijn banvloek te gaan uitspreken over nieuwe ontwikkelingen in het vak. De huisvrouwen uit de buurt waren gek op de charmante weduwnaar, die ze om strijd, en nog onbezoldigd ook, achter de toonbank vervingen. 'Als er van slapen voorlopig toch niets komt, Spiros, nodig ik je van harte mee naar de Keizersgracht.'

'Ik ga even bij de Satinks langs. Laten zien dat ik er weer ben voor ze.'

'Geb Satink,' zei Olle met opgetrokken neus, 'is gisteren geïnstalleerd als penningmeester van Sup Adam.'

9

Hij had graag de grote schilderijen van David bewonderd, en de onvoltooide slaven van Michelangelo, maar er waren nu belangrijker zaken aan de orde. De pijlen met de tekst SMILE voerden hem naar een andere zaal dan waar zij eerder had gehangen. De ruimte was langgerekt als een paleiszaal, en helemaal aan het eind, daar hing ze. Een postzegel die zich aanbood aan een omgekeerde verrekijker.

De dubbele rij bezoekers was even lang als de zaal zelf. Remo ging ongeduldig achteraan staan. Er zat weinig schot in. Een oude vrouw met eindjes wit nylon touw op haar kin kwam van voren, en sprak er schande van. 'Net een hoer achter haar raam. Ooit gedacht dat ze met die lippen *ppsssjjtt!* zou doen?'

Achter hem bleven nieuwe binnenkomers aansluiten. Een echtpaar dat al aan de beurt was geweest, wist te vertellen dat haar hoofd 'wegens restauratiewerkzaamheden in verband gewikkeld' was. Op die mededeling stapten de meeste wachtenden uit de rij, zodat Remo algauw vooraan stond. Van een omzwachtelde Mona Lisa was geen sprake. Erger: haar tot in China beroemde glimlach... onherstelbaar veranderd. Rond de mond speelde niet langer het oude mysterie. Vervlogen de suggestie van een geheimvol weten.

Opeens wist hij wat het was. Haar lippen krulden zo anders, frivoler, omdat ze verlost waren... onder de druk uit van het aan Charlie prijsgegeven raadsel. En nu La Gioconda zoveel onbezonnener glimlachte, zag Remo wat eerder verborgen was gebleven: *dat zij het altijd al geweten had.* Zo'n vierhonderdvijfenzeventig jaar lang al. Langer nog, want als vruchtbare vrouw, als aanstaande moeder droeg zij het Geheim al bij zich, voordat Leonardo het met betoverende penseelstreken cryptisch doorgaf aan het nageslacht.

Het was waar. De mensen hadden hun angst altijd verkeerd gericht – op het *post vitam* in plaats van op het *ante vitam*.

Remo was getuige van een wonder, oneindig veel groter dan van een tot bloedtranen bewogen Mariabeeld: het bekendste portret ter wereld keek hem volkomen anders aan dan bij eerdere bezoeken aan het Louvre. Met een glimlach verlost van een ondraaglijk geheim. Hij voelde aan zijn hele gezicht dat hij teruglachte. 'Meneer,' zei een vrouwenstem achter hem, 'er zijn nog meer mensen die haar willen zien.'

'Alleen dit nog.' Hij strekte zijn hand uit naar het schilderij, dat ditmaal niet door een glasplaat beschermd werd. Op het moment dat zijn vingertoppen, die gelukzalig tintelden, het beschilderde oppervlak aanraakten, begon er een alarmbel te rinkelen.

Er moest een vergissing in het spel zijn. In de cellen van de Extra Beveiligde Afdeling was geen telefoonaansluiting. Straks eens informeren bij De Griek. Rondtastend in een rozige schemering, die er in Choreo nog niet eerder had geheerst, zocht hij de bron van het gerinkel. Zijn hand streek over het gladde oppervlak van een telefoontoestel, waaraan hij kon voelen dat het overging. De ogen open: het was een wit apparaat. Het stond op een kameelzadel, dat weer *wel* tot de standaarduitrusting van een Choreaanse cel behoorde, dit met het oog op de nabije woestijn. Hij nam op. 'Gevangene Woodehouse hier. Ik... ik begin wat later met vegen.'

'Jongen, gaat het? Doug hier. Op Charles de Gaulle.'

Wat was er gebeurd? Toen in het café de rouwfloersen voorbij kwamen drijven, en Remo bewusteloos onder de tafel dreigde te glijden, had de ober in de rue de Rivoli een taxi voor hem aangehouden. Was hij dan niet in het Louvre geweest? Ja en nee.

'Remo?' Dunning gebruikte nog steeds zijn gevangenisnaam, maar dan op z'n Amerikaans verfranst tot iets dat leek op *Raymond*.

'Leuk geprobeerd, Doug. Als jij op Charles de Gaulle staat, zit ik op een kameel met de naam Khadaffi.'

'Hoe toevallig, *Raymond*. Dat heb ik ook, een jetlag. Het adres ken ik. Nu nog een deurcode.'

Remo gaf de cijfercombinatie. 'Ik mag lijen dat je taxi een klapband krijgt.'

'Ja, ik verheug me ook op het weerzien. Hang zolang je kop onder de kraan.'

De aankomst vanmorgen in de rue Washington, had hij die

ook gedroomd? Tegen de voorgevel van het Hôtel Washington, aan de overkant van het appartementsgebouw, herinnerde hij zich steigers te hebben gezien, waar zojuist gearriveerde bouwvakkers tegenop klauterden. Hij gluurde door een spleet van het gordijn. Het was geen droom geweest, en dat van La Gioconda misschien ook niet: het hotel ging geheel in mosgroen tule gesluierd. De arbeiders waren zeker over de eettentjes in de buurt uitgezwermd, want de steigers stonden leeg. Het moest middaguur zijn.

10

Met een hand om zijn bovenarm ondersteunde ik de boekhandelaar tot aan de halte van lijn 2. 'Zo, Olle, je gaat het ze dus allemaal weer eens heel precies vertellen...'

'Het uitgeverswezen,' zei Tornij, 'dient voeling te houden met de boekhandel. Zo denk ik erover.'

'Mohammed gaat nu dus naar de berg.'

'Met lijn 2. Zo acht ik het mijn plicht, Spiros, om een dam op te werpen tegen de stroom presentexemplaren die met name het verwende Amsterdamse wereldje overspoelt. Aan Jan en alleman worden door die uitgevers maar gratis boeken meegegeven. Krantenschrijvers verkopen ze met stapels tegelijk aan het antiquariaat. Per kilo aan De Slegte. Zo komen de mensen voor een prikkie aan een nieuwe roman... terwijl die nog niet eens in de winkel ligt. Een grof schandaal.'

'Zo stoten ze jou het brood uit de mond.'

'Materiële bijzaak,' zei Tornij heftig. Hij bleef midden op straat stilstaan, en schudde mijn hand af. 'Dat halve brood haalt Diny wel voor me. Het is van a tot z een morele kwestie. Wie te makkelijk aan boeken komt, laat ze ongelezen. Zo raakt de overdracht van kennis en cultuur gestremd. Een krantenwijk aannemen... sparen voor een boek. Zo deden wij dat vroeger. En dan begon het pas: de verovering van de inhoud. *Blij* was je, als die zich niet meteen gewonnen gaf. Spiros, ik geloof nog steeds in de renaissancemens. Iemand die bereid is de schrijver tot in alle uithoeken van zijn schepping te volgen. Niet als volgzaam lezer. Als bondgenoot. Als leidsman desnoods, waar het voor de auteur zelf te donker wordt. Dante aan de hand van Vergilius, en Vergilius weer geleid door Dante. Zo zie ik het.'

De tramhalte. Lijn 2 in de verte zichtbaar.

'Vergelijk dat eens met de huidige mens... die wil als lezer veroverd *worden*. En door wat? Hij wil dat een boek zijn wereld weerspiegelt. Maar zijn wereld is leeg... dus moet ook het boek leeg zijn. Leegte als spiegel van leegte. Zo komt de aftreksom van onze beschaving toch nog mooi op nul uit.'

De 2 stopte bij z'n halte. 'Kleine Tib de groeten van opa Olle?'

'Van Oll'opa,' zei de grootvader vertederd. 'Zo noemt hij me de laatste tijd. Zo'n kleine dondersteen.'

Ik hielp hem de tram in. 'Olle, laat ze sidderen in dat hoekhuis.'

11

'Het is te merken,' zei Dunning, die zijn neus ophaalde, 'dat je zes weken in een ongeluchte cel hebt doorgebracht.'

De gordijnen, met hun bloemmotief verantwoordelijk voor de roze schemer in de salon, waren nog dicht. Op de sofa lag een afgestroopte slaapzak. 'Een mens raakt gehecht aan zijn eigen lucht, Doug.' De afdruk van een lange ritssluiting liep in de lengte over Remo's arm.

'Raad eens wie er bij me in het vliegtuig zaten.'

'De paus en zijn camerlengo.'

'Jouw Stassja en haar eeuwige moeder. Je bent je reputatie krap een paar uur vooruit gereisd.'

'Ik lig op schema.'

De advocaat zette zijn kleine, zwartleren koffer op de salontafel, en liet hem open klikken. Hij nam er een krant uit, die hij uitvouwde. Het was de *Santa Monica Evening Post* van de vorige dag. Remo's roemloze aftocht: ook hier voorpaginanieuws.

'Lees verder op pagina 5,' zei Dunning, de krant aan zijn cliënt gevend. Remo bladerde naar de bedoelde rubriek. De obligate reacties van bekende Angelinos. Ook die van Jack natuurlijk: '*Ik kan me niet aan de indruk onttrekken dat mijn vriend in ballingschap moet omdat zijn vrouw de slechte smaak heeft gehad zich in de kranten te laten vermoorden.*'

'Jack heeft gelijk.' Hij schudde de *Post* weer in model, en wierp hem opgevouwen terug in de open diplomatenkoffer. 'Hoog boven de oceaan kon ik mezelf nog wijsmaken dat ik Amerika... door uit z'n luchtruim weg te zweven... dat ik het daardoor te slim af was. Ik weet nu al, met de jetlag nog in mijn botten, dat mijn ballingschap veel minder vrijwillig is dan ik dacht. Hollywood heeft me acht en een half jaar geleden al in de ban gedaan.'

'En je later weer omarmd ook.'

'Om me des te harder opnieuw van zich af te stoten. Mensen als ik worden net zo lang getest op hun weerbaarheid tot ze niet meer opstaan. Na Wendy was de banvloek definitief. Ze *wisten* dat ik niet meer aan de bak zou komen, en dat het dus voor mij ook geen zin meer had om te blijven. Noem dat maar het vertrek van iemand die de eer aan zichzelf houdt. Deze ballingschap, Doug, is onomkeerbaar, dus niet vrijwillig.'

'De publieke opinie, zeker in Amerika, kan zo weer omslaan.'

'Over vijfentwintig jaar misschien, als de generaties zijn ververst.' Remo ritste de slaapzak open, en legde hem als een sprei over de sofa. 'Ik wed dat ze dan wel weer eens van dichtbij willen snuffelen aan het cinefossiel dat ik geworden ben. Eens kijken of hij zijn kunstje nog kan opvoeren... Kom gerust dichterbij, kinderen. Hij bijt niet meer.'

'Even zakelijk blijven. De kranten schreeuwen op z'n vetst over je vertrek. Straks krijg je geen visum meer voor de Verenigde Staten... het Bureau voor Immigratie heeft dat nu al laten weten.'

'Een bureaucratische lynchpartij,' zei Remo monter, 'bij gebrek aan galgenvoer van vlees en bloed.'

'Wees nou redelijk. Je hebt verklaard schuldig te zijn aan een ernstig misdrijf, en vervolgens de benen genomen. Probeer je het land weer in te komen, dan arresteren ze je. Tenzij...' Dunning grabbelde onder de krant in het koffertje, en wierp een envelop van American Airlines op de sofa.

'Tenzij?' herhaalde Remo.

'...je morgen met mij mee terugvliegt naar Los Angeles.'

'Om wat te doen? Surfen?'

'Je door Ritterbach laten vonnissen.'

'De parabel van het lam en de slachtbank.'

Dunning wilde meteen iets terugzeggen, slikte het weer in, en begon door de salon heen en weer te lopen. Hij had zijn jas opengeknoopt maar niet uitgedaan, zodat de los wapperende panden van alles omgooiden en de knopen langs het meubilair ratelden. 'Luister,' zei hij tenslotte, de grote handen tot hakken gereed. 'Hier in Parijs, buiten bereik van de Amerikaanse justitie, lijk je onaantastbaar. Maar... jij bent een internationaal geöriënteerd regisseur. Zonder Hollywood ben jij niets. Daar zit het geld.'

'Maar dat *zeg* ik je toch net, Doug. Hollywood heeft me in '69 al verketterd. Ik was de puur uit bloed bestaande smet op hun blazoen. De publieke opinie heeft het nooit kunnen verkroppen dat het allemaal niet waar bleek... de satansorgie, de drugsafrekening, de uit de hand gelopen sadomasochistische ranselpartij, en de weet ik veel wat nog meer. Alsof de werkelijkheid, zoals later onthuld, niet veel erger was. Ik zweer het je... om hun teleurstelling in de eigen goedgelovigheid te verbergen, eisten ze alsnog hun gelijk op, de machtigen uit de heuvels. En dat gelijk kregen ze. In de gedaante van Wendy. Hollywoodtraditie: hebben de castingbureaus geen monster voorhanden, dan maken ze er zelf een.'

Dunning maakte de ruimte tussen zijn handen groter, en weer kleiner, alsof hij een bankschroef uitprobeerde. 'Kijk, ze hebben je op z'n minst het voordeel van de twijfel gegund. Een paar jaar later was er *Chicane Town*. Je meesterwerk. Voor een miljoen mocht je *Cyclone* maken. Die overeenkomst heb je eergisteren zelf opgezegd...'

'Ik moest wel. Het was *of* terug het gevang in, *of* terug naar de oude Wereld. Met Wendy heb ik definitief laten zien dat ik niet deug. Ik heb het vak naar beneden gehaald.'

'Alsof Hollywood niet ook profiteert van zulke schandalen. Jouw naam staat in het collectieve geheugen gegrift.'

'Met bijtend zuur, ja.'

'Het is van jou dat de mensen een nieuwe film willen zien. *Juist* door je dubbelreputatie van dader en slachtoffer. Snap dat dan. Ze willen zien hoe jij je eigen lijden creatief maakt.'

'In Europa kan ik elke film maken die ik wil.'

'Groot-Brittannië valt al af. Voor *Cyn of the Windmills* kun je niet zonder Engeland. Vergis je niet. Er zijn meer landen waar de vs een uitleveringsverdrag mee hebben. Straks kun je nergens meer heen.'

'Ik draai *Cyn* in Frankrijk. In Normandië zijn precies de Engelse landschappen die ik nodig heb. Laat die bleekscheten achter hun krijtrotsen de reet van Amerika maar likken. Ik kan ze missen. Hier is alles.'

'Als je nu wegblijft, zul je echt nooit terug naar Engeland of Amerika kunnen. Vlieg mee terug naar Los Angeles, dan gaan we samen het gevecht met Ritterbach aan. Hij heeft de stomste dingen gedaan en gezegd. Hij *kan* jou niet eens op eigen houtje het land uit zetten. Dat is een zaak voor de federale autoriteiten. Dien je straf uit, en begin opnieuw. Dan kunnen we elke poging om jou te verbannen aanvechten. Denk aan John Lennon. Die heeft een soortgelijke strijd uitgevochten met J. Edgar Hoover en de United States Immigration Service. *En* gewonnen. Kom, je ruïneert je carrière. Ik voorspel... er komt een dag dat je de haren uit je kop trekt van spijt.'

'Of jij, Doug. Ik gun je zelfs de kleinste triomf niet.'

'Ik praat nu als mens... en als bewonderaar. Als iemand die niet wil dat jij de rijpere jaren van je talent in bitterheid slijt.'

'Parijs is niet de slechtste plek op aarde om je bitterheid uit te leven.'

'Laat dan op z'n minst wat licht en lucht binnen in dit bedompte Parijse appartement.'

12

In de op dit uur drukke Van Baerlestraat zat het verkeer vast achter een wegversmalling, die een wals in staat moest stellen vers gestort asfalt te pletten. Auto's gereduceerd tot de klankkast van hun eigen claxon. Ik wist niet wat me misselijker maakte: de branderige stank van de pek of het dreunende getoeter. Spijt dat ik niet voor een deel van de afstand lijn 3 had genomen, hoefde ik niet te hebben, want die zat net zo goed vast. Lopend over het trottoir richting Amsterdam-West probeerde ik zo snel mogelijk voorbij de stoomnevel boven het sissende asfalt te komen.

Na de milde winter van Californië was het wennen aan de Hollandse waterkou, die op elke straathoek onder opwaaiende jaspanden in mijn kruis sloeg. De jetlag deed de rest. Ik liep te rillen in mijn dunne regenjas. Voordat ik door de hete wolk van damp en stank heen was, had ik wel een minuut mijn adem ingehouden, en ik bleef op de Vondelbrug even staan bijkomen. Door het kale geboomte was de groen uitgeslagen treurspeldichter zichtbaar, die zich op zijn sokkel zat af te vragen waar hij het toch aan verdiend had dat de Nederlandse spelling steeds weer hervormd werd. Iets minder gemakzucht onder klerken en bovenmeesters, en zijn *Lucifer* zou nog te lezen zijn geweest als was het stuk gisteren geschreven. Net als *Adam in ballingschap*. Anders dan Spinoza hadden ze hem niet in de ban gedaan. Of hij zichzelf tot de status van banneling binnen de kunsten had verdoemd of uitverkoren, dat viel nog te bezien. Dag, ouwe kousenfrik.

Remo liep naar het grote raam aan de straatkant, en trok een van de gordijnen opzij. Vanaf de steigers, ongeveer op gelijke hoogte met Bernards appartement, blikkerden ze hem tegemoet in het licht van de laagstaande winterzon: acht, tien, twaalf telelenzen – meer nog. Ze hypnotiseerden hem zodanig, met hun bolle ogen, dat hij verstard voor de vensterbank bleef staan, gordijn in de hand. Met zijn plotselinge verschijnen voor het raam verraste hij de fotografen net zo goed. Het duurde seconden voordat de eerste verende klik door de stille straat klonk, onmiddellijk gevolgd door een heel salvo – maar dat kon nooit meer opleveren dan plaatjes van een ouderwets pioenrozenpatroon. Remo had het gordijn met een zo harde ruk dichtgetrokken dat er haakjes op het parket neer hagelden. 'Hoe kunnen ze nu al... Doe het licht eens uit, Doug.'

De advocaat schakelde de plafonnière en de staande schemerlamp uit. Remo gluurde door de spleet tussen de gordijnen. Sommige paparazzi hadden hun bazooka's alweer uit de in het tule gesneden openingen teruggetrokken, andere bleven geknield op het plankier zitten, apparatuur in de aanslag.

'Nog steeds verbaasd, Monsieur Raymond, hoe snel nieuwtjes de oceaan over gaan?'

Twee van de fotografen verdwenen via een open raam in het hotel. Deze inbreuk op iemands privacy had dus plaats met medeweten en medewerking van de directie – tenzij de bladen zelf er een of meer kamers hadden gehuurd. Mogelijk hadden de fotoredacties, omdat er geld te verdienen viel, het hele Hôtel Washington voor enkele dagen afgekocht, en waren de bouwvakkers die Remo in de vroege morgen gezien had alleen maar steigerinstallateurs in dienst van de glossy's geweest.

'Zo had het nieuwtje dat Stassja en haar eeuwige moeder zich in Parijs bij jou gingen voegen de rechtbank al bereikt... via het Strasberg natuurlijk... voordat de dames goed en wel in het vliegtuig zaten. Ritterbach *bleef* er bijna in.'

'Bijna is te weinig.' Remo keerde zich van het raam af. 'Met dank voor de goede raad, Doug... ik hoef jonge vrouwen nu niet meer op afstand te houden. Dit is Parijs.'

De advocaat liep op zijn beurt naar het raam, gluurde, en zei: 'Ik hoop voor die tulejongens dat er een gevarenbonus bij de soldij is inbegrepen. Ze klimmen nu een plank hoger.' En zich weer omdraaiend: 'Zeg, ken jij hier een fotograaf die een beetje betrouwbaar is?'

'Er wil me niet direct een naam te binnen schieten.'

'Haal die pleister van je gezicht. Laat in een schoonheidssalon die blauwe stip weg schminken. Zet je wenkbrauwen in de lijdzame stand, en laat een berouwvol staatsieportret maken voor een niet te vunzig blad. Dan is de primeur tenminste vergeven.'

'Ze gaan vanzelf weg.'

'Ik zag slaapzakken op die steiger. Ze zijn in staat daar wekenlang te bivakkeren.'

Remo hield op met ijsberen, ging op de sofa zitten, en liet zijn hoofd hangen. 'Ziehier de vogel die van kooi naar kooi vloog. Choreo The Movie. Part Two. Als ik hier blijf... luister je?'

Dunning deed een poging de gordijnen naadloos op elkaar te laten aansluiten, wat door de ontbrekende haakjes niet lukte. Zijn worstelende handen werden hoorbaar gefotografeerd. 'Ik luister.' Hij ging, nog steeds met zijn jas aan, in een fauteuil zitten.

'Vertel me nou eens heel precies, Doug, wat me te wachten staat als ik weiger met je terug te vliegen. Ik las vanmorgen in de *Matin* dat ik niet langer twee weken respijt krijg om me te melden. Als ik het goed begrepen heb, circuleert er al een internationaal arrestatiebevel.'

'Kijk.' Dunning plaatste zijn handen met hun zijkant op de armleuningen. Zijn stem daalde een vol register, tot zijn woorden iets hols en stampends kregen. 'Ritterbach heeft me gisteren, *na* de lancering van dat aanhoudingsbevel, nog twee etmalen gegeven om jou vrijwillig naar Californië te laten komen. Ja? Dat zijn niet de veertien dagen van eerst, maar het betekent ook geen onmiddellijke arrestatie. Als je morgen *niet* meegaat' (hij liet zijn magere duimen nog wat verder opkrullen, en zijn handen wiebelden) 'zal Ritterbach je over twee weken bij verstek veroordelen. En niet zo mals ook. Hij gaat er een geweldig theater van maken, reken maar. Een persconferentie met een heel regenwoud aan microfoons voor z'n snufferd.'

'Dacht je nou echt, Doug, dat hij tot midden februari kan wachten? Vanaf het moment dat zijn ultimatum verstrijkt, overmorgen, zal hij zijn trukendoos met verdachtmakingen opentrekken.'

'Ik spreek je niet tegen.'

'Nou, laat dan zien dat je een advocaat met kloten bent. Lap Ritterbach erbij. Zorg ervoor dat hij van de zaak wordt gesleurd. Dat zou nog 's een daad zijn.'

'Je slaat me te hoog aan.' Dunnings handen hingen nu slap en griezelig lang ter weerszijden van de fauteuil.

'Wat nou? Een lijstje opstellen met al zijn tegenstrijdige geklets over mij... van zijn onjuridische woedeuitbarstingen tegenover journalisten als die mijn naam alleen maar *noemden*... dat zou al genoeg zijn. Maak een inventaris van zijn draaikonterij. Laat de feiten voor zichzelf spreken, en hij hangt, de hond.'

'Zolang jij schittert door afwezigheid heeft Ritterbach het gelijk aan zijn kant.'

'*Hij* heeft als eerste een enkeltje Europa voor me gesuggereerd. En daarmee de regels van de staat aan zijn laars gelapt. De reacties van zijn medeleden van de Palisades Cliffside Dit & Dat Club in zijn oordeel betrekken... ook zoiets. Iemand op de Club liet een ouwe Keulse pot kapotvallen, en het schervengericht kon beginnen. Je reinste volksmennerij. Als gewezen slaaf van een communistische dictatuur ben ik erg gevoelig voor dat soort morele agitprop. Doe er iets mee, Doug. Laat hem bungelen.'

De advocaat liet zijn onderarmen, die zich in hun stakerigheid nog verder leken uit te rekken, langs de zijkanten van de fauteuil bungelen. 'Ritterbach is er de man niet naar om zulke beschuldigingen nederigjes te beamen. Eerder nog zou hij zijn handen van de zaak af kunnen trekken... met een of andere rotsmoes om zijn gezicht te redden. Alle kans dat zijn opvolger er niet over peinst jou bij verstek te veroordelen. Laat eerst maar overkomen, zal hij zeggen.'

'Dus in dat geval...'

'Nee. Zelfs een rechter net zo rechtvaardig als de goedertieren God gaat na jouw vrijwillige terugkeer om een nieuw rapport roepen.'

'Goed, Doug. Scenario. Op de grazige weiden van de Golf & Yacht Club ligt het balletje een halve meter voor de hole. Makkie voor prominent lid Ritterbach, die zijn golfstick heft, en... dood in elkaar zakt. Na het droevige nieuws stap ik op het vliegtuig naar Los Angeles. Volgende scène graag. In sequenties.'

De advocaat kruiste zijn lange wijsvingers, en begon af te tellen. 'Arrestatie LAX. Borgtocht uitgesloten. Eis: nieuw psychiatrisch verslag. Negentig dagen Choreo of...'

'Doug, ik wens je een voorspoedige thuisvlucht.' Remo nam de witte telefoon van het kameelzadel, en zette hem op zijn schoot.

'...of in een andere gevangenis. De kans is in ieder geval klein dat je weer met ene Scott Maddox de plees zal moeten uit schrobben.'

'Goede reis, Doug.' Hij bladerde in het telefoonboek, dat naast hem op de canapé lag. 'Ik heb nog meer te doen.'

Hij draaide het gevonden nummer. Menthe nam zelf op, en hij legde haar uit dat hij een fotoprimeur te vergeven had. 'Ze hangen hier aan de steiger, schat. Misschien kun jij ze met een mooi plaatje verjagen...'

'Ik dacht aan *Gardénia*,' zei Menthe, 'of anders *La Galipette*.'

'Kies jij maar. Ik ben vanmiddag om vier uur in La Fontaine de Jouvence. Aan de boulevard Voltaire is dat. Gewoon een doorsnee café. Veel glas, aluminium, formica. Vraag naar Pascal, een van de obers. Leg hem uit wat de bedoeling is... dan zijn ze een beetje voorbereid.'

Hij legde de hoorn neer, en keek zijn advocaat aan, die nu met het grote, bottige hoofd in de handen zat. 'Ben ik veilig in Frankrijk?'

'Ja, God, je bent hier geboren... Frans staatsburger... Frans paspoort. Allemaal in je voordeel. En dat de Fransen je het land uit zouden schoppen wegens, nou ja, een of ander galanterietje... nee, niet erg waarschijnlijk.'

'Geruststelling of aanmoediging?'

'Kies jij maar. Alleen dit nog... Je visum voor de Verenigde Staten zal, vrees ik, overmorgen al nietig verklaard worden.'

'Ooit, Doug, *ooit* zullen ze me op hun knieën smeken terug te komen. De wereld kan niet zonder verhalen. Al helemaal niet wanneer ze in licht worden verteld.'

'Alles goed en wel, maar vanaf morgen middernacht ben jij een verteller in ballingschap.'

14

In de Bilderdijkstraat stond ik een tijd stil voor de etalage van een ijzerwarenwinkel. De uitstalkast was een krabbenmand van in alle mogelijke standen opengeklapte Zwitserse zakmessen. Ik ging er binnen. 'Heer,' begroette de man achter de toonbank me.

'Zo'n Zwitsers geval, kan dat ook met inscriptie?'

'In het heft, jazeker, heer.'

'Klaar terwijl ik wacht?'

'Heer: wij hebben de apparatuur in huis. Zegt u maar welk type u gedacht had aan te willen schaffen.'

'Zo een met zevenentwintig hulpstukken.'

'Met het mes erbij maakt dat achtentwintig onderdelen. Rode of zwarte greep?'

'Rood maar.'

De verkoper diepte uit zijn la een exemplaar in een doosje op. 'Wat, heer, had u er gaarne in gegraveerd zullen hebben?'

'Eens kijken... 't is voor een jongetje van net vier.'

'Niet om te moeien, heer, maar is een simpeler combinatie dan niet beter? Zes, zeven onderdelen is al heel wat voor die leeftijd.'

'Het is voor later, als hij groot is. Ik wil graag... Ziet u, meneer, ik beschouw hem als een geboren leider. En ik wil dat hij later, bij het zien van de inscriptie, beseft dat ik al zo vroeg... op zijn vierde... Enfin, graveert u er maar in: TIBBOLT. In kapitalen.'

'Pardon?'

'Hoofdletters.' Ik spelde de naam. 'En dan de datum van zijn vierde verjaardag. 4.XI.1977. De maand in Romeinse cijfers graag.'

'Geboren op de eerste autoloze zondag.' De man maakte notitie van mijn wensen.

'U heeft een voortreffelijk geheugen voor data.'

'Normaliter, heer, is het een vergiet, echt waar. Maar *die* dag zal me lang heugen. Ga maar na. Eerst was hier, de zaterdag tevoor, een stormloop op rolschaatsen. Net als wanneer het in-enen vriezen gaat, dan komen ze met z'n allen om doorlopers. Ja, wist ome Cor veel dat de jeugd op wieltjes de snelweg over wilde. Ze kwamen ook met ouwe onderschroevers aanzetten, met een sleutel die zoek was. Mazzel dat ik nog een schoenendoos vol vooroorlogs spul had staan. En op dinsdag, want 's maandags zijn we dicht, stonden ze hier weer. Waarvoor dacht u? Reparaties. De Nederlandse autobaan is de moord voor de Nederlandse rolschaats. Als u me nu effetjes excuseert, heer, gaan ik in de werkplaats achter die inscriptie verzorgen.'

15

'Enige logica zit er wel in,' zei Remo vermoeid. 'Wie a zegt, moet b zeggen. En wie Reading Gaol zegt, moet Parijs zeggen. Ik...' Op zijn knieën rinkelde de telefoon. Hij nam op zonder zijn naam te zeggen, en luisterde. 'O, hallo, Helga. Goede reis gehad? Geen jetlag zoals ik?'

Frau Wöhrmann uitte opnieuw haar twijfels over de hele onderneming. 'Stass was zo goed bezig op het Strasberg.'

Dunning stond op, knoopte zijn jas dicht, en boog zich over het koffertje. De sloten klikten dicht.

'Kunnen we dat later op de middag bespreken, Helga? Ik heb mijn advocaat op bezoek. Die bruut, weet je wel. Hij dreigt weer eens kwaad weg te lopen. Om vier uur ben ik in café La Fontaine de Jouvence. Boulevard Voltaire.'

Hij verbrak de verbinding zonder afscheidsgroet, en keek op naar Dunning, die met strakke kaken zeer hoekig middenin de kleine salon stond. 'Je vertrekt,' stelde Remo vast. 'In welk hotel zit je?'

'Niks hotel. Ik slaap in het vliegtuig.'

'Je verdubbelt je jetlag.'

'Ik halveer mijn jetlag... door tegen de vergooide tijd in te vliegen. Een aanrader.'

'Ander keertje, Doggie. Wacht, ik breng je weg.' Hij bladerde door het telefoonboek. 'Ga nog even zitten.'

De advocaat bleef met militaire stramheid tussen het meubilair staan. Remo prentte zich met bewegende lippen een nieuw nummer in, en draaide het. Hij bestelde een auto met chauffeur voor de rest van de dag, noemde het adres in de rue Washington, en legde uit dat de ingang tot de keldergarage zich in een zijstraat bevond. 'De rue Lamennais, precies. Laat de chauffeur daar wachten. Wij komen met de lift.'

'Waar mogen wij u heen brengen, Monsieur?'

'Charles de Gaulle. Dan terug naar de stad. Boulevard Voltaire. Een verzoek. Ik wil graag het eerste deel van de rit in de kofferbak vervoerd worden.'

'Monsieur, dat mogen wij om veiligheidsredenen niet doen.'

'Maakt u zich geen zorgen. Met mijn een meter zevenenvijftig pas ik er ruim in.'

Om de familie Satink-Tornij niet met mijn komst te overvallen, belde ik vanuit een telefooncel naar de Hugo de Grootkade. Ulrike, Mammul voor Tibbolt, nam op.

'Mevrouw Satink? Agraphiotis. Ik wilde even een achterstallig verjaardagscadeautje voor de kleine Tib langsbrengen. Komt het uit?'

'Nu?'

'Ik ben in de buurt.'

'O, maar ik loop nog in ochtendjas.' Haar stem klonk groggy, hooguit opgeschoond door een eerste sigaret.

'Als het die uit Finland is, mevrouw Satink, vraag ik u met klem u nog niet te verkleden.'

'Gewaagd compliment' (ze lachte schor) 'uit de mond van een gezinsvoogd.'

'De Japanse muiltjes zijn ook heel fraai.'

'Goed, dan ga ik nu koffiezetten. Geb moet nog ontbijten. Gisteravond met mensen van Sup Adam zijn promotie gevierd.'

'Ja, hij is nu secretaris, hoorde ik van uw vader.'

'Penningmeester. Het was laat, en het was veel.'

'Tibbolt naar de crèche?'

'Och, hij had weer zulke zere voetjes vanmorgen. Ik heb hem thuisgehouden.'

'Tot zo.'

Ik telde de overgebleven munten: genoeg om kort naar de Mombargs in Rotterdam te bellen, en een bezoek voor de volgende dag af te spreken. Het nummer van The Crazy Horse Saloon kende ik nog steeds niet vanbuiten, zodat ik het moest opvragen bij 008. Ik kreeg moeder Zora aan de lijn. Zoals gewoonlijk had een afspraak heel wat voeten in de aarde, want haar man Tonnis, die 'niet van toeziende voogden en dat soort sleutelgatloerders' hield, mocht niet thuis zijn. Het kon pas over een week. 'Hoe is de kleine?' vroeg ik tot slot.

'Niertje? Gewoon. Hij heeft van die buien. Dan zit hij treurig in zijn hoekje. Laatst zei ik: "Als je echt zo'n verdriet had, zou je wel huilen." Meneer Agraphiotis, u raadt nooit wat hij zei. "Ik voel tranen, mama, die je niet ziet." Met zo'n klein stemmetje. Nou u weer. Een kind van krap vier.'

'Zijn verjaardagscadeau is een soort amfibische koets. Er ligt een zeester in, en die wordt voortgetrokken door een span van zes zeepaardjes. Een strandwinkeltje in Venice verkocht ze. Het is voor in bad.'

'Hij zal er niet meer uit willen komen. Zijn velletje was laatst ook al zo verrimpeld.'

17

Voordat ze de lift in gingen, controleerde Dunning de hal op paparazzi. Niemand. In het trappenhuis klonk alleen het kreunen van de kabels waaraan de kooi omhoogkwam naar de vierde verdieping.

'Doug, nu ik ervoor kies in Frankrijk te blijven,' begon Remo in de lift, 'is het aanpakken van Ritterbach zeker van de baan?'

'Het gaat me niet alleen om jou,' zei Dunning somber. 'Ik heb ook nog mijn beroepstrots. Om te beginnen deponeer ik een klacht tegen Ritterbach bij het Superior Court van Los Angeles. Ik heb nog nooit zo'n onethische, bevooroordeelde rechter meegemaakt. In een interview zei hij dat iemand als jij niet thuishoort in de Verenigde Staten. Op zijn laatste persconferentie stond hij zich schuimbekkend te beklagen over jouw afwezigheid. Hij gaf publiekelijk min of meer toe nog niet klaar met je te zijn... dat hij zijn tanden graag nog wat dieper in je had willen drijven. Een hyena in een toga, dat is het.'

De liftkooi had het souterrain bereikt. 'Ga jij vooruit, Doug,' zei Remo. 'Kijk goed in de geparkeerde auto's. Ik wacht hier.'

Terwijl de advocaat stijf bukkend van auto tot auto liep, spiedend naar verborgen fotografen, klonk er een serie korte claxonstoten. Het bleek de bestelde chauffeur, achter het stuur van een Mercedes. Hij stapte uit om de kofferbak open te maken. Dunning wenkte Remo. 'Alles veilig hier.'

De bestuurder spreidde een plaid over de bodem van de kofferbak uit, en schudde een klein kussen op. 'S'il vous plaît, Monsieur.' Remo maakte het zich gemakkelijk in foetusligging. Een grijs geschoeide hand schikte het uiteinde van Remo's wollen shawl, dat naar buiten hing, losjes over zijn schouder, en wilde de klep al neerdrukken, toen Remo in het Frans vroeg: 'Mag ik nog iets tegen mijn advocaat zeggen?'

'Praat u daarbinnen maar gewoon door, Monsieur. Men verstaat u toch wel.'

De klep sloeg dicht. Zo donker was het sinds de laatste isoleercel van Choreo niet meer om hem heen geweest. De auto startte. Hij kon woordelijk verstaan wat de chauffeur tegen de portier bij de halve slagboom zei. Vreemd, want nergens was zelfs maar een naaldje licht. 'Doug, ben ik te horen?'

'Alsof je op mijn schoot zat.'

Ze reden de garagehelling op. Remo vroeg de chauffeur linksaf te slaan, richting avenue de Friedland, in Godsnaam weg van Hôtel Washington. 'Ik kan alleen naar rechts, Monsieur. En dan opnieuw naar rechts. Eenrichtingsverkeer.' Langs de steigers dus.

'Let goed op, Doug, of we niet gevolgd worden,' zei Remo toen hij voelde dat ze, andermaal rechtsaf, de Champs-Elysées op draaiden.

'Nu al een witte Chevy achter ons. Zegt natuurlijk nog niks.'

'Gezichten van de overkant?'

'Zo goed heb ik die bouwvakkers niet bekeken.'

De auto ging door de eeuwigdurende bocht van de place d'Étoile. 'Parkeergarage avenue Foch, Monsieur?' vroeg de bestuurder. De afspraak was dat Remo onderweg ergens op een beschutte plek van plaats zou wisselen. 'Hoe staat het met de Chevrolet, Doug?'

'Bumper aan bumper.'

'Doorrijden naar het vliegveld maar,' zei Remo in het Frans.

'Nooit geweten, chauffeur, dat er vanuit een kofferbak communicatie mogelijk is.'

'Alleen bij dit type Mercedes, Monsieur. Daarom is het zo populair in... in zekere kringen, Monsieur.'

Ondanks de akoestische voordelen werd er lange tijd gezwegen. Omdat Remo bang was om in dit duizeligmakende donker opnieuw te worden meegezogen in de verstikkende laatste minuten van baby Paul, zon hij op iets om te vertellen. De vermoeidheid blokkeerde zijn geest. Hij meende de onheilslucht uit de naaktcel weer te ruiken, maar besefte dat het de geur van een hond moest zijn die op de reisdeken had gelegen.

'Slaap je?' vroeg Dunning.

'Ik ziek mijn jetlag uit.'

'Om enig licht in jouw duisternis te brengen... we hebben de stad zojuist verlaten. Achter ons rijdt een blauwe Renault...'

'Godzijdank.'

'...en daarachter de witte Chevy.'

'Je wordt bedankt.' Ze mochten hopen dat de Chevrolet geen andere vracht dan een stel paparazzi vervoerde. Tastend en wroetend maakte hij de inventaris van zijn binnenzakken op. Een van de DinoSaurduizendjes had hij vanmorgen op Charles de Gaulle maar voor een deel in francs omgewisseld; de rest was hem in biljetten van honderd dollar uitgekeerd. Het Amerikaanse papiergeld bracht een weerbarstiger geknisper voort dan het Franse. Om in de andere binnenzak te kunnen moest hij zich een beetje laten omrollen. Creditcards, de beide paspoorten, het doorlopende visum (dat laatste nog anderhalf Californisch etmaal geldig) – op een tandenborstel na had hij alles bij zich. Het vliegticket op zijn naam had hij in Dunnings koffertje gezien, aan de binnenkant van het deksel, in een leren insteekvak met een spiegeltje erop.

'Ben je van plan, Raymond, om je voortaan altijd zo door het vrije Parijs te laten vervoeren?' ('Luv Dad' had Dunnings jongste dochter met vetkrijt op het spiegelglas geschreven.)

'Weet je, Doug... de moordenaars, die zitten in Californische gevangenissen. Amerikaanse identiteit ook achter tralies verzekerd. Ik beschouwde de Verenigde Staten als mijn artistieke vaderland. Vanuit Polen heb ik me er, via Frankrijk en Engeland, film na film naartoe gewerkt. En nu... niet Charlie, *ik* word de ballingschap in gedreven. De moordenaars zijn langs de gewone juridische weg veroordeeld. Hun gaskamer bleek uiteindelijk een geduldige gevangeniscel. *Mijn* veroordeling verliep via duisterder stadia... zwarte symbolen... Sadie Mae Glutz doopte een handdoek in het bloed van mijn vrouw, en schreef er mijn vonnis mee op de voordeur van ons huis. Toen ze de lap terug de woonkamer in smeet, kwam hij op het hoofd van Jay terecht. Een zwakzinnige diender, te corrupt om zijn bek te houden tegenover de pers, maakte van dat vod een *kap.* Zo werd dus onze liefde in de magazines beschreven... als een troebele geschiedenis van zwarte magie en duivelse rituelen. Daar, Doug, begon mijn veroordeling. Er loopt een lijn van die handdoek naar de plaid waarop ik nu in de kofferruimte van een huurauto lig te blauwbekken... ja, 't is hier verdomd koud. Roem, zei Rilke, is de optelsom van alle misverstanden die een bepaalde persoon kunnen aankleven. Neem van mij aan... als dat voor roem geldt, dan zeker voor doem.'

18

Op de Hugo de Grootkade, waar tussen twee bomen aan de waterkant een fietsenrek stond, was een gemeentewerker bezig met een dreunend blaasinstrument de oude bladerpap tussen de spijlen te verwijderen. Een loslopende hond hapte woest naar de opdwarrelende stelen.

Ulrike deed open – ongekamd, onopgemaakt, maar aangekleed. Op haar witte blouse, half uit de spijkerbroek hangend, zaten tot een vuilig paars ingedroogde wijnvlekken, die ze met een kuise hand op haar boezem niet helemaal wist te verbergen. Ze negeerde mijn formele begroeting door drie keer haar wang tegen de mijne te drukken, een soort luchtzoenen voor mensen met beperkte smetvrees. Driemaal een ademstoot verschaalde jenever. 'Sorry voor mijn jetlagstoppels.'

'Kom binnen, meneer Agraphiotis. Geb zit nog in de keuken aan het ontbijt. Tibbi speelt boven.'

Tibbi's Mammul wilde me voorgaan, de trap op. Ik zei: 'Wacht even', en liep tussen de schuifdeuren door de tuinkamer in. Ulrike kwam aarzelend achter me aan. 'Zie je wel.' Boven de lage boekenkast hingen, links en rechts van een olieverfschilderij (een op de place du Tertre in serie vervaardigde Utrillo), twee ingelijste reproducties: de ene een lange hals van Modigliani, de andere de Mona Lisa. 'Ik wist het.' De laatste hing tegen een deel van de muur dat bij zonneschijn in het volle licht baadde, zodat de reproductie, net als de paperbackruggen er pal onder, ernstig verkleurd was geraakt.

'Die armoedzaaierstroep,' zei Ulrike, 'hangt er nog van de vorige bewoners. Het wordt tijd dat...'

'Het licht in onderling gevecht. Kijkt u eens wat de zon met uw Gioconda heeft uitgespookt. De verkleuring heeft haar glimlach aangetast.'

Als bij een bewogen of verkeerd belichte vakantiefoto waren de lippen van de geportretteerde in verschillende kleurenlijntjes over elkaar heen geschoven, waardoor de 'mystieke', op z'n minst 'mysterieuze', en volgens gevangene Maddox 'alwetende' glimlach voorgoed verstoord was. Zij keek nu als een zwakzinnige, want de veranderde stand van de mond had ook haar ogen aangetast. Op z'n best had ze de blik van een lepe marktkoopman. Onthullende glimlach, Scott? Een gehaaide grijns, afgestompt door inhaligheid. Van *deze* Mona Lisa hoefde niemand te verwachten dat ze ons van de Dood naar het Leven zou leiden.

19

'Doug, je moet nog iets weten.' Remo hield zijn advocaat staande op flinke afstand van het draaihek, en keek nerveus naar de geüniformeerde mannen achter hun kogelvrije glaswand, als-

of hij zelfs nu, aan deze kant, iets van de douane te vrezen had.
'Als je 't kort houdt,' zei Dunning. 'Ik wil naar huis.'
'Laat maar. Het is de moeite niet.'
'Nou wil ik het weten ook.'
'Goed dan. Behalve de blunders van Ritterbach vraag ik je
nog iets wereldkundig te maken.'
'Ik weet niet of de wereld wel meer onthulling aankan.'
'Hij is daar *wel* geweest.'
'Hij. Daar.' Dunning keek nijdig op zijn horloge.
'Maddox... Charlie,' zei Remo met trillende stem, alsof hij
met iets verbodens kwam. 'Op de plek van de misdaad.'
'Wat valt daar godverdomme wereldkundig aan te maken?
Elke krantenlezer weet nog dat hij die zaterdagnacht op de
Waverly Drive was. Hij heeft die mensen met leren veters vastgebonden, en ze verder aan zijn bloedhonden overgelaten.'
'In *mijn* huis, Doug. Een nacht eerder.'
Op het moment dat Remo het zei, werd het pas de waarheid. Hij begon over zijn hele lijf te beven, en dwong zichzelf
van de advocaat weg te kijken – naar het douanehok, waar in
het draaihek passagiers een voor een worstelden met een teveel aan handbagage, hun paspoort in de vrije hand hoog opgestoken als om het droog te houden. Als hij nu verder zijn
mond hield, bleef de ontboezeming tussen hem en Maddox,
en was het voor de wereld, en dus voor hemzelf, niet gebeurd.
Haar dood was het ergste *ooit* op aarde. Eigenlijk dienden de
enige nieuwe details die erover toegestaan waren iets op de
gruwel in mindering te brengen. Alles wat het erger maakte,
moest uit alle macht ontkend worden, wilde het achteraf niet
nog meer ontheiligen wat al zo door en door ontheiligd was:
haar geslachte lichaam.
Dunning zette met vermoeid neerhangende ooghoeken zijn
koffertje op de grond. 'In Godsnaam, wie heeft je dat nou weer
wijsgemaakt?'
Remo voelde dat hij niet meer terug kon. 'Mr Charlie zelf.'
Hij had niets meer te willen. De woorden werden in hem omhooggestuwd. 'Het was zijn laatste mededeling tegen mij, voor-

dat... Hij bood me een soort troostgebed aan voor mijn nooit geboren zoon. Het werd een dreunende bergrede over zijn leer van de Cosy Horror... die leg ik je nog wel eens uit. Na afloop verdween de roes, en was hij weer de humeurige Maddox... in al z'n onberekenbaarheid. Opeens slingerde hij me toen het verslag van zijn bezoek aan het bloedbad in het gezicht. Ik kan me niet herinneren dat ik hem aangevlogen ben. Het moet wel, want ik heb een lang weekend naaktcel gekregen. Door de black-out was ik ook de details van zijn obscene verhaal kwijt. Helaas niet voorgoed.'

'Als dat waar zou zijn, dan wordt het hele bouwwerk van Vincent Jacuzzi onderuitgehaald. Een Charlie die zijn discipelen geen opdracht gaf, maar leiding.'

In het koude licht van de vertrekhal was in Dunnings oogwit elk adertje afzonderlijk zichtbaar, waardoor hij Remo door gebroken eierschalen leek aan te kijken. De man had in een hotel moeten blijven. 'Hij *gaf* opdracht. Leiding later die nacht pas... aan een groepje lijkenschenners.'

'Bij Jacuzzi...' De advocaat greep naar zijn hoofd, en deed een stap naar achteren, waarbij hij zowat over zijn eigen voeten struikelde. 'Sorry, de jetlag heeft zwarte gordijntjes vandaag. Even zitten.'

Remo nam het koffertje op, en leidde Dunning aan de arm naar een rij kuipstoelen. Er zat alleen een zwerver, die met ver achterover hangend bovenlijf sliep te midden van zijn supermarkttasjes. 'In *Hurly Burly*, Doug, zijn een paar dingetjes onverklaard gebleven.'

'De bril,' kreunde Dunning, zijn slapen masserend. 'De plas braaksel.'

'Ook, ook. Plus nog iets anders. In de tuin zijn alleen Tek en Gibby met messen achterna gezeten... daarvan hebben de moordenaars zelf getuigd, los van elkaar. Gibby, Voytek... hun lijken lagen op het gazon. Sharon en Jay zijn binnen afgeslacht. Hoe, vraag ik je, kwam hun bloed dan op de plavuizen van de veranda terecht?'

'De hond,' bracht Dunning met moeite uit.

'Te veel bloed voor zo'n terriër om te verslepen. En dan ook nog zorgvuldig verdeeld in twee plassen. De ene bloedgroep o, van Sharon. De andere... vergeten.'

'o,' fluisterde de advocaat. 'van de kapper. De anderen hadden allemaal b. Alles de dag zelf bekend.'

'*Niet* hoe het bloed van die twee buiten terechtkwam. Wacht...' De clochard stootte nu zo'n kaasachtige stank uit dat de twee mannen een paar plaatsen verder bij hem vandaan gingen zitten. 'Luister goed, Doug. Charlie is later die nacht, toen zijn moordenaars allang onder zeil waren, met een paar hulpjes naar de Cielo Drive gegaan. Om orde op zaken te stellen.'

'Afgelopen zondag vertelde je nog dat Charlie jou had bekend geen bloed te kunnen zien.'

'Opnieuw liet hij zijn knechten het vuile werk opknappen. De slachters waren eerder op de avond zo stom geweest de lijken niet aan hun voeten op te hangen. Dus ja, dat moest dan snel alsnog gebeuren, voordat het licht werd. Geen half werk. Wat de wereld hier zou aantreffen, was de eerste kennismaking met Hurly Burly. Het zou allemaal op politiefoto's worden vastgelegd, dus... *say cheese*, ook al hang je ondersteboven. Het tafereel moest zo gruwelijk zijn dat 't de obscuurste kranten van China nog zou halen... de televisiejournaals in Lapland. Op aanwijzing van Charlie, die er waarschijnlijk met de rug naartoe stond, zijn z'n begrafenisondernemers met de lichamen gaan slepen. Hang ze op z'n kop aan de balken van de veranda, dat was Charlies bevel. Laat ze uitdruipen als geslachte varkens.'

'Laat me raden,' mompelde Dunning. 'Het lukte niet.'

'Omwonenden hebben in de vroege ochtend ruziënde stemmen gehoord. Blijkbaar is Charlie zich er direct mee gaan bemoeien, en kreeg hij een plens bloed op zijn netvlies. Het zou de mysterieuze kotssporen onder de heesters verklaren. Van de hond waren ze niet.'

'Rijst, bonen, ui, sla,' somde Dunning op. 'Kwark, bessen, honing. Geen vlees.'

'Als je dossierkennis de jetlag heeft overleefd, dan weet je ook nog wat de slachtoffers hadden gegeten.'

'Rijst, bonen, ui, sla, maïskoek, en lamsgehakt gekruid op z'n Mexicaans.' De advocaat kwam weer wat bij. 'Allemaal hetzelfde... op de jongen met de klokradio na dan. Gerechten terug te vinden op de menukaart van El Coyote, Sunset Boulevard.'

'Het braaksel was vegetarisch. Misschien wel van een veganist met een honingprobleem.'

'En daarna,' zei Dunning, plotseling opstaand, 'hebben ze de lichamen weer binnen neergelegd. Ik moet een vliegtuig halen.'

'Alledrie de moordenaars, Doug, hebben verklaard dat de twee vrouwen binnen in paniek hebben rondgelopen... *met* dat touw om hun nek. Het kan dus niet aldoor even strak hebben gezeten. Gibby wist zich ervan te ontdoen... Toen Sharon en Jay de volgende ochtend voor de haard werden gevonden, zat er niet heel veel speling in het touw tussen hun halzen. Het werk van Charlies lijkenruimers, die de baas een plezier wilden doen met wat extra Hurly Burly. En dan die kap over Jays hoofd...'

'Ja, da-ag.' De advocaat deed een greep naar het hengsel van zijn koffertje, en wankelde. 'Nou begin je er zelf over. Ik meende dat die kap voor eens en voor al ontmaskerd was als een handdoek uit jullie badkamer... eentje die door Miss Sadie na haar heroïsche schrijfdaad de salon in werd geworpen... en die daarbij geheel toevallig op het hoofd van de kapper belandde.'

'Dat is de lezing van Sadie en die wordt door Tex en Katie bevestigd, maar weer tegengesproken door het politierapport. Daarin staat dat de handdoek zorgvuldig rond het hoofd van Jay gewonden was. De uiteinden hebben ze rond de hals onder de dubbele lus door gehaald. En ziedaar, Doug... de kap na de executie.'

'En dat zou dus later die nacht gebeurd zijn. Vertel me nou 's... waarom zou Charlie al die moeite doen om iets dat al angstaanjagend genoeg is nog angstaanjagender te maken?'

'Voor Hurly Burly was het ergste nog niet erg genoeg.'

De advocaat deed een paar stappen richting douane, en draaide zich toen weer om. 'Als ik deze versie wereldkundig maak... wat heb je erbij te winnen? Extra mededogen met de balling, omdat zijn leed zoveel schrijnender blijkt? De misdaad zoveel brutaler? Hollywood zal zichzelf nog meer in het gelijk stellen dat het de aanzet tot je verbanning heeft gegeven. Kijk maar... wat hij over zijn huis en erf heeft afgeroepen, blijkt allemaal *nog* verschrikkelijker. Zie je wel, dat van die beulskap blijkt toch waar. Ritterbach wil ik graag voor je aan de schandpaal nagelen. Maar niet met jou vastgespijkerd ernaast.'

'Misschien,' riep Remo hem na, 'heeft de wereld wel recht op de feiten. Voor of tegen mij.'

Ten afscheid wapperde Dunning op schouderhoogte met zijn paspoort, zonder nog om te kijken.

Het schervengericht dat Remo over zichzelf had afgeroepen, had hem geen serene innerlijke ballingschap gebracht. Zijn leven was eerder een stinkende mestvaalt geworden, en daarop lag hij naakt en koud uitgestrekt, van alles beroofd, van zijn naam tot en met zijn waardigheid – een Job die de onbeschreven potscherven van zijn verbanning gebruikte om er zijn schurftjeuk mee te verdrijven. Maar het onweer dat Remo in zijn laatste isoleercel had zien opflakkeren, zette niet door, en een kwijtschelding van schuld door God zelf bleef uit. Anders dan Job zou hij alles wat hem ontnomen was wel niet dubbel en dwars vergoed krijgen. Zijn valse vrienden behielden hun gelijk: dat hij niet deugde, en ook ten tijde van zijn grootste ongeluk al niet gedeugd had.

20

Tibbolt zat op het parket met zijn ruimtesoldaatjes te spelen. In de fauteuils lagen kleurige dozen met in bliksemende letters: *War of the Worlds*. Hij ging zo op in zijn spel dat hij ons niet zag of hoorde binnenkomen.

'Ik haal de koffie.' Ulrike mimede het meer dan ze het fluisterde, bang om de kleine jongen uit zijn concentratie te halen. Ik bleef een tijd roerloos op hem neer staan kijken. Verrukt. Hij had in strenge blokken twee legers tegenover elkaar opgesteld. Met een plastic liniaal schoof hij telkens heel secuur een rij van tien, twaalf krijgers richting vijand. De door mij uitverkoren ontketenaar van de Wereldstaking klemde een speen in de vorm van een clownsmond tussen zijn lippen. Het symmetrische slagveld overziend zoog hij er bedachtzaam op. Bij het ver vooroverbuigen hing het ding losjes tussen zijn melktanden, waardoor er een taaie pegel kwijl boven zijn heirscharen kwam te hangen, lillend en sidderend onder Tibbi's inspanningen. Zijn hoge orthopedische schoeisel zat hem zichtbaar in de weg. Verhief hij zich op zijn hurken, dan joeg er een trek van pijn over het gloeierige gezichtje.

'Wie gaat Warrelewults winnen?'

Tibbolt schrok zo dat hij een dubbele rij soldaatjes omstootte. Bozig, bijna huilend, keek hij naar me op. Hij trok ruw de speen uit zijn mond. 'Het is Warrele... *wults*, hoor. Warrele... *wults.*'

'Let maar niet op hem,' zei Ulrike, die met een dienblad binnenkwam. 'Als zijn voetjes zeer doen, is hij altijd chagrijnig.'

De kleine bleef me, met van pijn vermoeide ogen, verwijtend aankijkend, heftig op de speen zuigend als was het een volle tepel. Mammul zette kopjes op de salontafel. 'Oom Spiros heeft een verrassing,' zei ze, koffie inschenkend. 'Voor je verjaardag.'

'Ik ben niet jarig.'

'Met je verjaardag, Tib,' zei ik, 'was oom Spiros op reis. Naar Amerika. Daarom krijgt Tibbi nu pas z'n cadeautje.'

'Uit Amerika?'

Ik gaf hem het kleine pakje. Met nagels en tanden scheurde hij het genopte papier weg. Kleine, sterke vingers wrikten het doosje open. Vergeten de pijn. De speen viel uit een open mond op het parket. 'Oh...! Mammul, kijk! Een echt kampeer-zakmes!'

Ulrike boog zich over hem heen. 'En wat staat daar?'

'Oh... !' Hij herkende de letters, en spelde ze. 'T.I.B.B.O.L.T. En dat... dat weet ik niet.'

'De datum van je verjaardag,' zei ik.

'De autovolle zondag.'

'Hij heeft ons blijkbaar over zijn geboorte horen praten.' Ulrike keerde zich blozend, een beetje giechelig, naar mij. 'Sindsdien noemt hij zijn verjaardag zo. De autovolle zondag.'

Met friemelvingertjes vochtig van de speen probeerde Tibbi het mes open te krijgen. Tussen zijn lippen pruttelde het van inspanning. Net op dat moment kwam Gerbert Satink binnen, met dikke ogen en een rood geschoren gezicht, geurend naar nadorst, aftershave en gebakken spek. Ik stond op, gaf hem een hand. 'Van harte met de promotie. Moge de supportersvereniging van Adam er wel bij varen.'

'Meneer Agraphiotis, wat is *dit* nu weer voor levensgevaarlijke verwennerij?' Satink plantte zijn handen met gespeelde verontwaardiging in de zij, en stootte voor Tibbolt vragend zijn kin omhoog.

'Geppa, kijk...!' Het jongetje had op eigen kracht de kurkentrekker uitgeklapt. 'Dan kan ik jou helpen met de wijn.'

'Uit opvoedkundig oogpunt,' zei papa Geb, 'wens ik me af te vragen waar de voogdij van tegenwoordig met z'n gedachten zit. Een knol van een Zwitsers zakmes voor een koter van net vier.' Hij schudde lachend het hoofd, en ging tegenover me zitten.

'In Californië,' zei ik, suiker door mijn koffie roerend, 'heb ik een zekere Woodehouse leren kennen. Vader van een zoon van acht. Paultje. Toen de jongen vier of vijf werd, kreeg hij van zijn vader ook zo'n zakmes. Met wel veertig hulpstukken. Elke drie maanden mocht Paul van papa een onderdeel *meer* gebruiken. Een priem... een zaagje. De gevaarlijke dingen het laatst. Zo zou u dat moeten aanpakken.'

'*Niet* met je tanden, Tib,' riep Satink, en ditmaal was de verontwaardiging niet gespeeld. De kleine jongen, mes als een mondharmonica aan zijn lippen, keek betrapt omhoog naar zijn Geppa. Er hing een kwijldraad tussen zijn tong en een half uitgeklapt schaartje.

21

In de wirwar van drukke wegen en terreinen rond de luchthaven had de ingehuurde chauffeur de Chevrolet met wat handige manoeuvres bij aankomst al weten af te schudden. Na het afscheid van Dunning keerde Remo terug naar de afgesproken plek op een van de parkeerplaatsen. Omdat er in de verre omtrek geen witte Chevy te bekennen was, ging hij gewoon op de achterbank van de Mercedes zitten. 'Boulevard Voltaire, graag. Café La Fontaine...'

'...de Jouvence. Mij bekend, Monsieur. Een neef van mij, Pascal, die obert daar.'

'Ah, Pascal. Als die de schil rond een schijfje citroen wegsnijdt, nou, hoe hij het 'm lapt, maar dan krijg je iets perfect achthoekigs in je glas. Een wiskundige kelner.'

Ongeveer ter hoogte van de plek waar Remo's taxi 's morgens vroeg een lekke band had gekregen, stelde de bestuurder zijn achteruitkijkspiegel bij. 'Het ziet ernaar uit, Monsieur, dat de wolven ons spoor geroken hebben.'

De witte Chevrolet was juist bezig twee achterliggers van de Mercedes in te halen. Remo liet zich onderuitzakken.

'Als u in de kofferbak wilt, kan ik wel even de vluchtstrook op.'

'Probeert u ze liever kwijt te raken.'

'Mijn baas, Monsieur, staat me niet meer dan de maximum snelheid toe. Gaat u op de bank liggen. Het maakt u minder zichtbaar.'

Terwijl Remo een draai maakte om zich op de zitting uit te strekken, kwam de Chevrolet langszij. Hij wierp zijn bovenlijf achterover, en kon vanuit die positie niet in de passerende auto kijken. Gezichten had hij niet gezien. Telelenzen evenmin. Paparazzi? Het kon net zo goed een bak vol Franse geheime dienst zijn.

Remo voelde zich bevuild door wat hij zijn advocaat verteld had. De gedachte aan een Charlie kokhalzend van Sharons bloed maakte hemzelf misselijk. Hij had dit alleen naar buiten mogen brengen als de mensen er kennis van hadden kunnen nemen met een wereldgenezende walging.

Ook liggend kon hij de bebouwing dichter zien worden. In de omgeving van de porte de Bagnolet trok de Mercedes plotseling op met een snelheid die zijn lichaam tegen de rugleuning perste. Tot twee, drie keer toe reden ze door rood.

'Afgeschud, Monsieur,' zei de chauffeur even later. 'Ik breng u naar Voltaire. *Le Chevy blanc*, Monsieur, had een Duits nummerbord.'

22

Uit de ontstane stilte bleek dat Gerbert Satink meer met het zakmes in zijn maag zat dan hij had willen toegeven. Ik keek de kamer eens rond. Lang niet alle sporen van het promotiefeest waren uitgewist. Op het buffet, naast de telefoon, stond een bordje met een Bossche bol – helemaal gaaf nog, op de wijnkurk na die van boven in de chocoladelaag gedreven was. Toen de kaarsen in de kandelaar op de salontafel nog brandden, had iemand tientallen zonnebloempitten in de hete was gestoken, die nu, half verkoold, samenklonterden met het gestolde vet. In de hoek waar de stereo stond, lag een harmonicakoffer open op de grond. De grammofoonplaten lagen rondom, sommige met een stoffige voetafdruk bestempeld. Een bekrast en beduimeld singletje, uit de breekbare tijd nog, was onder een zware schoen in stukken gebroken, maar de scherven samen hadden de ronde vorm min of meer behouden.

Je wist het nooit met kleine Tib: misschien had hij mijn blik gevolgd. Hij liet zijn officiersmes in de steek, verplaatste zich op handen en voeten naar de stereohoek, bracht daar zijn gezicht vlakbij het vijfenveertigtoerenplaatje. In het ronde gat had een uitneembaar driepootje gezeten, dat door het breken van het vinyl was losgeschoten, en nu door Tibbolts handje van het etiket werd geplukt. Hij kroop ermee terug naar Warrelewults, en legde het op de millimeter precies tussen zijn twee legers in. Over iets was hij ontevreden, want hij bleef de richting van de zwarte pootjes maar veranderen door het zwarte plastic ding rond te draaien op het parket.

'Hoe was Los Angeles in de winter?' vroeg Ulrike. Ze schonk de drie kopjes nog eens vol.

'Enerverend. Er waarde een of andere seriemoordenaar rond, die het op jonge vrouwen begrepen had. Martelen, verkrachten, wurgen, en dan dumpen langs de openbare weg.'

'Getver,' zei Ulrike, die vol afkeer de centrifugerende beweging van de room in haar omgeroerde koffie volgde.

'De Hillside Strangler,' zei Gerbert. 'Ik las het in de krant.'

'Stel je voor, een stad net zo groot als de Randstad Holland... helemaal in de greep van de angst. Geen mens die elkaar nog vertrouwt. Prettig verblijf, Sir.'

'En dan was er, over jonge vrouwen gesproken,' zei Geb, 'nog de zaak van die hitsige regisseur... dat is me toch ook wat. Iets van gemerkt daar, Agraphiotis?'

'Niet meer dan ieder ander.'

'Ik hoor net in de keuken op de radio,' zei Ulrike, 'dat hij de benen heeft genomen.'

'Weg uit Californië?' wilde haar man weten.

'Weg uit Amerika. Hij is gisteren naar Warschau gevlogen. In Californië hebben ze al om zijn uitlevering gevraagd.'

'Als je zo naar dat spelende kereltje kijkt,' zei ik, 'dan lijkt alle gevaar ver weg. Terwijl u en ik weten... Het kan de schoolfotograaf zijn. De badmeester. Iedereen.'

'Het gevaar zat al *in* hem,' zei Ulrike met blinkende ogen. 'In zijn enkeltjes. Die verraden hem steeds opnieuw.'

Ik zag nu pas wat voor vervolg Tibbolt aan zijn spel gegeven had. Rond het driepootje, dat zich donker aftekende tegen een lichte strook van het parket, was hij zijn twee legers aan het hergroeperen tot *drie* blokken. 'Ik verheug me over uw promotie, meneer Satink. Vertelt u er eens wat meer over.'

'Nou, sinds gisteren,' riep Ulrike, die trots opveerde, 'is mijn Geb dus de nieuwe penningmeester van Sup Adam. De jongste ooit. De stemming was vrijwel unaniem.'

'Niet overdrijven, Rike. Gewoon een meerderheid van stemmen. Unanimiteit is niks voor die eigengereide Adamieten.'

'Sinds gisteren,' zei ze, 'weet ook onze Tib wat hij later worden wil.'

'Voetbalvoetballer,' stiet het jongetje uit. De legers stonden opgesteld rond de driesprong, en hij had het zakmes weer ter hand genomen, dat nu voor de helft z'n tentakels uit had staan.

'Alsjeblieft,' zei de trotse Mammul, 'voetbalvoetballer.'

'Dan heb ik als voogd niet voor niets geleefd.'

'Schat, hou jij de klok in de gaten? De dienst begint om drie uur.'

'Het is wat.' Gerbert keek me gekweld aan. 'Met een kater naar de begrafenis.' Hij stond op. 'Ik moet weg.'

'Mijn jetlag is jaloers op uw kater. Bij mij is het gif over drie dagen pas verdampt.'

'Heren met onoverkomelijke luxeproblemen,' zei Ulrike.

'Die dienst... waar is die, als ik vragen mag? Een eindje meeliften zou ik...'

'Obrechtkerk. Vlakbij de oude Tornij. Ik zet u voor de deur af. Als ik maar niet mee naar binnen hoef.'

Ik dronk mijn kopje leeg, en stond op.

'Tibbilief,' fleemde Ulrike, 'heb jij oom Spiros al netjes bedankt voor het mooie geschenk?'

Moeizaam verhief de kleine zich op zijn dunne beentjes. Hij sleepte zijn voeten in de plompe schoenen als te zware gewichten over het parket. Ik boog me naar hem toe.

'Speen uit de mond voordat je oom Spiros een kusje geeft.'

Ik kreeg een hele natte op mijn oor.

'En wat zegt Tibbi dan?'

'Dankt u wel, oom Spiros.' Hij nam niet de moeite naar zijn speelplek terug te gaan, maar liet zich aan mijn voeten op zijn billen vallen om het mes verder te determineren. 'Mammul, ik wil blote voetjes.'

'Hij blijft dreinen dat zijn schoenen knellen. Die dingen kosten ons een kapitaal. De verzekering vergoedt ze maar gedeeltelijk, omdat hij er zo snel weer uit groeit.'

'Het zijn niet de schoenen, schat,' zei haar man. 'Het zijn de voeten.'

'Ik zal eens navragen,' zei ik, zonder precies te weten wat ik beloofde, 'of er niet een of ander fonds voor aan te boren is.'

'Als ik hem die orthopeedjes meteen na het opstaan aandoe, passen ze perfect. Ik moet er geen tien minuten mee wachten.'

'Wat zeggen de artsen?'

'Nog steeds een mysterie na duizend onderzoeken.'

'De autovolle zondag,' riep Tibbolt, die een dun zaagblad te pakken had. 'Daar komt het toch van, Mammul?'

'Ja, het was de schuld van de autoloze zondag. Daar heeft Tibbi gelijk in.' Ulrike keek me aan, en sloeg heel even met getuite lippen haar ogen neer.

'Mevrouw Satink' (ik gaf haar een hand) 'binnenkort bel ik voor onze kwartaalafspraak. Door al dat gereis loop ik achter op het schema.'

'U was er nu toch ook.'

'Niet beroepshalve.'

Ulrike bleef met Tibbolt op de arm in de deuropening staan om ons uit te zwaaien. Ik stapte naast Gerbert in de net voorgereden Volvo, draaide het raampje omlaag, en hief groetend mijn hand. Om terug te kunnen wuiven trok Ulrike haar been op; zo ondersteunde ze met haar knie de kleine Tib, die naar beneden dreigde te glijden. Het jongetje zwaaide met de hand waarin hij het zakmes geklemd hield. Doordat hij gewoontegetrouw de vingers spreidde, kletterde het ding op de stoeptegels. Ulrike zette hem op de grond, dan kon hij het zelf oprapen.

Op wankele beentjes keek Tibbolt de wegrijdende auto na.

Het officiersmes lag, helderrood, nog geen meter bij hem vandaan. Maar om het te grijpen had hij drie, vier uiterst pijnlijke stappen moeten doen. Hij bleef staan waar hij stond.

23

In La Fontaine de Jouvence zat de fotografe al te wachten met haar apparatuur voor zich op het formica. 'Hallo, Menthe.'

Aan de telefoon had ze op het laatste moment gevraagd een verslaggever mee te mogen brengen. Remo had aarzelend toegestemd, zonder er met zijn hoofd helemaal bij te zijn. Het waren er twee geworden. Nee, drie, want de jongen die hij voor haar assistent had aangezien, bleek als fotograaf door weer een ander blad afgevaardigd. 'Menthe, dit was niet de bedoeling.'

Zij was een oude lendenvlam, op wie hij niet echt kwaad kon worden. Terwijl hij haar omhelsde, slaakte ze een hartgrondig: 'Merde!' Over zijn schouder had ze iets gezien dat hij zelf pas zag toen ze hem losliet. Voor het café was de witte Chevrolet gestopt, en daaruit stapten vier mannen omhangen met fotoapparatuur – onder wie de Duitse paparazzo die Remo in München op de plaat had gezet, samen met de hertjes Gretl en Nannerl, zogenaamd voor het advertentieblaadje *Der Mückenstich*. Ze beenden breeduit richting ingang, en sneden zo de pas af van twee vrouwen die net naar binnen wilden.

Stassja en haar moeder. Om bij ze te kunnen komen, moest hij twee van de fotografen opzij duwen, die al op de drempel met hun werk begonnen. Er danste zoveel zwart negatief van het flitslicht op zijn netvlies dat hij moeite had Stassja's grote ogen te vinden. 'Wat is dit?' vroeg ze met zwellende mond, die pruilde van schoonheid. 'Een persconferentie?'

'Je had het over een foto,' zei de moeder, zelf pas midden dertig. 'Niet over dit allemaal.' Ze maakte een wegwerpgebaar naar een busje van de RTF, waaruit twee mannen en een vrouw televisieapparatuur naar het café begonnen te slepen.

'Helga, ik had een fotografe besteld. Verder niets. Alweer

doorgestoken kaart. Kom binnen. Misschien maar even van de gelegenheid gebruikmaken... toch?'

'Ik ben het er niet mee eens.' Ze ging het café binnen, haar dochter achter zich aan trekkend. Stassja speelde de slaapwandelaarster. Remo nam de ober apart. 'Pascal, bied deze dames, en verder alle persmensen, iets te drinken aan van mij. Een tweede ronde, ook goed.'

De mannen van de RTF waren lampen aan het opstellen. Door de vrouw werden kabels uitgerold. Er stond ook al een tweede camera op z'n statief klaar. Stassja en Frau Wöhrmann waren zo ver mogelijk bij alle apparatuur vandaan gaan zitten, met hun winterjassen nog aan. Ze werden als toevallige gasten beschouwd, en met rust gelaten door de fotografen, die zich wel om Remo verdrongen. Er kwamen nog steeds nieuwe paparazzi binnen. Het waren er al over de twintig inmiddels. Ze brachten samen het geluid voort van een executiepeloton dat in de ochtendstilte massaal ontgrendelt, en dat eindeloos herhaalt. Er werd met voeten en ellebogen gewerkt om de foto van de concurrent te bederven. Aan de ingang was al geduw en getrek geweest, omdat Pascal opeens een streng deurbeleid had ingesteld. Zijn fooien ritselden in plaats van te rinkelen.

'Gaat u daar maar staan,' riep de RTF-medewerkster naar Remo. Ze wees naar een plek die door twee kruislings op de vloer geplakte stroken witte tape werd aangegeven. Haar collega's hielden met de handen op elkaars schouders de opnamehoek vrij van oprukkende fotografen.

'Hoe wist u,' schreeuwde hij terug, 'dat ik hier was?'

'Ik ben door mijn werkgever naar de Fontaine gestuurd om u te interviewen.'

Remo besloot zich niet te verzetten tegen deze nagekomen Londense persconferentie in Parijs. Er werd hem de mogelijkheid geboden zijn boetekleed af te werpen, en die moest hij aangrijpen. Nu of nooit. Hij vocht zich tussen de fotografen door naar het witte kruis bij de flipperkast, die met z'n verspringende lampjes als nerveus decor diende. Op de aangegeven plaats stappend dacht hij: *ze hebben me weggekruist uit de we-*

reld. Onmiddellijk besprong het helwitte licht van de filmlampen hem. Buiten hing de winterschemering, maar hier was het dag, nee, meer dan dag. De geluidsman klom met microfoonhengel en al op een stoel. Op smekende toon probeerde hij de fotografen ertoe te brengen hun geklik voor de duur van het interview te staken. Ze voldeden onwillig aan zijn verzoek, en er was er een die pesterig nog een tijdje doorging. De cameraman dirigeerde Remo met zijn hand een paar centimeter naar links. Hij voelde de lichte verheffing van het kruis door zijn zolen heen, en dacht: *of heb ik mezelf uit de wereld weggekruist?*

De vrouw kwam voor hem staan met een houten bord waarop haar vragenlijst was vastgeklemd. Zijn ogen zochten Stasja, maar zij ging schuil achter de haag van ongeduldig deinende fotografen. 'Opname,' riep een mannenstem.

'Monsieur,' begon de interviewster, 'vertelt u ons eerst eens hoe u aan die minuscule tatoeage komt. Brengt u uit de States een nieuwe trend mee naar Parijs?'

Hij voelde aan zijn wang. De pleister, die mogelijk al onder de douche aan kleefkracht had ingeboet, moest in het gedrang zijn losgeraakt. Franse bezitters van een kleurentelevisie konden zien dat de traan blauw was. 'O, dat... Ik ben in Californië als een minne bajesklant behandeld. Ze hebben me tussen de zware jongens gestopt. En ja, daar hoort een tatoeage bij. Ik laat hem binnenkort door een kundig dermatoloog weghalen.'

'Zonde. Eh... vanmorgen, Monsieur, onthulden de kranten dat u in San Bernardino in dezelfde gevangenis zat als de man die in 1969 verantwoordelijk was voor...'

'Ja, ja, dat weten we nu wel.'

'Een nog pijnlijker vraag misschien... Heeft u hem gesproken?'

'Ja.'

'Kunt u de kijker daar iets meer over vertellen?'

'Wat valt erover te zeggen? We werkten samen als vrijwillige schoonmakers. Soms was er overleg nodig over de aanpak van een karwei... de te gebruiken schoonmaakmiddelen.'

'Meer, Monsieur, had u beiden niet te bespreken? Alleen het sopje?'

'Het was al heel wat.'

'U heeft ervoor gekozen om de Verenigde Staten vrijwillig te verlaten...'

Hier werd hem de kans geboden voor het oog van zijn nieuwe vaderland de modder van zich af te wassen. Nu kwam het op de juiste woorden aan. 'Zoekt u eerst maar eens uit *hoe* vrijwillig.' Stom genoeg voegde hij eraan toe: 'Dan praten we verder.'

Ze ging er niet op door, en boog het onderwerp handig om. 'Hoe denkt u zo ver van Hollywood uw carrière een vervolg te geven?'

'Europa biedt net zo veel mogelijkheden als Amerika.'

'Heeft u al een film in gedachten?'

'*Cyn of the Windmills.*'

Het gezicht van de vrouw klaarde op in herkenning. 'Een verhaal van hartstocht, verkrachting, moord... Had u niet beter eerst een oorlogsfilm of zo kunnen maken, na alles wat er gebeurd is?'

'Een oorlogsfilm zonder hartstocht, verkrachting, moord... wat voor gedrocht mag dat wel zijn? We leven in een wereld van geweld. Op politiek niveau, in ons persoonlijk leven... het woedt overal. Het is de taak van de kunstenaar het geweld te laten zien zoals het werkelijk is. Anders is hij immoreel bezig. Er bestaat niets smerigers dan geweld dat verdoezeld wordt om mensen niet te hard uit het pluche te laten opveren. Het gaat rotten en stinken, en wordt nog giftiger dan lijkenvocht.'

'En toch, waarom *Cyn of the Windmills?*'

'De laatste roman die mijn vrouw gelezen heeft. Voordat ze uit mijn leven verdween, om voor de rest van het hare... alleen nog babyboeken te lezen' (hij zweeg even) 'gaf ze me haar exemplaar van *Cyn.* Ze zag de film voor zich, zei ze. Ik ben haar zo'n eerbetoon wel verschuldigd.'

'Heeft u al een Cynthia-van-de-Windmolens?'

In al z'n onschuld bracht de vraag, misschien in samenwerking met de jetlag, Remo's woede weer naar boven. Duizelig zag hij de gevlekte hand van Ritterbach neerkomen, geklemd om een denkbeeldige rechtbankhamer – en de rest van het interview leek zich buiten zijn wil om te voltrekken. Hij stak zijn arm omhoog, en riep: 'Stassja...!'

De meute paparazzi week uiteen. Aan het tafeltje waar moeder en dochter met de hoofden naar elkaar toegebogen zaten, wendde Stassja het hare langzaam naar Remo.

'Stass... hierheen!' Hij wenkte.

De camera snorde in de stilte. Het meisje staarde Remo met haar grote ogen angstig aan. Ze wees met haar vinger naar zichzelf, en weer deed zich het wonder voor: haar onderlip begon vragend te zwellen. Langzaam overeind komend van haar stoel keek ze van Remo naar haar moeder, die heftig nee schudde. Stassja liet haar overjas van zich afglijden, die via de rugleuning op de grond terechtkwam. Frau Wöhrmann probeerde haar dochter tegen te houden, maar die wist de greep van haar moeders hand te ontwijken.

Zoals Stassja in haar zwartwollen jurk tussen de fotografen door zweefde, in het voorbijgaan haar hoofd naar de spiegel achter de bar kerend en weer terug, leek ze nog meer dan voorheen een gracieuze slaapwandelaarster. Frau Wöhrmann was ook opgestaan, maar durfde haar dochter niet tot in de spotlights te volgen. Remo wapperde ongeduldig met zijn hand. Ze ging er niet sneller door bewegen. Over haar gezicht lag een gelaten droefheid. Het was zo stil dat uit het inwendige van de flipperkast een zacht elektronisch getingel hoorbaar werd. Toen hij zijn arm om het meisje heen sloeg, bleek ze voor de aanwezigen bijna een hoofd groter dan hij. De fotografen richtten onmiddellijk hun lenzen op haar, maar werden door de geluidsman met een handgebaar tot stilte gemaand. 'Dames en heren,' riep Remo, Stassja vast tegen zich aan trekkend, 'de heldin van *Cyn of the Windmills*.'

De aanwezigen, op Frau Wöhrmann na, applaudisseerden. Stassja keek met licht wanhopige ogen schuins op hem neer, rond haar mond niet meer dan het vermoeden van een glimlach.

'Is het waar,' vroeg de interviewster, 'dat zij uw minnares is geweest?'

Hij voelde hoe zijn gezicht zich verhardde. 'Ik heb er nooit een geheim van gemaakt dat ik van jonge vrouwen houd,' zei hij, recht in de camera kijkend. 'Om u de waarheid te zeggen... ze kunnen me niet jong genoeg zijn.'

Hij wendde zijn gezicht naar Stassja, en kuste haar vol op de mond, waartoe hij zijn hakken van het witte kruis moest tillen. De paparazzi lieten zich niet langer op afstand houden. Terwijl de televisiecamera nog liep, drukten ze, als één man naar voren dringend, allemaal tegelijk hun toestel af – een salvo als een oordeel.

24

'Is het een beetje te harden bij die ouwe?' vroeg Satink. We reden gelijk op met lijn 3 door de Bilderdijkstraat, en passeerden juist de ijzerwarenwinkel. In de etalage, dat zag ik nu pas, hing boven de uitgestalde waar een Zwitsers zakmes twintig keer vergroot, aan dunne kettingen.

'Och, als boekhandelaar wordt hij een beetje een zonderling. Voor een gesprek over een bepaald soort literatuur is hij aangenaam gezelschap. Zeker met een glas port erbij.'

'Nou, daar denken Rike en ik wel eens anders over. Schrijvers horen op doorgeblazen dienstbodenkamertjes... dat soort dramkonterij.'

'Er moet geschreven worden met een aangepunte bedelstaf. Ik weet het.'

'Tibbolt is gek met hem, dat scheelt. Bij Oll'opa nooit voetjes zeer.'

'Bij ons in huis vergeet hij de pijn. Gelooft u me, meneer Satink, dat kind is *alles* voor Tornij.'

'Ook wat waard... als wij Vaderdag maar af en toe mogen overslaan.'

Op het Vondelparkviaduct moesten we een hele tijd wachten voor de auto om de stoomwals heen kon. Het vers geplette asfalt glom als de zwarte spiegel van de alchimisten. Een paar huizenblokken verderop stopte Satink voor groen. Het was het kruispunt van de Van Baerlestraat en de Willemsparkweg. Een motoragent regelde het verkeer, zodat een begrafenisstoet door rood kon. Op een verchroomde standaard tegen de zijkant van de lijkwagen stonden twee karrenwielgrote rouwkransen van glanzend bruine bladeren, doorvlochten met zijden linten. 'Daar gaat hij,' zei Geb met een zucht. 'Amper zesenveertig. Alvleesklier.'

'O, een vriend van u?'

'De penningmeester van Sup Adam. Schoolgaande kinderen nog.'

Achter de slee liepen enkele tientallen mensen. Voorop, in een rode mantel, de kennelijke weduwe, met twee pubermeisjes aan de hand. 'Rare tekst op dat lint,' zei ik.

'NAMENS ALLE ADAMIETEN,' las Satink hardop. 'Geintje, man. Vuile knipoog naar de dissidenten. Het tuig van vak F.'

'Nee, de andere krans. Vreemd.'

Hij boog zich met vernauwde ogen over het stuur. 'Gewoon R.I.P. toch? Hij ruste in vrede. Requiescat In Pace... is dat zo gek?'

Geb had gelijk. Halfblind van de jetlag had ik iets heel anders gelezen:

P.I.G.

'Er was eens,' zei de nieuwe penningmeester.

Verantwoording

Het schervengericht is onderdeel van de romancyclus Homo duplex. Ik heb besloten de afzonderlijke romans (op het al verschenen deel 0, *De Movo Tapes*, na) pas in een dwingende volgorde te plaatsen na voltooiing en verschijning van de complete reeks.

De historische gebeurtenissen waarop *Het schervengericht* is gebaseerd, beschouw ik als behorend tot de mythologie van onze tijd, en als zodanig heb ik ze behandeld. Daartoe was bestudering van een aantal bronnen noodzakelijk. Voor een uitvoerige lijst van geraadpleegde literatuur zie: www.afth.nl

Amsterdam, najaar 2006 A.F.Th. van der Heijden

Werk in boekvorm van A. F. Th. van der Heijden

Een gondel in de Herengracht (verhalencyclus, 1978) Anton
 Wachterprijs 1979
De draaideur (roman, 1979)
De slag om de Blauwbrug. De tandeloze tijd Proloog (roman,
 1983)
Vallende ouders. De tandeloze tijd 1 (roman, 1983)
De gevarendriehoek. De tandeloze tijd 2 (roman, 1985)
 F. Bordewijkprijs 1986 en Multatuliprijs 1986
De sandwich. Een requiem (roman, 1986)
Het leven uit een dag (roman, 1988)
Dichters slaags (novelle, 1988)
De generale (novelle, 1989)
De euforie. Over roes en angst voor de roes (lezing, 1989)
Advocaat van de hanen. De tandeloze tijd 4 (roman, 1990)
Weerborstels. De tandeloze tijd Een intermezzo (novelle, 1992)
 Boekenweekgeschenk 1992
Schwantje's fijne vleeschwaren. De tandeloze tijd Apocrief (frag-
 ment, 1992)
Asbestemming. Een requiem (roman, 1994)
Ontbijt met de kromme lepel (novelle, 1994)
Orgie op zondag (novelle, 1995)
Het bankroet dat mijn goudmijn is (verhalen, 1995)
Het Hof van Barmhartigheid. De tandeloze tijd 3 Eerste boek (ro-
 man, 1996) De Gouden Uil 1997
Onder het plaveisel het moeras. De tandeloze tijd 3 Tweede boek
 (roman, 1996) De Gouden Uil 1997 en Generale Bank Lite-
 ratuurprijs 1997
De gebroken pagaai (novelle, 1997)
Whamm. De democratisering van het talent (schotschrift, 1997)
Voetstampwijnen zijn tandknarswijnen (met Jean-Paul Franssens,
 brieven, 1998)
Sabberita (novelle, 1998)
Het onmogelijke boek. Een kleine monoloog van de auteur (mini-
 essay, 1999)